SANGUE REVOLTO

ROBERT GALBRAITH

SANGUE REVOLTO

UMA HISTÓRIA DO DETETIVE CORMORAN STRIKE

Tradução de Ryta Vinagre

Rocco

Título original
TROUBLED BLOOD

Primeira publicação na Grã-Bretanha em 2020 pela Sphere

Todos os personagens e acontecimentos neste livro,
com exceção dos claramente em domínio público,
são fictícios e qualquer semelhança com pessoas reais,
vivas ou não, é mera coincidência.

Direitos para a língua portuguesa reservados
com exclusividade para o Brasil à
EDITORA ROCCO LTDA.
Rua Evaristo da Veiga, 65 – 11º andar
Passeio Corporate – Torre 1
20031-040 – Rio de Janeiro, RJ
Tel.: (21) 3525-2000 – Fax: (21) 3525-2001
rocco@rocco.com.br
www.rocco.com.br

Printed in Brazil/Impresso no Brasil

Preparação de originais
FÁTIMA FADEL

CIP-Brasil. Catalogação na publicação.
Sindicato Nacional dos Editores de Livros, RJ.

G148s

Galbraith, Robert
Sangue revolto / Robert Galbraith ; tradução Ryta Vinagre.
– 1ª ed. – Rio de Janeiro : Rocco, 2021.

Tradução de: Troubled blood
ISBN 978-65-5532-110-4 (brochura)
ISBN 978-65-5532-114-2 (capa dura)
ISBN 978-65-5595-070-0 (e-book)

1. Ficção policial. 2. Ficção inglesa. I. Vinagre, Ryta. II. Título.

21-70516 CDD: 823
CDU: 82-312.4(410.1)

Meri Gleice Rodrigues de Souza – Bibliotecária – CRB-7/6439

O texto deste livro obedece às normas do
Acordo Ortográfico da Língua Portuguesa.

Para Barbara Murray,

assistente social, funcionária da WEA, professora,

esposa, mãe, avó,

um demônio no jogo de bridge

e

a melhor sogra do mundo

Ali a procuraram, e em cada canto perguntaram
Onde obteriam notícias de seu paradeiro;
Entretanto nenhuma encontraram. Mas por que triste destino
Ou dura infelicidade ela fora dali levada,
E subtraída de seu amado companheiro,
Seria uma longa história a contar...

Edmund Spenser
A Rainha das Fadas

Pois, se assim não fosse, haveria algo desaparecendo
no nada, o que matematicamente é absurdo.

Aleister Crowley
O livro de Thoth

PARTE UM

E chegou o alegre verão...

Edmund Spenser
A Rainha das Fadas

1

E tal foi aquele, de quem preciso contar,
O defensor da verdadeira justiça, Artegall...

Edmund Spenser
A Rainha das Fadas

— Você é um cornualhês, nascido e criado — falou com irritação Dave Polworth. — "Strike" nem mesmo é seu nome correto. Por direito, você é um Nancarrow. Não vai ficar sentado aqui dizendo que se diria inglês?

O Victory Inn estava tão lotado nesse fim de noite quente de agosto que os fregueses se espalharam pela escadaria de pedra que levava à baía. Polworth e Strike estavam sentados a uma mesa no canto, bebendo uns canecos para comemorar o aniversário de 39 anos de Polworth. Discutiam o nacionalismo cornualhês havia vinte minutos, e, para Strike, parecia muito mais tempo.

— Se eu me diria inglês? — Ele refletiu em voz alta. — Não, provavelmente diria britânico.

— Vai se foder — disse Polworth, perdendo a cabeça rapidamente. — Não diria. Você só está tentando me enrolar.

Os dois amigos eram fisicamente opostos. Polworth era baixo e magro como um jóquei, envelhecido e com rugas prematuras, o couro cabeludo queimado de sol visível pelo cabelo cada vez mais ralo. Sua camiseta estava amarrotada, como se ele a tivesse apanhado no chão ou no cesto de roupa lavada, e a calça jeans era rasgada. No braço esquerdo estava tatuada a cruz preta e branca de São Piran; na mão direita, havia uma cicatriz profunda, lembrança de um contato próximo com um tubarão.

O amigo Strike parecia um pugilista fora de forma, o que de fato era; um homem parrudo, com bem mais de um metro e oitenta de altura, um nariz ligeiramente torto, o cabelo escuro basto e crespo. Não tinha tatuagens e, apesar da eterna sombra da barba, tinha um ar arrumadinho e fundamentalmente limpo que sugeria um ex-policial ou ex-militar.

— Você nasceu aqui — insistiu Polworth. — Então, é cornualhês.

— O problema é que, segundo seus padrões, você é de Birmingham.

— Vai se foder! — gritou Polworth de novo, genuinamente magoado. — Vim para cá com dois meses de idade e minha mãe é uma Trevelyan. É a identidade... o que você sente aqui. — E Polworth bateu no peito acima do coração. — A família de minha mãe remonta a séculos na Cornualha...

— Tá, tudo bem, o sangue e a terra nunca foram meus...

— Soube do último levantamento que eles fizeram? — disse Polworth, atropelando Strike. — "Qual é sua origem étnica?", eles perguntaram, e metade... *metade*... marcou "cornualhês" em vez de inglês. Um aumento enorme.

— Ótimo — disse Strike. — Qual vai ser o próximo? Quadradinhos para dumnônios e romanos?

— Continue usando essa merda de tom paternalista — disse Polworth — e vai ver onde você vai parar. Você está em Londres há tempo demais, cara... Não há nada de errado em ter orgulho de sua origem. Nada de errado com comunidades que querem recuperar algum poder de Westminster. Os escoceses vão para a vanguarda no ano que vem. Preste atenção. Quando eles conseguirem a independência, será o gatilho. Vai ter gente de todo o país partindo para a ofensiva.

"Quer outra?", ele acrescentou, gesticulando para o caneco vazio de Strike.

Strike tinha ido ao pub ansiando por uma trégua das tensões e das preocupações, não para ser importunado por política da Cornualha. O Mebyon Kernow, um partido nacionalista no qual Polworth ingressou aos 16 anos, exercia grande influência sobre ele no mais ou menos um ano desde a última vez em que eles se viram. Em geral, Dave fazia Strike rir como quase ninguém, porém ele não fazia piada da independência da Cornualha, um assunto que para Strike tinha o mesmo apelo de decoração de interiores ou encontro de aficionados por trens. Por um segundo, Strike pensou em dizer que precisava voltar à casa da tia, mas a perspectiva disso era quase mais deprimente do que as invectivas do velho amigo contra os supermercados que resistiam a colocar a cruz de São Piran nos produtos de origem cornualhesa.

— Sim, obrigado — disse ele, passando o caneco vazio a Dave, que foi ao bar, cumprimentando com a cabeça os muitos conhecidos.

Sozinho na mesa, os olhos de Strike vagaram distraidamente pelo pub que ele sempre considerou seu lugar. Tinha mudado com o passar dos anos, mas ainda era reconhecidamente o local em que ele e os amigos da Cornualha se encontravam no final da adolescência. Ele teve uma estranha dupla impressão de estar exatamente no lugar a que pertencia e a que nunca pertenceu, de intensa familiaridade e afastamento.

Enquanto seu olhar se deslocava sem rumo do assoalho de madeira às gravuras náuticas, Strike se viu olhando diretamente nos olhos grandes e ansiosos de uma mulher que estava de pé junto ao balcão, com uma amiga. Tinha o rosto pálido e comprido, e os cabelos pretos, na altura dos ombros, eram raiados de cinza. Ele não a reconheceu, mas tinha consciência de que na última hora alguns moradores esticavam o pescoço para olhá-lo, ou tentavam chamar sua atenção. Desviando o olhar, Strike pegou o celular e fingiu mandar uma mensagem de texto.

Os conhecidos tinham uma desculpa pronta para uma conversa, se ele demonstrasse o mais leve sinal de estímulo, porque todos em St. Mawes pareciam saber que dez dias antes sua tia Joan recebera um diagnóstico de câncer de ovário avançado e que ele, a meia-irmã Lucy e os três filhos tinham corrido prontamente à casa de Joan e Ted para dar o apoio que podiam. Havia uma semana que ele respondia a perguntas, aceitava a solidariedade e declinava educadamente de ofertas de ajuda sempre que se arriscava a sair da casa. Estava cansado de encontrar novas maneiras de dizer "sim, parece terminal e, sim, é uma merda para todos nós".

Polworth abriu caminho até a mesa, trazendo mais dois canecos.

— Pronto, Diddy — disse ele, voltando a sua banqueta.

O antigo apelido não tinha sido dado, como a maioria das pessoas supunha, em uma referência irônica ao tamanho de Strike, mas derivava de "didicoy", a palavra cornualhesa para cigano. Ouvi-lo abrandou

Strike, lembrando por que a amizade com Polworth era a mais duradoura de sua vida.

Trinta e cinco anos antes, Strike tinha entrado na escola fundamental de St. Mawes um período atrasado, excepcionalmente grande para a idade e com um sotaque que era flagrantemente diferente do sotaque local. Embora tenha nascido na Cornualha, a mãe o levou embora assim que se recuperou do parto, fugindo na noite, com o bebê nos braços, de volta à Londres que amava, esvoaçando de apartamento a casas ocupadas e festas. Quatro anos depois do nascimento de Strike, ela voltou a St. Mawes com o filho e a recém-nascida Lucy, só para partir de novo nas primeiras horas da manhã, deixando para trás Strike e a meia-irmã.

Exatamente o que Leda tinha dito no bilhete que deixara na mesa da cozinha, Strike nunca saberia. Sem dúvida ela teria passado por dificuldades com um senhorio ou um namorado, ou talvez houvesse um festival de música a que queria particularmente comparecer: passou a ser difícil viver como Leda queria, tendo duas crianças a reboque. Qualquer que fosse o motivo para sua ausência prolongada, a cunhada de Leda, Joan, que era tão convencional e organizada como Leda era volúvel e caótica, comprou um uniforme para Strike e o matriculou na escola do bairro.

As outras crianças de quatro anos e meio ficaram boquiabertas quando ele foi apresentado à turma. Alguns riram quando o professor disse seu nome de batismo, Cormoran. Ele tinha receio dessa história de escola, porque tinha certeza de que a mãe dissera que ele "teria aulas em casa". Tentou dizer ao tio Ted que não achava que a mãe ia querer que ele fosse, mas Ted, em geral tão compreensivo, dissera firmemente que ele precisava ir, e assim Strike foi, sozinho entre estranhos de sotaques esquisitos. Strike, que nunca foi de chorar, sentou-se à velha carteira de tampo de correr com um bolo na garganta que parecia uma maçã.

Exatamente por que Dave Polworth, o chefão da turma, decidira fazer amizade com o garoto novo nunca foi explicado satisfatoriamente, nem a Strike. Não pode ter sido por medo do tamanho de Strike, porque os dois melhores amigos de Dave eram filhos parrudos de pescadores, e Dave, de todo modo, era famoso como lutador cuja crueldade era inversamente proporcional à sua altura. No final daquele primeiro dia, Polworth tinha se tornado amigo e protetor, assumindo a tarefa de incutir nos colegas de turma todos os motivos para que Strike merecesse respeito: ele nasceu na Cornualha, era sobrinho de Ted Nancarrow, do grupamento local de salva-vidas, ele não sabia onde estava a mãe e não era culpa dele que falasse de um jeito engraçado.

Apesar de estar doente, a tia de Strike gostou muito de ter o sobrinho em sua casa por uma semana inteira e, embora ele devesse partir na manhã seguinte, Joan praticamente o empurrou porta afora para comemorar o aniversário do "Pequeno Dave" naquela noite. Ela dava um valor imenso aos antigos laços e se deliciava com o fato de que Strike e Dave Polworth ainda fossem amigos, todos aqueles anos depois. Joan considerava o fato de sua amizade uma prova de que ela teve razão em mandá-lo para a escola, contrariando os desejos irresponsáveis da mãe e provando que a Cornualha era o verdadeiro lar de Strike, por mais que ele tenha vagado desde então, e apesar de ele agora morar em Londres.

Polworth tomou um longo gole da quarta cerveja e disse, com um olhar afiado por cima do ombro, para a mulher morena e sua amiga loura, que ainda olhavam Strike.

— Merda de turistas.

— E o que seria de seu jardim — perguntou Strike — sem turistas?

— Sem essa — disse Polworth prontamente. — Recebemos uma tonelada de visitantes locais, muitos voltam várias vezes.

Polworth recentemente tinha se demitido de um cargo gerencial em uma empresa de engenharia em Bristol para trabalhar como chefe de jardinagem em um grande jardim botânico público a uma curta distância pelo litoral. Um mergulhador competente, surfista consumado, competidor em provas de Ironman, Polworth fora incansavelmente ligado ao físico e inquieto desde a infância, e o tempo e o trabalho de escritório não o domaram.

— Sem arrependimentos, então? — perguntou Strike.

— Não, porra — disse Polworth com fervor. — Eu precisava sujar as mãos de terra de novo. Precisava voltar a ficar ao ar livre. Faço quarenta no ano que vem. Era agora ou nunca.

Polworth tinha se candidatado ao novo emprego sem contar à esposa o que fazia. Depois de lhe oferecerem o cargo, ele se demitiu do emprego antigo e foi para casa anunciar o *fait accompli* à família.

— Penny mudou de ideia? — perguntou Strike.

— Ainda me diz uma vez por semana que quer o divórcio — respondeu Polworth com indiferença. — Mas era melhor apresentar os fatos a ela do que discutir por cinco anos. Tudo saiu otimamente bem. As crianças adoram a escola nova, a empresa de Penny deixou que ela se transferisse para o escritório na Cidade Grande — pelo que Polworth queria dizer Truro, e não Londres. — Ela está feliz. Só não quer admitir isso.

No fundo, Strike duvidava da veracidade dessa declaração. Um desprezo por fatos inconvenientes tendia a andar de mãos dadas com o amor pelo risco e as causas românticas de Polworth. Porém, Strike já possuía seus próprios problemas para ainda por cima se preocupar com os de Polworth, então ergueu o caneco e disse, na esperança de tirar a cabeça do amigo da política:

— Bom, feliz aniversário, amigo.

— Valeu — disse Polworth, retribuindo o brinde. — E aí, quais são as chances do Arsenal, na sua opinião? Vai se classificar?

Strike deu de ombros, porque temia discutir que a probabilidade de seu time de futebol londrino garantir uma vaga na Liga dos Campeões levasse de volta à falta de lealdade para com a Cornualha.

— E como está sua vida amorosa? — perguntou Polworth, tentando uma tática diferente.

— Inexistente — disse Strike.

Polworth sorriu.

— Joanie acha que você vai acabar com sua sócia. Aquela garota, a Robin.

— É mesmo? — disse Strike.

— Ela me disse isso quando estive lá, no fim de semana retrasado. Enquanto eu consertava sua Sky Box.

— Eles não me contaram que você fez isso — disse Strike, de novo erguendo o caneco para Polworth. — Foi bondade sua, amigo, obrigado.

Se ele esperava desviar a atenção do amigo, não teve sucesso nenhum.

— Os dois. Ela e Ted — disse Polworth —, os dois acham que é Robin.

E como Strike não falou nada, Polworth o pressionou.

— E aí, não está acontecendo nada?

— Não — disse Strike.

— Como pode ser? — perguntou Polworth, de novo de cenho franzido. Como acontecia com a independência da Cornualha, Strike recusava-se a adotar um objetivo óbvio e desejável. — Ela é bonita. Eu vi no jornal. Talvez não seja páreo para Milady Maluca — reconheceu Polworth. Era o apelido que ele dera muito tempo atrás à ex-noiva de Strike. — Por outro lado, ela não é doida de pedra, é, Diddy?

Strike riu.

— Lucy gosta dela — disse Polworth. — Diz que vocês ficam perfeitos juntos.

— E quando foi que você esteve conversando sobre minha vida amorosa com Lucy? — perguntou Strike, com um pouco menos de complacência.

— Há mais ou menos um mês — respondeu Polworth. — Ela trouxe os meninos para passar o fim de semana, e fizemos um churrasco para eles.

Strike bebeu e não falou nada.

— Vocês se entendem muito bem, é o que ela diz — disse Polworth, olhando para ele.

— É, a gente se entende — disse Strike.

Polworth esperou, as sobrancelhas erguidas de expectativa.

— Estragaria tudo — disse Strike. — Não vou arriscar a agência.

— Está certo — disse Polworth. — Mas ficou tentado?

Houve uma curta pausa. Strike manteve o olhar cuidadosamente distante da morena e sua companheira, que certamente falavam dele.

— Pode ter havido uns momentos — confessou ele — em que isso passou pela minha cabeça. Mas ela atravessa um divórcio feio, já passamos metade de nossa vida juntos e gosto de tê-la como sócia.

Em virtude da longa amizade, do fato de eles já terem debatido política e de ser aniversário de Polworth, ele tentava não deixar transparecer nenhum sinal de ressentimento por essa linha de interrogatório. Toda pessoa casada que ele conhecia parecia desesperada para atrair os outros ao matrimônio, por pior que fossem eles mesmos como publicidade para a instituição. Os Polworth, por exemplo, pareciam existir em um estado permanente de animosidade mútua. Strike com muita frequência ouvira Penny se referir ao marido como "aquele imbecil" e não pelo nome, e muitas foram as noites em que Polworth tinha alegrado os amigos com detalhes satisfeitos de como ele conseguira realizar suas ambições e seus interesses à custa da esposa, ou sob os protestos dela. Os dois pareciam mais felizes e mais relaxados na companhia do próprio sexo, e naquelas raras ocasiões em que Strike desfrutara da hospitalidade da casa deles, os encontros sempre pareciam seguir um padrão de segregação natural, as mulheres reunidas em uma área da casa, os homens em outra.

— E como vai ser quando Robin quiser filhos? — perguntou Polworth.

— Não acho que ela queira — disse Strike. — Robin gosta do trabalho.

— Todas elas dizem isso — comentou Polworth com desdém. — Quantos anos ela tem agora?

— É dez anos mais nova que nós.

— Ela vai querer filhos — afirmou Polworth com confiança. — Todas elas querem. E acontece mais rápido para as mulheres. Elas estão correndo contra o relógio.

— Bom, ela não terá filhos comigo. Eu não os quero. De todo modo, quanto mais velho fico, menos penso que sou do tipo que se casa.

— Eu pensava o mesmo de mim, amigo — disse Polworth. — Mas depois percebi que tinha entendido tudo errado. Já te contei como aconteceu, não contei? Como acabei propondo casamento a Penny?

— Acho que não — disse Strike.

— Nunca te contei sobre todo o lance do Tolstoi? — perguntou Polworth, surpreso com essa omissão.

Strike, que estava a ponto de beber, baixou o caneco, admirado. Desde o ensino fundamental, Polworth, de inteligência muito afiada, mas que desprezava qualquer forma de aprendizado sem utilidade prática imediata, evitara todo e qualquer material impresso, exceto manuais técnicos. Interpretando mal a expressão de Strike, Polworth disse:

— Tolstoi. É escritor.

— Sei disso — disse Strike. — Valeu. Como foi que Tolstoi...?

— Estou te contando, não estou? Eu tinha me separado da Penny pela segunda vez. Ela vivia me perturbando que queria ficar noiva, e eu não tinha vontade. Então estou em um bar, dizendo a meu amigo Chris que estou enjoado de ela me dizer que quer uma aliança... lembra do Chris? Um cara grandão, de língua presa. Você o conheceu no batizado de Rozwyn.

"Mas, então, tinha um cara mais velho no balcão, sozinho, meio maricas com um casaco de veludo, cabelo encaracolado, e ele está me irritando, para falar com franqueza, porque sei que está ouvindo, e pergunto a ele que merda ele está olhando e ele me olha bem nos olhos", disse Polworth, "e fala: 'Você só pode carregar um peso e usar suas mãos, se prender o peso nas costas. Case-se e vai recuperar o uso das mãos. Não se case, e nunca terá as mãos livres para mais nada. Veja Mazankov, Krupov. Eles acabaram com a vida profissional por conta das mulheres.'

"Achei que Mazankov e Krupov eram amigos dele. Perguntei por que merda ele estava me dizendo aquilo. E então ele diz que está citando um escritor, Tolstoi.

"E continuamos a conversa e vou te contar, Diddy, foi um momento transformador para mim. A lâmpada se acendeu", disse Polworth, apontando o ar acima da careca. "Ele me fez enxergar com clareza. O dilema masculino, amigo. Lá estava eu, tentando me arranjar numa noite de quinta-feira, indo para casa sozinho de novo, mais pobre, morto de tédio; pensei no dinheiro que eu gastava indo atrás de mulher, e a trabalheira, e se eu queria assistir pornografia sozinho aos quarenta anos, e pensei, a questão toda é essa. É para isso que serve o casamento. Vou arrumar algo melhor que Penny? Estou gostando de falar merda com as mulheres nos bares? Penny e eu nos entendemos. Eu podia me dar muito pior. Ela não é feia. Eu já teria a trepada em casa, esperando por mim, não teria?"

— Que pena que ela não pode ouvir isso — disse Strike. — Ia se apaixonar por você de novo.

— Apertei a mão daquele sujeito pomposo — disse Polworth, ignorando o sarcasmo de Strike. — Pedi a ele para escrever o nome do livro e tudo. Saí direto do bar, peguei um táxi para o apartamento de Penny, bati na porta, eu a acordei. Ela ficou puta da vida. Achou que eu tinha aparecido porque estava de porre, que não consegui nada melhor e queria uns amassos. Eu falei: "Não, sua piranha sonolenta, estou aqui porque quero me casar com você."

"E vou te dizer o título do livro", disse Polworth. "*Ana Karenina*." Ele terminou a cerveja. "É uma merda."

Strike riu.

Polworth arrotou alto, depois olhou o relógio. Era um homem que sabia dizer a última fala e não tinha mais tempo para despedidas prolongadas do que para a literatura russa.

— Preciso ir andando, Diddy — disse ele, levantando-se. — Se eu chegar antes das 11 e meia, ganho um boquete de aniversário... e é esse todo o sentido da coisa, amigo. Todo o sentido.

Sorrindo, Strike apertou a mão estendida de Polworth. Polworth disse a Strike para transmitir suas lembranças a Joan e ligar para ele da próxima vez em que aparecesse, depois se espremeu para fora do pub e sumiu de vista.

2

O coração, por dentro ferido, em grande medida é aplacado
Com a esperança da coisa, que pode aliviar sua dor...

Edmund Spenser
A Rainha das Fadas

Ainda sorrindo da história de Polworth, Strike agora percebia que a morena no balcão mostrava sinais de querer se aproximar dele. Sua companheira loura de óculos parecia aconselhar o contrário. Strike terminou a cerveja, pegou a carteira, verificou se os cigarros ainda estavam no bolso e, com a ajuda da parede ao lado, levantou-se, cuidando para que o equilíbrio fosse perfeito antes de tentar andar. De vez em quando a perna protética não colaborava depois de quatro cervejas. Tendo garantido a si mesmo que podia se equilibrar perfeitamente bem, ele partiu para a saída, assentindo, mas sem sorrir, para aqueles poucos moradores que não podia ignorar sem ofender e chegou à escuridão cálida do lado de fora sem ser incomodado por ninguém.

A escada de pedra irregular que levava à baía ainda estava apinhada de gente que bebia e fumava. Strike costurou entre eles, pegando os cigarros enquanto andava.

Era uma noite amena de agosto, e os turistas ainda caminhavam pela orla pitoresca. Strike se via diante de uma caminhada de 15 minutos, parte dela ladeira acima, de volta à casa dos tios. Por impulso, entrou à direita, atravessou a rua e foi para o muro alto de pedra que separava do mar o estacionamento e o porto da balsa. Encostando-se nele, acendeu um cigarro e viu por cima do cinza da fumaça o mar prateado, tornando-se só mais um turista no escuro, livre para fumar sossegado sem ter de responder a perguntas sobre câncer, deliberadamente adiando o momento em que teria de voltar ao sofá desconfortável que era sua cama nos últimos seis dias.

Na chegada, Joan dissera a Strike que ele, o solteiro sem filhos e ex-soldado, não se importaria de dormir na sala de estar "porque *você vai* dormir mesmo". Ela estava decidida a descartar a possibilidade, aventada por Strike ao telefone, de ele se registrar em uma pousada, em vez de forçar a capacidade da casa. As visitas de Strike eram raras, em particular em conjunto com a irmã e os sobrinhos, e Joan queria desfrutar plenamente da presença dele, queria sentir que ela, mais uma vez, era a provedora e educadora, mesmo que no momento estivesse enfraquecida pela primeira rodada de quimioterapia.

E assim o alto e pesado Strike, que ficaria muito mais feliz em uma cama de campanha, teve de se deitar sem reclamar toda noite numa massa escorregadia e inabalável de crina de cavalo coberta de cetim, para ser acordado toda manhã pelos jovens sobrinhos, que rotineiramente se esqueciam de que lhes pediram para esperar até as oito horas antes de invadir a sala de estar. Pelo menos Jack tinha a decência de sussurrar suas desculpas sempre que percebia que acordara o tio. O mais velho, Luke, fazia barulho e gritava ao descer a escada estreita toda manhã, e se limitava a dar risadinhas ao passar correndo por Strike, a caminho da cozinha.

Luke tinha quebrado os fones de ouvido novos de Strike, e o detetive se sentiu obrigado a fingir não se importar nem um pouco. O sobrinho mais velho também achou divertido correr para o jardim com a perna protética de Strike certa manhã e com ela ficar acenando para o tio pela janela. Quando Luke enfim a trouxe de volta, Strike, cuja bexiga estava muito cheia e que era incapaz de subir a escada íngreme em um pé só, passou um sermão em Luke que deixou o garoto excepcionalmente acuado pela maior parte da manhã.

Enquanto isso, Joan dizia a Strike toda manhã, "você dorme bem", sem a menor sugestão de uma pergunta. Joan tinha o hábito de uma vida inteira de sutilmente pressionar a família a lhe dizer o que ela queria ouvir. Nos dias em que Strike estava dormindo em seu escritório e enfrentava a iminente insolvência (fatos que ele evidentemente não contara aos tios), Joan dissera a ele por telefone, toda feliz, "você está se saindo tremendamente bem", e pareceu, como sempre parecia, desnecessário contestar sua declaração otimista. Depois que a metade inferior da sua perna foi explodida no Iraque, uma Joan chorosa tinha ficado junto a seu leito hospitalar, enquanto ele tentava focalizar através de uma névoa de morfina, e dissera a ele: "Mas você está confortável. Não sente dor." Ele amava a tia, que o criou durante partes significativas de sua infância, mas os longos períodos em sua companhia o deixavam reprimido e sufocado. A insistência dela na tranquila troca de falsas moedas sociais, enquanto as verdades desagradáveis eram ignoradas e negadas, o esgotava.

Algo brilhou na água abaixo — prateado lustroso e um par de olhos negros como fuligem: uma foca se virava indolentemente abaixo de Strike. Ele olhou seus giros na água, perguntando-se se ela o via e, por motivos que não podia ter explicado, seus pensamentos foram para a sócia na agência de detetives.

Strike tinha plena consciência de que não contara toda a verdade a Polworth sobre sua relação com Robin Ellacott, o que, afinal, não era da conta de ninguém. A verdade era que seus sentimentos continham nuances e complicações que ele preferia não examinar. Por exemplo, quando sozinho, entediado ou desanimado, ele tinha a tendência de querer ouvir a voz dela.

Ele olhou o relógio. Robin tinha o dia de folga, mas havia uma possibilidade de ainda estar acordada, e ele tinha um pretexto decente para mandar uma mensagem de texto: Saul Morris, seu mais recente terceirizado, deveria receber o reembolso mensal, e Strike não deixou instruções para resolver isso. Se mandasse a mensagem sobre Morris, havia uma boa possibilidade de Robin ligar para ele para descobrir como estava Joan.

— Com licença? — disse uma mulher, nervosa, de trás dele.

Strike sabia, sem se virar, que era a morena do pub. A mulher tinha um sotaque dos Home Counties, e seu tom continha aquela mistura precisa de quem se desculpa e se empolga que ele costumava encontrar naqueles que queriam falar dos triunfos dele como detetive.

— Sim? — disse ele, virando-se para quem falava.

A amiga loura viera com ela: ou talvez, pensou Strike, elas fossem mais que amigas. Um senso indefinível de proximidade parecia unir as duas mulheres, que ele julgava terem por volta de quarenta anos. Elas usavam jeans e camisas, e a loura, em particular, tinha a magreza meio castigada pelo tempo que sugere fins de semana passados em montanhismo ou ciclismo. Ela era o que alguns chamariam de uma mulher "atraente", pretendendo dizer com isso que estava de cara lavada. Maçãs do rosto salientes, de óculos, o cabelo em um rabo de cavalo, ela também parecia severa.

A morena era de constituição mais leve. Seus grandes olhos cinza brilhavam claros no rosto comprido. À meia-luz, havia nela um ar de intensidade, até de fanatismo, como uma mártir medieval.

— Você é... Você é Cormoran Strike? — perguntou ela.

— Sim — disse ele, num tom pouco convidativo.

— Ah. — Ela suspirou, com um gesto agitado e curto. — Isso é... é tão estranho. Sei que você provavelmente não vai querer ser... peço desculpas por incomodá-lo, sei que está de folga — ela soltou um riso nervoso —, mas... meu nome é Anna, a propósito... eu estava me perguntando — ela respirou fundo — se eu podia vir... se eu podia vir lhe falar sobre minha mãe.

Strike não disse nada.

— Ela desapareceu — continuou Anna. — O nome dela é Margot Bamborough. Ela era médica. Terminou o trabalho uma noite, saiu de seu consultório, e ninguém a viu desde então.

— Entrou em contato com a polícia? — perguntou Strike.

Anna soltou uma risadinha estranha.

— Ah, sim... quer dizer, eles sabiam... eles investigaram. Mas nunca descobriram nada. Ela desapareceu — disse Anna — em 1974.

A água escura lambia a pedra, e Strike pensou poder ouvir a foca assoar as narinas úmidas. Três jovens bêbados passaram vacilantes a caminho do porto da balsa. Strike se perguntou se eles sabiam que a última balsa tinha partido às seis horas.

— Eu só — disse a mulher, precipitadamente —, veja bem... na semana passada... eu procurei uma médium.

Mas que merda, pensou Strike.

Na carreira de detetive, de vez em quando ele esbarrava em fornecedores de visões paranormais e não sentia nada além de desdém por eles: sanguessugas, ou assim ele os via, de dinheiro do bolso dos iludidos e dos desesperados.

Uma lancha barulhenta passou pela água, o motor triturando em pedaços a quietude da noite. Pelo visto, essa era a carona que esperavam os três garotos bêbados. Eles agora começaram a rir e trocar cotoveladas com a perspectiva do enjoo iminente no mar.

— A médium me disse que eu conseguiria uma "pista" — prosseguiu Anna. — Ela me falou: "Você vai descobrir o que aconteceu com sua mãe. Vai conseguir uma pista e deve segui-la. Em breve ficará claro como isso acontecerá." Então, quando vi você agora mesmo no pub... *Cormoran Strike*, no Victory... simplesmente parecia uma coincidência inacreditável e pensei... eu precisava falar com você.

Uma brisa suave despenteou o cabelo escuro e raiado de prata de Anna. A loura disse secamente:

— Vamos, Anna, precisamos ir.

Ela pôs o braço nos ombros da outra. Strike viu uma aliança de casamento brilhando ali.

— Desculpe-nos por tê-lo incomodado — disse ela a Strike.

Com uma pressão suave, a loura tentou virar Anna. Esta última enrijeceu e disse em voz baixa:

— Desculpe-me. Eu... devo ter bebido vinho demais.

— Espere.

Strike costumava se ressentir de seu impulso incurável pelo saber, a incapacidade de deixar uma comichão quieta, em particular quando estava tão cansado e irritado como nessa noite. Mas 1974 foi o ano de seu próprio nascimento. Margot Bamborough estava desaparecida desde que ele nascera. Ele não conseguiu evitar: queria saber mais.

— Estão de férias aqui?

— Sim. — Foi a loura que falou. — Bom, temos um segundo lar em Falmouth. Nosso lar permanente fica em Londres.

— Voltarei para lá amanhã — disse Strike (*Mas que merda está fazendo?*, perguntou uma voz em sua cabeça) —, mas posso dar uma passada para ver vocês de manhã em Falmouth, se estiverem livres.

— Sério? — disse Anna, arquejando. Ele não vira seus olhos cheios de lágrimas, mas sabia que deviam estar, porque ela agora os enxugava. — Ah, seria *ótimo*. Obrigada. *Muito obrigada!* Vou lhe dar o endereço.

A loura não mostrou entusiasmo nenhum pela perspectiva de rever Strike. Porém, quando Anna começou a mexer na bolsa, atrapalhada, ela disse:

— Está tudo bem, eu tenho um cartão. — Ela pegou uma carteira no bolso de trás e entregou a Strike um cartão de visita trazendo o nome de "Dra. Kim Sullivan, Psicóloga", com um endereço em Falmouth impresso abaixo do nome.

— Ótimo — disse Strike, colocando o cartão na própria carteira. — Bom, verei vocês duas amanhã de manhã, então.

— Na verdade, eu tenho uma teleconferência de manhã — disse Kim. — Só estarei livre ao meio-dia. Fica tarde demais para você?

A implicação era clara: você não vai falar com Anna sem que eu esteja presente.

— Não, tudo bem, pode ser — disse Strike. — Verei vocês ao meio-dia, então.

— Muito obrigada! — disse Anna.

Kim segurou a mão de Anna, e as duas se afastaram. Strike ficou olhando quando elas passaram embaixo de um poste de rua, antes de se virar para o mar. A lancha que levava os jovens embriagados agora tinha se afastado, barulhenta. Já parecia minúscula, diminuída pela ampla baía, o rugido do motor aos poucos morria em um zumbido distante.

Esquecendo-se momentaneamente de mandar a mensagem a Robin, Strike acendeu um segundo cigarro, pegou o celular e procurou Margot Bamborough no Google.

Apareceram duas fotografias diferentes. A primeira era uma foto dos ombros para cima, reticulada, de feições atraentes e harmoniosas, com olhos espaçados e cabelo louro-escuro ondulado dividido no meio. Vestia uma blusa de lapelas longas por cima do que parecia um top de malha.

A segunda foto mostrava a mesma mulher, parecendo mais nova, vestida no famoso espartilho preto de uma Coelhinha da Playboy, com acessórios como brincos pretos, meias pretas e cauda branca. Segurava uma bandeja do que pareciam cigarros e sorria para a câmera. Outra jovem, vestida de forma idêntica, sorria radiante ao lado dela, ligeiramente dentuça e com mais curvas do que a amiga esbelta.

Strike rolou a tela até ler um nome famoso em conjunção com o de Margot.

... A jovem médica e mãe, Margaret **"Margot" Bamborough**, cujo desaparecimento em 11 de outubro de 1974 compartilha algumas semelhanças com os raptos, por Creed, de Vera Kenny e Gail Wrightman.

Bamborough, que trabalhava na Clínica Médica St. John's em Clerkenwell, marcara de encontrar-se com uma amiga no pub do bairro, o Three Kings, às seis da tarde. Ela nunca chegou.

Várias testemunhas viram um pequeno furgão branco dirigindo em alta velocidade na área por volta da hora em que **Bamborough** deveria ir ao seu encontro.

O inspetor-detetive Bill Talbot, que liderou as investigações sobre o desaparecimento de **Bamborough**, estava convencido, desde o início, de que a jovem médica caíra vítima do assassino serial que se sabia estar à solta na zona sudeste. Porém, não foi descoberto nenhum rastro de **Bamborough** no apartamento de subsolo em que Dennis Creed prendeu, torturou e matou outras sete mulheres.

A marca registrada de Creed de decapitar suas vítimas mortas...

3

Mas agora é preciso Britomart, para aqui
As duras aventuras e estranhos acasos contar

Edmund Spenser
A Rainha das Fadas

Se o dia tivesse corrido segundo o planejado, Robin Ellacott estaria metida na cama em seu apartamento alugado no Earl's Court neste momento, renovada por um longo banho, lendo um novo romance. Em vez disso, estava sentada no velho Land Rover, com arrepios de puro cansaço apesar da noite amena, ainda com as roupas que vestia às quatro e meia daquela manhã, enquanto observava a janela iluminada de uma Pizza Express em Torquay. Seu rosto no retrovisor lateral era pálido, os olhos azuis estavam injetados e o cabelo louro-avermelhado, agora escondido em um gorro preto, precisava ser lavado.

De vez em quando, Robin mergulhava a mão em um saco de amêndoas que estava no banco do carona, a seu lado. Simplesmente era fácil demais entrar em uma dieta de fast food e chocolate quando se está em uma operação de vigilância, lanchar mais do que o necessário por mero tédio. Robin tentava comer de forma saudável, apesar de seus horários antissociais, mas as amêndoas há muito tempo deixaram de ser apetitosas, e ela desejava apenas uma fatia da pizza de pepperoni que via, pela janela do restaurante, um casal obeso desfrutar. Ela quase sentia o gosto da pizza, embora o ar à sua volta tivesse um cheiro penetrante de sal marinho, por baixo do perpétuo odor abafado de botas velhas e cachorro molhado que impregnava os antigos assentos de tecido do Land Rover.

O objeto de vigilância, que ela e Strike apelidaram de "Topetudo" devido à peruca com topete mal fixada, agora estava fora de vista. Desaparecera na pizzaria uma hora e meia antes com três companheiros, um dos quais, um adolescente com o braço engessado, era visível, se Robin esticasse a cabeça de lado no espaço acima do banco do carona. Ela fazia isso a intervalos de mais ou menos cinco minutos para verificar o progresso da refeição do quarteto. Da última vez que olhou, o sorvete estava sendo servido na mesa. Certamente não demoraria muito.

Robin combatia uma depressão que sabia se dever em parte à completa exaustão, à rigidez do corpo pelas muitas horas sentada dirigindo e à perda de seu dia de folga há muito desejado. Com Strike inevitavelmente ausente da agência por uma semana inteira, ela agora trabalhava havia vinte dias sem tirar folga. O melhor terceirizado deles, Sam Barclay, devia assumir a tarefa do Topetudo hoje na Escócia, mas o Topetudo não pegou um avião para Glasgow, como era esperado. Em vez disso, fez um desvio surpresa para Torquay, deixando Robin sem alternativas a não ser segui-lo.

Havia outros motivos para seu desânimo, naturalmente, um deles ela reconhecia, e o outro, tinha raiva de si mesma por remoer.

O primeiro motivo, o confessável, era seu divórcio em andamento, que se tornou cada vez mais litigioso com o passar da semana. Depois de Robin ter descoberto o caso do ex-marido, eles tinham feito uma última reunião fria e amargurada, por coincidência na Pizza Express perto do trabalho de Matthew, em que concordaram em aceitar um divórcio amigável depois de uma separação de dois anos. Robin era honesta demais para não admitir que também tinha responsabilidade pelo fracasso da relação dos dois. Matthew pode ter sido infiel, mas ela sabia que nunca se comprometeu inteiramente com o casamento, que tinha priorizado o trabalho em detrimento de Matthew em quase todas as ocasiões possíveis e que, no fim, estivera esperando por um motivo para ir embora. O caso foi um choque, mas também uma libertação.

No entanto, durante os 12 meses desde a pizza com Matthew, Robin passou a perceber que longe de procurar uma solução "amigável", o ex-marido via o fim do casamento como inteira responsabilidade de Robin e estava decidido a fazê-la pagar, emocional e financeiramente, por essa infração. A conta bancária conjunta, que continha os frutos da venda da antiga casa do casal, foi bloqueada enquanto os advogados se digladiavam sobre quanto Robin podia racionalmente esperar, quando ganhava muito menos que Matthew e se casou com ele — isso foi fortemente sugerido na carta mais recente — tão somente tendo em vista a obtenção de vantagens pecuniárias que ela nunca teria alcançado sozinha.

Cada carta do advogado de Matthew provocava em Robin um estresse a mais, além de fúria e angústia. Ela nem precisava da própria advogada para apontar que Matthew parecia tentar obrigá-la a gastar um dinheiro que não tinha em uma briga judicial, retardar o relógio e seus recursos até que ela saísse com o mais próximo de nada que ele conseguisse obter.

— Nunca vi um divórcio sem filhos tão litigioso — disse-lhe sua advogada, palavras que não trouxeram conforto algum.

Matthew continuava a ocupar quase tanto espaço na mente de Robin quanto na época em que eram casados. Ela pensava que podia ler os pensamentos dele através dos quilômetros e do silêncio que os separavam em suas vidas novas e muito divergentes. Ele sempre foi um mau perdedor. Tinha de sair desse casamento constrangedor de tão curto como o vencedor, tinha de sair com todo o dinheiro e estigmatizar Robin como a única razão para seu fracasso.

Tudo isso dava amplos motivos para seu estado de espírito atual, é claro, mas havia o outro motivo, aquele que era inconfessável, que levava Robin a se irritar consigo mesma por se preocupar.

Aconteceu no dia anterior, no escritório. Saul Morris, o mais recente terceirizado da agência, ia receber seu reembolso mensal e, assim, depois de ver o Topetudo seguramente de volta ao lar conjugal em Windsor, Robin teve de dirigir de volta à Denmark Street para pagar a Saul.

Morris trabalhava para a agência havia seis semanas. Era um ex--policial, inegavelmente um homem bonito, de cabelo preto e olhos azuis brilhantes, embora algo nele fizesse Robin ranger os dentes. Ele tinha o hábito de suavizar a voz quando falava com ela, apartes e comentários muito pessoais pontilhavam a maioria de suas interações comuns, e nada de duplo sentido passava em branco, se Morris estivesse presente. Robin lamentava o dia em que ele descobriu que os dois passavam por um divórcio, porque Morris pareceu pensar que isso dava ensejo a um novo terreno fértil para a intimidade presumida.

Era esperança de Robin voltar de Windsor antes que Pat Chauncey, a nova gerente da agência, saísse, mas eram seis e dez quando Robin subiu a escada e encontrou Morris esperando por ela na frente da porta trancada.

— Desculpe-me — disse Robin —, o trânsito estava um horror.

Ela reembolsou Morris em dinheiro retirado do novo cofre, depois disse a ele rapidamente que precisava ir para casa, mas ele grudou como chiclete no cabelo, contando-lhe tudo sobre as mais recentes mensagens de texto, tarde da noite, da ex-mulher. Robin tentou unir a educação com a frieza até que o telefone tocou em sua antiga mesa. Normalmente ela teria deixado cair na caixa postal, mas queria tanto encurtar a conversa de Morris que disse:

— Preciso atender este, desculpe-me. Uma boa noite para você — e pegou o fone.

— Agência de Detetive Strike, Robin falando.

— Oi, Robin — disse uma voz de mulher ligeiramente rouca. — O chefe está aí?

Como Robin só tinha falado com Charlotte Campbell uma vez, três anos antes, talvez fosse surpreendente que ela de imediato tivesse reconhecido quem estava na linha. Desde então, Robin analisou aquelas poucas palavras de Charlotte em um grau talvez ridículo. Robin tinha detectado uma conotação de riso, como se Charlotte achasse graça em Robin. O uso tranquilo do nome de batismo de Robin e a descrição de Strike como "o chefe" também tinham sua parcela nas ruminações.

— Não, infelizmente não — disse Robin, pegando uma caneta enquanto seu coração se acelerava um pouquinho. — Quer deixar um recado?

— Pode pedir a ele para ligar para Charlotte Campbell? Tenho uma coisa que ele quer. Ele sabe meu número.

— Direi a ele — respondeu Robin.

— Muito obrigada — disse Charlotte, ainda com um tom irônico. — Então, tchau.

Robin anotou o recado devidamente: "Charlotte Campbell ligou, tem algo para você", e colocou o papel na mesa de Strike.

Charlotte era a ex-noiva de Strike. O noivado tinha terminado três anos antes, no dia em que Robin começou a trabalhar na agência como temporária. Embora Strike não fosse nada comunicativo a respeito desse assunto, Robin sabia que eles ficaram juntos por 16 anos ("indo e voltando", como Strike tendia a enfatizar, porque a relação fracassara muitas vezes antes da derrocada final), sabia que Charlotte ficou noiva do atual marido só duas semanas depois de Strike deixá-la e que Charlotte agora era mãe de gêmeos.

No entanto, não era só isso que Robin sabia, porque, depois de deixar o marido, Robin passara cinco semanas no quarto de hóspedes de Nick e Ilsa Herbert, os melhores amigos de Strike. Robin e Ilsa se tornaram amigas nesse período e ainda se encontravam regularmente para beber uns drinques e um café. Ilsa fez muito pouco segredo do fato de que torcia para que Strike e Robin um dia, de preferência em breve, percebessem que tinham sido "feitos um para o outro", e Ilsa acreditava nisso. Embora Robin costumasse pedir a Ilsa para desistir das indiretas, afirmando que ela e Strike eram perfeitamente felizes com uma relação de amizade e profissional, Ilsa continuava alegremente sem se deixar convencer.

Robin gostava muito de Ilsa, mas seus pedidos à nova amiga para esquecer qualquer ideia de juntá-la a Strike eram autênticos. Ela ficava mortificada com a ideia de que Strike pudesse pensar que ela mesma era cúmplice das tentativas constantes de Ilsa de engendrar quartetos que cada vez mais tinham a aparência de encontros duplos. Strike declinara das últimas duas propostas de saídas desse tipo e, embora a carga atual de trabalho da agência certamente dificultasse qualquer vida social, Robin tinha a sensação desagradável de que ele tinha plena consciência dos motivos escusos de Ilsa. Analisando a própria vida conjugal breve, Robin estava certa de que nunca foi culpada de tratar os solteiros como agora se via sendo tratada por Ilsa: com uma alegre falta de preocupação por suas sensibilidades, e às vezes tentativas deselegantes de administrar a vida amorosa dos outros.

Uma das maneiras pelas quais Ilsa tentava atrair Robin para o assunto Strike era contar a ela sobre Charlotte e, aqui, Robin sentia-se culpada, porque raras vezes encerrava as conversas sobre Charlotte, embora nunca tivesse saído de uma delas sem sentir que tinha acabado de se empanturrar de junk food: com desconforto e o desejo de conseguir resistir ao anseio por mais.

Ela sabia, por exemplo, sobre os muitos ultimatos ou-eu-ou-o-Exército, duas das tentativas de suicídio ("Aquela em Arran não foi bem uma tentativa", disse Ilsa, mordaz. "Pura manipulação") e sobre os dez dias de internação forçada em uma clínica psiquiátrica. Ela ouviu histórias a que Ilsa dava títulos de thrillers vagabundos: A Noite da Faca de Manteiga, O Incidente do Vestido de Renda Preta e O Bilhete Manchado de Sangue. Ela sabia que, na opinião de Ilsa, Charlotte era má, não louca, e que as piores brigas que Ilsa e o marido Nick tiveram foram a respeito de Charlotte, "e ela teria adorado saber disso também", acrescentara Ilsa.

E agora Charlotte telefonava para o escritório, pedindo a Strike para retornar a ligação, e Robin, sentada na frente da Pizza Express, com fome e cansada, pensava no telefonema novamente, como uma língua sondando uma afta. Se telefonou para o escritório, Charlotte claramente não sabia que Strike estava na Cornualha com a tia doente terminal, o que não sugeria um contato frequente entre eles. Por outro lado, o tom um tanto irônico de Charlotte pareceu sugerir uma aliança entre ela e Strike.

O celular de Robin, que estava no banco do carona ao lado do saco de amêndoas, vibrou. Feliz pela distração, ela o pegou e viu uma mensagem de texto de Strike.

Está acordada?

Robin respondeu:

Não

Como esperava, o celular tocou imediatamente.

— Bom, não deveria mesmo — disse Strike, sem preâmbulos. — Você deve estar um trapo. Quanto tempo, três semanas direto com o Topetudo?

— Ainda estou nessa.

— Como é? — disse Strike, parecendo insatisfeito. — Você está em Glasgow? Onde está o Barclay?

— Em Glasgow. Ele está preparado, mas o Topetudo não pegou o avião. Em vez disso, foi de carro a Torquay. Está comendo pizza agora. Estou na frente da pizzaria.

— Mas que diabos ele faz em Torquay, quando a amante está na Escócia?

— Visitando a família original — disse Robin, querendo poder ver o rosto de Strike enquanto dava a informação seguinte. — Ele é bígamo.

Seu anúncio foi recebido pelo mais completo silêncio.

— Às seis horas, eu estava na frente da casa em Windsor — disse Robin —, esperando para segui-lo a Stansted, para vê-lo entrar no avião e informar a Barclay que ele estava a caminho, mas ele não foi para o aeroporto. Saiu às pressas de casa, como quem está em pânico, foi de carro a um guarda-volumes, pegou a mala lá dentro e saiu com uma bagagem inteiramente diferente, mas sem a peruca. Depois veio de carro para cá.

"Nossa cliente em Windsor está prestes a descobrir que não é legalmente casada", disse Robin. "O Topetudo tem essa esposa em Torquay há vinte anos. Estive conversando com os vizinhos. Fingi que fazia uma pesquisa de opinião. Uma das mulheres da rua esteve no casamento original. O Topetudo viaja muito a negócios, segundo ela disse, mas é um homem adorável. Dedicado aos filhos.

"São dois meninos", continuou Robin, porque o silêncio perplexo de Strike era inabalável, "estudantes, os dois no final da adolescência e ambos a cara dele, cuspida e escarrada. Um deles caiu da moto ontem... ouvi isso de uma vizinha... ele está com o braço engessado e tem vários hematomas e cortes. O Topetudo deve ter recebido a notícia do acidente, então veio rapidinho para cá em vez de ir à Escócia.

"O Topetudo atende pelo nome de Edward Campion aqui, e não John... por acaso John é seu nome do meio, estive pesquisando nos registros on-line. Ele e a primeira mulher e os filhos moram em uma mansão muito bonita, com vista para o mar e um jardim enorme."

— Mas que droga — disse Strike. — Então nossa amiga grávida em Glasgow...?

— ... é a menor das preocupações da sra.-Campion-em-Windsor — disse Robin. — Ele tem uma vida tripla. Duas esposas e uma amante.

— E ele parece um babuíno careca. Existe esperança para todos nós. Você disse que ele está jantando agora?

— Pizza, com a mulher e os filhos. Estou estacionada na frente. Não consegui tirar fotos dele com os filhos antes, e quero tirar, porque eles são uma completa revelação. Uns Mini-Topetudos, como os dois de Windsor. Onde acha que ele finge estar?

— Em uma plataforma de petróleo? — sugeriu Strike. — No exterior? No Oriente Médio? Talvez por isso ele esteja tão interessado em manter o bronzeado.

Robin suspirou.

— A cliente vai ficar arrasada.

— E a amante na Escócia também — disse Strike. — O bebê vai nascer a qualquer hora dessas.

— O gosto dele é incrivelmente coerente — disse Robin. — Se você colocar as três lado a lado, a esposa de Torquay, a esposa de Windsor e a amante de Glasgow, parecem a mesma mulher com uma diferença de vinte anos.

— Onde você pretende dormir?

— Travelodge ou em uma pousada — disse Robin, bocejando de novo —, se conseguir encontrar alguma vaga a essa altura da temporada de férias. Eu voltaria a Londres com o carro esta noite, mas estou exausta. Estou acordada desde as quatro da manhã e ainda por cima trabalhei dez horas ontem.

— Nada de dirigir nem de dormir no carro — disse Strike. — Arrume um quarto.

— Como está Joan? — perguntou Robin. — Podemos cuidar da carga de trabalho, se quiser ficar na Cornualha por mais um tempo.

— Ela não sossega enquanto estamos todos aqui. Ted concorda que ela precisa de alguma paz. Voltarei para cá daqui a umas duas semanas.

— E então, está ligando porque quer uma atualização sobre o Topetudo?

— Na verdade, eu estava ligando por uma coisa que acaba de acontecer. Saí agora há pouco do pub...

Em algumas frases sucintas, Strike descreveu o encontro com a filha de Margot Bamborough.

— Estive pesquisando sobre ela — disse Strike. — Margot Bamborough, médica de 29 anos, casada, filha de um ano. Saiu de seu consultório de clínica geral em Clerkenwell no final de um dia de trabalho, disse que ia tomar um drinque rápido com uma amiga antes de ir para casa. O pub ficava só a cinco minutos de caminhada. A amiga esperou, mas Margot não apareceu e nunca mais foi vista.

Houve uma pausa. Robin, cujos olhos ainda estavam fixos na janela da pizzaria, disse:

— E a filha acha que você vai descobrir o que aconteceu, quase quatro décadas depois?

— Parece que ela deu muita importância à coincidência de me ver no bar logo depois de uma médium lhe dizer que ela ia conseguir uma "pista".

— Hum — disse Robin. — E quais *você* acha que são as chances de descobrir o que aconteceu depois de todo esse tempo?

— De fracas a inexistentes — admitiu Strike. — Por outro lado, a verdade está aí fora. As pessoas não evaporam assim.

Robin podia ouvir o tom familiar em sua voz, indicando ruminação em questões e possibilidades.

— Então, vai se encontrar com a filha de novo amanhã?

— Mal não vai fazer, vai? — disse Strike.

Robin não respondeu.

— Sei o que você está pensando — disse ele, meio na defensiva. — Cliente emocionalmente esgotada... médium... situação feita para a exploração.

— Não estou sugerindo que *você* exploraria...

— Mas posso muito bem ouvir o que ela tem a dizer, não posso? Ao contrário de muita gente, eu não aceitaria o dinheiro dela a troco de nada. E como esgotei todas as possibilidades...

— Eu te conheço — disse Robin. — Quanto menos você descobre, mais interessado fica.

— Acho que eu teria de lidar com a esposa dela se não conseguisse resultados em um período razoável. É um casal gay — ele explicou. — A esposa é psicólo...

— Cormoran, ligo para você depois — disse Robin e, sem esperar pela resposta dele, encerrou a ligação e largou o celular no banco do carona.

O Topetudo tinha acabado de sair do restaurante, seguido pelos filhos e pela mulher. Sorridentes e falantes, voltaram os passos para o carro, que estava cinco veículos atrás do Land Rover de Robin. Levantando a câmera, ela tirou uma saraivada de fotos enquanto a família se aproximava.

Quando eles passaram pelo Land Rover, a câmera estava no colo, e Robin tinha a cabeça baixa sobre o telefone, fingindo trocar mensagens de texto. Pelo retrovisor, ela viu a família do Topetudo ir para seu Range Rover e partir para a mansão à beira-mar.

Bocejando mais uma vez, Robin pegou o celular e ligou para Strike.

— Conseguiu tudo que queria? — perguntou ele.

— Consegui — disse Robin, verificando as fotos com uma das mãos e o celular no ouvido —, tirei umas bem nítidas dele e dos meninos. Meu Deus, ele tem genes fortes. Os quatro filhos têm as exatas feições dele.

Ela recolocou a câmera no colo.

— Você percebe que estou só a algumas horas de St. Mawes?

— Mais para três.

— Se você quiser...

— Você não vai dirigir até aqui, depois voltar a Londres. Você me disse agorinha mesmo que estava acabada.

Contudo Robin percebeu que a ideia agradava a ele. Ele foi para a Cornualha de trem, táxi e balsa porque, desde que perdera uma perna, as longas viagens de carro não eram nem fáceis nem particularmente agradáveis.

— Gostaria de conhecer essa Anna. Depois posso te dar uma carona na volta.

— Bom, se tem certeza disso, seria ótimo — disse Strike, agora animado. — Se pegarmos o caso dela, vamos trabalhar nele juntos. Teríamos de revirar muita coisa, um caso arquivado como esse, e parece que você encerrou com o Topetudo esta noite.

— É — Robin suspirou. — Está tudo encerrado, exceto pela ruína de meia dúzia de vidas.

— *Você* não arruinou a vida de ninguém — disse Strike com firmeza. — Ele é que fez isso. O que é melhor: as três mulheres descobrirem agora, ou quando ele morrer com toda a merda que isso vai provocar?

— Eu sei — disse Robin, de novo bocejando. — E então, quer que eu vá para a casa em St. Ma...

O "não" dele foi rápido e firme.

— Elas... Anna e a companheira... moram em Falmouth. Encontrarei você lá. Fica mais perto, de carro, para você.

— Tudo bem — disse Robin. — A que horas?

— Consegue chegar às 11 e meia?

— Tranquilamente — disse Robin.

— Te mando o ponto de encontro por mensagem de texto. Agora vá dormir um pouco.

Enquanto girava a ignição, Robin ficou consciente de que seu humor tinha melhorado consideravelmente. Como se um júri censor estivesse observando, entre eles Ilsa, Matthew e Charlotte Campbell, ela reprimiu deliberadamente o sorriso enquanto dava a ré na vaga do carro.

4

Concebidos por dois pais de uma mãe,
Conquanto as naturezas opostas um do outro...

Edmund Spenser
A Rainha das Fadas

Strike acordou pouco antes das cinco da manhã. A luz já entrava pelas cortinas finas de Joan. Toda noite, o sofá de crina de cavalo castigava uma parte diferente de seu corpo, e hoje parecia que ele tinha sido esmurrado em um dos rins. Ele pegou o telefone, viu a hora, decidiu que estava dolorido demais para voltar a dormir e se sentou.

Depois de um minuto que passou se espreguiçando e coçando as axilas enquanto os olhos se aclimatavam às formas estranhas que surgiam de todos os lados na meia-luz da sala de estar de Ted e Joan, ele procurou Margot Bamborough no Google pela segunda vez e, após um exame superficial da foto da médica sorridente de cabelo ondulado com olhos muito espaçados, rolou pelos resultados até encontrar uma menção dela em uma página dedicada a assassinos seriais. Ali, encontrou um longo artigo pontuado por fotos de Dennis Creed em variadas idades, do bebê que engatinhava, bonito e louro de cabelo crespo, até o instantâneo da polícia de um homem magro com uma boca frouxa e sensual, e óculos quadrados largos.

Strike depois entrou em uma livraria on-line, onde encontrou um relato da vida do assassino serial, publicado em 1985, de título *O demônio de Paradise Park*. Havia sido escrito por um jornalista investigativo respeitado, agora falecido. O rosto anódino de Creed aparecia em cores na capa, sobreposto em imagens espectrais em preto e branco das sete mulheres que ele ficou famoso por ter torturado e matado. O rosto de Margot Bamborough não estava entre elas. Strike encomendou um livro usado, que custou uma libra, a ser entregue em seu escritório.

Ele devolveu o telefone ao carregador, colocou a perna protética, pegou os cigarros e o isqueiro, contornou um ninho vacilante de mesas com um vaso de flores secas e, com o cuidado de não esbarrar em nenhum dos pratos ornamentais da parede, passou por uma soleira e desceu os três degraus da escada para a cozinha. O piso de linóleo, que existia desde a sua infância, era frio em seu pé remanescente.

Depois de preparar uma xícara de chá, Strike saiu pela porta dos fundos, ainda vestindo apenas uma cueca boxer e uma camiseta, para desfrutar do frio do início da manhã, recostando-se na parede da casa, respirando o ar carregado de sal entre tragos no cigarro e pensando em mães desaparecidas. Por muitas vezes, nos últimos dez dias, seus pensamentos se voltaram para Leda, uma mulher tão diferente de Joan como a lua era do sol.

— Já experimentou fumar, Cormy? — certa vez ela perguntou vagamente, de uma névoa de fumaça azul de sua própria criação. — Não faz bem a você, mas, meu Deus, eu adoro.

Às vezes as pessoas perguntavam por que a assistência social nunca se envolveu com a família de Leda Strike. A resposta era que Leda nunca ficava parada tempo suficiente para representar um alvo estável. Em geral, os filhos ficavam em uma nova escola por apenas semanas antes que ela fosse tomada de novo entusiasmo e lá iam eles, a uma nova cidade, uma nova casa ocupada, dormindo no chão da casa de amigos ou, de vez em quando, alugando um imóvel. As únicas pessoas que sabiam o que estava acontecendo e que podiam ter entrado em contato com a assistência social eram Ted e Joan, o único ponto fixo na vida das crianças, mas fosse porque Ted temia prejudicar o relacionamento entre ele e a irmã desgarrada, ou porque Joan tinha medo de que as crianças talvez não lhe perdoassem, eles nunca fizeram isso.

Uma das lembranças mais nítidas da infância de Strike era também uma das raras ocasiões em que ele se lembrava de ter chorado, quando Leda fez um retorno imprevisto seis semanas depois do início do primeiro período de Strike na escola de ensino fundamental de St. Mawes. Admirada e furiosa que essas medidas definitivas, como matriculá-lo na escola, tivessem sido tomadas na sua ausência, ela conduziu Strike e a irmã diretamente para a balsa, prometendo-lhes todo tipo de presentes em Londres. Strike chorou, tentou explicar que ele e Dave Polworth iam explorar cavernas de contrabandistas no fim de semana, cavernas que talvez nem existissem, a não ser na imaginação de Dave, mas nem por isso eram menos reais para Strike.

— Você verá as cavernas — Leda tinha prometido, entupindo-o de doces depois que eles estavam no trem para Londres —, você verá esse sei-lá-qual-é-o-nome logo, eu prometo.

— Dave — Strike dissera entre soluços —, o nome dele é Da-Dave.

Não pense nisso, disse Strike a si mesmo, e acendeu um segundo cigarro com a ponta do primeiro.

— Stick, vai pegar um resfriado aí fora só de cueca!

Ele olhou em volta. A irmã estava de pé na soleira, enrolada em um roupão de lã, com chinelos de pele de ovelha. Eles eram tão diferentes fisicamente que as pessoas tinham dificuldade para acreditar que fossem parentes, que dirá meios-irmãos. Lucy era baixa, loura e tinha o rosto rosado, e era muito parecida com o pai, um músico não tão famoso quanto o pai de Strike, mas muito mais interessado em manter contato com sua prole.

— Bom dia — disse ele, mas ela já havia desaparecido, voltando com as calças dele, o moletom, sapatos e meias.

— Luce, não está frio para...

— Vai pegar uma pneumonia. Vista logo isso!

Como Joan, Lucy tinha completa confiança em sua própria capacidade crítica dos melhores interesses dos mais próximos e mais amados. Com uma elegância ligeiramente melhor do que ele poderia ter invocado se não estivesse prestes a voltar a Londres, Strike pegou as calças e vestiu, equilibrando-se desajeitado e arriscando-se a uma queda no passadiço de cascalho. Quando acrescentou um sapato e uma meia a seu pé verdadeiro, Lucy já havia preparado uma nova caneca de chá para ele junto com a dela.

— Também não consegui dormir — disse-lhe ela, entregando a caneca enquanto se sentava no banco de pedra. Era a primeira vez que eles ficavam inteiramente a sós a semana toda. Lucy ficara colada ao lado de Joan, insistindo em preparar toda a comida e limpar a casa enquanto Joan, que achava inconcebível ficar sentada com a casa cheia de hóspedes, adejava e se inquietava. Nas raras ocasiões em que Joan não estava presente, pelo menos um dos filhos de Lucy geralmente estava ali, no caso de Jack esperando para falar com Strike, os outros dois geralmente importunando Lucy por alguma coisa.

— É terrível, não? — disse Lucy, olhando o gramado e os canteiros de flores carinhosamente cuidados por Ted.

— É. — Strike suspirou. — Mas estou de dedos cruzados. A quimio...

— Mas não vai curá-la. Só vai prolongar... pro...

Lucy meneou a cabeça e enxugou os olhos com uma folha amarrotada de toalha de papel que havia retirado do bolso do roupão.

— Liguei para ela duas vezes por semana à noite durante vinte anos, Stick. Este lugar é o segundo lar para nossos meninos. Ela é a única mãe que conheci.

Strike sabia que não devia morder a isca. Ainda assim, disse:

— Além de nossa mãe verdadeira, quer dizer.

— Leda não era minha mãe — falou Lucy com frieza. Strike nunca a ouviu dizer isso com todas as letras, embora frequentemente ficasse implícito. — Eu não a considero minha mãe desde meus 14 anos. Na verdade, até antes. Minha mãe é *Joan*.

Como Strike não respondeu, ela continuou:

— Você escolheu Leda. Sei que você ama Joan, mas temos uma relação inteiramente diferente com ela.

— Não tinha percebido que era uma competição — disse Strike, pegando outro cigarro.

— Só estou lhe dizendo como eu me sinto!

E me dizendo como eu *devo me sentir.*

Vários comentários azedos sobre a pouca frequência das visitas de Strike já haviam saído dos lábios da irmã durante sua semana de proximidade forçada. Ele rebatera todos com réplicas irritadiças. O principal objetivo de Strike era deixar aquela casa sem brigar com ninguém.

— Eu sempre detestei quando Leda vinha nos buscar — dizia Lucy agora —, mas você ficava feliz com isso.

Ele notou a declaração joanesca do fato, a falta de indagação.

— Nem sempre eu ficava feliz com isso — Strike a contradisse, pensando na balsa, em Dave Polworth e nas cavernas dos contrabandistas, mas Lucy parecia sentir que ele tentava roubar alguma coisa dela.

— Só estou dizendo que você perdeu a *sua* mãe anos atrás. Agora eu estou... pode ser que eu esteja... perdendo a minha.

Ela enxugou os olhos de novo com a toalha de papel úmida.

Com a região lombar latejando, os olhos ardendo de cansaço, Strike ficou fumando em silêncio. Sabia que Lucy teria gostado de arrancar Leda para sempre de sua memória, e às vezes, recordando-se de algumas coisas que Leda os obrigou a passar, ele se solidarizava. Esta manhã, porém, a ira de Leda parecia vagar na fumaça do cigarro em volta dele. Ele podia ouvi-la dizendo a Lucy, "pode chorar à vontade, querida, sempre faz bem", e "pegue um cigarro para sua velha mãe, Cormy". Strike não conseguia ter ódio dela.

— Eu nem *acredito* que você saiu com Dave Polworth ontem à noite — disse de repente Lucy. — A sua última noite aqui!

— Joan praticamente me enxotou de casa — disse Strike, irritado. — Ela adora Dave. De todo modo, voltarei daqui a umas duas semanas.

— Vai voltar? — Os cílios de Lucy agora tinham contas de lágrimas. — Ou estará no meio de algum caso e vai esquecer?

Strike soprou a fumaça no ar que se iluminava constantemente, que tinha aquele tom azulado e vazio que antecede o nascer do sol. Longe, à direita, nebulosamente visível acima dos telhados das casas da ladeira que era Hillhead, a divisão entre o céu e a água era cada vez mais nítida no horizonte.

— Não — disse ele —, não vou esquecer.

— Porque você é bom em momentos de crise — disse Lucy —, não vou negar isso, mas parece ter problemas para cumprir compromissos. Joan vai precisar de apoio por meses a fio, não só quando...

— Eu sei disso, Lucy — disse Strike, perdendo o controle, a contragosto. — Eu entendo de doença e recuperação, pode acreditar...

— É, bom — disse Lucy —, você foi ótimo quando Jack foi hospitalizado, mas, quando está tudo bem, você simplesmente não se importa.

— Levei Jack para sair duas semanas atrás, o que você está...?

— Você nem mesmo fez um esforço para ir à festa de aniversário de Luke! Ele contou a todos os amigos que você estaria lá...

— Bom, não devia ter feito isso, porque eu disse a você *explicitamente* por telefone…

— Você disse que ia tentar…

— Não, *você* disse que eu ia tentar — Strike a contradisse, agora perdendo o controle, apesar de suas melhores intenções. — *Você* disse: "mas você vai aparecer, se puder". Bom, eu não pude, eu te avisei com antecedência e não é minha culpa se você falou outra coisa para Luke…

— Agradeço por você sair com Jack de vez em quando — disse Lucy, atropelando Strike —, mas nunca te ocorreu que seria ótimo se os outros dois também pudessem ir? Adam *chorou* quando Jack chegou em casa das Salas de Guerra do Museu Imperial! E então você veio aqui — disse Lucy, que parecia decidida ao completo desabafo, agora que tinha começado — e só trouxe um presente para Jack. E Luke e Adam?

— Ted ligou com a notícia sobre Joan, e eu parti imediatamente. Estive guardando aqueles distintivos para Jack, por isso trouxe comigo.

— Bom, e como você acha que Luke e Adam se sentem com isso? É evidente que pensam que você não gosta deles tanto quanto gosta de Jack!

— E não gosto — disse Strike, enfim perdendo totalmente o controle. — Adam é um idiotinha lamuriento e Luke é um completo babaca.

Ele apagou o cigarro na parede, deu um peteleco na guimba, fazendo-a voar por cima da cerca viva, e voltou para dentro, deixando Lucy arquejando como um peixe na areia da praia.

De volta à sala de estar, Strike tropeçou direto na mesa de canto: o vaso de flores secas virou pesadamente no tapete estampado e, antes que ele percebesse o que fazia, tinha pulverizado os caules frágeis e as flores de papel embaixo do pé postiço. Ele ainda arrumava os fragmentos da melhor maneira que podia quando Lucy passou em silêncio por ele na direção da porta da escada, emanando indignação materna. Strike devolveu o vaso agora vazio à mesa e, esperando até ouvir a porta do quarto de Lucy fechar, subiu a escada ao banheiro, furioso.

Com receio de usar o chuveiro e acordar Ted e Joan, ele urinou, deu a descarga e só então lembrou como a velha privada era barulhenta. Lavando-se o melhor que podia na água morna enquanto a caixa da descarga se enchia com um barulho parecido com o de uma betoneira,

Strike pensou que se alguém continuava a dormir depois disso, teria de estar drogado.

E lá estava, ao abrir a porta do banheiro, ele ficou cara a cara com Joan. O alto da cabeça da tia mal chegava ao peito de Strike. Ele olhou seu cabelo grisalho ralo, olhou nos olhos azuis de miosótis que agora clareavam com a idade. Seu roupão vermelho quadriculado tinha a dignidade cerimonial de um quimono kabuki.

— Bom dia — disse Strike, tentando parecer animado e conseguindo apenas uma falsa cordialidade. — Eu não acordei você, foi?

— Não, não, estou acordada há algum tempo. Como estava Dave? — perguntou ela.

— Ótimo — disse Strike calorosamente. — Adorando o novo emprego.

— E Penny e as meninas?

— É, elas estão muito felizes com a volta à Cornualha.

— Ah, que ótimo — disse Joan. — A mãe de Dave achava que Penny talvez não quisesse sair de Bristol.

— Não, tudo correu muito bem.

A porta do quarto atrás de Joan se abriu. Luke estava parado ali de pijama, esfregando ostensivamente os olhos.

— Vocês me acordaram — disse ele a Strike e Joan.

— Ah, me desculpe, meu amor — disse Joan.

— Posso comer cereais de chocolate?

— É claro que pode — disse Joan com ternura.

Luke seguiu escada abaixo, batendo os pés nos degraus para fazer o maior barulho possível. Menos de um minuto depois de ele ter saído, voltou correndo para eles, com a alegria gravada no rosto sardento.

— Vovó, o tio Cormoran quebrou suas flores.

Seu merdinha.

— É, me desculpe. Aquelas flores secas — disse Strike a Joan. — Eu as derrubei. O vaso está inteiro…

— Ah, elas não têm a mínima importância — disse Joan, indo prontamente à escada. —Vou pegar o aspirador.

— Não — disse Strike prontamente —, eu já…

—Tem pedaços por todo o tapete — disse Luke. — Eu pisei neles.

E eu vou pisar em você em um minuto, babaca.

Strike e Luke acompanharam Joan de volta à sala de estar, onde Strike insistiu em tirar o aspirador das mãos de Joan, um aparelho arcaico e frágil que ela possuía desde a década de 1970. Enquanto ele o manuseava, Luke ficou parado na porta da cozinha olhando, com um sorriso maldoso, metendo cereais matinais na boca. Quando Strike limpou o tapete para satisfação de Joan, Jack e Adam tinham se juntado à farra matinal, junto com uma Lucy de cara amarrada, agora totalmente vestida.

— Podemos ir à praia hoje, mãe?

— Podemos nadar?

— Posso sair de barco com o tio Ted?

— Sente-se — disse Strike a Joan. — Vou lhe trazer uma xícara de chá.

Mas Lucy já fizera isso. Ela entregou a caneca a Joan, lançou um olhar feio a Strike, depois se virou para a cozinha, respondendo às perguntas dos filhos pelo caminho.

— O que está acontecendo? — perguntou Ted, arrastando-se para a sala de pijama, confuso com essa atividade ao amanhecer.

Antigamente ele era tão alto quanto Strike, que era muito parecido com ele. Seu cabelo crespo e basto agora estava branco como a neve, o rosto moreno mais gretado que enrugado, mas Ted ainda era um homem forte, embora fosse meio recurvado. Porém, o diagnóstico de Joan parece ter sido um golpe físico para ele. Ted parecia literalmente abalado, meio desorientado e instável.

— Só estou juntando minhas coisas, Ted — disse Strike, que de súbito teve o desejo dominador de ir embora. — Terei de pegar a primeira balsa para apanhar o trem cedo.

— Ah — disse Ted. — Vai voltar para Londres, é?

— É — disse Strike, guardando o carregador e o desodorante na mochila, onde o resto de seus pertences já estava arrumado. — Mas voltarei daqui a duas semanas. Vai me manter informado, não é?

— Não pode sair sem tomar o café da manhã! — disse Joan, ansiosa. — Vou preparar um sanduíche para você...

— É cedo demais para eu comer. — Strike mentiu. — Tomei uma xícara de chá e vou comer alguma coisa no trem. Diga a ela — ele falou com Ted, porque Joan não ouvia, já se apressava à cozinha.

— Joanie! — Ted chamou. — Ele não quer nada!

Strike pegou o casaco no encosto de uma cadeira e levou a mochila para o hall.

— Você devia voltar a dormir — disse ele a Joan quando ela veio às pressas se despedir dele. — Sinceramente, eu não queria ter te acordado. Descanse, está bem? Deixe que outra pessoa cuide de tudo por algumas semanas.

— Eu queria que você parasse de fumar — disse ela com tristeza.

Strike conseguiu revirar os olhos comicamente, depois a abraçou. Ela se agarrou a ele como fazia sempre que Leda esperava com impaciência para levá-lo embora, e Strike correspondeu ao abraço, sentindo novamente a dor das lealdades divididas, de ser ao mesmo tempo campo de batalha e prêmio, de ter de dar nome ao que não podia ser classificado nem conhecido.

— Tchau, Ted. — Ele abraçou o tio. — Vou telefonar quando chegar em casa e vamos marcar o dia da próxima visita.

— Eu podia te levar de carro — disse o tio Ted, debilmente. — Tem certeza de que não quer que eu te leve de carro?

— Gosto da balsa — Strike mentiu. Na verdade, a escada irregular que levava ao barco era quase impossível para ele sem a assistência do barqueiro, mas como ele sabia que daria prazer a eles, disse: — Me lembra de vocês dois me levando ao shopping em Falmouth quando éramos crianças.

Lucy o olhava, aparentemente indiferente, pela porta da sala de estar. Luke e Adam não queriam deixar seus cereais matinais, mas Jack veio se torcendo sem fôlego ao minúsculo hall para dizer:

— Obrigado por meus distintivos, tio Corm.

— Foi um prazer — disse Strike, e mexeu no cabelo do menino. — Tchau, Lucy — ele a cumprimentou. — A gente se vê logo, Jack — acrescentou ele.

5

O pequeno respondeu, mas em coração varonil,
Sua forte indignação controlou
Que não estava tão oculta ainda, mas alguma parte
De seu semblante sisudo apareceu...

Edmund Spenser
A Rainha das Fadas

A pousada em que Robin passou a noite mal tinha espaço para uma cama de solteiro, uma cômoda e uma pia bamba chumbada no canto. As paredes eram cobertas de um papel florido cor de malva que Robin pensou certamente ter sido considerado de mau gosto mesmo nos anos 1970, os lençóis pareciam úmidos e a janela estava coberta imperfeitamente por uma veneziana embolada.

No brilho severo de uma única lâmpada que não era suavizada por sua cúpula de vime aberta, o reflexo de Robin parecia exausto e enfermiço, com olheiras arroxeadas. Sua mochila continha apenas aqueles objetos que ela sempre levava em trabalhos de vigilância — o gorro, se precisasse esconder o cabelo louro-avermelhado característico, óculos escuros, uma muda de roupas, cartão de crédito e identidade com dois nomes diferentes. A camiseta limpa que ela acabara de tirar da mochila estava muito amarrotada e o cabelo precisava urgentemente ser lavado; a pia não tinha sabonete e ela deixara de trazer escova ou pasta de dente, sem saber que ia passar a noite fora de casa.

Robin estava de volta à estrada às oito da manhã. Em Newton Abbot, parou em uma drogaria e um mercado Sainsbury's onde comprou, além dos produtos básicos de toalete e xampu a seco, um vidro pequeno de colônia 4711. Ela escovou os dentes e se fez o mais apresentável possível no banheiro do supermercado. Enquanto escovava o cabelo, recebeu uma mensagem de Strike:

> **Estarei na cafeteria Palacio Lounge em The Moor, no centro de Falmouth. Qualquer um poderá dizer onde fica The Moor.**

Quanto mais Robin dirigia para o oeste, mais a paisagem ficava exuberante e verde. Nascida em Yorkshire, ela achou extraordinário ver palmeiras realmente florescendo em solo inglês, em Torquay. Aquelas avenidas sinuosas e verdejantes, a exuberância da vegetação, o verde quase subtropical eram uma surpresa para uma pessoa criada em meio a morros ondulantes e encostas sem arborização. E havia também à esquerda o brilho de um mar cor de mercúrio, largo e reluzente como uma vidraça, e o travo de sal agora misturado com o cítrico da água de colônia comprada às pressas. Apesar do cansaço, ela viu seu estado de espírito se animar na gloriosa manhã e com a ideia de que Strike esperava por ela no fim da viagem.

Ela chegou a Falmouth às 11 horas, dirigiu em busca de uma vaga para estacionar pelas ruas abarrotadas de turistas, e passou por portas de lojas lotadas de brinquedos de plástico e pubs cobertos de bandeiras e jardineiras multicoloridas. Depois de estacionar na própria The Moor — uma praça ampla no centro da cidade —, ela viu que, por baixo dos espalhafatosos ornamentos de verão, Falmouth exibia alguns prédios grandiosos e antigos do século XIX, um dos quais abrigava a cafeteria e restaurante Palacio Lounge.

O pé-direito alto e as proporções clássicas do que parecia um antigo tribunal tinham sido decorados em um estilo timidamente excêntrico, que incluía papel de parede florido laranja berrante, centenas de pinturas kitsch em molduras em tom pastel e uma raposa empalhada, vestida de magistrado. A clientela, dominada por estudantes e famílias, estava sentada em cadeiras de madeira desiguais, sua conversa tendo eco pelo espaço cavernoso. Depois de alguns segundos, Robin viu Strike, grandalhão e de cara amarrada no fundo do salão, parecendo bem infeliz ao lado de duas famílias com muitos filhos pequenos, a maioria com roupas de batik, correndo por entre as mesas.

Enquanto ela costurava por entre as mesas na direção dele, Robin pensou que Strike fosse se levantar e ir ao seu encontro, mas, se tinha razão, ele decidiu pelo contrário. Ela sabia como ele ficava quando a perna o incomodava, as rugas em volta da boca ficavam mais fundas do que o de costume, como se ele cerrasse o maxilar. Se Robin aparentava cansaço no espelho empoeirado da pousada três horas antes, Strike parecia completamente esgotado, o queixo com a barba por fazer parecia sujo, havia olheiras embaixo dos olhos azul-escuros.

— Bom dia — disse ele, lutando para se fazer ouvir em meio à gritaria alegre das crianças. — Conseguiu uma vaga?

— Bem perto daqui — disse ela, sentando-se.

— Escolhi este lugar porque achei que seria fácil de encontrar — disse ele.

Um menino esbarrou na mesa deles, fazendo o café de Strike se derramar no seu prato, que estava tomado de farelos de croissant, e voltou a correr.

— O que vai querer?

— Um café seria ótimo — disse Robin em voz alta, devido aos gritos das crianças ao lado deles. — Como estão as coisas em St. Mawes?

— Na mesma — disse Strike.

— Eu sinto muito — disse Robin.

— Por quê? Não é sua culpa — resmungou Strike.

Essa não era bem a recepção que Robin esperava depois de dirigir por duas horas e meia para apanhá-lo. Talvez a reação dela tenha transparecido, porque Strike acrescentou:

— Obrigado por fazer isso. Eu agradeço. *Ah, não finja que não consegue me enxergar, seu merda* — acrescentou irritado, enquanto um jovem garçom se afastava sem ver sua mão erguida.

— Vou até o balcão — disse Robin. — Preciso mesmo ir ao banheiro.

Depois de ter urinado e conseguido pedir um café a um garçom acossado, uma dor de tensão começou a latejar no lado esquerdo da sua cabeça. Ao voltar à mesa, ela encontrou Strike parecendo explosivo, porque as crianças nas mesas ao lado agora gritavam mais alto que nunca enquanto corriam em volta dos pais desligados, que simplesmente gritavam naquela barulheira. A ideia de dar agora o recado telefônico de Charlotte a Strike passou pela cabeça de Robin e foi rapidamente dispensada.

Na verdade, o principal motivo para o mau humor de Strike era a agonia que sentia no coto da perna amputada. Ele tinha caído (*como um completo idiota*, ele disse a si mesmo) enquanto embarcava na balsa de Falmouth. Essa proeza exigiu uma descida insegura pelos degraus de pedra gasta sem corrimão, depois um degrau para a embarcação, tendo como ajuda apenas a mão do barqueiro. Com cem quilos, Strike teve dificuldade para se equilibrar quando escorregara, por conseguinte agora sentia muita dor.

Robin pegou um paracetamol na bolsa.

— Dor de cabeça — disse ela, percebendo o olhar de Strike.

— Não me surpreende — disse ele, alto, olhando os pais que trocavam gritos em meio aos berros estridentes de sua prole, mas eles não o ouviram. A ideia de pedir analgésicos a Robin passou pela cabeça de Strike, mas isso podia engendrar perguntas e agitação, e ele já tivera o suficiente disso na semana anterior, então continuou a sofrer em silêncio.

— Onde fica a casa da cliente? — perguntou ela, depois de tomar os comprimidos com café.

— A uns cinco minutos de carro. Um lugar chamado Wodehouse Terrace.

A essa altura, a menor das crianças que corria por ali tropeçou e caiu de cara no piso de madeira. Os gritos e gemidos de dor da criança martelaram nos tímpanos de Robin.

— Ah, Daffy! — disse uma das mães de batik em uma voz estridente —, *o que* você fez?

A boca da criança estava ensanguentada. A mãe se agachou ao lado da mesa, castigando e tranquilizando em voz alta, enquanto os irmãos e amigos da menina olhavam com avidez. Os passageiros da balsa dessa manhã tiveram expressões semelhantes quando Strike caiu no convés.

— Ele tem uma perna postiça — tinha gritado o barqueiro, em parte, Strike suspeitava, para alguém que pensasse que a queda se devia à negligência dele. O anúncio de maneira alguma diminuiu a indignidade de Strike nem o interesse de seus companheiros de viagem.

— Não acha que devemos ir? — perguntou Robin, já de pé.

— Sem dúvida nenhuma — disse Strike, estremecendo ao se levantar e pegando a mochila. — Crianças desgraçadas — resmungou, mancando atrás de Robin para a luz do sol.

6

Bela Dama, um coração de pedra choraria
Os imerecidos males e desgraças que expões.

Edmund Spenser
A Rainha das Fadas

O Wodehouse Terrace ficava em uma colina, com vista para a baía. Muitas casas foram convertidas em apartamentos, mas a casa de Anna e Kim, que eles viam da rua, tinha sido mais extensamente modificada do que qualquer outra, com o que parecia uma caixa quadrada de vidro onde antes existia o telhado.

— O que Anna faz? — perguntou Robin enquanto eles subiam a escada para a porta de entrada azul-escura.

— Não sei — disse Strike —, mas a esposa é psicóloga. Tenho a impressão de que ela não gosta da ideia de uma investigação.

Ele tocou a campainha. Eles ouviram passos no que parecia madeira e a porta foi aberta pela dra. Sullivan, alta, loura e descalça, de jeans e camiseta, o sol brilhando nos óculos. Ela olhou de Strike para Robin, aparentemente surpresa.

— Minha sócia, Robin Ellacott — explicou Strike.

— Ah — disse Kim, e não parecia satisfeita. — Vocês sabem... que esta deve ser apenas uma reunião preliminar.

— Por acaso Robin estava no litoral em outro caso, então...

— Posso muito bem esperar no carro — falou Robin educadamente. — Se Anna preferir conversar só com Cormoran.

— Bom... Vamos ver o que Anna diz.

Dando um passo para trás para que eles entrassem, Kim acrescentou:

— Subam direto, à sala de estar.

A casa claramente fora reformada e elevada a um alto padrão. Em toda parte, havia madeira clara e vidro. O quarto, como Robin via pela porta aberta, tinha sido transferido para o andar térreo, junto com o que parecia um escritório. O segundo andar, a caixa de vidro que eles viram da rua, era uma área aberta que combinava cozinha, sala de jantar e sala de estar, com uma vista deslumbrante para o mar.

Anna estava de pé ao lado de uma máquina de café cara e reluzente, vestida em um macacão largo de algodão azul e calçando sapatos de lona branca, que para Robin pareciam sofisticados, e para Strike, deselegantes. O cabelo estava preso, revelando a delicadeza de sua estrutura óssea.

— Ah, oi — disse ela, assustando-se ao vê-los. — Não ouvi a porta com a máquina de café ligada.

— Annie — disse Kim, acompanhando Strike e Robin para dentro da sala —, esta é Robin Ellacott, a... sócia de Cameron. Ela não se importa de sair se você preferir falar só com...

— Cormoran — Anna corrigiu Kim. — Acontece muito de as pessoas entenderem errado? — perguntou ela a Strike.

— Com frequência — disse ele, mas com um sorriso. — Mas é um nome muito idiota.

Anna riu.

— Não me importo que você fique — disse ela a Robin, aproximando-se e estendendo a mão para um cumprimento. — Acho que li a respeito de você também — acrescentou, e Robin fingiu não ter notado Anna olhar a longa cicatriz em seu braço.

— Sentem-se, por favor — disse Kim, gesticulando para que Strike e Robin fossem para uma área de estar integrada em volta de uma mesa baixa de acrílico.

— Café? — sugeriu Anna, e os dois aceitaram.

Uma gata ragdoll entrou discretamente na sala, pisando delicadamente nas poças de luz do sol no chão, seus olhos azul-claros pareciam os de Joan, do outro lado da baía. Depois de submeter Strike e Robin a um exame desapaixonado, saltou com leveza para o sofá e foi para o colo de Strike.

— Por ironia — disse Kim enquanto trazia uma bandeja com xícaras e biscoitos para a mesa —, Cagney *adora* homens.

Strike e Robin riram com educação. Anna trouxe o bule de café, e as duas mulheres se sentaram lado a lado, de frente para Strike e Robin, os rostos em plena luz do sol, até que Anna acionou um controle remoto que baixou automaticamente as venezianas de cor creme.

— Lugar maravilhoso — disse Robin, olhando à sua volta.

— Obrigada — disse Kim. — Obra *dela* — disse, com um carinho no joelho de Anna. — Ela é arquiteta.

Anna deu um pigarro.

— Quero pedir desculpas — disse ela, olhando firmemente para Strike com seus olhos cinza-prateado incomuns — pelo modo como me comportei ontem à noite. Tinha tomado algumas taças de vinho. Você deve ter me achado louca.

— Se eu tivesse pensado isso — disse Strike, fazendo um carinho na gata que ronronava alto —, não teria vindo aqui.

— Mas ter falado em médium deve ter lhe dado a impressão errada... porque, acredite em mim, Kim já me disse da tolice que fiz ao procurar por isso.

— Não acho que você seja uma tola, Anna — disse Kim em voz baixa. — Acho que é vulnerável. É diferente.

— Posso perguntar o que o médium disse? — indagou Strike.

— E isso importa? — perguntou Kim, olhando para Strike com o que Robin pensou ser desconfiança.

— Não no sentido investigativo — disse Strike —, mas porque ela... ou ele?... é o motivo para Anna ter se aproximado de mim...

— Era uma mulher — disse Anna —, e ela na verdade não me disse nada de útil... não que eu...

Com um riso nervoso, ela meneou a cabeça e recomeçou.

— Sei que foi uma coisa idiota de se fazer. Eu... passei um momento difícil recentemente... deixei minha empresa e estou quase fazendo quarenta anos e... bom, Kim tinha viajado para um curso e eu... bom, acho que queria...

Ela gesticulou com desprezo, respirou fundo e disse:

— Ela é uma mulher de aparência bem comum que mora em Chiswick. A casa dela era cheia de anjos... feitos de cerâmica e vidro, quero dizer, havia um deles grande, pintado em veludo acima da lareira.

"Kim", continuou Anna. Robin olhou a psicóloga, cuja expressão era impassível, "a Kim pensa que ela... A médium... sabia que minha mãe tinha... que ela procurou meu nome no Google antes de eu chegar. Dei a ela meu nome verdadeiro. Quando cheguei lá, simplesmente disse que minha mãe tinha morrido muito tempo atrás... mas é claro", disse Anna, com outro gesto nervoso das mãos finas, "que não existem provas de que minha mãe morreu... essa é a realidade... mas, então, eu disse à médium que ela havia morrido e que ninguém tinha sido claro comigo a respeito de como aconteceu.

"E então a mulher entrou em um... bom, acho que pode ser chamado de transe", disse Anna, constrangida, "e me disse que as pessoas achavam que estavam me protegendo, para meu próprio bem, mas que estava na hora de eu saber a verdade e que logo eu teria uma 'pista' que me levaria a ela. Ela disse: 'sua mãe tem muito orgulho de você' e 'ela sempre está cuidando de você', e coisas assim, acho que são clichês... depois, no fim, 'ela está em um lugar sagrado'."

— "Está em um lugar sagrado?" — repetiu Strike.

— Sim. Acho que ela pensou que seria reconfortante, mas não sou de ir à igreja. A santidade ou não do local de último descanso de minha mãe... se ela estiver enterrada... quer dizer, não é minha principal preocupação.

— Posso tomar notas? — perguntou Strike.

Ele pegou um bloco e uma caneta que Cagney, a gata, pareceu pensar estarem ali para sua diversão pessoal. Ela tentava bater na caneta enquanto Strike escrevia a data.

— Vem cá, seu bicho bobo — disse Kim, levantando-se para pegar a gata e colocá-la de novo no piso aquecido de madeira.

— Vamos começar pelo princípio — disse Strike. — Você devia ser muito nova quando sua mãe desapareceu, não?

— Tinha pouco mais de um ano — disse Anna —, então não consigo me lembrar de nada. Não havia fotografias dela na casa onde fui criada. Por muito tempo, fiquei sem saber o que tinha acontecido. É claro que naquela época não existia internet... de todo modo, minha mãe conservou o próprio sobrenome depois do casamento. Eu cresci como Anna Phipps, o sobrenome de meu pai. Se alguém me dissesse

"Margot Bamborough" antes de meus 11 anos, eu não teria sabido que havia alguma relação comigo.

"Eu achava que Cynthia era minha mãe. Ela era minha babá quando eu era pequena", explicou ela. "É uma prima em terceiro grau de meu pai e muito mais nova do que ele, mas também é uma Phipps, assim eu supunha que fôssemos uma família nuclear padrão. Quer dizer... por que não seria assim?

"Eu me lembro, depois que comecei na escola, de perguntar por que eu chamava Cyn de 'Cyn' em vez de 'mamãe'. Mas então meu pai e Cyn decidiram se casar e me disseram que eu podia chamar de 'mãe', se quisesse, e pensei, ah, entendi, tive de usar o nome dela antes porque eles não eram casados. A gente vai preenchendo as lacunas quando criança, não é? Com nossa própria lógica estranha.

"Eu tinha sete ou oito anos quando uma menina da escola me disse: 'ela não é sua mãe verdadeira. Sua mãe verdadeira desapareceu'. Parecia loucura. Não perguntei sobre isso a papai, nem a Cyn. Só tranquei na minha mente, mas pensei, bem lá no fundo, que eu sentia ter recebido a resposta para algumas coisas estranhas que tinha notado, que nunca foram explicadas.

"Eu tinha 11 anos quando soube direito. Na época, eu ouvia outras coisas de outras crianças da escola. 'Sua mãe fugiu' era uma delas. E então, um dia, um garoto verdadeiramente *venenoso* me disse, 'sua mãe foi morta por um homem que decapitou a cabeça dela'.

"Fui para casa e contei a meu pai o que o garoto tinha dito. Eu queria que ele risse, que dissesse que era ridículo, que garotinho horrível aquele... mas ele empalideceu.

"Naquela mesma noite, ele e Cynthia me chamaram em meu quarto, me fizeram sentar na sala de estar e me contaram a verdade.

"E tudo que eu pensava saber se desfez", disse Anna em voz baixa. "Quem pensa que algo assim aconteceu em sua própria família? Eu adorava Cyn. Me entendia melhor com ela do que com meu pai, para falar a verdade. Então descubro que ela não era minha mãe e que os dois tinham mentido... foi mentira, eles mentiram por omissão.

"Eles me contaram que minha mãe saiu do consultório médico em certa noite e desapareceu. A última pessoa a vê-la viva foi a recepcionista. Ela disse que minha mãe estava indo ao pub, que ficava a cinco minutos na mesma rua. A melhor amiga dela esperava ali. Como minha mãe não apareceu, a amiga, Oonagh Kennedy, que esperou uma hora, achou que ela teria esquecido. Ela ligou para a casa de meus pais. Minha mãe não estava lá. Meu pai ligou para o consultório, mas estava fechado. Escurecia. Minha mãe não chegava em casa. Meu pai procurou a polícia.

"Eles investigaram por meses a fio. Nada. Nenhuma pista, ninguém tinha visto nada... pelo menos, foi o que disseram meu pai e Cyn, mas desde então li coisas que contradizem isso.

"Perguntei a papai e Cyn onde estavam os pais de minha mãe. Eles disseram que tinham morrido. Isso eu constatei que era verdade. Meu avô morreu de ataque cardíaco dois anos antes do desaparecimento de minha mãe, e minha avó teve um AVC fatal um ano depois. Minha mãe era filha única, então não existiam outros parentes que eu pudesse conhecer nem com quem conversar sobre ela.

"Pedi fotografias. Meu pai disse que tinha se livrado de todas, mas Cyn desencavou algumas para mim, duas semanas depois de eu ter descoberto. Ela me pediu para não contar a meu pai que tinha feito aquilo; que era para escondê-las. Eu escondi: tinha um estojo para pijama em formato de coelho e guardei as fotografias de minha mãe ali durante anos."

— Seu pai e sua madrasta te explicaram o que *podia* ter acontecido com a sua mãe? — perguntou Strike.

— Quer dizer, Dennis Creed? — disse Anna. — Sim, mas não me deram detalhes. Disseram que havia uma possibilidade de ela ter sido morta por um... por um homem mau. Eles tiveram de me dizer isso, porque o garoto havia mencionado na escola.

"Era uma ideia pavorosa, pensar que ela podia ter sido morta por Creed... descobri o nome dele rapidamente, as crianças da escola adoraram me contar. Comecei a ter pesadelos com ela sem cabeça. Às vezes ela entrava em meu quarto à noite. Às vezes eu sonhava que encontrava sua cabeça no baú dos meus brinquedos.

"Tive muita raiva de meu pai e de Cyn", disse Anna, voltando a entrelaçar os dedos. "Tive raiva porque eles não me contaram, evidentemente, mas também comecei a imaginar o que mais estariam escondendo, se estavam envolvidos no desaparecimento de minha mãe, se eles a queriam fora do caminho para que pudessem se casar. Fiquei meio desnorteada, comecei a matar aula... em um fim de semana, fugi e fui levada para casa pela polícia. Meu pai ficou furioso. É claro que penso nisso agora e depois do que aconteceu com minha mãe... é evidente, eu desaparecida, mesmo que por algumas horas...

"Para te dizer a verdade, fiz da vida deles um inferno", disse Anna, envergonhada. "Mas tenho de reconhecer, Cyn ficou comigo. Nunca desistiu. Ela e papai tiveram filhos na época... tenho um irmão e uma irmã mais novos... e tinha terapia familiar e férias com atividades de vínculo familiar também, tudo ideia de Cyn, porque meu pai certamente não queria fazer isso. O assunto de minha mãe só o deixava zangado e irritado. Eu me lembro dele gritando comigo, eu não percebia como era terrível para *ele* ter tudo isso desencavado de novo, como pensei que *ele* se sentia...

"Aos 15 anos, tentei localizar a amiga de minha mãe, Oonagh, aquela com quem ela devia se encontrar na noite em que desapareceu. Elas foram Coelhinhas juntas", disse Anna com um leve sorriso, "mas eu não sabia disso na época. Localizei Oonagh em Wolverhampton, e ela ficou muito emocionada ao ter notícias de mim. Tivemos algumas ótimas conversas por telefone. Ela contou coisas que eu realmente queria saber, sobre o senso de humor de minha mãe, o perfume que ela usava... Rive Gauche, eu saí e gastei o dinheiro que ganhei de aniversário em um vidro no dia seguinte... que ela era viciada em chocolate e uma fã obcecada por Joni Mitchell. Minha mãe ficava mais viva para mim quando eu conversava com Oonagh do que pelas fotografias, ou por qualquer coisa que papai ou Cyn tivessem me contado.

"Mas meu pai descobriu que eu tinha falado com Oonagh e ficou furioso. Obrigou-me a dar o número do telefone de Oonagh, ligou para ela e a acusou de me encorajar a desobedecê-lo, disse que eu era perturbada, estava em terapia e não precisava de 'ninguém me agitando'. Ele me disse para não usar o Rive Gauche também. Disse que não suportava o cheiro.

"Então nunca me encontrei com Oonagh, e quando tentei voltar a entrar em contato com ela, já com meus vinte anos, não consegui encontrá-la. Até onde sei, ela pode ter falecido.

"Fui para a universidade, saí de casa e comecei a ler tudo que podia sobre Dennis Creed. Os pesadelos voltaram, mas eu não chegava mais perto de descobrir o que realmente tinha acontecido.

"Ao que parece, o homem encarregado da investigação do desaparecimento de minha mãe, um inspetor-detetive chamado Bill Talbot, sempre pensou que ela tinha sido apanhada por Creed. Talbot agora deve estar morto; ele estava perto da aposentadoria.

"E então, alguns anos depois da universidade, tive a brilhante ideia de criar um site na internet", disse Anna. "Minha namorada na época entendia de tecnologia. Ela me ajudou a montar tudo. Eu era muito ingênua." Ela suspirou. "Eu disse quem era e pedia informações sobre minha mãe."

"Vocês podem imaginar o que aconteceu. Teorias de todo tipo: videntes me dizendo onde cavar, gente dizendo que meu pai evidentemente era o responsável, outros me dizendo que eu não era realmente filha de Margot, que eu procurava dinheiro e publicidade, e também algumas mensagens muito maldosas, dizendo que minha mãe provavelmente tinha fugido com um amante e coisa pior. Alguns jornalistas também entraram em contato. Um deles publicou uma matéria horrível sobre nossa família no *Daily Express*: eles fizeram contato com meu pai, e esse foi o último prego no caixão de nosso relacionamento.

"Que nunca se recuperou verdadeiramente", disse Anna num tom desolado. "Quando contei a ele que sou gay, parecia que ele pensava que eu só fazia isso para irritá-lo. E Cyn, nesses últimos anos, passou um pouco para o lado dele. Ela sempre disse: 'Tenho lealdade para com seu pai também, Anna.' E assim", disse Anna, "é nessa que estamos."

Um breve silêncio.

— Que horror para você — disse Robin.

— É mesmo — concordou Kim, de novo colocando a mão no joelho de Anna —, e sou inteiramente solidária com o desejo de Anna de encontrar uma solução, é claro que sou. Mas será realista — disse ela, olhando de Robin para Strike —, e não quero ofender vocês dois com isso, pensar que vocês conseguirão o que a polícia não conseguiu, depois de todo esse tempo?

— Realista? — disse Strike. — Não.

Robin notou que Anna estava cabisbaixa e teve um súbito afluxo de lágrimas nos olhos grandes. Ela lamentou profundamente pela mulher mais velha, mas ao mesmo tempo respeitava a sinceridade de Strike e isso parece ter impressionado também a cética Kim.

— A verdade é a seguinte — disse Strike, olhando educadamente suas anotações até Anna terminar de enxugar os olhos com as costas da mão. — Acho que teríamos uma possibilidade razoável de conseguir os antigos arquivos da polícia, porque temos bons contatos na Polícia Metropolitana. Podemos examinar de novo as evidências, visitar testemunhas até onde for possível, basicamente fazer com que cada pedra seja virada pela segunda vez.

"Mas é provável que depois de todo esse tempo não encontremos nada além do que a polícia achou, e estaríamos enfrentando dois obstáculos grandes.

"Primeiro, nenhuma evidência da perícia. Pelo que entendo, não foi encontrado literalmente nenhum vestígio de sua mãe, não é verdade? Nenhum item de vestuário, passagem de ônibus... nada."

— É verdade — disse Anna em voz baixa.

— Segundo, como você mesma observou, muita gente ligada a ela ou que testemunhou alguma coisa naquela noite provavelmente já morreu.

— Eu sei — disse Anna, e uma lágrima escorreu, cintilante, de seu nariz para a mesa de acrílico. Kim passou o braço por seus ombros. — Isso tudo pode estar fazendo quarenta anos — disse Anna, com um soluço —, mas não suporto a ideia de que vou para a sepultura sem jamais ter sabido o que aconteceu.

— Eu entendo isso — disse Strike —, mas não quero prometer o que é improvável que eu seja capaz de fazer.

— Apareceu — perguntou Robin — alguma pista nova ou alguma evolução do caso com o passar dos anos?

Kim respondeu. Ela parecia meio abalada pela angústia exposta de Anna e manteve o braço nos ombros dela.

— Até onde sabemos, não, não é, Annie? Mas qualquer informação desse tipo provavelmente iria para Roy... o pai de Anna. É possível que ele não tenha nos contado.

— Ele age como se nada disso nunca tivesse acontecido, é assim que ele lida com a situação — disse Anna, enxugando as lágrimas. — Ele fingiu que minha mãe nunca existiu... A não ser pelo fato inconveniente de que, se ela não tivesse existido, eu não estaria aqui.

"Você pode não acreditar", disse ela, "o que me assombra é a possibilidade de ela simplesmente ter ido embora por vontade própria e nunca ter voltado, jamais querendo ver como eu estava nem dizer onde ela estava. É nisso que não suporto pensar. Minha avó por parte de pai, que nunca amei... era uma das mulheres mais cruéis que já conheci... Assumiu a responsabilidade de me dizer que, pessoalmente, sempre acreditou que minha mãe simplesmente tinha fugido. Que ela não gostava de ser esposa e mãe. Isso me magoa mais do que você imagina, a ideia de que minha mãe deixaria todos passarem pelo horror de se perguntar o que aconteceu com ela e não procurar saber se a filha estava bem...

"Mesmo que Dennis Creed a tenha matado", disse Anna, "seria terrível... medonho, mas encerraria esse assunto. Eu poderia entrar em luto em lugar de viver com a possibilidade de ela estar em algum lugar por aí, vivendo com um nome diferente, sem se importar com o que aconteceu a todos nós."

Houve um breve silêncio, em que Strike e Robin tomaram seu café. Anna fungou e Kim saiu da área do sofá para pegar lenços de papel, que entregou à esposa.

Uma segunda gata ragdoll entrou na sala. Submeteu os quatro humanos a um olhar altivo, e se deitou e se esticou em uma nesga de sol.

— Esta é Lacey — disse Kim, enquanto Anna enxugava o rosto. — Ela não gosta de ninguém nem de nós.

Strike e Robin riram educadamente de novo.

— Como isso vai funcionar? — perguntou abruptamente Kim. — Como vocês cobram?

— Por hora — disse Strike. — Vocês receberiam uma conta mensal detalhada. Posso mandar o valor de nossos honorários por e-mail — propôs ele —, mas imagino que vocês duas queiram conversar direito sobre isso antes de chegar a uma decisão.

— Sim, sem dúvida nenhuma — disse Kim, mas enquanto dava seu endereço de e-mail a Strike ela olhou com preocupação de novo para Anna, que estava ali sentada, de cabeça baixa, ainda pressionando o lenço de papel nos olhos a intervalos regulares.

O coto de Strike protestou ao ser solicitado a apoiar seu peso de novo pouco tempo depois de ter se sentado, mas parecia que não havia quase nada mais a discutir, em particular porque Anna regredira a um silêncio choroso. Lamentando um pouco a travessa intocada de biscoitos, o detetive apertou a mão fria de Anna.

— Obrigada, de qualquer forma — disse ela, e ele teve a sensação de que a havia decepcionado, que era sua esperança que ele prometesse a verdade, que ele jurasse pela sua honra fazer o que todos os outros não conseguiram fazer.

Kim os acompanhou até a porta.

— Ligarei para você depois — disse ela. — Esta tarde. Tudo bem para você?

— Ótimo, nós estaremos esperando notícias suas — disse Strike.

Robin olhou rapidamente para trás enquanto ela e Strike desciam a escada ensolarada do jardim na direção da rua e pegou Kim lançando a eles um olhar estranho, como se descobrisse algo que ela não esperava na dupla de visitantes. Encontrando o olhar de Robin, ela sorriu por reflexo e fechou a porta azul.

7

Muitos assim viajaram de maneira amistosa,
Por terras desérticas, e também bem edificadas...

Edmund Spenser
A Rainha das Fadas

Na saída de Falmouth, Strike ficou animado, estado de espírito que Robin atribuía principalmente a um interesse em um possível caso novo. Ela ainda desconhecia algum problema intrigante que não conseguisse envolver a atenção dele, independentemente do que estivesse acontecendo em sua vida particular.

Em parte, Robin tinha razão: era certo que o interesse de Strike tinha sido instigado pela história de Anna, mas ele estava animado principalmente com a perspectiva de tirar o peso da prótese por algumas horas e por saber que a cada minuto que passava aumentava a distância entre ele e a irmã. Abrindo a janela do carro, deixando que o ar marinho familiar corresse, estimulante, no interior do veículo antigo, ele acendeu um cigarro e perguntou, soprando a fumaça para longe de Robin:

— Viu muito Morris enquanto estive fora?

— Eu o vi ontem — disse Robin. — Paguei pelas despesas dele do mês.

— Ah, ótimo, obrigado — disse Strike —, eu pretendia lembrar a você de que precisava fazer isso. O que acha dele? Barclay disse que ele é bom no trabalho, só que fala demais no carro.

— É — disse Robin sem se comprometer —, ele gosta de falar.

— Hutchins acha que ele é meio bajulador — disse Strike, sondando sutilmente.

Ele tinha notado o tom especial que Morris reservava para Robin. Hutchins também contara que Morris havia perguntado qual era o estado civil de Robin.

— Hum — disse Robin —, bom, na verdade não tive contato suficiente com ele para formar uma opinião.

Em vista do nível de estresse atual de Strike e da quantidade de trabalho que a agência lutava para cobrir, ela decidiu não fazer nenhuma crítica à sua mais recente contratação. Eles precisavam de um homem a mais. Pelo menos Morris era bom no trabalho.

— Pat gosta dele — acrescentou ela, em parte por malícia, e foi divertido ver, pelo canto do olho, Strike se virar para ela de cara amarrada.

— Isso não serve de recomendação nenhuma.

— Que maldade — disse Robin.

— Você sabe que em uma semana será mais difícil demiti-la? Seu período de experiência está quase acabando.

— Eu não quero demiti-la — retrucou Robin. — Acho que ela é ótima.

— Bom, então, você terá de resolver se ela provocar problemas pela frente.

— Não terei de resolver nada — disse Robin. — Você não vai colocar a culpa por Pat em mim. A contratação dela foi uma decisão conjunta. Era você que estava enjoado de temporárias...

— E foi você que disse "talvez não seja má ideia ter uma gerente mais tradicional aqui" e "não devíamos descartá-la por causa da idade"...

— ... Sei o que eu disse e sustento a questão da idade. *Precisamos* de alguém que entenda uma planilha, que seja organizada, mas foi você que...

— ... Eu não queria que você me acusasse de preconceituoso.

— ... *foi você que ofereceu o emprego a ela* — concluiu Robin com firmeza.

— Não sei em que merda eu estava pensando — resmungou Strike, batendo a cinza pela janela.

Patricia Chauncey tinha 56 anos e parecia ter 65. Uma mulher magra com um rosto de macaco enrugado e um cabelo de um tom de preto implausível, constantemente fumava um cigarro eletrônico no escritório, mas podia ser vista tragando fundo um cigarro Superking no momento que colocava os pés na calçada, no final de um dia de trabalho. A voz de Pat era tão grave e áspera que costumava ser confundida com Strike ao telefone. Ocupava o que antes fora a mesa de Robin, na antessala, e tinha assumido o grosso dos deveres administrativos e atender o telefone da agência, agora que Robin passara à investigação em período integral.

A relação de Strike e Pat foi combativa desde o começo, o que confundia Robin, que gostava dos dois. Robin estava acostumada com as intermitentes explosões de mau humor de Strike e tendia a dar a ele o benefício da dúvida, em particular quando desconfiava de que ele sentia dor, mas Pat não tinha pudores em soltar um "será que um 'obrigado' vai te matar?" se Strike não mostrasse gratidão suficiente quando ela lhe passava seus recados telefônicos. Evidentemente Pat não sentia o respeito que algumas temporárias demonstraram pelo agora famoso detetive, uma das quais foi demitida no ato quando Strike percebeu que ela o filmava disfarçadamente com o celular na antessala. Na verdade, o comportamento da gerente do escritório sugeria que ela vivia em uma expectativa diária de descobrir coisas para descrédito de Strike, e mostrou certa satisfação ao saber que o amassado em um dos arquivos se devia ao fato de uma vez ele ter dado um soco ali.

Por outro lado, o arquivo estava atualizado, as contas estavam em ordem, todos os recibos bem contabilizados, o telefone era atendido prontamente, os recados eram transmitidos com precisão, eles nunca ficaram sem saquinhos de chá nem leite, e Pat nunca chegou atrasada, qualquer que fossem o clima e os atrasos do metrô.

Era verdade também que Pat gostava de Morris, que era o receptor da maioria de seus raros sorrisos. Morris sempre tinha o cuidado de prestar a Pat o tributo completo de seu charme de olhos azuis antes de voltar a atenção a Robin. Pat já estava atenta à possibilidade de romance entre os colegas mais jovens.

— Ele é bem bonito — dissera ela a Robin na semana anterior, depois de Morris ter telefonado de sua localização, para que o temporariamente inatingível Barclay soubesse onde assumir a vigilância do maior caso da agência. — Esse crédito você tem que dar a ele.

— Não tenho que dar nada a ele — dissera Robin, meio irritada.

Já era bem ruim ter Ilsa importunando Robin sobre Strike em suas horas de folga, ela não precisava ter Pat falando em Morris no horário de trabalho.

— Tem toda razão — respondera Pat, sem se deixar abalar. — Ele que faça por merecer

— De qualquer forma — disse Strike, terminando o cigarro e apagando a guimba na lata que Robin mantinha no porta-luvas para esse fim —, você resolveu o Topetudo. Trabalho danado de bom.

— Obrigada — Robin concordou. — Mas vai chegar à imprensa. A bigamia sempre dá notícia.

— É — disse Strike. — Bom, será pior para ele do que para nós, mas vale a pena tentar deixar nosso nome fora disso, se conseguirmos. Darei uma palavrinha com a sra. Campion-de-Windsor. E assim, ficamos — ele contou os nomes nos dedos grossos — com Duas-Vezes, Pé de Valsa, Cartão-Postal e Manhoso.

Passou a ser um hábito da agência atribuir apelidos a seus alvos e clientes, principalmente para não deixar escapar os nomes verdadeiros em público ou em e-mails. O Duas-Vezes era cliente anterior da agência e recentemente tinha voltado à tona, depois de tentar outros detetives particulares e considerá-los insatisfatórios. Strike e Robin já haviam investigado duas namoradas dele. Superficialmente, ele parecia ter muito pouca sorte no amor, um homem cujas parceiras, no início atraídas por sua gorda conta bancária, pareciam incapazes de fidelidade. Com o tempo, Strike e Robin passaram a acreditar que ele extraía alguma satisfação emocional ou sexual obscura da traição e que eles eram pagos para dar provas que, longe de aborrecê-lo, davam-lhe prazer. Depois de se colocar diante de provas fotográficas da perfídia da mulher, a namorada do momento seria confrontada, dispensada e outra encontrada, e todo o padrão se repetia. Dessa vez, ele namorava uma modelo glamorosa que, até agora, para uma decepção que o Duas-Vezes mal conseguia esconder, parecia fiel.

O Pé de Valsa, cujo apelido de pouca imaginação fora escolhido por Morris, era um dançarino de 24 anos que atualmente tinha um caso com uma mulher duas vezes divorciada de 39 anos, notável principalmente por seu histórico de abuso de drogas e a enorme herança. O pai da socialite contratara a agência para descobrir o que pudessem sobre a criação ou o comportamento do Pé de Valsa, qualquer coisa que pudesse ser usada para afastar a filha dele.

O Cartão-Postal, até agora, era uma entidade inteiramente desconhecida. O apresentador da previsão do tempo na televisão, de meia-idade e, na opinião de Robin, nada atraente, tinha procurado a agência depois de ouvir da polícia que não havia nada a fazer a respeito dos cartões-postais que começaram a chegar a seu local de trabalho e, o que era mais preocupante, entregues em mãos em sua casa altas horas da noite. Os cartões não continham nenhuma ameaça; na verdade, em geral não passavam de comentários banais sobre as gravatas escolhidas pelo homem do tempo, entretanto davam evidências de saber muito mais sobre a movimentação e a vida particular do homem do que um estranho deveria saber. O uso dos postais também era uma opção peculiar, quando, hoje em dia, a perseguição era muito mais fácil pela internet. O terceirizado da agência, Andy Hutchins, agora havia passado as noites de três semanas inteiras estacionado na frente da casa do homem do tempo, mas o Cartão-Postal ainda não aparecera.

Por fim, e mais lucrativo, era o interessante caso do Manhoso, um jovem banqueiro de investimentos cuja rápida ascensão na empresa gerara uma quantidade previsível de ressentimentos entre os colegas desprezados, que explodiram em uma suspeita completa quando ele foi promovido ao cargo de segundo em comando, passando à frente de três candidatos inegavelmente mais qualificados. Exatamente que trunfo o Manhoso tinha com o CEO (conhecido na agência como "Chefe do Manhoso" ou CM) era agora uma questão de interesse não só dos subordinados do Manhoso, mas de dois desconfiados membros do conselho diretor, que se encontraram com Strike em um bar sombrio no centro financeiro para expor suas preocupações. A estratégia atual de Strike era tentar descobrir mais sobre o Manhoso por intermédio da secretária e, para esse fim, Morris recebeu a tarefa de bater papo com ela depois do horário de trabalho, sem revelar nem seu nome verdadeiro nem sua ocupação, mas tentando avaliar a profundidade de sua lealdade com Manhoso.

— Precisa estar de volta a Londres em algum horário em particular? — perguntou Strike, depois de um breve silêncio.

— Não — disse Robin —, por quê?

— Você se importaria — disse Strike — se parássemos para comer? Não tomei o café da manhã.

Lembrando-se de que ele, na verdade, tinha uma travessa cheia de farelos de croissant à frente quando ela chegou ao Palacio Lounge, Robin concordou. Parecia que Strike tinha lido seus pensamentos.

— Não pode contar um croissant. É principalmente vento.

Robin riu.

Quando eles chegaram à Subway nos Cornwall Services, o clima entre os dois tinha ficado quase leve, apesar do cansaço que sentiam. Depois que Robin, preocupada com sua resolução de comer de forma mais saudável, tinha começado a salada e Strike dera algumas dentadas satisfatórias no sanduíche de filé com queijo, ele mandou a Kim Sullivan, por e-mail, seu formulário padrão sobre a cobrança de clientes, depois disse:

— Tive uma briga com Lucy hoje de manhã.

Robin deduziu que devia ter sido uma briga feia, para Strike falar no assunto.

— Às cinco horas, no jardim, enquanto eu fumava sossegado.

— Meio cedo para um conflito — disse Robin, espetando as folhas de alface sem nenhum entusiasmo.

— Bom, por acaso estávamos competindo no Grande Concurso Quem Ama Mais Joan e nem mesmo percebi no que tinha entrado.

Ele comeu em silêncio por um minuto, depois continuou:

— Terminou comigo dizendo a ela que achava Adam um idiotinha lamuriento e Luke um babaca.

Robin, que bebia água, a aspirou e foi tomada por um paroxismo de tosse. Dois clientes das mesas próximas olharam enquanto Robin respingava água e ofegava. Pegando um guardanapo de papel na mesa para enxugar o queixo e os olhos que lacrimejavam, ela ofegou.

— Mas por que... *diabos*... Você disse isso?

— Porque Adam é um idiotinha lamuriento e Luke é um babaca.

Ainda tentando se livrar da água presa na traqueia, Robin riu, com os olhos lacrimejando, mas meneou a cabeça.

— Puta merda, Cormoran — disse ela, quando enfim conseguiu falar direito.

— Você não teve uma semana inteira com eles. Luke quebrou meus fones de ouvido novos, depois fugiu com minha perna, aquele merdinha. Então, Lucy me acusa de favorecer Jack. É claro que favoreço Jack... ele é o único que presta.

— Sim, mas dizer à *mãe* deles...

— É, eu sei — falou Strike duramente. — Vou telefonar e pedir desculpas. — Houve uma breve pausa. — Mas, pelo amor de Deus — ele rosnou —, por que eu preciso levar todos os três para sair? Nenhum dos outros dá a mínima para a vida militar. "Adam chorou quando vocês voltaram das Salas de Guerra", uma ova. O cretininho não gostou de eu ter comprado coisas para Jack, é só isso. Se depender de Lucy, sairei em grupo todo fim de semana, e eles *vão se revezar* para escolher; será o zoológico e a merda da pista de kart, e tudo de bom que existe em ver Jack estará estragado. Eu *gosto* de Jack — disse Strike, com o que parecia surpresa. — Temos interesses pelas mesmas coisas. Que mania é essa de ter de tratá-los da mesma forma? Uma lição de vida inútil, é o que eu penso, saber que você não é dono do mundo. Você não consegue as coisas automaticamente só porque a pessoa é parente sua.

"Mas, tudo bem, ela quer que eu compre presentes para os outros dois", e ele desenhou um quadrado no ar com as mãos. "'Tente Não Ser um Merdinha.' Vou mandar fazer uma placa assim para a parede do quarto de Luke."

Eles compraram um saco de salgadinhos e voltaram à viagem. Ao entrarem na rodovia de novo, Strike expressou a culpa que sentia por não poder dividir a direção, porque o velho Land Rover era desafio demais para sua perna postiça.

— Isso não importa — disse Robin. — Não ligo. Qual é a graça? — acrescentou ela, vendo Strike sorrir com malícia para alguma coisa que tinha encontrado na sacola de comida.

— Morangos ingleses — disse ele.

— E por que isso é cômico?

Ele explicou sobre a fúria de Dave Polworth porque os produtos da Cornualha não tinham sua origem no rótulo, e sua alegria correspondente porque um número cada vez maior de moradores estivesse colocando sua identidade cornualhesa acima da inglesa nos formulários.

— A teoria da identidade social é muito interessante — disse Robin. — Isso e a teoria da autocategorização. Estudei na faculdade. Existem implicações para as empresas e para a sociedade, sabe...

Ela falou, feliz, por uns minutos até que percebeu, ao olhar de lado, que Strike tinha caído no sono. Preferindo não se ofender, porque ele estava cinzento de cansaço, Robin ficou em silêncio e, além do ocasional ronco, não houve mais nenhuma comunicação da parte de Strike, até que ele subitamente acordou, sobressaltado, nos arredores de Swindon.

— Merda — disse ele, enxugando a boca com as costas da mão —, desculpe-me. Quanto tempo dormi?

— Umas três horas — disse Robin.

— Merda — ele repetiu —, desculpe-me. — E imediatamente pegou o cigarro. — Estive dormindo no sofá mais desconfortável do mundo, e as crianças me acordavam na porcaria do amanhecer todo dia. Quer alguma coisa da sacola de comida?

— Quero — disse Robin, jogando a dieta ao vento. Tinha uma necessidade urgente de um estimulante. — Chocolate. Da Inglaterra ou Cornualha, não me importa.

— Desculpe — disse Strike pela terceira vez. — Você estava me falando de uma teoria social ou coisa assim.

Robin sorriu.

— Você dormiu mais ou menos na hora que eu falava da minha fascinante aplicação da teoria da identidade social ao trabalho de detetive.

— Que é? — disse ele, tentando agora compensar em educação o que tinha perdido antes. Robin, que sabia muito bem que foi por isso que ele fez a pergunta, disse:

— Essencialmente, tendemos a classificar os outros e a nós mesmos em grupos e isso costuma levar a uma superestimação das semelhanças entre os membros de um grupo e a uma subestimação das semelhanças entre quem é de dentro e quem é de fora.

— Então, está dizendo que nem todos da Cornualha são rudes humildes e nem todos os ingleses são babacas pomposos?

Strike desembrulhou um chocolate Yorkie e colocou na mão de Robin.

— Parece improvável, mas vou conversar com Polworth da próxima vez que nos encontrarmos.

Ignorando os morangos, que foram obra de Robin, Strike abriu uma lata de Coca-Cola e bebeu enquanto fumava e olhava o céu se avermelhar à medida que ficavam mais próximos de Londres.

— Dennis Creed ainda está vivo, sabia? — disse Strike, vendo o borrão das árvores pela janela. — Estive lendo sobre ele na internet esta manhã.

— Onde ele está? — perguntou Robin.

— Broadmoor. No início ele foi para Wakefield, depois Belmarsh, e foi transferido para Broadmoor em 1995.

— Qual foi o laudo psiquiátrico?

— Controverso. Os psiquiatras não chegaram a um consenso se ele tinha sua sanidade mental durante o julgamento. Um QI muito alto. No fim, o júri concluiu que ele era capaz de saber que o que fazia era errado, daí a prisão, e não o hospital. Mas ele deve ter desenvolvido sintomas, porque isso justifica tratamento médico.

"Depois de um pouco de leitura", continuou Strike, "posso entender por que o principal investigador achou que Margot Bamborough foi uma das vítimas de Creed. Supostamente, um pequeno furgão foi visto acelerando perigosamente naquela área, mais ou menos na hora que ela devia estar caminhando para o Three Kings. Creed usou um furgão", explicou Strike, em resposta a um olhar indagativo de Robin, "em alguns outros raptos conhecidos."

As luzes da rodovia tinham se acendido antes que Robin, depois de terminar seu chocolate, citasse:

— "Ela está em um lugar sagrado."

Ainda fumando, Strike bufou.

— Típico papo-furado de médium.

— Você acha?

— Sim, é o que eu acho, ora essa — disse Strike. — Muito conveniente como as pessoas lá do além só conseguem falar em dicas de palavras cruzadas. Para com isso.

— Tudo bem, calma. Eu só estava pensando alto.

— Você pode apontar praticamente qualquer lugar como "um lugar sagrado", se quiser. Clerkenwell, onde ela desapareceu... toda aquela região tem alguma ligação religiosa. Monges ou coisa parecida. Sabe onde Dennis Creed morava em 1974?

— Conta.

— Paradise Park, em Islington — disse Strike.

— Ah — disse Robin. — Então você acha que a médium *sabia* quem era a mãe de Anna?

— Se eu estivesse nessa jogada, é claro que procuraria os nomes dos clientes no Google antes de eles aparecerem. Mas pode ter sido um toque sofisticado com a intenção de parecer reconfortante, como disse Anna. Sugere um sepultamento decente. Por pior que tenha sido seu fim, é purificado por onde estão os restos mortais. Creed confessou espalhar fragmentos de ossos em Paradise Park, aliás. Pisoteou nos canteiros de flores.

Embora o carro ainda estivesse abafado, Robin sentiu um pequeno arrepio involuntário percorrer pelo corpo.

— Monstros desgraçados — disse Strike.

— Quem?

— Médiuns, videntes, todos esses charlatães... depenando as pessoas.

— Você não acha que alguns acreditam no que fazem? Pensam que realmente recebem mensagens do além?

— Acho que existem muitos malucos no mundo, e quanto menos recompensarmos essa gente por sua birutice, melhor para todos nós.

O celular de Strike tocou no bolso. Ele o pegou.

— Cormoran Strike.

— Sim, alô... É Anna Phipps. Estou aqui com Kim também.

Strike colocou o celular no viva voz.

— Espero que você possa nos escutar bem — disse ele, com o ronco e o chocalhar do Land Rover. — Ainda estamos no carro.

— É verdade, está barulhento — disse Anna.

— Vou encostar — disse Robin e assim fez, virando suavemente para o acostamento.

— Ah, assim está melhor — disse Anna enquanto Robin desligava o motor. — Bom, Kim e eu conversamos e tomamos uma decisão: *gostaríamos* de contratar vocês.

Robin sentiu um choque de empolgação.

— Ótimo — disse Strike. — Estamos muito interessados em ajudar, se pudermos.

— Porém — disse Kim —, sentimos que, por motivos psicológicos e... bom, para falar com franqueza, motivos financeiros... queremos que a investigação tenha um prazo, porque se a polícia não resolveu esse caso em quase quarenta anos... quer dizer, vocês podem procurar pelos próximos quarenta e não descobrir nada.

— É verdade — disse Strike. — Então...

— Pensamos em um ano — disse Anna, nervosa. — O que vocês... isso parece justo?

— Era o que eu ia sugerir — disse Strike. — Para ser franco, não creio que tenhamos muita chance em menos de 12 meses.

— Precisa de mais alguma coisa de mim para começar? — Anna parecia ao mesmo tempo nervosa e animada.

— Estou certo de que vai me ocorrer alguma coisa — disse Strike, pegando o bloco para verificar um nome —, mas seria bom falar com seu pai e com Cynthia.

O outro lado da linha ficou em completo silêncio. Strike e Robin se olharam.

— Acho que não existe nenhuma possibilidade disso — disse Anna. — Lamento, mas, se meu pai souber que estive fazendo isso, duvido que um dia vá me perdoar.

— E Cynthia?

— O que acontece — veio a voz de Kim — é que o pai de Anna esteve mal recentemente. Cynthia é a mais racional dos dois sobre essa questão, mas ela não vai querer aborrecer Roy agora.

— Tudo bem, não tem problema — disse Strike, erguendo as sobrancelhas para Robin. — Nossa prioridade máxima é conseguir o arquivo da polícia. Nesse meio-tempo, mandarei para você, por e-mail, nossos contratos padrão. Imprima, assine e mande para mim, e vamos começar.

— Obrigada — disse Anna e, com um leve atraso, Kim disse: — Tudo bem, então.

Elas desligaram.

— Ora, ora — disse Strike. — Nosso primeiro arquivo morto. Isso vai ser interessante.

— E temos um ano — disse Robin, arrancando para a rodovia.

— Elas vão prorrogar o prazo, se dermos a impressão de chegar a alguma coisa — disse Strike.

— Boa sorte nessa — disse Robin com sarcasmo. — Kim está disposta a nos dar um ano, assim ela pode dizer a Anna que elas tentaram de tudo. Aposto cinco pratas com você agora que não vamos ter nenhuma prorrogação.

— Aceito essa aposta — disse Strike. — Se houver a menor sugestão de uma pista, Anna vai querer que isso siga até o fim.

Pelo restante da viagem, eles discutiram as quatro investigações atuais da agência, uma conversa que os levou até o final da Denmark Street, onde Strike saltou.

— Cormoran — disse Robin, enquanto ele pegava a mochila na traseira do Land Rover —, tem um recado em sua mesa de Charlotte Campbell. Ela ligou ontem e pediu para você retornar. Disse que tem uma coisa que você quer.

Houve um breve momento em que Strike simplesmente olhou para Robin com uma expressão indecifrável.

— Tudo bem. Obrigado. Bom, vejo você amanhã. Não, não vejo — ele de imediato se contradisse —, você vai tirar uma folga. Aproveite.

E com uma batida da porta traseira, ele mancou para o escritório, cabisbaixo, com a mochila pendurada no ombro, deixando uma Robin exausta sem a menor ideia se ele queria ou não aquilo que Charlotte Campbell tinha.

PARTE DOIS

E veio o outono, vestido todo de amarelo...

Edmund Spenser
A Rainha das Fadas

8

Grande quantidade de coisas terríveis deste livro
Ele leu…

Edmund Spenser
A Rainha das Fadas

Quando Strike e Robin deram a notícia sobre a bigamia do marido, a mulher pálida que eles agora chamavam de A Segunda Sra. Topetudo ficou sentada em silêncio por alguns minutos. Sua casa pequena, mas encantadora, no centro de Windsor estava silenciosa naquela manhã de terça-feira, o filho e a filha na escola primária, e ela fizera uma limpeza antes de eles chegarem: havia no ar um cheiro de desinfetante Pledge e marcas de aspirador de pó no carpete. Na mesa de centro muito polida, havia dez fotografias do Topetudo em Torquay, sem peruca, rindo ao sair da pizzaria com os adolescentes que se pareciam tanto com as crianças de quem ele era pai em Windsor, seu braço envolvendo uma mulher sorridente que podia ser a irmã mais velha da cliente da agência.

Robin, que lembrava exatamente como se sentiu quando o brinco de diamante de Sarah Shadlock caiu de seu próprio leito conjugal, só podia imaginar a escala da dor, da humilhação e da vergonha por trás daquele rosto tenso. Strike manifestava a solidariedade convencional, mas Robin teria apostado toda a sua conta bancária em que a sra. Topetudo não escutava uma palavra que fosse — e percebeu que tinha razão quando a mulher de repente se levantou, tremendo tanto que Strike também se esforçou para se levantar, no meio de uma frase, por medo de ela precisar ser amparada. Porém, ela passou aos arrancos por ele e saiu da sala. Logo depois disso, eles ouviram a porta da frente se abrir e viram, através da cortina de renda, a cliente com um taco de golfe na mão se aproximar de um Audi Q3 vermelho estacionado na frente da casa.

— Ah, merda — disse Robin.

Quando a alcançaram, a Segunda Sra. Topetudo tinha quebrado o para-brisa e provocado vários amassados fundos no teto do carro. Vizinhos boquiabertos apareceram nas janelas e dois lulus-da-pomerânia latiam freneticamente atrás do vidro na casa do outro lado da rua. Quando Strike retirou o taco de sua mão, a sra. Topetudo o xingou, tentou recuperá-lo, depois caiu aos prantos.

Robin passou o braço pela cliente e a conduziu firmemente para dentro da casa, Strike, formando a retaguarda, levava o taco de golfe. Na cozinha, Robin instruiu Strike a preparar um café forte e localizar algum conhaque. Por conselho de Robin, a sra. Topetudo telefonou para o irmão e lhe pediu que viesse, rapidamente, mas quando desligou e começou a procurar o número do Topetudo, Robin retirou o celular daquela mão de unhas bem cuidadas.

— Devolva! — disse a sra. Topetudo, de olhos arregalados e pronta para brigar. — O filho da puta... o filho da puta... quero falar com ele... devolva!

— Má ideia — disse Strike, colocando o café com conhaque na frente dela. — Ele já provou que é especialista em esconder dinheiro e ativos de você. Você precisa de um advogado dos bons.

Eles continuaram com a cliente até a chegada do irmão dela, um executivo da área de recursos humanos vestido de terno. Ficou irritado por ter sido solicitado a sair do trabalho cedo e foi tão lento para entender o que ouvia que Strike quase se enfureceu e Robin sentiu a necessidade de intervir para evitar uma briga.

— Pelo amor de Deus, que merda — resmungou Strike enquanto eles voltavam de carro para Londres. — *Ele estava casado com outra pessoa quando se casou com sua irmã*. Que parte disso é tão difícil de entender?

— Muito difícil — disse Robin, com a voz tensa. — As pessoas não esperam se encontrar em situações como essa.

— Você acha que eles me ouviram quando pedi que não contassem à imprensa que estávamos envolvidos?

— Acho que não — disse Robin.

E Robin tinha razão. Uma quinzena depois de terem ido a Windsor, eles acordaram e encontraram vários tabloides trazendo revelações sobre o Topetudo e as três mulheres na primeira página, uma foto de Strike nas páginas internas e seu nome em uma das manchetes. Agora ele era notícia por mérito próprio, e era irresistível a justaposição do detetive famoso e do homem careca, atarracado e rico que conseguira ter duas famílias e uma amante.

Strike só havia dado provas a casos de tribunal dignos de nota como esse quando exibia a barba cheia que crescia convenientemente rápido quando ele precisava, e a foto usada com mais frequência pela imprensa era uma antiga, que o mostrava de farda. Ainda assim, era uma batalha constante continuar o mais discreto que sua profissão exigia, e ser importunado por comentários em seu escritório era uma inconveniência da qual ele não conseguia se livrar. A tempestade de publicidade foi prolongada quando as duas sras. Topetudo formaram uma aliança ofensiva contra o marido separado. Mostrando um gosto imprevisto pela publicidade, elas não só deram a uma revista feminina uma entrevista conjunta, mas apareceram em vários programas de televisão diurnos, juntas, para falar de sua longa ilusão, o choque, a amizade recém-descoberta, a intenção de fazer o Topetudo se arrepender do dia em que conheceu qualquer uma das duas e para dar um alerta mal disfarçado, avisando à amante grávida em Glasgow (que, surpreendentemente, parecia disposta a apoiar o Topetudo) que ela estava enganada se imaginava que ele teria dois centavos que fossem depois que as esposas tivessem acabado com ele.

Setembro prosseguiu, gelado e instável. Strike telefonou a Lucy para se desculpar por ter sido grosseiro a respeito dos filhos dela, mas ela continuou fria, mesmo depois do pedido de desculpas, sem dúvida porque ele apenas expressou remorsos por ter verbalizado sua opinião e não se retratou. Strike ficou aliviado ao saber que os meninos tinham jogos esportivos nos fins de semana, agora que as aulas tinham recomeçado, o que significava que ele não teria de dormir no sofá da próxima vez que fosse a St. Mawes e podia se dedicar a Ted e Joan sem a tensão da presença nervosa e acusativa de Lucy.

Embora desesperada para cozinhar para ele como sempre fez, a tia já havia enfraquecido devido à quimioterapia. Era doloroso vê-la se arrastar pela cozinha, mas ela não se sentava, mesmo quando Ted lhe implorava para fazer isso. Na noite de sábado, o tio desabafou depois que Joan foi para a cama e chorou no ombro de Strike. No passado, Ted parecia um bastião imperturbável e invulnerável de força para o sobrinho, e Strike, que normalmente dormia em quase qualquer circunstância, ficou acordado até depois das duas da manhã, deitado, olhando o escuro que era muito mais profundo do que numa noite londrina, imaginando se deveria ficar mais tempo e desprezando a si mesmo por sentir que era certo que devia voltar a Londres.

Na verdade, a agência estava tão atarefada que ele se sentia culpado pelo fardo que colocava nos ombros de Robin e de seus terceirizados ao tirar um fim de semana prolongado na Cornualha. Além dos cinco casos em aberto que ainda estavam nas contas da agência, ele e Robin faziam malabarismos com a exigência da gestão cada vez maior, representada pela força de trabalho ampliada, e negociavam uma prorrogação de um ano no aluguel do escritório com o empreiteiro que comprara o prédio. Eles também tentavam, até agora sem nenhuma sorte, convencer um dos contatos da agência na polícia a encontrar e entregar o arquivo de quarenta anos sobre o desaparecimento de Margot Bamborough. Morris era um ex-agente da Polícia Metropolitana, assim como Andy Hutchins, seu terceirizado mais antigo, um homem calado e saturnino cuja esclerose múltipla felizmente estava em remissão, e ambos também tentaram apelar a favores de antigos colegas, mas até agora as respostas aos pedidos da agência iam de "os ratos devem ter roído" a "dá um tempo, Strike, estou ocupado".

Em uma tarde chuvosa, enquanto seguia o Manhoso pelo centro financeiro de Londres, tentando não mancar com muita obviedade e no íntimo xingando o segundo vendedor de guarda-chuvas baratos que se metia em seu caminho, o celular de Strike tocou. Esperando ser outro problema a ser resolvido, ele foi apanhado desprevenido quando quem ligou disse:

— Oi, Strike. Aqui é George Layborn. Soube que está revendo o caso Bamborough, não é isso?

Strike havia encontrado o inspetor-detetive Layborn apenas uma vez, e foi no contexto de um caso em que Strike e Robin deram assistência material à Polícia Metropolitana, e ele não considerava a associação dos dois próxima o suficiente para pedir ajuda a Layborn na obtenção do arquivo Bamborough.

— Oi, George. Sim, você entendeu direito — disse Strike, observando Manhoso entrar em um wine bar.

— Bom, eu podia me encontrar com você amanhã no final da tarde, se quiser. No Feathers, às seis horas? — sugeriu Layborn.

Então Strike pediu a Barclay para trocar de tarefa e foi ao pub perto da Scotland Yard no fim da tarde seguinte, onde encontrou Layborn já junto do balcão esperando por ele. Um sujeito de meia-idade, barrigudo e de cabelo grisalho, Layborn pagou pelas cervejas London Pride dos dois e eles se transferiram para uma mesa no canto.

— Meu velho trabalhou no caso Bamborough, sob as ordens de Bill Talbot — disse Layborn a Strike. — Me contou tudo a respeito dele. O que conseguiu até agora?

— Nada. Estive examinando antigas matérias na imprensa e estou tentando localizar pessoas que trabalharam na clínica de onde ela desapareceu. Não posso fazer muito mais do que isso antes de ver o arquivo da polícia, mas ninguém conseguiu me ajudar nessa até agora.

Layborn, que havia demonstrado gosto por expressões pitorescas e obscenas no único encontro que eles tiveram antes, nessa noite parecia estranhamente moderado.

— Foi uma confusão dos diabos a investigação Bamborough — disse ele em voz baixa. — Alguém já te contou sobre Talbot?

— Diga lá.

— Ele pirou — disse Layborn. — Um colapso mental completo. Estava ficando estranho antes de assumir o caso, mas sabe como é, era a década de 1970... examinar a saúde mental da força de trabalho era coisa de viado. Em seus tempos, ele foi um bom policial, veja bem. Dois agentes menores notaram que ele estava agindo de um jeito esquisito, mas, quando levantaram o assunto, disseram aos dois para largar de mão.

"Ele estava chefiando o caso Bamborough havia seis meses quando a esposa chamou uma ambulância no meio da noite e o internou. Ele recebeu sua pensão, mas era tarde demais para o caso. Morreu uns bons dez anos atrás, mas soube que nunca encerrou a merda da investigação. Depois que se recuperou, ficou constrangido com o próprio comportamento."

— Que comportamento?

— Dar atenção demais às próprias intuições, não considerar corretamente as provas, não ter interesse em conversar com testemunhas que não se encaixavam em sua teoria...

— Que era a de que ela foi raptada por Creed, não é isso?

— Exatamente — disse Layborn. — Mas, na época, Creed ainda era chamado de o Açougueiro de Essex, porque ele largou os dois primeiros corpos em Epping Forest e Chigwell. — Layborn tomou um longo gole da cerveja. — Eles encontraram a maior parte de Jackie Aylett em uma caçamba de lixo industrial. Esse sujeito é um animal. Um animal.

— Quem assumiu o caso depois de Talbot?

— Um cara chamado Lawson, Ken Lawson — disse Layborn —, mas ele perdeu seis meses, o rastro tinha esfriado, e ele herdara uma baita trapalhada. Além do mais, ela não teve sorte no *timing*, a Margot Bamborough — disse Layborn. — Sabe o que aconteceu um mês depois de ela ter desaparecido?

— O quê?

— Lorde Lucan desapareceu — disse Layborn. — Tente manter uma médica desaparecida na primeira página dos jornais depois que a babá de um par do reino é espancada até a morte e ele dá no pé. Eles estavam acostumados com as fotos da Coelhinha... sabia que Bamborough foi uma Coelhinha?

— Sabia — disse Strike.

— Ajudou a financiar seu curso de medicina — disse Layborn —, mas, segundo meu velho, a família não gostava de ver isso revirado. Eles ficaram hostis, embora aquelas fotos definitivamente dessem mais cobertura para o caso. É assim que o mundo funciona — disse ele —, não é?

— O que seu pai pensava que tinha acontecido com ela? — perguntou Strike.

— Bom, para falar com franqueza — Layborn suspirou —, ele pensava que Talbot podia ter razão: Creed a havia apanhado. Não havia sinais de que ela pretendesse desaparecer... o passaporte ainda estava na casa, não havia malas desfeitas, não sumiu nenhuma roupa, um emprego estável, nenhuma preocupação financeira, uma filha ainda criança.

— É difícil arrastar uma mulher de 29 anos saudável e em boa forma de uma rua movimentada sem que alguém perceba — disse Strike.

— É verdade — disse Layborn. — Creed costumava apanhá-las quando estavam embriagadas. Dito isso, era um fim de tarde escuro e chuvoso. Ele já havia feito esse truque. E ele sabia acalmar as suspeitas das mulheres e obter sua solidariedade. Duas delas foram para o apartamento dele por vontade própria.

— Teve um furgão parecido com o de Creed acelerando naquela área, não teve?

— Sim — disse Layborn —, e pelo que meu pai me contou, nunca foi verificado direito. Talbot não queria ouvir que talvez fosse alguém tentando chegar para o chá em casa, sabe como é. Não foi feito o trabalho de rotina. Por exemplo, soube que tinha um ex-namorado de Bamborough rondando por lá. Não estou dizendo que o namorado a matou, mas meu pai me disse que Talbot passou metade do interrogatório tentando descobrir onde esse namorado estava na noite em que Helen Wardrop foi atacada.

— Quem?

— Uma prostituta. Creed tentou raptá-la em 1973. Ele teve suas falhas, sabe? Peggy Hiskett, ela se livrou dele e deu uma descrição à polícia em 1971, mas não foi de muita ajuda para eles. Disse que ele era moreno e encorpado, porque na época ele usava uma peruca e estava todo acolchoado em um casaco feminino. No fim, ele foi apanhado graças a Melody Bower. Cantora de boate, parecida com Diana Ross. Creed puxou papo com ela no ponto de ônibus, ofereceu uma carona, depois tentou arrastá-la para o furgão quando ela disse não. Ela fugiu, deu uma boa descrição à polícia e disse que ele contara que sua casa ficava em Paradise Park. Mais para o fim, ele foi descuidado. A arrogância dele levou a melhor.

— Você sabe muito sobre isso, George.

— É, bom, meu pai foi um dos primeiros a entrar no porão de Creed, depois de sua prisão. Ele nunca falou sobre o que viu ali dentro, e tinha visto chacinas, escolha o que quiser... Creed nunca confessou

Bamborough, mas isso não significa que não tenha sido ele. Aquele escroto vai deixar as pessoas conjecturando até ele morrer. Um filho da puta cruel. Durante anos, ele brincou com as famílias de suas vítimas conhecidas. Gosta de sugerir que pegou mais mulheres, sem dar nenhum detalhe. Um jornalista o entrevistou no início dos anos 1980, mas essa foi a última vez que deixaram que alguém falasse com ele. O Ministério da Justiça apertou o cerco. Creed usa a publicidade como uma chance de atormentar as famílias. Foi o único poder que sobrou a ele.

Layborn bebeu o que restava da cerveja e olhou o relógio.

— Farei o que puder por você a respeito do arquivo. Meu velho teria querido ajudar. Ele nunca entendeu muito bem o que aconteceu com esse caso.

O vento aumentava quando Strike voltou a seu apartamento no sótão. As janelas pontilhadas de chuva chocalhavam nos caixilhos frouxos enquanto ele separava atentamente na carteira os recibos que precisava apresentar ao contador.

Às nove da noite, depois de jantar a comida preparada no fogareiro, ele se deitou na cama e pegou a biografia de segunda mão de Dennis Creed, *O demônio de Paradise Park*, que encomendara um mês antes e que até agora tinha ficado fechada na mesa de cabeceira. Depois de abrir o botão da calça para acomodar melhor a grande quantidade de espaguete que acabara de consumir, ele soltou um arroto alto e satisfatório, acendeu um cigarro, recostou-se nos travesseiros e abriu o livro no início, onde uma cronologia expunha os fatos essenciais da longa carreira de estupro e assassinato de Creed.

1937	Nasceu em Greenwell Terrace, Mile End.
1954	Abril: começou no National Service.
	Novembro: estuprou a estudante **Vicky Hornchurch**, 15.
	Sentenciado a dois anos, Unidade de Delinquentes Juvenis.
1955-61	Trabalhou em uma variedade de empregos, braçais e burocráticos, de vida curta. Frequentou prostitutas.
1961	Julho: estuprou e torturou a vendedora **Sheila Gaskins**, 22.

Sentenciado a cinco anos na penitenciária Pentonville.

1968 Abril: raptou, estuprou, torturou e assassinou a estudante **Geraldine Christie**, 16.

1969 Setembro: raptou, estuprou, torturou e assassinou a secretária e mãe de um filho **Jackie Aylett**, 29. Apelidado de "O Açougueiro de Essex" pela imprensa.

1970 Janeiro: mudou-se para o porão de Vi Hooper na Liverpool Road, perto de Paradise Park.

Conseguiu o emprego de entregador em uma lavanderia.

Fevereiro: raptou a garçonete e mãe de três filhos **Vera Kenny**, 31. Mantida no porão por três semanas. Estuprada, torturada e assassinada.

Novembro: raptou a corretora imobiliária **Noreen Sturrock**, 28. Mantida no porão por quatro semanas. Estuprada, torturada e assassinada.

1971 Agosto: não conseguiu raptar a farmacêutica **Peggy Hiskett**, 34.

1972 Setembro: raptou a desempregada **Gail Wrightman**, 30. Mantida aprisionada no porão. Estuprada e torturada.

1973 Janeiro: assassinou Wrightman.

Dezembro: não conseguiu raptar a prostituta e mãe de um filho **Helen Wardrop**, 32.

1974 Setembro: raptou a cabeleireira **Susan Meyer**, 27. Mantida prisioneira no porão. Estuprada e torturada.

1975 Fevereiro: raptou a estudante de doutorado **Andrea Hooton**, 23. Hooton e Meyer dividiram o porão por quatro semanas.

Março: assassinou Susan.

Abril: assassinou Andrea.

1976 25 de janeiro: tentou raptar a cantora de boate **Melody Bower**, 26.

31 de janeiro: a senhoria Vi Hooper reconhece Creed por descrição e retrato falado.

2 de fevereiro: Creed é preso.

Strike virou a página e passou os olhos pela introdução, que trazia a única entrevista dada pela mãe de Creed, Agnes Waite.

... Ela começou me dizendo que a data na certidão de nascimento de Creed era falsa.

"Diz ali que ele nasceu em 20 de dezembro, não é?", ela me perguntou. "Não está certo. Foi na noite de 19 de novembro. Ele mentiu sobre isso quando registrou a certidão, porque, na época em que se costuma fazer isso, estávamos fora."

"Ele" era o padrasto de Agnes, William Awdry, um homem famoso na região por seu gênio violento...

"Ele tirou o bebê dos meus braços assim que o tive e disse que ia matá-lo. Afogar na privada da casinha externa. Pedi para não fazer isso. Implorei para deixar o bebê vivo. Até então, eu não sabia se queria que ele vivesse ou morresse, mas depois de tê-lo, de segurá-lo... E ele era forte, o Dennis, ele queria viver, dava para saber.

"Duraram semanas as ameaças, Awdry ameaçando matá-lo. Mas quando os vizinhos ouviram o bebê chorando e provavelmente ouviram o que [Awdry] ameaçava, também, ele viu que não havia como esconder; tinha esperado tempo demais. Então registrou o nascimento, mas mentiu sobre a data, assim ninguém perguntaria por que tinha feito isso tão tarde. Não havia ninguém para dizer o que tinha acontecido antes, ninguém a quem contar. Nunca me arrumaram uma parteira nem enfermeira nem nada..."

Creed costumava me escrever respostas mais completas do que quando tivemos nossas entrevistas pessoalmente. Meses depois ele me mandou o seguinte, relacionado com suas suspeitas sobre sua paternidade:

"Eu via meu suposto avô por afinidade me olhando no espelho. A semelhança ficava maior à medida que eu envelhecia. Eu tinha os olhos dele, as orelhas do mesmo formato, sua pele pálida, o pescoço comprido. Ele era um homem maior do que eu, de aparência mais máscula, e acho que parte de sua grande antipatia para comigo vinha do fato de que ele detestava ver as próprias feições em uma forma fraca, de menina. Ele desprezava a vulnerabilidade..."

"É, é claro que Dennis era dele", disse-me Agnes. "Ele [Awdry] começou comigo quando eu tinha 13 anos. Eu nunca tinha permissão para sair, nunca tive namorado. Quando minha mãe percebeu que eu estava grávida, Awdry disse a ela que eu tinha escapulido para encontrar alguém. O que mais ele ia dizer? E mamãe acreditou nele. Ou fingiu acreditar."

Agnes saiu da casa superlotada do padrasto antes do segundo aniversário de Dennis, quando tinha 16 anos e meio.

"Eu queria levar Dennis comigo, mas saí no meio da noite e não podia fazer barulho. Não tinha para onde ir, não tinha emprego nem dinheiro. Só um namorado que disse que ia cuidar de mim. Então, eu fui."

Ela só veria o primogênito outras duas vezes. Quando descobriu que William Awdry cumpria nove meses de prisão por lesão corporal, ela voltou à casa da mãe na esperança de pegar Dennis.

"Eu ia dizer a Bert [o primeiro marido] que ele era meu sobrinho, porque Bert não sabia nada de toda aquela confusão. Só que Dennis não se lembrava de mim, acho que não. Ele não largava minha mãe, não falou comigo, e minha mãe disse que era tarde demais e que eu não devia ter deixado o menino se o queria tanto. Então, fui embora sem ele."

Da última vez que Agnes viu o filho em carne e osso foi quando fez uma viagem à sua escola primária e o chamou pela cerca para falar com ele. Embora mal tivesse cinco anos, Creed alegou em nossa segunda entrevista se lembrar desse último encontro.

"Ela era uma mulher baixa, magra e simples, vestida como uma prostituta", ele me contou. "Não era parecida com as mães dos outros meninos. Dava para saber que não era uma pessoa respeitável. Eu não queria que as outras crianças me vissem falando com ela. Ela disse que era minha mãe, e eu disse a ela que não era verdade, mas na realidade eu sabia que era. Eu fugi dela."

"Ele não quis nada comigo", disse Agnes. "Depois disso, desisti. Não iria à casa, se Awdry estava lá. Pelo menos Dennis estava na escola. Ele parecia limpo...

"Eu costumava imaginá-lo, como ele estaria, essas coisas", disse Agnes. "É claro que a gente faz isso. As crianças saem de você. Os homens não entendem o que é isso. É, eu costumava imaginar, mas me mudei para o norte com Bert quando ele conseguiu o emprego no correio e nunca mais voltei a Londres, nem mesmo quando minha mãe morreu, porque Awdry tinha dito que se eu aparecesse, ia me expulsar."

Quando eu disse a Agnes que tinha me encontrado com Dennis apenas uma semana antes de visitá-la em Romford, ela mostrou curiosidade por uma coisa só.

"Dizem que ele é muito inteligente, é verdade?"

Falei a ela que, sem dúvida, ele era muito inteligente. Era uma questão em que concordavam todos os psiquiatras dele. Os carcereiros me disseram que ele lia muito, em particular livros de psicologia.

"Não sei de onde ele herdou isso. Não foi de mim...

"Li tudo nos jornais. Ouvi nos noticiários, soube de tudo que ele fez. Horrível, é simplesmente horrível. O que leva uma pessoa a fazer isso?

"Depois que o julgamento acabou, pensei de novo nele, todo nu e ensanguentado no linóleo onde eu o tive, com meu padrasto nos olhando, ameaçando afogá-lo, e juro para você agora", disse Agnes Waite, "eu queria ter deixado isso acontecer."

Strike apagou o cigarro e pegou a lata de cerveja Tennent's ao lado do cinzeiro. Uma chuva leve batia nas janelas enquanto ele avançava um pouco no livro, parando na metade do capítulo dois.

... A avó, Ena, não estava disposta ou era incapaz de proteger o membro mais novo da casa das punições cada vez mais sádicas do marido.

Awdry tinha uma satisfação especial em humilhar Dennis por persistentemente urinar na cama. Seu avô por afinidade despejava um balde de água na cama dele, depois obrigava o menino a dormir ali. Dennis se lembrou de várias ocasiões em que foi obrigado a ir à loja da esquina sem as calças, mas ainda com o pijama encharcado, para comprar cigarros para Awdry.

"A pessoa se refugia na fantasia", escreveu-me Creed mais tarde. "Dentro da minha cabeça, eu era inteiramente livre e feliz. Mas existiam, mesmo naquela época, acessórios do mundo material que eu gostava de incorporar à minha vida secreta. Objetos que alcançavam um poder totêmico em minhas fantasias."

Aos 12 anos, Dennis descobriu os prazeres do voyeurismo.

"Me excitava", ele escreveu, depois de nossa terceira entrevista, "olhar uma mulher que não sabia que era observada. Eu fazia isso com minhas irmãs, mas também me esgueirava por janelas iluminadas. Se tivesse sorte, veria mulheres ou meninas tirando a roupa, arrumando-se ou até um vislumbre de nudez. Eu ficava excitado não só com os aspectos obviamente sensuais, mas com o senso de poder. Sentia que roubava algo da essência delas, pegava o que elas julgavam privado e oculto."

Ele logo evoluiu para roubar roupas íntimas de mulheres dos varais dos vizinhos e até da avó, Ena. Estas, ele gostava de vestir em segredo e com elas se masturbava...

Bocejando, Strike virou as páginas, parando em uma passagem no capítulo quatro.

... um integrante tranquilo da equipe de correspondência da Fleetwood Electric, que espantou os seus companheiros quando, em uma noite no trabalho, vestiu o casaco de uma colega para imitar a cantora Kay Starr.

"Lá estava o baixinho Dennis, berrando 'Wheel of Fortune' com o casaco de Jenny", contou à imprensa um colega de trabalho que não quis se identificar, depois da prisão de Creed. "Deixou alguns homens mais velhos pouco à vontade. Dois deles achavam que ele era, sabe como é, bicha. Mas os mais novos, todos nós o aplaudimos muito. Depois disso, ele saiu um pouco de sua concha."

Mas a vida secreta e fantasiosa de Creed não estava centrada em uma vida de teatro amador ou de cantar em pubs. Sem o conhecimento de qualquer um que tenha visto o garoto bêbado de 16 anos no palco, suas fantasias complexas ficavam cada vez mais sádicas...

Os colegas da Fleetwood Electric ficaram horrorizados quando "o pequeno Dennis" foi preso por estupro e tortura de Sheila Gaskins, 22, uma vendedora seguida por ele em um ônibus tarde da noite. Gaskins, que sobreviveu ao ataque só porque Creed teve medo de um vigia noturno que ouviu barulho em um beco, conseguiu dar provas contra ele.

Condenado, ele cumpriu cinco anos na penitenciária Pentonville. Foi a primeira vez que Creed cederia a um impulso repentino.

Strike parou para acender um novo cigarro, depois folheou dez capítulos do livro, até que um nome conhecido chamou sua atenção.

... A dra. Margot Bamborough, clínica geral em Clerkenwell, em 11 de outubro de 1974.

O inspetor-detetive Bill Talbot, que chefiava a investigação, imediatamente notou semelhanças suspeitas entre o desaparecimento da jovem médica e aquele de Vera Kenny e Gail Wrightman.

Tanto Kenny como Wrightman foram raptadas em noites de chuva, quando a presença de guarda-chuvas e para-brisas molhados proporcionava obstáculos úteis a possíveis testemunhas. Caía uma chuva forte na noite do desaparecimento de Margot Bamborough.

O pequeno furgão com o que se suspeitava ser uma placa falsa foi visto na vizinhança de Kenny, como também de Wrightman, pouco antes do desaparecimento delas. Três testemunhas distintas apresentaram-se para dizer que um pequeno furgão branco de aparência semelhante fora visto acelerando da vizinhança do consultório de Margot Bamborough naquela noite.

Ainda mais sugestivo foi o relato de uma testemunha ocular, uma motorista que viu duas mulheres na rua, uma delas aparentemente doente ou fraca, e a outra que a escorava. Talbot prontamente fez a ligação das duas com a embriagada Vera Kenny, vista entrando em um furgão com o que parecia outra mulher, e o testemunho de Peggy Hiskett, que contou sobre um homem usando roupas femininas em um ponto de ônibus solitário, que tentou convencê-la a tomar uma garrafa de cerveja com ele, ficando agressivo antes de, felizmente, ela conseguir chamar a atenção de um carro que passava.

Convencido de que Bamborough tinha sido vítima do assassino serial agora apelidado de o Açougueiro de Essex, Talbot...

O celular de Strike tocou. Sem querer perder a página que lia, Strike tateou em busca dele e atendeu sem ver o identificador de chamadas.

— Strike.

— Oi, Bluey — disse uma mulher de voz suave.

Strike baixou o livro na cama, com as páginas viradas para baixo. Houve uma pausa, em que ele pôde ouvir a respiração de Charlotte.

— O que você quer?

— Falar com você — disse ela.

— Sobre o quê?

— Não sei. — Ela riu um pouco. — Você escolhe.

Strike conhecia esse estado de espírito. Ela estava na metade de uma garrafa de vinho, ou talvez tivesse desfrutado de duas doses de uísque. Havia um momento de embriaguez — não chegava a ser embriaguez, de suavização induzida pelo álcool — em que surgia uma Charlotte que era encantadora, até divertida, mas ainda não era combativa nem piegas. Certa vez ele se perguntara, mais para o fim de seu noivado, quando sua honestidade íntima o obrigava a encarar a realidade e fazer perguntas difíceis, se seria realista ou saudável desejar que uma esposa ficasse para sempre ligeiramente bêbada.

— Você não retornou minha ligação — disse Charlotte. — Deixei um recado com sua Robin. Ela passou a você?

— Sim, ela me passou.

— Mas você não telefonou.

— O que você quer, Charlotte?

A parte saudável de seu cérebro lhe dizia para encerrar a ligação, mas ele ainda segurava o telefone na orelha, ouvindo, querendo. Por muito tempo, ela fora como uma droga para ele: uma droga ou uma doença.

— Que interessante — disse Charlotte com um jeito sonhador. — Achei que talvez ela tivesse decidido não transmitir o recado.

Ele não falou nada.

— Vocês dois já estão juntos? Ela é bem bonita. E está sempre presente. À mão. Tão conveni...

— Por que está me telefonando?

— Já te falei, eu queria conversar com você... sabe que dia é hoje? O primeiro aniversário dos gêmeos. Toda a *famille Ross* apareceu para bajular os dois. Esse é o primeiro momento que tenho para mim mesma o dia todo.

É claro que ele sabia que ela teve gêmeos. Houve um anúncio no *Times*, porque ela se casou com uma família aristocrata que costumava anunciar nascimentos, casamentos e mortes em suas colunas, embora Strike, na realidade, não lesse aquelas notícias. Era Ilsa quem passava as informações, e Strike imediatamente se lembrou das palavras de Charlotte ditas a ele, a uma mesa de restaurante que ela o enganara a dividir com ela, mais de um ano antes.

Só o que me faz continuar com essa gravidez é a ideia de que depois que eles nascerem, eu posso ir embora.

No entanto, os bebês nasceram prematuros e Charlotte não os abandonou.

As crianças saem de você. Os homens não entendem o que é isso.

Foram dois telefonemas embriagados anteriores a Strike, como este, no ano passado, ambos feitos tarde da noite. Strike encerrou o primeiro em segundos, porque Robin tentava falar com ele. No segundo telefonema, Charlotte desligou abruptamente depois de alguns minutos.

— Ninguém pensava que eles iam sobreviver, sabia disso? — dizia Charlotte agora. — É — ela sussurrou — *um milagre.*

— Se é aniversário de seus filhos, preciso liberar você — disse Strike. — Boa noite, Char...

— Não vá — disse ela, com uma urgência repentina. — Por favor, não vá.

Desligue, disse a voz na cabeça dele. Ele não desligou.

— Eles estão dormindo profundamente. Não sabem que é aniversário deles, a coisa toda é uma piada. Comemorar o aniversário daquela merda de pesadelo. Foi horrível, eles me abriram...

— Preciso ir — disse ele. — Estou ocupado.

— *Por favor* — ela quase gemeu. — Bluey, estou tão infeliz, você nem sabe, estou numa infelicidade de merda...

— Você é uma mulher casada, mãe de dois filhos — disse ele com brutalidade —, e eu não sou conselheiro sentimental. Existem serviços anônimos que você pode procurar por telefone, se precisar deles. Boa noite, Charlotte.

Ele encerrou a ligação.

A chuva agora caía mais forte. Batia nas janelas escuras. O rosto de Dennis Creed estava virado para o lado errado no livro deixado na cama. Os olhos de pálpebras leves pareciam invertidos no rosto de cabeça para baixo. O efeito era inquietante, como se os olhos estivessem vivos na fotografia.

Strike abriu o livro novamente e continuou a leitura.

9

Justo senhor, por amizade deixa-me agora rogar,
Que como antes aventurei-me por tua causa,
Os ferimentos de lá agora me estorvam a batalha,
Tu agora me retribuirás por tua vez.

Edmund Spenser
A Rainha das Fadas

George Layborn ainda não tinha conseguido pôr as mãos no arquivo Bamborough quando chegou o aniversário de Robin.

Pela primeira vez na vida, ela acordou na manhã do dia 9 de outubro, lembrou-se de que dia era e não sentiu nenhuma onda de empolgação, mas uma depressão. Fazia 29 anos hoje, e 29 era um número que soava estranho. Parecia simbolizar não um marco, mas uma placa de rodovia: "Próxima parada: TRINTA". Deitada sozinha por alguns momentos em sua cama de casal no quarto alugado, ela se lembrou do que sua prima preferida, Katie, tinha dito durante a última ida de Robin à sua cidade natal, enquanto Robin ajudava o filho de dois anos de Katie a fazer monstros de massa de modelar para andar em seu caminhão Tonka.

— Parece que você viaja em uma direção diferente do resto de nós.

E então, vendo algo no rosto de Robin que a fez se arrepender do que falara, Katie acrescentou apressadamente:

— Não quis falar no mau sentido! Você parece realmente feliz. Quer dizer, livre! Sinceramente — dissera Katie, com uma insinceridade cínica —, às vezes eu invejo você.

Robin não sabia o que era se arrepender do término de um casamento que, em sua derradeira fase, deixou-a profundamente infeliz.

Ela ainda conseguia conjurar o estado de espírito, misericordiosamente não vivido desde então, em que todas as cores pareciam sugadas do ambiente — e eram ambientes muito bonitos também: ela sabia que a casa do capitão da Marinha em Deptford, onde ela e Matthew enfim se separaram, era um lugar muito atraente, entretanto era estranho os poucos detalhes de que conseguia se lembrar a respeito disso. Só conseguia se recordar com alguma nitidez do estado de espírito amortecido que padecera dentro daquelas paredes, o eterno sentimento de culpa e de medo, e o horror nascente que acompanhou a percepção de que tinha se livrado dos grilhões de alguém de quem não gostava e com quem quase não tinha nada em comum.

Ainda assim, a alegre descrição de Katie da vida atual de Robin como "feliz" e "livre" não era inteiramente precisa. Há vários anos, Robin observava Strike dar prioridade à sua vida profissional em detrimento de qualquer outra coisa — na verdade, o diagnóstico de Joan foi a primeira ocasião em que ela o vira redistribuir as tarefas e fazer algo além da investigação como principal preocupação —, e nesses dias Robin também se sentia cada vez mais dominada pelo trabalho, que achava satisfatório a tal ponto que se tornava quase devorador. Enfim vivendo do que queria desde que passou pela primeira vez pela porta de vidro do escritório de Strike, Robin agora entendia o potencial para a solidão que acompanhava uma paixão única e motivadora.

No início, ter a posse exclusiva da cama foi um grande prazer: ninguém amuado de costas para ela, ninguém reclamando que ela não colaborava financeiramente, nem tagarelando sobre suas perspectivas de promoção; embora ela não sentisse nenhuma falta de Matthew, conseguia imaginar uma época (se fosse franca, talvez já a estivesse vivendo) em que a falta de contato físico, de carinho e até de sexo — que, para Robin, era uma perspectiva mais complicada do que para muitas mulheres — se tornaria não uma bênção, mas uma grave ausência em sua vida.

E depois? Ela ficaria igual a Strike, com uma sucessão de amantes firmemente relegados a segundo plano, inferiores ao trabalho? Assim que pensou nisso, Robin se viu imaginando, como fazia quase diariamente desde então, se o sócio tinha retornado a ligação de Charlotte Campbell. Impaciente consigo mesma, ela jogou as cobertas de lado e, ignorando os pacotes em cima da cômoda, foi tomar um banho.

Seu novo lar na Finborough Road ocupava os últimos dois andares de uma casa geminada. Os quartos e o banheiro ficavam no terceiro andar, os aposentos comuns no quarto pavimento. Havia uma pequena área avarandada junto da sala de estar, onde Wolfgang, o velho dachshund de pelo duro do proprietário, gostava de se deitar nos dias de sol.

Robin, que não tinha ilusões a respeito de imóveis disponíveis em Londres para mulheres solteiras com um salário mediano, em particular com contas judiciais para pagar, considerava-se imensamente afortunada por morar em um apartamento limpo, bem conservado e decorado com bom gosto, com dois cômodos só para ela e um companheiro de apartamento de que ela gostava. Seu senhorio, que morava ali, era um ator de 42 anos chamado Max Priestwood, que não podia pagar as contas do lugar sem uma inquilina. Max, que era gay, era o que a mãe de Robin teria chamado de bonitão: alto e de ombros largos, com uma cabeça cheia de um cabelo louro-escuro e uma expressão eternamente cansada nos olhos cinza. Ele também era um velho amigo de Ilsa, que foi colega de faculdade do irmão mais velho dele.

Apesar das garantias de Ilsa de que "Max é absolutamente adorável", Robin passou os primeiros meses como inquilina se perguntando se tinha cometido um erro imenso ao se mudar para lá, porque ele parecia afundar no que parecia uma perpétua melancolia. Robin tentou ao máximo ser uma boa companheira: era naturalmente organizada, nunca tocava música alta nem cozinhava nada de cheiro muito forte; fazia festinha em Wolfgang e se lembrava de lhe dar comida se Max estivesse fora, era escrupulosa quando se tratava de repor sabonete líquido e papel higiênico e fazia questão de ser educada e animada sempre que eles tinham contato. Max, porém, raras vezes nem mesmo sorria, e quando Robin chegou, parecia que ele achava um esforço imenso falar com ela. Paranoica, Robin no início se perguntou se Ilsa tinha coagido Max a aceitá-la como inquilina.

A conversa ficou um pouco mais fácil entre os dois com o passar dos meses, entretanto Max nunca era loquaz. Às vezes Robin ficava agradecida pela tendência dele a ser monossilábico, porque quando ela chegava depois de trabalhar por 12 horas seguidas de vigilância, tensa e cansada, a cabeça fervendo com preocupações do trabalho, a última coisa que queria era bater papo. Em outras ocasiões, quando talvez preferisse subir para a área de estar aberta, ela ficava no quarto para não sentir que invadia o espaço privado de Max.

Robin desconfiava de que o principal motivo para o mau humor eterno de Max fosse seu persistente estado de desemprego. Desde o término, quatro meses antes, da peça no West End em que ele teve um papel pequeno, não conseguiu outro trabalho. Rapidamente, ela aprendeu a não perguntar se ele tinha algum teste marcado. Às vezes, até dizer "como foi o seu dia?" parecia desnecessariamente crítico. Ela sabia que antes ele dividira o apartamento com um namorado de longa data que, por coincidência, também se chamava Matthew. Robin não sabia nada sobre o término de Max, só que o Matthew dele tinha transferido sua metade do apartamento a Max voluntariamente, o que para Robin parecia de uma generosidade extraordinária se comparada com o comportamento do ex-marido.

Depois do banho, Robin vestiu um roupão e voltou ao quarto para abrir os pacotes que chegaram pelo correio nos últimos dias e que ela havia separado para essa manhã. Suspeitava de que a mãe tivesse comprado os óleos de banho de aromaterapia que eram ostensivamente de seu irmão Martin, que a cunhada veterinária (atualmente grávida do primeiro sobrinho ou sobrinha de Robin) tinha escolhido o suéter caseiro, que fazia muito mais o estilo da própria Jenny, e que o irmão Jonathan devia ter uma namorada nova, que provavelmente escolhera os brincos de pingente. Sentindo-se um pouco mais deprimida do que antes de ter aberto os presentes, Robin se vestiu toda de preto, o que podia fazê-la passar por um dia de papelada no escritório, uma reunião de atualização com o homem do tempo que era perseguido pelo Cartão-Postal, até os drinques de aniversário naquela noite com Ilsa e Vanessa, a amiga policial. Ilsa havia sugerido convidar Strike, e Robin dissera que preferia que fosse só para mulheres, porque tentava evitar qualquer outra ocasião em que Ilsa tentasse bancar a casamenteira.

Quando estava para sair do quarto, os olhos de Robin caíram em um exemplar de *O demônio de Paradise Park* que ela, como Strike, tinha comprado pela internet. Seu exemplar era um pouco mais surrado do que o dele e demorara mais para chegar. Ela ainda não tinha lido muito do livro, em parte porque em geral estava cansada demais à noite para fazer outra coisa que não fosse cair na cama, mas em parte porque o que já havia lido provocou uma leve recorrência dos sintomas psicológicos que a acompanhavam desde que seu braço fora cortado em uma noite escura. Hoje, porém, ela o colocou na bolsa para ler no metrô.

Uma mensagem de texto da mãe chegou enquanto Robin andava até a estação, desejando-lhe um feliz aniversário e dizendo para ela verificar o e-mail. Assim ela fez e viu que os pais tinham-lhe mandado um cupom de cento e cinquenta libras da Selfridges. Esse era um presente muito bem-vindo, porque Robin, depois de pagas as contas judiciais, o aluguel e outras despesas diárias, praticamente não tinha nenhum dinheiro sobrando para gastar em qualquer coisa que pudesse ser considerada autocomplacente.

Sentindo-se um pouco mais animada ao se acomodar em um canto do vagão, Robin pegou na bolsa *O demônio de Paradise Park* e o abriu na página onde havia parado.

A coincidência da primeira frase lhe provocou um estranho tremor por dentro.

Capítulo 5

Por menos que tenha notado isso, Dennis Creed foi libertado da prisão em seu verdadeiro 29.º aniversário, em 19 de novembro de 1966. A avó, Ena, tinha morrido enquanto ele estava em Brixton e não havia dúvida de que ele voltaria a morar com o avô por afinidade. Ele não tinha amigos íntimos a quem apelar, e qualquer um que pudesse ter boa vontade para com ele, antes da segunda condenação por estupro, não tinha pressa nenhuma para se encontrar com ele ou ajudá-lo, o que não é de surpreender. Creed passou a primeira noite como homem livre em uma pousada perto da King's Cross.

Depois de uma semana dormindo em pousadas ou em bancos de parque, Creed conseguiu um quarto em um pensionato. Nos quatro anos seguintes, Creed se mudaria para uma série de quartos arruinados e empregos de curto prazo, pagos em dinheiro, entremeados com períodos de vida difícil. Ele depois me confessaria que visitava prostitutas em boa parte desse tempo, mas em 1968 ele matou sua primeira vítima.

A estudante Geraldine Christie ia a pé para casa...

Robin pulou a página e meia seguinte. Não tinha nenhum desejo de ler as particularidades do mal que Creed causou em Geraldine Christie.

... Até que finalmente, em 1970, Creed conseguiu um lar permanente nos cômodos do porão do pensionato administrado por Violet Cooper, uma antiga figurinista de teatro de cinquenta anos que, como a avó dele, era uma alcoólatra incipiente. Essa casa, agora demolida, na época ficaria famosa como a "câmara de tortura" de Creed. Uma construção alta e estreita de tijolos aparentes encardidos que se localizava na Liverpool Road, perto de Paradise Park.

Creed deu a Cooper referências forjadas, que ela não se deu ao trabalho de verificar, e alegou que recentemente tinha sido demitido de um emprego em um bar, mas que um amigo lhe prometera trabalho em um restaurante próximo. Indagada pelo advogado de defesa no julgamento por que concordou em alugar um quarto a um desempregado sem residência fixa, Cooper respondeu que "tinha coração mole" e que Creed parecia "um rapaz meigo, meio perdido e solitário".

A decisão dela de alugar a Dennis Creed primeiro o quarto, depois todo o porão, custaria caro a Violet Cooper. Apesar da insistência dela durante o julgamento de que não fazia ideia do que acontecia no porão de seu pensionato, a suspeita e o opróbio ficaram ligados ao nome Violet Cooper desde então. Ela agora adotou uma nova identidade, que concordei em não revelar.

"Achei que ele era um maricas", diz Cooper atualmente. "Vi um pouco disso no teatro. Senti pena dele, essa é que é a verdade."

Uma mulher roliça cujo rosto foi devastado pelo tempo e pela bebida, Cooper admite que ela e Creed começaram rapidamente uma amizade íntima. Às vezes, durante nossa conversa, ela parecia se esquecer de que o jovem "Den", que passou muitas noites com ela em sua sala de estar particular, ambos embriagados e cantando junto com sua coleção de discos, era o assassino serial que morava no porão.

"Escrevi a ele, sabia?", diz ela. "Depois que ele foi condenado. Eu disse: 'Se você algum dia sentiu alguma coisa por mim, se alguma coisa disso foi real, me diga se você fez com qualquer uma das outras mulheres. Agora você não tem nada a perder, Den, e você pode dar alguma paz de espírito às pessoas.'"

Mas a carta escrita por Creed em resposta a essa não confessava nada.

"Um doente, é o que ele é. Percebi na época. Ele simplesmente copiou a letra de uma antiga música de Rosemary Clooney que costumávamos cantar juntos, 'Come On-A My House'. Sabe qual... '*Come on-a my house, my house, I'm-a gonna give you candy...*', na época eu sabia que ele me detestava tanto quanto odiava todas aquelas outras mulheres. Ele estava me provocando."

Porém, em 1970, quando se mudou para seu porão, Creed tratou de cair nas graças da senhoria, que admite que ele rapidamente se transformou em uma mistura de filho e confidente. Violet convenceu a amiga Beryl Gould, dona de uma lavanderia, a dar ao jovem Den o emprego de entregador e isso lhe deu acesso ao pequeno furgão que logo ficaria famoso na imprensa...

Vinte minutos depois de ter embarcado no trem, Robin saiu na Leicester Square. Ao chegar à luz do dia, seu celular vibrou no bolso. Ela o pegou e viu uma mensagem de texto de Strike. Afastando-se da multidão que saía da estação, Robin abriu a mensagem.

Novidades: encontrei o dr. Dinesh Gupta, médico que trabalhou com Margot na clínica de Clerkenwell em 1974. Ele tem oitenta anos, mas parece inteiramente lúcido e concordou em me encontrar esta tarde na casa dele em Amersham. Agora estou vendo o Pé de Valsa tomando café da manhã no Soho. Colocarei Barclay para me render na hora do almoço e vou direto à casa de Gupta. Alguma chance de você remarcar sua reunião com o Homem do tempo e ir comigo?

Robin ficou deprimida. Já tinha tido de mudar o horário da atualização com o homem do tempo e achava injusto fazer isso pela segunda vez, em particular tão em cima da hora. Porém, ela teria gostado de conhecer o dr. Dinesh Gupta.

Não posso fazê-lo perder tempo de novo, ela digitou. **Me informe como foi.**

Está bem, respondeu Strike.

Robin ficou olhando a tela do celular por mais alguns segundos. Strike tinha esquecido o dia de seu aniversário no ano anterior, percebeu a omissão uma semana depois e deu-lhe flores. Como ele dera a impressão de se sentir culpado pelo descuido, ela imaginou que ele teria tomado nota da data e talvez ativado um alerta no celular para este ano. Porém, não apareceu nenhum "A propósito, feliz aniversário!", assim ela devolveu o celular ao bolso e, sem sorrir, caminhou para o escritório.

10

E se pelo aspecto se pudesse a mente ler,
Ele parecia um sábio e sóbrio senhor...

Edmund Spenser
A Rainha das Fadas

— Você está pensando — disse o médico idoso, baixinho e de óculos, que era engolido pelo terno e pela poltrona de espaldar alto — que eu pareço Gandhi.

Strike, que pensava exatamente isso, foi surpreendido e riu.

O velho médico de oitenta e um anos parecia ter encolhido dentro do terno; o colarinho e os punhos da camisa eram largos, e os tornozelos, esqueléticos nas meias de seda preta. Tufos de cabelo branco apareciam dentro e acima das orelhas, e ele usava óculos com aro de tartaruga. As características mais fortes de seu rosto moreno e cordial eram o nariz aquilino e os olhos escuros que, sozinhos, pareciam ter escapado do processo de envelhecimento e eram brilhantes e astutos como os de uma cambaxirra.

Nem um grão de poeira maculava a mesa de centro muito polida entre eles, no que tinha a aparência de uma sala para ocasiões especiais que quase nunca era usada. O tom dourado escuro do papel de parede, do sofá e das poltronas brilhava, imaculado, no sol de outono difuso pelas cortinas de renda. Quatro fotografias com molduras douradas estavam penduradas aos pares na parede dos dois lados das cortinas franjadas. Cada foto mostrava uma morena diferente, todas usando barretes e becas, segurando diplomas.

A sra. Gupta, uma mulher pequenina, grisalha e ligeiramente surda, já havia dito a Strike que diplomas cada uma das filhas havia obtido — duas em medicina, uma em línguas modernas e uma em computação — e que cada uma delas se saíra bem na profissão escolhida. Ela também lhe mostrou fotos dos seis netos com que ela e o marido foram abençoados até agora. Só a filha mais nova ainda não tinha filhos, "mas terá", disse a sra. Gupta, com uma certeza típica de Joan. "Ela nunca será feliz sem eles."

Depois de servir chá em xícaras de porcelana a Strike e ao marido, e uma travessa de biscoitos recheados Fig Newtons, a sra. Gupta retirou-se para a cozinha, onde tocava o tema do programa televisivo *Escape to the Country* no volume máximo.

— Por acaso, meu pai conheceu Gandhi na juventude, quando Gandhi visitou Londres em 1931 — disse o dr. Gupta, escolhendo um Fig Newton. — Ele também estudou direito em Londres, veja bem, mas algum tempo depois de Gandhi. Mas nossa família tinha mais dinheiro. Ao contrário de Gandhi, meu pai tinha meios de trazer a esposa para a Inglaterra. Meus pais decidiram continuar no Reino Unido depois que papai foi aprovado no exame da ordem.

"Assim, minha família imediata não passou pela partição. Muito afortunado para nós. Meus avós e duas tias minhas foram mortos ao tentarem deixar Bengala Ocidental. Massacrados", disse o dr. Gupta, "e minhas tias foram estupradas, depois mortas."

— Lamento muito — disse Strike que, sem ter previsto essa virada na conversa, ficou paralisado no ato de abrir o bloco e agora se sentia um tanto tolo com a caneta posicionada.

— Meu pai — disse o dr. Gupta, assentindo gentilmente enquanto mastigava seu biscoito — carregou a culpa que sentia até o túmulo. Achava que deveria ter estado lá para proteger a todos, ou ter morrido junto com eles.

"Mas veja bem, *Margot* não gostava de ouvir a verdade sobre a partição", disse o dr. Gupta. "Todos nós queríamos a independência, naturalmente, mas a transição foi muito, mas muito malconduzida. Tivemos quase três milhões de desaparecidos. Estupros. Mutilações. Famílias foram destroçadas. Foram cometidos erros medonhos. Atos horrendos.

"Margot e eu tivemos uma discussão sobre isso. Uma discussão amistosa, é claro", acrescentou ele, sorrindo. "Mas Margot romantizava levantes de povos de terras muito distantes. Ela não julgava estupradores e torturadores não brancos segundo os mesmos padrões que teria aplicado a homens brancos que afogavam crianças por serem da religião errada. Ela acreditava, segundo penso, como Suhrawardy, que 'os banhos de sangue e a desordem não são necessariamente cruéis em si, se utilizados por uma causa nobre'."

O dr. Gupta assentiu gentilmente, engoliu o biscoito e acrescentou:

— É claro que foi Suhrawardy que incitou os Massacres de Calcutá. Quatro mil mortos em um só dia.

Strike permitiu que uma pausa respeitosa enchesse o ambiente, rompida apenas pelo som distante de *Escape to the Country*. Como nenhuma outra menção a banhos de sangue e terror eram iminentes, ele aproveitou a brecha que lhe era oferecida.

— O senhor gostava de Margot?

— Ah, sim — disse Dinesh Gupta, ainda sorrindo. — Embora achasse chocantes algumas crenças e atitudes dela. Eu nasci em uma família tradicional, apesar de ocidentalizada. Antes de Margot e eu trabalharmos juntos, nunca estive em proximidade diária com uma mulher que se proclamava *liberada*. Meus amigos na faculdade de medicina e os colegas no emprego anterior foram todos homens.

— Ela era feminista?

— Ah, muito — disse Gupta, sorrindo. — Implicava comigo pelo que pensava ser minha atitude retrógrada. Ela era ótima para melhorar as pessoas, a Margot... quer as pessoas desejassem ser melhoradas ou não — disse Gupta, rindo um pouco. — Ela também era voluntária na WEA. A Associação Educacional de Trabalhadores, sabe? Margot vinha de uma família pobre e era uma ardorosa defensora da educação de adultos, em particular para mulheres.

"Ela certamente teria aprovado minhas meninas", disse Dinesh Gupta, virando-se na poltrona para apontar as quatro fotografias de formatura atrás dele. "Jheel ainda lamenta não termos um filho homem, mas não tenho do que reclamar. Não tenho do que reclamar", ele repetiu, virando-se de frente para Strike.

— Segundo o Conselho Federal de Medicina — disse Strike —, vi que havia um terceiro médico na Clínica St. John's, certo dr. Joseph Brenner. É isso mesmo?

— O dr. Brenner, sim, é verdade — disse Gupta. — Duvido que ainda esteja vivo, o pobre coitado. Ele teria mais de cem anos agora. Trabalhou sozinho na área durante muitos anos, antes de se juntar a nós na clínica nova. Levou com ele Dorothy Oakden, que fazia sua datilografia havia vinte anos. Ela passou a ser a secretária de nossa clínica. Uma senhora de idade... ou assim me pareceu na época — disse Gupta, com outra risadinha. — Acho que não devia ter mais de cinquenta. Casou-se tarde e enviuvou pouco tempo depois. Não sei o que foi feito dela.

— Quem mais trabalhava na clínica?

— Bom, vejamos... Tinha Janice Beattie, a enfermeira do NHS, que era a melhor enfermeira com quem já trabalhei. Nascida no East End. Como Margot, ela compreendia as privações da pobreza por experiência própria. Naquela época, Clerkenwell não era de forma alguma tão elegante como passou a ser. Ainda recebo cartões de Natal de Janice.

— Não deve ter o endereço dela, não? — perguntou Strike.

— É possível que sim — disse o dr. Gupta. — Vou perguntar a Jheel.

Ele fez menção de se levantar.

— Mais tarde, depois que conversarmos, está bom — disse Strike, com medo de quebrar a sequência de recordações. — Por favor, continue. Quem mais trabalhava na Clínica St. John's?

— Vejamos, vejamos — disse de novo o dr. Gupta, arriando lentamente na poltrona. — Tínhamos duas recepcionistas, jovens, mas infelizmente perdi contato com ambas... Agora, como eram mesmo o nome delas...?

— Seriam Gloria Conti e Irene Bull? — perguntou Strike, que tinha descoberto os dois nomes em antigas reportagens da imprensa. Uma fotografia desfocada das duas jovens mostrava uma garota morena e magra e o que ele pensava que talvez fosse uma loura oxigenada, ambas parecendo aflitas por serem fotografadas ao entrarem na clínica. A reportagem que acompanhava a foto no *Daily Express* citava "Irene Bull, recepcionista, 25 anos", dizendo "*é horrível. Não sabemos de nada. Ainda temos esperança de que ela volte. Talvez ela tenha perdido a memória ou coisa parecida*". Gloria foi mencionada em cada reportagem que ele leu, porque, pelo que se sabia, foi a última pessoa a ver Margot viva. "*Ela disse apenas: 'Boa noite, Gloria, vejo você amanhã.' Ela parecia normal, bom, meio cansada, era o fim do dia em que tivemos uma emergência que a segurou na clínica por mais tempo do que ela esperava. Estava meio atrasada para encontrar a amiga. Ela pegou o guarda-chuva na soleira da porta e saiu.*"

— Gloria e Irene — disse o dr. Gupta, concordando com a cabeça. — Sim, é isso mesmo. As duas eram jovens, então ainda devem estar entre nós, mas infelizmente não tenho a mais remota ideia de onde estão agora.

— Não há mais ninguém? — perguntou Strike.

— Não, acho que não. Não, espere um minuto. — O dr. Gupta levantou a mão. — Tinha a faxineira. Uma mulher das Antilhas. Como era mesmo o nome dela?

Ele torceu as feições.

— Infelizmente não consigo me lembrar.

A existência de uma faxineira na clínica era informação nova para Strike. Seu próprio escritório sempre foi limpo por ele ou por Robin, embora ultimamente Pat tenha assumido a tarefa. Ele anotou "faxineira, Antilhas".

— Que idade tinha, o senhor se lembra?

— Sinceramente não poderia lhe dizer — disse Gupta. E acrescentou delicadamente: — As mulheres negras... demoram muito a *envelhecer*, não é verdade? Parecem mais novas por mais tempo. Mas acho que tinha vários filhos, então não era *muito* nova. Trinta e poucos anos? — Ele sugeriu, esperançoso.

— Então, três médicos, uma secretária, duas recepcionistas, uma enfermeira e uma faxineira? — Strike resumiu.

— É isso mesmo. Tínhamos — disse o dr. Gupta — todos os ingredientes de um negócio de sucesso... mas infelizmente era uma clínica desafortunada. Desafortunada desde o começo.

— É mesmo? — disse Strike, interessado. — E por que isso?

— Química pessoal — respondeu prontamente Gupta. — Quanto mais velho eu ficava, mais percebia que a equipe é tudo. As qualificações e a experiência são importantes, mas se a equipe não *cola*... — ele entrelaçou os dedos ossudos — ... pode esquecer! Você nunca vai conseguir o que deve. E era assim na St. John's.

"O que era uma pena, uma pena de verdade, porque tínhamos potencial. A clínica era popular com as mulheres, que em geral preferem se consultar com membros do próprio sexo. Margot e Janice eram benquistas.

"Mas havia divisões internas desde o começo. O dr. Brenner se juntou a nós pelas conveniências de uma clínica mais nova, mas nunca agiu como parte da equipe. Na verdade, com o tempo ele se tornou francamente hostil com alguns de nós."

— Especificamente, com quem ele era hostil? — Strike adivinhava a resposta.

— Infelizmente — disse com tristeza o dr. Gupta —, ele não gostava de Margot. Para falar com bastante franqueza, não creio que Joseph Brenner gostasse de *mulheres*. Ele era grosseiro com as meninas da recepção também. É claro que era mais fácil atormentar essas meninas do que Margot. Acho que ele respeitava Janice... ela era muito eficiente, sabe, e menos combativa do que Margot... e ele sempre foi educado com Dorothy, que tinha uma intensa lealdade para com ele. Mas ele se opôs a Margot desde o início.

— Por que acha que foi assim?

— Ah — disse o dr. Gupta, levantando as mãos e deixando que caíssem em um gesto de desesperança —, a verdade é que Margot... ora essa, eu gostava dela, entenda, nossas discussões eram sempre bem-humoradas... mas ela era do tipo que se *ama ou odeia*. O dr. Brenner não era feminista. Ele achava que o lugar de uma mulher era em casa com seus filhos, e Margot deixar um bebê em casa e voltar a trabalhar em tempo integral, ele reprovava isso. As reuniões de equipe eram muito desagradáveis. Ele esperava que Margot começasse a falar para atropelá-la, falando muito alto.

"Às vezes ele era um tirano, o Brenner. Ele achava que nossas recepcionistas não eram assim tão boas. Reclamava do comprimento da saia que elas usavam, do penteado.

"Mas na verdade, embora ele fosse *particularmente* grosseiro com as mulheres, sou da opinião de que ele, na realidade, não gostava de *gente*."

— Que estranho — disse Strike. — Para um médico.

— Oh — Gupta riu um pouco —, de forma alguma isso é tão incomum, como talvez pense, sr. Strike. Nós, médicos, somos como qualquer outra pessoa. É um mito popular que todos nós devemos amar a humanidade de modo geral. A *ironia* é que nosso maior problema na clínica era o próprio Brenner. Ele era um viciado!

— É mesmo?

— Barbitúricos — disse Gupta. — Sim, barbitúricos. Um médico não consegue se safar com isso hoje em dia, mas ele os encomendava em quantidades imensas. Guardava em um armário trancado no consultório. Ele era um homem muito difícil. Emocionalmente fechado. Não se casou. E esse vício secreto.

— Conversou com ele sobre isso? — perguntou Strike.

— Não — disse Gupta com tristeza. — Eu protelava. Queria ter certeza antes de abordar o assunto. Pelas averiguações discretas que fiz, eu desconfiava de que ele ainda usava o endereço do antigo consultório além do nosso, dobrando os pedidos e usando várias farmácias. Seria complicado provar o que ele fazia.

"Talvez eu nunca tivesse percebido se Janice não tivesse me procurado e contado que, por acaso, entrou na sala dele quando o armário estava aberto e viu a quantidade que ele guardava. Ela depois admitiu que o encontrou arriado em sua mesa, grogue, certa noite, depois de o último paciente ter saído. Mas não acho que isso afetasse sua capacidade crítica. *Sinceramente*, não acredito. Eu notava que no fim do dia talvez ele estivesse meio vidrado, coisas assim, mas ele estava quase se aposentando. Eu supunha que fosse cansaço."

— Margot sabia desse vício? — perguntou Strike.

— Não — disse Gupta —, não contei a ela, mas deveria ter contado. Ela era minha sócia e era a pessoa com quem eu deveria me confidenciar, assim podíamos decidir o que fazer.

"Mas eu tinha medo de que ela invadisse o consultório do dr. Brenner e o confrontasse. Margot não era uma mulher de deixar de fazer o que pensava ser o certo e às vezes eu queria que ela exercesse um pouco mais de *tato*. As consequências de um confronto com Brenner provavelmente seriam graves. Era necessário ter delicadeza... Afinal, não tínhamos uma prova cabal... mas então Margot desapareceu, e o vício em barbitúricos do dr. Brenner passou a ser a menor de nossas preocupações."

— O senhor e Brenner continuaram trabalhando juntos depois do desaparecimento de Margot?

— Sim, por alguns meses, mas ele se aposentou pouco tempo depois. Continuei a trabalhar na St. John's por um curto período, depois consegui emprego em outra clínica. Fiquei feliz em partir. A Clínica St. John's estava cheia de associações ruins.

— Como o senhor descreveria o relacionamento de Margot com as outras pessoas no trabalho? — perguntou Strike.

— Bom, vejamos — disse Gupta, pegando um segundo Fig Newton. — Dorothy, a secretária, jamais gostou dela, mas creio que fosse por lealdade ao dr. Brenner. Como eu disse, Dorothy era viúva. Ela era uma daquelas mulheres *ardentes* que se apegam a um empregador que possam defender e seguir. Sempre que Margot ou eu desagradávamos ou contestávamos Joseph de alguma forma, era certo que nossas cartas e relatórios iam direto para o final da pilha de datilografia. Era uma piada entre nós. Não havia computadores naquela época, sr. Strike. Não era nada parecido com os dias de hoje... Aisha — disse ele, apontando a foto do canto à direita na parede atrás dele — digita tudo ela mesma, tem um computador no consultório, tudo é computadorizado, o que é muito mais eficiente, mas estávamos à mercê da datilógrafa para todas as nossas cartas e relatórios.

"Não, Dorothy não gostava de Margot. Era civilizada, porém fria. Mas", disse Gupta, que evidentemente acabara de se lembrar de alguma coisa, "Dorothy *foi* ao churrasco, o que foi uma surpresa. Margot deu um churrasco em sua casa em um domingo, no verão antes de desaparecer", explicou ele. "Ela sabia que não estávamos trabalhando como equipe, assim nos convidou todos a sua casa. O churrasco era para ser..." E, dessa vez sem dizer nada, ele de novo ilustrou a questão entrelaçando os dedos. "Lembro-me de ficar surpreso por Dorothy ter comparecido, porque Brenner declinou do convite. Dorothy levou o filho, que tinha 13 ou 14 anos, acho. Ela deve ter dado à luz tarde, especialmente para a década de 1970. Um garoto turbulento. Lembro-me do marido de Margot dando uma bronca nele por quebrar uma tigela valiosa."

Passou pela cabeça do detetive uma lembrança fugaz do sobrinho Luke pisando despreocupadamente nos fones de ouvido novos de Strike em St. Mawes.

— Margot e o marido tinham uma casa muito bonita em Ham. O marido também era médico, hematologista. Um jardim grande. Jheel e eu levamos nossas filhas, mas como Brenner não foi e Dorothy ficou ofendida com a bronca que o marido de Margot deu em seu filho, o objetivo de Margot não foi alcançado, infelizmente. As divisões continuaram arraigadas.

— Mais alguém compareceu?

— Sim, acho que sim. Não... espere um pouco. Não acho que a mulher da limpeza... *Wilma!* — disse o dr. Gupta, deliciado. — O nome dela era Wilma! Eu nem imaginava que ainda sabia disso... mas o sobrenome... nem sei se eu sabia na época... não, Wilma não foi. Mas todos os outros, sim.

"Janice levou o filhinho... era mais novo que o filho de Dorothy e se comportou muito melhor, pelo que me lembro. Minhas filhas passaram a tarde jogando badminton com o garotinho Beattie."

— Janice era casada?

— Divorciada. O marido a trocou por outra mulher. Ela tocou a vida, criou o filho sozinha. Mulheres como Janice sempre seguem em frente. Admirável. Sua vida não era fácil quando a conheci, mas acredito que ela tenha se casado novamente mais tarde, e fiquei feliz quando soube disso.

— Janice e Margot se entendiam bem?

— Ah, sim. Elas tinham o dom de conseguir discordar sem levar a questão para o lado pessoal.

— Elas discordavam com frequência?

— Não, não — disse Gupta —, mas decisões devem ser tomadas em um ambiente de trabalho. Nós éramos... ou tentávamos ser... uma empresa democrática...

"Não, Margot e Janice conseguiam ter desavenças racionais sem se ofenderem. Acho que elas se gostavam e se respeitavam. Janice ficou muito afetada pelo desaparecimento de Margot. Ela me disse no dia em que eu saí da clínica que não se passava uma semana desde o ocorrido que ela não sonhasse com Margot.

"No entanto, nenhum de nós foi o mesmo depois do que aconteceu", disse o dr. Gupta em voz baixa. "Ninguém espera que uma amiga desapareça de repente, sem deixar rastros. Tem alguma coisa... estranha nisso."

— Tem mesmo — concordou Strike. — Como era a relação de Margot com as duas recepcionistas?

— Bom, Irene, a mais velha das duas — Gupta suspirou —, podia ser excessiva. Lembro-me dela sendo... não grosseira, mas meio insolente... com Margot, às vezes. Na festa de Natal da clínica... Margot organizou essa também, ainda tentando nos forçar a nos entender, veja bem... Irene bebeu muito. Lembro-me de um leve *contratempo*, mas na verdade não sei lhe dizer do que se tratava. Duvido que fosse alguma coisa séria. Elas pareciam amigáveis como sempre quando voltei a vê-las. Irene ficou histérica quando Margot desapareceu.

Houve uma curta pausa.

— *Parte* disso pode ter sido teatro — admitiu Gupta —, mas o desconforto subjacente era autêntico, tenho certeza.

"Gloria... A pobre Gloria... *ela ficou* arrasada. Margot era mais do que uma empregadora para Gloria, sabe? Era uma espécie de irmã mais velha, uma mentora. Foi Margot que quis contratá-la, embora Gloria quase não tivesse experiência relevante. E devo confessar", disse Gupta judiciosamente, "que ela acabou por se mostrar uma boa nomeação. Trabalhava arduamente. Aprendia rápido. Só precisava ser corrigida uma vez. Acredito que vinha de um passado de pobreza. Sei que Dorothy menosprezava Gloria. Ela sabia ser muito descortês."

— E Wilma, a faxineira? — perguntou Strike, chegando ao final de sua lista. — Como se dava com Margot?

— Eu estaria mentindo se dissesse que consigo me lembrar — disse Gupta. — Era uma mulher sossegada, a Wilma. Nunca soube que tivessem algum problema com ela.

Depois de uma curta pausa, ele acrescentou:

— Espero não estar inventando coisas, mas *parece* que me lembro de que o marido de Wilma não era flor que se cheirasse. Eu *acho* que Margot me falou que Wilma devia se divorciar dele. Não sei se ela disse isso na cara de Wilma, mas deve ter dito, conhecendo Margot... na realidade — continuou ele —, eu soube, depois que saí da clínica, que Wilma tinha sido demitida. Houve uma alegação de bebida no trabalho. Ela sempre levava uma garrafa térmica. Mas posso estar enganado nisso, então, por favor, não dê muita importância. Como eu disse, eu já havia ido embora.

A porta da sala de estar se abriu.

— Mais chá? — perguntou a sra. Gupta, e retirou a bandeja e o bule que agora esfriava, dizendo a Strike, que se levantara para ajudá-la, para se sentar e deixar de tolices. Quando ela saiu, Strike disse:

— Podemos voltar ao dia do desaparecimento de Margot, dr. Gupta?

Parecendo se preparar ligeiramente, o médico baixinho disse:

— É claro. Mas devo avisá-lo: o que me lembro principalmente a respeito desse dia é o relato que dei à polícia naquela época. Está me entendendo? Minhas verdadeiras lembranças são nebulosas. Lembro-me principalmente do que eu disse ao investigador.

Strike achou esse comentário estranhamente autoconsciente para uma testemunha. Com experiência em ouvir depoimentos, ele sabia como as pessoas ficavam fiéis ao primeiro relato que davam, e essa informação valiosa, descartada durante aquela primeira edição, em geral se perdia para sempre embaixo da versão formalizada que agora estava na verdadeira memória.

— Está tudo bem — disse ele a Gupta. — O que o senhor conseguir se lembrar.

— Bom, foi um dia inteiramente comum — disse Gupta. — A *única* coisa que foi *um tanto* diferente é que uma das meninas da recepção tinha uma consulta com o dentista e saiu meio-dia e meia... Irene, foi isso.

"Nós, médicos, trabalhamos como sempre em nossos respectivos consultórios. Até as duas e meia, as duas meninas estavam na recepção e, depois que Irene saiu, Gloria ficou ali sozinha. Dorothy ficou à sua mesa até as cinco, seu horário de saída de costume. Janice ficou na clínica até depois da hora do almoço, mas saiu para fazer visitas domiciliares à tarde, o que era rotineiro. Vi Margot algumas vezes nos fundos, onde tínhamos não exatamente uma copa, mas uma espécie de nicho com uma chaleira e uma geladeira. Ela estava satisfeita com Wilson.

— Com quem?

— Harold Wilson — disse Gupta, sorrindo. — Na véspera, tinham acontecido eleições gerais. Os trabalhistas recuperaram a maioria. Estavam liderando o governo de minoria desde fevereiro.

— Ah — disse Strike. — Tudo bem.

— Eu saí às cinco e meia — disse Gupta. — Me despedi de Margot, que tinha a porta aberta. A porta do consultório de Brenner estava fechada. Supus que ele estivesse com um paciente.

"Evidentemente não posso falar com autoridade sobre o que aconteceu depois que fui embora", disse Gupta, "mas posso lhe dizer o que os outros me contaram."

— Se não se importa — disse Strike. — Estou particularmente interessado na paciente de emergência que segurou Margot até mais tarde.

— Ah — disse Gupta, agora unindo as pontas dos dedos e assentindo —, você sabe sobre a morena misteriosa. Tudo que sei a respeito *dela* veio de Gloria.

"Nós atendíamos por ordem de chegada na St. John's. Os pacientes cadastrados chegavam e esperavam sua vez, a não ser que fosse uma emergência, naturalmente. Mas essa mulher veio da rua. Não tinha cadastro na clínica, mas sentia uma forte dor abdominal. Gloria disse a ela para esperar, depois foi ver se Joseph Brenner poderia atendê-la, porque ele estava livre, enquanto Margot ainda atendia a última paciente cadastrada do dia.

"Brenner criou caso com o pedido. Enquanto Gloria e Brenner conversavam, Margot saiu de seu consultório, despedindo-se dos últimos pacientes, uma mãe com seu filho, e se ofereceu para atender ela mesma a emergência, porque ia da clínica ao pub para ver uma amiga, e o pub ficava na mesma rua. Brenner, segundo Gloria, disse 'que bom para você' ou coisa parecida... o que foi simpático, para Brenner... e ele colocou o casaco e o chapéu e saiu.

"Gloria voltou à sala de espera para dizer à mulher que Margot a atenderia. A mulher entrou no consultório e ficou ali mais tempo do que Gloria esperava. Vinte e cinco, trinta minutos inteiros, já eram seis e quinze e Margot deveria se encontrar com a amiga às seis horas.

"Por fim, a paciente saiu do consultório e foi embora. Margot saiu logo depois dela. Disse a Gloria que ia chegar atrasada ao pub e lhe pediu para trancar a clínica. Ela foi para a chuva... e nunca mais foi vista."

A porta da sala de estar se abriu, e a sra. Gupta reapareceu com um chá recém-preparado. Mais uma vez, Strike levantou-se para ajudá-la e de novo foi enxotado de volta à cadeira. Quando ela saiu, Strike perguntou:

— Por que o senhor chamou a última paciente de "misteriosa"? Porque não era cadastrada, ou...?

— Ah, não entende desse negócio? — disse Gupta. — Não, não. Porque houve muita discussão depois disso, se ela seria realmente uma mulher ou não.

Sorrindo para a expressão de surpresa de Strike, ele disse:

— Foi Brenner que começou com isso. Tinha passado por ela ao sair e disse ao investigador que pensava, pela breve impressão que teve dela, tratar-se de um homem e ficou surpreso depois ao saber que era mulher. Gloria disse que era uma jovem atarracada, morena... meio cigana, nas palavras dela... não era um termo muito *politicamente correto*, mas foi o que Gloria disse. Ninguém mais a viu, é claro, então não podíamos julgar.

"Fizeram um apelo por sua presença, mas ninguém apareceu, e na ausência de qualquer informação em contrário, o investigador pressionou muito Gloria para dizer que ela pensava que a paciente na realidade era um homem disfarçado ou, pelo menos, que ela pode ter se confundido ao pensar que era uma mulher. Mas Gloria insistiu que reconhecia uma mulher quando via uma."

— Esse policial seria Bill Talbot? — perguntou Strike.

— Exatamente — disse Gupta, pegando seu chá.

— Acha que ele queria acreditar que a paciente era um homem usando roupas femininas porque...

— Porque Dennis Creed às vezes se travestia? Sim — disse Gupta. — Mas na época nós o chamávamos de o Açougueiro de Essex. Só soubemos seu nome verdadeiro em 1976. E a única descrição física do Açougueiro na época dizia que ele era moreno e atarracado... Acho que entendo por que Talbot ficou desconfiado, mas...

— Era estranho o Açougueiro de Essex entrar no consultório de uma médica travestido e esperar sua vez?

— Bom... muito — disse o dr. Gupta.

Fez-se um breve silêncio, enquanto Gupta bebia seu chá e Strike folheava as anotações, vendo se tinha perguntado tudo que queria saber. Foi Gupta quem falou primeiro.

— Conheceu Roy? O marido de Margot?

— Não — disse Strike. — Fui contratado pela filha dela. O senhor o conhece bem?

— Muito ligeiramente — disse Gupta.

Ele colocou a xícara no pires. Se algum dia Strike viu um homem com mais alguma coisa a dizer, esse homem era Dinesh Gupta.

— Qual foi sua impressão dele? — perguntou Strike, disfarçadamente voltando a preparar a caneta.

— Mimado — disse Gupta. — Muito mimado. Um homem bonito, que era tratado como príncipe pela mãe. Nós, os indianos, sabemos algo a respeito disso, sr. Strike. Conheci a mãe de Roy no churrasco de que falei. Ela me puxou para conversar. Eu diria que é uma esnobe. Não considerava recepcionistas ou secretárias dignas de seu tempo. Tive a forte impressão de que ela pensava que o filho se casara com alguém inferior a ele. Repito, essa opinião não é incomum entre nós, indianos. Ele é hemofílico, não é? — perguntou Gupta.

— Não que eu saiba — disse Strike, surpreso.

— Sim, sim — disse Gupta. — Acho que sim, acho que ele é. Ele era hematologista por profissão, e sua mãe me disse que ele tinha escolhido a especialidade devido ao próprio problema de saúde. Está entendendo? O garotinho frágil e inteligente, e a mãe orgulhosa e superprotetora.

"Mas então o pequeno príncipe escolheu como esposa alguém completamente diferente da mãe. Margot não era o tipo de mulher de deixar pacientes, ou seus alunos adultos, para correr para casa e preparar o jantar para Roy. Ele que se virasse, teria sido a atitude dela... ou a priminha podia cozinhar, é claro", prosseguiu Gupta, com a delicadeza que tinha usado ao mencionar "mulheres negras". "A jovem que eles pagavam para cuidar do bebê."

— Cynthia estava no churrasco?

— Era esse o nome dela? Sim, estava. Não conversei com ela. Ela carregava a filha de Margot para lá e para cá enquanto Margot socializava.

— Parece que Roy foi interrogado pela polícia — disse Strike, que na realidade acreditava, em vez de saber com certeza.

— Ah, sim — disse Gupta. — Ora, *essa* é uma coisa curiosa. O inspetor Talbot me disse no início de meu próprio depoimento que Roy tinha sido completamente excluído do inquérito... o que sempre achei uma coisa estranha para ele me falar. Você não acha? Nem tinha se passado uma semana do desaparecimento de Margot. Acho que só ocorreu a todos nós que não havia erros, nenhuma explicação inocente. Todos tínhamos nossas pequenas teorias esperançosas naqueles primeiros dias. Talvez ela estivesse estressada, incapaz de se aguentar, e tivesse partido sozinha para algum lugar. Ou talvez ela tivesse sofrido um acidente e estivesse inconsciente e não identificada em um hospital. Porém, à medida que os dias se passavam e os hospitais foram verificados, e sua fotografia estava em todos os jornais e ainda assim não havia nenhuma notícia, tudo começou a parecer mais sinistro.

"Achei muito peculiar que o inspetor Talbot me informasse, sem ser solicitado, que Roy não estava sob suspeita, que ele tinha um álibi perfeito. Talbot pareceu a todos nós bem peculiar. Intenso. Suas perguntas pulavam muito.

"Eu *acredito* que ele tentava me tranquilizar", disse Gupta, pegando o terceiro biscoito e o olhando pensativamente enquanto continuava. "Ele queria que eu soubesse que meu médico irmão estava limpo, que eu não tinha nada a temer, que ele não conhecia nenhum médico que pudesse fazer algo tão terrível como raptar uma mulher, ou... na época, todos começamos a temer isso... matá-la...

"Porém, Talbot achava que tinha sido Creed desde o começo... e talvez ele tivesse razão." Gupta suspirou com tristeza.

— O que o faz pensar assim? — perguntou Strike. Ele achou que Gupta falaria no furgão em alta velocidade ou na noite chuvosa, mas a resposta foi, ele achou, astuciosa.

— É muito complicado dispor de um corpo tão completamente e sem deixar rastros como o de Margot parece ter sido escondido. Os médicos conhecem o cheiro da morte, e entendemos os aspectos jurídicos e os procedimentos que cercam um ser humano morto. O leigo pode imaginar que não passa de dispor de uma mesa de peso equivalente, mas será uma questão muito diferente e muito complicada. E mesmo nos anos 1970, antes dos testes de DNA, a polícia trabalhava muito bem com impressões digitais, grupos sanguíneos e assim por diante.

"Como Margot continuou oculta por tanto tempo? Alguém fez o trabalho com muita inteligência, e se sabemos algo a respeito de Creed, é que ele é muito inteligente, não é verdade? Foram as mulheres vivas que no fim o traíram, não as mortas. Ele sabia emudecer os cadáveres."

Gupta colocou a ponta do biscoito na boca, suspirou, espanou meticulosamente os farelos das mãos, depois apontou as pernas de Strike e disse:

— Qual delas?

Strike não se ressentiu da pergunta franca, que partia de um médico.

— Esta — disse ele, mexendo a perna direita.

— Você anda com muita naturalidade — disse Gupta —, para um homem grandalhão. Talvez eu não reconhecesse, se não tivesse lido a respeito de você na imprensa. Nos velhos tempos, as próteses não eram nem de perto tão boas. É maravilhoso o que você pode comprar agora. A hidráulica reproduzindo a ação natural da articulação! Maravilhoso.

— O NHS não pode arcar com essas próteses chiques — disse Strike, colocando o bloco no bolso. — A minha é bem básica. Se não for muito incômodo — continuou ele —, posso lhe pedir o endereço atual da enfermeira?

— Sim, sim, é claro — disse Gupta. Ele conseguiu se levantar da poltrona na terceira tentativa.

Gupta levou meia hora para encontrar, em uma antiga agenda, o último endereço que tinha de Janice Beattie.

— Não posso jurar que seja atual — disse Gupta, entregando a folha de papel a Strike no hall.

— Isso me dará uma dianteira para encontrá-la, especialmente se agora ela tem um sobrenome de casada diferente — disse Strike. — O senhor foi muito útil, dr. Gupta. Sinceramente agradeço por ter reservado um tempo para conversar comigo.

— Não tem problema — disse o dr. Gupta, apreciando Strike com seus olhos castanhos brilhantes e astutos —, seria um milagre se você a encontrasse depois de todo esse tempo. Mas fico feliz que alguém esteja procurando de novo. Sim, fico muito feliz que alguém esteja procurando.

11

Por fortuna, caminhando por seu caminho,
Ele de longe viu, ou pareceu ver,
Um turbulento tumulto ou contenciosa refrega

Edmund Spenser
A Rainha das Fadas

Strike voltava a pé para a estação de Amersham, passando pelas sebes e garagens geminadas da classe média de profissionais liberais, pensando em Margot Bamborough. Ela saiu das recordações do velho médico como uma personalidade intensa e firme e, irracionalmente, isso foi uma surpresa. Ao desaparecer, Margot Bamborough assumiu na mente de Strike a insubstancialidade de um espectro, como se sempre fosse predestinada a um dia se dispersar no anoitecer chuvoso para nunca mais voltar.

Ele se lembrou das sete mulheres retratadas na capa de *O demônio de Paradise Park*. Elas viviam em um fantasmagórico preto e branco, exibindo os penteados que, aos poucos, saíram de moda a cada dia em que elas estiveram ausentes de suas famílias e de suas vidas, mas cada uma daquelas imagens em negativo representava um ser humano cujo coração antes batia, cujas ambições e opiniões, triunfos e decepções foram tão reais quanto os de Margot Bamborough, antes de darem com o homem que foi recompensado em quatro cores na fotografia de capa da história pavorosa de suas mortes. Strike ainda não tinha terminado o livro, mas sabia que Creed fora responsável pela morte de um leque variado de vítimas, inclusive uma estudante, uma corretora de imóveis e uma farmacêutica. Isso fazia parte do terror do Açougueiro de Essex, segundo a imprensa da época: ele não restringia os ataques às prostitutas, para a imprensa estava implícito que elas eram presa natural de um assassino. Na verdade, a única garota de programa que se soube ter sido atacada por ele sobreviveu.

Helen Wardrop, a mulher em questão, contou sua história em um documentário na televisão sobre Creed, que Strike tinha visto no YouTube algumas noites antes, durante uma refeição delivery de comida chinesa. O programa era obsceno e melodramático, com muitas reconstituições malfeitas e música tirada de um filme de terror dos anos 1970. Na época das gravações, Helen Wardrop era uma mulher de fala lenta, o rosto relaxado, com cabelo vermelho tingido e cílios postiços mal colocados, cujo olhar vidrado e a monotonia sugeriam ou tranquilizantes ou danos neurológicos. Creed desferira na Helen bêbada e aos gritos o que poderia ter sido um golpe fatal na cabeça com um martelo ao tentar obrigá-la a entrar na traseira de seu furgão. Ela virou a cabeça gentilmente para o entrevistador para mostrar aos espectadores uma área do crânio que ainda tinha uma depressão. O entrevistador disse que ela devia se sentir com muita sorte por ter sobrevivido. Houve uma leve hesitação antes de ela concordar com ele.

A essa altura, Strike tinha desligado o documentário, frustrado com a banalidade das perguntas. Ele também, no passado, esteve no lugar errado e na hora errada, e trazia as consequências de uma vida inteira, assim entendia perfeitamente a hesitação de Helen Wardrop. Logo depois da explosão que levou o pé e a canela de Strike, para não falar da metade inferior do corpo do sargento Gary Topley e de um pedaço do rosto de Richard Anstis, Strike tinha sentido uma variedade de emoções que incluíam culpa, gratidão, confusão, medo, fúria, ressentimento e solidão, mas não conseguia se lembrar de se sentir com sorte. "Sorte" ele teria se a bomba não tivesse detonado. "Sorte" teria significado ter ainda as duas pernas. "Sorte" era o que as pessoas que não suportavam pensar nos horrores precisavam ouvir os sobreviventes mutilados e aterrorizados atribuírem a si mesmos. Ele se lembrou da declaração chorosa da tia de que ele não sentia dor enquanto jazia em seu leito hospitalar, grogue de morfina, as palavras dela formaram um forte contraste com a primeira coisa que Polworth lhe disse quando o visitou no hospital Selly Oak.

— Que merda isso, Diddy.

— É, um pouco — dissera Strike, a perna amputada estendida diante dele, as terminações nervosas insistindo que a panturrilha e o pé ainda estavam ali.

Strike chegou à estação de Amersham e descobriu que tinha acabado de perder um trem para Londres. Assim, sentou-se em um banco no fraco sol de outono de fim de tarde, pegou os cigarros, acendeu um, depois olhou o telefone. Duas mensagens de texto e uma chamada perdida tinham chegado enquanto ele entrevistava Gupta, com o celular no mudo.

As mensagens eram de seu meio-irmão Al e da amiga Ilsa, portanto podiam esperar, enquanto a chamada perdida era de George Layborn, a quem ele telefonou imediatamente.

— É você, Strike?

— Sou eu, você telefonou agora mesmo.

— Foi. Consegui para você. Uma cópia do arquivo Bamborough.

— Você está brincando! — disse Strike, soltando o ar em uma onda de euforia. — George, isso é fenomenal, estou te devendo uma das grandes por essa.

— Me pague uma cerveja e fale de meu nome com a imprensa, se um dia descobrir quem foi. "Assistência valiosa." "Não teria conseguido sem ele." Podemos decidir depois o que dizer. Pode lembrar ao pessoal que mereço uma promoção. Escute — acrescentou Layborn, mais sério —, é uma bagunça. O arquivo. Uma zona.

— Em que sentido?

— É antigo. Faltam partes, pelo que vi, mas talvez estejam na ordem errada... não tive tempo para examinar sistematicamente a coisa toda, tem quatro caixas aqui... mas os registros de Talbot estavam desorganizados e Lawson tentando entender não ajudou em nada. Mas, então, se vale de alguma coisa, é seu. Estarei para os seus lados amanhã e deixarei no escritório, pode ser?

— Nem tenho como agradecer por isso, George.

— Meu velho teria morrido de felicidade de saber que alguém vai dar outra olhada — disse Layborn. — Ele teria adorado ver Creed apanhado por mais uma.

Layborn desligou, e Strike de imediato acendeu um cigarro e ligou para Robin para dar a boa-nova, mas seu telefonema caiu direto na caixa postal. E então ele se lembrou de que ela estava em uma reunião com o homem do tempo perseguido, assim voltou a atenção à mensagem do meio-irmão, Al.

Oi, mano, começava, amigavelmente.

Al era o único irmão por parte de pai com quem Strike mantinha alguma relação contínua, embora fosse espasmódica e unilateral, e era Al quem tomava a iniciativa. Strike tinha um total de seis meios-irmãos Rokeby, três dos quais ele nunca conheceu, uma situação que não sentia necessidade de remediar, por achar que já bastava o estresse dos parentes conhecidos.

Como sabe, os Deadbeats vão comemorar cinquenta anos juntos no ano que vem...

Strike não sabia disso. Tinha encontrado o pai, Jonny Rokeby, que era o vocalista dos Deadbeats, exatamente duas vezes na vida e a maior parte das informações que tinha sobre o pai astro do rock viera ou da mãe Leda, a mulher com quem Rokeby despreocupadamente gerou um filho no canto semipúblico de uma festa em Nova York, ou pela imprensa.

Como sabe, os Deadbeats vão comemorar cinquenta anos juntos no ano que vem e (superconfidencial) eles vão lançar um novo álbum surpresa em 24 de maio. Nós (os familiares) vamos dar uma festança em Londres esta noite na Spencer House para comemorar o lançamento. Mano, significaria o mundo para todos nós, especialmente papai, se você fosse. Gaby teve a ideia de tirar uma foto de todos os filhos juntos para dar a ele de presente esta noite. A primeira foto. Emoldurada, como uma surpresa. Todo mundo vai. Só precisamos de você. Pense nisso, mano.

Strike leu essa mensagem duas vezes, depois a fechou sem responder e abriu a mensagem de Ilsa, que era bem mais curta.

É aniversário de Robin, seu parvo completo.

12

Com palavras lisonjeiras, docemente ele a cortejou,
E lhe ofereceu lindas prendas, para lhe seduzir a vista,
Mas ela tanto as dádivas como o doador
Desprezou, e todas as lisonjas do adulador.

Edmund Spenser
A Rainha das Fadas

O homem do tempo da televisão levou a esposa à reunião de atualização com Robin. Depois de abrigado na sala interna da agência, o casal se mostrou intransigente. A esposa tinha chegado com uma nova teoria para apresentar a Robin, estimulada pelo mais recente postal anônimo a chegar pelo correio ao BBC Television Centre. Era o quinto cartão-postal a trazer uma pintura e o terceiro a ter sido comprado na loja da National Portrait Gallery, e isso levou os pensamentos do homem do tempo a se voltarem a uma ex-namorada, que tinha estudado belas-artes. Ele não sabia onde estava a mulher agora, mas não valia a pena procurar por ela?

Robin achou altamente improvável que uma ex-namorada escolhesse postais anônimos para voltar a entrar em contato com um amor perdido, em vista da existência das redes sociais e das informações de contato publicamente disponíveis do homem do tempo, mas concordou diplomaticamente que valia a pena investigar isso e obteve o maior número de detalhes desse interesse amoroso há muito desaparecido que o homem do tempo conseguisse recordar. Robin depois falou em todas as medidas que a agência tomara até agora para identificar quem enviava os cartões e garantiu ao marido e à esposa que iam continuar a vigiar a casa à noite, na esperança de que o Cartão-Postal se mostrasse.

O homem do tempo era baixo, tinha cabelo castanho-avermelhado, olhos escuros e um ar possivelmente enganoso de quem se desculpa. A esposa, uma mulher magra bem mais alta que o marido, parecia assustada com as entregas tarde da noite e um tanto irritada com as afirmações meio irônicas do marido de que não se deve esperar esse tipo de coisa quando você é o homem do tempo, porque, afinal, ele não era nenhum *astro do cinema*, e quem sabia do que era capaz essa mulher?

— Ou homem — a esposa lembrou a ele. — Não *sabemos* que é uma mulher, sabemos?

— Não, é verdade. — O sorriso do marido desapareceu lentamente do rosto.

Quando por fim o casal foi embora, passando por Pat, que digitava estoicamente em sua mesa, Robin voltou à sala interna e reexaminou o postal mais recente. A imagem na frente era do retrato de um homem do século XIX de colarinho alto. *James Duffield Harding*. Robin nunca tinha ouvido falar dele. Ela virou o cartão. A mensagem impressa dizia:

ELE SEMPRE ME FAZ LEMBRAR VOCÊ.

Ela virou o cartão de novo. O homem desinteressante de costeletas *de fato* parecia o homem do tempo.

Um bocejo a pegou de surpresa. Tinha passado a maior parte do dia se livrando da papelada, autorizando pagamentos de contas e ajustando o rodízio da quinzena seguinte, a fim de acomodar o pedido de Morris de uma folga no sábado à tarde, para ele ver a filha de três anos se apresentar em um espetáculo de balé. Olhando o relógio, Robin viu que já eram cinco horas. Combatendo o baixo-astral que tinha ficado ao largo pelo trabalho árduo, ela arrumou o arquivo do Cartão-Postal e reativou o toque do celular. Segundos depois, ele tocou: Strike.

— Alô — disse Robin, tentando não parecer irritada, porque com o passar das horas ficara claro para ela que Strike de fato se esquecera de seu aniversário de novo.

— Feliz aniversário — disse ele, junto com um barulho do que Robin sabia ser um trem.

— Obrigada.

— Comprei uma coisa para você, mas só estarei de volta daqui a uma hora, acabei de pegar o trem em Amersham.

Uma ova que você comprou alguma coisa, pensou Robin. *Você se esqueceu. Simplesmente vai apanhar umas flores no caminho de volta para o escritório.*

Robin tinha certeza de que Ilsa dera a dica a Strike, porque Ilsa tinha ligado para ela pouco antes de o cliente chegar, para dizer a Robin que talvez se atrasasse inevitavelmente para os drinques. Ela também perguntou, com uma despreocupação nada convincente, o que Strike tinha comprado para ela, e Robin respondeu com a verdade, "nada".

— É muito gentil, obrigada — disse Robin agora —, mas estou de saída. Vou sair para beber.

— Ah — disse Strike. — Tudo bem. Desculpe... não deu para evitar, sabe como é, depois de vir aqui me encontrar com Gupta.

— Não — disse Robin —, bom, você pode deixá-las aqui no escritório...

— É — disse Strike, e Robin notou que ele não contestou o plural no feminino. Sem dúvida seriam flores.

— Mas, então — disse Strike —, uma boa notícia. George Layborn conseguiu uma cópia do arquivo Bamborough.

— Ah, isso é ótimo! — disse Robin, com entusiasmo, a contragosto.

— Não é mesmo? Ele vai trazer amanhã de manhã.

— Como foi com Gupta? — perguntou Robin, sentando-se de seu lado da mesa dos sócios, que tinha substituído a mesa única de Strike.

— Interessante, em particular sobre a própria Margot — disse Strike, com a voz abafada, como se, imaginou Robin, o trem passasse por um túnel. Robin pressionou mais o celular na orelha.

— Em que sentido?

— Não sei — disse Strike, distante. — Pela foto antiga, eu não teria imaginado uma feminista ardorosa. Ela parece ter tido muito mais personalidade do que imaginei, o que é idiotice, sinceramente... por que ela não teria personalidade e ainda por cima forte?

Mas, de alguma forma, Robin entendia o que ele queria dizer. A foto reticulada de Margot Bamborough, congelada no tempo nebuloso com o cabelo dividido ao meio no estilo anos 1970, a lapela redonda e larga, a camiseta de malha, parecia pertencer a um mundo bidimensional de cores desbotadas há muito desaparecido.

— Te conto o resto amanhã — disse Strike, porque a ligação agora pipocava. — O sinal não está bom aqui. Quase não consigo te ouvir.

— Tudo bem — disse Robin em voz alta. — A gente se fala amanhã.

Ela abriu a porta para a antessala de novo. Pat tinha acabado de desligar o antigo computador de Robin, com um cigarro eletrônico metido na boca.

— Era Strike? — perguntou ela feito um corvo, com seu cabelo preto e o grasnar, o cigarro falso se balançando.

— Era. — Robin pegou o casaco e a bolsa. — Estava voltando de Amersham. Mas tranque tudo como sempre, Pat, ele tem a chave, se precisar entrar.

— Ele já se lembrou de seu aniversário? — perguntou Pat, que demonstrou uma satisfação sádica com a notícia do esquecimento de Strike pela manhã.

— Sim — disse Robin e, por lealdade a Strike, acrescentou: — Ele comprou um presente para mim. Vou receber amanhã.

Pat tinha dado uma bolsa nova a Robin.

— A antiga estava se desfazendo nas costuras — dissera ela, quando Robin a desembrulhou. Robin, comovida, embora ela própria não tivesse escolhido vermelho vivo, expressou um agradecimento caloroso e prontamente transferiu seu dinheiro e os cartões para a bolsa nova.

— É bom ter uma em cores vivas, você sempre consegue encontrar sua bolsa — dissera Pat complacentemente. — O que aquele lunático escocês te deu?

Barclay tinha deixado um pequeno pacote embrulhado com Pat, para entregar a Robin naquela manhã.

— Um baralho — disse Robin, sorrindo enquanto desembrulhava o pacote. — Sam me contou tudo sobre ele quando estávamos de vigilância outra noite. É um baralho que mostra os mais procurados da Al-Qaeda. Deram às tropas americanas durante a Guerra do Iraque.

— Para que ele te deu isso? — perguntou Pat. — O que você pode fazer com ele?

— Bom, porque eu fiquei interessada quando ele me contou — disse Robin, divertindo-se com o desprezo de Pat. — Posso jogar pôquer com ele. Todos têm a numeração certa e tudo, olha só.

— Bridge — dissera Pat. — Esse é um bom jogo. Gosto de um bom jogo de bridge.

Enquanto as duas mulheres vestiam seus casacos, Pat perguntou:

— Vai a algum lugar legal esta noite?

— Vou beber com duas amigas — disse Robin. — Mas tenho um cupom da Selfridges queimando no meu bolso. Acho que primeiro eu posso me dar um presente.

— Que ótimo — resmungou Pat. — O que você quer?

Antes que Robin pudesse responder, a porta de vidro atrás dela se abriu e entrou Saul Morris, bonito, sorridente e meio sem fôlego, com o cabelo preto lustroso e os olhos azuis brilhantes. Com certa apreensão, ela viu o presente embrulhado e o cartão na mão dele.

— Feliz aniversário! — disse ele. — Estava torcendo para pegar você aqui.

E antes que Robin conseguisse evitar, ele tinha se curvado e lhe dado um beijo no rosto; não no ar, mas o contato real da boca na pele. Ela deu meio passo para trás.

— Comprei uma coisinha para você — disse ele, aparentemente sem sentir nada de errado, mas estendendo o presente e o cartão. — Na verdade, não é nada. E como está Moneypenny? — disse ele, virando-se para Pat, que já havia tirado o cigarro eletrônico para sorrir para Morris, exibindo dentes da cor de marfim antigo.

— *Moneypenny* — repetiu Pat, radiante. — Eu não te aguento.

Robin rasgou o papel do presente. Na embalagem, havia uma caixa de trufas de caramelo salgado Fortnum & Mason.

— Ah, *muito* bom — aprovou Pat.

Chocolates, ao que parecia, eram um presente muito mais adequado para uma jovem do que um baralho com integrantes do Al-Qaeda.

— Lembrei que você gosta um pouquinho de caramelo salgado — disse Morris, parecendo ter orgulho de si mesmo.

Robin sabia exatamente de onde ele havia tirado essa ideia, e isso não a sensibilizava mais.

Um mês antes, na primeira reunião de toda a equipe da agência, Robin abriu uma lata de biscoitos finos que tinha chegado em um cesto enviado por um cliente agradecido. Strike perguntara por que tudo ultimamente tinha sabor de caramelo salgado, e Robin respondera que isso não o impedia de comer aos punhados. Ela não havia expressado nenhuma preferência pessoal pelo sabor, porém Morris evidentemente prestou pouca e muita atenção ao mesmo tempo, guardando sua pressuposta displicência para usar em alguma data posterior.

— Muito obrigada — disse ela, com um calor humano mínimo. — Infelizmente, preciso ir embora.

E antes que Pat pudesse observar que a Selfridges ainda estaria lá em meia hora, Robin tinha passado deslizando por Morris e começava a descer a escada de metal, com o cartão dele ainda fechado na mão.

Robin ainda ponderava exatamente por que Morris a enervava tanto enquanto andava lentamente pelo grandioso corredor de perfumes da Selfridges meia hora depois. Ela decidiu comprar um perfume novo porque estava usando o mesmo aroma havia cinco anos. Matthew gostava dele e jamais quis que ela trocasse, mas seu último frasco estava acabando, e ela teve o impulso repentino de se encharcar de alguma coisa que Matthew não reconhecesse e possivelmente nem mesmo gostasse. O frasco pequeno e barato de colônia 4711 que ela havia comprado a caminho de Falmouth não era nem de longe peculiar o suficiente para um novo aroma próprio, assim ela andou por um vasto labirinto de vidro fumê e luzes douradas, entre pilhas de frascos sedutores e fotos iluminadas de celebridades, cada pequeno domínio presidido por sereias vestidas de preto que ofereciam borrifos e tiras de amostra.

Seria pomposo da parte dela, ela se perguntou, pensar que o terceirizado Morris não devia supor ter o direito de beijar uma sócia da agência? Será que ela se importaria se o geralmente reservado Hutchins lhe desse um beijo no rosto? Não, concluiu, ela não se importaria em nada, porque ela agora conhecia Andy havia mais de um ano e, de todo modo, Hutchins teria agido com educação e feito do cumprimento uma questão de proximidade breve de dois rostos, e não lábios pressionando sua face.

E Barclay? Ele nunca a beijou, embora recentemente a tenha chamado de "sua desajeitada" quando, em vigilância, ela por acidente derramou café quente nele, na empolgação para ver o alvo, um funcionário público saindo de um conhecido bordel às duas da manhã. Mas ela não se importou nem um pouco com Barclay chamando-a de desajeitada. Ela *foi mesmo* uma desajeitada.

Virando um canto, Robin viu-se de frente para o balcão de Yves Saint Laurent e, com o interesse subitamente estimulado, seus olhos focalizaram um cilindro azul, preto e prata que trazia o nome Rive Gauche. Robin nunca havia sentido o cheiro do perfume preferido de Margot Bamborough, pelo que se lembrava.

— É um clássico — disse a vendedora de cara entediada, observando Robin borrifar Rive Gauche em uma nova tira de amostra e sentir seu cheiro.

Robin tendia a classificar os perfumes de acordo com o quanto conseguiam reproduzir uma flor ou alimento conhecido, mas esse não era um cheiro da natureza. Havia um espectro de rosas ali, mas também algo estranhamente metálico. Robin, que estava acostumada a fragrâncias feitas agradavelmente de frutas e doces, baixou a amostra com um sorriso, meneou a cabeça e continuou andando.

Então era esse o cheiro de Margot Bamborough, pensou ela. Era muito mais sofisticado do que aquele que Matthew adorava em Robin, um preparado de aromas naturais de figo, refrescantes, leitosos e verdejantes.

Robin virou um canto e viu, em um balcão bem à sua frente, um frasco de vidro facetado repleto de um líquido cor-de-rosa: Flowerbomb, o aroma próprio de Sarah Shadlock. Robin via o perfume no banheiro de Sarah e Tom sempre que ela e Matthew iam jantar lá. Desde que deixou Matthew, Robin teve muito tempo para perceber que as ocasiões em que ele trocava os lençóis no meio da semana, porque tinha "derramado chá" ou "pensei em fazer isso hoje, para poupar você amanhã", devem ter sido principalmente para se livrar do cheiro doce e penetrante, como qualquer outro vestígio mais evidentemente incriminador que pudesse ter escapado de camisinhas prudentes.

— É um clássico moderno — disse a vendedora esperançosa, que havia notado Robin olhando a granada de mão feita de vidro. Com um sorriso passageiro, Robin fez que não com a cabeça e se afastou. Agora seu reflexo no vidro fumê parecia simplesmente triste, enquanto ela pegava frascos e sentia o cheiro de amostras em uma caçada melancólica por algo para melhorar seu aniversário horrível. De repente ela queria ir para casa, e não sair para beber.

— O que está procurando? — disse uma garota negra de maçãs do rosto pronunciadas por quem Robin passou brevemente logo depois.

Cinco minutos mais tarde, após um diálogo breve e profissional, Robin voltava para a Oxford Street com um frasco preto e retangular na bolsa. A vendedora fora muito convincente.

— ... e se quiser algo *totalmente* diferente — dissera ela, pegando o quinto frasco, borrifando um pouco em uma tira de amostra e a agitando — experimente Fracas.

Ela entregou a tira a Robin, cujas narinas agora ardiam pelo ataque abundante e variado da última meia hora.

— É sensual, mas adulto, entende? É um verdadeiro clássico.

E naquele momento Robin, respirando uma tuberosa inebriante, voluptuosa e oleosa, foi seduzida pela ideia de se tornar, em seu trigésimo aniversário, uma mulher sofisticada inteiramente diferente da tola que era idiota demais para perceber que aquilo que o marido disse que amava, e que ele gostava de levar para a cama, tinha tanta semelhança com um figo quanto uma granada de mão.

13

Dali adiante por esse doloroso caminho passaram,
Até uma colina, tão íngreme quanto elevada;
Em cujo cimo uma sagrada capela havia,
Onde um santo ancião jazia.

Edmund Spenser
A Rainha das Fadas

Pensando no assunto agora, Strike se arrependia do primeiro presente que havia dado a Robin Ellacott. Ele comprara um vestido verde e caro em um ataque de extravagância quixotesca, sentindo-se seguro para dar algo tão pessoal só porque ela estava noiva de outro homem e ele nunca mais a veria, ou assim ele pensava. Ela serviu de modelo para Strike durante o trabalho de convencer uma vendedora a cometer indiscrições, e as provas dessa garota, que Robin extraiu com tanta habilidade, ajudaram a resolver o caso que fez a fama do detetive e salvou a agência da falência. Impelido por uma maré de euforia e gratidão, ele voltou à loja e fez a compra como um gesto grandioso de despedida. Nada mais parecia resumir o que ele queria dizer a ela, que era "veja o que realizamos juntos", "eu não teria conseguido sem você" e (para ser inteiramente sincero consigo mesmo) "você fica linda nisso, e eu gostaria que soubesse que foi o que pensei quando te vi com o vestido".

No entanto, as coisas não saíram como Strike esperava, porque uma hora depois de dar a ela o vestido verde, ele a contratou como assistente em tempo integral. Sem dúvida, o vestido contou pelo menos como parte da desconfiança profunda que Matthew, noivo dela, daí em diante sentiu para com o detetive. Pior ainda, do ponto de vista de Strike, o vestido estabeleceu um padrão desconfortavelmente alto para futuros presentes. Conscientemente ou não, ele tinha baixado muito as expectativas desde então, seja por ter se esquecido de comprar presentes de aniversário e de Natal para Robin, ou por torná-los o mais genérico possível.

Ele comprou lírios stargazer na primeira floricultura que conseguiu encontrar quando saiu do trem de Amersham e os levou ao escritório para Robin encontrar no dia seguinte. Tinha escolhido as flores por seu tamanho e pela intensa fragrância. Sentiu que devia gastar mais dinheiro do que gastara no buquê atrasado do ano anterior, e essas eram impressionantes, como se ele não tivesse economizado. As rosas transmitiam uma conotação indesejada de Dia dos Namorados, e quase todo o resto do estoque da floricultura — evidentemente depauperada às cinco e meia da tarde — parecia meio castigado ou decepcionante. Os lírios eram grandes e, ainda assim, impessoais de uma forma tranquilizadora, de caráter escultural e de forte fragrância, e havia segurança em sua própria ousadia. Vinham de uma estufa; não havia nenhum sussurro romântico de bosques tranquilos ou jardins secretos neles: eram flores das quais ele podia dizer firmemente "que cheiro bom", sem nenhuma outra justificativa para sua escolha.

Strike não sabia que a principal associação que Robin fazia com os lírios stargazer, agora e para sempre, era com Sarah Shadlock, que certa vez comprou um buquê quase idêntico para a festa de inauguração da casa de Robin e Matthew. Quando ela entrou no escritório um dia depois de seu aniversário e viu as flores ali, na mesa dos sócios, metidas em um vaso com água, mas ainda com seu celofane, com um grande laço de cor magenta e um pequeno cartão que dizia "Feliz aniversário de Cormoran" (nada de beijos, ele nunca mandava beijos), ela foi afetada exatamente como tinha sido pelo frasco em formato de granada de mão na Selfridges. Não queria essas flores; eram duplamente irritantes por fazerem-na se lembrar do esquecimento de Strike e da infidelidade de Matthew, e se ela tivesse de olhar essas flores ou sentir seu cheiro, resolveu Robin, não seria na própria casa.

Assim, ela deixou os lírios no escritório, onde eles obstinadamente recusavam-se a morrer, Pat conscienciosamente trocava a água toda manhã e cuidava tão bem das flores que elas viveram por quase duas semanas. No fim, até Strike ficou enjoado delas: sentia uma lufada de algo que o lembrava o perfume da ex-namorada Lorelei, uma associação desagradável.

Quando as pétalas cerosas cor-de-rosa e brancas começaram a murchar e cair, o 39.º aniversário do desaparecimento de Margot Bamborough tinha passado em branco e provavelmente despercebido por qualquer pessoa, exceto talvez sua família, Strike e Robin, que registraram, ambos, a data fatídica. As cópias dos registros policiais foram levadas ao escritório, como prometido por George Layborn, e agora estavam em quatro caixas de papelão embaixo da mesa dos sócios, o único lugar na agência com espaço para elas. Strike, que atualmente era o menos sobrecarregado pelos outros casos da agência, porque se mantinha de prontidão para voltar à Cornualha se surgisse a necessidade, passou a trabalhar sistematicamente nesses arquivos. Depois que tivesse digerido seu conteúdo, pretendia ir a Clerkenwell com Robin e refazer o caminho entre a antiga Clínica St. John's, onde Margot foi vista viva pela última vez, e o pub onde a amiga havia esperado, em vão, por ela.

Assim, no último dia do mês de outubro, Robin saiu do escritório à uma hora e foi apressada, debaixo de um céu ameaçador e com o guarda-chuva preparado na mão, para o metrô. No fundo, estava empolgada com a perspectiva dessa tarde, a primeira que ela e Strike passariam trabalhando juntos no caso Bamborough.

Já estava chuviscando quando Robin viu Strike fumando enquanto observava a fachada de um prédio na metade da St. John's Lane. Ele se virou ao ouvir os saltos de Robin na calçada molhada.

— Estou atrasada? — perguntou ela ao se aproximar.

— Não — respondeu Strike. — Eu é que cheguei adiantado.

Ela se juntou a ele, ainda segurando o guarda-chuva, e olhou a construção alta, de vários andares, de tijolo aparente marrom, com grandes janelas de metal. Parecia abrigar escritórios, mas não havia sinal de que tipo de empresas operavam ali dentro.

— Ficava ali — disse Strike, apontando a porta de número 29. — A antiga Clínica Médica St. John's. A frente do prédio foi reformada, evidentemente. Antigamente tinha uma entrada dos fundos — disse ele. — Vamos dar uma volta e olhar por um minuto.

Robin se virou para olhar os dois lados da St. John's Lane, uma rua comprida e estreita de mão única, margeada de cada lado por prédios altos com muitas janelas.

— Muito na vista — comentou Robin.

— É — disse Strike. — Então, vamos começar pela roupa que Margot vestia quando desapareceu.

— Já sei — disse Robin. — Saia de veludo cotelê marrom, blusa vermelha, regata de malha, sobretudo Burberry bege, colar e brincos prateados, aliança de casamento de ouro. Levava uma bolsa de couro e um guarda-chuva preto.

— Você devia assumir a investigação — disse Strike, um tanto impressionado. — Pronta para os registros da polícia?

— Manda.

— Faltando quinze para as seis do dia 11 de outubro de 1974, só três pessoas sabidamente estavam dentro do prédio: Margot, vestida exatamente como você descreveu, mas ainda não havia colocado o sobretudo, Gloria Conti, que era a mais nova das duas recepcionistas, e uma paciente de emergência com dores abdominais, que entrou da rua no consultório. A paciente, segundo a anotação apressada feita por Gloria, chamava-se "Theo ponto de interrogação". Apesar do nome de homem e da declaração do dr. Joseph Brenner de que ele pensava que a paciente fosse um homem, e do esforço de Talbot para convencê-la de que Theo era um homem vestido com roupas femininas, Gloria nunca vacilou em sua declaração de que "Theo" era mulher.

"Todos os outros funcionários tinham saído antes das quinze para as seis, exceto Wilma, a faxineira, que não esteve lá o dia todo, porque não trabalhava às sextas-feiras. Mais sobre Wilma depois.

"Janice, a enfermeira, ficou aqui até o meio-dia, depois fez visitas domiciliares pelo resto da tarde e não retornou. Irene, a recepcionista, saiu às duas e meia para ir ao dentista e não voltou. Segundo os depoimentos das duas, cada uma delas corroborada por outras testemunhas, a secretária, Dorothy, saiu às cinco e dez, o dr. Gupta meia hora depois e o dr. Brenner às quinze para as seis. A polícia ficou satisfeita com os álibis que os três apresentaram para o resto da tarde: Dorothy foi para casa, juntar-se ao filho, e passou a noite vendo TV com ele. O dr. Gupta compareceu a um grande jantar em família para comemorar o aniversário da mãe, e o dr. Brenner ficou com a irmã solteirona com quem ele dividia a casa. Naquela mesma noite, os Brenner foram vistos pela janela da sala de estar por alguém que andava com o cachorro.

"Os últimos pacientes cadastrados, uma mãe com seu filho, foram de Margot, e eles saíram da clínica pouco antes do dr. Brenner. Os pacientes testemunharam que Margot estava bem quando a viram.

"A partir desse ponto, Gloria é a única testemunha. Segundo Gloria, Theo entrou no consultório de Margot e ficou ali dentro mais tempo do que era esperado. Às seis e quinze, Theo foi embora e nunca mais foi vista na clínica. Subsequentemente, a polícia apelou por seu comparecimento, mas ninguém apareceu.

"Margot não deixou anotações a respeito de Theo. Pressupõe-se que pretendesse anotar a consulta no dia seguinte, porque a amiga já estava esperando por ela no pub havia 15 minutos e ela não queria se atrasar ainda mais.

"Logo depois da saída de Theo, Margot saiu às pressas do consultório, vestiu o sobretudo, disse a Gloria para trancar tudo com a chave de emergência, foi para a rua chuvosa, abriu o guarda-chuva, virou à direita e desapareceu de vista para Gloria."

Strike virou-se e apontou a rua na direção de um arco de pedra amarelo de aparência antiga, que ficava bem na frente deles.

— O que significa que ela foi naquela direção, para o Three Kings.

Por um momento, os dois olharam o antigo arco que se abria sobre a rua, como se uma sombra de Margot pudesse se materializar. Depois Strike apagou o cigarro com o pé e disse:

— Venha comigo.

Ele caminhou pela extensão do número 28, depois parou para apontar uma passagem escura da largura de uma porta, de nome Passing Alley.

— Um bom esconderijo — comentou Robin, parando para olhar todo o corredor escuro e abobadado que passava entre os prédios.

— Certamente — concordou Strike. — Se alguém queria ficar à espera dela, isso é feito sob medida. Pegá-la de surpresa, arrastá-la para cá... mas, depois disso, começam os problemas.

Eles andaram pela curta passagem e saíram em uma área ajardinada rebaixada, de concreto e arbustos, que ficava entre duas ruas paralelas.

— A polícia deu uma busca em todo esse jardim com cães farejadores. Nada. E se um agressor a arrastou adiante, por ali — Strike apontou a rua que corria em paralelo com a St. John's Lane —, para a St. John's Street, teria sido quase impossível continuar sem ser visto. A rua é muito mais movimentada do que a St. John's Lane. E isso pressupondo que uma mulher alta e saudável de 29 anos não teria gritado e lutado.

Ele se virou para olhar a entrada dos fundos.

— A enfermeira às vezes entrava pelos fundos, em vez de passar pela sala de espera. Tinha uma salinha nos fundos do prédio onde ela guardava suas coisas e às vezes via pacientes. Ocasionalmente, Wilma, a faxineira, também entrava pela porta dos fundos. Em outras ocasiões, costumava ficar trancada.

— Estamos interessados em gente capaz de entrar ou sair do prédio por uma segunda porta? — perguntou Robin.

— Não particularmente, mas quero sentir a configuração do local. Já se foram quase quarenta anos: teremos de repassar tudo.

Eles voltaram pela Passing Alley até a frente do prédio.

— Temos uma vantagem em relação a Bill Talbot — disse Strike. — Sabemos que o Açougueiro de Essex era magro e louro, e não uma pessoa morena e atarracada de aparência cigana. Theo, quem quer que tenha sido, não era Creed. O que não a torna necessariamente irrelevante, é claro.

"Uma última coisa, depois de terminarmos com a clínica", disse Strike, olhando o número 29. "Irene, a recepcionista loura, disse à polícia que Margot recebeu dois bilhetes anônimos ameaçadores pouco antes de desaparecer. Eles não estão no arquivo policial, assim só temos o depoimento de Irene. Ela alega ter aberto um deles, e que viu outro na mesa de Margot quando levou um chá. Disse que o bilhete que leu falava em fogo do inferno."

— É de se pensar que era trabalho da secretária abrir a correspondência — comentou Robin. — Não de uma recepcionista.

— Boa observação — disse Strike, pegando o bloco e anotando —, vamos verificar isso... parece relevante acrescentar aqui que Talbot achava Irene uma testemunha pouco confiável: imprecisa, e tendia ao exagero. Aliás, Gupta disse que Irene e Margot tiveram o que ele chamou de um "contratempo" em uma festa de Natal. Ele não pensava que tenha sido particularmente grande coisa, mas se lembrou disso.

— E Talbot estará...?

— Morto? Sim — disse Strike. — Assim como Lawson, que assumiu depois dele. Mas Talbot teve um filho, e estou pensando em entrar em contato com ele. Lawson não teve filhos.

— Continue a falar sobre os bilhetes anônimos.

— Bom, Gloria, a outra recepcionista, disse que Irene lhe mostrou um dos bilhetes, mas não conseguia lembrar qual era. Janice, a enfermeira, confirmou que Irene lhe contara sobre eles na época, mas disse que não os vira pessoalmente. Margot não contou sobre eles a Gupta... telefonei a ele para verificar.

"Mas então", disse Strike, dando uma última olhada rápida na rua através da chuva fina, "supondo-se que ninguém raptou Margot bem na frente da clínica, ou que ela não entrou em um carro a alguns metros da porta, ela foi para o Three Kings, o que nos coloca nessa direção."

— Quer usar este guarda-chuva? — perguntou Robin.

— Não — disse Strike. Seu cabelo crespo e denso tinha a mesma aparência, fosse seco ou molhado: ele era muito pouco vaidoso.

Eles continuaram pela rua e passaram pelo St. John's Gate, o antigo arco de pedra decorado com muitos escudos heráldicos pequenos, dando na Clerkenwell Road, uma rua de mão dupla movimentada, que eles atravessaram, chegando ao lado de uma cabine telefônica vermelha e antiquada que ficava na entrada da Albemarle Way.

— Foi nessa cabine telefônica que viram as duas mulheres brigando? — perguntou Robin.

Strike olhou com mais atenção.

— Você leu as anotações do caso — disse ele num tom quase acusador.

— Dei uma olhada rápida — confessou Robin — enquanto imprimia a conta do Duas-Vezes ontem à noite. Não li tudo; não tive tempo. Só vi alguns fragmentos.

— Bom, *não foi* essa cabine telefônica — disse Strike. — A cabine importante... ou as cabines... Aparece depois. Vamos chegar a elas na hora conveniente. Agora venha comigo.

Em lugar de prosseguir para uma área pavimentada para pedestres que Robin, pela própria pesquisa insuficiente, sabia que Margot deve ter atravessado, se ia para o Three Kings, Strike virou à esquerda, para a Clerkenwell Road.

Por que estamos indo por aqui? — perguntou Robin, correndo para acompanhá-lo.

— Porque — Strike parou de novo e apontou para uma janela alta no prédio do outro lado da rua, que parecia um antigo armazém — em algum momento depois das seis da tarde em questão, uma estudante de 14 anos chamada Amanda White jurou ter visto Margot na janela do último andar, a segunda da direita para a esquerda, batendo os punhos no vidro.

— Eu não vi *isso* na internet! — disse Robin.

— Pelo bom motivo de que a polícia concluiu que não havia nada nessa história.

"Talbot, como fica claro por suas anotações, desconsiderou White porque a história que ela contou não se encaixava com sua teoria de que Creed tinha raptado Margot. Mas Lawson voltou a Amanda quando assumiu e, na verdade, caminhou com ela por este trecho da rua.

"O relato de Amanda tinha algumas coisas a seu favor. Primeiro, ela disse à polícia, sem ser solicitada, que isso aconteceu na noite depois das eleições gerais, de que ela se lembrava porque teve uma discussão com uma colega conservadora da escola. As duas ficaram de castigo algum tempo depois das aulas. Elas então foram tomar um café juntas, e na cafeteria a colega ficou de mau humor quando Mandy disse que era bom que Wilson vencesse e se recusou a voltar para casa a pé com ela.

"Amanda disse que ainda estava furiosa com a amiga rabugenta quando olhou para cima e viu uma mulher socando o vidro da janela. A descrição que ela deu foi boa, embora, naquele momento, uma descrição completa da aparência e das roupas de Margot já estivesse na imprensa.

"Lawson entrou em contato com o dono da empresa que funcionava no último andar. Era uma gráfica administrada por um casal. Eles produziam pequenas quantidades de folhetos, cartazes e convites, esse tipo de coisa. Nenhuma ligação com Margot. Nenhum dos dois era cadastrado na Clínica St. John's, porque moravam em outro bairro. A esposa disse que às vezes tinha de bater na janela para fazê-la fechar. Porém, de jeito nenhum a esposa se parecia com Margot, sendo baixa, gorducha e de cabelo ruivo."

— E alguém teria notado Margot subindo ao terceiro andar, não é mesmo? — disse Robin, olhando da última janela para a porta de entrada. Ela se afastou do meio-fio: os carros jogavam água das poças na sarjeta. — Ela teria subido pela escada ou usado o elevador, e talvez tocado a campainha para entrar.

— É de se pensar que sim — concordou Strike. — Lawson concluiu que Amanda tinha cometido um erro inocente, pensando que a esposa do gráfico era Margot.

Eles voltaram ao local onde tinham se desviado do que Robin pensava como "o caminho de Margot". Strike parou de novo, apontando a transversal sombria chamada Albemarle Way.

— Agora, deixe para lá a cabine telefônica, mas note que a Albemarle Way é a primeira transversal desde a Passing Alley em que penso que ela pode ter entrado... Voluntariamente ou não... sem necessariamente ser vista por umas cinquenta pessoas. Mais silenciosa, como pode ver, mas não *tão* tranquila assim — admitiu Strike, olhando para o final da Albemarle Way, onde havia trânsito constante. A Albemarle Way era mais estreita do que a St. John's Lane, porém semelhante, por ser ladeada de prédios altos em filas ininterruptas, o que a mantinha permanentemente na sombra. — Ainda era um risco para um raptor — disse Strike —, mas se Dennis Creed estava à espreita em algum lugar no furgão, esperando que uma mulher solitária... qualquer mulher... passasse na chuva, esse é o lugar em que posso ver isso acontecendo.

Foi nesse momento, enquanto uma brisa fria assobiava pela Albemarle Way, que Strike pegou um sopro do que ele pensava serem os lírios stargazer moribundos, mas agora percebia que vinha da própria Robin. O perfume não era idêntico àquele que usava Lorelei; o de sua ex era estranhamente alcoólico, com notas de rum (e ele gostava disso quando o cheiro era um acompanhamento para o afeto fácil e o sexo imaginativo; só mais tarde passou a associá-lo com uma atitude passivo-agressiva, ataques ao caráter e súplicas por um amor que ele não conseguia sentir). Entretanto, esse aroma era muito parecido com o de Lorelei; ele o achava grudento e enjoativo.

É claro que muitos diriam que era exagerado da parte dele ter opiniões sobre os perfumes que as mulheres usavam, em vista de seu odor característico de cinzeiro velho, coberto por um borrifo de Pour

Un Homme em ocasiões especiais. Ainda assim, depois de passar grande parte da infância em condições miseráveis, Strike considerava a higiene uma característica necessária em qualquer pessoa que ele achasse atraente. Ele gostava do perfume anterior de Robin, de que sentia falta quando ela não estava no escritório.

— Por aqui — disse ele, e os dois continuaram pela chuva para uma praça irregular só para pedestres. Alguns segundos depois, Strike de súbito teve consciência de que deixara Robin para trás e voltou vários passos para se juntar a ela na frente do Priorado de São João, uma construção agradavelmente simétrica de tijolinhos vermelhos, com janelas compridas e duas pilastras de pedra branca que flanqueavam a entrada.

— Pensando que ela jaz em um lugar sagrado? — perguntou ele, acendendo outro cigarro enquanto a chuva batia em seu corpo. Soltando a fumaça, ele segurou o cigarro na mão em concha, para que não apagasse.

— Não — disse Robin, meio na defensiva, mas depois: — Sim, é verdade, talvez um pouco. Veja só isso...

Strike a acompanhou pelos portões abertos a um pequeno jardim memorial, aberto ao público e repleto (como Robin leu em uma pequena placa na face interna do muro) de ervas medicinais, inclusive várias usadas na Idade Média, nos hospitais da Ordem de São João. Uma figura branca de Cristo estava pendurada num muro dos fundos, cercada pelos emblemas dos quatro apóstolos: o touro, o leão, a águia e o anjo. Frondes e folhas ondulavam suavemente debaixo da chuva. Enquanto os olhos de Robin percorriam o pequeno jardim murado, Strike, que a havia seguido, disse:

— Acho que podemos concordar que se alguém a enterrou aqui, um clérigo teria notado a terra revirada.

— Eu sei — disse Robin. — Só estou olhando.

Enquanto eles voltavam para a rua, Robin disse:

— Olha só, tem cruzes de Malta em toda parte. Tinha naquela arcada pela qual passamos agora há pouco.

— É a cruz dos Cavaleiros Hospitalários. Os Cavaleiros de São João. Daí os nomes de rua e o emblema da ambulância de St. John; eles tinham sua sede na St. John's Lane. Se aquela médium procurou no Google a área em que Margot desapareceu, não pode ter deixado passar as associações de Clerkenwell com a Ordem de São João. Aposto com você que foi de onde ela tirou a ideia daquela parte de "lugar sagrado". Mas guarde isso, porque a cruz vai aparecer de novo quando chegarmos ao pub.

— Sabe de uma coisa — disse Robin, virando-se para olhar o Priorado —, Peter Tobin, aquele assassino serial escocês... ele era ligado a igrejas. Ingressou em uma seita religiosa a certa altura com pseudônimo. Depois conseguiu um emprego de ajudante em uma igreja em Glasgow, onde enterrou aquela pobre garota embaixo das tábuas do assoalho.

— As igrejas são uma boa cobertura para assassinos — disse Strike. — Criminosos sexuais também.

— Padres e médicos — disse Robin pensativamente. — A maioria de nós é programada para confiar neles, não acha?

— Depois dos muitos escândalos da Igreja Católica? Depois de Harold Shipman?

— Sim, acho que sim — disse Robin. — Você não acha que temos tendência a ver em algumas pessoas uma bondade imerecida? Creio que temos a necessidade de confiar em pessoas que parecem ter poder sobre a vida e a morte.

— Acho que nisso você tem certa razão — disse Strike, enquanto eles entravam em uma pequena via para pedestres chamada Jerusalem Passage. — Eu disse a Gupta que era estranho que Joseph Brenner não gostasse de gente. Eu achava que seria um requisito básico para o trabalho de um médico. Ele me corrigiu rapidamente.

"Vamos parar um minuto", disse Strike, parando. "Se Margot chegou até aqui... estou supondo que ela pegou este caminho, porque é o mais curto e mais lógico para chegar ao Three Kings... essa é a primeira vez que ela teria passado por residências em vez de prédios comerciais ou públicos."

Robin olhou as construções em volta. E era verdade, havia algumas portas cujas múltiplas campainhas indicavam a existência de apartamentos.

— Existe alguma possibilidade — disse Strike —, mesmo remota, de que alguém que morava nesta rua a tenha convencido ou a obrigado a entrar?

Robin olhou os dois lados da rua, a chuva batendo em seu guarda-chuva.

— Bom — disse ela lentamente —, é óbvio que isso *pode* ter acontecido, mas me parece improvável. Alguém acordou naquele dia e decidiu que queria raptar uma mulher, foi para fora e agarrou uma?

— Eu não te ensinei nada?

— Tudo bem, tá legal: *os meios antes do motivo.* Mas existem problemas com os meios também. Aqui também dá muito na vista. Ninguém vê nem a ouve ser raptada? Ela não grita nem luta? E imagino que o raptor more sozinho, ou quem divide a casa com ele também está envolvido no rapto?

— Todas são observações válidas — admitiu Strike. — Além disso, a polícia bateu de porta em porta aqui. Todo mundo foi interrogado, mas não deram buscas nos apartamentos.

"Mas vamos pensar nisso... ela é médica. E se alguém grita de uma casa e pede a ela para entrar para ver uma pessoa ferida... um parente doente... e depois que entra, não a deixa sair? Seria uma boa trama para fazê-la entrar, fingir que havia uma emergência médica."

— Tudo bem, mas isso pressupõe que soubessem que ela era médica.

— Quem a raptou pode ter sido paciente dela.

— Mas como saberia que ela passaria por sua casa naquela hora específica? Ela avisou a todo o bairro que ia para o pub?

— Talvez fosse uma coisa aleatória, eles a viram passando, sabiam que era médica, saíram correndo e a agarraram. Ou... sei lá, digamos que realmente houvesse uma pessoa doente ou morrendo lá dentro, ou alguém sofreu um acidente... talvez uma briga... ela discorda do tratamento ou se recusa a ajudar... A briga se torna física... ela é morta por acidente.

Houve um curto silêncio, enquanto eles se afastavam para dar passagem a um grupo de estudantes franceses que conversavam. Depois de eles passarem, Strike disse:

— É forçado, pode apostar.

— Podemos descobrir quantos desses prédios são ocupados pelas mesmas pessoas de 39 anos atrás — disse Robin —, mas ainda temos o problema de como mantiveram o corpo escondido por quase quatro décadas. Você não o teria carregado, não é?

— É verdade, isso é um problema — admitiu Strike. — Como disse Gupta, não é como dispor de uma mesa de peso equivalente.

Sangue, decomposição, infestação... muitos tentaram guardar corpos no local da morte. Crippen. Christie. Fred e Rose West. Em geral é considerado um erro.

— Creed conseguiu por algum tempo — disse Robin. — Fervendo várias mãos no porão. Enterrando cabeças separadas dos corpos. Ele não foi apanhado graças aos cadáveres.

— Está lendo *O demônio de Paradise Park*? — perguntou Strike duramente.

— Estou — disse Robin.

— Você quer aquela coisa na sua cabeça?

— Se nos ajudar no caso — disse Robin.

— Hum. Só estou pensando em minhas responsabilidades de saúde e segurança.

Robin não disse nada. Strike deu uma última olhada demorada nas casas, depois convidou Robin a continuar andando, e disse:

— Você tem razão, para mim, não bate. Freezers são abertos, gasistas aparecem e notam um cheiro, vizinhos percebem ralos entupidos. Porém, para sermos meticulosos, precisamos verificar quem morava aqui naquela época.

Eles agora deram na rua mais movimentada que tinham visto até agora. A Aylesbury Street era uma rua larga, ladeada de mais prédios comerciais e residenciais.

— Então — disse Strike, parando de novo na calçada —, se Margot ainda segue andando para o pub, ela teria atravessado aqui e entrado à esquerda, para Clerkenwell Green. Mas estamos parando para notar que foi *ali* — e Strike apontou para cerca de cinquenta metros à direita — que um pequeno furgão branco quase atropelou duas mulheres quando acelerou da Clerkenwell Green naquela noite. O incidente foi testemunhado por quatro ou cinco espectadores. Ninguém pegou o número da placa...

— Mas Creed usava placas falsas no furgão de entrega que dirigia — disse Robin —, assim, isso também talvez não sirva para nada.

— Correto. O furgão visto por testemunhas no dia 11 de outubro de 1974 tinha um desenho na lateral. Os espectadores não concordaram todos com o que seria, mas dois deles pensaram ser uma flor grande.

— Também sabemos — disse Robin — que Creed usava tinta removível no furgão para disfarçar a aparência.

— Correta de novo. Então, superficialmente, essa parece nossa primeira pista de que Creed pode ter estado na área. É claro que Talbot queria acreditar nisso, então ele não teve interesse pela opinião de uma das testemunhas de que o furgão na verdade pertencia a uma floricultura do bairro. Porém, um policial menor, presumivelmente um daqueles que perceberam que seu investigador-chefe estava perdendo a cabeça, foi interrogar o florista em questão, um homem chamado Albert Shimmings, que negou taxativamente ter dirigido o furgão em alta velocidade nessa área naquela noite. Ele alegou que dava uma carona ao filho, a quilômetros de distância.

— O que não significa necessariamente que *não foi* Shimmings — disse Robin. — Talvez ele estivesse com medo de ser apanhado por direção perigosa. Não tinha câmeras de vigilância... nada para provar uma versão ou a outra.

— É exatamente o que penso. Se Shimmings ainda estiver vivo, acho que devemos checar a história dele. Talvez ele tenha decidido que vale a pena contar a verdade, agora que não vai colar uma acusação de alta velocidade. Nesse meio-tempo — disse Strike —, a questão do furgão continua sem solução, e precisamos admitir que uma explicação possível é a de que Creed o dirigia.

— Mas onde ele raptou Margot, se *era* Creed no furgão? — perguntou Robin. — Não pode ter sido na Albemarle Way porque não foi assim que ele saiu da região.

— É verdade. Se ele a apanhou na Albemarle Way, teria entrado na Aylesbury Street bem mais adiante e sem dúvida não teria passado por Clerkenwell Green... o que nos leva direitinho às Duas Mulheres Brigando Perto das Cabines Telefônicas.

Eles continuaram pelo chuvisco até a Clerkenwell Green, uma praça retangular e ampla que ostentava árvores, um pub e uma cafeteria. Havia duas cabines telefônicas no meio, perto de carros estacionados e um bicicletário.

— É aqui — disse Strike, parando entre as cabines telefônicas — que a loucura de Talbot realmente começa a mexer no caso. Uma mulher chamada Ruby Elliot, que não estava familiarizada com a região, mas tentava encontrar a casa nova da filha e do genro em Hayward's Place, dirigia em círculos na chuva, perdida.

"Ela passou por essas cabines telefônicas e notou duas mulheres brigando, uma delas parecia, em suas palavras, 'trôpega'. Ela não tinha nenhuma lembrança nítida delas... lembre-se, está chovendo baldes e ela tenta ansiosamente localizar placas de rua e números de casas, porque está perdida. Só o que ela pode dizer à polícia é que uma delas usava um lenço na cabeça e a outra, uma capa de chuva.

"No dia seguinte, quando essas informações apareceram no jornal, uma mulher de meia-idade, de caráter ilibado, apresentou-se para dizer que as duas mulheres vistas por Ruby Elliot quase certamente eram ela e sua mãe idosa. Ela disse a Talbot que andava pela velha Clerkenwell Green naquela noite, indo para casa depois de uma pequena caminhada. A mãe, que era enferma e senil, usava um chapéu para chuva e a ela própria estava com um sobretudo parecido com o de Margot. Elas não tinham guarda-chuva, então ela tentava apressar a mãe. A velha não gostou de ser apressada e houve uma pequena altercação aqui, ao lado das cabines telefônicas. Consegui uma foto das duas, aliás: a imprensa conseguiu... 'avistamento desmentido'.

"Só que Talbot não engoliu. Ele se recusou categoricamente a aceitar que as duas mulheres não eram Margot e um homem usando roupas femininas. É assim que ele vê: Margot e Creed se encontram aqui, perto das cabines telefônicas, Creed luta para colocá-la em seu furgão, que presumivelmente estava estacionado *ali*...", Strike apontou a pequena fila de carros estacionados por perto, "depois Creed arranca em alta velocidade, com ela gritando e batendo nas laterais do furgão, saindo na Aylesbury Street."

— Mas — disse Robin — Talbot achava que *Theo* era Creed. Por que Creed foi à clínica de Margot usando roupas femininas, depois saiu, deixando-a ilesa, foi à Clerkenwell Green e a apanhou aqui, no meio do lugar mais público e visado que já vimos?

— Não tem sentido tentar entender isso, porque não dá para entender. Quando Lawson assumiu o caso, ele voltou a Fiona Fleury, o nome da respeitável mulher de meia-idade, interrogou-a novamente e saiu completamente satisfeito de que ela e a mãe eram as mulheres vistas por Ruby Elliot. De novo, as eleições gerais foram úteis, porque

Fiona Fleury lembrava-se de estar cansada e não estava particularmente paciente com a mãe difícil, porque tinha ficado sentada até tarde na noite anterior, assistindo à cobertura das eleições. Lawson concluiu... e estou inclinado a concordar com ele... que a questão das duas mulheres que estavam brigando tinha sido resolvida.

O chuvisco tinha engrossado: as gotas batiam no guarda-chuva de Robin e encharcavam a bainha de sua calça. Eles agora viravam para a Clerkenwell Close, uma rua curva que subia para uma igreja grande e impressionante com um pináculo alto e pontudo, em um terreno mais elevado.

— Margot não pode ter andado isso tudo — disse Robin.

— É o que você diz — disse Strike e, para surpresa dela, ele voltou a parar, olhando para a igreja —, mas agora chegamos ao último lugar em que supostamente foi vista.

"Um ajudante da igreja... é, eu sei", acrescentou ele, em resposta ao olhar assustado de Robin, "chamado Willy Lomax alega ter visto uma mulher de capa de chuva Burberry na escada da St. James-on--the-Green naquela noite, mais ou menos na hora que Margot deveria estar chegando ao pub. Ele a viu de costas. É claro que era uma época em que as igrejas não ficavam trancadas o tempo todo.

"Talbot, naturalmente, desconsiderou a evidência de Lomax, porque se Margot estava viva e entrava em igrejas, não pode ter sido levada por um furgão em alta velocidade do Açougueiro de Essex. Lawson não deu muita atenção à evidência de Lomax. O sujeito se prendeu à sua história: viu uma mulher que combinava com a descrição de Margot entrar, mas, sendo um homem de curiosidade limitada, não foi atrás dela, não perguntou o que ela estava fazendo e não ficou olhando para saber se ela ia sair da igreja.

"E agora", disse Strike, "merecemos uma cerveja."

14

Em que estava escrito com antigos caracteres...

Edmund Spenser
A Rainha das Fadas

Do outro lado da rua, de frente para a igreja, estava pendurada a placa do Three Kings. A parede externa curva e ladrilhada do pub espelhava a curvatura da rua.

Enquanto acompanhava Strike para dentro do bar, Robin tinha a estranha sensação de voltar no tempo. A maioria das paredes era forrada de páginas de antigos jornais sobre música, datando dos anos 1970: um amontoado de críticas, propagandas de antigos sistemas de som e fotos de estrelas do pop e do rock. Enfeites de Halloween estavam pendurados acima do balcão, Bowie e Bob Marley olhavam de gravuras emolduradas, e Bob Dylan e Jimi Hendrix os olhavam da outra parede. Enquanto Robin se sentava a uma mesa para dois e Strike ia ao balcão, ela localizou uma foto de jornal de Jonny Rokeby, de calça de couro apertada, em meio à colagem em volta do espelho. O pub dava a impressão de que não mudava havia muitos anos; talvez tivesse essas mesmas janelas foscas, as mesmas mesas de madeira desiguais, o piso de tábua corrida, as arandelas redondas de vidro e as velas em garrafas quando a amiga de Margot estava sentada ali, esperando por ela em 1974.

Pela primeira vez, olhando esse pub peculiar e cheio de personalidade, Robin se viu perguntando-se exatamente como teria sido Margot Bamborough. Era estranho como o trabalho de profissionais liberais os definia na imaginação. "Médica" parecia, de muitas formas, uma identidade completa. Enquanto esperava que seu companheiro comprasse as bebidas, os olhos de Robin vagaram dos crânios pendurados acima do balcão às fotos de estrelas do rock mortas, e ela empacou na estranha ideia de uma natividade ao contrário. Os três Reis Magos tinham viajado para um nascimento: Margot partira para o Three Kings e, Robin temia, encontrara a morte pelo caminho.

Strike colocou o vinho de Robin diante dela, bebeu um gole satisfatório de Sussex Best, sentou-se, depois retirou do bolso interno do sobretudo um rolo de papéis. Robin notou artigos de jornal fotocopiados em meio às páginas datilografadas e digitadas.

— Você esteve na British Library.

— Passei o dia de ontem inteiro lá.

Ele pegou a primeira fotocópia e mostrou a Robin. Mostrava um pequeno recorte do *Daily Mail*, trazendo uma foto de Fiona Fleury e sua mãe idosa, acima da legenda: *Avistado o Açougueiro de Essex "Na Verdade Éramos Nós"*. Não teria sido fácil confundir nenhuma das duas mulheres com Margot Bamborough: Fiona era uma mulher alta e larga com um rosto alegre e não tinha cintura; a mãe estava encolhida pela idade e era recurvada.

— Esse é o primeiro indício de que a imprensa perdia a confiança em Bill Talbot — disse Strike. — Algumas semanas depois de isso aparecer, eles estavam pedindo o sangue dele, o que provavelmente não ajudou na saúde mental de Talbot... de todo modo — disse-lhe, a mão grande e peluda achatada no resto do artigo fotocopiado. — Vamos voltar ao único fato incontroverso que temos, o de que Margot Bamborough ainda estava viva e dentro da clínica às quinze para as seis daquela noite.

— Você quer dizer *às seis e quinze* — disse Robin.

— Não, não foi o que eu quis dizer — disse Strike. — A sequência de partidas é a seguinte: cinco e dez, Dorothy. Cinco e meia, Dinesh Gupta, que viu Margot em seu consultório antes de sair e passou por Gloria e Theo.

"Gloria vai perguntar a Brenner se ele atenderá Theo. Ele se recusa. Margot sai de seu consultório, e os últimos pacientes marcados, uma mãe com um filho, saem na mesma hora e vão embora, também passando por Theo na sala de espera. Margot diz a Gloria que pode examinar Theo. Brenner diz 'que bom para você' e vai embora, às quinze para as seis.

"A partir daí, só temos a palavra de Gloria, sem corroboração, para qualquer coisa que tenha acontecido. Ela é a única pessoa a alegar que Theo e Margot saíram da clínica vivos."

Robin parou no ato de tomar um gole de vinho.

— Sem essa, está sugerindo que eles não saíram? Que Margot ainda está lá, enterrada embaixo do piso de madeira?

— Não, porque cães farejadores percorreram todo o prédio, assim como o jardim atrás dele — disse Strike. — Mas que tal isso como teoria? O motivo para Gloria insistir tanto que Theo era uma mulher, e não um homem, era porque ele era cúmplice dela no assassinato ou rapto de Margot.

— Não teria sido mais sensato escrever um nome de mulher em vez de "Theo", se ela queria esconder a identidade de um homem? E por que ela perguntaria ao dr. Brenner se ele receberia Theo, se ela e Theo pretendiam matar Margot?

— Os dois argumentos são bons — admitiu Strike —, mas talvez ela soubesse muito bem que Brenner se recusaria, porque ele era um velho filho da puta intratável, e estivesse tentando fazer com que tudo parecesse natural para Margot. Acompanhe meu raciocínio só por um minutinho.

"Corpos inertes são pesados, é complicado movê-los e escondê-los. Uma mulher viva e lutando é ainda mais complicado. Vi fotos de Gloria na imprensa, e ela era o que minha tia chamaria de um 'fiapo de gente', enquanto Margot era uma mulher alta. Duvido que Gloria pudesse ter matado Margot sem nenhuma ajuda, e ela sem dúvida não conseguiria levantá-la."

— O dr. Gupta não disse que Margot e Gloria eram próximas?

— *Os meios antes do motivo.* A proximidade pode ter sido uma fachada — disse Strike. — Talvez Gloria não gostasse de ser "melhorada", no fim das contas, e só bancava a discípula agradecida para dissipar as suspeitas de Margot.

"Seja como for, a última vez em que foram várias as testemunhas do paradeiro de Margot foi meia hora antes de ela supostamente sair do prédio. Depois disso, só temos a palavra de Gloria para o que aconteceu."

— Tudo bem, protesto mantido — disse Robin.

— Então — disse Strike, tirando a mão da pilha de papéis —, concordando com isso, esqueça por um momento que ela foi supostamente vista em janelas ou entrando em igrejas. Esqueça o furgão em alta velocidade. É inteiramente possível que *nada disso* tenha alguma relação com Margot.

"Volte à única coisa de que temos certeza: Margot Bamborough ainda estava viva às quinze para as seis.

"Então, agora voltamos para os três homens que a polícia considerou suspeitos plausíveis na época e procurou saber onde eles estavam às quinze para as seis do dia 11 de outubro de 1974.

"Aqui está", disse ele, passando a Robin a fotocópia de uma matéria em um tabloide datada de 24 de outubro de 1974. "Este é Roy Phipps, conhecido como marido de Margot e pai de Anna."

A foto mostrava um homem bonito em torno dos trinta anos, com uma forte semelhança com a filha. Robin pensou que se estivesse procurando alguém para fazer o poeta em um filme brega, teria colocado a foto de Roy Phipps no alto da pilha. Foi dele que Anna herdou o rosto comprido e claro, a testa alta e os olhos grandes e bonitos. Phipps tinha o cabelo escuro na altura do colarinho de lapelas longas, em 1974, e olhava esse antigo jornal parecendo atormentado, de frente para a câmera, desviando os olhos do cartão que tinha na mão. A legenda dizia: *Dr. Roy Phipps, apelando pela ajuda do público.*

— Não se dê ao trabalho de ler — disse Strike, já colocando uma segunda matéria por cima da primeira. — Não há nada aí que você já não saiba, mas *essa aqui* vai lhe dar alguns petiscos que você não tem.

Robin se curvou para a segunda matéria, da qual Strike tinha feito uma cópia apenas da metade.

> seu marido, dr. Roy Phipps, que sofre de doença de Von Willebrand, estava doente em casa e confinado à cama no lar conjugal em Ham no dia 11 de outubro.
>
> "Depois de várias reportagens imprecisas e irresponsáveis, gostaríamos de esclarecer que temos certeza de que o dr. Roy Phipps não tem nenhuma relação com o desaparecimento de sua esposa", disse o inspetor-detetive Bill Talbot, encarregado da investigação, à imprensa. "Os próprios médicos dele confirmaram que andar e dirigir estariam além da capacidade do dr. Phipps no dia em questão, e a babá e a faxineira do dr. Phipps depuseram sob

juramento, confirmando que o dr. Phipps não saiu de casa no dia do desaparecimento da esposa."

— O que é a doença de Von Willebrand? — perguntou Robin.

— Um distúrbio sanguíneo. Eu procurei. O sangue da pessoa não coagula direito. Gupta se lembrou disso errado; ele pensava que Roy fosse hemofílico.

"Existem três tipos de doença de Von Willebrand", disse Strike. "O Tipo Um implica apenas que você demora um pouco mais do que o normal para coagular, mas não deixa ninguém preso ao leito ou incapaz de dirigir. Estou supondo que Roy Phipps é do Tipo Três, que pode ser grave como a hemofilia, e pode deixá-lo acamado por algum tempo. Mas vamos precisar verificar isso.

"De todo modo", Strike virou a página seguinte. "Esse é o registro que Talbot fez do interrogatório de Roy Phipps."

— Ah, meu Deus — disse Robin em voz baixa.

A folha de papel era coberta por uma letra pequena e inclinada, mas a característica mais peculiar do registro eram as estrelas que Talbot tinha desenhado por todo o papel.

— Está vendo isso? — disse Strike, passando o polegar por uma lista de datas que mal podiam ser divisadas em meio aos rabiscos. — Essas são as datas dos raptos e das tentativas de rapto do Açougueiro de Essex.

"Talbot perde o interesse na metade da lista, olha só. Em 26 de agosto de 1971, quando Creed tentou raptar Peggy Hiskett, Roy conseguiu provar que ele e Margot estavam de férias na França.

"Então foi isso, no que diz respeito a Talbot. Se não tentou raptar Peggy Hiskett, ele não era o Açougueiro de Essex, e se ele não era o Açougueiro de Essex, não podia ter nada a ver com o desaparecimento de Margot.

"Mas tem uma coisa estranha no final da lista de datas de Talbot. Todas se referem a atividades de Creed, exceto essa última. Ele circulou 27 de dezembro, sem ano. Não sei por que ficou interessado em 27 de dezembro."

— Ou talvez por que ele bancou o Vincent van Gogh por todo o relatório?

— As estrelas? É, são uma característica das anotações de Talbot. Muito estranho. Agora — disse Strike —, vamos ver como um depoimento *deve* ser tomado.

Ele virou o papel e ali estava o depoimento datilografado em espaço duplo, com quatro páginas, que o inspetor-detetive Lawson tinha tomado de Roy Phipps e que foi devidamente assinado na última página pelo hematologista.

— Não precisa ler tudo isso agora — disse Strike. — O fundamental é que ele se ateve à versão de que ficou acamado o dia todo, como testemunhariam a faxineira e a babá.

"Mas agora precisamos ir para Wilma Bayliss, a faxineira de Phipps. Por acaso ela também era a faxineira da clínica St. John's. Na época, o resto da clínica não sabia que ela fazia algum trabalho particular para Margot e Roy. Gupta me disse pensar que Margot talvez estivesse estimulando Wilma a deixar o marido, e dar a ela algum trabalho a mais pode ter sido parte desse esquema."

— Por que ela queria que Wilma deixasse o marido?

— Que bom que perguntou isso — disse Strike, e virou outra folha de papel para mostrar um recorte fotocopiado de jornal, datado na letra pontuda e difícil de entender de Strike: 6 de novembro de 1972.

Estuprador Preso

Jules Bayliss, 36, de Leather Lane, Clerkenwell, foi sentenciado hoje pelo Tribunal da Coroa de Clerkenwell a cinco anos de prisão por duas acusações de estupro. Bayliss, que antes havia cumprido dois anos em Brixton por lesão corporal grave, alegou inocência.

— Ah — disse Robin. — Entendi.

Ela bebeu outro gole de vinho.

— O engraçado — acrescentou ela, embora não achasse nenhuma graça — é que Creed também pegou cinco anos pelo segundo estupro. Depois que o soltaram, ele começou a matar as mulheres além de estuprá-las.

— É, eu sei.

Pela segunda vez, ele pensou em questionar se era aconselhável Robin ler *O demônio de Paradise Park*, mas decidiu pelo contrário.

— Ainda não consegui descobrir o que foi feito de Jules Bayliss — disse ele —, e as anotações policiais relacionadas com ele são incompletas, assim não posso ter certeza se ele ainda estava preso quando Margot foi raptada.

"O que é relevante para nós é que Wilma contou a Lawson uma história diferente daquela que havia contado a Talbot... embora Wilma alegasse que tinha de fato contado a Talbot, e que ele não registrou, o que é possível, porque, como você pode ver, as anotações dele deixam muito a desejar.

"De todo modo, uma das coisas que Wilma contou a Lawson foi que ela havia limpado sangue do carpete do quarto de hóspedes no dia em que Margot desapareceu. A outra foi que ela vira Roy andando pelo jardim no dia em que supostamente estava acamado. Ela também admitiu a Lawson que na realidade não vira Roy na cama, mas o ouviu falar do quarto principal naquele dia."

— Essas são... mudanças muito grandes na história.

— Bom, como eu disse, a posição de Wilma foi a de que ela não alterou sua história, Talbot simplesmente não a registrou direito. Porém, parece que Lawson pressionou muito Wilma com relação a isso, e ele voltou a interrogar Roy com base no que ela dissera também. Entretanto, Roy ainda tinha Cynthia, a babá, como álibi, que estava disposta a jurar que ele ficou na cama o dia todo, porque ela levou para ele regularmente xícaras de chá no quarto principal.

"Eu sei", disse ele, em resposta às sobrancelhas erguidas de Robin. "Lawson parece ter tido a mesma mente poluída que você. Ele perguntou a Phipps sobre a natureza exata de sua relação com Cynthia, o que provocou um ataque de raiva em Phipps, que disse que ela era vinte anos mais nova do que ele e, ainda por cima, uma prima."

A essa altura, passou pela cabeça de Strike e Robin que eles eram separados por uma diferença de dez anos. Ambos reprimiram essa ideia espontânea e irrelevante.

— De acordo com Roy, a diferença de idade e o parentesco teriam constituído um impeditivo completo para a relação na cabeça de qualquer pessoa decente. Mas, como sabemos, ele conseguiu superar esses escrúpulos sete anos depois.

"Lawson também perguntou a Roy sobre o fato de que Margot tinha encontrado um ex-namorado para um drinque três semanas antes de ela morrer. Na pressa para isentar Roy, Talbot não prestou muita atenção ao relato de Oonagh Kennedy..."

— A amiga com quem Margot deveria se encontrar aqui? — perguntou Robin.

— Exatamente. Oonagh disse a Talbot e a Lawson que, quando Roy descobriu que Margot tinha ido tomar uma bebida com esse ex-namorado, ficou furioso e que ele e Margot não se falavam quando ela desapareceu.

"Segundo as anotações de Lawson, Roy não gostou que nada disso fosse levantado..."

— Não surpreende...

— ... e ficou muito agressivo. Porém, depois de falar com os médicos de Roy, Lawson se convenceu de que Roy teve de fato um episódio grave de sangramento depois de uma queda no estacionamento de um hospital e teria achado quase impossível dirigir a Clerkenwell naquela noite, que dirá matar ou raptar a esposa.

— Ele pode ter contratado alguém — sugeriu Robin.

— Verificaram as contas bancárias dele e não encontraram nenhum pagamento suspeito, mas isso evidentemente não significa que ele não tenha achado um jeito. Ele é hematologista, o que não falta a ele é cérebro.

Strike tomou outro gole da cerveja.

— Então, esse é o marido — disse ele, virando as quatro páginas do depoimento de Roy. — Agora vamos ao ex-namorado.

— Valha-me Deus — disse Robin, vendo outra fotografia da imprensa.

O cabelo ondulado e basto do homem passava dos ombros. Ele estava de pé, sem sorrir, com as mãos nos quadris estreitos, ao lado de uma pintura do que pareciam dois amantes se contorcendo. A camisa estava aberta quase até o umbigo e a calça jeans era apertada na virilha e extremamente larga no tornozelo.

— Achei que você ia gostar dessa — disse Strike, sorrindo da reação de Robin. — Ele é Paul Satchwell, um artista... mas não um artista muito pretensioso, pelo visto. Quando a imprensa chegou ao sujeito, ele desenhava o mural de uma boate. Ele é o ex de Margot.

— Ela acaba de perder pontos comigo — disse Robin em voz baixa.

— Não a julgue com tanta precipitação. Ela o conheceu quando era uma Coelhinha, então só tinha dezenove ou vinte anos. Ele era seis anos mais velho e talvez parecesse o máximo da sofisticação.

— Com uma camisa *dessas*?

— Essa é uma foto publicitária de sua exposição — disse Strike. — É o que diz na letra miúda. É possível que ele não mostrasse tanto pelo no peito na vida cotidiana. A imprensa ficou muito empolgada com a ideia do envolvimento de um ex e, vamos encarar a realidade, um cara com essa aparência foi uma dádiva para os tabloides.

Strike passou a outro exemplo das anotações caóticas de Talbot que, como a primeira, eram cobertas de estrelas de cinto pontas e tinham a mesma lista de datas, com rabiscos ao lado.

— Como você pode ver, Talbot não começava por alguma coisa tão banal como "onde você estava às quinze para as seis da noite do desaparecimento de Margot?" Ele vai direto às datas do Açougueiro de Essex, e quando Satchwell lhe diz que estava comemorando o aniversário de trinta anos de um amigo em 11 de setembro, quando Susan Meyer foi raptada, Talbot basicamente para de fazer perguntas. Mas de novo temos uma data sem relação com Creed circulada fortemente no final, ao lado de uma cruz gigantesca. Dessa vez é 16 de abril.

— Onde Satchwell morava quando Margot desapareceu?

— Em Camden — disse Strike, virando a página e revelando, de novo, o depoimento convencional datilografado. — Aí está, olha só, nesse depoimento a Lawson. Não fica muito longe de Clerkenwell.

"A Lawson, Satchwell explicou que depois de um intervalo de oito anos, ele e Margot se encontraram por acaso na rua e decidiram tomar uma bebida para colocar a vida em dia. Ele foi muito franco com Lawson a respeito disso, presumivelmente porque sabia que Oonagh ou Roy já teriam falado a respeito. Até contou a Lawson que queria reatar o caso com Margot, o que me parece meio útil *demais*, embora provavelmente tenha pretendido provar que ele não tinha nada a esconder. Disse que ele e Margot tiveram uma relação volátil por dois anos quando ela era muito mais nova e que, no fim, Margot terminou para sempre quando conheceu Roy.

"O álibi de Satchwell batia. Ele disse a Lawson que ficou sozinho em seu ateliê, que também fica em Camden, na maior parte da tarde do dia do desaparecimento de Margot, mas que deu um telefonema lá pelas cinco horas. Linhas fixas... muito mais difícil mexer nelas do que em celulares, quando você tenta armar um álibi. Satchwell comeu na cafeteria do bairro, onde era conhecido, às seis e meia, e testemunhas concordaram que o viram. Depois ele foi para casa trocar de roupa antes de se encontrar com alguns amigos em um bar por volta das oito horas. As pessoas com quem ele alega ter estado confirmaram tudo e, para Lawson, Satchwell estava limpo.

"O que nos leva ao terceiro e, devo dizer, mais promissor dos suspeitos... sempre excetuando Dennis Creed. Este", disse Strike, tirando o depoimento de Satchwell do alto de uma pilha de papéis que agora havia diminuído muito, "é Steve Douthwaite."

Se Roy Phipps teria sido a ideia de um poeta sensível para o diretor de elenco preguiçoso e Paul Satchwell a própria imagem de uma estrela do rock da década de 1970, Steve Douthwaite teria sido contratado sem hesitação para fazer o papel do descarado, do impertinente brincalhão, o petulante da classe trabalhadora. Tinha olhos escuros e pequenos, um sorriso contagiante e um mullet espetado que fazia Robin se lembrar dos jovens que apareciam em um antigo LP dos Bay City Rollers de que a mãe de Robin, para diversão dos filhos, ainda gostava. Douthwaite tinha numa das mãos uma cerveja, e o outro braço estava passado pelo ombro de um homem cujo rosto fora cortado da foto, mas cujo terno, como o de Douthwaite, parecia barato, era amarrotado e brilhante. Douthwaite tinha afrouxado o nó da gravata e aberto o primeiro botão da camisa, revelando uma corrente no pescoço.

Vendedor "Mulherengo" Procurado sobre Médica Desaparecida

A polícia está ansiosa para localizar o paradeiro do vendedor de vidro laminado Steve Douthwaite, que sumiu depois de um interrogatório de rotina sobre o desaparecimento da dra. Margot Bamborough, 29.

Douthwaite, 28, saiu sem deixar endereço depois de abandonar o emprego e seu apartamento na Percival Street, em Clerkenwell.

Um antigo paciente da médica desaparecida, Douthwaite levantou suspeitas na clínica devido a suas visitas frequentes para ver a bonita médica loura. Amigos do vendedor o descrevem como “fala mansa” e não acreditam que Douthwaite sofresse de algum problema de saúde. Acredita-se que Douthwaite tenha mandado presentes à dra. Bamborough.

Douthwaite, que foi criado em um lar adotivo, não faz contato com os amigos desde o dia 7 de fevereiro. Acredita-se que a polícia tenha dado uma busca na casa de Douthwaite desde que ele a desocupou.

Caso Trágico

“Ele criou muitos problemas por aqui, muito ressentimento”, disse uma colega de trabalho na Diamond Double Glazing, que pediu que seu nome não fosse revelado. “O verdadeiro insolente. Ele teve um caso com a mulher de outro cara. Ela acabou tomando uma overdose, deixou os filhos sem mãe. Ninguém lamentou quando Douthwaite foi embora, para ser sincera. Ficamos felizes por vê-lo pelas costas. Interessado demais em bebida e mulheres, e não levava o trabalho muito a sério.”

Médica Seria “Um Desafio”

Perguntado o que pensava sobre a relação de Douthwaite com a médica desaparecida, a colega de trabalho disse: “Steve só se interessa por perseguir mulheres. Ele acharia que uma médica era um desafio, pelo que sei dele.”

A polícia está ansiosa para falar novamente com Douthwaite e apela a todos os membros do público que saibam de seu paradeiro.

Quando Robin terminou de ler, Strike, que tinha acabado a primeira cerveja, disse:

— Quer outra bebida?

— Essa rodada eu pego — disse Robin.

Ela foi ao balcão, onde esperou abaixo de crânios e das falsas teias de aranha pendurados. O barman tinha pintado o rosto como o monstro de Frankenstein. Robin pediu as bebidas distraidamente, pensando no artigo sobre Douthwaite.

Quando voltou a Strike com uma nova cerveja, o vinho e dois pacotes de batata frita, disse:

— Sabe de uma coisa, esse artigo não é justo.

— Diga.

— As pessoas não contam necessariamente aos colegas de trabalho sobre seus problemas de saúde. Talvez Douthwaite *parecesse* bem para os colegas quando todos iam ao pub. Isso não quer dizer que não tivesse alguma coisa errada com ele. Ele podia ser mentalmente doente.

— Não é a primeira vez — disse Strike — que você acerta na mosca.

Ele procurou no pequeno número de artigos fotocopiados que restavam em sua pilha e pegou outro documento manuscrito, muito mais organizado do que o de Talbot, sem rabiscos e datas aleatórias. De algum modo Robin entendeu, antes que Strike tivesse dito uma palavra que fosse, que essa letra redonda e fluida pertencia a Margot Bamborough.

— Cópias dos registros médicos de Douthwaite — disse Strike. — A polícia tomou posse deles. "Dores de cabeça, perturbações gástricas, perda de peso, palpitações, náusea, pesadelos, dificuldade para dormir" — leu Strike. — A conclusão de Margot, na quarta consulta... está vendo aqui?... "dificuldades pessoais e relacionadas com o emprego, sob extrema tensão, exibe sinais de ansiedade".

— Bom, a amante casada dele tinha se matado — disse Robin. — Isso derruba qualquer um que não seja um psicopata, não é?

Charlotte passou como uma sombra pela cabeça de Strike.

— É, é de se pensar que sim. Também veja isso. Ele foi vítima de agressão pouco antes da primeira consulta com Margot. "Contusões, costela fraturada." Sinto cheiro de um marido furioso, de luto e traído.

— Mas o jornal faz parecer que ele assediava Margot.

— Bom — disse Strike, batendo nas anotações médicas fotocopiadas de Douthwaite —, tem muitas consultas aqui. Ele a procurou três dias em uma só semana. Ele está ansioso, sente-se culpado, impopular, provavelmente não esperava que sua pequena diversão terminasse na morte de uma mulher. Lá está uma médica bonita que não faz críticas, só tem a oferecer gentileza e apoio. Não creio que esteja além da possibilidade pensar que ele possa ter desenvolvido sentimentos por ela.

"E veja só isso", continuou Strike, virando os registros médicos para mostrar a Robin mais depoimentos datilografados. "Esses são de Dorothy e Gloria, e as duas disseram que Douthwaite saiu do consultório da última vez que viu Margot, parecendo... bom, essa é Dorothy", disse ele e leu em voz alta, "'*observei o sr. Douthwaite sair do consultório da dra. Bamborough e notei que ele dava a impressão de ter tido um choque. Achei que ele também parecia zangado e angustiado. Enquanto ele saía, tropeçou no caminhão de brinquedo de um garoto na sala de espera e soltou um palavrão. Ele parecia distraído, sem ter consciência do ambiente*'. E Gloria", disse Strike, virando a página, "diz: '*lembro-me do sr. Douthwaite saindo porque ele xingou um garotinho. Parecia que tinha acabado de receber uma notícia ruim. Para mim, ele parecia assustado e zangado*'.

"Agora, as anotações de Margot da última consulta de Douthwaite não falam nada além dos mesmos antigos sintomas relacionados com estresse", prosseguiu Strike, voltando aos registros médicos, "assim, ela sem dúvida não deu a ele o diagnóstico de algo letal. Lawson especulou que ela talvez tenha sentido que ele ficava muito apegado e disse que ele precisava parar de tomar um tempo valioso que podia ser dedicado a outros pacientes, o que Douthwaite não gostou de ouvir. Talvez ele tenha se convencido de que seus sentimentos eram correspondidos. Todas as evidências sugerem que na época seu estado mental era frágil.

"De qualquer forma, quatro dias depois da última consulta de Douthwaite, Margot desaparece. Sabendo pela clínica que havia um paciente que parecia gostar demais dela, Talbot o chamou para interrogatório. Aqui está."

Mais uma vez, Strike pegou uns garranchos tomados de estrelas em meio às páginas datilografadas.

— Como sempre, Talbot começa o interrogatório correndo a lista de datas de Creed. O problema é que Douthwaite parece não se lembrar do que fazia em nenhuma delas.

— Se ele já estava doente de estresse... — começou Robin.

— Bom, exatamente — disse Strike. — Ser interrogado por um policial que pensa que você pode ser o Açougueiro de Essex não deve fazer bem à sua ansiedade, não é?

"E veja só isso, de novo Talbot acrescenta uma data aleatória: 21 de fevereiro. Mas ele também faz outra coisa. Consegue entender isso aqui?"

Robin pegou a folha de papel da mão de Strike e examinou as últimas três linhas de escrita.

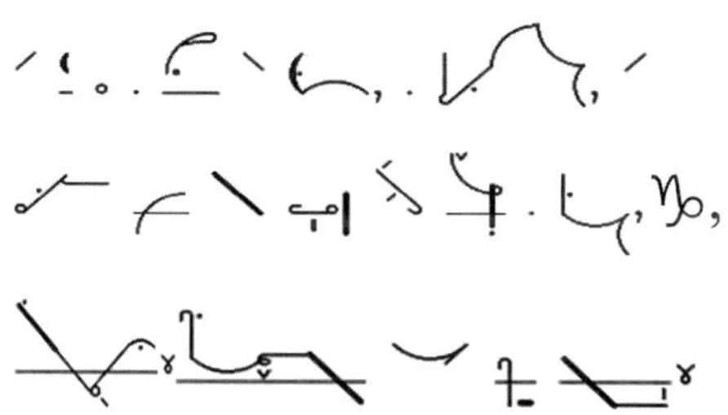

— Taquigrafia de Pitman — disse Robin.

— Consegue entender?

— Não. Conheço um pouco de Teeline; nunca aprendi Pitman. Mas Pat pode entender.

— Está me dizendo que ela pode ser útil pela primeira vez na vida?

— Ah, sem essa, Strike — disse Robin, irritada. — Você quer voltar às temporárias, tudo bem, mas eu gosto de receber os recados com exatidão e saber que o arquivo está atualizado.

Ela tirou uma foto com seu celular e mandou por mensagem a Pat, junto com o pedido de tradução. Strike, enquanto isso, refletia que Robin nunca o havia chamado de "Strike" quando estava irritada. Perversamente, parecia mais íntimo do que o uso de seu nome de batismo. Ele gostou muito.

— Desculpe-me por contestar Pat — disse ele.

— Eu só disse para você parar com isso — disse Robin, sem conseguir reprimir um sorriso. — O que Lawson conseguiu de Douthwaite?

— Bom, não é de surpreender que, quando ele tenha tentado interrogá-lo e descobriu que o homem tinha abandonado o apartamento e o emprego sem deixar nenhum endereço de mudança,

Lawson passou a ficar muito interessado nele. Daí a dica aos jornais. Eles tentavam desentocá-lo.

— E deu certo? — perguntou Robin, agora comendo a batata frita.

— Deu. Douthwaite apareceu em uma central de polícia em Waltham Forest no dia seguinte à publicação do artigo "Mulherengo", provavelmente morto de medo de logo ter a Fleet Street e a Scotland Yard batendo na sua porta. Disse à polícia que estava desempregado e morava em uma quitinete. A polícia local telefonou para Lawson, que foi direto para lá e o interrogou.

"Tem um relato completo aqui", disse Strike, empurrando algumas das últimas páginas do rolo que tinha levado para Robin. "Tudo escrito por Lawson: 'parece assustado'... 'evasivo'... 'nervoso'... 'transpirando'... e o álibi não é bom. Douthwaite diz que na tarde do desaparecimento de Margot ele estava na rua, procurando um novo apartamento."

— Ele alega já estar procurando uma casa nova quando ela desapareceu?

— Que coincidência, né? Só que depois de um interrogatório mais firme, ele não soube dizer que apartamentos tinha visto e não conseguiu soltar o nome de alguém que se lembrasse de tê-lo visto. No fim, ele disse que a procura por apartamentos tinha envolvido ficar sentado em uma cafeteria do bairro, circulando anúncios no jornal. O problema era que ninguém na cafeteria se lembra dele ali.

"Ele disse que se mudou para Waltham Forest porque tinha associações ruins com Clerkenwell, depois de ser interrogado por Talbot, fazendo parecer que ele estava sob suspeita e que, de qualquer forma, as coisas não andavam boas para ele no trabalho desde seu caso com a esposa suicida do colega."

— Bom, isso é bastante crível — disse Robin.

— Lawson o interrogou mais duas vezes, mas não conseguiu mais nada dele. Douthwaite estava acompanhado de um advogado no terceiro interrogatório. A essa altura, Lawson recuou. Afinal, eles não tinham nada contra Douthwaite, mesmo que ele fosse a pessoa mais suspeita que tenham interrogado. E era... por pouco, mas era... crível que o motivo para ninguém ter notado a presença dele na cafeteria fosse o movimento intenso do lugar.

Um grupo de bebedores com fantasia de Halloween agora entrou no pub, rindo e claramente já cheio de álcool. Robin notou Strike lançando uma olhada automática para uma jovem loura com uniforme de vinil de enfermeira.

— E então — disse ela —, isso é tudo?

— Quase — disse Strike —, mas estou tentado a não te mostrar isso.

— E por que não?

— Porque acho que vai alimentar sua obsessão por lugares sagrados.

— Eu não sou...

— Tudo bem, mas antes que você veja, lembre-se de que os malucos sempre são atraídos por casos de assassinato e pessoas desaparecidas, está bem?

— Tudo bem — disse Robin. — Me mostre.

Strike virou a folha de papel. Era uma fotocópia do tipo mais rudimentar de bilhete anônimo, com letras recortadas de revistas.

Se QuISer SaBer OnDE eStá ENTeRRadA
MArGoT BamBORoUGH, CaVE AqUI
✠

— Outra cruz de São João — disse Robin.

— É. Isso chegou à Scotland Yard em 1985, endereçado a Lawson, que havia se aposentado. Não havia mais nada no envelope.

Robin suspirou e se recostou na cadeira.

— Um maluco, é evidente — disse Strike, agora batendo em uma pilha seus artigos e depoimentos fotocopiados e os enrolando de novo. — Se você realmente soubesse onde estava enterrado o corpo, teria incluído a porcaria de um mapa.

Agora eram quase seis horas, perto da hora em que uma médica tinha saído de seu consultório e nunca mais fora vista. As janelas foscas do pub eram de um azul-escuro. No balcão, a loura de uniforme de vinil ria de algo dito a ela por um homem vestido de Coringa.

— Sabe de uma coisa — disse Robin, olhando a pilha de papéis ao lado da cerveja de Strike —, ela estava atrasada... chovia muito...

— Continue — disse Strike, perguntando-se se ela estava prestes a dizer exatamente o que ele pensava.

— A amiga esperava aqui, sozinha. Margot está atrasada. Ela teria desejado chegar aqui o mais rápido possível. A explicação mais simples e mais plausível em que consigo pensar é que alguém tenha lhe oferecido uma carona. Um carro encostou...

— Ou um furgão — disse Strike. De fato, Robin tinha chegado à mesma conclusão dele. — Alguém que ela conhecia...

— Ou alguém que parecia seguro. Um idoso...

— Ou que ela pensa ser uma mulher.

— Exatamente — disse Robin.

Ela virou uma expressão triste para Strike.

— Então, pronto. Ou ela conhecia quem dirigia, ou o estranho parecia seguro.

— E quem se lembraria disso? — disse Strike. — Ela vestia um sobretudo comum, levava um guarda-chuva. O veículo para. Ela se curva junto da janela, depois entra. Sem brigas. Sem conflitos. O carro arranca.

— E só o motorista saberia o que aconteceu depois — disse Robin.

O celular dela tocou: era Pat Chauncey.

— Ela sempre faz isso — disse Strike. — Mande uma mensagem de texto e ela não responde por mensagem, ela telefona...

— Isso importa? — disse Robin, exasperada, e atendeu.

— Oi, Pat. Desculpe incomodar você fora do horário de trabalho. Recebeu minha mensagem?

— Recebi — grasnou Pat. — Onde encontrou isso?

— É de antigas anotações policiais. Consegue traduzir?

— Consigo — disse Pat —, mas isso não faz muito sentido.

— Espere um pouco, Pat, quero que Cormoran escute essa — disse Robin, e passou para o viva voz.

— Pronta? — Veio a voz áspera de Pat.

— Sim — disse Robin. Strike pegou uma caneta e abriu o rolo de papel para escrever no lado em branco.

— Diz aqui: "*E esse é o último deles, vírgula, o décimo segundo, vírgula, e o círculo se fechará com a descoberta do décimo, vírgula*"... E tem uma palavra que não consigo entender, não acho que seja bem Pitman... E depois disso outra palavra, que foneticamente diz Ba... fom... et, ponto. Depois uma frase nova: "*Transcrito no verdadeiro livro.*"

— Bafomet — repetiu Strike.

— Isso — disse Pat.

— É um nome — disse Strike. — Bafomet é uma deidade do ocultismo.

— Bom, é o que está dizendo aqui — disse Pat, categórica.

Robin agradeceu a ela e desligou.

— *E esse é o último deles, o décimo segundo, e o círculo se fechará com a descoberta do décimo...* depois uma palavra desconhecida... *Bafomet. Transcrito no verdadeiro livro* — Strike leu.

— Como você sabe sobre Bafomet? — perguntou Robin.

— Whittaker era interessado por essas merdas.

— Ah – disse Robin.

Whittaker foi o último dos amantes da mãe de Strike, o homem que Strike acreditava ter dado a overdose que acabou por matá-la.

— Ele tinha um exemplar da *Bíblia Satânica* — disse Strike. — Tinha uma imagem da cabeça de Bafomet em um penta... merda — disse ele, folheando as páginas soltas até encontrar aquela em que Talbot tinha rabiscado muitas estrelas de cinco pontas. Ele franziu o cenho para o papel por um momento, depois olhou para Robin.

— Acho que isso não são estrelas. São pentagramas.

PARTE TRÊS

... O inverno, vestido todo em gelo...

Edmund Spenser
A Rainha das Fadas

15

Onde velhas mossas de antigas feridas apareciam...

Edmund Spenser
A Rainha das Fadas

Na segunda semana de novembro, a quimioterapia de Joan provocou uma queda perigosa em sua contagem de glóbulos brancos, e ela foi internada no hospital. Strike deixou Robin encarregada da agência, Lucy deixou os três filhos aos cuidados do marido, e ambos voltaram às pressas à Cornualha.

A nova ausência de Strike coincidiu com a reunião mensal da equipe que Robin, pela primeira vez, liderou sozinha, a investigadora mais nova e indiscutivelmente menos experiente da agência e a única mulher.

Robin não sabia se era sua imaginação, mas pensou que Hutchins e Morris, os dois ex-policiais, foram um pouco mais divergentes a respeito do rodízio do mês seguinte e sobre a linha que deveriam tomar com o Manhoso do que teriam feito se Strike estivesse presente. Era opinião de Robin que a secretária do Manhoso, que agora bebia vinho e jantava extensamente à custa da agência sem revelar nada sobre a influência que o chefe poderia ter com o CEO, devia ser abandonada como possível fonte. Ela havia decidido que Morris a veria pela última vez para encerrar as coisas, sem despertar nenhuma suspeita sobre o que ele procurava, e depois disso Robin achava que era hora de tentar se infiltrar no círculo social do Manhoso com o objetivo de obter informações diretamente do homem que investigavam. Barclay foi o único terceirizado que concordou com Robin e a apoiou quando ela insistiu que Morris teria de deixar em paz a secretária do Manhoso. E fazia sentido: Robin estava ciente de que criou-se um vínculo entre ela e Barclay após os dois cavarem juntos em busca de um cadáver.

Mais tarde, Robin estava sentada com as pernas para cima no sofá do apartamento na Finborough Road, agora de pijama e roupão, trabalhando no laptop, mas a lembrança da reunião da equipe ainda a incomodava. Wolfgang, o dachshund, estava encostado junto de seus pés descalços, mantendo-os aquecidos.

Max tinha saído. De súbito, ele anunciou no fim de semana anterior que temia correr o risco de passar de "introvertido" para "recluso", e aceitara um convite para jantar com uns amigos atores, embora revelasse, em suas palavras, certa amargura ao partir: "Todos eles estarão com pena de mim, mas acho que vão gostar disso." Robin tinha levado Wolfgang para um curto passeio pelo quarteirão às 11 horas, mas, tirando isso, passou a noite no caso Bamborough, para o qual não tinha tempo enquanto Strike estava em St. Mawes, porque os outros quatro casos nas contas da agência absorviam todo o horário de trabalho.

Robin não saía desde os drinques de aniversário com Ilsa e Vanessa, que não foram tão agradáveis como esperado. A conversa girou inteiramente em torno de relacionamentos, porque Vanessa chegara com uma aliança de noivado nova em folha no dedo. Desde então, Robin vinha usando a pressão do trabalho durante a ausência de Strike para não sair à noite com qualquer uma das duas amigas. Era difícil esquecer o que disse sua prima Katie, *parece que você viaja numa direção diferente do resto de nós*, mas a verdade era que Robin não queria ficar em pé em um bar enquanto Ilsa e Vanessa a estimulavam a responder aos avanços de um homem intrometido parecido com Morris, de tagarelice fácil e piadas ruins.

Ela e Strike dividiram as pessoas que queriam localizar e voltar a entrevistar no caso Bamborough. Infelizmente, Robin agora sabia que pelo menos quatro dos destinados a ela tinham falecido e não poderiam ser entrevistados.

Depois de cotejar criteriosamente antigos registros, Robin conseguiu identificar Willy Lomax, que tinha sido o ajudante de longa data da igreja de St. James, em Clerkenwell. Ele morrera em 1989, e até agora Robin não encontrara sequer um parente dele.

Albert Shimmings, o floricultor e possível motorista do furgão em alta velocidade visto na noite do desaparecimento de Margot, também tinha falecido, mas Robin mandou um e-mail a dois homens que acreditava serem os filhos dele. Ela sinceramente torcia para tê-los identificado corretamente, caso contrário um corretor de seguros e um instrutor de direção estavam prestes a receber mensagens verdadeiramente misteriosas. Nenhum dos dois tinha respondido a seu pedido para conversar com eles.

Wilma Bayliss, a antiga faxineira da clínica, morreu em 2003. Mãe de dois meninos e três meninas, ela se divorciou de Jules Bayliss em 1975. Na época de seu falecimento, Wilma não era faxineira, mas assistente social, e criou uma família realizada nas áreas de arquitetura, paramedicina, magistério, assistência social e no Conselho Trabalhista. Um dos filhos agora morava na Alemanha, mas Robin ainda assim o incluiu nos e-mails e mensagens que mandou a todos os cinco irmãos. Até agora, não tinha recebido nenhuma resposta.

Dorothy Oakden, a secretária da clínica, tinha 91 anos quando morreu em uma casa de repouso em North London. Robin ainda não conseguira localizar Carl, seu filho único.

Enquanto isso, o ex-namorado de Margot, Paul Satchwell, e a recepcionista, Gloria Conti, mostravam-se estranha e similarmente esquivos. No início, Robin ficou aliviada quando não conseguiu encontrar uma certidão de óbito para nenhum dos dois, mas depois de passar um pente fino por listas telefônicas, registros de recenseamento, julgamentos no condado, certidões de casamento e de divórcio, arquivos da imprensa, redes sociais e listas de funcionários de empresa, não conseguiu nada. As únicas explicações possíveis em que Robin conseguia pensar eram mudanças de nome (no caso de Gloria, possivelmente por casamento) e emigração.

Quanto a Mandy White, a estudante que alegou ter visto Margot em uma janela molhada de chuva, eram tantas as Amandas Whites com aproximadamente a mesma idade a serem encontradas na internet que Robin começava a se desesperar, com medo de não localizar a certa. Robin achava essa linha de investigação particularmente frustrante, primeiro porque havia uma boa possibilidade de que "White" não fosse mais o sobrenome de Mandy e, em segundo lugar, porque, como a polícia antes dela, Robin achava altamente improvável que Mandy tivesse de fato visto Margot na janela naquela noite.

Depois de examinar e descartar as contas no Facebook de outras seis Amandas Whites, Robin bocejou, espreguiçou-se e decidiu que merecia um intervalo. Colocando o laptop em uma mesa lateral, tirou as pernas com cuidado do sofá para não perturbar Wolfgang e atravessou a área ampla que combinava cozinha, sala de jantar e sala de estar, para preparar um chocolate quente hipocalórico que ela tentava convencer a si mesma ser uma guloseima, porque ainda tentava, no meio desse longo período sedentário de vigilância, controlar a cintura.

Enquanto mexia o pó nada apetitoso na água fervente, um sopro de tuberosa se misturou com o cheiro de caramelo sintético. Apesar de ela ter tomado banho, Fracas ainda perdurava no cabelo e no pijama. Esse perfume, ela por fim concluiu, tinha sido um erro dispendioso. Viver em uma densa nuvem de tuberosa fazia com que ela se sentisse não só eternamente à beira de uma dor de cabeça, mas também com a impressão de ter usado peles e pérolas em plena luz do dia.

O celular de Robin, que estava no sofá ao lado de Wolfgang, tocou enquanto ela pegava o laptop de novo. Acordando sobressaltado, o ressentido Wolfgang se levantou nas pernas artríticas. Robin o colocou em segurança antes de pegar o telefone e ver, para sua decepção, que não era Strike, mas Morris.

— Oi, Saul.

Desde o beijo de aniversário, Robin vinha tentando ressaltar o lado exclusivamente profissional na relação com Morris.

— E aí, Robs. Você disse para ligar se eu tivesse alguma coisa, mesmo que fosse tarde.

— Sim, é claro. — *Mas eu nunca disse para você me chamar de "Robs"*. — O que aconteceu? — perguntou Robin, procurando uma caneta.

— Estive com Gemma bêbada esta noite. Sabe quem é, a secretária do Manhoso. Embriagada, confessou achar que o Manhoso tem alguma coisa com o chefe dele.

Bom, isso não é nenhuma novidade, pensou Robin, abandonando a busca infrutífera por um instrumento de escrita.

— O que a faz pensar isso?

— Aparentemente, ele disse a ela coisas como, "ah, ele sempre vai atender a *meus* telefonemas, não se preocupe" e "sei onde estão enterrados todos os cadáveres".

A imagem de uma cruz de São João passou rapidamente pela cabeça de Robin e foi descartada.

— Como piada — acrescentou Morris. — Ele disse isso como piada, mas deu o que pensar a Gemma.

— Mas ela não sabe de nenhum detalhe?

— Não, mas escute, é sério, me dê um pouco mais de tempo e acredito que vou conseguir convencê-la a usar um grampo para nós. Não é para me gabar... para começar, você não entende... não, é sério — disse ele, embora Robin não tenha rido —, eu amaciei a garota. Só me dê mais um tempinho...

— Me desculpe, Saul, mas já falamos nisso na reunião — Robin lembrou a Morris, reprimindo um bocejo, o que fez seus olhos lacrimejarem. — O cliente não quer que contemos a nenhum dos funcionários que estamos investigando isso, então não podemos dizer a ela quem você é. Pressioná-la a investigar o próprio chefe é pedir para arriscar o emprego. Também há o risco de estragar todo o caso, se ela decidir contar a ele o que está acontecendo.

— Mas, eu repito, não é para me gabar...

— Saul, uma coisa é ela fazer confidências a você quando está bêbada — disse Robin (por que ele não ouvia? Eles falaram nisso interminavelmente na reunião da equipe). — Outra é pedir a uma garota sem nenhum treinamento investigativo para trabalhar para nós.

— Ela está caidinha por mim, Robin — disse Morris com franqueza. — Seria loucura não usar a garota.

De repente Robin se perguntou se Morris tinha ido para a cama com essa mulher. Strike deixou muito claro que isso não deveria acontecer. Ela arriou no sofá. Seu exemplar de *O demônio de Paradise Park* estava quente, ela notou, do dachshund deitado nele. O desalojado Wolfgang agora olhava para Robin de sob a mesa da sala de jantar, com os olhos tristes e reprovadores de um velho.

— Saul, sinceramente acho que está na hora de Hutchins assumir, para ver o que ele pode fazer com o próprio Manhoso — disse Robin.

— Tudo bem, mas antes de tomarmos essa decisão, me deixa ligar para Strike e...

— Você não vai ligar para Strike — disse Robin, perdendo a paciência. — A tia dele... ele já tem muitos problemas na Cornualha.

— Você é um amor de pessoa — disse Morris com uma risadinha —, mas eu lhe garanto que Strike vai querer tomar a decisão nesse...

— Ele me deixou no comando — disse Robin, agora a raiva aumentava —, e eu estou dizendo que você chegou ao máximo que podia com essa garota. Ela não sabe de nada útil, e tentar pressioná-la ainda mais pode sair pela culatra nesta agência. Estou lhe pedindo para desistir agora, por favor. Você pode assumir o caso do Cartão-Postal amanhã à noite, e direi a Andy para passar a trabalhar no Manhoso.

Houve uma pausa.

— Eu aborreci você, não foi? — perguntou Morris.

— Não, você não me aborreceu — respondeu Robin. Afinal, "aborrecer" não era exatamente o mesmo que "enfurecer".

— Eu não queria...

— E não fez, Saul, só estou lembrando a você do que foi combinado na reunião.

— Tudo bem — disse ele. — Tá legal. Olha... escute. Já ouviu a do chefe que contou à secretária que a empresa estava com problemas?

— Não — disse Robin entre os dentes.

— Ele disse: "Terei de dispensar você ou Jack ." Ela respondeu: "Bom, terá de ser o Jack, porque eu estou com dor de cabeça."

— Ha-ha — disse Robin. — Boa noite, Saul.

Por que eu disse "ha-ha"?, ela se perguntou furiosamente, ao baixar o celular. *Por que eu não disse simplesmente, "pare de me contar piadas sem graça?" Ou que não dissesse nada! E por que eu disse "desculpe" quando lhe pedi para fazer o que todos nós combinamos na reunião? Por que estou mimando o sujeito?*

Ela pensou em todas aquelas vezes em que fingiu com Matthew. Fingir orgasmo não era nada comparado com fingir achá-lo engraçado e interessante durante todas aquelas histórias requentadas de piadas de clube de rúgbi, todos os casos contados que pretendiam mostrá-lo como o mais inteligente ou o mais engraçado do pedaço. *Por que fazemos isso?*, ela perguntou a si mesma, pegando *O demônio de Paradise Park*, sem pensar no que fazia. *Por que nos esforçamos tanto para manter a paz, para mantê-los felizes?*

Porque, sugeriram as sete faces em preto e branco e fantasmagóricas atrás da cara de Dennis Creed, *eles podem se tornar sórdidos, Robin. Você sabe o quanto eles podem se tornar sórdidos, com sua cicatriz no braço e sua lembrança daquela máscara de gorila.*

No entanto, Robin sabia que não era por isso que ela fazia a vontade de Morris; não mesmo. Ela não esperava que ele ficasse abusivo ou violento se ela se recusasse a rir de suas piadas idiotas. Não, isso era outra coisa. A única menina em uma família de meninos, Robin foi criada, ela sabia, para fazer todos felizes, apesar de sua própria mãe ter sido muito feminista. Ninguém pretendia fazer isso, mas ela percebeu, durante a terapia pela qual passou depois do ataque que deixou seu braço marcado para sempre, que seu papel familiar tinha sido o da "criança tranquila", aquela que não reclamava, a conciliadora. Ela nasceu só um ano antes de Martin, que foi a "criança problema" dos Ellacott: o mais dispersivo e impetuoso, o menos estudioso e consciencioso, o filho que ainda morava na casa dos pais aos 28 anos e o irmão com quem Robin tinha menos em comum. (Embora Martin tivesse esmurrado o nariz de Matthew no dia de seu casamento, e da última vez em que ela esteve em casa, viu-se abraçando o irmão quando ele se ofereceu para repetir o gesto, ao saber como Matthew estava dificultando o divórcio.)

Salpicos gelados de chuva pontilhavam a janela atrás da mesa de jantar. Wolfgang dormia profundamente de novo. Robin não conseguia encarar a verificação das contas nas redes sociais de mais cinquenta Amandas Whites essa noite. Ela pegou *O demônio de Paradise Park*, mas hesitou. Criou uma regra para si mesma (porque foi uma longa e difícil jornada para chegar aonde estava e não queria perder o bom estado de sua saúde mental atual), não ler esse livro depois do anoitecer ou pouco antes de dormir. Afinal, as informações nele contidas podiam ser encontradas resumidas na internet: não havia necessidade de ouvir nas próprias palavras dele o que Creed fez com cada uma das mulheres que torturou e matou.

No entanto, ela pegou seu chocolate quente, abriu o livro na página que havia marcado com o recibo do supermercado Tesco e começou a ler onde havia parado três dias antes.

> Convencido de que Bamborough tinha caído vítima do assassino serial agora apelidado de Açougueiro de Essex, Talbot fez inimigos

entre os colegas devido ao que eles sentiam que era seu foco obsessivo em uma única teoria.

"Chamaram de aposentadoria precoce", disse um colega, "mas basicamente era uma dispensa. Disseram que ele não estava interessado em nada além do Açougueiro, mas aqui estamos nós, nove anos depois, e ninguém encontrou uma explicação melhor, não é verdade?"

A família de Margot Bamborough não conseguiu identificar com certeza nenhuma das joias e roupas íntimas não reclamadas que foram encontradas no apartamento de porão de Creed quando ele foi preso em 1976, embora o marido de Bamborough, o dr. Roy Phipps, pensasse que um medalhão de prata escurecida que tinha sido esmagado, possivelmente por força bruta, tivesse alguma semelhança com o que o médico acreditava que ela estivesse usando quando desapareceu.

Porém, um relato recentemente publicado da vida de Bamborough, *O que aconteceu com Margot Bamborough?*,[4] escrito pelo filho de um amigo íntimo do médico, contém revelações sobre a vida particular do médico que sugere uma nova linha de investigação — e uma possível ligação com Creed. Pouco antes de seu desaparecimento, Margot Bamborough marcou hora na Maternidade Bride Street, em Islington, uma instalação particular que em 1974 fazia abortos discretos.

16

Considera o homem e diz-me, Britomart,
Se já viste criatura mais apreciável;
Tal qual um gigante em cada varonil parte
Comporta-se ele com portentosa majestade...

Edmund Spenser
A Rainha das Fadas

Quatro dias depois, às cinco e quinze da manhã, o trem leito Night Riviera parava na estação de Paddington. Strike, que tinha dormido mal, passara longos períodos da noite olhando o borrão cinzento e espectral da chamada Riviera inglesa passar pela janela de sua cabine. Tendo dormido em cima das cobertas, com a prótese ainda presa ao corpo, ele rejeitou o café da manhã servido em sua bandeja de plástico e estava entre os primeiros passageiros a desembarcar na estação, com a mochila no ombro.

Havia um pouco de geada no ar do início da manhã, e a respiração de Strike se elevava em uma nuvem diante dele ao andar pela plataforma, os arcos de aço de Brunel curvos no alto como as costelas do esqueleto de uma baleia azul, o céu escuro e frio visível através do teto de vidro. De barba por fazer e um tanto desconfortável no coto que tinha sentido falta da aplicação habitual e noturna de creme suavizante, Strike foi para um banco, sentou-se, acendeu o cigarro muito necessário, pegou o celular e ligou para Robin.

Ele sabia que ela estaria acordada, porque ela havia passado a noite estacionada com o BMW de Strike na frente da casa do homem do tempo, vigiando o Cartão-Postal. Eles se comunicaram principalmente por mensagem de texto enquanto ele esteve na Cornualha, dividindo seu tempo entre o hospital em Truro e a casa em St. Mawes, revezando-se com Lucy para se sentar ao lado de Joan, cujo cabelo agora caía e cujo sistema imunológico parecia ter entrado em colapso sob o peso da quimioterapia, e cuidar de Ted, que mal estava comendo. Antes de voltar a Londres, Strike preparara uma grande porção de curry, que congelou e deixou no freezer, junto com tortas de carne de cordeiro preparadas por Lucy. Quando levou o cigarro à boca, ainda sentia o vestígio de cominho nos dedos e, se ele se concentrasse, podia conjurar o cheiro mortal do desinfetante hospitalar por baixo de um traço de urina, em vez de ferro frio, óleo diesel e o eflúvio distante de café de uma Starbucks próxima.

— Oi — disse Robin, e, ao ouvir sua voz, Strike sentiu, como sabia que seria, um leve afrouxamento do nó de tensão que tinha no estômago. — O que aconteceu?

— Nada — disse ele, um tanto surpreso, antes de se lembrar de que eram cinco e meia da manhã. — Ah... sim, desculpe, esta não é uma ligação de emergência, acabo de sair do trem leito. Imaginei se você queria tomar o café da manhã antes de ir para casa dormir.

— Ah, seria maravilhoso — disse Robin, com um prazer tão autêntico que Strike se sentiu um pouco menos cansado —, porque tenho novidades sobre Bamborough.

— Ótimo — disse Strike —, eu também tenho. Será bom dar uma atualizada.

— Como está Joan?

— Não está bem. Deram alta a ela ontem. Designaram a ela uma enfermeira oncológica. Ted está bem deprimido. Lucy ainda está lá.

— Você podia ter ficado — disse Robin. — Podemos nos virar.

— Está tudo bem — disse ele, estreitando os olhos contra a própria fumaça. Uma nesga do sol de inverno irrompeu por uma brecha nas nuvens e iluminou guimbas de cigarro no piso frio. — Eu disse a eles que voltarei no Natal. Onde quer se encontrar comigo?

— Bom, eu pretendia ir à National Portrait Gallery antes de ir para casa, então...

— Você ia o quê? — perguntou Strike.

— Pretendia ir à National Portrait Gallery. Vou explicar quando me encontrar com você. Podemos nos encontrar em algum lugar perto de lá?

— Posso ir a qualquer lugar — disse Strike —, estou perto do metrô. Vou para aquele lado e quem encontrar uma cafeteria primeiro pode mandar uma mensagem para o outro.

Quarenta e cinco minutos depois, Robin entrava na cafeteria Notes, que fica na St. Martin's Lane, e já estava lotada, embora fosse muito cedo. Mesas de madeira, algumas grandes como aquela da cozinha da casa de seus pais em Yorkshire, estavam lotadas de jovens com laptops e executivos tomando o café da manhã antes do trabalho. Enquanto ela entrava na fila do balcão comprido, tentou ignorar os vários produtos de confeitaria espalhados ao longo dele: tinha levado dois sanduíches para a vigilância durante a noite da casa do homem do tempo e estes, Robin disse a si mesma severamente, deviam bastar.

Depois de pedir um cappuccino, Robin foi para o fundo da cafeteria, onde Strike estava sentado lendo *The Times* sob um lustre de ferro que parecia uma aranha grande. Nos seis dias que se passaram, Robin parece ter se esquecido de como ele era grande. Recurvado sobre o jornal, ele a lembrava um urso negro, a densa barba por fazer, devorando uma ciabatta com ovos e bacon, e Robin sentiu uma onda de afeição simplesmente pela aparência dele. Ou talvez, pensou ela, estivesse apenas reagindo aos homens barbeados, magros e de uma beleza convencional que, como os perfumes de tuberosa, pareciam atraentes até que a exposição prolongada lhe dava vontade de fugir.

— Oi — disse ela, deslizando para a cadeira de frente para ele.

Strike levantou a cabeça e, naquele momento, o cabelo comprido e brilhante e a aura de saúde de Robin agiram sobre ele como um antídoto ao bafo de decadência clínica em que ele passara os últimos cinco dias.

— Você não parece tão arrasada por ter ficado acordada a noite toda.

— Vou tomar isso como um elogio e não uma acusação — disse Robin, de sobrancelhas erguidas. — Eu *passei* a noite toda acordada e o Cartão-Postal ainda não se mostrou... seja ele ou ela... mas chegou outro cartão ontem, endereçado ao estúdio de televisão. Dizia que o Cartão-Postal adorou como ele sorriu no final da previsão do tempo de terça-feira.

Strike resmungou.

Robin disse:

— Quer falar primeiro de Bamborough, ou falo eu?

— Você primeiro — disse Strike, ainda mastigando —, estou morto de fome.

— Tudo bem — disse Robin. — Bom, tenho boas e más notícias. A má notícia é que quase todo mundo que tentei localizar morreu e o resto talvez também esteja morto.

Ela informou a Strike sobre o falecimento de Willy Lomax, Albert Shimmings, Wilma Bayliss e Dorothy Oakden, e sobre as medidas que havia tomado, até agora, para entrar em contato com os parentes.

— Ninguém retornou, exceto um dos filhos de Shimmings, que parece ter medo de que sejamos jornalistas tentando imputar o desaparecimento de Margot ao pai dele. Respondi com um e-mail tranquilizador. Espero que dê certo.

Strike, que tinha interrompido a demolição constante do pão para beber meia xícara de chá, disse:

— Tive problemas parecidos. Será quase impossível verificar aquele avistamento de "duas mulheres brigando perto das cabines telefônicas". Ruby Elliot, que viu as duas, e a mãe e a filha Fleury, que quase certamente *eram* aquelas mulheres, também morreram. Mas as duas têm descendentes vivos, então disparei algumas mensagens. Até agora, só uma pessoa respondeu, um neto de Fleury que não sabe de que raios estou falando. E o dr. Brenner parece não ter um único parente vivo que eu possa procurar. Não se casou, não teve filhos e tinha uma irmã, que morreu e não se casou também.

— Sabe quantas mulheres existem por aí chamadas Amanda White? — Robin suspirou.

— Posso imaginar. — Strike deu outra grande dentada no pão. — Por isso deixei Amanda por sua conta.

— Você...?

— É brincadeira — disse ele, sorrindo com malícia da expressão de Robin. — E Paul Satchwell e Gloria Conti?

— Bom, se eles morreram, não foi no Reino Unido. Mas tem uma coisa muito estranha: não consigo encontrar uma menção que seja de nenhum dos dois depois de 1975.

— Que coincidência — disse Strike, erguendo as sobrancelhas. — Douthwaite, das dores de cabeça por estresse e da amante morta, também desapareceu. Ou foi para o exterior ou trocou de identidade. Não consigo encontrar nenhum endereço dele depois de 1976, e também nenhum atestado de óbito. Mas olha, no lugar dele, eu também teria mudado de nome. As matérias na imprensa sobre ele não foram boas, foram? Uma porcaria no trabalho, dormindo com a mulher de colegas, mandando flores a uma mulher que depois desaparece...

— Não sabemos se eram flores — disse Robin para a xícara de café. *Existem outros tipos de presentes, Strike.*

— Chocolates, então. Dá no mesmo. É mais difícil entender por que Satchwell e Conti saíram do radar — disse Strike, coçando o queixo com a barba por fazer. — O interesse da imprensa por eles morreu muito rápido. E você teria encontrado Conti na internet, se fosse um simples caso de nome de casada. Não podem existir tantas "Glorias Contis" como existem Amandas Whites.

— Estive pensando se ela teria ido morar na Itália — comentou Robin. — O nome de batismo do pai dela era Ricardo. Ela pode ter parentes por lá. Mandei algumas perguntas pelo Facebook a alguns Conti, mas as únicas pessoas que responderam até agora não conhecem uma Gloria. Estou fingindo que faço pesquisa genealógica, porque tenho medo de que ela não responda se eu falar direto em Margot.

— Acho que você deve ter razão. — Strike colocou mais açúcar no chá. — É, a Itália é uma boa ideia. Ela era jovem, talvez quisesse mudar de cenário. Mas o desaparecimento de Satchwell é estranho. Aquela foto não sugeria um homem tímido. É de se pensar que ele teria aparecido em algum lugar a essa altura, fazendo propaganda de suas pinturas.

— Verifiquei exposições de arte, leilões, galerias. Parece mesmo que ele se desmaterializou.

— Bom, eu fiz *algum* progresso — disse Strike, engolindo a última porção do pão e pegando o bloco. — É surpreendente quanto trabalho você consegue fazer sentado em um hospital. Descobri quatro testemunhas vivas, e uma delas já concordou em conversar: Gregory Talbot, filho de Bill, que enlouqueceu e desenhou pentagramas por todo o arquivo do caso. Expliquei quem sou e quem me contratou, e Gregory está bem disposto a conversar. Vou até lá no sábado, se quiser ir.

— Não posso — falou Robin, decepcionada. — Morris e Andy têm algum negócio em família. Barclay e eu teremos de cobrir o fim de semana.

— Ah, que pena. Bom, também descobri duas das mulheres que trabalharam com Margot na clínica — disse Strike, virando uma página do bloco. — A enfermeira, Janice, ainda atende pelo sobrenome de casada, o que ajudou. O endereço que Gupta me deu era antigo, mas eu a localizei a partir dali. Agora ela mora em Nightingale Grove...

— Muito apropriado — disse Robin.

— ... em Hither Green. E Irene Bull agora é a sra. Irene Hickson, viúva de um homem que tinha uma empreiteira bem-sucedida. Ela mora na Circus Street, em Greenwich.

— Telefonou para elas?

— Decidi escrever primeiro — disse Strike. — Mulheres mais velhas, as duas moram sozinhas... Adiantei quem somos e quem nos contratou, para que elas tenham tempo de averiguar, ter certeza de que estamos limpos, talvez checar com Anna.

— Bem pensado — concordou Robin.

— E farei o mesmo com Oonagh Kennedy, a mulher que esperava por Margot no pub naquela noite, depois de ter certeza de que tenho a pessoa certa. Anna disse que ela estava em Wolverhampton, mas a mulher que encontrei está em Alnwick. Ela tem a idade certa, mas é uma *vigária* aposentada.

Robin sorriu da expressão de Strike, um misto de desconfiança e aversão.

— Qual é o problema dos vigários?

— Nenhum — disse ele, acrescentando um instante depois: — Muitos. Depende do vigário. Mas Oonagh foi Coelhinha na década de 1970. Ela estava ao lado de Margot em uma das fotos usadas pela imprensa, seu nome em uma das legendas. Não acha muito improvável a transição de Coelhinha a vigária?

— Uma trajetória de vida interessante — admitiu Robin —, mas você está falando com uma secretária temporária que virou detetive em tempo integral. E por falar em Oonagh — acrescentou ela, pegando na bolsa seu exemplar de *O demônio de Paradise Park* e abrindo. — Eu queria te mostrar uma coisa. Aqui — disse ela, estendendo para ele. — Leia a parte que marquei a lápis.

— Já li o livro todo — disse Strike. — Que parte...?

— Por favor — Robin insistiu —, só leia onde marquei.

Strike limpou a mão em um guardanapo de papel, pegou o livro da mão de Robin e leu os parágrafos ao lado dos quais ela traçou uma linha grossa a lápis.

Pouco antes de seu desaparecimento, Margot Bamborough marcou hora na Maternidade Bride Street, em Islington, uma instalação particular que em 1974 fazia abortos discretos.

A Maternidade Bride Street fechou as portas em 1978 e não existem registros que mostrem se Bamborough fez o procedimento. Porém, a possibilidade de que ela tenha permitido a uma amiga usar seu nome é aventada pelo autor de *O que aconteceu com Margot Bamborough?*, que observa que a irlandesa e companheira Coelhinha com quem Bamborough supostamente ia se encontrar no pub naquela noite pode ter tido bons motivos para sustentar a história do pub, mesmo depois da morte de Bamborough.

A Maternidade Bride Street fica apenas a oito minutos de caminhada do apartamento de porão de Dennis Creed, na Liverpool Road. Ainda existe a possibilidade, portanto, de Margot Bamborough não ter tido a intenção de ir ao pub naquela noite, que ela tenha contado a mentira para proteger a si mesma ou outra mulher, e que ela pode ter sido raptada não de uma rua em Clerkenwell, mas de uma curta distância da casa de Creed, perto de Paradise Park.

— Mas o quê...? — começou Strike, perplexo. — Meu exemplar não tinha essa parte. Você tem três parágrafos a mais!

— Eu *achei mesmo* que você não tinha lido isso — disse Robin, satisfeita. — Sua edição não deve ser a primeira. A minha é. Veja — disse ela, folheando uma página no final do livro enquanto Strike ainda o segurava. — Está vendo aqui, a nota de fim? "*O que aconteceu com Margot Bamborough?*, de C. B. Oakden, publicado em 1985." Só que não foi publicado — disse Robin. — Foi destruído. O autor disto — disse ela, batendo no *Demônio de Paradise Park* — deve ter conseguido uma prova de prelo. Estive fuçando — continuou Robin. — Tudo isso aconteceu antes da internet, é lógico, mas encontrei algumas menções on-line, em artigos jurídicos sobre processos por difamação para impedir publicações.

"Basicamente, Roy Phipps e Oonagh Kennedy entraram com uma ação coletiva contra C. B. Oakden e ganharam. O livro de Oakden foi destruído e houve uma reimpressão apressada de *O demônio de Paradise Park*, sem a passagem ofensiva."

— C. B. Oakden? — Strike repetiu. — Ele é...?

— Filho de Dorothy-a-secretária-da-clínica. Exatamente. Nome completo: Carl Brice Oakden. O último endereço que consegui dele ficava em Walthamstow, mas ele se mudou e ainda não consegui localizá-lo.

Strike releu os parágrafos relacionados com a clínica de aborto, depois disse:

— Bom, se Phipps e Kennedy conseguiram impedir a publicação na justiça, eles devem ter convencido um juiz de que era parcial ou completamente falsa.

— Que horror mentir sobre isso, não é? — disse Robin. — Já era bem ruim se ele estivesse dizendo que Margot tinha feito o aborto, mas sugerir que Oonagh fez isso, que estava encobrindo onde Margot se encontrava naquela noite...

— Estou surpreso que ele tenha dispensado advogados — disse Strike.

— A editora de Oakden era pequena — disse Robin. — Procurei por ela também. Saíram do mercado não muito tempo depois de o livro dele ser destruído. Talvez eles não se incomodassem com advogados.

— Tolice pior a deles — disse Strike —, mas a não ser que eles tivessem algum tipo de desejo suicida, isso não pode ter sido *inteiramente* inventado. Ele devia ter alguma base. E *este* sujeito — ele levantou *O demônio de Paradise Park* — era um bom jornalista investigativo. Ele não teria teorizado sem ver alguma prova.

— Podemos verificar com ele, ou ele...?

— Morreu — disse Strike, que ficou pensando por um momento, depois continuou: — A consulta deve ter sido marcada em nome de Margot. A questão é se ela fez o procedimento, ou se alguém usou seu nome sem o conhecimento dela. — Strike releu as primeiras linhas daquele trecho. — E a data da consulta também não é dada. "Pouco antes de seu desaparecimento...", palavras capciosas. Se a consulta foi marcada no dia em que ela desapareceu, o autor diria isso. Essa seria uma revelação importante e teria sido investigada pela polícia. "Pouco antes de seu desaparecimento" permite muita interpretação.

— Mas é coincidência, não é? — disse Robin. — Ela marcando uma consulta tão perto da casa de Creed?

— É — disse Strike, mas depois de refletir por um momento continuou: — Não sei. É? Quantas clínicas de aborto existiam em Londres em 1974?

Devolvendo o livro a Robin, ele disse:

— Isso pode explicar por que Roy Phipps ficou nervoso sobre a filha dele falar com Oonagh Kennedy. Ele não queria que Oonagh contasse à filha adolescente que a mãe pode ter abortado um irmão dela.

— Pensei nisso também — disse Robin. — Seria uma coisa horrível de se ouvir. Em particular porque ela passou a maior parte da vida imaginando se a mãe tinha fugido dela.

— Precisamos tentar obter um exemplar de *O que aconteceu com Margot Bamborough?* — disse Strike. — Talvez ainda existam exemplares, se chegaram ao ponto de imprimir. Ele pode ter distribuído alguns. Exemplares para resenhas, coisas assim.

— Já estou nisso — disse Robin. — Mandei e-mails a alguns sebos diferentes.

Essa não era a primeira vez que ela se via trabalhando em algo para a agência que a fazia se sentir suja.

— Carl Oakden tinha apenas 14 anos quando Margot desapareceu — continuou Robin. — Escrever um livro sobre ela, fazer a ligação, alegar que Margot e sua mãe eram amigas íntimas...

— É, ele parece um pervertido de merda — Strike concordou. — Quando foi que ele saiu do endereço em Walthamstow?

— Cinco anos atrás.

— Deu uma olhada nas redes sociais?

— Sim, não o encontrei.

O celular de Strike vibrou no bolso. Robin pensou ter visto um lampejo de pânico no rosto dele ao se atrapalhar para encontrá-lo, e entendeu que ele pensava em Joan.

— Está tudo bem? — perguntou ela, vendo sua expressão se turvar quando ele viu a tela do celular.

Strike tinha acabado de ler:

Mano, por favor, podemos conversar sobre isso pessoalmente? O lançamento e o álbum novo são muito importantes para papai. Só o que estamos pedindo é...

— Sim, tudo bem — disse ele, devolvendo o telefone ao bolso, sem ler o resto da mensagem. — E então, você queria ir a...?

Por um momento, ele não conseguiu se lembrar do local improvável que Robin dissera que queria visitar e que era o motivo para eles estarem agora sentados nessa cafeteria em particular.

— À National Portrait Gallery — disse ela. — Três dos cartões do Cartão-Postal foram comprados na loja de presentes da galeria.

— Três... desculpe, o quê?

Ele ficou distraído pelo que acabara de ler. Tinha deixado muito claro ao meio-irmão que não desejava nem comparecer à festa em comemoração ao novo álbum do pai, nem aparecer na fotografia com seus meios-irmãos, que seria o presente de parabéns a ele.

— Os cartões-postais do Cartão-Postal... A pessoa que está perseguindo nosso homem do tempo — ela lembrou a ele, antes de continuar em voz baixa: — Não importa, foi só uma ideia que eu tive.

— Que ideia?

— Bom, a mais recente imagem que o Cartão-Postal mandou era de um retrato e dizia que "sempre se lembrava" do nosso homem do tempo. Então eu pensei... talvez ele veja muito essa pintura. Talvez trabalhe na galeria. Quem sabe se, no fundo, o Cartão-Postal quer que ele saiba disso, para procurar por ele?

Mesmo enquanto dizia isso, ela achou a teoria forçada, mas a verdade era que eles não tinham absolutamente nenhuma pista sobre o Cartão-Postal. Ele ou ela não apareceu na casa do homem do tempo desde que eles estavam vigiando. Três postais comprados em um único lugar podiam significar alguma coisa, ou talvez não significassem nada. O que mais eles tinham?

Strike resmungou. Sem saber se isso indicava uma falta de entusiasmo pela teoria dela sobre o Cartão-Postal, Robin devolveu seu exemplar de *O demônio de Paradise Park* à bolsa e disse:

— Vai para o escritório depois daqui?

— Vou. Eu disse a Barclay que vou assumir a vigilância do Pé de Valsa às duas horas. — Strike bocejou. — Mas primeiro talvez eu tente dormir por algumas horas.

Ele se levantou.

— Vou ligar para você e informar como foi com Gregory Talbot. E obrigado por segurar a barra enquanto estive fora. Agradeço sinceramente por isso.

— Não tem por quê — disse Robin.

Strike pendurou a mochila no ombro e mancou para fora da cafeteria. Com uma leve sensação de anticlímax, Robin o viu parar na calçada para acender um cigarro, depois sair de vista. Olhando o relógio, Robin viu que ainda tinha uma hora e meia antes da abertura da National Portrait Gallery.

Sem dúvida existiam maneiras mais agradáveis de passar esse tempo do que pensando se a mensagem que Strike recebera há pouco vinha de Charlotte Campbell, mas foi a distração que ocorreu a Robin e a ocupou por uma proporção surpreendente do tempo que precisava matar.

17

Mas tu... A quem o adverso e sisudo destino
Fizera triste testemunha da queda de teu pai...

Edmund Spenser
A Rainha das Fadas

Jonny Rokeby, que esteve quase inteiramente ausente da vida do filho mais velho, ainda assim foi uma presença constante e intangível, em particular durante a infância de Strike. Os amigos dos pais tinham os discos do pai dele, tiveram um pôster de Rokeby na parede do quarto quando adolescentes e regalaram Strike com suas lembranças ternas dos shows dos Deadbeats. Certa vez, uma mãe no portão da escola pediu ao Strike de sete anos para entregar uma carta dela ao pai dele. A mãe de Strike a queimou depois, na casa ocupada em que eles moravam na época.

Até entrar para o exército, onde, por opção dele, ninguém sabia nem o nome de seu pai nem sua profissão, Strike constantemente se via contemplado como um espécime em um vidro, incomodado por perguntas que em condições normais seriam consideradas pessoais e invasivas, e lidava com pressupostos tácitos que tinham origem na inveja e no rancor.

Rokeby exigiu que Leda fizesse o teste de paternidade antes de admitir que Strike era seu filho. Quando o teste deu positivo, foi feito um acordo financeiro que deveria garantir que o jovem filho nunca mais tivesse de dormir em um colchão sujo em um quarto compartilhado com pessoas que eram praticamente estranhas. Porém, uma combinação da libertinagem da mãe com suas disputas constantes com os advogados de Rokeby apenas garantiram que a vida de Strike se transformasse em uma série de surtos confusos de riqueza que em geral acabavam em quedas abruptas no caos e na pobreza. Leda tendia a dar presentes loucamente extravagantes aos filhos, de que eles desfrutavam enquanto usavam sapatos pequenos demais, fazia viagens à Europa continental ou aos Estados Unidos para ver suas bandas preferidas ao vivo, deixando os filhos com Ted e Joan enquanto ela circulava em carros com motorista e se hospedava nos melhores hotéis.

Ele ainda se lembrava de estar deitado no quarto de hóspedes na Cornualha, com Lucy dormindo na cama de casal ao seu lado, ouvindo a mãe e Joan discutindo no primeiro andar, porque as crianças tinham voltado para a casa dos tios no meio do inverno, sem casacos. Strike por duas vezes foi matriculado em escolas particulares, mas nas duas ocasiões Leda o retirou antes que ele concluísse mais de dois períodos, porque tinha decidido que o filho aprendia os valores errados. Todo mês, o dinheiro de Rokeby sumia em doações a amigos e namorados, e em empreendimentos imprudentes — Strike se lembrava de uma joalheria, uma revista de artes e um restaurante vegetariano, todos fracassados, para não falar na comuna em Norfolk, que foi a pior experiência de sua vida na juventude.

Por fim, os advogados de Rokeby (a quem o astro do rock tinha delegado todas as questões relacionadas ao bem-estar do filho) amarraram os pagamentos da pensão de tal modo que Leda não podia mais torrar o dinheiro. A única diferença que isso fez na vida cotidiana do Strike adolescente foi que os presentes tinham parado, porque Leda não estava disposta a ter seus gastos analisados, como exigia o novo acordo. Daí em diante, o pagamento da pensão se acumulava tranquilamente em uma conta bancária e a família sobreviveu das contribuições financeiras menores feitas pelo pai de Lucy.

Strike só encontrara o pai duas vezes e tinha lembranças infelizes dos dois encontros. Da parte dele, Rokeby nunca perguntou por que o dinheiro de Strike continuava intocado. Exilado fiscal de longa data, ele era líder de uma banda, tinha de sustentar vários lares, duas ex-mulheres e uma esposa atual para manter feliz, cinco filhos legítimos e dois ilegítimos. Strike, cuja concepção aconteceu por acidente, cujo teste de paternidade positivo tinha acabado com o segundo casamento de Rokeby e cujo paradeiro em geral era incerto, ocupava uma baixa posição na lista de prioridades dele.

Foi o tio de Strike que lhe proporcionou um modelo de masculinidade a que Strike aspirava durante as muitas mudanças de amantes da mãe e uma infância passada na longa sombra lançada pelo pai biológico. Leda sempre culpou Ted, ex-policial militar, pelo interesse incomum de Strike pelo exército e a investigação. Falando no meio de uma névoa azulada de fumaça de maconha, ela tentaria fervorosamente dissuadir o filho de ter uma carreira no exército, dando-lhe um sermão sobre a vergonhosa história militar da Grã-Bretanha, sobre as ligações inextrincáveis entre imperialismo e capitalismo, e tentando, sem sucesso, convencê-lo a aprender a tocar violão ou, no mínimo, deixar o cabelo crescer.

Apesar de todas as desvantagens e da dor que trouxeram, Strike sabia que as circunstâncias peculiares de seu nascimento e de sua criação lhe deram uma dianteira como investigador. Ele aprendeu cedo a se disfarçar de acordo com o ambiente. Desde o momento em que aprendeu as penalidades relacionadas com não parecer com todos os outros, seu sotaque oscilava entre Londres e a Cornualha. Antes de a perda de uma perna ter prejudicado toda a gama de seus movimentos físicos, ele fora capaz, apesar do tamanho peculiar, de andar e falar de forma que o fizessem parecer menor do que realmente era. Ele também aprendera o valor de esconder informações pessoais e de editar as histórias que contava a respeito de si mesmo para não se envolver nas concepções que os outros faziam de quem ele deveria ser. Mais importante, Strike desenvolvera um radar sensível para as mudanças no comportamento que marcavam a percepção repentina de que ele era filho de um homem famoso. Conhecia a manha de manipuladores, bajuladores, mentirosos, oportunistas e hipócritas desde que era criança.

Esses dons duvidosos foram o melhor que o pai dera a ele porque, além da pensão alimentícia, nunca houve um cartão de aniversário ou presente de Natal. Foi preciso que sua perna fosse estourada no Afeganistão para Rokeby lhe mandar um bilhete manuscrito. Strike pedira a Charlotte, que estava sentada ao lado de seu leito hospitalar quando ele o recebeu, para colocá-lo no lixo.

Desde que os jornais começaram a se interessar por Strike por seu mérito próprio, Rokeby fizera outras tentativas hesitantes de voltar a ter contato com o filho afastado, chegando ao ponto de sugerir, em entrevistas recentes, que eles se entendiam muito bem. Vários amigos de Strike mandaram para ele links de uma recente entrevista na internet com Rokeby, em que ele falava do orgulho que sentia por Strike. O detetive apagou as mensagens sem responder.

Strike tinha uma afeição relutante por Al, o meio-irmão que Rokeby ultimamente usava como mensageiro. A procura obstinada de Al por uma relação com Strike tinha se mantido, apesar da resistência inicial do irmão mais velho. Al parecia admirar em Strike aquelas virtudes de autoconfiança e independência que este último tinha apesar de não ter tido a oportunidade de desenvolvê-las. Ainda assim, Al mostrava uma teimosia antagônica ao continuar a pressionar Strike a comemorar um aniversário que não significava nada para Strike, exceto servir como outro lembrete do quanto a banda de Rokeby sempre foi mais importante para ele do que seu filho ilegítimo. O detetive se ressentia do tempo que passou na manhã de sábado preparando uma resposta para a mais recente mensagem de texto de Al sobre esse assunto. Finalmente escolheu a brevidade em lugar de uma discussão mais prolongada:

Não mudei de ideia, mas vamos encerrar isso sem ressentimentos. Espero que tudo corra bem & vamos tomar uma cerveja da próxima vez que você estiver na cidade.

Depois de cuidar dessa parte enfadonha de seus problemas pessoais, Strike preparou um sanduíche, vestiu uma camisa limpa por cima da camiseta, tirou do arquivo de caso de Bamborough a página em que Bill Talbot tinha escrito sua mensagem enigmática em taquigrafia Pitman e partiu de carro para West Wickham, onde havia marcado um encontro com Gregory Talbot, filho do falecido Bill.

Dirigindo por sol e chuva intermitentes, e fumando pelo caminho, Strike voltou a concentrar a mente no trabalho, remoendo não só as perguntas que pretendia fazer ao filho do policial, mas também as variadas preocupações relacionadas com a agência que tinham surgido desde sua volta. Algumas questões que precisavam de sua atenção pessoal foram levantadas por Barclay no dia anterior. O escocês, que Strike se inclinava a classificar como seu melhor investigador depois de Robin, primeiro havia se expressado com a franqueza característica sobre a questão do dançarino do West End sobre quem deveriam encontrar alguma sujeira.

— Não vamos chegar a lugar nenhum com ele, Strike. Se ele está trepando com outra, ela deve morar na porra do guarda-roupa dele. Pensei que ele daria seu cartão de crédito à garota, mas ele é inteligente demais para fazer merda com uma coisa boa.

— Acho que você deve ter razão — disse Strike —, mas eu disse que daria três meses à cliente, então, vamos continuar. Como está se entendendo com Pat? — acrescentou ele. Era sua esperança que outra pessoa achasse a nova secretária tão pé no saco como ele achava, mas Strike ficou decepcionado.

— É, ela é ótima. Acho que parece uma estivadora com bronquite, mas é muito eficiente. Mas se é para termos uma conversa franca sobre novas contratações, olha só... — disse Barclay, seus grandes olhos azuis erguendo-se ao chefe sob as sobrancelhas grossas.

— Pode falar — disse Strike. — Morris não está colaborando?

— Eu não diria exatamente isso.

O detetive de Glasgow coçou a nuca da cabeça precocemente grisalha, depois continuou:

— Robin não te falou nada?

— Houve algum problema entre os dois? — perguntou Strike mais incisivamente.

— Eu não diria exatamente problemas — Barclay falou lentamente —, mas ele não gosta de receber ordens de Robin. Deixou isso muito claro pelas costas dela.

— Bom, isso terá de mudar. Vou dar uma palavrinha com ele.

— E ele tem ideias próprias a respeito do caso do Manhoso.

— É mesmo? — disse Strike.

— Ele ainda pensa que vai conquistar a secretária. Robin disse a ele que estava na hora de parar, de colocar Hutchins no caso. Ela descobriu...

— Que o Manhoso é sócio do Hendon Rifle Club, é, ela me mandou por e-mail. E ela quer colocar Hutchins lá para tentar fazer amizade com ele. Um plano inteligente. O Manhoso se acha um machão, pelo que sabemos dele.

— Só que Morris quer fazer do jeito dele. Disse na cara dela que não via problemas com o plano novo, mas...

— Você acha que ele ainda está vendo a secretária?

— "Vendo" pode ser um jeito educado de colocar a coisa — disse Barclay.

Então Strike telefonou a Morris do escritório e disse claramente que ele deveria deixar a secretária do Manhoso em paz e se concentrar, para a semana seguinte, na namorada do Duas-Vezes. Morris não protestou: em vez disso, sua capitulação foi matizada de obsequiosidade. O diálogo deixou um travo ligeiramente desagradável. Em quase todos os aspectos, Morris era uma contratação desejável, com muitos contatos bons na força policial, mas havia algo em seu jeito de se apressar em concordar que denotava uma astúcia que não agradava a Strike. Naquela mesma noite, enquanto Strike seguia o táxi que levava o Pé de Valsa e a amante pelo West End, ele se lembrou dos dedos entrelaçados do dr. Gupta e do veredito do velho médico de que o que tornava um negócio bem-sucedido era o funcionamento tranquilo de uma equipe.

Ao entrar em West Wickham, ele encontrou fileiras de casas de subúrbio com janelas salientes, largas entradas para carros e garagens particulares. A avenida onde morava Gregory Talbot era ladeada por sólidas residências que falavam de proprietários conscienciosos de classe média que aparavam o gramado e se lembravam do dia da coleta do lixo. As casas não eram tão palacianas como aquelas de centro de terreno na rua do dr. Gupta, mas eram muitas vezes mais espaçosas do que o apartamento de sótão que Strike tinha acima do escritório.

Pegando a entrada de carros de Talbot, Strike estacionou o BMW atrás de uma caçamba que bloqueava a frente da garagem. Enquanto desligava o motor, um homem pálido e inteiramente careca, de orelhas grandes e óculos com aros de aço, abriu a porta, parecendo cautelosamente empolgado. Pela pesquisa que fez na internet, Strike sabia que Gregory Talbot era administrador de hospital.

— Sr. Strike? — ele chamou enquanto o detetive saía com cuidado do BMW (a entrada estava escorregadia pela chuva, e a lembrança de ter tropeçado na balsa de Falmouth ainda era fresca).

— Eu mesmo — disse Strike, fechando a porta do carro e estendendo a mão enquanto Talbot vinha na sua direção. Talbot era uns bons 15 centímetros mais baixo que Strike.

— Desculpe-me pela caçamba — disse ele. — Estamos fazendo uma reforma no sótão.

Ao se aproximarem da porta de entrada, duas gêmeas que Strike imaginou terem por volta de dez anos saíram intempestivamente, quase jogando Gregory de lado.

— Fiquem no jardim, meninas — disse Gregory, mas Strike pensou que o problema mais premente certamente era que elas estavam descalças e que o chão estava frio e molhado.

— *Shiquem no shardim, meninash* — imitou uma das gêmeas. Gregory olhou ligeiramente as garotas por cima dos óculos.

— Essa grosseria não tem graça.

— Tem sim, merda — disse a primeira gêmea, para a gargalhada estridente da segunda.

— Fale outro palavrão e não haverá pudim de chocolate para você esta noite, Jayda — disse Gregory. — Nem vou te emprestar meu iPad.

Jayda fez uma careta grotesca, mas não voltou a soltar nenhum palavrão.

— São adotivas — disse Gregory a Strike enquanto eles entravam. — Nossos filhos legítimos já têm a própria vida. Entre à direita e sente-se.

Para Strike, que vivia em um minimalismo um tanto espartano por opção própria, a sala atulhada e muito desarrumada não tinha nenhum apelo. Ele queria aceitar o convite de Gregory para se sentar, mas não havia onde fazer isso sem ter de primeiro deslocar uma grande quantidade de objetos, o que lhe pareceu falta de educação. Distraído dos apuros de Strike, Gregory olhava as gêmeas pela janela. Elas já corriam de volta para dentro, tremendo.

— Elas aprendem — disse ele enquanto a porta batia e as gêmeas subiam correndo a escada. Virando-se para a sala, ele percebeu que nenhum dos assentos naquele momento era utilizável.

— Ah, sim, eu peço desculpas — disse ele, embora sem nada do constrangimento que a tia Joan, de Strike, teria demonstrado se um visitante fortuito encontrasse a casa nessa desordem. — As meninas ficaram aqui esta manhã.

Rapidamente, Gregory retirou uma pistola de bolhas que vazava, duas bonecas Barbie sem roupa, uma meia infantil, várias peças pequenas de plástico em cores vivas e metade de uma tangerina do assento de uma poltrona para permitir que Strike se sentasse. Jogou os objetos desabrigados em uma mesa de centro de madeira que já continha uma pilha alta de revistas, um amontoado de controles remotos, várias correspondências e envelopes vazios, e outros brinquedos pequenos de plástico, inclusive uma boa quantidade de peças de Lego.

— Chá? — ofereceu ele. — Café? Minha esposa levou os meninos à natação.

— Ah, existem meninos também?

— Por isso a reforma no sótão — disse Gregory. — Darren está conosco há quase cinco anos.

Enquanto Gregory pegava bebidas quentes, Strike apanhou o álbum de figurinhas oficial da Liga dos Campeões desse ano, que viu no chão embaixo da mesa de centro. Virou as páginas com nostalgia pelos tempos em que ele também colecionava figurinhas de futebol. Pensava indolentemente nas possibilidades de o Arsenal vencer o campeonato quando uma série de estrondos bem no alto, que fez o lustre balançar um pouco, obrigou-o a olhar para cima. Parecia que as gêmeas pulavam continuamente da cama. Baixando o álbum, ele refletiu, sem encontrar uma resposta, na pergunta do que pode ter motivado Talbot e a esposa a trazerem para casa quatro crianças com as quais não tinham relação biológica. Quando Gregory reapareceu com uma bandeja, os pensamentos de Strike tinham viajado a Charlotte, que sempre se declarou inteiramente nada maternal, e cujos gêmeos prematuros ela jurou, durante a gravidez, abandonar aos cuidados da sogra.

— Você pode tirar...? — perguntou Gregory, com os olhos na mesa de centro.

Strike apressou-se a deslocar um punhado de objetos para o sofá.

— Obrigado — disse Gregory, baixando a bandeja. Ele pegou outro monte de objetos na segunda poltrona, largando-os também na pilha agora considerável do sofá, pegou sua caneca, sentou-se e disse:

— Sirva-se — apontando um açucareiro meio pegajoso e um pacote fechado de biscoitos.

— Muito obrigado — disse Strike, colocando uma colher de açúcar no chá.

— E então — disse Gregory, parecendo meio empolgado. — Você está tentando provar que Creed matou Margot Bamborough.

— Bom — disse Strike —, estou tentando descobrir o que aconteceu com ela e evidentemente uma possibilidade é Creed.

— Você viu no jornal, no fim de semana passado? Um dos desenhos de Creed, à venda por mais de mil pratas?

— Essa eu perdi — disse Strike.

— Foi, apareceu no *Observer*. Autorretrato a lápis, feito quando ele estava em Belmarsh. Vendido em um site da internet, onde você pode comprar arte de assassinos seriais. Que mundo louco.

— É mesmo — concordou Strike. — Bom, como eu disse por telefone, na realidade gostaria de conversar com você sobre seu pai.

— Sim — disse Gregory, e parte de sua vivacidade o abandonou. — Eu não sei o quanto você sabe.

— Que ele teve uma aposentadoria precoce depois de um colapso nervoso.

— Bom, sim, para resumir, é isso — confirmou Gregory. — A tireoide dele estava na raiz do problema. Hiperativa e não diagnosticada durante séculos. Ele emagrecia, não dormia... havia muita pressão em cima dele, sabe? Não só da polícia; da imprensa também. As pessoas estavam muito aborrecidas. Bom, você sabe... uma médica desaparecida... minha mãe achava que ele agia de um jeito meio estranho devido ao estresse.

— Em que sentido ele agia de um jeito estranho?

— Bom, ele ia para o quarto de hóspedes e não deixava ninguém entrar ali — disse Gregory e, antes que Strike pudesse pedir mais detalhes, continuou: — Depois que descobriram sobre a tireoide e lhe deram a medicação correta, ele voltou ao normal, mas era tarde demais em sua profissão. Ele se aposentou, mas se sentiu culpado pelo caso Bamborough durante anos. Culpava a si mesmo, sabe, pensando que se ele não estivesse tão doente, talvez o tivesse apanhado.

"Porque Margot Bamborough não foi a última mulher que Creed pegou... Acho que você deve saber tudo sobre isso. Ele raptou Andrea Hooton depois de ter apanhado Bamborough. Quando o prenderam e entraram na casa dele e viram o que havia no porão... o equipamento de tortura e as fotos que ele havia tirado das mulheres... ele confessou que manteve algumas vivas durante meses antes de matá-las.

"Papai ficou muito perturbado quando soube disso. Ficava revirando a questão na cabeça, pensando, se ele o tivesse apanhado antes,

Bamborough e Hooton talvez ainda estivessem vivas. Ele se martirizava por ficar fixado..."

Gregory se interrompeu.

— ... distraído, sabe como é.

— Então, depois que seu pai se recuperou, ele ainda achava que Creed tinha apanhado Margot?

— Ah, sim, sem dúvida nenhuma — disse Gregory, demonstrando uma leve surpresa que isso fosse questionado. — Excluíram todas as outras possibilidades, não foi? O ex-namorado, aquele paciente evasivo que tinha uma queda por ela, todos eles saíram limpos.

No lugar de responder a isso com sua opinião sincera, isto é, de que a desafortunada doença de Talbot tinha permitido que se passassem meses valiosos em que todos os suspeitos, inclusive Creed, tiveram tempo para esconder o corpo, encobrir provas, refinar seus álibis, ou as três coisas, Strike pegou no bolso interno do paletó uma folha de papel em que Talbot havia escrito sua mensagem em Pitman e estendeu a Gregory.

— Queria te perguntar sobre uma coisa. Creio ser essa a letra de seu pai, não?

— Onde conseguiu isso? — perguntou Gregory, pegando com cautela a folha de papel.

— No arquivo da polícia. Diz aí: "*e esse é o último deles, o décimo segundo, e o círculo se fechará com a descoberta do décimo*... depois uma palavra desconhecida... *Bafomet. Transcrito no verdadeiro livro*" — disse Strike. — Eu estava me perguntando se isso significaria alguma coisa para você.

Nesse momento, veio um estrondo particularmente alto do andar de cima. Com um "com licença" apressado, Gregory colocou o papel rapidamente na bandeja de chá e saiu correndo da sala. Strike o ouviu subir a escada, depois uma bronca. Parecia que uma das gêmeas tinha virado uma cômoda. Vozes de soprano se uniram em justificativas e contra-acusações.

Pelas cortinas de renda, Strike agora via um Volvo velho estacionar na frente da casa. Uma morena roliça de meia-idade, com uma capa de chuva azul-marinho, saiu, acompanhada por dois meninos, que ele deduziu terem em torno de 14 ou 15 anos. A mulher foi à mala do carro e pegou duas bolsas esportivas e várias sacolas de compras da Aldi.

Os meninos, que começaram a se arrastar para a casa, foram chamados de volta para ajudá-la.

Gregory voltava para a porta da sala de estar justo quando a esposa entrava no hall. Um dos adolescentes passou esbarrando em Gregory para avaliar o estranho com a admiração apropriada àquela exibida a um animal foragido do zoológico.

— Oi — disse Strike.

O menino se virou, perplexo, para Gregory.

— Quem é ele? — perguntou, apontando.

O segundo menino apareceu ao lado do primeiro, olhando Strike exatamente com a mesma mistura de admiração e desconfiança.

— Esse é o sr. Strike — disse Gregory.

A esposa agora aparecia entre os meninos, colocava a mão em seus ombros e os conduzia fisicamente dali, sorrindo para Strike ao fazer isso.

Gregory fechou a porta e voltou à poltrona. Por um momento parecia ter se esquecido do que ele e Strike falavam antes de subir a escada, mas então seus olhos caíram na folha de papel toda escrita com a letra de seu pai, pontilhada de pentagramas e com as frases enigmáticas em taquigrafia Pitman.

— Sabe por que meu pai conhecia taquigrafia Pitman? — disse ele, com um ânimo forçado. — Minha mãe estava aprendendo na escola de secretariado, então ele aprendeu também, assim podia testá-la. Ele foi um bom marido... e um bom pai também — acrescentou ele, com certo desafio.

— Parece que sim — disse Strike.

Houve outra pausa.

— Veja bem — disse Gregory —, na época, mantiveram fora da imprensa os... os pormenores da doença de meu pai. Ele foi um bom policial e não foi culpa dele ter adoecido. Minha mãe ainda está viva. Ela ficaria arrasada se tudo isso viesse a público agora.

— Posso entender...

— Na verdade, não sei se você pode — disse Gregory, meio ruborizado. Ele parecia um homem educado e tranquilo, e estava claro que essa declaração firme lhe custou algum esforço. — As famílias de algumas vítimas de Creed, depois... houve muito rancor para com meu pai. Eles o culpavam por não pegar Creed, por estragar tudo. As pessoas escreviam para casa, dizendo-lhe que ele era uma desgraça. Mamãe e papai acabaram se mudando... pelo que você falou por telefone, pensei que estivesse interessado nas teorias de meu pai, e não na... não em coisas assim — disse ele, gesticulando para o papel tomado de pentagramas.

— Estou muito interessado nas teorias de seu pai — disse Strike. Decidindo que uma pequena falsidade era necessária, ou pelo menos uma pequena recontextualização dos fatos, o detetive acrescentou: — A maior parte do que seu pai escreveu no arquivo do caso é inteiramente confiável. Ele estava fazendo todas as perguntas certas e ele notou...

— O furgão em alta velocidade — disse Gregory rapidamente.

— Exato — disse Strike.

— Uma noite chuvosa, exatamente igual quando foram raptadas Vera Kenny e Gail Wrightman.

— Correto — disse Strike, assentindo.

— As duas mulheres que estavam brigando — disse Gregory. — Aquela última paciente, a mulher que parecia um homem. Quer dizer, você precisa admitir, juntando tudo isso...

— É disso que estou falando — disse Strike. — Ele podia estar doente, mas ainda reconhecia uma pista quando via uma. Só o que quero saber é se a taquigrafia significa algo que eu deva saber.

Parte da empolgação de Gregory sumiu de seu rosto.

— Não — disse-lhe —, não significa nada. É só a doença dele falando.

— Sabe de uma coisa — disse Strike lentamente —, seu pai não foi o único que via Creed como satânico. O título da melhor biografia dele...

— *O demônio de Paradise Park.*

— Exato. Creed e Bafomet tinham muito em comum — disse Strike.

No silêncio que se seguiu, eles ouviram as gêmeas correndo escada abaixo e perguntando em voz alta à mãe adotiva se ela havia comprado mousse de chocolate.

— Veja bem... eu adoraria que você provasse que foi Creed — disse Gregory por fim. — Que provasse que meu pai estava certo o tempo todo. Não seria vergonha nenhuma Creed ser inteligente demais para ele. Ele foi inteligente demais para Lawson também; foi inteligente demais para todo mundo. Sei que não havia nenhum sinal de Margot Bamborough no porão de Creed, mas ele também nunca revelou onde colocou as roupas e as joias de Andrea Hooton. Ele variava como dispunha dos corpos, no fim. Não teve sorte com Hooton ao jogá-la do penhasco; foi azar o corpo ter sido encontrado tão rápido.

— É bem verdade — disse Strike.

Strike tomou seu chá enquanto Gregory roía distraidamente uma unha. Passou-se um minuto inteiro até que Strike decidiu que era necessária uma pressão maior.

— Esse negócio de transcrição no verdadeiro livro...

Ele entendeu, pelo leve susto de Gregory, que tinha acertado o alvo.

— ... eu imaginei se seu pai mantinha registros separados do arquivo oficial... e se for assim — disse Strike, porque Gregory não respondeu —, se esses registros ainda existem.

O olhar errante de Gregory estava mais uma vez fixo em Strike.

— Está bem — disse-lhe —, papai pensava que procurava por algo sobrenatural. Só soubemos disso perto do fim, quando percebemos o quanto ele estava doente. Ele estava borrifando sal na frente de nosso quarto toda noite, para afastar Bafomet. Ele fez para si o que minha mãe pensava ser um escritório no quarto de hóspedes, mas mantinha a porta trancada.

"Na noite em que foi internado", disse Gregory, parecendo infeliz, "ele saiu correndo de lá, gritando. Acordou todo mundo. Meu irmão e eu fomos ao patamar da escada. Papai tinha deixado a porta do quarto de hóspedes aberta e vimos pentagramas em todas as paredes, e velas acesas. Ele havia retirado o carpete e fez um círculo mágico no chão para realizar algum ritual e alegou... bom, ele pensou ter conjurado alguma criatura demoníaca...

"Minha mãe ligou para a emergência, veio uma ambulância e... bom, você conhece o resto."

— Deve ter sido muito angustiante para todos vocês — disse Strike.

— Bom, é. Foi. Enquanto papai estava no hospital, mamãe limpou o quarto, jogou fora o baralho de tarô dele e todos os livros de ocultismo, e pintou por cima dos pentagramas e do círculo mágico. Foi tudo muito perturbador para ela, porque os dois costumavam ir à igreja antes de papai sofrer seu colapso...

— Claramente ele estava muito doente — disse Strike —, o que não foi culpa dele, mas ainda assim ele era um detetive e ainda tinha um bom senso de policial. Posso ver isso no registro oficial. Se houver outros registros em algum lugar, em particular se contiver coisas que não estão no arquivo oficial, será um documento importante.

Gregory roía a unha de novo, parecia tenso. Por fim, pareceu ter chegado a uma decisão.

— Desde que nos falamos ao telefone, estive pensando que talvez eu deva dar isso a você. — Ele se levantou e se dirigiu a uma estante abarrotada no canto. No alto, pegou um grande e antiquado caderno com capa de couro, amarrado por um cordão.

— Essa foi a única coisa que não foi jogada fora — disse Gregory, olhando o caderno —, porque papai não o largou quando a ambulância chegou. Ele disse que precisava registrar como era o... o espírito, a coisa que ele havia conjurado... então o caderno foi para o hospital com ele. Eles o deixaram desenhar o demônio, o que ajudou os médicos a entenderem o que acontecia em sua cabeça, porque no início ele não quis falar com eles. Encontrei tudo isso depois; eles protegeram a mim e meu irmão enquanto tudo acontecia. Depois que papai ficou bem, ele guardou o caderno, porque disse que, se havia um lembrete para tomar o remédio, era esse. Mas eu quis conhecer você antes de tomar uma decisão.

Resistindo ao impulso de estender a mão, Strike ficou sentado, tentando aparentar a maior solidariedade que suas feições naturalmente ranzinzas permitiam. Robin era muito melhor em transmitir calor humano e empatia; desde que começaram a trabalhar juntos, muitas vezes ele a havia visto convencendo testemunhas recalcitrantes.

— Você compreende — disse Gregory, ainda agarrado ao caderno e evidentemente decidido a voltar ao ponto principal —, ele teve um completo colapso mental.

— Claro que sim — disse Strike. — A quem mais você mostrou isso?

— A mais ninguém — disse Gregory. — Ficou em nosso sótão nos últimos dez anos. Trouxemos duas caixas com coisas da antiga casa de meus pais para cá. Engraçado você aparecer justo quando estávamos esvaziando o sótão... Quem sabe não é coisa de meu pai? Talvez ele esteja tentando me dizer que não tem problema entregar a você.

Strike soltou um ruído ambíguo que pretendia transmitir concordância, de que a decisão dos Talbot de esvaziar o sótão de alguma forma foi motivada pelo pai morto de Gregory, e não pela necessidade de acomodar mais duas crianças.

— Tome — disse Gregory abruptamente, estendendo o velho caderno. Strike achou que ele parecia aliviado ao vê-lo de posse de outra pessoa.

— Agradeço por sua confiança. Se encontrar algo aqui que eu pense precisar de sua ajuda, teria algum problema em entrar em contato com você novamente?

— Não, claro que não — disse Gregory. — Você tem meu e-mail... Vou lhe dar o número de meu celular...

Cinco minutos depois, Strike estava de pé no hall, trocando um aperto de mãos com a sra. Talbot ao se preparar para voltar ao escritório.

— Foi um prazer conhecê-lo — disse ela. — Estou feliz que ele tenha lhe entregado essa coisa. Nunca se sabe, não é?

E com o caderno na mão, Strike concordou que sim, nunca se sabe.

18

Assim a bela Britomart tendo convertido
Sua nebulosa preocupação em tormenta irascível,
A névoa da dor dissolvida...

Edmund Spenser
A Rainha das Fadas

Robin, que recentemente tinha desistido de muitos fins de semana livres para cobrir a carga de trabalho da agência, tirou folga na terça e na quarta seguintes por insistência de Strike. A sugestão dela de que voltaria ao escritório para ver o caderno que Gregory Talbot dera a Strike e examinar sistematicamente a última caixa do arquivo policial, que nenhum dos dois teve tempo de ver, foi severamente vetada pelo sócio sênior. Strike sabia que não restava tempo esse ano para Robin tirar todas as férias que deveria, mas estava decidido a fazer com que ela tirasse o máximo de folga possível.

Contudo, se Strike imaginou que Robin tinha muito prazer em seus dias de folga, estava enganado. Ela passou a terça-feira lidando com trivialidades, como a roupa para lavar e a compra de mantimentos, e na quarta-feira de manhã partiu para uma hora marcada, adiada duas vezes, com a advogada.

Quando Robin deu aos pais a notícia de que ela e Matthew iam se divorciar pouco mais de um ano depois de terem se casado, a mãe e o pai quiseram que ela usasse os serviços de um advogado em Harrogate, um velho amigo da família.

— Moro em Londres. Por que contrataria uma firma de advocacia de Yorkshire?

Robin tinha escolhido uma advogada no final de seus quarenta anos chamada Judith, cujo humor seco, o cabelo grisalho espetado e os óculos grossos de aro preto encantaram Robin quando elas se conheceram. A sensação de calor humano de Robin tinha minguado um pouco nos 12 meses que se seguiram. Era difícil manter a ternura por uma pessoa cujo trabalho era transmitir as mais recentes comunicações intransigentes e agressivas do advogado de Matthew. Com o passar dos meses, Robin notou que de vez em quando Judith se esquecia ou se lembrava mal de informações pertinentes ao divórcio. Robin, que sempre tinha o cuidado de dar aos próprios clientes a impressão de que as preocupações deles estavam em primeiro lugar em sua mente, não pôde deixar de se perguntar se Judith teria sido mais meticulosa se Robin fosse mais rica.

Como os pais de Robin, no início Judith supôs que esse divórcio seria rápido e fácil, uma questão de duas assinaturas e um aperto de mãos. Os dois ficaram casados pouco mais de um ano e não tinham filhos. Nem mesmo um animal de estimação que fosse objeto de disputa. Os pais de Robin chegaram ao ponto de imaginar que Matthew, que eles conheciam desde criança, devia sentir tanta vergonha de sua infidelidade que ia querer compensar Robin, sendo generoso e sensato a respeito do divórcio. A fúria crescente da mãe de Robin com o ex-genro começava a provocar em Robin medo dos telefonemas para a casa dos pais.

Os escritórios da Stirling and Cobbs ficavam vinte minutos a pé do apartamento de Robin, na North End Road. Vestindo um casaco quente, de guarda-chuva na mão, Robin preferiu caminhar naquela manhã puramente pelo exercício, porque havia passado longas horas no carro até tarde, sentada na frente da casa do homem do tempo, esperando pelo Cartão-Postal. Na verdade, a última vez em que caminhou por uma hora inteira foi dentro da National Portrait Gallery, uma viagem infrutífera, a não ser por um incidente mínimo que Robin desprezara, porque Strike a ensinara a desconfiar dos pressentimentos tão romantizados pelo público não investigativo que, ele disse, frequentemente surgiam de vieses pessoais ou de aspirações ilusórias.

Cansada, desanimada e sabendo muito bem que nada que estava prestes a ouvir de Judith poderia animá-la, Robin passava por uma casa de apostas quando seu celular tocou. A retirada do aparelho do bolso levou mais tempo do que o normal, porque ela estava de luvas e, por conseguinte, parecia meio em pânico quando, enfim, conseguiu atender ao número desconhecido.

— Sim, alô? Aqui é Robin Ellacott.

— Ah, oi. É Eden Richards.

Por um momento, nem que sua vida dependesse disso, Robin conseguiu pensar em quem seria Eden Richards. A mulher do outro lado da linha parece ter adivinhado o dilema, porque continuou:

— Filha de Wilma Bayliss. Você mandou mensagens para mim e para meus irmãos. Queria conversar conosco sobre Margot Bamborough.

— Ah, sim, claro, obrigada por me telefonar! — disse Robin, voltando à porta da casa de apostas, com o dedo pressionado na orelha que não estava com o telefone para bloquear o barulho do trânsito. Eden, ela agora se lembrava, era a mais velha dos filhos de Wilma, integrante do Conselho Trabalhista de Lewisham.

— É — disse Eden Richards —, bom, infelizmente não queremos conversar com você. E estou falando por todos nós, está bem?

— Lamento saber disso — disse Robin, olhando distraidamente um doberman de passagem se agachar e defecar na calçada enquanto o dono rabugento esperava com uma sacola plástica pendurada na mão. — Posso perguntar o motivo?

— Simplesmente não queremos — disse Eden. — Está bem?

— Está bem — disse Robin —, mas, para esclarecer, só estamos verificando depoimentos que foram dados mais ou menos na época em que Margot...

— Não podemos falar por minha mãe — disse Eden. — Ela morreu. Lamentamos pela filha de Margot, mas não queremos desencavar coisas que... é algo que não queremos particularmente reviver, ninguém de nossa família. Éramos novos quando ela desapareceu. Foi uma época ruim para nós. Então a resposta é não, está bem?

— Eu entendo — disse Robin —, mas gostaria que a senhora reconsiderasse. Não estamos pedindo para falar nada de pesso...

— Mas estão, sim — disse Eden. — Sim, vocês estão. E nós não queremos, está bem? Vocês não são da polícia. E a propósito: minha irmã mais nova está fazendo quimioterapia, deixe-a em paz, por favor. Ela não precisa dessa aflição. A resposta é não, está bem? Por favor, não volte a entrar em contato com nenhum de nós.

E a linha ficou muda.

— Merda — disse Robin em voz alta.

O dono do doberman, que agora recolhia uma pilha considerável daquela mesma substância da calçada, disse:

— Você e eu também, meu bem.

Robin abriu um sorriso forçado, devolveu o celular ao bolso e continuou andando. Logo depois disso, ainda se perguntando se poderia ter lidado melhor com o telefonema de Eden, Robin abriu a porta de vidro da Stirling and Cobbs, Advogados.

— *Bom* — disse Judith cinco minutos depois, após Robin estar sentada de frente para ela no minúsculo escritório cheio de arquivos. O monossílabo foi seguido pelo silêncio, com Judith passando os olhos pelos documentos na pasta diante dela, claramente relembrando os detalhes do caso enquanto Robin ficava sentada olhando. Robin preferia ter ficado sentada por mais cinco minutos na sala de espera a testemunhar essa revisão despreocupada e apressada do que lhe causava tanto estresse e sofrimento.

— Hum — disse Judith —, sim... só verificando aqui... sim, tivemos uma resposta no dia 14, como eu disse em meu e-mail, então você sabe que o sr. Cunliffe não está disposto a mudar de posição com relação à conta conjunta.

— Sim — disse Robin.

— Então, sinceramente, penso que está na hora de partirmos para a audiência de conciliação — disse Judith Cobbs.

— E, como eu disse em minha resposta a seu e-mail — disse Robin, perguntando-se se Judith chegara a ler —, não entendo como a conciliação pode funcionar.

— E foi por isso que eu quis falar com você pessoalmente — disse Judith, sorrindo. — Em geral, descobrimos que quando as duas partes precisam se sentar na mesma sala, e responder sozinhas, em particular com a presença de testemunhas imparciais... eu estaria com você, evidentemente... elas ficam muito menos intransigentes do que são por escrito.

— Você mesma disse — respondeu Robin (o sangue latejava nos ouvidos: a sensação de não ser ouvida era cada vez mais comum durante essas interações) —, da última vez em que nos reunimos... Você concordou que Matthew parece tentar forçar tudo para o tribunal. Ele não está interessado na conta conjunta. Ele pode gastar dez vezes mais do que eu. Ele só quer me derrotar. Ele quer que o juiz concorde que eu me casei com ele pela sua conta bancária. Ele vai pensar que o dinheiro foi bem gasto se conseguir apontar alguma lei que diga que o divórcio foi todo por minha culpa.

— É fácil — disse Judith, ainda sorrindo — atribuir os piores motivos possíveis a ex-parceiros, mas claramente ele é um homem inteligente...

— Gente inteligente pode ser maldosa como qualquer outra.

— É verdade — disse Judith, ainda com o ar de quem está fazendo a vontade de Robin —, mas recusar-se até a *tentar* a conciliação é uma atitude ruim para vocês dois. Nenhum juiz verá com gentileza alguém que se recusa a pelo menos *tentar* conciliar as questões sem o recurso do tribunal.

A verdade, como provavelmente Judith e Robin sabiam, era que Robin tinha medo de ter de se sentar cara a cara com Matthew e o advogado que tinha sido o autor de todas aquelas cartas frias e ameaçadoras.

— Eu *disse* a ele que não quero a herança que ele recebeu da mãe — disse Robin. — Só o que quero de volta daquela conta conjunta é o dinheiro que *meus* pais puseram em nosso primeiro imóvel.

— Sim — disse Judith, com certo tédio: Robin sabia que ela diria exatamente isso, sempre que elas se reunissem. — Mas, como você sabe, a posição *dele*...

— É que eu contribuí com praticamente nada para nossas finanças, assim ele deve ficar com todo o dinheiro, porque ele entrou no casamento por amor e eu sou uma espécie de interesseira.

— É evidente que isso aborrece você — disse Judith, que agora não sorria mais.

— Ficamos dez anos juntos — disse Robin, tentando, com pouco sucesso, manter a calma. — Quando ele era estudante e eu trabalhava, eu pagava tudo. Será que devia ter guardado os recibos?

— Certamente podemos usar esse argumento na conciliação...

— Isso vai deixá-lo furioso — retrucou Robin.

Ela levou a mão ao rosto puramente para escondê-lo. De súbito, sentia-se perigosamente perto de chorar.

— Ok, tudo bem. Podemos tentar a conciliação.

— Acho que é a atitude sensata a tomar — disse Judith Cobbs, sorrindo de novo. — Então, vou entrar em contato com a Brophy, Shenston and...

— Pelo menos acho que terei a oportunidade de dizer a Matthew que ele é um merda completo — disse Robin, em uma onda repentina de fúria.

Judith deu uma risadinha.

— Ah, eu não aconselharia *isso* — disse ela.

Ah, não mesmo?, pensou Robin enquanto engatava outro sorriso falso e se levantava para ir embora.

Um vento úmido e tempestuoso soprava quando ela saiu do escritório dos advogados. Robin voltou com esforço para a Finborough Road, até que por fim, com o rosto entorpecido, o cabelo batendo nos olhos, entrou em uma pequena cafeteria onde, desafiando as próprias regras de alimentação saudável, comprou um latte grande e um brownie de chocolate. Ela se sentou e olhou a rua molhada de chuva, desfrutando do conforto do café e do bolo, até que seu celular tocou de novo.

Era Strike.

— Oi — disse ela, mastigando o brownie. — Desculpe-me. Comendo.

— Quem me dera — disse ele. — Estou na frente daquele maldito teatro de novo. Acho que Barclay tem razão: não vamos chegar a nada com o Pé de Valsa. Tenho novidades sobre Bamborough.

— Eu também — disse Robin, que tinha conseguido engolir a porção de brownie —, mas não é boa notícia. Os filhos de Wilma Bayliss não querem conversar conosco.

— Os filhos da faxineira? E por que não?

— Wilma não era faxineira quando morreu — Robin lembrou a ele. — Era assistente social.

Mesmo ao dizer isso, Robin se perguntou por que sentiu necessidade de corrigi-lo. Talvez fosse simplesmente porque se Wilma deveria ser lembrada para sempre como faxineira, ela, Robin, podia muito bem ser chamada para sempre de "a temporária".

— Tudo bem, por que os filhos da *assistente social* não querem conversar conosco? — perguntou Strike.

— Aquela que me telefonou... Eden, ela é a mais velha... disse que eles não querem desencavar o que foi uma época difícil para a família.

Disse que não tem nada a ver com Margot... mas depois entrou em contradição, porque quando falei que so queríamos conversar sobre Margot... não me lembro do que ela disse exatamente, mas a sensação foi de que falar no desaparecimento de Margot envolveria falar de coisas pessoais da família.

— Bom, o pai delas estava na prisão no início dos anos 1970 e Margot incentivava Wilma a se separar dele — disse Strike. — Deve ser por isso. Acha que vale a pena ligar para ela de novo? Tentar um pouco mais de persuasão?

— Acho que ela não vai mudar de ideia.

— E ela disse que falava pelos irmãos também?

— Sim. Uma delas faz quimioterapia. Ela me quer especificamente longe dela.

— Tudo bem, evite essa, mas um dos outros pode valer a tentativa.

— Isso vai irritar Eden.

— É provável, mas não temos nada a perder agora, temos?

— Acho que não — disse Robin. — E então, qual é a *sua* novidade?

— A enfermeira e a recepcionista, aquela que não é Gloria Conti...

— Irene Bull — disse Robin.

— Irene Bull, agora Hickson, para ser exato... As duas concordaram em conversar conosco. Por acaso são amigas desde os tempos da Clínica St. John's. Irene terá o prazer de receber Janice e nós dois em sua casa no sábado à tarde. Acho que devíamos ir.

Robin colocou o celular no viva-voz para verificar a agenda que mantinha em seu aparelho. A entrada para sábado dizia: *Aniversário de Strike/namorada do DV.*

— Eu devo seguir a namorada do Duas-Vezes — disse Robin, saindo do viva voz.

— Deixa para lá, Morris pode cuidar disso — disse Strike. — Você dirige... se não se importa — ele acrescentou, e Robin sorriu.

— Não, eu não me importo — disse ela.

— Ótimo, então. Desfrute do resto do seu dia de folga.

Ele desligou. Robin pegou o que restava do brownie e o terminou lentamente, saboreando cada pedaço. Apesar da perspectiva da audiência de conciliação com Matthew e sem dúvida devido a uma infusão muito necessária de chocolate, ela se sentia bem mais feliz do que dez minutos antes.

19

Lá encontrei meu único e fiel amigo
Em pesarosa situação e triste perplexidade;
Entristecido eu mesmo, ainda assim me inclinei,
A reconfortá-lo com minha companhia.

Edmund Spenser
A Rainha das Fadas

Strike nunca dizia a ninguém que seu aniversário era iminente e evitava anunciá-lo no dia propriamente dito. Não que não gostasse que as pessoas se lembrassem: na verdade, Strike tendia a ficar muito mais comovido quando elas se lembravam do que quando ele contava, mas tinha um desprazer inato com comemorações marcadas ou alegria forçada e, de todas as práticas fúteis, ter "Parabéns pra você" cantado para ele era uma das que menos gostava.

Desde que se entendia por gente, o dia de seu nascimento trazia lembranças infelizes que ele preferia, em geral sem nenhum sucesso, não remoer. A mãe às vezes se esquecia de comprar alguma coisa para ele quando era criança. O pai biológico nunca reconheceu a data. Os aniversários tinham uma ligação inextrincável com o conhecimento, que há muito tempo já fazia parte dele, de que sua existência era um acidente, que sua herança genética tinha sido contestada judicialmente e que o seu nascimento em si tinha sido "uma merda horrenda, querido, se os homens tivessem de fazer isso, a raça seria extinta em um ano".

Para a irmã dele, Lucy, teria sido quase crueldade deixar passar o aniversário de um ente querido sem um cartão, um presente, um telefonema ou, se ela conseguisse, uma festa ou pelo menos uma refeição. Era por isso que em geral ele mentia para Lucy, fingindo ter planos para não ter de ir até a casa dela em Bromley e participar de um jantar em família que era muito mais do agrado dela do que dele. Não muito tempo atrás, ele comemorava, feliz, com comida delivery na casa dos amigos Nick e Ilsa, mas Ilsa tinha sugerido que Robin fizesse companhia a Strike, e como Strike decidira muitas semanas atrás que as tentativas cada vez mais patentes de Ilsa de juntar os dois só podiam ser contra-atacadas com sucesso por uma recusa geral em cooperar, ele fingia que ia à casa de Lucy. A única esperança triste de Strike para seu aniversário de 39 anos era que Robin tivesse se esquecido, porque, se assim fosse, sua própria omissão seria anulada: eles ficariam quites.

Ele desceu a escada de metal para o escritório na manhã de sexta-feira e viu, para sua surpresa, dois pacotes e quatro envelopes, ao lado da pilha habitual de correspondência na mesa de Pat. Os envelopes tinham diferentes cores primárias. Pelo visto, amigos e familiares decidiram ter certeza de que os cumprimentos do aniversário chegassem a ele a tempo para o fim de semana.

— É seu aniversário? — perguntou Pat em sua voz grave e rouca, ainda encarando o monitor e digitando, com o cigarro eletrônico metido entre os dentes, como sempre.

— Amanhã — disse Strike, pegando os cartões. Ele reconheceu a letra em três deles, mas não no quarto.

— Meus parabéns — grunhiu Pat, junto com os estalos do teclado. — Você devia ter dito.

Algum espírito maldoso levou Strike a perguntar:

— Por quê? Você teria me preparado um bolo?

— Não — disse Pat com indiferença. — Mas podia ter comprado um cartão para você.

— Então, que sorte a minha não ter falado. Menos algumas árvores mortas.

— Não teria sido um cartão *tão grande assim* — disse Pat, sem sorrir, os dedos ainda voando sobre o teclado.

Com um leve sorriso, Strike se retirou com os cartões e pacotes para sua sala e naquela tarde os levou para o sótão, ainda sem abrir.

Ele acordou no dia 23 com a cabeça cheia de sua ida a Greenwich com Robin mais tarde e só se lembrou do significado do dia quando viu os presentes e os cartões na mesa. Os pacotes continham um suéter de Ted e Joan, e um moletom de Lucy. Ilsa, Dave Polworth e seu meio-irmão Al tinham mandado cartões cômicos que, embora não o fizessem rir, eram vagamente animadores.

Ele tirou o quarto cartão do envelope. Tinha a fotografia de um bloodhound na frente, e Strike pensou nisso por um ou dois segundos, perguntando-se o porquê dessa escolha. Nunca teve cachorro e, embora tivesse uma leve preferência por cães, em vez de gatos, tendo trabalhado junto com alguns no exército, não teria dito que o amor pelos cachorros era uma de suas características proeminentes. Ao abrir o cartão, ele viu as palavras:

Feliz aniversário, Cormoran

Abraços

Jonny (papai)

Por alguns momentos, Strike apenas olhou as palavras, a mente em branco como o resto do cartão. Da última vez que vira a letra do pai, ele estava cheio de morfina depois de ter a perna explodida. Quando criança, de vez em quando tinha um vislumbre da assinatura do pai em documentos judiciais enviados à mãe. Na época, ele olhava assombrado o nome, como se estivesse entrevendo uma parte real do pai, como se a tinta fosse sangue, prova sólida de que o pai era um ser humano de verdade, e não um mito.

De súbito, e com uma intensidade que chocou Strike, ele se viu cheio de fúria, fúria pelo garotinho que um dia teria vendido a alma para receber um cartão de aniversário do pai. Ele superou qualquer desejo de ter contato com Jonny Rokeby, mas ainda se lembrava da dor aguda que a ausência contínua e implacável do pai provocava nele com tanta frequência quando criança: quando a turma do primário fazia cartões de Dia dos Pais, por exemplo, ou quando adultos desconhecidos lhe perguntavam por que ele nunca via Rokeby, ou outras crianças zombavam dele, cantando músicas dos Deadbeats ou lhe dizendo que a mãe tinha engravidado dele só para conseguir o dinheiro de Rokeby. Ele se lembrava do desejo que era quase doloroso, sempre mais agudo perto dos aniversários e do Natal, de seu pai mandar alguma coisa ou telefonar: qualquer coisa para mostrar que ele sabia que Strike estava vivo. Strike detestava a lembrança dessas fantasias mais do que detestava se lembrar da dor provocada pela eterna insatisfação, mas sobretudo detestava se lembrar das mentiras esperançosas que contava a si mesmo quando, muito pequeno, inventava desculpas para o pai, que provavelmente ainda nem sabia que a família tinha se mudado, que mandava coisas ao endereço errado, que queria saber dele, mas simplesmente não conseguia encontrá-lo.

Onde estava Rokeby, quando o filho era um ninguém? Onde estava Rokeby sempre que a vida de Leda saía dos trilhos, e Ted e Joan apareciam, de novo, em resgate? Onde ele estava em qualquer um dos milhares de ocasiões em que sua presença poderia ter significado algo real, e autêntico, em vez de uma tentativa de se sair bem nos jornais?

Rokeby não sabia literalmente nada a respeito do filho, exceto que ele era detetive, e *isso* explicava a merda do bloodhound. *Foda-se você e foda-se a merda do seu cartão*. Strike rasgou o cartão ao meio, depois em quatro e jogou os pedaços na lixeira. Teria acendido um fósforo neles, mas não queria disparar o alarme de incêndio.

A raiva pulsou como uma corrente elétrica em Strike a manhã toda. Ele detestava a própria fúria, porque mostrava que Rokeby ainda tinha influência emocional nele, e quando partiu para Earl's Court, onde Robin ia apanhá-lo, Strike não estava longe de desejar que os aniversários jamais tivessem sido inventados.

Sentada no Land Rover na frente da entrada da estação cerca de 45 minutos depois, Robin viu Strike surgir na calçada, trazendo um caderno com capa de couro, e notou que parecia rabugento como sempre.

— Feliz aniversário — disse ela quando ele abriu a porta do carona. De imediato, Strike percebeu o cartão e o pequeno pacote embrulhado no painel.

Merda.

— Valeu. — E ele subiu ao lado dela ainda mais rabugento.

Enquanto arrancava para a rua, Robin disse:

— O que aborrece você é fazer 39 anos ou aconteceu mais alguma coisa?

Sem ter nenhum desejo de falar sobre Rokeby, Strike concluiu que era necessário algum esforço.

— Não, só estou meio morto. Fiquei acordado até tarde ontem vendo a última caixa do arquivo Bamborough.

— Eu quis fazer isso na terça, mas você não deixou!

— Você precisava de uma folga — disse Strike rapidamente, rasgando o envelope do cartão. — Você *ainda* tem dias de folga para tirar.

— Eu sei, mas teria sido muito mais interessante do que passar minha roupa.

Strike olhou a frente do cartão de Robin, que trazia uma aquarela de St. Mawes. Ele pensou que ela devia ter tido alguma dificuldade para encontrá-lo em Londres.

— Que legal — disse ele —, obrigado.

Abrindo o cartão, ele leu:

Feliz aniversário, com amor, Robin, bjs

Ela nunca havia colocado um beijo em nenhuma mensagem, e ele gostou de ver ali. Sentindo-se um pouco mais animado, ele abriu o pequeno pacote que o acompanhava e encontrou dentro dele um par de fones de ouvido do modelo que Luke tinha quebrado quando ele esteve em St. Mawes no verão.

— Ah, Robin, isso é... obrigado. Isso é ótimo. Eu ainda não tinha comprado outro.

— Eu sei — disse Robin —, percebi.

Enquanto devolvia o cartão ao envelope, Strike se lembrou de que realmente precisava comprar para ela um presente de Natal decente.

— Esse é o caderno secreto de Bill Talbot? — perguntou Robin, olhando de lado o caderno com capa de couro no colo de Strike.

— Ele mesmo. Vou mostrar a você depois de conversarmos com Irene e Janice. Coisa de maluco. Cheio de desenhos e símbolos bizarros.

— E a última caixa de registros policiais? Alguma coisa interessante? — perguntou Robin.

— Sim, à medida que avança. Um monte de anotações policiais de 1975 estavam misturadas com um monte de coisas posteriores. Tinha algumas partes interessantes.

"Por exemplo, a faxineira, Wilma, foi demitida dois meses depois do desaparecimento de Margot, mas por furto, e não por alcoolismo, que foi o que Gupta me disse. Pequenas quantias estavam desaparecendo das bolsas e dos bolsos dos outros. Também encontrei um telefonema feito ao lar conjugal de Margot no segundo aniversário de Anna, de uma mulher que alegava ser Margot."

— Ah, meu Deus, que coisa horrível — disse Robin. — Era um trote?

— Foi o que a polícia pensou. Rastrearam a ligação a uma cabine telefônica em Marylebone. Cynthia, a babá-que-virou-a-segunda-esposa, atendeu. A mulher se identificou como Margot e disse a Cynthia para cuidar de sua filha.

— Cynthia pensou que fosse Margot?

— Ela disse à polícia que ficou chocada demais para realmente entender o que a pessoa disse. Achou a voz meio parecida com a dela, mas no geral parecia mais alguém que a imitava.

— O que leva as pessoas a fazerem coisas assim? — Robin estava verdadeiramente perplexa.

— Elas são umas bostas — disse Strike. — A última caixa tinha as pessoas que supostamente avistaram Margot depois do dia em que ela desapareceu. Todos foram refutados, mas fiz uma lista e mandei por e-mail para você. Posso fumar?

— Pode — disse Robin, e Strike abriu a janela. — Na verdade, eu mandei *para você* por e-mail algumas informações ontem à noite também. *Bem poucas*. Lembra-se de Albert Shimmings, o floricultor local...?

— ... Cujo furgão as pessoas pensaram ter visto em alta velocidade saindo de Clerkenwell Green? Lembro. Ele deixou um bilhete confessando o assassinato?

— Infelizmente não, mas falei com o filho mais velho dele, que disse que o furgão do pai *sem dúvida nenhuma* não esteve em Clerkenwell às seis e meia daquela noite. Estava na frente da casa de seu professor de clarineta em Camden, aonde o pai o levava toda sexta-feira. Ele disse que contaram isso à polícia na época. O pai costumava esperar por ele no furgão e lia romances de espionagem.

— Bom, as aulas de clarineta não estão nos registros, mas tanto Talbot como Lawson acreditaram em Shimmings quando falaram com ele. Mas é bom ter isso confirmado — acrescentou ele, para Robin não pensar que ele desprezava seu trabalho de rotina. — Bom, isso significa que ainda existe uma possibilidade de o furgão ter sido de Dennis Creed, não é?

Strike acendeu um Benson & Hedges, soltou a fumaça pela janela e continuou:

— Naquela última caixa de anotações, tem algum material interessante sobre essas duas mulheres que vamos conhecer. Mais coisas que surgiram quando Lawson assumiu.

— É mesmo? Pensei que Irene tinha hora marcada com o dentista e Janice tinha visitas domiciliares na tarde em que Margot desapareceu.

— É, era o que diziam seus depoimentos originais — disse Strike —, e Talbot não verificou a história de nenhuma das duas. Simplesmente aceitou a palavra delas.

— Presumivelmente porque ele não pensava que uma mulher pudesse ser o Açougueiro de Essex?

— Exatamente.

Strike pegou seu bloco no bolso do paletó e abriu nas páginas em que havia escrito na terça-feira.

— O primeiro depoimento de Irene, que ela deu a Talbot, dizia que ela estava com uma dor de dente incômoda alguns dias antes de Margot desaparecer. A amiga Janice, a enfermeira, achava que podia ser um abscesso, então Irene marcou uma consulta de emergência para as três da tarde, saindo da clínica às duas e meia. Ela e Janice pretendiam ir ao cinema naquele fim de tarde, mas o rosto de Irene estava dolorido e inchado depois de uma extração dentária, então, quando Janice telefonou para ver como tinha sido no dentista e para saber se ela ainda queria sair naquela noite, Irene disse que preferia ficar em casa.

— Sem celulares — Robin refletiu. — Um mundo diferente.

— Exatamente o que pensei quando dei com isso — disse Strike. — Hoje em dia, os amigos de Irene teriam esperado um comentário a cada minuto. Selfies feitas na cadeira do dentista.

"Talbot deu a entender a seus agentes que ele tinha entrado em contato pessoalmente com o dentista para verificar essa história, mas ele não fez isso. Não teria sido estranho ele consultar uma bola de cristal."

— Ha-ha.

— Sem sacanagem. Espere só para ver o caderno dele.

Strike virou uma página.

— Mas então, seis meses depois, Lawson assume o caso e repassa sistematicamente cada testemunha e suspeito do arquivo. Irene contou de novo a história do dentista, mas meia hora depois que o deixou ela entrou em pânico e pediu para vê-lo de novo. Dessa vez, confessou que tinha mentido.

"Nunca houve dor de dente nenhuma. Ela não foi ao dentista. Disse que era obrigada a fazer muita hora extra sem remuneração na clínica e se ressentia disso, e achou que merecia uma tarde de folga, então fingiu ter dor de dente, fingiu ter uma consulta de emergência, saiu da clínica e foi fazer compras no West End.

"Ela disse a Lawson que foi só quando chegou em casa... ela ainda morava com os pais, aliás... que ocorreu a ela que se saísse para encontrar Janice, a enfermeira, naquela noite, Janice poderia pedir para ver o lugar onde o dente tinha sido arrancado, ou pelo menos esperaria ver algum inchaço. Então, quando Janice telefonou para saber se elas ainda iam ao cinema, ela mentiu e disse que não se sentia bem para isso.

"Lawson deu um aperto em Irene, a julgar pelas anotações dele. Será que ela não entendia como a questão era séria, mentir para a polícia, gente sendo presa por muito menos etc. Ele também lhe disse que a história nova mostrava que ela não tinha álibi para nenhum momento da tarde e do início da noite, a não ser por volta das seis e meia, quando Janice ligou para a casa dela."

— Onde Irene morava?

— Em uma rua chamada Corporation Row, que por acaso fica muito perto do Three Kings, mas não do caminho que Margot teria pegado ao sair da clínica.

"De todo modo, quando os álibis foram mencionados, Irene ficou histérica. Ela descarregou um monte sobre Margot ter muitos inimigos, sem conseguir dizer quem eram esses inimigos, embora tenha remetido Lawson às cartas anônimas recebidas por Margot.

"No dia seguinte, Irene voltou a Lawson, dessa vez acompanhada pelo pai muito zangado, que não fez nenhum favor a ela perdendo a compostura com Lawson pelo atrevimento de incomodar a filha. Durante esse terceiro interrogatório, Irene apresentou a Lawson um recibo da Oxford Street, que registrava a hora de 15h30 do dia do desaparecimento de Margot. Era um recibo por pagamento em dinheiro. Lawson deve ter tido muito prazer em dizer a Irene e ao pai que só o que o recibo provava era que *alguém* tinha feito compras na Oxford Street naquele dia."

— Ainda assim... um recibo daquele dia, com a hora correta...

— Pode ter sido da mãe dela. De uma amiga.

— Por que eles o teriam guardado por seis meses?

— Por que ela teria guardado?

Robin pensou na pergunta. Ela costumava guardar recibos, mas eram questões de despesas enquanto fazia vigilância, a serem apresentados ao contador.

— É, talvez seja estranho que ela ainda tivesse esse recibo — concordou ela.

— Só que Lawson não conseguiu arrancar mais nada dela. Não creio que ele verdadeiramente suspeitasse dela, veja bem. Tenho a impressão de que ele só não gostava dela. Ele a pressionou muito sobre os bilhetes anônimos que ela alegava ter visto, aqueles que falavam em fogo do inferno. Acho que Lawson não acreditava neles.

— Mas a outra recepcionista não confirmou ter visto um deles?

— Confirmou. Mas elas poderiam muito bem estar em conluio. Nenhum sinal do bilhete jamais foi encontrado.

— Mas essa seria uma mentira grave — disse Robin. — Com a falsa consulta ao dentista, posso entender por que ela mentiu e por que teve medo de confessar isso depois. Já mentir sobre bilhetes anônimos no contexto de uma pessoa desaparecida...

— Ah, mas não se esqueça de que Irene já estava contando a história dos bilhetes anônimos antes de Margot desaparecer. É mais do mesmo, não é? As duas recepcionistas podem ter inventado esses bilhetes pelo prazer de começar um boato maldoso, e acharam impossível voltar atrás e desmentir depois do desaparecimento de Margot.

"Mas então", disse Strike, folheando algumas páginas, "chega de Irene. Agora vamos à sua melhor amiga, a enfermeira.

"O depoimento original de Janice foi de que ela andou de carro a tarde toda, atendendo em domicílio. A última visita, a uma idosa com vários problemas de saúde, a segurou por mais tempo do que ela esperava. Ela saiu de lá por volta das seis e foi às pressas a uma cabine telefônica para ligar para Irene, querendo saber se elas ainda iam ao cinema naquela noite. Irene disse que não se sentia bem, mas Janice já havia contratado uma babá e estava desesperada para ver o filme — James Caan, *O jogador* —, então ela foi mesmo assim. Viu o filme sozinha, depois foi à casa da vizinha, pegou o filho e foi para casa.

"Talbot não se deu ao trabalho de verificar nada disso, mas um policial cioso verificou, por iniciativa própria, e tudo batia. Todos os pacientes confirmaram que Janice esteve na casa deles no horário certo. A babá confirmou que Janice foi buscar o filho quando era esperada. Janice também apresentou um ingresso meio rasgado de cinema que tirou do fundo da bolsa. Como isso foi menos de uma semana depois do desaparecimento de Margot, não me parece particularmente suspeito que ela ainda tivesse o ingresso. Por outro lado, o ingresso rasgado não é mais prova de que ela ficou sentada durante todo o filme do que o recibo é prova de que Irene foi fazer compras."

Ele jogou a guimba do cigarro pela janela.

— Onde morava o último paciente de Janice naquele dia? — perguntou Robin, e Strike sabia que a cabeça de Robin processava distâncias e horários.

— Na Gopsall Street, que fica cerca de dez minutos de carro da clínica. Teria sido possível, por pouco, uma mulher de carro ter interceptado Margot a caminho do Three Kings, supondo-se que Margot andava muito devagar, ou se demorou em algum lugar pelo caminho, ou saiu da clínica mais tarde do que tinha dito Gloria. Mas isso exigiria sorte, porque, como sabemos, parte do caminho que Margot pegou era só para pedestres.

— E não consigo entender por que você marcaria com uma amiga de ir ao cinema, se pretendia raptar alguém — disse Robin.

— Nem eu — disse Strike. — Mas ainda não terminei. Quando Lawson assumiu o caso, ele descobriu que Janice também mentiu a Talbot.

— Você está brincando.

— Não. Por acaso, ela não tinha carro. Seis semanas antes de Margot desaparecer, o antigo Morris Minor de Janice bateu pino para sempre, e ela o vendeu como sucata. Daí em diante, ela fazia todas as visitas domiciliares usando transporte público ou ia a pé. Não quis contar a ninguém da clínica que estava sem carro, para não dizerem que ela não podia fazer seu trabalho. O marido a havia abandonado com um filho. Ela economizava para comprar um carro novo, mas sabia que levaria algum tempo, assim fingiu que o Morris Minor estava na oficina, ou que era mais fácil pegar um ônibus, se alguém perguntasse.

— Mas se isso é verdade...

— É. Lawson verificou, interrogou o ferro-velho e tudo.

— ... então certamente isso a coloca inteiramente fora do contexto para o rapto.

— Estou inclinado a concordar — disse Strike. — Ela podia ter pegado um táxi, é claro, mas o taxista também teria de participar do rapto. Não, o interessante a respeito de Janice é que, apesar de acreditar que ela era inteiramente inocente, Talbot a interrogou em um total de sete vezes, mais do que a qualquer outra testemunha ou suspeito.

— *Sete vezes?*

— Foi. No início, ele tinha uma desculpa. Ela era vizinha de Steve Douthwaite, o paciente de Margot com estresse agudo. Os interrogatórios dois e três trataram apenas de Douthwaite, que Janice conhecia de cumprimentar. Douthwaite era o candidato preferido de Talbot para o Açougueiro de Essex, então você pode seguir o processo de raciocínio dele... Você *interrogaria* os vizinhos se pensasse que alguém estava retalhando mulheres em casa. Só que Janice não sabia dizer a Talbot nada sobre Douthwaite, além do que já sabemos, e Talbot ainda assim voltava a ela. Depois do terceiro interrogatório, ele parou de perguntar sobre Douthwaite e ficou tudo muito esquisito. Entre outras coisas, Talbot perguntou se ela alguma vez foi hipnotizada, se estava disposta a experimentar, perguntou a ela sobre seus sonhos e insistiu que ela fizesse um diário deles para ele poder ler, também pediu para ela preparar uma lista de seus mais recentes parceiros sexuais.

— Ele fez *o quê*?

— Tem uma cópia de uma carta do comissário no arquivo — disse Strike com secura — pedindo desculpas a Janice pelo comportamento de Talbot. De modo geral, você pode entender por que eles o queriam fora da polícia o mais rápido possível.

— O filho dele te contou alguma parte disso?

Strike se lembrou do rosto franco e sereno de Gregory, sua afirmação de que Bill foi um bom pai e seu constrangimento quando a conversa se voltou para os pentagramas.

— Duvido que soubesse disso. Parece que Janice não criou estardalhaço.

— Bom — disse Robin lentamente. — Ela *era* enfermeira. Talvez tenha notado que ele estava doente.

Ela pensou na questão por alguns momentos, depois continuou:

— Mas é assustador, não é? Ter o investigador voltando a sua casa de cinco em cinco minutos, pedindo para você fazer um diário dos sonhos?

— Assustaria a maioria das pessoas. Estou supondo que a explicação é a lógica... mas precisamos perguntar a ela a respeito disso.

Strike olhou o banco traseiro e viu, como esperava, uma sacola de comida.

— Bom, é seu aniversário — disse Robin, com os olhos ainda na estrada.

— Quer um biscoito?

— É meio cedo para mim. Pode comer.

Enquanto se curvava para pegar a sacola, Strike notou que Robin tinha de novo o cheiro de seu antigo perfume.

20

E se algum mal escutava de alguém,
Ela o aumentava, e o piorava ao contá-lo,
E grande alegria tinha em divulgá-lo a muitos,
Que cada questão pior ficava com seu tratamento.

Edmund Spenser
A Rainha das Fadas

A casa de Irene Hickson ficava em uma construção geminada georgiana baixa e curva de tijolos aparentes amarelos, com janelas em arco e claraboias acima de cada porta preta de entrada. Lembrou Robin da rua onde ela passou os últimos meses de sua vida de casada, em uma casa alugada que fora construída para um capitão da marinha mercante. Aqui também havia vestígios do passado comercial de Londres. Os caracteres acima de uma janela arqueada diziam *Royal Circus Tea Warehouse.*

— O sr. Hickson deve ter ganhado um bom dinheiro — disse Strike, olhando a fachada de proporções bonitas enquanto ele e Robin atravessavam a rua. — Progrediram muito depois da Corporation Road.

Robin tocou a campainha. Eles ouviram o grito de "não se preocupe, vou atender!" e, alguns segundos depois, uma mulher baixa de cabelos prateados abriu a porta para os dois. Vestida em um suéter azul-marinho e uma calça que a mãe de Robin teria chamado de "slacks", a mulher tinha um rosto redondo, rosa e branco. Olhos azuis espiavam abaixo de uma franja cega que Robin suspeitava ter sido cortada por ela mesma.

— Sra. Hickson? — perguntou Robin.

— Janice Beattie — disse a mulher mais velha. — Você é Robin, não é? E você é...

Os olhos da enfermeira aposentada percorreram as pernas de Strike no que parecia uma avaliação profissional.

— ... Corm'ran, não foi o que você disse? — perguntou ela, voltando a olhar no rosto dele.

— É isso mesmo — disse Strike. — É muito bom que tenha nos recebido, sra. Beattie.

— Ah, não tem problema nenhum — disse ela, recuando para que eles entrassem. — Irene estará conosco em um minuto.

Os cantos naturalmente virados para cima da boca da enfermeira e as covinhas em suas faces cheias conferiam-lhe uma aparência alegre mesmo quando ela não estava sorrindo. Ela os levou pelo hall, que Strike achou opressivamente decorado demais. Tudo era cor-de-rosa escuro: o papel de parede florido, o carpete grosso, o prato de pot-pourri na mesa do telefone. O barulho distante de uma descarga lhes disse exatamente onde Irene estava.

A sala de estar era decorada em verde-oliva, e tudo que podia ter grinaldas, babados, franjas ou estofamento, assim foi feito. Fotografias de família em porta-retratos prateados abarrotavam as mesas laterais, e a maior parte mostrava uma loura muito bronzeada de quarenta e poucos anos que estava de rosto colado, bebendo coquetéis de fruta com guarda-chuvinha, com um cavalheiro rosado que Robin supôs ser o falecido sr. Hickson. Ele parecia bem mais velho do que a esposa. Uma grande coleção de estatuetas de porcelana estava em prateleiras de mogno especialmente construídas para elas, encostadas no papel de parede verde-oliva e brilhante. Todas representavam mulheres jovens. Algumas usavam crinolina, outras sombrinhas torcidas, outras ainda cheiravam flores ou seguravam cordeiros nos braços.

— Ela coleciona — disse Janice, sorrindo ao ver o que Robin olhava. — São lindas, não são?

— Ah, sim — Robin mentiu.

Parecia que Janice não se sentia no direito de convidá-los a se sentar sem que Irene estivesse presente, assim os três continuaram de pé ao lado das estatuetas.

— Vocês vieram de muito longe? — perguntou ela educadamente, mas, antes que eles pudessem responder, uma voz que exigia atenção disse:

— Olá! Bem-vindos!

Como a sala de estar de sua casa, Irene Hickson dava a primeira impressão de uma opulência excessivamente decorada e estofada. Tão loura quanto fora aos 25 anos, ela agora era muito mais pesada, com um busto enorme. Havia delineado os olhos empapuçados de preto, passou lápis nas sobrancelhas ralas em um arco elevado no estilo pierrô e pintou os lábios finos de vermelho. Com um conjunto de blusa e casaquinho cor mostarda, calça preta, saltos altos e uma grande quantidade de joias de ouro que incluíam brincos de fecho tão pesados que esticavam os lóbulos já compridos das orelhas, ela avançou para eles em um forte cheiro de perfume âmbar e spray capilar.

— Como vai? — disse ela, sorrindo radiante para Strike ao estender a mão, com as pulseiras tilintando. — Jan já contou a vocês? O que aconteceu hoje de manhã? Tão estranho, com vocês vindo hoje, *muito* estranho, mas eu *perdi a conta* de quantas vezes essas coisas estranhas acontecem comigo. — Ela se interrompeu, depois continuou num tom dramático: — *Minha Margot espatifada*. Minha Margot Fonteyn, na última prateleira — disse ela, apontando um espaço nas estatuetas de porcelana. — Se desfez em mil pedaços quando passei o espanador nela!

Ela parou, esperando pelo assombro.

— *É mesmo* estranho — disse Robin, pois estava claro que Strike não ia dizer nada.

— *Não é mesmo?* — disse Irene. — Chá? Café? O que vocês quiserem.

— Eu preparo, querida — disse Janice.

— Obrigada, meu bem. Quem sabe os dois? — ofereceu Irene. Ela gesticulou amavelmente para Strike e Robin se dirigirem às poltronas. — Sentem-se, por favor.

As poltronas colocaram Strike e Robin com uma vista de uma janela emoldurada por cortinas com borlas, através das quais eles viam um jardim com pavimentação complexa e canteiros elevados. Tinha um ar elisabetano, com sebes baixas e um relógio de sol de ferro batido.

— Ah, o jardim era todo o meu Eddie — disse Irene, acompanhando o olhar deles. — Ele *adorava* seu jardim, abençoado seja. *Adorava* esta casa. É por isso que ainda estou aqui, embora agora seja grande demais para mim... com licença. Não tenho me sentido bem — acrescentou ela em um sussurro alto, baixando-se espalhafatosamente no sofá e colocando almofadas com cuidado em torno do corpo. — Jan tem sido *uma santa*.

— Lamento saber disso — disse Strike —, que a senhora não esteja bem, quer dizer, não que sua amiga seja uma santa.

Irene soltou uma gargalhada deliciada, e Robin suspeitava que, se Strike estivesse sentado um pouco mais perto, Irene podia ter lhe dado um cutucão. Com um ar de quem dá a Strike informação privilegiada, ela murmurou:

— Síndrome do cólon irritável. Ele inflama. Às vezes a dor é... *ora essa*. O estranho é que fiquei *ótima* o tempo todo que passei fora... estive morando com minha filha mais velha, eles moram em Hampshire, por isso não recebi sua carta diretamente... mas no momento em que cheguei em casa, liguei para Jan e falei, você precisa vir, estou *com muita dor*... e minha médica não me serviu de nada — acrescentou ela, com um pequeno beicinho de nojo. — *Mulher*. Tudo culpa minha, de acordo com ela! Eu deveria cortar tudo que faz a vida valer a pena... eu estava dizendo a eles, Jan — disse ela, enquanto a amiga voltava para a sala com uma bandeja com chá —, que você *é uma santa*.

— Ah, pode falar. Todo mundo gosta de uma crítica positiva — disse alegremente Janice. Strike estava com metade do corpo para fora da cadeira para ajudá-la com a bandeja, em que havia um bule de chá e outro de café, mas, como a sra. Gupta, ela recusou a ajuda, depositando-a em um pufe estofado. Um sortimento de biscoitos de chocolate, alguns embrulhados em papel-alumínio, estava em um pano de crochê; o açucareiro tinha uma pinça, e a porcelana fina e florida sugeria "para as visitas". Janice se juntou à amiga no sofá e serviu as bebidas quentes, primeiro para Irene.

— Sirvam-se dos biscoitos — disse Irene aos visitantes e depois, olhando avidamente para Strike. — E então... o famoso Cameron Strike! Quase tive *um ataque cardíaco* quando vi seu nome assinando a carta. E você vai tentar pegar Creed, não é? Ele vai falar com você, não acha? Vão deixar que você o visite?

— Ainda não chegamos tão longe — disse Strike com um sorriso, enquanto pegava o bloco e tirava a tampa da caneta. — Temos algumas perguntas, principalmente de contexto, que talvez vocês duas possam...

— Ah, *qualquer coisa* que pudermos para ajudar — disse Irene com ansiedade. — *Qualquer coisa.*

— Lemos os depoimentos que vocês deram à polícia — disse Strike —, assim, a não ser que...

— Ah, meu Deus — interrompeu Irene, fingindo uma expressão de medo. — Então vocês sabem que eu fui uma garota levada, não é? Sobre o dentista e essas coisas? Haverá meninas aí fora fazendo isso neste exato momento, mentindo para ter algumas horas de folga, mas com a sorte que tenho, escolhi o dia em que Margot... desculpem-me, eu não pretendia dizer isso — disse Irene, contendo-se. — Não era minha intenção. É assim que eu me meto em problemas — disse ela, com uma risadinha. — *Calma, garota,* dizia Eddie, não é mesmo, Jan? — perguntou ela, dando um tapinha no braço da amiga. — Ele não dizia isso, *calma, garota*?

— Dizia mesmo. — Janice sorriu e concordou com a cabeça.

— Eu ia dizer — continuou Strike — que a não ser que uma das duas tenha algo a acrescentar...

— Ah, não pense que não pensamos nisso — interrompeu Irene de novo. — Se lembrávamos de mais alguma coisa que não dissemos *direto* à central de polícia, não foi, Jan?

— ... gostaria de esclarecer algumas questões.

"Sra. Beattie", disse Strike, olhando para Janice, que distraidamente passava o dedo por baixo da aliança de casada, a única joia que usava, "uma coisa que me ocorreu quando li as anotações da polícia foi quantas vezes o inspetor Talbot..."

— Ah, e eu também, Cameron — Irene interrompeu avidamente, antes que Janice conseguisse abrir a boca. — Eu também! Sei *exatamente* o que você vai perguntar... *por que ele continuou importunando Jan?* Eu disse a ela na época... não disse, Jan?... eu falei, isso não está certo, você devia fazer uma denúncia, mas você não fez, não foi? Quer dizer, sei que ele sofria um colapso, essas coisas... *Você deve saber* tudo a respeito disso — disse ela, com um gesto de cabeça para Strike, que ao mesmo tempo transmitia um elogio e uma avidez de informar o que ele quisesse —, mas homens doentes ainda são *homens*, não são?

— Sra. Beattie — repetiu Strike, um pouco mais alto —, por que *a senhora* acha que Talbot insistiu em interrogá-la?

Irene entendeu a sugestão e deixou Janice responder, mas seu autocontrole só durou até Janice acertar o passo, e a essa altura ela soltava um contraponto em voz baixa, fazendo eco às palavras de Janice, acrescentando concordância e ênfase e dando a impressão geral de que tinha medo de que, se não fizesse algum barulho de tantos em tantos segundos, Strike talvez se esquecesse de que ela estava ali.

— Não sei, com toda sinceridade — disse Janice, ainda mexendo na aliança. — Nas primeiras vezes em que ele me viu, foram perguntas simples...

— Na primeira vez foi, é verdade — murmurou Irene, assentindo.

— ... sobre o que eu fiz naquele dia, sabe qual, o que eu podia dizer a ele sobre as pessoas que procuraram Margot, porque eu conhecia muitos pacientes...

— Tínhamos de conhecer todos eles, trabalhando na clínica — disse Irene, assentindo.

— ... mas, então, foi como se ele pensasse que eu tivesse... bom, *poderes especiais*. Sei que parece loucura, mas não acho que...

— Ah, ora essa, *eu acho* — disse Irene com os olhos em Strike.

— ... não, eu sinceramente *não acho* que ele estivesse... sabe o quê... — Janice parecia constrangida até em dizer isso — *gostando* de mim. Ele *fez mesmo* coisas inadequadas, mas eu sabia que ele não estava bem, entende?... da cabeça. Sinceramente, era uma situação horrível — disse Janice, voltando os olhos para Robin. — Eu não sentia que podia *contar* a alguém. Ele era da polícia! Eu só precisava ficar sentada ali enquanto ele me perguntava sobre meus *sonhos*. E depois dos primeiros interrogatórios, era só disso que ele queria falar, de meus namorados do passado e essas coisas, nada a respeito de Margot ou dos pacientes...

— Mas ele estava interessado em *um* paciente, não estava...? — começou Robin.

— Duckworth! — intrometeu-se Irene, empolgada.

— Douthwaite — corrigiu Strike.

— Douthwaite, isso, foi o que eu quis dizer — disse Irene em voz baixa e, para encobrir um leve constrangimento, serviu-se de um biscoito, o que significou que por alguns momentos, pelo menos, Janice pôde falar sem ser interrompida.

— Sim, ele me perguntou sobre Steve — disse Janice, assentindo —, porque ele morava no mesmo prédio que eu, na Percival Street.

— A senhora conhecia bem Douthwaite? — perguntou Robin.

— Na verdade, não. Eu só o conheci quando ele foi espancado. Cheguei em casa tarde e encontrei um monte de gente no patamar com ele. As pessoas sabiam que eu era enfermeira, então... lá estava eu, com meu filho Kevin debaixo de um braço e as compras no outro... mas Steve estava péssimo, então tive de ajudar. Ele não queria que chamassem a polícia, mas sofreu um espancamento que podia deixar uma pessoa com lesões internas. O sujeito tinha usado um bastão. Marido ciumento...

— Que entendeu tudo *completamente* errado, não foi? — interrompeu Irene —, porque Douthwaite era bicha! — disse ela com uma gargalhada. — Ele era só *amigo* da esposa, mas aquele idiota ciumento achou que...

— Bom, eu não *sei* se Steve era bicha... — começou Janice, mas não havia como parar Irene.

— ... homem... mulher... Dois e dois são cinco! Meu Eddie *era igualzinho*... Jan, confirme aqui, como era Eddie? — disse ela, dando outro tapinha no braço de Janice. — *Igualzinho*, não era? Eu me lembro que uma vez eu disse: "Eddie, você acha que se eu só *olhar* para um homem... ele pode ser bicha, ele pode ser galês..." Mas depois que você me contou, Jan, eu pensei: "É, aquele Duckworth... Douth-qualquer coisa... *é mesmo* meio maricas." Quando ele apareceu na clínica depois disso, eu bem que vi. Bonito, mas meio frouxo.

— Mas eu não sei se ele *era mesmo* bicha, Irene, não o conhecia o bastante para...

— Ele sempre voltava para ver você — Irene a repreendeu. — Você me disse que voltava. Ficava voltando a sua casa para chá e simpatia e contava todos os problemas dele a você.

— Foram só duas vezes — disse Janice. — Nós conversávamos, de passagem pela escada, e uma vez ele me ajudou com minhas compras e entrou para uma xícara de chá.

— Mas ele pediu a você... — Irene a motivou.

— Estou chegando nessa parte, querida — disse Janice com o que Strike pensava ser uma paciência extraordinária. — Ele tinha dores de cabeça — disse ela a Strike e Robin —, e eu disse que ele precisava procurar um médico para ver as dores de cabeça, eu não podia fazer um diagnóstico. Quer dizer, eu sentia um pouco de pena dele, mas não queria criar o hábito de dar consultas fora de hora. Eu precisava cuidar de Kevin.

— Então a senhora acha que as visitas de Douthwaite a Margot se deviam à saúde dele? — perguntou Robin. — Não porque ele tivesse um interesse amoroso...?

— Ele uma vez *mandou* chocolates para ela — disse Irene —, mas, se quer minha opinião, mais parecia que ela era uma conselheira sentimental.

— Bom, ele tinha essas dores de cabeça e sem dúvida era nervoso. Talvez deprimido — disse Janice. — Todo mundo o culpava pelo que tinha acontecido com aquela pobrezinha que se matou, mas eu não sei... e alguns vizinhos meus me disseram que havia homens jovens entrando e saindo do apartamento dele...

— Aí está — disse Irene, triunfante. — Bicha!

— Talvez não fosse assim — retrucou Janice. — Podiam ser amigos dele, ou drogas, ou contrabando... de uma coisa eu sei, porque as pessoas falavam, no bairro: o marido daquela garota que se matou dava surras nela. Foi mesmo uma tragédia. Mas os jornais imputaram tudo a Steve e ele fugiu. Bom, o sexo vende mais do que a violência doméstica, não é? Se você encontrar Steve — acrescentou ela —, diga que eu mandei lembranças. Não foi justo, o que os jornais fizeram.

Robin fora treinada por Strike a organizar suas entrevistas e anotar as categorias de pessoas, lugares e coisas. Agora ela perguntava às duas mulheres:

— Vocês se lembram de qualquer outro paciente que tenha sido motivo para alarme na clínica, ou talvez tivesse um relacionamento incomum com Marg...?

— *Bom* — disse Irene —, *lembra*, Jan, tinha aquele da barba até aqui... — Ela colocou a mão na altura da cintura. — ... Lembra? *Como é* que se chamava mesmo? Apton? Applethorpe? Jan, você deve se lembrar. Você *se lembra*, Jan, ele fedia como um mendigo e você precisou ir à casa dele uma vez. Ele costumava zanzar perto da St. John's. Acho que morava na Clerkenwell Road. Às vezes ele estava com uma criança. Uma criança de aparência muito *estranha*. Umas orelhas imensas.

— Ah, *eles* — disse Janice, perdendo o vinco na testa. — Mas eles não eram de Margot...

— Bom, *ele* parava as pessoas na rua, depois disso, dizendo que tinha matado Margot! — Irene contou, animada, a Strike. — Isso! Era ele! Ele parou Dorothy! É claro que *Dorothy* não ia contar à polícia, não Dorothy, ela era toda, "que tolice", "ele é louco", mas eu disse a ela, "e se ele realmente *matou*, Dorothy, e você não contou a ninguém?" Ora essa, Applethorpe era um completo biruta. Tinha uma garota trancada...

— Ela não ficava *trancada*, Irene — disse Janice, pela primeira vez mostrando uma leve impaciência. — A assistência social disse que ela sofria de agorafobia, mas ela não ficava ali dentro contra *a vontade dela*...

— Ela era peculiar — disse Irene, obstinada. — Você me disse que ela era assim. Pessoalmente, acho que alguém devia ter levado a garota. Você disse que o apartamento era imundo...

— Não se pode tirar os filhos das pessoas porque elas não limpam a casa! — disse Janice com firmeza. Ela se virou para Strike e Robin. — Sim, eu visitei os Applethorpe, só uma vez, mas não acho que eles tenham conhecido Margot. Veja bem, na época era diferente: os médicos tinham suas próprias listas e os Applethorpe eram cadastrados com Brenner. Ele me pediu para ver a casa dele, para ver a criança.

— Lembra-se do endereço? Do nome da rua?

— Ah, meu Deus — disse Janice, franzindo a testa. — Sim, acho que ficava na Clerkenwell Road. Acho que sim. Veja bem, eu só fui lá uma vez. A criança não estava bem, o dr. Brenner queria examinar, e ele nunca fazia visita domiciliar se pudesse evitar. De todo modo, a criança estava se curando, mas logo vi que o pai era...

— Um biruta — disse Irene, assentindo.

— ... nervoso, mais ou menos — disse Janice. — Fui à cozinha lavar as mãos e tinha um monte de benzedrina em plena vista na bancada. Avisei aos pais, agora que a criança estava andando, para colocar aquilo em lugar seguro...

— Uma criança *muito* estranha — intrometeu-se Irene.

— ... e procurei Brenner depois disso e contei: "Dr. Brenner, aquele homem abusa de benzedrina." Era muito viciante, todos nós sabíamos disso na época, mesmo em 1974. É claro que Brenner achava que eu estava sendo *prepotente*, xeretando os remédios dele. Mas fiquei preocupada, então liguei para a assistência social sem contar a Brenner e eles agiram muito bem. Eles já estavam atentos àquela família.

— Mas a mãe... — disse Irene.

— Você não pode decidir pelos outros o que os faz felizes, Irene! — disse Janice. — A mãe amava aquela menina, mesmo que o pai fosse... bom, ele *era mesmo* estranho, o coitado — admitiu Janice. — Ele achava que era uma espécie de... não sei como chamar... um guru ou um mago. Achava que podia botar mau-olhado nas pessoas. Ele me disse isso naquela visita domiciliar. A gente encontra pessoas com ideias esquisitas, na enfermagem. Eu costumava dizer: "É mesmo, que interessante." Não tem sentido contestá-las. Mas Applethorpe achava que podia desejar o mal para as pessoas... era como costumávamos chamar nos velhos tempos. Ele tinha medo de que seu garotinho tenha tido rubéola porque ele ficou irritado com o menino. Disse que podia fazer isso com as pessoas... ele próprio morreu, o coitado. Um ano depois de Margot sumir.

— Morreu? — disse Irene, com certa decepção.

— Foi. Aconteceu depois que você foi embora, depois de se casar com Eddie. Eu me lembro, os garis o encontraram de manhã cedo, enroscado e morto embaixo da ponte da Walter Street. Ataque cardíaco. Desmaiou e não havia ninguém ali para ajudá-lo. E ele nem era velho. Eu me lembro do dr. Brenner ficar meio nervoso por isso.

— E por quê? — perguntou Strike.

— Bom, ele receitava a benzedrina em que o homem era viciado, não é?

Para surpresa de Robin, um sorriso fugaz passou pelo rosto de Strike.

— Mas não era só Applethorpe — continuou Janice, que parecia não ter notado nada de estranho na reação de Strike. — Tinha...

— Ah, *toneladas* de gente que juravam que tinham ouvido alguma coisa, ou tinham um pressentimento, essas coisas — disse Irene, revirando os olhos —, e havia nós, sabe, que estávamos realmente *envolvidas*, foi horrível, simplesmente... com licença — disse ela, colocando a mão na barriga —, eu preciso rapidamente... desculpem-me.

Irene saía da sala de novo com certa pressa. Janice a olhou, e era difícil saber, em vista de seu rosto naturalmente sorridente, se ela estava mais preocupada ou irônica.

— Ela vai ficar bem — disse ela a Strike e Robin em voz baixa. — Eu *disse a ela* que a médica devia ter razão quando falou para ela não comer comida temperada, mas ela quis um curry ontem à noite... ela fica solitária. Me telefona para vir. Passei a noite aqui. Eddie morreu só no ano passado. Quase noventa anos, que Deus o tenha. Ele *adorava* Irene e as meninas. Ela sente muito a falta dele.

— A senhora ia nos contar sobre mais alguém que alegava saber o que aconteceu com Margot? — Strike a estimulou com gentileza.

— O quê? Ah, sim... Charlie Ramage. Era dono de uma sauna. Um homem rico, então é de se pensar que ele tivesse coisa melhor para fazer do que inventar histórias, mas, é isso, as pessoas são estranhas.

— O que ele disse? — perguntou Robin.

— Bom, vejamos, o hobby de Charlie eram as motocicletas. Ele tinha um monte delas e costumava sair em longas viagens por todo o país. Ele sofreu um acidente feio e voltou para casa com as duas pernas quebradas, então eu passava lá várias vezes por semana... isso aconteceu uns bons dois anos depois do desaparecimento de Margot. Bom, Charlie era um homem que gostava de falar e um dia, do nada, ele jura, diz que tinha encontrado Margot cerca de uma semana depois de ela desaparecer, em Leamington Spa. Mas sabe como é — disse Janice, meneando a cabeça. — Não levei muito a sério. Um homem adorável, mas, como eu disse, gostava de falar.

— O que exatamente ele contou à senhora? — perguntou Robin.

— Ele disse que estava em uma de suas viagens de moto no norte e parou na frente de uma igreja grande em Leamington Spa, e ele estava encostado na parede tomando uma xícara de chá e comendo um sanduíche, e tinha uma mulher andando no cemitério do outro lado da grade, olhando os túmulos. Ela não parecia estar de luto nem nada, só interessada. Cabelo preto, segundo Charlie. E ele gritou para ela, "lugar bonito, não é?" E ela se virou, olhou para ele e... bom, ele jurou que era Margot Bamborough com o cabelo tingido. Contou que disse a ela que ela parecia conhecida, e a mulher ficou aborrecida e saiu às pressas.

— E ele alegou que isso aconteceu uma semana depois de ela desaparecer? — perguntou Robin.

— Foi, ele contou que a reconheceu porque a foto dela ainda estava em todos os jornais na época. Então eu disse: "procurou a polícia para falar disso, Charlie?" E ele respondeu: "é, procurei", e ele me disse que era amigo de um policial, um maioral da polícia, e que contou ao amigo. Mas eu nunca vi nem ouvi falar nada sobre isso depois, então, sabe como é...

— Ramage lhe contou essa história em 1976? — perguntou Strike, tomando nota.

— Sim, deve ter sido — disse Janice, franzindo a testa no esforço para se lembrar, enquanto Irene voltava para a sala. — Porque tinham apanhado Creed na época. Foi assim que aconteceu. Ele esteve lendo sobre o julgamento nos jornais e depois disse, com a maior frieza: "Bom, não acho que ele fez nada com Margot Bamborough, porque acho que a vi depois que ela desapareceu."

— Saberia dizer se Margot tinha alguma ligação com Leamington Spa? — perguntou Robin.

— Do que se trata isso? — disse Irene incisivamente.

— Nada — disse Janice. — Só uma história idiota que um paciente me contou. Margot em um cemitério, de cabelo tingido. *Você* sabe disso.

— Em Leamington Spa? — disse Irene, desgostosa. Robin teve a impressão de que ela se ressentia muito de ter deixado Janice nos refletores enquanto era obrigada a voltar ao banheiro. — Você nunca me contou isso. Por que não me contou?

— Oh... bom, foi em 1976 — disse Janice, um tanto intimidada. — Você devia ter acabado de ter Sharon. Tinha coisas melhores para pensar do que em Charlie Ramage contando lorotas.

Irene se serviu de outro biscoito, de cenho ligeiramente franzido.

— Gostaria de passar à clínica em si — disse Strike. — O que vocês achavam de Margot como...

— Companheira de trabalho? — disse Irene em voz alta, que parecia achar que era a vez dela, tendo perdido vários minutos da atenção de Strike. — Bom, *pessoalmente*...

A pausa que ela fez era de uma epicurista saboreando a perspectiva do prazer que viria.

— ... para ser *totalmente* franca, ela era uma daquelas pessoas que acham que sabem mais sobre *tudo*. Ela lhe dizia como viver sua vida, como arquivar, como preparar uma xícara de chá, essas coisas...

— Ah, Irene, ela não era *assim tão* ruim — disse Janice em voz baixa. — Eu gostava...

— Jan, *sem essa* — disse Irene com arrogância. — Ela sempre se achou a sabichona da família e pensava que todos nós éramos burros feito uma porta! Bom, talvez ela não pensasse isso de *você* — disse Irene, revirando os olhos, enquanto a amiga meneava a cabeça —, mas pensava de mim. Me tratava como uma imbecil. *Condescendência* é pouco. Agora, não é que eu não gostasse dela! — acrescentou Irene rapidamente. — Não é que eu *não gostasse*. Mas ela era *exigente*. Muuuuito cheia de si. Éramos consideradas *completamente* umas simplórias, por assim dizer.

— O que *a senhora* achava dela? — perguntou Robin a Janice.

— Bom... — começou Janice, mas Irene a atropelou.

— *Esnobe*. Jan, *sem essa*. Ela se casa com um médico rico... não tem nada de simplório nisso, naquela casa em Ham! Abriu bem os meus olhos, ver com quem ela se casou, e depois ela teve o descaramento de aparecer no trabalho pregando a vida liberada ao resto de nós: o casamento não é tudo na vida, não interrompa sua carreira, essas coisas. E *sempre* achando defeitos.

— O que ela...?

— Como você atendia ao telefone, como falava com os pacientes, até como se vestia... "*Irene, não acho que essa blusa seja adequada para o trabalho*." A mulher foi uma maldita Coelhinha! Que hipocrisia da parte dela! Não é que eu não gostasse dela — insistiu Irene. — Não é isso, é sério, só estou tentando dar a vocês todo o... Ah, e ela não deixava que a gente preparasse as bebidas quentes dela, não era, Jan? Nenhum dos *outros* dois médicos nunca reclamou que não sabíamos o que fazer com um saquinho de chá.

— Não era por isso que... — começou Janice.

— Jan, *sem essa*, você *se lembra* de como era exigente...

— Por que *a senhora* disse que ela não gostava que os outros preparassem suas bebidas? — perguntou Strike a Janice. Robin sabia que a paciência dele se esgotava com Irene.

— Ah, isso foi porque um dia, quando eu estava lavando as canecas — disse Janice. — Virei os restos da xícara do dr. Brenner e encontrei um...

— Um comprimido de *Atomal*, não foi? — perguntou Irene com conhecimento de causa.

... uma cápsula de amobarbital, presa no fundo. Eu sabia o que era pela cor...

— Azul — intrometeu-se Irene, assentindo —, não era?

— Azul-celeste, era como eram chamadas nas ruas, isso mesmo — disse Janice. — Calmantes. Eu sempre cuidava para que todos soubessem que eu não tinha nada parecido em minha bolsa de enfermeira, quando ia fazer visitas domiciliares. É preciso ter cuidado, porque podemos ser roubadas.

— Como você sabia que era a xícara do dr. Brenner? — perguntou Strike.

— Ele sempre usava a mesma, com o brasão de sua antiga universidade — disse Janice. — Se alguém tocasse nela, ele criava um inferno. — Ela hesitou. — Eu não sei se... se vocês conversaram com o dr. Gupta...

— Sabemos que o dr. Brenner era viciado em barbitúricos — disse Strike. Janice ficou aliviada.

— Isso mesmo... bom, eu sabia que ele deve ter deixado cair ali, por acidente, quando estava tomando alguma. Não deve ter percebido, pensou que tivesse rolado no chão. Muitas perguntas precisam ser feitas, em geral, em uma clínica médica, quando se encontram drogas em uma bebida. Se algo entra no chá de alguém por acidente, isso é grave.

— Que dano uma única cápsula...? — começou Robin.

— Ah, nenhum dano *real* — disse Irene com autoridade —, não é, Jan?

— Não, uma cápsula só nem é uma dose completa — disse Janice. — Você ficaria meio sonolenta, só isso. De todo modo, Margot tinha ido preparar o chá quando eu tentava tirar o comprimido do fundo da caneca com uma colher. Tínhamos uma pia, uma chaleira e uma geladeira ao lado da sala da enfermagem. Ela me viu tentando raspar o comprimido. Então não era *exigência* ela preparar as próprias bebidas, depois disso. Era cautela. Eu tomava um cuidado a mais ao preparar minha própria caneca também.

— A senhora contou a Margot como achava que o comprimido tinha parado no chá? — perguntou Robin.

— Não — disse Janice —, porque o dr. Gupta tinha me pedido para não falar do problema de Brenner, então eu simplesmente disse "deve ter sido um acidente", o que *tecnicamente* era verdade. Eu esperava que ela convocasse uma reunião da equipe e fizesse um inquérito...

— Ah, bom, você sabe qual é minha teoria sobre por que ela não fez isso — disse Irene.

— Irene — disse Janice, meneando a cabeça. — Sinceramente...

— *Minha* teoria — disse Irene, ignorando Janice —, é que Margot achava que *outra pessoa* tinha colocado o comprimido na bebida de Brenner, e se me perguntar *quem foi*...

— *Irene* — repetiu Janice, claramente incentivando a moderação, mas Irene era irreprimível.

— ... posso contar a vocês... *Gloria*. Aquela garota era complicada e vinha de uma família de criminosos... não, estou falando, Jan, tenho certeza de que Cameron quer saber *tudo* que acontecia naquela clínica...

— Como Gloria podia colocar alguma coisa no chá de Brenner... e aliás — disse Janice a Strike e Robin —, *eu* não acho que foi ela...

— Bom, como eu ficava na mesa com Gloria todo dia, Jan — disse Irene com arrogância —, *eu* sabia como ela realmente era...

— Mas mesmo que ela *tivesse* colocado o comprimido no chá dele, Irene, o que isso teria a ver com o desaparecimento de Margot?

— *Eu* não sei — disse Irene, que parecia ficar irritada —, mas eles estão interessados em quem trabalhava lá e no que aconteceu... não estão? — Ela quis saber de Strike, que concordou com a cabeça. Com um "*está vendo?*" a Janice, Irene se atirou de cabeça: — Então: Gloria vinha de uma família muito complicada, uma família de Little Italy...

Janice tentou protestar, mas Irene a atropelou de novo.

— Ela *vinha*, Jan! Um dos irmãos era traficante de drogas, esse tipo de coisa, ela me contou! Aquele comprimido de Atomal pode não ter saído do armário de Brenner coisa nenhuma! Ela pode ter arrumado com um dos irmãos. Gloria *odiava* Brenner. Ele era um coitado infeliz, é bem verdade, sempre se metendo conosco. Ela me disse uma vez: "imagine morar com ele. Se eu fosse a irmã dele, ia envenenar a comida desse velho cretino", e Margot ouviu, e deu uma bronca nela, porque tinha pacientes na sala de espera e aquilo não era profissional, dizer algo assim sobre um dos médicos.

"Mas então, como Margot não fez nada a respeito do comprimido na caneca de Brenner, eu pensei, *isso é porque ela sabe quem foi*. Ela não queria criar problemas para seu bichinho de estimação. Gloria era *o projeto* dela, veja bem. Gloria passava metade do tempo no consultório de Margot ouvindo sermões sobre o feminismo enquanto eu ficava segurando a barra na recepção... ela teria deixado Gloria se safar de assassinato, a Margot teria. Uma completa cega."

— Uma de vocês sabe onde Gloria está agora? — perguntou Strike.

— Não faço ideia. Ela saiu pouco depois de Margot desaparecer — disse Irene.

— Nunca mais voltei a vê-la depois que ela saiu da clínica — disse Janice, que parecia pouco à vontade —, mas, Irene, não acho que a gente deva jogar acusações...

— Me faça um favor — disse Irene abruptamente à amiga, com a mão na barriga —, pegue aquele remédio em cima da geladeira para mim, sim? Ainda não estou bem. E alguém quer mais chá ou café, já que a Jan vai até lá?

Janice se levantou sem reclamar, pegou as xícaras vazias, colocou na bandeja e partiu para a cozinha de novo. Robin se levantou para abrir a porta para ela, e Janice sorriu ao passar. Enquanto os passos de Janice eram amortecidos pelo corredor de carpete grosso, Irene disse, sem sorrir:

— *Coitada* da Jan. Ela teve uma vida pavorosa, sinceramente. Parece algo saído de Dickens, a infância dela. Eddie e eu a ajudamos financeiramente algumas vezes, depois que Beattie a deixou. Ela usa o sobrenome "Beattie", mas ele nunca se casou com ela, sabia? — disse Irene. — Medonho, não é? E eles tiveram um filho também. Acho que ele jamais quis estar naquela casa e então foi embora. Mas Larry... quer dizer, ele não era lá muito inteligente — Irene riu um pouco —, mas ele a adorava. Acho que ela pensou que no início podia se sair melhor... Larry trabalhava para Eddie, sabe... não do lado gerencial, ele era só um pedreiro, mas, no fim, acho que ela percebeu... bom, sabe como é, nem todo mundo está preparado para assumir um filho...

— Posso lhe perguntar sobre os bilhetes ameaçadores a Margot vistos pela senhora, sra. Hickson?

— Ah, sim, é claro — disse Irene, satisfeita. — Então *você* acredita em mim, não é? Porque a polícia não acreditou.

— Foram dois, segundo disse em seu depoimento?

— É isso mesmo. Eu não teria aberto o primeiro, só que Dorothy estava fora e o dr. Brenner me disse para separar a correspondência. Dorothy *nunca* costumava sair. Só porque o filho dela estava com a garganta inflamada. Ele era meio mimadinho. Essa foi a *única* vez em que eu a vi perturbada, quando ela me contou que ia levá-lo ao hospital no dia seguinte. Em geral, dura como uma pedra... mas ela era viúva e o filho era tudo o que Dorothy tinha.

Janice reapareceu com os bules de chá e café completados. Robin se levantou e pegou das mãos dela a pesada bandeja com o chá e o café. Janice aceitou sua ajuda com um sorriso e sussurrou um "obrigada", para não interromper Irene.

— O que dizia o bilhete? — perguntou Strike.

— Bom, já faz *séculos* — disse Irene. Janice lhe passou uma cartela de comprimidos para indigestão, que Irene pegou com um breve sorriso, mas sem agradecer. — Mas pelo que me lembro... — ela tirou os comprimidos da embalagem —, deixe-me ver, quero colocar isso direito... era *muito* grosseiro. Chamava Margot daquela palavra com P, *disso* eu me lembro. E dizia que o fogo do inferno esperava por mulheres iguais a ela.

— Era datilografado? Impresso?

— Escrito a mão — disse Irene. Ela tomou dois comprimidos com um gole de chá.

— E o segundo? — perguntou Strike.

— Não sei o que dizia. Tive de entrar em seu consultório para dar um recado, veja bem, e vi o bilhete na mesa dela. A mesma letra, reconheci imediatamente. Ela não gostou que eu tivesse visto, eu percebi. Amassou e jogou na lixeira.

Janice distribuiu uma nova rodada de xícaras de chá e café. Irene se serviu de outro biscoito de chocolate.

— Duvido que a senhora saiba — disse Strike —, mas imaginei se a senhora um dia teve algum motivo para suspeitar de que Margot estivesse grávida antes de ela...

— Como você soube disso? — Irene arquejou, parecia perplexa.

— Ela *estava grávida*? — perguntou Robin.

— Sim! — disse Irene. — Veja bem... Jan, não me olhe desse jeito, sinceramente... recebi um telefonema de uma maternidade, enquanto ela estava em uma visita domiciliar! Ligaram para a clínica para confirmar a presença dela no dia seguinte... — e ela murmurou as palavras seguintes — *para um aborto!*

— Disseram à senhora por telefone que procedimento ela ia fazer? — quis saber Robin.

Por um momento, Irene parecia bem confusa.

— Eles... bom, não... na verdade eu... bom, não tenho orgulho disso, mas retornei o telefonema da clínica. Só xeretando. A gente faz esse tipo de coisa quando é jovem, não é?

Robin torcia para que seu sorriso recíproco parecesse mais sincero do que o de Irene.

— E quando foi isso, sra. Hickson, a senhora se lembra? — perguntou Strike.

— Pouco antes de ela desaparecer. Quatro semanas? Algo parecido?

— Antes ou depois dos bilhetes anônimos?

— Eu não... Acho que foi depois — disse Irene. — Ou não foi? Não consigo me lembrar...

— A senhora falou com mais alguém sobre aquela hora marcada?

— Só com Jan, e ela me deu uma bronca. Não foi, Jan?

— Sei que você não pretendia fazer nenhum mal — disse Janice em voz baixa —, mas a confidencialidade do paciente...

— Margot não era paciente *nossa*, essa é uma coisa diferente.

— A senhora contou à polícia a respeito disso? — perguntou-lhe Strike.

— Não — disse Irene —, porque eu... bom, eu não deveria saber, deveria? De todo modo, que relação isso teria com o desaparecimento dela?

— Além da sra. Beattie, contou a mais alguém sobre isso?

— Não — disse Irene, na defensiva —, porque... quer dizer, eu não teria contado *a mais ninguém*... A gente fica de boca fechada quando trabalha em uma clínica médica. Eu podia contar todo tipo de segredo das pessoas, não é? Sendo recepcionista, eu via as fichas, mas é claro que não dizia nada. Eu sabia guardar segredos, fazia parte do trabalho...

Sem nenhuma expressão, Strike escreveu "protestando demais" no bloco.

— Tenho outra pergunta, sra. Hickson, e pode ser delicada — disse Strike, erguendo os olhos de novo. — Soube que a senhora e Margot tiveram uma desavença na festa de Natal.

— *Oh* — disse Irene, de queixo caído. — *Isso*. Sim, bom...

Houve uma ligeira pausa.

— Eu fiquei irritada pelo que ela tinha feito com Kevin. O filho de Jan. Lembra, Jan?

Janice ficou confusa.

— O que é isso, Jan, *você se lembra* — disse Irene, dando outro tapinha no braço de Janice. — Quando ela o levou para o consultório e essas coisas.

— *Ah* — disse Janice. Por um momento, Robin teve a nítida impressão de que, dessa vez, Janice estava verdadeiramente irritada com a amiga. — Mas...

— Você se lembra — disse Irene, encarando-a.

— Eu... lembro — disse Janice. — Sim, eu *fiquei* zangada com isso, é verdade.

— Jan não o mandou para a escola — disse Irene a Strike. — Não foi, Jan? Quantos anos ele tinha, seis? E depois...

— O que aconteceu exatamente? — perguntou Strike a Janice.

— Kev sentia dor de barriga — disse Janice. — Bom, na verdade era fobia de ir à escola. Minha vizinha na época não se sentia muito bem...

— Basicamente — Irene a interrompeu —, Jan levou Kevin para o trabalho e...

— A sra. Beattie pode contar a história? — perguntou Strike.

— Ah... sim, é claro! — disse Irene. Ela pôs a mão na barriga de novo e a acariciou, com o ar de quem sofre há muito tempo.

— Sua babá de costume estava doente? — Strike incitou Janice.

— Sim, mas eu devia ir para o trabalho, então levei Kev para a clínica e dei a ele um livro de colorir. Depois tive de trocar a roupa de uma paciente na sala dos fundos, então coloquei Kev na sala de espera. Irene e Gloria ficaram de olho nele por mim. Mas então Margot... bom, ela o levou para seu consultório e o examinou, tirou a roupa dele até a cintura e tudo. Ela *sabia* que ele era meu filho e ela *sabia* por que ele estava lá, mas tomou a tarefa para si... eu fiquei zangada, não posso mentir — disse Janice em voz baixa. — Nós discutimos. Eu falei, só o que você precisava fazer era esperar até eu ter visto a paciente, e eu voltaria para ficar com ele enquanto você cuidava dele.

"É preciso dizer, quando a confrontei, ela recuou prontamente e pediu desculpas. Não", disse Janice, porque Irene tinha se inflado, "ela *fez isso*, Irene, ela pediu desculpas, disse que eu tinha toda razão, ela não deveria tê-lo atendido sem mim, mas ele estava com a mão na barriga e ela agiu por instinto. Não teve a intenção. É só que ela às vezes..."

— ... irritava as pessoas, é o que estou dizendo — disse Irene. — Ela achava que era superior a todo mundo, que sabia mais...

— ... tinha pressa, era o que eu ia dizer. Mas era uma boa médica — disse Janice, com uma firmeza tranquila. — Você ouve de tudo, quando está na casa dos outros, ouve o que os pacientes pensam deles, e Margot era benquista. Ela não tinha pressa. Era gentil... *ela era gentil*, Irene, sei que ela irritava um pouco, mas isso é o que os pacientes...

— Ah, bom, talvez — disse Irene, com uma inflexão de se-é-o--que-você-diz. — Mas não tinha muita concorrência para ela na St. John's, tinha?

— O dr. Gupta e o dr. Brenner eram impopulares? — perguntou Strike.

— O dr. Gupta era adorável — disse Janice. — Muito bom médico, embora alguns pacientes não quisessem ver um homem moreno, essa é a verdade. Mas era complicado gostar de Brenner. Foi só depois que ele morreu que entendi por que ele podia...

Irene soltou um arquejar imenso e começou inesperadamente a rir.

— *Conte a eles o que você coleciona, Janice*. Fale logo! — Ela se virou para Strike e Robin. — Se essa não é a coisa mais *arrepiante*, mais *mórbida*...

— Eu não *coleciono* — disse Janice, que tinha ficado cor-de-rosa. — É só uma coisa que gosto de *guardar*...

— *Obituários!* O que acham disso? Nós colecionamos porcelana ou globos de neve, essas coisas, mas Janice coleciona...

— *Não é uma coleção* — repetiu Janice, ainda de cara rosada. — É só que... — Ela se voltou para Robin com certo apelo. — Minha mãe não sabia ler...

— *Imagine* — disse Irene com complacência, passando a mão na barriga. Janice hesitou por um momento, depois disse:

— ... sim, então... meu pai não ligava para livros, mas ele costumava levar o jornal para casa, e foi assim que aprendi a ler. Eu costumava recortar as melhores matérias. De interesse humano, acho que pode chamar assim. Nunca fui interessada por ficção. Não consigo entender o sentido, coisas que alguém inventa.

— Ah, eu *adoro* um bom romance. — Irene suspirou, ainda passando a mão na barriga.

— Mas então... não sei... quando você lê o obituário, descobre como as pessoas *realmente* eram, não é? Se é alguém que conheço, ou de quem cuidei como enfermeira, eu guardo porque, não sei, sinto que *alguém* tem de guardar. Você tem a sua vida escrita no jornal... é uma realização, não é?

— Não se você é Dennis Creed, não é, não — disse Irene. Dando a impressão de ter dito algo muito inteligente, ela estendeu o braço para pegar outro biscoito e um peido ensurdecedor ondulou pela sala.

Irene ficou escarlate. Por um momento terrível, Robin pensou que Strike ia rir e disse em voz alta a Janice:

— A senhora guardou o obituário do dr. Brenner?

— Ah, sim — disse Janice, que não parecia nada perturbada com o barulho alto que tinha acabado de emanar de Irene. Talvez, como enfermeira, estivesse acostumada com coisa muito pior. — E ele explicava *muito.*

— Em que sentido? — perguntou Robin, decidida a não olhar nem para Strike nem para Irene.

— Ele esteve em Bergen-Belsen, um dos primeiros médicos lá.

— Meu Deus — disse Robin, chocada.

— Eu sei — disse Janice. — E nunca falou nisso. Eu nunca saberia se não tivesse lido no jornal. O que ele deve ter visto... um monte de cadáveres, crianças mortas... li um livro da biblioteca sobre isso. Pavoroso. Talvez por isso ele fosse daquele jeito, não sei. Lamentei, quando li. E fazia anos que eu não o via quando ele morreu. Alguém me mostrou o obituário, sabendo que eu trabalhei na St. John's, e guardei como um registro dele. Pode-se perdoar muita coisa em Brenner, depois de saber o que ele testemunhou, as coisas pelo que passou... mas isso é válido para todo mundo, não é mesmo? Depois que a gente sabe, tudo fica explicado. É uma pena que, em geral, a gente *só saiba* quando é tarde demais... Você está bem, querida? — perguntou a Irene.

Depois do peido, Robin desconfiou de que Irene tivesse decidido que o único disfarce digno era enfatizar que não se sentia bem.

— Sabe de uma coisa, acho que é estresse — disse ela com a mão no cós da calça. — Sempre inflama quando estou... desculpem-me — disse ela com dignidade a Strike e Robin —, mas infelizmente acho que eu não...

— É claro — disse Strike, fechando o bloco. — Creio que perguntamos tudo que queríamos, de qualquer forma. A não ser que haja mais alguma coisa — ele perguntou às duas mulheres — de que vocês se lembrem que pareça estranha, retrospectivamente, ou deslocada?

— Nós tentamos, não foi? — perguntou Janice a Irene. — Todos esses anos... já conversamos sobre isso, evidentemente.

— *Deve* ter sido Creed, não? — disse Irene com um tom definitivo. — Que outra explicação existe? Para onde mais ela teria ido? *Você* acha que eles vão permitir que você veja Creed? — Ela voltou a perguntar a Strike, com uma última centelha de curiosidade.

— Não sei — disse ele, levantando-se. — Muito obrigado por sua hospitalidade e por responder a nossas perguntas...

Janice os acompanhou até a porta. Irene acenou sem dizer nada enquanto eles saíam da sala. Robin sabia que a entrevista tinha ficado abaixo das expectativas de prazer de Irene. Confissões canhestras e desagradáveis foram arrancadas dela; o quadro que ela pintou de sua juventude talvez não tenha sido tudo o que ela desejaria — e ninguém, Robin pensou, trocando um aperto de mãos com Janice na porta, gostaria particularmente de peidar alto na frente de estranhos.

21

Pois bem, disse Artegall, que seja célere.
Que a verdade primeiro seja posta na balança.
Ele assim o fez; e a falsidade pôs
No outro prato...

Edmund Spenser
A Rainha das Fadas

— Bom, não sou médico — disse Strike enquanto eles atravessavam a rua de volta ao Land Rover —, mas boto a culpa no curry.

— Não comece. — Robin riu, a contragosto. Não conseguia deixar de sentir certa vergonha alheia.

— Você não estava sentada tão perto quanto eu — disse Strike, entrando no carro —, estou achando que foi bhuna de cordeiro...

— É sério — disse Robin, entre o riso e a repulsa —, pare com isso.

Enquanto puxava o cinto de segurança, Strike disse:

— Preciso de uma boa bebida.

— Tem um pub decente não muito longe daqui. Eu procurei. O Trafalgar Tavern.

Procurar pelo pub foi sem dúvida outra coisa boa que Robin tinha decidido fazer pelo aniversário dele. Strike se perguntou se tinha sido intenção dela fazê-lo sentir-se culpado. Talvez não, pensou, mas ainda assim esse foi o efeito, então ele não fez nenhum comentário além de perguntar:

— O que você achou de tudo isso?

— Bom, havia alguns conflitos de opinião, não é? — Robin saía da vaga de estacionamento. — E acho que ouvimos algumas mentiras.

— Também acho. Qual delas você localizou?

— A briga de Irene e Janice na festa de Natal, para começar — disse Robin, entrando na Circus Street. — Não acho que foi realmente por Margot ter examinado o filho de Janice... embora *eu pense mesmo* que Margot tenha examinado Kevin sem permissão.

— Eu penso o mesmo — disse Strike. — Mas concordo: não acho que foi esse o motivo da briga. Irene obrigou Janice a contar aquela história porque não queria admitir a verdade. O que me faz pensar... Irene conseguiu que Janice fosse à sua casa, assim podíamos entrevistar as duas juntas: foi para Irene ter certeza de que Janice não nos contaria nada que ela não quisesse? É esse o problema com amigas que você tem há décadas, não é? Elas sabem demais.

Robin, que estava ocupada tentando se lembrar do caminho para Trafalgar que tinha memorizado naquela manhã, prontamente pensou em todas aquelas histórias contadas por Ilsa sobre a relação entre Strike e Charlotte. Ilsa dissera que Strike tinha rejeitado o convite para jantar na casa deles naquela noite, alegando ter marcado anteriormente com a irmã. Robin achou difícil acreditar nisso, em vista da recente briga entre Strike e Lucy. Talvez fosse paranoia, mas ela também se perguntou se Strike não evitava ficar na companhia dela fora do horário de trabalho.

— Você não suspeita de Irene, não é?

— Só de ser uma mentirosa, uma fofoqueira e uma mulher que busca atenção compulsivamente — disse Strike. — Não acho que ela tenha inteligência suficiente para ter raptado Margot Bamborough sem se entregar em quarenta anos. Por outro lado, as mentiras são sempre interessantes. Alguma outra coisa prendeu seu interesse?

— Sim. Havia algo de estranho naquela história de Leamington Spa, ou melhor, na reação de Irene quando ouviu Janice contando... Acho que Leamington Spa significava alguma coisa para ela. E foi estranho que Janice *não tenha* contado a ela o que disse aquele paciente. É de se pensar que sem dúvida ela o teria feito, porque elas eram grandes amigas, e as duas conheciam Margot e mantiveram contato por todos esses anos. Mesmo que Janice pensasse que o tal do Ramage tinha inventado tudo, por que não contou a Irene?

— Outro bom argumento. — Strike olhava pensativo a fachada neoclássica do Museu Marítimo Nacional enquanto eles passavam por trechos de gramado esmeralda muito bem cuidados. — O que você achou de Janice?

— Bom, quando conseguimos ouvi-la falar, ela me pareceu bem decente — disse Robin com cautela. — Pareceu-me justa a respeito de Margot e Douthwaite. Mas por que ela suporta ser tratada como criada de Irene...

— Algumas pessoas precisam ser necessárias... e pode existir algum senso de obrigação, se Irene disse a verdade sobre ela e o marido terem ajudado financeiramente Janice quando ela precisou.

Strike viu de longe o pub que Robin tinha escolhido. Grande e de aparência opulenta, com muitas sacadas e toldos, para não falar de jardineiras nas janelas e brasões, ficava na margem do Tâmisa. Robin estacionou, e eles passaram por pilares de ferro preto até a área pavimentada, onde muitas mesas de madeira proporcionavam uma vista para o rio, no meio das quais uma estátua preta em tamanho natural do diminuto Lorde Nelson postava-se de frente para a água.

— Viu só? — disse Robin. — Você pode se sentar aqui fora e fumar.

— Não está meio frio?

— Este casaco é acolchoado. Vou pegar as...

— Não, eu vou — disse Strike com firmeza. — O que você quer?

— Só uma água tônica com lima, por favor, porque estou dirigindo.

Enquanto Strike entrava no pub, houve um coro súbito de "Parabéns pra Você". Por uma fração de segundo, vendo balões de hélio no canto, ele ficou apavorado, pensou que Robin o tivesse levado ali para uma festa surpresa; um segundo depois, porém, ficou claro que não reconhecia um rosto que fosse e que os balões formavam o número 80. Uma senhora baixinha de cabelo cor de lavanda sorria radiante na cabeceira de uma mesa cheia de familiares: flashes espocavam enquanto ela soprava as velas de um grande bolo de chocolate. Seguiram-se aplausos e gritos, e uma criança pequena soprou uma língua de sogra.

Strike foi ao balcão, ainda meio abalado, repreendendo-se por ter imaginado, por um momento, que Robin teria organizado uma festa surpresa para ele. Até Charlotte, com quem teve a relação mais longa e mais íntima de sua vida, nunca tinha feito isso. Na verdade, Charlotte jamais permitiu que nada tão banal como o aniversário dele interferisse em seus próprios caprichos e manias. Quando Strike fez 27 anos e Charlotte passava por uma de suas fases intermitentes ou de ciúme desmedido, ou de fúria pela recusa dele de desistir do Exército (as causas exatas de suas muitas cenas e brigas tendiam a ficar nebulosas na mente de Strike), ela jogou o presente de aniversário embrulhado de uma janela do terceiro andar na frente dele.

No entanto, é claro que havia outras recordações. Por exemplo, seu aniversário de 33 anos. Ele tinha acabado de receber alta do hospital Selly Oak e andava pela primeira vez com uma prótese, e Charlotte o levou de volta ao apartamento dela em Notting Hill, cozinhou para ele e voltou da cozinha no final da refeição trazendo duas xícaras de café, completamente nua e mais bonita que qualquer mulher que ele vira na vida. Ele riu e arquejou ao mesmo tempo. Ele não fazia sexo havia quase dois anos. A noite que se seguiu provavelmente nunca seria esquecida por ele nem o modo como Charlotte chorou nos braços de Strike depois, dizendo que ele era o único homem para ela, que ela tinha medo do que sentia, medo de que fosse má por não lamentar sua perna perdida, se foi o que o trouxe de volta para ela, se isso significava que, enfim, ela podia cuidar dele como ele sempre cuidou dela. E perto da meia-noite Strike tinha proposto casamento a Charlotte e eles fizeram amor de novo, depois conversaram até o amanhecer sobre como ele ia criar sua agência de detetive, e ela dissera que não queria uma aliança, que ele devia economizar o dinheiro para a nova profissão, na qual seria magnífico.

Depois de compradas as bebidas e a batata frita, Strike voltou a Robin, sentada em um banco do lado de fora, de mãos nos bolsos, de cara amarrada.

— Ânimo — disse Strike, falando tanto para si mesmo como para ela.

— Desculpe-me — disse Robin, mas na realidade ela não sabia por que pedia desculpas.

Ele se sentou ao lado dela, e não de frente, assim os dois ficaram voltados para o rio. Havia uma pequena praia de seixos abaixo deles, e as ondas batiam no cascalho frio. Na margem oposta elevavam-se os blocos comerciais cor de aço de Canary Wharf; à esquerda deles, o Shard. O rio tinha cor de chumbo nesse dia frio de novembro. Strike abriu um dos pacotes de fritas pelo meio para que os dois pudessem se servir. Desejando ter pedido um café em lugar de uma bebida gelada, Robin bebeu um gole de sua tônica com lima, comeu algumas batatas, devolveu as mãos aos bolsos, depois disse:

— Sei que essa não é a atitude certa, mas sinceramente... não acho que vamos descobrir o que aconteceu com Margot Bamborough.

— De onde veio isso?

— Acho que Irene lembrou mal uns nomes... Janice a acompanhou, acobertando o motivo para a briga da festa de Natal... já faz muito tempo. As pessoas não têm obrigação de nos contar a verdade agora, mesmo que consigam se lembrar dela. Coloque no cálculo as pessoas apegadas a teorias antigas, como toda aquela história sobre Gloria e o comprimido na caneca de Brenner, e gente querendo se fazer de importante, fingindo saber de coisas e... bom, começo a pensar que estamos tentando o impossível.

Uma onda de cansaço tinha tomado Robin enquanto ficou sentada ali no frio, esperando por Strike, e em sua esteira veio a desesperança.

— Controle-se — disse Strike com vigor. — Já descobrimos duas coisas grandes que a polícia nunca soube. — Ele pegou os cigarros, acendeu um, depois continuou: — Primeiro: havia um grande estoque de barbitúricos no lugar onde Margot trabalhou. Segundo: Margot Bamborough pode muito bem ter feito um aborto.

"Considerando primeiro os barbitúricos", disse ele, "estamos deixando passar algo muito óbvio, isto é, havia meios na clínica de colocar alguém para dormir?"

— Margot não foi colocada para dormir. — Melancólica, Robin mastigou a batata frita. — Ela saiu andando de lá.

— Só se supusermos que...

— ... Gloria não estava mentindo. Eu sei — afirmou Robin. — Mas como Gloria e Theo... porque Theo ainda está na história, não é? Como Gloria e Theo administraram barbitúricos suficientes para deixar Margot inconsciente? Não se esqueça, se Irene está dizendo a verdade, a essa altura Margot não permitia que ninguém mais preparasse suas bebidas. E pelo que disse Janice a respeito da dosagem, precisariam de muitos comprimidos para deixar alguém realmente inconsciente.

— Bem pensado. Assim, voltando àquela historinha sobre o comprimido no chá...

— Você acreditou naquilo?

— Acreditei — disse Strike —, porque me parece uma mentira inteiramente sem sentido. Já não é bastante interessante para dar uma história emocionante um único comprimido? Mas reabre a questão se Margot sabia do vício de Brenner ou se suspeitava disso. Ela pode ter percebido que ele ficava com maneiras estranhas. Os calmantes o deixariam sonolento. Talvez ela tenha visto que ele ficava lento quando os ingeria. Tudo que descobrimos sobre Margot sugere que se ela achava que Brenner tivesse um comportamento antiprofissional, ou pudesse ser perigoso para os pacientes, teria se intrometido e o confrontado. E acabamos de ouvir muitas histórias interessantes sobre os antecedentes de Brenner, que parece ter sido um homem traumatizado, infeliz e solitário. E se Margot o ameaçou com a cassação? Perda de status e prestígio, para um homem que praticamente não tinha mais nada na vida? Teve gente que já matou por menos.

— Ele saiu da clínica antes dela, naquela noite.

— E se ele ficou esperando por ela? E ofereceu uma carona?

— Se foi assim, acho que ela teria ficado desconfiada — disse Robin. — Não de ele querer lhe fazer algum mal, mas de gritar com ela, o que seria bem do estilo dele, pelo que soubemos *dele*. Pessoalmente, eu teria preferido ir a pé na chuva. E ela era muito mais nova, alta e saudável. Não consigo me lembrar agora onde ele morava...

— Com a irmã solteira, a cerca de vinte minutos de carro da clínica. A irmã disse que ele chegou em casa no horário habitual. Um vizinho que andava com o cachorro confirmou que eles foram vistos pela janela por volta das 11 horas...

"Mas posso pensar em outra possibilidade relacionada com aqueles barbitúricos", continuou Strike. "Como observou Janice, eles tinham valor de mercado, e Brenner, ao que parece, tinha acumulado um grande estoque deles. Precisamos considerar a possibilidade de que alguém de fora soubesse que havia drogas valiosas na clínica, apareceu para roubá-las e Margot atrapalhou."

— O que nos leva de volta a Margot morrendo na clínica, o que significa que...

— Gloria e Theo voltam à história. Gloria e Theo podem ter planejado pegar as drogas elas mesmas. E acabamos de saber...

— ... sobre o irmão traficante de drogas — disse Robin.

— Por que esse tom de ceticismo?

— Irene estava decidida a atacar Gloria, não é?

— Estava, sim, mas o fato de Gloria ter um irmão traficante é informação que vale a pena conhecer, como o fato de que havia um estoque de drogas na clínica que podia ser roubado. Brenner não ia querer confessar que tinha os comprimidos, antes de mais nada, então provavelmente não teria dado queixa do roubo, o que cria uma situação sujeita à exploração.

— Um irmão criminoso não torna uma pessoa criminosa.

— Concordo, mas me dá uma vontade ainda maior de encontrar Gloria. A expressão "pessoa de interesse" combina perfeitamente com ela...

"E teve o aborto", disse Strike. "Se Irene contou a verdade sobre o telefonema da maternidade para confirmar a hora marcada..."

— *Se* — disse Robin.

— Não acho que tenha sido mentira — comentou Strike. — Pelo motivo contrário ao do comprimido na caneca de Brenner. Essa mentira é grande demais. As pessoas não inventam coisas assim. De todo modo, ela contou a Janice sobre isso na época, e a pequena briga das duas sobre a confidencialidade do paciente parece verdadeira. E C. B. Oakden deve ter baseado a história em alguma coisa. Eu não ficaria inteiramente surpreso se essa dica tivesse partido de Irene. Ela não me parece uma mulher que desperdiça uma chance de especular ou fofocar.

Robin não falou nada. Só uma vez na vida teve de encarar a possibilidade de talvez estar grávida, e ainda conseguia se lembrar do alívio que a dominou quando ficou claro que não estava, e que não teria de enfrentar ainda mais contato com estranhos, e outro procedimento íntimo, mais sangue, mais dor.

Imagine abortar o filho de seu marido, pensou ela. Será que Margot realmente fez isso, quando tinha já aquela irmã da criança em casa? O que teria passado pela cabeça dela, um mês antes de desaparecer? Será que estaria entrando em um colapso sem perceber, como Talbot? Os últimos anos ensinaram a Robin como os seres humanos podem ser muito misteriosos, até aqueles que pensamos conhecer melhor. Infidelidade e bigamia, perversidades e fetiches, roubo e fraude, assédio e intimidação: ela agora tinha mergulhado em tantas vidas secretas que perdera a conta. Mas ela própria não se considerava superior a nenhum dos iludidos e abandonados que procuravam a agência, desejando a verdade. Não pensava que conhecia o marido pelo avesso? Quantas centenas de noites eles ficaram deitados e entrelaçados como gêmeos siameses, sussurrando confidências e rindo no escuro? Robin passou quase metade da vida com Matthew, e foi só quando um brinco de diamante duro e brilhante apareceu na cama deles que percebeu que ele tinha uma vida à parte, e não era, e talvez nunca tenha sido, o homem que ela pensava conhecer.

— Você não quer pensar que ela fez um aborto — disse Strike, deduzindo corretamente pelo menos parte do motivo do silêncio de Robin. Ela não respondeu, em vez disso perguntou:

— Teve alguma notícia da amiga Oonagh?

— Eu não te contei? — disse Strike. — É, recebi um e-mail ontem. Ela *é mesmo* uma vigária aposentada e se dispôs a nos receber quando vier a Londres para fazer compras de Natal. Data a ser confirmada.

— Que ótimo. Sabe, eu gostaria de falar com alguém que realmente *gostava* de Margot.

— Gupta gostava dela — disse Strike. — E Janice, ou assim ela disse.

Robin abriu o segundo saco de fritas.

— É o que se espera, não é? — disse ela. — Que as pessoas pelo menos *finjam* ter gostado de Margot, depois do que aconteceu. Mas Irene, não. Você não acha meio... *excessivo*... guardar esse ressentimento todo, quarenta anos depois? Ela pegou pesado. Você não acha que seria... sei lá, mais *político*...

— Alegar que eram amigas?

— Sim... mas talvez Irene soubesse que existiam testemunhas demais para o fato de que elas *não eram* amigas. O que você achou dos bilhetes anônimos? Verdadeiros ou falsos?

— Boa pergunta. — Strike coçou o queixo. — Irene sinceramente gostou de nos contar que Margot foi chamada de "a palavra com P", mas "fogo do inferno" não parece o tipo de coisa que ela inventaria. Eu teria esperado algo mais na linha "piranha metida a besta".

Ele pegou o bloco novamente e percorreu as anotações que fizera durante a entrevista.

— Bom, ainda precisamos checar essas pistas, se valem de alguma coisa. Por que você não pesquisa Charlie Ramage e Leamington Spa, e eu investigo o Applethorpe viciado em Bennies?

— Você fez aquilo de novo — disse Robin.

— Fiz o quê?

— Sorriu quando disse "Bennies". O que há de tão engraçado na benzedrina?

— Ah... — Strike riu. — Eu só estava me lembrando de uma coisa que o meu tio Ted me contou. Já viu *Crossroads*?

— O que é *Crossroads*?

— Sempre me esqueço do quanto você é mais nova. Era uma novela diurna e tinha um personagem chamado Benny. Ele era... bom, hoje em dia você diria que tinha necessidades especiais. Era simplório. Usava um gorro de lã. Um personagem icônico, à sua maneira.

— Você estava pensando nele? — disse Robin. Não parecia particularmente engraçado.

— Não, mas você precisa saber a respeito dele para entender a próxima parte. Imagino que você saiba sobre a Guerra das Malvinas.

— Sou mais nova que você, Strike. Não sou uma ignorante.

— Ok, tudo bem. Então, as tropas britânicas que iam para lá... Ted esteve lá, 1982... Apelidaram os moradores de "Bennies", por causa do personagem de *Crossroads*. O comando soube e veio a ordem, "parem de chamar de Bennies essas pessoas que acabamos de libertar". Então — disse Strike, sorrindo —, eles começaram a chamá-las de "Stills".

— "Stills"? O que significa "Stills"?

— "Still Bennies" — disse Strike e soltou uma gargalhada num rugido. Robin riu também, mas principalmente por Strike achar graça. Quando as gargalhadas dele diminuíram, ambos olharam o rio por alguns segundos, bebendo e, no caso de Strike, fumando, até que ele disse:

— Vou escrever ao Ministério da Justiça. Pedir permissão para visitar Creed.

— É sério?

— Precisamos tentar. As autoridades sempre pensaram que Creed atacou ou matou mais mulheres do que foram imputadas a ele. Na casa dele havia joias e pedaços de roupas que ninguém nunca identificou. Só porque todo mundo pensa que é Creed...

— ... não significa que não seja — concordou Robin, que seguiu com perfeição a lógica tortuosa.

Strike suspirou, passou a mão no rosto, com o cigarro ainda na boca, e disse:

— Quer ver exatamente como Talbot era louco?

— Quero.

Strike pegou o caderno com capa de couro no bolso interno do paletó e entregou a ela. Robin o abriu e virou as páginas em silêncio. Estavam cobertas de desenhos e diagramas estranhos. A letra era pequena, meticulosamente arrumada, mas espremida. Havia muitos sublinhados e círculos em frases e símbolos. O pentagrama era recorrente. As páginas estavam tomadas de nomes, mas nenhuma relacionada com o caso: Crowley, Lévi, Adams e Schmidt.

— Hum disse ela em voz baixa, parando em uma página particularmente decorada em que uma cabeça de bode com um terceiro olho a olhava de um jeito funesto. — Veja só isso...

Ela se curvou para mais perto.

— Ele está usando signos astrológicos.

— Ele está o quê? — Strike franziu a testa para a página que ela examinava.

— Este é de Libra — disse Robin, apontando um símbolo mais para o pé da página. — É o meu signo, já tive um chaveiro com o símbolo.

— Ele está usando a merda dos *signos do zodíaco*? — Strike pegou o caderno de volta e parecia tão enojado que Robin recomeçou a rir.

Strike correu os olhos pela página. Robin tinha razão. Os círculos traçados em volta da cabeça de bode também lhe diziam outra coisa.

— Ele calculou todo o horóscopo do momento em que pensava que ela fora raptada — disse-lhe. — Veja a data aqui. Dia 11 de outubro de 1974. Às seis e meia da noite... puta que pariu. *Astrologia*... ele estava mesmo biruta.

— Qual é o seu signo? — perguntou Robin, tentando resolver as coisas.

— Não faço ideia.

— Ah, sem essa — disse Robin.

Ele a olhou, perplexo.

— Isso é afetação sua! — disse ela. — Todo mundo sabe o próprio signo. Não finja ser superior a isso.

Strike sorriu com relutância, tirou um longo trago do cigarro, soltou a fumaça e disse:

— Sagitário, com ascendente em Escorpião, e o Sol na primeira casa.

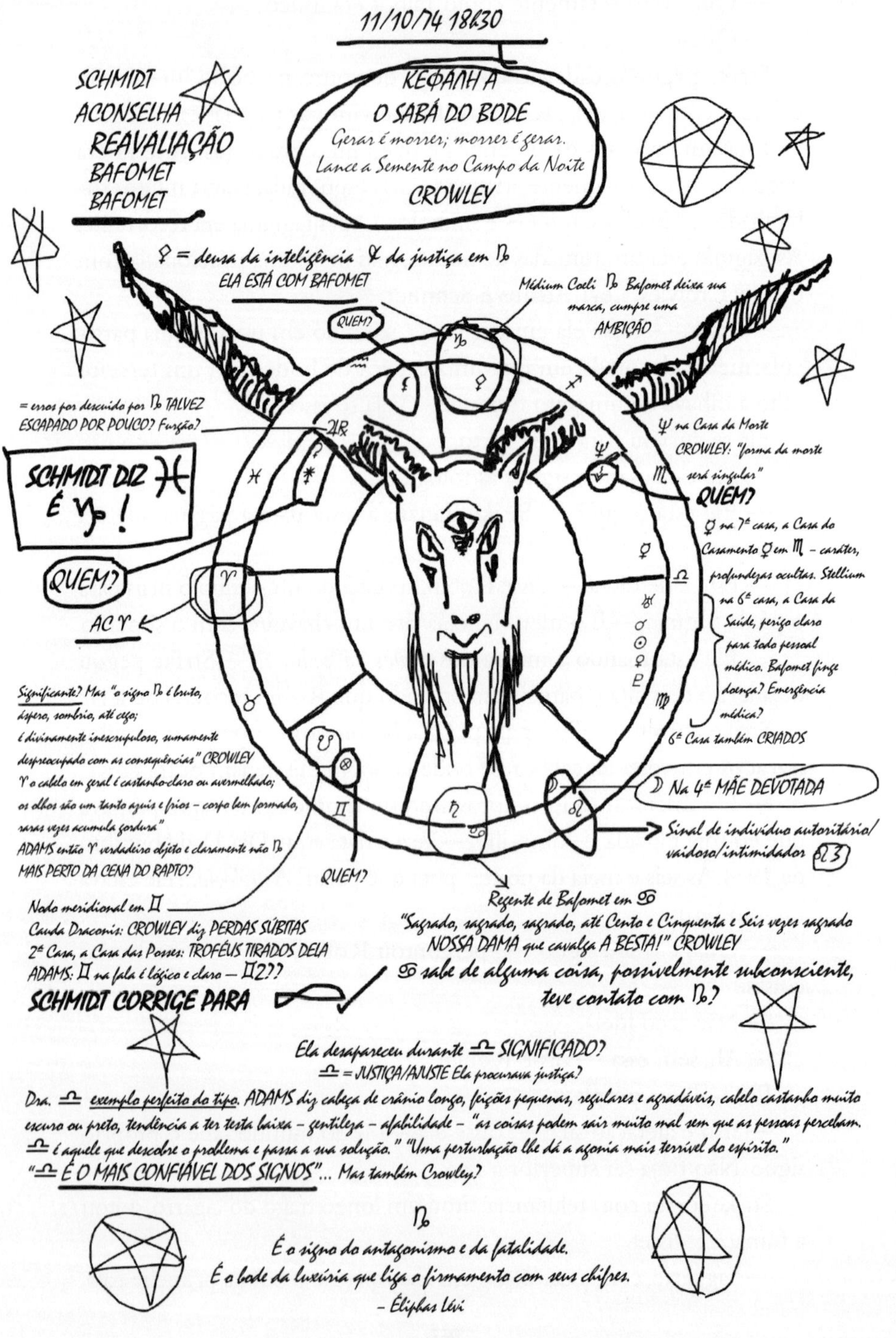
11/10/74 18h30
SCHMIDT
ACONSELHA
REAVALIAÇÃO
BAFOMET
BAFOMET
ΚΕΦΑΛΗ Α
O SABÁ DO BODE
Gerar é morrer; morrer é gerar.
Lance a Semente no Campo da Noite
CROWLEY
♀ = deusa da inteligência & da justiça em ♑
ELA ESTÁ COM BAFOMET
QUEM?
Médium Coeli ♑ Bafomet deixa sua marca, cumpre uma AMBIÇÃO
= erros por descuido por ♑ TALVEZ ESCAPADO POR POUCO? Furgão?
SCHMIDT DIZ ♓ É ♑!
QUEM?
AC ♈
♆ na Casa da Morte
CROWLEY: "forma da morte será singular"
QUEM?
☿ na 7ª casa, a Casa do Casamento ☿ em ♏ – caráter, profundezas ocultas. Stellium na 6ª casa, a Casa da Saúde, perigo claro para todo pessoal médico. Bafomet finge doença? Emergência médica?
6ª Casa também CRIADOS
☽ Na 4ª MÃE DEVOTADA
Sinal de indivíduo autoritário/vaidoso/intimidador ♌3
Significante? Mas "o signo ♑ é bruto, áspero, sombrio, até cego; é divinamente inescrupuloso, sumamente despreocupado com as consequências" CROWLEY
♈ o cabelo em geral é castanho-claro ou avermelhado; os olhos são um tanto azuis e frios – corpo bem formado, raras vezes acumula gordura"
ADAMS então ♈ verdadeiro objeto e claramente não ♑
MAIS PERTO DA CENA DO RAPTO?
QUEM?
Nodo meridional em ♊
Cauda Draconis: CROWLEY diz PERDAS SÚBITAS
2ª Casa, a Casa das Posses: TROFÉUS TIRADOS DELA
ADAMS: ♊ na fala é lógico e claro – ♊2??
SCHMIDT CORRIGE PARA ♋ ✓
Regente de Bafomet em ♋
"Sagrado, sagrado, sagrado, até Cento e Cinquenta e Seis vezes sagrado NOSSA DAMA que cavalga A BESTA!" CROWLEY
♋ sabe de alguma coisa, possivelmente subconsciente, teve contato com ♑?
Ela desapareceu durante ♎ SIGNIFICADO?
♎ = JUSTIÇA/AJUSTE Ela procurava justiça?
Dra. ♎ exemplo perfeito do tipo. ADAMS diz cabeça de crânio longo, feições pequenas, regulares e agradáveis, cabelo castanho muito escuro ou preto, tendência a ter testa baixa – gentileza – afabilidade – "as coisas podem sair muito mal sem que as pessoas percebam. ♎ é aquele que descobre o problema e passa a sua solução." "Uma perturbação lhe dá a agonia mais terrível do espírito."
"♎ É O MAIS CONFIÁVEL DOS SIGNOS"... Mas também Crowley?
♑
É o signo do antagonismo e da fatalidade.
É o bode da luxúria que liga o firmamento com seus chifres.
– Éliphas Lévi

— Você está... — Robin começou a rir. —Você tirou isso do seu traseiro, ou é real?

— É claro que não é *real* — disse Strike. — *Nada disso* é real, é? Mas sim. É o que diz meu *mapa astral*. Pare de rir, porra. Lembre-se de quem era minha mãe. Ela adorava todas essas merdas. Um dos melhores amigos dela fez meu mapa quando nasci. Eu devia ter reconhecido isso direto — disse ele, apontando o bode desenhado. — Mas ainda não pensei direito, não tive tempo.

— E então, ter o Sol na primeira casa significa o quê?

— Não significa nada, é tudo papo-furado.

Robin sabia que ele não queria admitir que se lembrava, o que a fez rir ainda mais. Entre irritado e irônico, ele disse em voz baixa:

— Independência. Liderança.

— Bom...

— É tudo papo-furado e já temos besteira mística suficiente rondando este caso sem precisarmos de signos do zodíaco. A médium e o lugar sagrado, Talbot e Bafomet...

— ... Irene e a Margot Fonteyn quebrada — disse Robin.

— Irene e a merda da Margot Fonteyn dela quebrada — resmungou Strike, revirando os olhos.

Começou a cair uma chuva gelada e fina, salpicando o tampo da mesa e o caderno de Talbot, que Strike fechou antes que a tinta pudesse escorrer. Em um acordo tácito, ambos se levantaram e voltaram para o Land Rover.

A velha com cabelo cor de lavanda que fazia aniversário junto com Strike agora era ajudada pelo que pareciam duas filhas a entrar em um Toyota próximo. Em volta do carro estava a família, sorridente e conversando embaixo de guarda-chuvas. Só por um momento, enquanto entrava no Land Rover, Strike se perguntou onde estaria se vivesse até os oitenta anos e quem estaria com ele.

22

E tempos posteriores coisas mais desconhecidas mostrarão.
Por que então deveria o homem ingênuo criticar tanto
Que nada existe além do que ele viu?
O que no interior da bela e brilhante esfera da Lua,
O que de cada outra estrela não vista
De outros mundos ele felizmente escutara?

Edmund Spenser
A Rainha das Fadas

Naquela noite Strike comprou uma refeição delivery para comer sozinho no apartamento do sótão. Enquanto virava o macarrão no prato, intimamente reconhecia a ironia de que se Ilsa não gostasse tanto de agir como alcoviteira de uma relação amorosa entre ele e Robin, ele agora poderia estar sentado no apartamento de Nick e Ilsa na Octavia Road, desfrutando de risos com dois de seus antigos amigos e com a própria Robin, cuja companhia nunca o desagradava, apesar das muitas horas que eles trabalhavam juntos.

Os pensamentos de Strike se demoraram na sócia enquanto ele comia, no beijo no cartão bem escolhido, nos fones de ouvido e no fato de que ela agora o chamava de Strike em momentos de irritação, ou quando os dois estavam brincando, todos sinais claros de alguma intimidade crescente. Embora os procedimentos do divórcio fossem estressantes, dos quais ela contava poucos detalhes, apesar de Robin conscientemente procurar pouco um romance, ela era ainda assim uma mulher livre.

Não foi a primeira vez que Strike se perguntou exatamente o quanto de egocêntrico havia em suspeitar de que os sentimentos de

Robin para com ele pudessem ser mais calorosos do que aqueles da amizade pura. Ele se entendia melhor com ela do que com qualquer outra mulher. Sua ligação mútua sobrevivera a todos os estresses de administrar um negócio juntos, às dificuldades pessoais que cada um deles suportou desde que se conheceram, até a grande desavença que certa vez o fez demiti-la. Ela correu ao hospital quando ele se viu sozinho com um sobrinho gravemente doente, angariando, ele não tinha dúvida, o desprazer do ex-marido que Strike nunca se esquecia de chamar mentalmente de "aquele babaca".

E Strike também não estava inconsciente da beleza de Robin: na verdade, tinha plena consciência dela desde que ela tirou o casaco em seu escritório pela primeira vez. Mas seu apelo físico era uma ameaça menor à sua paz de espírito do que a ligação profunda e culpada por ser, atualmente, o principal homem na vida dela. Agora que a possibilidade de algo mais estava à sua frente, agora que o marido tinha ido embora e ela era solteira, ele se via perguntando-se seriamente o que aconteceria se eles agissem de acordo com o que ele começava a suspeitar ser uma atração mútua. Será que a agência, pela qual os dois sacrificaram tanto, que para Strike representava o ápice de todas as suas ambições, sobreviveria se os sócios fossem para a cama? Apesar de ele recontextualizar a pergunta, a resposta era sempre "não", porque ele tinha certeza, por motivos que tinham relação com traumas do passado, e não por algum veio particularmente puritano, que o que Robin procurava, em última análise, era a segurança e a permanência do casamento.

E ele não era do tipo de se casar. Quaisquer que fossem as inconveniências, o que ele ansiava no fim de um dia de trabalho era seu espaço privativo, limpo e arrumado, organizado exatamente como ele gostava, livre de tempestades emocionais, de culpa e recriminações, de exigências a serviço da ideia de romance da Hallmark, de uma vida em que a felicidade de outra pessoa fosse sua responsabilidade. A verdade era que ele sempre tinha sido responsável por alguma mulher: por Lucy, quando foram criados juntos na pobreza e no caos; por Leda, que se atirava de um amante a outro, e que ele às vezes teve de proteger fisicamente quando adolescente; por Charlotte, cujas volatilidade e tendência autodestrutiva receberam muitos nomes diferentes de terapeutas e psiquiatras, mas que ele amou apesar de tudo. Ele agora era sozinho e tinha certa paz. Nenhum dos casos ou noitadas que teve desde Charlotte havia tocado a sua parte essencial. Às vezes Strike se perguntava se desde Charlotte não tinha atrofiado sua capacidade de sentimentos profundos.

Só que, quase a contragosto, ele gostava de Robin. Sentia as agitações familiares de um desejo de fazê-la feliz que o irritavam muito mais do que o hábito que ele criara de virar decididamente a cara quando ela se curvava sobre uma mesa. Eles eram amigos, e ele esperava que sempre fossem amigos, e Strike suspeitava de que a melhor maneira de garantir isso era nunca um ver o outro sem roupa.

Depois de ter lavado o prato, Strike abriu a janela para a entrada do ar frio da noite, lembrando a si mesmo que toda mulher que conhecia teria reclamado imediatamente da corrente de ar. Ele então acendeu um cigarro, abriu o laptop que levara para cima e esboçou uma carta ao Ministério da Justiça, explicando que havia sido contratado por Anna Phipps, apresentando suas credenciais comprovadas de investigador dentro e fora do Exército e solicitando permissão para visitar e interrogar Dennis Creed em Broadmoor.

Depois de terminar, ele bocejou, acendeu o enésimo cigarro do dia e foi se deitar na cama, como sempre tirando a calça primeiro. Pegou *O demônio de Paradise Park* e abriu no último capítulo.

A questão que assombra os policiais que entraram no porão de Creed, em 1976, e viram com os próprios olhos a combinação de prisão e câmara de tortura que ele havia construído ali, é se as 12 mulheres que se sabia que ele havia agredido, estuprado e/ou matado correspondiam à contagem total de suas vítimas.

Em nossa última entrevista, Creed, que naquela manhã tinha sido privado dos privilégios depois de uma explosão agressiva contra um carcereiro, foi menos comunicativo e mais enigmático até então.

P: As pessoas suspeitam de que pode ter havido mais vítimas.

R: É verdade?

P: Louise Tucker. Tinha 16 anos, ela fugiu...

R: Vocês, jornalistas, adoram colocar a idade das pessoas, não é? Por que é assim?

P: Porque compõe um retrato. É um detalhe com que todos nós podemos nos identificar. Sabe alguma coisa a respeito de Louise Tucker?

R: Sei. Tinha 16 anos.

P: Havia joias não reclamadas em seu porão. Peças de roupa não reclamadas.

R: ...

P: Não quer falar das joias não reclamadas?

R: ...

P: Por que você não quer falar daqueles objetos não reclamados?

R: ...

P: Alguma parte de você pensa, "agora não tenho nada a perder. Eu podia dar um descanso ao espírito das pessoas. Acabar com as indagações das famílias"?

R: ...

P: Você não acha que seria uma espécie de reparação? Eu podia reparar parte de minha reputação?

R: [risos] "Reputação"... Você acha que passo meus dias preocupado com minha reputação? Vocês sinceramente não [ininteligível]

P: E Kara Wolfson? Desaparecida em 1973.

R: Quantos anos tinha?

P: Vinte e seis. Hostess de boate no Soho.

R: Não gosto de putas.

P: E por quê?

R: Sujas.

P: Você frequentava prostitutas.

R: Quando não havia nada mais em oferta.

P: Você tentou... Helen Wardrop era uma prostituta. E ela se livrou de você. Deu uma descrição à polícia.

R: ...

P: Você tentou raptar Helen na mesma área em que Kara foi vista pela última vez.

R: ...

P: E Margot Bamborough?

R: ...

P: Um furgão parecido com o seu foi visto em alta velocidade na área em que ela desapareceu.

R: ...

P: Se você raptou Bamborough, ela esteve em seu porão na mesma época que Susan Meyer, não foi?

R: ... Que bom para ela.

P: Bom para ela por quê?

R: Tinha com quem conversar.

P: Está dizendo que você prendeu Bamborough e Meyer na mesma época?

R: [sorrisos]

P: E Andrea Hooton? Bamborough estava morta quando você raptou Andrea?

R: ...

P: Você jogou o corpo de Andrea do penhasco. Essa foi uma mudança em seu *modus operandi*. O corpo dela foi o primeiro que você jogou de lá?

R: ...

P: Você não quer confirmar se raptou Margot Bamborough?

R: [sorrisos]

Strike baixou o livro e ficou deitado por um tempo, fumando e pensando. Depois pegou o caderno com capa de couro de Bill Talbot, que antes havia jogado na cama quando tirava o paletó.

Ao folhear as páginas densamente escritas, procurando por algo compreensível, algo que pudesse relacionar com um fato sólido ou ponto de referência, de súbito ele colocou o dedo grosso no livro para impedir que as páginas virassem, a atenção presa por uma frase escrita principalmente em inglês, que parecia conhecida.

12º (H) encontrado. Portanto COMO ESPERADO o assassino é ♑

Foi um esforço levantar e pegar o próprio bloco de notas, mas ele assim o fez. Strike arriou de volta na cama e encontrou a frase que Pat havia traduzido para ele de taquigrafia Pitman:

E esse é o último deles, o décimo segundo, e o círculo se fechará com a descoberta do décimo — palavra desconhecida — Bafomet. Transcrito no verdadeiro livro.

A palavra desconhecida, Strike percebeu, era o mesmo símbolo que acompanhava a palavra "assassino" no caderno de Talbot.

Ao mesmo tempo exasperado e curioso, Strike pegou o telefone e procurou "símbolos astrológicos" no Google.

Alguns minutos e duas páginas de astrologia na internet depois, com uma expressão de leve desprazer, ele conseguiu interpretar a frase de Talbot. Dizia: "*12.º (Peixes) encontrado. Portanto assassino COMO ESPERADO é Capricórnio.*"

Peixes era o 12.º signo do zodíaco, Capricórnio era o décimo. Capricórnio também era o signo do bode que Talbot, em seu estado ensandecido, parece ter relacionado com Bafomet, a deidade com cabeça de bode.

— Mas que merda — resmungou Strike, virando para uma página em branco do bloco e escrevendo alguma coisa.

Agora lhe ocorria uma ideia: aquelas datas estranhas e inexplicáveis com cruzes ao lado em todos os depoimentos das testemunhas masculinas. Ele se perguntou se poderia se dar ao trabalho de se levantar e descer para pegar as páginas relevantes nas caixas de registros policiais. Com um suspiro, concluiu que a resposta era sim. Strike fechou o zíper, colocou-se de pé com dificuldade e pegou as chaves do escritório no gancho ao lado da porta.

Dez minutos depois, estava de volta ao quarto com o laptop e um novo bloco. Ao se acomodar novamente em cima do edredom, notou que a tela do celular, que estava também no edredom, agora se iluminava. Alguém havia tentado falar com ele enquanto esteve no andar de baixo. Esperando que fosse Lucy, ele pegou o telefone e olhou.

Tinha acabado de perder uma chamada de Charlotte. Strike colocou o telefone na cama e abriu o laptop. Lenta e aflitivamente, passou ao trabalho de combinar as datas inexplicáveis nos depoimentos de cada suspeito que depôs com o signo relevante do zodíaco. Se fosse correto seu pressentimento de que Talbot verificava o signo dos homens, Steven Douthwaite era de Peixes, Paul Satchwell era de Áries e Roy Phipps, que nasceu no dia 27 de dezembro... era de Capricórnio. Todavia, Talbot tinha excluído o envolvimento de Roy Phipps já no início do caso.

12º (H) encontrado. Portanto COMO ESPERADO o assassino é ♑

"Capricórnio é divinamente inescrupuloso, sumamente despreocupado com as consequências... não tens nenhum direito, mas fará tua vontade. Fazei, e ninguém te dirá não. Pois a pura vontade, desembaraçada de propósito, proferida do último resultado, é perfeita em todos os sentidos." – Crowley

Marido não pode ser um verdadeiro ♑, Adams diz que ♑ é materialista, severo, duro, calado, "olhos pequenos e penetrantes"

SCHMIDT EXPLICA ⟶ NÃO ♑ MAS ⛎

Engenhoso, sensível, musical

"Sou a serpente secreta prestes a dar o bote; em meu serpenteado há alegria." – CROWLEY

NÃO

♋ oposto a ♑

VII
O Carro
(♋)

Vitória, determinação
Posso resolver (com ♋)
LIGA-SE COM

Príncipe de Espadas
(♑/♒)

pode ser encantadores
♒ CONHECIDO NO TRABALHO?

XV
O Diabo
(♑)

Uma parceria com ♋ surgirá

Nove de Espadas
(♊)

Dois de Copas
(♋)

Ás de Ouros Invertido
(♉)

⊕ sinais de GANÂNCIA, materialismo

Hierofante
(♉)

Detentos do conhecimento secreto
♉ SABE DE ALGO

Mas Lévi diz "O dois de copas é a vaca"
ENTÃO TAMBÉM POSSIVELMENTE ♉
Estes dois serão a CHAVE ♋ e ♉

"Veneno e gota de sangue"; CRUELDADE, ela agora sofre – AINDA VIVA?

Cinco de Ouros
(♉)

Frustração, impedimentos: ♉ não fala

Suma-Sacerdotisa
(☽)

ÍSIS A FUNDAÇÃO
♋/☽

SCHMIDT MUDA TUDO
BAFOMET

Dez de Espadas
(♊)

RUÍNA – SEREI ARRUINADO
ENFRENTO A RUÍNA

NÃO

♋

INTERROGAR ♋ DE NOVO: – PARANORMAL, intuições, reinterrogar,
a natureza é BOA: – nutre, protege, oposta ao MAL,
Adams: "a face é redonda e achatada – os olhos são grandes e claros"
Lembrar também ♌ em ♋
Portanto, ♋ pode ter mau contato com Bafomet / ♑
PODE ESTAR EM PERIGO.

♉

Enquanto que em ♉ a natureza é COMO A DE BAFOMET
O hierofante lhe dirá: – "Vire-se!" e, na sombra que você lança na presença desse sol de inteligências, aparecerá a você o diabo, aquele fantasma negro" – Lévi
INDIGNO DE CONFIANÇA. ESCONDE COISAS. SABE MAIS

♏ SINAL (ADAMS)

Falsidades, espelhos quebrados, águas turbulentas – Crowley

LIGAÇÃO COM A ÁGUA: TODOS OS SIGNOS RELACIONADOS COM A ÁGUA
TAMBÉM CHUVA QUE ELA PEGOU

NÃO

ÁGUA ÁGUA ÁGUA ÁGUA ÁGUA ÁGUA PARA TODO LADO

♒ preocupado com como ♏ morreu? SCHMIDT CONCORDA C/ ADAMS

♒ desafia ♓ a respeito de ♏? Era ♋ ali, a testemunha era de ♋? ♋ é gentil, o instinto é de proteger, INTERROGAR DE NOVO.

♏ e ♒ relacionados ÁGUA ÁGUA também ♋ e ♑ TEM UM RABO DE PEIXE.

O monstro Cetus, o Leviatã, a baleia bíblica
Encanto na superfície, maldade nas profundezas
Teimosa, gosta dos holofotes
Uma atriz, uma mentirosa

— Então, essa merda não faz nenhum sentido — resmungou Strike para o quarto vazio.

Ele baixou o laptop, pegou de novo o caderno de Talbot e leu a partir da afirmação de que o assassino de Margot devia ser de Capricórnio.

— Meu Deus do céu — resmungou Strike, tentando, sem conseguir inteiramente, entender o monte de rabiscos esotéricos com a ajuda dos sites de astrologia. Pelo que podia ver, Talbot parece ter absolvido Roy Phipps das suspeitas com base em que ele, na realidade, não era de Capricórnio, mas algum signo que Strike não conseguiu entender patavina, e que ele desconfiava de que Talbot pode ter inventado.

De volta ao caderno, Strike reconheceu o método da cruz celta do tarô de sua juventude. Leda se dizia uma leitora do tarô; por muitas vezes, ele a viu dispor as cartas na mesma formação que Talbot desenhara no meio da página. Mas nunca viu as cartas com seu significado astrológico e se perguntou se isso também era invenção do próprio Talbot.

O celular tocou de novo. Ele o apanhou.

Charlotte lhe mandara uma fotografia. Uma fotografia nua, dela mesma segurando dois cafés. A mensagem que a acompanhava dizia **6 anos atrás esta noite. Eu queria que acontecesse de novo. Feliz aniversário, Bluey bjs**

A contragosto, Strike olhou fixamente o corpo que nenhum homem heterossexual senciente podia deixar de desejar e o rosto que causaria inveja a Vênus. Depois notou o borrão no baixo-ventre, onde ela havia encoberto a cicatriz da cesariana. Isso cuidou de sua ereção nascente. Como um alcoólatra afastando o conhaque, ele excluiu a foto e voltou ao caderno de Talbot.

23

É a mente que faz o bom e o mau,
Que faz o desgraçado ou feliz, rico ou pobre:
Pois alguns, que abundância têm à vontade,
Não têm o que basta, mas querem maiores posses;
E outros, que pouco têm, não pedem mais,
Mas nesse pouco são tão ricos quanto sábios.

Edmund Spenser
A Rainha das Fadas

Onze dias depois, Robin foi acordada às oito da manhã pelo toque do celular, depois de mal dormir uma hora de sono. Tinha passado a noite em outra vigília inútil na frente da casa do perseguido homem do tempo e voltara a seu apartamento em Earl's Court para ter algumas horas de sono, antes de sair às pressas de novo para entrevistar Oonagh Kennedy com Strike na cafeteria da Fortnum & Mason. Completamente desorientada, ela derrubou alguns objetos da mesa de cabeceira ao tatear no escuro em busca do telefone.

— 'Lô?

— Robin? — disse um grito feliz em seu ouvido. — Você é titia!

— Desculpe, eu sou o quê? — perguntou ela em voz baixa.

Espectros dos sonhos ainda se grudavam nela: Pat Chauncey a havia convidado para jantar e ficou profundamente magoada por ela não ir.

— Você é titia! Jenny acaba de ter o bebê!

— Ah — disse Robin, e muito lentamente seu cérebro computou que esse era Stephen, seu irmão mais velho, ao telefone. — Ah, isso é incrível... qual é...?

— É menina! — disse em júbilo Stephen. — Annabel Marie. Três quilos e novecentos!

— Nossa — disse Robin —, isso é... é grande? Parece...

— Estou mandando uma foto para você agora! — disse Stephen. — Recebeu?

— Não... espere um pouco. — Robin se sentou. De olhos baços, passou ao viva voz para verificar as mensagens. A foto chegava enquanto ela olhava a tela: um bebê vermelho, careca e enrugado, embrulhado em uma manta de hospital, de punhos cerrados, parecendo furioso por ter sido obrigado a sair do lugar de escuridão tranquila e acolchoada para a luminosidade de uma ala hospitalar.

— Acabo de receber. Ah, Stephen, ela é... ela é linda.

Era uma mentira, mas ainda assim os olhos exaustos de Robin arderam de lágrimas.

— Meu Deus, Button — disse ela em voz baixa; era o apelido de infância de Stephen. — Você é pai!

— Eu sei! Uma loucura, não é? Quando é que você virá?

— Em breve — Robin prometeu. — Vou voltar para o Natal. Diga a Jenny que mando todo o meu amor, sim?

— Sim, vou dizer. Vou ligar para Jon agora. A gente se vê em breve, Robs.

A ligação foi interrompida. Robin ficou deitada no escuro, encarando a foto fortemente iluminada do bebê amarfanhado, cujos olhos inchados se estreitavam contra o mundo que ela parecia ter decidido não ser um ótimo lugar. Era extraordinário pensar no irmão Stephen como pai e que a família agora tinha mais um integrante.

Robin parecia ouvir novamente as palavras da prima Katie: *Parece que você viaja em uma direção diferente do resto de nós*. Nos velhos tempos com Matthew, antes de começar a trabalhar na agência, ela esperava ter filhos com ele. Robin não tinha fortes sentimentos *contra* ter filhos, simplesmente sabia que agora, com o trabalho que amava, seria impossível ser mãe ou que isso pelo menos a impediria de ter o trabalho que amava. A maternidade, por sua observação limitada daquelas de sua idade que a viviam, parecia exigir de uma mulher mais do que ela poderia dar. Katie tinha falado do eterno aperto no coração quando ela não ficava com o filho, e Robin tentara imaginar uma corrente emocional ainda mais forte do que a culpa e a raiva com as quais Matthew tentara segurá-la. O problema não era que Robin pensasse que não ia amar o filho. Ao contrário, ela achava provável amar aquele filho até o ponto em que teria de abrir mão desse trabalho, pelo qual sacrificou voluntariamente o casamento, a segurança, o sono e a tranquilidade financeira. E como Robin se sentiria, depois disso, em relação à pessoa que tornou necessário esse sacrifício?

Robin acendeu a luz e se abaixou para pegar as coisas que tinha derrubado da mesa de cabeceira: um copo vazio, felizmente intacto, e a brochura fina e frágil intitulada *O que aconteceu com Margot Bamborough?*, de C. B. Oakden, que recebera pelo correio na noite anterior e já havia lido.

Strike ainda não sabia que Robin conseguira um exemplar do livro de Oakden, e Robin estava ansiosa para mostrar a ele. Ela também tinha mais umas poucas novidades sobre Bamborough, mas agora, talvez devido à pura exaustão, a expectativa de contar tinha desaparecido. Concluindo que não conseguiria voltar a dormir, saiu da cama.

No banho, Robin percebeu, para sua surpresa, que estava chorando. *Isso é ridículo. Você nem mesmo quer ter um filho. Controle-se.*

Quando Robin chegou ao andar de cima, vestida, depois de usar o secador de cabelo e passar base nas olheiras, encontrou Max comendo torrada na cozinha.

— Bom dia. — Ele ergueu os olhos de uma espiada nas notícias do dia em seu celular. — Tudo bem com você?

— Tudo ótimo — disse Robin, com o ânimo forçado. — Acabo de descobrir que sou titia. A esposa de meu irmão Stephen deu à luz esta manhã.

— Ah. Meus parabéns — disse Max, com um interesse educado. — Hum... menino ou menina?

— Menina — disse Robin, ligando a máquina de café.

— Eu tenho uns oito afilhados — disse Max melancolicamente. — Os pais adoram dar a tarefa a quem não tem filhos. Eles acham que vamos nos esforçar mais sem ter nossas próprias crianças.

— É verdade. — Robin tentava manter o tom animado. Era madrinha do filho de Katie. O batizado foi a primeira vez em que ela esteve na igreja em Masham desde o casamento com Matthew.

Ela levou uma caneca de café puro de volta ao quarto, onde abriu o laptop e decidiu colocar a nova informação sobre o caso Bamborough em um e-mail para Strike antes de eles se encontrarem. Talvez eles não tivessem muito tempo juntos antes da entrevista com Oonagh Kennedy, assim isso agilizaria a conversa.

Oi

Algumas pequenas coisas sobre Bamborough antes de eu me encontrar com você:

- Charles Ramage, o milionário das banheiras de hidro, morreu. Falei com o filho dele, que não pôde confirmar a história sobre o pai ter visto Margot, mas se lembrou de Janice cuidar do pai dele depois do acidente e disse que Ramage pai gostava dela e "provavelmente contou todas as histórias a ela, ele tinha muitas". Disse que o pai não se importava de exagerar se isso melhorasse uma história, mas não era mentiroso e "tinha bom coração. Não teria contado uma mentira sobre uma mulher desaparecida". Também confirmou que o pai era amigo íntimo de um "policial importante" (não conseguiu se lembrar da patente nem do nome de batismo) chamado Greene. A viúva de Ramage pai ainda está viva e mora na Espanha, mas está em seu segundo casamento e o filho não se entende bem com ela. Estou tentando obter um número de contato/ endereço de e-mail dela.
- Tenho 99% de certeza de ter encontrado a Amanda White certa, que agora se chama Amanda Laws. Dois anos atrás ela fez uma postagem no Facebook sobre pessoas desaparecidas, que incluía Margot. Disse no comentário que tinha sido pessoalmente envolvida no desaparecimento de Margot. Mandei uma mensagem a ela, mas ainda não recebi nada.
- Consegui um exemplar de *O que aconteceu com Margot Bamborough?* e li (não é muito grande). A julgar pelo

que sabemos sobre Margot até agora, parece cheio de imprecisões. Levarei o livro comigo esta manhã.

A gente se vê daqui a pouco.

Bj

Privada de sono, Robin tinha acrescentado o beijo automaticamente e enviou o e-mail antes de poder apagar. Uma coisa era colocar um beijo em um cartão de aniversário, outra bem diferente era começar a acrescentá-los em e-mails profissionais.

Merda.

Ela não poderia escrever um PS dizendo "Ignore esse beijo, meus dedos fizeram isso sem querer". Isso chamaria atenção para a coisa, se Strike tivesse achado irrelevante.

Enquanto fechava o laptop, a tela de seu celular se iluminou: recebia uma mensagem longa e empolgada da mãe sobre a perfeição da neném Annabel Marie, completa, com uma foto dela mesma segurando no colo a nova neta, o pai de Robin sorrindo radiante por cima do ombro da esposa. Robin mandou uma mensagem de texto:

Ela é linda!

Embora o bebê fosse tão desinteressante na nova fotografia como na anterior. Ainda assim, ela não mentia realmente: o fato do nascimento de Annabel *era mesmo* algo lindo, um milagre cotidiano, e o choro misterioso no banho de Robin tinha sido em parte um reconhecimento a esse fato.

Com o metrô acelerado para Piccadilly Circus, Robin pegou seu exemplar do livro de C. B. Oakden que encontrara em um sebo em Chester e o folheou mais uma vez. O vendedor dissera que o livro estava em sua loja havia vários anos e tinha chegado em um lote que ele retirou das mãos da família de uma falecida idosa do bairro. Robin suspeitou de que o vendedor não sabia da nebulosa situação judicial do livro antes da consulta de Robin por e-mail, mas ele não demonstrou nenhum escrúpulo moral em sua venda. Desde que Robin garantisse por telefone que não revelaria onde o havia conseguido, ele teria o prazer de se separar dele, com uma pequena margem de lucro. Robin só torcia para que Strike pensasse que o preço se justificava, depois que lesse o livro.

O exemplar de Robin parecia ter escapado da destruição porque tinha sido um dos exemplares gratuitos para o autor, que deve ter sido dado a ele antes da decisão no tribunal. Uma inscrição na guarda dizia: *A tia May, com os melhores votos, C. B. Oakden (Carl)*. Para Robin, "com os melhores votos" parecia uma mensagem afetada e grandiloquente para ser destinada a uma tia.

Com pouco mais de cem páginas, a brochura frágil tinha uma fotografia de Margot como coelhinha na capa, uma foto conhecida de Robin porque havia aparecido em muitas reportagens de jornal sobre o seu desaparecimento. Meio cortada nessa foto ampliada estava uma segunda coelhinha, que Robin sabia ser Oonagh Kennedy. A foto foi reproduzida em sua totalidade no meio do livro, junto com outras que Robin pensava que Strike concordaria serem a parte mais valiosa do volume, mas apenas, ela temia, porque ligavam rostos a nomes, não por ajudarem na investigação.

Robin saiu do metrô em Piccadilly Circus e caminhou em um vento forte até Piccadilly, embaixo de lâmpadas oscilantes de Natal, perguntando-se onde podia encontrar um presente de bebê para Stephen e Jenny. Como não passou por nenhuma loja apropriada, ela chegou à frente da Fortnum & Mason com uma hora de folga antes da reunião marcada com Oonagh Kennedy.

Robin passava frequentemente pela famosa loja desde que se mudara para Londres, mas nunca tinha entrado. A fachada decorada era azul-clara; e as vitrines, enfeitadas para o Natal, algumas das mais bonitas da cidade. Robin viu, pelos círculos transparentes de vidro cercados por neve artificial, montes de frutas cristalizadas que pareciam pedras preciosas, cachecóis de seda, latas douradas de chá e quebra-nozes de madeira no formato de príncipes de contos de fadas. Uma rajada de vento particularmente fria e pontilhada de chuva bateu nela e, sem uma decisão consciente, Robin se permitiu ser levada para dentro da fantasia natalina suntuosa por uma porta flanqueada por um porteiro de sobretudo e cartola.

A loja era acarpetada de escarlate. Para todo lado havia montanhas de embalagens na cor azul-clara. À mão, ela viu as mesmas trufas que

Morris lhe tinha dado de aniversário. Passando por frutas secas com marzipã e biscoitos, ela prosseguiu até vislumbrar a cafeteria no fundo do andar térreo, onde combinaram de se encontrar com Oonagh. Robin se virou. Não queria ver a vigária aposentada antes da hora marcada, porque queria se colocar em um estado mental mais profissional antes de uma entrevista.

— Com licença — perguntou ela a uma mulher de ar apressado que escolhia marzipã para um cliente —, vocês vendem alguma coisa para crianças na...?

— Terceiro andar — disse a mulher, já se afastando.

A pequena seleção de produtos infantis disponíveis, na opinião de Robin, tinha um preço exorbitante, mas, como única tia de Annabel e única parente que morava em Londres, ela sentiu certa pressão para dar um presente adequadamente metropolitano. Assim, comprou um urso de pelúcia Paddington grande e fofo.

Robin se afastava da caixa registradora com sua sacola azul quando o celular tocou. Esperando ser Strike, ela viu, em vez disso, um número desconhecido.

— Oi, aqui é Robin.

— Oi, Robin. É Tom — disse uma voz furiosa.

Nem que sua vida dependesse disso, Robin saberia quem era Tom. Mentalmente, ela correu os casos em que a agência trabalhava no momento — Duas-vezes, Pé de Valsa, Cartão-postal, Manhoso e Bamborough — tentando, em vão, se lembrar de um Tom, enquanto dizia com o que pretendia ser um calor humano de sim-claro-sei--quem-é-você:

— Ah, oi!

— *Tom Turvey* — disse o homem, que pelo visto não se deixou enganar.

— Ah — disse Robin, o coração começando a acelerar desconfortavelmente, e se retirou para um nicho onde havia velas aromáticas caras em prateleiras.

Tom Turvey era noivo de Sarah Shadlock. Robin não tinha contato com ele desde a descoberta de que seus respectivos parceiros estavam dormindo juntos. Ela jamais gostou particularmente dele, nem mesmo descobriu se ele sabia do caso amoroso.

— Obrigado — disse Tom. — Um *muito obrigado da porra*, Robin!

Ele estava quase gritando. Robin distanciou o celular um pouco da orelha.

— Como disse? — Ela falou, mas de súbito parecia ter se tornado toda nervos e pulsação.

— Não se deu ao trabalho de me contar, não é? Simplesmente deu o fora e lavou as mãos, não foi?

— Tom...

— Ela me contou *a merda* toda e você sabia um ano atrás e eu descobri hoje, *quatro semanas antes de meu casamento...*

— Tom, eu...

— Bom, espero que esteja feliz, caralho! — gritou ele. Robin afastou o telefone da orelha e o segurou à distância de um braço. Ele ainda podia ser ouvido com clareza ao gritar: — Sou o único de nós que não esteve fodendo por aí e o único que ficou *fodido...*

Robin interrompeu a ligação. Suas mãos tremiam.

— *Com licença* — disse uma mulher grande que tentava ver as velas nas prateleiras atrás de Robin, que murmurou um pedido de desculpas e se afastou, até chegar a um corrimão de ferro curvo, depois do qual havia uma área grande, circular e vazia. Olhando para baixo, ela viu os andares que a escada atravessava, assim conseguia ver diretamente o porão, onde pessoas comprimidas atravessavam o espaço com cestos carregados de presuntos e garrafas de vinho caros. Com a cabeça girando, mal tendo consciência do que fazia, Robin se virou e voltou às cegas para a saída do departamento, esforçando-se para não esbarrar em mesas com pilhas de porcelana frágil. Desceu a escada acarpetada de vermelho, tentando se acalmar pela respiração, tentando entender o que acabara de ouvir.

— Robin.

Ela continuou andando e só quando alguém disse mais uma vez "*Robin*" foi que se virou e percebeu que Strike tinha acabado de entrar na loja por uma porta lateral na Duke Street. Os ombros de seu sobretudo estavam salpicados de gotas de chuva cintilantes.

— Oi — disse ela, atordoada.

— Você está bem?

Por uma fração de segundo, ela quis contar tudo: afinal, ele sabia do caso de Matthew, sabia que o casamento tinha terminado e conhecera

Tom e Sarah. Porém, o próprio Strike parecia tenso, com o celular agarrado na mão.

— Tudo bem. E você?

— Não tão bem assim — disse ele.

Os dois deram um passo de lado para permitir a entrada de um grupo de turistas na loja. Na sombra da escada de madeira, Strike disse:

— Joan deu uma guinada para pior. Foi internada de novo no hospital.

— Ah, meu Deus, eu sinto muito — disse Robin. — Escute... Vá para a Cornualha. A gente se aguenta. Vou entrevistar Oonagh. Vou cuidar de tudo...

— Não. Ela disse especificamente a Ted que não nos quer correndo para lá de novo. Mas não é que ela...

Strike parecia tão distraído e dispersivo quanto Robin, mas agora ela se recompôs. *Foda-se Tom, fodam-se Matthew e Sarah.*

— É sério, Cormoran, vá. Posso cuidar do trabalho.

— Eles esperam por mim no Natal, daqui a 15 dias. Ted disse que ela está desesperada para ter todos nós em casa. Acho que é questão de poucos dias, o lance do hospital.

— Bom, se tem certeza... — disse Robin. Ela olhou o relógio. — Temos dez minutos até a hora da chegada de Oonagh. Quer ir para a cafeteria, esperar por ela?

— Quero — disse Strike. — Bem pensado, eu preciso mesmo de um café.

"God Rest Ye Merry, Gentlemen", cantarolaram dois alto-falantes enquanto eles entravam no reino de frutas cristalizadas e de chás dispendiosos, ambos perdidos em pensamentos aflitivos.

24

... meu prazer está todo na jovialidade,
Em leitos, em aposentos, em lençóis e em festins:
E mal te correspondes com teus altivos cascos,
Escarnecer da alegria, que Júpiter é feliz em buscar...

Edmund Spenser
A Rainha das Fadas

Chegava-se à cafeteria por uma escada que a colocava em um nível mais alto que a loja, para a qual dava vista. Depois que ele e Robin se sentaram a uma mesa para quatro perto da janela, Strike ficou em silêncio olhando a Jermyn Street, onde os transeuntes eram reduzidos a cogumelos ambulantes, eclipsados pelos guarda-chuvas. Ele estava a uma curta distância do restaurante em que vira Charlotte pela última vez.

Strike tinha recebido vários outros telefonemas dela desde o nude de aniversário, além de várias mensagens de texto, três das quais chegaram na noite anterior. Ele ignorou tudo isso, mas em algum lugar no fundo de sua ansiedade com Joan esgueirava-se uma familiar preocupação em relação a qual seria a próxima atitude de Charlotte, porque as mensagens de texto ficavam cada vez mais exageradas. Ela havia tentado suicídio duas vezes no passado e em uma das vezes quase conseguiu. Três anos depois de ele tê-la deixado, ela ainda tentava torná-lo responsável por sua segurança e sua felicidade, e isso provocava em Strike ao mesmo tempo fúria e tristeza. Quando Ted telefonou aquela manhã com a notícia sobre Joan, o detetive procurou o número telefônico do banco mercantil em que trabalhava o marido de Charlotte. Se Charlotte ameaçasse suicídio, ou mandasse alguma última mensagem, ele pretendia ligar para Jago.

— Cormoran — chamou Robin.

Ele olhou. Um garçom tinha chegado à mesa. Quando os dois pediram café e Robin uma torrada, cada um deles voltou a seu silêncio. Da janela, Robin olhava os consumidores abastecendo-se de mantimentos de luxo para o Natal na loja e repassava mentalmente a explosão de Tom Turvey. Os abalos secundários ainda a atingiam. *Quatro semanas antes da merda do meu casamento*. Deve ter sido cancelado. Sarah tinha deixado Tom por Matthew, o homem que ela queria o tempo todo, e Robin tinha certeza de que ela não teria abandonado Tom se Matthew não tivesse se mostrado disposto a oferecer o que Tom lhe dava: diamantes e uma mudança de nome. *Eu sou o único que não esteve fodendo por aí.* Todo mundo tinha sido infiel, na opinião de Tom, exceto o coitado do Tom... Então Matthew deve ter dito a seu velho amigo que ela, Robin, esteve dormindo com outro (o que significava Strike, é claro, de quem Matthew teve um ciúme e uma desconfiança eternos desde o momento em que Robin foi trabalhar para ele). E mesmo agora que Tom sabia sobre Matthew e Sarah, depois que foi revelada a falsidade e a traição do velho amigo, Tom ainda acreditava na mentira sobre Robin e Strike. Sem dúvida, ele pensava que sua infelicidade atual era culpa de Robin, que o efeito dominó da infidelidade nunca teria começado se ela não tivesse sucumbido a Strike.

— Tem certeza de que você está bem?

Robin se assustou e se virou. Strike tinha saído dos próprios devaneios e a olhava por cima da xícara de café.

— Estou bem — disse ela. — Só cansada. Recebeu meu e-mail?

— E-mail? — Strike pegou o telefone no bolso. — Sim, mas não li, desculpe. Lidando com outro...

— Não se incomode com isso agora — disse Robin apressadamente, no fundo retraindo-se ao pensar naquele beijo acidental, mesmo no meio de seus novos problemas. — Não é particularmente importante, pode esperar. Mas encontrei isto.

Ela pegou na bolsa o exemplar de *O que aconteceu com Margot Bamborough?* e o passou pela mesa, mas, antes que Strike pudesse expressar surpresa, Robin disse em voz baixa:

— Devolva, devolva agora — puxando o livro da mão dele e colocando na bolsa.

Uma mulher corpulenta vinha na direção deles pela cafeteria. Duas sacolas volumosas de compras de Natal estavam penduradas em suas mãos. A mulher tinha as maçãs do rosto cheias e os grandes dentes quadrados de um esquilo de cara animada, um aspecto que nas fotos da juventude conferia certo encanto atrevido à beleza. O cabelo que antigamente era comprido, escuro e brilhante agora ficava na altura do queixo e era branco, exceto pela frente, onde uma arrojada mecha roxa berrante tinha sido acrescentada. Um grande crucifixo de prata e ametista batia no suéter púrpura.

— Oonagh? — disse Robin.

— Sou eu — disse ela, ofegante. Parecia nervosa. — As *filas*! Bom, o que posso esperar da Fortnum's no Natal? Mas é justo, eles *fazem mesmo* uma ótima mostarda.

Robin sorriu. Strike puxou a cadeira ao lado dele.

— Muito obrigada — disse Oonagh, sentando-se.

Seu sotaque irlandês era atraente e quase não foi corroído pelo que Robin sabia ter sido uma residência maior na Inglaterra do que em seu país natal.

Os dois detetives se apresentaram.

— É um prazer conhecê-los — disse Oonagh, trocando um aperto de mãos antes de dar um pigarro, nervosa. — Com licença. Nem *acreditei* quando recebi sua mensagem — disse ela a Strike. — Passei anos e anos me perguntando por que Roy nunca contratou alguém, porque ele tem dinheiro para isso e a polícia nunca chegou a lugar nenhum. Então a pequena Anna procurou você, não foi? Deus abençoe aquela menina, *o que* ela deve ter passado... Ah, olá — disse ela ao garçom —, eu gostaria de um cappuccino e uma fatia daquele bolo de cenoura. Obrigada.

Quando o garçom saiu, Oonagh respirou fundo e disse:

— Sei que estou tagarelando. Estou nervosa, essa é a verdade.

— Não tem nenhum motivo para ficar... — começou Strike.

— Ah, tem sim — Oonagh o contradisse, com uma expressão séria. — O que quer que tenha acontecido com Margot não pode ser nada bom, pode? Por quase quarenta anos eu rezei por aquela garota, rezei pela verdade e pedi a Deus que cuidasse dela, viva ou morta. Ela foi a melhor amiga que já tive e... desculpem-me. Eu sabia que isso ia acontecer. Eu sabia.

Ela pegou seu guardanapo de pano ainda não usado e enxugou os olhos.

— Façam uma pergunta para mim — disse ela, rindo um pouco. — Me salvem de mim mesma.

Robin olhou rapidamente para Strike, que passou a entrevista para ela com um olhar enquanto pegava o bloco.

— Bom, talvez possamos começar por como você e Margot se conheceram — sugeriu Robin.

— Claro, podemos — disse Oonagh. — Teria sido em 1966. Nós duas fazíamos um teste para ser Coelhinhas. Vocês sabem sobre isso?

Robin concordou com a cabeça.

— Na época, eu tinha um corpo decente, pode acreditar — disse Oonagh, sorrindo e gesticulando para o tronco roliço, embora parecesse sentir pouco arrependimento pela perda da cintura.

Robin torcia para que Strike mais tarde não a repreendesse por não organizar as perguntas de acordo com as categorias habituais de *pessoas, lugares e coisas*, mas ela julgou melhor fazer com que essa parecesse mais uma conversa normal, pelo menos no início, porque Oonagh ainda estava visivelmente nervosa.

— Você veio da Irlanda para arrumar um emprego? — perguntou Robin.

— Ah, não — disse Oonagh. — Eu já estava em Londres. De certo modo tinha fugido de casa, verdade seja dita. Você está olhando para uma garota do convento com uma mãe rigorosa como uma carcereira. Eu tinha no bolso o salário de uma semana de uma loja de roupas em Derry e minha mãe tinha brigado comigo. Saí, peguei a balsa, vim para Londres e mandei um postal para casa para contar a eles que eu estava viva e para que não se preocupassem. Minha mãe passou trinta anos sem falar comigo.

"Eu era garçonete quando soube que estavam abrindo um Playboy Club em Mayfair. Bom, o dinheiro era *uma loucura* de bom se comparado com o que se podia ganhar em um lugar normal. Trinta e cinco libras por semana, para começar. Hoje em dia, dá quase seiscentas por semana. Não havia outro lugar em Londres que pagasse isso a uma garota da classe trabalhadora. Era mais do que a maioria de nossos pais ganhava."

— E você conheceu Margot no clube?

— Eu a conheci no teste. Soube que *ela* seria contratada no momento que a vi. Tinha o corpo de uma modelo: toda pernas, e a garota *vivia* de açúcar. Era três anos mais nova que eu e mentiu a idade para eles aceitarem... Ah, muito obrigada — disse Oonagh ao garçom, que colocava o cappuccino e o bolo de cenoura diante dela.

— Por que Margot fez o teste? — perguntou Robin.

— Porque a família dela não tinha nada... e quero dizer *nada* mesmo — disse Oonagh. — O pai sofreu um acidente quando Margot tinha quatro anos. Caiu de uma escada e fraturou as costas. Aleijado. Por isso ela não tinha irmãos nem irmãs. A mãe fazia faxina na casa dos outros. A *minha* família tinha mais do que os Bamborough, e ninguém enriquecia com agricultura em um lugar do tamanho do nosso. Mas os Bamborough eram pobres de não ter o que comer.

"Ela era uma garota muito inteligente, mas a família precisava de ajuda. Ela entrou para a faculdade de medicina, disse à universidade que precisava adiar por um ano, depois foi direto para o Playboy Club. A gente se entendeu de cara, no teste, porque ela era *muito engraçada*."

— Era mesmo? — Pelo canto do olho, Robin viu Strike erguer a cabeça do bloco, surpreso.

— Ah, Margot Bamborough era a pessoa mais engraçada que conheci na vida — disse Oonagh. — Em *toda a minha vida*. A gente chorava de rir. Nunca ri tanto desde então. Um bom sotaque cockney e ela podia fazer você rir até *desmaiar*.

"Então começamos a trabalhar juntas e eles eram *rigorosos*, veja bem", disse Oonagh, agora colocando um pedaço do bolo na boca enquanto falava. "Inspecionavam antes de você ir para a pista, se o uniforme estava direito, as unhas feitas, e eram tantas *regras* que você nem faz ideia. Costumavam colocar detetives à paisana no clube para nos flagrar, para saber se não dávamos nossos nomes completos ou números de telefone.

"Se você fosse boa nisso, podia arrumar uma graninha. Margot foi promovida à garota do cigarro, vendendo em uma bandeja pequena. Ela era popular com os homens porque era muito engraçada. Não gastava um centavo com ela mesma. Dividia o dinheiro entre uma conta de poupança para a faculdade de medicina e o resto entregava à mãe. Se deixassem, trabalharia o tempo todo. A Coelhinha Peggy, era como se chamava, porque ela não queria que nenhum dos fregueses soubesse seu nome verdadeiro. Eu era a Coelhinha *Una*, porque ninguém sabia dizer 'Oonagh'. Recebíamos todo tipo de propostas... é claro que era preciso dizer não. Mas era bom ser convidada, é bem verdade", disse Oonagh e, talvez percebendo a surpresa de Robin, sorriu e disse:

— Não pense que Margot e eu não sabíamos *exatamente* o que estávamos fazendo, de corpete com orelhas de coelho na cabeça. O que talvez você não entenda era que uma mulher não conseguia uma hipoteca naquele tempo sem que um homem também assinasse os formulários. O mesmo para os cartões de crédito. Eu, no início, esbanjava meu dinheiro, mas aprendi a lição, aprendi com Margot. Fiquei esperta, comecei a economizar. Acabei comprando meu próprio apartamento em dinheiro vivo. Garotas de classe média, com as mães e os pais pagando suas contas, podiam até queimar sutiãs e ter pelos nas axilas. Margot e eu fizemos o que precisávamos fazer.

"De todo modo, o Playboy Club era sofisticado. Não era um bordel. Tinha licenças que o clube teria perdido se as coisas ficassem sórdidas. Recebíamos mulheres também. Os homens costumavam levar as esposas, as namoradas. O pior que tivemos foi algum puxão na cauda do coelho, mas, se um sócio do clube ficasse realmente abusado, era expulso. Você devia ter visto o que tive de suportar no trabalho antes disso: mãos subindo pela minha saia quando eu me curvava sobre uma mesa e coisa pior. Eles cuidavam de nós no Playboy Club. Os sócios não tinham permissão para sair com as Coelhinhas... bom, em tese. Acontecia. Aconteceu com Margot. Fiquei zangada com ela por isso, eu disse: 'Você está arriscando tudo, sua boba.'"

— Esse foi Paul Satchwell? — perguntou Robin.

— Ele mesmo — disse Oonagh. — Ele foi ao clube como convidado de alguém, não era sócio, então Margot achou que era uma zona cinzenta. Mesmo assim, tive medo de que ela perdesse o emprego.

— Você não gostava dele?

— Não, eu não gostava dele — disse Oonagh. — Ele se achava o Robert Plant, mas Margot ficou completamente caída. Ela não saía muito, entenda, porque estava economizando. Andei pelas boates em meu primeiro ano em Londres; conheci muitos como Satchwell. Era seis anos mais velho que ela, um artista e usava jeans tão apertados que dava para ver o pau e as bolas através da calça.

Strike soltou um bufo involuntário de riso. Oonagh o olhou.

— Desculpe-me — disse ele em voz baixa. — Você, hum, não é como a maioria dos vigários que conheci.

— Não acho que o Senhor se importe de eu falar em paus e bolas — disse Oonagh alegremente. — Ele os fez, não foi?

— Então, eles começaram a namorar? — perguntou Robin.

— Começaram — disse Oonagh. — Uma paixão *louca*, foi mesmo. Dava para *sentir* o calor que emanava dos dois. Para Margot... Veja bem, antes de Satchwell, ela sempre teve uma *visão focalizada* a respeito da vida, sabe como é, de olho no prêmio: tornar-se médica e salvar a família. Margot era mais inteligente do que qualquer dos homens que conhecia, e os homens não gostam muito disso *hoje em dia*. Ela também era mais alta que metade deles. Ela me disse que nunca teve um homem interessado em seus miolos antes de Satchwell. *Interessado em seus miolos* uma ova. A garota tinha o corpo de uma Jane Birkin. Ah, e não era só a aparência *dele*, segundo ela. Ele lia coisas. Podia conversar sobre arte. Podia conversar *horas* sobre arte, é verdade. Eu ouvi. Bom, *eu* não consigo distinguir um Monet de um pôster de Margate, então não posso julgar, mas me parecia um monte de bobagem.

"No entanto, ele levava Margot a uma galeria e a instruía sobre arte, depois a levava para a cama. O sexo engana a nós todos", Oonagh Kennedy suspirou. "E ele foi o primeiro dela e era evidente, sabe como é", ela assentiu para Robin, "ele sabia o que fazia, então foi tudo muito mais importante para ela. Louca de amor, ela era. *Louca*.

"E então, uma noite, apenas duas semanas antes de começar a faculdade de medicina, ela aparece na minha casa *aos prantos*. Tinha ido à casa de Paul depois do trabalho, sem ser esperada, e tinha outra mulher ali com ele. Nua. *Como modelo*, ele disse a ela. Como modelo... à meia-noite. Ela deu meia-volta e fugiu. Ele foi atrás dela, mas ela pegou um táxi e foi para minha casa.

"*De coração partido*, foi assim que ela ficou. A noite toda, ficamos sentadas conversando, eu dizendo 'você fica melhor sem ele', o que não passava da verdade. Eu disse a ela: 'Margot, você está prestes a começar a faculdade de medicina. O lugar estará *lotado* de rapazes bonitos e inteligentes estudando para ser médicos. Você não vai se lembrar nem do *nome* de Satchwell depois de uma ou duas semanas.

"Mas então, quase ao amanhecer, ela me disse uma coisa que nunca contei a ninguém."

Oonagh hesitou. Robin tentou parecer educada, mas calorosamente receptiva.

— Ela deixou que ele tirasse fotos dela. Sabe como. *Fotos*. E ela ficou com medo, queria as fotos de volta. Eu disse a ela, por que, em nome de Deus, você deixou que ele fizesse uma coisa dessas, Margot? Porque isso *mataria* a mãe dela. O orgulho que tinham dela, a filha única, a garota brilhante. Se essas fotos aparecessem em algum lugar, em uma revista ou não sei o quê, eles nunca se recuperariam, eles que ficavam pela rua se gabando de sua Margot, a genial.

"Então eu falei, vou com você e vamos recuperá-las. Então, fomos lá e batemos na porta dele. O filho da puta... desculpe-me", disse ela. "Você dirá, com razão, que não é uma atitude cristã, mas espere até saber. Satchwell disse a Margot: 'Vou falar com você, mas não com a sua babá.' Sua *babá*.

"Bom, então, passei dez anos trabalhando com sobreviventes de maus-tratos domésticos em Wolverhampton, e uma das *marcas registradas* de um molestador, quando a vítima deles não é dócil, é dizer que está sob o controle de *outra pessoa*. A *babá* dela.

"Antes que percebesse o que acontecia, ela tinha entrado, e eu fiquei presa do outro lado de uma porta fechada. Ele a havia puxado e bateu a porta na minha cara. Ouvi os dois trocando gritos. Margot estava dando o melhor que podia, Deus a abençoe.

"E então, e é isso que eu *realmente* quero contar a vocês", disse Oonagh, "e quero que entendam direito. Eu disse àquele inspetor Talbot e ele não ouviu uma palavra do que falei, e eu disse àquele outro que assumiu, qual era mesmo o nome...?"

— Lawson? — perguntou Robin.

— Lawson — disse Oonagh, assentindo. — Eu disse aos dois: através da porta, eu ouvi Margot e Paul gritando um com o outro, Margot dizendo a ele para entregar as fotos e os negativos... era um mundo diferente. Você precisava ter os negativos, se não quisesse que fizessem outras cópias. Mas ele se recusava. Disse que eram *copyright dele*, o filho da puta sujo... Então ouvi Margot dizer, e essa é a parte importante: 'Se você mostrar essas fotos a alguém, se elas um dia aparecerem na imprensa, vou direto à polícia e vou contar a eles tudo sobre seu pequeno sonho do *travesseiro*...'"

— "Sonho do travesseiro"? — repetiu Robin.

— Foi o que ela disse. E ele bateu nela. Um tapa alto o bastante para ser ouvido através da madeira sólida, e eu a ouvi gritar. Bom, comecei a esmurrar e chutar a porta. Eu disse que se ele não abrisse ia procurar a polícia *imediatamente*. *Isso* inspirou o temor de Deus nele. Ele abriu a porta e Margot saiu, com a mão no rosto, estava de um vermelho vivo, dava para ver as marcas dos dedos dele, e a puxei para trás de mim e disse a Satchwell: "Nem *chegue perto* dela de novo, e você ouviu o que ela disse. Haverá problemas se aquelas fotos aparecerem em algum lugar."

"E eu juro para você, ele parecia homicida. Avançou direto para mim, como um homem avançaria para lembrar a você o que ele pode fazer, se quiser. Estava quase pisando nos meus pés. Não me mexi", disse Oonagh Kennedy. "Fiquei firme, mas tive medo, não vou negar. E ele disse a Margot: 'Você contou a ela?', e Margot disse: 'Ela não sabe de nada. Ainda não.' E ele disse: 'Bom, você sabe o que vai acontecer se eu descobrir que você falou.' E ele imitou... bom, deixa pra lá. Era uma... uma pose obscena, é o que você diria. Uma das fotos que ele tinha tirado. Ele voltou para dentro do apartamento e bateu a porta."

— Margot algum dia lhe contou o que ela quis dizer com "sonho do travesseiro"? — perguntou Robin.

— Não contou. Pode-se pensar que ela estava com medo, mas... sabe como é, acho que é coisa de mulher. — Oonagh suspirou. — Somos socializadas desse jeito, mas talvez a mãe natureza tenha alguma influência nisso. Quantas crianças sobreviveriam a seu primeiro aniversário se as mães não pudessem perdoar-lhes?

"Mesmo naquele dia, com a mão dele impressa no rosto, ela não quis me contar, porque havia uma parte dela que não queria prejudicá-lo. Eu vi isso o tempo todo com minhas sobreviventes de maus-tratos domésticos. As mulheres ainda os protegiam. Ainda se preocupavam com eles! Em algumas mulheres, é difícil o amor morrer."

— Ela viu Satchwell depois disso?

— Quisera *a Deus* poder dizer que não — disse Oonagh, meneando a cabeça —, mas sim, ela viu. Eles não conseguiam ficar longe um do outro.

"Ela começou a faculdade, mas como era muito popular no clube, eles a colocaram em meio expediente, então eu ainda a via muito. Um dia, a mãe dela ligou para o clube porque o pai tinha adoecido, mas Margot não tinha ido trabalhar. Fiquei apavorada: onde estava Margot, o que teria acontecido com ela, por que não estava ali? Frequentemente eu pensava naquele momento, sabe, porque quando aconteceu de verdade, no início, eu tinha certeza de que ela ia aparecer, como fez na primeira vez.

"Mas então, quando viu como eu fiquei perturbada, pensando que ela estava desaparecida, Margot me contou a verdade. Ela e Satchwell tinham recomeçado as coisas. Ela deu todas as velhas desculpas: ele jurou que não ia bater nela de novo, ele chorou muito por isso, foi o pior erro da vida dele, e de todo modo ela o provocou. Eu disse a ela: 'Se você não consegue enxergar esse sujeito como ele é depois do que ele fez com você na primeira vez...' Mas, então, eles se separaram de novo e, que surpresa, ele não só tinha batido nela de novo, como a manteve trancada no apartamento dele o dia todo, assim ela não pôde ir trabalhar. Foi a primeira vez que ela faltou ao trabalho. Ela quase perdeu o emprego por isso e teve de inventar uma história qualquer.

"E então, enfim", disse Oonagh, "ela me diz que tinha aprendido a lição, que eu estava certa o tempo todo, ela nunca ia voltar para ele, que tinha acabado, *finito*."

— Ela conseguiu as fotografias de volta? — perguntou Robin.

— Foi a primeira coisa que perguntei, quando descobri que eles tinham voltado. Ela falou que ele tinha dito que as havia destruído. Ela acreditou nisso também.

— Você não acreditou?

— É claro que não — disse Oonagh. — Eu o vi quando ela o ameaçou com a *conversa de travesseiro*. Ele era um homem assustado. Nunca teria destruído nada que desse poder de barganha sobre ela.

"Teria algum problema eu pedir outro cappuccino?", perguntou Oonagh, em tom de desculpas. "Minha garganta está seca de tanto falar."

— Claro que não — disse Strike, gesticulando para um garçom e pedindo uma nova rodada de cafés.

Oonagh apontou a sacola da Fortnum's de Robin.

— Também esteve fazendo compras para o Natal?

— Ah, não, comprei um presente para minha nova sobrinha. Ela nasceu hoje de manhã — disse Robin, sorrindo.

— Meus parabéns — disse Strike, que ficou surpreso por Robin já não ter contado a ele.

— Ah, que lindo — disse Oonagh. — Meu quinto neto chegou no mês passado.

O intervalo enquanto esperavam pelos novos cafés foi preenchido por Oonagh mostrando a Robin fotos de seus netos e Robin mostrando a Oonagh as duas fotos que tinha de Annabel Marie.

— *Linda*, não é? — disse Oonagh, olhando com seus óculos de leitura roxos a foto no telefone de Robin. Ela incluiu Strike na pergunta, mas, vendo apenas um macaco careca que parecia zangado, a aquiescência dele foi desanimada.

Quando os cafés chegaram e o garçom tinha se afastado novamente, Robin disse:

— Enquanto me lembro disso... Você por acaso sabe se Margot tinha parentes ou amigos em Leamington Spa?

— Leamington Spa? — repetiu Oonagh, de cenho franzido. — Vejamos... uma das garotas do clube era de... não, era King's Lynn. São nomes parecidos, não são? Não consigo me lembrar de ninguém de lá, não... por quê?

— Soubemos de um homem que alegou tê-la visto lá, uma semana depois de ela desaparecer.

— Algumas pessoas alegaram tê-la visto depois, é verdade. Nada em nenhuma delas. Nenhuma fazia sentido. Leamington Spa, essa é nova.

Ela tomou um gole do cappuccino. Robin perguntou:

— Vocês ainda se viam muito depois que Margot foi para a faculdade de medicina?

— Ah, sim, porque ela ainda trabalhava no clube em meio expediente. Não sei como fazia tudo isso, estudar, trabalhar, sustentar a família... Vivendo de coragem e chocolate, magra como sempre. E depois, no começo do segundo ano, ela conheceu Roy.

Oonagh suspirou.

— Até as pessoas mais inteligentes podem ser muito *burras* quando se trata da vida amorosa — disse ela. — Na verdade, às vezes eu penso que quanto mais inteligentes são com os livros, mais burras ficam com o sexo. Margot pensava ter aprendido a lição, que tinha amadurecido. Não conseguia enxergar que esse era um substituto *clássico*. Ele podia ter a *aparência* muito diferente da de Satchwell, mas sinceramente era mais do mesmo.

"Roy tinha o tipo de formação que Margot adorava. Livros, viagens, cultura, sabe o quê. Veja bem, havia hiatos no que Margot sabia. Ela era insegura por não saber sobre o talher certo, as palavras certas. 'Guardanapo', em vez de '*serviette*'. Todas aquelas coisas esnobes da língua.

"Roy era louco por ela, veja bem. Não era unilateral. Eu via o apelo: ela não era nada parecida com o que ele conhecia. Ela o chocava, mas o fascinava: o Playboy Club e a ética de trabalho de Margot, suas ideias feministas, sustentando a mãe e o pai. Eles tinham discussões, discussões intelectuais, sabe.

"Mas havia algo de *exangue* naquele homem. Não exatamente *rabugento*, mas..." Oonagh riu subitamente. "'Exangue'... Vocês sabem do problema de sangramento dele?"

— Sim — disse Robin. — Doença de Von alguma coisa?

— Essa mesmo — disse Oonagh. — Ele foi mimado e embrulhado em lã de algodão a vida toda pela mãe, que era um *horror*. Eu a encontrei algumas vezes. Aquela mulher inspirava o respeito que você daria a algo que se grudou no seu sapato.

"E Roy era... águas mansas são profundas, acho que isso resume bem. Ele não demonstrava muita emoção. O flerte *deles* não era só sexo, na verdade eles *tinham* ideias. Não é que ele não fosse bonito. Ele era, de um jeito... *frouxo*. Tão diferente de Satchwell como você pode imaginar. O garoto bonito, todo olhos e cabelo moles.

"Mas ele era um manipulador. Uma pequena reprovação aqui, um olhar frio ali. Ele adorava como Margot era diferente, mas isso ainda o deixava desconfortável. Ele queria uma mulher que fosse exatamente o contrário da mãe, mas queria que a mamãe aprovasse. Então as linhas de falha estavam presentes desde o começo.

"E ele sabia *ficar amuado*", disse Oonagh. "*Detesto* gente amuada. Minha mãe era igual. Por trinta anos ela não falou comigo, porque me mudei para Londres. Ela enfim cedeu para conhecer os netos, mas então minha irmã ficou bêbada no Natal e deixou escapar que eu tinha saído da igreja e me voltado para os anglicanos, e terminamos para sempre. A Playboy ela podia perdoar. Protestante, nunca.

"Mesmo quando estavam namorando, Roy parava de falar com Margot por dias seguidos. Uma vez ela me contou que ele a isolou por uma semana. Ela perdeu a paciência e disse: 'Estou fora.' Isso o trouxe de volta rapidinho. Perguntei por que ele estava amuado? E era o clube. Ele detestava que ela trabalhasse ali. Eu disse: '*Ele* está se oferecendo para sustentar sua família, enquanto você estuda?' 'Ah, ele não gosta da ideia de outros homens me devorando com os olhos', foi o que ela disse. As garotas gostam dessa ideia, de um pouco de possessividade. Acham que significa que ele só as quer, quando naturalmente é o contrário. Ele só quer que ela fique disponível para *ele*. *Ele* ainda estaria livre para olhar outras garotas, e Roy tinha outras pessoas interessadas nele, mulheres de seu próprio meio social. Era um garoto bonito com muito dinheiro de família. Bom", disse Oonagh, "veja a priminha Cynthia, à espreita pelos cantos."

— Você conheceu Cynthia? — perguntou Robin.

— Eu a encontrei uma ou duas vezes na casa deles. Uma coisinha sem graça. Nunca falou mais de duas palavras comigo — disse Oonagh. — Mas ela fazia Roy se sentir bem com ele mesmo. Ria loucamente de todas as piadas dele. Eles eram assim.

— Margot e Roy devem ter se casado logo depois da faculdade de medicina, não foi?

— É isso mesmo. Fui dama de honra. Ela fez clínica geral. Roy era de voar mais alto, foi para um dos grandes hospitais-escola, não consigo lembrar qual.

"Os pais de Roy tinham uma casa grande e muito bonita, com gramados imensos e todo o resto. Depois que o pai dele morreu, que foi pouco antes de eles terem Anna, a mãe transferiu tudo a Roy. O nome de Margot não estava na escritura, eu me lembro dela me dizendo isso. Mas Roy adorou a ideia de colocar a família na mesma casa em que foi criado, e era bonita, é bem verdade, nos arredores de Hampton Court. Assim, a sogra saiu, e Roy e Margot se mudaram para lá.

"Só que naturalmente a sogra achava ter o direito de voltar na hora que tivesse vontade, porque dera a casa a eles e ainda considerava a casa mais dela do que de Margot."

— Você e Margot ainda se viam muito? — perguntou Robin.

— Sim — disse Oonagh. — A gente tentava se encontrar pelo menos de duas em duas semanas. Éramos verdadeiramente grandes amigas. Mesmo depois que se casou com Roy, ela quis se agarrar a mim. Eles tinham seus amigos de classe média, é claro, mas eu acho — disse Oonagh, a voz mais densa —, eu acho que ela sabia que eu sempre estaria ao lado dela, entende? Ela rodava em círculos quando se sentia sozinha.

— Em casa, ou no trabalho também? — perguntou Robin.

— Em casa, ela era um peixe fora d'água — disse Oonagh. — A casa de Roy, a família de Roy, os amigos de Roy, tudo de Roy. Ela *via* muito os próprios pais, mas era difícil, o pai em sua cadeira de rodas, levá-lo para a casa grande. Acho que os Bamborough se sentiam intimidados por Roy e a mãe dele. Então Margot costumava voltar a Stepney para vê-los. Ela ainda os sustentava financeiramente. Era uma correria entre todos os seus diferentes compromissos.

— E como estavam as coisas no trabalho?

— Em ascensão, o tempo todo — disse Oonagh. — Na época não havia tantas mulheres médicas e ela era jovem, da classe trabalhadora, e na clínica em que ela foi parar, aquela St. John's, ela se sentia sozinha. Não era um lugar feliz — disse Oonagh, fazendo eco ao dr. Gupta. — Sendo Margot quem era, ela queria tentar e fazer melhor. Esse era todo o etos de Margot: fazer melhor. Fazer funcionar. Cuidar de todos. Resolver os problemas. Ela tentava uni-los como uma equipe, embora fosse ela quem estava sendo intimidada.

— Quem a intimidava?

— O velho — disse Oonagh. — Agora não consigo me lembrar dos nomes. Tinha outros dois médicos, não é isso mesmo? O velho e o indiano. Ela disse que *ele* não era problema, o sujeito indiano, mas ela sentia a reprovação dele também. Eles tiveram uma discussão sobre a pílula, ela me contou. Os clínicos podiam dar a pílula a mulheres solteiras, se elas quisessem... quando surgiu, era só para mulheres casadas... mas o indiano, ele ainda não dava a mulheres que não fossem casadas. As primeiras clínicas de planejamento familiar começaram a aparecer no ano do desaparecimento de Margot. Conversamos sobre elas. Margot disse, graças a Deus por isso, porque ela estava certa de que as mulheres que iam à clínica deles não conseguiam a pílula de nenhum dos outros dois médicos.

"Mas não eram só eles. Margot tinha problemas com outros da equipe. Acho que a enfermeira também não gostava dela."

— Janice? — disse Robin.

— Era Janice? — disse Oonagh, de cenho franzido.

— Irene? — sugeriu Strike.

— Ela era loura — disse Oonagh. — Eu me lembro, na festa de Natal...

— Você esteve lá? — disse Robin, surpresa.

— Margot me *implorou* para ir — disse Oonagh. — Ela havia organizado a festa e tinha medo que tudo saísse errado. Roy estava trabalhando, então *ele* não podia ir. Isso foi só alguns meses depois do nascimento de Anna. Margot estava de licença-maternidade e eles conseguiram outro médico para cobrir o horário dela, um homem. Ela estava convencida de que o lugar funcionava melhor sem ela. Estava afetada pelos hormônios, cansada e com medo de voltar. Anna teria só dois ou três meses de idade. Margot a levou para a festa, porque estava amamentando. Ela organizou a festa de Natal para tentar fazer com que todos tivessem um recomeço, quebrar o gelo para quando ela tivesse que voltar.

— Continue sobre Irene — disse Robin, consciente da caneta de Strike pairando acima do bloco.

— Bom, ela ficou bêbada, se é a loura. Levou um homem para a festa. De todo modo, mais para o final da noite, Irene acusou Margot de *flertar* com o homem. Já ouviram alguma coisa mais ridícula na vida? Lá estava Margot, com sua neném nos braços, e a mulher dando um *ataque* com ela. Ela não era a enfermeira? Faz tanto tempo...

— Não, Irene era a recepcionista — disse Robin.

— Achei que essa era a italiana.

— Gloria era a outra.

— Ah, Margot a *adorava* — disse Oonagh. — Dizia que a garota era muito inteligente, mas que vivia uma situação ruim. Nunca me deu os detalhes. Acho que a garota procurou conselhos médicos com ela, e é claro que Margot não teria contado nada sobre sua saúde. Ela levava tudo isso muito a sério. Nenhum padre no confessionário tratava os segredos dos outros com mais respeito.

— Quero lhe fazer uma pergunta sobre algo delicado — disse Robin, hesitante. — Teve um livro sobre Margot, escrito em 1985, e você...

— Me juntei a Roy para impedir a publicação — disse Oonagh prontamente. — É verdade. Era um monte de mentiras do começo ao fim. Você sabe o que ele escreveu, evidentemente. Sobre...

Oonagh podia ter deixado a Igreja Católica, mas empacou na palavra.

— ... o término. Era uma mentira suja. Nunca fiz um aborto, nem Margot. Ela teria me contado se estivesse pensando nisso. Éramos grandes amigas. Alguém usou o nome dela para marcar uma hora. Não sei quem. A clínica não reconheceu a foto dela. Ela nunca esteve lá. A melhor coisa da vida dela era Anna, e ela *nunca* teria se livrado de outro filho. *Nunca*. Ela não era religiosa, mas achava que isso era um pecado.

— Ela não costumava ir à igreja? — perguntou Robin.

— Era completamente ateia — disse Oonagh. — Achava que era tudo superstição. A mãe dela era uma beata, e Margot reagia contra isso. A Igreja mantinha as mulheres submissas, era assim que Margot entendia, e ela me disse: "Se existe um Deus, por que meu pai, que é um bom homem, teve de cair daquela escada? Por que minha família teve de levar a vida que teve?" Bom, Margot não podia me dizer nada sobre hipocrisia e religião que eu já não soubesse. Eu tinha saído da Igreja Católica na época. A doutrina da infalibilidade papal. Sem contracepção, não importando se as mulheres morressem tendo o décimo primeiro filho.

"Minha própria mãe achava que era representante de Deus na Terra, é sério, e algumas freiras na minha escola eram umas cretinas. A irmã Mary Theresa... está vendo aqui?", disse Oonagh, afastando a franja dos olhos e revelando uma cicatriz do tamanho de uma moeda. "Ela me bateu na cabeça com um esquadro de metal. Sangue para todo lado. 'Espero que você tenha merecido', foi o que disse minha mãe.

"Agora, vou lhe dizer quem me lembrava a irmã Mary Theresa", disse Oonagh. "Então *ela* seria a enfermeira? A mais velha na clínica de Margot?"

— Quer dizer Dorothy?

— Era viúva, essa que estou pensando.

— Sim, era Dorothy, a secretária.

— Era a irmã Mary Theresa cuspida e escarrada, aqueles olhos dela — disse Oonagh. — Fui encurralada por ela na festa. Elas eram atraídas à igreja, mulheres assim. Quase toda a congregação tinha algumas. Observância por fora, veneno por dentro. Elas dizem as palavras, sabe: "Padre, perdoa-me, porque eu pequei", mas as Dorothys deste mundo não acreditam que *possam* pecar, não mesmo.

"Uma coisa que a vida me ensinou: onde não existe capacidade para a alegria, não existe capacidade para a bondade", disse Oonagh Kennedy. "Ela sentia raiva de Margot, essa Dorothy. Eu disse que era a melhor amiga de Margot, e ela passou a me fazer perguntas enxeridas. Como nos conhecemos. Namorados. Como Margot conheceu Roy. Nada que fosse da conta dela.

"Depois ela começou a falar sobre o médico velho, não sei qual era o nome dele. Havia um pouco da irmã Mary Theresa nela, é verdade, mas o Deus daquela mulher estava bem longe dela. Contei depois a Margot sobre a conversa que tive com ela, e Margot disse que eu tinha razão. Dorothy era má."

— Foi o filho de Dorothy que escreveu o livro sobre Margot — disse Robin.

— *Foi o filho dela?* — Oonagh arquejou. — Foi mesmo? Bom, *aí está*. Não prestavam, aqueles dois.

— Quando foi a última vez que você viu Margot? — perguntou Robin.

— Exatamente duas semanas antes da noite em que ela desapareceu. Também nos encontramos no Three Kings. Às seis horas, tive uma noite de folga do clube. Tinha alguns bares mais próximos da clínica, mas ela não queria encontrar ninguém com quem trabalhava depois do horário de expediente.

— Consegue se lembrar do que vocês falaram naquela noite?

— Eu me lembro de tudo — disse Oonagh. — Você vai achar um exagero, mas não é. Comecei dando uma bronca nela por ter saído para beber com Satchwell, ela havia me contado isso por telefone. Eles se encontraram por acaso na rua.

"Ela disse que ele parecia diferente de como costumava ser, e isso me preocupou, não vou mentir. Ela não foi feita para ter um caso, mas estava infeliz. Depois que chegamos ao pub, ela me contou a história toda. Acreditei nela e vou lhe dizer por quê: porque ela estava muitíssimo infeliz por ter dito não.

"Naquela noite, ela parecia desgastada. Infeliz como eu nunca tinha visto. Disse que Roy não falava com ela havia dez dias quando ela encontrou Satchwell. Eles tiveram uma briga a respeito da mãe dele, que entrava e saía da casa como se fosse a dona do lugar. Margot queria redecorar, mas Roy disse que ia partir o coração da mãe se ele se livrasse de algumas coisas que seu pai amava. Assim, ali estava Margot, uma estranha na própria casa, sem nem mesmo ter permissão para mudar a decoração.

"Margot disse que tinha um verso de *Court and Spark* que passava pela cabeça dela o dia todo. O disco de Joni Mitchell, *Court and Spark*", disse ela, vendo a confusão de Robin. "Era *essa* a religião de Margot. Joni Mitchell. Ela *delirava* com aquele disco. Era um verso da música 'The Same Situation'. '*Caught in my struggle for higher achievements, And my search for love that don't seem to cease.*' Não consigo ouvir esse disco até hoje. É doloroso demais.

"Ela me disse que foi direto para casa depois de tomar o drinque com Paul e contou a Roy o que tinha acabado de acontecer. Acho que em parte ela se sentia culpada por ter ido beber, mas em parte queria dar uma sacudida nele. Estava cansada e infeliz, e estava dizendo *outra pessoa me quer, pelo menos uma vez*. A natureza humana, não é? 'Acorde', ela estava dizendo. 'Não pode simplesmente me ignorar, me isolar e recusar todas as concessões. Não posso viver desse jeito.'

"Bom, sendo Roy, ele não era do tipo de se inflamar e ficar atirando as coisas. Acho que ela teria achado mais fácil se ele fosse assim. É verdade que ele ficou furioso, mas demonstrou isso ficando mais frio e mais calado.

"Acho que ele não falou nem mais uma palavra com ela até o dia em que ela desapareceu. Ela me contou por telefone quando marcamos o drinque para o dia 11: 'Ainda estou vivendo em um voto de silêncio.' Parecia desesperançada. Eu me lembro de pensar na época: Ela vai deixá-lo.

"Quando nos encontramos no pub naquela última vez, eu disse a ela: 'Satchwell não é a resposta ao que tem de errado entre você e Roy.'

"Também conversamos sobre Anna. Margot teria dado tudo para tirar um ou dois anos de folga e se concentrar em Anna, e era exatamente o que Roy e a mãe dele queriam que ela fizesse, que ficasse em casa com Anna e esquecesse o trabalho.

"No entanto, ela não podia. Ainda sustentava os pais. A mãe agora estava doente, e Margot não queria mais que ela limpasse casas. Enquanto estava trabalhando, podia olhar na cara de Roy e justificar todo o dinheiro que dava a eles, mas a mãe dele não ia deixar que seu filho delicado e precioso trabalhasse pelo bem de dois fumantes do East End."

— Consegue se lembrar de mais alguma coisa sobre o que conversaram?

— Conversamos sobre o Playboy Club, porque eu estava saindo. Tinha meu apartamento e pensava em estudar. Margot adorou. O que eu não disse a ela foi que pensava em me formar em teologia, não com a postura dela em relação à religião.

"Conversamos um pouco sobre política. Nós duas queríamos que Wilson vencesse a eleição. E eu disse a ela que tinha medo de ainda não ter encontrado o cara ideal. Eu tinha mais de trinta. Na época, era velha para encontrar um marido.

"Antes de nos despedirmos naquela noite, eu disse: 'Não se esqueça, sempre tem um quarto de hóspedes na minha casa. Tem espaço para um berço também.'"

As lágrimas encheram de novo os olhos de Oonagh e escorreram por suas faces. Ela pegou o guardanapo e o pressionou no rosto.

— Desculpem-me. Quarenta anos atrás, mas parece que foi ontem. Eles não desaparecem, os mortos. Seria mais fácil se sumissem. Posso vê-la com muita clareza. Se ela subisse essa escada agora, parte de mim não ficaria surpresa. Ela era uma pessoa muito *cheia de vida*. Desaparecer daquele jeito, deixando o vazio onde estava...

Robin não disse nada até Oonagh ter enxugado o rosto, depois perguntou:

— Do que consegue se lembrar sobre o encontro marcado no dia 11?

— Ela me ligou e pediu para nos encontrarmos no mesmo lugar, na mesma hora. Eu disse que sim, é claro. Havia algo estranho no jeito como ela falou. Perguntei: 'Está tudo bem?' Ela disse: 'Preciso lhe pedir um conselho sobre uma coisa. Talvez eu esteja enlouquecendo. Eu não devia falar nisso, mas acho que você é a única em quem posso confiar.'"

Strike e Robin se entreolharam.

— Isso não foi escrito em algum lugar?

— Não — disse Strike.

— Não — disse Oonagh, e pela primeira vez ela parecia zangada. — Bom, não posso dizer que fico surpresa.

— E por que não? — perguntou Robin.

— Talbot estava no mundo da lua — disse Oonagh. — Percebi nos cinco primeiros minutos de meu interrogatório. Telefonei para Roy e disse: "Esse homem não está certo da cabeça. Dê queixa, diga a eles que você quer outra pessoa no caso." Ele não deu queixa ou, se deu, não fizeram nada.

"E Lawson achava que eu era alguma Coelhinha tola", disse Oonagh. "Deve ter pensado que eu contava mentiras, tentava me fazer de interessante à custa do desaparecimento de minha melhor amiga. Margot Bamborough era mais uma irmã do que uma amiga para mim", disse intensamente Oonagh, "e a única pessoa com quem realmente falei sobre ela é meu marido. Desabafei com ele dois dias antes de nos casarmos, porque ela deveria estar lá. Ela deveria ser minha madrinha."

— Tem alguma ideia de que conselho ela ia te pedir? — perguntou Robin.

— Não — respondeu Oonagh. — Tenho pensado nisso desde então, se podia ter alguma relação com o que aconteceu. Algo a respeito de Roy, talvez, mas então por que ela diria que não devia falar nisso? Já tínhamos conversado sobre Roy, eu falei com ela com toda a franqueza da última vez que nos encontramos, ela podia vir morar comigo, se fosse embora, Anna também.

"Então pensei, talvez seja algo que um paciente disse a ela, porque, como eu falei, ela era escrupulosa em relação à confidencialidade.

"De todo modo, subi aquela ladeira na chuva até o pub no dia 11. Cheguei cedo, então dei uma olhada na igreja dali, na mesma rua, grande..."

— Espere um momento — disse Strike bruscamente. — Que casaco você usava?

Oonagh não pareceu surpresa com a pergunta. Ao contrário, ela sorriu.

— Você está pensando no velho coveiro, ou quem quer que tenha sido? Aquele que pensou ter visto Margot entrando lá? Eu *disse* a eles na época que fui eu — disse Oonagh. — Não estava com uma capa de chuva, mas era bege. Meu cabelo era mais escuro do que o de Margot, mas tinha a mesma altura. Eu *disse* a eles, quando me perguntaram, se eu pensava que Margot teria entrado na igreja antes de se encontrar comigo... eu respondi, não, ela detestava igrejas. *Eu* é que estive lá! Era eu!

— Por quê? — perguntou Strike. — Por que você entrou lá?

— Eu estava sendo chamada — disse simplesmente Oonagh.

Robin reprimiu um sorriso, porque Strike parecia quase constrangido com a resposta.

— Deus me chamava de volta — disse Oonagh. — Eu ainda entrava em igrejas anglicanas pensando, essa é a resposta? Havia muita coisa no catolicismo que eu não podia aceitar, mas ainda assim eu sentia a pressão na direção d'Ele.

— Quanto tempo você acha que ficou na igreja? — perguntou Robin, para dar a Strike tempo para se recuperar.

— Mais ou menos cinco minutos. Fiz uma pequena oração. Pedi orientação. Depois saí, atravessei a rua e entrei no pub.

"Esperei quase uma hora inteira antes de telefonar para Roy. No começo pensei, ela foi atrasada por um paciente. Depois pensei, não, ela deve ter se esquecido. Mas quando liguei para a casa, Roy disse que ela não estava lá. Ele foi bem ríspido comigo. Imaginei se algo mais teria acontecido entre os dois. Talvez Margot tivesse surtado. Talvez quando eu chegasse em casa fosse encontrá-la na soleira com Anna. Então fui correndo para casa, mas ela não estava lá.

"Roy telefonou às nove para saber se eu tinha tido algum contato. Foi quando comecei a ficar realmente preocupada. Ele disse que ia ligar para a polícia.

"Vocês sabem o resto", disse em voz baixa Oonagh. "Foi um pesadelo. A gente deposita todas as esperanças em coisas que são cada vez menos prováveis. Amnésia. Atropelada por um carro e inconsciente em algum lugar. Ela fugiu para algum lugar para pensar.

"Mas eu sabia, sinceramente. Ela nunca teria deixado a garotinha, e ela *nunca* teria ido embora sem me contar. Eu sabia que ela estava morta. Vi que a polícia pensava que era o Açougueiro de Essex, mas eu..."

— Mas você? — Robin a estimulou com gentileza.

— Bom, eu ficava pensando, três semanas depois de Paul Satchwell ter voltado para a vida dela, ela desaparece para sempre. Sei que ele tinha seu pequeno álibi, todos os amigos artistas deram apoio a ele. Eu disse a Talbot e Lawson: perguntem a ele sobre o sonho do travesseiro. Perguntem o que significa o sonho do travesseiro que ele temia tanto que Margot contasse às pessoas.

"Isso está nas anotações da polícia?", ela perguntou a Strike, virando--se para olhar para ele. "Algum dos dois perguntou a Satchwell sobre o sonho do travesseiro?"

— Não — disse Strike lentamente. — Acho que não perguntaram.

25

Tudo aquilo eram pensamentos e fantasias ociosos,
Imaginações, sonhos, opiniões incorretas,
Espetáculos, visões, previsões e profecias;
E tudo que é imaginado, como falsidades, histórias e mentiras.

Edmund Spenser
A Rainha das Fadas

Três noites depois, Strike se encontrava dentro do seu BMW, na frente de uma casa geminada comum em Stoke Newington. A investigação do Manhoso, agora no quinto mês, até o momento não produzira resultados. Os inquietos conselheiros que suspeitavam de que o CEO era chantageado pelo ambicioso Manhoso soltaram ruídos ameaçadores de insatisfação e claramente pensavam em levar seus negócios para outro lugar.

Mesmo depois de ser dobrado com gim por Hutchins, que conseguiu fazer amizade com ele no clube de tiro, o Manhoso continuava de boca fechada, como sempre, sobre a influência que tinha com o chefe, então estava na hora, decidiu Strike, de começar a seguir ele mesmo o CM. Era possível que o CEO, um homem gorducho com risca de giz e uma careca que parecia a tonsura de um monge, ainda cedesse ao comportamento chantagista que o Manhoso tinha descoberto e que o havia alavancado a uma promoção que não era justificada nem pelo currículo do Manhoso nem por sua personalidade.

Strike tinha certeza de que o Manhoso não explorava um simples caso de infidelidade. A esposa atual do CM tinha o lustro imaculado e plástico de uma boneca recém-retirada do celofane, e Strike suspeitava de que seria preciso mais do que o marido ter um caso para fazê-la renunciar a ter as garras em um cartão American Express Black, em particular porque ela estava casada havia quase dois anos e não tinha filhos para garantir um acordo generoso.

Luzes de árvore de Natal piscavam em toda janela que cercava Strike. O telhado da casa ao lado tinha pingentes de gelo branco-azulados e brilhantes que ardiam na retina de quem os olhasse por tempo demais. Guirlandas nas portas, vidraças decoradas com neve falsa e o clarão de laranja, vermelho e verde refletido nas poças sujas funcionavam todos para Strike como lembretes de que ele precisava realmente começar a comprar presentes de Natal para levar à Cornualha.

Joan recebera alta do hospital naquela manhã, os medicamentos foram ajustados, ela estava decidida a chegar em casa e começar os preparativos para as festividades familiares. Strike precisaria comprar presentes não só para Joan e Ted, mas também para a irmã, o cunhado e os sobrinhos. Essa era a tarefa mais irritante, em vista da quantidade de trabalho que a agência atualmente tinha em suas contas. Depois ele lembrou a si mesmo de que precisava comprar algo para Robin também, algo melhor do que flores. Strike, que não gostava de fazer compras de modo geral e de comprar presentes em particular, pegou os cigarros para repelir a sensação de perseguição.

Depois de acender o cigarro, Strike tirou do bolso o exemplar de *O que aconteceu com Margot Bamborough?* que Robin lhe dera, mas que ele ainda não tivera tempo de ler. Pequenas etiquetas marcavam os lugares que Robin pensou ser de algum interesse para a investigação.

Com uma rápida olhada na porta da frente ainda fechada da casa que vigiava, Strike abriu o livro e correu os olhos por algumas páginas, levantando a cabeça a intervalos regulares para verificar se o CM ainda não tinha saído.

O primeiro capítulo, que Robin não tinha marcado, mas que Strike folheou mesmo assim, tratava de forma resumida da infância e da adolescência de Margot. Incapaz de ter acesso a qualquer um com lembranças particularmente claras do objeto de seu livro, Oakden teve de recorrer a generalidades, suposições e uma boa dose de recheio inútil. Assim Strike soube que Margot Bamborough "teria sonhado em deixar a pobreza para trás", "teria sido apanhada na atmosfera vertiginosa dos anos 1960" e "teria tido consciência das possibilidades para o sexo inconsequente proporcionado pela pílula anticoncepcional". A contagem de palavras foi impulsionada pelas informações de que a minissaia tinha sido popularizada por Mary Quant, que Londres era o coração de uma próspera cena musical e que os Beatles tinham aparecido no *Ed Sullivan Show*, nos Estados Unidos, por volta do aniversário de 19 anos de Margot. "Margot teria ficado empolgada com as possibilidades abertas às classes trabalhadoras nessa nova era igualitária", informava aos leitores C. B. Oakden.

O capítulo dois levava à chegada de Margot ao Playboy Club, e ali desaparecia a sensação de tensão que impregnara o capítulo anterior. Evidentemente C. B. Oakden achava a Margot Coelhinha da Playboy um tema muito mais inspirador do que a Margot criança, e dedicou muitos parágrafos à liberdade e à liberação que ela teria sentido ao se apertar em sua roupa de Coelhinha, colocar as orelhas falsas e judiciosamente acolchoar as taças do traje para garantir que os seios parecessem cheios o bastante para satisfazer as rigorosas exigências do empregador. Escrevendo 11 anos depois do desaparecimento, C. B. Oakden conseguiu localizar duas Coelhinhas que se lembravam de Margot. A Coelhinha Lisa, agora casada e mãe de dois filhos, recordou-se de dar "boas gargalhadas" com ela e de ficar "arrasada" com seu desaparecimento. A Coelhinha Rita, dona de sua própria empresa de marketing, disse que ela era "realmente brilhante, obviamente chegaria a algum lugar" e pensava que "deve ter sido medonho para a pobre família dela".

Strike ergueu os olhos novamente para a frente da casa em que havia desaparecido CM. Ainda nenhum sinal dele. Voltando-se para C. B. Oakden, o entediado Strike pulou para o primeiro lugar que Robin tinha marcado como de interesse.

> Depois de sua temporada de sucesso no Playboy Club, a brincalhona e sedutora Margot teve dificuldades para se adaptar à vida de uma clínica geral. Pelo menos uma funcionária da Clínica St. John's disse que suas maneiras ficavam deslocadas no ambiente de um consultório.
>
> "Ela não guardava uma distância apropriada deles, era esse o problema. Ela não vinha de uma família que tivesse muitos profissionais liberais. Um médico precisa se colocar acima dos pacientes.

"Ela recomendou aquele livro, *Os prazeres do sexo*, a uma mulher que foi procurá-la. Depois tivemos as pessoas na sala de espera falando disso. Rindo, sabe como é. Uma médica não devia dizer às pessoas para ler coisas assim. Reflete mal em toda a clínica. Fiquei constrangida por ela.

"Aquele que gostava dela, o sujeito jovem que sempre voltava para vê-la, comprava chocolates e não sei mais o que para ela — se ela falava com as pessoas sobre diferentes posições sexuais, dá para entender que os homens tinham a ideia errada, não é?"

Os vários parágrafos seguintes claramente tinham sido copiados da imprensa, cobrindo o suicídio da ex-amante casada de Steve Douthwaite, a súbita fuga dele do emprego e o fato de que Lawson o havia interrogado novamente várias vezes. Tirando o máximo de seu parco material, Oakden conseguiu sugerir que Douthwaite era no máximo desonesto e, na pior das hipóteses, perigoso: um errante irresponsável e um mulherengo inescrupuloso, em cuja proximidade as mulheres tinham o hábito de morrer ou desaparecer. Foi, portanto, com um leve bufo de súbita diversão que Strike leu as palavras:

Agora atendendo pelo nome de Stevie Jacks, Douthwaite trabalha no acampamento de férias Butlin's, em Clacton-on-Sea...

Depois de ver novamente se o CM ainda não tinha saído, Strike leu:

onde ele promove eventos para os campistas durante o dia e se apresenta no cabaré à noite. Sua "Longfellow Serenade" é um sucesso particular com as mulheres. O Douthwaite/Jacks de cabelo escuro ainda é um homem bonito e claramente popular com as mulheres no acampamento.

"Sempre gostei de cantar", ele me diz no bar depois da apresentação. "Eu era de uma banda quando mais novo, mas ela acabou. Vim ao Butlin's uma vez quando era criança, com minha família adotiva. Sempre achei divertido ser um Redcoat. Muitos artistas importantes começaram a carreira aqui, sabia?"

Quando a conversa se volta para Margot Bamborough, porém, aparece um lado muito diferente desse cantor de cabaré insolente.

"A imprensa escreveu um monte de besteira. Nunca comprei chocolates nem nada para ela, isso foi invenção para fazer com que eu parecesse algum pervertido. Eu tinha úlcera gástrica e dores de cabeça. Passei por uma fase ruim."

Depois de se recusar a explicar por que tinha mudado de nome, Douthwaite saiu do bar.

Seus colegas no acampamento de férias expressaram o choque por "Stevie" ter sido interrogado pela polícia sobre o desaparecimento da jovem médica.

"Ele nunca nos falou nada a respeito disso", disse Julie Wilkes, 22. "Sinceramente, fiquei muito chocada. Era de se pensar que ele teria nos contado. Ele também nunca disse que 'Jacks' não era seu nome verdadeiro."

Oakden regalou os leitores com uma breve história do Butlin's e terminou o capítulo com um parágrafo de especulação sobre as oportunidades que um homem predatório podia encontrar em um acampamento de férias.

Strike acendeu outro cigarro, depois folheou até a segunda marca feita por Robin, em que uma curta passagem tratava de Jules Bayliss, marido da faxineira-que-virou-assistente-social, Wilma. A única informação nova ali era a de que o estuprador condenado Bayliss tinha sido libertado da prisão em janeiro de 1975, três meses inteiros depois de Margot ter desaparecido. Ainda assim, Oakden afirmou que Bayliss "teria sabido" do fato de que Margot tentava convencer sua esposa a abandoná-lo, "teria ficado colérico porque a médica pressionava sua esposa a desfazer a família" e "teria tido muitas associações criminosas na própria comunidade". A polícia, informou Oakden aos leitores, "teria olhado com atenção os movimentos de qualquer um dos amigos ou parentes de Bayliss no dia 11 de outubro, assim devemos concluir", ele completava, em um anticlímax, "que não foi descoberta nenhuma atividade suspeita".

A terceira marcação de Robin estava nas páginas que tratavam do aborto na Maternidade Bride Street. Oakden conduziu essa parte de sua história com uma pompa considerável, informando aos leitores que estava prestes a revelar fatos que nunca tinham se tornado públicos.

O que se seguiu só foi interessante para Strike no sentido de que provava que, sem dúvida, acontecera um aborto no dia 14 de setembro de 1974 e que o nome dado pela paciente tinha sido Margot Bamborough. Como prova, Oakden reproduziu fotografias dos registros médicos da Bride Street fornecidos por um funcionário não identificado da maternidade, que foi fechada em 1978. Strike supôs que o funcionário sem nome não demoraria a temer pelo emprego quando Oakden apareceu oferecendo dinheiro em troca de informações nos anos 1980. O funcionário anônimo também disse a Oakden que a mulher que fez o procedimento não era parecida com a foto de Margot que apareceu subsequentemente nos jornais.

Oakden fez então uma série de perguntas retóricas que ele e seus editores imprudentes parecem ter pensado contornar a legislação sobre difamação. Seria possível que a mulher que fez o aborto tenha usado o nome de Margot com seu apoio e consentimento? De todo modo, quem Margot estaria mais ansiosa para ajudar? Não seria muito provável que uma católica romana ficasse particularmente preocupada que alguém descobrisse que ela havia feito um aborto? Não era também o caso de que complicações podiam surgir de um procedimento desses? Será que Margot teria voltado à vizinhança da Maternidade Bride Street no dia 11 de outubro para visitar alguém que tinha sido internado novamente na clínica? Ou para pedir conselhos em nome dessa pessoa? Poderia Margot ter sido raptada, não em Clerkenwell, mas a uma ou duas ruas de distância do porão de Dennis Creed?

Ao que Strike respondeu mentalmente, *não, e você mereceu ter seu livro destruído, amigo.* A cadeia de acontecimentos sugerida por Oakden claramente foi costurada numa tentativa determinada de colocar Margot na vizinhança do porão de Creed na noite em que ela desapareceu. As "complicações" foram necessárias para explicar a volta de Margot à maternidade um mês depois do aborto, mas não podem ter sido de Margot, uma vez que ela era saudável, estava bem e trabalhando na Clínica St. John's até seu desaparecimento. Uma vez atribuídas a uma melhor amiga, contudo, as "complicações" indefinidas podiam servir a dois propósitos: dar a Margot um motivo para voltar à clínica e visitar Oonagh, e a Oonagh um motivo para mentir sobre o paradeiro das duas mulheres naquela noite. De modo geral, Strike considerava Oakden sortudo por não ter sido processado, e supôs que o medo da publicidade resultante foi tudo que conteve Roy e Oonagh.

Ele folheou até a quarta marcação de Robin e, depois de ver de novo que continuava fechada a porta da casa que vigiava, leu a passagem seguinte.

"Eu a via com a clareza com que vejo você agora. Ela estava de pé naquela janela, *socando* a janela, como se quisesse chamar atenção. Eu me lembro especialmente porque na época estava lendo *O outro lado da meia-noite* e simplesmente pensava nas mulheres e no que elas passam, sabe, e olhei para cima e a vi.

"Se eu fechar os olhos, ela está ali, parece um instantâneo em minha cabeça e isso vem me assombrando desde então, para falar com sinceridade. As pessoas vêm me dizendo desde esse dia, 'você está inventando' ou 'você precisa superar isso', mas não vou mudar minha história só porque os outros não acreditam nela. Isso faria de mim o quê?"

A pequena gráfica que na época ocupava o último andar do prédio era de propriedade de Arnold e Rachel Sawyer, casados. A polícia aceitou sua garantia de que Margot Bamborough jamais pôs os pés em sua empresa e que a mulher vista por Mandy naquela noite provavelmente era a própria sra. Sawyer, que alegou que precisava bater em uma das janelas para fechar direito.

Contudo, uma estranha ligação entre a A&R Printing e Margot Bamborough passou despercebida pela polícia. O primeiro grande trabalho de impressão da A&R foi para a agora fechada boate Drudge — a mesma boate que tinha contratado Paul Satchwell, amante de Margot, para fazer um mural obsceno. Os desenhos de Satchwell apareceram posteriormente em folhetos impressos pela A&R Printing, assim é provável que ele e os Sawyer tivessem contato.

Poderia isso sugerir...

— Mas que merda — resmungou Strike, virando a página e baixando os olhos a um breve parágrafo que Robin tinha marcado com uma linha preta e grossa.

> Porém, o antigo vizinho Wayne Truelove acha que Paul Satchwell posteriormente foi para o exterior.
>
> "Ele falou comigo que ia viajar. Não acho que estivesse ganhando muito dinheiro com sua arte e, depois que a polícia o interrogou, ele me disse que pensava em sair de cena um pouco. Provavelmente inteligente, dar o fora."

A quinta e última marcação de Robin aparecia mais para o final do livro, e depois de verificar novamente se o carro de CM estava estacionado onde ele o havia deixado, e que a porta de entrada da casa não fora aberta, Strike leu:

> Um mês depois do desaparecimento de Margot, seu marido Roy foi à Clínica St. John's. Roy, que tinha sido incapaz de esconder o mau gênio no churrasco da clínica naquele verão, nessa visita estava previsivelmente moderado.
>
> Dorothy se recorda: "Ele queria falar com todos nós, agradecer por termos colaborado com a polícia. Ele parecia doente. Não era de surpreender.
>
> "Colocamos em caixas todos os objetos pessoais dela porque tínhamos um substituto trabalhando na sala. A polícia já tinha dado uma busca. Reunimos seus objetos pessoais. Tinha um creme para as mãos, seu diploma emoldurado e uma foto dele, Roy, abraçando a filha dos dois. Ele olhou a caixa e ficou meio emocionado, mas depois pegou uma coisa que ela mantinha na mesa. Era uma daquelas estatuetas de madeira, uma viking estilizada. Ele disse: 'De onde isso veio? Onde ela conseguiu?' Nenhuma de nós sabia, mas achei que ele ficou perturbado com aquilo.
>
> "Ele deve ter pensado que algum homem deu a ela. É claro que a polícia, a essa altura, investigava a vida amorosa dela. Que coisa medonha não poder confiar na própria esposa."

Strike olhou mais uma vez a casa, não viu mudança nenhuma e folheou até o final do livro, que concluía com uma breve explosão de especulação, suposições e teoria meia-boca. Por um lado, Oakden insinuava que Margot havia trazido a tragédia para a própria vida, que o destino a havia castigado por ser sexual e atrevida demais, por se espremer em um corpete e orelhas de coelho, por sair presunçosamente da classe social em que foi criada. Por outro lado, ela parecia ter levado a vida cercada de possíveis assassinos. Nenhum homem associado com Margot escapou das suspeitas de Oakden, fosse ele o "encantador, mas irresponsável, Stevie Douthwaite-que-virou-Jacks", "o dominador especialista em sangue Roy Phipps", "o estuprador ressentido Jules Bayliss", "o mulherengo esquentado Paul Satchwell" ou "o notório monstro sexual Dennis Creed".

Strike estava prestes a fechar o livro quando notou que o corte das páginas era mais escuro no meio, sugerindo fotografias, e o abriu novamente.

Além da foto da imprensa já conhecida e daquela de Margot e Oonagh vestidas de Coelhinhas — Oonagh curvilínea e com um sorriso largo, Margot escultural, com uma nuvem de cabelos claros —, havia outras três fotos. Todas eram de má qualidade e mostravam Margot só acidentalmente.

A primeira tinha a legenda: "O autor, sua mãe e Margot." De maxilar quadrado, o cabelo grisalho e usando óculos de gatinha, Dorothy Oakden olhava a câmera com o braço passado por um menino magricela de cara sardenta com um corte de cabelo pajem, cujo rosto ficara transfigurado em uma careta que lhe distorcera as feições. Strike se lembrou de Luke, o sobrinho mais velho. Atrás dos Oakden aparecia uma longa faixa de gramado e, de longe, uma casa grande com muitos frontões pontudos. Objetos pareciam se projetar do gramado perto da casa: em um exame mais atento, Strike concluiu que eram os primórdios de paredes ou colunas: parecia que estava em construção uma casa de veraneio.

Andando pelo gramado, atrás de Dorothy e Carl, sem saber que era fotografada, estava Margot Bamborough, descalça, com short de brim e camiseta, carregando uma travessa e sorrindo para alguém fora do enquadramento. Strike deduziu que essa foto tivesse sido tirada no churrasco da equipe organizado por Margot. A casa dos Phipps certamente era maior do que ele havia imaginado.

Depois de mais uma vez verificar se o carro de CM continuava estacionado onde ele o havia deixado, Strike virou para as últimas duas fotos, ambas mostravam a festa de Natal da Clínica St. John's.

Tinham pendurado ouropel acima da mesa da recepção e retirado as cadeiras da sala de espera, que estavam empilhadas nos cantos. Strike procurou por Margot nas duas fotos e a encontrou, com a bebê Anna nos braços, falando com uma mulher negra e alta que ele supôs ser Wilma Bayliss. No canto da foto aparecia uma mulher magra, de olhos arregalados e cabelos castanhos cheios que Strike pensou ser a jovem Janice.

Na segunda foto, nenhuma cabeça estava voltada para a câmera ou estavam todas parcialmente encobertas, a não ser por uma. Um homem mais velho, magro e carrancudo, de terno, com o cabelo penteado para trás, era a única pessoa que parecia ter percebido que a foto estava prestes a ser tirada. O flash deixou seus olhos vermelhos. A foto tinha a legenda "Margot e o dr. Joseph Brenner", embora apenas a parte de trás da cabeça de Margot estivesse visível.

No canto dessa foto havia três homens que, a julgar pelos casacos e paletós, tinham acabado de chegar à festa. O tom escuro das roupas formava um bloco sólido de preto no lado direito da foto. Os três estavam de costas para a câmera, mas o maior deles, cujo rosto se voltava ligeiramente para a esquerda, exibia uma longa costeleta preta, uma orelha grande, a ponta de um nariz carnudo e um olho caído. A mão esquerda estava levantada no ato de coçar o rosto. Usava um grande anel de ouro que continha uma cabeça de leão.

Strike examinou essa foto até que barulhos na rua o fizeram levantar a cabeça. CM tinha acabado de sair da casa. Uma loura roliça de pantufas estava parada em seu capacho. Ela levantou a mão e fez um leve carinho na cabeça de CM, como se faz em uma criança ou um cachorro. Sorrindo, CM se despediu dela, virou-se e andou até sua Mercedes.

Strike jogou o exemplar de *O que aconteceu com Margot Bamborough?* no banco do carona. Esperando CM arrancar para a rua, ele partiu em seu encalço.

Depois de mais ou menos cinco minutos, ficou claro que o alvo dirigia de volta à sua casa em West Brompton. Com uma das mãos no volante, Strike tateou em busca do celular, depois pressionou o número de um velho amigo. A ligação caiu direto na caixa postal.

— Shanker, aqui é Bunsen. Preciso conversar com você sobre uma coisa. Me diga quando posso te pagar uma cerveja.

26

Todos eram bons cavaleiros, e vistosos pareciam,
Mas para a bela Britomart todos não passavam de sombras.

Edmund Spenser
A Rainha das Fadas

Com cinco casos ativos nas contas da agência e apenas quatro dias até o Natal, dois terceirizados da agência sucumbiram à gripe sazonal. Morris foi o primeiro a cair: colocou a culpa na creche da filha, onde o vírus tinha se espalhado como fogo de palha entre as crianças e os pais. Ele continuou a trabalhar até que uma febre e uma dor nas articulações o obrigaram a telefonar pedindo desculpas, e a essa altura ele conseguira passar o vírus a um furioso Barclay, que por sua vez o transmitiu à própria esposa e à jovem filha.

— Aquele babaca idiota devia ter ficado em casa em vez de respirar em cima de mim dentro do carro. — Barclay vociferou com a voz rouca por telefone a Strike no início da manhã do dia 12, enquanto Strike abria o escritório. A última reunião de equipe completa antes do Natal era para ter acontecido às dez horas, mas, como dois da equipe agora estavam impossibilitados de comparecer, Strike decidira cancelar. A única pessoa com quem ele não conseguira falar foi Robin, que supôs que estivesse no metrô. Strike tinha pedido a ela para chegar cedo, assim eles podiam colocar em dia o caso Bamborough antes da chegada de todos os outros.

— Devíamos estar no avião para Glasgow amanhã — vociferou Barclay enquanto Strike colocava a chaleira para ferver. — A menina está com muita dor nos ouvidos...

— É — disse Strike, ele próprio sentindo-se abaixo dos padrões, sem dúvida devido ao cansaço e a cigarros demais. — Bom, melhoras e volte assim que puder.

— Babaca — rosnou Barclay, e depois: — Quero dizer Morris. Não você. Feliz Natal, porra.

Tentando se convencer de que imaginava a coceira na garganta, a leve viscosidade nas costas e a dor atrás dos olhos, Strike preparou uma xícara de chá, depois passou à sala interna e abriu a veneziana. O vento e a chuva forte balançavam nos fios as luzes de Natal penduradas pela Denmark Street. Como nas cinco manhãs anteriores, os enfeites fizeram com que se lembrasse de que ele ainda não começara as compras de Natal. Ele se sentou em seu lado de costume na mesa dos sócios, sabendo que agora tinha deixado o trabalho tão atrasado que seria obrigado a realizá-lo em duas horas, o que pelo menos evitava as preliminares tediosas de considerar atentamente o que todos poderiam mostrar. A chuva batia na janela atrás dele. Ele preferia voltar para a cama.

Ele ouviu a porta de vidro se abrir e fechar.

— Bom dia — disse Robin da antessala. — Está *horrível* lá fora.

— Bom dia — respondeu Strike. — A chaleira acabou de ferver e a reunião da equipe foi cancelada. Porque Barclay também pegou a gripe.

— Merda — disse Robin. — E como *você* está se sentindo?

— Bem — disse Strike, agora organizando as várias anotações sobre Bamborough.

Contudo, quando entrou na sala interna, trazendo chá em uma das mãos e seu bloco na outra, Robin achou que Strike não parecia nada bem. Ele estava mais pálido do que o habitual, a testa parecia brilhar e havia uma sombra cinza em volta dos olhos. Ela fechou a porta da sala e se sentou de frente para ele sem fazer nenhum comentário.

— De todo modo, não tinha muito sentido uma reunião de equipe — resmungou Strike. — Um progresso de merda em todos os casos. O Pé de Valsa está limpo. O pior que você pode dizer a respeito dele é que o homem está com ela pelo dinheiro, mas o pai dela sabia disso desde o início. A namorada do Duas-vezes não está traindo e só Deus sabe o que o Manhoso tem com o CM. Viu meu e-mail sobre a loura em Stoke Newington?

— Vi — disse Robin, cujo rosto estava vermelho pelo clima tempestuoso. Ela tentava pentear o cabelo com os dedos, para que tivesse alguma semelhança com asseio. — Não saiu nada do endereço?

— Não. Se eu tivesse de adivinhar, diria que ela é uma parente. Ela fez um carinho na cabeça dele quando ele saiu.

— Dominatrix? — sugeriu Robin.

Não havia muito que ela não tivesse aprendido a respeito das perversões de homens poderosos desde seu ingresso na agência.

— Isso me ocorreu, mas pelo jeito como ele se despediu... eles pareciam... confortáveis. Mas ele não tem irmã e ela parecia mais nova que ele. Os primos fazem carinho na cabeça um do outro?

— Bom, a noite de domingo é totalmente errada para uma psicóloga ou terapeuta normal, mas carinho é quase parental... conselheira pessoal? Vidente?

— É uma ideia — disse Strike, passando a mão no queixo. — Os acionistas não ficariam impressionados se ele tomasse decisões nos negócios com base no que sua cartomante diz em Stoke Newington. Eu ia colocar Morris com a mulher depois do Natal, mas ele está fora de combate, Hutchins está com a garota do Duas-vezes e eu devia partir para a Cornualha depois de amanhã. Você vai a Masham quando... na terça?

— Não — disse Robin, parecendo ansiosa. — Amanhã... sábado. Discutimos isso em setembro, lembra? Eu troquei com Morris, assim eu podia...

— É, é, eu me lembro. — Strike mentiu. Sua cabeça começava a latejar, e o chá não deixava a garganta mais confortável. — Não tem problema.

Mas é claro que isso significava que, se ia dar um presente de Natal a Robin, teria de comprá-lo e entregar a ela no final do dia.

— Eu tentaria pegar um trem mais tarde — disse Robin —, mas é lógico que, sendo Natal...

— Não, você tem folga para tirar — falou ele bruscamente. — Não devia estar trabalhando só porque aqueles cretinos descuidados pegaram gripe.

Robin, que tinha uma forte desconfiança de que Barclay e Morris não eram os únicos gripados na agência, disse:

— Quer mais chá?

— O quê? Não — disse Strike, com um ressentimento irracional para com ela porque, no entender dele, o obrigava a fazer compras. — E o Cartão-postal é um fracasso, não temos literalmente nad...

— Talvez... *talvez*... eu tenha alguma coisa sobre o Cartão-postal.

— Como é? — disse Strike, surpreso.

— Nosso homem do tempo recebeu outro postal, enviado ao estúdio de televisão. É o quarto comprado na loja da National Portrait Gallery e tem uma mensagem estranha.

Ela tirou o postal da bolsa e passou pela mesa a Strike. A imagem na frente reproduzia um autorretrato de Joshua Reynolds, com a mão protegendo os olhos na pose estereotipada de quem olhava fixamente algo indistinto. No verso, estava escrito:

> Espero ser engano meu, mas acho que você mandou alguém a meu trabalho, segurando algumas de minhas cartas. Você mostrou a mais alguém? Sinceramente espero que não tenha feito isso. Está tentando me assustar? Você age como se fosse muito gentil e realista, sem fazer cerimônia. Pensei que você tivesse a decência de vir pessoalmente, se tem algo a me dizer. Se não está entendendo isso, ignore.

Strike olhou para Robin.

— Isso quer dizer...?

Robin explicou que ela havia comprado os mesmos três postais que o Cartão-postal tinha enviado anteriormente da loja da galeria, depois andou pelas muitas salas da galeria, segurando os postais para que ficassem visíveis a todos os guias por quem ela passava, até que uma mulher com cara de coruja e óculos de lentes grossas pareceu reagir ao vê-los e sumiu por uma porta com uma placa "Somente para Funcionários".

— Não contei a você na época — disse Robin — porque achei que talvez fosse imaginação minha, e ela também parecia exatamente o tipo de pessoa que eu imaginava que seria o Cartão-postal, então fiquei com medo de estar bancando um Talbot, perseguindo meus pressentimentos ruins.

— Mas você não está biruta, está? Essa foi uma ideia boa pra caramba, ir à loja, e isto — ele brandiu o postal de Reynolds — sugere que você acertou na mosca no primeiro tiro.

— Não consegui fazer uma foto dela — disse Robin, esforçando-se para não demonstrar quanto prazer lhe dava o elogio de Strike —, mas ela estava na Sala 8 e posso descrevê-la. Óculos grandes, mais baixa do que eu, cabelo castanho curto, deve ter uns quarenta anos.

Strike tomou nota da descrição.

— Talvez eu mesmo dê uma passada lá antes de ir para a Cornualha — disse ele. — Muito bem, vamos ao caso Bamborough.

Porém, antes que qualquer um dos dois pudesse dizer alguma palavra, o telefone tocou na antessala. Feliz por ter do que reclamar, Strike olhou o relógio, levantou-se e disse:

— São nove horas, Pat deveria...

Mas enquanto dizia isso, os dois ouviram a porta de vidro bater, o andar apressado de Pat e depois, em seu barítono pouco habitual:

— Agência de detetives Cormoran Strike.

Robin se esforçou para não sorrir enquanto Strike se jogava na cadeira. Houve uma batida na porta e Pat colocou a cabeça para dentro:

— Bom dia. Tenho um Gregory Talbot na linha para você.

— Pode transferir — disse Strike. — Por favor — acrescentou ele, detectando um olhar marcial em Pat —, e feche a porta.

Assim ela fez. Um instante depois, o telefone tocou na mesa dos sócios e Strike passou ao viva voz.

— Oi, Gregory, aqui fala Strike.

— Sim, olá — disse Gregory, que parecia ansioso.

— O que posso fazer por você?

— Erm, bom, lembra que estávamos esvaziando o sótão?

— Sim — disse Strike.

— Bom, ontem achei uma caixa dele — disse Gregory, tenso — e encontrei algo escondido embaixo das comendas e do uniforme de meu pai...

— Não *escondido* — disse uma voz queixosa de mulher ao fundo.

— Eu não sabia que estava ali — disse Gregory. — E agora minha mãe...

— Deixe-me falar com ele — disse a mulher ao fundo.

— Minha mãe gostaria de falar com você. — Gregory parecia exasperado.

Uma voz de mulher idosa e desafiadora substituiu a de Gregory.

— É o tal sr. Strike?

— Ele mesmo.

— Gregory contou a você como a polícia estava tratando Bill no fim?

— Sim — disse Strike.

— Ele podia ter continuado trabalhando depois do tratamento para a tireoide, mas eles não deixaram. Ele deu *tudo* a eles, a força policial era a *vida* dele. Greg disse que entregou as anotações de Bill a você?

— É verdade — confirmou Strike.

— Bom, depois que Bill morreu, encontrei essa *lata* em uma caixa no galpão e tinha a marca de Creed nela... Você leu as anotações, sabe que Bill usava um símbolo especial para Creed?

— Sim — disse Strike.

— Eu não podia levar tudo comigo para a casa de repouso, eles praticamente *não te dão* espaço de depósito, então coloquei nas caixas que foram para o sótão de Greg e Alice. Eu tinha me esquecido de que estava ali, até Greg começar a olhar as coisas do pai dele ontem. A polícia tinha deixado *muito claro* que não estava interessada nas teorias de Bill, mas Greg disse que você está, então você devia ver isso.

Gregory voltou a entrar na linha. Eles ouviram um movimento que parecia indicar que Gregory se afastava da mãe. Uma porta se fechou.

— É uma lata que contém um rolo antigo de um filme 16 mm — disse ele a Strike, a boca perto do fone. — Minha mãe não sabe o que tem ali. Eu não tenho uma câmera para rodar o filme, mas segurei a película um pouco contra a luz e... parece um filme obsceno. Fiquei preocupado em jogar fora para os lixeiros...

Como os Talbot tinham filhos adotivos, Strike entendeu os escrúpulos dele.

— Se dermos a você... será que...

— Você prefere que a gente não diga onde conseguiu? — perguntou Strike, olhando nos olhos de Robin. — Não entendo por que precisaríamos fazer isso.

Robin notou que ele não fez promessas, mas Gregory parecia satisfeito.

— Então, vou deixar aí — disse ele. — Irei a West esta tarde. Levar as gêmeas para ver o Papai Noel.

Quando Gregory desligou, Strike disse:

— Dá para notar que os Talbot ainda estão convencidos, quarenta anos depois...

O telefone tocou novamente na antessala.

— ... que Margot foi assassinada por Creed? Acho que sei qual seria o símbolo nessa lata de filme, porque...

Pat bateu na porta da sala deles.

— Mas que merda — resmungou Strike, cuja garganta começava a arder. — *O que é?*

— Que encantador — disse Pat com frieza. — Tem um senhor Shanker na linha para você. Foi encaminhada de seu celular. Ele diz que você queria...

— É, eu atendo — disse Strike. — Pode transferir para meu celular... por favor — acrescentou ele e se virou para Robin: — Desculpe-me, pode me dar um minuto?

Robin saiu da sala, fechando a porta, e Strike pegou o celular.

— Oi, Shanker, obrigado por retornar minha ligação.

Ele e Shanker, cujo nome verdadeiro Strike teria de ser muito pressionado para se lembrar, conheciam-se desde a adolescência. A vida dos dois seguiu direções diametralmente diferentes desde então, Strike indo para a universidade, o exército e o trabalho de detetive, Shanker envolvido em uma carreira de criminalidade cada vez mais profunda. Ainda assim, uma estranha afinidade ainda unia os dois e, de vez em quando, eles eram úteis um ao outro, Strike pagava a Shanker em dinheiro por informações ou serviços que não podia conseguir de outra forma.

— O que é que tá pegando, Bunsen?

— Eu queria te pagar uma cerveja e te mostrar uma foto — disse Strike.

— Vou pras tuas quebradas hoje, mais tarde. Na Hamleys. Comprei a porra da boneca Monster High errada pra Zahara.

Tudo, com exceção de "Hamleys", foi incompreensível para Strike.

— Tudo bem, me ligue quando estiver pronto para uma bebida.

— Beleza.

A linha ficou muda. Shanker não costumava se preocupar com despedidas.

Robin voltou trazendo duas novas canecas de chá e fechando a porta com o pé.

— Peço desculpas por isso — disse Strike, distraidamente enxugando o suor do lábio superior. — O que eu estava dizendo mesmo?

— Que você acha que sabe qual é o símbolo na antiga lata de filme de Talbot.

— Ah, sim. O símbolo de Capricórnio. Estive tentando decifrar essas anotações — acrescentou ele, batendo no caderno com capa de couro a seu lado, e conduziu Robin pelos motivos que levaram Bill Talbot a acreditar que Margot tinha sido raptada por um homem nascido sob o signo da cabra.

— Talbot estava excluindo suspeitos que não eram do signo de Capricórnio? — perguntou Robin, sem acreditar.

— É — disse Strike, de cenho franzido, a garganta doendo mais do que nunca. Ele tomou um gole de chá. — Só que Roy Phipps é de Capricórnio e Talbot o excluiu também.

— Por quê?

— Ainda estou tentando decifrar tudo, mas parece que ele esteve usando um símbolo estranho para Phipps que até agora não consegui identificar em nenhum site de astrologia.

"Mas as anotações explicaram por que ele insistiu em interrogar Janice. O signo dela é Câncer. Câncer é o signo "oposto" a Capricórnio, e os cancerianos são paranormais e intuitivos, de acordo com as anotações de Talbot. Talbot concluiu que, como canceriana, Janice era sua aliada natural contra Bafomet, e que ela podia ter um discernimento sobrenatural da identidade de Bafomet, daí o diário dos sonhos.

"Ainda mais significativo na mente dele era que Saturno, o regente de Capricórnio..."

Robin escondeu um sorriso atrás da caneca de chá. A expressão de Strike, enquanto delineava esses signos astrológicos, teria sido adequada para um homem solicitado a comer frutos do mar preparados havia uma semana.

— ... estava em Câncer no dia do desaparecimento de Margot. A partir daí Talbot deduziu que Janice conhecia ou tinha contato com Bafomet. Por isso o pedido de uma lista de seus parceiros sexuais.

— Nossa — disse Robin em voz baixa.

— Só estou te dando uma sugestão da birutice, mas tem muito mais. Vou mandar para você por e-mail os pontos importantes quando eu tiver terminado de decifrar isso. Mas o interessante é que existem sinais de um verdadeiro detetive tentando combater sua doença.

"Ele teve uma ideia que ocorreu a mim também. Que Margot pode ter sido convencida a ir a algum lugar com o pretexto de alguém precisando de assistência médica, embora ele tenha embrulhado tudo nessa baboseira... Havia um stellium na sexta casa, a Casa da Saúde, que ele concluiu significar perigo associado com doença."

— O que é um stellium?

— Um grupo de mais de três planetas. A polícia verificou os pacientes que ela via muito às vésperas do desaparecimento. Havia Douthwaite, é claro, e uma velha senil na Gopsall Street, que ligava para o consultório para ter o que fazer, e uma família que morava em Herbal Hill, cujo filho teve uma reação à vacina contra pólio.

— Os médicos — disse Robin — têm contato com *muita* gente.

— É — disse Strike —, e acho que isso faz parte do que deu errado nesse caso. Talbot pegou uma quantidade imensa de informações e não conseguiu enxergar o que descartar. Por outro lado, a possibilidade de ela ter sido convencida a entrar em uma casa a pretexto médico, ou ser atacada por um paciente furioso, não é loucura. Os médicos entram desacompanhados na casa de todo tipo de gente... e veja só Douthwaite. Lawson realmente suspeitava dele como o sequestrador ou assassino de Margot, e Talbot também ficou muito interessado nele. Embora Douthwaite fosse de Peixes, Talbot tenta fazer com que ele seja de Capricórnio. Ele diz que "Schmidt" pensa que Douthwaite na verdade é de Capricórnio...

— Quem é Schmidt?

— Não faço ideia — disse Strike —, mas ele ou ela aparece em todas as anotações, corrigindo signos.

— Todas as possibilidades de conseguir provas verdadeiras perdidas — disse Robin em voz baixa — enquanto Talbot verificava o horóscopo de todos.

— Exatamente. Seria engraçado se não fosse tão sério. Mas o interesse dele por Douthwaite ainda bate com o bom instinto policial. Douthwaite também parece cheirar mal.

— Ah-ah — disse Robin.

Strike a olhou sem entender.

— Peixes — ela lembrou a ele.

— Ah. Sim — disse Strike, sem sorrir. O latejar atrás dos olhos estava pior do que nunca, a garganta reclamava sempre que ele engolia, mas ele não podia ficar gripado. Era impossível. — Li aquela parte que você marcou no livro de Oakden — continuou ele. — A história sobre Douthwaite mudar de nome quando foi para Clacton, cantar no acampamento de férias, mas não consigo encontrar nenhum rastro de um Steve, Steven ou Stevie Jacks depois de 1976 também. Uma mudança de nome pode ser compreensível depois de muita atenção da polícia. Com duas, começa a parecer suspeito.

— Você acha? — disse Robin. — Sabemos que ele era do tipo nervoso, a julgar pelos registros médicos. Quem sabe ele não se assustou com Oakden aparecendo no Butlin's?

— Mas o livro de Oakden foi destruído. Ninguém, além de dois Redcoats de Butlin's, sequer sabia que Stevie Jacks tinha sido interrogado sobre Margot Bamborough.

— Ele pode ter ido para o exterior — disse Robin. — Morreu no exterior. Estou começando a pensar que foi o que aconteceu também com Paul Satchwell. Você viu que o antigo vizinho de Satchwell disse que ele tinha ido viajar?

— Vi. Alguma sorte sobre Gloria Conti?

— Nada. — Robin suspirou. — Mas consegui *algumas* coisas — continuou ela, abrindo o bloco. — Não nos adianta de grande coisa, mas vai que servem...

"Falei agora com a viúva de Charlie Ramage na Espanha. O milionário da banheira que pensou ter visto Margot no cemitério em Leamington Spa, lembra?"

Strike fez que sim, feliz com a oportunidade de descansar a garganta.

— Acho que a sra. Ramage ou teve um derrame, ou gosta de beber na hora do almoço. Tinha a voz arrastada, mas confirmou que Charlie pensava ter visto Margot em um cemitério e que ele falou sobre isso depois com um amigo policial, cujo nome ela não conseguiu lembrar. E aí, de repente, ela disse: "Não, espere... Mary Flanagan. Foi Mary Flanagan que ele pensou ter visto." Eu a fiz repassar a história e ela disse que sim, estava tudo certo, só que foi Mary Flanagan, e não Margot Bamborough, que ele pensou ter visto. Procurei por Mary Flanagan — disse Robin —, e ela está desaparecida desde 1959. É o caso de desaparecimento mais longo da Grã-Bretanha.

— Qual das duas você diria que parece mais confusa? — perguntou Strike. — A sra. Ramage ou Janice?

— Sem dúvida a sra. Ramage — respondeu Robin. — Definitivamente, Janice não teria confundido as duas mulheres, não é mesmo? Enquanto a sra. Ramage pode ter feito isso. Ela não tinha nenhum interesse pessoal: para ela, eram apenas duas pessoas desaparecidas com nomes que começavam com a letra M.

Strike ficou sentado de cenho franzido, pensando. Por fim disse, com as amídalas doendo:

— Se Ramage era de contar lorotas de modo geral, o amigo policial não pode ser acusado de não o ter levado a sério. Pelo menos isso é confirmação de que Ramage acreditava um dia ter visto uma mulher desaparecida.

O franzido na testa de Strike era tão fundo que Robin disse:

— Está sentindo dor?

— Não. Estou me perguntando se valeria a pena tentar ver Irene e Janice separadamente. Eu torcia para nunca mais ter de voltar a falar com Irene Hickson. Pelo menos, precisamos continuar procurando por uma ligação entre Margot e Leamington Spa. Você disse que tinha outra pista?

— Não é tanto assim. Amanda Laws... ou Amanda White, como se chamava quando supostamente viu Margot naquela janela na

Clerkenwell Road... respondeu a meu e-mail. Vou encaminhar a resposta dela, se você quiser ler, mas basicamente ela está caçando dinheiro.

— Está, é?

— Ela enfeitou um pouco. Disse que contou à polícia e ninguém acreditou nela, contou a Oakden e ele não lhe deu um centavo, e que ela estava cansada de não ser levada a sério e que se quiséssemos a história, ela gostaria de ser paga pelo tempo. Ela alega que suportou muita atenção negativa, sendo chamada de mentirosa e fantasista, que não está disposta a passar por tudo isso de novo, a não ser que seja recompensada.

Strike fez outra anotação.

— Diga a ela que não é prática da agência pagar a testemunhas por colaboração — disse Strike. — Apele à melhor natureza dela. Se isso não der certo, ela pode ganhar cem libras.

— Acho que ela está esperando mil.

— E eu estou esperando pelo Natal nas Bahamas — disse Strike, com a chuva pontilhando a janela atrás dele. — Foi tudo que você conseguiu?

— Foi. — Robin fechou o bloco.

— Bom, não consegui nada sobre o paciente viciado em Bennies que alegava ter matado Margot, Applethorpe. Acho que Irene deve ter se enganado com o nome. Tentei todas as variantes que me ocorreram, mas não apareceu nada. *Talvez* eu tenha de ligar para ela de novo. Mas vou tentar primeiro com Janice.

— Você não me contou o que achou do livro de Oakden.

— Um oportunista padrão latrina — disse Strike — que conseguiu espremer dez capítulos a partir de praticamente nada. Mas gostaria de localizá-lo, se conseguirmos.

— Estou tentando — Robin suspirou —, mas ele é outro que parece ter desaparecido da face da Terra. A mãe dele parecia ser sua fonte primária, não é? Não creio que ele tenha convencido alguém que *realmente* conhecesse Margot a falar com ele.

— Não. Você sublinhou praticamente todas as partes interessantes.

— Praticamente? — disse Robin bruscamente.

— Todas. — Strike se corrigiu.

— Localizou mais alguma coisa?

— Não — respondeu Strike, mas vendo que ela não parecia convencida, acrescentou: — Só estive me perguntando se alguém pode ter dado uma dica sobre ela.

— O marido dela? — disse Robin, assustada.

— Talvez.

— Ou você está pensando no marido da faxineira? Jules Bayliss e suas supostas ligações criminosas?

— Na verdade, não.

— Então por que...

— Eu continuo voltando ao fato de que, se ela foi assassinada, foi feito com muita eficiência. O que pode sugerir...

— ... um assassino de aluguel — disse Robin. — Sabe de uma coisa, li recentemente uma biografia de Lorde Lucan. Acham que ele contratou alguém para matar a esposa...

— ... e que o assassino pegou a babá por engano — disse Strike, que estava familiarizado com a teoria. — É. Bom, se foi o que aconteceu com Margot, estamos procurando um assassino com uma visão muito mais eficiente do que a de Lucan. Não ficou nem um rastro dela, nem mesmo uma gota de sangue.

Houve um silêncio momentâneo, enquanto Strike olhava para trás para ver a chuva e o vento ainda golpeando as luzes de Natal do lado de fora, e os pensamentos de Robin voaram a Roy Phipps, o homem que Oonagh chamou de exangue, convenientemente preso ao leito no dia do desaparecimento de Margot.

— Bom, preciso ir andando — disse Strike, levantando-se da cadeira.

— Eu também. — Robin suspirou, pegando suas coisas.

— Mas vai voltar ao escritório mais tarde? — perguntou Strike.

Ele precisava dar a ela o presente de Natal ainda não comprado antes que ela partisse para Yorkshire.

— Eu não pretendia — disse Robin. — Por quê?

— Volte para cá. — Strike pensava em um motivo. Ele abriu a porta para a antessala. — Pat?

— Sim? — disse Pat, sem se virar. Estava mais uma vez digitando com rapidez e precisão, seu cigarro eletrônico se balançava entre os dentes.

— Robin e eu precisamos dar uma saída agora, mas um homem chamado Gregory Talbot deve passar aqui para deixar uma lata de um filme 16 mm. Acha que consegue localizar um projetor para exibi-lo? O ideal até as cinco horas?

Pat girou lentamente em sua cadeira para olhar Strike, de cara firme, os olhos estreitos.

— Quer que eu encontre um projetor de cinema antigo até as cinco horas?

— Foi o que eu disse. — Strike se virou para Robin. — Assim podemos dar uma olhada rápida no que Talbot estava escondendo no sótão, antes de você partir para Masham.

— Tudo bem — disse Robin —, voltarei às quatro horas.

27

Seu nome era Talos, feito de ferro moldado,
Inamovível, incansável, imortal.
Quem na mão um ceifador de ferro segurava,
Com o qual cortava a falsidade, e a verdade revelava.

Edmund Spenser
A Rainha das Fadas

Cerca de duas horas e meia depois, Strike estava embaixo do toldo da Hamleys na Regent Street, com sacolas de compras aos pés, dizendo-se firmemente que estava bem, apesar das amplas evidências empíricas de que ele, na realidade, tremia. A chuva fria caía à volta na calçada suja, onde era chutada de poças pelos pés em marcha de centenas de pedestres. Espirrava pelo meio-fio na esteira de veículos e pingava atrás do colarinho de Strike, embora, teoricamente, ele estivesse abrigado.

Enquanto verificava o celular de novo em busca de algum sinal de que Shanker não havia se esquecido de que eles deviam se encontrar para uma bebida, ele acendeu um cigarro, mas a garganta inflamada não gostou da ingestão repentina de fumaça. Sentindo um gosto ruim, ele apagou o cigarro depois de uma tragada. Não havia mensagem nenhuma de Shanker, então Strike pegou suas volumosas sacolas de compras e partiu novamente, com a garganta ardendo sempre que engolia.

Com otimismo, ele imaginara que podia ter terminado todas as compras em duas horas, mas o meio-dia chegou e passou, e ele ainda não havia acabado. Como as pessoas decidiam o que comprar, quando os alto-falantes ficavam gritando músicas natalinas para você, e as lojas tinham opções demais, e tudo parecia um lixo? Procissões intermináveis de mulheres ficavam atravessando o seu caminho, escolhendo objetos com uma tranquilidade aparentemente fácil. Seriam elas geneticamente programadas para procurar e encontrar o presente certo? Não havia ninguém a quem ele pudesse pagar para fazer isso por ele?

Seus olhos estavam pesados, a garganta doía e o nariz começava a escorrer. Sem saber aonde ia nem o que procurava, ele andou às cegas. Ele, que em geral tinha um senso de orientação excelente, ficava entrando na rua errada, desorientado. Por várias vezes, esbarrou em pilhas cuidadosamente formadas de mercadorias de Natal, ou empurrou pessoas mais baixas, que fechavam a cara, resmungavam e saíam às pressas.

As sacolas volumosas que ele carregava continham três lançadores Nerf idênticos para os sobrinhos; armas grandes de plástico que atiravam balas de espuma, que Strike decidira comprar por dois motivos: ele teria adorado quando tinha 11 anos, e o vendedor lhe garantiu que era um dos presentes obrigatórios do ano. Para o tio Ted, ele comprou um suéter porque não conseguiu pensar em outra coisa, para o cunhado, uma caixa de bolas de golfe e uma garrafa de gim, com base no mesmo princípio, mas ainda tinha os presentes mais espinhosos para comprar — aqueles para as mulheres: Lucy, Joan e Robin.

Seu celular tocou.

— Merda.

Ele mancou de lado pela multidão e, parado ao lado de um manequim que usava um suéter de rena, livrou-se de algumas sacolas para pegar o aparelho.

— Strike.

— Bunsen, estou perto do Shakespeare's 'Ead, na Great Marlborough Street. Vejo você em vinte minutos?

— Ótimo — disse Strike, que ficava rouco. — Estou bem perto daí.

Outra onda de suor passou por ele, encharcando o couro cabeludo e o peito. Era possível, reconhecia uma parte de seu cérebro, que ele tivesse contraído a gripe de Barclay e, se fosse assim, não devia transmitir à tia com uma grave imunossupressão. Ele pegou novamente as sacolas de compras e voltou para a calçada escorregadia.

A fachada preta e branca de madeira da Liberty se elevava à sua direita enquanto ele seguia pela Great Marlborough Street. Havia baldes e caixas de flores por toda a entrada principal, tentadoramente leves e portáteis, e já embrulhados; tão fáceis de carregar para o Shakespeare's Head e depois para o escritório. Porém, é claro, dessa vez não seriam flores. Transpirando mais do que nunca, Strike entrou na loja, largou as sacolas mais uma vez no chão ao lado de um leque de cachecóis de seda e ligou para Ilsa.

— Oi, Oggy — disse Ilsa.

— O que compro de Natal para Robin? — perguntou. Estava ficando difícil falar: a garganta parecia inflamada.

— Você está bem?

— Estou ótimo. Me dê uma ideia. Estou na Liberty.

— Hum... — disse Ilsa. — Vamos ver... Aah, sei o que você pode comprar para ela. Ela quer um perfume novo. Não gostou da coisa que...

— Não preciso da história — disse Strike, sem nenhuma educação. — Está ótimo. Perfume. O que ela usa?

— Estou tentando dizer a você, Oggy — disse Ilsa. — Ela quer uma mudança. Escolha alguma coisa nova para ela.

— Não consigo sentir cheiro — disse Strike com impaciência —, peguei uma gripe.

Porém, deixando de lado esse problema básico, Strike tinha medo de que o perfume que escolhesse pessoalmente fosse um presente íntimo demais, como aquele vestido verde de alguns anos atrás. Ele procurava algo parecido com flores, mas que não fossem flores, algo que dissesse "gosto de você", mas não "é assim que quero que seja o seu cheiro".

— Vá até um vendedor e diga "quero comprar um perfume para alguém que usa Philosykos, mas quer um..."

— Ela o quê? — disse Strike. — Ela usa o quê?

— Philosykos. Ou usava.

— Soletre — disse Strike com a cabeça martelando. Ilsa soletrou.

— É só eu pedir a um vendedor e ele vai me dar alguma coisa parecida?

— A ideia é essa — respondeu Ilsa pacientemente.

— Ótimo. Agradeço por isso. A gente se fala em breve.

O vendedor achou que você ia gostar.

É, ele ia dizer isso. *O vendedor achou que você ia gostar* efetivamente despersonalizaria o presente, transformando-o em algo quase tão comum quanto flores, mas ainda mostraria que ele se importava, que dedicara algum pensamento a isso. Pegando de novo as sacolas de compras, ele mancou para uma área que, de longe, parecia forrada de frascos.

O departamento de perfumes por acaso era pequeno, tinha cerca da metade do tamanho do escritório de Strike. Ele passou pelo espaço apertado, embaixo de uma cúpula pintada com estrelas, vendo-se cercado por prateleiras carregadas de frágeis vidros de perfume, alguns dos quais tinham babados com desenhos de renda; outros que pareciam joias, ou o tipo de frasco adequado para uma poção do amor. Pedindo desculpas enquanto empurrava pessoas de lado com suas armas Nerf, o gim e as bolas de golfe, ele encontrou um homem magro e vestido de preto que perguntou: "Posso ajudar?" Nesse momento os olhos de Strike caíram em uma gama de aromas engarrafados que tinham embalagens idênticas, com etiqueta e tampa pretas. Pareciam funcionais e discretos, sem nenhuma sugestão clara de romance.

— Gostaria de um desses — disse ele, rouco, apontando.

— Tudo bem — disse o vendedor. — Erm...

— É para alguém que costumava usar Philosykos. Algo parecido com isso.

— Ok — disse o vendedor, levando Strike para a vitrine. — Bom, que tal...

— Não — disse Strike, antes que o vendedor pudesse tirar a tampa da amostra. O perfume se chamava Carnal Flower. — Ela disse que não gostava desse — acrescentou Strike, com o objetivo consciente de parecer menos estranho. — Tem algum outro parecido com Philo...

— Quem sabe ela não vai gostar de Dans Tes Bras? — sugeriu o vendedor, borrifando um segundo frasco em uma tira de amostra.

— Isso não quer dizer...?

— "Em teus braços" — disse o vendedor.

— Não — disse Strike, sem pegar a tira de amostra. — Tem algum outro parecido com Phi...?

— Musc Ravageur?

— Sabe do que mais, vou deixar pra lá — disse Strike, com o suor formigando de novo por baixo da camisa. — Qual é a saída mais próxima do Sheakespeare's Head?

O vendedor, sem sorrir, apontou Strike para a esquerda. Resmungando um pedido de desculpas, Strike se espremeu por mulheres que examinavam frascos e borrifavam tiras de amostra, virou uma esquina e viu, com alívio, o pub onde ia se encontrar com Shanker, que ficava logo depois das portas de vidro de um salão cheio de chocolates.

Chocolates, pensou ele, reduzindo o passo e, por acaso, obstruindo um grupo de mulheres apressadas. *Todo mundo gosta de chocolate*. A transpiração agora vinha em ondas, e ele parecia sentir ao mesmo tempo calor e frio. Ele se aproximou de uma mesa com uma pilha alta de caixas de chocolate, procurando pela mais cara, aquela que mostrasse valorização e amizade. Tentando escolher um sabor, ele pensou se lembrar de uma conversa sobre caramelo salgado, assim pegou a maior embalagem que conseguiu encontrar e foi para a caixa registradora.

Cinco minutos depois, com outra sacola pendurada nas mãos, Strike saiu no final da Carnaby Street, onde havia enfeites de Natal com música temática pendurados entre os prédios. No estado agora febril de Strike, as cabeças invisíveis sugeridas por fones de ouvido e óculos escuros gigantescos pareciam sinistras, e não festivas. Lutando com as sacolas, ele voltou para o Shakespeare's Head, onde luzes de Natal piscavam, e a tagarelice e o riso enchiam o ar.

— Bunsen — disse uma voz logo depois da porta.

Shanker tinha garantido uma mesa. De cabeça raspada, magro, pálido e muito tatuado, Shanker tinha o lábio superior fixo em um escárnio permanente no estilo Elvis devido à cicatriz que corria para a maçã do rosto. Estalava distraidamente os dedos da mão que não segurava a cerveja, um tique nervoso que tinha desde a adolescência. Onde quer que estivesse, Shanker parecia emanar uma aura de perigo, projetando a ideia de que podia recorrer à violência à menor provocação. Embora o pub estivesse lotado, ninguém escolhia dividir a mesa dele. O que era uma incongruência, ou assim parecia a Strike, Shanker também tinha sacolas de compras a seus pés.

— Qual é o teu problema? — disse Shanker enquanto Strike sentava-se de frente para ele e dispunha das próprias sacolas embaixo da mesa. — Tu tá péssimo.

— Não é nada — disse Strike, cujo nariz agora escorria profusamente e a pulsação parecia ter ficado errática. — Uma gripe ou coisa assim.

— Bom, deixa essa porra longe de mim — disse Shanker. — É a última coisa que a gente precisa em casa. Zahara acaba de se recuperar de uma gripe de merda. Quer uma cerveja?

— Eu... não — disse Strike. A ideia da cerveja no momento era repulsiva. — Pode pegar uma água para mim?

— Puta que pariu — resmungou Shanker ao se levantar.

Quando Shanker voltou com o copo de água e se sentava de novo, Strike disse, sem preâmbulos:

— Quero te perguntar sobre uma noite, deve ter sido lá por 1992, 1993. Você precisava chegar ao centro, tinha um carro, mas você mesmo não podia dirigir. Tinha acontecido alguma coisa com o braço. Estava numa tipoia.

Shanker deu de ombros com impaciência, como quem diz, quem pode esperar se lembrar de alguma coisa tão banal? A vida de Shanker era uma série infinita de ferimentos recebidos e infligidos, e de precisar chegar a lugares para entregar dinheiro, drogas, ameaças ou espancamentos. Os períodos na prisão nada fizeram além de mudar temporariamente o ambiente em que ele fazia negócios. Metade dos rapazes com quem ele se associou na juventude tinha morrido, a maioria assassinada a faca ou morta por overdose. Um primo tinha morrido em uma perseguição da polícia e outro foi baleado na nuca, e o assassino jamais foi apanhado.

— Você precisava fazer uma entrega — continuou Strike, tentando sacudir a memória de Shanker. — Uma bolsa cheia de alguma coisa... drogas, dinheiro, não sei. Você apareceu na minha casa procurando alguém que dirigisse para você, com urgência. Eu disse que ia fazer. Fomos a uma boate de strip-tease no Soho. Chamava-se Teezers.

— A Teezers, é — disse Shanker. — Já faz muito tempo, a Teezers. Fechou dez, quinze anos atrás.

— Quando chegamos lá, tinha um grupo de homens na calçada, indo para dentro. Um deles era um cara negro e careca...

— Que memória da porra — disse Shanker, irônico. — Você podia fazer um espetáculo. "Bunsen, o Incrível Homem Memória"...

— ... e tinha um cara grandalhão que parecia latino com cabelo tingido de preto e costeletas. Nós paramos o carro, você abriu a janela, ele se aproximou e botou a mão na porta para falar com você. Ele tinha os olhos de um cão basset e um anel de ouro enorme com uma cabeça de leão...

— Mucky Ricci — disse Shanker.

— Lembra dele?

— Eu disse o nome dele agora, Bunsen, não disse?

— É. Desculpe. Qual era o verdadeiro nome dele, você sabe?

— Nico, Niccolo Ricci, mas todo mundo o chamava de "Mucky". Um bandido da velha guarda. Cafetão. Era dono de umas boates de strip, tinha dois puteiros. Um verdadeiro pedaço da Londres antiga. Começou como parte da gangue Sabini quando era moleque.

— Como se escreve Ricci? R-I-C-C-I, não é?

— O que tem isso?

Strike tirou do bolso do casaco o exemplar de *O que aconteceu com Margot Bamborough?*, abriu nas fotografias da festa de Natal da clínica e estendeu para Shanker, que o pegou, desconfiado. Ele estreitou os olhos por um momento para a foto parcial do homem com o anel de leão, depois devolveu o livro a Strike.

— E então? — disse Strike.

— É, parece ele. Onde foi isso?

— Clerkenwell. Uma festa de Natal de médicos.

Shanker ficou meio surpreso.

— Bom, Clerkenwell era o antigo território dos Sabini, né? E acho que até os gângsteres às vezes precisam de um médico.

— Era uma festa — disse Strike. — Não uma cirurgia. Por que Mucky Ricci estava em uma festa de médicos?

— Sei lá — disse Shanker. — Alguém precisava de uma morte?

— Engraçado você perguntar isso — disse Strike. — Estou investigando o desaparecimento de uma mulher que estava lá naquela noite.

Shanker o olhou de lado.

— Mucky Ricci tá gagá — disse ele em voz baixa. — Agora é um velho, né.

— Mas ainda vivo?

— É. Mora num asilo.

— E como você sabe disso?

— Fiz umas paradas com o mais velho dele, Luca.

— Filhos na mesma linha de trabalho do pai?

— Bom, não existe mais nenhuma gangue em Little Italy, existe? Mas eles eram uns bandidos, isso eram — disse Shanker. Depois ele se inclinou na mesa e disse em voz baixa: — Presta atenção, Bunsen. Você não quer ferrar os garotos de Mucky Ricci.

Era a primeira vez que Shanker dava um aviso desses a Strike.

— Se você foder com o velho deles, se tentar enquadrar o velho em alguma coisa, os moleques Ricci vão arrancar teu couro. Entendeu? Eles não dão a mínima. Eles vão tacar fogo na merda do teu escritório. Vão retalhar tua garota.

— Me fale de Mucky. O que você souber.

— Não ouviu o que te falei agora, Bunsen?

— Só me fale sobre ele, que merda.

Shanker fechou a cara.

— Putas. Pornografia. Drogas, mas as garotas eram o negócio principal. Mesma época de George Cornell, Jimmy Humphries, esses caras. Aquele anel de ouro dele, ele dizia que Danny the Lion tinha dado a ele. Danny Leo, o chefão de Nova York. Alegava que eles eram parentes. Não sei se é verdade.

— Alguma vez cruzou com alguém chamado Conti? — perguntou Strike. — Talvez um pouco mais novo que Ricci.

— Não. Mas Luca Ricci é uma merda de psicopata — disse Shanker. — Quando foi que essa garota desapareceu?

— Em 1974 — respondeu Strike.

Ele esperava que Shanker dissesse "Mil novecentos e setenta e quatro, porra?", para ridicularizar a probabilidade de encontrar alguma solução depois de todo esse tempo, mas seu velho amigo se limitou a franzir a testa para ele, os dedos estalando lembrando o progresso incessante do escaravelho da morte, e ocorreu ao detetive que Shanker sabia mais do que muitos policiais sobre crimes antigos e as longas sombras que eles lançavam.

— O nome é Margot Bamborough — disse Strike. — Ela sumiu a caminho do pub. Nada foi encontrado, nem bolsa, chaves da casa, nada. Nunca mais foi vista.

Shanker bebeu sua cerveja.

— Trabalho de profissional — disse ele.

— Foi o que me ocorreu — disse Strike. — Daí...

— Enfia no cu o seu "daí" — disse Shanker furioso. — Se a garota foi apanhada por Mucky Ricci ou qualquer um dos caras dele, ela está além da salvação, né? Sei que você gosta de bancar o escoteiro, parceiro, mas o último cara que irritou Luca Ricci, a mulher dele abriu a porta uns dias depois e levou ácido na cara. Agora é cega de um olho.

"É melhor largar isso, Bunsen. Se a resposta é Mucky Ricci, precisa parar de fazer a pergunta."

28

Imensamente com isso ficou Britomart consternada,
Nem nesse apuro sabia como ela própria se comportar...

Edmund Spenser
A Rainha das Fadas

De algum jeito, Pat tinha conseguido localizar o projetor antigo de cinema. A entrega foi prometida para as quatro horas, mas Strike e Robin ainda esperavam por ele às quinze para as seis, hora em que Robin disse a Strike que realmente precisava sair. Ainda não tinha feito as malas para a viagem a Yorkshire, queria dormir cedo antes de pegar o trem e, para ser franca, sentia-se ofendida pelo presente de Strike de chocolates de caramelo salgado desembrulhados, que ele tinha tirado às pressas de uma sacola da Liberty quando a viu e que ela agora suspeitava ser o motivo esfarrapado para que ele a obrigasse a voltar ao escritório, em primeiro lugar. Como isso exigiu uma longa viagem de volta à Denmark Street em um metrô lotado, era difícil não ficar ressentida com o tempo e os problemas que ela teve para encontrar e embrulhar o DVD de duas apresentações antigas de Tom Waits que ele algumas semanas antes havia mencionado querer assistir. Robin nunca tinha ouvido falar do cantor: teve alguma dificuldade para identificar o homem de que Strike estivera falando e os shows que ele nunca viu como aqueles no *No Visitors After Midnight*. E, em troca, ganhou chocolates que tinha certeza de que foram escolhidos ao acaso.

Ela deixou o presente de Strike para trás, intocado, na cozinha de Max, antes de embarcar no trem lotado para Harrogate na manhã seguinte. Enquanto viajava para o norte em sua poltrona felizmente reservada, Robin tentou dizer a si mesma que o vazio que sentia não passava de cansaço. O Natal em casa seria um feriado maravilhoso. Ela ia conhecer a nova sobrinha; ia dormir até tarde, teria comida caseira e horas na frente da televisão.

Uma criança de colo gritava no fundo do vagão, a mãe tentava também aos gritos distraí-la e acalmá-la. Robin pegou o iPod e colocou os fones de ouvido. Tinha baixado o disco de Joni Mitchell, *Court and Spark*, que Oonagh disse ser o preferido de Margot Bamborough. Robin ainda não tivera tempo para ouvir nem, na verdade, qualquer outra música, havia semanas.

Só que *Court and Spark* não a acalmou nem animou. Ela o achou inquietante, diferente de qualquer coisa que tenha ouvido na vida. Esperando melodias e refrões, Robin ficou decepcionada: tudo parecia inacabado, em aberto, sem solução. Uma linda voz de soprano baixava e subia com acordes de piano ou violão que nunca levavam a algo tão comum como um refrão com que a gente se acostumasse ou pudesse bater o pé no ritmo. Não dava para cantar junto, não dava para se unir a não ser que você também conseguisse cantar como Mitchell, coisa que Robin certamente não podia fazer. As letras eram estranhas e evocavam reações de que ela não gostava: ela não sabia que um dia tinha sentido as coisas cantadas por Mitchell. Isso a deixou na defensiva, confusa e triste: *Love came to my door, with a sleeping roll and a madman's soul...*

Depois de alguns segundos na terceira faixa, ela desligou o iPod e pegou a revista que tinha levado. No fundo do vagão, a criança de colo agora berrava.

O estado de espírito de Robin, de leve desalento, persistiu até ela sair do trem, mas quando viu a mãe parada na plataforma, pronta para levá-la de carro a Masham, Robin foi dominada por uma onda de verdadeiro calor humano. Ela abraçou Linda e por quase dez minutos depois disso, enquanto conversavam até o carro, passando por uma cafeteria da qual emanava música natalina tilintante, até o céu cinzento e melancólico de Yorkshire e o interior do carro, que tinha o cheiro de Rowntree, o labrador, eram reconfortantes e alegres em sua familiaridade.

— Tenho uma coisa para te contar — disse Linda quando fechou a porta do carro. Em vez de girar a chave na ignição, ela se virou para Robin e parecia quase temerosa.

Uma onda de pânico nauseante revirou o estômago de Robin.

— O que aconteceu? — disse ela.

— Está tudo bem — disse Linda às pressas —, todos estão bem. Mas quero que você saiba antes de voltarmos a Masham, caso você os veja.

— Que eu veja quem?

— Matthew — disse Linda — levou... ele levou aquela mulher para casa com ele. Sarah Shadlock. Eles vão passar o Natal com Geoffrey.

— *Ah* — disse Robin. — Meu Deus, mãe, pensei que alguém tinha morrido.

Ela detestou o jeito como Linda a olhava. Embora tivesse esfriado por dentro e a frágil felicidade que brevemente se acendeu em seu íntimo tenha sido apagada, Robin forçou um sorriso e um tom de despreocupação.

— Está tudo bem. Eu sabia. O ex-noivo dela me telefonou. Eu devia ter adivinhado — disse ela, perguntando-se por que não adivinhou — que eles passariam o Natal aqui. Podemos ir para casa, por favor? Estou louca por uma xícara de chá.

— Você *sabia*? Por que não nos contou?

Mas a própria Linda deu a resposta a isso enquanto dirigia. Não tranquilizou nem reconfortou Robin ter Linda vociferando sobre o quanto ficou ofendida quando uma vizinha lhe contou que Matthew andava de mãos dadas com Sarah no centro da cidade. Ela não se sentiu reconfortada com o sermão contra a moral e as maneiras do ex-marido, nem gostou de ter a reação de cada membro de sua família detalhada a ela ("Martin quis *dar um murro* nele de novo"). Depois Linda passou ao divórcio: o que estava acontecendo? Por que ainda não estava tudo acertado? Será que Robin *sinceramente* pensava que a audiência de conciliação ia dar certo? O comportamento de Matthew, *ostentando* essa mulher na frente de toda Masham, não *mostrava* como ele havia perdido completamente a vergonha e a sensatez? Por que, ah, por que Robin não concordou em deixar que os Harvey de Harrogate cuidassem de tudo isso, Linda tinha *certeza* de que aquela mulher de Londres era capaz, porque Corinne Maxwell havia contado a Linda que quando a filha *dela* se divorciou sem filhos, tudo foi *completamente* simples...

Mas, pelo menos, havia a pequena Annabel Marie, foi a conclusão do monólogo de Linda enquanto elas entravam na rua da casa dos pais de Robin.

— *Espere só* para vê-la, Robin, *espere só*...

A porta da frente se abriu antes que o carro parasse. Jenny e Stephen estavam parados na soleira, pareciam tão empolgados que um espectador poderia suspeitar de que eles é que iam ver a filha pela primeira vez, e não Robin. Percebendo o que era esperado dela, Robin engatou um sorriso ansioso no rosto e, minutos depois, viu-se sentada no sofá da sala de estar dos pais com um corpinho quente e adormecido nos braços, embrulhado em lã, surpreendentemente sólido e pesado, com cheiro de talco para bebê Johnson.

— Ela é linda, Stephen — disse Robin enquanto o rabo de Rowntree batia na mesa de centro. Ele insistiu em farejar e meter a cabeça repetidas vezes embaixo da mão de Robin, confuso, porque não recebia o alvoroço e o amor a que estava acostumado. — Ela é linda, Jenny — disse Robin enquanto a cunhada tirava fotos da "tia Robin" conhecendo Annabel. — Ela é linda, mãe — disse Robin a Linda, que tinha voltado com uma bandeja de chá e estava ansiosa para ouvir o que Robin pensava da maravilha de 50 centímetros deles.

— Assim empata, não é, ter outra menina? — disse Linda, deliciada. Agora sua raiva de Matthew tinha passado: a neta era tudo.

A sala de estar estava mais abarrotada do que de costume, não só com a árvore e os cartões de Natal, mas com equipamento de bebê. Um tapete de troca de fraldas, um moisés, uma pilha de misteriosos panos de musselina, uma sacola de fraldas e um estranho dispositivo que Jenny explicou ser uma bomba mamária. Robin falou com entusiasmo, sorriu, riu, comeu biscoitos, ouviu a história do parto, admirou um pouco mais e segurou a sobrinha até ela acordar, e então, depois de Jenny recuperar a posse da filha e, com certa presunção, sentar-se para amamentar, disse que ia tirar um cochilo e desfazer as malas no segundo andar.

Robin levou a mala para cima, sua ausência despercebida e não lamentada por aqueles no térreo, perdidos como estavam na adoração da criança. Robin fechou a porta de seu antigo quarto, mas, em vez de desfazer a mala, deitou-se na antiga cama. Com os músculos faciais doendo de tanto sorriso forçado, ela fechou os olhos e se permitiu o luxo da infelicidade exausta.

29

Assim ele lutou por muito tempo contra a sua vontade,
Até que por fraqueza foi enfim forçado
A se render à poderosa enfermidade,
Que, como uma altiva vitoriosa, rapidamente assolava
Suas partes internas e suas entranhas desgastava...

Edmund Spenser
A Rainha das Fadas

Faltando três dias para o Natal, Strike foi obrigado a parar de fingir que não tinha gripe. Concluindo que o único curso sensato era se entocar no apartamento de sótão enquanto o vírus passava pelo seu corpo, ele se meteu em uma Sainsbury's lotada onde, febril, transpirando, respirando pela boca e desesperado para se afastar das multidões e dos cânticos enlatados, comprou comida suficiente para alguns dias e levou para o quarto e sala acima do escritório.

Joan recebeu previsivelmente mal a notícia de que ele não se juntaria às festividades na Cornualha. Chegou ao ponto de sugerir que não teria problema ele ir, desde que eles se sentassem em extremidades opostas da mesa de jantar, mas, para alívio de Strike, Ted a dissuadiu. Strike não sabia se era paranoia, mas desconfiava de que Lucy não acreditava que ele verdadeiramente estivesse doente. Se acreditava, seu tom sugeria que ele teria contraído gripe de propósito. Ele pensou ter ouvido certa acusação quando ela informou que Joan agora estava completamente careca.

Às cinco horas da tarde da véspera de Natal, Strike tinha desenvolvido uma tosse que fazia os pulmões chocalharem e as costelas doerem. Cochilando na cama de camiseta e cueca boxer, com a prótese da perna encostada em uma parede, ele foi despertado abruptamente por um barulho. Parecia haver passos descendo a escada, afastando-se da porta de seu sótão. Um paroxismo de tosse o dominou antes que ele pudesse chamar a pessoa que pensava tê-lo acordado. Esforçando-se para se sentar e limpar os pulmões, ele só ouviu a segunda aproximação de passos quando alguém bateu na porta. Ressentiu-se muito do esforço necessário para gritar: "O que é?"

— Precisa de alguma coisa? — Veio a voz grave e rouca de Pat.

— Não — gritou Strike. O monossílabo saiu como um grasnado.

— Comprou comida?

— Sim.

— Analgésicos?

— Sim.

— Bom, estou deixando algumas coisas na porta para você. — Ele a ouviu baixar objetos. — Tem alguns presentes. Tome a sopa enquanto ainda está quente. Vejo você no dia 28.

Os passos de Pat soaram pela escada de metal antes que ele pudesse responder.

Ele não tinha certeza se fora imaginação a menção da sopa quente, mas bastou a possibilidade para fazê-lo puxar as muletas e andar laboriosamente até a porta. O frio do poço da escada aumentou os arrepios do suor febril. Pat de algum jeito conseguira carregar o antigo projetor de vídeo escada acima, e Strike desconfiava ter sido acordado pelo barulho dela baixando o aparelho. Ao lado dele, estava a lata de filme do sótão de Gregory Talbot, uma pequena pilha de presentes de Natal, alguns cartões e dois potes de isopor com canja de galinha que ele sabia que ela devia ter ido comprar em Chinatown. Ele se sentiu pateticamente agradecido.

Deixando o projetor pesado e a lata de filme onde estavam, ele empurrou os presentes de Natal e os cartões pelo chão do apartamento com uma das muletas, depois lentamente se abaixou para pegar os potes de sopa.

Antes de comer, pegou o celular na mesa de cabeceira e mandou uma mensagem a Pat:

Muito obrigado. Espero que tenha um bom Natal.

Depois se desembrulhou do cobertor e tomou a sopa direto dos potes, sem sentir gosto de nada. Tinha esperança de que o líquido quente atenuasse a garganta inflamada, mas a tosse persistiu e por uma ou duas vezes ele pensou que teria ânsias de vômito asfixiante. Também parecia que os intestinos não sabiam se recebiam bem a comida. Depois de terminar os dois potes, ele voltou para baixo das cobertas, transpirando enquanto olhava o céu escuro do lado de fora, as entranhas agitadas, perguntando-se por que ainda não tinha se curado.

Depois de uma noite de cochilos intermitentes interrompidos por ataques prolongados de tosse, Strike acordou na manhã de Natal e descobriu a febre inabalável e lençóis suados embolados no corpo. O apartamento em geral barulhento estava estranhamente silencioso. A Tottenham Court Road estava súbita e inesperadamente sem trânsito. Ele supôs que a maioria dos taxistas estivesse em casa com suas famílias.

Strike não era um homem de ter autopiedade, mas, deitado sozinho na cama, tossindo e transpirando, com dor nas costelas e uma geladeira agora praticamente vazia, ele foi incapaz de evitar que os pensamentos voltassem a Natais do passado, em particular aqueles na casa de Ted e Joan em St. Mawes, onde tudo acontecia como na televisão e nos livros de história, com peru, biscoitos e meias.

É claro que o dia de hoje não era o primeiro Natal que ele passava longe de familiares e amigos. Houve ocasiões assim no Exército, quando ele comeu em bandejas de latão o peru sem gosto das cantinas do acampamento, em meio aos colegas com farda camuflada e gorro de Papai Noel. A estrutura de que ele desfrutara nas Forças Armadas o consolara na ausência de outros prazeres, mas não havia camaradagem que o sustentasse hoje, só o fato deprimente de que estava sozinho, doente e com uma perna só, preso a um sótão ventoso, obrigado a suportar as consequências de seu próprio repúdio firme a qualquer relacionamento que pudesse proporcionar apoio nos momentos de doença ou tristeza.

Nessa manhã de Natal, a lembrança da gentileza de Pat ficou ainda mais comovente, quando Strike pensou nela. Virando a cabeça, ele viu os poucos presentes que ela havia trazido para cima ainda no chão ao lado da porta.

Ele se levantou da cama, ainda tossindo, pegou as muletas e foi se balançando para o banheiro. Sua urina estava escura, o rosto com a barba por fazer que viu no espelho era cinzento. Embora desanimado pela própria debilidade e exaustão, os hábitos arraigados nele pelo serviço militar o impediram de voltar para a cama. Ele sabia que ficar deitado sem banho e sem a perna apenas aumentaria a depressão que o rondava. Assim, tomou um banho, mexendo-se com mais cuidado do que o habitual para evitar o risco de quedas, enxugou-se, vestiu uma camiseta limpa, cueca e um roupão e, ainda atormentado pela tosse, preparou um café da manhã sem sabor de mingau feito com água, porque preferia conservar a última caixa de leite para o chá. Como a essa altura esperava estar a caminho da cura, seu estoque de comida tinha diminuído a alguns legumes murchos, dois pedaços de frango cru com a validade vencida há dois dias e um pedaço pequeno de cheddar duro.

Depois do desjejum, Strike tomou analgésicos, colocou a prótese e então, decidido a usar a pequena força física que conseguia invocar antes que a doença o arrastasse para a cama de novo, desfez a cama e a arrumou com lençóis limpos, pegou os presentes de Natal no chão e levou para a mesa da cozinha, e carregou o projetor e o rolo de filme do patamar, onde os havia deixado. A lata, como ele esperava, trazia o signo de Capricórnio, desenhado em hidrográfica desbotada, mas claramente legível.

Seu celular tocou enquanto ele colocava a lata encostada na parede abaixo da janela da cozinha. Ele pegou o aparelho, esperando uma mensagem de texto de Lucy, perguntando quando ele ia telefonar e desejar a todos em St. Mawes um Feliz Natal.

Feliz Natal, Bluey. Está feliz? Está com alguém que você ama?

Já fazia 15 dias que Charlotte havia lhe mandado uma mensagem, quase como se tivesse ouvido telepaticamente a resolução de Strike de entrar em contato com o marido dela, se as mensagens se tornassem mais autodestrutivas.

Seria tão fácil responder; tão fácil dizer a ela que estava sozinho, doente, sem apoio. Ele pensou no nude que ela havia mandado em seu aniversário, que ele se obrigou a deletar. Mas ele passou por muita coisa para chegar a um lugar de segurança solitária contra tempestades emocionais. Por mais que a tivesse amado, por mais que ela ainda conseguisse perturbar sua serenidade com algumas palavras digitadas, ele se obrigou, de pé ao lado da pequena mesa de fórmica, a se lembrar da única ocasião em que ele a levara para passar o Natal em St. Mawes. Lembrou-se da briga ouvida por toda a pequena casa, lembrou-se de ela passando tempestuosamente pela família reunida em torno do peru, lembrou-se da expressão de Ted e Joan, porque eles ficaram ansiosos com a visita, não viam Strike havia mais um ano, porque nessa época ele estava alocado na Alemanha com a Divisão de Investigação Especial da Real Polícia Militar.

Ele colocou o celular no mudo. O respeito próprio e a disciplina pessoal sempre foram seus baluartes contra a letargia e a infelicidade. Afinal, o que era o dia de Natal? Se você desconsiderasse o fato de que outras pessoas desfrutavam de banquetes e diversão, era apenas um dia de inverno como qualquer outro. Se no momento ele estava fisicamente fraco, por que não usar pelo menos suas faculdades mentais para continuar o trabalho no caso Bamborough?

Assim raciocinando, Strike preparou uma nova xícara de chá forte, acrescentou uma pequena quantidade de leite, abriu o laptop e, parando regularmente para os ataques de tosse, releu um documento em que esteve trabalhando antes de adoecer: um sumário do conteúdo do caderno com capa de couro e tomado de símbolos de Bill Talbot, que agora Strike já havia passado três semanas decifrando. Sua intenção era mandar o documento a Robin, para as considerações dela.

<u>Notas Ocultistas de Talbot</u>

1. Visão geral
2. Chave dos símbolos
3. Possíveis pistas
4. Provavelmente irrelevante
5. Pontos de ação

<u>Visão geral</u>

O colapso de Talbot se manifestou em uma crença de que ele podia resolver o caso Bamborough por meio do ocultismo. Além da astrologia, ele consultou o tarô de Thoth, de Aleister Crowley, que tinha uma dimensão astrológica. Mergulhou em vários outros escritores do ocultismo, inclusive Crowley, Éliphas Lévi e a astróloga Evangeline Adams, e tentou rituais de magia.

Talbot frequentava a igreja antes de seu colapso mental. Enquanto estava doente, pensava estar caçando uma encarnação literal do mal/o diabo. Aleister Crowley, que parece ter influenciado Talbot mais do que todos os outros, chamava a si mesmo de "Bafomet", como também relacionava Bafomet com o diabo e com o signo de Capricórnio. Provavelmente foi de onde Talbot tirou a ideia de que o assassino de Margot era de Capricórnio.

A maior parte do que está no caderno não é digna de nota, mas creio que Talbot deixou três

Strike agora deletou o número "três" e o substituiu por "quatro". Como sempre, quando estava imerso no trabalho, teve vontade de fumar. Como que se rebelando contra a própria ideia, seus pulmões imediatamente lhe deram uma crise violenta de tosse que exigiu que ele pegasse o rolo de papel-toalha para apanhar o que tentava expelir. Adequadamente castigado e meio trêmulo, Strike puxou o roupão para mais perto do corpo, bebeu um gole do chá cujo sabor ele não sentia e continuou a trabalhar.

A maior parte do que está no caderno não é digna de nota, mas creio que Talbot deixou quatro possíveis pistas genuínas de fora do registro oficial da polícia, registrando-as apenas no "livro verdadeiro", isto é, seu caderno de couro.

<u>Chave dos símbolos</u>
Não existem nomes no caderno, apenas signos do zodíaco. Não estou relacionando testemunhas oculares não identificadas — não teremos oportunidade de localizá-las com base nos signos nem em mais nada —, mas, cruzando as referências com detalhes corroborativos, estas são minhas melhores conjecturas para a identidade das pessoas que Talbot pensava que fossem importantes para a investigação.

♈	Áries	Paul Satchwell (ex-namorado)
♉	Touro	Wilma Bayliss (faxineira da clínica)
♊	Gêmeos	Oonagh Kennedy
♊2	Gêmeos 2	Amanda Laws (viu M na janela)
♋	Câncer	Janice Beattie (enfermeira)
♋2	Câncer 2	Cynthia Phipps (babá/madrasta de Anna)
♌	Leão	Dinesh Gupta (médico)
♌2	Leão 2	Willy Lomax (viu M entrar na igreja)
♌3	Leão 3	? (pelas anotações de Talbot, ♌3 parece ter sido visto saindo da clínica por um membro do público. Sugere que ♌3 é conhecido da polícia e que ♌3 estava lá à noite)

Agora, Strike deletou o último parágrafo e o substituiu por um nome e uma nova anotação.

♌3	Leão 3	Nico "Mucky" Ricci (gângster que compareceu à festa de Natal da clínica. Ninguém parece tê-lo reconhecido, exceto um transeunte de nome desconhecido)
♍	Virgem	Dorothy Oakden (secretária da clínica)
♎	Libra	Joseph Brenner (médico)
♎2	Libra 2	Ruby Elliot (viu 2 mulheres brigando)
♏	Escorpião	? (pessoa morta)*
♏2	Escorpião 2	Sra. Fleury (levava a mãe idosa pela Clerkenwell Green na noite do desaparecimento de Margot)
♐	Sagitário	Gloria Conti (recepcionista)
♐2	Sagitário 2	Jules Bayliss (marido da faxineira)
♒	Aquário	Margot Bamborough (vítima)
♑	Capricórnio	O Açougueiro de Essex/Bafomet
♓	Peixes	Steven Douthwaite (paciente)
	Não sei	Roy Phipps (marido)**
	Não sei	Irene Bull/Hickson (recepcionista)**

* Sugiro uma identidade para Escorpião a seguir, mas pode ser alguém de que ainda não ouvimos falar.

** Não sei o que significa nenhum dos dois símbolos. Não consigo encontrar em nenhum site de astrologia. Talbot parece tê-los inventado. Se ele se prendeu aos signos de nascimento, Irene teria sido de Gêmeos, e Roy, de Capricórnio. Talbot escreve que Phipps " não pode ser um verdadeiro capricorniano" (porque ele é engenhoso, sensível, musical), depois aparece com esse novo símbolo para ele, a conselho de Schmidt.

Schmidt

O nome "Schmidt" aparece por todo o caderno. "Schmidt corrige para (um signo diferente)", "Schmidt muda tudo", "Schmidt discorda". Schmidt principalmente quer mudar o signo das pessoas, o que você pensaria ser uma certeza, uma vez que a data de nascimento não muda. Verifiquei com Gregory Talbot, e ele não consegue se lembrar do pai sequer conhecendo alguém com esse nome. Minha melhor conjectura é que Schmidt pode ter sido fruto da imaginação cada vez mais psicótica de Talbot. Talvez ele não conseguisse deixar de notar que as pessoas não combinavam com as supostas características de seus signos e Schmidt fosse seu lado racional tentando se reafirmar.

<u>Possíveis pistas</u>

Joseph Brenner

Apesar da determinação inicial de Talbot de livrar Brenner da suspeita com base em seu signo (Libra é "o signo mais confiável", segundo Evangeline Adams), mais tarde ele registra no caderno que o paciente não identificado da clínica disse a Talbot que ele/ela viu Joseph Brenner dentro de um edifício residencial na Skinner Street na noite do desaparecimento de Margot. Isso contradiz diretamente a história do próprio Brenner (ele foi direto para casa), a corroboração que a irmã dele deu para essa história, e, possivelmente, a história do vizinho que andava com o cachorro e alega ter visto Brenner pela janela de casa às 11 da noite. Não é dado um horário em que Brenner teria sido avistado na Michael Cliffe House, que ficava a três minutos de carro da Clínica St. John's e, consequentemente, muito mais perto do caminho de Margot do que a casa do próprio Brenner, que ficava a vinte minutos de carro. <u>Nada disso está nas anotações da polícia e não parece ter sido investigado</u>.

A morte de Escorpião

Talbot parece sugerir que alguém morreu e que Margot pode ter achado a morte suspeita. A morte de Escorpião está relacionada com Peixes (Douthwaite) e Câncer (Janice), o que faz da candidata mais provável a Escorpião Joanna Hammond, a mulher casada com quem Douthwaite teve um caso, que supostamente cometeu suicídio.

A explicação Hammond/Douthwaite/Janice se encaixa razoavelmente bem: Margot pode ter verbalizado suspeitas a respeito da morte de Hammond com Douthwaite da última vez que o viu, o que nos dá um motivo para ele ter saído de rompante de seu consultório. E como amiga/vizinha de Douthwaite, Janice devia ter suas próprias suspeitas dele.

O problema com essa teoria é que procurei a certidão de nascimento de Joanna Hammond na internet, e ela nasceu sob o signo de Sagitário. Ou ela não é a pessoa morta em questão, ou Talbot confundiu as datas de nascimento.

Sangue na casa de Phipps/caminhada de Roy

Quando Lawson assumiu o caso, Wilma, a faxineira, disse a ele ter visto Roy andando no jardim no dia do desaparecimento de Margot, quando ele deveria estar preso na cama. Ela também alegou ter encontrado sangue no carpete do quarto de hóspedes e que o limpou.

Lawson pensou que essa fosse a primeira vez que Wilma mencionava esses fatos para a polícia e suspeitava de que ela tentava criar problemas para Roy Phipps.

Entretanto, acontece que Wilma contou a história a Talbot, mas, em vez de registrá-la na ficha oficial da polícia, ele a colocou em seu caderno astrológico.

Embora Wilma já lhe tivesse dado o que se pensaria ser uma informação relevante, as anotações de Talbot indicam sua certeza de que ela escondia mais alguma coisa. Ele parece ter desenvolvido uma fixação por Wilma ter poderes ocultos/conhecimento secreto. Ele especula que Touro podia ter "magia" e até sugere que o sangue no carpete pode ter sido colocado ali pela própria Wilma, para fins ritualísticos.

As cartas de tarô associadas com Touro, signo de Wilma, apareceram muito quando ele as usou e a sua interpretação parece ter sido de que ela sabia mais do que transparecia. Ele sublinhou a expressão "fantasma negro" em relação a ela, e a associou com a

"Lilith Negra", que é um ponto fixo astrológico associado com tabus e segredos. Na ausência de qualquer outra explicação, suspeito de uma boa dose do antiquado racismo.

Na Charing Cross Road, um carro passou berrando "Do They Know It's Christmas?" no rádio. De cenho franzido, Strike acrescentou outro ponto a "novas informações possivelmente autênticas" e começou a digitar.

Nico "Mucky" Ricci

De acordo com Talbot, Leão 3 foi visto saindo da clínica certa noite por um transeunte de nome desconhecido, que contou a Talbot sobre isso depois. Nico "Mucky" Ricci foi apanhado na câmera em uma das fotos de Dorothy Oakden da festa de Natal da clínica em 1973. A foto é reproduzida no livro de seu filho. Ricci era de Leão (confirmado por data de nascimento em matéria da imprensa de 1968).

Ricci era gângster profissional, pornógrafo e cafetão que em 1974 morava na Leather Lane, Clerkenwell, a uma curta caminhada da Clínica St. John's, então devia ter cadastro com um dos médicos dali. Ele agora está com seus noventa anos e mora em um asilo, de acordo com Shanker.

O fato de que Ricci estava na festa não aparece no registro oficial. Talbot achou o fato de que Ricci era da clínica importante o suficiente para escrever em seu caderno astrológico, mas não há sinal de que ele tenha investigado mais ou contado a Lawson a respeito disso. Possíveis explicações: 1) como Ricci era de Leão, e não de Capricórnio, Talbot concluiu que ele não podia ser Bafomet, 2) Talbot não confiava na pessoa que disse ter visto Ricci saindo do prédio, 3) Talbot sabia, mas não registrou em seu caderno, que Ricci tinha um álibi para a noite do desaparecimento de Margot, 4) Talbot sabia que Ricci tinha álibis para os outros raptos do Açougueiro de Essex.

Seja como for, a presença de Ricci naquela festa precisa ser investigada. Ele é um homem que tem os contatos para arranjar um desaparecimento permanente. Ver pontos de ação a seguir.

Custou a Strike muito mais esforço do que o habitual para organizar os pensamentos sobre Mucky Ricci e escrevê-los. Agora cansado, com a garganta ardendo e os músculos intercostais doloridos de tanto tossir, ele leu o restante do documento que, em sua opinião, continha pouco de real valor além dos pontos de ação. Depois de corrigir alguns erros de digitação, anexou o documento a um e-mail e mandou para Robin.

Só depois de ter feito isso, ocorreu-lhe que algumas pessoas poderiam julgar inaceitável mandar e-mails a colegas de trabalho no dia de Natal. Porém, ele se livrou de qualquer escrúpulo momentâneo dizendo a si mesmo que Robin agora desfrutava de um Natal em família e era muito improvável que verificasse seu e-mail antes de amanhã de manhã.

Ele pegou o celular e olhou. Charlotte tinha mandado outra mensagem de texto. É claro, Charlotte tinha gêmeos, contraparentes aristocratas e um marido para fazer feliz. Ele baixou o telefone de novo.

Embora estivesse com pouca energia, Strike achou enervante não ter o que fazer. Sem muita curiosidade, examinou dois presentes de Natal que estavam a seu lado, ambos claramente de clientes agradecidos, porque foram endereçados a ele e Robin. Sacudindo o maior deles, deduziu que continha chocolates.

Ele voltou para a cama e viu um pouco de televisão, mas a ênfase implacável no Natal o deixou deprimido, e ele desligou no meio dos votos de um anunciante de que todos tivessem um maravilhoso...

Strike voltou à cozinha e seu olhar caiu no projetor pesado e na lata de filme que estavam logo depois da porta. Após hesitar por um momento, ele carregou a máquina pesada para a mesa da cozinha, de frente para um trecho vazio da parede, e ligou na tomada. Parecia funcionar bem. Depois retirou a tampa da lata, revelando um rolo grande de filme 16 mm, que pegou e encaixou no projetor.

Sem dúvida porque não estava raciocinando com a clareza de costume, também devido à necessidade de parar regularmente para tossir mais escarro no papel-toalha, Strike levou quase uma hora para entender como operar o antigo projetor e, a essa altura, percebeu que tinha recuperado parte do apetite. Agora eram quase duas horas. Tentando não imaginar o que acontecia em St. Mawes, onde um grande peru com todas as guarnições sem dúvida chegava ao auge da perfeição bronzeada, mas vendo a centelha da volta do apetite como um sinal de retorno à saúde, ele pegou o pacote de frango fora da validade e os legumes murchos na geladeira, cortou, cozinhou algum macarrão e fez um refogado.

Não sentia o gosto de nada, mas essa segunda ingestão de comida o fez se sentir um pouco mais humano e, rasgando o papel e o celofane da caixa de chocolates, Strike comeu vários deles antes de ligar o projetor.

Na parede, pálida à luz do sol, bruxuleou a figura nua de uma mulher. Sua cabeça estava coberta por um capuz. As mãos estavam amarradas às costas. Um homem de calça preta entrou em cena. Ele lhe deu um chute: ela cambaleou e caiu de joelhos. Ele continuou a chutar até que ela ficou prostrada no chão do que parecia um depósito.

Ela teria gritado, naturalmente, não pode ter deixado de gritar, mas não havia som. Uma cicatriz fina descia do seio esquerdo pelas costelas, como se essa não fosse a primeira vez que ela era tocada por facas. Todos os homens envolvidos tinham o rosto coberto por cachecóis ou balaclavas. Só ela estava nua: os homens se limitaram a arriar as calças jeans.

A mulher parou de se mexer bem antes de eles terem terminado com ela. A certa altura, perto do fim, quando ela mal se mexia, quando o sangue ainda pingava dos muitos ferimentos a faca, a mão esquerda de um homem que parecia ter assistido, mas não participado, deslizou para a frente da câmera. Tinha algo grande e dourado.

Strike desligou o projetor. De súbito, estava encharcado de suor frio. Sentia dores no estômago. Mal tinha chegado ao banheiro quando vomitou e ali permaneceu, com ânsias de vômito até ter se esvaziado, até que o crepúsculo caísse além das janelas do sótão.

30

Ah, caríssima Dama, disse então o pagão audacioso,
Perdoai o erro de enraivecida criatura,
A quem a grande dor fez a torrente conter
A lei da razão...

Edmund Spenser
A Rainha das Fadas

Annabel chorava no antigo quarto de Stephen, que ficava ao lado do quarto de Robin. A sobrinha tinha chorado por uma parte considerável da noite de Natal e Robin ficou acordada com ela, ouvindo Joni Mitchell nos fones de ouvido para bloquear o barulho.

Quatro dias presa na casa dos pais em Masham impeliram Robin de volta às músicas longas e divagantes de Mitchell e às letras que a deixavam estranhamente perdida. Margot Bamborough encontrara algo ali de que precisava, e a vida de Margot Bamborough não tinha sido muito mais complicada do que a sua? Pais enfermos para sustentar, uma filha nova para amar e perder, um local de trabalho cheio de conflitos e bullying, um marido que não falava com ela, outro homem à espreita ao fundo, prometendo que tinha mudado. Quais eram os problemas de Robin, se comparados com esses?

Assim, Robin ficou no escuro e ouviu como não havia escutado no trem. Naquele momento, ela ouvira uma sofisticação alienante nas letras que a linda voz cantava. Robin não teve casos amorosos glamorosos que pudesse dissecar ou lamentar: só teve um namorado firme e um casamento, que terminou horrivelmente e agora estava na casa dos pais, uma mulher de 29 anos, sem filhos, que "viajava em uma direção diferente do resto de nós": em outras palavras, para trás.

No escuro, porém, realmente escutando, ela passou a ouvir melodias entre os acordes suspensos e, deixando de comparar a música com qualquer coisa que costumasse ouvir, percebeu que as imagens que achara de uma estranheza alienante eram confissões de inadequação e deslocamento, da dificuldade de fundir duas vidas, de esperar pela alma gêmea que nunca chegava, de desejar ao mesmo tempo a liberdade e o amor.

Foi com um sobressalto literal que ela ouviu as palavras, no início da faixa oito: "*I'm always running behind the times, just like this train*"...

E mais adiante, na mesma música, quando Mitchell pergunta: "O que vai fazer agora? Você não tem ninguém a quem dar seu amor", brotaram lágrimas nos olhos de Robin. A menos de um quilômetro e meio de onde ela estava deitada, Matthew e Sarah estariam na cama do quarto de hóspedes do ex-sogro de Robin, e ali estava Robin, sozinha de novo em um quarto que para ela sempre insinuaria uma cela de prisão. Foi ali que passou meses depois de sair da universidade, amarrada entre quatro paredes com as lembranças de um homem de máscara de gorila e os piores vinte minutos de sua vida.

Desde que chegara em casa, todos ali desejaram acompanhá-la a Masham, "porque você não deve se esconder". A implicação, por mais que a intenção deles fosse gentil, era de que se esconder seria uma reação natural para uma mulher cujo ex-marido tinha encontrado uma nova parceira. Era uma vergonha ser solteira.

Mas ouvindo *Court and Spark*, Robin pensou que era absolutamente verdade que ela viajava em uma direção diferente de todos que conhecia. Lutava para voltar a ser a pessoa que deveria ter sido antes que um homem mascarado estendesse a mão para ela da escuridão do poço de uma escada. O motivo que ninguém mais entendia era que eles supunham que seu verdadeiro *self* deveria ser a esposa que Matthew Cunliffe queria: uma mulher que trabalhava em RH e ficava em casa, e em segurança depois que anoitecia. Eles não percebiam que essa mulher tinha sido o resultado daqueles vinte minutos e que a verdadeira Robin talvez nunca tivesse surgido se não fosse mandada, por engano, a um escritório decrépito na Denmark Street.

Com a estranha sensação de ter passado as horas insones de forma frutífera, Robin desligou o iPod. Quatro horas da manhã do dia 26 de dezembro e a casa enfim estava em silêncio. Robin tirou os fones, virou-se na cama e conseguiu dormir.

Duas horas depois Annabel acordou de novo, e dessa vez Robin se levantou e desceu a escada, descalça e furtivamente, até a grande mesa de madeira ao lado do fogão Aga, levando o bloco, o laptop e seu telefone.

Era agradável ter a cozinha só para si. O jardim depois da janela, coberto de uma forte geada, estava azul-escuro e prateado nos momentos que antecediam a aurora de inverno. Colocando o laptop e o telefone na mesa, ela cumprimentou Rowntree, que nos últimos tempos estava artrítico demais para brincar de manhã cedo, mas abanou o rabo indolentemente em seu cesto ao lado do aquecedor. Robin preparou uma xícara de chá, sentou-se à mesa e abriu o laptop.

Ainda não tinha lido o documento de Strike que resumia as anotações astrológicas, que chegara enquanto ela estava ocupada, ajudando a mãe a preparar o almoço de Natal. Robin colocava as couves-de--bruxelas na panela a vapor quando viu, pelo canto do olho, a notificação no celular, que carregava em uma das poucas tomadas não ocupadas por algum equipamento de bebê: esterilizador de mamadeira, alarme ou bomba mamária. Vendo o nome de Strike, seu coração por um momento se elevou, porque Robin tinha certeza de que estava prestes a ler o agradecimento pelo presente do DVD de Tom Waits, e o fato de ele mandar um e-mail no dia de Natal era um sinal de amizade que talvez ela nunca tenha recebido dele.

Porém, quando abriu o e-mail, Robin leu simplesmente:

Para sua informação: resumo das anotações astrológicas de Talbot e pontos de ação.

Robin sabia que sua expressão devia ter desabado quando levantou a cabeça, e viu que Linda a olhava.

— Má notícia?

— Não, é só Strike.

— No Natal? — disse Linda incisivamente.

E Robin percebera naquele instante que Geoffrey, seu ex-sogro, deve ter espalhado por Masham que, se Matthew foi infiel, foi só depois de ser, ele mesmo, pavorosamente traído. Ela leu a verdade na cara da mãe e no interesse repentino de Jenny por Annabel, que embalava nos braços, e no olhar agudo lançado a ela por Jonathan, o irmão mais novo, que virava calda de mirtilo em um prato.

— É trabalho — dissera Robin com frieza. Cada um de seus acusadores silenciosos voltara apressadamente a suas tarefas.

E assim, era com sentimentos confusos para com o autor que Robin agora se acomodava para ler o documento de Strike. Mandar um e-mail a ela no dia de Natal parecia recriminador, como se ela o tivesse deixado na mão ao viajar a Masham, em vez de ficar em Londres e cuidar sozinha da agência enquanto ele, Barclay e Morris estavam acamados pela gripe. Além disso, se ele ia mandar e-mails no dia de Natal, alguma mensagem pessoal podia ser considerada um gesto educado comum. Talvez ele simplesmente tratasse seu presente de Natal com a mesma indiferença com que ela tratou o dele.

Robin tinha acabado de ler até o fim as "Possíveis pistas" e digeria a ideia de que um gângster profissional, em pelo menos uma ocasião, esteve bem próximo de Margot Bamborough, quando a porta da cozinha se abriu, deixando entrar o choro distante de Annabel. Linda entrou, de roupão e chinelos.

— O que está fazendo aqui embaixo? — perguntou ela, parecendo reprovar, enquanto ia até a chaleira.

Robin procurou não mostrar o quanto estava irritada. Passara os últimos dias sorrindo até sentir dor no rosto, ajudando no que era fisicamente possível, admirando a neném Annabel até duvidar ter deixado um poro que fosse sem elogios; juntara-se a jogos de mímica, servira bebidas, vira filmes e desembrulhara chocolates ou abrira nozes para Jenny, que estava constantemente presa ao sofá pelas exigências do aleitamento. Mostrara um interesse inteligente e solidário pelas proezas dos amigos de faculdade de Jonathan; ouvira as opiniões do pai sobre a política agrícola de David Cameron e notara, mas não exibira nenhum ressentimento, o fato de que nem um só familiar seu tinha perguntado como Robin estava no trabalho. Será que não podia se sentar em silêncio na cozinha por meia hora, enquanto Annabel impossibilitava seu sono?

— Lendo um e-mail — disse Robin.

— Eles acham — disse Linda (e Robin entendeu que "eles" deviam ser os novos pais, cujos pensamentos e desejos agora eram de importância devoradora) — que foi a couve-de-bruxelas. Ela teve cólicas a noite toda. Jenny está exausta.

— Annabel não comeu couve-de-bruxelas — disse Robin.

— Ela consumiu pelo leite materno — explicou Linda, com o que pareceu a Robin condescendência por estar excluída dos mistérios da maternidade.

Levando duas xícaras de chá a Stephen e Jenny, Linda saiu da cozinha. Aliviada, Robin abriu o bloco e anotou alguns pensamentos que lhe ocorreram enquanto lia as "Possíveis pistas", depois voltou ao documento de Strike para ler sua curta lista de itens "Provavelmente irrelevantes" colhidos do caderno de Talbot.

Paul Satchwell

Depois de alguns meses, o estado mental de Talbot claramente se deteriorou, a julgar por suas anotações, que ficaram progressivamente mais desligadas da realidade.

Mais para o fim do caderno, ele volta aos outros dois signos com chifres no zodíaco, Áries e Touro, presumivelmente porque ainda está fixado no demônio. Como declarado anteriormente, Wilma vem a despertar muita suspeita infundada, mas ele também se dá ao trabalho de calcular o mapa astral completo de Satchwell, o que significa que deve ter obtido a hora do nascimento dele. Talvez não signifique nada, mas é estranho que ele tenha voltado a Satchwell e passado tanto tempo em seu mapa astral, o que não fez com nenhum outro suspeito. Talbot destaca aspectos do mapa que supostamente indicam agressividade, desonestidade e neuroses. Talbot também insiste em observar que várias partes do mapa de Satchwell são "iguais ao de AC", sem dar explicações.

Roy Phipps e Irene Hickson

Como dito anteriormente, os sinais que Talbot usa para Roy Phipps e Irene Hickson (que na época era Irene Bull) nunca foram usados na astrologia e parecem invenções de Talbot.

O símbolo de Roy parece um boneco de palito sem cabeça. Exatamente o que ele deve representar, não consigo descobrir — talvez uma constelação? Citações sobre serpentes são recorrentes em torno do nome de Roy.

O signo inventado para Irene parece um peixe grande e...

A porta da cozinha se abriu novamente. Robin olhou. Era Linda outra vez.

— Ainda está aqui? — disse ela, com uma leve reprovação.

— Não — disse Robin. — Estou no segundo andar.

O sorriso de Linda foi relutante. Enquanto pegava mais canecas no armário, ela perguntou:

— Quer outro chá?

— Não, obrigada — disse Robin, fechando o laptop. Decidira terminar a leitura do documento de Strike no quarto. Talvez fosse sua imaginação, mas Linda parecia fazer mais barulho que o de costume.

— Então ele também te coloca para trabalhar no Natal? — disse Linda.

Nos últimos quatro dias, Robin desconfiou de que a mãe quisesse conversar com ela sobre Strike. Os olhares que vira nos rostos surpresos da família ontem lhe diziam o motivo. Porém, ela não se sentia na obrigação de facilitar o interrogatório de Linda.

— Como assim, também? — perguntou Robin.

— Sabe o que quero dizer — disse Linda. — Natal. Achei que você teria uma folga.

— Eu tirei essa folga — disse Robin.

Ela levou a caneca vazia à pia. Rowntree agora se esforçava para se levantar, e Robin abriu a porta dos fundos para ele, sentindo o ar gelado em cada pedaço de pele exposta. Por cima da sebe do jardim, ela via o sol esverdeando o horizonte enquanto subia, firme, pelo céu gélido.

— Ele está vendo alguém? — perguntou Linda. — Strike?

— Ele vê muita gente — disse Robin, deliberadamente obtusa. — Faz parte do trabalho.

— Você entendeu o que eu quis dizer.

— Por que o interesse?

Ela esperava que a mãe recuasse, mas ficou surpresa.

— Acho que você sabe por quê — disse Linda, virando-se de frente para a filha.

Robin ficou furiosa ao se descobrir ruborizada. Era uma mulher de 29 anos. Naquele exato momento, seu celular emitiu um bip na mesa da cozinha. Ela estava convencida de que seria uma mensagem de texto de Strike e assim, aparentemente, foi Linda que, estando mais perto, pegou o telefone para entregar a Robin, olhando o nome do remetente.

Não era Strike. Era Saul Morris. Tinha escrito:

Tomara que não esteja tendo um Natal de merda como o meu.

Normalmente, Robin não teria respondido. O ressentimento com a família, e algo mais, algo que ela não queria particularmente confessar, a fez responder, enquanto Linda olhava:

Depende de como é a sua merda. A minha é muita.

Ela enviou a mensagem, depois olhou para Linda.

— Quem é Saul Morris? — perguntou a mãe.

— Terceirizado da agência. Ex-policial — disse Robin.

— Ah — disse Linda.

Robin sabia que tinha dado a Linda novidades para pensar. Para ser sincera consigo mesma, não pretendia fazer isso. Pegando o laptop na mesa, ela saiu da cozinha.

O banheiro, é claro, estava ocupado. Robin voltou ao quarto. Quando se deitou de novo na cama, com o laptop aberto, Morris tinha mandado outra mensagem de texto.

Me conte os seus problemas e eu te conto os meus.
Compartilhar os problemas, essas coisas.

Meio arrependida por ter respondido a ele, Robin pôs o celular de tela para baixo na cama e continuou lendo o documento de Strike.

O signo inventado para Irene parece um peixe grande, e Talbot é rude sobre o que ele pensa representar: "O monstro Cetus, o

Leviatã, a baleia bíblica, encanto na superfície, maldade nas profundezas. Teimosa, gosta dos holofotes, uma atriz, uma mentirosa." Talbot parece ter suspeitado de que Irene mentia mesmo antes de ela provar ter mentido sobre a ida ao dentista, sobre a qual Talbot nunca descobriu, mas não existe indicação do que ele considera uma mentira da parte dela.

Margot como Babalon

Isso só é relevante no sentido de que mostra o quanto Talbot estava doente.

Na noite em que finalmente foi internado, ele tentou uma espécie de ritual de magia. A julgar pelas anotações, ele tentava conjurar Bafomet, presumivelmente porque pensava que Bafomet assumira a forma do assassino de Margot.

Segundo Talbot, o que se manifestou no quarto não foi Bafomet, mas o espírito de Margot "que me culpa, que me ataca". Talbot acreditou que ela se transformara em Babalon ao morrer. Babalon seria o braço direito/consorte de Bafomet. O demônio que ele "viu" carregava uma taça de sangue e uma espada. Há menções repetidas a leões rabiscados em torno da imagem do demônio. Babalon monta um leão de sete cabeças na carta que representa a Luxúria no tarô de Thoth.

A certa altura depois de desenhar o demônio, Talbot voltou atrás e desenhou cruzes latinas por cima de algumas anotações e do próprio demônio, e escreveu uma citação bíblica alertando contra a bruxaria na imagem. O aparecimento do demônio parece tê-lo empurrado de volta à religião, e é aqui que terminam suas anotações.

Robin ouviu a porta do banheiro se abrir e fechar. Agora desesperada para urinar, ela se levantou de um salto da cama e saiu do quarto. Stephen atravessava o patamar, de nécessaire na mão, os olhos inchados e bocejando.

— Desculpe por esta noite, Robin — disse ele. — Jenny acha que foi a couve-de-bruxelas.

— É, a mamãe disse — respondeu Robin, contornando-o. — Não tem problema. Espero que ela esteja melhor.

— Vamos passear com ela. Verei se consigo comprar uns protetores auriculares para você.

Depois de tomar um banho, Robin voltou ao quarto. O telefone bipou duas vezes enquanto ela se vestia.

Escovando o cabelo no espelho, seus olhos caíram no perfume novo que ganhara de presente de Natal da mãe. Robin tinha lhe dito que procurava uma nova fragrância, porque a antiga a lembrava demais de Matthew. Quando abriu o presente, Robin ficou comovida por Linda ter se lembrado da conversa.

O frasco era redondo; não era um globo, mas um círculo meio achatado: Chanel Chance Eau Fraîche. O líquido era verde-claro. Uma associação infeliz de ideias agora fez Robin pensar em couves-de-bruxelas. Ainda assim, borrifou um pouco nos pulsos e atrás das orelhas, enchendo o ar com o aroma agudo de limão e flores anódinas. O que, ela se perguntou, fez a mãe escolher este? O que havia no perfume que a fez pensar "Robin"? Para as narinas de Robin, tinha cheiro de desodorante, genérico, limpo e sem nenhum romance. Ela se lembrou de sua compra malsucedida do Fracas, e do desejo de ser sensual e sofisticada que acabara em dores de cabeça. Refletindo sobre a disparidade entre como as pessoas gostariam de ser vistas e como os outros preferem vê-las, Robin sentou-se na cama ao lado do laptop e virou o telefone.

Morris tinha mandado mais duas mensagens.

Sozinho e de ressaca aqui. Não ficar com as crianças no Natal é uma merda.

Como Robin não respondeu, ele mandou outra.

Desculpe-me, sendo um babaca piegas. Fique à vontade para ignorar.

Chamar a si mesmo de babaca era a coisa mais simpática que ela sabia que Morris faria. Com pena dele, Robin respondeu:

Deve ser difícil. Eu sinto muito.

Ela então voltou ao laptop e à última parte do documento de Strike, detalhando medidas a serem tomadas e com iniciais ao lado de cada uma para mostrar quem deveria realizá-las.

Pontos de ação

Falar com Gregory Talbot de novo – CS
Quero saber por que, mesmo depois de ficar bem, Bill Talbot nunca contou aos colegas sobre as pistas nesse caderno que ele escondeu de colegas durante a investigação, isto é, Brenner ter sido visto na Skinner Street na noite do desaparecimento de Margot/sangue no carpete de Phipps/uma morte com que Margot pode ter se preocupado/Mucky Ricci saindo da clínica certa noite.

Falar com Dinesh Gupta de novo — CS
Ele pode saber quem Brenner visitava na Skinner Street naquela noite. Pode ter sido um paciente. Ele também pode lançar alguma luz sobre o aparecimento de Mucky Ricci na festa. Também perguntarei a ele sobre "Escorpião", caso isso se refira a um paciente cuja morte parecesse suspeita para Margot.

Entrevistar Roy Phipps — CS/RE
Estamos há muito tempo pisando em ovos com Phipps. É hora de ligar para Anna e ver se ela consegue convencê-lo a nos dar uma entrevista.

Tentar uma entrevista com um dos filhos de Wilma Bayliss — CS/RE
Especialmente importante, se não conseguirmos falar com Roy. Quero reexaminar a história de Wilma (Roy andando, sangue no carpete).

Encontrar C. B. Oakden — CS/RE
A julgar pelo livro dele, é um cascateiro, mas existe uma possibilidade por aí de que ele saiba de coisas sobre Brenner que nós não sabemos, uma vez que a mãe dele era a pessoa mais próxima de Brenner na clínica.

Encontrar & entrevistar Paul Satchwell — CS/RE

Encontrar & entrevistar Steven Douthwaite — CS/RE

Robin não conseguiu deixar de se sentir sutilmente criticada. Strike agora acrescentara as iniciais dele a pontos de ação que antes eram só de Robin, como encontrar Satchwell e convencer os filhos de Wilma Bayliss a lhes dar entrevistas. Ela baixou o laptop de novo, pegou o telefone e desceu para tomar o café da manhã na cozinha.

Um silêncio abrupto caiu quando ela entrou. Linda, Stephen e Jenny tinham a expressão constrangida daqueles com medo de terem sido entreouvidos. Robin colocou pão na torradeira, tentando esconder o ressentimento crescente. Parecia sentir as falas murmuradas e os gestos às suas costas.

— Robin, acabamos de encontrar o Matthew — disse Stephen de repente. — Quando levamos Annabel para passear no quarteirão.

— Ah — disse Robin, virando-se para eles, tentando aparentar um leve interesse.

Era a primeira vez que Matthew tinha sido visto. Robin evitara a missa da meia-noite, convicta de que ele e Sarah estariam lá, mas a mãe contou que nenhum dos Cunliffe compareceu. Agora Linda, Stephen e Jenny a olhavam, preocupados, com pena, esperando por sua reação e suas perguntas.

Seu telefone bipou.

— Desculpem-me — disse ela, atendendo, deliciada por ter um motivo para não olhar para todos eles.

Morris tinha mandado uma mensagem:

Por que seu Natal é uma merda?

Enquanto os outros três olhavam, ela digitou a resposta:

Meu ex-sogro mora aqui e meu ex trouxe a namorada nova. No momento somos o escândalo da cidade.

Ela não gostava de Morris, mas neste momento parecia um aliado bem-vindo, uma tábua de salvação da vida que ela forjara, com dificuldade, longe de Matthew e de Masham. Robin estava a ponto de baixar o telefone quando ele bipou de novo e, ainda com os outros três olhando, ela leu:

Que merda.

É mesmo, respondeu ela.

Depois olhou a mãe, Stephen e Jenny, obrigando-se a sorrir.

— Não quer me contar sobre isso? — perguntou Robin a Stephen. — Ou vou ter de perguntar?

— Não — disse ele às pressas —, não foi muito... só estávamos empurrando o carrinho de Annabel para a praça e íamos voltar, quando os vimos vindo na nossa direção. Ele e aquela...

— Sarah — informou Robin. Ela podia imaginar os dois de mãos dadas, desfrutando da manhã de inverno, da cidade pitoresca, sonolentos na geada e no sol de início da manhã.

— É — disse Stephen. — Parecia que ele queria dar meia-volta quando nos viu, mas não fez isso. Disse: "Pelo que vejo, os parabéns estão na ordem do dia."

Robin podia ouvir Matthew dizendo isso.

— E foi só isso, para falar a verdade — disse Stephen.

— Me deu vontade de dar um chute no saco dele — disse Jenny de repente. — Filho da puta presunçoso.

Mas os olhos de Linda estavam no telefone de Robin.

— Quem está te mandando mensagens a toda hora no 26 de dezembro? — perguntou ela.

— Eu já te contei — disse Robin. — Morris. Ele trabalha para a agência.

Ela sabia exatamente que impressão causava em Linda, mas tinha seu orgulho. Talvez não houvesse vergonha nenhuma em ser solteira, mas a piedade da família, a ideia de Matthew e Sarah andando por Masham, a suspeita geral dela com Strike e o fato de que não havia nada a contar sobre ela e Strike, a não ser que ele achava melhor começar a assumir parte de suas pistas porque ela não obtivera resultados: tudo isso lhe deu vontade de prender alguma folha de parreira em sua dignidade surrada. Embora fosse um bajulador e mostrasse uma familiaridade excessiva,

Morris talvez fosse, no dia de hoje, mais digno de pena que de censura, e estava se oferecendo para livrar a cara de Robin.

Ela viu a mãe e o irmão trocarem olhares e teve a satisfação vazia de saber que eles já farejavam sua pista falsa. Infeliz, ela abriu a geladeira e pegou meia garrafa do champanhe cuidadosamente arrolhado que sobrou do Natal.

— O que está fazendo? — perguntou Linda.

— Preparando uma mimosa para mim — disse Robin. — Ainda é Natal, não é?

Mais uma noite, e ela estaria de volta ao trem para Londres. Quase como se tivesse ouvido o pensamento antissocial de Robin, um choro de angústia foi emitido pela babá eletrônica atrás dela, dando um susto em Robin, e o que ela começava a pensar como o circo do bebê se mudou da cozinha para a sala de estar. Linda levou um copo de água para Jenny beber enquanto amamentava e ligou a TV para ela, enquanto Stephen correu ao segundo andar para pegar Annabel.

Beber, decidiu Robin, era a resposta. Se você misturasse com bastante suco de laranja, ninguém teria de saber que você acabava com uma garrafa de champanhe sozinha, e aquelas sensações de infelicidade, raiva e inadequação que estiveram se retorcendo na boca de seu estômago podiam ser satisfatoriamente entorpecidas. As mimosas a acompanharam pela hora do almoço, quando todos bebiam uma taça de vinho tinto, Jenny tomou "só um pouquinho" por causa de Annabel e ignorou a sugestão de Robin de que o leite materno alcoólico talvez a ajudasse a dormir. Morris ainda mandava mensagens, principalmente piadas infames de Natal e atualizações de seu dia, e Robin respondia do mesmo jeito desatento com que às vezes comia batata frita continuamente, com certo ódio por si mesma.

Minha mãe acaba de chegar. Mande licor e desculpas por não falar com seu grupo do Instituto de Mulheres sobre trabalho policial.

Qual é o nome de sua mãe?, respondeu Robin. Sem dúvida, estava meio embriagada.

Fanny, disse Morris.

Robin não sabia se ria ou não, ou se isso era mesmo engraçado.

— Robs, quer jogar Imagem & Ação? — perguntou Jonathan.

— Hein? — disse ela.

Estava sentada em uma desconfortável cadeira de espaldar duro no canto da sala de estar. O circo do bebê ocupava pelo menos metade do cômodo. *O mágico de Oz* passava na televisão, mas ninguém assistia.

— Imagem & Ação — repetiu Jonathan, mostrando a caixa. — Ah, sim, e Robs, posso passar um fim de semana com você em fevereiro?

Só estou brincando, foi a mensagem de Morris. **Frances.**

— Hein? — repetiu Robin, com a impressão de que alguém tinha lhe perguntado alguma coisa.

— Morris evidentemente é um homem muito interessante — disse Linda com malícia, e todos olharam para Robin, que se limitou a dizer:

— Imagem & Ação, sim, tudo bem.

Vou jogar Imagem & Ação, ela escreveu a Morris.

Desenhe um pênis, foi a resposta imediata.

Robin baixou o telefone de novo. O efeito da bebida agora passava, deixando em sua esteira uma dor de cabeça que latejava atrás da têmpora direita. Por sorte, Martin chegou naquele momento com uma bandeja cheia de cafés e uma garrafa de Baileys.

Jonathan venceu o Imagem & Ação. A bebê Annabel gritou mais um pouco. Um jantar frio estava posto na mesa da cozinha, ao qual vizinhos foram convidados para admirar Annabel. Às oito da noite, Robin tomou paracetamol e começou a tomar café puro para clarear a cabeça. Precisava fazer as malas. Também precisava, de algum modo, encerrar a conversa de um dia inteiro com Morris que, ela sabia, agora estava bem bêbado.

Mamãe foi para casa reclamando de não ver muito os netos.

Vamos falar do que agora? O que você está vestindo?

Ela ignorou a mensagem. No quarto, fez a mala porque ia pegar o trem cedo. *Por favor, Deus, que Matthew e Sarah não estejam nele.* Ela passou mais do presente de Natal da mãe. Cheirou de novo o perfume e concluiu que a única mensagem que transmitia a quem passava era "tomei banho". Talvez a mãe tivesse comprado este antisséptico floral tedioso por um desejo subconsciente de lavar a sugestão de adultério da filha. Certamente não havia nada de sedutor nele, e a lembraria para sempre desse Natal horrível. Ainda assim, Robin o guardou com cuidado entre as meias, sem querer ferir os sentimentos da mãe deixando-o para trás.

Quando voltou ao térreo, Morris tinha mandado mais cinco mensagens.

Eu estava brincando.
Me diga que vc sabe que eu estava brincando.
Porra eu ofendi vc
Ofendi?
Me responda mesmo assim caralho

Meio irritada, e agora constrangida por fingir como uma adolescente idiota com a família que ela, como Matthew, tinha achado outro parceiro, Robin parou no corredor para responder.

Não me ofendi. Preciso ir. Tenho de ir para a cama cedo.

Ela entrou na sala, onde toda a família estava sentada, sonolenta depois de comer demais, vendo o noticiário. Robin tirou do sofá um pano, meio pacote de fraldas e um dos tabuleiros de Imagem & Ação para poder se sentar.

— Desculpe, Robin — disse Jenny, bocejando ao estender a mão para as coisas do bebê e colocá-las a seus pés.

O telefone de Robin bipou de novo. Linda a olhou. Robin ignorou a mãe e o telefone, porque olhava o tabuleiro de Imagem & Ação no qual Martin tentara desenhar "Ícaro". Ninguém adivinhou. Eles pensaram que Ícaro fosse um inseto adejando sobre uma flor.

Mas algo na imagem deixou Robin fixada. Mais uma vez, o telefone bipou. Ela o olhou.

Está na cama?

Sim, e você também deveria ir dormir, respondeu ela, a mente ainda no tabuleiro de Imagem & Ação. A flor que parecia um sol. O sol que parecia uma flor.

O telefone bipou de novo. Exasperada, ela o olhou.

Morris tinha mandado uma foto de seu pênis ereto. Por um momento, e enquanto se sentia ao mesmo tempo horrorizada e enojada, Robin olhou fixamente a foto. Depois, com uma rapidez que fez o pai acordar assustado na poltrona, ela se levantou e saiu da sala quase correndo.

A cozinha não ficava tão longe assim. Nenhum lugar seria tão longe assim. Tremendo de raiva e choque, ela abriu a porta dos fundos e foi para o jardim gelado, com a água da banheira para pássaros, que ela havia descongelado com água fervente, já dura e leitosa à luz da lua. Sem parar para pensar, ela ligou para o número de Morris.

— Oi...

— Que atrevimento o seu, porra... *como tem a audácia de me mandar isso?*

— Merda — disse ele com a voz engrolada —, eu não... eu pensei que... "queria que você estivesse aqui" ou...

— Eu disse que ia para a porra da cama! — gritou Robin. — Não pedi para ver a merda do seu pau!

Ela podia ver as cabeças dos vizinhos aparecendo atrás das cortinas das cozinhas. Os Ellacott estavam dando um bom entretenimento nesse Natal, era bem verdade: primeiro um bebê novo, depois uma briga aos gritos a respeito de um pênis.

— Ah, merda. — Morris arquejou. — Ah, porra... não... olha, eu não pretendia...

— Quem faz isso, caralho? — gritou Robin. — Qual é o seu problema?

— Não... merda... porra... desculpa... eu pensei que... me desculpa... Robin, não... Ah, meu Deus...

— *Eu não quero ver o seu pau!*

Ela teve como resposta uma tempestade de soluços secos, depois pensou tê-lo ouvido colocar o telefone em uma superfície dura. Longe do fone, ele emitiu ruídos de angústia intercalados com o choro. Parecia que objetos caíam. Depois houve um barulho e ele pegou o celular novamente.

— Robin, eu peço mil desculpas, cara... o que eu fiz, o que eu...? Pensei que... eu devia me matar, porra... não... não conte a Strike, Robin... se eu perder isso, perco a merda toda... não posso perder minhas garotinhas, Robin...

Ele a fez se lembrar de Matthew no dia em que ela descobriu a traição dele. Robin podia ver o ex-marido com clareza, como se ele estivesse ali, no gramado coberto de gelo, com a cara nas mãos e arquejando suas desculpas, depois olhando para ela em pânico: "*Você falou com Tom? Ele sabe?*"

O que havia nela que fazia os homens quererem que ela guardasse seus segredos sujos?

— Não vou contar a Strike — disse ela, tremendo mais de fúria do que de frio —, porque a tia dele está morrendo e precisamos de um homem a mais. Mas é melhor você nunca mais me mandar nada além de uma atualização de um caso.

— Ah, meu Deus, Robin... obrigado... obrigado... Você é uma pessoa tão decente...

Ele parou de chorar. A efusividade dele a ofendeu quase tanto quanto a foto do pau.

— Estou indo.

Ela ficou parada no escuro, mal sentindo o frio, o celular pendurado do lado. Enquanto a luz da cozinha do vizinho se apagava, a porta dos fundos da casa dos pais se abriu. Rowntree veio pachorrento pela grama congelada, deliciado por encontrá-la ali fora.

— Está tudo bem com você, querida? — perguntou Michael Ellacott à filha.

— Estou bem — disse Robin, abaixando-se para fazer carinho em Rowntree e esconder a súbita onda de lágrimas. — Está tudo bem.

PARTE QUATRO

Grande inimigo... são Tempos terríveis...

Edmund Spenser
A Rainha das Fadas

31

Querido cavaleiro, tão querido, como não foi querido nenhum cavaleiro,
Que todas essas penas sofreste por mim,
O alto firmamento contempla o intenso esforço que por mim fazes...

Edmund Spenser
A Rainha das Fadas

A perturbação gástrica de Strike acrescentou dias à sua doença, e ele passou a véspera de Ano-novo de cama, dependendo de pizzas delivery, porém mal conseguindo tocar nelas quando chegavam. Pela primeira vez na vida ele não queria chocolate, porque as trufas que tinha consumido depois do frango fora da validade foram as primeiras coisas a reaparecerem nos vômitos prolongados. A única coisa prazerosa que ele fez foi ver o DVD de *No Visitors After Midnight*, de Tom Waits, os shows gravados que Robin lhe dera de presente de Natal, que ele enfim desembrulhou no dia de Ano-novo. A mensagem de texto de agradecimento dele despertou um curto "Não há de quê".

Quando se sentia melhor o bastante para ir à Cornualha, levando os presentes de Natal atrasados, Strike tinha perdido mais de seis quilos e essa foi a primeira coisa que uma ansiosa Joan comentou quando ele finalmente apareceu em sua casa em St. Mawes, cheio de pedidos de desculpas pela ausência no Natal.

Se tivesse esperado mais um dia para viajar à casa de Joan e Ted, ele seria incapaz de alcançá-los, porque assim que chegou uma violenta frente fria atingiu o sul da Grã-Bretanha. Tempestades fustigaram a costa da Cornualha, serviços de trem foram suspensos, toneladas de areia foram varridas das praias e as inundações transformaram em canais enregelantes as estradas de cidades litorâneas. A península da Cornualha ficou temporariamente isolada do resto da Inglaterra e, embora St. Mawes não tenha pagado um preço tão alto como Mevagissey e Fowey, no litoral, sacos de areia apareceram nas entradas dos imóveis à beira-mar. Ondas batiam no muro do porto, cáqui e cinza metálico. Os turistas sumiram de vista, como as focas: moradores com impermeáveis encharcados se cumprimentavam com gestos de cabeça na saída e na entrada das lojas. Toda a beleza chamativa de St. Mawes no verão foi apagada e, como uma atriz quando a pintura de palco é removida, revelou-se a verdadeira identidade da cidade, um lugar de pedra dura e coluna rígida.

Apesar de bombardeada pela chuva e golpeada por vendavais, a casa de Ted e Joan, misericordiosamente, ficava em terreno elevado. Preso ali, Strike lembrou-se de Lucy dizendo-lhe que ele era mais adequado para uma crise do que para cumprir um compromisso, e entendeu que havia verdade nessa acusação. Ele era apropriado para as emergências, para controlar o nervosismo, pensar rápido e ter reações céleres, mas tinha mais dificuldade para invocar as qualidades exigidas pelo lento declínio de Joan.

Strike sentia a ausência de um objetivo imperioso, em cuja busca pudesse protelar a tristeza; sentia falta do imperativo de ignorar a dor e a angústia a serviço de algo maior, o que o havia sustentado nas Forças Armadas. Nenhuma de suas antigas estratégias de enfrentamento era admissível na cozinha de Joan, ao lado de pratos floridos de guisado e suas velhas luvas térmicas. O estado de espírito sombrio e o estoicismo seriam considerados insensíveis pelos vizinhos amáveis que queriam que ele partilhasse e mostrasse sua dor. Ansiando por uma ação diversionista, Strike, em vez disso, esperava proporcionar um papo e atos acolhedores de consideração.

Joan ficou silenciosamente deliciada: as horas a sós com o sobrinho eram compensação para o Natal que ele perdeu. Resignado, Strike lhe deu o que ela queria: a maior companhia possível, sentado com ela, conversando o dia todo. A quimioterapia tinha sido interrompida porque Joan não tinha forças para isso: usava um lenço nos cabelos ralos que lhe sobraram, e o marido e o sobrinho olhavam ansiosamente quando ela pegava a comida, e ficavam constantemente preparados para ajudá-la quando ela andava pelos cômodos da casa. Agora qualquer um deles poderia carregá-la com facilidade.

Com o passar dos dias, Strike notou na tia outra mudança que o surpreendeu. Como seu local de nascimento assolado pela tempestade revelou um aspecto diferente na adversidade, surgia uma Joan desconhecida, uma Joan que fazia perguntas francas que não pretendiam despertar confirmação a seus próprios vieses, nem fazia pedidos mal velados por mentiras reconfortantes.

— Por que você nunca se casou, Cormoran? — perguntou ela ao sobrinho no meio de uma manhã de sábado, quando eles estavam juntos na sala de estar, Joan na poltrona mais confortável, Strike no sofá. A luminária ao lado dela, que eles tinham acendido devido ao dia nublado e chuvoso, fazia sua pele parecer transparente como lenço de papel.

Strike estava tão condicionado a dizer a Joan o que ela queria ouvir que ficou sem resposta. A resposta sincera que dera a Dave Polworth parecia impossível ali. Provavelmente Joan a tomaria como culpa dela, se ele dissesse que não era do tipo que se casa; ela deve ter cometido algum erro, não lhe ensinara que o amor era essencial para a felicidade.

— Não sei — disse ele, recaindo no clichê. — Talvez eu não tenha encontrado a mulher certa.

— Se está querendo a perfeição — disse a nova Joan —, ela não existe.

— Você não queria que eu me casasse com Charlotte, não é? — perguntou-lhe. Strike sabia muito bem que Joan e Lucy consideravam Charlotte praticamente um demônio.

— Certamente não — disse Joan, com uma centelha de sua antiga briga, e eles trocaram um sorriso.

Ted colocou a cabeça pela porta.

— A Kerenza está aqui, amor — disse ele. — O carro dela acaba de encostar.

A enfermeira do Macmillan, que Strike tinha conhecido em seu primeiro dia ali, era uma bênção que ele nunca poderia imaginar. Uma mulher magra e sardenta da idade dele, ela não levava para a casa uma aura de morte, mas de vida que segue, simplesmente com mais conforto e apoio. A exposição prolongada de Strike à profissão médica o havia habituado a certo estigma de ânimo farto e impessoal, mas Kerenza parecia ver Ted e Joan como pessoas, não como crianças simplórias, e ele a ouviu conversando com Ted, o antigo salva-vidas, sobre as pessoas que tentam tirar selfies de costas para as ondas de tempestade, enquanto ela tirava a capa de chuva na cozinha.

— Exatamente. Eles não entendem o mar, não é? Respeite, ou fique bem longe dele, meu pai dizia... bom dia, Joan — disse ela, entrando na sala. — Olá, Cormoran.

— Bom dia, Kerenza — disse Strike, levantando-se. — Não vou atrapalhar.

— E como se sente hoje, meu amor? — perguntou a enfermeira a Joan.

— Não muito mal — disse Joan. — Só estou um pouquinho...

Ela parou, para que o sobrinho saísse do alcance. Enquanto fechava a porta para as duas mulheres, Strike ouviu mais passos no caminho de cascalho do lado de fora. Ted, que lia o jornal à mesa, levantou a cabeça.

— Mas quem é agora?

Um instante depois, Dave Polworth apareceu na vidraça da porta dos fundos com uma mochila grande nas costas. Entrou, molhado de chuva e sorrindo.

— Bom dia, Diddy — disse ele, e os dois trocaram o aperto de mãos e o abraço que se tornaram o cumprimento padrão nos últimos anos. — Bom dia, Ted.

— O que veio fazer aqui? — perguntou Ted.

Polworth tirou a mochila, desamarrou e colocou duas travessas congeladas e embrulhadas em filme plástico na mesa.

— Penny fez alguma comida. Vou comprar mantimentos, queria saber do que vocês precisam.

A chama da gentileza pura e prática que ardia em Dave Polworth nunca ficou mais claramente visível para Strike, exceto talvez em seu primeiro dia na escola primária, quando o diminuto Polworth tomara Strike sob sua proteção.

— Você é um bom amigo — disse Ted, comovido. — Diga a Penny que agradecemos muito, está bem?

— Sim, ela manda lembranças e essas coisas — disse Polworth, evasivo.

— Quer me fazer companhia em um cigarro? — perguntou-lhe Strike.

— Vamos, então — disse Polworth.

— Usem o galpão — sugeriu Ted.

E assim Strike e Polworth atravessaram juntos o jardim encharcado, de cabeça baixa contra o forte vento e a chuva, e entraram no galpão de Ted. Strike acendeu um cigarro com alívio.

— Esteve de dieta? — perguntou Polworth, olhando Strike de cima a baixo.

— Gripe e intoxicação alimentar.

— Ah, sim, Lucy disse que você esteve doente. — Polworth apontou a janela de Joan com a cabeça. — Como ela está?

— Não muito bem — disse Strike.

— Vai ficar quanto tempo?

— Depende do clima. Escute, falando sério, eu agradeço de verdade por tudo que você tem...

— Cala a boca, sua bichona.

— Posso te pedir outro favor?

— Diga lá.

— Convença Ted a tomar uma cerveja com você na hora do almoço. Ele precisa sair um pouco desta casa. Ele vai sair, se souber que estou com ela, mas se não for assim não sai.

— Considere feito — disse Polworth.

— Você é...

— ... um príncipe entre os homens, é, eu sei disso. O Arsenal passou pelas eliminatórias, então?

— Foi — disse Strike. — Mas o próximo é o Bayern de Munique.

Ele perdeu a classificação de seu time antes do Natal porque seguia o Manhoso pelo West End. A Champions League, que deveria ser um prazer e uma distração, agora não o prendia como de costume.

— Robin está cuidando das coisas em Londres enquanto você está aqui?

— Está — respondeu Strike.

Ela lhe mandara uma mensagem mais cedo, pedindo uma conversa breve sobre o caso Bamborough. Ele respondeu que telefonaria quando tivesse algum tempo. Strike também tinha notícias sobre o caso, mas

Margot Bamborough já estava desaparecida havia quarenta anos e, como a enfermeira Kerenza, no momento ele priorizava os vivos.

Quando Strike terminou o cigarro, os dois voltaram para a casa e encontraram Ted e Kerenza conversando na cozinha.

— Ela prefere falar com você a falar comigo hoje — disse Kerenza, sorrindo para Strike enquanto vestia a capa de chuva. — Voltarei amanhã de manhã, Ted.

Enquanto a enfermeira ia para a porta, Polworth disse:

— Ted, vamos sair para uma cerveja.

— Ah, não, obrigado, amigo — disse Ted. — Vou ficar por aqui.

Kerenza parou com a mão na maçaneta.

— Essa é uma ótima ideia. Tome um pouco de ar fresco, Ted... água fresca, hoje, eu diria — acrescentou, com a chuva batendo no telhado. — Tchau, então.

Ela saiu. Ted exigiu um pouco mais de persuasão, mas por fim concordou em se juntar a Polworth para um sanduíche no Victory. Depois que eles saíram, Strike pegou o jornal local na mesa e o levou para a sala de estar.

Ele e Joan falaram da enchente, mas as fotos de ondas batendo em Mevagissey significaram muito menos para ela do que teriam significado alguns meses antes. Strike percebeu que a mente de Joan estava no pessoal, não no geral.

— O que diz meu horóscopo? — perguntou ela, enquanto ele virava uma página do jornal.

— Não sabia que acreditava nessas coisas, Joan.

— Não sei se acredito ou não. Mas sempre vejo.

— Você é de... — Ele tentou se lembrar do aniversário dela. Sabia que caía no verão.

— Câncer — disse ela com uma risadinha. — De várias maneiras.

Strike não sorriu.

— "Um bom momento para uma sacudida na rotina" — informou a ela, correndo os olhos pelo horóscopo para censurar qualquer coisa de deprimente —, "então não despreze novas ideias antes impensadas. Júpiter retrógrado encoraja o crescimento espiritual."

— Hum — disse Joan. Depois de uma curta pausa, ela disse: — Acho que não estarei aqui em meu próximo aniversário, Corm.

As palavras o atingiram como um soco no diafragma.

— Não diga isso.

— Se não posso dizer a você, a quem vou dizer?

Os olhos dela, que sempre foram de um azul-claro cor de miosótis, agora estavam desbotados. Ela nunca tinha falado com ele daquele jeito, como a um igual. Sempre procurou se manter um pouco acima dele e assim, de sua perspectiva, o soldado de um metro e noventa ainda podia ser seu garotinho.

— Não posso dizer isso a Ted nem a Lucy, posso? — disse ela. — Você sabe como eles são.

— Sei — disse Strike, com dificuldade.

— Depois disso... Você vai cuidar de Ted, não vai? Precisa estar com ele. Ele te ama muito.

Porra.

Por muito tempo, ela exigira uma espécie de falsidade de todos à sua volta, uma visão cor-de-rosa de tudo, e agora, enfim, propunha a simples sinceridade e franqueza, e ele desejava mais que tudo poder simplesmente assentir para a notícia de algum escândalo do bairro. Por que ele não os visitou com mais frequência?

— Eu vou, claro — disse ele.

— Quero o funeral na igreja de St. Mawes — disse ela em voz baixa —, onde fui batizada. Mas não quero ser enterrada, porque teria de ser no cemitério lá em Truro. Ted vai ficar esgotado, viajando de um lado a outro, levando-me flores. Eu o conheço.

"Sempre dissemos que queríamos ficar juntos depois, mas nunca planejamos, e ele não fala nisso comigo agora. Então, eu andei pensando, Corm, e quero ser cremada. Você vai cuidar para que isso aconteça, não vai? Porque Ted começa a chorar sempre que tento falar nisso e Lucy simplesmente não me escuta."

Strike assentiu e tentou sorrir.

— Não quero a família na cremação. Detesto cremações, as cortinas e a esteira rolante. Você vai se despedir de mim na igreja, depois levar Ted para o pub e deixar que a funerária cuide da parte crematória, entendeu? Depois disso, você pode pegar minhas cinzas, levar para o barco de Ted e espalhar no mar. E quando chegar a vez dele, pode fazer o mesmo por Ted, e vamos ficar juntos. Você e Lucy não vão se preocupar com o cuidado de sepulturas lá de Londres, está bem?

O plano tinha muito da Joan que ele conhecia: era cheio de gentilezas práticas e premeditadas, mas ele não esperava o toque final das cinzas flutuando na maré, sem lápide, nem datas, em vez disso uma fusão com os elementos que dominaram a vida dela e de Ted, empoleirados em sua cidade litorânea, sob o domínio do mar, a não ser durante aquele estranho interlúdio em que Ted, revoltado com o próprio pai, desapareceu por vários anos na polícia militar.

— Tudo bem — disse ele, com dificuldade.

Ela afundou de novo na poltrona com um ar de alívio por ter tirado isso do peito e sorriu para ele.

— É tão bom ter você aqui.

Nos últimos dias, ele se acostumara com os curtos devaneios de Joan e sua falta de lógica, e assim não foi tanto uma surpresa que ele a tivesse ouvido dizer, um minuto depois:

— Queria conhecer a sua Robin.

Strike, cujo olho mental ainda acompanhava as cinzas de Joan ao pôr do sol, se recompôs.

— Acho que ia gostar dela — disse ele. — Tenho certeza de que ela ia gostar de você.

— Lucy disse que ela é bonita.

— Sim, ela é.

— Coitadinha — disse Joan em voz baixa. Ele se perguntou por quê. É claro que a facada saiu na imprensa quando Robin deu provas contra o Estuprador de Shacklewell.

— É engraçado você falar de horóscopos — disse Strike, tentando tirar da cabeça de Joan Robin, funerais e a morte. — Estamos investigando um desaparecimento antigo. O cara que ficou encarregado do caso...

Ele nunca havia contado detalhes de uma investigação a Joan e se perguntava por que não, ao ver a atenção extasiada da tia.

— Mas eu me lembro dessa médica! — disse ela, mais animada do que ele via há dias. — Margot Bamborough, isso mesmo! Ela teve um bebê em casa...

— Bom, essa bebê é nossa cliente — disse Strike. — O nome dela é Anna. Ela e a parceira têm uma casa de veraneio em Falmouth.

— Aquela pobre família — disse Joan. — Sem nunca saber... e então o policial pensou que a resposta estava nos astros?

— Foi — disse Strike. — Convencido de que o assassino era de Capricórnio.

— Ted é de Capricórnio.

— Obrigado pela dica — disse Strike a sério, e ela soltou uma risadinha. — Quer mais chá?

Enquanto a chaleira fervia, Strike verificou as mensagens de texto. Barclay tinha enviado uma atualização sobre a namorada do Duas-vezes, mas a mensagem mais recente era de um número desconhecido e ele a abriu primeiro.

Oi, Cormoran, é sua meia-irmã, Prudence Donleavy. Al me deu seu número. Espero que entenda o espírito pretendido. Primeiro, deixe-me dizer que entendo inteiramente e me solidarizo com seus motivos para não querer se juntar a nós na festa do aniversário/álbum dos Deadbeats. Talvez você saiba, ou não, que minha própria jornada a um relacionamento com papai foi difícil de muitas maneiras, mas por fim minha ligação com ele — e sim, eu o perdoo — tem sido uma experiência enriquecedora. Todos nós torcemos muito para que você reconsidere...

— Qual é o problema? — disse Joan.

Ela o havia seguido até a cozinha, arrastando-se, meio recurvada.

— O que está fazendo? Posso pegar o que você quiser...

— Eu ia lhe mostrar onde escondo os biscoitos de chocolate. Se Ted souber, vai comer muito e o médico se preocupa com a pressão sanguínea dele. O que está lendo? Conheço esse olhar. Você está zangado.

Ele não sabia se a nova valorização da sinceridade por parte dela se estendia ao seu pai, mas de algum modo, com o vento e a chuva chicoteando em volta dos dois, um ar de confessionário tinha caído na casa. Ele lhe falou da mensagem.

— Ah — disse Joan. Ela apontou um Tupperware em uma prateleira do alto. — Os biscoitos estão ali.

Eles voltaram à sala de estar com os biscoitos, que ela insistiu que ele colocasse em uma travessa. Algumas coisas nunca mudam.

— Você não conheceu Prudence, conheceu? — perguntou Joan quando estava novamente acomodada na poltrona.

— Não conheci Prudence nem a mais velha, Maimie, nem o mais novo, Ed — disse Strike, tentando se ater aos fatos.

Joan não disse nada por mais ou menos um minuto, depois um grande suspiro inflou e murchou seu peito fino, e ela disse:

— Acho que devia ir à festa de seu pai, Corm.

— Por quê? — O tom da pergunta soava em seus ouvidos com uma fúria adolescente e moralista. Para leve surpresa dele, Joan lhe sorriu.

— Sei o que aconteceu — disse ela. — Ele se comportou muito mal, mas ainda é o seu pai.

— Não, não é — disse Strike. — Meu pai é Ted.

Ele nunca havia dito isso em voz alta. Os olhos de Joan se encheram de lágrimas.

— Ele adoraria ouvir você dizer isso — falou ela em voz baixa. — É engraçado, não?... Anos atrás, anos e anos, eu era só uma menina e fui ver uma vidente cigana. Eles costumavam acampar na estrada. Pensei que ela ia me dizer um monte de coisas boas. É o que se espera delas, não? Você paga por isso. Sabe o que ela disse?

Strike fez que não com a cabeça.

— "Você nunca terá filhos." Simples assim. Direta.

— Bom, ela entendeu isso errado, não foi? — disse Strike.

As lágrimas recomeçaram nos olhos descorados de Joan. Por que ele nunca disse essas coisas antes?, perguntava-se Strike. Teria sido tão fácil dar prazer a ela, e em vez disso ele se prendeu a suas lealdades divididas, com raiva por ter de escolher, de rotular e, ao fazer isso, trair. Ele segurou a mão de Joan, e ela apertou com uma força surpreendente.

— Devia ir a essa festa, Corm. Acho que seu pai está no cerne de... de muitas coisas. Eu queria — acrescentou ela depois de uma curta pausa — que você tivesse alguém que cuidasse de você.

— Hoje em dia isso não funciona assim, Joan. Os homens devem ser capazes de cuidar de si mesmos... de várias maneiras — acrescentou ele, sorrindo.

— Fingir que não precisa das coisas... é uma tolice — falou em voz baixa. — O que diz o *seu* horóscopo?

Ele pegou o jornal de novo e deu um pigarro.

— "Sagitário: Com seu regente retrógrado, você talvez descubra que não está com seu habitual jeito despreocupado..."

32

Onde quer que tu estejas, minha secreta ajuda
Te acompanhará.

Edmund Spenser
A Rainha das Fadas

Eram três horas da tarde, e Robin, que estava no Land Rover perto da casa comum em Stoke Newington que Strike tinha vigiado antes do Natal, não vira nada de interessante desde a chegada à rua, às nove da manhã. Enquanto a chuva caía fina no para-brisa, ela teve um pouco de vontade de fumar, só para ter o que fazer.

Robin havia identificado na internet a loura que era proprietária e ocupante da casa. Seu nome era Elinor Dean e era uma divorciada que morava sozinha. Elinor sem dúvida estava em casa, porque Robin a vira passar na frente de uma janela duas horas antes, mas parecia que o clima instável a mantinha ali dentro. Ninguém visitara a casa o dia todo, e menos ainda o chefe do Manhoso. Talvez eles fossem parentes, afinal de contas, e a visita dele antes do Natal fosse simplesmente uma daquelas coisas que fazemos nas festas de fim de ano: pagar dívidas sociais, dar presentes, ver como estão as coisas. O carinho na cabeça pode ter sido alguma piada particular. Certamente não parecia sugerir nada de sexual, criminoso ou pervertido, que era o que eles procuravam.

O telefone de Robin tocou.

— Oi.

— Pode conversar? — perguntou Strike.

Ele andava pela rua íngreme onde ficava a casa de Ted e Joan, apoiando-se na bengala dobrável que levara, sabendo que as ruas estariam molhadas e possivelmente escorregadias. Ted estava em casa de novo; eles tinham acabado de ajudar Joan a subir para um cochilo, e Strike, que queria fumar e não lhe apetecia muito usar o galpão de novo, decidira sair para uma curta caminhada na chuva implacável.

— Sim — disse Robin. — Como está Joan?

— Na mesma. — Strike não estava com vontade de falar nisso. — Você disse que queria conversar sobre Bamborough.

— É — disse Robin. — Tenho boas notícias, notícia nenhuma e más notícias.

— Primeiro as más — disse Strike.

O mar ainda estava turbulento, os borrifos explodiam no ar acima do muro do porto. Virando à direita, ele foi para o centro da cidade.

— O Ministério da Justiça não vai deixar você entrevistar Creed. A carta chegou esta manhã.

— Ah — disse Strike. A chuva abundante cortava a névoa azulada da fumaça do cigarro, destruindo-a. — Bom, não posso dizer que estou surpreso. O que diz a carta?

— Deixei no escritório — disse Robin —, mas o essencial é que os psiquiatras dele concordam que a não cooperação, a essa altura, não vai se alterar.

— Tudo bem. Bom, sempre foi um tiro no escuro.

No entanto, Robin ouvia sua decepção e se solidarizava. Eles estavam no caso havia cinco meses, não tinham novas pistas dignas do nome e, agora que a possibilidade de entrevistar Creed desaparecera, de certo modo Robin sentia que ela e Strike procuravam inutilmente em poças de maré, enquanto a metros de distância o grande tubarão branco deslizava, intocável, na água escura.

— E voltei a Amanda White, que agora se chama Amanda Laws, que pensou ter visto Margot na janela da gráfica. Ela queria dinheiro para falar, lembra? Propus pagar as despesas, se ela quisesse vir ao escritório... ela está em Londres, não seria grande coisa... e ela ficou de pensar.

— Muita generosidade dela — resmungou Strike. — E as boas notícias? — perguntou ele.

— Anna convenceu a madrasta a falar conosco. Cynthia.

— Sério?

— Sim, mas sozinha. Roy ainda não sabe de nada a nosso respeito — disse Robin. — Cynthia nos encontrará sem ele saber.

— Bom, Cynthia já é alguma coisa — disse Strike. — Na verdade, é muito — acrescentou depois de pensar por um momento.

Seus pés o levavam automaticamente para o pub, a perna da calça molhada gelada no tornozelo remanescente.

— Onde vamos nos encontrar com ela?

— Não pode ser na casa deles, porque Roy não sabe. Ela sugeriu Hampton Court, porque trabalha ali, em meio expediente, como guia.

— Uma guia, é? O que me lembra de uma coisa: alguma novidade sobre o Cartão-postal?

— Barclay está na galeria hoje — disse Robin. — Vai tentar tirar fotos dela.

— E o que Morris e Hutchins estão fazendo? — Strike agora subia com cuidado os degraus largos e escorregadios que levavam ao pub.

— Morris está na garota do Duas-vezes, que não dá um passo em falso... o Duas-vezes realmente está sem sorte dessa vez... e Hutchins está no Pé de Valsa. Por falar nisso, você marcou de entregar um relatório final ao Pé de Valsa na próxima sexta-feira. Devo ver o cliente para você?

— Seria ótimo, obrigado — disse Strike, entrando no Victory com alívio. A chuva pingava dele enquanto retirava o casaco. — Não sei quando vou conseguir voltar. Você deve ter visto, os trens foram suspensos.

— Não se preocupe com a agência. Temos tudo coberto. Mas, então, não terminei com Bamborough... Ah, espere aí — disse Robin.

— Precisa ir?

— Não, está tudo bem.

Ela acabara de ver a porta de entrada da casa de Elinor Dean se abrir. A loura roliça saiu usando um casaco com capuz que convenientemente circunscrevia seu campo de visão. Robin saiu do Land Rover, fechou a porta e partiu em seu encalço, ainda falando ao celular.

— Nossa amiga loura está em movimento — falou ela em voz baixa.

— Você disse que tinha mais notícias boas sobre Bamborough? — perguntou Strike.

Ele havia chegado ao balcão e, simplesmente apontando, conseguiu uma cerveja, pela qual pagou, depois levou à mesa do canto em que tinha se sentado com Polworth no verão.

— Tenho — disse Robin, virando a esquina no final da rua, a loura desligada andando à sua frente. — Queria poder dizer que encontrei Douthwaite ou Satchwell, mas a última pessoa a ver Margot viva já é alguma coisa, não é?

— Você encontrou Gloria Conti? — disse Strike bruscamente.

— Não fique animado demais. — Robin ainda andava na chuva. Elinor parecia ir para as lojas. Robin via uma Tesco ao longe. — Ainda não consegui falar com ela, mas tenho quase certeza de que é ela. Encontrei a família no censo de 1961: mãe, pai, um filho mais velho e uma filha, Gloria, nome de meio Mary. Pelo jeito, Gloria agora está na França, em Nîmes, para ser exata, e casou-se com um francês. Ela abandonou o "Gloria" e agora atende pelo nome de Mary Jaubert. Tem uma página no Facebook, mas é privada. Encontrei-a através de um site de genealogia. Data de nascimento correta e tudo.

— Excelente trabalho — disse Strike. — Sabe de uma coisa, não tenho certeza se ela não seria ainda mais interessante que Satchwell ou Douthwaite. A última a ver Margot viva. Perto dela. A única pessoa viva a ter visto Theo também.

O entusiasmo de Strike não serviu muito para dissipar a suspeita de Robin de que ele tinha acrescentado seu próprio nome nos pontos de ação porque pensava que ela não estava apta para o trabalho.

— Tentei ser "amiga" dela no Facebook — continuou Robin —, mas ainda não tive resposta. Se ela não responder, sei para que empresa o marido dela trabalha e pensei em mandar um e-mail, para ele passar um recado a ela. Mas achei mais educado tentar primeiro a rota privada.

— Concordo — disse Strike. Ele tomou um gole da Doom Bar. Era imensamente consolador estar no pub aquecido e seco, e conversando com Robin.

— E tem mais uma coisa — disse Robin. — Acho que talvez eu tenha descoberto que furgão acelerou a toda de Clerkenwell Green na noite em que Margot desapareceu.

— O quê? Como? — disse Strike, perplexo.

— No Natal, ocorreu-me que aquilo que as pessoas pensavam ser uma flor pintada na lateral talvez fosse um sol — disse ela. — Sabe. O planeta.

— Tecnicamente é uma est...

— Não enche, sei que é uma estrela.

A loura de capuz, como Robin desconfiava, ia para a Tesco. Robin a seguiu, desfrutando do sopro de calor ao entrar na loja, embora o piso estivesse escorregadio e sujo.

— Havia uma loja de produtos integrais em Clerkenwell em 1974 cujo logotipo era um sol. Encontrei uma propaganda dela no arquivo de jornais da British Library, verifiquei com a Companies House e consegui falar com o diretor, que ainda está vivo. *Sei que eu não podia falar com ele se não estivesse vivo* — acrescentou ela, antevendo qualquer outro pedantismo.

— Cacete, Robin — disse Strike, enquanto a chuva batia na janela atrás dele. Boas notícias e Doom Bar certamente ajudavam em seu humor. — Esse é um trabalho excepcional.

— Obrigada — disse Robin. — E saca essa: ele demitiu o cara que fazia as entregas, acha que em meados de 1975, porque o cara foi apanhado por excesso de velocidade dirigindo o furgão. Ele se lembra do nome dele... Dave Underwood... mas não tive tempo de...

Elinor virou-se subitamente, no meio do corredor de enlatados, e voltou na direção dela. Robin fingiu estar absorta na escolha de um pacote de arroz. Deixando o alvo passar, ela completou a frase.

— ... não tive tempo de procurar por ele ainda.

— Bom, você me deixa envergonhado — confessou Strike, esfregando os olhos cansados. Embora agora tivesse um quarto de hóspedes em vez do sofá, o colchão antigo era um avanço pequeno em termos de conforto, as molas quebradas cutucavam as costas e guinchavam sempre que ele se virava. — O melhor que consegui fazer foi encontrar a filha de Ruby Elliot.

— A Ruby-que-viu-duas-mulheres-brigando-perto-das-cabines-telefônicas? — Robin recitou, vendo o alvo louro consultar uma lista de compras e desaparecer em outro corredor.

— Sim, essa. A filha me mandou um e-mail dizendo que terá prazer em conversar, mas ainda não marcamos uma data. E liguei para Janice — disse Strike —, principalmente porque não conseguia encarar Irene, para ver se ela consegue se lembrar do nome verdadeiro do suposto Applethorpe, mas ela está em Dubai, visitando o filho por seis semanas. A mensagem em sua secretária eletrônica literalmente diz: "Oi, estou em Dubai, visitando Kevin por seis semanas." Alguém podia dar um toque nela de que não é inteligente anunciar a quem telefona que você deixou a casa desocupada.

— Então você ligou para Irene? — perguntou Robin. Elinor, ela via, agora olhava alimentos infantis.

— Ainda não. Mas tenho...

Neste exato momento, um sinal sonoro no telefone lhe disse que outra pessoa tentava falar com ele.

— Robin, pode ser ele. Te ligo depois.

Strike trocou de linha.

— Cormoran Strike.

— Sim, olá — disse Gregory Talbot. — Sou eu... Greg Talbot. Você me pediu para telefonar.

Gregory parecia preocupado. Strike o entendia. Ele teve esperanças de se livrar de um problema entregando a antiga lata de filme a Strike.

— Sim, Gregory, muito obrigado por me ligar. Tenho mais algumas perguntas, se não houver problema.

— Pode falar.

— Estive vendo o caderno de seu pai e queria perguntar se por acaso ele conhecia, ou falou em um homem chamado Niccolo Ricci. De apelido "Mucky"?

— Mucky Ricci? — disse Gregory. — Não, ele não o *conhecia* de verdade. Mas me lembro de meu pai falando a respeito dele. Um maioral na cena de sex shop no Soho, se é quem estou pensando?

Parecia que falar no gângster dava um pequeno frisson de prazer em Gregory. Strike já encontrara essa atitude, e não só em integrantes fascinados do público. Nem policiais ou advogados eram imunes à emoção de entrar na órbita de criminosos que tinham dinheiro e poder que rivalizavam com os deles próprios. Ele conhecia policiais veteranos que falavam com algo próximo da admiração do crime organizado que tentavam prevenir, e advogados de tribunal cujo prazer em beber com clientes badalados ia muito além da esperança de uma história para contar na mesa do jantar. Strike suspeitava de que, para Gregory Talbot, Mucky Ricci era um nome de uma infância lembrada com carinho, uma figura romântica pertencente a uma época perdida, quando o pai era um policial mentalmente são e um homem de família feliz.

— É, esse cara mesmo — disse Strike. — Bom, parece que Mucky Ricci esteve rondando a clínica de Margot Bamborough e seu pai parecia saber disso.

— É mesmo?

— Sim — disse Strike —, e parece estranho que a informação nunca tenha chegado aos registros oficiais.

— Bom, papai estava doente — disse Gregory, na defensiva. — Você viu o caderno. Na metade do tempo, ele nem sabia o que fazia.

— Entendo isso — disse Strike —, mas, depois que ele se recuperou, qual foi a atitude dele para com as evidências que havia recolhido a respeito do caso?

— Como assim?

Agora Gregory estava desconfiado, como se temesse que Strike o levasse a algum lugar aonde ele não queria ir.

— Bom, será que ele pensava que era tudo inútil, ou...?

— Ele ficou excluindo suspeitos com base nos signos astrológicos — disse Gregory em voz baixa. — Pensava ter visto um demônio no quarto de hóspedes. O que você *acha* que ele pensava? Ele ficou... ficou com vergonha. Não foi culpa dele, mas ele nunca superou isso. Ele queria voltar e fazer tudo direito, mas não deixaram, obrigaram-no a se aposentar. O caso Bamborough manchava tudo para ele, as lembranças que ele tinha da polícia. Seus amigos eram todos policiais, e ele não os via mais.

— Ele se ressentiu pelo modo como foi tratado?

— Eu não diria... quer dizer, ele tinha motivos, eu diria, para sentir que não o trataram direito — disse Gregory.

— Ele alguma vez olhou as anotações, depois disso, para ter certeza de ter colocado tudo dali no registro oficial?

— Não sei. — Gregory agora estava meio irritado. — Acho que a atitude dele era, eles se livraram de mim, eles pensam que sou um grande problema, então que Lawson lide com isso.

— Como seu pai se dava com Lawson?

— Olha, do que estamos falando? — Antes que Strike pudesse responder, Gregory disse: — Lawson deixou muito claro para meu pai que os dias dele tinham acabado. Ele não o queria zanzando por ali, não o queria perto do caso. Lawson fez o máximo para desacreditar totalmente meu pai, e não estou dizendo isso só por causa da doença dele. Quer dizer, como um homem, e como o policial que ele foi antes de adoecer. Ele disse a todo mundo do caso para ficar longe do meu pai, mesmo nas horas de folga. Então, se a informação não foi passada adiante, é culpa de Lawson tanto quanto dele. Papai pode ter tentado e sido rejeitado, até onde eu sei.

— Certamente posso entender isso do ponto de vista de seu pai — disse Strike. — Uma situação muito difícil.

— Exatamente — disse Gregory, um tanto aplacado, como Strike pretendia.

— Voltando a Mucky Ricci — disse Strike —, até onde você sabe, seu pai nunca tratou diretamente com ele?

— Não — disse Gregory —, mas o melhor amigo de papai na polícia sim, seu nome é Browning. Ele era da brigada de costumes. Deu uma batida em uma das boates de Mucky, disso eu sei. Lembro-me de meu pai falando nisso.

— Onde está Browning agora? Posso falar com ele?

— Ele morreu — disse Gregory. — O que exatamente...?

— Gostaria de saber de onde veio aquele filme que você me passou, Gregory.

— Não faço ideia — disse Gregory. — Papai simplesmente chegou em casa um dia com ele, pelo que minha mãe disse.

— Alguma ideia de quando foi isso? — Strike tinha esperanças de ter encontrado um jeito educado de perguntar se Talbot estava mentalmente são nessa época.

— Teria sido enquanto papai trabalhava no caso Bamborough. Por quê?

Strike se preparou.

— Infelizmente, terei de entregar o filme à polícia.

Hutchins se ofereceu para cuidar disso, na manhã em que Strike desceu à Cornualha. Como ex-policial que ainda tinha bons contatos na força, ele sabia aonde levá-lo e como garantir que fosse visto pelas pessoas certas. Strike pedira a Hutchins para não falar com Robin sobre o filme nem dizer a ela o que fez com ele. No momento, ela ignorava o conteúdo.

— O quê? — Gregory ficou apavorado. — Por quê?

— Não é pornografia — disse Strike, agora em voz baixa, em deferência ao casal de idosos que tinha acabado de entrar no Victory e estava de pé, desorientado pela tempestade do lado de fora, pingando e piscando, a pouca distância de sua mesa. — É um filme snuff. Alguém filmou uma mulher sendo estuprada por uma gangue e esfaqueada.

Mais um silêncio do outro lado da linha; Strike viu o casal de idosos andar até o balcão, e a mulher tirar o chapéu de plástico ao prosseguir.

— Morta de verdade? — A voz de Gregory subiu uma oitava. — Quer dizer... é mesmo real?

— Sim — disse Strike.

Ele não ia dar detalhes. Tinha visto gente morrendo e mortos: o tipo de sangue que se vê nos filmes de terror não era igual e, mesmo sem trilha sonora, ele não se esqueceria rapidamente da mulher nua e encapuzada que se contorcia no chão do armazém enquanto os assassinos a olhavam morrer.

— E suponho que você disse a eles onde o conseguiu? — disse Gregory, mais em pânico do que furioso.

— Infelizmente tive de dizer — disse Strike. — Lamento, mas alguns homens envolvidos talvez ainda estejam vivos, ainda podem responder pelo crime. Não posso ficar parado diante de uma coisa dessas.

— Eu não estava escondendo nada, nem mesmo sabia o que era...

— Eu não sugeri que você soubesse ou que quisesse esconder — disse Strike.

— Se eles pensarem... temos *filhos adotivos*, Strike...

— Eu disse à polícia que você me entregou o filme de boa vontade, sem saber o que havia nele. Testemunharei em tribunal que acredito que você ignorava completamente o que tinha em seu sótão. Sua família teve quarenta anos para destruí-lo e não o fez. Ninguém vai culpar você — disse Strike, embora soubesse perfeitamente que os tabloides talvez não tivessem essa opinião.

— Tive medo de que acontecesse algo assim — disse Gregory, agora parecendo imensamente estressado. — Fiquei preocupado, desde que você apareceu para o café. Desenterrando essas coisas de novo...

— Você me disse que seu pai queria ver o caso resolvido.

Houve outro silêncio, depois Gregory disse:

— Ele queria. Mas não à custa da paz de espírito de minha mãe, nem da minha e da minha esposa tendo nossos filhos adotivos tirados de nós.

Várias réplicas ocorreram a Strike, algumas indelicadas. Essa não era a primeira vez que encontrava a tendência a acreditar que os mortos teriam querido o que fosse mais conveniente para os vivos.

— Eu tinha a responsabilidade de entregar esse filme à polícia depois de ver o que havia nele. Como eu disse, deixarei claro a qualquer um que perguntar que você não tentava esconder nada, que você o entregou de boa vontade.

Havia pouco mais a dizer. Gregory, claramente ainda infeliz, desligou, e Strike voltou a telefonar a Robin.

Ela ainda estava na Tesco, agora comprando um pacote de nozes e passas, chiclete e um xampu enquanto, duas caixas adiante, o objeto de sua vigilância comprava talco para bebê, alimentos infantis e chupetas, junto com um leque de mantimentos.

— Oi — disse Robin ao celular, virando-se para olhar a frente da loja quando a loura passou por ela.

— Oi — disse Strike. — Era Gregory Talbot.

— O que ele...? Ah, sim — disse Robin com um súbito interesse, virando-se para seguir a loura na saída da loja —, o que tinha naquela lata de filme? Nunca perguntei. Você conseguiu ligar o projetor?

— Consegui — disse Strike. —Vou te contar sobre o filme pessoalmente. Escute, tem outra coisa que eu queria dizer. Deixe Mucky Ricci por minha conta, está bem? Pedi ao Shanker para dar uma sondada. Não quero você procurando por ele nem fazendo perguntas.

— Eu não poderia...?

— *Você não me ouviu?*

—Tudo bem, calma! — disse Robin, surpresa. — Ricci deve ter uns noventa anos a...?

— Ele tem filhos — disse Strike. — Filhos que dão medo em *Shanker*.

— *Oh* — disse Robin, que entendeu inteiramente a implicação.

— Exatamente. Então, estamos de acordo?

— Estamos. — Robin garantiu a ele.

Depois de Strike desligar, Robin seguiu Elinor de volta pela chuva até a casa geminada. Quando a porta da frente se fechou de novo,

Robin voltou ao Land Rover e comeu o pacote de frutas secas e nozes, observando a porta.

Ocorreu a ela na Tesco que Elinor podia ser uma babá, em vista da natureza de suas compras, mas enquanto a tarde escurecia na noite não apareceu ninguém para deixar seus filhos e não se ouviu nenhum choro de bebê na rua silenciosa.

33

Pois o tirano, que ela mantinha preso
Com fortes encantamentos e magia negra,
Em uma funda masmorra ela encerrou em segredo...
Ali ele a atormenta terrivelmente,
E dia e noite aflige com uma dor mortal...

Edmund Spenser
A Rainha das Fadas

Agora que a loura em Stoke Newington também tinha se tornado pessoa de interesse, o caso do Manhoso virou um trabalho para duas ou três pessoas. A agência vigiava a casa de Elinor Dean, além de seguir os movimentos do Chefe do Manhoso e do próprio Manhoso, que continua a tocar sua vida, desfrutando do gordo salário ao qual ninguém acha ser de direito, mas todos permanecem discretos sobre a influência que ele tem sobre o chefe. Enquanto isso, o Duas-vezes ainda paga pela vigilância da namorada, ao que parece mais por desespero do que por esperança, e o Cartão-postal ficou estranhamente calado. A única suspeita deles, a guia com cara de coruja da National Portrait Gallery, desaparecera do local de trabalho.

— Tomara que seja gripe e ela não tenha se matado — disse Robin a Barclay na tarde de sexta-feira quando seus caminhos se cruzaram no escritório. Strike ainda estava na Cornualha, e ela acabara de ver o cliente do Pé de Valsa fora do escritório. Ele pagou a considerável conta final de má vontade, tendo descoberto apenas que o jovem dançarino do West End, por quem a filha irresponsável estava apaixonada, tinha uma vida decente, monógama e aparentemente heterossexual.

Barclay, que submetia os recibos da semana a Pat antes de sair para assumir o turno noturno da vigilância do Manhoso, ficou surpreso.

— Mas, que merda, ela se mataria?

— Não sei — disse Robin. — Aquela última mensagem que ela escreveu parecia meio em pânico. Talvez ela tenha pensado que eu iria confrontá-la por estar segurando o postal que ela enviou.

— Você precisa dormir um pouco. — Barclay a aconselhou.

Robin passou a chaleira.

— Para mim, não — disse-lhe Barclay. — Vou assumir o lugar de Andy em meia hora. Voltamos a Pimlico, vigiar a garota do Duas-vezes que nunca trepa com escroto nenhum.

Pat contou as notas de dez para Barclay, com quem sua atitude era tolerante, e não calorosa. O membro preferido de Pat na agência, além de Robin, ainda era Morris, que Robin tinha encontrado apenas três vezes desde o Ano-novo: duas quando trocava o turno de vigilância e uma quando ele veio ao escritório deixar o relatório semanal. Ele teve dificuldades para olhá-la nos olhos e não falou nada além de trabalho, uma mudança que Robin torcia para que fosse permanente.

— Quem é o próximo cliente na lista de espera, Pat? — perguntou ela enquanto fazia um café.

— Não temos efetivo para pegar outro caso — disse Barclay categoricamente, embolsando o dinheiro. — Não com Strike fora.

— Ele vai voltar no domingo se os trens estiverem operando — disse Robin, colocando o café de Pat ao seu lado. Eles marcaram para se encontrar com Cynthia Phipps na segunda-feira, no Hampton Court Palace.

— Preciso de um fim de semana em casa, no final do mês — disse Barclay a Pat, que na ausência de Strike estava encarregada do rodízio. Enquanto ela abria a agenda no computador, Barclay acrescentou: — Bem que eu podia aproveitar o máximo, enquanto não precisar de passaporte.

— O que quer dizer com isso? — perguntou a exausta Robin, sentando-se no sofá da antessala com seu café. Tecnicamente, estava de folga no momento, mas não tinha energia para voltar para casa.

— Independência da Escócia, Robin — disse Barclay, olhando-a por baixo das sobrancelhas bastas. — Acho que vocês, ingleses, nem notaram, mas a união está prestes a se romper.

— Não vai sair realmente, vai? — disse Robin.

— Cada babaca que conheço vai votar Sim em setembro. Um de meus colegas de faculdade me chamou de Uncle Tam da última vez em que estive lá. O imbecil não vai fazer isso de novo — resmungou Barclay.

Quando Barclay saiu, Pat perguntou a Robin:

— Como está a tia dele?

Robin sabia que Pat se referia a Strike, porque ela nunca usava o nome do chefe, se pudesse evitar.

— Muito doente — disse Robin. — Não tem mais condições de fazer quimioterapia.

Pat meteu o cigarro eletrônico entre os dentes e continuou digitando. Depois de um tempo, disse:

— Ele ficou sozinho no Natal, lá em cima.

— Eu sei — disse Robin. — Ele me contou como você foi boa com ele. Comprando-lhe sopa. Ele ficou muito agradecido.

Pat fungou. Robin bebeu o café, na esperança de ter um reforço de energia suficiente para fazê-la se levantar do sofá e entrar no metrô. E então Pat disse:

— Eu achava que *ele* teria algum lugar para ir em vez de ficar no sótão.

— Bom, ele estava gripado e ficou mal — disse Robin. — Não queria passar para ninguém.

Porém, enquanto lavava a caneca, vestia o casaco, despedia-se de Pat e descia a escada, Robin se viu refletindo sobre esse breve diálogo. Ela costumava ponderar, consigo mesma, a animosidade inexplicável que Pat parecia sentir em relação a Strike. Ficava claro, pelo tom de Pat, que ela imaginava de algum modo Strike imune à solidão ou à vulnerabilidade, e Robin ficou confusa com o motivo, porque Strike nunca fez segredo de onde morava, nem do fato de que dormia ali sozinho.

O celular de Robin tocou. Vendo um número desconhecido e lembrando-se de que Tom Turvey esteve do outro lado da linha da última vez que atendeu a uma chamada dessas, ela parou na frente da estação da Tottenham Court Road para atender, com uma leve apreensão.

— É Robin Ellacott? — disse uma voz de Manchester.

— Sim — respondeu Robin.

— Oi — disse a mulher, meio nervosa. — Você queria falar com Dave Underwood. Sou filha dele.

— Ah, sim — disse Robin. — Muito obrigada por retornar a ligação.

Dave Underwood era o homem que foi empregado para dirigir o furgão da loja de produtos integrais na época do desaparecimento de Margot Bamborough. Robin, que encontrara seu endereço on-line e lhe escrevera uma carta três dias antes, não esperava uma resposta tão rápida. Acostumara-se com as pessoas ignorando suas mensagens sobre Margot Bamborough.

— Foi meio que um choque receber sua carta — disse a mulher ao telefone. — O caso é que meu pai não pode falar. Ele sofreu uma traqueostomia três semanas atrás.

— Ah, lamento muito saber disso — disse Robin com um dedo no ouvido que não estava ao telefone, para bloquear o barulho do trânsito.

— É — disse a mulher. — Mas ele está aqui comigo agora e quer que eu diga... olha só... ele não vai se meter em problemas, vai?

— Não, claro que não — disse Robin. — Como eu disse na carta, na verdade só queremos excluir o furgão dos inquéritos.

— Tudo bem, então — disse a filha de Dave. — Bom, *era* ele. Incrível, se você pensar bem, porque todos juraram que tinha uma flor na lateral do furgão, não foi? Ele ficou feliz na época, porque achou que teria problemas, mas se sentiu mal com isso durante anos. Ele pegou o caminho errado em uma entrega e estava acelerando em Clerkenwell Green para tentar corrigir o rumo. Não quis dizer nada porque o chefe tinha dado uma bronca nele naquela manhã por não fazer as entregas a tempo. Ele viu no jornal que pensavam que talvez ele fosse Dennis Creed e simplesmente... bom, sabe como é. Ninguém gosta de ser confundido com coisas assim, não é? E quanto mais ele ficava calado, pior pensava que pareceria ele não ter se apresentado prontamente.

— Entendi — disse Robin. — Sim, compreendo como ele se sentiu. Bom, isso foi muito útil. E depois que fez a entrega, ele...?

— Ele voltou à loja e levou uma bronca do mesmo jeito, porque abriram o furgão e viram que ele tinha entregado o pedido errado. Teve de sair de novo.

Então Margot Bamborough claramente não estava na traseira do furgão de produtos integrais.

— Bom, muito obrigada por ter me retornado — disse Robin —, e, por favor, agradeça a seu pai pela sinceridade. Isso será de grande ajuda.

— Não há de quê — disse a mulher e depois, rapidamente, antes que Robin conseguisse desligar. — Você é a garota que foi apunhalada pelo Estripador de Shacklewell?

Por um momento, Robin pensou em negar, mas tinha assinado a carta a Dave Underwood com seu nome verdadeiro.

— Sim — disse ela, mas com menos cordialidade do que tinha colocado no agradecimento pela informação sobre o furgão. Não gostava de ser chamada de "A garota que foi apunhalada pelo Estripador de Shacklewell".

— Nossa — disse a mulher. — Eu disse a papai que era você. Bom, pelo menos Creed não pode te pegar, né?

Ela disse isso quase com alegria. Robin concordou, agradeceu novamente pela colaboração, desligou o telefone e desceu a escada para o metrô.

Pelo menos Creed não pode te pegar, né?

O término animado permaneceu ecoando em Robin enquanto ela descia ao metrô. Essa irreverência pertencia apenas àqueles que nunca sentiram um terror cego, ou tiveram de enfrentar a força bruta e o aço, que nunca ouviram um porco respirando perto de sua orelha, nem viram olhos desfocados por buracos de balaclava, nem sentiram a própria carne se dividir, porém mal registrando a dor, porque a morte estava tão próxima que dava para sentir seu hálito.

Robin olhou a escada rolante por cima do ombro, porque o passageiro descuidado atrás dela ficava encostando a pasta na parte de trás de sua coxa. Às vezes ela achava quase insuportável o contato físico fortuito com os homens. Chegando ao final da escada, ela se afastou rapidamente para não ficar perto do passageiro. *Pelo menos Creed não pode te pegar, né?* Como se ser "pega" não passasse de uma brincadeira de criança.

Ou ter aparecido nos jornais de algum modo fazia Robin parecer menos humana para a mulher do outro lado da linha? Enquanto Robin se sentava entre duas mulheres no metrô, seus pensamentos voltaram a Pat e à surpresa da secretária por Strike não ter aonde ir quando adoeceu, nem ter quem cuidasse dele. Seria essa a origem de sua antipatia? Um pressuposto de que ser digno do noticiário significava invulnerabilidade?

Quando Robin entrou no apartamento quarenta minutos depois, carregando uma sacola de mantimentos e ansiosa por dormir cedo, encontrou o lugar vazio, exceto por Wolfgang, que a recebeu com exuberância, depois ganiu de um jeito que indicava uma bexiga cheia. Com um suspiro, Robin encontrou a trela e o levou para uma rápida caminhada pela quadra. Depois disso, cansada demais para preparar uma boa refeição, fez ovos mexidos e comeu com torrada enquanto via o noticiário na TV.

Ela estava preparando um banho quando o celular voltou a tocar. Robin se deprimiu um pouco quando viu que era o irmão Jonathan, que estava no último ano da universidade em Manchester. Ela pensou saber do que ele falaria.

— Oi, Jon — disse ela.

— E aí, Robs. Você não respondeu à minha mensagem.

Robin sabia muito bem que não tinha respondido. Ele a enviara naquela manhã, enquanto ela vigiava a namorada do Duas-vezes que tomava um café inocente, sozinha com um romance de Stieg Larsson. Jon queria saber se ele e a namorada podiam ficar no apartamento dela no fim de semana de 14 e 15 de fevereiro.

— Desculpe — disse Robin —, sei que não respondi, mas foi um dia agitado. Para ser franca, não sei, Jon. Não sei quais são os planos de Max...

— Ele não se importaria se a gente dormisse no seu quarto, não é? Courtney nunca foi a Londres. Tem uma comédia que queremos ver no sábado. No Bloomsbury Theatre.

— Courtney é sua namorada? — perguntou Robin, agora sorrindo. Jonathan sempre foi muito reservado com a família a respeito da vida amorosa.

— Ela é minha *namorada* — repetiu Jonathan com escárnio, mas Robin tinha uma ideia de que ele na verdade tinha ficado muito satisfeito com a pergunta e presumiu que a resposta fosse um "sim".

— Vou ver com Max, está bem? E telefono para você amanhã — disse Robin.

Depois de dispensar Jonathan, ela terminou de preparar o banho e foi para o quarto pegar o pijama, o roupão e algo para ler. *O demônio de Paradise Park* estava horizontalmente no alto de sua arrumada estante de romances. Depois de hesitar por um momento, ela o levou para o banheiro, imaginando se preparar para dormir com o irmão e uma garota desconhecida no quarto. Estaria ela ficando pudica, enfadonha e velha antes da hora? Nunca concluiu a faculdade: "despencar" no chão da casa de estranhos nunca fez parte de sua vida e, depois do estupro que lhe ocorreu nos corredores do alojamento, ela nunca teve nenhum desejo de dormir em outro lugar que não fosse um ambiente sobre o qual tivesse completo controle.

Robin entrou na banheira quente e com espuma, e soltou um grande suspiro de prazer. Fora uma longa semana, sentada no carro durante horas ou andando pelas ruas chuvosas atrás do Manhoso ou de Elinor Dean. De olhos fechados, desfrutando do calor e do jasmim sintético do banho de espuma barato, seus pensamentos vagaram de volta à filha de Dave Underwood.

Pelo menos Creed não pode te pegar, né? Deixando de lado o tom jocoso ofensivo, ocorreu a ela o quanto era significativo que uma mulher que há anos sabia que Creed não dirigiu o furgão com o sol tivesse, ainda assim, a certeza de ele ter raptado Margot.

Porque, naturalmente, Creed nem *sempre* usou um furgão. Ele matou duas mulheres antes de conseguir o emprego na lavanderia e conseguiu convencer mulheres a entrar em seu apartamento de porão mesmo depois de ter adquirido o veículo.

Robin abriu os olhos, estendeu a mão para *O demônio de Paradise Park* e abriu na página em que havia parado. Segurando o livro longe da água quente e espumosa, ela continuou a leitura.

> Em uma noite de setembro de 1972, a senhoria de Dennis Creed o viu levar uma mulher ao apartamento de porão pela primeira vez. Ela testemunhou no julgamento de Creed que ouviu o portão da frente "guinchar" perto da meia-noite, olhou da janela de seu quarto a escada para o porão, e viu Creed e uma mulher que "parecia meio embriagada, mas andava normal", entrando na casa.
>
> Quando ela perguntou a Dennis quem era a mulher, ele lhe contou a história implausível de que era uma cliente fiel da lavanderia. Alegou ter encontrado a mulher bêbada por acaso na

rua e que ela lhe pedira para levá-la a seu apartamento e chamar um táxi.

Na realidade, a mulher que Violet vira Dennis conduzir para o apartamento era a desempregada Gail Wrightman, que naquela noite tinha levado um bolo do namorado. Wrightman saiu do Grasshopper, um bar em Shoreditch, às dez e meia da noite, depois de consumir vários coquetéis fortes. Uma mulher cuja descrição combinava com a de Wrightman foi vista entrando em um furgão branco a uma curta distância do bar. Além do vislumbre de Cooper de uma morena com casaco claro entrando no apartamento de Creed naquela noite, ninguém mais avistou Gail Wrightman depois que ela saiu do Grasshopper.

A essa altura, Creed tinha aperfeiçoado uma fachada de vulnerabilidade que apelava particularmente a mulheres mais velhas, como sua senhoria, e uma persona sexualmente ambígua e jovial que funcionava bem com embriagadas e solitárias. Creed mais tarde admitiu ter encontrado Wrightman no Grasshopper, colocado Nembutal em sua bebida e esperado na frente do bar onde, confusa e desequilibrada, ela ficou agradecida pela oferta de uma carona para casa.

Cooper aceitou a explicação dele de uma cliente da lavanderia que queria um táxi para casa "porque eu não tinha motivos para duvidar disso".

Na realidade, Gail Wrightman agora estava amordaçada e acorrentada a um radiador no quarto de Creed, onde permaneceria até Creed matá-la por estrangulamento em janeiro de 1973. Esse foi o período mais longo em que ele manteve uma vítima viva, e demonstra o quanto ele confiava que seu apartamento de porão agora era um lugar seguro, onde podia estuprar e torturar sem medo de ser descoberto.

Porém, pouco antes do Natal daquele ano, a senhoria o visitou por algum pretexto banal e lembrou, no banco de testemunhas, que "ele queria se livrar de mim, eu vi. Achei que tinha um cheiro ruim no lugar, mas tivemos problemas com o esgoto do vizinho antes. Ele me disse que não podia conversar porque esperava por um telefonema.

"Sei que era a época do Natal quando desci ali, porque me lembro de ter perguntado por que não tinha recebido nenhum cartão. Eu sabia que ele não tinha muitos amigos, mas pensei que alguém deveria se lembrar dele e achei isso uma pena. O rádio tocava 'Long-Haired Lover from Liverpool' e estava alto, eu me lembro disso, mas isso não era nada incomum. Dennis gostava de música."

A visita surpresa de Cooper ao apartamento de porão quase certamente selou a sentença de morte de Wrightman. Creed mais tarde disse a um psiquiatra que esteve brincando com a ideia de simplesmente manter Wrightman "como um bicho de estimação" pelo futuro previsível, para se poupar dos riscos representados por outros raptos, mas que reconsiderou e decidiu "dar um fim à infelicidade dela".

Creed assassinou Wrightman na noite de 9 de janeiro de 1973, uma data escolhida para coincidir com uma ausência de três dias de Vi Cooper, em visita a um parente doente. Creed decepou a cabeça e as mãos de Wrightman na banheira antes de levar o resto do corpo no furgão a Epping Forest à noite, embrulhado em uma lona, e o enterrado em uma cova rasa. Em casa, ele ferveu a carne da cabeça e das mãos de Wrightman e esmagou os ossos, como fizera com os cadáveres de Vera Kenny e Nora Sturrock, colocando os ossos pulverizados na caixa de ébano marchetado que guardava embaixo da cama.

Em sua volta à Liverpool Road, Violet Cooper notou que o "mau cheiro" tinha sumido do apartamento do porão e concluiu que o esgoto tinha sido consertado.

A senhoria e o inquilino voltaram a suas noites sociáveis, bebendo e cantando junto com os discos. É provável que Creed tenha tentado drogar Vi nessa época. Ela mais tarde testemunhou que costumava dormir tão profundamente nas noites em que Dennis se juntava a ela para uma bebida que ela se via ainda grogue na manhã seguinte.

A cova de Wrightman continuou incólume por quase quatro meses até ser descoberta por alguém que passeava com um cachorro terrier, que cavou e pegou um osso da coxa. A decomposição, a ausência de cabeça e mãos ou de qualquer roupa tornava a identificação quase impossível em vista das dificuldades de tipagem de tecidos nessas circunstâncias. Os detetives só conseguiram acrescentar o assassinato de Wrightman à lista de acusações contra ele depois da prisão de Creed, quando foram encontrados embaixo das tábuas do assoalho do quarto a roupa íntima, a meia-calça e um anel de opala de Wrightman que a família identificou como pertencentes a ela.

A irmã mais nova nunca perdera a esperança de que Gail ainda estivesse viva. "Eu não consegui acreditar, só quando vi o anel com meus próprios olhos. Até aquele momento sinceramente pensei que tinha havido um erro. Fiquei dizendo a meus pais que ela ia voltar. Não acreditava que houvesse uma maldade dessas no mundo e que minha irmã a teria encontrado.

"Ele não é humano. Ele brincou conosco, com os familiares durante o julgamento. Sorria e acenava para nós toda manhã. Olhava os pais, o irmão ou quem fosse, o parente que fosse mencionado. Depois disso, depois que ele foi condenado, ele continuou contando um pouco mais, e um pouco mais, e tivemos de viver com isso pairando acima de nós por anos, o que Gail disse, ou como implorou a ele. Eu o mataria com minhas próprias mãos se pudesse, mas nunca o faria sofrer como ele fez com Gail. Ele não é capaz de sentimentos humanos, é? Ele faz você..."

Houve um barulho alto no corredor, e Robin deu um salto que a água foi derramada da beira da banheira.

— Sou eu! — chamou Max, que parecia animado, o que não era característico, e ela o ouviu cumprimentando Wolfgang. — Oi pra você. Sim, oi, oi...

— Oi — gritou Robin. — Eu o levei para sair mais cedo!

— Muito obrigado — disse Max. — Junte-se a mim, estou comemorando!

Ela ouviu Max subir a escada. Tirando a tampa do ralo, Robin continuou sentada na banheira enquanto a água escorria, as bolhas quebradiças ainda grudadas no corpo, terminando o capítulo.

Ele faz você rezar para existir um inferno."

Em 1976, Creed disse ao psiquiatra da penitenciária, Richard Merridan, que tentou "ser discreto" depois da descoberta dos restos mortais de Wrightman. Creed admitiu a Merridan que sentiu ao mesmo tempo um desejo de notoriedade e o medo de ser capturado.

"Eu gostava de ler sobre o Açougueiro nos jornais. Eu a enterrei na Epping Forest como as outras porque queria que as pessoas soubessem que a mesma pessoa tinha feito todas elas, mas sabia que arriscava tudo sem variar o padrão. Depois disso, depois de Vi ter me visto com ela, e entrado no apartamento com ela ali, pensei que era melhor eu passar algum tempo fazendo as prostitutas, sendo discreto."

Mas a decisão de "fazer prostitutas" levaria, só alguns meses depois, ao mais perto que Creed tinha chegado da captura.

O capítulo terminava ali. Robin saiu da banheira, enxugou a água derramada, vestiu o pijama e o roupão, depois desceu para a área de estar onde Max estava sentado, vendo televisão, com um ar positivamente beatífico. Wolfgang parecia ter sido contagiado pelo bom humor do dono: recebeu Robin como se ela tivesse chegado de uma longa viagem e passou a lamber o óleo para banho de seus tornozelos, até ela pedir gentilmente a ele para desistir.

— Consegui um trabalho — disse Max a Robin, colocando a TV no mudo. Duas taças de champanhe e uma garrafa estavam na mesa de centro diante dele. — Coadjuvante, série nova, BBC One. Tome uma bebida.

— Max, isso é incrível! — disse Robin, emocionada por ele.

— É! — disse ele, radiante. — Escute. Acha que o seu Strike viria jantar aqui? Vou fazer um veterano. Seria bom falar com alguém que realmente foi do exército.

— Tenho certeza de que viria — disse Robin, torcendo para ter razão. Strike e Max não se conheciam. Ela aceitou o champanhe, sentou-se e ergueu a taça em um brinde. — Parabéns!

— Obrigado. — Ele bateu a taça na dela. — Vou cozinhar se Strike vier. Na verdade, vai ser bom. Preciso conhecer mais gente. Estou virando um daqueles caras "ele sempre foi reservado" que a gente vê nos noticiários.

— E eu serei a colega de apartamento burra — disse Robin, seus pensamentos ainda com Vi Cooper — que achava você adorável e nunca questionou por que sempre o pegava martelando as tábuas do piso.

Max riu.

— E vão te culpar mais do que a mim — disse Max —, porque sempre fazem isso. As mulheres que não percebem... Veja bem, algumas delas... quem era aquele cara nos Estados Unidos que fazia a esposa chamá-lo no interfone antes de deixar que ela entrasse na garagem?

— Jerry Brudos — disse Robin. Brudos foi mencionado em *O demônio de Paradise Park*. Como Creed, Brudos usava roupa de mulher quando raptou uma das vítimas.

— Preciso voltar a ter uma vida social — disse Max, mais expansivo do que Robin já o vira, sob a influência do álcool e da boa notícia. — Estive me sentindo péssimo desde que Matthew foi embora. Ficava me perguntando se eu devia vender esse apartamento e me mudar.

Robin pensou que o leve pânico que sentiu deve ter transparecido em seu rosto, porque Max disse:

— Não se preocupe, não vou fazer isso. Mas meio que me matou continuar aqui. Sinceramente, eu só comprei o lugar por causa dele. "Coloque tudo em imóveis, você não pode perder com imóveis", disse ele.

Ele parecia que ia dizer mais alguma coisa, mas, se era assim, decidiu pelo contrário.

— Max, queria te perguntar uma coisa — disse Robin —, mas não tem nenhum problema se a resposta for não. Meu irmão mais novo e a namorada estão procurando um lugar para ficar em Londres no fim de semana de 14 e 15 de fevereiro. Mas se você não...

— Deixa de ser boba. Eles podem dormir aqui — disse ele, dando um tapinha no sofá. — É um sofá-cama.

— Ah — disse Robin, que não sabia disso. — Bom, que ótimo. Obrigada, Max.

O champanhe e o banho quente deixaram Robin incrivelmente sonolenta, mas eles conversaram mais um pouco sobre a nova série de Max, até que por fim Robin pediu desculpas e disse que precisava dormir.

Enquanto puxava o edredom, Robin decidiu não começar um novo capítulo sobre Creed. Era melhor não ter certas coisas na cabeça quando se queria dormir. Porém, depois de apagar a luminária da mesa de cabeceira, descobriu que a mente se recusava a se desligar, então pegou o iPod.

Robin nunca ouvia música nos fones, a não ser que soubesse que Max estava no apartamento. Algumas experiências de vida tornam uma pessoa eternamente consciente de sua capacidade de reagir, de ter um alerta antecipado. Agora, porém, com a porta da frente seguramente trancada (Robin tinha verificado, como sempre fazia), e com o colega de apartamento e um cachorro a segundos de distância, ela colocou os fones nos ouvidos e pressionou *"shuffle"* nos quatro discos de Joni Mitchell que tinha comprado, escolhendo a música, em vez de outro frasco de perfume de que não ia gostar.

Às vezes, quando ouvia Mitchell, o que Robin ultimamente fazia com frequência, ela podia imaginar Margot Bamborough sorrindo ao pensar na música. Margot ficou para sempre congelada nos 29 anos, lutando para não ser derrotada por uma vida mais complicada do que imaginara que teria, quando concebeu a ambição de sair ela própria da pobreza usando o cérebro e o trabalho árduo.

Uma música desconhecida começou a tocar. A letra contava a história do final de um caso amoroso. Era uma letra mais simples e mais direta do que muitas de Mitchell, com poucas metáforas ou poesia. *Last chance lost/The hero cannot make the change/Last chance lost/The shrew will not be tamed.*

Robin pensou em Matthew, incapaz de se adaptar a uma esposa que queria mais da vida do que uma progressão firme na escada da propriedade, incapaz de desistir da amante que sempre, na verdade, era mais adequada a seus ideais e ambições do que Robin. Então foi isso que fez de Robin uma megera, lutando por uma profissão que todos, menos ela, achavam ser um erro?

Deitada no escuro, ouvindo a voz de Mitchell, que estava mais grave e mais rouca nos discos mais recentes, uma ideia que esteve adejando na periferia dos pensamentos de Robin por duas semanas forçou entrada à frente da sua mente. Ela esteve à espreita desde que Robin leu a carta do Ministério da Justiça, recusando permissão a Strike para ver o assassino serial.

Strike tinha aceitado a decisão do Ministério da Justiça e, na verdade, também Robin, que não desejava aumentar o sofrimento dos familiares das vítimas. Entretanto, o homem que podia salvar Anna de uma vida inteira de dor e incerteza constantes ainda estava vivo. Se Irene Hickson ficou explodindo de vontade de falar com Strike, o quanto Creed estaria mais disposto, depois de décadas de silêncio?

Last chance lost/the hero cannot make the change.

Robin se levantou subitamente, tirou os fones de ouvido, acendeu a luminária, sentou-se reta e pegou o bloco e uma caneta que sempre mantinha a seu lado ultimamente.

Não havia necessidade de dizer a Strike o que ia fazer. Precisava levar em conta a possibilidade de seus atos saírem pela culatra na agência. Se ela não tentasse, ficaria para sempre imaginando se não teria havido uma chance de ter contato com Creed, afinal.

34

... nenhuma arte, nenhum poder de médico...
Pode remediar tais feridas; tais feridas são sofrimentos infernais.

Edmund Spenser
A Rainha das Fadas

O serviço de trens entre a Cornualha e Londres enfim foi retomado. Strike fez as malas, mas prometeu à tia que voltaria em breve. Joan se agarrou a ele em silêncio na despedida. Por incrível que pareça, Strike teria preferido uma das despedidas emotivas e carregadas de chantagem que antes o antagonizavam.

No trem de volta a Londres, Strike descobriu que seu estado de espírito espelhava a paisagem monocromática de inverno e as árvores trêmulas que ele via pela janela suja. O lento declínio de Joan era uma experiência diferente das mortes com que Strike estava familiarizado, quase todas de causas não naturais. Como soldado e investigador, ele se habituara à necessidade de assimilar, sem aviso, a súbita e brutal extinção de um ser humano, a aceitar o vácuo repentino onde antes tinha cintilado uma alma. A lenta capitulação de Joan a um inimigo dentro de seu corpo era algo novo para ele. Uma pequena parte de Strike, da qual ele se envergonhava, queria que tudo tivesse acabado, que o luto começasse para valer e, no trem que o levava para o leste, ele ansiou pelo santuário temporário de seu apartamento vazio, onde era livre para se sentir infeliz sem a necessidade de desfilar a tristeza aos vizinhos, nem exibir um verniz de falso ânimo para a tia.

Ele rejeitou dois convites para jantar na noite de sábado, um de Lucy, outro de Nick e Ilsa, preferindo lidar com os casos da agência e analisar os arquivos de caso entregues por Barclay, Hutchins e Morris. No domingo, falou novamente com o dr. Gupta e com dois parentes de testemunhas falecidas do caso Bamborough, preparando-se para a atualização com Robin no dia seguinte.

Na noite de domingo, porém, enquanto estava ao lado do espaguete que fervia no fogareiro, ele recebeu uma segunda mensagem de texto da meia-irmã desconhecida, Prudence.

Oi, Cormoran. Não sei se recebeu minha primeira mensagem. Espero que esta chegue a você. Eu só queria dizer (acho) que entendo seus motivos para não querer se juntar a nós na foto de grupo para papai nem à festa. Há um pouco mais por trás da festa do que o álbum novo. Terei prazer em contar a você sobre isso pessoalmente, mas, como família, estamos guardando a confidencialidade. Espero que você não se importe de eu acrescentar que, como você, sou o resultado de uma das breves ligações (!) de papai e tive de lidar com minha própria cota de mágoas e raiva com o passar dos anos. Pergunto-me se você gostaria de tomar um café para discutir melhor isso. Estou em Putney. Por favor, entre em contato. Seria ótimo conhecê-lo. Com os mais sinceros votos, Pru

Com o espaguete agora fervendo ruidosamente, Strike acendeu um cigarro. A pressão parecia crescer atrás dos globos oculares. Ele sabia que estava fumando demais: a língua doía e, desde a gripe no Natal, a tosse matinal estava pior do que nunca. Barclay esteve enaltecendo as virtudes do cigarro eletrônico da última vez em que eles se encontraram. Talvez fosse a hora de experimentar, ou pelo menos reduzir os cigarros.

Ele leu a mensagem de Prudence pela segunda vez. Que motivos confidenciais poderiam existir por trás da festa, além do álbum novo do pai? Será que Rokeby finalmente receberia o grau de cavaleiro, ou estava fazendo estardalhaço com o quinquagésimo aniversário dos Deadbeats numa tentativa de lembrar àqueles que distribuíam honrarias que ele ainda não recebera nenhuma? Strike tentou imaginar a reação de Lucy, se ele lhe contasse que ia se encontrar com um monte dos novos meios-irmãos, quando o pequeno grupo de parentes dela estava prestes a perder um integrante. Ele tentou imaginar essa Prudence, de quem nada sabia, só que a mãe tinha sido uma atriz famosa.

Apagando o fogo, ele deixou o espaguete boiando na água e começou a redigir uma resposta, com o cigarro entre os dentes.

Obrigado pelas mensagens. Não tenho objeções a me encontrar com você, mas agora não é uma boa hora. Valorizo que você faça o que pensa ser o certo, mas nunca fui de fingir sentimentos nem manter ficções educadas para convir a comemorações públicas. Não tenho um relacionamento com...

Strike parou por um minuto inteiro. Nunca se referiu a Jonny Rokeby como "pai" e não queria dizer "nosso pai", porque daria a impressão de que ele se reunia a Prudence de uma forma que não o deixava à vontade, porque ela era uma completa estranha.

Entretanto, parte dele não sentia que ela era uma estranha. Parte dele sentia uma atração por ela. O que era? A mera curiosidade? Um eco do desejo que ele sentiu quando criança, de um pai que nunca aparecia? Ou era algo mais primitivo: o chamado do sangue, um senso animal de ligação que não podia ser inteiramente erradicado, por mais que se tentasse cortar os laços?

... Rokeby e não tenho interesse em fingir por algumas horas só porque ele está lançando um álbum novo. Não tenho má vontade para com você e, como eu disse, será um prazer conhecê-la quando minha vida estiver menos...

Strike parou de novo. De pé sobre o vapor que ondulava da panela, sua mente passou à moribunda Joan, aos casos em aberto da agência e, inexplicavelmente, a Robin.

... Atribulada. Atenciosamente, Cormoran

Ele comeu o espaguete com um vidro de molho pronto e adormeceu naquela noite ao som da chuva que batia nas telhas, sonhando que ele e Rokeby tinham uma briga de socos no convés de um veleiro, que adernou e virou, até que ambos caíram no mar.

A chuva ainda caía às dez para as 11 da manhã quando Strike saiu do metrô na estação de Earl's Court para esperar por Robin, que ia buscá-lo para o encontro com Cynthia Phipps no Hampton Court Palace. De pé embaixo da marquise de alvenaria na frente da saída da estação, com outro cigarro na boca, Strike leu dois e-mails recém-chegados no telefone: uma atualização de Barclay sobre o Duas-vezes e uma de Morris sobre o Manhoso. Ele quase tinha terminado os dois quando o celular tocou. Era Al, e, em vez de deixar a chamada cair na caixa postal, Strike decidiu dar um fim a esse tormento de uma vez por todas.

— Oi, mano — disse Al. — Como vai?

— Já estive melhor — disse Strike.

Ele deliberadamente não correspondeu à pergunta educada.

— Olha — disse Al —, hum... A Pru me ligou agora. Ela me contou o que você mandou a ela. O caso é que temos um fotógrafo agendado para o próximo sábado, mas se você não vai aparecer na foto... o sentido é que seja de todos nós. Pela primeira vez na vida.

— Al, não me interessa — disse Strike, cansado de ser educado.

Houve um breve silêncio. Depois Al disse:

— Sabe de uma coisa, o pai está tentando contato...

— É mesmo? — disse Strike, a raiva subitamente penetrando a névoa de cansaço, de suas preocupações com Joan e da massa de prováveis irrelevâncias que ele descobriria sobre o caso Bamborough, que ele tentava manter na cabeça para contar a Robin. — E quando teria sido isso? Quando ele colocou os advogados contra mim, perseguindo-me por dinheiro que legalmente era meu, antes de...

— Se está falando de Peter Gillespie, papai não sabia o quanto ele pegou pesado com você, juro que não sabia. Pete agora está aposentado...

— Não me interessa comemorar a merda do álbum novo dele — disse Strike. — Vão em frente e divirtam-se sem mim.

— Olha — disse Al —, não posso explicar agora... se puder me encontrar para uma bebida, eu te conto... existe um motivo para querermos fazer isso por ele agora, a foto e a festa...

— A resposta é não, Al.

— Você simplesmente vai continuar mostrando o dedo médio a ele para sempre, não é?

— Quem está mostrando o dedo médio? Eu não disse uma palavra a respeito dele publicamente, ao contrário dele, que não consegue uma porra de entrevista sem falar em mim ultimamente...

— Ele está tentando acertar as coisas e você não cede um milímetro!

— Ele está tentando arrumar parte da bagunça de sua imagem pública — disse Strike com grosseria. — Diga a ele para pagar a porra dos impostos dele, se quiser ser cavaleiro. Não sou a ovelha negra de estimação dele, caralho.

Ele desligou, mais furioso do que esperava, com o coração martelando desconfortavelmente por baixo do casaco. Jogando a guimba do cigarro na rua, seus pensamentos viajaram inescapavelmente a Joan, com o lenço escondendo a careca, e Ted chorando ao tomar chá. Por que, ele pensou furiosamente, não podia ser Rokeby que estivesse morrendo e sua tia quem estivesse bem e feliz, confiante de que chegaria ao próximo aniversário, andando por St. Mawes, conversando com amigos de uma vida inteira, planejando jantares para Ted, importunando Strike por telefone para ir visitá-la?

Quando Robin virou a esquina no Land Rover alguns minutos depois, ficou perplexa com a aparência de Strike. Embora ele lhe tenha contado por telefone sobre a gripe e o frango fora da validade, Strike parecia visivelmente mais magro no rosto e tão enfurecido que ela automaticamente olhou o relógio, imaginando se estaria atrasada.

— Está tudo bem? — perguntou ela quando abriu a porta do carona.

— Tudo — disse ele rispidamente, subindo ao banco e batendo a porta.

— Feliz Ano-novo.

— Nós já não nos dissemos isso?

— Na verdade, não — disse Robin, um tanto irritada com a rabugice dele. — Mas, por favor, não se sinta pressionado a retribuir. Detestaria que você se sentisse acusado injustamente de...

— Feliz Ano-novo, Robin — resmungou Strike.

Ela pegou a rua, com os limpadores de para-brisa trabalhando arduamente para manter o vidro limpo, com uma nítida sensação de *déjà vu*. Ele estava rabugento quando ela o apanhou em seu aniversário também e, apesar de tudo por que ele passava, ela também estava cansada, ela também tinha preocupações pessoais e gostaria de ver algum esforço.

— O que está havendo? — perguntou ela.

— Nada.

Eles seguiram por mais uns minutos em silêncio, até Robin falar.

— Viu o e-mail de Barclay?

— Sobre o Duas-vezes e a namorada? Vi, acabei de ler — disse Strike. — Largada, e ela nunca vai perceber que foi por ser fiel demais.

— Ele é um anormal — disse Robin —, mas como paga as contas...

— É exatamente o que penso — disse Strike, fazendo um esforço consciente para se livrar do mau humor. Afinal, nada disso... Joan, Pru, Al, Rokeby... era culpa de Robin. Ela esteve tocando a agência enquanto ele lidava com problemas na Cornualha. Ela merecia coisa melhor.

— Agora temos espaço para outro cliente da lista de espera — disse ele, tentando um tom mais entusiasmado. — Devo ligar para aquela corretora de commodities que acha que o marido está comendo a babá?

— Bom — disse Robin —, o trabalho do Manhoso está consumindo muito efetivo no momento. Estamos cobrindo o Manhoso, o chefe e a mulher em Stoke Newington. O chefe voltou à casa de Elinor Dean ontem à noite, sabe? Tudo igual à outra vez, até o carinho na cabeça.

— É mesmo? — disse Strike, de cenho franzido.

— É. Mas os clientes estão ficando impacientes e querem provas. Além disso, não temos ainda nenhuma solução sobre o Cartão-postal e o caso Bamborough está tomando muito tempo.

Robin não queria dizer explicitamente que com Strike constantemente entre Londres e a Cornualha, ela e os terceirizados cobriam os casos da agência abdicando de seus dias de folga.

— Então acha que devemos nos concentrar no Manhoso e no Cartão-postal?

— Acho que devemos aceitar que o Manhoso agora é trabalho para três pessoas e não ter pressa em pegar mais ninguém.

— Tudo bem, é justo — resmungou Strike. — Alguma novidade sobre a guia da National Portrait Gallery? Barclay me disse que você estava com medo de ela ter se suicidado.

— Para que ele te contou isso? — disse Robin. Ela agora se arrependia de ter liberado a ansiedade: parecia fraca, antiprofissional.

— Ele não fez por mal. Ela reapareceu?

— Não — disse Robin.

— Mais algum postal ao homem do tempo?

— Não.

— Talvez você a tenha assustado.

Strike pegou o bloco no bolso e o abriu, enquanto a chuva continuava a bater no para-brisa.

— Consegui algumas poucas informações sobre Bamborough, antes de encontrarmos Cynthia Phipps. Foi um ótimo trabalho seu, eliminar o furgão dos produtos integrais, a propósito.

— Obrigada — disse Robin.

— Mas existe todo um novo furgão na cena — disse Strike.

— Como é? — perguntou Robin bruscamente.

— Falei com a filha de Ruby Elliot ontem. Você se lembra de Ruby...

— A mulher que viu as duas mulheres brigando do carro.

— Essa mesma. Também falei com um sobrinho da sra. Fleury, que atravessava Clerkenwell Green, tentando levar para casa a mãe senil, na chuva.

Strike deu um pigarro e disse, lendo as anotações:

— De acordo com Mark Fleury, a tia ficou muito aborrecida com a descrição nos jornais de sua "briga" e até "luta" com a mãe, porque sugeria que tinha sido rude com a idosa. Ela disse que estava persuadindo a mãe a andar, e não a obrigando, mas admitiu que o resto da descrição combinava perfeitamente com elas: lugar certo, hora certa, chapéu e capa de chuva etc.

"Mas Talbot saltou na discrepância 'não estávamos lutando' e tentou pressionar a sra. Fleury a se retratar e confessar que ela e a idosa não podiam ter sido as pessoas vistas por Ruby Elliot. A sra. Fleury não aceitou isso. A descrição delas era boa demais: ela estava segura de que eram as pessoas certas.

"Então Talbot voltou a Ruby e tentou obrigá-la a mudar a história *dela*. Você vai lembrar que havia outra cabine telefônica na abertura da Albemarle Way. Talbot tentou convencer Ruby de que ela vira duas pessoas brigando na frente *dessa* cabine telefônica.

"E é aqui que as coisas ficam meio interessantes", disse Strike, virando uma página do bloco. "Segundo a filha, Ruby era uma mulher distraída, uma motorista nervosa e lia mapas muito mal, praticamente sem nenhum senso de orientação. Por outro lado, a filha alega que a mãe tinha uma memória muito boa para pequenos detalhes visuais. Ela não conseguia lembrar em que rua encontrou alguém conhecido, mas podia descrever em detalhes a cor de um cadarço que estivessem calçando. Ela foi vitrinista na juventude.

"Dado o caráter geral vago, Talbot deve ter achado fácil convencê-la de que tinha se enganado de cabine telefônica, mas quanto mais ele pressionava, mais firme ela ficava, e o motivo para ela ficar firme e dizer que as duas mulheres não podiam ter estado na frente da cabine da Albemarle, era porque ela vira *algo mais* acontecendo dentro daquela cabine telefônica em particular, algo que ela havia esquecido completamente até Talbot falar no prédio em forma de cunha. Não se esqueça, ela não conhecia nada de Clerkenwell.

"Segundo a filha, Ruby continuou dirigindo, descrevendo um grande círculo naquela noite, continuamente perdendo o Hayward's Place, onde ficava a casa nova da filha. Quando ele disse: 'Tem certeza de que não viu essas duas mulheres brigando ao lado de *outra* cabine telefônica, perto do prédio em forma de cunha na esquina da Albemarle Way?', Ruby de repente se lembrou de que teve de pisar no freio naquela altura da rua, porque um furgão na frente dela tinha parado de repente ao lado do prédio cuneiforme. Pegava uma jovem morena e atarracada que estava de pé debaixo do aguaceiro, ao lado da cabine telefônica. A mulher..."

— Espere um momento — disse Robin, momentaneamente tirando os olhos da rua chuvosa para olhar Strike rapidamente. — "Morena e atarracada?" Não era *Theo*?

— Ruby pensou que sim, depois de comparar sua lembrança da mulher na chuva com o retrato falado da última paciente de Margot. Pele morena, constituição forte, cabelo preto e basto... colado na cara porque chovia muito... e usando um par de...

Strike pronunciou o nome desconhecido, lendo do bloco.

— ... brincos *Kuchi*.

— O que são brincos Kuchi?

— No estilo cigano, segundo a filha de Ruby, o que pode explicar Gloria chamar Theo de "meio cigana". Ruby conhecia roupas e joias. Era o tipo de detalhe que ela notaria.

"O furgão freou de repente para pegar a garota-que-podia-ser--Theo, segurando temporariamente o trânsito. Os carros atrás de Ruby buzinaram. A morena entrou no banco do carona, o furgão seguiu na direção da St. John Street, e Ruby a perdeu de vista."

— E ela não contou a Talbot?

— A filha disse que quando ela se lembrou do segundo incidente, estava exausta de toda a história, morta de cansaço de ouvir as arengas de Talbot e disse que deve ter feito confusão ao pensar que as duas mulheres que brigavam não eram Margot e Creed usando roupas femininas, e se arrependia até de ter se apresentado à polícia.

"Depois que Lawson assumiu o caso, ela teve medo do que a polícia e a imprensa iam lhe dizer se de repente aparecesse com uma história de ter visto alguém parecida com Theo. Certa ou errada, a ideia podia dar a impressão de que ela queria outra chance de ser importante para o inquérito, depois que seu primeiro avistamento se provara inútil."

— Mas a filha não teve problema para te contar tudo isso?

— Bem, Ruby morreu, não foi? Não pode fazer mal a ela agora. A filha deixou claro que não acha que nada disso vá dar em alguma coisa, então podia muito bem me contar. E no fim das contas — disse Strike, virando uma página no bloco —, não sabemos se a mulher *era mesmo* Theo... embora, pessoalmente, eu pense que tenha sido. Theo não tinha cadastro na clínica, então provavelmente não estava familiarizada com a região. Aquela esquina daria um lugar facilmente identificável para encontrar o furgão depois de ela ter visto a médica. Muito espaço para encostar.

— É verdade — disse Robin lentamente —, mas se a mulher *era mesmo* Theo, isso a deixa fora de qualquer envolvimento no desaparecimento de Margot, não é? Claramente ela saiu da clínica sozinha, pegou uma carona e foi de carro...

— Quem estava dirigindo o furgão?

— Não sei. Qualquer um. Pai ou mãe, amigo, irmão...

— Por que Theo não se apresentou depois dos apelos da polícia?

— Talvez tivesse medo. Talvez tivesse um problema de saúde que não quisesse revelar a ninguém. Muita gente prefere não se misturar com a polícia.

— É, você não está errada — admitiu Strike. — Bem, ainda acho que vale a pena saber que uma das últimas pessoas a ver Margot viva pode ter saído da região em um veículo com tamanho suficiente para esconder uma mulher.

"E por falar na última pessoa a ver Margot viva", acrescentou Strike, "alguma resposta de Gloria Conti?"

— Não — disse Robin. — Se não acontecer nada até o fim da semana que vem, vou tentar contato com ela por intermédio do marido.

Strike virou uma página no bloco.

— Depois que falei com a filha de Ruby e o cara Fleury, liguei de novo para o dr. Gupta. Não sei se você se lembra, mas em meu sumário sobre as anotações astrológicas falei em "Escorpião", cuja morte, segundo Talbot, preocupava Margot.

— Sim — disse Robin. — Você especulou que Escorpião podia ser a amiga casada de Steve Douthwaite, que se matou.

— Bem lembrado — disse Strike. — Bom, Gupta não consegue se lembrar de nenhum paciente que tenha morrido em circunstâncias inexplicáveis nem de um jeito que tenha perturbado Margot, embora tenha enfatizado que tudo isso já tem quarenta anos e ele não pode jurar que tal paciente não existisse.

"Depois perguntei a ele se sabia que Joseph Brenner podia estar visitando um prédio residencial na Skinner Street na noite em que Margot desapareceu. Gupta disse que eles tinham vários pacientes na Skinner Street, mas não conseguia pensar em nenhum motivo para Brenner mentir sobre atender a um chamado domiciliar ali.

"Por fim, e não particularmente útil, Gupta lembra que dois homens foram buscar Gloria no final da festa de Natal da clínica. Ele lembra que um dos homens era bem mais velho e disse supor que era o pai de Gloria. O nome 'Mucky Ricci' não significava nada para ele."

No meio da Chiswick Bridge, o sol cortou de repente uma fresta de nuvens de chuva, ofuscando os olhos dos dois. O Tâmisa sujo embaixo da ponte e as poças rasas faiscaram como laser, mas, segundos depois, as nuvens se fecharam novamente e eles de novo dirigiam pela chuva, na luz cinza monótona de janeiro, por uma pista dupla e reta ladeada de arbustos escorregadios de chuva e árvores nuas.

— E aquele filme? — disse Robin, olhando de lado para Strike. — O filme que veio do sótão de Gregory Talbot? Você disse que ia me contar pessoalmente.

— Ah — disse Strike. — Sim.

Ele hesitou, olhando para além dos limpadores de para-brisa a longa estrada reta à frente, cintilando sob uma cortina diagonal de chuva.

— Mostrava uma mulher encapuzada sendo estuprada por uma gangue e assassinada.

Robin teve um leve arrepio na nuca e no couro cabeludo.

— E pessoas se excitam com isso — murmurou ela, enojada.

Ele sabia, pelo tom de Robin, que ela não tinha entendido, que pensava ser uma descrição de uma ficção pornográfica.

— Não — disse ele —, não era pornô. Alguém filmou... A realidade.

Robin olhou chocada e se virou rapidamente para a estrada. Os nós dos dedos ficaram brancos no volante. Imagens repulsivas de repente entravam à força em sua mente. O que Strike vira, que o fizera ficar tão fechado, tão vago? Será que o corpo da mulher encapuzada parecia o de Margot, o corpo que Oonagh Kennedy disse ser "todo pernas"?

— Você está bem? — perguntou Strike.

— Estou — ela quase vociferou. — O que... o que você viu, como...?

Mas Strike preferiu responder a uma pergunta que ela não fizera.

— A mulher tinha uma cicatriz comprida acima da caixa torácica. Nunca houve qualquer menção de Margot ter uma cicatriz na caixa torácica na imprensa ou nas anotações da polícia. Não acho que tenha sido ela.

Robin não disse nada, mas continuava tensa.

— Eram quatro homens, ah, envolvidos — continuou Strike —, todos caucasianos, e todos com os rostos ocultos. Também havia um quinto homem olhando. Seu braço apareceu brevemente no quadro. Pode ter sido Mucky Ricci. Tinha um anel de ouro grande fora de foco.

Ele tentava reduzir o relato a uma série de dados secos. Os músculos de sua perna tinham ficado tão tensos quanto as mãos de Robin, e ele estava pronto para segurar o volante. Ela teve uma crise de pânico uma vez quando eles estavam de carro.

— O que a polícia está dizendo? — perguntou Robin. — Eles sabem de onde isso veio?

— Hutchins perguntou por lá. Um cara que era da brigada de costumes acha que faz parte de um lote que eles apreenderam em uma batida em uma boate no Soho em 1975. A boate era de Ricci. Eles retiraram um monte de pornografia pesada do porão.

"Um dos melhores amigos de Talbot era da brigada de costumes. A melhor conjectura é de que Talbot roubou ou copiou o filme, depois que o amigo mostrou a ele."

— Por que ele faria isso? — disse Robin, com certo desespero.

— Acho que não vamos conseguir uma resposta melhor do que "porque ele estava mentalmente doente" — disse Strike. — Mas o ponto de partida deve ter sido o interesse dele por Ricci. Ele descobriu que Ricci tinha cadastro na Clínica St. John's e que foi à festa de Natal. Nas anotações, ele chamou Ricci de...

— ... Leão três — disse Robin. — Sim, eu sei.

Os músculos da perna de Strike relaxaram ligeiramente. Esse grau de foco e memória por parte de Robin não sugeria alguém prestes a ter uma crise de pânico.

— Você decorou meu e-mail? — perguntou ele.

Foi a vez de Robin se lembrar do Natal e do breve alívio que foi se enterrar no trabalho à mesa da cozinha da casa dos pais.

— Eu presto atenção quando estou lendo, é só isso.

— Bom, ainda não entendo por que Talbot não seguiu essa pista de Ricci, embora, a julgar pelas anotações astrológicas, houvesse uma deterioração aguda de seu estado mental nos seis meses em que ele esteve encarregado do caso. Estou imaginando que ele roubou aquela lata de filme pouco antes de ser expulso da polícia, daí nenhuma menção dela nas anotações policiais.

— E depois escondeu, para que ninguém mais investigasse a morte da mulher — disse Robin. Sua solidariedade para com Bill Talbot tinha sido, se não extinta, pelo menos severamente maculada. — Por que diabos ele não devolveu o filme à polícia quando voltou a seu estado mental normal?

— Estou achando que foi porque queria o emprego de volta e, na falta disso, quis garantir a pensão. Deixando de lado a integridade básica, não consigo ver que ele tivesse um grande incentivo para admitir ter mexido em provas de outro caso. Todos já estavam irritados com ele: os familiares das vítimas, a imprensa, a polícia, todos o culpavam por ter estragado a investigação. E depois Lawson, um cara de quem ele não gostava, assume e diz a ele para ficar fora daquela merda. Ele deve ter dito a si mesmo que a morta era só uma prostituta ou...

— Meu Deus — disse Robin com raiva.

— *Eu não estou* dizendo "só uma prostituta" — disse Strike rapidamente. — Estou imaginando a mentalidade de um policial dos anos 1970 que já fora envergonhado publicamente por estragar um caso notório.

Robin não disse nada, mas continuou séria pelo resto da viagem, enquanto Strike, os músculos da sua perna e meia tão tensos que doíam, tentava não deixar óbvio demais que vigiava disfarçadamente as mãos que seguravam o volante.

35

... A bela Aurora, levantando-se precipitadamente,
Ruborizada conta que ficara deitada
A noite toda no leito congelado de Titono,
Do que ela parece envergonhar-se intimamente.

Edmund Spenser
A Rainha das Fadas

— Já esteve aqui? — perguntou Strike a Robin, que parava o carro no estacionamento do Hampton Court. Ela ficou em silêncio desde que ele lhe contou do filme, e ele tentava romper a tensão.

— Não.

Eles saíram do Land Rover e partiram pelo estacionamento na chuva gelada.

— Onde exatamente temos de encontrar Cynthia?

— No Privy Kitchen Café — disse Robin. — Espero que eles nos deem um mapa na bilheteria.

Ela sabia que o filme escondido no sótão de Gregory Talbot não era culpa de Strike. Ele não o havia colocado ali, não o escondera por quarenta anos e, quando o inseriu no projetor, não tinha como saber que estava prestes a ver os últimos momentos torturantes e apavorados de uma mulher. Ela não ia querer que ele escondesse a verdade sobre o que tinha visto. Ainda assim, a descrição seca e fria tinha irritado Robin. Sensatamente ou não, Robin queria algum sinal de que ele sentiu repulsa, ou nojo, ou ficou horrorizado.

No entanto, talvez isso não fosse realista. Ele tinha sido da polícia militar muito antes de Robin conhecê-lo, onde aprendeu um distanciamento que às vezes Robin invejava. Por baixo da aparência determinadamente calma, Robin se sentia abalada e enjoada, e queria saber que, quando Strike viu a gravação dos momentos da morte da mulher, ele a reconheceu como uma pessoa tão real quanto ele.

Só uma prostituta.

Os passos dos dois soaram no asfalto molhado enquanto o grandioso palácio de tijolos aparentes se erguia diante deles, e Robin, que queria tirar da cabeça as imagens medonhas, tentou se lembrar de tudo que sabia sobre Henrique VIII, o cruel e corpulento rei Tudor que decapitou duas das seis esposas, mas de algum jeito ela se viu pensando em Matthew.

Quando Robin foi brutalmente estuprada por um homem com máscara de gorila que estivera escondido no poço da escada do alojamento, Matthew foi gentil, paciente e compreensivo. A advogada de Robin podia ficar perplexa com a origem do sentimento de vingança de Matthew no que deveria ser um divórcio simples, mas Robin passara a acreditar que o fim do casamento fora um profundo choque para Matthew, porque ele pensava ter um crédito infinito por tê-la ajudado no pior período de sua vida. Matthew, Robin tinha certeza, achava que ela estava eternamente em dívida para com ele.

Os olhos de Robin arderam de lágrimas. Virando o guarda-chuva para que Strike não pudesse ver seu rosto, ela piscou com força até clarear os olhos.

Eles atravessavam em silêncio um pátio com calçamento de pedra, e Robin parou de súbito. Strike, que jamais gostava de percorrer superfícies irregulares com a prótese, não lamentou a pausa, mas teve certo receio de estar prestes a ficar na extremidade receptora de um acesso de raiva.

— Olhe isso — disse Robin, apontando uma pedra reluzente do chão.

Strike olhou mais atentamente e viu, para sua surpresa, uma pequena cruz de São João gravada em uma pedra quadrada e pequena.

— Coincidência — disse ele.

Eles continuaram andando, Robin olhando à sua volta, obrigando-se a apreender o ambiente. Passaram por um segundo pátio, onde um grupo escolar de capa de chuva com capuz era orientado por um guia de traje medieval de bufão.

— Ah, nossa — disse Robin em voz baixa, olhando por cima do ombro, depois recuando alguns passos para ver melhor o objeto engastado no alto da parede, acima da arcada. —Veja só *isso*!

Strike fez o que foi pedido e viu um enorme relógio astronômico decorado do século XVI, azul e dourado. Os signos do zodíaco apareciam no perímetro, com os símbolos com que Strike se familiarizara de má vontade e com imagens que representavam cada signo. Robin sorriu da expressão de Strike, uma mescla de surpresa e irritação.

— Que foi? — disse ele, flagrando a cara irônica de Robin.

— Você — disse ela, voltando-se para andar. — Furioso com o zodíaco.

— Se você tivesse passado três semanas atolada em toda a bobajada de Talbot, também não ficaria fã do zodíaco — disse Strike.

Ele deu um passo atrás para que Robin entrasse primeiro no palácio. Seguindo o mapa que Strike recebera, eles foram por uma passagem sinalizada e coberta para o Privy Kitchen Café.

— Bom, acho que a astrologia tem certa poesia — disse Robin, que tentava conscientemente tirar da cabeça a lata antiga de filme de Talbot e seu ex-marido. — Não estou dizendo que funciona, mas que existe alguma... simetria nela, uma ordem...

Por uma porta à direita, o pequeno jardim Tudor ficou à vista. Animais heráldicos em cores vivas montavam sentinela sobre os canteiros quadrados, repletos de ervas do século XVI. O aparecimento repentino do leopardo, o cervo branco e o dragão vermelho pareceu animador a Robin, afirmando a potência e a sedução dos símbolos e dos mitos.

— Faz uma espécie de... não no sentido literal — disse Robin, à medida que as estranhas criaturas caprichosamente saíam de vista —, mas tem motivos para ter sobrevivido.

— Sim. As pessoas vão acreditar em qualquer merda antiga.

Para leve alívio dele, Robin sorriu. Eles entraram na cafeteria de paredes brancas, que tinha pequenas janelas chumbadas e mobília de carvalho escuro.

— Encontre uma mesa discreta para nós, vou pegar as bebidas. O que vai querer, café?

Escolhendo uma sala lateral deserta, Robin sentou-se a uma mesa embaixo de uma das janelas chumbadas e olhou um resumo da história do palácio, que eles receberam com os ingressos. Ela aprendeu que antes os Cavaleiros de São João eram donos das terras em que ficava o palácio, o que explicava a cruz no calçamento, e que o cardeal Wolsey tinha dado o palácio a Henrique VIII em uma tentativa inútil de evitar o declínio da própria influência. Porém, quando leu que o fantasma de Catarina Howard, de 19 anos, supostamente corria e gritava pela Galeria Mal-assombrada, eternamente implorando ao marido de cinquenta anos, o rei, para não ser decapitada, Robin fechou o folheto sem ler o resto. Strike chegou com os cafés e a encontrou de braços cruzados, olhando fixamente o vazio.

— Está tudo bem?

— Sim — disse ela. — Só pensando nos signos astrológicos.

— Ainda? — disse Strike, revirando levemente os olhos.

— Jung diz que foi a primeira tentativa humana na psicologia, sabia disso?

— Não sabia. — Strike sentou-se de frente para Robin. Robin, como ele sabia, estudara psicologia na universidade antes de abandonar o curso. — Mas não existe desculpa para continuar usando, agora que temos a psicologia de verdade, não é?

— O folclore e a superstição nunca desaparecem. Nunca vão desaparecer. As pessoas precisam deles. — Ela tomou um gole do café. — Acho que um mundo puramente científico seria um lugar frio. Jung também falou do inconsciente coletivo, sabe? Os arquétipos que se escondem em todos nós.

Mas Strike, cuja mãe lhe garantira que ele passasse grande parte da infância em uma névoa de incenso, sujeira e misticismo, disse rispidamente:

— Tá, tudo bem. Sou Team Racional.

— As pessoas gostam de se sentir conectadas a algo maior. — Robin olhou o céu chuvoso. — Acho que faz com que se sintam menos solitárias. A astrologia liga as pessoas ao universo, não é? E aos mitos e ideias antigos...

— ... e por acaso alimenta seu ego — disse Strike. — Faz com que se sinta menos insignificante. "Olha como o universo me diz que sou especial." Não engulo a ideia de que tenho mais em comum com outras pessoas nascidas em 23 de novembro do que penso que ter nascido na

Cornualha faz de mim uma pessoa melhor do que quem nasceu em Manchester.

— Eu nunca disse...

— Você não, mas meu amigo mais antigo — disse Strike. — Dave Polworth.

— Aquele que fica de mau humor com os morangos sem a bandeira da Cornualha?

— Ele mesmo. Nacionalista cornualhês convicto. Ele fica na defensiva se você contestar... "Não estou dizendo que somos melhores que ninguém"... mas ele acha que você não deve poder comprar imóveis por lá se não conseguir provar etnia cornualhesa. Não o lembre que ele nasceu em Birmingham, se gosta de seus dentes.

Robin sorriu.

— Mas é o mesmo tipo de coisa, não é? — disse Strike. — "Sou especial e diferente porque nasci neste pedaço de terra." "Sou especial e diferente porque nasci em 12 de junho..."

— Mas onde você nasceu *influencia* quem você é — afirmou Robin. — As normas culturais e a língua têm seus efeitos. E existem estudos que mostram que pessoas nascidas em diferentes épocas do ano tendem mais a determinados problemas de saúde.

— Então Roy Phipps sangra muito porque nasceu em...? Oi, aqui! — disse Strike, interrompendo-se de repente com os olhos na porta.

Robin se virou e viu, para seu assombro momentâneo, uma mulher magra com um vestido longo e penteado Tudor.

— Eu peço *mil* desculpas! — disse a mulher, gesticulando para seu traje e rindo, nervosa, ao avançar para a mesa deles. — Achei que teria tempo de trocar de roupa! Estive com um grupo escolar... terminamos atrasados...

Strike se levantou e estendeu a mão para cumprimentá-la.

— Cormoran Strike — disse ele. Com os olhos no colar de pérolas falsas com a inicial "B" em um pingente, ele disse: — Ana Bolena, presumo?

O riso de Cynthia continha alguns bufos involuntários, que aumentavam sua estranha semelhança, embora ela fosse de meia-idade, com uma estudante desajeitada. Seus movimentos não combinavam com o amplo vestido de veludo, sendo muito exagerados e deselegantes.

— Ahahah, sim, sou eu! É só minha segunda vez de Ana. Você pensa que já ouviu *todas* as perguntas que as crianças podem fazer até que uma delas diz: "Como se sente com a cabeça decapitada?", ahahahah!

Cynthia não era o que Robin esperava. Agora ela percebia que sua imaginação tinha desenhado uma jovem loura, o estereótipo de uma babá escandinava... ou seria porque Sarah Shadlock tinha o cabelo quase branco?

— Café? — perguntou Strike a Cynthia.

— Ah... café, sim, por favor, maravilhoso, obrigada — disse Cynthia, com um entusiasmo excessivo. Quando Strike saiu, Cynthia fez uma pequena pantomima de quem não sabe em que cadeira se sentar até que Robin, sorrindo, afastou a cadeira a seu lado e estendeu a mão também.

— Ah, sim, olá! — disse Cynthia, sentando-se e apertando sua mão. Tinha um rosto fino e pálido, agora com um sorriso ansioso. A íris dos olhos grandes era fortemente mosqueada, de uma cor indefinida entre o azul, o verde e o cinza, e os dentes eram bem tortos.

— Então você é guia a caráter? — perguntou Robin.

— Sim, exatamente, como a pobre Ana, ahahah — disse Cynthia, com outra risada nervosa e seus bufos. — "Não consegui dar um filho ao rei! Disseram que eu era uma bruxa!" Essas são as coisas que as crianças gostam de ouvir; tive de trabalhar muito para entender a política, ahah. Pobre Ana. — Suas mãos se remexiam. — Ah, ainda estou... pelo menos posso tirar isso, ahahah!

Cynthia passou a desprender a peruca. Embora soubesse que Cynthia estava muito nervosa e que seu riso constante era mais um tique do que diversão genuína, Robin mais uma vez se lembrou de Sarah Shadlock. Que tendia a rir muito, e alto, em particular perto de Matthew. De propósito ou não, o riso de Cynthia impunha uma espécie de obrigação: sorrir ou parecer hostil. Robin se lembrou de um documentário sobre macacos que tinha visto certa noite, quando estava cansada demais para se levantar e ir para a cama: os chimpanzés também trocavam risos para indicar coesão social.

Quando Strike voltou à mesa com o café de Cynthia, encontrou-a agora de cabeça exposta. Metade do cabelo preto estava cinza, e preso em um rabo de cavalo curto.

— É um grande prazer conhecê-la, sra. Phipps — disse ele, voltando a se sentar.

— Ah, não, de forma alguma — disse Cynthia, gesticulando com as duas mãos finas e rindo mais um pouco. — Qualquer coisa que eu puder fazer para ajudar Anna com... mas Roy não tem estado bem, então não quero preocupá-lo justo agora.

— Lamento saber de...

— Sim, obrigada, não, é câncer de próstata — disse Cynthia, agora sem rir. — Radioterapia. Não se sente muito animado. Anna e Kim foram ficar com ele esta manhã, ou eu não teria conseguido... não gosto de deixá-lo no momento, mas as meninas estão lá, então pensei que não teria problema em...

O final da frase se perdeu em um gole do café. Sua mão tremia um pouco quando ela repôs a xícara no pires.

— Sua enteada deve ter lhe contado... — começou Strike, mas Cynthia o interrompeu de imediato.

— *Filha*. Nunca chamo Anna de minha enteada. Desculpe-me, mas eu sinto por ela o mesmo que sinto por Jeremy e Ellie. Não tem nenhuma diferença.

Robin se perguntou se isso seria verdade. Estava desconfortavelmente consciente de que parte dela ficava de lado, observando Cynthia com olhos críticos. *Ela não é Sarah*, Robin ficou lembrando a si mesma.

— Bom, tenho certeza de que Anna lhe falou por que nos contratou, e assim por diante.

— Ah, sim — disse Cynthia. — Não, devo admitir, estava esperando uma coisa dessas há algum tempo. Torço para que não piore as coisas para ela.

— Erm... bom, nós também torcemos por isso, evidentemente — disse Strike, e Cynthia riu.

— Ah, não, claro que sim — disse ela.

Strike pegou o bloco, em que havia algumas folhas fotocopiadas dobradas, e uma caneta.

— Podemos começar pelo depoimento que a senhora deu à polícia?

— Você o conseguiu? — disse Cynthia, assustada. — O original?

— Uma fotocópia — disse ele, abrindo-a.

— Que... estranho. Ver isso de novo depois de tanto tempo. Eu tinha 18 anos. Dezoito! Parece fazer um século, ahahah!

A assinatura no final da página de cima, Robin viu, era redonda e bem infantil. Strike passou as fotocópias a Cynthia, que as pegou parecendo quase assustada.

— Infelizmente sou terrivelmente disléxica — disse ela. — Só tive o diagnóstico aos 42 anos. Meus pais achavam que era preguiça, ahah... hum, então...

— Prefere que eu leia para a senhora? — sugeriu Strike. Cynthia devolveu a ele prontamente.

— Ah, obrigada... é assim que aprendo todas as minhas diretrizes como guia, ouvindo gravações em áudio, ahahah...

Strike alisou as fotocópias na mesa.

— Por favor, interrompa se quiser acrescentar ou alterar alguma coisa — disse ele a Cynthia, que assentiu e respondeu que assim faria.

— "Nome, Cynthia Jane Phipps... data de nascimento, 20 de julho de 1957... endereço, 'O Anexo, Broom House, Church Road'"... seria o endereço de Margot...?

— Eu tinha aposentos independentes acima da garagem para dois carros — disse Cynthia. Robin pensou ter ouvido uma leve ênfase em "independentes".

— "Sou empregada como babá da filha bebê do dr. Phipps e da dra. Bamborough e moro na casa deles..."

— Um apartamento independente — disse Cynthia. — Tinha sua própria entrada.

— "Meu horário..." Acho que não precisamos de nada disso — disse Strike em voz baixa. — Aqui está. "Na manhã do dia 11 de outubro comecei a trabalhar às sete horas. Vi a dra. Bamborough antes de ela sair para o trabalho. Ela estava a mesma de sempre. Lembrou-me de que chegaria tarde em casa porque ia encontrar a amiga srta. Oonagh Kennedy para tomar um drinque perto de seu local de trabalho. Como o dr. Phipps estava acamado devido a um acidente recente..."

— Anna lhe falou da doença de von Willebrand de Roy? — perguntou Cynthia ansiosamente.

— Erm... não acho que *ela* tenha nos contado, mas foi mencionado no relatório policial.

— Ah, ela não contou? — disse Cynthia, que pareceu infeliz ao saber disso. — Bom, ele tem o tipo 3. É grave, tão ruim quanto a hemofilia. O joelho inchou e ele estava com muita dor, mal conseguia *se mexer* — disse Cynthia.

— Sim — disse Strike —, está tudo no relatório...

— Não, porque ele teve um acidente no dia 7 — disse Cynthia, que parecia decidida a dizer isso. — O dia estava úmido, caía um aguaceiro, pode verificar. Ele estava virando a esquina do hospital, ia para o estacionamento, e um paciente ambulatorial o atropelou com uma bicicleta. Roy se embolou com a roda dianteira, escorregou, bateu o joelho e sangrou muito. Naquela época, ele tomava injeções profiláticas, então não aconteceu como costumava ser, mas se ele se machucava podia ficar de cama por semanas.

— Certo — disse Strike e, julgando ser a coisa mais educada a fazer, tomou nota atentamente de todos esses detalhes, que já havia lido nos depoimentos de Roy e nos interrogatórios da polícia.

— Não, Anna sabe que o pai estava doente naquele dia. Ela sempre soube — acrescentou Cynthia.

Strike continuou a ler o depoimento em voz alta. Era uma narrativa de fatos que Strike e Robin já conheciam. Cynthia estivera encarregada da bebê Anna na casa. A mãe de Roy tinha aparecido durante o dia. Wilma Bayliss fizera faxina por três horas e fora embora. Cynthia levara um ou outro chá ao inválido e à mãe dele. Às 18 horas, Evelyn Phipps foi para casa, a seu bangalô, jogar bridge com amigas, deixando uma bandeja com comida para o filho.

— "Às oito horas da noite, eu estava vendo televisão na sala de estar do térreo quando ouvi o telefone tocar no hall. Em geral só atendia ao telefone se o dr. Phipps e a dra. Bamborough estivessem fora. Como o dr. Phipps estava em casa e podia atender pela extensão ao lado da cama, não atendi.

"'Cerca de cinco minutos depois, ouvi o sino que a sra. Evelyn Phipps tinha colocado ao lado da cama do dr. Phipps para alguma emergência. Subi a escada. O dr. Phipps ainda estava na cama. Ele me disse que era a srta. Kennedy ao telefone. A dra. Bamborough não tinha aparecido no pub. O dr. Phipps disse pensar que ela devia ter se atrasado no trabalho ou se esquecido. Ele me pediu para dizer à dra. Bamborough para ir ao quarto dele assim que chegasse.

"'Voltei para o térreo. Cerca de uma hora depois, ouvi o sino de novo e subi, encontrando o dr. Phipps agora muito preocupado com a esposa. Ele me perguntou se ela já havia chegado. Eu disse que não. Ele me pediu para ficar no quarto enquanto ele telefonava à casa da srta. Kennedy. A srta. Kennedy ainda não vira nem tivera notícias da dra. Bamborough. O dr. Phipps desligou e me perguntou o que a dra. Bamborough levava quando saiu de casa naquela manhã. Disse a ele que só uma bolsa e a maleta de médica. Ele me perguntou se a dra. Bamborough tinha dito alguma coisa sobre visitar os pais dela. Eu disse que não. Ele me pediu para ficar enquanto ligava para a mãe da dra. Bamborough.

"'A sra. Bamborough não tinha notícias da filha, nem a havia visto. O dr. Phipps agora estava muito preocupado e me pediu para descer e ver na gaveta embaixo do relógio do consolo da lareira, na sala, se havia alguma coisa ali. Fui olhar. Não havia nada. Voltei para o segundo andar e disse ao dr. Phipps que a gaveta do relógio estava vazia. O dr. Phipps explicou que esse era um lugar em que ele e a esposa às vezes deixavam bilhetes particulares. Antes dessa ocasião, eu não sabia disso.

"'Ele me pediu para ficar com ele enquanto ligava para a mãe, porque talvez tivesse mais alguma coisa para eu fazer. Falou com a mãe e pediu os conselhos dela. Foi uma conversa breve. Quando desligou, o dr. Phipps me perguntou se eu pensava que ele devia telefonar para a polícia. Eu disse que achava que deveria. Ele disse que ia telefonar. Disse-me para descer e abrir a porta para a polícia quando eles chegassem, e acompanhá-los até seu quarto. A polícia chegou cerca de meia hora depois, e eu os levei ao quarto do dr. Phipps.

"'Não achei as maneiras da dra. Bamborough incomuns quando ela saiu de casa naquela manhã. As relações entre o dr. Phipps e a dra. Bamborough pareciam inteiramente felizes. Fiquei muito surpresa com o desaparecimento dela, o que não era de sua característica. Ela era muito ligada à filha, e eu não conseguia imaginá-la abandonando o bebê, ou saindo sem dizer ao marido ou a mim aonde ia.

"'Assinado e datado Cynthia Phipps, 12 de outubro de 1974.'"

— Sim, não, isto é... não tenho nada a acrescentar — disse Cynthia. — É estranho ouvir isso agora! — disse ela com outra risadinha bufada, mas Robin achou que seus olhos estavam assustados.

— Isso evidentemente é, hum, delicado, mas se pudermos voltar a seu depoimento sobre as relações entre Roy e Margot...

— Sim, desculpe, não, não vou falar do casamento deles — disse Cynthia. Suas faces encovadas ficaram manchadas de um rubor arroxeado. — Todo mundo briga, todos têm altos e baixos, mas não cabe a mim falar do casamento deles.

— Entendemos que seu marido não pode ter... — Robin começou.

— O marido de *Margot* — disse Cynthia. — Não, veja bem, são duas pessoas completamente diferentes. Dentro da minha cabeça.

Conveniente, disse uma voz dentro de Robin.

— Estamos simplesmente explorando a possibilidade de que ela tenha ido embora — disse Strike —, talvez para pensar ou...

— Não, Margot não teria ido embora sem dizer nada. Isso não seria típico dela.

— Anna nos contou que a avó... — disse Robin.

— Evelyn teve Alzheimer precoce e não se podia levar a sério o que ela dizia. — O tom de Cynthia era mais agudo e mais frágil. — Eu sempre disse isso a Anna, *sempre* disse a ela que Margot nunca a teria abandonado. Eu *sempre* disse isso a ela — repetiu Cynthia.

Menos, continuou a voz dentro da cabeça de Robin, *quando você fingiu ser a verdadeira mãe de Anna e escondeu dela a existência de Margot.*

— Prosseguindo — disse Strike —, a senhora recebeu um telefonema no segundo aniversário de Anna de uma mulher que se dizia Margot?

— Hum, sim, não, é isso mesmo — disse Cynthia. Ela tomou outro gole trêmulo de café. — Eu estava na cozinha, colocando glacê no bolo de aniversário quando o telefone tocou, para não correr o risco de me esquecer que dia era, ahahah. Quando atendi, a mulher disse: "É você, Cynthia?" Eu disse que sim, e ela continuou: "Aqui é Margot. Deseje à pequena Annie um feliz aniversário da mamãe dela. E trate de cuidar bem dela." E a linha ficou muda.

"Eu simplesmente fiquei parada ali", ela imitou segurar um utensílio invisível e tentou rir de novo, mas não saiu nenhum som, "segurando a espátula. Não sabia o que fazer. Anna brincava na sala de estar. Eu fiquei... decidi que era melhor ligar para o trabalho de Roy. Ele me disse para procurar a polícia e foi o que eu fiz."

— Achou que era Margot? — perguntou Strike.

— Não. Não era... bom, era *parecida* com ela, mas acho que não *era* ela.

— Acha que alguém a estava imitando?

— Para colocar desse jeito, sim. O sotaque. Cockney, mas... não, não tive a sensação que a gente tem quando simplesmente *sabe* quem é...

— Tem certeza de que era uma mulher? — disse Strike. — Pode ter sido um homem imitando uma mulher?

— Acho que não — disse Cynthia.

— Margot algum dia chamou Anna de "pequena Annie"? — perguntou Robin.

— Ela a chamava de tudo que é apelido carinhoso — disse Cynthia, parecendo triste. — Annie Fandango, Annabella, Carinha de Anjo... Alguém pode ter adivinhado, ou talvez tenha entendido o nome errado... mas o *timing* era... eles tinham acabado de encontrar partes da última vítima de Creed. Aquela que ele atirou da Beachy Head...

— Andrea Hooton — disse Robin. Cynthia a olhou um pouco assustada por ela ter o nome na ponta da língua.

— Isso, a cabeleireira.

— Não — disse Robin. — Essa foi Susan Meyer. Andrea era a estudante de doutorado.

— Ah, sim — disse Cynthia. — Claro... sou péssima com nomes... bom, Roy tinha acabado de passar pela identificação das, hum, sabe, das partes do corpo que pararam na praia, então tínhamos nossas esperanças... não nossas esperanças! — disse Cynthia, parecendo horrorizada com a palavra que lhe escapara —, eu não quis dizer isso! Não, naturalmente ficamos aliviados por não ser Margot, mas é de se pensar, sabe, talvez a gente conseguisse uma resposta...

Strike pensou em seu próprio desejo culpado de que a lenta e prolongada morte de Joan acabasse logo. Um cadáver, embora indesejado, significava que a angústia podia encontrar expressão e sublimação entre flores, discursos e rituais, consolo em Deus, álcool e companheiros de luto; uma apoteose alcançada, um primeiro passo para a apreensão da medonha realidade de que a vida se extinguira, e que a vida deve continuar.

— Já havíamos passado por isso uma vez, quando encontraram o outro corpo, aquele no Alexandra Lake — disse Cynthia.

— Susan Meyer — murmurou Robin.

— Mostraram fotos a Roy, nas duas vezes... e então esse telefonema, logo depois de ele ter de... pela segunda vez... foi...

De repente Cynthia estava chorando, não como Oonagh Kennedy, de cabeça erguida e as lágrimas cintilando nas faces, mas recurvada sobre a mesa, escondendo o rosto, as mãos tremendo, apoiando a testa.

— Peço desculpas. — Ela soluçou. — Eu sabia que isso seria terrível... nunca falamos dela... não falamos mais... desculpem-me...

Ela chorou por mais alguns segundos, depois se obrigou a levantar a cabeça, os olhos grandes agora rosados e úmidos.

— Roy queria acreditar que era Margot ao telefone. Ficava dizendo: "Tem certeza, tem *certeza*, não parecia ela?" Ele ficou em suspense enquanto a polícia rastreava a chamada...

"Vocês estão sendo muito educados", disse ela, e seu riso dessa vez era um tanto histérico, "mas sei o que querem saber, e o que Anna quer saber também, embora eu *tenha dito* a ela *várias vezes*... não havia *nada* entre mim e Roy antes do desaparecimento de Margot, nem por *quatro anos* depois disso... ela lhes contou que Roy e eu somos parentes?"

Ela disse isso como se fosse obrigada a dizer, embora uma prima em terceiro grau não fosse, afinal, um parentesco muito próximo. Mas Robin, pensando no distúrbio sanguíneo de Roy, perguntou-se se os Phipps, como os Romanov, teriam sido aconselhados a não se casar com os primos.

— Sim, ela contou — disse Strike.

— Eu estava cansada de ouvir o nome dele antes de ir trabalhar para eles, para falar a verdade. Tudo era: "Olha só o primo Roy, com todos os seus problemas de saúde, entrando para o Imperial College e estudando medicina. Se você *se esforçasse mais*, Cynthia..." Eu costumava detestar só pensar nele, ahahah!

Robin recordou-se da foto do jovem Roy na imprensa: o rosto sensível, o cabelo desleixado, os olhos de poeta. Muitas mulheres achavam lesões e doenças coisas românticas em um homem bonito. Matthew, em suas piores efusões de ciúme de Strike, não tinha invocado sua perna amputada, o ferimento do guerreiro contra o qual ele, de corpo íntegro e saudável, sentia-se incapaz de competir?

— Vocês podem não acreditar nisso, mas para mim, aos 17 anos, a melhor coisa em Roy era Margot! Não, eu a achava *maravilhosa*, tão... tão chique e, sabe, cheia de opiniões e coisas...

"Ela me convidou para jantar, depois de saber que eu tinha me dado mal em todas as minhas provas. Bom, eu a venerava como uma heroína, então fiquei emocionada. Desabafei, contei a ela que eu não podia fazer segunda época, eu só queria ir para o mundo real e ganhar o meu dinheiro. E ela disse: 'Olha, você é incrível com crianças, que tal cuidar de minha filha quando eu voltar a trabalhar? Vou pedir a Roy para preparar o apartamento em cima da garagem para você.'

"Meus pais ficaram *furiosos*", disse Cynthia, com outra tentativa de riso corajoso, só que malsucedida. "Eles ficaram furiosos com ela, *e* com Roy, embora, na verdade, ele não me quisesse lá, porque queria que Margot ficasse em casa e cuidasse ela mesma de Anna. Meus pais disseram que ela só estava atrás de mão de obra barata. Hoje em dia, entendo melhor o ponto de vista deles. Não sei se *eu* teria ficado deliciada se uma mulher convencesse uma de minhas filhas a abandonar os estudos, se mudar para a casa dela e cuidar de seu bebê. Mas, não, eu amava Margot. Fiquei emocionada."

Cynthia se calou por um momento, com uma expressão distante nos olhos tristes, e Robin se perguntou se ela pensava nas imensas e inalteráveis consequências de aceitar o emprego de babá, que, em vez de servir de trampolim para uma vida independente, a colocara em uma casa da qual ela nunca sairia, levada a criar a filha de Margot como dela própria, dormindo com o marido de Margot, para sempre presa na sombra da médica que ela alegava amar. Como era viver com uma ausência tão grande?

— Meus pais queriam que eu fosse embora logo depois de Margot desaparecer. Eles não gostavam que eu ficasse sozinha na casa com Roy, porque as pessoas começavam a fofocar. Houve umas sugestões na imprensa, mas eu juro pela vida de meus filhos — disse Cynthia, com um caráter definitivo e obtuso — que não havia *nada* entre mim e Roy, nunca, antes de Margot desaparecer, nem por muito tempo depois disso também. Fiquei por Anna, porque não suportei deixá-la... ela passara a ser a minha filha!

Ela não era, disse a implacável voz na cabeça de Robin. *E você devia ter dito isso a ela.*

— Depois do desaparecimento de Margot, Roy não namorou ninguém por um bom tempo. Depois teve uma colega do trabalho — o rosto fino de Cynthia se ruborizou de novo —, mas só durou alguns meses. Anna não gostava dela.

"Eu tinha um namorado vai e vem, mas ele me deu o fora. Disse que era como namorar uma mulher casada com uma filha, porque eu sempre priorizava Anna e Roy.

"E então, acho que...", disse Cynthia, trêmula, com uma das mãos fechada em punho, a outra a segurando, "... com o tempo... percebi que eu tinha me apaixonado por Roy. Mas nem sonhava que ele quisesse ficar comigo. Margot era tão inteligente, uma... uma grande personalidade, e ele era muito mais velho que eu, muito mais inteligente e sofisticado...

"Certa noite, depois de colocar Anna para dormir, quando eu estava prestes a voltar para meu apartamento, ele me perguntou o que tinha acontecido com Will, meu namorado, e eu disse que tinha acabado, e ele perguntou o que tinha havido e ficamos conversando, e ele disse... ele disse: 'Você é uma pessoa muito especial e merece coisa muito melhor do que ele.' E depois... depois, nós tomamos uma bebida...

"Isso foi *quatro anos* depois de ela desaparecer", repetiu Cynthia. "Eu tinha 18 quando ela sumiu e 22 quando Roy e eu... Admitimos que tínhamos sentimentos um pelo outro. Guardamos segredo, evidentemente. Passaram-se mais três anos até Roy conseguir uma certidão de óbito de Margot."

— Deve ter sido muito difícil — disse Strike.

Cynthia o olhou por um momento, sem sorrir. Parecia ter envelhecido desde que chegara à mesa.

— Tive pesadelos com Margot voltando e me expulsando da casa por quase quarenta anos — disse ela, e tentou rir. — Nunca contei a Roy. Não quero saber se ele sonhava com ela também. Não falamos nela. É o único jeito de lidar com isso. Dissemos tudo que tínhamos a dizer à polícia, um ao outro, ao resto da família. Conversamos demais sobre isso, horas sem fim de conversa. "Está na hora de fechar a porta", foi como Roy colocou. Ele disse: "Já deixamos a porta aberta por bastante tempo. Ela não vai voltar."

"Apareceram umas coisas maldosas na imprensa, sabe, quando nos casamos. 'Marido de médica desaparecida se casa com a jovem babá.' Sempre vai parecer sórdido, não é? Roy disse que não ligava para eles. Meus pais ficaram apavorados com a história toda. Eles só apareceram quando tive Jeremy.

"Nós nunca *pretendemos* iludir Anna. Estávamos esperando... não sei... tentando encontrar o momento certo, para explicar... mas como se deve fazer isso? Ela estava acostumada a me chamar de 'mamãe'", sussurrou Cynthia, "ela estava f-feliz, era uma garotinha completamente feliz, mas aquelas crianças da escola lhe contaram sobre Margot e estragaram *tudo*..."

De algum lugar ali perto, veio uma versão alta e sintetizada de "Greensleeves". Os três tomaram um susto até que Cynthia, soltando seu riso bufado, disse:

— É meu telefone! — Ela o pegou em um bolso fundo no vestido e atendeu.

— Roy? — disse ela.

De onde estava sentada, Robin conseguia ouvir Roy falando com raiva. Cynthia de repente ficou alarmada. Tentou se levantar, mas pisou na bainha do vestido e tropeçou para a frente. Tentando se desvencilhar, ela disse:

— Não, eu estou... Ah, ela não fez isso. Ah, meu Deus... Roy, eu não queria te contar porque... não... sim... Ainda estou com eles!

Enfim conseguindo se livrar do vestido e da mesa, Cynthia cambaleou dali e saiu do salão. A peruca que estivera usando escorregou, mole, da cadeira. Robin se abaixou para pegar, colocou de volta na cadeira de Cynthia e viu que Strike a observava.

— Que foi? — perguntou Robin.

Ele estava prestes a responder quando Cynthia reapareceu. Parecia chocada.

— Roy sabe... Anna contou a ele. Ele quer vocês na Broom House.

36

Ele encontra amiúde remédios a que seu pesar confere;
Mas pesares duplos afligem os corações que os ocultam,
Como chamas furiosas que lutam por suprimir.

Edmund Spenser
A Rainha das Fadas

Cynthia apressou-se para tirar a fantasia de Ana Bolena e reapareceu dez minutos depois com uma calça jeans que caía mal, um suéter cinza e tênis. Parecia extremamente ansiosa enquanto eles voltavam juntos pelo palácio, em um passo acelerado que Strike achou um desafio no calçamento de pedra ainda escorregadio da chuva, que temporariamente havia parado, mas as pesadas nuvens cinzentas, embora estivessem cercadas de dourado, prometiam seu retorno iminente. Voltando-se para cima ao retornarem pelo portão para o pátio interno, os olhos de Robin foram atraídos aos detalhes dourados e brilhantes do relógio astronômico, e notaram que o sol estava no signo de Margot, Aquário.

— Verei vocês lá — disse Cynthia sem fôlego enquanto eles se aproximavam do estacionamento e, sem esperar por uma resposta, correu um pouco para o Mazda3 azul ao longe.

— Isso será interessante — disse Robin.

— Certamente — concordou Strike.

— Pegue o mapa — disse Robin depois que os dois estavam de volta ao carro. O velho Land Rover não tinha um rádio que funcionasse, que dirá GPS. — Você terá de ser o navegador.

— O que achou dela? — perguntou Strike enquanto procurava a Church Road em Ham.

— Ela parece ser legal.

Robin notou que Strike a olhava, como fez na cafeteria, com uma expressão um tanto interrogativa.

— Que foi? — perguntou ela.

— Tenho a impressão de que você não ficou entusiasmada.

— Não — disse Robin, um pouco na defensiva —, não vi problema nela.

Ela deu a ré no estacionamento, lembrando-se do riso aos bufos de Cynthia e de seu hábito de misturar afirmativas e negativas.

— Bom...

— Foi o que pensei — disse Strike, presunçoso.

— Em vista do que aconteceu com Margot, eu não teria começado a conversa com piadas alegrinhas com decapitações.

— Ela conviveu com isso por quarenta anos — disse Strike. — As pessoas que convivem com algo tão imenso deixam de conseguir enxergá-lo. É o pano de fundo da vida delas. Só é flagrantemente óbvio para os outros.

Recomeçou a chover assim que eles saíram do estacionamento: um fino véu se depositava rapidamente no para-brisa.

— Tudo bem, sou preconceituosa — admitiu Robin, ligando os limpadores. — No momento, estou meio sensível com segundas esposas.

Ela dirigiu por alguns momentos antes de perceber que Strike a olhava de novo.

— Que foi? — perguntou ela pela terceira vez.

— Por que está sensível com segundas esposas?

— Porque... Ah, eu não te contei, não é? Contei a Morris. — Ela tentava não pensar, desde então, no 26 de dezembro embriagada enviando mensagens de texto, no pequeno conforto que extraiu disso, nem na imensa carga de desconforto. — Matthew e Sarah Shadlock estão oficialmente juntos. Ela trocou o noivo por ele.

— Que merda — disse Strike, ainda olhando o perfil de Robin. — Não, você não tinha me contado.

Porém, ele arquivou mentalmente o fato de que ela contara a Morris, o que não se encaixava com a ideia que ele formara da relação entre Robin e Morris. Pelo que Barclay havia lhe dito sobre Morris contestando a autoridade de Robin, e pelos comentários em geral indiferentes de Robin sobre o novo terceirizado, ele supunha que o interesse sexual indubitável de Morris por Robin tivesse fracassado por falta de reciprocidade. Ainda assim, ela contou a Morris essa informação pessoal dolorosa, e não contou a ele.

Eles seguiam em silêncio para a Church Road, e Strike se perguntou o que tinha acontecido em Londres enquanto ele esteve na Cornualha. Morris era um homem bonito e, como Robin, estava se divorciando. Strike se perguntou por que não tinha considerado antes as implicações dessa simetria evidente. Comparar observações sobre advogados, ex complicados, a mecânica de separar duas vidas: eles tinham muito o que conversar, muitas oportunidades de solidariedade mútua.

— Aqui, vá em frente — disse ele, e o carro seguiu em silêncio pelas Royal Paddocks, entre muros altos e vermelhos.

— Que rua bonita — comentou Robin, vinte minutos depois de eles terem saído de Hampton Court Palace, quando ela virava o Land Rover para uma rua que podia ficar na área rural. À sua esquerda havia uma mata densa, à direita, várias casas grandes cercadas de terreno e recuadas, atrás de sebes altas.

— É essa — disse Strike, apontando uma casa particularmente vasta com muitos frontões pontudos em vigas de madeira. Os portões duplos estavam abertos, como a porta de entrada. Eles pegaram a entrada de carros e estacionaram atrás do Mazda3 azul.

Assim que Robin desligou o motor, eles ouviram gritos vindos de dentro da casa: uma voz de homem, destemperada e aguda. A esposa de Anna Phipps, Kim, alta, loura e de jeans e camisa, como antes, veio da casa na direção deles, com a expressão tensa.

— Uma cena e tanto — disse ela enquanto Strike e Robin saíam do carro para a névoa de chuva.

— Quer que a gente espere...? — perguntou Robin.

— Não — disse Kim —, ele está decidido a ver vocês. Entrem.

Eles atravessaram o cascalho e entraram na Broom House. Em algum lugar lá dentro, vozes de homem e de mulher continuavam a gritar.

Cada casa tinha seu próprio cheiro profundamente impregnado, e nessa era de sândalo e um mofo que não era inteiramente desagradável. Kim os levou por um longo hall com janelas grandes que pareciam ter congelado em meados do século XX. Tinha luminárias de bronze, aquarelas e um antigo tapete nas tábuas corridas enceradas do piso. Com um frisson repentino, Robin pensou que Margot Bamborough antes andava por esse mesmo assoalho, seu perfume rosa metálico misturando-se com os odores de cera e de tapete velho.

Ao se aproximarem da porta da sala de estar, a discussão que acontecia ali dentro tornou-se subitamente compreensível.

— ... e se for para falar de mim — gritava um homem —, eu deveria ter o direito de resposta... minha família decidiu me investigar pelas minhas costas, que encantador, *encantador*, é realmente...

— Ninguém está investigando *você*, pelo amor de Deus! — Eles ouviram Anna dizer. — Bill Talbot foi incompetente...

— Ah, foi mesmo? Você estava lá? Você o conheceu?

— Eu não *preciso* ter estado lá, pai...

Kim abriu a porta. Strike e Robin acompanharam Kim para dentro.

Parecia a entrada em um quadro vivo. Os três petrificados perto da porta. Os dedos finos de Cynthia pressionando a boca. Anna de pé, de frente para o pai, do outro lado de uma mesinha antiga.

O poeta de aparência romântica de 1974 não existia mais. O cabelo que restava de Roy Phipps era curto, grisalho e persistia apenas em torno das orelhas e na parte de trás da cabeça. Com um colete de tricô, a cabeça alta, brilhante e abobadada, e os olhos ferozes, um tanto fundos no rosto, ele agora estava mais adequado ao papel do cientista louco.

Roy Phipps parecia tão furioso que Robin esperava que ele gritasse com os recém-chegados também. Porém, o comportamento do hematologista mudou quando seus olhos encontraram os de Strike. Fosse isso um tributo ao corpanzil do detetive, ou à aura de gravidade e calma que ele conseguia projetar nas situações mais tensas, Robin não sabia, mas pensou ter visto Roy decidir não gritar. Depois de uma breve hesitação, o médico apertou a mão que Strike estendia e, enquanto os dois homens se cumprimentavam, Robin se perguntou o quanto os homens tinham consciência da dinâmica de poder que acontecia entre eles enquanto as mulheres ficavam olhando.

— Dr. Phipps — disse Strike.

Roy pareceu ter achado difícil mudar de marcha da fúria destemperada para a saudação educada, e sua reação imediata foi um tanto incoerente.

— Então você é... Você é o detetive? — disse ele. Manchas vermelhas arroxeadas perduraram em suas faces brancas.

— Cormoran Strike... e esta é minha sócia, Robin Ellacott.

Robin se aproximou.

— Como vai? — disse Roy rigidamente, apertando a mão de Robin também. A dele estava quente e seca.

— Devo fazer um café? — perguntou Cynthia em um meio sussurro.

— Sim... não, por que não — disse Roy, seu mau gênio claramente competindo com o nervosismo que parecia aumentar com Strike ali de pé, parrudo e imóvel, olhando para ele. — Sentem-se, sentem-se — disse ele, apontando um sofá em ângulo reto com outro.

Cynthia saiu às pressas da sala para preparar o café, e Strike e Robin se sentaram onde foram instruídos.

— Vou ajudar a Cyn — disse Anna em voz baixa e saiu apressadamente da sala, e Kim, depois de hesitar por um momento, foi atrás dela, deixando Strike e Robin a sós com Roy. O médico se acomodou em uma poltrona de veludo e encosto alto, e olhou a seu redor. Não parecia bem. O rubor da fúria tinha diminuído, deixando-o macilento. As meias tinham embolado nos tornozelos magros.

Seguiu-se um dos silêncios mais desagradáveis que Robin já suportara na vida. Principalmente para não ter de olhar para Roy, ela deixou que seus olhos percorressem a sala grande, tão antiquada quanto o hall. Um piano de cauda se destacava no canto. Mais janelas davam para um enorme jardim, onde um pequeno lago de peixes retangular ficava um pouco depois da área pavimentada, em cuja extremidade havia uma estrutura de pedra, parecida com um templo e coberta, onde as pessoas podiam ou se sentar e olhar as carpas koi, agora pouco visíveis na superfície pontilhada de chuva da água, ou olhar o gramado enorme, com suas árvores antigas e canteiros bem cuidados de flores.

Uma abundância de livros com encadernação de couro e bronzes de objetos antigos enchiam estantes e armários. Havia um bastidor entre os sofás, em que uma peça muito bonita de bordado era trabalhada em seda. O desenho era de influência japonesa, de duas koi nadando em direções contrárias. Robin se debatia se faria um comentário educado a respeito disso ou se perguntava se Cynthia era responsável quando Strike falou.

— Quem era classicista?

— O quê? — disse Roy. — Ah. Meu pai.

Seus olhos de aparência louca percorreram os vários bronzes e mármores pequenos que pontilhavam a sala.

— Formou-se em primeira colocação em literatura clássica em Cambridge.

— Ah — disse Strike, e o silêncio glacial retornou.

Uma rajada de vento lançou mais chuva na janela. Robin ficou aliviada ao ouvir o tilintar de colheres de chá e os passos das três mulheres que voltavam.

Cynthia, que tinha retornado à sala primeiro, colocou uma bandeja de chá na mesa antiga entre os sofás. A bandeja se balançou um pouco com o peso. Anna acrescentou um bolo grande em um suporte.

Anna e Kim sentaram-se juntas no sofá livre, e Cynthia, depois de preparar finas mesas laterais para o chá de todos e cortar fatias do bolo para quem quisesse, sentou-se ao lado da enteada, de cara assustada.

— Bom — disse Roy por fim, dirigindo-se a Strike. — Estou interessado em ouvir quais você acha que são nossas chances de descobrir o que a Polícia Metropolitana foi incapaz de descobrir por quatro décadas.

Robin teve certeza de que Roy planejara essa abertura agressiva durante o silêncio longo e aflitivo.

— Bem poucas — disse Strike com naturalidade, depois de ter engolido um grande pedaço do bolo que Cynthia lhe dera —, mas conseguimos alguém que supostamente avistou sua primeira esposa, e eu gostaria de discutir isso com o senhor.

Roy parecia perplexo.

— *Supostamente* avistou — Strike enfatizou, baixando o prato e pegando o bloco no bolso do paletó. — Mas evidentemente... excelente bolo, sra. Phipps — disse ele a Cynthia.

— Ah, obrigada — disse ela em voz baixa. — O de café e nozes era o preferido de Anna quando ela era pequena... não era, meu amor? — disse ela, mas a única resposta de Anna foi um sorriso tenso.

— Soubemos disso por uma antiga colega de sua esposa, Janice Beattie.

Roy meneou a cabeça e deu de ombros com impaciência, transmitindo que não reconhecia os nomes.

— Ela era enfermeira na Clínica St. John's — disse Strike.

— Oh — disse Roy. — Sim. Acho que veio aqui uma vez, para um churrasco. Pareceu-me uma mulher digna... um desastre, aquela tarde. Um maldito desastre. Aquelas crianças foram abomináveis... lembra? — Ele disparou para Cynthia.

— Sim — disse Cynthia rapidamente —, não, só tinha um menino que realmente...

— Batizou o ponche — berrou Roy. — Vodca. Alguém passou mal.

— Gloria — disse Cynthia.

— Não me lembro do nome de todos eles — disse Roy com um gesto de impaciência. — Tinha vômito por todo o banheiro do térreo. Um nojo.

— Esse menino teria sido Carl Oakden? — perguntou Strike.

— Ele mesmo — disse Roy. — Encontramos a garrafa de vodca vazia, mais tarde, escondida em um galpão. Ele entrou furtivamente na casa e assaltou o armário de bebidas.

— Sim — disse Cynthia —, depois ele quebrou...

— A tigela de cristal de minha mãe e meia dúzia de taças. Bateu uma bola de críquete na área da churrasqueira. A enfermeira limpou tudo para mim porque... foi digno da parte dela. Ela sabia que eu não podia... cacos de vidro — disse Roy com um gesto impaciente.

— O lado bom disso — disse Cynthia, com o fantasma de um riso — é que ele destruiu o ponche, então ninguém mais passou mal.

— Aquela tigela era art déco — disse Roy sem sorrir. — Um desastre, a coisa toda. Eu disse a Margot — e ele parou por um segundo depois de pronunciar seu nome, e Robin se perguntou quando o havia falado pela última vez —: "Não sei o que você acha que vai conseguir." Porque *ele* não veio, aquele com quem ela tentava se reconciliar... o médico com quem não se entendia, qual era o nome...?

— Joseph Brenner — disse Robin.

— Brenner, exatamente. *Ele* rejeitou o convite, então, que sentido tinha? Mas, não, ainda tínhamos de abrir mão de nosso sábado para receber aquele grupo variado de pessoas, e nossa recompensa foi ter a bebida roubada e nossos bens quebrados.

Os punhos de Roy estavam nos braços da poltrona. Ele esticou os dedos longos por um momento, em um movimento de um caranguejo-eremita estendendo as pernas, depois voltou a dobrá-los firmemente.

— O mesmo menino, Oakden, escreveu um livro sobre Margot mais tarde — disse ele. — Usou uma fotografia daquele maldito churrasco para dar credibilidade à ideia de que ele e a mãe sabiam tudo de nossa vida particular. Então, sim — disse Roy com frieza —, *não* foi uma das melhores ideias de Margot.

— Bom, ela tentava fazer da clínica um lugar melhor para o trabalho em equipe, não foi? — disse Anna. — Você nunca teve realmente de gerenciar personalidades difíceis no trabalho...

— Ah, você sabe tudo de meu trabalho também, Anna?

— Bom, não é o mesmo que ser clínica geral, é? — disse Anna. — Você deu aulas, fez pesquisa, não tinha de lidar com faxineiras e recepcionistas e todo um monte de não médicos.

— Eles *se comportaram mesmo* muito mal, Anna — disse Cynthia, apressando-se fielmente a apoiar Roy. — Não, eles se comportaram muito mal. Eu nunca disse... não queria criar problemas... mas uma das mulheres subiu escondida ao quarto de seus pais.

— O quê? — gritou Roy.

— Sim — disse Cynthia, nervosa. — Não, eu subi para trocar a fralda de Anna e ouvi movimento ali dentro. Entrei, e ela olhava as roupas de Margot no armário.

— Quem fez isso? — perguntou Strike.

— A loura. A recepcionista que não era Gloria.

— Irene — disse Strike. — Ela percebeu que você a viu?

— Ah, sim. Eu entrei com Anna no colo.

— O que ela disse quando viu você? — perguntou Robin.

— Bom, ela ficou meio sem graça — disse Cynthia. — Você ficaria, não é? Ela riu e disse "só sendo xereta" e saiu, passando por mim.

— Meu Deus do céu — disse Roy Phipps, meneando a cabeça. — Quem *contratou* essa gente?

— Ela estava mesmo só olhando? — perguntou Robin a Cynthia. — Ou você acha que foi ali para...

— Ah, acho que ela não *pegou* nada — disse Cynthia. — E você nunca... Margot nunca deu por falta de alguma coisa, deu? — perguntou ela a Roy.

— Não, mas, mesmo assim, você tinha de ter me contado na época — disse Roy, irritado.

— Não quis criar problemas. Você já estava... bom, foi um dia estressante, não?

— Sobre esse suposto avistamento — disse Strike, e contou à família a história de terceira mão de Charlie Ramage, que alegava ter visto Margot andando entre sepulturas em um cemitério em Leamington Spa. — E Robin agora falou com a viúva de Ramage, que confirmou a história básica, embora não pudesse jurar que fora Margot que ele pensara ter visto, e não outra mulher desaparecida. Como a polícia não foi notificada, eu queria perguntar, Margot tinha alguma ligação com Leamington Spa que seja de seu conhecimento?

— Nenhuma — disse Roy, e Cynthia fez que não com a cabeça.

Strike tomou nota.

— Obrigado. Já que estamos falando de pessoas que a avistaram — disse ele —, será que podemos repassar o resto da lista?

Robin pensou saber o que Strike estava aprontando. Embora a ideia de que Margot ainda estivesse viva pudesse ser desconfortável para os presentes na sala, Strike queria começar a entrevista de uma perspectiva que não presumisse assassinato.

— A mulher no posto de gasolina em Birmingham, a mãe em Brighton, o passeador de cachorro em Eastbourne — Roy matraqueou, antes que Strike pudesse falar. — Por que ela teria ficado aqui e ali, dirigindo carros e passeando com cachorros? Se desapareceu voluntariamente, está claro que não queria ser encontrada. O mesmo para andar por cemitérios.

— É verdade — disse Strike. — Mas houve um avistamento...

— Warwick — disse Roy. — Sim.

Marido e esposa se entreolharam. Strike esperou. Roy baixou a xícara e o pires na mesa à sua frente e olhou a filha.

— Tem certeza de que quer fazer isso, Anna? — perguntou ele, olhando a filha calada. — Certeza *mesmo*, absoluta?

— O que quer dizer com isso? — Ela rebateu. — Por que acha que contratei detetives? Por diversão?

— Tudo bem, então — disse Roy —, tudo bem. Esse avistamento chamou.... chamou minha atenção, porque o ex-namorado de minha esposa, um homem chamado Paul Satchwell, era de Warwick. Esse foi o homem com quem ela... teve um novo contato, antes de desaparecer.

— Ah, pelo amor de Deus — disse Anna, reprimindo o riso —, você *sinceramente* pensa que eu não sei sobre Paul Satchwell? É claro que eu sei! — Kim pôs a mão na perna da esposa, como conforto ou alerta, era difícil saber. — Nunca ouviu falar na internet, pai, nem nos arquivos da imprensa? Vi a foto ridícula de Satchwell, com todos os pelos no peito e seus medalhões, e sei que minha mãe saiu para beber com ele três semanas antes de desaparecer! Mas foi só um drinque...

— Ah, foi? — disse Roy apressadamente. — Obrigado por me tranquilizar, Anna. Obrigado por seu conhecimento de especialista. Que maravilha ser onisciente...

— Roy — sussurrou Cynthia.

— O que está dizendo, que foi mais que um drinque? — disse Anna, abalada. — Não, não foi, que coisa horrível de se dizer! Oonagh disse que...

— Ah, sei, já entendi! — disse Roy em voz alta, as faces encovadas se arroxeando enquanto as mãos agarravam os braços da poltrona. — *Oonagh* disse, foi? Está tudo explicado!

— O que está explicado? — Anna exigiu saber.

— Isso! — gritou ele, apontando a mão trêmula e cheia de veias salientes e nós inchados para Strike e Robin. — Oonagh Kennedy está por trás disso tudo, não é? Eu devia *saber* que não tinha me livrado dela!

— Pelo amor de Deus, Roy — disse Kim em voz alta —, isso é um absurdo...

— *Oonagh Kennedy me queria preso!*

— Pai, isso simplesmente não é verdade! — disse Anna, retirando à força a mão restritiva de Kim em sua perna. — Você tem uma fixação mórbida em Oonagh...

— Atormentando-me a dar queixa de Talbot...

— Bom, por que diabos você *não deu*? — disse Anna em voz alta. — O homem estava no meio de um colapso completo!

— Roy! — gemeu Cynthia de novo, enquanto Roy se inclinava para ficar de frente para a filha do outro lado da mesa circular pequena demais, com seu bolo precariamente equilibrado. Gesticulando como um louco, com a cara roxa, ele gritou:

— A polícia ficou pela casa toda vendo as coisas de sua mãe... cães farejadores no jardim... eles procuravam algum motivo para me prender, e eu devia apresentar uma queixa formal contra o homem no comando? *O que isso ia parecer?*

— Ele era incompetente!

— Você estava lá, Dona Onisciente? Você o conhecia?

— Por que o substituíram? Por que tudo que foi escrito sobre o caso diz que ele era incompetente? A verdade é que — disse Anna, apunhalando o ar com o dedo entre ela e o pai — você e Cyn adoravam Bill Talbot porque ele pensou que você era inocente desde o começo e...

— *Pensou* que eu era inocente? — berrou Roy. — Ora essa, obrigado, é bom saber que nada mudou desde que você tinha 13 anos...

— Roy! — disseram Cynthia e Kim juntas.

— ... e me acusou de fazer o lago das carpas no lugar em que eu a enterrei!

Anna caiu aos prantos e fugiu da sala, quase tropeçando nas pernas de Strike ao passar. Suspeitando de que haveria um êxodo em massa, ele recolheu os pés.

— Quando é — disse Kim friamente ao sogro — que Anna será perdoada por coisas que disse quando era uma criança confusa, passando por uma fase medonha?

— E a *minha* fase medonha não conta, não é verdade? Não foi nada! — gritou Roy e, como Strike esperava, ele também saiu da sala no passo mais acelerado que conseguia, que era uma coxeadura célere.

— Pelo amor de Deus — resmungou Kim, indo atrás de Roy e Anna e quase se chocando na porta com Cynthia, que tinha se levantado num átimo para seguir Roy.

A porta se fechou. A chuva batia no lago do lado de fora. Strike inflou as bochechas, trocou olhares com Robin, depois pegou seu prato e continuou a comer o bolo.

— Com fome — disse ele com a voz embargada, em resposta ao olhar de Robin. — Não almocei. E o bolo é bom.

De longe, eles ouviram gritos e outra porta batendo.

— Acha que a entrevista acabou? — perguntou Robin em voz baixa.

— Não — disse Strike, ainda comendo. — Eles vão voltar.

— Me lembre do avistamento em Warwick — disse Robin.

Ela apenas tinha passado os olhos na lista de avistamentos que Strike lhe enviara por e-mail. Não parecia ter nada de interessante ali.

— Uma mulher pediu troco em um pub, e a proprietária achou que era Margot. Uma estudante adulta se apresentou dois dias depois para se identificar, mas a proprietária não ficou convencida de que foi quem ela viu. Mas a polícia se convenceu.

Strike pegou outro pedaço do bolo antes de falar.

— Acho que não tem nada aí. Bom... — ele engoliu e lançou um olhar expressivo para a porta da sala —, *agora* tem um pouco mais.

Strike continuou a comer o bolo, e os olhos de Robin percorreram a sala e caíram em um relógio ormolu sobre a lareira, de uma feiura excepcional. Com uma olhada rápida na porta, ela foi examiná-lo. Uma deusa clássica dourada de capacete estava sentada no estojo decorado e pesado.

— Palas Atena — disse Strike, olhando para ela e apontando a figura com o garfo.

Na base do relógio havia uma gaveta com um pequeno puxador de bronze. Lembrando-se da declaração de Cynthia sobre Roy e Margot deixarem bilhetes um para o outro ali, ela abriu a gaveta. Era forrada de feltro vermelho e estava vazia.

— Acha que é valioso? — perguntou ela a Strike, fechando a gaveta.

— Não sei. Por quê?

— Por que outro motivo alguém ficaria com isso? É horrendo.

A sala tinha dois gostos distintos à mostra e eles não se harmonizavam, pensou Robin, enquanto olhava o ambiente, o tempo todo atenta ao retorno da família. Os exemplares encadernados em couro de Ovídio e Plínio, e as reproduções vitorianas de esculturas clássicas, entre elas um par de leões de Médici em miniatura, uma virgem vestal em reprodução e um Hermes na ponta dos pés em sua base de bronze presumivelmente representavam o gosto do pai de Roy, enquanto Robin suspeitava de que a mãe dele escolhera as aquarelas insípidas de paisagens e temas botânicos, a mobília antiga e refinada e as cortinas de chintz.

Por que Roy nunca fez uma limpeza e redecorou tudo?, perguntou-se Robin. Reverência pelos pais? Falta de imaginação? Ou o garotinho doente, preso em casa sem dúvida por grande parte da infância, criou uma ligação com esses objetos que não conseguia abandonar? Parecia que ele e Cynthia tinham deixado poucas marcas na sala além de acrescentar algumas imagens da família às fotos desbotadas em preto e branco dos pais de Roy e de Roy quando criança. A única que prendeu o interesse de Robin foi uma foto de um grupo familiar que parecia ter sido tirada no início da década de 1990, quando Roy ainda tinha todo o cabelo e o de Cynthia era basto e ondulado. Os dois filhos biológicos do casal, um menino e uma menina, eram parecidos com Anna. Ninguém adivinharia que ela teve uma mãe diferente.

Robin foi à janela. A superfície do lago claro e longo, com seu pavilhão de pedras na extremidade, agora estava tão densamente crivada de chuva que as formas vermelhas, brancas e pretas que se moviam sob a superfície mal podiam ser distinguidas como peixes. Havia uma criatura particularmente grande, pérola e preta, que dava a impressão de ter mais de meio metro. O pequeno pavilhão normalmente se refletiria na superfície lisa do lago, mas hoje apenas acrescentava uma camada a mais de cinza difuso à sua extremidade. Tinha um desenho estranhamente familiar no chão.

— Cormoran — disse Robin, no exato momento em que Strike dizia: "Olha só isso."

Os dois se viraram. Strike, que tinha terminado o bolo, agora estava ao lado de uma das estatuetas do pai de Roy, que Robin tinha deixado passar. Era um bronze de trinta centímetros de um homem nu com um pano nos ombros, segurando uma serpente. Confusa por um momento, Robin percebeu depois de um ou dois segundos que Strike apontava a estatueta.

— Ah... o signo de serpente que Talbot inventou para Roy?

— Exatamente. Esse é Esculápio — disse Strike. — O deus grego da medicina. O que você descobriu?

— Veja o chão daquela coisa que parece um gazebo. Embutido na pedra.

Ele se juntou a ela na janela.

— Ah — disse Strike. — Dá para ver os primórdios disso em uma das fotos do churrasco de Margot. Estava em construção.

Havia uma cruz de São João no chão do gazebo, incrustada em granito mais escuro.

— Escolha de design interessante — comentou Strike.

— Sabe de uma coisa — Robin se virou para a sala —, as pessoas que estão insanas costumam achar que recebem mensagens sobrenaturais. Coisas que os mentalmente sãos chamariam de coincidências.

— Eu estava pensando exatamente nisso — disse Strike, virando-se para olhar a figura de Palas Atena, no alto do relógio feio da lareira. — Para um homem no estado de confusão mental de Talbot, estou achando que esta sala teria parecido apinhada de astrologia...

A voz de Roy soou no hall.

— ... então não me culpe...

A porta se abriu, e a família voltou para dentro.

— ... se ela ouvir coisas de que não gosta! — concluiu Roy, dirigindo-se a Cynthia, que estava bem atrás dele e parecia assustada. O rosto de Roy era de um roxo doentio de novo, embora a pele em volta dos olhos continuasse de um amarelo icterícia.

Ele pareceu ter se assustado ao ver Strike e Robin de pé, junto da janela.

— Admirando seu jardim — disse Strike enquanto ele e Robin voltaram ao sofá.

Roy grunhiu e se sentou de novo. Tinha a respiração laboriosa.

— Peço desculpas — disse ele, depois de um ou dois segundos. — Vocês não estão vendo o melhor desta família.

— É muito estressante para todos — disse Strike enquanto Anna e Kim voltavam à sala e se sentavam em seus lugares no sofá, onde ficaram de mãos dadas. Cynthia se empoleirou ao lado delas, observando ansiosamente Roy.

— Quero dizer uma coisa — disse Roy a Strike. — Quero deixar inteiramente claro...

— Ah, pelo amor de Deus, eu tive *um* telefonema com ela! — disse Anna.

— Eu agradeceria, Anna — disse Roy, arfando —, se eu pudesse terminar.

Virando-se para Strike, ele disse:

— Oonagh Kennedy não gostou de mim no momento que Margot e eu nos conhecemos. Ela era possessiva com Margot, também por acaso teve de sair da igreja, e ela era daquelas que tinham de fazer inimizade com todos que ainda estavam nela. Além disso...

— Dr. Phipps — Strike o interrompeu, antevendo a tarde degenerar em uma longa briga por Oonagh Kennedy. — Creio que deva saber que quando entrevistamos Oonagh, ela deixou muito claro que a pessoa que ela pensava ser objeto da concentração de nossas energias era Paul Satchwell.

Por um ou dois segundos, Roy parecia incapaz de apreender inteiramente o que tinham acabado de lhe dizer.

— *Está vendo?* — disse Anna, furiosa. — Você simplesmente implicou que houve mais entre minha mãe e Satchwell do que apenas um drinque. O que quis dizer com isso? Ou você estava — disse ela, e Robin ouviu a esperança por baixo — só com raiva e descontando em nós?

— As pessoas que insistem em abrir uma lata de vermes, Anna — disse Roy —, não devem reclamar quando ficam cobertas de sujeira.

— Bom, fale, então — disse Anna —, derrame sua sujeira.

— Anna — sussurrou Cynthia e foi ignorada.

— Muito bem — disse Roy —, muito bem, então. — Ele se virou para Strike e Robin. — No início de nosso relacionamento, vi um bilhete de Satchwell que Margot guardava. "Querida Brunhilda", dizia... era o apelido carinhoso dele para ela. A valquíria, como sabe. Margot era alta. Loura.

Roy parou e engoliu em seco.

— Cerca de três semanas antes de desaparecer, ela chegou em casa e me contou que tinha encontrado Satchwell na rua por acaso e que eles iam sair para um... drinque *inocente.*

Ele deu um pigarro. Cynthia serviu mais chá.

— Depois que ela... depois que ela desapareceu, tive de pegar suas coisas na Clínica St. John's. Entre elas, encontrei uma pequena...

Ele separou os dedos em cerca de sete centímetros.

— ... estatueta de madeira, uma viking estilizada que ela guardava na mesa. Escrito em tinta na base da estatueta estava "Brunhilda", com um pequeno coração.

Roy bebeu um gole de café.

— Eu nunca tinha visto aquilo. É claro que é *possível* que Satchwell tenha levado isso com ele durante anos, na eventualidade de um dia encontrar Margot na rua. Porém, concluí que eles se viram de novo e que ele lhe dera aquilo... esse presente... em uma ocasião posterior. Só o que sei é que nunca o tinha visto antes de pegar seus pertences na clínica.

Robin sabia que Anna queria sugerir uma explicação alternativa, mas tinha muita dificuldade para encontrar uma falha no raciocínio de Roy.

— O senhor contou à polícia de suas suspeitas? — perguntou Strike.

— Sim — disse Phipps —, e creio que Satchwell alegou que não houve um segundo encontro, que ele dera a estatueta a Margot anos antes, quando eles estavam envolvidos. Não puderam provar nem uma coisa nem outra, naturalmente. Mas *eu* nunca tinha visto aquilo.

Robin se perguntou o que seria mais doloroso: descobrir que um cônjuge tinha escondido um presente de amor de um ex-parceiro, e vê--lo exibido muitos anos depois, ou que ele lhe fora dado recentemente.

— Diga-me — perguntou Strike —, Margot algum dia lhe contou alguma coisa sobre um "sonho do travesseiro"?

— Um o quê? — disse Roy.

— Algo que Satchwell dissera a ela, relacionado com um travesseiro?

— Não sei do que você está falando — disse Roy, desconfiado.

— O inspetor Talbot por acaso mencionou que ele acreditava que Satchwell mentia sobre seu paradeiro no dia 11 de outubro?

— Não — disse Roy, agora parecendo muito surpreso. — Pelo que sei, a polícia ficou inteiramente satisfeita com o álibi dele.

— Descobrimos — disse Strike, dirigindo-se a Anna — que Talbot manteve suas próprias anotações do caso... separadas do registro policial oficial. Depois de parecer excluir Áries, ele voltou a Satchwell e começou a desencavar mais informações sobre ele.

— "Áries"? — repetiu Anna, confusa.

— Desculpe-me — disse Strike, irritado com seu lapso ao falar em astrologia. — O colapso de Talbot se manifestou como uma crença de que ele podia resolver o caso por meios ocultistas. Ele começou a usar o tarô e examinar horóscopos. Referiu-se a todos os relacionados com o caso pelos signos. Satchwell nasceu sob o signo de Áries, então era chamado assim nas anotações de Talbot.

Houve um breve silêncio, e Kim disse:

— Meu Deus do céu.

— Astrologia? — disse Roy, aparentemente confuso.

— Está *vendo*, pai — disse Anna, batendo o punho no joelho. — Se Lawson tivesse assumido o caso antes...

— Lawson era um tolo — disse Roy, que ainda assim parecia abalado. — Um idiota! Ele estava mais interessado em provar que Talbot fora inepto na investigação do desaparecimento de Margot. Insistiu em repassar *tudo*. Queria interrogar pessoalmente os médicos que trataram de meu sangramento no joelho, embora eles tenham dado depoimentos assinados. Ele voltou a meu banco para verificar minhas contas, caso eu tivesse pagado alguém para matar sua mãe. Ele pressionou...

Ele parou e tossiu, batendo no peito. Cynthia fez menção de se levantar do sofá, mas Roy sinalizou com um gesto furioso que ela devia ficar quieta.

— ... pressionou Cynthia, tentando fazê-la admitir que mentiu sobre eu ficar de cama o dia inteiro naquele dia, mas nunca descobriu um fiapo de informação nova sobre o que aconteceu com sua mãe. Ele era um caxias, gostava de intimidar, era um caxias sem imaginação cuja prioridade não era *encontrá-la*, era provar que Talbot tinha atrapalhado tudo. Bill Talbot podia estar... ele claramente *estava* — acrescentou Roy, com um olhar furioso a Strike — mal, mas permanece o simples fato: ninguém mais encontrou uma explicação melhor do que Creed, não foi?

E com a menção de Creed, as três mulheres na sala ficaram desanimadas. O próprio nome dele parecia conjurar uma espécie de buraco negro no ambiente, em que as mulheres vivas desapareceram sem jamais voltar a serem vistas; uma manifestação de uma maldade quase sobrenatural. Havia um caráter definitivo na própria menção dele: o monstro, agora trancafiado pelo resto da vida, inalcançável, como as mulheres trancadas e torturadas em seu porão. E os pensamentos de Robin dispararam, com culpa, para o e-mail que ela já havia escrito e enviado, sem contar a Strike o que fizera porque teve medo de que ele reprovasse.

— Algum de vocês sabe — perguntou Roy abruptamente — quem eram Kara Wolfson e Louise Tucker?

— Sim — disse Robin antes que Strike pudesse responder. — Louise era uma adolescente foragida, e Kara, uma hostess de casa noturna. Creed foi suspeito de matar as duas, mas não havia provas.

— Exatamente — disse Roy, lançando a ela o olhar que antes ele dedicava a um estudante de medicina que tivesse feito um diagnóstico correto. — Bem, em 1978 me encontrei com o irmão de Kara e o pai de Louise.

— Eu nunca soube que você fez isso! — disse Anna, chocada.

— Claro que não. Você tinha cinco anos! — Roy estourou. Ele se voltou a Strike e Robin. — O pai de Louise tinha feito seu próprio estudo da vida de Creed. Ele foi a cada lugar onde Creed tinha morado ou trabalhado e entrevistou todo mundo que admitiu tê-lo conhecido. Ele mandou uma petição a Merlyn-Rees, então ministro do Interior, para deixar que ele examinasse a maior quantidade possível desses lugares.

"O homem era meio insano", disse Roy. "Vi então o que viver com algo assim podia fazer a uma pessoa. A obsessão tinha dominado toda a vida dele. Ele queria prédios desmontados, paredes derrubadas, fundações expostas. Campos onde Creed pode ter andado no passado, escavados. Riachos dragados, que um amigo de escola disse que pode ter sido local de pesca de Creed. Tucker tremia enquanto falava, tentando convencer a mim e Wolfson, que era motorista de caminhão, a nos juntarmos a ele em uma campanha na televisão. Íamos nos acorrentar às grades na frente da Downing Street, sair nos noticiários... o casamento de Tucker tinha terminado. Ele parecia se entender mal com os outros filhos. Creed transformou toda a vida dele."

— E você não quis ajudar? — perguntou Anna.

— Se — disse Roy em voz baixa — ele tivesse provas de verdade... qualquer pista sólida que ligasse Margot a Creed...

— Li que você pensou que um dos colares no porão podia ter sido...

— Se vai obter informações em livros sensacionalistas, Anna...

— Porque você sempre me facilitou *muito* falar com você sobre minha mãe — disse Anna. — Não foi?

— Anna — sussurrou Cynthia de novo.

— O medalhão que encontraram no porão de Creed não era de Margot, e eu saberia disso, porque fui eu que dei a ela — disse Roy. Seus lábios tremeram e ele os comprimiu.

— Só mais algumas perguntas, se não se importa — disse Strike antes que Anna pudesse falar mais alguma coisa. Ele estava decidido a evitar mais conflitos, se pudesse. — Podemos falar por um momento em Wilma, a faxineira que trabalhou na clínica e fez trabalho doméstico para vocês aqui também?

— Foi tudo ideia de Margot, contratá-la, mas ela não era muito boa — disse Roy. — A mulher tinha uns problemas pessoais, e Margot achava que a solução era mais dinheiro. Depois que Margot desapareceu, ela foi embora. Nunca mais veio aqui. Não perdemos nada. Soube depois que ela havia sido demitida da clínica. Furto, pelo que soube.

— Wilma disse à polícia...

— Que tinha sangue no carpete do segundo andar, no dia em que Margot desapareceu — interrompeu Roy. Pela expressão assustada de Anna e Kim, Robin deduziu que isso era uma informação inteiramente nova para elas.

— Sim — disse Strike.

— Era menstrual — disse Roy com firmeza. — A menstruação de Margot tinha começado da noite para o dia. Tinha absorventes higiênicos no banheiro, minha mãe me contou. Wilma limpou o carpete. Isso foi no quarto de hóspedes, do outro lado da casa em relação ao quarto conjugal. Margot e eu dormíamos separados na época, por causa da — houve uma leve hesitação — minha lesão.

— Wilma também disse que pensou ter visto o senhor...

— Atravessando o jardim — disse Roy. — Era mentira. Se ela viu alguém, teria sido um dos pedreiros. Estávamos terminando o gazebo nessa época — disse ele, apontando o disparate de pedra no final do lago dos peixes.

Strike tomou nota e virou uma página do bloco.

— Um de vocês consegue se lembrar de Margot falando com um homem chamado Niccolo Ricci? Ele era paciente da Clínica St. John's.

Roy e Cynthia negaram com a cabeça.

— E um paciente chamado Steven Douthwaite?

— Não — disse Roy. — Mas soubemos dele depois, pela imprensa.

— Alguém no churrasco mencionou que Margot tinha recebido chocolates de um paciente — disse Cynthia. — Foi ele, não foi?

— Acreditamos que sim. Ela nunca falou sobre Douthwaite, então? Nunca falou de ele mostrar um interesse inadequado por ela nem lhe contou que ele era gay?

— Não — repetiu Roy. — Existe uma coisa chamada confidencialidade do paciente, como sabe.

— Esta pode parecer uma pergunta estranha — disse Strike —, mas Margot tinha alguma cicatriz? Especificamente, na caixa torácica?

— Não — disse Roy, sem se perturbar. — Por que está perguntando isso?

— Para excluir uma possibilidade — disse Strike e, antes que eles pudessem pedir mais detalhes, ele continuou: — Margot alguma vez lhe contou ter recebido cartas ameaçadoras?

— Sim — disse Roy. — Bom, não cartas no plural. Ela me contou ter recebido *uma*.

— Contou? — disse Strike, levantando a cabeça.

— Sim. Acusava-a de estimular mulheres jovens à promiscuidade e ao pecado.

— A carta a ameaçava?

— Não sei — disse Roy. — Nunca vi.

— Ela não a trouxe para casa?

— Não — disse Roy rispidamente. Ele hesitou. — Tivemos uma briga por causa disso.

— É mesmo?

— Sim. Pode haver consequências sérias — disse Roy, ficando mais vermelho —, consequências *sociais*, quando se começa a permitir coisas que não têm lugar na natureza...

— Estava com medo de que ela dissesse a alguma menina que não tinha problema ser gay? — perguntou Anna, e mais uma vez Cynthia sussurrou: "*Anna!*"

— Estou falando — disse Roy, com o rosto congestionado — em dar conselhos imprudentes que podem levar ao término de casamentos. Estou falando de favorecer a promiscuidade, pelas costas dos pais. Algum homem furioso mandou aquele bilhete, e ela parece nunca ter considerado... considerado...

O rosto de Roy se mexeu. Por um momento, parecia que ele ia gritar, mas então, inesperadamente, ele caiu aos prantos.

A esposa, a filha e a nora ficaram sentadas, perplexas, em uma fila no sofá; ninguém, nem mesmo Cynthia, foi a ele. Roy de súbito chorava em grandes soluços ofegantes, as lágrimas escorriam pelas faces encovadas, tentando se controlar, mas sem conseguir, e por fim falando entre os soluços.

— Ela... nunca parecia... se lembrar... que eu não podia... protegê-la... não podia... fazer nada... se alguém tentasse... ferir... porque sou um inútil... eu sangro... *um... maldito... inútil... que sangra...*

— Ah, *pai* — sussurrou Anna, apavorada, e deslizou do sofá e foi de joelhos até ele. Tentou colocar as mãos na perna dele, mas o pai afugentou as mãos consoladoras, meneando a cabeça, ainda chorando.

— Não... não... eu não mereço isso... Você não sabe de tudo... Você não sabe...

— O que eu não sei? — disse ela, parecendo assustada. — Pai, eu sei mais do que você pensa. Sei sobre o aborto...

— Nunca houve... nunca... *nunca* houve um aborto! — disse Roy, engolindo em seco e soluçando. — Isso foi aquela... uma coisa que Oonagh Kennedy e eu... nós dois sabíamos... ela *nunca... nunca...* não depois de você! Ela me disse... Margot me disse... depois que teve você... mudou sua visão completamente. *Completamente!*

— Então, o que eu não sei?

— Eu fui... fui c-cruel com ela! — gemeu Roy. — Eu fui! Dificultei as coisas! Não mostrei interesse pelo trabalho dela. Eu a afugentei! Ela ia me d-deixar... eu sei o que aconteceu. Eu sei. Sempre soube. No dia anterior... Antes de ela sair... ela deixou um recado... no relógio... uma coisa boba que fazíamos... e o bilhete dizia... *Por favor, f-fale comigo...*

O choro de Roy o dominou. Enquanto Cynthia se levantava e ia se ajoelhar do outro lado de Roy, Anna segurou a mão do pai e, dessa vez, ele permitiu. Agarrando-se à filha, ele disse:

— Eu esperava... um pedido de desculpas. Por sair para beber... com Satchwell. E porque ela não tinha... escrito um pedido de desculpas... eu não f-falei com ela. E no dia seguinte...

"Sei o que aconteceu. Margot gostava de caminhar. Se estava aborrecida... longas caminhadas. Ela se esqueceu de Oonagh... saiu para uma caminhada... tentando decidir o que fazer... me abandonar... porque eu a deixei... tão... tão triste. Ela não estava... prestando atenção... e Creed... e Creed... deve ter..."

Ainda segurando a mão dele, Anna passou o outro braço pelos ombros trêmulos do pai e o puxou para si. Ele chorou inconsolavelmente agarrado a ela. Strike e Robin fingiram interesse no tapete florido.

— Roy — disse Kim gentilmente, por fim. — Ninguém nesta sala deixou de dizer ou fazer coisas de que não tenha se arrependido amargamente. Nenhum de nós.

Strike, que conseguira muito mais de Roy Phipps do que esperava, achou que era hora de encerrar a entrevista. Phipps estava em tal angústia que parecia desumano pressioná-lo mais. Quando o choro de Roy diminuiu um pouco, Strike disse formalmente:

— Quero agradecer muito por ter falado conosco, e pelo chá. Vamos deixá-lo em paz.

Ele e Robin se levantaram. Roy continuou enredado com a esposa e a filha. Kim se levantou e os acompanhou à porta.

— *Bem* — disse Kim em voz baixa enquanto eles se aproximavam da porta da frente —, preciso lhes dizer, isso foi... bem, quase um milagre. Ele nunca falou sobre Margot desse jeito, *nunca*. Mesmo que vocês não descubram mais nada... obrigada. Isso foi... terapêutico.

A chuva tinha parado e o sol saíra. Um arco-íris duplo pairava sobre a mata na frente da casa. Strike e Robin foram para o ar fresco e limpo.

— Posso lhe fazer uma última pergunta? — disse Strike, virando-se para Kim, que estava parada na soleira. — É sobre aquela casa de veraneio no jardim, ao lado do lago das carpas. Eu estava imaginando por que tem uma cruz de São João no chão — disse Strike.

— *Ah* — disse Kim. — Margot escolheu o projeto. Sim, Cynthia me contou, anos atrás. Margot tinha acabado de conseguir o emprego na St. John's... e é estranho, mas esta área tem uma ligação com os Cavaleiros Hospitalários também...

— Sim — disse Robin. — Li sobre isso em Hampton Court.

— Então, ela achou que seria uma bela alusão às duas coisas... sabe, agora que falou nisso, estou surpresa por ninguém ter alterado. Todos os outros vestígios de Margot sumiram da casa.

— Mas sai caro — disse Strike — remover lajes de granito.

— Sim. — O sorriso de Kim desbotou um pouco. — Suponho que seja.

37

Hidras de múltiplas cabeças, e baleias que sustentam mares,
Grandes redemoinhos, que a todos os peixes fazem fugir,
Brilhantes lacraias, armadas de escamas prateadas
Poderoso Monoceros, com incontáveis caudas...
O temível Peixe, que mereceu seu nome
De Morte...

Edmund Spenser
A Rainha das Fadas

A chuva caiu quase incessantemente em fevereiro. No dia 5, a tempestade mais violenta até então atingiu o sul. Milhares de lares ficaram sem energia elétrica, parte do quebra-mar que escorava a ferrovia Londres-South West desmoronou, faixas de fazendas desapareceram embaixo de enchentes, estradas viraram rios e o noticiário noturno mostrava campos transformados em mares de água cinza e casas com lama até a metade da parede. O primeiro-ministro prometeu assistência financeira, os serviços de emergência se mexeram para ajudar os que ficaram isolados e no alto do morro, acima da St. Mawes alagada, Joan foi privada de uma prometida visita de Strike e Lucy, porque eles não tinham condições de chegar a ela, de carro ou trem.

Strike sublimou a culpa que sentia por não ir à Cornualha, antes que o clima tornasse a viagem impossível, trabalhando além do expediente e deixando de dormir. De forma masoquista, decidiu trabalhar em turnos consecutivos, assim Barclay e Hutchins podiam tirar a folga que tinham acumulada devido às viagens anteriores que ele fez para ver Joan. Por conseguinte, era Strike, e não Hutchins, que estava sentado no BMW na chuva eterna na frente da casa de Elinor Dean em Stoke Newington na noite de quarta-feira da semana seguinte, e foi Strike que viu um homem de abrigo de ginástica bater em sua porta e ser recebido ali dentro.

Strike esperou a noite toda que o homem reaparecesse. Por fim, às seis da manhã, o homem foi para a rua ainda escura com a mão cobrindo a parte inferior do rosto. Strike, que ainda o vigiava com óculos de visão noturna, teve um vislumbre de Elinor Dean com um roupão xadrez confortável, acenando-lhe uma despedida. O homem de abrigo correu de volta a seu Citroën com a mão direita ainda escondendo a boca e partiu para o sul.

Strike seguiu o Citroën até eles chegarem à Risinghill Street, em Pentonville, onde o alvo de Strike estacionou e entrou em um edifício moderno de tijolos aparentes, agora com as duas mãos nos bolsos e nada de incomum na boca, pelo que o detetive pôde ver. Strike esperou até que o homem estivesse dentro do prédio, tomou nota de que janela mostrou uma luz cinco minutos mais tarde, em seguida afastou o carro, estacionando logo depois, na White Lion Street.

Embora fosse cedo, as pessoas já saíam para trabalhar, os guarda-chuvas inclinados contra o aguaceiro contínuo. Strike abriu a janela do carro, porque nem ele, fumante inveterado que era, gostava do cheiro do carro depois de uma noite de vigilância. Em seguida, embora a língua doesse de tanto fumar, acendeu outro cigarro e telefonou a Saul Morris.

— Tudo certo, chefe?

Strike, que não gostava particularmente que Morris o chamasse de "chefe", mas não conseguia pensar em um jeito de pedir a ele que parasse com isso sem parecer um babaca, disse:

— Quero trocar de alvo com você. Esqueça o Manhoso hoje; acabo de seguir um cara novo que passou a noite na casa de Elinor Dean. — Ele deu o endereço a Morris. — Ele mora no segundo andar, no primeiro apartamento à esquerda de quem olha o edifício da rua. Uns quarenta anos, cabelo grisalho, meio barrigudo. Veja o que consegue levantar a respeito dele... converse com vizinhos, descubra onde ele trabalha e cave um pouco na internet para ver se descobre quais são os interesses dele. Tenho o pressentimento de que ele e o CM estão visitando essa mulher pelo mesmo motivo.

— Olha, é por isso que você é o mandachuva. Você assume por uma noite e resolve o caso.

Strike queria que Morris parasse de puxar o saco dele também. Quando desligou, ficou um tempo no carro, fumando, enquanto o vento beliscava seu corpo exposto e a chuva batia no rosto com o que pareciam agulhadas geladas. Depois de ver a hora para ter certeza de que o tio, que acordava cedo, estaria de pé, ele telefonou a Ted.

— Tudo bem, garoto? — disse o tio, pela linha telefônica com estática.

— Tudo. Como você está?

— Ah, eu estou bem — disse Ted. — Só tomando o café da manhã. Joanie ainda está dormindo.

— E ela, como está?

— Sem alterações. Se aguentando.

— E comida, vocês têm o suficiente?

— Estamos bem de comida, não se preocupe com isso — disse Ted. — O pequeno Dave Polworth veio ontem com o suficiente para nos alimentar por uma semana.

— Mas como ele conseguiu chegar a vocês? — perguntou Strike, que sabia que grande parte do terreno entre a casa dos tios e a de Polworth estava debaixo de metros de água.

— Remou parte do caminho — disse Ted, parecendo achar graça. — Ele fez com que parecesse uma daquelas competições de Ironman. Estava todo coberto de impermeável quando chegou aqui. Uma mochila grande cheia de mantimentos. Ele é boa gente, esse Polworth.

— Ele é, sim — disse Strike, por um momento fechando os olhos. Não devia ser Polworth a cuidar dos tios. Deveria ser ele. Ele devia ter partido antes, sabendo que o tempo ia ficar ruim, mas tinha já meses de malabarismos com a culpa pelos tios e a culpa que sentia pela carga de trabalho que colocava nas costas dos terceirizados, e especialmente de Robin. — Ted, irei aí assim que os trens voltarem a operar.

— Sim, eu sei que virá, garoto — disse Ted. — Não se preocupe conosco. Não vou passar você para ela, porque ela precisa do descanso, mas direi que ligou. Ela vai ficar contente.

Cansado, com fome e se perguntando onde podia tomar o café da manhã, Strike digitou uma mensagem a Dave Polworth, com o cigarro metido entre os dentes, usando o apelido que ele tinha para Polworth desde que este conseguiu ser mordido por um tubarão, aos 18 anos.

Ted acaba de me contar o que você fez ontem. Nunca poderei retribuir por tudo isso, Chum. Obrigado.

Ele deu um piparote na guimba do cigarro, fechou a janela e tinha acabado de ligar o motor quando o celular tocou. Esperando ver uma resposta de Polworth, sem dúvida perguntando quando ia virar bicha ou uma traveca parruda (o linguajar de Polworth sempre ficava o mais longe possível do politicamente correto), ele olhou a tela, já sorrindo da expectativa, e leu:

Papai quer ligar para você. Quando seria uma boa hora?

Strike leu a mensagem duas vezes antes de entender que vinha de Al. No início, sentiu apenas uma vaga surpresa. Depois raiva e um profundo ressentimento subiram feito vômito.

— Vai se foder — disse ele ao telefone.

Ele saiu da transversal e se afastou, de maxilar rígido, perguntando-se por que seria perseguido por Rokeby agora, justo nesse momento de sua vida, quando estava tão preocupado com parentes que se importaram com ele quando não havia nenhuma glória a ser auferida dessa associação. A época de se corrigir já passara; os danos eram irreparáveis; o sangue não era mais grosso que a porra da água. Consumido por pensamentos da frágil Joan, com quem ele não partilhava nenhum DNA, isolada em sua casa na colina em meio a uma enchente, a raiva e a culpa se contorciam em seu íntimo.

Em uma questão de minutos, ele percebera que estava dirigindo por Clerkenwell. Vendo uma cafeteria aberta na St. John Street, Strike estacionou, depois atravessou a chuva para o calor e a luz, onde pediu um sanduíche de ovos com tomate. Escolhendo uma mesa perto da janela, ele se sentou de frente para a rua, olhos nos olhos com seu reflexo com a barba por fazer e a cara amarrada na vidraça cravejada de chuva.

Tirando a ressaca, Strike raras vezes tinha dores de cabeça, mas algo parecido com uma delas começava a se formar no lado esquerdo do crânio. Ele comeu o sanduíche e disse a si mesmo firmemente que a comida o faria se sentir melhor. Em seguida, depois de pedir uma segunda xícara de chá, pegou o celular e digitou uma resposta a Al, com o objetivo duplo de acabar com Rokeby de uma vez por todas e parar de esconder do meio-irmão e do pai o quanto a insistência deles perturbava sua paz.

Não estou interessado. É tarde demais. Não quero me desentender com você, mas tome isso como um "não" definitivo.

Ele mandou a mensagem e procurou imediatamente por algo que ocupasse sua mente cansada. As lojas do outro lado da rua brilhavam de rosa e vermelho: o dia 14 de fevereiro estava chegando. Agora lhe ocorria que não ouvia falar de Charlotte desde que ignorou sua mensagem no Natal. Será que ela lhe mandaria uma mensagem no Valentine's Day? O desejo dela de contato parecia estimulado por ocasiões especiais e aniversários.

Automaticamente, sem pensar no que fazia, mas com o mesmo desejo de conforto que o fez entrar nessa cafeteria, Strike pegou de novo o celular no bolso e ligou para Robin, mas o número estava ocupado. Recolocando o celular no bolso, estressado, ansioso e querendo ação, ele disse a si mesmo que devia aproveitar Clerkenwell, já que estava ali.

Essa cafeteria ficava apenas a uma curta caminhada da antiga Clínica St. John's. Quantos desses pedestres, perguntou-se ele, moravam na região quarenta anos atrás? A velha recurvada de capa de chuva com o carrinho de compras xadrez? O homem de bigode grisalho que tentava parar um táxi? Talvez o envelhecido sikh com seu turbante, que mandava uma mensagem de texto enquanto andava? Será que algum deles se consultou com Margot Bamborough? Poderia um deles se lembrar de um homem sujo e barbudo com um nome parecido com Applethorpe, que andou por essas mesmas ruas, insistindo com desconhecidos que tinha matado a médica?

O olhar distraído de Strike caiu em um homem que tinha um estranho andar gingado do outro lado da rua. O cabelo fino e castanho estava ensopado de chuva e colado na cabeça. Ele não tinha casaco nem guarda-chuva, mas usava um moletom com uma imagem do Sonic the Hedgehog na frente. A ausência de casaco, o andar levemente desajeitado, o olhar arregalado e infantil, a boca meio aberta, a aceitação estoica de se encharcar completa e lentamente: tudo sugeria alguma deficiência cognitiva. O homem passava pela linha de visão de Strike quando o telefone do detetive tocou.

— Oi. Você me ligou agora? — disse Robin, e Strike sentiu certo alívio da tensão e concluiu que o chá sem dúvida acalmava a cabeça.

— Liguei, sim. Só para uma atualização.

Ele lhe contou a história do homem de abrigo que tinha passado a noite na casa de Elinor Dean.

— E ele cobriu a boca ao sair? Que esquisito.

— Eu sei. Sem dúvida tem alguma coisa estranha acontecendo naquela casa. Pedi a Morris para desencavar alguma coisa sobre esse cara novo.

— Pentonville fica do lado de Clerkenwell — disse Robin.

— E é onde estou agora. Uma cafeteria na St. John Street. Eu a--acho — um bocejo dominou Strike —, desculpe-me... Acho que, já que estou por aqui, podia dar outra cavada sobre o finado Applethorpe. Ver se encontro alguém que se lembre da família, ou que saiba o que pode ter acontecido com eles.

— Como vai fazer isso?

— Andando pela área — disse Strike, e teve consciência do joelho dolorido ao dizer isso —, perguntando em algumas lojas que parecem existir aqui há muito tempo. Eu s-sei — ele bocejou de novo — que é um tiro no escuro, mas não temos mais ninguém que alegasse ter matado Margot.

— Você está estourado?

— Já estive pior. Onde está agora?

— No escritório — disse Robin —, e tenho uma novidade sobre Bamborough, se tiver tempo.

— Pode falar — disse Strike, feliz em adiar o momento em que teria de voltar para a chuva.

— Bom, primeiro, recebi um e-mail do marido de Gloria Conti. Sabe quem, a recepcionista que foi a última a ver Margot? É curto. "*Prezado senhor Ellacott...*"

— Prezado senhor?

— "Robin" costuma confundir as pessoas. "*Escrevo por minha esposa, que tem estado muito aflita com suas comunicações. Ela não tem provas nem informações relacionadas com Margot Bamborough e não é conveniente que o senhor entre em contato com ela por meio de meu trabalho. Nossa família preserva sua privacidade e deseja continuar assim. Gostaria de ter sua garantia de que não voltará a entrar em contato com minha esposa. Atenciosamente, Hugo Jaubert.*"

— Interessante — Strike concordou, coçando o queixo com a barba por fazer. — Por que a própria Gloria não mandou o e-mail? Aflita demais?

— Por que será que ela fica tão afli... perturbada, quero dizer? Talvez — disse Robin, respondendo à própria pergunta — porque tentei contato com ela usando o trabalho do marido? Mas eu tentei pelo Facebook e ela não respondeu.

— Sabe, acho que pode valer a pena colocar Anna em contato com Gloria. A filha de Margot pode puxar melhor as cordinhas do que nós. Por que não rascunha outra solicitação e manda a Anna, para ver se ela fica à vontade e deixa você usar o nome dela?

— Bem pensado — disse Robin, e ele ouviu que ela tomava nota. — Mas, então, a notícia melhor, quando você me ligou agora mesmo, é que eu falava com a segunda filha de Wilma Bayliss, Maya. Ela é a vice-diretora de escola. Acho que estou perto de convencê-la a conversar conosco. Ela tem medo da reação da irmã mais velha, mas tenho esperanças.

— Ótimo — disse Strike —, gostaria de saber mais de Wilma.

— E tem outra coisa — disse Robin. — Mas você pode achar meio improvável.

— Eu estava prestes a te dizer que ia bater de porta em porta perguntando sobre um maluco morto que sem dúvida não se chamava Applethorpe — disse Strike, e Robin riu.

— Bem, eu estava na internet ontem à noite, procurando de novo Steve Douthwaite, e encontrei um site antigo "Memórias de Butlin's", em que ex-Redcoats conversam, trocam lembranças e organizam reencontros, essas coisas... sabe como é. Em todo caso, não consegui encontrar nenhuma menção a Douthwaite nem a nenhum Jacks, como ele se chamava em Clacton-on-Sea, mas encontrei... sei que deve ser totalmente irrelevante — disse ela — e não sei se você se lembra, mas uma garota chamada Julie Wilkes foi citada em *O que aconteceu com Margot Bamborough?*. Ela disse que ficou chocada por Stevie Jacks não ter contado aos amigos que foi apanhado no caso de uma mulher desaparecida.

— Sim, eu me lembro — disse Strike.

— Bom... A garota se afogou — disse Robin. — Morreu afogada no acampamento de férias no final da temporada de 1985. O corpo foi encontrado certa manhã na piscina do acampamento. Um grupo deles discutia sua morte no fórum do site. Eles acham que ela se embriagou, escorregou, bateu a cabeça e foi para o fundo da piscina.

"Talvez tenha sido um azar horrível", disse Robin, "mas as mulheres têm o hábito de morrer na vizinhança de Douthwaite, não têm? A namorada casada dele se mata, a médica desaparece, depois tem essa colega de trabalho que se afoga... Aonde quer que ele vá, acontecem mortes por causas não naturais... é simplesmente estranho."

— É mesmo — disse Strike, franzindo o cenho para a chuva. Ele estava prestes a perguntar onde Douthwaite teria se escondido, quando Robin falou meio precipitada:

— Olha, tem outra coisa que queria te perguntar, mas está tudo bem se a resposta for não. Max, meu colega de apartamento... sabe que ele é ator, não sabe? Bom, ele foi escalado para um trabalho na TV no papel de um ex-soldado e não conhece mais ninguém a quem perguntar. Ele queria saber se você viria jantar para ele lhe fazer algumas perguntas.

— Ah — disse Strike, surpreso, mas não desgostoso. — ... Sim, tudo bem. Quando?

— Sei que está em cima da hora, mas amanhã tem algum problema para você? Ele precisa disso o quanto antes.

— Sim, acho que pode ser — disse Strike. Ele estava pronto a viajar a St. Mawes assim que fosse viável, mas parecia improvável que o quebra-mar fosse consertado no dia seguinte.

Quando Robin desligou, Strike pediu uma terceira xícara de chá. Estava procrastinando e sabia por quê. Se realmente ia fuçar Clerkenwell à procura de alguém que se lembrasse do morto que alegou ter matado Margot Bamborough, ajudaria se soubesse o nome verdadeiro do homem, e como Janice Beattie ainda estava em Dubai, seu único recurso era Irene Hickson.

A chuva estava forte, como sempre. Minuto a minuto, ele adiava o telefonema a Irene, olhando o trânsito pela cortina ondulante de chuva, os pedestres que navegavam pela rua cheia de poças, pensando na morte de uma jovem Redcoat muito tempo atrás, uma jovem que escorregou, bateu a cabeça e se afogou em uma piscina.

Água para todo lado, escrevera Bill Talbot em seu caderno astrológico. Strike teve de fazer algum esforço para decifrar essa passagem específica. Concluiu que Talbot se referia a um agrupamento de signos da água aparentemente relacionados com a morte do desconhecido Escorpião. Por que, Strike se perguntava agora, bebendo o chá, Escorpião era um signo da água? Os escorpiões viviam na terra, no calor; será que sabiam nadar? Ele se lembrou do signo grande de peixe que Talbot usara no caderno para Irene, que a certa altura ele descreveu como "Cetus". Pegando o celular, Strike procurou a palavra no Google.

A constelação de Cetus, ele leu, conhecida também como a Baleia, recebeu o nome do monstro marinho abatido por Perseu quando salvava Andrômeda do deus do mar Poseidon. Ficava na região do céu conhecida como "O Mar", devido à presença ali de muitas outras constelações relacionadas com a água, inclusive Peixes, Aquário, o portador da água, e Capricórnio, a cabra com cauda de peixe.

Água para todo lado.

As anotações astrológicas começavam a se embolar em seus processos de raciocínio, como uma rede antiga enrolada em uma hélice. Uma mistura perniciosa de razão e absurdos, elas espelhavam, na opinião de Strike, o apelo da própria astrologia, com sua promessa aduladora e reconfortante de que suas preocupações insignificantes eram do interesse do universo, e que os astros e o mundo espiritual guiariam a pessoa onde o trabalho árduo e a razão não conseguiam.

Chega, ele disse a si mesmo severamente. Entrando com o número de Irene no celular, ele esperou, ouvindo o telefone dela tocar e imaginando-o ao lado da tigela de pot-pourri, no hall decorado demais, com o papel de parede rosa florido e o grosso carpete cor-de-rosa. Exatamente no momento que ele concluiu, com um misto de alívio e pesar, que Irene não estava em casa, ela atendeu.

— Quatro quatro cinco nove — ela cantarolou, fazendo disso uma espécie de jingle. Joan também sempre atendia na linha fixa dizendo o número que a pessoa discara.

— É a sra. Hickson?

— Ela falando.

— Aqui é Cormoran Strike, o...

— Ah, olá! — gritou ela, parecendo assustada.

— Eu estava me perguntando se a senhora poderia me ajudar — disse Strike, pegando o bloco e o abrindo. — Quando nos encontramos, a senhora falou em um paciente da Clínica St. John's que pensava se chamar talvez Apton ou Applethorpe...

— Ah, sim?

— ... que alegava ter...

— ... matado Margot, sim — ela o interrompeu. — Ele parou Dorothy em plena luz do dia...

— Sim...

— ... mas ela achou que era um monte de bobagem. Eu disse a ela: "E se ele realmente matou, Dorothy?"

— Não consegui encontrar ninguém com esse nome que tenha morado na região em 1974 — disse Strike alto —, então imaginei que a senhora pode ter confundido o no...

— Talvez sim, talvez eu tenha confundido — disse Irene. — Bom, já faz muito tempo, não é? Já tentou o auxílio à lista? Não o auxílio à lista — ela se corrigiu imediatamente. — Registros on-line e essas coisas.

— É difícil fazer uma busca com o nome errado — disse Strike, conseguindo, por pouco, ocultar da voz a exasperação e o sarcasmo. — Estou na Clerkenwell Road no momento. A senhora não disse que ele morava aqui?

— Bom, ele sempre estava zanzando por aí, então eu supus que sim.

— Ele era cadastrado em sua clínica, não era? A senhora se lembra do primeiro nom...

— Hum, deixe-me pensar... era algo parecido com... Gilbert, ou... não, não consigo me lembrar, infelizmente. Applethorpe? Appleton? Apton? *Todo mundo* o conhecia de vista porque ele era muito peculiar: barba comprida, sujo etc. e às vezes tinha um garoto com ele — disse ela, no aquecimento —, uma criança de aparência muito *estranha*...

— Sim, a senhora disse...

— ... com orelhas *enormes*. *Ele* talvez esteja vivo, o filho, mas provavelmente... *sabe como é*...

Strike esperou, mas pelo visto deveria inferir o final da frase pelo silêncio de Irene.

— Provavelmente...? — Ele a motivou.

— Ah, *sabe* como é. Em um lugar.

— Em um...?

— Um lar ou coisa assim! — disse ela com certa impaciência, como se Strike fosse meio obtuso. — Ele nunca acabaria *direito*, não é... com um pai drogado e uma mãe retardada, não me importa o que Jan diga. Jan não tem os mesmos... bom, não é culpa dela... A família dela era... padrões diferentes. E ela prefere olhar... na frente de estranhos... bom, todos nós fazemos isso... mas afinal, você está atrás da verdade, não está?

Strike notou a agulha fina de maldade dirigida à amiga, cintilando entre as frases desconexas.

— Você encontrou Duckworth? — perguntou Irene, mudando de assunto de repente.

— Douthwaite?

— Ah, olha como eu sou, ainda fazendo isso, hahaha. — Embora pouco satisfeito por ela ter ouvido isso dele, Strike pelo menos tinha com quem falar. — Eu *adoraria* saber o que aconteceu com ele. Sinceramente adoraria, se tinha uma figura suspeita, era *ele*. Jan subestimou a questão com você, mas ela ficou meio decepcionada quando ele revelou que era gay, sabia? Jan tinha uma quedinha por ele. Bom, ela estava muito solitária quando a conheci. Nós tentávamos animá-la, Eddie e eu...

— Sim, a senhora disse...

— ... mas os homens não queriam assumir um filho, e Jan era meio *sabe como*, quando uma mulher fica sozinha, não quero dizer *desesperada*, mas grudenta... Larry não se importou, mas Larry não era exatamente...

— Tem outra coisa que queria lhe perguntar...

— ... só que *ele* não se casaria com ela também. Ele tinha passado por um divórcio feio...

— É sobre Leamington Spa...

— Já verificou Bognor Regis?

— Como? — disse Strike.

— Procurando por Douthwaite? Porque ele foi a Bognor Regis, não foi? A um acampamento de verão?

— Clacton-on-Sea — disse Strike. — A não ser que ele tenha ido a Bognor Regis também?

— Também como o quê?

Puta que pariu.

— O que a faz pensar que Douthwaite esteve em Bognor Regis? — perguntou Strike, lentamente e com clareza, passando a mão na testa.

— Eu pensei... ele não esteve lá a certa altura?

— Até onde sei, não, mas sabemos que ele trabalhou em Clacton-on-Sea em meados dos anos 1980.

— Ah, deve ter sido isso... sim, alguém deve ter me contado isso, elas são todos... balneários antiquados... *sabe como é.*

Strike pareceu se lembrar de que tinha perguntado a Irene e Janice se elas tinham alguma ideia de onde Douthwaite teria ido depois que saiu de Clerkenwell, e que as duas disseram não saber.

— Como sabe que ele foi trabalhar em Clacton-on-Sea? — perguntou ele.

— Jan me contou — disse Irene, depois de uma breve pausa. — Sim, Jan teria me contado. *Ela* era vizinha dele, sabe, *ela* é quem o conhecia. Sim, acho que ela tentou descobrir aonde ele tinha ido depois de sair da Percival Road, porque ficou preocupada com ele.

— Mas isso foi 11 anos depois — disse Strike.

— O quê?

— Ele só foi pra Clacton-on-Sea 11 anos depois de ter saído da Percival Road — disse Strike. — Quando lhe perguntei se vocês sabiam aonde ele teria ido...

— Bom, você quer dizer, *agora*? — disse Irene. — Onde ele está *agora*? Não faço ideia. Já investigou aquela história de Leamington Spa, aliás? — Depois ela riu e disse: — Todos esses lugares no litoral! Não, espere aí... não fica no litoral, Leamington Spa, fica? Mas você entende o que quero dizer... *água*... eu *adoro* a água, é... Greenwich, Eddie sabia que eu adorava aquela casa quando ele viu que estava à venda... *tinha mesmo* alguma coisa na história de Leamington Spa, ou Jan estava inventando?

— A sra. Beattie não estava inventando — disse Strike. — O sr. Ramage definitivamente viu uma desaparecida...

— Ah, eu não quis dizer que Jan inventou, não, não quis dizer isso — disse Irene, contradizendo-se prontamente. — Só quis dizer, sabe como é, um lugar estranho para Margot aparecer, Leamington... descobriu alguma ligação — perguntou ela levemente — ou...?

— Ainda não — disse Strike. — *A senhora* não se lembra de nada relacionado com Margot e Leamington Spa, lembra?

— Eu? Meu Deus, não, como eu saberia por que ela foi lá?

— Bom, às vezes as pessoas se lembram de coisas depois que falamos...

— Falou com Janice desde então?

— Não — disse Strike. — A senhora sabe quando ela vai voltar de Dubai?

— Não — respondeu Irene. — Alguns se dão bem, não é? Eu não me importaria com um pouco de sol, com o inverno que temos... mas é um desperdício com Jan, ela não toma banho de sol, e eu não gostaria de um voo tão longo na classe econômica, o que ela fez... como será que ela está se saindo, seis semanas com a nora! Não importa se vocês se entendem bem, isso é muito...

— Bom, não quero prendê-la mais, sra. Hickson.

— Ah, tudo bem — disse ela. — Sim, bem. Boa sorte com tudo.

— Obrigado — disse ele e desligou.

A chuva batia na vidraça. Com um suspiro, Strike foi ao banheiro da cafeteria para aliviar a bexiga com um atraso considerável.

Estava pagando a conta quando viu o homem com o moletom do Sonic the Hedgehog passando pela vidraça, agora do mesmo lado da rua da cafeteria. Voltava pelo caminho que tinha feito antes, com duas sacolas volumosas da Tesco nas mãos, com o mesmo andar estranho, gingado, de lado, o cabelo ensopado achatado no crânio, a boca meio aberta. Os olhos de Strike o seguiram enquanto ele passava, vendo a chuva pingar do fundo das sacolas e dos lóbulos das orelhas particularmente grandes.

38

Tanto tempo a manteve em cabana secreta
Cativa para seu desejo sensual;
Até que com o oportuno fruto seu ventre inchou,
E deu à luz um menino a esse selvagem senhor...

Edmund Spenser
A Rainha das Fadas

Perguntando a si mesmo se teria a sorte que esperava, Strike jogou uma gorjeta na mesa e correu para a chuva contínua, vestindo o casaco ao sair.

Se o deficiente mental adulto com o moletom Sonic encharcado era a criança de orelhas grandes que antes andava por essas ruas com os pais excêntricos, ele estaria morando nesse canto de Clerkenwell há quarenta anos. Bom, as pessoas faziam isso, é claro, refletiu Strike, em particular se tiram seu sustento dali e se todo seu mundo se limita a umas poucas ruas conhecidas. O homem ainda estava à vista, dirigindo-se tranquilamente para a Clerkenwell Road na chuva intensa, não apertava o passo nem fazia qualquer tentativa de não ficar cada vez mais ensopado. Strike virou a gola do casaco para cima e o seguiu.

A uma curta distância da St. John Street, o alvo de Strike virou à direita, passando por uma pequena loja de ferragens na esquina, e foi para a Albemarle Way, a rua curta com uma antiga cabine telefônica vermelha na outra ponta, e prédios altos e contínuos dos dois lados. O interesse de Strike foi avivado.

Quando passava pela loja de ferragens, o homem baixou as sacolas de compras na calçada molhada e pegou a chave de uma porta. Strike continuou andando, porque não havia onde se esconder, mas tomou nota do número da porta ao passar. Seria possível que o falecido Applethorpe tivesse morado nesse mesmo apartamento? Strike não tinha pensado que a Albemarle Way representava um lugar promissor para se esconder à espera de uma vítima? Talvez não fosse tão boa quanto a Passing Alley nem tão conveniente como os edifícios pela Jerusalem Passage, mas muito melhor do que a movimentada Clerkenwell Green, onde Talbot estava convencido de que Margot tinha lutado com um Dennis Creed disfarçado.

Strike ouviu a porta se fechar atrás do homem orelhudo e deu meia-volta. A porta azul-escura precisava de pintura. Havia uma pequena campainha ao lado, abaixo da qual estava o nome impresso "Athorn". Seria esse o nome que Irene confundiu com Applethorpe, Appleton ou Apton? Então Strike notou que o homem tinha deixado a chave na fechadura.

Com a sensação de que talvez estivesse sendo desdenhoso demais com os caminhos misteriosos do universo, Strike pegou a chave e tocou a campainha, que soou alta dentro do prédio. Por um ou dois momentos, nada aconteceu, depois a porta se abriu de novo e lá estava o homem com o moletom Sonic molhado.

— Você deixou a chave na porta — disse Strike, estendendo a chave.

O homem se dirigiu ao terceiro botão do sobretudo de Strike, e não a seus olhos.

— Já fiz isso antes, e Clare disse para não fazer de novo — disse ele em voz baixa, estendendo a mão para a chave, que Strike entregou a ele. O homem ia fechar a porta.

— Meu nome é Cormoran Strike. Será que eu podia entrar e conversar com você sobre seu pai? — disse Strike, sem colocar propriamente o pé na porta, mas preparando-se para fazer isso, se fosse necessário.

A cara orelhuda do outro se destacou, branca, contra o hall escuro.

— Meu-pai-Gwilherm morreu.

— Sim — disse Strike. — Eu sei.

— Ele me carregava nos ombros.

— Carregava, é?

— É. Mamãe me contou.

— Você mora sozinho?

— Moro com a mamãe.

— O nome dela é Clare?

— Não. Deborah.

— Sou detetive. — Strike tirou um cartão do bolso. — Meu nome é Cormoran Strike e gostaria muito de falar com a sua mãe, se não tiver problema.

O homem não pegou o cartão, mas o espiou pelo canto do olho. Strike desconfiou de que ele não sabia ler.

— Estaria tudo bem? — perguntou Strike enquanto a chuva fria continuava a cair.

— Tá tudo bem. Pode entrar — disse o outro, ainda se dirigindo ao casaco de Strike, e abriu totalmente a porta para admitir o detetive. Sem esperar para ver se Strike o seguia, ele subiu a escada escura ali dentro.

Strike sentiu alguns escrúpulos por tirar proveito da vulnerabilidade de um homem como Athorn, mas era irresistível a perspectiva de examinar o que ele agora suspeitava fortemente ser o apartamento em que o autoproclamado assassino de Margot Bamborough tinha morado em 1974. Depois de limpar os pés cuidadosamente no capacho, Strike fechou a porta, vendo, ao fazer isso, duas cartas no chão, em que o filho da casa simplesmente pisou, uma delas com a marca de uma pegada. Strike pegou as cartas e subiu a escada de madeira, sobre a qual estava pendurada uma lâmpada exposta que não funcionava.

Ao subir, Strike se permitiu a fantasia de um apartamento em que ninguém, além de seus moradores, entrava havia quarenta anos, com armários e cômodos trancados, ou até — sabia-se que isso acontecia — um esqueleto posto em plena vista. Por uma fração de segundo, ao chegar ao patamar, suas esperanças aumentaram: o fogão da minúscula cozinha bem à frente parecia datar da década de 1970, assim como os azulejos marrons na parede, mas infelizmente, do ponto de vista de um detetive, o apartamento parecia arrumado e tinha um cheiro fresco e limpo. Havia até marcas recentes de aspirador de pó no carpete antigo, estampado com espirais laranja e marrons. As sacolas da Tesco esperavam para ser desfeitas no linóleo, que estava arranhado, mas tinha sido lavado recentemente.

À direita de Strike havia uma porta aberta, dando em uma pequena sala de estar. O homem que ele seguira estava parado ali, de frente para uma mulher muito mais velha, que estava sentada e fazia crochê em um poltrona ao lado da janela. Ela parecia, e deveria estar, chocada ao ver um estranho corpulento parado em seu hall.

— Ele quer falar com a senhora — anunciou o homem.

— Só se não for um problema, sra. Athorn — disse Strike do patamar. Ele desejava ter Robin ali. Ela era particularmente boa para acalmar mulheres nervosas. Ele se lembrou do que Janice disse sobre essa mulher, que era agorafóbica. — Meu nome é Cormoran Strike e queria lhe fazer algumas perguntas sobre seu marido. Mas, se não estiver bem com isso, é claro que irei embora imediatamente.

— Estou com frio — disse o homem em voz alta.

— Vá trocar de roupa — a mãe o aconselhou. —Você se molhou. Por que não vestiu seu casaco?

—Apertado demais — disse ele. — Sua boba.

Ele se virou e saiu da sala, passando por Strike, que recuou para deixá-lo passar. O filho de Gwilherm desapareceu em um cômodo do outro lado, na porta com o nome "Samhain" em caracteres de madeira pintada.

A mãe de Samhain não parecia gostar de olhar nos olhos mais do que o filho. Por fim, dirigindo-se aos joelhos de Strike, ela disse:

—Tudo bem. Entre, então.

— Muito obrigado.

Dois periquitos, um azul, outro verde, cantaram em uma gaiola no canto da sala de estar. A mãe de Samhain fazia uma colcha de retalhos de crochê. Vários quadrados de lã completos estavam empilhados no peitoril da janela, ao lado dela e em um cesto de lã a seus pés. Uma imensa esteira com um quebra-cabeça estava aberta sobre um pufe grande na frente do sofá.Tinha dois terços do quebra-cabeça de unicórnios. Com relação à arrumação, a sala de estar se comparava muito favoravelmente à de Gregory Talbot.

— A senhora recebeu uma correspondência — disse Strike, e levantou os envelopes úmidos para mostrar a ela.

—Abra — disse ela.

—Acho que eu não...

—Abra — repetiu ela.

A mulher tinha as mesmas orelhas grandes de Samhain e o mesmo leve prognatismo. Apesar dessas imperfeições, havia uma beleza em seu rosto suave e nos olhos escuros. O cabelo comprido e com uma trança bem-feita era branco. Ela devia ter pelo menos sessenta anos, mas sua pele lisa era de uma mulher muito mais nova. Havia um ar estranhamente sobrenatural nela ali sentada, operando a agulha de crochê ao lado da janela chuvosa, desligada do mundo. Strike se perguntou se ela saberia ler. Sentiu-se seguro em abrir os envelopes que claramente eram de propaganda, e de fato eram.

— A senhora recebeu um catálogo de sementes — disse ele, mostrando — e uma carta de uma loja de móveis.

— Não os quero — disse a mulher ao lado da janela, ainda falando com as pernas de Strike. — Pode se sentar — acrescentou ela.

Ele deslizou com cuidado entre o sofá e o pufe que, como o próprio Strike, era grande demais para essa sala pequena. Depois de evitar com sucesso esbarrar no enorme quebra-cabeça, ele se sentou a uma distância respeitosa da mulher do crochê.

— Esta — disse Strike, referindo-se à última carta — é para Clare Spencer. A senhora a conhece?

A carta não tinha selo. A julgar pelo endereço do remetente, era da loja de ferragens no térreo.

— Clare é nossa assistente social — disse ela. — Pode abrir.

— Acho que não devo fazer isso — disse Strike. — Vou deixar aqui para Clare. A senhora é Deborah, não é isso?

— Sim — resmungou ela.

Samhain reapareceu à porta. Agora estava descalço, mas vestia uma calça jeans seca e um moletom limpo com o Homem-Aranha na frente.

— Vou colocar as coisas na geladeira — anunciou ele, e desapareceu de novo.

— Agora Samhain faz as compras — disse Deborah, com um olhar para os sapatos de Strike. Embora tímida, ela não parecia avessa a conversar com ele.

— Deborah, estou aqui para lhe perguntar sobre Gwilherm — disse Strike.

— Ele não está.

— Não, eu...

— Ele morreu.

— Sim — disse Strike. — Eu sinto muito. Na verdade, estou aqui por causa de alguém que trabalhava na clínica...

— O dr. Brenner — disse ela prontamente.

— Você se lembra do dr. Brenner? — disse Strike, surpreso.

— Eu não gostava dele — disse ela.

— Bom, eu queria lhe perguntar sobre *outr...*

Samhain reapareceu na porta da sala de estar e disse em voz alta à mãe:

— Quer um chocolate quente ou não?

— Quero — disse ela.

— *Você* quer um chocolate quente ou não? — Samhain quis saber de Strike.

— Sim, por favor — disse Strike, com o raciocínio de que todo gesto de amizade deveria ser aceito nessa situação.

Samhain saiu de vista. Parando seu crochê, Deborah apontou para algo bem à frente e disse:

— Esse é Gwilherm, ali.

Strike olhou em volta. Uma ankh egípcia, o símbolo da vida eterna, tinha sido desenhada na parede atrás do antigo televisor. As paredes eram amarelo-claras a não ser atrás da ankh, onde sobrevivera um trecho de verde sujo. Na frente da ankh, em cima do televisor de topo plano, estava um objeto preto que Strike, à primeira vista, tomou por um vaso. Depois ele localizou a pomba estilizada nele, e percebeu que era uma urna e entendeu, finalmente, o que tinha ouvido.

— Ah — disse Strike. — São as cinzas de Gwilherm, não?

— Eu disse a Tudor para comprar aquela com a ave, porque gosto de aves.

Um dos periquitos adejou de repente pela gaiola em um borrão de verde e amarelo.

— Quem pintou isso? — perguntou Strike, apontando a ankh.

— Gwilherm — disse Deborah, ainda manuseando habilidosamente a agulha de crochê.

Samhain voltou à sala com uma bandeja fina.

— Não no meu quebra-cabeça — a mãe o alertou, mas não havia outra superfície livre.

— Posso...? — ofereceu Strike, gesticulando para o quebra-cabeça, mas não havia espaço em nenhum lugar do chão que o acomodasse.

— Feche-o — disse-lhe Deborah com certa reprovação, e Strike viu que a esteira do quebra-cabeça tinha abas, que podiam ser fechadas para proteger o jogo. Ele assim o fez, e Samhain colocou a bandeja por cima. Deborah prendeu cuidadosamente a agulha do crochê na bola de lã e aceitou do filho a caneca de chocolate quente instantâneo e um biscoito Penguin. Samhain ficou com a caneca do Batman. Strike bebeu o chocolate e disse: "Muito bom", sem ser inteiramente desonesto.

— Eu faço um chocolate quente bom, não é, Deborah? — disse Samhain, desembrulhando um biscoito.

— Sim — disse Deborah, soprando a superfície do líquido quente.

— Sei que isso já faz muito tempo — recomeçou Strike —, mas tinha outra pessoa que trabalhava com o dr. Brenner...

— O velho Joe Brenner era um velho sujo — disse Samhain Athorn, com uma risadinha.

Strike o olhou, surpreso. Samhain dirigiu seu sorriso malicioso para o quebra-cabeça fechado.

— Por que ele era um velho sujo? — perguntou o detetive.

— Meu tio Tudor me contou — disse Samhain. — Velho *sujo*. Ahahahah. Isso é meu? — perguntou ele, pegando o envelope endereçado a Clare Spencer.

— Não — disse a mãe. — É da Clare.

— Por quê?

— Acho — disse Strike — que é de seu vizinho de baixo.

— Ele é um filho da puta — disse Samhain, baixando a carta. — Ele nos obrigou a jogar tudo fora, não foi, Deborah?

— Gosto mais agora — disse Deborah mansamente. — Agora está bom.

Strike permitiu que se passasse um ou dois segundos, para o caso de Samhain ter algo a acrescentar, depois perguntou:

— Por que o tio Tudor disse que Joseph Brenner era um velho sujo?

— Tudor sabia tudo de todo mundo — disse Deborah placidamente.

— Quem era Tudor? — perguntou-lhe Strike.

— O irmão de Gwilherm — disse Deborah. — Ele sempre sabia sobre as pessoas por aqui.

— Ele ainda a visita? — perguntou Strike, suspeitando da resposta.

— Passou-para-o-outro-lado — disse Deborah, como se fosse uma única palavra comprida. — Ele fazia nossas compras. Levava Sammy para jogar futebol e nadar.

— Eu faço todas as compras agora — intrometeu-se Samhain. — Às vezes não quero fazer as compras, mas se eu não fizer fico com fome, e Deborah diz: "É culpa sua não ter nada para comer." Então eu vou fazer as compras.

— Boa jogada — disse Strike.

Os três beberam o chocolate quente.

— Velho sujo, o Joe Brenner — repetiu Samhain, mais alto. — O tio Tudor me contava umas histórias. A velha Betty e aquela que não pagava, ahahah. O velho sujo do Joe Brenner.

— Eu não gostava dele — disse Deborah em voz baixa. — Ele queria que eu tirasse a calcinha.

— É mesmo? — perguntou Strike.

Embora isso certamente tenha sido uma questão de exame médico, ele ficou pouco à vontade.

— Sim, para me olhar — disse Deborah. — Eu não quis. Gwilherm queria, mas eu não gosto que homens que não conheço me olhem.

— Não, bom, posso entender isso — disse Strike. — Você estava doente?

— Gwilherm disse que eu devia estar. — Foi a única resposta.

Se ainda estivesse na Divisão de Investigação Especial, haveria uma policial mulher com ele nessa entrevista. Strike se perguntou qual era o QI de Deborah.

— Chegou a conhecer a dra. Bamborough? — perguntou ele. — Ela era — ele hesitou — uma médica mulher.

— Nunca vi uma médica — disse Deborah com o que parecia pesar.

— Sabe se Gwilherm chegou a conhecer a dra. Bamborough?

— Ela morreu — disse Deborah.

— Sim — disse Strike, surpreso. — As pessoas pensam que ela morreu, mas ninguém tem cert...

Um dos periquitos fez soar o sininho no alto da gaiola. Deborah e Samhain olharam, sorrindo.

— Qual deles foi? — perguntou Deborah a Samhain.

— Bluey — disse ele. — O Bluey é mais inteligente que o Billy Bob.

Strike esperou que eles perdessem o interesse pelos periquitos, o que levou alguns minutos. Quando a atenção dos dois Athorn tinha voltado ao chocolate quente, ele disse:

— A dra. Bamborough desapareceu e estou tentando descobrir o que aconteceu com ela. Me disseram que Gwilherm falou sobre a dra. Bamborough, depois que ela desapareceu.

Deborah não respondeu. Era difícil saber se ela o ouvia, ou se o ignorava deliberadamente.

— Eu soube — disse Strike; não tinha sentido não dizer isso, era todo o motivo para ele estar ali, afinal — que Gwilherm dizia às pessoas que a havia matado.

Deborah olhou para a orelha esquerda de Strike, depois de volta ao chocolate quente.

— Você parece o Tudor — disse ela. — Você sabe o que é o quê. Ele deve ter feito — acrescentou ela tranquilamente.

— Quer dizer — disse Strike com cuidado — que ele dizia isso às pessoas?

Ela não respondeu.

— ... ou você acha que ele matou a médica?

— O Meu-pai-Gwilherm estava fazendo magia nela? — perguntou Samhain para a mãe. — O Meu-pai-Gwilherm não matou essa moça. Meu tio Tudor me contou o que aconteceu de verdade.

— O que seu tio te contou? — perguntou Strike, virando-se da mãe para o filho, mas Samhain tinha acabado de encher a boca de biscoito de chocolate, então Deborah continuou a história.

— Ele me acordou uma vez quando eu estava dormindo — disse ela — e estava escuro. Ele disse: "Matei uma mulher por engano." Eu respondi: "Você teve um pesadelo." Ele disse: "Não, não, eu a matei, mas não queria fazer isso."

— Ele a acordou para dizer isso, foi?

— Ele me acordou todo nervoso.

— Mas você acha que foi só um pesadelo?

— Acho — disse Deborah, mas então, depois de uns instantes, completou: — Mas talvez ele a tenha matado, porque ele sabia fazer magia.

— Sei — disse Strike sem confiar, virando-se para Samhain.

— O que seu tio Tudor disse que aconteceu com a médica?

— Não posso te contar isso — disse Samhain, de repente sorrindo. — O tio Tudor disse pra não contar. Nunca. — Mas ele sorriu com um prazer endiabrado por ter um segredo. — Meu-pai-Gwilherm fez isso — continuou ele, apontando a ankh na parede.

— Sim — disse Strike —, sua mãe me contou.

— Eu não gosto — disse Deborah placidamente, olhando a ankh. — Queria que as paredes fossem todas iguais.

— Eu gosto — disse Samhain —, porque é diferente das outras paredes... sua boba — acrescentou ele distraidamente.

— O tio Tudor... — começou Strike, mas Samhain, que tinha terminado o biscoito, agora se levantou e saiu da sala, parando na soleira para falar alto:

— Clare disse que é bom eu ainda ter coisas de Gwilherm!

Ele desapareceu no quarto e fechou firmemente a porta. Com a sensação de que acabara de ver um soberano de ouro quicar bueiro abaixo, Strike voltou-se para Deborah.

— *Você* sabe o que Tudor disse que aconteceu com a médica?

Ela fez que não, desinteressada. Strike olhou esperançoso para a porta do quarto de Samhain. Continuava fechada.

— Consegue se lembrar *como* Gwilherm pensava ter matado a médica? — perguntou ele a Deborah.

— Ele disse que a magia dele a matou, depois a levou embora.

— Ele a levou embora?

A porta do quarto de Samhain de repente se abriu e ele voltou à sala, trazendo um livro sem capa.

— Deborah, esse é o livro de magia do Meu-pai-Gwilherm, né?

— É, sim — disse Deborah.

Ela agora terminava o chocolate quente. Baixando a caneca vazia, ela pegou o crochê de novo.

Samhain estendeu o livro a Strike sem dizer nada. Embora a capa tivesse sumido, a página de título estava intacta: *Magus*, de Francis Barrett. Strike teve a impressão de que lhe mostrar esse livro era um sinal de estima, então o folheou com uma expressão de profundo interesse, seu principal objetivo era manter Samhain feliz e perto para outras perguntas.

Algumas páginas no livro tinham uma mancha marrom. Strike parou a cascata de páginas para examinar mais atentamente. Era, suspeitava ele, sangue seco, e tinha sido esfregado por algumas linhas do texto.

> Direi mais, a saber, que aqueles que andam em seu sono o fazem por nenhum outro guia senão o espírito do sangue, isto é, do homem exterior, andam de um lado a outro, realizam negócios, pulam muros e conseguem coisas que seriam impossíveis àqueles que estão despertos.

— Você pode fazer magia com esse livro — disse Samhain. — Mas o livro é meu, porque era do Meu-pai-Gwilherm, então ele agora é meu. — E ele estendeu a mão antes que Strike pudesse examiná-lo melhor, de repente ciumento de sua posse. Quando Strike o devolveu, Samhain fechou o livro no peito com uma das mãos e se abaixou para pegar outro biscoito de chocolate.

— Chega, Sammy — disse Deborah.

— Eu fui na chuva pra comprar — disse Samhain em voz alta. — Posso comer o que eu quiser. Sua boba. Sua *burra*.

Ele chutou o pufe, mas doeu em seu pé descalço, e isso aumentou sua fúria repentina e infantil. Com o rosto rosado e truculento, ele olhou a sala: Strike desconfiava de que procurava por algo para desarrumar ou talvez quebrar. Sua escolha recaiu nos periquitos.

— Vou abrir a gaiola — ele ameaçou a mãe, apontando para ela. Ele deixou *Magus* cair no sofá enquanto subia no assento, agigantando-se acima de Strike.

— Não, não abra — disse Deborah, de pronto aflita. — Não faça isso, Sammy!

— E vou abrir a janela — disse Samhain, agora tentando andar pelos assentos do sofá, mas bloqueado por Strike. — Ahahah. Sua burra.

— Não... Samhain, não! — disse Deborah, assustada.

— Você não quer abrir a gaiola — disse Strike, levantando-se e colocando-se na frente dela. — Não vai querer que os periquitos fujam. Eles não vão voltar.

— Eu sei que não vão voltar — disse Samhain. — Os últimos não voltaram.

Sua raiva pareceu diminuir com a rapidez com que apareceu, diante da oposição racional. Ainda de pé no sofá, ele disse, rabugento:

— Eu saí na chuva. Peguei eles.

— Tem o número do telefone de Clare? — perguntou Strike a Deborah.

— Na cozinha — disse ela, sem perguntar por que ele o queria.

— Pode me mostrar onde está? — perguntou Strike a Samhain, embora soubesse perfeitamente. O apartamento inteiro tinha o tamanho da sala de estar de Irene Hickson. Samhain franziu a testa para a cintura de Strike por uns segundos, depois disse:

— Tudo bem, então.

Ele andou pela extensão do sofá, pulou na ponta com um estrondo que fez a estante se sacudir, depois partiu para os biscoitos.

— Ahahah — ele provocou a mãe, com as mãos cheias de Penguins. — Peguei eles. Sua boba. Sua *burra.*

Ele saiu da sala.

Enquanto Strike saía do espaço entre o pufe e o sofá, abaixou-se para pegar *Magus*, que Samhain tinha largado, e o colocou embaixo do casaco. Fazendo crochê tranquilamente ao lado da janela, Deborah Athorn não notou nada.

Uma curta lista de nomes e números estava afixada na parede da cozinha com uma tachinha. Strike ficou satisfeito ao ver que várias pessoas pareciam interessadas no bem-estar de Deborah e Samhain.

— Quem são essas pessoas? — perguntou ele, mas Samhain deu de ombros, e Strike confirmou suas suspeitas de que Samhain não sabia ler, por mais orgulho que tivesse de *Magus*. Ele tirou uma foto da lista com o celular, depois voltou-se para Samhain.

— Me ajudaria de verdade se você conseguisse se lembrar do que seu tio Tudor disse que aconteceu com a médica.

— Ahahah — disse Samhain, que desembrulhava outro Penguin. — Não vou contar.

— Seu tio Tudor devia confiar de verdade em você para te contar.

Samhain mastigou em silêncio por um tempo, depois engoliu e disse, com uma leve empinada orgulhosa do queixo: "É."

— É bom ter pessoas a quem a gente pode confiar informações importantes.

Samhain parecia satisfeito com essa declaração. Comeu o biscoito e, pela primeira vez, olhou na cara de Strike. O detetive teve a impressão de que Samhain desfrutava da presença de outro homem no apartamento.

— Eu fiz isso aqui — disse ele de repente e, indo à pia, pegou um pequeno pote de argila, que guardava uma escova e uma esponja.

— É excelente — disse Strike, pegando dele e examinando. — Onde você estava, quando seu tio lhe contou o que aconteceu com a dra. Bamborough?

— No futebol — disse Samhain. — E eu fiz isso aqui — disse ele a Strike, arrancando um porta-retratos de madeira da geladeira, onde estava preso com um ímã. A foto emoldurada era uma recente de Samhain e Deborah, cada um deles com um periquito empoleirado no dedo.

— Isso é muito bom — disse Strike, admirando.

— É. — Samhain pegou de volta dele e o bateu na geladeira. — Ranjit disse que foi o melhor. A gente tava no futebol, e eu ouvi o tio Tudor falando com o amigo dele.

— Ah — disse Strike.

— E depois ele disse pra mim: "Não conte a ninguém."

— Sei — disse Strike. — Mas, se você me contar, eu posso ajudar a família da médica. Eles estão muito tristes. Sentem saudades dela.

Samhain lançou outro olhar fugaz ao rosto de Strike.

— Ela agora não pode voltar. As pessoas não vivem de novo depois que morrem.

— Não — disse Strike. — Mas é bom quando as famílias sabem o que aconteceu com as pessoas e para onde elas foram.

— Meu-pai-Gwilherm morreu embaixo da ponte.

— Sim.

— Meu tio Tudor morreu no hospital.

— Viu só? — disse Strike. — É bom saber, não é?

— É — disse Samhain. — Eu sei o que aconteceu.

— Exatamente.

— O tio Tudor disse que foi Nico e os rapazes dele que fizeram isso.

Isso saiu quase com indiferença.

— Você pode contar para a família dela — disse Samhain —, mas para mais ninguém.

— Tudo bem — disse Strike, cuja mente trabalhava acelerada. — Tudor sabia como Nico e os rapazes fizeram isso?

— Não. Ele só soube que fizeram.

Samhain pegou outro biscoito. Parecia não ter mais nada a dizer.

— Erm... posso usar o toalete?

— O banheiro? — disse Samhain, com a boca cheia de chocolate.

— Sim. O banheiro — disse Strike.

Como o resto do apartamento, o banheiro era antigo, mas estava perfeitamente limpo. Tinha papel de parede verde, com um padrão de flamingos pink, que sem dúvida datava dos anos 1970 e agora, quarenta anos depois, era kitsch e estava na moda. Strike abriu o armário do banheiro, encontrou um pacote de lâminas de barbear, pegou uma e cortou a página ensanguentada de *Magus* com um único golpe suave, depois a dobrou e colocou no bolso.

No patamar, devolveu o livro a Samhain.

— Você deixou cair no chão.

— Ah — disse Samhain. — Brigado.

— Não vai fazer nada com os periquitos se eu for embora, vai?

Samhain olhou o teto com um leve sorriso.

— *Vai?* — perguntou Strike.

— Não. — Samhain suspirou por fim.

Strike voltou à soleira da sala de estar.

— Estou indo agora, sra. Athorn — disse ele. — Muito obrigado por conversar comigo.

— Tchau — disse Deborah sem olhar para ele.

Strike desceu a escada e voltou para a rua. Ali, parou por um momento na chuva, pensando. Estava tão anormalmente parado que uma mulher passou e se virou para olhá-lo.

Chegando a uma decisão, Strike pegou a esquerda e entrou na loja de ferragens que ficava bem abaixo do apartamento dos Athorn.

Um homem carrancudo, grisalho e de avental atrás do balcão levantou a cabeça com a entrada de Strike. Um dos olhos era maior que o outro, o que lhe conferia uma aparência estranhamente malévola.

— Bom dia — disse Strike animadamente. — Vim da casa dos Athorn, aqui em cima. O senhor queria falar com Clare Spencer?

— Quem é você? — perguntou o lojista, com um misto de surpresa e agressividade.

— Amigo da família — disse Strike. — Posso saber por que o senhor está colocando cartas para a assistente social pela porta da casa deles?

— Porque não atendem ao telefone na porcaria do departamento de serviço social — rosnou o lojista. — E não tem sentido falar com *eles*, tem? — acrescentou ele, apontando o dedo para o teto.

— Posso ajudar em algum problema?

— Duvido — disse o lojista rispidamente. — Você deve estar se sentindo muito satisfeito com a situação, não é, se é amigo da família? Ninguém teve de botar a mão no bolso, só eu, hein? Só disfarçando tudo rapidinho e deixando outra pessoa pagar a conta, hein?

— E que disfarce seria esse? — perguntou Strike.

O dono da loja de ferragens estava muito disposto a explicar. O apartamento de cima, contou a Strike, há muito era um risco para a saúde, atulhado de pertences acumulados de muitos anos e um ímã para pragas, e em um mundo justo não deveria ser *ele* que arcaria com o custo de morar embaixo de uma dupla de idiotas...

— Está falando de amigos meus — disse Strike.

— Então *você* faça isso — rosnou o lojista. — Pague *você* uma merda de fortuna para manter os ratos longe daqui. Meu teto está arriando sob o peso da sujeira deles...

— Acabo de vir de lá e está perfeitamente...

— Porque eles tiraram a merda no mês passado, quando eu disse que ia processar! — rosnou o lojista. — Vieram uns primos de Leeds quando ameacei com uma ação judicial... ninguém deu a mínima até então... e eu voltei na segunda de manhã, e eles tinham limpado tudo. Filhos da puta dissimulados!

— Mas não queria o apartamento limpo?

— Quero compensação pelo dinheiro que tive de gastar! Danos estruturais, contas do Rentokil... Aquela dupla não devia morar junta sem supervisão, eles não são aptos, deviam estar em um sanatório! Se eu tiver de ir aos tribunais, eu vou!

— Um conselho de amigo — disse Strike, sorrindo. — Se você se comportar de algum jeito que possa ser considerado ameaçador com os Athorn, os amigos deles vão garantir que *você* termine no tribunal. Tenha um bom dia — acrescentou ele, indo para a porta.

O fato de que o apartamento dos Athorn recentemente passara por uma limpeza feita por parentes prestativos tendia a sugerir que os restos mortais de Margot Bamborough não estavam escondidos no imóvel. Por outro lado, Strike tinha ganhado uma mancha de sangue e um boato, e isso era consideravelmente mais do que tinha uma hora antes. Embora ainda não estivesse inclinado a dar crédito a uma intervenção sobrenatural, tinha de admitir que decidir tomar o café da manhã na St. John Street tinha sido, em última análise, uma decisão muito afortunada.

39

... Assim prosseguiram em viagem,
Até o término da estrondosa tormenta...
Não conseguiram encontrar aquele caminho, que antes havia se mostrado,
Mas vagaram adiante por vias desconhecidas...

Edmund Spenser
A Rainha das Fadas

O despertador de Robin disparou às seis e meia da manhã de sexta-feira, no meio de um sonho com Matthew: ele a procurava no apartamento de Earl's Court e pedia para ela voltar, dizendo que tinha sido um tolo, prometendo que nunca mais reclamaria de seu trabalho, implorando a ela para confessar que sentia falta do que eles foram no passado. Ele lhe perguntara se ela sinceramente gostava de morar em um apartamento alugado, sem a segurança e o companheirismo de um casamento, e no sonho Robin sentiu uma atração para o antigo relacionamento, antes que se complicasse graças ao trabalho com Strike. Ele era um Matthew mais novo no sonho, um Matthew muito mais gentil, e Sarah Shadlock fora reduzida a um engano, um percalço, um erro insignificante. Ao fundo pairava a companhia de apartamento de Robin, não mais o Max desligado e cortês, mas uma mulher que fazia eco às persuasões de Matthew, que ria quando ele a olhava e instigava Robin a dar o que ele queria. Só quando conseguiu silenciar o despertador e dissipar a névoa de sono foi que Robin, deitada com a cara no travesseiro, percebeu o quanto a companheira de apartamento onírica era parecida com Cynthia Phipps.

Esforçando-se para entender por que tinha ajustado o despertador para tão cedo, ela se sentou na cama, as paredes creme do quarto de um malva azulado na luz do amanhecer, depois lembrou-se de que Strike tinha planejado uma reunião com toda a equipe, a primeira em dois meses, e que ele lhe pedira para chegar uma hora mais cedo do que os outros, assim eles poderiam discutir o caso Bamborough antes que todos os demais estivessem presentes.

Extremamente cansada, como sempre parecia estar nos últimos dias, Robin tomou banho e se vestiu, atrapalhando-se com botões, esquecendo-se de onde tinha colocado o telefone, percebendo que tinha uma mancha no suéter só quando estava no meio da escada para a cozinha e insatisfeita de modo geral com a vida e os dias que começavam cedo. Quando chegou ao segundo andar, encontrou Max de roupão, sentado à mesa de jantar, lendo um livro de receitas. A TV estava ligada: o apresentador do café da manhã perguntava se o Valentine's Day seria um exercício de cinismo comercial ou uma oportunidade de injetar o muito necessário romance na vida de um casal.

— Cormoran tem alguma restrição alimentar? — perguntou-lhe Max, e quando Robin o olhou vagamente, ele disse: — Para esta noite. Jantar.

— Ah — disse Robin —, não. Ele come de tudo.

Ela verificou os e-mails por telefone enquanto tomava um café puro. Com uma leve pontada de pavor, viu uma mensagem da advogada intitulada "Conciliação". Abrindo-a, viu que uma data tinha sido proposta: 19 de março, quarta-feira, dali a mais de um mês. Ela imaginou Matthew falando com o advogado dele, consultando a agenda, afirmando seu poder, como sempre. *Estarei preso pelo mês inteiro.* Depois imaginou-o cara a cara com ela a uma mesa de reuniões, com os advogados ao lado, e sentiu um pânico mesclado com raiva.

— Você devia comer alguma coisa — disse Max, ainda lendo o livro de receitas.

— Vou comprar alguma coisa depois — disse Robin, fechando o e-mail.

Ela pegou o casaco que pendurara no braço do sofá.

— Max — disse ela —, você não esqueceu que meu irmão e a namorada dele vão passar o fim de semana, aqui, não é? Duvido que eles fiquem muito tempo. É só uma base.

— Não, não, tudo bem — disse Max vagamente, perdido nas receitas.

Robin foi para o início da manhã frio e úmido, e tinha percorrido todo o caminho até o metrô quando percebeu que estava sem a bolsa.

— *Merda!*

Em geral, Robin era arrumada, eficiente e organizada; raras vezes cometia um erro desses. Com o cabelo esvoaçando, ela correu de volta ao apartamento e imaginou que diabos tinha feito com a bolsa e, agora em pânico, se tinha deixado cair na rua ou se alguém a roubara.

Enquanto isso, na Denmark Street, o grogue Strike saía do banho pulando em um pé só, de olhos inchados e igualmente exausto. As sequelas de uma semana cobrindo os turnos de Barclay e Hutchins agora o apanhavam, e ele se arrependia um pouco de ter pedido a Robin para chegar ao trabalho cedo.

Porém, logo depois de vestir a calça, seu celular tocou e, com uma pontada de medo, ele viu que era o número de Ted e Joan.

— Ted?

— Oi, Corm. Não precisa entrar em pânico agora — disse Ted. — Eu só queria te dar notícias.

— Pode falar — disse Strike, de pé com o peito nu e congelando na luz fria e cinzenta que se infiltrava pelas cortinas finas demais do apartamento do sótão.

— Ela não me parece muito bem. Kerenza estava falando de tentar levá-la ao hospital, mas Joanie não quer ir. Ainda está de cama, ela... não se levantou ontem — disse Ted, com a voz falhando. — Talvez não consiga.

— Merda — resmungou Strike, afundando na cama. — Tudo bem, Ted, estou indo aí.

— Você não pode — disse o tio. — Estamos cercados por água de enchente. É perigoso. A polícia está dizendo que todo mundo deve ficar em casa e não viajar. Kerenza pode... ela diz que pode administrar a dor em casa. Tem drogas que pode injetar... porque ela não come muito agora. Kerenza não acha que seja... sabe como é... ela acha que vai ser...

Ele começou a chorar para valer.

— ... não imediato, mas... ela disse que... não demora.

— Estou indo — disse Strike firmemente. — Lucy sabe o quanto Joan está mal?

— Liguei para você primeiro — disse Ted.

— Eu contarei a ela, não se preocupe com isso. Ligo para você quando tivermos um plano, está bem?

Strike desligou e telefonou a Lucy.

— Ah, meu Deus, não. — A irmã arquejou quando ele deu um resumo nada emotivo do que Ted havia dito. — Stick, não posso ir agora... Greg está preso no País de Gales!

— Mas o que Greg foi fazer em Gales?

— Foi a trabalho... Ah, meu Deus, que vamos fazer?

— Quando Greg voltará?

— Amanhã à noite.

— Então, iremos no domingo de manhã.

— Como? Todos os trens estão parados, as estradas, inundadas...

— Vou alugar um jipe ou coisa assim. Polworth vai nos encontrar do outro lado com um barco se for preciso. Ligo para você de novo quando eu tiver organizado as coisas.

Strike se vestiu, preparou chá e torrada, levou-os para a mesa dos sócios no escritório e ligou de novo para Ted, vencendo os protestos dele, dizendo-lhe que, quisesse ele ou não, ele e Lucy iriam no domingo. Ele ouvia o anseio do tio por eles, sua necessidade desesperada de companhia para partilhar o fardo do medo e da tristeza. Strike depois ligou para Dave Polworth, que aprovou inteiramente o plano e prometeu estar preparado com barco, duas cordas e equipamento de mergulho, se fosse necessário.

— Não tenho mais merda nenhuma para fazer. Meu local de trabalho é embaixo da água.

Strike ligou para algumas locadoras de veículos e enfim encontrou uma que tinha um jipe disponível. Ele dava as informações do cartão de crédito quando chegou uma mensagem de texto de Robin:

Peço mil desculpas. Perdi a bolsa, acabo de encontrar, estou a caminho.

Strike tinha se esquecido inteiramente de que eles deviam colocar o caso Bamborough em dia antes da reunião da equipe. Depois de terminar a locação do jipe, ele passou a reunir os itens que pretendia discutir com Robin: a página suja de sangue que cortou de *Magus*, que agora tinha colocado em um saco plástico, e a descoberta que fez na noite anterior no computador, que subiu para o monitor, pronta para mostrar a ela.

Depois ele abriu a agenda de rodízio, para ver que turnos teria de distribuir, agora que voltaria à Cornualha, e viu "Jantar com Max" escrito ali para esta noite.

— *Porcaria.* — Strike supunha que não poderia sair dessa agora, depois de ter concordado no dia anterior, mas essa era a última coisa de que ele precisava.

Nesse exato momento, Robin, que subia a escada rolante para a Tottenham Court Road de dois em dois degraus, ouviu o celular tocar na bolsa.

— Sim? — disse ela ofegante ao telefone ao sair da estação, uma entre muitos passageiros alvoroçados.

— Oi, Robs — disse o irmão mais novo.

— Oi — disse ela, usando o cartão Oyster na catraca. — Está tudo bem?

— Sim, tudo bem — disse Jonathan, embora ele não parecesse tão animado como da última vez que se falaram. — Olha, tudo bem se eu levar outro cara comigo para ficar na sua casa?

— O quê? — Robin saía na chuva tempestuosa e no caos controlado do cruzamento da Tottenham Court Road com a Charing Cross Road, em que agora trabalhava havia três anos e meio. Era sua esperança ter entendido mal o que Jonathan dissera.

— Outro cara — ele repetiu. — Tudo bem com isso? Ele dorme em qualquer lugar.

— Ah, Jon. — Robin gemeu, correndo um pouco pela Charing Cross Road. — Só temos um sofá-cama.

— O Kyle dorme no chão, ele não liga — disse Jonathan. — Não é grande coisa, é? Mais uma pessoa?

— Tudo bem — disse Robin. — Mas ainda pretendem chegar aqui às dez?

— Não sei bem. Talvez a gente pegue o trem mais cedo, estamos pensando em matar umas aulas.

— Ok, mas o caso é que Cormoran vem jantar para conversar com Max...

— Ah, que ótimo! — disse Jonathan, um pouco mais entusiasmado. — Courtney vai adorar conhecê-lo, ela é obcecada por crimes!

— Não... Jon, estou tentando lhe dizer, Max precisa entrevistar Cormoran sobre um papel que ele está fazendo. Não acho que terá comida suficiente para mais três...

— Não se preocupe com isso, se a gente chegar mais cedo, vamos pedir um delivery para nós.

Como Robin poderia dizer: "Por favor, não venha durante o jantar"? Depois que ele desligou, Robin partiu numa corrida, na esperança de que a noção de tempo de Jonathan, que ela sabia por experiência própria precisar de aperfeiçoamento, o fizesse perder trens para o sul e atrasasse sua chegada.

Correndo pela esquina da Denmark Street, ela viu, deprimida, Saul Morris à frente, andando para o escritório e levando um pequeno buquê embrulhado de gérberas cor-de-rosa.

É melhor que não sejam para mim.

— Oi, Robs. — Ele se virou quando ela apareceu atrás dele. — Ah, meu Deus — acrescentou ele, sorrindo —, alguém dormiu mais do que a cama. Cara de travesseiro. — Ele apontou um local em sua face que, Robin supôs, ainda trazia um leve vinco do lado sobre o qual ela dormiu, de cara para baixo e sem se mexer, porque estava cansada demais. — Para Pat — acrescentou ele, mostrando os dentes brancos e retos junto com as gérberas. — Ela disse que o marido nunca lhe dá nada no Valentine's Day.

Meu Deus, como você é puxa-saco, pensou Robin, e destrancou a porta. Notou que ele voltara a lhe chamar de Robs, outro sinal de que o desconforto dele na presença de Robin depois do Natal tinha evaporado nas sete semanas subsequentes. Ela queria poder se livrar para sempre, com igual facilidade, da vergonha persistente que sentia, irracional, porém não menos intensa, por ter visto o pênis ereto dele em seu telefone.

No andar de cima, o acossado Strike olhava o relógio quando o celular tocou. Era cedo demais para seu velho amigo Nick Herbert ligar para ele, e Strike, agora achando que devia esperar más notícias, atendeu com um mau pressentimento.

— Tudo bem, Oggy?

Nick parecia rouco, como se tivesse gritado.

— Estou bem. — Strike pensava ouvir passos e vozes na escada de metal do lado de fora. — O que está havendo?

— Nada de mais — disse Nick. — Queria saber se quer tomar uma cerveja esta noite. Só você e eu.

— Não posso — disse Strike, lamentando muito que fosse assim. — Desculpe, tenho um compromisso.

— Ah — disse Nick. — Tudo bem. E na hora do almoço, está livre?

— Sim, por que não? — disse Strike, depois de uma leve hesitação. Deus sabia que ele podia tomar uma cerveja longe do trabalho, da família, de seus cem outros problemas.

Pela porta aberta ele viu Robin entrar na antessala, seguida por Saul Morris, que segurava um buquê de flores. Ele fechou a porta divisória entre eles, depois o seu cérebro cansado processou as flores e a data.

— Espere aí. Não está ocupado com as merdas do Valentine's Day? — perguntou ele a Nick.

— Este ano não — disse Nick.

Houve um curto silêncio. Strike sempre considerou Nick e Ilsa, um gastroenterologista e uma advogada, o casal mais feliz que conhecia. A casa deles na Octavia Street costumava servir de refúgio para ele.

— Vou explicar com a cerveja — disse Nick. — Preciso de uma. Irei até aí.

Eles combinaram um pub e a hora, e desligaram. Strike olhou o relógio de novo: ele e Robin tinham 15 minutos do que ele esperava que fosse uma hora sobre Bamborough. Abrindo a porta, ele disse:

— Pronta? Não temos muito tempo.

— Desculpe-me — disse Robin, entrando às pressas. — Recebeu minha mensagem? Sobre a bolsa?

— Recebi. — Strike fechou a porta na cara de Morris e apontou a página de *Magus*, que ele tinha colocado na frente da cadeira de Robin. — Essa é a página do livro da casa dos Athorn.

Ele tinha ligado para Robin para falar da descoberta na casa dos Athorn logo depois de sair da loja de ferragens, e ela reagiu empolgada, dando os parabéns. O mau humor atual dele a irritava. Presumivelmente devia-se a seu atraso, mas ela não podia ter uma pequena falha, depois de todas as horas extras que trabalhou ultimamente, cobriu o próprio trabalho e o de Strike, administrou os terceirizados, esforçou-se ao máximo para não lhe impor um estresse a mais quando a tia estava morrendo? Porém, do lado de fora, ela ouvia que Barclay e Hutchins entravam na antessala, o que a lembrou de que não muito tempo atrás ela fora temporária, que Strike tinha definido suas expectativas de uma sócia em termos inflexíveis no início de sua relação profissional. Lá fora estavam três homens que, sem dúvida, se consideravam mais bem qualificados para o cargo do que ela. Assim, Robin simplesmente se sentou, pegou a folha de papel e leu a passagem por baixo da mancha.

— O texto fala em sangue.

— Eu sei.

— O sangue será fresco o suficiente para uma análise?

— A amostra mais antiga que sei que pôde ser analisada tinha vinte e poucos anos — disse Strike. — Se isso for sangue, e se data de quando Gwilherm Athorn estava vivo, tem bem uma década de idade. Por outro lado, foi guardado longe da luz e da umidade, dentro daquele livro, o que pode ajudar. De todo modo, vou ligar para Roy Phipps e perguntar a ele qual era o tipo sanguíneo de Margot, depois procurarei alguém que analise para nós. Talvez aquele cara que sua amiga Vanessa namorava na perícia, qual é mesmo o nome dele?

— Oliver — disse Robin —, e ele agora é noivo dela.

— Sim, isso, ele mesmo. Outra coisa interessante que saiu de minha conversa com Samhain...

Ele lhe contou sobre a crença do tio Tudor de que "Nico e os rapazes dele" mataram Margot Bamborough.

— "Nico"... está achando que...?

— Niccolo "Mucky" Ricci? É provável — disse Strike. — Ele não morava longe e devia ser uma personalidade no bairro, embora ninguém da clínica pareça ter percebido quem tinha entrado em sua festa de Natal.

"Deixei um recado para a assistente social dos Athorn, porque quero saber o quanto podemos confiar nas lembranças de Deborah e Samhain. Shanker deve estar cavando sobre Ricci para mim, mas não tenho nenhuma notícia dele. Talvez precise de um cutucão."

Ele estendeu a mão, e Robin lhe entregou a página suja de sangue.

— De todo modo, o único outro progresso é que encontrei C. B. Oakden — disse Strike.

— O quê? Como?

— Ontem à noite — disse Strike. — Eu estava pensando em nomes. Irene os entendeu mal... Douthwaite e Duckworth, Athorn e Applethorpe. Depois comecei a pensar que as pessoas que mudam de nome não costumam se afastar muito de seu nome original.

Ele virou o monitor do computador para ela e Robin viu a foto de um homem no início da meia-idade. Era ligeiramente sardento, os olhos um pouco próximos demais e o cabelo ficava ralo, mas ainda tinha o bastante dele para cair na testa estreita. Ainda era reconhecível como o garoto que torceu o rosto para a câmera no churrasco de Margot Bamborough.

A matéria abaixo dizia:

ESTELIONATÁRIO SERIAL É SENTENCIADO À PRISÃO

"Execrável Traição de Confiança"

Um fraudador serial que arrancou mais de 75 mil libras de viúvas idosas em um período de dois anos foi sentenciado a quatro anos e nove meses de prisão.

Brice Noakes, 49, da Fortune Street, Clerkenwell, nascido Carl Oaken, convenceu um total de nove "mulheres vulneráveis e confiantes" a lhe dar joias e dinheiro, que em um só caso somou 30 mil libras das economias de uma vida inteira.

Noakes foi descrito pelo juiz McCrieff como "um homem astuto e inescrupuloso que tirou proveito desavergonhadamente da vulnerabilidade de suas vítimas".

O Noakes de roupas elegantes e bem-falante tinha como alvo viúvas que moravam sozinhas, em geral oferecendo-se para avaliar suas joias. Noakes convenceu as vítimas a permitir que ele retirasse objetos de valor de suas casas, prometendo devolver com a avaliação de um especialista.

Em outras ocasiões, ele se fazia de representante da prefeitura, alegava que a dona da casa estava em atraso no pagamento de impostos municipais e prestes a ser processada.

"Usando papelada plausível, mas inteiramente fraudulenta, você pressionou e atormentou mulheres vulneráveis a transferirem dinheiro para uma conta aberta para benefício próprio", disse o juiz McCrieff durante a sentença.

"Algumas mulheres em questão inicialmente ficaram constrangidas demais para contar às famílias que tinham deixado esse indivíduo entrar em suas casas", disse o inspetor-chefe Grant. "Acreditamos que possam existir muitas outras vítimas que estão envergonhadas demais para admitir que foram fraudadas e as exortamos, se reconhecem a foto de Noakes, a entrarem em contato conosco."

— O jornal escreveu errado o nome verdadeiro dele — disse Robin. — Publicaram "Oaken", e não "Oakden".

— E foi por isso que ele não apareceu em uma busca básica no Google — disse Strike.

Sentindo-se sutilmente criticada, porque era ela que devia procurar por Oakden, Robin olhou a data da matéria, que tinha cinco anos.

— A essa altura, ele está na prisão.

— Está — disse Strike, virando o monitor para si mesmo, digitando algumas palavras e virando-o para Robin de novo. — Pesquisei um pouco sobre variações do nome dele e...

Ela viu uma página de autor no site da Amazon relacionando os livros escritos por um autor de nome Carl O. Brice. A foto mostrava o mesmo homem do jornal, um pouco mais velho, um pouco mais careca, um pouco mais enrugado em volta dos olhos. Tinha os polegares enganchados nos bolsos da calça jeans e uma camiseta preta com um logo branco: um punho fechado dentro do símbolo de Marte.

Carl O. Brice

Carl O. Brice é *life coach*, empreendedor e escritor premiado sobre questões masculinas que incluem o masculinismo, direitos dos pais, ginocentrismo, saúde mental dos homens, privilégios femininos e feminismo tóxico. A experiência pessoal de Carl com o sistema ginocêntrico da vara de família, a misandria cultural e a exploração masculina lhe dão as ferramentas e habilidades para guiar homens de todas as esferas da vida a ter uma vida mais saudável e mais feliz. Em sua premiada série de livros, Carl examina o impacto catastrófico que o feminismo moderno tem na liberdade de expressão, no local de trabalho, nos direitos dos homens e na família nuclear.

Robin passou os olhos pela lista de livros abaixo da biografia do autor. As capas eram baratas e amadorísticas. Todas traziam fotos de mulheres em variados trajes e poses em estilo um tanto quanto pornô. Uma loura pouco vestida com uma coroa estava sentada em um trono em *Do amor cortês às cortes de família, uma história do ginocentrismo*, ao passo que uma morena vestida de stormtrooper de borracha apontava a câmera para *Vergonha: A guerra moderna sobre a masculinidade.*

— Ele tem o próprio site — disse Strike, virando de novo o monitor para si. — Publica os livros por conta própria, oferece aconselhamento a homens sobre como ter acesso aos filhos, e vende shakes de proteínas e vitaminas. Acho que não vai deixar passar a chance de falar conosco. Ele parece do tipo que vem correndo quando sente o cheiro de fama ou de dinheiro.

"E por falar nisso", disse Strike, "como você está indo com aquela mulher que pensa ter visto Margot na janela na...?"

— Amanda Laws — disse Robin. — Bom, voltei a ela oferecendo o pagamento das despesas se ela viesse ao escritório, e ela ainda não respondeu.

— Bom, insista — disse Strike. — Você já notou que já faz seis meses desde que...?

— Sim, eu notei — disse Robin, incapaz de se conter. — Aprendi a contar na escola.

Strike ergueu as sobrancelhas.

— Desculpe — disse ela em voz baixa. — Só estou cansada.

— Bom, eu também, mas também estou ciente de que ainda não localizamos algumas pessoas muito importantes. Satchwell, por exemplo.

— Estou trabalhando nele — disse Robin, olhando o relógio e se levantando. — Acho que estão todos aí fora esperando por nós.

— Por que Morris trouxe flores? — disse Strike.

— Para Pat. Pelo Valentine's Day.

— Mas por quê?

Robin parou à porta, olhando para Strike.

— Não é óbvio?

Ela saiu da sala, deixando Strike de cenho franzido, perguntando-se o que era óbvio. Ele só podia imaginar dois motivos para comprar flores para uma mulher: porque você esperava levá-la para a cama, ou para não ser criticado por não comprar flores em um dia em que se esperava por flores. Nenhum dos dois casos parecia se aplicar ali.

A equipe estava sentada em um círculo apertado, Hutchins e Barclay no sofá de couro falso, Morris em uma das cadeiras de plástico dobráveis que fora trazida quando a equipe ficou maior do que o número de lugares para se sentar, e Pat em sua própria cadeira de rodinhas, o que deixava outras duas cadeiras de plástico desconfortáveis para os sócios. Robin notou que os três homens pararam de falar quando Strike saiu da sala: quando ela liderou a reunião sozinha, teve de esperar que Hutchins e Morris terminassem de falar sobre um conhecido em comum na polícia que estivera aceitando subornos.

As gérberas cor-de-rosa que pareciam margaridas estavam em um vaso pequeno na mesa de Pat. Strike as olhou antes de falar.

— Muito bem, vamos começar pelo Manhoso. Morris, chegou a algum lugar com aquele cara do moletom?

— Cheguei, sim — disse Morris, consultando suas anotações. — O nome dele é Barry Fisher. É divorciado, com um filho, e é gerente na academia do Manhoso.

Grunhidos graves e apreciativos de aprovação e interesse foram emitidos por Strike, Barclay e Hutchins. Robin se limitou a um leve erguer da sobrancelha. Segundo sua experiência, a mais leve sugestão de calor humano ou aprovação da parte dela era interpretada por Morris como um convite à sedução.

— Então, eu me matriculei para uma sessão com alguém da equipe deles — disse Morris.

Aposto que foi com uma mulher, pensou Robin.

— Enquanto eu falava com ela, vi o sujeito falar com uma das outras garotas. Ele é sem dúvida hétero, a julgar por como olhava uma das mulheres na elíptica. Vou voltar na segunda-feira para malhar, se não tiver problema para você, chefe. Ver se descubro mais a respeito dele.

— Tudo bem — disse Strike. — Bom, essa parece nossa primeira pista firme: uma ligação entre o Manhoso e o que está acontecendo dentro da casa de Elinor Dean.

Robin, que passara a noite anterior sentada no Land Rover na frente da casa de Elinor, disse:

— Pode não ser relevante, mas Elinor recebeu uma entrega da Amazon ontem de manhã. Duas caixas imensas. Pareciam bem leves, mas...

— Devíamos fazer um bolão — disse Morris a Strike, atropelando Robin. — Aposto vinte em dominatrix.

— Nunca vi apelo em ser chicoteado — disse Barclay pensativamente. — Se eu quiser dor, é só esquecer de levar o lixo para fora.

— Mas ela parece uma mãe, não é? — disse Hutchins. — Se eu tivesse a grana do CM, procuraria alguma coisa mais...

Ele desenhou uma figura mais magra no ar. Morris riu.

— Ah, cada um tem um gosto — disse Barclay. — Um colega meu do exército não olhava para nada que tivesse menos de oitenta quilos. A gente o chamava de Encantador de Porcos.

Os homens riram. Robin sorriu, principalmente porque Barclay a olhava e ela gostava de Barclay, mas sentia-se cansada e desmoralizada demais para achar graça. Pat tinha uma expressão de "homens fazendo homices", de tolerância entediada.

— Infelizmente, terei de voltar à Cornualha no domingo — disse Strike —, e entendo que...

— Como vai conseguir chegar à Cornualha, porra? — perguntou Barclay, enquanto as janelas do escritório se balançavam com o vento.

— Jipe — disse Strike. — Minha tia está morrendo. Parece que ela só tem dias.

Robin olhou sobressaltada para Strike.

— Sei que isso nos força ao limite — continuou Strike sem emoção alguma —, mas não pode ser evitado. Acho que vale a pena continuar de olho no próprio CM. Morris vai cavar alguma coisa com o cara da academia e vocês podem dividir os turnos com Elinor Dean. A não ser que alguém tenha algo a acrescentar — disse Strike, parando para comentários. Todos os homens fizeram que não com a cabeça, e Robin, cansada demais para falar de novo nas caixas da Amazon, ficou em silêncio. — Vamos dar uma olhada no Cartão-postal.

— Tenho novidades — disse Barclay laconicamente. — Ela voltou ao trabalho. Falei com ela. A mulher— acrescentou ele a Robin — baixa. Óculos redondos e grandes. Eu me aproximei e comecei a fazer perguntas.

— Sobre o quê? — perguntou Morris, com um sorriso malicioso brincando na boca.

— Efeitos da luz nas paisagens de James Duffield Harding — disse Barclay. — O que acha que perguntei, para quem ela torcia na Champions League?

Strike riu, assim como Robin, dessa vez feliz por ver Morris passando por idiota.

— É, eu li a apresentação ao lado do retrato dele e procurei por ele no celular, escondido — disse Barclay. — Queria um jeito de entrar no assunto do clima com ela. Mas, então — disse o terceirizado de Glasgow —, com dois minutos de conversa, falando dos efeitos da luz e de céus melancólicos e tal, ela trouxe nosso amigo homem do tempo ao assunto. Ficou rosada quando falou nele. Disse que ele tinha descrito uma foto de espectador como "turneresca" na semana passada.

"É ela", disse Barclay, dirigindo-se a Robin. "Ela quis falar nele pelo prazer de dizer seu nome. Ela é o Cartão-postal."

— Ótimo trabalho — disse Strike a Barclay.

— A vitória é de Robin — disse Barclay. — Ela fez o passe. Eu só dei um totó na bola.

— Obrigada, Sam — disse Robin sugestivamente, sem olhar para Strike, que percebeu o tom e a expressão da sócia.

— É justo — disse Strike. — Bom trabalho, os dois.

Ciente de que fora ríspido com Robin na reunião sobre o caso Bamborough, Strike tentou compensar pedindo sua opinião sobre qual cliente da lista de espera eles deviam procurar, agora que o caso do Cartão-postal estava encerrado, e ela disse pensar ser a corretora de commodities que achava que o marido dormia com a babá deles.

— Ótimo — disse Strike. – Pat, pode entrar em contato e dizer a ela que estamos prontos para trabalhar, se ela ainda o quiser sob vigilância? Se ninguém tiver mais nada...

— Eu tenho — disse Hutchins, em geral a pessoa mais calada na agência. — É sobre aquele rolo de filme que você queria entregar à Metropolitana.

— Ah, sim? — disse Strike. — Tem novidade?

— Meu amigo ligou ontem à noite. Não há nada a ser feito com aquilo. Não vai conseguir nenhum processo agora.

— E por que não? — perguntou Robin.

Ela soou mais colérica do que pretendia. Todos os homens a olharam.

— A cara dos perpetradores está escondida — disse Hutchins. — Aquele braço que aparece por um momento: não se pode montar um caso na promotoria com base em um anel fora de foco.

— Achei que seu contato tinha dito que o rolo saiu de uma batida em um dos bordéis de Mucky Ricci — disse Robin.

— Ele *acha* que saiu — Hutchins a corrigiu. — Não se consegue prova de DNA de uma lata daquela idade, que ficou guardada em um galpão e em um sótão, e foi manuseada por umas cem pessoas. É um redondo "não". Uma pena — disse ele com indiferença —, mas é o que temos.

Strike agora ouvia o celular tocar na mesa dos sócios, onde o havia deixado. Preocupado que fosse Ted, ele pediu licença da reunião e se retirou para a sala interna, fechando a porta.

Não havia identificação do número que ligava para ele.

— Cormoran Strike.

— Olá, Cormoran — disse uma voz rouca e desconhecida. — É Jonny.

Houve um breve silêncio.

— Seu pai — disse Rokeby.

Strike, cuja mente cansada estava repleta de Joan, dos três casos em aberto da agência, da culpa por ter sido rabugento com a sócia e das demandas logísticas que impunha aos empregados por sumir na

Cornualha de novo, não disse nada. Pela porta, ouvia a equipe ainda discutindo o rolo de filme.

— Queria conversar — disse Rokeby. — Tem algum problema?

Strike sentiu-se subitamente incorpóreo; completamente desligado de tudo, do escritório, de seu cansaço, das preocupações que pareciam de suma importância segundos antes. Era como se ele e a voz do pai existissem sozinhos e nada mais fosse inteiramente real, a não ser a adrenalina de Strike e um desejo primitivo de deixar uma marca que Rokeby não esquecesse rapidamente.

— Estou ouvindo — disse ele.

Outro silêncio.

— Escute — disse Rokeby, parecendo meio apreensivo —, não quero fazer isso por telefone. Vamos nos encontrar. Já faz muito tempo, porra. Muita água rolou embaixo da ponte. Vamos no encontrar, vamos... eu quero... isso não pode continuar. Essa merda de... rixa, ou o que for.

Strike não disse nada.

— Venha a minha casa — disse Rokeby. — Venha aqui. Vamos conversar e... Você não é mais uma criança. Toda história tem dois lados. Nada é preto no branco.

Ele se interrompeu. Strike ainda não dizia nada.

— Tenho orgulho de você, sabia disso? — disse Rokeby. — Tenho um orgulho da porra de você. O que você fez...

A frase definhou. Strike olhou fixamente, imóvel, a parede vazia à frente. Depois da divisória, Pat ria de alguma coisa que Morris tinha dito.

— Escute — repetiu Rokeby, agora com uma leve sugestão de fúria, porque ele era um homem acostumado a conseguir tudo de seu jeito. — Eu entendo, entendo de verdade, mas que merda posso fazer? Não posso viajar no tempo. Al me contou o que você esteve dizendo e tem um monte de coisas que você não sabe sobre sua mãe e a merda dos homens dela. Se você vier aqui, podemos beber alguma coisa, podemos pôr tudo às claras. E — Rokeby insinuou em voz baixa — talvez eu possa te ajudar um pouco, talvez exista alguma coisa que eu possa fazer por você, uma oferta de paz, estou aberto a sugestões...

Na antessala, Hutchins e Barclay iam embora, prontos para voltar a seus trabalhos. Robin só pensava no quanto queria ir para casa. Devia tirar o resto do dia de folga, mas Morris se demorava ali e Robin tinha certeza de que ele esperava porque queria acompanhá-la até o metrô. Fingindo ter documentos para examinar, ela folheava um arquivo enquanto Morris e Pat conversavam, na esperança de que ele saísse. Tinha acabado de abrir um velho arquivo de um adúltero prolífico, quando a voz de Strike encheu o espaço da sala interna. Ela, Pat e Morris viraram a cabeça. Várias folhas de papel do arquivo que Robin equilibrava no alto da gaveta escorregaram para o chão.

— ... então VAI SE FODER!

Antes que Robin pudesse se entreolhar com Morris ou Pat, a porta entre a sala e a antessala se abriu. Strike tinha uma aparência alarmante: branco, colérico, a respiração acelerada. Passou tempestuosamente pela antessala, pegou o casaco e pôde ser ouvido descendo a escada de metal.

Robin pegou as folhas de papel que tinham caído.

— Merda — disse Morris, sorrindo. — Eu não queria estar do outro lado da linha *desse* telefonema.

— Um gênio ruim — disse Pat, que parecia estranhamente satisfeita. — Eu vi no momento que pus os olhos nele.

40

E enquanto as palavras entre eles se multiplicam,
Caem aos golpes, fruto de demasiado falar...

Edmund Spenser
A Rainha das Fadas

Robin não achou um jeito educado de evitar que Morris a acompanhasse até o metrô e, por conseguinte, foi obrigada a ouvir duas piadas indecentes e mentir sobre seus planos para o Valentine's Day, porque podia imaginar a reação dele se contasse que Strike ia à casa dela. Fingindo não ter ouvido ou percebido a sugestão de Morris de que eles deviam se reunir uma noite qualquer para comparar observações sobre advogados, ela se separou dele, aliviada, ao pé da escada rolante.

Cansada e meio deprimida, os pensamentos de Robin persistiram em Morris enquanto o metrô a levava acelerado para Earl's Court. Será que ele estava tão acostumado com a pronta reação das mulheres à sua beleza inegável que presumia despertar uma reação positiva? Ou a culpa estava na própria Robin que, por educação, pela coesão da equipe, porque não queria criar problemas quando a agência estava tão movimentada, ainda sorria das piadas idiotas dele e preferia não dizer, em alto e bom som: "Não gosto de você. Nunca vamos sair"?

Ela chegou em casa e encontrou o apartamento tomado do cheiro delicioso e animador de carne fervendo e vinho tinto. Max parecia ter saído, mas tinha um assado no forno, e Wolfgang estava deitado perto da porta quente o máximo que podia sem se queimar, lembrando Robin de fãs que acampavam a noite toda na esperança de ter um vislumbre de estrelas do pop.

Em lugar de se deitar na cama e tentar dormir algumas horas antes do jantar, Robin, que ficou mordida pelos lembretes de Strike de que ela não tinha insistido com Amanda Laws nem encontrado Paul Satchwell, preparou mais café, abriu o laptop e se sentou à pequena mesa de jantar. Depois de mandar outro e-mail a Amanda Laws, ela abriu o Google. Ao fazer isso, cada letra do logo transformou-se, uma por uma, em um doce em formato de coração em tons pastel, com o slogan SR. PERFEITO, AMORZINHO e ENCONTRO ÀS CEGAS, e por algum motivo seus pensamentos se voltaram para Charlotte Campbell. Naturalmente, seria muito difícil uma mulher casada se encontrar com o amante à noite. E quem, ela se perguntou, Strike mandou se foder por telefone?

Robin passou a trabalhar em Satchwell, tentando imitar o sucesso de Strike na descoberta de C. B. Oakden. Brincou com os três nomes de Satchwell, inverteu Paul e Leonard, experimentou iniciais e escreveu erroneamente de propósito, mas os homens que apareciam nos resultados da busca não eram promissores.

Seria possível que o artista de jeans justo e peito cabeludo de Margot tivesse se transformado, no intervalo de quatro décadas, no colecionador de carros clássicos Leo Satchwell, um gorducho de cavanhaque que usava óculos de lentes escurecidas? Era improvável, concluiu Robin, depois de perder dez minutos com Leo: a julgar pelas fotos em seu perfil no Facebook, em que ele aparecia ao lado de outros entusiastas, o homem não passava de um metro e meio de altura. Tinha um Brian Satchwell em Newport, mas era estrábico e cinco anos mais novo, e um Colin Satchwell em Eastbourne que era dono de um antiquário. Ela ainda tentava encontrar uma imagem de Colin quando ouviu a porta de entrada se abrir. Alguns minutos depois, Max entrou na cozinha, com uma sacola de compras na mão.

— Como está o assado? — perguntou ele.

— Ótimo — disse Robin, que não o havia olhado.

— Saia do caminho, Wolfgang, se não quiser se queimar — disse Max ao abrir a porta do forno. Para alívio de Robin, o assado parecia bom e Max voltou a fechar a porta.

Robin fechou o laptop. Uma sensação de que era grosseria ficar ali digitando enquanto outra pessoa cozinhava perto dela persistia dos dias em que ela morou com um marido que sempre se ressentia de ela levar trabalho para casa.

— Max, eu sinto muito por isso, mas meu irmão vai trazer outro amigo com ele esta noite.

— Está tudo bem — disse Max, tirando as compras da sacola.

— E talvez eles cheguem cedo. Não esperam comer conosco...

— Eles são bem-vindos. Esse assado serve oito pessoas. Eu ia congelar o resto, mas podemos comer tudo hoje, não me importa.

— É muita gentileza sua — disse Robin —, mas sei que você quer conversar com Cormoran a sós, então eu podia levá-los...

— Não, quanto mais, melhor. — Max parecia meio animado com a perspectiva de ter companhia. — Eu te falei que decidi desistir da vida de recluso.

— Ah. Então, tudo bem.

Robin tinha algumas dúvidas sobre o que temia ser um grupo muito heterogêneo, mas dizendo a si mesma que o cansaço a deixava pessimista, retirou-se para o quarto, onde passou o resto da tarde procurando uma fotografia de Colin Satchwell. Enfim, às seis horas, depois de cruzar muitas referências, localizou uma foto no site de uma igreja local em que ele parecia ser vereador. Corpulento, com a linha capilar baixa, ele de forma alguma era parecido com o artista que ela buscava.

Ciente de que precisava se trocar e subir para ajudar Max, ela estava a ponto de fechar o laptop quando chegou um novo e-mail. O assunto dizia uma palavra: "Creed", e com uma onda de empolgação nervosa, Robin o abriu.

Oi, Robin

Uma atualização rápida: passei o pedido de Creed às duas pessoas de que lhe falei. Meu contato no Ministério da Justiça foi um pouco mais esperançoso do que eu tinha pensado. Isso é confidencial, mas outra família tem pressionado para que Creed seja interrogado de novo. A filha deles nunca foi localizada, mas eles sempre acreditaram que um pingente encontrado na casa de Creed pertencesse a ela. Meu contato acha que pode conseguir alguma coisa se a família

Bamborough somar forças com os Tucker. Mas não sei se Cormoran poderia conduzir o interrogatório. Essa decisão seria tomada pelas autoridades de Broadmoor, pelo Ministério da Justiça e pelo Ministério do Interior, e meu contato no ministério acha mais provável que venha a ser a polícia. Informarei a você o que está acontecendo assim que souber de mais alguma coisa.

Abs, Izzy

Robin leu todo o e-mail e se permitiu uma centelha de otimismo, embora ainda não pretendesse contar a Strike o que fazia. Com sorte, eles teriam permissão de falar com a polícia antes que mandassem alguém interrogá-lo em Broadmoor. Ela digitou um e-mail de agradecimento e passou a se preparar para o jantar.

Seu estado de espírito ligeiramente melhor sobreviveu a uma olhada no espelho, vendo o quanto parecia cansada, com olheiras cinzentas sob os olhos meio injetados e o cabelo que sem dúvida precisava ser lavado. Fazendo isso com xampu a seco, Robin prendeu o cabelo, vestiu uma calça jeans clara e sua blusa preferida, passou base nas olheiras e estava prestes a sair do quarto quando o celular tocou.

Com medo de que fosse Strike cancelando, ela ficou positivamente aliviada ao ver o nome de Ilsa.

— Oi, Ilsa!

— Oi, Robin. Está com Corm?

— Não. — Em vez de sair do quarto, Robin voltou a se sentar na cama. — Está tudo bem com você?

Ilsa parecia estranha: fraca e entorpecida.

— Sabe onde Corm está?

— Não, mas ele deve chegar aqui em dez minutos. Quer que eu dê algum recado a ele?

— Não. Eu... sabe se ele esteve com Nick hoje?

— Não sei. — Robin agora estava preocupada. — O que está havendo, Ilsa? Você me parece péssima.

E então ela se lembrou de que era Valentine's Day e registrou o fato de que Ilsa não sabia onde o marido estava. Algo mais que a preocupação dominou Robin: era medo. Nick e Ilsa eram o casal mais feliz que ela conhecia. As cinco semanas em que morou com eles, depois de deixar Matthew, restauraram parte da maltratada fé que Robin tinha no casamento. Eles não podiam se separar: não Nick e Ilsa.

— Não é nada — disse Ilsa.

— Pode me contar — Robin insistiu. — O quê...?

Soluços dolorosos soaram ao telefone.

— Ilsa, o que está havendo?

— Eu... tive um aborto espontâneo.

— Ah, meu Deus — Robin arquejou. — Ah, não, Ilsa, eu lamento muito.

Ela sabia que havia alguns anos Nick e Ilsa tentavam ter um filho. Nick nunca falava nisso e Ilsa, só raras vezes. Robin não sabia que ela havia engravidado. De súbito, ela se lembrou de que Ilsa não bebeu na noite de seu aniversário.

— Aconteceu... no... no supermercado.

— Ah, não — sussurrou Robin. — Ah, meu Deus.

— Comecei a sangrar... no tribunal... estávamos no meio de um... caso imenso... não podia sair... — disse Ilsa. — E depois... depois... fui para casa...

Ela ficava incoerente. Os olhos de Robin lacrimejavam, com o telefone grudado à orelha.

— ... sabia... Algo de ruim... então saí do táxi... e fui... Ao supermercado... e eu estava no... banheiro... e senti... senti... depois... uma pequena... bolha... um cor... cor... corpinho mínimo...

Robin enterrou o rosto nas mãos.

— E... eu não sabia... o que fazer... mas... tinha uma mulher... no banheiro comigo... e ela... tinha acontecido... com ela... tão gentil...

Ela se dissolveu de novo em incoerências. Roncos, goles e soluços encheram os ouvidos de Robin antes que as palavras voltassem a ficar inteligíveis.

— E Nick disse... que a culpa era minha. Ele disse... era tudo culpa minha... trabalhando... demais... eu não tive... muito cuidado... não coloquei... o bebê em primeiro lugar.

— Ele não fez isso — disse Robin. Robin gostava de Nick. Não conseguia acreditar que ele tenha dito uma coisa dessas à esposa.

— Ele disse, disse que eu não devia... Voltar para casa... que eu... coloco o trabalho... Antes do b-bebê...

— Ilsa, preste atenção — disse Robin. — Se você engravidou uma vez, pode engravidar de novo.

— Não, não, não, não posso — disse Ilsa, de novo se dissolvendo em lágrimas —, é nossa terceira tentativa de FIV. Nós combinamos... concordamos... em não fazer mais depois dessa. Não terá mais.

A campainha tocou.

— Ilsa, preciso atender à porta, pode ser Cormoran...

— Sim, sim, vá... está bem... está tudo bem.

Antes que Robin pudesse impedi-la, Ilsa tinha desligado. Mal sabendo o que fazia, Robin desceu a escada e escancarou a porta.

Mas naturalmente não era Strike. Ele nunca chegava na hora em nenhum evento fora do trabalho a que ela o convidasse, fosse para beber, uma festa de boas-vindas ou mesmo seu casamento. Em vez disso, ela se viu de frente para Jonathan, o irmão que era mais parecido com ela: alto e magro, com o mesmo cabelo louro-avermelhado e os olhos azuis. A semelhança era ainda maior essa noite, porque os dois irmãos pareciam fatigados. Jonathan também tinha olheiras, para não falar de um tom levemente cinzento na pele.

— Oi, Robs.

— Oi. — Robin aceitou o abraço de Jonathan e tentou parecer satisfeita por vê-lo. — Entrem.

— Esta é Courtney — disse Jonathan —, e este é Kyle.

— E aí — disse, rindo, Courtney, que segurava uma lata. Era uma garota extraordinariamente bonita, com olhos escuros grandes e o cabelo preto comprido, e parecia meio embriagada. Kyle, que por acaso esbarrou com a mochila grande em Robin ao entrar, era uns cinco centímetros mais alto que ela, magro, com um corte de cabelo caesar, olhos grandes e injetados e uma barba bem aparada.

— E aí — disse ele, estendendo a mão e sorrindo para Robin. Um estranho poderia pensar que ele é que a recebia no apartamento, e não o contrário. — Robin, né?

— É — disse Robin com um sorriso forçado. — É um prazer conhecê-los. Subam; vamos comer no último andar.

Perdida em pensamentos com Ilsa, ela acompanhou os três estudantes. Courtney e Kyle riam e trocavam cochichos, Courtney de pés meio atrapalhados. Ao chegarem à área de estar, Robin apresentou os três hóspedes a Max, enquanto Kyle largava a mochila não muito limpa no sofá creme de hóspedes.

— Muito obrigado por nos deixar ficar aqui — disse Jonathan a Max, que punha a mesa para seis pessoas. — Tem alguma coisa cheirando muito bem.

— Sou vegana — disse Courtney. — Mas posso comer tipo uma massa, ou o que for.

— Farei uma massa, não se preocupe com isso — disse Robin a Max às pressas enquanto tirava disfarçadamente a mochila suja de Kyle do sofá, tentando não fazer estardalhaço disso. Courtney prontamente se ajoelhou no sofá ainda com os tênis molhados e disse a Robin:

— O sofá-cama é este?

Robin fez que sim.

— Vamos ter de decidir quem vai dormir onde — disse Courtney, com um olhar a Kyle. Robin pensou ter visto o sorriso do irmão vacilar.

— Na verdade, por que não colocamos as bolsas em meu quarto por enquanto? — sugeriu Robin, quando Jonathan também colocava a bolsa de viagem no sofá. — E deixar esta área limpa até depois do jantar?

Nem Courtney nem Kyle mostraram qualquer inclinação a se mexer, então Robin e Jonathan levaram juntos a bagagem para baixo. Depois de entrarem no quarto de Robin, Jonathan pegou uma caixa de chocolates em sua bolsa de viagem e deu à irmã.

— Obrigada, Jon, isso é adorável. Você está bem? Me parece meio pálido.

— Fiquei meio chapado ontem à noite. Olha, Robs... não diga nada a Courtney sobre ela ser tipo minha namorada ou coisa assim.

— Eu não ia fazer isso.

— Que bom, porque...

— Vocês se separaram? — sugeriu Robin com solidariedade.

— Nós nunca fomos... ficamos juntos algumas vezes — disse Jonathan em voz baixa —, mas... sei lá, acho que agora ela pode estar a fim do Kyle.

O riso de Courtney soou no andar de cima. Com um sorriso formal à irmã, Jonathan se reuniu aos amigos.

Robin tentou falar com Ilsa de novo, mas o número estava ocupado. Com esperança de que isso significasse que ela havia localizado Nick, Robin mandou uma mensagem:

Te liguei agora há pouco. Por favor, me conte o que está acontecendo. Estou preocupada com você. Bjs Robin

Ela subiu e passou a preparar um ravióli de abóbora para Courtney. Aparentemente sentindo que o assado logo sairia do forno, Wolfgang se esgueirava pelos tornozelos de Max e Robin. Olhando o relógio, Robin notou que Strike já estava 15 minutos atrasado. O recorde dele era de uma hora e meia. Ela tentou, sem muito sucesso, não ficar com raiva. Depois do jeito como ele a tratou por ela ter se atrasado essa manhã...

Robin escorria o ravióli quando a campainha tocou.

— Quer que eu...? — disse Max, que servia bebidas para Jonathan, Courtney e Kyle.

— Não, eu faço isso — disse Robin bruscamente.

Quando abriu a porta, ela viu prontamente que Strike, que a olhava com os olhos desfocados, estava bêbado.

— Desculpe pelo atraso — disse ele com a voz grossa. — Posso ir ao banheiro?

Ela recuou para deixá-lo passar. Ele fedia a Doom Bar e cigarros. Tensa daquele jeito, Robin notou que ele não pensou em trazer uma garrafa de nada para Max, apesar de aparentemente ter passado a tarde toda no pub.

— O banheiro fica ali — disse ela, apontando. Ele desapareceu lá dentro. Robin esperou no patamar. Parecia que ele demorava demais.

— Vamos comer lá em cima — disse ela quando ele enfim saiu.

— Mais escada? — resmungou Strike.

Quando chegaram à área aberta de estar, ele pareceu se recompor. Apertou a mão de Max e Jonathan e disse coerentemente que era um prazer conhecê-los. Courtney abandonou temporariamente Kyle e quicou para cumprimentar o famoso detetive, e Strike parecia positivamente entusiasmado ao ver a beleza dela. De súbito muito consciente da própria aparência esgotada e dos olhos inchados, Robin se virou para a cozinha para colocar o ravióli de Courtney em uma tigela. A suas costas, ouviu Courtney dizer:

— E esse é o Kyle.

— Ah, sim, você é o detetive? — disse Kyle, decidido a não ficar impressionado.

Jonathan, Courtney, Kyle e Max já tinham bebidas, então Robin serviu um gim-tônica grande para si mesma. Enquanto acrescentava gelo, um animado Max voltou à cozinha para pegar uma cerveja para Strike, depois tirou o assado do forno e colocou na mesa. Wolfgang ganiu quando o objeto de sua devoção saiu de alcance.

— Ai meu Deus, não, peraí — disse Courtney. — Isso é vegano? Onde está a embalagem?

— Na lixeira — disse Robin.

— Dã — disse Courtney e foi à cozinha. Max e Robin foram as únicas pessoas na mesa cujos olhos não acompanharam automaticamente Courtney. Robin bebeu seu gim antes de pegar garfo e faca.

— Não, tudo bem — disse Courtney ao lado da lixeira. — É vegano.

— Ah, que bom — disse Robin.

À esquerda de Robin, Max começou a pedir a opinião de Strike sobre vários aspectos da personalidade e do passado de seu personagem. Courtney voltou à mesa e passou a devorar a massa, bebendo e completando o vinho constantemente enquanto contava a Jonathan e Kyle seus planos de uma passeata de protesto na universidade. Robin não se juntou a nenhuma conversa, mas comeu e bebeu em silêncio, de olho no celular ao lado do prato, caso Ilsa respondesse à mensagem ou lhe telefonasse.

— ... não podia acontecer — dizia Strike. — Antes de tudo, ele não teria permissão para se alistar, condenado por posse com intenção de tráfico. Uma besteira completa.

— Sério? Os roteiristas fizeram muita pesquisa...

— Então deviam saber disso.

— ... *então* sim, basicamente, você se veste só de calcinha e saia curta e essas coisas — dizia Courtney, e quando Kyle e Jon riram, ela disse: — *Não*, é sério...

— ... não, isso é útil — disse Max, anotando em um caderno. — Então, se ele esteve preso antes do exército...

— Se ele cumpriu mais de trinta meses, o exército não teria ficado com ele...

— Não estou usando *suspensórios*, Kyle... mas, então, Miranda não quer...

— Não sei quanto tempo ele cumpriu — disse Max. — Vou verificar. Me fale de drogas no exército, é comum...?

— ... e aí ela disse: "Você não entende como a palavra 'vadia' é problemática, Courtney?", e eu fiquei tipo assim: "Erm, o que você acha..."

— "Para que você acha que serve uma porra de Marcha das Vadias?" — disse Kyle, atropelando Courtney. Ele tinha uma voz grave e o ar de um jovem que estava acostumado a ser ouvido.

A tela do celular de Robin se acendeu. Ilsa tinha respondido.

— Com licença — disse ela em voz baixa, embora ninguém estivesse prestando nenhuma atenção, e foi para a área da cozinha para ler o que Ilsa tinha dito.

Eu não pretendia te preocupar. Nick está em casa, de porre. Esteve no pub com Corm. Falou que não quis dizer do jeito que eu entendi. Que outro jeito havia? Bjs

Robin, que se sentia inteiramente do lado de Ilsa, mandou outra mensagem:

Ele é um babaca, mas sei que ama você de verdade. Bjs

Enquanto se servia de outro gim-tônica, Max a chamou, pedindo para pegar outra cerveja na geladeira para Strike. Quando Robin colocou a garrafa aberta na frente de Strike, ele não agradeceu, apenas tomou um longo gole e elevou a voz, porque tinha dificuldade para se fazer ouvir com Kyle e Courtney, cuja conversa agora migrara para a opinião da desconhecida Miranda sobre pornografia.

— ... e aí eu fico tipo, você *entende* que as mulheres podem *escolher* o que fazer do próprio corpo, Miran... Ah, merda, desculpe...

O gesto expansivo de Courtney tinha derrubado sua taça de vinho. Robin se levantou rapidamente para pegar o papel-toalha. Quando voltou, a taça de Courtney tinha sido completada por Kyle. Robin enxugou o vinho enquanto as duas conversas distintas ficavam cada vez mais altas dos dois lados dela, colocou na lixeira o papel encharcado e voltou a se sentar, com vontade de ir para a cama.

— ... Antecedentes problemáticos, isso é original pra caralho, adivinha só, muita gente entra para o exército porque quer servir, e não para fugir...

— Pura putafobia — ribombou Kyle. — Acho que ela pensa que as garçonetes adoram cada merda de minuto de seus empregos, né?

— ... e ele não pode ter sido do 1 Rifles na idade dele. O batalhão só era formado de...

— ... mão de obra paga, onde está a porra da diferença?

— ... Acho que foi no final de 2007...

— ... e algumas mulheres gostam de *ver* pornô também!

As palavras de Courtney saíram altas na calmaria temporária. Todos olharam para Courtney, que ficou vermelha e ria com a mão cobrindo a boca.

— Está tudo bem, estamos falando de feminismo — disse Kyle, com um sorriso malicioso. — Courtney não está sugerindo, sabe como é... diversão para depois do jantar.

— *Kyle!* — Courtney arquejou, batendo no braço dele e se dissolvendo em mais risos.

— Quem quer sobremesa? — Robin se levantou para recolher os pratos vazios. Max também se levantou.

— Desculpe se Strike está tão bêbado — disse Robin em voz baixa a Max, enquanto virava alguns raviólis não consumidos na lixeira.

— Tá brincando? — disse Max com um leve sorriso. — Isso é ouro puro. Meu personagem é alcoólatra.

Ele saiu, levando para a mesa o cheesecake caseiro, antes de Robin poder lhe dizer que Strike não costumava beber tanto; na verdade, essa era apenas a segunda vez que ela o via bêbado. Na primeira, ele estava triste e bem cativante, mas esta noite havia uma tendência clara à agressividade. Ela se lembrou do "Vai se foder" aos gritos que ouvira pela porta do escritório naquela tarde e de novo se perguntou com quem Strike estava falando.

Robin acompanhou Max de volta à mesa, levando uma torta de limão e um terceiro gim-tônica grande. Kyle agora presenteava a mesa toda com sua opinião sobre pornografia. Robin não gostou muito da expressão de Strike. Em geral, ele demonstrava uma antipatia instintiva para com jovens que eram menos imagináveis no exército; ela confiava que esta noite ele guardaria os sentimentos para si.

— ... forma de entretenimento, como qualquer outra — dizia Kyle, com um gesto expansivo. Com medo de outros acidentes, Robin discretamente tirou a garrafa de vinho quase vazia do alcance da mão de alguém. — Quando se olha para ela objetivamente, sem toda a bobajada puritana...

— É, exatamente — disse Courtney —, as mulheres têm de ter controle sobre o próprio...

— ... filmes, games, tudo isso estimula os centros de prazer em seu cérebro — disse Kyle, agora apontando a própria cabeça imaculadamente cuidada. —Você pode argumentar que os filmes são pornografia emocional. Toda essa indignação moralista e fabricada sobre a porno...

— Não posso comer nada disso se tiver laticínio — sussurrou Courtney a Robin, que fingiu não ouvir.

— ... As mulheres querem ganhar a vida com o próprio corpo, é essa a definição literal do empoderamento feminino e pode-se argumentar que tem mais benefícios sociais do que...

— Quando estive no Kosovo — disse Strike inesperadamente, e os três estudantes se viraram para ele, com uma expressão assustada. Strike fez uma pausa, procurando os cigarros no bolso.

— Cormoran — disse Robin —, não pode fum...

— Não tem problema — disse Max, levantando-se —, vou pegar um cinzeiro.

Strike precisou de três tentativas para fazer o isqueiro funcionar, e nesse meio-tempo todos o observaram em silêncio. Sem elevar a voz, ele dominava a sala.

— Quem quer cheesecake? — disse Robin para o silêncio, a voz artificialmente animada.

— Não posso — disse Courtney com um leve beicinho. — Mas talvez eu possa comer a torta de limão, se não tiver...?

— Quando estive no Kosovo — repetiu Strike, soltando a fumaça enquanto Max voltava, colocava um cinzeiro na frente dele e se sentava — ... Valeu... investiguei um caso de pornografia... bom, de tráfico humano. Dois soldados tinham pagado por sexo a menores de idade. Eles foram filmados sem saber, e os vídeos acabaram no PornHub. O caso acabou por fazer parte de uma investigação internacional civil. Um monte de meninos e meninas pré-púberes eram traficados para a pornografia. A criança mais nova tinha sete anos.

Strike tirou um longo trago do cigarro, estreitando os olhos para Kyle através da fumaça.

— Que benefício social você diria que isso tem? — perguntou ele.

Houve um curto silêncio desagradável em que os três estudantes olharam fixamente o detetive.

— Bom, evidentemente — disse Kyle, com uma leve risadinha —, isso... isso é completamente diferente. Ninguém está falando de crianças... isso não... é ilegal, não é? Estou falando de...

— A indústria pornô é cheia de tráfico — disse Strike, ainda olhando Kyle através da fumaça. — Mulheres e crianças de países pobres. Uma das garotinhas em meu caso foi filmada com um saco plástico na cabeça, enquanto um sujeito a sodomizava.

Pelo canto do olho, Robin viu Kyle e Courtney lançarem olhares rápidos e entendeu, com uma queda de elevador na área do plexo solar, que o irmão devia ter contado a história dela aos amigos. Max era a única pessoa à mesa que parecia inteiramente relaxado. Olhava Strike com a atenção desapaixonada de um químico verificando uma experiência em andamento.

— O vídeo daquela criança foi visto mais de cem mil vezes na internet — disse Strike. Com o cigarro metido na boca, ele agora se servia de uma grande fatia de cheesecake, efetivamente demolindo a sobremesa para colocar um terço dela no prato. — Muitos centros de prazer estimulados ali, hein? — continuou ele, olhando para Kyle.

— Não, mas isso é totalmente diferente — disse Courtney, mobilizando-se em defesa de Kyle. — Estamos falando de mulheres que... cabe às mulheres, mulheres adultas, decidir o que querem fazer com o próprio corp...

— Foi você que fez isso? — perguntou Strike a Max, com a boca cheia de cheesecake. Ele ainda tinha o cigarro aceso na mão esquerda.

— Sim — disse Max.

— Está muito bom. — Ele se virou para Kyle. — Quantas garçonetes você conhece que foram traficadas?

— Bom, é claro que nenhuma, mas... quer dizer, você deve ter visto essas coisas ruins, não é, sendo policial...

— Se você não precisa ver, então está tudo bem, hein?

— Bom, se é o que você acha... — disse Kyle, agora vermelho —, se é tão contra isso, nunca deve ter... nunca usou pornografia, então, não é...?

— Se ninguém mais quer sobremesa — disse Robin em voz alta, levantando-se e apontando para a área do sofá —, vamos tomar o café ali?

Sem esperar por uma resposta, ela foi para a área da cozinha. Atrás dela, ouviu algumas cadeiras sendo arrastadas. Ela acendeu a chaleira e desceu ao banheiro, onde, depois de ter urinado, ficou sentada por cinco minutos na privada com o rosto enterrado nas mãos.

Por que Strike tinha de aparecer bêbado? Por que eles tinham de falar de estupro e pornografia? O agressor dela era um consumidor voraz de pornografia violenta, com ênfase particular em asfixia, mas seu histórico de busca na internet fora considerado evidência inadmissível como prova pelo juiz. Robin não queria saber se Strike usava pornografia; não queria pensar em crianças traficadas sendo filmadas, como não queria se lembrar do pau de Morris em seu telefone nem no filme snuff que Bill Talbot tinha roubado. Cansada e deprimida, ela se perguntou por que Strike não podia deixar os estudantes em paz, se não por consideração pelo anfitrião, pelo menos pela sócia.

Ela voltou a subir. A meio caminho da área de estar, ouviu a voz acalorada de Kyle e entendeu que a discussão tinha se intensificado. Chegando ao último andar, Robin viu os outros cinco sentados em torno da mesa de centro, em que estava uma cafeteira, uma garrafa e os chocolates que Jonathan tinha trazido. Strike e Max tinham taças de conhaque enquanto Courtney, que agora estava evidentemente bêbada, mas não tanto quanto Strike, assentia para o argumento de Kyle com uma xícara de café equilibrada precariamente nas mãos. Robin sentou-se à mesa de jantar abandonada, longe do grupo, pegou um pedaço de carne assada e deu ao pateticamente agradecido Wolfgang.

— O *objetivo* é desestigmatizar e reivindicar o uso da linguagem depreciativa sobre as mulheres — dizia Kyle a Strike. — É essa a *questão*.

— E tudo isso será realizado por um bando de meninas bonitas de classe média que vão fazer passeata de roupas íntimas, é? — disse Strike, a voz grossa do álcool.

— Bom, não necessariamente íntimas... — começou Courtney.

— Tem a ver com acabar com a culpabilização da vítima — disse Kyle em voz alta. — É claro que você pode...?

— E como se acaba com a culpabilização da vítima?

— Bom, *obviamente* — disse Courtney em voz alta —, mudando as aditu... As atitudes subjacentes...

— Você acha que os estupradores vão ver toda a sua passeata e pensar "é melhor uma punheta do que estuprar", é?

Courtney e Kyle começaram a gritar com Strike ao mesmo tempo. Jonathan olhou com ansiedade para a irmã, que sentiu outra daquelas quedas nauseantes no estômago.

— Ah, não me leve a mal, muitos homens vão gostar de ver vocês todas passando de sutiã — disse Strike, tomando um gole desleixado de conhaque —, e sei que vocês vão ficar ótimas no Instagram...

— Não tem nada a ver com o Instagram! — disse Courtney, que agora estava quase chorosa. — Estamos fazendo uma observação séria sobre...

— Homens que chamam as mulheres de putas, é, você já disse — disse Strike, atropelando a fala dela de novo. — Sei que eles se sentirão adequadamente repreendidos, vendo vocês se parvo... pavoneando de minissaia.

— Não tem nada a ver com *repreender* — disse Kyle —, você está deixando de lado o...

— Não estou deixando de lado a merda do seu argumento supersutil — vociferou Strike. — Estou te dizendo que, no mundo *real*, essa porra de Marcha das Putas...

— Marcha das Vadias — disseram Kyle e Courtney em voz alta.

— ... não vai fazer nenhuma diferença, caralho. O tipo de homem que chama as mulheres de putas vai olhar a porra do seu circo e pensar "lá vai um bando de putas, olha lá". Reivindiquem a merda da linguagem que vocês quiserem. Não mudam a verdadeira altit... Adi... Atitude do mundo real decidindo que puta não é pero... pejorativo.

Wolfgang, que ainda tremia junto do tornozelo de Robin na esperança de conseguir mais carne, emitiu um ganido alto que fez Strike olhar. Ele viu Robin sentada ali, pálida e impassível.

— O que *você* acha de tudo isso? — perguntou-lhe Strike em voz alta, gesticulando com a taça para os estudantes, e assim o conhaque se derramou pela borda no carpete.

— Acho que seria uma boa ideia mudar de assunto — disse Robin, cujo coração batia tão acelerado que chegava a doer.

— *Você* iria a uma merda de Marcha...?

— Não sei, talvez — disse Robin, com o sangue batendo nos ouvidos, querendo apenas que a conversa chegasse ao fim. Seu estuprador tinha grunhido "puta" várias vezes durante o ataque. Se o quase assassino apertasse seu pescoço por mais trinta segundos, essa seria a última palavra que ela teria ouvido na terra.

— Ela está sendo educada — disse Strike, virando-se para os estudantes.

— Agora fala pelas mulheres, é? — zombou Kyle.

— Por uma *verdadeira* vítima de estupro! — disse Courtney.

Parecia que a sala se curvava. Caiu um silêncio viscoso. À beira do campo de visão, Robin viu Max se virar para ela.

Strike se levantou na segunda tentativa. Robin sabia que ele ia lhe dizer alguma coisa, mas tudo era ruído: seus ouvidos pareciam cheios de algodão. Strike partiu para a porta: estava indo embora. Ele saiu pela soleira e sumiu de vista.

Todos continuaram a encarar Robin.

— Ah, meu Deus, me desculpe, eu não devia ter dito isso — sussurrou Courtney entre os dedos que pressionavam a boca. Seus olhos transbordavam de lágrimas. Do térreo, veio o barulho da porta batendo.

— Está tudo bem — disse uma voz distante que parecia muito da própria Robin. — Com licença por um momento.

Ela se levantou e foi atrás de Strike.

41

Com essas começaram a agitar penetrantes lanças,
E pontas mortais em cada peito golpear,
Esquecidos os dois de sempre terem sido amigos.

Edmund Spenser
A Rainha das Fadas

A rua desconhecida e escura pegou de surpresa um Strike excepcionalmente bêbado. Chuva e vento forte batiam nele, parado ali, vacilando, perguntando-se para que lado ficava o metrô. Seu senso de orientação em geral confiável lhe dizia para virar à direita, então ele arremeteu para aquele lado, procurando os cigarros no bolso ao andar, saboreando o delicioso alívio da tensão e da fúria que acabara de desfrutar. A lembrança do que tinha acontecido há pouco se apresentava em alguns fragmentos esparsos: a cara vermelha de raiva de Kyle. *Palerma. Merda de estudantes.* Max rindo de algo dito por Strike. Muita comida. Mais bebida ainda.

A chuva cintilava nas luzes de rua e na visão borrada de Strike. Objetos pareciam encolher e aumentar à sua volta, em particular o carro estacionado que de repente se colocou no caminho quando ele tentava atravessar a rua em linha reta. Seus dedos grossos apalparam infrutiferamente os bolsos. Ele não conseguia encontrar os cigarros.

Aquele último conhaque pode ter sido um erro. Ele ainda sentia seu gosto. Não parecia conhaque, e ele tinha tomado muita Doom Bar com Nick no pub.

Era um tremendo esforço andar nessa ventania. A incandescência do bem-estar passava, mas ele sem dúvida não se sentia mal, mesmo depois de toda aquela carne assada e a fatia considerável de cheesecake, embora Strike não quisesse pensar neles, nem nos quarenta e tantos cigarros que consumira nas últimas 24 horas, nem no conhaque cujo sabor ainda conseguia sentir.

De repente, seu estômago se contraiu. Strike cambaleou até um espaço entre dois carros, recurvou-se e vomitou tão copiosamente como fez no Natal, sem parar, por vários minutos, até se erguer com as mãos nos joelhos, ainda com ânsias de vômito, mas sem botar mais nada para fora.

De cara suada, ele se levantou e limpou a boca com as costas da mão, com pistões batendo na cabeça. Passaram-se vários segundos até ele perceber a figura branca e parada que o olhava, o cabelo claro soprando loucamente no vento.

— Qu... Ah — disse ele quando Robin entrou em foco. — É você.

Ocorreu a Strike que ela pode tê-lo seguido para lhe trazer os cigarros esquecidos e olhou esperançosamente para as mãos dela, mas estavam vazias. Strike se afastou da poça de vômito na sarjeta e se recostou em outro carro estacionado.

— Passei a tarde toda no pub com Nick — disse Strike com a voz embargada, com a impressão de que Robin podia estar preocupada com ele.

Algo duro pressionava seu traseiro. Agora ele percebia que estava com os cigarros, afinal, e ficou feliz com isso, porque preferia o gosto de tabaco ao do vômito. Tirou o maço do bolso e, depois de algumas tentativas, conseguiu acender um.

Por fim, penetrou em sua consciência que o comportamento de Robin não era normal. Focalizando em seu rosto, ele o percebeu pálido e estranhamente contraído.

— Que foi?

— "Que foi?" — repetiu ela. — Uma merda de "*que foi?*".

Robin soltava palavrões com uma frequência bem menor que Strike. O ar úmido, gelado no rosto de Strike, rapidamente o deixava sóbrio. Robin parecia furiosa: com mais raiva, na verdade, do que ele já vira. Mas a bebida ainda deixava suas reações lentas e não lhe ocorreu nada melhor do que repetir:

— Que foi?

— Você chegou atrasado — disse ela — porque *é claro* que você se atrasa, porque quando você precisa me mostrar a *merda* da cortesia comum de aparecer no horário...

— O qu...? — disse Strike, dessa vez menos porque procurava informação do que por incredulidade. Ela era a única mulher em sua vida que nunca tentou mudá-lo. Essa não era a Robin que ele conhecia.

— Você chegou *de porre*, porque *é claro* que faz isso, porque que importância eu tenho? É só a *Robin* que vai ficar constrangida, e *meu* colega de apartamento, e a *minha* fam...

— Ele não se incomodou — Strike conseguiu dizer. Suas lembranças da noite não eram particularmente nítidas, mas pelo menos tinha certeza disto: Max não se importou de ele estar embriagado. Max lhe dera mais bebida. Max rira de uma piada que ele fez, da qual agora não conseguia se lembrar. Ele gostou de Max.

— E depois você passou a atacar meus hóspedes. E depois — disse Robin — você revelou algo meu que eu queria manter em priv... manter...

Os olhos dela de repente estavam úmidos, os punhos cerrados, o corpo rígido.

— ... manter em privacidade, divagando em uma merda de discussão, na frente de estranhos. Já ocorreu a você *uma vez*...

— Espere aí — disse Strike —, eu nunca...

— ... já ocorreu a você *uma vez* que eu talvez não queira que se discuta *estupro* na frente de gente que mal conheço?

— *Eu* nunca...

— Por que ficou me perguntando se eu achava que a Marcha das Vadias era uma boa ideia?

— Bom, claro que porque...

— Precisávamos falar de estupro infantil durante o jantar?

— Eu estava arg...

— Depois você *saiu* e me deixou ali para...

— Bom — disse Strike —, pelo visto, quanto mais cedo eu saísse, melh...

— Melhor para *você* — disse ela, avançando para ele com os dentes arreganhados: ele nunca a vira assim —, porque você tinha de descarregar sua agressividade em minha casa, depois sair e me deixar para limpar a merda da sua sujeira, como sempre!

— "Como sempre", porra? — disse Strike de sobrancelhas erguidas. — Espere um...

— Agora tenho de voltar para lá e consertar tudo, acalmar os sentimentos de todos...

— Não tem, não — Strike a contradisse. — Vai dormir, caralho, se você...

— Isso é. O. Que. Eu. FAÇO! — gritou Robin, batendo no próprio esterno com força a cada palavra. Calado de choque, Strike a encarou. — Eu é que me lembro de dizer *por favor* e *obrigada* à secretária quando você não dá a mínima. Eu é que peço desculpas por seu mau humor aos outros quando eles se ofendem! Eu é que carrego uma tonelada de merda por sua causa...

— Nossa — disse Strike, impelindo-se do carro estacionado e olhando-a de toda a sua altura. — De onde tudo isso...?

— ... e você não consegue dar *a mínima*, com tudo que faço por você, para chegar sóbrio a *um jantar*...

— Se você precisa saber — disse Strike, com o mau gênio de novo surgindo das cinzas da euforia anterior —, eu estava no pub com Nick, que...

— ... cuja esposa acaba de perder o filho! Eu sei... e *que merda* ele estava fazendo no pub com você, deixando-a...

— Ela o expulsou! — gritou Strike. — Ela não te disse isso durante a Grande Reunião de Queixas da Sororidade? E não vou pedir desculpas por querer uma merda de folga depois da semana que tive...

— ... enquanto *eu* não preciso de folga, não é? *Eu* não abri mão de metade de minhas férias anuais...

— Quantas vezes eu te agradeci por me cobrir quando eu estava na Corn...

— E o que deu em você para bancar o babaca comigo hoje de manhã, quando cheguei atrasada *pela primeira vez na merda da minha vida*...

— Tive três horas e meia de sono...

— Você mora em cima da porra do escritório!

— Foda-se isso — disse Strike, jogando o cigarro no chão. Ele começou a se afastar dela, agora certo da direção do metrô, pensando nas coisas que podia dizer: que era por culpa da pressão que ele jogava em Robin que ele ainda estava em Londres, quando deveria estar em St. Mawes com a tia moribunda; Jonny Rokeby ao telefone essa manhã; e o choro de Nick no pub, e o alívio que foi se sentar com um velho amigo e beber, e ouvir os problemas dos outros, em vez de se preocupar com os seus próprios.

— E *não* — gritou Robin às costas dele — me compre mais nenhuma *merda de flor*!

— Você não corre esse risco! — gritou Strike por cima do ombro ao se afastar no escuro.

42

... seu recente combate
Com Britomart, tão duramente o havia magoado,
Que cavalgar não podia, até curar suas feridas.

Edmund Spenser
A Rainha das Fadas

Quando acordou no sábado de manhã, com a cabeça latejando de dor e a boca com um gosto horrível, Strike levou algum tempo para juntar as peças e entender exatamente o que tinha acontecido na noite anterior. Além da lembrança de ter vomitado, o que ele achava que fazia demais ultimamente, no início só conseguiu se lembrar da cara vermelha de Kyle e da cara branca e contraída de Robin.

Mas depois, aos poucos, ele reconstituiu as queixas de Robin: chegar atrasado e bêbado, ser grosseiro com o irmão dela e perturbar um jantar dizendo a alguns estudantes o que ele considerava a verdade a respeito do mundo real. Ele também pensou ter havido menção de ele ser insuficientemente sensível com sua equipe.

Cautelosamente, ele saiu da cama e, com a ajuda da mobília, pulou para o banheiro, depois entrou no banho.

Enquanto se lavava, dois impulsos distintos entraram em conflito no íntimo de Strike. Um foi o desejo de se justificar, que lhe dava um tapinha nas costas e o premiava por vencer o que ele conseguia se lembrar da discussão com os estudantes. O outro era uma sinceridade inata com seus motivos que o obrigou a reconhecer que o antagonismo instantâneo com os convidados de Robin tinha origem na semelhança deles com o tipo de gente que sua mãe gravitaria prontamente.

A vida toda de Leda Strike foi uma batalha contra qualquer tipo de restrição: ir a uma passeata de roupas íntimas teria lhe parecido um golpe fabuloso contra as limitações. Strike, que nunca se esquecia do coração generoso de Leda nem de seu amor indelével pelos oprimidos, tinha, todavia, clareza sobre o fato de que seu ativismo assumia principalmente a forma de exibicionismo entusiasmado. Não era para Leda a tediosa labuta da apuração porta a porta, a difícil questão das concessões ou o trabalho doloroso que envolvia a mudança estrutural. Nunca uma pensadora profunda ou crítica, ela era uma otária para o que Strike considerava charlatães intelectuais. A base de sua filosofia de vida, se uma palavra dessas pode ser usada para a coleção frouxa de caprichos e reações intempestivas que ela chamava de crenças, era de que tudo que a burguesia reprovava devia ser bom e certo. Naturalmente, ela teria apoiado Kyle e Courtney na defesa da pornografia e da Marcha das Vadias, e teria visto as objeções do filho como algo que ele deve ter adquirido da cunhada estraga-prazeres dela.

Enquanto Strike se enxugava e colocava a prótese, movendo-se com cuidado em deferência à cabeça que latejava, ocorreu-lhe a ideia de telefonar a Robin, mas a descartou rapidamente. Seu hábito há muito estabelecido, depois de uma briga com uma mulher, era esperar que ela tomasse a iniciativa, o que ele considerava bom senso. Se ela pedisse desculpas, tudo bem; se quisesse discutir mais, havia uma possibilidade de ela estar mais calma depois de alguma reflexão; se ainda estivesse furiosa, era simplesmente masoquismo se oferecer para sofrer ainda mais até ela ter o que procurava. Embora Strike, em princípio, não se opusesse a pedir desculpas sem ser solicitado, na eventualidade de sentir ter cometido um erro, na prática suas desculpas tendiam a chegar tarde e só quando ficava claro que a solução não viria de outro jeito.

Esse *modus operandi* se devia muito à sua experiência com Charlotte. Tentar fazer as pazes com Charlotte antes que o último grama de sua fúria tivesse passado era como tentar reconstruir uma casa durante um terremoto. Às vezes, depois de ele se recusar a aceitar alguma nova exigência — em geral sair do exército, mas às vezes abrir mão do contato com uma amiga ou se recusar a gastar o dinheiro que ele não tinha, tudo visto por Charlotte como prova de que ele não a amava —, Charlotte ia embora e a briga era discutida só depois que ela voltava, e a essa altura, Strike podia ter saído ou dormido com outra pessoa. As discussões do casal costumavam durar pelo menos uma semana. Em algumas ocasiões, Strike voltou a destacamentos no exterior antes que alguma coisa fosse resolvida.

Entretanto, enquanto comia o necessário pãozinho de bacon, bebia um café e tomava dois analgésicos; depois de ter telefonado a Ted, ouvido que Joan ainda se aguentava e garantido que ele e Lucy estariam lá no dia seguinte; enquanto abria alguma correspondência e rasgava um convite grande com bordas douradas para a festa do quinquagésimo aniversário dos Deadbeats em maio; enquanto comprava mantimentos na eterna chuva e no vento, abastecendo-se para o que podia ser uma viagem de muitas horas; enquanto guardava as roupas para a viagem, tinha falado com Lucy e verificado a previsão do tempo, seus pensamentos insistiam em voltar a Robin.

Aos poucos, ele percebeu que o que mais o incomodava era o fato de que ele se acostumara a ter Robin do seu lado, um dos principais motivos para ele tender a procurar motivo para telefonar a ela quando estava deprimido ou não tinha o que fazer. Com o tempo, eles desenvolveram uma camaradagem sumamente tranquilizadora e satisfatória, e Strike não imaginara que isso podia ser perturbado pelo que ele classificava como uma briga de festa.

Quando o telefone tocou às quatro da tarde, ele se surpreendeu pegando-o rapidamente na esperança de que fosse a sócia, mas era outro número desconhecido. Perguntando-se se ia ouvir falar de Rokeby de novo, ou de algum outro parente desconhecido, ele atendeu.

— Strike.

— O quê? — disse uma voz cortante de mulher de classe média.

— Aqui é Cormoran Strike. Quem fala?

— Clare Spencer, a assistente social dos Athorn. Você deixou um recado para mim.

— Ah, sim — disse Strike, puxando a cadeira da cozinha e se sentando. — Obrigado por retornar, senhora.... erm... senhorita Spencer.

— Senhora — disse ela, parecendo se divertir um pouco. — Posso lhe perguntar... Você é *o* Cormoran Strike?

— Duvido que existam muitos outros — disse Strike.

Ele pegou os cigarros, depois os afastou. Precisava diminuir.

— Sei — disse Clare Spencer. — Bom, é de certo modo um choque receber um recado seu. Como conheceu os Athorn?

— O nome deles apareceu — disse Strike, pensando em como essa declaração era imprecisa — no curso de um caso que estou investigando.

— Foi *você* que entrou na loja do vizinho de baixo e ameaçou o homem?

— Eu não o ameacei. Mas a atitude dele parecia agressiva, então comentei que eles tinham amigos que podiam levar a mal se ele os atormentasse.

— Ah — disse Claire, calorosa. — Aquele homem é um horror. Passou séculos tentando tirá-los do apartamento. Quer comprar o prédio todo. Retirou uma parede de sustentação, depois tentou culpar Deborah e Samhain pelo teto arriado. Ele tem sido motivo de muito estresse para eles.

— O apartamento... — Strike quase disse "tiraram a merda", mas tentou encontrar um jeito educado de dizer isso — ... foi completamente limpo recentemente, foi o que ele disse?

— Sim. Não vou negar que era uma bagunça, mas agora arrumamos tudo, e quanto a dizer que eles causaram danos estruturais, tivemos um fiscal que examinou o lugar todo e concordou que não há nada de errado ali. Esse homem é um *oportunista*. Mas, então, você fez bem ali, dando aquele aviso. Ele pensa que porque eles não têm muitos parentes próximos, pode intimidá-los à vontade. Então, qual é o caso que está investigando?

Brevemente, Strike lhe contou sobre Margot Bamborough, seu desaparecimento em 1974 e a informação que o levou à porta dos Athorn.

— ... E assim — concluiu ele —, eu queria conversar com alguém que pudesse me dizer o quanto posso confiar no que eles me contaram.

Houve um breve silêncio.

— Sei. — Clare agora parecia um pouco mais cautelosa. — Bom, infelizmente tenho o dever da confidencialidade como assistente social, então...

— Posso lhe fazer algumas perguntas? E se não puder responder, naturalmente vou aceitar isso.

— Tudo bem — disse ela. Ele teve a impressão de que seus atos com relação ao tormento do dono da loja de ferragens a colocaram ao lado dele.

— Claramente eles são competentes para morar sozinhos — disse Strike.

— Com apoio, sim — disse Clare. — Na verdade, eles se saem muito bem. Têm um forte vínculo mútuo. Talvez seja isso que os mantêm longe de cuidados institucionalizados.

— E o que exatamente...? — Strike se perguntou como verbalizar a pergunta com sensibilidade. Clare veio em seu auxílio.

— Síndrome do X frágil — disse ela. — Deborah é relativamente funcional, embora tenha algumas dificuldades sociais, mas sabe ler e assim por diante. Samhain se sai melhor socialmente, mas seu déficit cognitivo é maior que o da mãe.

— E o pai, Gwilherm...?

Clare riu.

— Sou assistente social deles só há alguns anos. Não conheci Gwilherm.

— Sabe me dizer o quanto era mentalmente são?

Houve uma longa pausa.

— Bom — disse ela —, eu acho... parece ser de conhecimento comum que ele era muito estranho. Vários familiares me falaram dele. Aparentemente, ele pensava que podia amaldiçoar as pessoas. Com magia negra, sabe?

— Deborah me contou algo que achei... meio preocupante. Envolvia um médico chamado dr. Brenner, que era sócio da Clínica St. John's da dra. Bamborough. Ela talvez estivesse se referindo a um exame médico, mas...

Ele pensou que Clare tinha dito alguma coisa.

— Como disse?

— Não, nada. O que exatamente ela lhe contou?

— Bom — disse Strike —, ela falou em ter tirado a calcinha, sem querer fazer isso, mas disse que Gwilherm mandou que ela fizesse. Eu supus...

— Ele era um médico?

— Sim — disse Strike.

Houve outra pausa mais longa.

— Sinceramente não sei o que lhe dizer — disse Clare por fim. — É possível que fosse um exame médico, mas... bom, muitos homens costumavam ir àquele apartamento.

Strike não disse nada, perguntando-se se tinha ouvido o que pensava ter ouvido.

— Gwilherm tinha de comprar bebida e drogas em algum lugar — disse Clare. — Pelo que Deborah revelou ao serviço social com o passar dos anos, pensamos que ele estava... bom, não tem como dizer isso com delicadeza, pensamos que ele a estava cafetinando.

— Meu Deus — disse Strike em voz baixa, enojado.

— Eu sei — disse Clare. — Pelo pouco que ela contou aos cuidadores, pensamos que Gwilherm costumava levar Samhain para a rua sempre que ela estava com um cliente. *É mesmo* pavoroso. Ela é tão vulnerável. No geral, não posso lamentar que Gwilherm tenha morrido jovem. Mas, por favor... não mencione nada disso com a família de Deborah, se conversar com eles. Não sei o quanto eles sabem, e ela ultimamente está feliz e sossegada. Não há necessidade de perturbar ninguém.

— Não, claro que não — disse Strike e se lembrou das palavras de Samhain: *O velho Joe Brenner era um velho sujo.*

— A memória de Samhain é confiável?

— Por quê? O que ele lhe disse?

— Algumas coisas ditas pelo tio Tudor dele.

— Bom, as pessoas com síndrome do X frágil em geral têm uma ótima memória de longo prazo — disse Clare com cautela. — Eu diria que ele é mais confiável sobre coisas que o tio Tudor lhe disse do que em muitos outros aspectos.

— Aparentemente, o tio Tudor tinha uma teoria sobre o que aconteceu com Margot Bamborough. Envolvia algumas pessoas chamadas "Nico e seus rapazes".

— Ah — disse Clare — Sim. Sabe quem são?

— Pode falar.

— Existia um gângster antigo que morava em Clerkenwell — disse Clare — chamado Niccolo Ricci. Samhain gosta de falar em "Nico e seus rapazes". Como se fossem heróis do povo, ou coisa assim.

Eles conversaram por mais alguns minutos, mas Clare não tinha mais nada de interessante a dizer.

— Bom, agradeço muito por ter me ligado — disse Strike. — Os assistentes sociais trabalham aos sábados também, como os detetives, pelo que vejo.

— As pessoas não deixam de precisar de ajuda nos fins de semana — disse ela secamente. — Boa sorte. Espero que descubra o que aconteceu com a pobre médica.

Mas ele sabia, pelo tom de Clare, apesar de simpático, que ela achava isso muito improvável.

A dor de cabeça de Strike agora se acomodara em um latejar constante que aumentava se ele se abaixava ou se levantava de repente. Ele voltou aos arranjos metódicos para a partida à Cornualha no dia seguinte, tirou os perecíveis da geladeira, preparou sanduíches para a viagem; ouviu o noticiário, que lhe disse que três pessoas tinham morrido naquele dia como resultado das condições adversas do clima; preparou a mochila; garantiu que os e-mails estivessem atualizados, programando uma mensagem de ausência redirecionando possíveis clientes a Pat e verificando o rodízio, para ter certeza de ter sido alterado a fim de acomodar sua ausência. Durante todas essas tarefas, ficou atento ao celular, para o caso de chegar uma mensagem de texto de Robin, mas não veio nada.

Por fim, enquanto terminava de preparar a fritada que ele sentia dever à sua ressaca e ao trabalho árduo que teve o dia todo, o celular zumbiu. Do outro lado da mesa, ele viu a chegada de três mensagens de texto consecutivas. Sabendo que ele ia partir na manhã seguinte sem alguma ideia clara de quando estaria de volta, Robin parece ter começado o processo de reconciliação como as mulheres costumavam fazer, com todo um ensaio sobre suas várias queixas. Ele abriu a primeira mensagem, preparado magnanimamente para aceitar quase qualquer termo para uma paz negociada, e só então percebeu que era de um número desconhecido.

Pensei que hoje era o Valentine's day, mas acabo de perceber que caiu no dia 15. Me deram tantas drogas aqui que mal consigo me lembrar do meu nome. Estou em um lugar de

novo. Este não é meu telefone. Tem outra mulher aqui que tem permissão para ter um e ela me emprestou. O seu número é o único que sei de cor Por que você nunca mudou? Foi por minha causa ou isso é vaidade minha? Estou tão cheia de drogas que posso sentir qualquer coisa, mas sei que amo você. Imagino o quanto tiveram de me dar antes disso também. O bastante para me matar, suponho.

A mensagem seguinte, do mesmo número, dizia:

Como você passou o valentines day. Você teve sexo. Estou aqui em parte porque não quero sexo. Não suporto que ele me toque e sei que ele quer mais filhos. Prefiro morrer a ter outros. Na verdade, eu prefiro morrer a muita coisa. Mas você sabe disso sobre mim. Vamos nos ver de novo? Você podia vir me ver aqui. Hoje imaginei você entrando, como eu fazia quando sua perna. Imaginei você dizendo a eles para me deixarem ir, porque você me amava e ia cuidar de mim. Eu chorei e

A terceira mensagem continuava:

o psiquiatra ficou satisfeito quando me viu chorando porque eles gostam de emoções. Não sei qual é o endereço completo, mas se chama Symonds House. Eu te amo não se esqueça de mim o que quer que me aconteça. Eu te amo.

Uma quarta e última mensagem dizia:

É Charlotte, caso não esteja evidente.

Strike leu todo o texto duas vezes. Depois fechou os olhos e, como milhões de seus companheiros humanos, perguntou-se por que os problemas nunca vinham sozinhos, mas em avalanches, e assim ficamos cada vez mais desestabilizados a cada golpe que levamos.

43

E tu, bela Amazona, minha mais cara Dama,
Afrouxa o rigor de tua colérica vontade,
Cujo fogo melhor seria se tornado em outra chama;
E apagando a recordação de todos os males,
Concede-lhe tua graça…

Edmund Spenser
A Rainha das Fadas

Para alívio de Robin, os três hóspedes acordaram cedo na manhã seguinte, porque queriam passar o dia todo em Londres. Todos estavam tranquilos depois do que Robin considerava o Jantar de Pesadelo. Ela temia um pedido choroso de perdão por parte de Courtney, que parecia especialmente deprimida, e assim Robin fingiu um ânimo que certamente não sentia, fazendo recomendações de lugares baratos para comer e coisas boas para ver antes de se despedir dos estudantes. Como devia fazer a vigilância de Elinor Dean essa noite, Robin deu a Jonathan uma cópia da chave e não lamentou a possibilidade de ainda estar em Stoke Newington quando os estudantes voltassem a Manchester, porque eles pretendiam pegar o trem no meio da manhã de domingo.

Sem querer ficar sozinha com Max, caso ele quisesse uma autópsia da noite anterior, Robin foi prisioneira voluntária do próprio quarto o dia todo, onde continuou a trabalhar no laptop, tentando bloquear as ondas de raiva de Strike e o choro que insistia em ameaçar dominá-la. Por mais que tentasse se concentrar em descobrir quem morava na Jerusalem Passage quando Margot desapareceu, porém, seus pensamentos voltavam ao sócio.

Robin não ficou nada surpresa por não ter notícias dele, mas de jeito nenhum teria a iniciativa do contato. Não podia, em sã consciência, retirar nada do que tinha dito depois de vê-lo vomitando na sarjeta, porque estava cansada de ser subestimada de formas que Strike não reconhecia.

Mas à medida que a tarde se esvaía e a chuva continuava a cair do lado de fora de sua janela, e embora não tenha ficado tão bêbada quanto Strike, Robin acabou com uma dor de cabeça maçante. Partes iguais de infelicidade e fúria a dominavam sempre que se lembrava do jantar da noite anterior e de todas as coisas que gritou para Strike na rua. Ela queria poder chorar, mas o aperto no peito a impedia. Sua raiva voltava a ferver sempre que ela se lembrava do Strike bêbado atacando seus hóspedes, mas depois ela se via revendo mentalmente os argumentos de Kyle e Courtney. Ela estava certa de que nenhum dos estudantes tinha sequer chegado perto da feiura que Robin encontrara, não só embaixo daquela escada escura em seu alojamento, mas durante o trabalho com Strike: mulheres espancadas, garotas estupradas, morte. Eles não queriam ouvir as histórias de Strike porque era muito mais reconfortante acreditar que a linguagem, sozinha, podia refazer o mundo. Mas nada disso a fez se sentir mais gentil para com o sócio: ao contrário, Robin se ressentia de concordar com ele. Ele procurava alguém ou alguma coisa para atacar, e foi ela que pagou por isso.

Robin se obrigou a continuar no trabalho, porque o trabalho era sua única constante, sua salvação. Às oito da noite, ela teve certeza, pela leitura completa de registros on-line que pôde fazer, que ninguém que morava na Jerusalem Passage estava ali havia quarenta anos. A essa altura, sentia tanta fome que precisava realmente comer alguma coisa, o que temia significar encarar Max e discutir Strike.

E não deu outra, quando chegou à área de estar, Robin encontrou Max vendo TV com Wolfgang no colo. Ele emudeceu o noticiário no momento que a viu, e Robin desanimou.

— Boa noite.

— Oi — disse Robin. — Vou preparar alguma coisa para comer. Quer algo?

— Ainda tem um pouco do assado, se você quiser.

— Strike então não acabou com tudo?

Ela foi a primeira a falar nele, para terminar logo com aquilo. Sabia que Max tinha coisas a dizer.

— Não — disse Max. Ele tirou o sonolento Wolfgang do sofá ao seu lado, levantou-se e foi à cozinha. — Vou esquentar para você.

— Não precisa, eu posso...

No entanto, Max aqueceu o assado e, quando Robin estava à mesa com comida e bebida, ele se sentou com ela com uma cerveja. Isso era muito incomum, e Robin de repente ficou nervosa. Será que estava sendo amaciada para algum anúncio indesejado? Será que Max tinha decidido, afinal de contas, vender o apartamento?

— Eu nunca te contei como acabei nesse lindo apartamento, contei? — disse ele.

— Não — respondeu Robin com cautela.

— Recebi uma indenização grande, cinco anos atrás. Negligência médica.

— Ah — disse Robin.

Houve uma pausa. Max sorriu.

— As pessoas costumam dizer: "Que merda, qual foi o problema?" Mas você nunca sonda, não é? Já notei isso. Você não faz muitas perguntas.

— Bom, tenho muito disso no trabalho — disse Robin.

Porém, não foi por isso que ela não perguntou a Max sobre suas finanças, e não era por isso que ela não perguntava agora o que tinha dado errado com seu corpo ou com o tratamento. Robin tinha muitas coisas do próprio passado que não queria que fossem interminavelmente sondadas para querer causar desconforto nos outros.

— Tive palpitações sete anos atrás — disse Max, olhando o rótulo da cerveja. — Arritmia. Fui recomendado a um cardiologista, e ele me operou: me abriu e fez uma ablação do meu nódulo sinusal. Você não deve saber o que é isso — disse ele, erguendo os olhos a Robin, que fez que não com a cabeça. — Nem eu sabia, até eles avacalharem o meu. Basicamente, destruíram a capacidade de meu coração bater sozinho. Acabei tendo de implantar um marca-passo.

— Ah, não — disse Robin, com um pedaço de carne suspenso no garfo.

— E a melhor parte foi que nada disso era necessário. Não havia nada de errado com meu nódulo sinusal, antes de tudo. Por acaso eu não estava sofrendo de taquicardia atrial. Era medo do palco.

— Eu... Max, eu sinto muito.

— É, não foi bom — disse Max, bebendo um gole da cerveja. — Duas cirurgias de peito aberto desnecessárias, complicações intermináveis. Perdi trabalhos, fiquei quatro anos desempregado e ainda tomo antidepressivos. Matthew dizia que eu *tinha* de processar os médicos. Provavelmente eu não teria feito isso, se ele não me importunasse. Honorários de advogados. Uma tonelada de estresse. Mas no fim ganhei, recebi uma indenização polpuda e ele me convenceu a colocar tudo em um imóvel decente. Ele é advogado de tribunal, ganha muito bem. Então, compramos este lugar.

Max tirou o cabelo louro e basto do rosto e olhou para Wolfgang, que tinha trotado à mesa para saborear o cheiro do assado mais uma vez.

— Uma semana depois de nos mudarmos, ele me fez sentar e me disse que ia embora. A tinta nem tinha secado na hipoteca. Ele disse que lutou contra isso, porque sentia lealdade por mim, devido ao que passei, mas não conseguia mais lutar com os sentimentos dele. Ele me disse — continuou Max, com um sorriso vazio — que tinha percebido que pena não é amor. Queria que eu ficasse com o apartamento, não quis que eu comprasse dele... como se eu pudesse fazer isso... então ele me passou a metade dele. É claro que foi para que ele se sentisse menos culpado. E lá foi ele com Tiago. É brasileiro, o cara novo. É dono de um restaurante.

— Isso — disse Robin em voz baixa — parece o inferno.

— É, e foi... eu precisava mesmo parar de olhar as malditas contas do Instagram deles. — Max soltou um suspiro fundo e distraidamente passou a mão na camisa, por cima das cicatrizes do peito. — É claro que pensei simplesmente em vender, mas quase não moramos juntos, então não tinha tantas lembranças assim. Eu não tinha energia para procurar casa de novo e me mudar, então fiquei aqui, lutando para pagar a hipoteca todo mês.

Robin pensou que sabia por que Max lhe contava tudo isso, e seu pressentimento se confirmou quando ele a olhou diretamente e disse:

— Então, eu só queria te dizer que lamento pelo que aconteceu com você. Eu não sabia. Ilsa apenas me contou que você ficou na mira de uma arma...

— Ah, não fui estuprada *nesse dia* — disse Robin e, para evidente surpresa de Max, riu. Sem dúvida era o cansaço, mas era um alívio encontrar humor ácido nessa litania de coisas horríveis que as pessoas fazem umas às outras, embora nada disso fosse divertido: o coração mutilado dele, a máscara de gorila nos pesadelos dela. — Não, o estupro aconteceu dez anos atrás. Por isso eu larguei a universidade.

— Que merda — disse Max.

— É — e, fazendo eco a Max, Robin disse: — Não foi bom.

— Então, quando aconteceu o lance da faca? — perguntou Max, com os olhos no braço de Robin e ela riu de novo. Sério, o que mais se podia fazer?

— Isso foi dois anos atrás.

— Trabalhando para Strike?

— Sim — disse Robin e agora parou de rir. — Escute, sobre ontem à noite...

— Eu gostei de ontem à noite — disse Max.

— Não pode estar falando sério — disse Robin.

— Totalmente sério. Foi muito útil para a construção de meu personagem. Ele tem uma energia de parrudo durão, não é?

— Quer dizer que ele age como um babaca?

Max riu e deu de ombros.

— Ele é muito diferente sóbrio?

— É — disse Robin —, bom... não sei. É menos babaca. — E antes que Max pudesse perguntar mais alguma coisa sobre seu sócio, ela disse rapidamente: — Aliás, ele tem razão a respeito de sua culinária. Isso estava incrível. Muito obrigada, eu precisava mesmo.

Depois de lavar a louça, Robin desceu, tomou um banho e se vestiu para a vigilância noturna. Faltando ainda uma hora até precisar render Hutchins, ela se sentou na cama e digitou variações ao acaso do nome Paul Satchwell no Google. *Paul L. Satchwell. LP Satchwell. Paul Leonard Satchwell. Leo Paul Satchwell.*

Seu celular tocou. Ela o olhou. Era Strike. Depois de um ou dois segundos, Robin atendeu, mas não disse nada.

— Robin?

— Sim.

— Pode falar agora?

— Sim — repetiu ela, com o coração mais acelerado do que o de costume enquanto franzia a testa para o teto.

— Estou ligando para pedir desculpas.

Robin ficou tão atordoada que passou vários segundos sem dizer nada. Depois deu um pigarro e disse:

— Consegue se lembrar do motivo para pedir desculpas?

— Erm... sim, acho que sim — disse Strike. — Eu... não pretendia desencavar *aquilo*. Devia ter percebido que não era um assunto que você quisesse discutir durante o jantar. Não raciocinei.

As lágrimas enfim se formaram nos olhos de Robin.

— Tudo bem — disse ela, tentando aparentar despreocupação.

— E peço desculpas por ser grosseiro com seu irmão e os amigos dele.

— Obrigada — disse Robin.

Houve um silêncio. A chuva ainda caía lá fora. Depois Strike disse:

— Tem notícias de Ilsa?

— Não — disse Robin. — Tem notícias de Nick?

— Não — disse Strike.

Houve outro silêncio.

— Então, estamos bem, não é? — disse Strike.

— Sim — respondeu Robin, perguntando-se se seria verdade.

— Se subestimei você — disse Strike —, peço desculpas. Você é a melhor que eu tenho.

— Ah, mas que *merda*, Strike. — Robin abandonou a farsa de que não chorava e soltou as lágrimas.

— Que foi?

— Você simplesmente... Você é de enfurecer.

— Por quê?

— Dizendo isso. Agora.

— Não é a primeira vez que digo isso.

— Na verdade, é.

— Já disse a outras pessoas.

— Ok, tudo bem. — Robin agora ria e chorava ao mesmo tempo ao pegar os lenços de papel —, você entende que não é a mesma coisa que dizer *a mim*?

— Sim, acho que sim — disse Strike. — Agora que falou nisso.

Ele fumava à pequena mesa de fórmica na cozinha enquanto a chuva continuava a cair do lado de fora da janela do sótão. De algum modo, as mensagens de Charlotte o fizeram perceber que tinha de ligar para Robin, tinha de acertar as coisas com ela antes de partir para a Cornualha e para Joan. Agora a voz de Robin e o seu riso agiam sobre ele como sempre, fazendo tudo parecer um pouco menos medonho.

— Quando vai partir? — perguntou Robin, enxugando os olhos.

— Amanhã às oito. Lucy vai se encontrar comigo na locadora de carros. Vamos pegar um jipe.

— Bom, tenha cuidado — disse Robin. Ela soube pelo noticiário do dia que três pessoas tinham morrido, tentando viajar pela ventania e a enchente.

— Sim. Não posso fingir que não queria que você estivesse dirigindo. Lucy é péssima ao volante.

— Já pode parar de me bajular. Eu te perdoo.

— É sério — disse Strike, com os olhos na chuva implacável. — Você e seu curso avançado de direção. Você é a única pessoa que não me mata de medo ao volante.

— Acha que vai conseguir?

— Talvez não o tempo todo com o jipe. Mas Polworth está de prontidão para nos resgatar. Ele tem como arrumar um barco. Precisamos ir. Joan pode ter apenas dias.

— Bem, estarei pensando em você — disse Robin. — De dedos cruzados.

— Valeu, Robin. Mantenha contato.

Depois de Strike ter desligado, Robin ficou sentada por um tempo, saboreando a súbita leveza que a dominava. Em seguida, puxou o laptop, pronta para desligá-lo e sair para a vigilância noturna no Land Rover. Despreocupadamente, como se pudesse lançar os dados pela última vez antes de sair da mesa de jogo, ela digitou "Paul Satchwell artista" no Google.

... **o artista Paul Satchwell** passou a maior parte de sua carreira na ilha grega de...

— *O quê?* — disse Robin em voz alta, como se o laptop tivesse falado com ela. Ela clicou no resultado, e o site do Museu e Galeria de Arte de Leamington Spa encheu a tela. Não tinha visto isso nem uma vez, em todas as horas de busca por Satchwell. Essa página ou acabara de ser criada ou fora atualizada.

Exposição Temporária 3 a 7 de março de 2014
Artistas Locais

O Museu e Galeria de Arte de Leamington Spa promoverá uma exposição temporária de artistas da região de Warwickshire. Entrada franca.

Robin rolou a página, passando por fotos de artistas diversos, até que o viu.

Era sem dúvida nenhuma o mesmo homem. Seu rosto podia estar desgastado e enrugado, os dentes podiam ter amarelado, o cabelo basto e cacheado ficara mais branco e mais ralo, mas ainda caía nos ombros, enquanto a camisa aberta mostrava o denso pelo branco no peito.

Nascido em Leamington Spa e criado em Warwick, o artista Paul Satchwell passou a maior parte de sua carreira na ilha grega de Kos. Trabalhando principalmente com óleo, sua exploração dos mitos, com influência helênica, desafia o espectador a enfrentar medos primais e examinar preconcepções pelo uso sensual da linha e da cor...

44

Imenso mar de tristeza e tempestuosa pena,
Onde minha frágil barca é atirada,
Longe do esperado céu do alívio,
Por que tuas ondas cruéis tão fortes golpeiam,
E tuas montanhas úmidas entre si combatem,
Ameaçando tragar minha atemorizada vida?

Edmund Spenser
A Rainha das Fadas

A água da tempestade, a chuva e a ventania que enfrentaram foram bem reais, mas a batalha de Strike e Lucy para chegarem a St. Mawes tinha um estranho caráter onírico. Ambos sabiam que a morte os esperava no fim; ambos estavam decididos a ficar com Joan até seu falecimento, se a encontrassem com vida.

Árvores se balançavam e guinchavam enquanto eles aceleravam pela rodovia. Tiveram de se desviar de lagos grandes e largos onde antes havia campos, aumentando a jornada em quilômetros. Por duas vezes, pararam em bloqueios e ouviram de policiais coléricos para darem meia-volta. Eles insistiram, a certa altura dirigindo por 80 quilômetros para avançar 25, ouvindo cada atualização climatológica no rádio e ficando cada vez mais seguros de que chegariam a um ponto em que teriam de abandonar o jipe. A chuva fustigava o carro, ventos fortes levantavam os limpadores de para-brisa do vidro e os irmãos se revezavam na direção, unidos por um só objetivo e temporariamente livres de todas as outras preocupações.

Para grande surpresa de Strike, a crise revelara uma Lucy diferente, assim como a doença revelara uma Joan diferente. A irmã estava inteiramente concentrada no que precisava ser feito. Até sua direção estava diferente, sem os três filhos barulhentos no banco traseiro, brigando e trocando tapas, se a viagem durasse mais de vinte minutos. Ele tinha se esquecido do quanto Lucy podia ser eficiente e prática, como podia ser paciente e resoluta. Sua calma determinação só se rompeu quando eles chegaram a um impasse a quase cinquenta quilômetros de St. Mawes, onde a enchente e as árvores caídas tornavam a estrada intransponível.

Com Lucy arriada ao volante, chorando com a cara nos braços, Strike saltou do jipe e se colocou embaixo de uma árvore e ali, protegido da chuva constante e aproveitando a oportunidade para fumar, ligou para Dave Polworth, que se mantinha de prontidão para ajudar os dois.

— É, a gente achou que era onde vocês teriam de parar — disse Polworth quando Strike lhe deu sua posição.

— "A gente" quem?

— Bom, não posso fazer essa merda sozinho, posso, Diddy? Devo chegar a você em uma hora. Fiquem no carro.

E uma hora depois, fiel ao que disse, Dave Polworth e outros cinco homens, dois deles membros do grupamento local de salva-vidas, surgiram da escuridão crescente. Com trajes à prova d'água e carregando galochas prontas para as piores passagens, os homens se encarregaram da bagagem de Lucy e Strike. O grupo deixou o jipe estacionado em uma transversal e partiu a pé.

A ponta do coto de Strike começara a incomodar bem antes de eles terem andado por duas horas inteiras em terreno lamacento e asfalto escorregadio.

Logo, ele teve de abandonar o orgulho e permitir que dois de seus antigos colegas de escola o escorassem, um de cada lado. A escuridão caiu antes que eles conseguissem chegar a dois botes que Polworth tinha arrumado para levá-los pelos campos inundados. Usando remos para alternadamente remar e se impelir, eles navegaram com a ajuda de archotes e bússolas.

Polworth tinha chamado cada amigo e conhecido para ajudar na travessia de Strike e Lucy pela península assolada pela tempestade.

Cobriram vários quilômetros em um trailer puxado por um trator, mas em certas passagens foram obrigados a andar com os pés na água gelada, com a diminuta Lucy aceitando uma carona nas costas do homem mais forte do barco salva-vidas.

Quatro horas depois de terem abandonado o jipe, eles chegaram a St. Mawes. No portão da casa de Ted e Joan, os irmãos se despediram com abraços de seus acompanhantes.

— Não comece — disse Polworth quando o cansado e dolorido Strike tentou colocar em palavras o que sentia ser incomunicável. — Entrem, ou de que merda serviu tudo isso?

Ted, que tinha sido atualizado com regularidade por toda a viagem, recebeu-os de pijama na porta dos fundos, com lágrimas escorrendo pelos vincos fundos do rosto marcado.

— Nunca pensei que vocês chegariam aqui. — Ele dizia sem parar ao preparar um chá para eles. — *Nunca* pensei que iam conseguir.

— Como está Joan? — perguntou Lucy, trêmula, enquanto os três se sentavam na cozinha, com as mãos em canecas de chá, comendo torradas.

— Ela conseguiu tomar um pouco de sopa hoje — disse Ted. — Ainda está... ela dorme muito. Mas quando está acordada gosta de falar. Ah, ela vai ficar nas nuvens por ter vocês dois aqui...

E assim começaram dias que tiveram o mesmo caráter estranho e atemporal da viagem. No início, Strike, cuja ponta do coto estava ferida depois das exigências dolorosas da jornada, abandonou a prótese e percorreu a casa pequena aos saltos e se apoiando em encostos de cadeiras e paredes. Leu e respondeu aos e-mails de Robin sobre o trabalho na agência, mas as notícias dela pareciam vir de um lugar muito mais remoto que Londres.

Agora, graças à sua fragilidade, Joan parecia um passarinho, os ossos visíveis pela pele transparente. Ela deixara claro que queria morrer em casa, e não no hospital em Truro, então ficava deitada, pequena e encolhida, na grande cama de casal que dominava o quarto, uma cama que tinha sido comprada para acomodar o volume de Ted quando ele era um homem alto, em boa forma e musculoso, no final da Real Polícia Militar e, subsequentemente, como um valente membro do grupamento local de salva-vidas.

Durante o dia, Strike, Ted e Lucy se revezavam para ficar ao lado da cama de Joan porque, acordada ou adormecida, agradava a ela saber que um deles estava por perto. Kerenza aparecia de manhã e à tarde, e essas eram as únicas ocasiões em que a família saía do quarto. Joan não era mais capaz de tomar remédios por via oral, então Kerenza começou a injetar a morfina com uma seringa. Strike sabia que ela dava banho na tia e a ajudava em funções ainda mais íntimas: a longa convalescença depois de sua amputação não lhe deixara ilusão alguma a respeito do trabalho de enfermeiros. Gentil, eficiente e humana, Kerenza era uma das poucas pessoas que Strike recebia alegremente na cozinha ventosa.

E Joan ainda se aguentava. Três, quatro dias depois da chegada deles: ela dormia quase constantemente, mas ainda se agarrava à vida.

— São vocês dois — disse Ted. — Ela não quer ir embora enquanto os dois estão aqui.

Strike passara a temer silêncios mortais grandes demais para serem preenchidos pela voz humana. Seus nervos ficavam tensos com o constante tilintar de colheres de chá em bebidas quentes feitas para se ter algo a fazer, com as lágrimas escondidas pelo tio Ted quando ele pensava que não tinha ninguém olhando, com perguntas sussurradas de vizinhos bem-intencionados.

No quinto dia, Greg, marido de Lucy, chegou com os três meninos. Marido e esposa debateram a sensatez de tirar os meninos da escola e arriscarem-se a uma viagem que ainda era espinhosa, embora as tempestades tivessem enfim diminuído, mas Lucy não suportava mais a ausência deles. Quando Greg chegou, os meninos saíram correndo do carro para a mãe e toda a família se abraçou, enquanto Strike e Ted olhavam, unidos em sua solidão, um homem solteiro e o outro em breve viúvo. Os meninos foram levados ao quarto de Joan para vê-la, e ela sorriu para todos eles. Até Luke ficou subjugado depois disso, e Jack chorou.

Agora os dois quartos de hóspede eram necessários para acomodar os recém-chegados, então Strike voltou, sem reclamar, a dormir no sofá.

— Você está péssimo — informou-lhe Polworth com franqueza no sexto dia, e, de fato, Strike, que acordava de hora em hora no sofá de crina de cavalo, sentia-se assim. — Vamos tomar uma cerveja.

— Posso ir? — perguntou Jack, esperançoso. Ele mostrava uma tendência a ficar grudado em Strike e não no pai, enquanto Lucy ficava no segundo andar com Joan.

— Pode, se seu pai disser que está tudo bem — disse Strike.

Greg, que agora andava pelo jardim com o telefone colado na orelha e tentava contribuir em uma teleconferência com o escritório de Londres enquanto Luke e Adam jogavam futebol em volta dele, concordou com o polegar para cima.

Assim Strike, Polworth e Jack foram a pé para St. Mawes. Embora o céu estivesse escuro e as ruas ainda molhadas, os ventos tinham, enfim, parado. Ao chegarem à orla, o celular de Strike tocou. Ele atendeu, ainda andando.

— Strike.

— É o Shanker. Recebi seu recado.

— Que eu deixei há dez dias — disse Strike.

— Estive ocupado, seu monte de merda ingrato.

— Desculpe-me — disse Strike.

Ele gesticulou para os outros dois e parou de novo no muro do porto, olhando o mar verde-acinzentado e o horizonte nebuloso.

— Xeretei um pouco — disse Shanker —, e tu não vai descobrir quem era aquela garota, Bunsen. Aquela do filme. Ninguém sabe. Mas ela deve ter aprontado alguma coisa grave pra caralho para receber aquilo.

— Quer dizer merecer — disse Strike, enquanto olhava o mar plano e calmo. O mar não parecia capaz, agora, da violência que tinha infligido à cidade.

— Não estou dizendo que ela *mereceu*... estou dizendo que nem Mucky Ricci tinha um hábito *desses* — disse Shanker com impaciência. — Está numa solitária?

— Hein?

— Tu tá onde, caralho? Não tem barulho nenhum.

— Na Cornualha.

Por um momento, Strike esperou que Shanker perguntasse onde ficava isso. Shanker tinha uma ignorância quase impressionante sobre o país que existia fora dos limites de Londres.

— Mas que porra tu tá fazendo na Cornualha?

— Minha tia está morrendo.

— Ah, merda — disse Shanker. — Eu sinto muito.

— Onde ele está agora?

— Quem?

— Ricci.

— Num asilo. Já te falei.

— Tudo bem. Obrigado por tentar, Shanker. Agradeço de verdade.

Talvez pela primeira vez na vida, foi Shanker quem gritou para Strike não desligar o telefone.

— Ei... ei!

— Que foi? — Strike levou de novo o celular à orelha.

— Por que você quer saber onde ele tá? Você não vai lá falar com Ricci. Acabou pra você.

— Não acabou para mim. — Strike estreitou os olhos na brisa do mar. — Ainda não descobri o que aconteceu com a médica.

— Mas que *porra*. Quer levar uma bala na merda da tua cabeça?

— A gente se vê, Shanker — disse Strike e, antes que o velho amigo pudesse dizer mais alguma coisa, ele encerrou a ligação e colocou o celular no mudo.

Polworth já estava a uma mesa com Jack quando Strike chegou ao Victory, com duas cervejas e uma Coca-Cola na mesa.

— Estava agora mesmo dizendo para o Jack — disse Polworth a Strike enquanto o detetive se sentava. — Não foi? — Ele perguntou a Jack, que assentiu, radiante. — Quando ele for mais velho. O lugar dele é *este aqui*.

— Um pub a quase quinhentos quilômetros de onde ele mora?

— Ele nasceu na Cornualha. Me disse isso agora mesmo.

— Ah, sim — disse Strike. — Eu tinha me esquecido disso.

A família estava hospedada com Ted e Joan quando Lucy entrou em trabalho de parto um mês antes do previsto. Jack nasceu no mesmo hospital de Truro onde Strike nasceu.

— E você é um Nancarrow por parte de mãe — disse Polworth a Jack, que gostava imensamente da aprovação de Polworth. — Então isso faz de você um cornualhês da gema.

Polworth se virou para Strike.

— Quem era o floquinho ao telefone lá? Dava para a gente ouvir o cockney dele a um quilômetro de distância.

— Um cara chamado Shanker — disse Strike. — Já te falei sobre ele. Minha mãe o tirou da rua uma noite, quando ele foi esfaqueado. Ele nos adotou.

Strike bebeu sua cerveja, perguntando-se como Polworth e Shanker se entenderiam, na eventualidade improvável de se encontrarem. Imaginava que os dois acabariam trocando socos. Pareciam a Strike peças de quebra-cabeças inteiramente diferentes: sem nenhum ponto de ligação. À menção da facada, Polworth olhou rapidamente para Jack, mas Strike disse, baixando a cerveja:

— Não se preocupe com ele. Ele quer ser um Barrete Vermelho, como eu e Ted.

Jack ficou um pouco mais radiante. Estava se divertindo muito.

— Posso experimentar um pouco dessa cerveja? — perguntou ele ao tio.

— Não força — disse Strike.

— Olha só isso — disse Polworth, apontando uma página no jornal que tinha apanhado. — Westminster tentando intimidar os escoceses, os filhos da p...

Strike deu um pigarro. Jack riu.

— Foi mal — disse Polworth. — Mas peraí, né? Dizer que eles não podem ficar com a libra se votarem pela independência? Porque eles vão ficar com a libra. É do interesse de todos...

Nos dez minutos seguintes eles conversaram sobre pequeno nacionalismo, os argumentos óbvios para a independência da Escócia e da Cornualha e a idiotice daqueles que são contrários, até que Jack parecia vidrado e Strike, como último recurso, arrastou a conversa de volta ao futebol. O Arsenal, como ele previra, tinha perdido para os campeões Bayern de Munique, e ele não tinha dúvida de que no jogo de volta os veria eliminados. Ele e Ted viram o jogo juntos e foram competentes ao fingir que se importavam com o resultado. Strike permitiu que Polworth fizesse um comentário reprovador sobre a idiotice da expulsão de Szczensny, e a política foi misericordiosamente deixada de lado.

Strike pensou em Polworth naquela mesma noite, deitado no escuro e de volta ao sofá de crina de cavalo, incapaz de dormir. Seu cansaço agora tinha um caráter meio febril, exacerbado pelas dores no corpo, a tensão perpétua de estar ali, naquela casa superlotada, esperando que o corpo pequeno no segundo andar desistisse.

Em seu estado quase febril, um amontoado de ideias circulava na mente de Strike. Ele pensou em categorias e fronteiras, que desejamos criar e impor, e aquelas de que procuramos fugir ou queremos destruir. Lembrou-se do brilho fanático nos olhos de Polworth ao argumentar por uma fronteira mais rígida entre seu país e o resto da Inglaterra. Adormeceu pensando nos agrupamentos espúrios de astrologia e sonhou com Leda, botando as cartas do tarô na comuna de Norfolk muito tempo atrás.

Strike foi acordado às cinco horas pelo próprio corpo dolorido. Sabendo que Ted acordaria logo, ele se levantou e se vestiu, pronto para assumir a vigília ao lado da cama enquanto o tio tomava o café da manhã.

E não deu outra, ouvindo os passos de Strike no patamar da escada, Ted saiu do quarto, de roupão.

— Fiz um chá para você agora — sussurrou Strike. — No bule da cozinha. Vou me sentar com ela um pouco.

— Você é um bom sujeito — disse Ted aos sussurros, dando um tapinha no braço de Strike. — Ela agora está dormindo, mas tive um papinho com ela às quatro da manhã. O máximo que ela falou em dias.

A conversa com a esposa parece tê-lo animado. Ele desceu para seu chá, e Strike entrou silenciosamente no conhecido quarto e assumiu sua posição na cadeira de espaldar duro ao lado de Joan.

O papel de parede não tinha mudado, pelo que Strike sabia, desde que Ted e Joan foram morar na casa, a única casa deles desde que ele saíra do Exército, na cidade onde os dois foram criados. Parecia que Ted e Joan não notaram que a casa tinha se desgastado com o passar das décadas: apesar de Joan ser meticulosa com a limpeza, havia equipado e decorado a casa uma única vez e parecia jamais enxergar necessidade alguma de fazer isso de novo. O papel era enfeitado com pequenos buquês de flores roxas, e Strike se lembrava de acompanhar as formas geométricas entre elas com o indicador quando pequeno, ao subir na cama com Ted e Joan de manhã cedo, quando ambos ainda estavam dormindo, e ele queria o café da manhã e uma ida à praia.

Vinte minutos depois de ele se sentar, Joan abriu os olhos e olhou para Strike tão vagamente que ele pensou que ela não o havia reconhecido.

— Sou eu, Joan — disse ele em voz baixa, aproximando um pouco mais a cadeira da cama e acendendo o abajur, com sua cúpula franjada. — Corm. Ted está tomando o café da manhã.

Joan sorriu. Sua mão agora era uma garra minúscula. Os dedos se torceram. Strike segurou a mão dela. Joan disse algo que ele não conseguiu ouvir, e ele baixou a cabeça grande até seu rosto.

— O que você disse?

— ... Você é... um bom homem.

— Ah, eu não sei disso, não — falou Strike em voz baixa.

Ele segurou a mão dela em um leve aperto, com medo de pressioná-la. O *arcus senilis* que contornava a íris de seus olhos claros fazia o azul parecer mais desbotado que nunca. Ele pensou em todas as vezes que podia ter-lhe feito uma visita e não fez. Todas aquelas oportunidades perdidas de telefonar. Todas as vezes em que se esqueceu do aniversário dela.

— ... Ajudando as pessoas...

Ela o olhou rapidamente e depois, fazendo um esforço supremo, sussurrou:

— Tenho orgulho de você.

Strike quis falar, mas algo bloqueava sua garganta. Depois de alguns segundos, ele viu as pálpebras de Joan se fecharem.

— Eu te amo, Joan.

As palavras saíram tão roucas que foram quase inaudíveis, mas ele pensou tê-la visto sorrir enquanto afundava de novo no sono do qual jamais despertaria.

45

Em que desde os tempos antigos havia uma fonte,
Da qual corria vivamente uma torrente prateada,
Cheia de grandes virtudes e valiosa para a medicina.

Edmund Spenser
A Rainha das Fadas

Robin ainda estava no escritório quando Strike telefonou naquela noite com a notícia de que Joan tinha morrido.

— Eu sinto muito por isso, mas acho que terei de ficar aqui até organizarmos o funeral — disse Strike. — Tem muita coisa para fazer, e Ted está em frangalhos.

Ele tinha acabado de contar a Ted e Lucy os planos de Joan para seu funeral, e assim reduziu os dois a soluços à mesa da cozinha. As lágrimas de Ted eram de emoção pela esposa fazer arranjos para o conforto e alívio dele, como fez nos quarenta anos de casamento dos dois, e pela notícia de que ela queria, no fim, entrar no mar e esperar por ele lá. No caso de Lucy, o choro era pela possibilidade perdida de uma sepultura que ela esperava visitar e cuidar. Lucy preenchia seus dias com obrigações voluntárias: conferiam propósito e forma a uma vida que ela estava decidida a nunca ser como a da mãe biológica volúvel.

— Não tem problema. — Robin o tranquilizou. — Estamos indo bem.

— Tem certeza?

— Absoluta.

— Há uma fila de espera no crematório, por causa da enchente — disse Strike. — O funeral foi marcado para o dia 3 de março.

Esse era o dia que Robin pretendia passar em Leamington Spa, assim ela poderia comparecer à abertura da exposição de Paul Satchwell. Ela não contara isso a Strike: sabia que ele agora tinha uma capacidade mental limitada para qualquer coisa além de Joan e sua vida na Cornualha.

— Não se preocupe — repetiu Robin. — Eu sinto muito, Cormoran — acrescentou.

— Obrigado — disse Strike. — Eu tinha me esquecido como era. Planejar um funeral. Já tive de arbitrar uma discussão.

Depois de ter contado os planos de Joan para sua despedida e Lucy e Ted terem enxugado as lágrimas, Ted sugerira que eles pedissem doações dos enlutados para o Macmillan Cancer Support, no lugar de flores.

— ... mas Lucy disse que Joan queria flores — disse Strike a Robin. — Sugeri que disséssemos uma coisa ou outra. Ted disse que as pessoas vão fazer as duas e elas não podem pagar por isso, mas foda-se. Lucy tem razão. Joan *queria* flores, e o máximo possível delas. Era assim que ela sempre julgava os funerais dos outros.

Depois de terem se despedido, Robin ficou um tempo sentada à mesa dos sócios, perguntando-se se seria adequado a agência mandar flores para o funeral da tia de Strike. Ela não conheceu Joan: tinha medo de parecer estranha, ou invasiva, mandando condolências. Lembrou-se de que, quando se ofereceu para buscar Strike na casa de Joan em St. Mawes no verão anterior, ele rapidamente a rejeitou, erguendo, como sempre, um claro limite entre Robin e sua vida pessoal.

Bocejando, Robin desligou o computador, fechou o arquivo concluído do Cartão-postal, que ela estivera atualizando, levantou-se e foi pegar o casaco. Parou na porta externa, seu reflexo inexpressivo no vidro escuro. Depois, como se respondesse a uma ordem silenciosa, voltou à sala interna, ligou o computador e, antes que pudesse se questionar, encomendou um buquê de rosas cor-de-rosa a ser entregue na igreja de St. Mawes em 3 de março com a mensagem: "Com a mais profunda condolência de Robin, Sam, Andy, Saul e Pat."

Robin passou o resto do mês trabalhando sem descanso. Realizou uma última reunião com o homem do tempo perseguido e sua esposa, em que revelou a identidade do Cartão-postal, deu-lhes o nome verdadeiro e o endereço do Cartão-postal e recebeu o último pagamento. Depois pediu a Pat para entrar em contato com a cliente da lista de espera, a corretora de commodities que suspeitava que o marido dormia com a babá e, no dia seguinte, recebeu a mulher no escritório para pegar as informações e receber o adiantamento.

A corretora de commodities não se deu ao trabalho de esconder a decepção por se reunir com Robin, e não com Strike. Era uma loura magra e pálida de 42 anos, cujo cabelo com luzes demais tinha a textura, de perto, de um arame fino. Robin a achou antipática até o final da entrevista, quando ela falou do marido, cujos negócios faliram e que agora trabalhava em casa, dando a ele muitas horas a sós com a babá.

— Catorze anos — disse a corretora. — Catorze anos, três filhos e agora...

Ela escondeu os olhos atrás das mãos trêmulas, e Robin, que ficou com Matthew desde que estava na escola, sentiu, apesar da fachada frágil da mulher, um inesperado brilho de solidariedade.

Depois que a nova cliente saiu, Robin ligou para Morris no escritório e lhe deu a tarefa do primeiro dia de vigilância da babá.

— Pode deixar — disse ele. — Ei, o que acha de chamarmos a cliente de "PR"?

— E o que isso quer dizer? — perguntou Robin.

— Piranha Rica — disse Morris, sorrindo. — Ela é cheia da grana.

— Não — disse Robin sem sorrir.

— Epa. — Morris ergueu as sobrancelhas. — Alerta feminista?

— Algo parecido.

— Tudo bem, e que tal...?

— Vamos chamá-la de sra. Smith, a rua onde eles moram — disse Robin com frieza.

Nos dias que se seguiram, Robin assumiu o turno de seguir a babá, uma morena de cabelos brilhantes que a lembrava um pouco a ex-namorada de Strike, Lorelei. Os filhos da corretora de commodities certamente pareciam adorar a babá tanto quanto, Robin temia, o pai. Embora ele nem uma vez tenha tocado a babá de alguma forma afetuosa, demonstrava cada sinal de um homem completamente apaixonado: admirava a linguagem corporal dela, ria excessivamente de suas piadas e corria para abrir portas e portões para ela.

Duas noites depois, Robin cochilou ao volante por alguns segundos enquanto dirigia para a casa de Elinor Dean em Stoke Newington.

Acordando num sobressalto, de imediato ligou o rádio e abriu a janela para que seus olhos recebessem o ar frio e fuliginoso da noite, mas o incidente a assustou. Nos dias que se seguiram, ela aumentou o consumo de cafeína em um esforço para ficar acordada. Isso a deixou meio nervosa, e ela teve dificuldade para dormir mesmo nas raras ocasiões em que essa oportunidade aparecia.

Robin sempre foi tão cuidadosa quanto Strike com o dinheiro da empresa, tratando cada centavo gasto como se fosse deduzido do próprio pagamento. O hábito da parcimônia permaneceu nela, embora a sobrevivência da agência não dependesse mais de extrair dinheiro dos clientes antes que aparecessem as últimas demandas. Robin tinha plena consciência de que Strike tirava muito pouco dinheiro da agência para as próprias necessidades, preferindo reinvestir o lucro em seu negócio. Ele ainda mantinha uma existência espartana nos dois cômodos e meio acima do escritório e havia meses em que ela, a sócia assalariada, levava para casa mais pagamento do que o sócio principal e fundador da empresa.

Tudo isso aumentou a culpa que ela sentiu ao reservar um quarto no Premier Inn em Leamington Spa na noite de domingo anterior à exposição de Paul Satchwell. A cidade ficava apenas a duas horas de viagem de carro; Robin sabia que podia acordar cedo na manhã de segunda-feira, em vez de dormir lá. Porém, estava tão exausta que temia cochilar ao volante de novo.

Ela justificou o quarto de hotel para si mesma porque deixava 24 horas à frente da abertura da exposição, dando-se tempo para examinar a igreja onde Margot supostamente foi vista uma semana depois de desaparecer. Ela também levou fotocópias de todas as páginas das anotações astrológicas de Talbot que falavam em Paul Satchwell, com a intenção de estudá-las no silêncio do quarto de hotel. A elas, acrescentou um exemplar usado de *Your Place in the Sun*, de Evangeline Adams, um baralho de tarô fechado e um exemplar de *O livro de Thoth*. Não tinha contado a Strike que comprara esses objetos e não pretendia reclamar essa despesa.

Por mais que adorasse Londres, a Robin nascida em Yorkshire às vezes ansiava por árvores, charnecas e colinas. A viagem pela anódina M40, que passava por povoados e vilarejos com nomes arcaicos como

Middleton Cheney, Temple Herdewyke e Bishop's Itchington, deu-lhe vislumbres de campos verdejantes e planos. O dia frio e úmido trazia um sopro bem vindo da primavera no ar, e, nos intervalos entre as nuvens brancas, o sol forte e intenso enchia o Land Rover com uma luz que deixava o reflexo de Robin pálido, cinzento e fantasmagórico no vidro sujo a seu lado. Ela precisava mesmo lavar o carro: na verdade, as tarefas pessoais pequenas e diversas se acumulavam enquanto ela trabalhava sem parar para a agência, como telefonar para a mãe, cujas ligações ela esteve evitando, e à advogada, que deixara um recado sobre a audiência de conciliação iminente, além de tirar as sobrancelhas, comprar um novo par de sapatos sem salto e providenciar uma transferência bancária a Max, cobrindo sua metade do imposto municipal.

Com as sebes passando faiscando por ela, Robin obrigou-se a desviar os pensamentos dessas banalidades deprimentes para Paul Satchwell. Duvidava que o encontraria em Leamington Spa, era incapaz de imaginar por que o homem de 75 anos ia querer deixar sua casa em Kos apenas para visitar a galeria de arte provinciana. Satchwell tinha provavelmente mandado as telas da Grécia ou dado permissão para que fossem expostas. Por que ele deixaria o que Robin imaginava ser uma casa de veraneio de paredes brancas deslumbrantes, um ateliê montado entre oliveiras? O plano de Robin era fingir interesse na compra ou na encomenda de uma de suas telas e, assim, conseguir o endereço residencial dele. Por um ou dois momentos, ela se entregou à pequena fantasia de pegar um avião à Grécia com Strike para interrogar o velho artista. Imaginou a explosão de calor que os atingiria ao saírem do avião em Atenas e se viu de vestido e sandálias, subindo uma rua de terra até a porta de entrada da casa de Satchwell. Mas quando sua imaginação lhe mostrou Strike de short, com a haste de metal da perna postiça à mostra, Robin se sentiu subitamente constrangida com a própria imaginação e encerrou a pequena fantasia antes que ela a levasse à praia ou ao hotel.

Nos arredores de Leamington Spa, Robin seguiu a placa para a igreja All Saints, que ela sabia, pela pesquisa que fizera, ser a única opção possível para o lugar onde Charlie Ramage vira Margot. Janice falara em uma "igreja grande"; a All Saints era uma atração turística devido a seu tamanho. Nenhuma das outras igrejas em Leamington Spa tinha um cemitério anexo. Além disso, a All Saints situava-se bem no caminho de qualquer um que viajasse de Londres para o norte. Embora Robin tivesse dificuldade para entender por que Margot teria olhado lápides em Leamington Spa enquanto o marido pedia informações sobre o paradeiro dela na imprensa nacional e o amante nascido em Leamington continuava em Londres, ela teve a estranha sensação de que ver a igreja com os próprios olhos lhe daria uma ideia melhor se Margot algum dia estivera ali. A médica desaparecida tornava-se muito real para Robin.

Ela conseguiu uma vaga de estacionamento no Priory Terrace, bem ao lado da igreja, e partiu a pé pelo perímetro, maravilhando-se com a mera dimensão do lugar. Era um tamanho impressionante para uma cidade relativamente pequena; na verdade, mais parecia uma catedral, com suas janelas longas, em arco. Ao entrar à direita na Church Street, ela notou a coincidência a mais de o nome da rua ser igual ao do endereço residencial de Margot. À direita, um muro baixo encimado por uma grade proporcionava um local ideal para um motociclista estacionar e desfrutar de uma xícara de chá de sua garrafa térmica, olhando o cemitério.

Só que não havia cemitério. Robin parou subitamente. Só conseguia ver duas sepulturas, caixões de pedra elevados cujas inscrições tinham sofrido erosão. Tirando isso, havia simplesmente um gramado largo intercalado por dois passadiços.

— Uma bomba caiu nele.

Uma mãe de ar animado andava na direção de Robin, empurrando um carrinho duplo com gêmeos adormecidos. Ela interpretou corretamente a parada súbita de Robin.

— É mesmo? — disse Robin.

— É, em 1940. — A mulher reduziu o passo. — A Luftwaffe.

— Nossa. Incrível. — Robin imaginou a terra destruída, as lápides quebradas e, talvez, fragmentos de caixões e ossadas.

— É... mas não acertaram essas duas. — A mulher apontou as sepulturas envelhecidas na sombra de um teixo. Um dos gêmeos se espreguiçou um pouco em seu sono e suas pálpebras tremeram. Com uma careta cômica para Robin, a mãe partiu de novo em um passo vigoroso.

Robin entrou na área cercada que um dia fora um cemitério, olhou em volta e se perguntou o que faria agora com a história de Ramage.

Não havia um cemitério ali em 1974, quando ele alegou ter visto Margot andando entre as lápides. Ou Janice Beattie deduziu que havia um cemitério intacto ali, quando ouviu que Margot olhava sepulturas? Robin se virou para ver as duas lápides remanescentes. Certamente, se Margot as esteve examinando, teria ficado a pouca distância de um motociclista estacionado ao lado da igreja.

Robin colocou as mãos na grade fria e preta que impedia que os curiosos tocassem as antigas lápides e as examinou. O que pode ter atraído Margot a elas? As inscrições gravadas na pedra musgosa eram quase ilegíveis. Robin virou a cabeça de lado, tentando decifrá-las.

Será que estava vendo coisas? Uma delas tinha a palavra "Virgo" ou ela se demorou muito nas anotações astrológicas de Talbot? Entretanto, quanto mais as estudava, mais parecia que o nome era "Virgo".

Robin associava esse signo astrológico a duas pessoas ultimamente: seu ex-marido, Matthew, e Dorothy Oakden, a secretária viúva do antigo local de trabalho de Margot. Robin tinha se tornado tão hábil na leitura das anotações astrológicas de Talbot, que era rotineiro ouvir "Dorothy" em sua cabeça quando olhava o símbolo de Virgem. Agora ela pegou o celular, olhou a lápide e sentiu-se um tanto tranquilizada por descobrir que não via coisas: esse era o lugar de descanso de certo James Virgo Dunn.

No entanto, por que isso seria do interesse de Margot? Robin rolou pela página de genealogia em busca de nomes com Virgo e Dunn, e soube que o homem cujos ossos agora jaziam na terra a pouca distância dela tinha nascido na Jamaica, onde fora dono de 46 escravos.

— Então não preciso sentir pena de *você* — disse Robin em voz baixa, devolvendo o celular ao bolso, e deu a volta pelo perímetro até a frente da igreja, chegando ao grande carvalho e às portas duplas de ferro. Ao subir a escada de pedra até lá, ouviu o zumbido baixo de um hino. É claro: era manhã de domingo.

Depois de hesitar por um momento, Robin abriu a porta no maior silêncio possível e espiou o interior da igreja. Revelou-se um espaço imenso e sombrio: parábolas gélidas de pedra cinza, trinta metros de ar frio entre a congregação e o teto. Sem dúvida uma igreja desse porte gigantesco remontava necessariamente aos tempos do Regency, quando as pessoas afluíam à estância hidromineral para beber suas águas, mas a congregação atual nem chegava perto da lotação. Um sacristão de batina preta a olhou; Robin sorriu como quem se desculpa, fechou a porta em silêncio e voltou à calçada, onde uma escultura de aço moderna e grande, em parte linear, em parte espiral, evidentemente devia representar a fonte medicinal em torno da qual a cidade havia sido construída.

Um pub próximo estava abrindo as portas, e Robin quis um café, então atravessou a rua e entrou no Old Library.

O interior era grande, mas muito menos escuro que o da igreja, a decoração principalmente em tons de marrom. Robin comprou um café, sentou-se em um canto afastado onde não pudesse ser observada e afundou nos próprios pensamentos. Seu vislumbre do interior da igreja não lhe dissera nada. Margot era ateia, mas as igrejas eram um dos poucos lugares em que uma pessoa podia se sentar e refletir sem ser incomodada. Será que Margot tinha sido atraída à All Saints por aquela necessidade vaga e incipiente que certa vez impelira Robin a entrar em um cemitério desconhecido, para se sentar em um banco de madeira e pensar no estado precário de seu casamento?

Robin baixou o café, abriu a bolsa a tiracolo que levara e pegou o maço de fotocópias daquelas páginas do caderno de Talbot que falavam em Paul Satchwell. Alisando as folhas de papel, olhou despreocupadamente os dois homens que tinham acabado de se sentar a uma mesa próxima. O que estava de costas para ela era alto e largo, com cabelos cacheados e pretos, e antes que pudesse lembrar a si mesma de que ele não podia ser Strike, porque o sócio estava em St. Mawes, um arrepio de emoção e felicidade passou por ela.

O estranho parece ter sentido que Robin o olhava, porque se virou antes que ela pudesse desviar os olhos. Ela viu de relance olhos azuis como os de Morris, um queixo delicado e um pescoço curto antes de baixar a cabeça para examinar as anotações astrológicas, sentindo que ruborizava e de repente tornava-se incapaz de apreender a massa de desenhos e símbolos diante dela.

Ondas de vergonha se quebravam em Robin, inteiramente desproporcionais a ser flagrada olhando um desconhecido. Na boca do estômago, as últimas faíscas de emoção que sentira ao pensar ver Strike cintilaram e morreram.

Foi um erro momentâneo de percepção, ela disse a si mesma. *Não há absolutamente nada com que se preocupar. Calma.*

Porém, em vez de ler as anotações, Robin cobriu o rosto com as mãos. Nesse bar estranho, com sua baixa resistência por causa da exaustão, Robin sabia que estivera evitando a questão do que realmente sentiu por Strike no último ano. Ocupada na tentativa de se desvencilhar de Matthew, familiarizar-se com uma casa nova e um novo colega de apartamento, administrar e esquivar-se da ansiedade e das críticas dos pais, rechaçar a importunação constante de Morris, fugir da determinação ferrenha de Ilsa de bancar a casamenteira e trabalhar com o dobro do afinco, era fácil não pensar em mais nada, nem mesmo numa questão tão preocupante como a do que ela realmente sentia por Cormoran Strike.

Agora, no canto desse pub marrom e sujo, sem nada mais para distraí-la, Robin se viu pensando naquelas noites da sua lua de mel que ela passava andando na areia branca e fina depois de Matthew ter ido dormir, quando ela se interrogou se estava apaixonada pelo homem que então era seu chefe, e não sócio. Ela havia cavado um canal fundo na praia ao andar de um lado a outro no escuro, enfim concluindo que a resposta era "não", que o que ela sentia era uma mistura de amizade, admiração e gratidão pela oportunidade que ele lhe dera de embarcar em uma carreira há muito sonhada, que ela pensava estar encerrada para sempre. Robin gostava do sócio; admirava-o; era agradecida a ele. Era isso. E só.

Só que... ela se lembrou do prazer que lhe dera vê-lo sentado no Notes Café, depois de uma ausência de uma semana, e como ficava feliz, independentemente das circunstâncias, ao ver o nome de Strike iluminado em seu telefone.

Agora quase assustada, Robin se obrigou a pensar no quanto Strike podia ser irritante: rabugento, taciturno e ingrato, e muito longe da beleza, com o nariz quebrado e o cabelo que ele mesmo descrevia como "de pentelho", enquanto Matthew, ou até Morris...

Mas ele era seu melhor amigo. Essa confissão, mantida em segredo por tanto tempo, provocou uma torção quase dolorosa no coração de Robin, sobretudo porque ela sabia que seria impossível dizer isso a Strike. Ela só podia imaginá-lo se afastando dela como um bisão assustado diante de uma declaração de afeto tão franca, redobrando as barreiras que ele gostava de erguer se eles se aproximassem demais um do outro. Todavia, havia uma espécie de alívio em confessar a verdade dolorosa: ela gostava profundamente do sócio. Confiava nele para as grandes coisas: para fazer o que era certo pelos motivos certos. Admirava seu intelecto e valorizava sua obstinação, para não falar da autodisciplina sumamente admirável que muitos homens de corpo íntegro jamais dominavam. Em geral, ela ficava perplexa com a falta de autopiedade quase completa dele. Robin adorava o impulso pela justiça que partilhava com ele, aquela determinação inquebrantável de acertar e resolver.

E havia mais alguma coisa, algo muito incomum. Strike nem uma vez na vida a fez se sentir fisicamente desconfortável. Os dois no escritório, por muito tempo os únicos trabalhadores da agência, e embora Robin fosse uma mulher alta, ele era muito maior, e nunca a fez sentir isso, como tantos homens faziam, nem mesmo em uma tentativa de intimidar, porque eles gostavam de desfilar como um pavão abrindo a cauda. Matthew não conseguira superar a ideia dos dois juntos o tempo todo, em um escritório pequeno, não conseguira acreditar que Strike não tirava proveito da situação para dar em cima de Robin, embora de forma sutil.

No entanto, Robin, que sempre foi hipersensível ao toque indesejado, a olhares de lado lascivos, à invasão do espaço pessoal, ao teste dos limites convencionais, nunca experimentou com Strike, nem uma única vez, aquela sensação de encolher-se na própria pele evocada por tentativas de pressionar a relação em um nível diferente. Uma profunda reserva pairava sobre a vida particular de Strike e, embora isso às vezes a frustrasse (ele retornou ou não o telefonema de Charlotte?), o amor que ele tinha pela privacidade se estendia a um respeito pelos limites dos outros. Nunca houve um toque ostensivamente útil, mas desnecessário, nenhuma mão na base das costas, nem segurar seu braço, nem um olhar que lhe desse arrepios, nem uma vez ele a levou a ter vontade de se cobrir: o legado daqueles encontros violentos com homens que a deixaram marcada de várias formas além das visíveis.

Na verdade (por que não admitir para si mesma tudo agora, quando estava tão cansada, com as defesas tão baixas?) ela só teve consciência de dois momentos em quatro anos em que teve certeza de que Strike a viu como uma mulher desejável, e não uma amiga, ou uma aprendiz, ou uma irmã mais nova.

A primeira foi quando Robin experimentou aquele vestido Cavalli verde para ele, durante sua primeira investigação juntos, quando Strike virou a cara como um homem faria ao ficar diante de uma luz muito forte. Ela ficou constrangida com o próprio comportamento, depois disso: não pretendia fazê-lo pensar que tentava ser sedutora ou provocante; só queria obter informações da vendedora. Mas quando Strike depois lhe deu o vestido verde, pensando que nunca mais a veria, ela se perguntou se parte da mensagem que Strike estivera tentando transmitir era de que ele não repudiava aquele visual, que ela de fato ficara maravilhosa no vestido, e essa suspeita não a deixou desconfortável, mas feliz e lisonjeada.

O segundo momento, de lembrança muito mais dolorosa, aconteceu quando ela estava no alto da escada no local de seu casamento, Strike abaixo dela, e ele se virou quando ela chamou seu nome e a olhou, a recém-casada. Ele estava ferido e exausto, e de novo ela vira uma centelha de algo no rosto dele que não era apenas amizade, e eles se abraçaram, e ela se sentiu...

Era melhor não pensar nisso. Melhor não se deter naquele abraço, que pareceu a volta para casa, como se uma espécie de insanidade a tivesse dominado naquele momento, e ela o imaginara dizendo "venha comigo" e sabia que ela teria ido, se ele falasse.

Robin pegou os papéis astrológicos da mesa do pub, meteu na bolsa e saiu, deixando metade do café por beber.

Tentando afastar suas lembranças, ela atravessou a pequena ponte de pedra que se abria sobre o rio Leam, de correnteza lenta, pontilhado de touceiras de lentilhas-d'água, e passou pela colunata do centro cultural Royal Pump Rooms, onde aconteceria a abertura da exposição de Satchwell no dia seguinte. Andando animada, com as mãos nos bolsos, Robin tentou se concentrar na Parade, onde as fachadas das lojas desfiguravam o que antigamente era uma varanda ampla e branca do Regency.

Porém, Leamington Spa não ajudou em nada o seu ânimo. Ao contrário, lembrava-lhe demais outra estância hidromineral: Bath, onde Matthew cursou a universidade. Para Robin, as curvas longas e simétricas das construções do Regency, com as fachadas clássicas e simples, sempre conjurariam lembranças antes ternas, deturpadas pelas descobertas posteriores: visões dela mesma e de Matthew andando de mãos dadas, sobrepostas pelo conhecimento de que, mesmo na época, ele dormia com Sarah.

— Ah, que se dane tudo — disse Robin em voz baixa, piscando para se livrar das lágrimas. Ela se virou abruptamente e voltou para o Land Rover.

Depois de estacionar o carro mais perto do hotel, ela fez um desvio para uma loja Co-op próxima para comprar um pequeno estoque de comida, depois se registrou em uma máquina self-service em seu Premier Inn e subiu para o quarto de solteiro. Era pequeno, despojado, mas perfeitamente limpo e confortável, e tinha vista para uma prefeitura espetacularmente feia de tijolos aparentes vermelhos e brancos, decorada demais com pergaminhos, frontões e leões.

Dois sanduíches, uma bomba de chocolate, uma lata de Diet Coke e uma maçã fizeram Robin se sentir melhor. Enquanto o sol afundava lentamente atrás dos prédios da Parade, ela tirou os sapatos e pegou na bolsa as páginas fotocopiadas do caderno de Talbot e seu baralho do tarô de Thoth, que Aleister Crowley tinha elaborado e em que Bill Talbot procurara a solução para o desaparecimento de Margot. Deslizando o baralho da caixa para a mão, ela percorreu as cartas e examinou as imagens. Justo como suspeitava, Talbot tinha copiado muitos padrões no caderno, presumivelmente daquelas cartas que apareceram durante suas frequentes tentativas de resolver o caso pela consulta do tarô.

Agora Robin abria uma fotocópia do que ela considerava a "página dos chifres", em que Talbot tinha se demorado nos três signos com chifres do zodíaco: Capricórnio, Áries e Touro. Essa página estava no último quarto do caderno, em que citações de Aleister Crowley, símbolos astrológicos e desenhos estranhos apareciam com muito mais frequência do que fatos concretos.

Nessa página dos chifres estava a prova do interesse renovado de Talbot por Satchwell, que ele primeiro excluíra porque era de Áries, e não de Capricórnio. Era evidente que Talbot calculou todo o mapa astral de Satchwell e se deu ao trabalho de anotar vários aspectos, que observou serem *o mesmo de AC. O mesmo de AC. E NÃO ESQUECER a ligação LS.*

Para piorar a confusão, o misterioso Schmidt continuava corrigindo signos, embora ele tenha permitido que Satchwell conservasse o signo original de Áries.

E então Robin teve uma ideia estranha: a noção de um zodíaco de 14 signos era claramente ridícula (mas por que era mais ridícula do que um zodíaco de 12 signos?, perguntou uma voz em sua cabeça, que parecia extraordinariamente com a de Strike), mas certamente, se você quisesse incluir mais dois signos, as datas teriam de mudar, não teriam?

Ela pegou o celular e procurou no Google "zodíaco de 14 signos Schmidt".

— Ah, meu Deus — disse Robin em voz alta, em seu quarto silencioso de hotel.

Antes que pudesse processar plenamente o que lia, o celular na sua mão tocou. Era Strike.

— Oi — disse Robin, apressadamente colocando-o no viva voz para continuar lendo o que acabara de encontrar. — Como você está?

— Acabado — disse Strike, e a voz correspondia a isso. — O que houve?

— Como assim? — Os olhos de Robin percorriam rapidamente as linhas de texto.

— Você está do jeito que fica quando descobre alguma coisa.

Robin riu.

— Tudo bem, você não vai acreditar, mas acabo de descobrir Schmidt.

— Você o quê?

— Schmidt, prenome Steven. Ele existe! Escreveu um livro em 1970 intitulado *Astrology 14*, propondo a inclusão de dois outros signos no zodíaco, Ofiúco, o Portador da Serpente, e Cetus, a Baleia!

Houve um breve silêncio, depois Strike disse em voz baixa:

— Mas como foi que deixei passar essa?

— Lembra aquela estátua do homem segurando a serpente, na antiga casa de Margot? — disse Robin, caindo nos travesseiros entre as cartas de tarô espalhadas.

— Esculápio — disse Strike. — Ofiúco era a forma romana. O deus da cura.

— Bom, isso explica todas as mudanças nas datas, não é? — disse Robin. — E por que o pobre Talbot ficou tão confuso! Ele tentava colocar todos nas datas ajustadas por Schmidt, mas eles não se encaixavam. E todos os outros astrólogos que ele consultou ainda usavam o sistema de 12 signos, então...

— É — disse Strike, atropelando a fala de Robin —, isso deixa um louco ainda mais louco, é verdade.

Seu tom dizia: "Isso é interessante, mas não é importante." Robin tirou o Três de Ouros debaixo do corpo e examinou a carta distraidamente. Agora estava tão versada nos símbolos astrológicos que não precisou olhar os signos para saber que também representava Marte em Capricórnio.

— Como estão as coisas com você? — perguntou ela.

— Bom, não vai caber todo mundo que vai amanhã à igreja, o que deixaria Joan emocionada. Eu só queria te informar que pegarei a estrada de volta na terça.

— Tem certeza de que não precisa ficar mais tempo?

— Os vizinhos estão todos prometendo que vão cuidar de Ted. Lucy está tentando conseguir que ele passe algum tempo em Londres. E mais alguma notícia do seu lado?

— Erm... Vejamos... encerrei o Cartão-postal — disse Robin. — Acho que nosso homem do tempo ficou bem decepcionado quando viu quem era sua assediadora. Mas o ânimo da esposa foi infindável.

Strike grunhiu uma risada.

— Então, pegamos a corretora de commodities — continuou Robin. — Ainda não conseguimos fotos de nada incriminador entre o marido e a babá, mas acho que não vai demorar muito.

— Você merece uma longa folga de tudo isso, Robin — disse Strike bruscamente. — Não calcula o quanto eu agradeço.

— Deixa de ser bobo — disse ela.

Eles desligaram logo depois disso.

Parecia que o quarto de Robin tinha escurecido subitamente. O sol se pusera; em silhueta, a prefeitura parecia um palácio gótico monstruoso. Ela acendeu a luminária da mesa de cabeceira e olhou a cama tomada de anotações astrológicas e cartas de tarô. Vistos à luz da falta

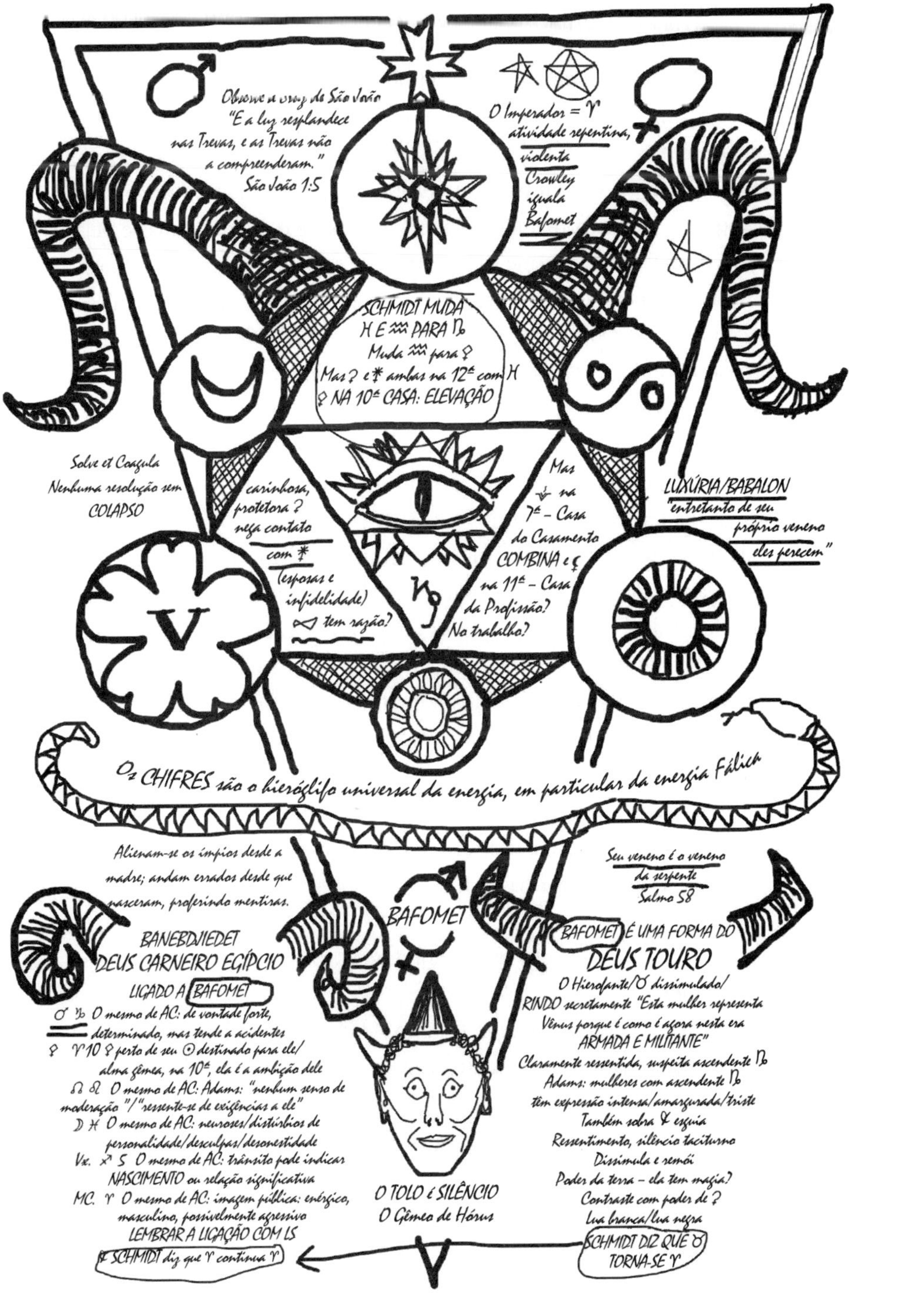
Observe a cruz de São João
"E a luz resplandece
nas Trevas, e as Trevas não
a compreenderam."
São João 1:5
O Imperador = ♈
atividade repentina,
violenta
Crowley
iguala
Bafomet
SCHMIDT MUDA
♅ E ♒ PARA ♑
Muda ♒ para ♀
Mas ♀ e ⚹ ambas na 12ª com ♅
♀ NA 10ª CASA: ELEVAÇÃO
Solve et Coagula
Nenhuma resolução sem
COLAPSO
carinhosa,
protetora ♀
nega contato
com ⚹
(esposas e
infidelidade)
☍ tem razão?
Mas
♆ na
7ª – Casa
do Casamento
COMBINA e ☿
na 11ª – Casa
da Profissão?
No trabalho?
LUXÚRIA/BABALON
"entretanto de seu
próprio veneno
eles perecem"
V
Os CHIFRES são o hieróglifo universal da energia, em particular da energia Fálica
Alienam-se os ímpios desde a
madre; andam errados desde que
nasceram, proferindo mentiras.
Seu veneno é o veneno
da serpente
Salmo 58
BAFOMET
BANEBDJIEDET
DEUS CARNEIRO EGÍPCIO
LIGADO A BAFOMET
♂ ♑ O mesmo de AC: de vontade forte,
determinado, mas tende a acidentes
♀ ♈10 ♀ perto de seu ☉ destinado para ele/
alma gêmea, na 10ª, ela é a ambição dele
☊ ♌ O mesmo de AC: Adams: "nenhum senso de
moderação"/"ressente-se de exigências a ele"
☽ ♓ O mesmo de AC: neuroses/distúrbios de
personalidade/desculpas/desonestidade
Vx. ♐ 5 O mesmo de AC: trânsito pode indicar
NASCIMENTO ou relação significativa
MC. ♈ O mesmo de AC: imagem pública: enérgico,
masculino, possivelmente agressivo
LEMBRAR A LIGAÇÃO COM LS
⚹ SCHMIDT diz que ♈ continua ♈
BAFOMET É UMA FORMA DO
DEUS TOURO
O Hierofante/♉ dissimulado/
RINDO secretamente "Esta mulher representa
Vênus porque é como é agora nesta era
ARMADA E MILITANTE"
Claramente ressentida, suspeita ascendente ♑
Adams: mulheres com ascendente ♑
têm expressão intensa/amargurada/triste
Também sóbria & esguia
Ressentimento, silêncio taciturno
Dissimula e remói
Poder da terra – ela tem magia?
Contraste com poder de ♀
Lua branca/lua negra
SCHMIDT DIZ QUE ♉
TORNA-SE ♈
O TOLO é SILÊNCIO
O Gêmeo de Hórus
V

de entusiasmo de Strike, os rabiscos de Talbot pareciam os desenhos propositalmente estranhos na contracapa de um caderno de adolescente, sem levar a lugar algum, feitos puramente pelo amor à estranheza.

Bocejando, ela dobrou as fotocópias e as recolocou na bolsa, foi tomar um banho, voltou de pijama para a cama e reuniu as cartas de tarô, colocando-as na ordem para ter certeza de que não faltava nenhuma. Não queria particularmente que quem arrumasse o quarto pensasse nela como o tipo de pessoa que deixa cartas de tarô espalhadas quando sai.

Quando recolocava o baralho na caixa, Robin de súbito sentou-se na cama e começou a embaralhar. Estava cansada demais para tentar a disposição de 15 cartas defendida no pequeno livreto que acompanhava o baralho, mas sabia, por seu exaustivo exame das anotações, que Talbot às vezes tentava ver seu curso de investigação dispondo apenas três cartas: a primeira representava "a natureza do problema", a segunda, "a causa", e a terceira, "a solução".

Depois de embaralhar por um minuto, Robin virou a primeira carta e a pôs de face para baixo na poça de luz lançada pela luminária: o Príncipe de Copas. Um homem verde-azulado e nu cavalgava uma águia, que mergulhava para a água. Segurava um cálice que continha uma serpente em uma das mãos e uma flor de lótus na outra. Robin pegou *O livro de Thoth* na bolsa e procurou o significado.

> As características morais da pessoa retratada nesta carta são a sutileza, a violência secreta e a destreza. Ele é intensamente sigiloso, um artista em todas as formas.

Ela pensou de imediato em Dennis Creed. Um mestre do assassinato, à sua maneira.

Ela virou a carta seguinte: o Quatro de Copas, ou a Luxúria. Outra lótus vertia água em mais quatro cálices, dessa vez dourados. Robin voltou ao livro.

> A carta se refere à Lua em Câncer, que é sua própria casa; mas Câncer em si é tão posicionado que isso implica certa fraqueza, um abandono do desejo.

Será que o tarô criticava a sua boa vida? Robin olhou ao redor do seu quarto que mais parecia um caixote, depois virou a última carta.

Mais copas e ainda mais lótus, e dois peixes entrelaçados, vertendo água em mais dois cálices dourados que estavam em um lago verde.

> O amor... A carta também se refere a Vênus em Câncer. Mostra a harmonia do masculino e do feminino: interpretada no sentido maior. É a harmonia perfeita e plácida...

Robin olhou a carta por mais alguns segundos e a colocou virada para baixo com as outras duas. Todas eram de copas. Como sabia por seu estudo do tarô de Thoth, copas significa água. Bom, aqui estava ela em uma estância hidromineral...

Robin meneou a cabeça, mas ninguém estava ali para vê-la fazendo isso, devolveu o baralho de tarô à sua caixa, foi para a cama, ajustou o despertador e apagou a luz.

46

E onde esse Pagão orgulhoso descansava,
Em secreta sombra junto a uma fonte:
Ele mesmo era, que antes havia oprimido
A bela Una...

Edmund Spenser
A Rainha das Fadas

A noite de Robin foi pontuada por um despertar súbito de uma sucessão de sonhos angustiantes: ela havia adormecido ao volante de novo, ou tinha dormido demais e chegara à galeria e descobrira que a exposição de Satchwell tinha terminado. Quando o alarme do celular tocou às sete da manhã, ela se obrigou a levantar-se imediatamente da cama, vestir-se e, feliz por sair do quarto impessoal, descer com a mochila pronta para comer granola e tomar café no salão de jantar, que era pintado de um verde lodo opressivo.

O dia estava fresco, mas nublado, um sol frio e prateado tentava penetrar as nuvens. Depois de colocar a mochila no Land Rover estacionado, ela foi a pé para o Royal Pump Rooms, que abrigava a galeria onde haveria a abertura da exposição de Satchwell. À sua esquerda ficavam os Jephson Gardens ornamentais e uma fonte de pedra rosada que podia ter sido modelo para uma das cartas de tarô de Crowley. No alto, havia quatro bacias com padrão de vieiras.

... Certa fraqueza, um abandono do desejo...

Você está ficando parecida com Talbot, disse Robin a si mesma, irritada. Acelerando o passo, ela chegou ao Pump Rooms com tempo de sobra.

O prédio tinha sido aberto havia pouco tempo; uma jovem de preto se afastava das portas de vidro, segurando um molho de chaves. Robin entrou, encontrando poucos vestígios da casa de bombas do Regency em seu interior: o piso era coberto por modernos ladrilhos cinza, o teto escorado por colunas de metal. Uma cafeteria ocupava uma ala do espaço aberto, uma loja, outra ala. A galeria, Robin viu, ficava do outro lado, depois de passar por outras portas de vidro.

Era composta por um salão longo, com paredes de tijolos aparentes e piso de madeira, que temporariamente abria espaço a uma exposição de artistas locais. Só havia três pessoas ali dentro: uma mulher atarracada de cabelo grisalho com uma tiara, um baixinho com um ar envergonhado que Robin suspeitou ser o marido dela e outra jovem de preto, que ela supôs trabalhar ali. A voz da mulher grisalha tinha eco no salão, como se fosse um ginásio de esportes.

— Eu *disse* a Shona que Long Itchington precisa de uma luz potente! Dá para *ver*, esse canto está muito escuro!

Robin andou por ali lentamente, olhando telas e desenhos. Cinco artistas locais ganharam espaço na exposição temporária, mas ela identificou o trabalho de Paul Satchwell sem problemas: recebera uma posição de destaque e se sobressaía audaciosamente entre os estudos de paisagens locais, retratos de britânicos pálidos em pontos de ônibus e naturezas-mortas.

Nus se torciam e davam pinotes em cenas da mitologia grega. Perséfone lutava nos braços de Hades enquanto ele a carregava para o Submundo; Andrômeda retesava as correntes que a prendiam a uma pedra, e uma criatura feito um dragão se erguia das ondas para devorá-la; Leda estava deitada de costas em juncos e Zeus, na forma de um cisne, a fecundava.

Dois versos de Joni Mitchell soaram ao fundo enquanto Robin via as pinturas: "*When I first saw your gallery, I liked the ones of ladies...*"

Só que Robin não sabia se gostava das telas. Todas as figuras femininas tinham cabelo preto, pele morena, seios fartos e estavam parcial ou inteiramente nuas. As telas eram bem realizadas, mas Robin as achou um tanto lascivas. Cada uma das mulheres tinha uma expressão semelhante de vago abandono, e Satchwell parecia ter uma preferência nítida por aqueles mitos que retratavam servidão, estupro ou rapto.

— Não são impressionantes? — perguntou o marido de cara mansa da pintora furiosa de Long Itchington, aparecendo ao lado de Robin para contemplar uma Io totalmente nua, cujo cabelo esvoaçava às costas e os seios brilhavam de suor na fuga de um touro com uma ereção gigantesca.

— Hum — disse Robin. — Eu estava me perguntando se ele vai aparecer na exposição. Paul Satchwell, quero dizer.

— Acho que ele disse que vai dar uma passada — disse o homem.

— Passada...? Quer dizer que ele está aqui? Na Inglaterra?

— Ora, sim — disse o homem, demonstrando certa surpresa. — Aliás, ele esteve aqui ontem. Veio vê-las sendo penduradas.

— Visitando a família, acho que ele disse — comentou a jovem de preto, que parecia feliz por ter um motivo para falar com alguém que não fosse a furiosa artista de tiara.

— Você teria as informações de contato dele? — perguntou Robin. — Talvez o endereço de onde está hospedado?

— Não. — A jovem agora parecia intrigada. Evidentemente os artistas locais não costumavam gerar tanta empolgação. — Pode deixar seu nome e endereço, se quiser, e direi que quer falar com ele, se ele passar aqui, o que acha?

E assim Robin acompanhou a jovem de volta à recepção, onde escreveu seu nome e número de telefone em uma folha de papel e depois, com o coração ainda acelerado de emoção, foi à cafeteria, comprou um cappuccino e se posicionou ao lado de uma janela longa que dava para os Pump Room Gardens, onde teria uma boa visão de quem entrasse no prédio.

Será que ela deveria voltar ao Premier Inn e esperar em Leamington Spa até Satchwell aparecer? Strike pensaria que valia a pena negligenciar os outros casos para ficar ali, torcendo para que Satchwell aparecesse? Hoje era o funeral de Joan: ela não podia sobrecarregá-lo com a pergunta.

Ela imaginou o que o sócio estaria fazendo agora. Talvez já vestido para o serviço fúnebre. Robin só havia comparecido a dois funerais na vida. O avô materno tinha morrido pouco antes de ela deixar a universidade: ela foi para o funeral em sua cidade e nunca mais voltou. Lembrava-se muito pouco da ocasião: precisou de tudo que tinha para manter uma fachada frágil de bem-estar, e ela se lembrava da estranha sensação incorpórea subjacente a uma fragilidade de casca de ovo com a qual encarou as perguntas meio assustadas de familiares que sabiam o que havia lhe acontecido. Ela se lembrava também da mão de Matthew na sua. Ele não a largou nem uma vez, matando aulas e uma partida de rúgbi importante para ficar com ela.

O único outro funeral a que compareceu aconteceu quatro anos antes, quando ela e Strike foram à cremação de uma garota assassinada durante a primeira investigação de homicídio dos dois, de pé e juntos atrás do crematório impessoal e pouco povoado. Isso foi antes de Strike ter concordado em ficar permanentemente com Robin, quando ela não passava de uma temporária que Strike permitiu que fizesse parte da investigação dele. Pensando agora no funeral de Rochelle Onifade, Robin percebeu que mesmo na época os laços que a prendiam a Matthew tinham se afrouxado. Robin ainda não tinha percebido isso, mas encontrara algo que queria mais do que ser esposa de Matthew.

O café terminou e Robin foi rapidamente ao banheiro, depois voltou à galeria na esperança de que Satchwell tivesse entrado sem que ela visse, mas não havia sinal dele. Algumas pessoas entraram para vagar pela exposição temporária. As telas de Satchwell atraíam o maior interesse. Depois de andar pelo salão mais uma vez, Robin fingiu interesse por uma antiga fonte de água no canto. Coberta de guirlandas e cabeças de leão de boca escancarada, no passado tinha dispensado as águas curativas da estância.

Depois da fonte havia outro salão, que representava um completo contraste com o espaço moderno e *clean* a suas costas. Era octogonal e feito de tijolinhos, com um pé-direito muito alto e janelas de vidro azul-cobalto. Robin entrou: era, ou já havia sido, um *hammam* turco ou sauna a vapor, e tinha a aparência de um pequeno templo. No ponto mais alto do teto abobadado havia uma cúpula decorada com uma estrela de vidro de oito pontas, com um candeeiro pendurado.

— É bom ver um pouco de influência *pagã*, não?

A voz era uma combinação de cockney inseguro, coberta por um leve sopro de sotaque grego. Robin virou-se e ali, firmemente plantado no meio do *hammam*, de jeans e uma camisa velha de brim, estava um idoso com o olho esquerdo coberto por um curativo cirúrgico cujo branco se destacava na pele morena como terracota antiga. O cabelo branco e espalhado caía na altura dos ombros arriados; os pelos brancos do peito apareciam no espaço deixado pelos botões abertos, havia uma corrente de prata pendurada ao pescoço de pele de crepe, e anéis de prata e turquesa enfeitavam os dedos.

— Você é a jovem que queria falar comigo? — perguntou Paul Satchwell, revelando dentes amarelo-amarronzados ao sorrir.

— Sim — disse Robin —, sou eu. Robin Ellacott — acrescentou ela, estendendo a mão.

O olho descoberto percorreu o rosto e o corpo de Robin com visível apreciação. Ele segurou sua mão um pouco demais depois de apertá-la, mas Robin continuou a sorrir ao retirar a mão, e a pôs na bolsa à procura de um cartão, que deu a ele.

— Detetive particular? — disse Satchwell, o sorriso esmaecendo um pouco ao ler o cartão com um olho só. — Mas de que se trata tudo isso?

Robin explicou.

— Margot? — Satchwell aparentou choque. — Meu Deus do céu, isso tem o quê... quarenta anos?

— Quase. — Robin deu um passo de lado para deixar que alguns turistas ocupassem seu lugar no meio do *hammam* e lessem a história na placa na parede. — Vim de Londres na esperança de conversar com você sobre ela. Significaria muito para a família se pudesse me contar tudo de que se lembra.

— *Éla ré*, o que você espera que eu lembre depois de todo esse tempo? — disse Satchwell.

No entanto, Robin estava confiante de que ele ia aceitar. Ela descobrira que em geral as pessoas queriam saber o que você já sabia, por que veio procurá-las, se teriam algum motivo para se preocupar. E às vezes elas queriam falar porque eram solitárias ou se sentiam desprezadas e era lisonjeiro ter alguém atento a suas palavras, e outras vezes, como agora (embora ele fosse idoso, o único olho, que era de um azul-claro e frio, percorreu o corpo de Robin e voltou a seu rosto), queriam passar mais tempo com uma jovem que achavam atraente.

— Tudo bem, então — disse Satchwell lentamente —, não sei o que posso lhe contar, mas estou com fome. Deixe-me levá-la para almoçar.

— Seria ótimo, mas o convite é meu — disse Robin, sorrindo. — Você está fazendo um favor *a mim*.

47

... o sagrado boi, que despreocupado permanece,
Com cornos dourados e coroado de floridas grinaldas...
De repente com mortal golpe aturdido,
Com servilismo cai...
A marcial Donzela não o esperou lamentar-se,
Mas cavalgou adiante, e manteve seu caminho reto...

Edmund Spenser
A Rainha das Fadas

Satchwell se despediu da funcionária na galeria de arte, segurando suas mãos em um duplo cumprimento, e garantiu que daria uma olhada naquela mesma semana. Ele até se despediu da pintora insatisfeita de Long Itchington, que amarrou a cara depois que ele saiu.

— Galerias provincianas — disse ele, rindo enquanto saía com Robin do Pump Rooms. — Mas é engraçado ver minhas coisas perto daquelas imagens de postal da velha, não acha? E meio emocionante ser exibido onde você nasceu. Eu não voltava aqui, meu Deus, deve ter cinquenta anos. Você tem carro? Ótimo. Vamos dar o fora daqui, vamos a Warwick. Fica um pouco mais adiante.

Satchwell manteve um fluxo constante de conversa enquanto eles andavam até o Land Rover.

— Jamais gostei de Leamington. — Com apenas um olho que prestasse, ele teve de virar a cabeça de um jeito exagerado para olhar em volta. — *Refinada* demais para meu gosto...

Robin soube que ele morou na estância hidromineral só até os seis anos, e, àquela altura, ele e a mãe solteira se mudaram para Warwick.

Tinha uma meia-irmã mais nova, resultado do segundo casamento da mãe, com quem estava hospedado no momento, e decidira retirar a catarata enquanto estava na Inglaterra.

— Ainda cidadão britânico, tenho esse direito. Então, quando eles me perguntaram — disse ele com um gesto grandioso para o Royal Pump Rooms — se eu contribuiria com algumas telas, pensei, por que não? Eu as trouxe comigo.

— São maravilhosas — disse Robin, sem nenhuma sinceridade. — Você só tem uma irmã? — Ela não pretendia nada além de uma conversa educada, mas pelo canto do olho viu a cabeça de Satchwell se virar para que o olho sem curativo pudesse se voltar para ela.

— Não — disse ele depois de alguns segundos. — Era... eu tive uma irmã mais velha também, mas ela morreu quando éramos crianças.

— Ah, eu sinto muito — disse Robin.

— Uma daquelas coisas — disse Satchwell. — Gravemente incapacitada. Tinha crises, essas coisas. Era mais velha que eu. Não consigo me lembrar muito disso. Atingiu duramente minha mãe, é claro.

— Posso imaginar — disse Robin.

Eles tinham chegado ao Land Rover. Robin, que mentalmente já calculava o risco para si mesma, se Satchwell se mostrasse perigoso, tinha confiança de que estaria segura à luz do dia, considerando que o controle do carro era dela. Ela destrancou as portas e sentou-se ao volante, e Satchwell conseguiu se impelir para o banco do carona na segunda tentativa.

— É, nós nos mudamos para Warwick depois que Blanche morreu — disse ele, afivelando o cinto de segurança. — Só eu e minha mãe. Warwick nem era muito melhor, mas é *aufêntica*. Prédios medievais aufênticos, sabe?

Como ele nasceu e foi criado nas Midlands, Robin pensou que seu sotaque cockney devia ser uma afetação antiga. Vinha e sumia, misturado com uma entonação que era um tanto estrangeira depois de tantos anos na Grécia.

— Enquanto este lugar... os vitorianos fizeram suas maldades com ele — disse ele e, enquanto Robin dava a ré da vaga, continuou olhando o rosto coberto de musgo de uma rainha Vitória de pedra —, lá está ela, olha, a vaca velha e horrível. — Ele riu. — O estado desse prédio — acrescentou ele ao passarem pela prefeitura. — É uma coifa que eu e Crowley temos em comum, com certeza. Nascidos aqui, odiando o lugar.

Robin pensou ter ouvido mal.

— Você e...?

— Aleister Crowley.

— Crowley? — repetiu ela, ao pegar a Parade. — O escritor ocultista?

— É. Ele nasceu aqui — disse Satchwell. — Não se vê isso em muitos dos livros porque ele não gostava. Aqui, vire à esquerda. Agora siga em frente.

Minutos depois, ele a orientou à Clarendon Square, onde casas geminadas altas e brancas, agora subdivididas em apartamentos, retinham um vestígio de sua antiga grandeza.

— Foi aqui que ele nasceu — disse Satchwell com satisfação, apontando o número 30. — Não tem placa nem nada. Eles não gostam de falar dele, o bom povo de Leamington Spa. Tive uma fase Crowley na juventude — disse Satchwell, enquanto Robin olhava as janelas grandes e quadradas. — Sabia que ele torturou e matou um gato quando era garoto, só para ver se ele tinha nove vidas?

— Não sabia — disse Robin, engatando a ré.

— Deve ter acontecido aqui — disse Satchwell com uma satisfação mórbida.

O mesmo de AC. O mesmo de AC. Outro momento de iluminação atingiu Robin. Talbot estivera procurando componentes idênticos entre o mapa astral de Satchwell e o de Crowley, o autoproclamado a Besta, Bafomet, o homem mais cruel do Ocidente. *Ligação com LS.* É claro: Leamington Spa.

Por que Talbot concluiu, depois de meses de investigação, que Satchwell merecia um mapa astral completo, o único dos suspeitos a ter essa honra? O álibi dele parecia inatacável, afinal de contas. Será que a volta da suspeita foi um sintoma da doença de Talbot, estimulada pela coincidência do local de nascimento de Satchwell e Crowley, ou ele descobriu algum ponto fraco não registrado no álibi de Satchwell? Satchwell ainda falava de sua vida na Grécia, de sua pintura e a decepção ao ver como a velha Inglaterra estava se saindo, e Robin soltava ruídos apropriados a intervalos regulares enquanto mentalmente analisava aquelas características do mapa astral de Satchwell que Talbot achara tão intrigantes.

Marte em Capricórnio: de vontade forte, determinado, mas tende a acidentes.

Lua em Peixes: neuroses; distúrbios de personalidade; desonestidade.

Ascendente em Leão: nenhum senso de moderação. Ressente-se de exigências a ele.

Eles chegaram a Warwick em meia hora e, como Satchwell havia prometido, viram-se em uma cidade que não podia mostrar um contraste maior com os crescentes amplos e de fachadas brancas de Leamington. Um antigo arco de pedra lembrou Robin de Clerkenwell. Eles passaram por casas de madeira, ruas íngremes de paralelepípedos e vielas estreitas.

— Vamos ao Roebuck — disse Satchwell quando Robin estacionou na praça do mercado. — Existe há uma eternidade. O pub mais antigo da cidade.

— Como você quiser. — Robin sorriu enquanto via se estava com o bloco na bolsa.

Eles caminharam juntos pelo centro de Warwick, Satchwell apontando os marcos que considerava dignos de serem vistos. Ele era um daqueles homens que sentem a necessidade de tocar, pegando desnecessariamente no braço de Robin para chamar sua atenção, segurando-a pelo cotovelo quando atravessavam a rua e, de modo geral, assumindo um ar proprietário dela enquanto seguiam em direção à Smith Street.

— Importa-se? — perguntou Satchwell, quando eles chegaram à frente da Picturesque Art Supplies e, sem esperar por uma resposta, levou-a para a loja onde, enquanto escolhia pincéis e tintas a óleo, falava com uma presunção leve das tendências modernas na arte e da estupidez da crítica. *Ah, Margot*, pensou Robin, mas então ela imaginou a Margot Bamborough que ela levava em sua cabeça a criticando, por sua vez, por Matthew, com seu estoque interminável de histórias das próprias realizações esportivas e sua conversa cada vez mais pomposa de aumentos de salário e bonificações, e sentiu-se humilhada e compungida.

Enfim, eles foram para o Roebuck Inn, um pub de teto baixo com uma placa de cabeça de cervo pendurada do lado de fora, e garantiram uma mesa para dois perto do fundo do pub. Robin não pôde deixar de notar a coincidência: a parede atrás de Satchwell era pontilhada de cabeças de animais chifrudos, inclusive um cervo empalhado e modelos cor de bronze de um antílope e um carneiro. Até os cardápios tinham silhuetas de cervos chifrudos. Robin pediu uma Diet Coke à garçonete, o tempo todo tentando não pensar nos signos com chifres do zodíaco.

— Haveria algum problema — perguntou ela, sorrindo, quando a garçonete tinha partido para o bar — se eu lhe fizesse algumas perguntas sobre Margot agora?

— Claro que não — disse Satchwell, com um sorriso que revelou os dentes manchados de novo, mas ele imediatamente pegou o cardápio e o leu.

— E se importa que eu tome nota? — Robin pegou o bloco.

— Pode anotar — disse ele, ainda sorrindo, observando-a por cima do cardápio com o olho não coberto, que acompanhava os movimentos de Robin, que abria o bloco e pressionava, para abrir, a ponta da caneta.

— Então, peço desculpas se algumas perguntas...

— Tem certeza de que não quer uma bebida de verdade? — perguntou Satchwell, que tinha pedido uma cerveja. — Detesto beber sozinho.

— Bom, como sabe, estou dirigindo.

— Você pode ficar aqui. Não comigo, não se preocupe — disse ele rapidamente, com um sorriso que em um homem tão velho parecia o olhar malicioso de um sátiro —, quer dizer, fique em um hotel, coloque nas despesas da empresa. Desconfio de que você está levando uma boa grana da família de Margot por isso, não é?

Robin se limitou a sorrir e disse:

— Preciso voltar a Londres. Estamos muito ocupados. Seria muito útil ter algum contexto sobre Margot — continuou ela. — Como vocês se conheceram?

Ele lhe contou a história que ela já sabia, de que ele tinha sido levado ao Playboy Club por um cliente e vira ali a garota de 19 anos de pernas compridas com as orelhas e o rabo de coelhinha.

— E vocês fizeram amizade?

— Bom — disse Satchwell —, não sei se eu chamaria *assim*.

Com o olho frio em Robin, ele continuou:

— Tínhamos uma ligação *sexual* muito forte. Ela era virgem quando nos conhecemos, sabia?

Robin ainda sorria formalmente. Ele não ia constrangê-la.

— Margot tinha 19 anos. Eu tinha 25. Uma garota linda. — Ele suspirou. — Queria ter ficado com as fotos que fiz dela, mas depois que ela desapareceu me senti mal por tê-las.

Robin ouviu Oonagh de novo. "Ele tirou fotografias dela. *Sabe* o quê. *Fotos*." Satchwell devia estar falando daquelas fotos reveladoras ou obscenas, porque afinal ele não se sentiria culpado por tirar um retrato.

A garçonete voltou com a cerveja de Satchwell e o refrigerante de Robin. Eles pediram a comida; depois de passar os olhos rapidamente pelo cardápio, Robin pediu uma salada de frango com bacon; Satchwell pediu filé com fritas. Quando a garçonete saiu, Robin perguntou, embora soubesse a resposta:

— Quanto tempo vocês ficaram juntos?

— Uns dois anos, no total. Nós terminamos, depois voltamos. Ela não gostava que eu usasse outras modelos. Ciumenta. Não era talhada para ser musa de um artista, a Margot. Não gostava de ficar parada, sem falar, hahah... não, eu fiquei muito caído por Margot Bamborough. É, havia muito mais nela do que uma Coelhinha.

É claro que havia, pensou Robin, embora ainda sorrisse educadamente. *Ela se tornou médica, caramba.*

— Alguma vez a pintou?

— Sim — disse Satchwell. — Algumas vezes. Alguns desenhos e uma tela inteira. Vendi. Precisava do dinheiro. Queria não ter feito isso.

Ele caiu em uma abstração momentânea, o olho não coberto examinando o pub, e Robin se perguntou se as antigas lembranças verdadeiramente vinham à tona por trás do rosto muito bronzeado, que era tão profundamente enrugado e escuro que podia ter sido entalhado em teca, ou se ele fazia o papel que se esperava dele quando disse em voz baixa:

— Uma mulher e tanto, Margot Bamborough.

Ele tomou um gole da cerveja, depois disse:

— Foi o marido dela que te contratou?

— Não — disse Robin. — A filha.

— Ah. — Satchwell fez que sim com a cabeça. — Sim, é claro: tinha uma criança. Ela não parecia ter tido um filho, quando a encontrei depois que eles se casaram. Magra como sempre. Minhas duas esposas engordaram uns seis quilos com cada um de nossos filhos.

— Quantos filhos você tem? — perguntou Robin, por educação.

Ela queria que a comida viesse rápido. Era mais difícil sair depois que a comida estava diante da pessoa, e um instinto lhe dizia que o jeito extravagante de Satchwell talvez não durasse.

— Cinco — disse Satchwell. — Dois da primeira esposa e três da segunda. Não pretendíamos: tivemos gêmeos na última gestação. Agora são bem crescidos, graças a Deus. Crianças e arte não se misturam. Eu os amo — disse ele bruscamente —, mas Cyril Connolly tem razão. O inimigo da promessa é o berço no quarto.

Ele lhe lançou um breve olhar do unico olho visível e falou abruptamente:

— Então o marido ainda pensa que tive alguma coisa a ver com o desaparecimento de Margot, né?

— O que quer dizer com "ainda"? — perguntou Robin.

— Ele deu meu nome à polícia — disse Satchwell. — Na noite em que ela desapareceu. Pensou que ela tivesse fugido comigo. Sabia que Margot e eu nos encontramos por acaso algumas semanas antes de ela desaparecer?

— Sim, eu sabia — disse Robin.

— Isso pôs ideias na cabeça do "sei lá quem" — disse ele. — Entendo o homem, acho que eu parecia suspeito. Talvez eu tivesse pensado o mesmo, se minha garota se encontrasse com uma antiga paixão pouco antes de dar o fora... de desaparecer, quero dizer.

A comida chegou: o filé com fritas de Satchwell parecia apetitoso, mas Robin, que estivera ocupada demais concentrando-se nas perguntas, não tinha lido as letras miúdas do cardápio. Esperando um prato de salada, ela recebeu uma travessa de madeira contendo várias forminhas com fatias de salsicha picante, húmus e uma mistura pegajosa de pães cobertos por maionese, um sortimento desafiador de se comer enquanto se tomava notas.

— Quer umas fritas? — Satchwell empurrou para Robin o pequeno balde de metal que as continha.

— Não, obrigada. — Robin sorriu. Deu uma dentada no pão e continuou, com a caneta na mão direita:

— Margot falou de Roy, quando vocês se encontraram por acaso?

— Um pouco — disse Satchwell com a boca cheia de filé. — Ela criou uma fachada e tanto. O que você faz quando encontra o ex, né? Finge pensar ter agido corretamente. Nenhum arrependimento.

— Acha que ela se arrependia? — perguntou Robin.

— Ela não era feliz, eu via que não. Eu pensei, ninguém está te dando atenção. Ela tentou bancar a corajosa, mas me pareceu infeliz. Arrasada.

— Vocês só se viram uma vez?

Satchwell mastigou o filé, olhando pensativamente para Robin. Por fim, engoliu e disse:

— Você leu meu depoimento à polícia?

— Sim.

— Então sabe muito bem — Satchwell agitou o garfo para ela — que foi só uma vez. *Não* sabe?

Ele sorria, tentando fazer a repreensão passar como brincadeira, mas Robin sentiu a ponta fina da agressividade.

— Então vocês foram beber e conversar? — perguntou Robin, sorrindo, como se não tivesse notado a conotação, desafiando-o a ficar na defensiva e ele continuou, em um tom mais brando:

— É, nós fomos a um bar em Camden, não ficava longe do meu apartamento. Ela estava em visita domiciliar a algum paciente.

Robin tomou nota.

— E consegue se lembrar do que conversaram?

— Ela me disse que tinha conhecido o marido na faculdade de medicina, ele era ambicioso e essas coisas. O que ele era mesmo? — disse Satchwell, com o que parecia a Robin uma despreocupação forçada. — Cardiologista ou coisa assim?

— Hematologista.

— O que é isso, sangue? É, ela sempre se impressionava com pessoas inteligentes, a Margot. Não ocorria que podem ser uns merdas como qualquer outro.

— Você teve a impressão de que o dr. Phipps era um merda? — perguntou Robin levemente.

— Na verdade, não — disse Satchwell. — Mas soube que ele era rígido feito uma vara e meio filhinho da mamãe.

— Quem te disse isso? — Robin parou com a caneta suspensa sobre o bloco.

— Alguém que conhecia ele — respondeu Satchwell com um leve dar de ombros. — Você não se casou? — continuou ele, com os olhos na mão esquerda sem anéis de Robin.

— Moro com alguém. — Robin abriu um breve sorriso. Era a resposta que ela aprendeu a dar para acabar com a sedução de testemunhas e clientes e erguer barreiras. Satchwell disse:

— Ah. Eu sempre sei, se uma garota mora com um cara sem se casar, ela deve gostar muito dele. Nada além dos sentimentos dela a prendem ali, não é?

— Acho que sim — disse Robin com um breve sorriso. Ela sabia que ele tentava desconcertá-la. — Margot falou de alguma coisa que a estivesse preocupando, ou lhe causando problemas? Em casa ou no trabalho?

— Eu te falei, foi tudo fachada — disse Satchwell, mastigando as fritas. — Um ótimo trabalho, um ótimo marido, uma linda filha, uma linda casa: ela se deu bem. — Ele engoliu. — Retribuí da mesma forma: contei a ela que tinha uma exposição, ganhara um prêmio por uma de minhas telas, tinha uma banda, uma namorada firme... o que era mentira — acrescentou ele, com um leve bufo. — Só me lembro da garota porque nos separamos naquela noite mesmo. Não me pergunte o nome dela. Não ficamos tanto tempo juntos. Tinha cabelo preto e comprido e uma imensa tatuagem de uma teia de aranha em torno do umbigo, é do que me lembro principalmente... Ah, aliás, eu é que terminei. Ver Margot de novo...

Ele hesitou. Seu olho não coberto ficou desfocado, e ele disse:

— Eu tinha 35 anos. É uma idade estranha. Começa a cair a ficha de que os quarenta vão mesmo acontecer com a gente, não só com os outros. Quantos anos você tem, 25?

— Vinte e nove.

— Acontece mais cedo para as mulheres, essa preocupação com o envelhecimento — disse Satchwell. — Tem filhos?

— Não — disse Robin, e depois: — Então Margot não lhe disse nada que pudesse sugerir um motivo para desaparecer voluntariamente?

— Margot não teria ido embora e deixado todo mundo na mão. — Satchwell falou com a mesma certeza de Oonagh. — Não a Margot.

Responsabilidade era o nome do meio dela. Ela era uma boa garota, sabe? Do tipo aluna perfeita.

— Então vocês não fizeram planos de se encontrar de novo?

— Sem planos. — Satchwell mastigou as fritas. — Contei a ela que minha banda ia tocar no Dublin Castle na semana seguinte. Eu disse, "vá lá, se estiver de passagem", mas ela disse que não ia poder. Dublin Castle era um pub em Camden — acrescentou Satchwell. — Talvez ainda exista.

— Sim — disse Robin —, existe.

— Eu disse ao investigador que tinha falado do show com ela. Contei a ele que estava disposto a revê-la, se ela quisesse. Não tinha nada a esconder.

Robin se lembrou da opinião de Strike de que Satchwell ter dado essa informação voluntariamente parecia quase útil demais e, tentando mascarar sua súbita suspeita, perguntou:

— Alguém viu Margot no pub na noite em que você estava tocando?

Satchwell não teve pressa para engolir, depois disse:

— Não que eu saiba.

— A viking pequena de madeira que você deu a ela — disse Robin, observando-o atentamente —, aquela com "Brunhilda" escrito na base...

— Aquela que Margot tinha na mesa do trabalho? — disse ele com o que Robin pensou ser um sopro de vaidade satisfeita. — É, eu dei aquilo a ela nos velhos tempos, quando estávamos namorando.

Seria verdade?, perguntou-se Robin. Depois do jeito cáustico com que Margot e Satchwell se separaram, depois de ele tê-la trancado no apartamento para ela não ir trabalhar, depois de ele ter batido nela, depois de ela se casar com outro homem, será que Margot realmente ficaria com o presentinho tolo de Satchwell? As piadas particulares e os apelidos não morriam e apodreciam depois de um término doloroso, quando pensar neles passava a ser quase pior do que as lembranças das brigas e dos insultos? Robin doara para a caridade a maior parte dos presentes de Matthew depois que descobriu sobre a infidelidade dele, inclusive o elefante de pelúcia que tinha sido o primeiro presente de Dia dos Namorados e a caixa de joias que ele lhe dera quando ela fez 21 anos. Porém, Robin sabia que Satchwell ia se ater à sua história, então passou à próxima pergunta no bloco.

— Tem uma gráfica na Clerkenwell Road que creio ter uma associação com você.

— Como é? — disse Satchwell, de cenho franzido. — Uma gráfica?

— Uma estudante de nome Amanda White alega ter visto Margot na janela de cima da gráfica na noite do...

— Sério? — disse Satchwell. — Nunca tive associação nenhuma com gráficas. Quem disse isso?

— Teve um livro escrito nos anos 1980 sobre o desaparecimento de Margot...

— Ah, é? Perdi esse.

— ... dizia que a gráfica produziu folhetos para uma boate que o contratou para pintar um mural.

— Pelo amor de Deus — disse Satchwell, entre a ironia e a exasperação. — Isso não é uma associação. Até chamar de coincidência é forçado. Nunca ouvi falar da porcaria do lugar.

Robin tomou nota e passou à pergunta seguinte.

— O que você achou de Bill Talbot?

— Quem?

— O investigador. O primeiro — disse Robin.

— Ah, sim. — Satchwell assentiu. — Um cara muito estranho. Quando soube depois que ele teve um colapso ou sei lá o quê, não fiquei surpreso. Ficava me perguntando o que eu fazia em datas aleatórias. Depois disso, deduzi que ele tentava decidir se eu era o Açougueiro de Essex. Ele quis saber a hora de meu nascimento também e que diabos isso tem a ver com alguma coisa...

— Ele tentava traçar seu mapa astral — disse Robin e explicou a preocupação de Talbot com a astrologia.

— *Dén tó pistévo!* — disse Satchwell e parecia irritado. — Astrologia? Não é engraçado isso. Ele ficou encarregado do caso por... quanto tempo?

— Seis meses — disse Robin.

— Meu Deus. — Satchwell fez tal carranca que enrugou o esparadrapo transparente que prendia o curativo no olho.

— Acho que as pessoas em volta dele só perceberam o quanto ele estava doente quando ficou óbvio demais para ignorar — disse Robin, agora pegando algumas folhas de papel etiquetadas na bolsa: fotocópias dos depoimentos de Satchwell a Talbot e a Lawson.

— O que é tudo isso? — disse ele bruscamente.

— Seus depoimentos à polícia.

— Por que tem... o que são, estrelas?... cobrindo tudo...

— São pentagramas — disse Robin. — Esse é o depoimento que Talbot tomou de você. É só rotina — acrescentou ela, porque Satchwell agora parecia preocupado. — Fazemos isso com todos que foram interrogados pela polícia. Sei que seus depoimentos foram verificados na época, mas será que posso repassá-los, caso você se lembre de alguma coisa útil?

Tomando o silêncio dele como consentimento, ela continuou:

— Você estava sozinho em seu ateliê na tarde do dia 11 de outubro, mas recebeu um telefonema ali às cinco horas de um senhor... Hendricks?

— Hendricks, é — disse Satchwell. — Ele era meu agente na época.

— Você saiu para comer em uma cafeteria do bairro às seis e meia, onde teve uma conversa com a mulher do caixa, de que ela se lembra. Depois voltou para casa para trocar de roupa e saiu de novo para se encontrar com alguns amigos em um bar chamado Joe Bloggs por volta das oito da noite. Os três amigos que beberam com você confirmaram sua história... Nada a acrescentar a isso?

— Não — disse Satchwell, e Robin pensou ter detectado um leve alívio. — Me parece tudo certo.

— Um desses amigos era aquele que conhecia Roy Phipps? — perguntou Robin despreocupadamente.

— Não — disse Satchwell, sem sorrir, e depois mudou de assunto: — A filha de Margot deve estar batendo os quarenta anos, não é?

— Fez quarenta no ano passado — disse Robin.

— *Éla*. — Satchwell meneou a cabeça. — O tempo simplesmente...

Uma das mãos de mogno, enrugadas e enfeitadas com pesados anéis de prata e turquesa, fez um movimento suave, como de um avião de papel voando.

— ... e aí um dia você está velho e nunca viu isso chegando na sua vida.

— Quando você se mudou para o exterior?

— Eu não pretendia me mudar, não no começo. Fui viajar no final de 1975 — disse Satchwell. Ele agora quase tinha terminado o filé.

— O que você fez...?

— Estava pensando em viajar havia algum tempo — disse Satchwell. — Mas depois que Creed matou Margot... foi uma coisa tão horrível... um choque... não sei, eu quis uma mudança de cenário.

— É o que acha que aconteceu com ela? Que Creed a matou?

Ele pôs o último pedaço de filé na boca, mastigou e engoliu antes de responder.

— Bom, é. É claro que no início eu torcia para que ela só tivesse largado o marido e estivesse entocada em algum lugar. Mas então a coisa continuou... sim, todo mundo pensou ter sido o Açougueiro de Essex, inclusive a polícia. Não só o biruta, o segundo, aquele que assumiu.

— Lawson — disse Robin.

Satchwell deu de ombros, como quem diz que o nome do policial não importava, e perguntou:

— Vai interrogar Creed?

— Torcemos por isso.

— Por que ele contaria a verdade agora?

— Ele gosta de publicidade — disse Robin. — Pode gostar da ideia de aparecer nos jornais. Então o desaparecimento de Margot foi um choque para você?

— Bom, claro que foi — disse Satchwell, agora sondando os dentes com a língua. — Eu tinha acabado de revê-la... não vou fingir que ainda estava *apaixonado* por ela, ou coisa assim, mas... *Você* já foi apanhada numa investigação da polícia? — perguntou ele com certa agressividade.

— Sim — disse Robin. — Várias vezes. É estressante e intimida, sempre.

— Bom, aí está — disse Satchwell, apaziguado.

— O que o fez escolher a Grécia?

— Na verdade, eu não escolhi. Recebi uma herança de minha avó e pensei, vou tirar um tempo fora, andar pela Europa, pintar... passei pela França e pela Itália e em 1976 cheguei a Kos. Trabalhei em um bar. Pintava nas horas de folga. Vendi algumas telas a uns turistas. Conheci minha primeira esposa... e nunca saí de lá. — Satchwell deu de ombros.

— Tem outra coisa que queria te perguntar. — Robin passou os depoimentos à polícia para baixo da pilha pequena. — Descobrimos uma pessoa que supostamente viu Margot uma semana depois do seu desaparecimento. Isso não foi revelado à polícia.

— Ah, é? — Satchwell parecia interessado. — Onde?

— Em Leamington Spa — disse Robin —, no cemitério da igreja All Saints.

As sobrancelhas grossas e brancas de Satchwell se ergueram, criando tensão no esparadrapo que segurava o curativo no olho.

— Na All Saints? — repetiu ele, aparentemente perplexo.

— Olhando lápides. Supostamente, tinha o cabelo tingido de preto.

— Quem viu isso?

— Um homem de visita na região, de moto. Dois anos depois, ele contou isso à enfermeira da St. John's.

— Ele contou à *enfermeira*?

O maxilar de Satchwell enrijeceu.

— E o que a *enfermeira* te contou? — quis ele saber, investigando o rosto de Robin. Parecia súbita e inesperadamente colérico.

— Conhece Janice? — perguntou Robin, imaginando por que ele ficara tão zangado.

— É esse o nome dela, é? Não consigo me lembrar.

— Você a *conhece*?

Satchwell colocou mais fritas na boca. Robin notou que ele tentava decidir o que dizer e sentiu aquela descarga de emoção que fazia valer a pena todas as horas tediosas do trabalho, ficar sentada, a privação de sono.

— Ela está falando merda — disse Satchwell abruptamente. — Ela fala muita merda, essa daí, essa enfermeira. Ela e Margot não se gostavam. Margot me disse que não gostava dela.

— E quando foi isso?

— Quando nos encontramos, como eu te falei, na rua...

— Pensei que tivesse dito que ela não falou do trabalho.

— Bom, ela me disse isso. Que elas tiveram uma briga ou coisa assim. Não sei. Foi só uma coisa que ela disse de passagem. Ela me disse que não gostava da enfermeira — repetiu Satchwell.

Foi como se uma máscara dura tivesse vindo à tona por baixo da pele escura e desgastada: o sedutor um tanto cômico com cara de crepe tinha sido substituído por um homem mau e velho de um olho só. Robin se lembrou de como a parte inferior do rosto de Matthew ficava retesada quando ele tinha raiva, conferindo-lhe a aparência de um cão com focinheira, mas ela não ficou intimidada. Sentiu em Satchwell o mesmo instinto astuto de autopreservação do ex-marido. Não importava o que Satchwell pudesse ter feito a Margot, ou às esposas que o deixaram, ele pensaria melhor antes de bater em Robin em um pub lotado, na cidade onde a irmã ainda morava.

— Você parece zangado — disse Robin.

— *Gia chári tou*, claro que estou... essa enfermeira, qual é mesmo o nome? Tentando me implicar, não é? Inventando uma história para dar a impressão de que Margot fugiu para ficar comigo...

— Janice não inventou a história. Verificamos com a viúva do sr. Ramage, e ela confirmou que o falecido marido contou a outras pessoas que encontrou uma mulher desaparecida...

— O que mais *Janice* te disse? — perguntou ele de novo.

— Ela nunca falou no seu nome — disse Robin, agora imensamente curiosa. — Nem sabíamos que vocês se conheciam.

— Mas ela alega que Margot foi vista em Leamington Spa depois de ter desaparecido? Não, ela sabe exatamente a merda que está fazendo.

Satchwell pegou outra batata frita, comeu, depois de repente se levantou e passou por Robin, que olhou por cima do ombro e o viu entrar no banheiro masculino. Visto de costas, ele era mais velho do que de frente: ela via o couro cabeludo rosado através do cabelo branco ralo e não tinha traseiro preenchendo a calça jeans.

Ela imaginou que Satchwell considerava a entrevista encerrada. Porém, Robin tinha algo mais na manga: uma coisa perigosa, talvez, mas usaria, em vez de deixar que a entrevista terminasse ali, com mais perguntas suscitadas do que respostas.

Passaram-se cinco minutos inteiros até ele reaparecer, e ela sabia que ele tinha se controlado em sua ausência. Em vez de voltar a se sentar, ele ficou de pé ao lado dela e disse:

— Acho que você não é merda de detetive nenhuma. Acho que é da imprensa.

Visto de baixo, o pescoço de tartaruga era particularmente impressionante. A corrente, os anéis de prata e turquesa e o cabelo comprido agora pareciam uma fantasia.

— Pode telefonar para Anna Phipps e checar, se quiser — disse Robin. — Tenho o número dela aqui. Por que acha que a imprensa estaria interessada em você?

— Eles me encheram da última vez. Estou fora. Não preciso disso. Eu devia estar me recuperando.

— Uma última coisa — disse Robin —, e vai querer ouvir isso.

Ela havia aprendido esse truque com Strike. Fique calma, mas seja firme. Faça com que eles se preocupem com o que mais você tem.

Satchwell se virou, o olho descoberto duro como uma pedra. Não restava nenhum vestígio de sedução, nenhuma tentativa de ser condescendente. Ela agora era uma igual; uma adversária.

— Por que não se senta? — sugeriu Robin. — Pode demorar um pouco.

Depois de alguma hesitação, Satchwell voltou a se sentar. Agora sua cabeça grisalha bloqueava a cabeça de cervo empalhada pendurada na parede de tijolinhos atrás dele. Do ponto de vista de Robin, os chifres pareciam sair diretamente do cabelo branco que caía em cachos largos nos ombros de Satchwell.

— Margot Bamborough sabia de uma coisa sobre você que você não queria revelada — disse Robin. — Não sabia?

Ele a fuzilou com o olho.

— O sonho do travesseiro? — disse Robin.

Cada ruga do rosto dele endureceu, deixando-o lupino. O peito queimado de sol, enrugado abaixo dos pelos brancos, afundou quando ele soltou o ar.

— Ela contou a alguém? A quem? — Antes que Robin pudesse responder, ele disse: — Ao marido dela, imagino? Ou àquela merda de irlandesa, foi isso?

Seus maxilares se mexiam sem mastigar nada.

— Eu nunca devia ter contado a ela — disse ele. — É isso que você faz quando está bêbado e apaixonado, ou a merda que estávamos. Depois ficou na minha cabeça por anos que Margot tinha...

A frase terminou no silêncio.

— Ela falou nisso quando vocês se reencontraram? — Robin tateava, fingia saber mais do que sabia.

— Ela perguntou de minha pobre mãe — disse Satchwell. — Eu disse na época, isso é uma crítica sua? Mas não acho que tenha sido. Talvez ela tenha aprendido a lição, sendo médica, talvez tenha mudado de opinião. Ela terá visto pessoas como Blanche. Uma vida que não vale a pena viver.

"De todo modo", disse ele, inclinando-se um pouco para a frente, "ainda penso que foi um sonho. Entendeu? Eu tinha seis anos. Sonhei com isso. E mesmo que não tenha sido um sonho, as duas estão mortas e ninguém pode dizer o contrário. Minha velha morreu em 1989. Não pode conseguir nada dela agora, a coitada. Mãe solteira, que tentava cuidar de todos nós sozinha. É misericordioso", disse Satchwell, "livrar alguém de seu sofrimento. Uma misericórdia."

Ele se levantou, pálido por baixo do bronzeado, o rosto arriado, virou-se e se afastou, mas no momento que estava prestes a desaparecer, virou-se subitamente e voltou a ela, com o maxilar se mexendo.

— Eu acho — disse ele com a maior maldade que podia invocar — que você é uma vadia nojenta.

Dessa vez ele foi embora para valer.

O batimento cardíaco de Robin mal tinha se acelerado. Sua emoção dominante era de euforia. Empurrando de lado as forminhas nada apetitosas, ela puxou o baldinho de metal que ele deixara e deu cabo das batatas fritas do artista.

48

Sir Artegall, tendo há muito
Tomado a seu cargo a realização...
A ele atribuída, seu elevado mandado a cumprir,
À costa do mar empreendeu seu caminho...

Edmund Spenser
A Rainha das Fadas

O serviço fúnebre de Joan terminou com o hino mais amado dos marinheiros, "Eternal Father, Strong to Save". Enquanto a congregação cantava os conhecidos versos, Ted, Strike, Dave Polworth e três dos camaradas do grupamento salva-vidas de Ted levaram o caixão ao ombro e foram pela nave central da igreja simples de paredes creme, com suas vigas de madeira e vitrais que retratavam são Maudez de manto roxo, homenageado pelo vilarejo e pela igreja, que levam o seu nome. Flanqueado por um farol e uma foca em uma pedra, o santo observava sair da igreja aqueles que carregavam o caixão.

O Saviour, whose almighty word
The winds and waves submissive heard,
Who walked upon the foaming deep,
And calm amidst the rage did sleep...

Polworth, de longe o mais baixo dos seis homens, andava bem à frente de Strike, fazendo o máximo para carregar uma parcela justa da carga.

Os enlutados, muitos que tiveram de ficar de pé no fundo da igreja lotada ou ouviram como puderam do lado de fora, formaram um círculo respeitoso em torno do carro fúnebre na frente da igreja quando o esquife de carvalho brilhante foi colocado nele. Mal se ouviu um murmúrio quando as portas se fecharam sobre os restos terrenos de Joan. Enquanto o agente funerário de costas retas com seu sobretudo preto e grosso subia ao banco do carona, Strike passou o braço nos ombros de Ted. Juntos, eles viram o carro sumir de vista. Strike sentia o tremor de Ted.

— Olha só todas essas flores, Ted — disse Lucy, cujos olhos se fechavam de tão inchados, e os três se viraram para a igreja para examinar o denso monte de cores, coroas e buquês que criavam um esplendor jubiloso contra a parede externa da igreja mínima.

— Lírios lindos, Ted, olha... de Marion e Gary, lá do Canadá...

A congregação ainda saía da igreja para se juntar aos que estavam do lado de fora. Todos guardavam distância da família ao se moverem feito caranguejos junto da parede da igreja. Joan certamente teria ficado encantada com a quantidade de tributos florais, e Strike extraiu um consolo inesperado das mensagens que Lucy lia em voz alta para Ted, cujos olhos, como os dela, estavam inchados e vermelhos.

— Ian e Judy — disse ela ao tio. — Terry e Olive...

— São muitas, não são? — disse Ted, admirado.

A multidão reunida e agora aos sussurros sem dúvida se perguntava se seria insensível partir imediatamente para o Ship and Castle, onde haveria o velório, pensou Strike. Ele não os culpava; também estava ansioso por uma cerveja e talvez também uma bebida mais forte.

— "Com a mais profunda condolência, de Robin, Sam, Andy, Saul e Pat" — Lucy leu em voz alta. Ela se virou para Strike, sorrindo. — Que amável. Você contou a Robin que as rosas cor-de-rosa eram as preferidas de Joan?

— Acho que não — disse Strike, que não sabia ele próprio.

O fato de que sua agência estava representada aqui entre os tributos a Joan significou muito para ele. Ao contrário de Lucy, ele voltaria a Londres sozinho, de trem. Embora tenha ficado ansioso pela solidão nos últimos dez dias, a perspectiva de seu silencioso quarto de sótão não era animadora depois desses longos dias de medo e perda. As rosas, que eram para Joan, também foram para ele: diziam, você não está só, você tem algo que construiu e, tudo bem, pode não ser uma família, mas ainda existem pessoas que gostam de você e o esperam em Londres. Strike disse a si mesmo "pessoas", porque havia cinco nomes no cartão, mas ele acabou por pensar somente em Robin.

Lucy levou Ted e Strike ao Ship and Castle no carro de Ted, deixando que Greg fosse com os meninos. Nenhum deles falou no carro; tinha baixado uma espécie de exaustão emocional.

Joan sabia o que fazia, pensou Strike, vendo as conhecidas ruas passarem deslizando. Ele ficou agradecido por eles não terem seguido ao crematório, por poderem recuperar o corpo em uma forma que podia ser segurada junto ao peito e levada em um barco, no silêncio de uma tarde ensolarada, só a família, para fazer suas últimas despedidas particulares.

As janelas do salão do Ship and Castle davam para a baía de St. Mawes, que estava nublada, mas tranquila. Strike comprou cervejas para ele e Ted, cuidou para que o tio ficasse seguramente em uma cadeira em meio a um grupo de amigos solícitos, voltou ao balcão para uma dose dupla de uísque Famous Grouse, que bebeu de um gole só, depois levou a cerveja à janela.

O mar estava cinzento, cintilando de vez em quando onde as franjas prateadas das nuvens o apanhavam. Vista da janela do hotel, St. Mawes era um estudo em cinza e ardósia, mas os pequenos barcos a remo empoleirados nos seixos molhados abaixo conferiam pinceladas de cores animadas.

— Está tudo bem, Diddy?

Ele se virou: Ilsa estava com Polworth e estendeu a mão e abraçou Strike. Os três foram colegas na Escola Primária de St. Mawes. Naquela época, como Strike se lembrava, Ilsa não gostava muito de Polworth. Ele sempre foi impopular com as colegas meninas. Por cima do ombro de Dave, Strike via a esposa de Polworth, Penny, conversando com um grupo de amigas.

— Nick queria de verdade ter vindo, Corm, mas teve de trabalhar — disse Ilsa.

— É claro — disse Strike. — Foi muito bom você ter vindo, Ilsa.

— Eu amava Joan — disse ela simplesmente. — Meus pais vão receber Ted na sexta-feira à noite. Papai vai levá-lo para uma partida de golfe na terça-feira.

As duas filhas dos Polworth, que não eram renomadas pelo bom comportamento, brincavam de pega-pega entre os enlutados. A menor das duas — Strike nunca conseguia lembrar quem era Roz e quem era Mel — corria entre eles e se agarrou, momentaneamente, atrás das pernas de Strike, como se ele fosse um móvel, olhando a irmã, antes de correr de novo, rindo.

— E vamos ficar com Ted no sábado — disse Polworth, como se nada estivesse acontecendo. Nenhum dos dois Polworth repreendia as filhas, a não ser que fossem diretamente inconvenientes para os pais. — Então não se preocupe, Diddy, vamos cuidar bem do seu velho.

— Valeu, amigo — disse Strike com dificuldade. Ele não havia chorado na igreja, não chorou em todos aqueles últimos dias terríveis, porque havia muito a ser organizado e encontrou alívio na atividade. Porém, a gentileza manifestada pelos velhos amigos penetrava suas defesas: queria expressar sua gratidão adequadamente, porque Polworth não o deixara dizer tudo o que ele queria sobre o que ele fez para permitir que Strike e Lucy chegassem à moribunda Joan. Antes que Strike pudesse começar, porém, Penny Polworth se juntou ao grupo, seguida por duas mulheres que Strike não reconhecia, mas que sorriam radiantes para ele.

— Oi, Corm — disse Penny, que tinha olhos escuros e o nariz largo, e que prendia o cabelo em um rabo de cavalo prático desde seus cinco anos. — Abigail e Lindy querem muito te conhecer.

— Olá — disse Strike sem sorrir. Ele estendeu a mão e as cumprimentou, certo de que elas estavam prestes a falar de seus triunfos como detetive, já irritado. Justo hoje, ele não queria ser nada além do sobrinho de Joan. Ele supôs que Abigail fosse filha de Lindy, porque se excluíssem da mais nova as sobrancelhas geometricamente exatas à custa de lápis, as duas tinham o mesmo rosto redondo e achatado.

— Ela sempre teve orgulho de você — comentou Lindy.

— Acompanhamos tudo sobre você nos jornais — disse a roliça Abigail, que parecia prestes a dar risadinhas.

— No que está trabalhando agora? Acho que não pode dizer, pode? — disse Lindy, devorando-o com os olhos.

— Alguma vez você se envolveu com a realeza? — perguntou Abigail.

Puta que pariu.

— Não — disse Strike. — Com licença, preciso fumar.

Ele sabia que as havia ofendido, mas não se importava, embora pudesse imaginar a reprovação de Joan ao se afastar do grupo perto da janela. Que mal teria feito a ele, ela diria, entreter as amigas dela falando de seu trabalho? Joan gostava de exibi-lo, o sobrinho que era a coisa mais próxima que ela teve de um filho, e de súbito isso voltou a Strike, depois desses longos dias de culpa, por que evitou por tanto tempo voltar à cidadezinha: porque ele se via asfixiado lentamente sob o peso de xícaras de chá e paninhos e conversas cuidadosamente conduzidas, e o orgulho sufocante de Joan, e a curiosidade dos vizinhos, e os olhares de banda para sua perna postiça quando ninguém pensava que ele podia ver.

Enquanto andava pelo salão, ele pegou o celular e acionou o número de Robin sem pensar muito bem.

— Oi — disse ela, parecendo um tanto surpresa com o telefonema dele.

— Oi. — Strike parou na soleira do hotel para tirar com os dentes um cigarro do maço. Atravessou a rua e o acendeu, olhando os seixos na praia. — Só queria saber como estão as coisas e agradecer a você.

— Pelo quê?

— As flores da agência. Significaram muito para a família.

— Ah — disse Robin. — Que bom... como foi o funeral?

— Foi, sabe como é... um funeral — disse Strike, vendo uma gaivota boiando no mar tranquilo. — Alguma novidade do seu lado?

— Bom, na verdade, sim — disse Robin, depois de hesitar um segundo —, mas agora não deve ser o momento para isso. Vou te contar quando você estiver...

— Agora é um ótimo momento. — Strike ansiava pela normalidade, por algo em que pensar que não estivesse relacionado com Joan, ou a perda, ou St. Mawes.

Então Robin contou a história de sua entrevista com Paul Satchwell, e Strike ouviu sem dizer nada.

— ... e então ele me chamou de uma vadia nojenta — concluiu Robin — e foi embora.

— Meu Deus do céu — disse Strike, genuinamente admirado, não só por Robin ter conseguido extrair tanta informação de Satchwell, como também pelo que ela descobrira.

— Eu estava agora mesmo parada aqui vendo os registros no meu celular... estou voltando no Land Rover, vou para casa um pouco. Blanche Doris Satchwell morreu em 1945, aos dez anos. Foi enterrada em um cemitério nos arredores de Leamington Spa. Satchwell chamou de uma morte misericordiosa. Bom — Robin se corrigiu —, ele chamou de sonho, o jeito dele de contar a Margot, retendo alguma negação plausível, não foi? Mas é uma lembrança traumática de se levar aos seis anos, não acha?

— Certamente — disse Strike —, e dá a ele uma espécie de motivo, se ele pensava que Margot podia contar às autoridades...

— Exatamente. E o que você acha da parte sobre Janice? Por que ela não nos contou que conhecia Satchwell?

— Ótima pergunta — disse Strike. — Repita para mim, o que ele disse sobre Janice?

— Quando eu lhe contei que foi Janice que disse que Margot foi vista em Leamington Spa, ele disse que ela só falava merda e que tentava implicá-lo de algum jeito no desaparecimento de Margot.

— É mesmo muito interessante. — Strike franziu a testa para a gaivota que boiava e olhava o horizonte com um objetivo concentrado, seu bico cruel e curvo apontado para o horizonte. — E aquela história sobre Roy?

— Ele disse que alguém tinha dito a ele que Roy era um "filhinho da mamãe" e "rígido feito uma vara" — disse Robin. — Mas não me contou quem disse isso.

— Não me parece vir de Janice, mas nunca se sabe — disse Strike. — Bom, você fez um trabalho muito bom, Robin.

— Obrigada.

— Vamos ter uma reunião sobre Bamborough quando eu voltar — disse Strike. — Bom, vamos precisar colocar tudo em dia.

— Ótimo. Espero que seus parentes estejam bem — disse Robin, com aquele tom determinado que indicava que a chamada estava perto do fim. Strike queria mantê-la na linha, mas ela evidentemente pensava que não devia monopolizar o tempo dele em sua última tarde com a família entristecida, e ele não conseguiu pensar em um pretexto para que ela continuasse falando. Eles se despediram, e Strike colocou o celular no bolso.

— Aí está você, Diddy.

Polworth tinha saído do hotel trazendo novas cervejas. Strike aceitou a dele com um agradecimento, e os dois se viraram para a baía enquanto bebiam.

— Vai voltar para Londres amanhã? — disse Polworth.

— Vou. Mas não por muito tempo. Joan queria que a gente levasse as cinzas dela no barco de Ted, para espalhar no mar.

— Uma ótima ideia — disse Polworth.

— Escuta, amigo... obrigado por tudo.

— Cala essa boca. Você faria o mesmo por mim.

— Tem razão — disse Strike. — Eu faria.

— É fácil falar, babaca — disse Polworth sem perder um segundo —, sabendo que minha mãe morreu e não sei onde diabos meu pai está.

Strike riu.

— Bom, sou detetive particular. Quer que eu o encontre?

— Porra, não — disse Polworth. — Já foi tarde.

Eles beberam a cerveja. Houve um breve intervalo nas nuvens, e o mar de repente era um carpete de diamantes e a gaivota que boiava, um origami de papel branco. Strike se perguntava se a devoção passional de Polworth à Cornualha era uma reação contra o pai de Birmingham ausente, quando Polworth voltou a falar.

— E por falar em pais... Joan me disse que o seu queria um reencontro.

— Ela disse, foi?

— Não foi fofoca — disse Polworth. — Sabe como era a Joan. Queria que eu soubesse que você passava por uma fase complicada. Nada feito, pelo que entendo?

— Não — disse Strike. — Nada feito.

O breve silêncio foi rompido pelos gritinhos estridentes das filhas de Polworth saindo correndo do hotel. Ignorando o pai e Strike, elas se torceram por baixo da corrente que separava a rua dos seixos molhados e correram para a beira da água, perseguidas um instante depois pelo sobrinho de Strike, Luke, que segurava dois bolinhos de creme e claramente pretendia jogar nas meninas.

— EI — berrou Strike. — NÃO!

O semblante de Luke mostrou seu desânimo.

— Elas é que começaram — disse ele, virando-se para Strike para mostrar uma mancha branca nas costas do paletó preto, recém comprado para o funeral da tia.

— E eu estou terminando — disse Strike enquanto as meninas de Polworth riam, espiando pela beira de um barco a remo atrás do qual tinham se refugiado. — Coloque isso onde você achou.

Olhando feio o tio, Luke deu uma dentada desafiadora em um dos bolinhos, depois se virou e voltou ao hotel.

— Merdinha — resmungou Strike.

Polworth olhava de um jeito desligado as filhas começarem a chutar algas marinhas e areia uma na outra. Só quando a mais nova se desequilibrou e caiu de costas em uma poça de água gelada, provocando um grito de choque, foi que ele reagiu.

— Puta que pariu... Vá para dentro. Anda... não adianta chorar, a culpa foi sua... Anda, para dentro, agora!

Os três Polworth voltaram ao Ship and Castle, deixando Strike sozinho de novo.

A gaivota que boiava, sem dúvida acostumada com uma maré de turistas, com o barulho e a agitação da balsa de Falmouth e dos barcos de pesca que entravam e saíam da baía todo dia, não se abalou com os guinchos e gritos das filhas de Polworth. Seus olhos afiados estavam fixos em algo que Strike não conseguia enxergar, longe, no mar. Só quando as nuvens se fecharam de novo e o mar escureceu a um tom férreo foi que a ave enfim partiu. Os olhos de Strike acompanharam seu voo nas asas largas e curvas para a distância, para longe do abrigo da baía, em direção ao mar aberto, pronta para voltar à tarefa difícil, mas necessária, da sobrevivência.

PARTE CINCO

... A vigorosa Primavera, toda vestida em folhas e flores...

Edmund Spenser
A Rainha das Fadas

49

Depois de longas tormentas e tempestades passadas,
O sol enfim clareia sua facc jovial;
E quando a fortuna todo o seu desprezo mostrara,
Algumas horas abençoadas por fim precisavam aparecer;
Ou se desesperariam as aflitas criaturas...

Edmund Spenser
A Rainha das Fadas

Às oito horas da manhã em que estaria se reunindo com o ex-marido na audiência de conciliação, Robin saiu da estação da Tottenham Court Road debaixo de um céu cerúleo. O sol parecia um pequeno milagre depois dos longos meses de chuvas e tempestades, e Robin, que não tinha vigilância para fazer hoje, colocou um vestido, feliz por se livrar dos eternos jeans e moletons.

Apesar da raiva que sentia pelo cancelamento da audiência com apenas 24 horas de antecedência ("Meu cliente lamenta que tenha surgido uma questão urgente de natureza pessoal. Em vista de minha própria indisponibilidade no final de março, sugiro que encontremos uma data mutuamente conveniente em abril"), apesar de desconfiar de que Matthew arrastava o processo apenas para demonstrar seu poder e aumentar a pressão para ela desistir de sua parte na conta conjunta dos dois, seu humor melhorou com o brilho poeirento do sol de manhã cedo que iluminava as eternas obras na Charing Cross Road. A verdade, que fora suportada à força por Robin nos cinco dias de folga que Strike insistira que ela tirasse, era que ela era mais feliz no trabalho. Sem nenhum desejo de ir para Yorkshire e enfrentar a saraivada habitual de perguntas da mãe sobre o divórcio e seu trabalho, e com fundos insuficientes para sair de Londres e tirar miniférias solitárias, ela passou a maior parte do tempo cuidando das tarefas pessoais acumuladas, ou trabalhando no caso Bamborough.

Robin teve, se não exatamente pistas, então ideias, e agora ia ao escritório de manhã cedo na esperança de pegar Strike antes que começassem os trabalhos do dia. As britadeiras tragavam os gritos de operários na rua quando Robin passou, até que ela chegou à calma sombreada da Denmark Street, onde as lojas ainda não tinham aberto as portas.

Quase no alto da escada de metal, Robin ouviu vozes emanando de trás da porta de vidro do escritório. Embora ainda nem fossem oito e quinze, a luz já estava acesa.

— Bom dia — disse Strike quando ela abriu a porta. Ele estava ao lado da chaleira e pareceu meio surpreso por vê-la tão cedo. — Pensei que você só chegaria na hora do almoço.

— Cancelado — disse Robin.

Ela se perguntou se Strike tinha se esquecido do que ela faria essa manhã, ou se era discreto porque Morris estava sentado no sofá de couro falso. Embora bonito como sempre, os olhos azuis e brilhantes de Morris estavam injetados e o maxilar escuro da barba por fazer.

— Oi, sumida — disse ele. — Veja só você. O anúncio perfeito para pegar leve.

Robin ignorou esse comentário, mas enquanto pendurava o casaco, viu-se desejando não ter posto o vestido. Ressentia-se muito de Morris fazê-la se sentir constrangida, mas teria sido mais fácil só usar os jeans surrados de sempre.

— Morris pegou o sr. Smith no ato com a babá — disse Strike.

— Essa foi rápida! — Robin tentou ser generosa, mas desejando que não fosse uma realização de Morris.

— No flagra à uma hora e dez da madrugada — disse Morris, passando a Robin uma câmera digital com visão noturna. — O maridão fingia sair com os meninos. A babá sempre tirava folga nas noites de terça. Os escrotos idiotas se despediram na porta. Erro de novato.

Robin rolou lentamente pelas fotos. A babá voluptuosa que era tão parecida com Lorelei, a ex de Strike, estava na soleira de uma casa geminada, nos braços do marido da sra. Smith. Morris tinha capturado não só o abraço, mas o nome da rua e o número na porta.

— Onde fica esse lugar? — perguntou Robin, passando rapidamente pelas fotos do abraço.

— Shoreditch. A melhor amiga da babá aluga — disse Morris. — É sempre útil ter uma amiga que deixa você usar a casa dela para uns amassos furtivos, hein? Consegui o nome e as informações dela também, então ela está prestes a ser arrastada para tudo isso.

Morris se espreguiçou suntuosamente no sofá, com os braços acima da cabeça, e disse bocejando:

— Não é com frequência que você tem a chance de deixar três mulheres infelizes ao mesmo tempo, é?

— Para não falar do marido — disse Robin, vendo o perfil bonito do marido da corretora de commodities, em silhueta contra um poste de rua ao voltar para o carro da família.

— Bem, é — disse Morris, ainda esticado —, ele também.

A camiseta dele tinha subido, expondo uma parte do abdome sarado, um fato de que Robin achava que ele devia ter plena consciência.

— Quer uma reunião com café da manhã? — perguntou Strike a Robin. Tinha acabado de abrir uma lata de biscoitos e a encontrou vazia. — Estamos atrasados com as atualizações do caso Bamborough. E não tomei o café.

— Ótimo — disse Robin imediatamente, pegando o casaco.

— Você nunca *me leva* para o café da manhã — disse Morris a Strike, levantando-se do sofá.

Ignorando esse comentário, Strike disse:

— Bom trabalho no caso Smith, Morris. Vou informar à esposa mais tarde. Te vejo amanhã.

— Horrível, não — disse Robin enquanto ela e Strike saíam pela porta preta para o frio da Denmark Street, onde o sol ainda não havia penetrado —, aquele avião desaparecido?

Onze dias antes, o voo 370 da Malaysia Airlines tinha decolado de Kuala Lumpur e sumido sem deixar rastros. Mais de duzentas pessoas estavam desaparecidas. Teorias concorrentes sobre o que aconteceu com o avião dominaram os noticiários na última semana: entre elas, sequestro, sabotagem da tripulação e defeito mecânico. Robin esteve lendo sobre isso a caminho do trabalho. Todos aqueles familiares esperando notícias. Será que chegariam logo? Um avião com quase 250 pessoas não podia se perder com a mesma facilidade de uma única mulher que se dissolveu na chuva de Clerkenwell.

— Um pesadelo para as famílias — Strike concordou, enquanto eles iam para o sol na Charing Cross Road. Ele parou, olhou os dois lados da rua. — Não quero ir à Starbucks.

Então eles foram ao Bar Italia na Frith Street, que ficava de frente para o Ronnie Scott's Jazz Club, a cinco minutos do escritório. Todas as pequenas mesas e cadeiras de metal na calçada estavam vagas. Apesar da promessa ensolarada, o ar matinal de março ainda carregava o frio. Cada banqueta no balcão dentro da cafeteria tinha um cliente tomando café antes de começar o dia de trabalho, enquanto lia noticiários nos celulares ou examinava as prateleiras de produtos refletidas no espelho de frente para eles.

— Vai ficar aquecida o bastante se sentarmos aqui fora? — perguntou Strike em dúvida, olhando do vestido de Robin para o balcão. Ela começava realmente a desejar ter vestido a calça jeans.

— Vou ficar bem — disse Robin. — E só quero um cappuccino, já comi.

Enquanto Strike comprava comida e bebida, Robin se sentou na fria cadeira de metal com a intenção de pegar o caderno de couro de Talbot, mas depois de hesitar por um momento mudou de ideia e deixou o caderno onde estava. Não queria que Strike pensasse que ela estivera se concentrando nos devaneios astrológicos de Talbot nos últimos dias, embora, na verdade, ela tivesse passado muitas horas examinando o caderno.

— Cappuccino — disse Strike, voltando a ela e colocando o café à sua frente. Para ele, chegou um expresso duplo e um pão de muçarela e salaminho. Sentando-se ao lado dela, ele disse: — Por que a audiência foi cancelada?

Satisfeita por ele se lembrar, Robin respondeu:

— Matthew alega que apareceu algo urgente.

— Acredita nele?

— Não. Acho que é mais um jogo psicológico. Eu não estava ansiosa por isso, mas pelo menos teria acabado. Então — disse ela, sem querer falar de Matthew —, tem alguma novidade sobre Bamborough?

— Não muita — disse Strike, que tinha estado trabalhando a fundo em outros casos desde a volta da Cornualha. — Recebemos o resultado da perícia daquela mancha de sangue que encontrei no livro no apartamento dos Athorn.

— E?

— Tipo O positivo.

— E ligou para Roy para saber...?

— Liguei. Margot era A positivo.

— Oh — disse Robin.

— Minhas esperanças não eram muitas. — Strike deu de ombros. — Parecia uma mancha por um corte com papel, no máximo.

"Mas encontrei Mucky Ricci. Ele está em um asilo particular chamado St. Peter, em Islington. Tive de fazer uma imitação por telefone para conseguir a confirmação."

— Ótimo. Quer que eu...

— Não. Eu te contei, o Shanker avisou seriamente para não incomodar o velho cretino, caso os filhos dele fiquem sabendo.

— E você acha, de nós dois, que sou aquela que incomoda as pessoas, não é?

Strike sorriu ligeiramente enquanto mastigava o pão.

— Não tem sentido sacudir a jaula de Luca Ricci, só se precisarmos. Shanker me disse que Mucky está gagá, o que espero significar que ele está um pouco menos afiado do que antigamente. Isso pode até funcionar a nosso favor. Infelizmente, pelo que consegui arrancar da enfermeira, ele não fala mais.

— Nadinha?

— Aparentemente, nada. Ela falou nisso de passagem. Tentei descobrir se era porque ele tem depressão, ou se teve um derrame, ou se está senil, e nesse caso interrogá-lo naturalmente não teria sentido, mas ela não disse.

"Fui checar o lugar, eu torcia para ser alguma instituição grande onde você pode entrar de mansinho sem ser percebido, só que mais parece uma pousada. Eles só têm dezoito residentes. Eu diria que a possibilidade de entrar ali sem ser notado ou se passar por um primo distante está mais perto de zero."

Irracionalmente, agora que Ricci parecia inalcançável, Robin, que não tinha mais interesse por ele do que por qualquer um dos outros suspeitos, de imediato sentiu que algo fundamental para a investigação tinha se perdido.

— Não estou dizendo que não vou dar uma prensa nele um dia desses — disse Strike. — Mas, no momento, os ganhos possíveis não justificam colocar um bando de gângsteres profissionais furiosos atrás de nós. Por outro lado, se não conseguirmos mais nada até agosto, talvez eu tenha de ver se consigo dar uma palavrinha com Ricci.

Pelo tom dele, Robin deduziu que Strike também tinha plena consciência de que já havia se passado mais da metade do ano previsto para o caso Bamborough.

— Também — continuou ele — entrei em contato com o biógrafo de Margot, C. B. Oakden, que está fazendo jogo duro. Ele parece pensar que é muito mais importante para a investigação do que eu penso.

— Está atrás de dinheiro?

— Eu diria que ele está atrás de qualquer coisa que possa conseguir — disse Strike. — Parecia tão interessado em me entrevistar como em deixar que eu o entrevistasse.

— Quem sabe — sugeriu Robin — ele não está pensando em escrever um livro sobre você, como aquele que fez sobre Margot?

— Ele demonstra partes iguais de esperteza e burrice. Não parece ter ocorrido a ele que eu devo saber muito de seu passado duvidoso, uma vez que consegui localizá-lo depois de várias mudanças de nome. Mas posso entender como ele enganou todas aquelas idosas. Por telefone, ele fez questão de mostrar que se lembrava de todos em torno de Margot. Havia uma fluência real nisso: "Sim, o dr. Gupta, um homem adorável", "Ah, sim, Irene, meio complicada". É convincente até que você lembra que ele tinha 14 anos quando Margot desapareceu e provavelmente a tenha encontrado no máximo duas vezes.

"Mas ele não me disse nada sobre Brenner, e é nele que estou realmente interessado. 'Vou precisar pensar nisso', foi o que ele disse. 'Não sei se quero entrar nessa.' Liguei para ele duas vezes até agora. Nas duas vezes ele tentou desviar a conversa para mim, eu a puxava de volta a Brenner e ele interrompeu a ligação, fingindo que tinha algo urgente a tratar. Nas duas vezes, ele prometeu me retornar, mas não ligou."

— Você não acha que ele está gravando os telefonemas, acha? — perguntou Robin. — Tentando obter coisas a seu respeito que possa vender aos jornais?

— Isso me ocorreu — admitiu Strike, virando açúcar no café.

— E se eu falar com ele da próxima vez?

— Talvez não seja má ideia. De todo modo — ele tomou um gole do café —, isso foi tudo que consegui sobre Bamborough desde que voltei. Mas pretendo passar na casa da enfermeira Janice assim que tiver algumas horas livres. Ela está voltando de Dubai hoje e quero saber por que nunca falou que conhecia Paul Satchwell. Dessa vez acho que não vou avisar de minha visita. É sempre bom pegar as pessoas desprevenidas. Então, quais são as novas do seu lado?

— Bom — disse Robin —, Gloria Conti, ou Jaubert, como se chama atualmente, não respondeu ao e-mail de Anna.

— Que pena. — Strike franziu a testa. — Pensei que seria mais provável ela conversar conosco, se Anna pedisse.

— Eu também. Acho que vale a pena dar outra semana, depois pedir a Anna para sondar. O pior que pode acontecer é outro "não" definitivo. Uma notícia um pouco melhor, eu devo conversar com Amanda White, que agora é Amanda Laws, ainda hoje.

— Quanto isso vai nos custar?

— Nada. Apelei à melhor natureza dela — disse Robin —, e ela fingiu se deixar convencer, mas sei que está bem encantada com a ideia da publicidade e gosta da ideia de você estar nisso, e de ver o nome nos jornais de novo como a estudante corajosa que se ateve à história da "mulher na janela" mesmo quando a polícia não acreditou nela. Isso apesar da desculpa que deu, quando entrei em contato com ela na primeira vez, de que não queria passar por todo o estresse do interesse da imprensa de novo, a não ser que ganhasse algum dinheiro.

— Ela ainda é casada? — Strike tirou os cigarros do bolso. — Porque ela e Oakden dariam um belo par. Talvez não seja uma jogada ruim para nós, juntar dois vigaristas.

Robin riu.

— Então eles podem ter filhos picaretas juntos, assim ficamos no negócio para sempre?

Strike acendeu o cigarro, soltou a fumaça e disse:

— Não é um plano de negócios perfeito. Não há garantias de que acasalar dois merdas vá gerar uma terceira merda. Sei de pessoas decentes que criaram completos filhos da puta, e vice-versa.

— Você é pela natureza, e não pela criação? — perguntou Robin.

— Talvez. Meus três sobrinhos foram criados do mesmo jeito, não foram? E...

— ... um é adorável, um é um imbecil e o outro um babaca — disse Robin.

A gargalhada de Strike pareceu ter ofendido o homem de terno de ar atormentado que passava às pressas com um celular na orelha.

— Bem lembrado — disse Strike, ainda sorrindo e vendo o homem de cara amarrada sair de vista. Ultimamente ele também ficava de mau humor ao ouvir a alegria dos outros, mas neste momento, com o sol, o café bom e Robin a seu lado, de súbito percebeu que estava mais feliz do que em meses.

— Mas as pessoas nunca são criadas do mesmo jeito — disse Robin —, nem mesmo na mesma casa, com os mesmos pais. A ordem de nascimento importa, e todo tipo de outras coisas. Por falar nisso, a filha de Wilma Bayliss, Maya, concordou definitivamente em conversar conosco. Vamos tentar encontrar uma data conveniente. Acho que te contei, a irmã mais nova está se recuperando de um câncer de mama, então não quero importuná-los.

"E tem outra coisa", disse Robin, constrangida.

Strike, que tinha voltado a seu sanduíche, viu, para sua surpresa, Robin pegar na bolsa o caderno com capa de couro de Talbot, que Strike supunha ainda estar trancado no arquivo do escritório.

— Estive dando outra olhada nisso.

— Acha que deixei passar alguma coisa? — perguntou Strike, com a boca cheia de pão.

— Não, eu...

— Está tudo bem — disse ele. — É inteiramente possível. Ninguém é infalível.

O sol aos poucos abria caminho para a Frith Street, e as páginas do velho caderno brilharam, amarelas, quando Robin o abriu.

— Bom, é sobre Escorpião. Lembra-se de Escorpião?

— A pessoa cuja morte pode ter sido motivo de preocupação para Margot?

— Exatamente. Você achou que Escorpião podia ser a amante casada de Steve Douthwaite, que se matou.

— Estou aberto a outras teorias — disse Strike. Com o sanduíche terminado, ele espanou as mãos e pegou os cigarros. — As anotações perguntam se Aquário confrontou Peixes, não é? O que eu supus significar que Margot confrontou Douthwaite.

Apesar do tom neutro, Strike se ressentia de se recordar desses signos astrológicos. A tarefa laboriosa e definitivamente nada recompensadora de entender que suspeitos e testemunhas eram representados por cada signo do zodíaco estava muito longe de sua pesquisa preferida.

— Bom — disse Robin, pegando duas fotocópias dobradas, que ela havia guardado dentro do caderno —, estive pensando... Veja isso aqui.

Ela passou os dois documentos a Strike, que os abriu e viu cópias de duas certidões de nascimento, uma de Olive Satchwell, a outra da Blanche Satchwell.

— Olive era a mãe de Satchwell — disse Robin, enquanto Strike, fumando, examinava os documentos. — E Blanche era a irmã dele, que morreu aos dez anos... possivelmente com um travesseiro na cara.

— Se está esperando que eu deduza os signos delas a partir dessas certidões — disse Strike —, eu não decorei todo o zodíaco.

— Blanche nasceu em 25 de outubro, portanto é de Escorpião — disse Robin. — Olive é de 29 de março. Pelo sistema tradicional, ela era de Áries, como Satchwell...

Para surpresa de Strike, Robin agora pegou um exemplar de *Astrology 14,* de Steven Schmidt.

— Deu um trabalho danado achar isto aqui. Está fora de catálogo há séculos.

— Uma obra-prima dessas? Você me surpreende. — Strike viu Robin abrir na página que listava as datas dos signos revisadas de acordo com Schmidt. Robin sorriu, mas recusou-se a ser rechaçada e disse:

— Veja aqui. Pelo sistema de Schmidt, a mãe de Satchwell era de Peixes.

— Agora estamos misturando os dois sistemas? — perguntou Strike.

— Bom, Talbot misturou — observou Robin. — Ele concluiu que Irene e Roy deviam ter seus signos de Schmidt, mas a outras pessoas permitiu manter os signos tradicionais.

— Mas — disse Strike, plenamente consciente de que tentava impor a lógica ao que era essencialmente ilógico — Talbot fez pressupostos imensos e abrangentes com base nos signos originais das pessoas. Brenner foi considerado suspeito simplesmente porque era de...

— ... Libra, sim — disse Robin.

— Bom, o que acontece com Janice sendo paranormal e o Açougueiro de Essex sendo de Capricórnio, se todas as datas começam a escorregar?

— Sempre que havia uma discrepância entre o signo tradicional e o de Schmidt, ele parece ter ficado com o signo que pensava combinar melhor com a pessoa.

— O que faz de toda essa história uma piada. Também — disse Strike — coloca em questão todas as minhas identificações de signos e suspeitos.

— Eu sei — disse Robin. — Até Talbot parece ter ficado muito estressado tentando entender os dois sistemas, e é aí que ele começa a se concentrar principalmente nos asteroides e no tarô.

— Tudo bem — disse Strike, soprando a fumaça para longe dela —, continue com o que estava dizendo... se a irmã de Satchwell é de Escorpião, e a mãe era de Peixes... me lembre — disse Strike — exatamente o que diz a passagem sobre Escorpião?

Robin folheou o caderno de Talbot até encontrar a passagem decorada com desenhos do caranguejo, do peixe, do escorpião, da cabra com rabo de peixe e da jarra de água.

— "Aquário preocupado com como Escorpião morreu, ponto de interrogação." — Ela leu. — E... escrito em maiúsculas... "SCHMIDT CONCORDA COM ADAMS". Depois, "Aquário desafia Peixes sobre Escorpião? Era Câncer ali, a testemunha era de Câncer? Câncer é gentil, o instinto é de proteger", depois, em maiúsculas, "INTERROGAR DE NOVO. Escorpião e Aquário relacionados, água, água, também Câncer, e Capricórnio", em maiúsculas, "TEM UM RABO DE PEIXE".

De testa franzida, Strike disse:

— Estamos supondo que Câncer ainda significa Janice, não é?

— Sim, Janice e Cynthia são as únicas cancerianas relacionadas com o caso, e Janice parece se encaixar melhor nisso — disse Robin. — Digamos que Margot tenha decidido que ia tomar uma atitude com base na suspeita de que a mãe de Satchwell tenha matado a irmã dele. Se ela telefonou a Olive da clínica, Janice pode ter ouvido o telefonema, não pode? E se Janice conhecia a família de Satchwell, ou esteve envolvida com eles de alguma forma que não sabemos, talvez ela não quisesse dizer à polícia o que ouvira, por medo de incriminar Olive.

— Por que Margot esperaria anos para verificar suas suspeitas sobre o sonho do travesseiro? — perguntou Strike, mas, antes que Robin pudesse dar uma resposta, ele mesmo respondeu. — É claro que as pessoas às vezes levam anos para decidir que medidas tomar com relação a uma coisa dessas. Ou para criar coragem para agir.

Ele devolveu as duas fotocópias a Robin.

— Bom, se é essa a história por trás de Escorpião, Satchwell ainda é o principal suspeito.

— Não consegui o endereço dele na Grécia — disse Robin, sentindo-se culpada.

— Vamos chegar a ele através da irmã, se for preciso.

Strike então tomou um gole do café e, contrariando um pouco seu bom senso, perguntou:

— O que você disse sobre os asteroides?

Robin folheou mais o caderno, para mostrar a Strike a página que esteve examinando em Leamington Spa, que ela pensava como a "página dos chifres".

— Enquanto o caso prosseguia, ele parece ter desistido da astrologia normal. Acho que Schmidt o confundiu tanto que ele não conseguia mais trabalhar, então ele passa a inventar seu próprio sistema. Ele calculou as posições dos asteroides na noite do desaparecimento de Margot. Veja aqui...

Robin apontava o símbolo ⚴...

— Este símbolo significa o asteroide Palas Atena... lembra aquele relógio feio na casa dos Phipps?... e ele o usa para representar Margot. O asteroide Palas Atena estava na décima casa do zodíaco na noite em que Margot desapareceu, e a décima casa é regida por Capricórnio. Também supõe dirigir empresas, classe alta e andares altos.

— Você acha que Margot ainda está no sótão de alguém?

Robin sorriu, mas se recusou a ser rechaçada.

— E veja aqui... — ela virou o caderno para ele — supondo-se que os outros asteroides também se refiram a pessoas vivas, temos Ceres, Juno e Vesta.

"Acho que ele está usando Vesta, 'guardiã do lar', para representar Cynthia. Vesta estava na sétima casa, a do casamento. Talbot escreveu 'COMBINA'... então acho que ele está dizendo que Cynthia estava no lar conjugal de Margot, a Broom House.

"Acho que 'carinhosa, protetora Ceres' parece Janice de novo. Ela está na 12ª casa, também Juno, que está associado com 'esposas e infidelidade', o que pode nos levar de volta a Joanna Hammond, a amante casada de Douthwaite..."

— O que representa a 12ª casa?

— Inimigos, segredos, tristezas e perdição.

Strike a olhou com as sobrancelhas erguidas. Ele tinha feito a vontade de Robin porque estava ensolarado e gostava de sua companhia, mas sua tolerância para com a astrologia agora ficava muito tênue.

— Também é a casa de Peixes — disse Robin — que é o signo de Douthwaite, então talvez...

— Você acha que Janice e Joanna Hammond estavam ambas no apartamento de Douthwaite quando Margot foi raptada, é isso?

— Não, mas...

— Porque isso seria complicado, uma vez que Joanna Hammond morreu semanas antes de Margot desaparecer. Ou está sugerindo que o fantasma dela assombrava Douthwaite?

— Tudo bem, sei que pode não significar nada — disse Robin, rindo um pouco enquanto prosseguia —, mas Talbot escreveu outra coisa aqui: "Ceres nega contato com Juno. Será que Cetus tem razão?"

Ela apontava o símbolo da baleia que representava Irene.

— Acho difícil imaginar Irene Hickson com razão a respeito de muita coisa — disse Strike. Ele puxou o caderno de couro para si para olhar mais atentamente a letra pequena e obsessiva de Talbot, depois afastou o caderno com um dar de ombros meio impaciente. — Olha, é fácil ser sugado para esse troço. Quando eu examinei as anotações, comecei a fazer ligações enquanto tentava seguir a linha de raciocínio dele, mas ele estava doente, não é? Nada leva a nada de concreto.

— Só fiquei intrigada com esse "Será que Cetus tem razão?", porque Talbot desconfiou de Irene desde o começo, não foi? Depois ele começa a imaginar se ela podia ter razão a respeito de... de algo ligado a inimigos, segredos e perdição...

— Se um dia descobrirmos o que aconteceu com Margot Bamborough — disse Strike —, aposto cem pratas que você poderá resolver casos igualmente fortes exatamente com as coisas de ocultismo de Talbot, apesar de completamente erradas. A gente sempre pode esticar esse negócio simbólico para se encaixar com os fatos. Uma das amigas de minha mãe costumava adivinhar o signo dos outros e ela acertava *sempre.*

— Acertava?

— Ah, sim — disse Strike. — Porque mesmo quando estava errada, tinha razão. Por acaso eles tinham um monte de planetas naquele signo ou, sei lá, a mulher que fez o parto deles tinha esse signo. Ou o cachorro deles.

— Tudo bem — disse Robin. Ela esperava o ceticismo de Strike, afinal, e agora colocou o caderno de capa de couro e *Astrology 14* de volta na bolsa. — Sei que talvez não signifique nada, só estou...

— Se quiser ver Irene Hickson de novo, fique à vontade. Diga a ela que Talbot pensava que ela podia ter um profundo discernimento sobre algo relacionado com asteroides e... sei lá... queijo...

— A 12ª casa não rege o *queijo* — disse Robin, tentando parecer séria.

— Qual é o número da casa dos laticínios?

— Ah, vai se lascar — disse ela, rindo a contragosto.

O celular de Robin vibrou no bolso e ela o pegou. Uma mensagem de texto acabara de chegar.

Oi, Robin, podemos conversar agora se quiser? Acertei de trabalhar em um turno mais tarde, então só preciso ir para o trabalho daqui a algumas horas. Caso contrário, terá de ser depois das 8 da noite — Amanda

— Amanda White — disse ela a Strike. — Quer conversar agora.

— Por mim, tudo bem — disse Strike, aliviado por voltar a terreno investigativo firme. Mentirosa ou não, Amanda White pelo menos falaria de uma mulher real em uma janela de verdade.

Robin entrou com o número de Amanda, passou o celular para o viva voz e colocou na mesa entre ela e Strike.

— Oi — disse uma voz confiante de mulher, com um toque de North London. — É a Robin?

— Sim — disse Robin —, e estou com Cormoran.

— Bom dia — disse Strike.

— Ah, é *você*, é? — Amanda parecia deliciada. — É uma *honra* para mim. Estive falando com sua secretária.

— Na verdade ela é minha parceira — disse Strike.

— Sério? Nos negócios ou outra coisa? — perguntou Amanda.

— Nos negócios — disse Strike, agora olhando para Robin. — Pelo que sei, Robin esteve falando com você sobre o que você viu na noite em que Margot Bamborough desapareceu.

— É isso mesmo — disse Amanda.

— Você se importaria se gravássemos esta entrevista?

— Não, acho que não — disse Amanda. — Quer dizer, quero fazer o que é certo, embora eu não vá fingir que não tem sido um dilema, porque foi muito estressante da última vez, jornalistas, dois interrogatórios da polícia, e eu só tinha 14 anos. Mas sempre fui uma garota teimosa, hahah, e determinada...

Então Amanda contou a história com que Strike e Robin já estavam familiarizados: da chuva, da colega de escola zangada, da janela do andar de cima e do reconhecimento retrospectivo de Margot, quando Amanda viu a foto dela no jornal. Strike fez algumas perguntas, mas sabia que não haveria nenhuma mudança na história de Amanda. Se ela verdadeiramente acreditava ter visto Margot Bamborough na janela naquela noite ou não, evidentemente estava decidida a nunca renunciar a sua associação com o mistério de quarenta anos.

— ... e acho que fiquei assombrada desde então pela ideia de que não fiz nada, mas eu tinha 14 anos e só me ocorreu depois, eu podia ser a pessoa que a teria salvado — ela encerrou a história.

— Bom — disse Robin enquanto Strike assentia para ela, sinalizando que ele tinha tudo que queria —, muito obrigada por conversar conosco, Amanda. Eu sinceramente...

— Tem outra coisa, antes de você desligar — disse Amanda. — Espere só ouvir essa. É só uma coincidência incrível e acho que nem a polícia sabe disso, porque as duas pessoas morreram.

— Quem morreu? — perguntou Robin enquanto Strike acendia outro cigarro.

— *Bom* — disse Amanda —, isso não é estranho? Em meu último emprego, uma garota do escritório tinha uma tia-avó...

Strike revirou os olhos.

— ... que esteve em um sanatório, adivinha com quem?

— Não sei — disse Robin educadamente.

— Violet Cooper — disse Amanda. — Vocês não devem...

— A senhoria de Dennis Creed — disse Robin.

— *Exatamente!* — Amanda parecia satisfeita por Robin valorizar o significado de sua história. — E aí, não é simplesmente *esquisito* que eu tenha visto Margot naquela janela e aí, todos esses anos depois, trabalhar com alguém cuja parente conheceu Vi Cooper? Só que ela usava outro nome na época, porque as pessoas a detestavam.

— Isso *é* uma coincidência — disse Robin, cuidando para não olhar na cara de Strike. — Bom, obrigada...

— Não acabou! — disse Amanda, rindo. — Não, tem mais! E aí, essa tia-avó da garota disse que Vi contou a ela que escreveu a Creed, uma vez, perguntando se ele tinha matado Margot Bamborough.

Amanda se interrompeu, claramente querendo uma resposta, então Robin, que já lera sobre isso em *O demônio de Paradise Park*, disse:

— Nossa.

— *Pois é* — disse Amanda. — E pelo visto a Vi disse... isso no leito de morte dela, sabe, ela estava dizendo a verdade, porque é o que a gente diz, não é?... Vi disse que a carta que ela recebeu dizia que ele *tinha* matado Margot.

— Sério? — disse Robin. — Pensei que a carta...

— Não, mas isso veio direto de Violet — disse Amanda enquanto Strike revirava os olhos de novo —, e ela disse, ele sem dúvida matou, ele mesmo disse. Ele disse isso de um jeito que só ela entenderia, mas ela sabia *exatamente* o que ele quis dizer.

"Mas é uma *loucura*, não é? Eu vi Margot na janela, e aí, anos depois..."

— Incrível — disse Robin. — Bom, muito obrigada por seu tempo, Amanda, isso foi realmente... erm...

Robin precisou de mais alguns minutos, e muita gratidão insincera, para conseguir tirar Amanda da linha.

— O que você acha? — perguntou Robin a Strike quando enfim conseguira se livrar de Amanda.

Ele apontou o céu com o dedo.

— O quê? — disse Robin, olhando a névoa azul.

— Se olhar atentamente — disse Strike —, poderá ver um asteroide passando pela casa do papo-furado.

50

Ai de mim (disse ela) onde estou, ou com quem?
Entre os vivos, ou entre os mortos?

Edmund Spenser
A Rainha das Fadas

O trabalho da agência que não tinha relação com o caso Bamborough consumiu Strike nos dias que se seguiram. Sua primeira tentativa de surpreender a enfermeira Janice Beattie em casa foi infrutífera. Ele saiu da Nightingale Grove, uma rua comum que ficava junto da ferrovia Southeastern, sem receber nenhuma resposta ao bater na porta.

A segunda tentativa, na quarta-feira seguinte, foi feita em uma tarde ventosa que ameaçava chuva o tempo todo. Strike se aproximou da casa de Janice a partir da estação de Hither Green, por uma calçada delimitada à direita por grades e sebes, separando a rua da ferrovia. Ele pensava em Robin ao andar, fumando, porque ela havia acabado de rejeitar a oportunidade de se juntar a ele para entrevistar Janice, dizendo que havia "outra coisa" que precisava fazer, mas sem especificar o que era. Strike pensou ter detectado um traço de cautela, quase uma posição defensiva, na resposta de Robin à sugestão de uma entrevista conjunta, onde em geral só teria havido a decepção.

Desde que ela deixou Matthew, Strike passara a se acostumar com mais tranquilidade e abertura entre ele e Robin, então essa recusa, combinada com o tom que ela usou e a ausência de uma explicação, o deixou curioso. Embora naturalmente existissem questões que ele não podia esperar que ela lhe contasse — idas ao ginecologista passaram pela cabeça dele —, Strike teria esperado que ela pelo menos dissesse "Tenho uma consulta médica".

O céu escureceu enquanto Strike se aproximava da casa de Janice, que era consideravelmente menor que a de Irene Hickson. Era geminada. Havia cortinas de renda em todas as janelas, e a porta de entrada era vermelho-escura. Strike não registrou prontamente o fato de que tinha uma luz acesa atrás das cortinas de renda da janela da sala de estar, só quando atravessava a rua. Quando percebeu que seu alvo devia estar em casa, porém, conseguiu tirar a sócia da cabeça e bateu firmemente na porta da frente. Enquanto esperava, ouviu os sons abafados de um televisor em volume alto pelo vidro da janela do térreo. Ele pensava em bater de novo, caso Janice não tivesse ouvido da primeira vez, quando a porta se abriu.

Em contraste com a última vez em que se encontraram, a enfermeira, que estava com óculos de aro de aço, pareceu chocada e nada satisfeita ao ver Strike. De trás dela, duas vozes americanas de mulher soaram do televisor fora de vista: "*Então você gostou do colar?*" "*Eu adorei o colar!*"

— Erm... deixei passar alguma mensagem, ou...?

— Peço desculpas por não ter avisado — disse Strike sem nenhuma sinceridade —, mas como estava de passagem por aqui, pensei se a senhora poderia me dar alguns minutos?

Janice olhou por cima do ombro. Uma voz de homem afetado agora dizia: "*O vestido que Kelly adora é uma amostra exclusiva das passarelas...*"

Claramente insatisfeita, Janice voltou-se a Strike.

— Bom... está bem — disse ela —, mas a casa está uma bagunça... e por favor, pode limpar seus pés direito, porque o último sujeito que apareceu aqui sem avisar trouxe cocô de cachorro. Pode fechar a porta depois de entrar.

Strike passou à soleira, onde Janice saía de vista e entrava na sala de estar. Strike esperava que ela desligasse a TV, mas Janice não fez isso. Enquanto Strike limpava os pés no capacho de fibra de coco do lado de dentro da porta, uma voz de homem disse: "*Pode ser impossível encontrar esse vestido de passarela exclusivo, então Randy está à procura de...*" Depois de hesitar por um momento no capacho, Strike concluiu que Janice esperava que ele a acompanhasse, e entrou na sala pequena.

Depois de passar uma parte significativa da juventude em ocupações com a mãe, a ideia que Strike tinha de "bagunça" era muito diferente da de Janice. Embora atulhada, com alguma coisa em quase todas as superfícies, os únicos sinais de desarrumação na sala eram um exemplar do *Daily Mirror* aberto em uma poltrona, algumas embalagens amassadas ao lado de um pacote aberto de tâmaras na mesa de centro baixa e um secador de cabelo, largado, de forma descuidada, no chão ao lado do sofá, e cuja tomada agora Janice desligava.

"*... Antonella está tirando do closet o vestido escolhido por Kelly, um vestido brilhante de 15 mil dólares...*"

— O espelho daqui de baixo é melhor para secar meu cabelo — explicou Janice, endireitando o corpo, de rosto rosado, o secador na mão, e parecendo meio irritada, como se Strike a obrigasse a se justificar. — Eu agradeceria se avisasse antes, sabe? — acrescentou ela, severa como uma mulher naturalmente sorridente podia ser. — Você me pegou de surpresa.

Strike inesperada e pungentemente se lembrou de Joan, que sempre ficava nervosa se visitas apareciam enquanto o aspirador de pó ou a tábua de passar roupa ainda estivessem à mostra.

— Desculpe-me. Como eu disse, por acaso estava por aqui...

"*Mesmo enquanto Kelly veste o vestido número um, ela ainda não consegue tirar da cabeça o vestido de seus sonhos*", disse o narrador em voz alta, e Strike e Janice olharam a TV, onde uma jovem se contorcia em um vestido branco justo e semitransparente coberto de strass prateado.

— *Say Yes to the Dress* — disse Janice, que usava o mesmo suéter e calça azul-marinho da última vez que Strike a vira. — Meu prazer culpado... Quer uma xícara de chá?

— Só se não for incômodo — disse Strike.

— Bom, é sempre *algum* incômodo, não é? — disse Janice, com a primeira centelha de um sorriso. — Mas eu ia mesmo preparar uma xícara para mim no primeiro intervalo comercial, então você também pode ter a sua.

— Nesse caso, muito obrigado — disse Strike.

"*Se eu não achar esse vestido*", disse o consultor de casamento afetado na tela, procurando com urgência em araras de vestidos brancos, as sobrancelhas tão depiladas que pareciam desenhadas, "*não vai ser...*"

A tela se apagou. Janice tinha desligado o aparelho com o controle remoto.

— Quer tâmaras? — perguntou ela a Strike, estendendo a caixa.

— Não, obrigado.

— Trouxe caixas de Dubai — disse ela. — Eu ia dar de presente, mas simplesmente não consigo parar de comer. Sente-se. Volto em dois segundos.

Strike pensou ter notado outro olhar para suas pernas enquanto ela saía da sala, com o secador de cabelo na mão, as tâmaras na outra, e o deixava para sentar-se em uma poltrona, que rangeu sob seu peso.

Strike achou opressiva a sala de estar pequena. Predominantemente vermelha, o carpete era decorado com espirais escarlate e por cima dele havia um tapete persa carmim e barato. Havia quadros de flores secas pendurados nas paredes vermelhas, entre antigas fotografias, algumas em preto e branco, e as coloridas desbotadas, exibidas em molduras de madeira. Uma cristaleira estava tomada de enfeites baratos de vidro. O maior, uma carruagem de Cinderela puxada por seis cavalos de vidro, ficava em uma posição de destaque no consolo acima da lareira elétrica. Evidentemente, por baixo das roupas práticas de Janice, batia um coração romântico.

Ela voltou alguns minutos depois, trazendo uma bandeja de vime trançado com duas canecas de chá, já com leite, e um prato de biscoitos de chocolate. O ato de preparar o chá parecia tê-la colocado em um estado de espírito melhor para com o visitante.

— Esse é o meu Larry — disse ela, pegando Strike olhando um porta-retratos duplo na mesinha a seu lado. De um lado estava um homem de olhos sonolentos com dentes de fumante. Do outro, uma loura, corpulenta, mas bonita.

— Ah. E essa é...?

— Minha irmã mais nova, Clare. Ela morreu em 1997. Câncer no pâncreas. Diagnosticaram tarde.

— Ah, eu sinto muito saber disso — disse Strike.

— É — disse Janice com um suspiro profundo. — Perdi os dois mais ou menos na mesma época. Para lhe falar a verdade — disse ela enquanto se sentava no sofá e os joelhos soltavam estalos audíveis —, voltei de Dubai para cá e pensei, eu preciso realmente de umas fotos novas. Foi deprimente voltar, a quantidade de mortos...

"Tirei umas lindas de Kev e dos netos nas férias, mas ainda não mandei imprimir. O vizinho daqui vai fazer isso para mim. Todas as minhas antigas de Kev têm dois anos. Dei ao garoto o cartão de... *lembrança*, é isso?"

— De memória? — sugeriu Strike.

— Isso mesmo. Os garotos vizinhos riram de mim. Imagine só, Irene é pior do que eu. Ela não consegue nem trocar uma pilha. Então — disse ela —, por que você queria me ver mesmo?

Strike, que não tinha a intenção de se arriscar a uma rejeição imediata, pretendia lhe fazer perguntas sobre Satchwell por último. Pegando o bloco e o abrindo, ele disse:

— Algumas coisas que apareceram desde a última vez que a vi. Perguntei ao dr. Gupta sobre isso primeiro, mas ele não pôde me ajudar, então eu esperava que a senhora talvez pudesse. Por acaso sabe de alguma coisa sobre um homem chamado Niccolo Ricci, às vezes com o apelido de "Mucky"?

— Um velho gângster, não é? — disse Janice. — Eu sabia que ele morava no bairro, em Clerkenwell, mas não o conheci. Por que você queria... Ah, Irene esteve lhe falando das coisas das fundações?

— Do quê? — perguntou Strike.

— Ah, na verdade não é nada. Houve um boato, quando estavam fazendo muita revitalização em Clerkenwell no início dos anos 1970, de que alguns operários tinham encontrado um corpo enterrado em concreto embaixo de um dos prédios demolidos. A história era de que gângsteres de Little Italy tinham escondido o corpo ali, nos anos 1940. Mas Eddie... o Eddie de Irene, o empreiteiro com quem ela acabou se casando... foi como eles se conheceram, no pub do bairro, quando a empresa dele fazia grande parte da revitalização... Eddie nos disse que era tudo bobagem. *Eu* não acreditei nisso. Acho que Irene acreditou um pouco — acrescentou Janice, mergulhando um biscoito no chá.

— Que ligação isso tem com Margot? — perguntou Strike.

— Bom, depois que Margot desapareceu, teve uma teoria de que o corpo dela tinha sido colocado em uma das fundações abertas e coberto de concreto. Ainda estavam construindo muito lá em 1974, sabe?

— As pessoas estavam sugerindo que Ricci a havia matado? — perguntou Strike.

— Meu Deus, não! — disse Janice com uma risadinha chocada. — O que Mucky Ricci tem a ver com Margot? Foi só por causa desse boato antigo. Coloca ideias na cabeça das pessoas, sabe, enterrar corpos em concreto. As pessoas podem ser muito tolas. O meu Larry me disse... ele era construtor, sabe... Até parece que os operários não iam notar um monte de concreto fresco quando aparecessem para trabalhar.

— A senhora sabia que Ricci foi à festa de Natal da clínica St. John's?

— Ele o quê? — disse Janice, com a boca cheia.

— Ele e mais dois homens chegaram mais para o final da festa, possivelmente para levar Gloria para casa.

— Eles... *o quê*? — disse Janice, parecendo naturalmente perplexa. — Mucky Ricci e *Gloria*? Essa não. Isso é porque... não, veja bem, você não deve dar atenção a Irene, não a respeito de Gloria. Irene... ela exagera. Ela jamais gostou muito de Gloria. E ela às vezes troca as bolas. *Eu* nunca soube que a família de Gloria tinha ligações com o crime. Irene via demais os filmes da série O Poderoso Chefão — disse Janice. — Vimos o primeiro juntas, no cinema, e voltei e vi mais duas vezes sozinha. James Caan, sabe — ela suspirou. — O homem dos meus sonhos.

— Ricci sem dúvida foi à festa da clínica — disse Strike. — Pelo que sei, ele apareceu mais para o final.

— Bom, então, eu já havia ido embora. Precisava ir para casa cuidar de Kev. Ele ainda está vivo, o Ricci?

— Sim.

— Deve estar bem mal, não é?

— Ele está.

— Mas isso é estranho. Que diabos Ricci foi fazer na St. John's?

— É o que espero descobrir — disse Strike, virando uma página do bloco. — A próxima coisa que queria lhe perguntar é sobre Joseph Brenner. Lembra-se da família que a senhora pensava se chamar Applethorpe? Bom, eu encontrei...

— Você não os localizou! — Janice parecia impressionada. — E qual *é* o nome deles?

— Athorn.

— *Athorn!* — disse Janice com um ar de alívio. — Eu *sabia* que não era Applethorpe. Isso me incomodou por dias, depois de... Como eles estão? É X frágil que eles têm, não é? Eles não estão em um lar, ou...?

— Ainda moram juntos no antigo apartamento — disse Strike — e vão razoavelmente bem, segundo creio.

— Espero que eles tenham um bom apoio.

— Há uma assistente social envolvida que parece cuidar bem deles, o que me leva ao que eu ia lhe perguntar.

"A assistente social disse que desde a morte de Gwilherm, Deborah revelou...", Strike hesitou, "... bom, pelo modo como colocou a assistente social, Gwilherm estava, erm, cafetinando Deborah."

— Ele estava o quê? — disse Janice, o sorriso sumindo do rosto.

— Sei que é uma ideia desagradável — disse Strike sem emoção alguma. — Quando fui conversar com ela, Deborah me contou sobre uma visita do dr. Brenner à casa dela. Disse que ele... erm... pediu para ela tirar a calcinha...

— Não! — disse Janice, no que parecia uma repulsa instintiva. — Não, tenho certeza... não, isso não está certo. Não era assim que aconteceria, se ela precisasse de um exame íntimo. Teria acontecido na clínica.

— A senhora não disse que ela era agorafóbica?

— Bom... sim, mas...

— Samhain, o filho, disse algo sobre o dr. Brenner ser um "velho sujo".

— E... mas... não, isso... *deve* ter sido um exame... talvez depois que o filho nasceu? Mas deveria ter sido eu, a enfermeira... Agora isso me perturba — disse Janice, aflita. — A gente pensa que já ouviu de tudo, mas... não, isso me perturba muito. Quer dizer, eu estava na casa na única vez para ver a criança e ela nunca me disse uma palavra... mas é claro que *ele* estava lá, o pai, me falando tudo sobre os poderes mágicos dele. Ela devia ter medo demais de... não, isso me perturba muito.

— Lamento — disse Strike —, mas preciso perguntar: a senhora alguma vez ouviu dizer que Brenner fazia uso de prostitutas? Ouviu algum boato sobre ele no bairro?

— Nem uma palavra — disse Janice. — Eu teria contado a alguém se tivesse ouvido isso. Não seria ético, não em nossa área de atuação.

Todas as mulheres dali eram cadastradas em nossa clínica. Ela teria sido paciente nossa.

— Segundo as anotações de Talbot — disse Strike —, alguém alegou ter visto Brenner no Michael Cliffe House na noite em que Margot desapareceu. A história que Brenner deu à polícia foi de que ele foi direto para casa.

— Michael Cliffe House... é o edifício na Skinner Street, não é? — disse Janice. — Tínhamos pacientes dali, mas tirando isso... — Janice parecia nauseada. — Você me perturbou — repetiu ela. — Ele e aquela pobre mulher Athorn... e eu o defendendo com todo mundo por causa das experiências dele na guerra. Não faz nem duas semanas tive o filho de Dorothy sentado exatamente onde você está agora...

— Carl Oakden esteve aqui? — disse Strike bruscamente.

— Sim — disse Janice —, e ele nem limpou os pés. Cocô de cachorro por todo o meu carpete.

— O que ele queria?

— Bom, ele *fingiu* que era para botar a vida em dia — disse Janice. — É de se pensar que eu não o reconheceria depois de todo esse tempo, mas na verdade ele não está muito diferente, não mesmo. Mas, então, ele se sentou nessa poltrona em que você está e soltou todo tipo de bobagem sobre os velhos tempos e a mãe dele se lembrando de mim com carinho... Ah! Dorothy Oakden se lembra de mim com carinho? Dorothy achava que Irene e eu éramos uma dupla de vagabundas, saias acima dos joelhos, indo ao pub juntas...

"Ele falou em *você*", disse Janice, com os olhos redondos. "Queria saber se eu já o havia conhecido. Ele escreveu um livro sobre Margot, sabe, mas nunca chegou às lojas, o que o irritou muito. Ele me contou sobre isso quando esteve aqui. Está pensando em escrever outro e é em *você* que ele está interessado. O detetive famoso resolvendo o caso... ou o detetive famoso *não* resolvendo o caso. Qualquer dessas coisas serve para Carl."

— O que ele esteve dizendo sobre Brenner? — perguntou Strike. Depois haveria tempo para pensar nas implicações de um biógrafo amador atrapalhando o caso.

— Disse que o dr. Brenner era um velho sádico, e lá estava eu defendendo o dr. Brenner... mas agora você me conta isso sobre Deborah Athorn...

— Oakden disse que Brenner era sádico, é? Essa é uma palavra forte.

— Pensei nisso também. Carl disse que jamais gostou dele, disse que o dr. Brenner costumava rondar muito a casa de Dorothy, o que eu nunca percebi, para o almoço de domingo, essas coisas. Eu sempre achei que eles eram só colegas de trabalho. Sabe, o dr. Brenner deve ter dado uma bronca em Carl, é só isso. Ele era terrível quando criança, o Carl, e acabou como o tipo de homem que guarda ressentimentos.

— Se Oakden voltar aqui — disse Strike —, eu a aconselho a não deixar que entre. Ele cumpriu pena, sabe. Por enganar... — ele parou antes de dizer "velhas" — ... solteiras e tirar seu dinheiro.

— *Oh* — disse Janice, aturdida. — Caramba. É melhor eu avisar a Irene. Ele disse que ia tentar falar com ela depois.

— E ele parecia principalmente interessado em Brenner quando veio aqui?

— Bom, não — disse Janice. — Parecia principalmente interessado em *você*, mas, sim, falamos mais de Brenner do que de qualquer outra pessoa da clínica.

— Sra. Beattie, por acaso ainda tem aquele obituário de jornal de Brenner, de que havia falado? Acho que disse que o guardou, não foi?

— Oh — Janice olhou a gaveta na base da cristaleira —, sim... Carl quis ver também quando soube que eu tinha...

Ela se impeliu do sofá e foi à cristaleira. Segurando-se na prateleira, ela se ajoelhou, abriu a gaveta e a vasculhou.

— Estão todos meio bagunçados, meus recortes. Irene acha que sou maluca, eu e meus jornais — acrescentou ela, até o pulso no conteúdo da gaveta. — Ela nunca foi de ler as notícias, nem política nem nada disso, mas eu sempre guardei coisas interessantes, sabe: descobertas médicas e, não vou mentir, gosto de uma história da realeza e...

Ela começou a puxar o que parecia o canto de uma pasta de papelão.

— ... e Irene pode achar estranho o quanto ela quiser, mas não vejo qual é o problema... em guardar... A história de...

A pasta se soltou.

— ... uma vida — disse Janice, indo de joelhos até a mesa de centro. — Por que isso é mórbido? Não é pior do que guardar uma fotografia.

Ela abriu a pasta e passou a procurar entre os recortes, alguns amarelados da idade.

— Está vendo? Guardei para ela, para Irene — disse Janice, mostrando um artigo sobre manjericão-sagrado. — Achei que ia ajudar em problemas digestivos, que Eddie podia plantar algum no jardim para ela. Ela toma muitos comprimidos para os intestinos, eles fazem mais mal do que bem, mas Irene é uma daquelas pessoas que se não toma um comprimido, não quer saber...

"A princesa Diana", disse Janice com um suspiro, mostrando uma primeira página comemorativa a Strike. "Eu era uma fã..."

— Posso? — perguntou Strike, estendendo a mão para alguns artigos de jornal.

— À vontade — disse Janice, olhando por cima dos óculos os artigos que Strike tinha na mão. — Esse artigo sobre diabetes é muito interessante. O tratamento mudou muito desde que me aposentei. Meu neto é do tipo 1. Gosto de acompanhar tudo isso... e esse daí é sobre o garoto que morreu de peritonite, na sua outra mão, não é?

— Sim — disse Strike, olhando o recorte, que estava marrom da idade.

— É — disse Janice séria, ainda virando pedaços de jornal —, e é o motivo de eu ser enfermeira. Foi o que pôs essa ideia na minha cabeça. Ele morava a duas portas da minha casa quando eu era criança. Recortei esse para guardar, a única foto que tive dele... eu chorei muito. O médico — disse Janice, com um tom de aço — foi chamado e não apareceu. Ele teria saído para atender uma criança de classe média, todos nós sabíamos disso, mas o pequeno Johnny Marks, da Bethnal Green, quem ligava... e o médico foi criticado, mas não foi punido... se tem uma coisa que eu *odeio* é tratar as pessoas de forma diferente por causa do lugar onde nasceram.

Sem nenhuma ironia aparente, ela tirou mais fotos da realeza do caminho, parecendo confusa.

— Onde está o negócio do dr. Brenner? — resmungou Janice.

Ainda segurando vários recortes, ela voltou de joelhos à gaveta aberta e a vasculhou de novo.

— Não, ele não está aqui *mesmo* — disse Janice, voltando à mesa de centro. — Isso é muito estranho...

— Não acha que Oakden o levou, acha? — sugeriu Strike.

Janice levantou a cabeça.

— Aquele insolente — disse ela lentamente. — Ele podia ter pedido.

Ela varreu os recortes de volta à pasta, devolveu à gaveta, usou a prateleira para se levantar, os joelhos estalando alto de novo, depois se sentou no sofá com um suspiro de alívio e disse:

— Sabe de uma coisa, ele sempre teve a mão leve... aquele menino.

— O que a faz dizer isso?

— Sumia dinheiro na clínica.

— É mesmo? — perguntou Strike.

— Sim. Tudo isso terminou depois que Margot desapareceu. Pequenas quantias ficavam sumindo e eles acharam que era Wilma, a faxineira... todo mundo, menos eu. *Eu* sempre pensei que era Carl. Ele costumava ir lá depois da escola, e nas férias escolares. Falei discretamente com o dr. Gupta, mas, não sei, ele talvez não quisesse irritar Dorothy, e era mais fácil mandar Wilma embora. É verdade que havia outros problemas com Wilma... ela bebia — disse Janice — e sua limpeza não era das melhores. Ela não podia provar que nunca roubou, e depois que teve uma reunião de equipe sobre isso, ela se demitiu. Sabia o que vinha pela frente.

— E os roubos pararam?

— Sim — disse Janice —, mas e daí? Carl pode ter achado melhor parar, depois de quase ser descoberto.

Strike, que tendia a concordar, disse:

— Só mais algumas perguntas. A primeira sobre uma mulher chamada Joanna Hammond.

— E devo saber quem é?

— Tinha relação com Steve Douthwaite, era a...

— ... Amante, que se matou — disse Janice. — Ah, sim.

— Lembra-se se ela era cadastrada na clínica St. John's?

— Não, não era. Acho que morava em Hoxton.

— Então Margot não teria se envolvido com o legista nem teria nenhuma outra ligação profissional com sua morte?

— Não, ela teria sido como eu: só soube que a mulher existia quando já havia morrido e Steve foi procurar ajuda. Mas aposto que sei por que está perguntando — disse Janice. — Talbot estava decidido que Steve era o Açougueiro de Essex, não é? Sempre falando de Steve, em todos os interrogatórios comigo. Mas, sinceramente, Steve Douthwaite era uma alma gentil. Fui criada com alguns homens bem violentos. Meu pai era um deles. Conheço o tipo, e Steve definitivamente não era um deles.

Lembrando-se de como algumas mulheres achavam encantadora a aparente vulnerabilidade de Dennis Creed, Strike se limitou a concordar com a cabeça.

— Talbot perguntou se eu tinha visitado essa Joanna, como enfermeira. Eu disse a ele que ela não era paciente da St. John's, mas isso não o deteve. Se eu pensava que havia alguma coisa suspeita na morte dela, mesmo assim? Eu ficava dizendo: "Não conheci a mulher. Como vou saber?" Eu ficava cansada de tudo aquilo, sinceramente, de ser tratada como se eu fosse uma maldita Rosa Lee cigana. Eu disse a Talbot, vá ver o que disse o legista!

— E não sabe se *houve* alguma morte que tenha preocupado Margot? — perguntou Strike. — Uma morte que talvez fosse classificada como natural, ou acidental, mas que ela pensasse talvez ter sido criminosa?

— Por que está perguntando isso? — quis saber Janice.

— Só tento esclarecer uma coisa que Talbot deixou nas anotações dele. Ele parecia pensar que Margot suspeitava de como alguém morreu. A senhora foi mencionada em ligação com a morte.

Os olhos azuis e redondos de Janice se arregalaram atrás dos óculos.

— Mencionada como testemunha ou coisa assim, ou talvez como se estivesse presente — Strike explicou. — Não sugeria nenhuma acusação.

— Espero mesmo que não, ora essa! — disse Janice. — Não, eu nunca *testemunhei* nada. Se tivesse, eu diria, não é?

Houve uma curta pausa, que Strike julgou prudente não interromper, e Janice falou de novo.

— Olha, não posso falar por Margot quarenta anos depois. Ela se foi, não é? Não é justo com nenhuma de nós duas. Não quero lançar suspeitas, todos esses anos depois.

— Só estou tentando eliminar possíveis linhas de investigação — disse Strike.

Houve uma pausa mais longa. Os olhos de Janice vagaram para a bandeja de chá e para a foto do falecido parceiro, com os dentes manchados e os olhos sonolentos e gentis. Por fim, ela suspirou e disse:

— Tudo bem, mas quero que você escreva que foi ideia de *Margot*, e não minha, está bem? Não estou acusando ninguém.

— Está certo — disse Strike, com a caneta posicionada sobre o bloco.

— Muito bem, então... foi um problema muito delicado, porque nós trabalhávamos com ela... Dorothy, quero dizer.

"Dorothy e Carl moravam com a mãe de Dorothy. O nome dela era Maud, mas eu não me lembraria disso se Carl não tivesse vindo aqui outro dia. Estávamos conversando e ele falou na avó, que ele chamou de 'maldita Maud', e não de 'vovó' nem nada.

"Mas, então, Maud teve uma infecção na perna, uma ferida que demorava a se curar. Precisava de curativos e cuidados, então eu ia muito à casa deles. Sempre que eu estava lá, ela me dizia que *ela* era a dona da casa, e não Dorothy. Ela deixava que a filha e o neto morassem com ela. Gostava de dizer isso, sabe. Sentir o poder.

"Eu não diria que era divertido morar com ela. Uma velha amargurada. Nada nunca estava certo para ela. Reclamava muito de o neto ser mimado... mas como eu disse, ele era terrível quando mais novo, então isso eu posso entender.

"Então", disse Janice, "antes que a ferida na perna estivesse curada, ela morreu, depois de cair da escada. Ora, ela não andava direito, porque tinha ficado um tempo deitada com a perna ferida, e precisava de uma bengala. As pessoas *caem* de escadas e, se você é idoso, evidentemente pode ter consequências graves, mas...

"Bom, uma semana depois disso, Margot me pediu para entrar em seu consultório para dar uma palavrinha, e... bom, sim, tive a impressão de que Margot talvez estivesse meio desassossegada com isso. Ela nunca disse nada diretamente, só me perguntou o que eu achava. Eu sabia do que ela estava falando... mas o que podíamos fazer? Não estávamos lá quando ela caiu e a família disse que estava no térreo e só a ouviu cair, e lá estava ela ao pé da escada, inconsciente, e ela morreu duas noites depois no hospital.

"Dorothy nunca mostrou nenhuma emoção com isso, mas Dorothy nunca *mostrava* muita emoção com coisa alguma. O que podíamos fazer?", repetiu Janice, com as palmas viradas para cima. "Naturalmente eu via que caminho tomava o raciocínio de Margot, porque ela sabia que Maud era a dona da casa, e agora Dorothy e Carl se davam bem, e... bom, é o tipo de coisa em que pensam os médicos, é claro. Voltará para a mão deles, se deixaram alguma coisa de fora. Mas, no fim, Margot não fez nada a respeito disso, e, pelo que sei, nunca houve nenhuma preocupação.

"Pronto", concluiu Janice, com um leve ar de alívio por ter tirado isso do peito. "Agora você sabe."

— Obrigado — disse Strike, tomando nota. — Isso é muito útil. Diga-me: alguma vez falou nisso com Talbot?

— Não — disse Janice —, mas outra pessoa pode ter falado. Todo mundo sabia que Maud tinha morrido e como morreu, porque Dorothy tirou um dia de folga para o funeral. Para ser franca, no final de todos os meus interrogatórios com Talbot, eu só queria sair dali. Ele queria principalmente que eu falasse de meus sonhos. Sinceramente, era de arrepiar. A coisa toda era esquisita.

— Estou certo de que era — disse Strike. — Bom, tem mais uma coisa que queria perguntar e depois termino. Minha sócia conseguiu localizar Paul Satchwell.

— Oh — disse Janice, sem nenhum sinal de constrangimento e desconforto. — Sei. Era o ex-namorado de Margot, não?

— Sim. Bom, ficamos surpresos quando descobrimos que vocês se conheciam.

Janice o olhou inexpressivamente.

— O quê?

— Que vocês se conheciam — repetiu Strike.

— Eu e Paul Satchwell? — disse Janice com uma risadinha. — Eu nunca sequer vi esse homem!

— É mesmo? — Strike a olhou atentamente. — Quando soube que a senhora nos contou que alguém avistou Margot em Leamington Spa, ele ficou muito irritado. Deu a entender — Strike leu suas anotações — que a senhora tentava criar problemas para ele.

Houve um longo silêncio. Uma ruga apareceu entre os olhos azuis e redondos de Janice. Por fim, ela disse:

— Ele falou no meu nome?

— Não — disse Strike. — Na realidade, parecia ter se esquecido dele. Só se lembrou da senhora como "a enfermeira". Também disse a Robin que a senhora e Margot não se gostavam.

— Ele disse que Margot não gostava *de mim*? — disse Janice, com ênfase na última palavra.

— Receio que sim — disse Strike, observando-a.

— Mas... não, desculpe, isso não está certo — disse Janice. — Nós nos dávamos muito bem! Tirando aquela vez com Kev e a barriga dele... tudo bem, eu *fiquei zangada* com ela, mas eu sabia que as *intenções* dela eram boas. Ela achou que estava me fazendo um favor, quando o examinou... eu me ofendi porque... bom, a gente fica meio na defensiva, como mãe, se acha que outra mulher está nos julgando por não cuidar direito de nossos filhos. Éramos só eu e Kev e... nós nos sentimos mais assim quando estamos sozinhas.

— Então por que — perguntou Strike — Satchwell diria que a conhecia, e que a senhora queria criar problemas para ele?

O silêncio que se seguiu foi rompido pelo barulho de um trem que passava depois da sebe: um ronco apressado e grande que cresceu e diminuiu, e o silêncio na sala de estar se fechou como uma bolha depois disso, mantendo o detetive e a enfermeira em suspenso, olhando-se.

— Acho que você já sabe — disse Janice por fim.

— Sei o quê?

— Não me venha com essa. Todos eles acham que você resolveu... Você não é burro. Acho que você já sabe e que tudo isso é para me assustar e eu contar a você.

— De forma alguma estou tentando *assustar*...

— Sei que você não gostou dela — disse Janice abruptamente. — De Irene. Não precisa fingir, sei que ela o irritou. Se eu não soubesse interpretar as pessoas, não teria sido boa em meu trabalho, entrando e saindo da casa de estranhos o tempo todo, não é? E eu era *muito* boa no meu trabalho — disse Janice, e de algum modo a observação não parecia arrogante. — Escute aqui: você viu Irene em seu jeito exibido. Ela ficou tão empolgada por conhecê-lo, que deu espetáculo.

"Não é fácil para as mulheres, morando sozinhas, quando estão acostumadas a ter companhia, sabe? Até para mim, ao voltar de Dubai, foi uma readaptação. A gente se acostuma a ter a família por perto e depois está de volta para a casa vazia, sozinha.... no meu caso, não me importa ficar só, mas Irene detesta isso.

"Ela foi uma boa amiga para mim, a Irene", disse Janice, com uma ferocidade tranquila. "Muito generosa. Ela me ajudou financeiramente depois que Larry morreu, quando eu não tinha nada. Sempre sou bem recebida na casa dela. Fazemos companhia uma à outra, nos conhecemos há muito tempo. Então ela pode ter umas frescuras, e daí? Temos muita gente..."

Houve outra breve pausa.

— Espere aqui — disse Janice com firmeza. — Preciso dar um telefonema.

Ela se levantou e saiu da sala. Strike esperou. Depois da cortina de renda, o sol de repente saiu de trás de uma nuvem cor de chumbo e conferiu um brilho de néon à carruagem da Cinderela no consolo.

Janice reapareceu com um celular na mão.

— Ela não está atendendo — disse ela, perturbada.

Ela se sentou no sofá. Houve outra pausa.

— *Bem* — disse enfim Janice, como se Strike a estivesse importunando a falar —, não era eu que conhecia Satchwell... era Irene. Mas não vá pensar que ela fez alguma coisa que não devia! Quer dizer, não no sentido *criminal*. Depois ela ficou muito preocupada. Eu fiquei preocupada *por ela*... Ah, meu Deus — disse Janice.

Ela respirou fundo, depois continuou:

— Então, tudo bem... ela na época era noiva de Eddie. Eddie era muito mais velho que Irene. Ele venerava o chão que ela pisava, e ela o amava também. Ela *o amava* — disse Janice, embora Strike não a contradissesse. — E ela sentia *muito* ciúme de Eddie se ele olhava para qualquer outra...

"Mas ela sempre gostou de um drinque e uma paquera, a Irene. Era inofensivo. Inofensivo *na maioria das vezes*... esse sujeito, Satchwell, tinha uma banda, não tinha?"

— É verdade — disse Strike.

— Sim, então, Irene o viu tocar em algum pub. Eu não estava com ela na noite em que ela conheceu Satchwell. Nem soube de nada antes de Margot desaparecer.

"Então ela viu Satchwell e... bom, ela gostou dele. E depois que o show da banda terminou, ela vê Satchwell indo ao balcão, e ele vai direto ao fundo do salão até Margot, que está de pé ali num canto, com um sobretudo. Irene acha que Satchwell deve tê-la visto do palco. Irene não tinha visto Margot, porque ela estava na frente, com amigos. Mas depois ela os viu, e Satchwell e Margot conversaram um pouco... bem brevemente, foi o que Irene disse... e parecia que tinha se transformado numa discussão. Em seguida, Irene achou que Margot a vira, e foi quando Margot saiu.

"Então, Irene vai até esse Satchwell e diz a ele que adorou a banda e tudo e, bom, uma coisa leva a outra e... pois é."

— Por que Satchwell pensaria que ela era enfermeira? — perguntou Strike.

Janice fez uma careta.

— Bom, para te falar a verdade, era o que a boba costumava dizer aos homens, quando eles davam em cima dela. Ela fingia que era enfermeira porque os caras gostavam disso. Se eles não entendessem nada de medicina, ela conseguia enganá-los, porque ela ouvia os nomes dos remédios e tudo isso no trabalho, embora tenha entendido a maior parte deles errado, que Deus a abençoe — disse Janice, revirando um pouco os olhos.

— Então foi uma noitada, ou...?

— Não. Foi coisa de duas ou três semanas. Mas não durou. Margot desapareceu... bom, isso deu um fim a tudo. Dá para imaginar.

"No entanto, por duas semanas, Irene ficou... enamorada, acho que é o que você diria. Ela *amava* Eddie, sabe... era motivo de orgulho ter um homem mais velho, bem-sucedido e tudo, Eddie queria se casar com ela, mas... é engraçado, não? — disse Janice em voz baixa. — Somos todos animais, quando se exclui todo o resto. Ela perdeu *totalmente* a cabeça por Paul Satchwell. Só por algumas semanas. Tentando vê-lo o máximo que podia, escapulindo... Aposto que ela o assustou — disse Janice com seriedade — porque, pelo que ela me contou depois, acho que ele só a levou para a cama para irritar Margot. Era Margot quem ele realmente queria... e Irene percebeu isso tarde demais. Ela foi usada."

— Por isso a história da dor de dente de Irene — disse Strike —, que depois virou a história de fazer compras...

— Sim — disse Janice em voz baixa. — Ela estava com Satchwell naquela tarde. Ela pegou o recibo da irmã para mostrar para a polícia. *Eu* só soube disso depois. Ela estava aos prantos na minha casa, desabafando.

Bom, a quem mais ela podia contar? Não a Eddie, nem aos pais dela! Ela ficou morta de medo de isso ser revelado e ela perder Eddie. Foi quando ela caiu em si. Só o que ela queria era Eddie, e ela teve medo de ele a abandonar se descobrisse sobre Satchwell.

"Veja bem, Satchwell chegou a dizer a Irene, da última vez que se encontraram, que ele a estava usando para voltar para Margot. Ele estava zangado com Margot por ela dizer que só tinha ido ver a banda por curiosidade, e por ficar ofendida quando ele tentou convencê-la a ir ao apartamento dele. Ele deu a ela aquela coisinha viking de madeira, sabe. Estava com ele, na esperança de que ela aparecesse, e acho que ele pensou que Margot ia simplesmente *derreter* ou coisa assim quando ele fez aquilo, e que seria o fim para Roy.... como se só precisasse disso para largar uma filha e o casamento, uma bonequinha de madeira... ele disse algumas coisas feias sobre Margot a Irene... canalha era a menor delas...

"Então, depois que Margot desapareceu e a polícia foi chamada, Satchwell telefona para Irene e diz para não falar nada que ele tinha dito sobre estar com raiva de Margot, e ela pediu a ele que nunca contasse a ninguém sobre eles dois, e eles deixaram por isso mesmo. E eu era a única que sabia e fiquei de boca fechada também, porque... bom, é o que fazemos por uma amiga, não é?"

— Então, quando Charlie Ramage disse ter visto Margot em Leamington Spa — disse Strike —, a senhora sabia que...?

— ... que era a cidade natal de Satchwell? Não na época, não sabia, não quando Charlie me contou. Mas logo depois teve uma matéria no jornal sobre um velho em Leamington Spa que tinha posto uma placa em seu jardim. "Brancos unidos contra a invasão colorida", ou alguma coisa horrível assim. Eu e Larry tínhamos saído para jantar com Eddie e Irene, e Eddie estava falando desse velho racista do noticiário, e então, quando Irene e eu fomos ao toalete, ela me diz: "Leamington Spa, Paul Satchwell é de lá." Havia séculos que ela não me falava nele.

"Não vou mentir, me deu uma sensação desagradável, ela me dizendo isso, porque pensei, ah, meu Deus, e se Charlie realmente viu Margot? E se Margot fugiu para ficar com o ex? Mas então pensei, espere aí: se Margot tivesse ido a Leamington Spa, como é que nunca foi vista antes? Quer dizer, não é o Timbuktu, é?"

— Não — disse Strike. — Não é. E foi só isso que Irene lhe disse sobre Margot e Satchwell?

— E já não basta? — disse Janice. Sua tez rosada e branca parecia mais desbotada do que quando Strike chegou, as veias abaixo dos olhos mais escuras. — Escute, *não* crie problemas para Irene. Por favor. Ela não dá essa impressão, mas ela é mole por baixo de toda aquela tolice. Ela se preocupa, sabe?

— Não vejo por que eu criaria problemas para ela — disse Strike. — Bom, a senhora foi de grande ajuda, srta. Beattie. Obrigado. Isso esclarece alguns pontos para mim.

Janice arriou no sofá, de cenho franzido para Strike.

— Você fuma, não é? — disse ela abruptamente. — Estou sentindo o cheiro em você. Eles não o fizeram parar de fumar depois que amputou a perna?

— Eles tentaram — disse Strike.

— É muito ruim para você — disse ela. — Não ajuda em sua mobilidade também, à medida que você envelhece. É ruim para sua circulação *e* para a pele. Devia parar.

— Sei que devia — disse Strike, sorrindo para ela enquanto devolvia o bloco ao bolso.

— Hum — disse Janice, estreitando os olhos. — "Por acaso estava de passagem" uma ova.

51

... Nunca penses que assim
Esse Monstro pode ser dominado ou destruído:
Ele não é, ah, ele não é tal inimigo,
Que o aço possa ferir, ou a força possa tombar.

Edmund Spenser
A Rainha das Fadas

Os torreões abobadados da Torre de Londres erguiam-se atrás da parede de tijolos amarelos sujos, mas Robin não tinha atenção para dar a antigos pontos turísticos. Não só a reunião que tinha marcado sem o conhecimento de Strike começaria em trinta minutos, como estava a quilômetros de onde era esperada à uma hora da tarde e desconhecia completamente essa parte de Londres. Ela correu com o celular na mão, olhando intermitentemente o mapa na tela.

Depois de alguns passos, o telefone tocou. Vendo que era Strike, ela atendeu.

— Oi, acabo de estar com Janice.

— Ah, que bom. — Robin tentou não ofegar enquanto olhava em volta em busca de uma placa de metrô ou de um táxi. — Alguma coisa interessante?

— Muitas — disse Strike, que voltava a pé pela Nightingale Grove. Apesar do recente diálogo com a enfermeira, ele tinha acabado de acender um Benson & Hedges. Ao andar na brisa fria, a fumaça era arrancada de seus lábios sempre que ele a soltava. — Onde está agora?

— Na Tower Bridge Road — disse Robin, ainda correndo, ainda procurando em vão por uma placa do metrô.

— Mas você não estava no Chefe do Manhoso esta manhã?

— Estava. — Talvez fosse melhor que Strike soubesse logo o que acabara de acontecer. — Eu o deixei na Tower Bridge com Barclay.

— Quando você diz "com" Barclay...

— Talvez eles estejam conversando agora, não sei. — Incapaz de falar normalmente enquanto corria, ela reduziu o passo a uma caminhada acelerada. — Cormoran, parecia que o CM pensava em pular de lá.

— Da Tower Bridge? — perguntou Strike, surpreso.

— E por que não da Tower Bridge? — Robin virou uma esquina em um cruzamento movimentado. — Era a estrutura mais alta acessível...

— Mas o escritório dele não fica perto da...

— Ele partiu para a Monument, como sempre, mas não foi trabalhar. Olhou o escritório por um tempo, depois saiu. Pensei que só ia esticar as pernas, mas ele foi para a Tower Bridge e ficou lá, olhando fixamente a água.

Robin tinha passado quarenta minutos de angústia vendo o CM encarar o rio cor de cimento, a pasta frouxa a seu lado, enquanto o trânsito roncava na ponte atrás dele. Duvidava que Strike pudesse imaginar o quanto ela achou estressante a espera por Barclay para liberá-la.

Ainda não havia sinal de uma estação de metrô. Robin voltou a correr.

— Pensei em me aproximar dele — disse ela —, mas tive medo de assustá-lo e fazê-lo pular. Sabe como ele é grande, eu não teria conseguido segurar o homem.

— Você acha mesmo que ele ia...?

— Sim — disse Robin, tentando não parecer triunfante: vira agora uma placa vermelha e circular do metrô através de uma pausa no trânsito e partira numa corrida de verdade. — Ele parecia completamente desesperançado.

— Você está correndo? — perguntou Strike, que agora ouvia os pés de Robin batendo no chão, mesmo com o barulho do trânsito.

— Estou — disse Robin, e depois: — Estou atrasada para o dentista.

Ela se arrependeu de não pensar em um motivo mais forte para não conseguir entrevistar Janice Beattie e decidira por essa história, se Strike voltasse a perguntar.

— Ah — disse Strike. — Tudo bem.

— De todo modo — Robin costurava pelos pedestres —, Barclay chegou para assumir... ele concordou que o CM parecia pensar em pular... e ele disse...

Ela agora sentia uma fisgada na lateral do corpo.

— ... disse... que ia tentar... falar com ele... e foi quando eu saí. Pelo menos... Barclay tem tamanho suficiente... para segurá-lo se ele tentar alguma coisa — concluiu ela sem fôlego.

— Mas também significa que o CM vai reconhecer Barclay no futuro — observou Strike.

— Bom, é, eu sei disso — Robin reduziu a uma caminhada de novo porque estava quase na escada do metrô, e massageava a lateral do corpo —, mas como pensamos que ele podia estar prestes a se matar...

— Entendi — disse Strike, que tinha parado na sombra da estação de Hither Green para terminar o cigarro. — Só pensando na logística. É claro que se tivermos sorte, ele pode desabafar com Barclay sobre o que o Manhoso tem contra ele. Homens desesperados às vezes ficam dispostos a...

— Cormoran, preciso ir — disse Robin, que tinha chegado à entrada do metrô. — Vejo você no escritório depois da consulta, e você pode me informar sobre Janice.

— Está bem — disse Strike. — Espero que não doa.

— O que não do...? Ah, o dentista, não, é só uma revisão — disse Robin.

Muito convincente, Robin, pensou ela, com raiva de si mesma, enquanto metia o telefone no bolso e corria escada abaixo para o metrô.

No trem, ela tirou o casaco, porque transpirava de tanto correr, e ajeitou o cabelo com a ajuda do reflexo no vidro escuro e sujo à sua frente. Entre o CM e sua possível ideação suicida, mentir para Strike, sua desculpa fraca e os possíveis riscos da reunião que estava prestes a ter, ela estava nervosa. Tinha havido outra ocasião, dois anos antes, em que Robin escolhera seguir uma linha de investigação e guardara segredo de Strike. Resultou em sua demissão.

Isso é diferente, ela tentou se tranquilizar, tirando da testa mechas suadas do cabelo. *Ele não vai se importar, se der certo. É o que ele quer também.*

Ela saiu na estação da Tottenham Court Road vinte minutos depois e correu com o casaco no ombro para o centro do Soho.

Só quando estava se aproximando da cafeteria Star e viu a placa acima da porta, foi que registrou a coincidência no nome. Tentando não pensar em asteroides, horóscopos e presságios, Robin entrou na cafeteria, onde havia mesas redondas de madeira em um piso de lajotas vermelhas. As paredes eram decoradas com placas de metal antiquadas, uma das quais anunciava CIGARROS ROBIN. Bem abaixo dessa, talvez de propósito, estava sentado um velho de anoraque preto, o rosto avermelhado com veias rompidas e o cabelo grisalho e basto oleoso em um topete que não parecia mudar desde a década de 1950. Uma bengala estava encostada na parede ao lado. Do outro lado do homem estava sentada uma adolescente de cabelo comprido amarelo néon, que digitava no telefone e só levantou a cabeça quando Robin se aproximou da mesa.

— Sr. Tucker? — disse Robin.

— Sim — disse o homem com a voz rouca, revelando dentes marrons e tortos. — Srta. Ellacott?

— Robin — disse ela, sorrindo enquanto eles trocavam um aperto de mãos.

— Esta é minha neta, Lauren — disse Tucker.

— E aí — disse Lauren, erguendo os olhos do celular, depois voltando a ele.

— Vou pedir um café para mim — disse Robin. — Posso oferecer alguma coisa a um de vocês?

Eles declinaram. Enquanto comprava um café flat white, Robin sentiu os olhos do velho nela. Durante sua única conversa anterior, que aconteceu por telefone, Brian Tucker falara por 15 minutos, sem parar, sobre o desaparecimento da filha mais velha, Louise, em 1972, e sua busca de uma vida inteira para provar que Dennis Creed a havia matado. Roy Phipps chamara Tucker de "meio insano". Embora Robin até agora não tivesse chegado a esse ponto, não havia dúvida de que ele parecia completamente consumido por Creed e por sua busca pela justiça.

Quando Robin voltou à mesa dos Tucker e se sentou com seu café, Lauren deixou o celular de lado. As longas extensões néon, a tatuagem de unicórnio no braço, os cílios patentemente postiços e o esmalte de unha lascado formavam um contraste com o inocente rosto de covinhas discernível por baixo do contorno agressivamente aplicado.

— Vim ajudar o vovô — disse ela a Robin. — Ele tem dificuldade para andar ultimamente.

— Ela é uma boa menina — disse Tucker. — Uma menina muito boa.

— Bom, muito obrigada por se encontrarem comigo — disse Robin aos dois. — Eu sinceramente agradeço.

De perto, o nariz inchado de Tucker parecia um morango, pontilhado de cravos.

— Não, eu é que agradeço, srta. Ellacott — disse ele em sua voz baixa e rouca. — Acho que realmente eles vão deixar acontecer dessa vez. E como eu disse por telefone, se não deixarem, estou disposto a invadir o estúdio de televisão...

— Bom — disse Robin —, com sorte não vamos precisar fazer nada tão drás...

— ... e eu disse isso a eles, e isso os abalou. Bom, isso e seu contato cutucando o Ministério da Justiça. — Ele reconheceu, olhando para Robin com os olhos pequenos e injetados. — Veja bem, começo a pensar que devia tê-los ameaçado com a imprensa anos atrás. Não se chega a lugar algum com essas pessoas que se prendem às leis, elas simplesmente enganam a gente com a burocracia e as supostas opiniões abalizadas.

— Só posso imaginar como tem sido difícil para o senhor — disse Robin —, mas em vista de que talvez tenhamos uma chance de interrogá-lo, não queremos fazer nada...

— Eu conseguirei a justiça para Louise nem que isso me mate — disse Tucker. — Eles que me prendam. Só vai significar mais publicidade.

— Mas não queríamos...

— Ela não quer que você faça nada idiota, vovô — disse Lauren. — Ela não quer que você estrague as coisas.

— Não, não vou, não vou — disse Tucker. Seus olhos eram pequenos, mosqueados e quase sem cor, acima de bolsas púrpura. — Mas esta pode ser a nossa única chance, então deve ser feito do jeito certo *e pelo interrogador certo*.

— Ele não vem? — disse Lauren. — Cormoran Strike? O vovô disse que ele talvez viesse.

— Não — disse Robin e, vendo a decepção na cara dos Tucker, acrescentou rapidamente: — Ele agora está em outro caso, mas o que tiverem a dizer a Cormoran, podem dizer a mim, como sóci...

— Quem tem de interrogar Creed é ele — disse Tucker. — E não você.

— Eu enten...

— Não, querida, não entende — disse Tucker firmemente. — Esta tem sido toda a minha vida. Entendo Creed melhor que qualquer um dos idiotas que escreveram livros sobre ele. Eu o estudei. A essa altura ele está isolado de qualquer atenção há anos. O seu chefe é um homem famoso. Creed vai querer conhecê-lo. Creed vai achar que é mais inteligente, é claro que vai. Ele vai querer derrotar seu chefe, vai querer sair por cima, mas a tentação de ver seu nome nos jornais de novo? Ele sempre gostou de publicidade, acho que estará disposto a falar, desde que seu chefe o faça acreditar que vale o tempo dele... ele está limpo, o seu chefe, não é?

Em quase qualquer outra circunstância, Robin teria dito "na verdade ele é meu sócio", mas hoje, entendendo o que ele pedia, ela disse:

— Sim, ele está limpo.

— É, eu achei que parecia, foi o que eu pensei — disse Brian Tucker. — Quando seu contato me procurou, eu pesquisei na internet, olhei tudo. Impressionante o que ele fez. Ele não dá entrevistas, não é?

— Não — disse Robin.

— Gosto disso — disse Tucker, assentindo. — Gosto por bons motivos. Mas o nome agora é conhecido e isso terá apelo a Creed, assim como o fato de que seu chefe teve contato com gente famosa. Creed gosta de tudo isso. Eu disse ao ministro da Justiça e disse a seu contato, quero que esse Strike faça isso, não quero que a polícia o interrogue. Eles já tiveram essa chance, e todos nós sabemos *como foi* que terminou. E chega dos malditos *psiquiatras*, pensam que são tão inteligentes e nem conseguem concordar se o filho da puta é mentalmente são ou não.

"Conheço Creed. Eu compreendo Creed. Passei a vida em um estudo de sua psicologia. Estive todo dia no tribunal, durante o julgamento. Eles não perguntaram sobre a Lou no tribunal, nem mencionaram o nome dela, mas ele me olhou nos olhos muitas vezes. Ele me reconheceu, soube quem eu era, porque Lou era a minha cara, cuspida e escarrada.

"Quando perguntaram a ele sobre as joias... sabe sobre o pingente, o pingente de Lou?"

— Sim — disse Robin.

— Ela o comprou poucos dias antes de desaparecer. Mostrou à irmã Liz, a mãe de Lauren... não foi? — perguntou ele a Lauren, que fez que sim. — Uma borboleta em uma correntinha, nada caro, e como era produzido em massa, a polícia disse que podia ser de qualquer uma. Liz se lembrava do pingente de um jeito diferente... foi o que afastou a polícia, ela no início não teve certeza se era de Lou... mas admitiu que só tinha visto brevemente. E quando eles falaram nas joias, Creed olhou direto para mim. Ele sabia quem eu era. Lou era a minha cara — repetiu Tucker. — Sabe qual é a explicação dele para ter um esconderijo de joias embaixo das tábuas do assoalho?

— Sim — disse Robin —, ele disse que tinha comprado porque gostava de se travestir...

— Que ele tinha comprado — disse Tucker, atropelando Robin — para usar.

— Sr. Tucker, o senhor disse por telefone...

— Lou pegou naquela loja em que todo mundo ia, qual era mesmo...?

— A Biba — disse Lauren.

— Biba — disse Tucker. — Dois dias antes de ela desaparecer, ela matou aula e naquela noite mostrou à mãe de Lauren, a Liz, o que tinha roubado. Ela era complicada, a Lou. Não se entendia com minha segunda esposa. A mãe das meninas morreu quando Lou tinha dez anos. Lou foi a mais afetada por isso, mais do que as outras duas. Ela jamais gostou da minha segunda esposa.

Ele havia contado tudo isso a Robin por telefone, mas ainda assim ela assentiu, solidária.

— Minha esposa teve uma briga com Lou na manhã antes de ela desaparecer, e Lou matou aula de novo. Só percebemos quando ela não voltou para casa naquela noite. Telefonei a todos os amigos dela e nenhum deles a havia visto, então procurei a polícia. Mais tarde descobrimos que uma das amigas dela tinha mentido. Ela levou Lou escondido para cima e não contou aos pais.

"Lou foi vista três vezes naquele dia, ainda com o uniforme da escola. A última vez em que foi vista foi na frente de uma lavanderia em Kentish Town. Ela pediu fogo a um velhote. Sabíamos que tinha começado a fumar. Esse foi parte do motivo da briga com minha esposa.

"Creed pegou Vera Kenny em Kentish Town também", disse Tucker, com a voz rouca. "Em 1970, logo depois de ele se mudar para a casa em Paradise Park. Vera foi a primeira mulher que ele levou para aquele porão. Ele a acorrentou, sabia, e a manteve viva enquanto ele..."

— Vovô — disse Lauren aflitivamente —, não.

— Não — murmurou Tucker, baixando a cabeça —, desculpe, querida.

— Sr. Tucker — disse Robin, aproveitando a chance —, o senhor disse por telefone que tinha informações sobre Margot Bamborough que ninguém mais sabe.

— É — disse Tucker, apalpando dentro do anoraque à procura de um maço de papéis dobrados, que ele abriu com as mãos trêmulas. — Este aqui de cima eu consegui com um carcereiro em Wakefield, em 1979. Eu costumava ir lá todo fim de semana no final dos anos 1970, ficava vendo todos eles entrando e saindo. Descobri onde eles gostavam de beber e tudo.

"Então, esse carcereiro em particular, não sei o nome dele, mas ficamos camaradas. Creed estava na ala de segurança máxima, em uma cela individual, porque todos os outros presidiários queriam bater nele. Um sujeito quase arrancou o olho de Creed em 1982, roubou uma colher do refeitório e afiou à mão, fazendo uma ponta, em sua cela. Tentou apunhalar Creed pelo globo ocular. Errou porque Creed se esquivou. Meu camarada me disse que ele gritava feito uma garotinha", disse Tucker com prazer.

— Mas então, eu disse a meu camarada, eu disse, qualquer coisa que você descobrir, me conte. Coisas que Creed esteja falando, pistas que ele der, sabe o quê. Eu paguei por isso. Ele podia ter perdido o emprego se alguém descobrisse, e meu camarada pôs a mão nisso e contrabandeou para mim. Eu nunca pude admitir que tinha, porque nós dois teríamos problemas se fosse revelado, mas liguei para o marido de Margot Bamborough, qual é mesmo o nome dele...?

— Roy Phipps.

— Roy Phipps, isso mesmo. Eu disse: "Tenho uma coisa escrita por Creed aqui que você vai querer ver. Prova que ele matou a sua esposa."

Um sorriso desdenhoso revelou os dentes caramelo de Tucker de novo.

— Mas ele não quis saber — disse Tucker. — Phipps achou que eu era maluco. Um ano depois de eu ligar para ele, li no jornal que ele tinha se casado com a babá. Pelo visto, Creed fez um favor ao dr. Phipps.

— Vovô! — disse Lauren, chocada.

— Tudo bem, tudo bem — resmungou Tucker. — Nunca fui com a cara desse doutor. Ele podia ter feito muita coisa por nós, se quisesse. Consultor hospitalar, ele era o tipo de homem que o ministro do Interior teria ouvido. Podíamos ter mantido a pressão se ele nos ajudasse, mas ele não estava interessado, e quando vi que ele estava com a babá, pensei, ah, está certo, isso explica tudo.

— Posso...? — perguntou Robin, gesticulando para a folha de papel que Tucker ainda mantinha em cima da mesa, mas ele a ignorou.

— Então fomos só eu e Jerry durante anos — disse Tucker. — Jerry Wolfson, irmão de Kara. Sabe quem é? — Ele disparou a Robin.

— Sim, a hostess de boate...

— Hostess de boate, prostituta nas horas vagas e viciada em drogas também. Jerry não tinha ilusões a respeito dela, não era ingênuo, mas ainda era a irmã dele. Ela o criou, depois que a mãe os abandonou. Kara era toda a família que ele tinha.

"Em fevereiro de 1973, três meses depois da minha Lou, Kara desapareceu também. Saiu de sua boate no Soho no início da manhã. Outra garota saiu exatamente na mesma hora. Não ficava longe daqui, aliás", disse Tucker, apontando a porta. "As duas tomaram rumos diferentes na rua. A amiga olhou para trás e viu Kara se curvando e falando com o motorista de um furgão no final da rua. A amiga supôs que Kara conhecia o motorista. Ela foi embora. Kara nunca mais foi vista.

"Jerry falou com todos os amigos de Kara na boate depois, mas ninguém sabia de nada. Correu um boato, depois que Kara desapareceu, de que ela era informante da polícia. Aquela boate era de umas figuras do crime organizado. Convinha a eles dizer que ela era informante, entendeu? Metendo medo nas outras garotas para que ficassem de bico fechado sobre qualquer coisa que vissem ou ouvissem na boate.

"Mas Jerry nunca acreditou que Kara fosse dedo-duro. Ele achava que era o Açougueiro de Essex desde o início... o furgão era o que revelava. Então nós somamos forças.

"Ele tentou obter permissão para visitar Creed, como eu, mas as autoridades não deixaram. Jerry desistiu, no fim. Se matou de tanto beber. Uma coisa dessas acontece com alguém que você ama, isso marca você. Você não consegue sair dessa. O peso esmaga algumas pessoas.

"Meu casamento terminou. Minhas outras duas filhas não falam comigo há anos. Querem que eu pare de procurar por Lou, que pare de falar de Creed, que finja que nunca..."

— Isso não é justo, vovô — disse Lauren com severidade.

— Tá, tudo bem — resmungou Tucker. — Tudo bem, vou admitir, a mãe de Lauren tem aparecido ultimamente. Eu disse a Liz: "Pense em todo o tempo que eu devia ter passado com Lou, como passei com você e Lisa. Some tudo isso. Refeições e festas em família. Ajudá-la no dever da escola. Dizer a ela para limpar a casa. Brigar com ela..." Meu Deus, ela podia ser combativa. Vê-la se formar, espero, porque ela era inteligente, a Lou, mesmo que se metesse em encrencas na escola de tanto matar aula. Eu disse a Liz: "Nunca vou conduzi-la em uma igreja, vou? Nunca vou visitá-la num hospital quando os filhos dela nascerem. Some todo o tempo que eu teria dado a ela se estivesse viva..."

Tucker vacilou. Lauren colocou a mão gorducha na do avô, que tinha as articulações inchadas e arroxeadas.

— ... some todo esse tempo juntos — Tucker disse numa voz falha, os olhos baços de lágrimas — e é o que devo a ela, descobrir o que aconteceu com ela. É só isso que estou fazendo. Dando a ela o que é devido.

Robin sentiu os olhos arderem de lágrimas.

— Eu sinto muito — disse ela em voz baixa.

— É, tudo bem — disse Tucker, enxugando os olhos e o nariz de qualquer jeito na manga do anoraque. Agora ele pegou a primeira folha de papel e atirou para Robin. — Aí está. Isso te mostra contra o que estamos lutando.

Robin pegou o papel em que estavam escritos dois parágrafos curtos em uma letra nítida e inclinada, cada letra separada e distinta, e leu.

Ela tenta controlar pelas palavras e às vezes com lisonjas. Me diz como eu sou inteligente, depois fala de "tratamento". A estratégia é risivelmente transparente. Suas "qualificações" e seu "treinamento" são, se comparados com meu autoconhecimento, minha autoconsciência, a faísca de um fósforo molhado ao lado da luz do sol.

Ela promete que um diagnóstico de insanidade significará um tratamento mais brando para mim. Isso ela me diz entre gritos, enquanto eu açoito seu rosto e seus peitos. Sangrando, ela me pede para ver se pode ser de utilidade para mim. Ela testemunharia por mim. Sua arrogância e a sede de dominação foram atiçadas pela aprovação social que ela conquistou com sua posição de "médica". Mesmo acorrentada, ela se acredita superior. Essa crença será corrigida.

— Está vendo? — disse Tucker em um suspiro intenso. — Ele tinha Margot Bamborough acorrentada no porão. Ele gostava de escrever sobre isso, de reviver. Mas os psiquiatras não acharam que fosse uma confissão, eles pensaram que Creed só estava inventando essas coisas escritas para chamar mais atenção para si. Disseram que era tudo um jogo para conseguir mais entrevistas, porque ele gostava de colocar a inteligência dele contra a polícia, e ler sobre si mesmo na imprensa, ver a si mesmo nos noticiários. Disseram que era só uma fantasia. E que levá-la a sério daria a Creed o que ele queria, porque falar nisso o deixava excitado.

— Que nojo — disse Lauren em voz baixa.

— Mas meu camarada carcereiro disse... porque você sabe, eram três mulheres que eles pensavam que Creed tinha matado, cujos corpos nunca foram encontrados: a minha Lou, Kara Wolfson e Margot Bamborough... e meu camarada carcereiro disse, era da médica que ele realmente gostava de falar. Creed gosta de pessoas de status elevado, sabe? Ele acha que podia ser diretor de alguma multinacional ou professor, ou coisa assim, se não tivesse se transformado em assassino. Meu camarada me contou tudo isso. Ele disse que Creed se vê nesse nível, sabe, só que em uma área diferente.

Robin não disse nada. O impacto do que acabara de ler não era facilmente dissipado. Margot Bamborough se tornara real para Robin e ela fora agora obrigada a imaginá-la, brutalizada e sangrando, tentando convencer um psicopata a poupar sua vida.

— Creed conseguiu transferência para Belmarsh em 1983 — continuou Tucker, batendo nos papéis que ainda estavam diante dele, e Robin se obrigou a se concentrar — e começaram a drogá-lo para ele não poder ter uma... sabe o que, não conseguir manter...

"E foi quando consegui permissão para escrever a ele, e ele me respondeu. Desde que foi condenado, estive pressionando as autoridades para me deixar perguntar diretamente a ele e deixar que ele respondesse. No fim, eu os fiz ceder. Tive de jurar que nunca divulgaria o que ele me escrevesse, nem entregaria a carta à imprensa, mas sou o único familiar de uma vítima que teve permissão para um contato direto com... e aqui", disse ele, virando as duas folhas de papel seguintes para Robin. "Foi isso que eu recebi."

A carta era escrita no papel da penitenciária. Não havia um "Prezado sr. Tucker".

A sua carta chegou a mim três semanas atrás, mas fui colocado em confinamento em solitária e privado de material de escrita, então não pude responder. Só que normalmente não tenho permissão de responder a consultas como a sua, mas imagino que sua persistência tenha vencido as autoridades. Uma observação, ao contrário do que pode parecer, eu o admiro por isso, sr. Tucker. A resistência diante da adversidade é uma das características que me definem.

Foi durante minhas três semanas de solidão forçada que me perguntei como eu poderia lhe explicar o que nem um homem em dez mil pode esperar compreender. Imagino que você pense que devo ser capaz de me lembrar dos nomes, dos rostos e das personalidades de minhas várias vítimas, mas minha memória só me mostra os monstros de muitos membros e muitos peitos com quem brinquei, uma coisa fedorenta que verbalizava a dor e a infelicidade. Lastimavelmente, meu monstro nunca foi uma grande companhia, embora houvesse fascínio em suas contorções. Havendo estímulo suficiente, ele pode ser levado a um êxtase de dor e, depois de saber que sobreviveu, fica tremendo na beira do abismo, implorando, gritando, pedindo misericórdia.

Ah, quantas vezes o monstro morreu e depois viveu? Compreenderam muito poucas para meu gosto. Heterogêneos, seu rosto e sua voz sofreram mutações, mas as reações nunca variavam. O Richard Merridan, meu antigo psiquiatra, deu outros nomes ao que me possuiu, mas a verdade é que eu estava nas garras de um frenesi divino.

Reputados colegas de Merridan contestam sua conclusão de que sou mentalmente são. Os pareceres deles foram desprezados pelo juiz. Uma conclusão: posso ter matado sua filha, ou não. Penso que ou eu o fiz tomado de alguma loucura que ainda obstrui minha memória, e que um médico mais habilidoso ainda pode penetrar, ou nunca a conheci, e a pequena Louise está em algum lugar aí fora, rindo das tentativas do papai de encontrá-la, ou talvez suportando um inferno diferente daquele em que meu monstro vivia.

Eu não tenho dúvida de que o apoio psiquiátrico adicional disponível em Broadmoor me ajudaria a recuperar o máximo possível de lembranças. Lamentavelmente, por suas próprias razões inescrutáveis, as autoridades preferem me manter aqui, em Belmarsh. Ameaças sofri só esta manhã debaixo do nariz dos carcereiros. Mas, apesar do fato evidente de que quem me atacar vai pagar por isso, fico exposto, diariamente, a intimidação e perigo físico. Ah, é um mistério como alguém pode esperar que eu recupere suficiente saúde mental para ajudar a polícia.

Mas as pessoas excepcionais devem ser estudadas apenas por aqueles que conseguem valorizá-las. A análise rudimentar, como aquela a que fui submetido até agora, apenas reforça minha incapacidade de me recordar de tudo que fiz. E talvez você, sr. Tucker, possa me ajudar. Até que eu esteja em um ambiente hospitalar onde possa ter a assistência de que preciso, que incentivo tenho para escavar minha memória fragmentada em busca de detalhes que possam ajudá-lo a descobrir o que aconteceu com sua filha? E nisso minha segurança está comprometida diariamente. Lamento, mas minhas faculdades mentais estão sendo degradadas.

Acredito que você ficará decepcionado por não receber confirmação do que aconteceu com Louise. Acho que, quando o frenesi não me domina, não sou desprovido de solidariedade humana. Nem meus piores críticos discordam que eu realmente compreendo os outros com muito mais facilidade do que eles me compreendem! Tome como exemplo, posso entender o que significaria para você recuperar o corpo de Louise e lhe dar o funeral que você tanto deseja. E por outro lado, minha pequena reserva de empatia está sendo rapidamente esgotada pelas condições em que vivo atualmente. Sei que minha recuperação do último ataque, que quase extraiu um olho meu, foi atrasada devido à recusa das autoridades de me deixar ser atendido em um hospital civil. "Dos homens maus não se espera o direito a um tratamento justo!" E repare que essa parece ser a opinião pública. Mencionam que brutalidade enseja brutalidade. O psiquiatra mais estúpido concorda com isso.

Reflito, você tem uma alma misericordiosa, sr. Tucker? Requisite às autoridades, na primeira carta que escrever depois de receber esta, que o restante de minha sentença seja cumprido em Broadmoor, onde os segredos ainda guardados por minha memória rebelde poderão ser enfim trazidos à tona.

Eis que me despeço.

Respeitosamente

Dennis

Robin terminou de ler e levantou a cabeça.

— Você não consegue ver, não é? — disse Tucker com uma expressão estranhamente ansiosa. — Não, claro que não consegue. Não é óbvio. Eu mesmo não vi, no começo. Nem as autoridades da prisão viram. Estavam ocupadas demais me alertando de que não iam transferi-lo a Broadmoor, então nem precisei pedir.

Ele apontou o final da carta com o dedo de unha amarela.

— A dica está aqui. Na última linha. *Primeira carta. Minha sentença.* Sentença, ou período... junte a primeira letra de cada período e veja o que vai conseguir.

Robin fez o que ele pediu.

— A – S – U – A – F – I – L – H – A... — Robin leu em voz alta até que, temendo onde ia terminar a mensagem, ficou em silêncio, chegando à última sentença, quando o gosto do café com leite ficou rançoso, e ela disse: — Ah, meu Deus.

— O que diz? — perguntou Lauren e se esforçou para ver.

— Não importa — disse Tucker abruptamente, pegando a carta de volta. — Aí está — disse ele a Robin, dobrando os papéis e recolocando no bolso interno. — Agora você vê o que ele é. Ele matou Lou, como matou a sua médica e está se gabando disso.

Antes que Robin pudesse dizer mais alguma coisa, Tucker girou a folha de papel seguinte de frente para ela, que viu um mapa fotocopiado de Islington, com um círculo traçado em volta do que parecia uma casa grande.

— Agora — disse ele —, existem dois lugares em que ninguém nunca procurou, onde acho que ele pode ter escondido corpos. Repassei todos os lugares que tinham uma ligação com ele, na infância ou quando adulto. A polícia verificou todos os óbvios, apartamentos em que ele morou e tal, mas nunca se incomodou com estes.

"Quando Lou desapareceu em novembro de 1972, ele não conseguiu enterrá-la na Epping Forest porque..."

— Tinham acabado de encontrar o corpo de Vera Kenny ali — disse Robin.

Tucker ficou impressionado, mas a contragosto.

— Vocês fazem o dever de casa nessa agência, não é? Sim, exatamente. Ainda havia presença policial na floresta nessa época.

"Mas está vendo, aqui?", disse Tucker, batendo na construção marcada. "Agora é uma residência particular, mas nos anos 1970 era o Archer Hotel, e adivinha quem fazia os serviços de lavanderia deles? A empresa em que trabalhava Creed. Ele costumava pegar as coisas ali uma vez por semana no furgão e levava de volta, lençóis e colchas e não sei mais o quê...

"Mas então, depois que ele foi preso, a mulher que era dona do Archer Hotel deu uma declaração ao *Mail* dizendo que ele sempre foi muito educado e gentil, sempre batia papo quando a via...

"Isso não está marcado nos mapas atuais", disse Tucker, agora deslocando o dedo para uma cruz nos terrenos da propriedade, "mas está nos antigos. Tem um poço nos fundos dessa propriedade. Só um poço na terra que coleta água da chuva. É anterior à construção atual.

"Localizei a proprietária em 1989, depois que ela vendeu. Ela me disse que o poço foi tapado em sua época e que ela plantou arbustos em volta, porque não queria nenhuma criança caindo nele por acidente. Mas Creed costumava passar por esse jardim para os serviços de lavanderia, passava pelo lugar onde ficava o poço. Ele teria sabido de sua existência. Ela não se lembrava se tinha contado a ele", disse Tucker rapidamente, prevendo a pergunta de Robin, "mas não faz nenhuma diferença, faz? Ela não ia se lembrar de cada palavra que diziam a ela, depois de todo esse tempo, não é?

"Na calada da noite, Creed pode ter parado o furgão perto da entrada dos fundos, passado pelo portão... mas quando eu percebi tudo isso", disse Tucker, cerrando de frustração os dentes marrons, "o Archer tinha voltado a ser uma propriedade particular e agora tem uma maldita estufa construída por cima do antigo poço."

— O senhor não acha — disse Robin com cautela — que, quando construíram em cima dele, talvez pudessem notar...

— Por que notariam? — disse Tucker agressivamente. — Nunca conheci empreiteiros que procurassem mais trabalho quando só precisavam jogar concreto por cima. De todo modo, Creed não é burro. Ele teria jogado lixo por cima do corpo, não teria? Para cobrir. Então *essa é* uma possibilidade — disse ele com firmeza. — E agora temos isso aqui.

A última folha de papel de Tucker era um segundo mapa.

— Essa aqui — disse ele, batendo o dedo de nós inchados em outra construção circulada — é a casa da bisavó de Dennis Creed. É mencionada em *O demônio de Paradise Park*. Creed disse, em uma das entrevistas, que a única vez em que viu a área rural quando criança foi quando o levaram ali.

"E olha só aqui", disse Tucker, apontando um gramado grande. "Os fundos da casa dão para a Great Church Wood. Hectares de mata, hectares e mais hectares. Creed conhecia o caminho para lá. Tinha um furgão. Brincava nessa mata quando criança.

"Sabemos que ele escolheu a Epping Forest para a maioria dos corpos, porque ele não tinha nenhuma conexão conhecida com o lugar, e em 1975 a polícia verificava constantemente a Epping Forest à noite, não é? Mas aqui está uma mata diferente que ele conhece e não fica muito longe de Londres, e Creed tem seu furgão e a pá preparada na traseira.

"Minha melhor conjectura", disse Tucker, "é que minha Lou e a sua médica estão no poço ou na mata. E agora eles têm tecnologia diferente da que tinham nos anos 1970. Radar que penetra o solo e não sei o que mais. Não seria difícil ver se tem um corpo em um dos dois lugares, se tivessem vontade.

"Mas", disse Tucker, tirando os dois mapas da mesa e os dobrando com as mãos trêmulas, "não existe vontade nem existiu, em anos. Nenhuma autoridade se importa. Eles pensam que tudo acabou, eles pensam que Creed nunca vai falar. Então é por isso que tem de ser seu chefe a interrogá-lo. Queria que fosse eu", disse Tucker, "mas você viu o quanto Creed acha que eu valho..."

Enquanto Tucker colocava as folhas de papel no bolso interno do anoraque, Robin ficou consciente de que a cafeteria em volta deles tinha se enchido durante a conversa. A uma mesa próxima estavam sentados três homens jovens, todos com uma barba eduardiana divertida. Depois de tanto tempo sintonizada na voz rouca e baixa de Tucker, os ouvidos de Robin de repente se encheram de barulho. Ela sentiu que de súbito fora transportada do passado distante para um presente petulante e indiferente. O que Margot Bamborough, Louise Tucker e Kara Wolfson pensariam de celulares praticamente na mão de todos, ou de "Happy", de Pharrell Williams, que agora tocava em algum lugar por perto, ou da jovem que levava um café do balcão, seu cabelo em cachos no alto, com uma camiseta que dizia ENFIA SUA #SELFIE NO C#?

— Não chore, vovô — disse baixinho a Lauren de cabelos amarelos, passando o braço pelo avô enquanto uma lágrima grossa rolava pelo nariz inchado dele e caía na mesa de madeira. Agora que tinha parado de falar de Louise e Creed, ele parecia ter diminuído.

— Isso afetou toda a nossa família — Lauren disse a Robin. — Minha mãe e a tia Lisa sempre tiveram medo de que eu e minhas primas saíssemos depois do anoitecer...

— E com razão! — disse Tucker, que agora enxugava os olhos na manga de novo.

— ... e todas nós crescemos sabendo que alguma coisa *realmente pode acontecer*, sabe? — disse a Lauren de rosto inocente. — As pessoas *realmente* desaparecem. Elas *realmente* são assassinadas.

— Sim — disse Robin. — Eu sei.

Ela estendeu a mão pela mesa e brevemente segurou o braço do velho.

— Vamos fazer tudo que pudermos, sr. Tucker, eu lhe prometo. Entrarei em contato.

Ao sair da cafeteria, Robin ficou ciente de que tinha acabado de falar por Strike, que não sabia absolutamente nada do plano de interrogar Creed, que dirá de tentar descobrir o que tinha acontecido com Louise Tucker, mas não lhe restava energia para se preocupar com isso. Robin puxou mais o casaco no corpo e voltou ao escritório, os pensamentos consumidos pelo vácuo terrível deixado pelas desaparecidas.

52

Amiúde existe Fogo sem Fumaça.

Edmund Spenser
A Rainha das Fadas

Era uma hora da madrugada, e Strike ia de carro para Stoke Newington para liberar Robin, que no momento mantinha a vigilância da casa geminada visitada mais uma vez pelo Chefe do Manhoso, onde ele quase certamente se entregava a outro surto do comportamento digno de chantagem descoberto de algum jeito pelo Manhoso. Embora a influência do Manhoso sobre o chefe tenha levado este último à Tower Bridge, o CM não parecia capaz nem disposto a desistir do que fazia dentro da casa de Elinor Dean.

A noite estava fresca e limpa, embora as estrelas fossem pouco visíveis da fortemente iluminada Essex Road, e a voz de Barclay era emitida do alto-falante do BMW. Uma semana tinha se passado desde que o escocês conseguira convencer o CM a sair da Tower Bridge e tomar um café com ele.

— Ele não consegue se conter, o coitado.

— Claramente não — disse Strike. — Essa é a terceira visita em dez dias.

— Ele me disse: "Não consigo parar." Disse que alivia o estresse.

— Como ele concilia isso com o fato de ser suicida?

— É a chantagem que o está deixando suicida, Strike, e não o que ele apronta em Stoke Newington.

— E ele não deu *nenhuma* indicação do que faz ali dentro?

— Já te falei, ele disse que não trepa com ela, mas que a mulher dele vai abandoná-lo se descobrir. Pode ser borracha — acrescentou Barclay pensativamente.

— O quê?

— Borracha — repetiu Barclay. — Como o cara que tivemos que gostava de usar látex por baixo do terno no trabalho.

— Ah, sim — disse Strike. — Eu tinha me esquecido disso.

As várias predileções sexuais de seus clientes em geral ficavam vagas na memória de Strike. Ele ouvia o zumbido do cassino ao fundo. O Manhoso estava ali havia horas e Barclay lhe fazia companhia, despercebido, do outro lado do salão.

— Mas, então — disse Barclay —, quer que eu continue aqui? Porque está custando uma pequena fortuna e eu te disse que o cliente vai ficar puto com o valor que estamos cobrando. Posso vigiar quando o filho da puta nojento sair lá da rua.

— Não, fique com ele, continue fotografando e procure obter alguma coisa incriminadora — orientou Strike.

— O Manhoso está cheio de cocaína — disse Barclay.

— Metade dos colegas dele também deve cheirar pó. Vamos precisar de algo pior do que pegar o cretino por chantagear pessoas e levá-las a uma ponte alta...

— Você está ficando frouxo, Strike.

— Só procure arrumar algo sobre o escroto e não faça apostas altas.

— Não são as apostas que vão nos falir — disse Barclay —, são as bebidas.

Ele desligou, Strike abriu a janela do carro e acendeu um cigarro, tentando ignorar a dor no pescoço e nos ombros enrijecidos.

Como o CM, Strike podia ter uma folga dos problemas e dos desafios da vida, mas agora algumas válvulas de escape nem existiam. No ano anterior, a doença de Joan tirara dele aquele fiapo de tempo que não era dedicado ao trabalho. Desde sua amputação, ele não praticava mais nenhum esporte. Via os amigos com pouca frequência devido às exigências da agência e tinha mais dores de cabeça do que prazeres com os parentes, que no momento eram particularmente problemáticos.

O dia seguinte seria o domingo de Páscoa, o que significava que a família de Joan se reuniria em St. Mawes para espalhar suas cinzas no mar. Além do evento triste em si, Strike não ansiava fazer outra longa viagem à Cornualha ou ter outro contato forçado com Lucy, que deixou claro nos vários telefonemas que estava morta de medo dessa última despedida. Repetidamente, ela voltava à tristeza por não ter um túmulo para visitar, e Strike detectou uma conotação de culpa, como se ela pensasse que Strike devesse ter rejeitado os desejos de moribunda de Joan. Lucy também expressou decepção por Strike não passar o fim de semana todo lá, como Greg e ela, e acrescentou secamente que era melhor ele se lembrar de levar ovos de Páscoa para os três sobrinhos, não só para Jack. Strike podia passar sem ter que transportar por trem três ovos de chocolate frágeis até Truro, com uma mochila para carregar e a perna inflamada de dias e semanas de trabalho ininterrupto.

Para piorar o estresse, a meia-irmã desconhecida, Prudence, e o meio-irmão Al recomeçaram a lhe mandar mensagens de texto. Os meios-irmãos pareciam imaginar que Strike, depois de ter desfrutado de um momento de catarse necessária ao gritar com Rokeby por telefone, devia estar arrependido da explosão e estava mais receptivo a comparecer à festa do pai para fazer as pazes. Strike não respondeu a nenhuma das mensagens, mas as sentiu como picadas de insetos: decidido a não se coçar, ainda assim elas eram fonte de uma irritação ranheta.

Pendendo sobre todas as outras preocupações estava o caso Bamborough, que, apesar de todas as horas que ele e Robin dedicaram, provava-se tão obscuro quanto no dia em que concordaram em enfrentar o mistério de quarenta anos. O prazo de um ano estava cada vez mais próximo e não acontecera nada semelhante a uma descoberta. Para ser franco consigo mesmo, Strike tinha pouca esperança na entrevista com as filhas de Wilma Bayliss, que ele e Robin realizariam no final dessa manhã, antes de Strike embarcar no trem para Truro.

No geral, enquanto ele dirigia para a casa da mulher de meia-idade por quem o CM parecia sentir tanta atração, Strike tinha de admitir que sentia uma centelha de solidariedade para com qualquer homem em busca desesperada pelo que o detetive estava certo ser uma forma de alívio sexual. Recentemente tinha ocorrido a Strike que os relacionamentos que teve desde que deixou Charlotte, embora tenham sido fortuitos, foram seu único refúgio sem ligação com o trabalho. Sua vida sexual tem sido moribunda desde o diagnóstico de câncer de

Joan: todas aquelas longas viagens à Cornualha devoraram um tempo que podia ter sido dedicado a encontros.

O que não quer dizer que ele não tenha tido oportunidades. Desde que a agência passou a ter sucesso, algumas mulheres ricas e infelizes, que formavam a base do trabalho da agência, mostraram uma tendência a considerar Strike um possível paliativo para suas dores ou vazios emocionais. Strike aceitara uma nova cliente exatamente desse tipo no dia anterior, a Sexta-feira da Paixão. Como substituiu a sra. Smith, que já dera início ao divórcio do marido com base nas fotos que Morris fizera dele com a babá, eles apelidaram a morena de 32 anos de srta. Jones.

Ela era inegavelmente bonita, tinha pernas longas, boca cheia e pele de uma maciez cara. Era de interesse de colunas de fofocas em parte por ser uma herdeira e em parte porque estava envolvida em uma batalha feia pela guarda de uma filha com o ex-namorado, sobre quem ela procurava sujeira para usar no tribunal. A srta. Jones tinha cruzado e recruzado as pernas compridas ao contar a Strike sobre o uso de drogas do ex-parceiro hipócrita, o fato de que ele entregava aos jornais histórias sobre ela e que ele não tinha interesse em sua filha de seis meses além de usá-la para deixar a srta. Jones infeliz. Enquanto ele a acompanhou à porta, a entrevista concluída, ela repetidamente tocou o braço dele e riu por mais tempo do que o necessário das leves amabilidades de Strike. Tentando conduzi-la educadamente porta afora sob o olhar reprovador de Pat, Strike teve a sensação de tentar retirar chiclete dos dedos.

Strike podia muito bem imaginar os comentários de Dave Polworth, se ele tivesse visto a cena, porque Polworth tinha teorias mordazes sobre o tipo de mulher que acha o amigo mais velho atraente, das quais Charlotte era o exemplo mais puro. As mulheres que mais prontamente se sentiam atraídas por Strike eram, na opinião de Polworth, neuróticas, caóticas e de vez em quando perigosas, e sua predileção pelo ex-pugilista de nariz torto indicava um desejo subconsciente de alguma rocha à qual elas pudessem se prender como lapas.

Dirigindo pelas ruas desertas de Stoke Newington, os pensamentos de Strike voltaram-se naturalmente para a ex-noiva. Ele não respondera às mensagens de texto desesperadas que ela enviara de onde ele soube, depois de procurar o lugar no Google, ser uma clínica psiquiátrica particular. As mensagens não só chegaram na véspera de sua partida para o leito de morte de Joan, como ele não queria alimentar as vãs esperanças de Charlotte de que ele apareceria para resgatá-la. Será que ela ainda estava lá? Se for assim, seria o período de internação mais longo que ela já tivera. Os gêmeos de um ano de Charlotte sem dúvida estavam aos cuidados de uma babá, ou da sogra que Charlotte certa vez garantira a ele que estava disposta a assumir deveres maternos.

A uma curta distância da rua de Elinor Dean, Strike ligou para Robin.

— Ele ainda está aí dentro?

— Está. Você poderá estacionar atrás de mim, tem uma vaga. Acho que número 14 viajou com os filhos para a Páscoa. Os dois carros sumiram.

— Te vejo em cinco minutos.

Quando entrou na rua, Strike viu o velho Land Rover estacionado a algumas casas da porta de Elinor Dean e conseguiu parar o carro sem dificuldade na vaga bem atrás dele. Enquanto ele desligava o motor, Robin saltou do Land Rover, fechou a porta rapidamente e foi à porta do carona do BMW, com uma bolsa carteiro no ombro.

— Bom dia — disse ela, sentando-se no banco ao lado dele.

— Bom dia. Ainda não tem vontade de ir embora?

Enquanto Strike dizia isso, a tela do celular de Robin se iluminou: alguém lhe enviara uma mensagem de texto. Robin nem olhou a mensagem, mas virou o telefone no joelho para esconder sua luz.

— Tenho umas coisas para te contar. Falei com C. B. Oakden.

— Ah — disse Strike.

Como Oakden estava interessado principalmente em Strike, e este suspeitava de que Oakden gravava os telefonemas dele, os dois detetives concordaram que deveria ser Robin a alertá-lo a se afastar do caso.

— Ele não gostou — disse Robin. — Teve um monte de "este é um país livre" e "tenho o direito de falar com quem eu quiser". Eu disse a ele: "Tentar se adiantar a nós e falar com testemunhas pode prejudicar nossa investigação." Ele disse que como biógrafo experiente...

— Ah, vai se foder — disse Strike em voz baixa.

— ... ele sabe interrogar as pessoas para obter informações e talvez seja uma boa ideia nós três reunirmos nossos recursos.

— Sei — disse Strike. — É exatamente do que essa agência precisa, um vigarista condenado na folha de pagamento. Como ficaram as coisas?

— Bom, ficou claro que ele *realmente* quer se encontrar com você, e acho que ele está decidido a segurar tudo que sabe sobre Brenner até ficar cara a cara com você. Ele quer manter Brenner como isca.

Strike pegou outro cigarro.

— Não sei se Brenner vale C. B. Oakden.

— Mesmo depois do que Janice disse?

Strike tirou um trago do cigarro e jogou a fumaça pela janela, longe de Robin.

— Sei que Brenner parece mais suspeito agora do que quando começamos a cavar, mas quais são as chances de Oakden realmente ter informações úteis? Ele era uma criança quando tudo isso aconteceu, e roubar aquele obituário cheira a um homem que tenta arranjar o que dizer, e não que...

Ele ouviu um farfalhar a seu lado e se virou, vendo Robin abrir a bolsa carteiro. Para leve surpresa dele, Robin pegava o caderno de Talbot de novo.

— Ainda carregando esse troço, é? — Strike tentou não parecer exasperado.

— Pelo visto, estou. — Ela passou o celular para o painel, assim pôde abrir o livro no colo. Ao olhar o telefone, Strike viu a chegada de uma segunda mensagem de texto, iluminando a tela, e dessa vez pegou o nome: Morris.

— Por que Morris está te mandando mensagens? — perguntou Strike e, até a seus ouvidos, a pergunta pareceu crítica.

— Por nada. Ele só está entediado, sentado na frente da casa do namorado da srta. Jones — disse Robin, que folheava o caderno de Talbot. — Quero te mostrar uma coisa. Aqui, veja só isso.

Ela lhe passou o caderno, aberto em uma página que Strike se lembrava de sua própria leitura das anotações. Ficava perto do final do volume, onde as páginas eram fortemente decoradas com desenhos estranhos. No meio dessa página um esqueleto preto dançava segurando uma foice.

— Ignore todos os desenhos esquisitos de tarô — disse Robin. — Mas olhe aqui. Essa frase entre as pernas do esqueleto. O símbolo pequeno, o círculo com uma cruz, significa a Parte da Fortuna...

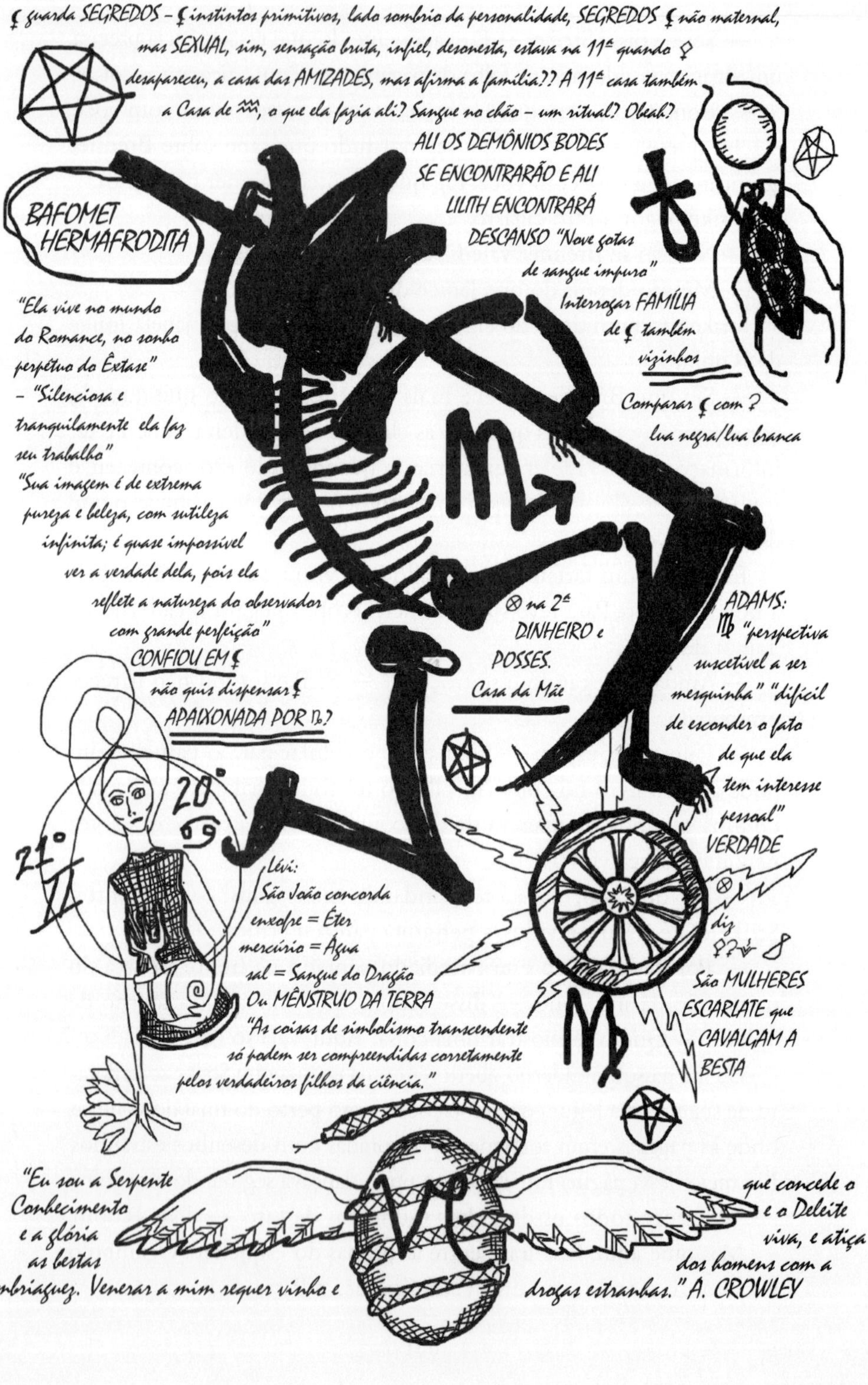
⚸ guarda SEGREDOS – ⚸ instintos primitivos, lado sombrio da personalidade, SEGREDOS ⚸ não maternal,
mas SEXUAL, sim, sensação bruta, infiel, desonesta, estava na 11ª quando ♀
desapareceu, a casa das AMIZADES, mas afirma a família?? A 11ª casa também
a Casa de ♒, o que ela fazia ali? Sangue no chão – um ritual? Obeah?
ALI OS DEMÔNIOS BODES SE ENCONTRARÃO E ALI LILITH ENCONTRARÁ DESCANSO "Nove gotas de sangue impuro"
Interrogar FAMÍLIA de ⚸ também vizinhos
Comparar ⚸ com ? lua negra/lua branca
BAFOMET HERMAFRODITA
"Ela vive no mundo do Romance, no sonho perpétuo do Êxtase"
– "Silenciosa e tranquilamente ela faz seu trabalho"
"Sua imagem é de extrema pureza e beleza, com sutileza infinita; é quase impossível ver a verdade dela, pois ela reflete a natureza do observador com grande perfeição"
CONFIOU EM ⚸
não quis dispensar ⚸
APAIXONADA POR ♑?
⊗ na 2ª DINHEIRO e POSSES.
Casa da Mãe
ADAMS:
♍ "perspectiva suscetível a ser mesquinha" "difícil de esconder o fato de que ela tem interesse pessoal"
VERDADE
⊗
diz
São MULHERES ESCARLATE que CAVALGAM A BESTA
20°
♋
21°
♊
Lévi:
São João concorda
enxofre = Éter
mercúrio = Água
sal = Sangue do Dragão
Ou MÊNSTRUO DA TERRA
"As coisas de simbolismo transcendente só podem ser compreendidas corretamente pelos verdadeiros filhos da ciência."
"Eu sou a Serpente que concede o
Conhecimento e o Deleite
e a glória viva, e atiça
as bestas dos homens com a
embriaguez. Venerar a mim requer vinho e drogas estranhas." A. CROWLEY

— O que é isso? — perguntou Strike.

— É um ponto no mapa astral que deve representar o sucesso no mundo. "Parte da Fortuna na Segunda, DINHEIRO E POSSES." E "Casa da Mãe" sublinhado. Os Oakden moravam na Fortune Street, lembra? E a Parte da Fortuna ficava na casa do dinheiro e das posses quando Margot desapareceu, e ele está relacionando isso com o fato de que Dorothy herdou a casa da mãe e dizendo que não foi uma tragédia, mas um golpe de sorte para Dorothy.

— Você acha mesmo? — perguntou Strike, esfregando os olhos.

— Sim, porque olha só, ele depois começa a divagar sobre Virgem... que é o signo de Dorothy nos dois sistemas... sendo mesquinho e tendo interesse pessoal, isso pelo que sabemos de seus ajustes. Mas, então — disse Robin —, estive olhando as datas de nascimento e sabe de uma coisa? No sistema tradicional e no de Schmidt, a mãe de Dorothy era de Escorpião.

— Pelo amor de Deus, quantos outros escorpiões vamos encontrar?

— Entendo o que quer dizer — disse Robin, sem se deixar abalar —, mas, pelo que li, Escorpião é um dos signos mais comuns. Mas essa é a parte importante: Carl Oakden nasceu em 6 de abril. Isso quer dizer que ele é de Áries no sistema tradicional, mas de Peixes no sistema de Schmidt.

Seguiu-se um curto silêncio.

— Quantos anos Oakden tinha quando a avó caiu da escada? — perguntou Strike.

— Catorze — disse Robin.

Strike virou o rosto para soprar a fumaça pela janela de novo.

— Você acha que ele empurrou a avó?

— Pode não ter sido proposital — disse Robin. — Ele pode ter passado por ela aos empurrões e ela perdeu o equilíbrio.

— "Margot confrontou Peixes." Seria um inferno acusar um garoto de...

— Talvez ela nunca o tenha confrontado. O confronto pode ter sido algo suspeitado por Talbot, ou imaginado por ele. Seja como for...

— ... é sugestivo, sim. *É* sugestivo... — Strike soltou um leve gemido. — Vamos *ter de* entrevistar o merda do Oakden, não é? Não tem certo foco se desenvolvendo em torno desse grupinho? Brenner e os Oakden, respeitabilidade por fora...

— ... Veneno por dentro. Lembra? Foi o que Oonagh Kennedy disse a respeito de Dorothy.

Os detetives ficaram quietos por alguns segundos, observando a porta de entrada de Elinor Dean, que continuava fechada, o jardim escuro em silêncio e sossegado.

— Quantos assassinatos — perguntou Robin — você acha que não foram detectados?

— A pista está na pergunta, não é? "Não detectados"... é impossível saber. Mas, sim, naquelas mortes domésticas discretas, é de se perguntar. Pessoas vulneráveis escolhidas pelas próprias famílias e todo mundo pensando que era problema de saúde...

— ... ou uma misericórdia que essas pessoas tenham morrido — disse Robin.

— Algumas mortes *são mesmo* misericordiosas — disse Strike.

E com essas palavras, no olho mental de cada um deles surgiu uma imagem de terror. Strike se lembrava do cadáver do sargento Gary Topley, prostrado na estrada de terra no Afeganistão, os olhos arregalados, o corpo ausente da cintura para baixo. A visão era recorrente nos pesadelos de Strike desde que aconteceu e, de vez em quando, nesses sonhos, Gary falava com ele, prostrado na terra. Sempre era um conforto se lembrar, ao acordar, de que a consciência de Gary se apagou instantaneamente, que os olhos arregalados e a expressão perplexa mostravam que a morte o havia invocado antes que o cérebro pudesse registrar a agonia ou o terror.

No entanto, na mente de Robin havia uma imagem de algo que ela nem sabia se um dia tinha acontecido. Ela imaginava Margot Bamborough acorrentada a um radiador (*eu açoito seu rosto e seus peitos*), suplicando pela vida (*a estratégia é risivelmente transparente*) e sofrendo tormentos (*pode ser levada a um êxtase de dor, e então eu sabia que vivia e ficava trêmula na beira do abismo, pedindo, gritando, implorando misericórdia*).

— Sabe de uma coisa — disse Robin, falando em parte para romper o silêncio e dissipar a imagem mental —, eu bem que queria encontrar uma foto da mãe de Dorothy, Maud.

— Por quê?

— Para confirmação, porque... Acho que não te contei, olha...

Ela folheou o caderno ao início, até a página tomada de signos da água. Em uma letra miúda abaixo de uma imagem de um escorpião, havia as palavras "SINAL (Adams)".

— Isso é um signo novo? — perguntou Strike. — O Sinal?

— Não — disse Robin, sorrindo —, Talbot está fazendo alusão ao fato de que a astróloga Evangeline Adams disse que o verdadeiro Escorpião em geral tem uma marca de nascença, ou um sinal visível. Li o livro dela, comprei usado.

Houve uma pausa.

— Que foi? — disse Strike, porque Robin o olhava com expectativa.

— Eu esperava uma sacanagem sua.

— Perdi a vontade de sacanear algum tempo atrás — disse Strike. — Você sabe que temos de resolver esse caso em aproximadamente 14 semanas?

— Sei. — Robin sorriu. Pegou o celular para ver a hora e, pelo canto do olho, Strike viu outra mensagem de texto de Morris. — Bom, vamos nos encontrar com as irmãs Bayliss mais tarde. Talvez elas tenham algo de útil a nos dizer... tem certeza de que quer entrevistá-las comigo? Posso cuidar disso sozinha. Você estará muito cansado depois de ficar sentado aqui a noite toda.

— Vou dormir no trem para Truro depois — disse Strike. — Tem algum plano para o domingo de Páscoa?

— Não — disse Robin. — Minha mãe queria que eu fosse em casa, mas...

Strike se perguntou o que viria depois do silêncio, se ela tinha marcado alguma coisa com outra pessoa e não queria contar. Morris, por exemplo.

— Tudo bem, juro que essa é a última coisa que vou levantar do caderno de Talbot — disse Robin —, mas quero chamar a atenção para algo antes de encontrarmos as Bayliss.

— Pode falar.

— Você mesmo disse que ele parecia racista pelas anotações.

— "Fantasma negro" — Strike citou —, sim.

— E "Lilith da Lua Negra"...

— ... e imaginando se ela seria uma bruxa.

— Exatamente. Acho que ele a importunou muito, e talvez a família também — disse Robin. — O linguajar que ele usa para Wilma... "bruta", "desonesta"... — Robin voltou à página que trazia os três signos chifrudos — e "mulher como é agora nesta era... Armada e militante".

— Uma bruxa feminista radical.

— O que parece muito legal quando você diz isso — disse Robin —, mas não acredito que Talbot tivesse a mesma intenção.

— Acha que é por isso que as filhas não querem conversar conosco?

— Talvez — disse Robin. — Então penso que precisamos ser... sabe como. Sensíveis ao que pode estar acontecendo. Definitivamente não ir até lá dando a impressão de que suspeitamos de Wilma ou coisa assim.

— Bom argumento, e registrado — disse Strike.

— Tudo bem, então — disse Robin com um suspiro enquanto guardava o caderno na bolsa carteiro. — É melhor eu ir andando... o que ele *está* fazendo ali? — perguntou Robin em voz baixa, olhando a porta de entrada de Elinor Dean.

— Barclay acha que pode ser um fetiche com borracha.

— Ele ia precisar de muito talco para se espremer em qualquer coisa feita de borracha, pelo tamanho daquela barriga.

Strike riu.

— Bom, te vejo em... — Robin olhou a hora no celular — sete horas e quarenta e cinco minutos.

— Durma bem — disse Strike.

Enquanto Robin se afastava do BMW, Strike viu que ela olhava o celular de novo, sem dúvida lendo as mensagens de Morris. Ele a viu entrar no antigo Land Rover, depois ligou o veículo que parecia um tanque, manobrou, acenou uma despedida ao passar por ele e voltou para o Earl's Court.

Ao pegar a garrafa térmica de chá embaixo do banco, Strike se lembrou da suposta hora marcada com o dentista de Robin outro dia, sobre a qual Robin parecia estranhamente agitada e que acontecera (embora Strike não tivesse feito essa ligação antes) na tarde de folga de Morris. Uma possibilidade muito indesejada passou por sua cabeça: será que Robin mentiu, como Irene Hickson, e pelo mesmo motivo? Sua mente disparou ao que Robin tinha dito alguns meses antes, quando contou que o ex-marido tinha uma nova parceira. "Ah, eu não te contei, não foi? Contei a Morris."

Enquanto abria a garrafa térmica, Strike analisou mentalmente o comportamento de Robin perto de Morris nos últimos meses. Ela nunca deu a impressão de gostar particularmente dele, mas será que foi fingimento, para desviar a atenção? Será que sua sócia e o terceirizado estavam mesmo em uma relação que ele, ocupado com os próprios problemas, não conseguiu enxergar?

Strike se serviu de chá, recostou-se na poltrona e olhou furioso a porta fechada de Elinor Dean pelo vapor que subia do chá com gosto de plástico e cor de lama. Estava zangado, disse a si mesmo, porque devia ter estabelecido uma regra profissional de que os sócios não podiam namorar terceirizados, e por outro motivo que preferia não examinar, porque ele sabia muito bem qual era e não era bom ficar remoendo isso.

53

Como três belos ramos que brotavam larga e amplamente,
Que de uma raiz derivava sua seiva vital:
E como essa raiz que sua vida divide,
Era sua mãe...

Edmund Spenser
A Rainha das Fadas

Sete horas depois, na luz fria e monótona de uma manhã nublada, Robin, que tinha voltado ao Land Rover, fez um desvio para a cafeteria em que ela e Strike se encontrariam com as três irmãs Bayliss.

Quando Maya, a irmã do meio, sugeriu que eles se encontrassem no Belgique, em Wanstead, Robin percebeu como ficaria perto de onde Dennis Creed tinha desovado a penúltima vítima conhecida, a cabeleireira de 27 anos Susan Meyer.

Meia hora antes da entrevista marcada, Robin estacionou o Land Rover ao lado de um conjunto de lojas na Aldersbrook Road, depois atravessou a rua e caminhou por uma curta calçada que a levou à margem juncosa do lago artificial Alexandra, um trecho largo de água em que boiavam várias aves silvestres. Dois patos apareceram nadando esperançosos, mas como Robin não levava pão nem outras guloseimas, eles se afastaram deslizando, compactos, autossuficientes, seus olhos de ônix percorrendo a água e a margem em busca de outras possibilidades.

Trinta e nove anos antes, Dennis Creed tinha ido de carro até esse lago sob o manto da noite e rolou para a água o cadáver decapitado e sem mãos de Susan Meyer, enrolado em plástico preto e corda. O corte de cabelo curto e o sorriso tímido característicos de Susan

Meyer angariaram a ela um lugar de destaque na capa de *O demônio de Paradise Park*.

O céu leitoso estava tão opaco quanto o lago raso, que parecia uma seda cor de jade em que as aves criavam marolas ao deslizar. De mãos nos bolsos, Robin olhou a água e o mato que farfalhava, tentando imaginar a cena de um funcionário do parque localizando o objeto preto na água, que supôs, inicialmente, ser uma lona inchada de ar, até que o enganchou com uma vara comprida, sentiu o peso terrível e fez uma conexão imediata (ou assim ele disse à equipe de televisão que chegou logo depois da polícia e da ambulância) com os corpos que não paravam de aparecer em Epping Forest, a menos de 15 quilômetros dali.

Creed tinha raptado Susan exatamente um mês antes do desaparecimento de Margot. Será que elas estiveram juntas no porão de Creed? Se foi assim, Creed manteve, por um breve período, três mulheres ali simultaneamente. Robin preferia não pensar no que Andrea, ou Margot, se ela esteve lá, deve ter sentido ao ser arrastada para o porão de Creed, vendo outra mulher acorrentada ali e sabendo que ela também seria reduzida àquele estado emaciado e de ossos quebrados antes de morrer.

Andrea Hooton foi a última mulher que se sabe que Creed matou, e ele variou o padrão quando teve de dispor do corpo, dirigindo quase 130 quilômetros de sua casa, na Liverpool Road, para jogar o cadáver na Beachy Head. Epping Forest e Wanstead Flats tornaram-se fortemente patrulhados na época, e apesar do desejo evidente de Creed de assegurar que o Açougueiro de Essex tivesse o crédito por cada morte, como ficou provado pelo esconderijo de recortes da imprensa que ele mantinha embaixo do assoalho do apartamento de porão, ele jamais quis ser apanhado.

Robin olhou o relógio: estava na hora de ir para a entrevista com as irmãs Bayliss. Voltando ao Land Rover, ela refletiu sobre o que separava a normalidade da insanidade. Na superfície, Creed tinha sido muito mais são do que Bill Talbot. Creed não deixou nenhuma escrita meio louca para explicar seu raciocínio; nunca traçou o curso de asteroides para se orientar: suas entrevistas com psiquiatras e os interrogatórios policiais foram inteiramente lúcidos. Creed não acreditava em signos e símbolos, uma linguagem secreta que só podia ser decifrada por iniciados, um refúgio no mistério ou na magia. Dennis Creed foi um planejador meticuloso, um gênio da distração em seu pequeno furgão branco e limpo, vestido no casaco cor-de-rosa que roubou de Vi Cooper e às vezes usando uma peruca que, de longe, para uma vítima embriagada, conferia à sua forma nebulosa uma aparência feminina por tempo suficiente para que suas mãos grandes se fechassem em uma boca arquejante.

Ao chegar à rua onde ficava a cafeteria, Robin localizou Strike saindo do BMW a uma curta distância da entrada. Notando o Land Rover, Strike levantou a mão em um cumprimento e andou pela rua na direção dela enquanto terminava o que parecia um McMuffin de bacon e ovos, seu queixo com barba por fazer, as olheiras roxas.

— Tenho tempo para dar uns tragos? — Foram as primeiras palavras que ele disse, olhando o relógio quando Robin saiu do carro e bateu a porta. — Não — respondeu ele mesmo com um suspiro. — Ah, poxa vida...

— Pode tomar a frente nessa entrevista — disse ele a Robin enquanto os dois iam juntos para a cafeteria. — Você fez todo o trabalho de campo. Vou tomar notas. Quais são os nomes delas mesmo?

— Eden é a mais velha. É do conselho trabalhista de Lewisham. Maya é a do meio e é vice-diretora em uma escola primária. A mais nova é Porschia Dagley e é assistente social...

— ... como a mãe...

— Exatamente, e mora um pouco adiante nesta rua. Acho que estamos por essas bandas porque ela esteve doente e as outras não queriam que ela tivesse de se deslocar muito.

Robin abriu a porta da cafeteria e entrou primeiro. O interior era elegantemente moderno, com um balcão curvo, piso de madeira e uma parede laranja berrante. Perto da porta, a uma mesa para seis, estavam sentadas três mulheres negras. Robin teve facilidade para identificar quem era quem entre as irmãs, graças às fotografias que vira nas páginas da família no Facebook e no site do conselho de Lewisham.

Eden, a conselheira, estava de braços cruzados, com o cabelo ondulado lançando uma sombra na maior parte do rosto, e assim só ficava claramente visível a boca sem sorrir cuidadosamente maquiada com batom cor de ameixa. Vestia um casaco preto bem cortado, e seu comportamento sugeria uma mulher de negócios que fora interrompida durante uma reunião importante.

Maya, a vice-diretora, vestia um suéter azul-celeste e jeans. Tinha um pequeno crucifixo de prata ao pescoço. Era de constituição menor que Eden, tinha a pele mais escura e, na opinião de Robin, era a mais bonita das irmãs. O cabelo longo e trançado estava em um rabo de cavalo grosso, ela usava óculos de armação quadrada que cobriam os olhos grandes e separados, e a boca cheia, com os cantos naturalmente virados para cima, transmitia calor humano. Uma bolsa de couro estava no colo de Maya, e ela a segurava com as duas mãos como se temesse que escapasse de algum jeito.

Porschia, a irmã mais nova e assistente social, também era a mais corpulenta. O cabelo estava rente quase até o crânio, sem dúvida devido à recente quimioterapia. Tinha passado lápis nas sobrancelhas que voltavam a crescer; elas se arqueavam acima de olhos castanhos que brilhavam dourados contra a sua pele. Porschia vestia uma bata roxa com jeans e tinha brincos longos de contas, que se balançaram como pequenos lustres quando ela se virou para Strike e Robin. Ao se aproximarem da mesa, Robin notou uma pequena tatuagem na nuca de Porschia: o tridente da bandeira de Barbados. Robin sabia que Eden e Maya estavam bem avançadas nos cinquenta anos e que Porschia tinha 49, mas as três irmãs podiam passar por mulheres pelo menos dez anos mais novas.

Robin se apresentou e apresentou Strike também. Trocaram apertos de mãos, Eden sem sorrir o tempo todo, e os detetives se sentaram, Strike na cabeceira da mesa, Robin entre ele e Porschia, de frente para Maya e Eden. Todos, exceto Eden, fizeram um esforço para conversar sobre a região e o clima, até que o garçom apareceu para pegar os pedidos. Depois que ele saiu, Robin disse:

— Muito obrigada por se encontrarem conosco, nós ficamos muito agradecidos. Vocês se importam se Cormoran tomar notas?

Maya e Porschia fizeram que não. Strike tirou o bloco do bolso do paletó e o abriu.

— Como eu disse por telefone — começou Robin —, na realidade estamos em busca de contexto para formar um quadro completo da vida de Margot Bamborough nos meses...

— Será que *eu* posso fazer umas perguntas? — interrompeu Eden.

— Naturalmente — disse Robin com educação, mas esperando problemas.

Eden jogou o cabelo para trás, revelando olhos escuros como ébano.

— Vocês sabiam que tem um sujeito telefonando para todo mundo e dizendo que teve ligação com a St. John's e que vai escrever um livro sobre vocês investigando o desaparecimento de Bamborough?

Merda, pensou Robin.

— Esse homem por acaso se chama Oakden? — perguntou Strike.

— Não, Carl Brice.

— É o mesmo cara — disse Strike.

— Vocês têm alguma ligação com ele ou...?

— Não — disse Strike —, e aconselho enfaticamente que não falem com ele.

— É, nós deduzimos isso sozinhas — disse Eden com frieza. — Mas isso significa que haverá publicidade, não é?

Robin olhou para Strike, que disse:

— Se resolvermos o caso, haverá publicidade mesmo sem Oakden... ou Brice, ou sei lá que nome ele assume hoje em dia... mas esse é um grande "se". Para falar com franqueza, a probabilidade é de que não vamos resolver, nesse caso acho que Oakden vai achar muito difícil vender algum livro e o que vocês nos disserem nunca será passado adiante.

— E se soubermos de algo que possa ajudar a resolver o caso? — perguntou Porschia, inclinando-se para poder olhar Strike, contornando Robin.

Houve uma pausa infinitesimal em que Robin quase pôde sentir o interesse de Strike se aguçar, junto com o dela própria.

— Depende da informação — respondeu Strike lentamente. — *Talvez* não haja divulgação de onde a obtivemos, mas se a fonte for importante para se conseguir uma condenação...

Houve uma longa pausa. O ar entre as irmãs parecia carregado de comunicações silenciosas.

— E então? — disse Porschia por fim, em um tom interrogativo.

— *Nós* decidimos falar — disse Maya em voz baixa a Eden, que continuava em silêncio e de braços cruzados.

— Tá legal, *tudo bem* — disse Eden, com uma inflexão de "não venham me culpar depois".

A vice-diretora procurou distraidamente o pequeno crucifixo no colar e o segurou quando começou a falar.

— Preciso explicar primeiro um pouco da situação da época — disse ela. — Quando éramos crianças... Eden e eu já éramos adolescentes, mas Porschia tinha só nove anos...

— Oito — Porschia a corrigiu.

— Oito — disse Maya, obediente —, nosso pai foi sentenciado por... estupro e foi preso.

— Mas ele não fez isso — disse Eden.

Robin automaticamente pegou a xícara de café e tomou um gole para esconder o rosto.

— Ele não fez, entendeu? — disse Eden, olhando Robin. — Ele teve uma amante branca por uns meses. Toda Clerkenwell sabia disso. Eles eram vistos juntos em tudo que é bar. Ele tentou terminar, e ela alegou estupro.

O estômago de Robin se balançou como se o piso tivesse entortado. Ela queria muito que essa história fosse falsa. A ideia de qualquer mulher mentindo sobre estupro lhe era repugnante. No tribunal, Robin teve de falar de cada momento do ataque que sofrera. Seu estuprador de fala mansa e 53 anos e suposto assassino subira ao banco depois para explicar ao júri como a Robin de vinte anos o convidou à escada de seu alojamento para ter sexo. No relato dele, tudo tinha sido consensual: ela sussurrara que gostava de brutalidade, o que explicava os hematomas feios em seu pescoço, ela gostou tanto que pediu a ele para voltar na noite seguinte e, sim (com um leve riso no banco), é claro que ele ficou surpreso, uma jovem bem-falante como Robin, vindo a ele para isso, saindo do nada...

— Uma coisa fácil para uma mulher branca fazer com um homem negro — disse Eden —, especialmente em 1972. Papai tinha ficha na polícia, porque tinha se metido numa briga alguns anos antes. Ele cumpriu cinco anos.

— Deve ter sido difícil para a família — disse Strike, sem olhar para Robin.

— Foi mesmo — disse Maya. — Muito difícil. As outras crianças na escola... bom, sabe como são as crianças...

— Era papai quem ganhava a maior parte da renda — disse Porschia. — Nós éramos cinco, e mamãe nunca teve muita escolaridade. Antes de meu pai ser preso, ela esteve estudando, tentava ser aprovada em alguns exames, se aprimorar. Conseguíamos equilibrar o orçamento enquanto papai trazia um salário, mas, depois que ele foi embora, foi uma luta para nós.

— Nossa mãe e a irmã dela se casaram com dois irmãos — disse Maya. — Nove filhos, no total. As famílias eram muito próximas, até a prisão de papai... mas depois tudo mudou. Meu tio Marcus ia ao tribunal todo dia enquanto papai estava em julgamento, mas minha mãe não foi e o tio Marcus ficou muito zangado com ela.

— Bom, ele sabia que teria feito muita diferença se o juiz tivesse visto que papai tinha uma família unida em seu apoio. — Eden perdeu a calma. — *Eu* fui. Matei aula para ir. Sabia que ele era inocente.

— Ora essa, meus parabéns — disse Porschia, embora seu tom estivesse longe do congratulatório —, mas mamãe não queria ficar em um julgamento aberto ao público ouvindo o marido falar da frequência com que fazia sexo com a amante...

— Aquela mulher era um lixo — disse Eden com secura.

— *Não há pior inimigo que um falso amigo* — disse Porschia, com uma inflexão de Barbados. — A decisão foi dele.

— Mas, então — disse Maya apressadamente —, o juiz acreditou na mulher e papai foi preso. Mamãe nunca foi visitá-lo na prisão e não me levou lá também, nem Porschia ou nossos irmãos.

— Eu fui — disse Eden de novo. — Pedi para o tio Marcus me levar. Ele ainda era o nosso pai. Mamãe não tinha o direito de nos impedir de vê-lo.

— Tá, então — continuou Maya, antes que Porschia pudesse dizer alguma coisa —, mamãe queria o divórcio, mas não tinha dinheiro para advogados. Então a dra. Bamborough a colocou em contato com uma advogada feminista, que dava assistência jurídica a mulheres em circunstâncias difíceis, por honorários com desconto. Quando o tio Marcus contou a papai que mamãe tinha conseguido uma advogada, papai escreveu a ela da prisão pedindo para ela mudar de ideia. Disse que tinha encontrado Deus, que ele a amava e tinha aprendido sua lição e só o que queria era sua família

Maya tomou um gole do café.

— Cerca de uma semana depois de mamãe receber a carta de meu pai, ela estava limpando o consultório da dra. Bamborough em uma tarde, depois de todos terem ido embora, e notou uma coisa na lixeira.

Maya abriu a bolsa que segurava no colo e dali tirou uma folha de papel azul-claro muito amarrotada, que claramente fora embolada em algum momento do passado. Estendeu para Robin, que a colocou aberta na mesa para que Strike pudesse ler também.

A letra desbotada tinha uma mistura peculiar de maiúsculas e minúsculas.

> *Deixe minha meniNA em pAz sua putA OU VOU cuidAR PARA que você vá PARA O INFERNO DE UM JEITO LENTO e DOLoROSO.*

Robin olhou Strike de lado e viu o próprio assombro indisfarçado espelhado ali. Antes que um deles pudesse dizer alguma coisa, um grupo de jovens mulheres passou pela mesa, obrigando Strike a puxar a cadeira mais para dentro. Conversando e rindo, as mulheres se sentaram à mesa atrás de Maya e Eden.

— Quando mamãe leu isso — disse Maya, falando mais baixo para que as recém-chegadas não a ouvissem —, ela pensou ter sido enviado por meu pai. Não *literalmente*, porque a censura da prisão nunca teria deixado isso sair... ela pensou que alguém tinha feito por ele.

— Especificamente, o tio Marcus — disse Eden, de braços cruzados e expressão contraída. — O tio Marcus, que era um pregador laico e nunca usou a palavra começada por P na vida.

— Mamãe levou o bilhete à casa de tio Marcus e tia Carmen — disse Maya, ignorando a interferência — e perguntou diretamente a Marcus se ele estava por trás daquilo. Ele negou, mas mamãe não acreditou nele. Foi pela menção ao inferno: na época, Marcus era um pregador do tipo fogo e enxofre...

— ... e ele não acreditava que mamãe realmente quisesse o divórcio — disse Porschia. — Ele culpava a dra. Bamborough por convencer mamãe a deixar papai, porque, sabe como é, minha mãe precisava *muito* de uma mulher branca para apontar que a vida dela era uma merda. Ela não teria percebido se não fosse por isso.

— Vou fumar lá fora, está bem? — disse Eden abruptamente. Ela se levantou e saiu, os saltos batendo no piso de madeira.

As duas irmãs mais novas soltaram o ar, aliviadas com sua partida.

— Ela era a preferida de papai — disse em voz baixa Maya a Strike e Robin, vendo pela janela Eden pegar um maço de Silk Cut, jogar o cabelo para trás e acender um cigarro. — Ela o amava de verdade, apesar de ele ser mulherengo.

— E ela nunca se entendeu com mamãe — disse Porschia. — As brigas das duas davam para despertar os mortos.

— Para ser justa — disse Maya —, Eden foi a mais afetada pela separação dos dois. Ela saiu da escola aos 16 anos, conseguiu um emprego na Marks & Spencer para ajudar a sustentar...

— Mamãe não queria que ela largasse os estudos — disse Porschia. — Isso foi uma decisão de Eden. Eden gosta de alegar que foi um sacrifício que ela fez pela família, mas pera lá. Ela estava *louca* para largar a escola, porque mamãe a pressionava demais a tirar boas notas. Eden gosta de alegar que foi uma segunda mãe para todos nós, mas não é assim que me lembro. *Eu* me lembro principalmente de Eden me dando uma surra se eu a olhasse do jeito errado.

Do outro lado da janela, Eden fumava, de costas para elas.

— Toda a situação foi um pesadelo — disse Maya com tristeza. — Mamãe e tio Marcus nunca fizeram as pazes, e sendo minha mãe e Carmen irmãs...

— Vamos contar a eles agora enquanto ela não pode meter o bedelho. — Porschia instigou Maya e se virou para Strike e Robin. — Tia Carmen estava ajudando mamãe a conseguir o divórcio, pelas costas do tio Marcus.

— Como? — perguntou Robin enquanto um garçom passava por sua mesa a caminho do grupo de mulheres da mesa seguinte.

— Veja bem, quando a advogada que a dra. Bamborough tinha recomendado disse a mamãe quanto cobrava, minha mãe sabia que não poderia pagar nem mesmo com o desconto — disse Porschia.

— Mamãe chegou em casa depois e chorou — disse Maya —, porque estava desesperada para se divorciar e ficar livre antes que papai saísse da prisão. Ela sabia que, se não fosse assim, ele simplesmente voltaria e ela ficaria presa. De todo modo, alguns dias depois, a dra. Bamborough perguntou a ela como foram as coisas com a advogada e minha mãe admitiu que não ia passar pelo divórcio por falta de fundos, então — Maya suspirou — a dra. Bamborough se ofereceu para pagar a advogada, e em troca mamãe faria algumas horas de faxina por semana na casa dela em Ham.

As mulheres na mesa atrás deles agora paqueravam o jovem garçom, perguntando se era cedo demais para um bolo com creme, rindo sobre sair da dieta.

— Mamãe achava que não podia recusar — disse Maya. — Mas com o custo de fazer toda aquela viagem a Ham e o tempo que levaria para sair de lá, quando já estava com outros dois trabalhos e as provas chegando...

— Sua tia Carmen concordou em fazer a faxina no lugar dela. — Robin adivinhou e, pelo canto do olho, viu o olhar de Strike nela.

— Sim — disse Maya, arregalando os olhos de surpresa. — Exatamente. Parecia uma boa solução. A tia Carmen era uma dona de casa, e tio Marcus e a dra. Bamborough trabalhavam fora o dia todo, então mamãe achou que nenhum dos dois ia saber que quem aparecia era a mulher errada.

— Teve um momento complicado — disse Porschia —, lembra, M? Quando a dra. Bamborough nos convidou para um churrasco na casa dela? — Ela se virou para Robin. — Não podíamos ir, porque a babá da dra. Bamborough ia perceber que minha mãe não era a mulher que aparecia uma vez por semana para a faxina. Minha tia Carmen não gostava daquela babá — acrescentou Porschia. — Não gostava nada dela.

— E por quê? — perguntou Strike.

— Ela achava que a garota estava atrás do marido da dra. Bamborough. Ao que parece, ficava vermelha sempre que dizia o nome dele.

A porta da cafeteria se abriu, e Eden voltou para dentro. Enquanto ela se sentava, Robin sentiu um sopro de fumaça misturado com seu perfume.

— Até onde vocês foram? — perguntou ela com uma expressão fria.

— Tia Carmen fazendo a faxina no lugar de mamãe — disse Maya.

Eden voltou a cruzar os braços, ignorando seu café.

— Então o depoimento que sua mãe deu à polícia, sobre o sangue e o dr. Phipps andando no jardim... — disse Strike.

— ... na verdade ela contou a ele tudo que Carmen tinha contado *a ela*, é isso mesmo — disse Maya, novamente apalpando o crucifixo no colar. — Ela não podia assumir que a irmã ia no lugar dela, porque tio Marcus ficaria *louco* se descobrisse, a tia Carmen *implorou* a mamãe para não contar à polícia, e minha mãe concordou.

"Então ela teve de fingir que foi ela que viu o sangue no carpete e o dr. Phipps andando no gramado."

— Só que — Porschia interrompeu, com um riso desprovido de humor — Carmen mudou de ideia sobre o dr. Phipps. Minha mãe a procurou depois do primeiro interrogatório da polícia e disse: "Eles estão perguntando se eu não posso ter confundido o dr. Phipps com um dos pedreiros." E Carmen disse: "Ah. Sim. Esqueci que tinha pedreiros nos fundos. Talvez eu tenha confundido."

Porschia soltou uma risada curta, mas Robin sabia que na verdade ela não achava graça. Era o mesmo riso em que Robin se refugiou na noite em que conversou sobre o estupro com Max à mesa da cozinha.

— Sei que não é engraçado — disse Porschia, notando o olhar de Maya —, mas pera lá. Carmen sempre foi avoada pra caramba, mas é de se pensar que ela podia ter certeza de suas informações *na época*, não é? Mamãe literalmente adoecia de estresse, *vomitava* e comia pouco. E então aquela vaca velha da secretária no trabalho descobriu que ela teve uma vertigem...

— Foi — disse Eden, de repente ressuscitando. — Depois disso mamãe foi acusada de ser ladra e bêbada, e a clínica a demitiu. A secretária velha alegou que ela cheirou escondido a garrafa térmica da mamãe e sentiu cheiro de bebida ali. Uma completa invencionice.

— Isso foi alguns meses depois de Margot Bamborough desaparecer, não foi? — perguntou Strike, a caneta posicionada sobre o bloco.

— Ah, me desculpe — disse Eden com um sarcasmo gélido —, eu saí do assunto? Todo mundo de volta à branca desaparecida. Pouco importa o que uma mulher negra sofreu, quem liga para isso?

— Peço desculpas, eu não... — Strike começou a falar.

— Sabe quem é Tiana Medaini? — Eden disparou a ele.

— Não — admitiu Strike.

— *Não* — disse Eden —, é claro que não sabe, ora essa. Quarenta anos depois de Margot Bamborough desaparecer, aqui estamos nós, num rebuliço por causa dela e para onde ela foi. Tiana Medaini é uma adolescente negra de Lewisham. Ela desapareceu no ano passado. Quantas vezes Tiana apareceu na primeira página dos jornais? Por que ela não foi manchete, como a Bamborough? Porque ela não valia o mesmo, nós não valemos, para a imprensa ou para a porcaria da polícia?

Strike parecia incapaz de encontrar uma resposta adequada; sem dúvida, pensou Robin, porque o argumento de Eden era inquestionável. A foto da única vítima negra de Dennis Creed, Jackie Aylett, secretária e mãe de um filho, era a menor e menos nítida das imagens fantasmagóricas em preto e branco das vítimas de Creed na capa de *O demônio de Paradise Park*. A pele escura de Jackie ficava pior na capa sombria. O maior destaque foi dado a Geraldine Christie, de 16 anos, e Susan Meyer, de 27, ambas brancas e louras.

— Quando Margot Bamborough desapareceu — disse Eden impetuosamente —, as brancas da clínica foram tratadas como porcelana chinesa pela polícia, entenderam? Praticamente enxugaram a porcaria das lágrimas por elas... mas não a nossa mãe. Eles a trataram como uma vigarista empedernida. Aquele policial encarregado, como era mesmo o nome dele?

— Talbot? — sugeriu Robin.

— "O que você está escondendo? Vamos lá, sei que está escondendo alguma coisa."

A figura misteriosa do hierofante veio à cabeça de Robin. O guardião dos segredos e dos mistérios no tarô de Thoth usava mantos cor de açafrão e montava um touro ("a carta é relacionada com o signo de Touro"), e diante dele, com metade de seu tamanho, aparecia uma sacerdotisa negra, o cabelo trançado como o de Maya ("Diante dele está a mulher cingida com uma espada; ela representa a Mulher Escarlate..."). O que veio primeiro, a leitura das cartas de tarô implicando sigilo e dissimulação ou o instinto do policial de que a apavorada Wilma mentia para ele?

— Quando ele me interrogou... — começou Eden.

— Talbot interrogou *você*? — perguntou Strike abruptamente.

— Sim, ele foi sem avisar na Marks & Spencer, foi a meu trabalho — disse Eden, e Robin percebeu que os olhos de Eden de súbito brilhavam de lágrimas. — Outra pessoa na clínica tinha visto aquele bilhete anônimo que Bamborough recebeu. Talbot descobriu que meu pai estava preso e lhe disseram que minha mãe fazia faxina para a médica. Ele procurou todos os homens de nossa família, acusando-os de escrever as cartas ameaçadoras, depois me procurou, me fazendo perguntas muito estranhas sobre todos os meus parentes homens, querendo saber o que eles estavam fazendo em diferentes datas, perguntando se o tio Marcus costumava passar a noite fora. Sobre meu pai e tio Marcus, ele até me perguntou dos...

— ... signos astrológicos? — indagou Robin.

Eden ficou perplexa.

— Como diabos você sabe disso?

— Talbot deixou um caderno. É repleto de anotações ocultistas. Ele tentava resolver o caso usando cartas de tarô e astrologia.

— Astrologia? — repetiu Eden. — A porcaria da *astrologia*?

— Talbot não devia tê-la interrogado sem a presença de um adulto — disse Strike a Eden. — Quantos anos tinha, 16?

Eden riu na cara do detetive.

— Isso pode dar certo com as brancas, mas somos diferentes, não está entendendo? Somos fortes. Somos *duronas*. Essa história de ocultismo — disse Eden, voltando-se para Robin —, sim, isso faz sentido, porque ele me perguntou sobre *obeah*. Sabe o que é?

Robin fez que não com a cabeça.

— Uma espécie de magia que era praticada no Caribe. Com origem na África Ocidental. Todos nós nascemos em Southwark, mas, sabe, somos todos negros pagãos para o inspetor Talbot. Ele me levou sozinha para a sala dos fundos e me perguntou coisas sobre rituais que usavam sangue, sobre magia negra. Fiquei apavorada, não sabia o que ele queria. Pensei que ele tentava envolver mamãe e o sangue no carpete, sugerindo que ela dera cabo da dra. Bamborough.

— Ele passava por uma crise psicótica — disse Robin. — Por isso foi retirado do caso. Ele pensava que caçava um demônio. Sua mãe não foi a única mulher que ele achou ter poderes sobrenaturais... mas sem dúvida ele foi racista — acrescentou Robin em voz baixa. — Isso fica claro pelas anotações dele.

— Você nunca nos disse que a polícia foi à Marks & Spencer — disse Porschia. — Por que não nos contou?

— E por que contaria? — disse Eden, a raiva inchando os olhos marejados. — Mamãe já estava doente do estresse de tudo isso, eu tinha o tio Marcus gritando comigo que mamãe tinha colocado a polícia na cola dele e dos filhos dele, e eu estava com muito medo, se tio Marcus descobrisse sobre o policial indo a meu trabalho, ele o denunciaria e essa era a última coisa de que precisávamos. Meu Deus, foi uma confusão — disse Eden, pressionando as mãos brevemente nos olhos marejados —, uma tremenda confusão.

Porschia deu a impressão de que queria dizer algo reconfortante à irmã mais velha, mas a Robin pareceu que isso seria um desvio tão grande de sua relação habitual, que ela não sabia como se expressar. Depois de alguns segundos, Porschia disse em voz baixa:

— Preciso ir ao toalete. — E afastou a cadeira da mesa e desapareceu no banheiro.

— Eu não queria que Porschia viesse hoje — disse Maya, assim que a porta do banheiro se fechou depois da entrada da irmã mais nova. Ela educadamente não olhou a irmã mais velha, que tentava fingir que não chorava enquanto disfarçadamente enxugava mais lágrimas. — Ela não precisa desse estresse. Terminou a quimio há pouco tempo.

— E como ela está? — perguntou Strike.

— Teve alta na semana passada, graças a Deus. Está falando em voltar a trabalhar em um horário reduzido. Acho que é cedo demais.

— Ela é assistente social, não? — perguntou Robin.

— Sim. — Maya suspirou. — Um acúmulo de cem mensagens desesperadas toda manhã, e você sabe que está na linha de fogo se alguma coisa der errado com uma família com a qual você não conseguiu falar. Não sei como Porschia consegue. Mas ela é parecida com a mãe. São idênticas. Ela sempre foi a neném da mamãe, e minha mãe era a heroína dela.

Eden soltou um "huh" baixo, que podia ser de concordância ou menosprezo. Maya ignorou. Houve uma curta pausa, em que Robin refletiu sobre os laços enrolados da família. Uma guerra entre Jules e Wilma Bayliss ainda parecia se desenrolar por tabela na geração seguinte.

A porta do banheiro se abriu, e Porschia reapareceu. Em vez de se sentar ao lado de Robin, ela girou os quadris largos por Strike na cabeceira da mesa e se meteu atrás de uma Maya assustada, que puxou a cadeira às pressas, até ela chegar a Eden. Depois de colocar toalhas de papel na mão da irmã mais velha, Porschia passou os braços roliços pelo pescoço de Eden e deu um beijo em sua cabeça.

— O que está fazendo? — disse Eden com a voz rouca, estendendo a mão para segurar os braços da irmã mais nova, não para retirá-los, mas para mantê-los ali. Strike, Robin viu pelo canto do olho, fingia ler o bloco.

— Agradecendo a você — disse Porschia suavemente, dando outro beijo na cabeça da irmã mais velha antes de soltá-la. — Por concordar em fazer isso. Sei que você não queria.

Todos ficaram ali em um silêncio um tanto sobressaltado enquanto Porschia se espremia de volta pela mesa e se sentava de novo ao lado de Robin.

— Já contou a eles a última parte? — perguntou Porschia a Maya enquanto Eden assoava o nariz. — Sobre mamãe e Betty Fuller?

— Não — disse Maya, que parecia em choque pelo ato de reconciliação que acabara de testemunhar. — Foi a você que mamãe contou isso, achei que você é que deveria falar.

— Muito bem — disse Porschia, virando-se para Strike e Robin. — Esta é a última coisa que sabemos e pode não significar nada, mas vocês podem muito bem ouvir, agora que sabem das outras coisas.

Strike esperou com a caneta posicionada.

— Mamãe me contou isso muito tempo depois de se aposentar. Ela não deveria, sinceramente, porque era sobre uma cliente, mas quando vocês ouvirem do que se trata vão entender.

"Mamãe continuou trabalhando em Clerkenwell depois de se formar em serviço social. Era onde estavam todos os amigos dela; ela não queria se mudar. Então ela realmente conhece a comunidade do bairro.

"Uma das famílias com que ela trabalhava morava na Skinner Street, não muito longe da clínica St. John's..."

— Skinner Street? — repetiu Strike. O nome lembrava alguma coisa, mas, exausto, ele não conseguiu se recordar prontamente por que era assim. Robin, por outro lado, entendeu imediatamente por que a Skinner Street parecia conhecida.

— Sim. A família se chamava Fuller. Eles tinham quase todo tipo de problema em que se pode pensar, segundo minha mãe: vícios, maus tratos domésticos, criminalidade, o pacote completo. A chefe da família, mais ou menos, era uma avó que tinha só seus quarenta anos e a principal fonte de renda dessa mulher era a prostituição. Betty era o nome dela, e minha mãe disse que ela parecia o serviço de notícias do bairro, se você quisesse saber sobre o submundo, quer dizer. A família estava na área havia gerações.

"Enfim, um dia Betty diz à mamãe, meio maliciosa, para ver a reação dela: 'Marcus nunca mandou bilhetes ameaçadores àquela médica, sabia?'

"Mamãe ficou chocada", disse Porschia. "A primeira coisa em que pensou foi que Marcus esteve visitando a mulher, sabe, como cliente... *sei que ele não estava*", disse Porschia rapidamente, levantando a mão para prevenir Eden, que tinha aberto a boca. "A essa altura, mamãe e Marcus não se falavam havia anos. Mas, então, era tudo inocente: Betty tinha conhecido Marcus porque a igreja fazia algum evangelismo no bairro. Ele tinha levado umas coisas do Festival da Colheita para a família e tentou convencer Betty a comparecer ao serviço da igreja.

"Betty deduziu a ligação de Marcus com mamãe, porque mamãe ainda tinha o nome 'Bayliss', e Betty alegou que sabia quem *realmente* tinha escrito os bilhetes ameaçadores a Margot Bamborough, e que a pessoa que escreveu os bilhetes foi a mesma que a matou. Minha mãe disse: 'Quem foi?', e Betty falou que, se ela contasse, o assassino de Margot a mataria também."

Houve um curto silêncio. A cafeteria retinia em volta deles, e uma das mulheres da mesa ao lado, que comia uma fatia de torta de creme, disse em voz alta, com um prazer insincero: "*Meu Deus*, isso está bom."

— Sua mãe acreditou em Betty? — perguntou Robin.

— Ela não sabia o que pensar — disse Porschia. — Betty conhecia umas pessoas bem brutas, então era possível que tivesse ouvido algum boato, mas quem sabe? As pessoas falam, não é, e elas gostam de se fazer importantes. — E Robin se lembrou de Janice Beattie dizendo exatamente isso, enquanto passava adiante o boato de que Margot Bamborough apareceu no cemitério. — Mas, se havia alguma verdade naquilo, uma mulher como Betty teria preferido ir à Lua antes de procurar a polícia.

"Talvez ela tenha morrido", disse Porschia, "considerando seu estilo de vida, mas, se vale de alguma coisa, aí está. Não deve ser difícil descobrir se ela ainda está viva."

— Muito obrigado por nos contar — disse Strike. — Sem dúvida isso vale uma averiguação.

Depois de contarem tudo que sabiam, as três irmãs agora caíram em um silêncio aflitivo. Não era a primeira vez que Robin era levada a considerar quantos danos colaterais cada ato de violência deixava. O desaparecimento de Margot Bamborough evidentemente tinha criado um caos na vida das meninas Bayliss, e agora que conhecia toda a extensão do sofrimento que lhes provocou, e a natureza dolorosa das lembranças associadas a ele, Robin entendia perfeitamente a recusa inicial de Eden em falar com os detetives. No mínimo, ela precisava perguntar a si mesma por que as irmãs tinham mudado de ideia.

— Muito obrigada por isso — disse ela com sinceridade. — Sei que a filha de Margot ficará imensamente grata por vocês terem concordado em conversar conosco.

— Ah, foi a filha dela que os contratou, foi? — disse Maya. — Bom, pode dizer a ela por mim que minha mãe se sentiu culpada a vida toda por não ter se esclarecido com a polícia. Ela gostava da dra. Bamborough, sabe? Quer dizer, elas não eram amigas íntimas nem nada disso, mas ela a considerava uma pessoa decente.

— Pesou nela — disse Porschia. — Até a morte, isso pesou nela. Por isso ela guardou o bilhete. Ela queria que nós fizéssemos isso. Pode haver uma grafoscopia e essas coisas, não é?

Strike concordou que sim. Foi pagar a conta, e Robin esperou à mesa com as irmãs, que ela sabia que queriam os detetives fora dali, e o mais rápido possível. Elas revelaram seu trauma pessoal e os segredos da família, e agora uma fina camada de conversa educada e vazia era onerosa demais para ser sustentada, e qualquer outra forma de diálogo era impossível. Robin ficou aliviada quando Strike se reuniu a ela e, depois de breves despedidas, os dois saíram da cafeteria.

No momento que chegou ao ar livre, Strike parou para pegar o Benson & Hedges no bolso e acendeu um cigarro.

— Precisava disso — resmungou ele, enquanto andava. — Então... A Skinner Street...

— ... foi onde Joseph Brenner foi visto na noite do desaparecimento de Margot — disse Robin.

— Ah — disse Strike em voz baixa, fechando os olhos brevemente. — Eu *sabia* que tinha alguma coisa.

— Vou procurar por Betty Fuller assim que chegar em casa — disse Robin. — O que achou do resto da conversa?

— A família Bayliss passou por poucas e boas, não foi? — Strike parou ao lado do Land Rover e olhou a cafeteria. Seu BMW estava a cinquenta metros. Ele deu outro trago no cigarro, de cenho franzido. — Sabe... isso nos dá outro ângulo sobre o maldito caderno de Talbot — admitiu ele. — Tirando toda a merda de ocultismo, ele tinha razão, não tinha? Wilma *estava* escondendo coisas dele. Na verdade, muita coisa.

— Também pensei nisso — disse Robin.

— Você percebe que o bilhete ameaçador é a primeira prova material que encontramos?

— Sim. — Robin olhou o relógio. — A que horas você vai para Truro?

Strike não respondeu. Levantando a cabeça, Robin viu que ele olhava tão fixamente o estacionamento do outro lado da rua que ela se virou também para ver o que tinha chamado a atenção dele, mas não viu nada além de dois West Highland terriers brincando e seu dono, que caminhava com eles, balançando duas trelas.

— Cormoran?

Parecia que Strike recuperava a atenção de muito longe.

— Que foi? — disse ele e depois: — Sim. Não, eu só estava...

Ele se virou para a cafeteria, de testa franzida.

— Só pensando. Mas não é nada, acho que estou bancando o Talbot. Vendo significado em uma completa coincidência.

— Que coincidência?

No entanto, Strike só respondeu quando a porta da cafeteria se abriu e as três irmãs Bayliss saíram com seus casacos.

— Precisamos ir — disse ele. — A essa altura, elas devem estar enjoadas de nos ver. Verei você na segunda. Me informe se descobrir alguma coisa interessante sobre Betty Fuller.

54

Mas nada nova para ele era essa mesma dor;
Nem era dor em absoluto; pois ele tão amiúde havia tentado
Aquele poder, e amado tão amiúde em vão.

Edmund Spenser
A Rainha das Fadas

O trem deu um solavanco: a cabeça do adormecido Strike rolou de lado e bateu na janela fria. Ele acordou, sentiu a baba no queixo. Enxugando-se com a manga do casaco, ele olhou em volta. O casal de idosos de frente para ele estava educadamente imerso em seu material de leitura, mas, do outro lado do corredor, quatro adolescentes desfrutavam de acessos de risadas silenciosas, com o cuidado de não olhar para ele, os ombros se sacudindo enquanto fingiam interesse nos campos pela janela. Aparentemente ele tinha estado roncando de boca escancarada, porque agora ela estava desagradavelmente seca. Olhando o relógio, ele viu que tinha dormido pelo menos duas horas.

Strike pegou a garrafa térmica xadrez na mesa diante dele, que tinha lavado e completado no McDonald's mais cedo, e se serviu de um café puro enquanto as adolescentes continuavam a arquejar e bufar de rir. Sem dúvida o consideravam comicamente estranho e velho, com seus roncos e a garrafa xadrez, mas um ano de balanços em vagões de trem lhe ensinou que sua perna protética gostava do menor número possível de idas ao vagão-restaurante. Ele bebeu um copo do café contaminado pelo plástico, depois se reacomodou confortavelmente, de braços cruzados, e observou os campos deslizarem, tomados de torres de eletricidade, a nuvem branca e achatada conferindo um brilho glauco através da poeira no vidro. A paisagem era registrada só por acaso: a atenção de Strike estava voltada para dentro, à estranha ideia que lhe ocorreu depois da entrevista com as irmãs Bayliss.

É claro que a ideia talvez não passasse do fruto de uma mente sobrecarregada que fazia ligações espúrias entre coincidências simples. Mentalmente, ele a virou de um lado a outro, examinou-a de diferentes ângulos, até que por fim, bocejando, chegou de lado para o banco vazio e se impeliu laboriosamente para ficar de pé no corredor, assim podia ter acesso à mochila no compartimento de bagagem do alto. Ao lado de sua mochila estava uma sacola da Waitrose, porque ele deu um pulo no supermercado a caminho da estação em Paddington, onde comprou três ovos de Páscoa para os sobrinhos, ou melhor, três ouriços de chocolate ("Amigos da Floresta"), porque eram relativamente compactos. Agora, apalpando a mochila em busca de *O demônio de Paradise Park*, ele sem querer derrubou a sacola que continha o chocolate. O ouriço de cima caiu: na tentativa de apanhá-lo, bateu nele acidentalmente; a caixa quicou atrás do banco da idosa, fazendo-a dar um gritinho de surpresa, e caiu no chão.

As adolescentes para quem Strike, sem querer, dava um espetáculo de comédia arquejavam e choravam de rir abertamente. Só quando Strike se abaixou desajeitado para pegar o ouriço de chocolate agora rachado, com a mão na mesa das adolescentes para se equilibrar, foi que uma das jovens notou a haste de metal que servia de tornozelo direito dele. Strike percebeu que ela vira pela cessação abrupta do riso e o "calem-se" frenético e aos sussurros às amigas. Ofegante, transpirando e agora consciente de que metade do vagão tinha os olhos nele, Strike meteu o ouriço danificado na sacola, encontrou *O demônio de Paradise Park* na mochila e então, suando um pouco, mas com um prazer maldoso pela cara feia de choque das adolescentes a seu lado, deslizou para seu banco na janela.

Depois de folhear o livro em busca da parte que queria reler, Strike enfim encontrou o capítulo a dois terços do final, intitulado "Captura":

> Até então, a relação de Creed com a senhoria Violet Cooper tinha sido fundamental para que ele continuasse seguro. A própria Violet admite que nos cinco primeiros anos dele como inquilino ela jamais

pensou mal de "Den", que via como uma alma solitária e gentil, e que gostava de suas noites de cantoria com os discos, ele talvez fosse gay.

Porém, o esforço que antes ele fizera para manter Violet feliz começara a irritar Creed. Antes ele a drogava porque pretendia triturar ossos no porão, ou precisava colocar um cadáver no furgão à noite, mas agora começava a batizar com barbitúricos seu gim com suco de laranja apenas para evitar o tédio de sua companhia.

As maneiras de Creed para com Violet também mudaram. Ele ficou "mau" com ela, "zombando quando não havia necessidade, dizendo coisas desagradáveis, rindo de mim por usar palavras e coisas de forma errada, me tratando como se eu fosse burra, o que ele nunca tinha feito.

"Lembro-me de uma vez em que eu contava a ele sobre o lugar que meu irmão comprou quando se aposentou, um chalé no campo, tudo lindo, e eu disse: 'Você devia ter visto o jardim, as rosas e o gazebo dele', e ele riu de mim, Dennis, bom, na verdade zombou porque eu pronunciei errado. Eu disse ga*zí*bo e nunca me esqueci disso, ele disse: 'Não use palavras que não sabe pronunciar, você só fica parecendo burra.'

"Isso feriu meus sentimentos. Nunca tinha visto esse lado desagradável dele. Eu sabia que ele era inteligente, costumava fazer as palavras cruzadas do *Times* todo dia. Sabia todas as respostas no *Mastermind*, quando víamos juntos, mas nunca havia me colocado pra baixo.

"E então, uma noite, ele começa a falar de meu testamento. Quer saber para quem vou deixar a casa. Praticamente estava me pedindo para deixar para ele.

"Não gostei daquilo. Não era uma velha, não pretendia morrer tão cedo. Mudei de assunto, mas ele recomeçou algumas noites depois. Eu disse: 'Olha, como você acha que me sinto com isso, Dennis, com você falando desse jeito, como se eu estivesse nas últimas? Você me dá a impressão de que quer se livrar de mim.'

"Ele ficou arrogante e disse que estava tudo bem para mim, mas que ele não tinha nada, nem segurança nem nada, e se fosse jogado na rua por quem herdasse a casa? E ele saiu. Mais tarde fizemos as pazes, mas deixou um gosto ruim."

> Parecia o cúmulo da imprudência de Creed convencer Violet a mudar o testamento e depois matá-la. Além de ter um motivo óbvio, ele se arriscava à entrada da polícia no porão onde escondia os restos mortais e os pertences de pelo menos cinco mulheres. Porém, parecia que a arrogância e o senso de invencibilidade de Creed não conheciam limites nessa época. Ele também estocava comprimidos numa quantidade maior do que nunca, o que o colocou em contato com vários traficantes. Isso o tornou mais amplamente reconhecível.
>
> Um de seus novos contatos no mundo das drogas era Michael Cleat, que vendia barbitúricos roubados de um contato em uma empresa farmacêutica. Cleat mais tarde fechou um acordo com a polícia em troca de seu testemunho no julgamento do assassino. Creed, testemunhou ele, tinha perguntado a Cleat se o contato dele conseguiria um receituário médico. A polícia suspeitou de que Creed tivesse esperanças de falsificar uma receita para Violet, para explicar a posse por parte dela de meios para sofrer uma overdose (...).

Apesar do café, as pálpebras de Strike voltaram a cair. Depois de mais alguns minutos, a cabeça arriou de lado e o livro escorregou de sua mão frouxa.

Quando acordou novamente, o céu tinha assumido um tom coral, o riso das adolescentes acabara e ele se viu a dez minutos da estação de Truro. Mais enrijecido que nunca e sem humor para o reencontro familiar, Strike desejou estar de volta a seu apartamento no sótão para tomar um banho e ter alguma paz. Todavia, seu coração se animou um pouco quando ele viu Dave Polworth esperando-o na plataforma. A sacola com os ouriços de chocolate chocalhou um pouco quando Strike saiu com dificuldade do trem. Ele teria de se lembrar de dar o quebrado a Luke.

— Tudo bem, Diddy? — disse Polworth, quando eles trocaram um aperto de mãos e um tapinha nas costas, a sacola da Waitrose de Strike impedia um abraço.

— Obrigado por vir me buscar, Chum, eu te agradeço de coração.

Eles foram para St. Mawes no Dacia Duster de Polworth, fazendo planos para o dia seguinte. Polworth e a família foram convidados para a dispersão das cinzas, junto com Kerenza, a enfermeira do Macmillan.

— ... só que não vai ser uma dispersão — disse Polworth, dirigindo pelas pistas rurais, com o sol se transformando em um carvão em brasa no horizonte —, será mais uma flutuação.

— Como é?

— Lucy comprou uma urna — disse Polworth. — Solúvel em água, de algodão e argila. Ela me mostrou ontem à noite. Achei parecida com uma flor. Você coloca as cinzas dentro, e a coisa toda vai boiando para longe e se dissolve.

— Uma boa ideia — disse Strike.

— Evita acidentes estúpidos — disse Polworth, pragmático. — Lembra-se de Ian Restarick, da escola? O avô dele queria que suas cinzas fossem jogadas do Land's End. Os babacas tontos jogaram as cinzas com um vento forte e acabaram com a boca cheia do velho. Restarick me disse que uma semana depois ainda soltava cinzas pelo nariz.

Rindo, Strike sentiu o telefone vibrar no bolso e o pegou. Ele tinha esperança de que a mensagem fosse de Robin, talvez lhe dizendo que já havia localizado Betty Fuller. Em vez disso, ele viu um número desconhecido.

Eu te odiei tanto porque eu te amei demais. Meu amor nunca acabou, mas o seu sim. Ficou desgastado. Eu o desgastei

Polworth ainda falava, mas Strike não escutava mais. Ele leu a mensagem várias vezes, com a testa ligeiramente franzida, depois devolveu o telefone ao bolso e tentou se concentrar nas histórias do velho amigo.

Na casa de Ted, houve choro de boas-vindas e abraços do tio, de Lucy e de Jack. Strike tentou parecer muito satisfeito por estar ali, apesar do cansaço, sabendo que teria de esperar para dormir depois que todos fossem para a cama. Lucy tinha preparado massa para todos e, quando não estava cuidando das necessidades de todo mundo, dizendo a Luke para parar de chutar Adam ou beliscar no prato dela, vacilava à beira do choro.

— É tão estranho, não? — sussurrou ela ao irmão depois do jantar enquanto Greg e os meninos, por insistência de Greg, tiravam a mesa. — Estar aqui sem ela? — E, sem se interromper, disse às pressas: —

Decidimos que vamos fazer as cinzas de manhã, porque o tempo parece bom, e depois voltar aqui para o almoço de Páscoa.

— Me parece ótimo — disse Strike.

Ele sabia quanta importância Lucy dava aos arranjos e planos, ou em ter tudo feito do jeito certo. Ela pegou a urna e admirou o lírio branco estilizado. Ted já havia colocado as cinzas de Joan ali.

— Isso é ótimo. Joan teria adorado — disse ele, sem saber se era ou não verdade.

— E comprei rosas cor-de-rosa para todos nós jogarmos na água com ela — disse Lucy, prestes a chorar de novo.

— Um belo gesto — disse Strike, reprimindo um bocejo. Ele sinceramente queria tomar um banho, depois se deitar e dormir. — Obrigado por organizar tudo isso, Luce. Ah, e comprei ovos de Páscoa para os meninos, onde quer que eu os coloque?

— Pode colocar na cozinha. Lembrou-se de comprar para Roz e Mel também?

— Quem?

— As filhas de Dave e Penny, elas também virão amanhã.

Puta que pariu.

— Não pensei que...

— Ah, Stick — disse Lucy —, você não é padrinho delas?

— Não sou, não — disse Strike, fazendo o máximo para não parecer mal-humorado —, mas, tudo bem, vou dar um pulo nas lojas amanhã de manhã e comprar outros. — Mais tarde, quando estava sozinho no escuro da sala de estar, deitado no sofá com que se familiarizara com tanta má vontade no ano que passou, a perna protética encostada na mesa de centro, ele olhou o telefone de novo. Não havia, Strike ficou satisfeito em ver, nenhuma outra mensagem do número desconhecido e, exausto, ele conseguiu adormecer rapidamente.

Porém, pouco antes das quatro da manhã, o telefone tocou. Arrancado aos sustos de um sono profundo, Strike o procurou às apalpadelas, viu a hora, depois o levou à orelha.

— Alô?

Houve um longo silêncio, embora ele pudesse ouvir alguém respirando do outro lado da linha.

— Quem fala? — disse ele, suspeitando da resposta.

— Bluey — veio um sussurro mínimo. — Sou eu.

— São quatro da manhã, Charlotte.

— Eu sei — ela sussurrou e soltou o que parecia uma risadinha ou um soluço de choro. Ela estava estranha; possivelmente doida. Strike olhou fixamente o teto às escuras, as cinzas da tia apenas a três metros e meio dele.

— Onde você está?

— No inferno.

— Charlotte...

Ela desligou.

Strike ouvia o próprio coração bater com uma força sinistra, como um tambor no fundo de uma caverna. Fios em brasa de pânico e medo dispararam por ele.

Quantos outros fardos ele deveria suportar? Já não havia pagado o bastante, dado o bastante, sacrificado o bastante — amado o bastante? Joan agora parecia muito próxima, no escuro de sua própria sala de estar, com os pratos decorativos e as flores desidratadas, mais perto do que seus restos mortais pulverizados, naquele lírio branco vagamente ridículo, que ficaria tão débil e insignificante boiando pelo mar aberto, como um prato de papel jogado fora. Ele pareceu ouvir as últimas palavras dela, deitado ali: "Você é um bom homem... Ajudando as pessoas... tenho orgulho de você..."

Charlotte havia ligado para ele do mesmo número desconhecido do qual lhe enviara a mensagem de texto. A mente exausta de Strike agora refluía em torno de fatos conhecidos, isto é, que Charlotte tentara suicídio no passado, que ela era casada e tinha filhos, e que recentemente fora internada em uma clínica psiquiátrica. Ele se lembrou da própria resolução de semanas antes, de telefonar ao marido se ela lhe enviasse mais alguma mensagem autodestrutiva, mas Jago Ross não estaria em seu banco mercantil às quatro da manhã em um fim de semana de Páscoa. Ele se perguntou se seria crueldade ou gentileza ignorar o telefonema, e como suportaria saber que ela sofrera uma overdose, se ele não respondesse. Depois de dez minutos muito longos, durante os quais ele, de certo modo, esperava que ela voltasse a telefonar, Strike se sentou e digitou uma mensagem:

Estou na Cornualha. Minha tia faleceu há pouco tempo. Acho que você precisa de ajuda, mas sou a pessoa errada para isso. Se estiver sozinha, precisa encontrar alguém e dizer como está se sentindo.

O terrível era que ele e Charlotte se conheciam muito bem. Strike sabia o quanto Charlotte acharia pusilânime e dissimulada essa sua resposta insípida. Ela sabia que alguma pequena parte de Strike (encolhida pela abstinência determinada, embora jamais erradicada) sentia uma atração por ela, em particular nesse extremo, não só porque ele assumira a responsabilidade pela felicidade dela durante anos, mas porque Strike nunca poderia esquecer que ela o procurou quando ele estava em sua maré mais baixa, deitado em um leito hospitalar com uma perna recém-amputada, imaginando que vida possível existiria para ele dali em diante. Ele ainda se lembrava de Charlotte aparecendo na porta, a mulher mais bonita que ele já vira, e que Charlotte andou na direção dele e o beijou na boca sem dizer nada, e naquele momento, mais do que em qualquer outro, disse a ele que a vida continuava, que continha momentos gloriosos de beleza e prazer, que ele não estava mais sozinho e que a perna ausente não importava para a mulher que ele não conseguia esquecer.

Sentado no escuro, com um frio atípico devido ao cansaço, Strike digitou mais três palavras...

Vai ficar melhor

... e mandou a mensagem. Depois se deitou e esperou que o telefone voltasse a vibrar, mas ele continuou em silêncio, e por fim ele dormiu.

Foi acordado, inevitavelmente, pela entrada intempestiva de Luke na sala de estar. Ouvindo Luke fazendo barulho na cozinha, Strike pegou o telefone e o olhou. Charlotte tinha mandado mais duas mensagens, uma, uma hora antes e, outra, meia hora depois.

Bluey sinto muito por sua tia. é aquela que conheci?

Depois, porque Strike não respondeu:

Será que sou má? Jago diz que sim. Antigamente eu achava que não podia ser, porque você me amava

Pelo menos ela não morreu. Sentindo ter um torno no estômago, Strike se sentou, colocou a prótese e tentou tirar Charlotte da cabeça.

O café da manhã não foi particularmente relaxante. A mesa estava tão abarrotada de ovos de Páscoa que parecia que ele estava em um ninho de desenho animado. Strike comeu com o prato no colo. Lucy comprou um ovo para Strike e outro para Ted, e o detetive agora deduzia que devia ter comprado para a irmã também. Os três meninos tinham uma pilha vacilante.

— O que um ouriço tem a ver com a Páscoa? — perguntou Adam a Strike, levantando o presente do tio.

— A Páscoa acontece na primavera, não é? — disse Ted, da cabeceira da mesa. — É quando os animais que hibernam acordam.

— O meu está todo quebrado — disse Luke, sacudindo a caixa.

— Que pena — disse Strike, e Lucy lhe lançou um olhar incisivo.

Ela estava tensa, repreendeu os filhos por olharem os telefones durante a refeição, fuzilou Strike com os olhos quando ele verificou o próprio aparelho, olhou constantemente pela janela, para ver como estava o tempo. O detetive ficou feliz por ter a desculpa de sair da casa para comprar ovos de Páscoa para as filhas de Polworth, mas mal tinha andado dez metros na rua escorregadia, com o cigarro na mão, quando a família parou seu Dacia. Quando Strike confidenciou o que ia fazer em voz baixa, Polworth disse:

— Que se foda isso, elas têm chocolate para um ano inteiro em casa. Deixa pra lá.

Às 11 horas, com um pernil de cordeiro no forno e o timer ajustado, depois de Luke ouvir que não, ele não podia levar o iPad para o barco, e depois de uma largada falsa, devido à necessidade de voltar à casa para a filha mais nova de Polworth fazer o xixi que ela insistiu que não precisava fazer antes de sair, o grupo conseguiu chegar ao porto, onde encontraram Kerenza, a enfermeira, e embarcaram no antigo veleiro de Ted, o *Jowanet*.

Strike, que no passado foi o orgulhoso ajudante do tio, não tinha mais o equilíbrio para trabalhar nas velas ou no leme. Ficou sentado com as mulheres e as crianças, poupado da necessidade de entabular conversa devido ao barulho do vento nas velas. Ted gritava comandos a Polworth e a Jack. Luke comia chocolate, os olhos estreitos contra o vento; as filhas de Polworth estavam encolhidas, tremendo, ao lado da mãe, que as envolvia com os braços. As lágrimas já escorriam pelo rosto de Lucy, que tinha a urna branca achatada aninhada no colo. A seu lado, Kerenza segurava um buquê de rosas rosa-escuro frouxamente embrulhadas em celofane, e ficou para Greg e Polworth gritar com as crianças para terem cuidado com a retranca enquanto eles contornavam a península onde montava sentinela o Castelo de St. Mawes.

A superfície do mar mudava de um segundo a outro, de marolas sálvia e cinza a uma malha de faíscas que brilhavam como diamantes. O cheiro de ozônio era tão familiar e reconfortante para Strike quanto a cerveja. Ele pensava em como ficou feliz por Joan ter escolhido isso, e não uma sepultura, quando sentiu o telefone vibrar no peito. Incapaz de resistir à tentação de ler o que sabia que seria uma mensagem de Charlotte, ele o pegou e leu.

Pensei que você voltaria pensei que me impediria de me casar com ele não pensei que me deixaria fazer isso

Ele devolveu o telefone ao bolso. Luke o olhava, e Strike pensou ter visto seu pensamento de por que o tio Cormoran podia olhar o telefone, enquanto ele tinha sido proibido de levar seu iPad, mas o olhar que o tio lhe lançou parece tê-lo feito mudar de ideia e ele apenas meteu mais chocolate na boca.

Um acanhamento parecia cair sobre todos, até Luke, enquanto Ted virava o barco no vento e o levava lentamente a parar, com a vela batendo ruidosamente, o Castelo de St. Mawes agora do tamanho de um castelo de areia na distância. Kerenza entregou as rosas, uma para cada um dos presentes, exceto Ted, que segurou o restante do buquê entre as mãos que eram queimadas de sol para sempre. Ninguém disse nada, entretanto o momento não parecia um anticlímax. Com as velas batendo furiosamente no alto, Ted abaixou-se bem pela amurada do barco e colocou a urna delicadamente no mar, despedindo-se em voz baixa, e o objeto que Strike tinha imaginado inadequado e vulgar tornou-se, precisamente devido à sua pequenez ao boiar galhardamente no oceano, comovente e estranhamente nobre. Logo os últimos restos terrenos de Joan Nancarrow se dissolveriam na água, e só as rosas, jogadas uma por uma no mar por cada um deles, continuariam a mostrar o lugar onde ela desapareceu.

Strike passou o braço por Lucy, que apoiou a cabeça em seu ombro, enquanto eles velejavam de volta à costa. Rozwyn, a mais velha das filhas de Polworth, caiu aos prantos primeiro pela visão da urna que desaparecia na distância, depois por desfrutar da própria tristeza e da solidariedade da mãe. Strike olhou até não enxergar mais o ponto branco, depois voltou os olhos para a margem, pensando no pernil de cordeiro que esperava por eles na casa.

Seu telefone vibrou de novo, minutos depois de ele voltar a pisar em terra firme. Enquanto Polworth ajudava Ted a amarrar o barco, Strike acendeu um cigarro e se afastou do grupo para ler a nova mensagem.

Queria morrer dizendo a verdade as pessoas são tão mentirosas todo mundo que conheço mente tanto se eles parassem de fingir

— Vou voltar a pé — disse ele a Lucy.

— Você não pode — ela respondeu prontamente —, o almoço ficará pronto para nós...

— Vou querer outro desses — disse Strike com firmeza, mostrando o cigarro para o rosto reprovador da irmã. — Encontro vocês lá.

— Quer companhia, Diddy? — perguntou Polworth. — Penny pode levar as meninas para casa.

— Não, está tudo bem, amigo — disse Strike. — Preciso dar um telefonema de trabalho — acrescentou ele em voz baixa, para que Lucy não pudesse ouvir. Enquanto dizia isso, ele sentiu o celular vibrar de novo.

— Tchau, Corm — disse Kerenza, o rosto sardento gentil como sempre. — Não vou almoçar lá.

— Ótimo — disse Strike —, não, desculpe-me, eu quis dizer... obrigado por vir, Kerenza, Joan gostava muito de você.

Quando Kerenza enfim entrou em seu Mini e os carros das famílias arrancaram, Strike pegou o telefone.

Nunca se esqueça de que eu te amei adeus blues bjs

Strike ligou para o número. Depois de alguns toques, caiu no correio de voz.

— Charlotte, sou eu — disse Strike. — Vou continuar ligando até você atender.

Ele desligou e discou de novo. O número caiu no correio de voz pela segunda vez.

Strike começou a andar, porque sua ansiedade exigia ação. As ruas em torno do porto não estavam movimentadas. A maioria das pessoas estaria sentada em seus almoços de Páscoa. Por várias vezes ele discou o número de Charlotte, mas ela não atendeu.

Era como se um fio se esticasse em volta de seu crânio. O pescoço ficou rígido de tensão. De segundo a segundo, seus sentimentos flutuavam entre a fúria, o ressentimento, a frustração e o medo. Ela sempre foi uma hábil manipuladora. Também escapara por pouco da morte provocada por ela mesma, duas vezes.

Talvez o telefone não tivesse sido atendido porque ela já estava morta. Podia haver armas esportivas no castelo de Croy, onde morava a família do marido havia gerações. Haveria medicamentos pesados na clínica: ela pode ter estocado. Ela até pode ter levado uma lâmina, porque uma vez tentou usá-la durante uma das brigas mais feias que teve com Strike.

Depois de ligar para o número pela enésima vez, Strike parou, olhou a grade e o mar impiedoso, que não sussurrava consolos ao correr e se retirar da praia. Lembranças de Joan, e de como a tia se agarrou tão intensamente à vida, inundaram sua mente: sua ansiedade com Charlotte era temperada pela fúria, por ela jogar a vida fora.

E então seu telefone tocou.

— Onde você está? — Ele quase gritou.

— Bluey?

Ela parecia bêbada, ou muito dopada.

— *Onde você está?*

— ... eu te falei — murmurou ela. — Bluey, não lembra...

— Charlotte, ONDE VOCÊ ESTÁ?

— Eu te falei, S'monds...

Ele se virou e partiu em algo entre a coxeadura e a corrida de volta pela calçada: havia uma cabine telefônica vermelha e antiquada a vinte metros e, com a mão livre, Strike já pegava moedas no bolso da calça.

— Está em seu quarto? *Onde você está?*

A cabine telefônica fedia a urina, guimba de cigarro e sujeira de mil solas de sapato com crostas de lodo.

— Não estou vendo o céu... Bluey, estou tão...

Ela ainda murmurava, a respiração era rasa.

— Telefonista? — disse uma voz animada pelo fone em sua mão.

— Symonds House, é uma clínica psiquiátrica em Kent.

— Devo fazer a ligação...?

— Sim, me ligue... Charlotte, ainda está aí? Fale comigo. Onde você está?

Mas ela não respondeu. Sua respiração era alta e ficava gutural.

— Symonds House — disse uma animada voz de mulher em seu outro ouvido.

— Vocês têm uma paciente internada chamada Charlotte Ross?

— Lamento, senhor — disse a recepcionista —, não revelamos...

— Ela tomou uma overdose. Acaba de ligar para mim de sua clínica, e ela tomou uma overdose. Vocês precisam encontrá-la... ela pode estar do lado de fora, vocês têm jardins aí?

— Senhor, posso lhe perguntar...?

— *Verifiquem o paradeiro de Charlotte Ross agora, estou com ela em outra linha, e ela tomou uma overdose.*

Ele ouviu a mulher falando com outra pessoa longe do telefone.

— ... A sra. Ross... primeiro andar, só para...

A voz voltou a falar em seu ouvido, ainda profissionalmente animada, mas agora ansiosa.

— Senhor, de que número a sra. Ross está ligando? Ela... os pacientes internados não têm o próprio celular.

— Ela conseguiu com outra pessoa — disse Strike —, assim como um monte de drogas.

Em algum lugar ao fundo do telefonema ele ouviu gritos, depois passos altos. Ele tentou inserir outra moeda na fenda, mas ela passou direto e saiu por baixo.

— Merda...

— Senhor, vou lhe pedir para não falar comigo desse...

— Não, eu só...

A linha ficou muda. Agora a respiração de Charlotte mal era audível.

Strike pôs no aparelho todas as moedas que tinha no bolso e tornou a discar para a telefonista. Um minuto depois, estava mais uma vez falando com a voz de mulher da Symonds House.

— Symonds House...

— Vocês a encontraram? A ligação caiu. Vocês a encontraram?

— Infelizmente não posso revelar... — disse a mulher que parecia incomodada.

— Ela conseguiu um celular e os meios de se matar em seu horário de trabalho — disse Strike —, então pode revelar se ela morreu, porra...

— Senhor, agradeceria se não gritasse comigo...

Então Strike ouviu vozes distantes de homens pelo celular grudado à outra orelha. Não tinha sentido desligar e ligar de novo: Charlotte não tinha ouvido seus dez telefonemas anteriores. Ela deve ter colocado o celular no mudo.

— ELA ESTÁ AQUI! — Ele berrou, e a mulher na linha da cabine telefônica soltou um gritinho de choque. — SIGAM A MINHA VOZ, ELA ESTÁ AQUI!

Strike berrava ao telefone, consciente da possibilidade quase impossível de o resgate o ouvir: ele escutava silvos e estalos, e sabia que Charlotte estava do lado de fora, provavelmente no mato.

E então, pelo celular, ele ouviu um homem gritar.

— Merda, ela está aqui... ELA ESTÁ AQUI! Porra... chame uma ambulância!

— Senhor — disse a mulher chocada, agora que Strike tinha parado de gritar —, posso saber seu nome?

Mas Strike desligou. Ao som do troco que caía na caixa de devolução da cabine, ele continuou a ouvir os dois homens que tinham encontrado Charlotte, um deles gritava detalhes de sua overdose para a emergência, o outro chamava por Charlotte repetidamente, até que alguém notou que o celular ao lado dela estava ativo e o desligou.

55

Das tristes calamidades dos amantes de outrora,
Permanecem muitíssimas histórias penosas...

Edmund Spenser
A Rainha das Fadas

Como socialite de notória beleza com um número tentador de conhecidos famosos e um passado rebelde e autodestrutivo, Charlotte era uma antiga presença constante nas colunas de fofocas. Naturalmente, sua hospitalização de emergência em uma clínica psiquiátrica virou notícia.

Os tabloides publicaram matérias recheadas de fotos, mostrando Charlotte aos 14 anos (quando fugiu pela primeira vez da escola particular e provocou uma caçada policial), aos 18 (de braços dados com o conhecido pai locutor, que bebia muito e estava no terceiro casamento), aos 21 (com a mãe modelo-que-virou-socialite, em um coquetel) e aos 38, em que, bonita como sempre, ela sorria vagamente ao lado do marido louro-claro, os bebês gêmeos nos braços, uma sala de estar refinada ao fundo. Ninguém conseguiu encontrar uma foto dela com Cormoran Strike, mas o fato de que eles namoraram no passado, que a própria Charlotte fez questão de mencionar à imprensa quando ficou noiva de Jago, garantiu que o nome dele aparecesse impresso ao lado do dela. "Internação de emergência", "histórico de problemas com vícios", "passado turbulento": embora os tabloides não dissessem explicitamente, só o leitor mais ingênuo podia ter dúvidas de que Charlotte tentara tirar a própria vida. A história ganhou um segundo fôlego quando uma "fonte interna" anônima da Symonds House confidenciou que a futura viscondessa Ross "supostamente" fora encontrada de cara para baixo no mato, bem atrás da antiga casa de veraneio.

As matérias de jornais falaram nas práticas questionáveis da exorbitante Symonds House, "que" (disse o *Telegraph*) "tinha a fama de ser o último recurso dos ricos e bem relacionados. Os tratamentos controversos incluem estimulação magnética transcraniana e o alucinógeno psilocibina (mais comumente conhecido como cogumelo mágico)". Também usaram grandes fotografias de Charlotte para enfeitar suas matérias, e assim Robin, que leu todas elas furtivamente e se sentiu meio culpada depois, foi constantemente lembrada de como a ex de Strike sempre foi muito bonita.

Strike não falou uma palavra do assunto com Robin, e ela não fez perguntas. Uma moratória havia pairado sobre o nome de Charlotte desde aquela noite, quatro anos antes, quando Robin ainda era temporária e um Strike extremamente bêbado lhe confidenciou que Charlotte tinha mentido sobre ter engravidado de um filho dele. Só o que Robin sabia agora era que Strike voltara da Cornualha em um estado de espírito particularmente fechado, e Robin, embora soubesse que a disposição das cinzas da tia teria sido uma ocasião triste, não conseguiu deixar de suspeitar dessa outra origem para o mau humor dele.

Por lealdade a Strike, Robin se recusou a fazer fofoca sobre a ex dele, embora todos à sua volta parecessem querer falar nisso. Uma semana depois de Strike ter retornado da Cornualha, Robin entrou no escritório, já de mau humor porque Matthew mais uma vez tinha adiado a audiência de conciliação. Ao ver a porta aberta, Pat, a secretária, tentou apressadamente esconder um exemplar do *Daily Mail* que estivera lendo com Morris. Ao perceber que a recém-chegada era Robin e não Strike, Pat soltou sua gargalhada de corvo e bateu o jornal na mesa.

— Apanhados em flagrante — disse Morris com uma piscadela para Robin. — Viu tudo isso sobre a ex do chefe?

Ele não é meu chefe, é meu sócio, pensou Robin, mas disse apenas que sim.

— Isso é que é se dar bem — disse Morris, examinando uma foto de Charlotte aos 21 anos com um minivestido de contas. — Como é que um sujeito com a cara dele ficou com essa daqui?

Robin não estava a salvo nem mesmo em casa. Max, cujo cabelo desleixado estava bem curto para o papel de ex-militar, começara a gravar a série de TV e estava mais animado do que Robin já havia visto. Max também ficou completamente intrigado ao saber que Strike esteve envolvido com Charlotte por 16 anos.

— Eu a encontrei uma vez — disse ele a Robin, que tinha subido depois de várias horas em seu quarto, passando um pente fino na internet em busca de Betty Fuller. A antiga prostituta se mostrava mais difícil de encontrar do que ela previra.

— É mesmo? — disse Robin, que ao mesmo tempo queria e não queria saber da história.

— É, eu estava em uma peça anos atrás com o meio-irmão dela. Simon Legard? Ele estrelou minisséries sobre o crash financeiro, como é que se chamava mesmo? Ela foi ver nossa peça e nos levou para jantar depois. Gostei dela, na verdade, rimos muito com ela. Algumas garotas da alta são muito mais divertidas do que a gente pensa.

— Hum — disse Robin sem querer se comprometer, e voltou imediatamente a seu quarto com a caneca de chá.

— Aposto que ela tentou falar com Corm por telefone antes de fazer aquilo — foi o frio comentário de Ilsa por telefone, duas semanas depois da Páscoa, quando Robin tinha conseguido, depois de um cotejo paciente, identificar a mulher que acreditava ser mais provavelmente a Betty Fuller que morou na Skinner Street na época do desaparecimento de Margot Bamborough. Betty agora morava em um abrigo em Sans Walk, não muito longe do apartamento original, e Robin pretendia lhe fazer uma visita na tarde seguinte, depois da conciliação com Matthew, que parecia que, enfim, ia acontecer.

Ilsa tinha ligado para desejar boa sorte a Robin. Robin estivera tentando não pensar em ter de ver Matthew, dizendo a si mesma que a provação terminaria em algumas horas, mas foi ficando cada vez mais complicado se concentrar em sua lista de perguntas para Betty Fuller à medida que a noite avançava, e ela no início ficou feliz por ter sido interrompida por Ilsa.

— O que Corm está dizendo de toda essa história de Charlotte? — perguntou Ilsa.

— Nada — disse Robin, falando a verdade.

— É, ele não fala mais dela — disse Ilsa. — Quanto tempo será que o casamento dela vai durar? Deve estar por um fio. Para falar a verdade, estou muito surpresa por ter se arrastado por tanto tempo. Ela só fez isso para ter Corm de volta.

— Bom, ela tem filhos com Jago — observou Robin, depois de pronto se arrependeu. Ilsa já havia dito que ela e Nick decidiram não tentar uma quarta rodada de FIV.

— Ela jamais quis ter filhos — disse Ilsa. — Era uma coisa que ela e Corm tinham em comum. Isso e ter mães muito parecidas. Bebida, drogas e mil homens cada uma, só que a de Charlotte ainda está viva. E então, não falou com ele sobre isso?

— Não — disse Robin, que se sentia um pouco pior por essa conversa, apesar das intenções gentis de Ilsa. — Ilsa, me desculpe, mas preciso ir. Tenho trabalho a fazer para amanhã.

— Não pode tirar a tarde de folga? A gente podia se encontrar para um café, talvez você precise de um refresco depois. Corm não vai se importar, vai?

— Estou certa de que não — disse Robin —, mas estamos muito ocupados, e estou seguindo uma pista. De todo modo, o trabalho me dá algo para pensar além de Matthew. Vamos matar as saudades no fim de semana, se você estiver livre.

Robin dormiu mal naquela noite. Não foi Charlotte que se insinuou em seus sonhos, mas a srta. Jones, a cliente da agência que, como todos agora percebiam, encantara-se de tal maneira com Strike que ele teve de pedir a Pat para parar de transferir os telefonemas dela. Robin acordou antes de o despertador tocar, feliz por escapar de um sonho complicado em que era revelado que a srta. Jones era esposa de Matthew o tempo todo, e que Robin se defendia de uma acusação de fraude na cabeceira de uma mesa longa e encerada em uma sala de reuniões escura.

Querendo parecer profissional e confiante, ela vestiu calça e casaco preto, embora Matthew soubesse muito bem que ela havia passado a maior parte da vida de investigadora de jeans. Dando uma última olhada no espelho antes de sair do quarto, ela se achou abatida. Procurando não pensar em todas aquelas fotos de Charlotte Ross, que raras vezes vestia algo além de preto, mas cuja beleza de porcelana apenas ficava mais brilhante com o contraste, Robin pegou a bolsa e saiu do quarto.

Enquanto esperava pelo metrô, Robin tentou se distrair do aperto de nervosismo no estômago vendo os e-mails.

Prezada srta. Ellacott

Como declarei anteriormente, não estou disposto a falar com ninguém, senão o sr. Strike. Isso não pretende ser menosprezo para com a senhorita, mas eu me sentiria mais à vontade falando de homem para homem. Infelizmente, estarei indisponível a partir do final da semana que vem devido a compromissos profissionais que me tirarão do país. Porém, posso abrir espaço na noite do dia 24. Se o sr. Strike estiver de acordo, sugiro o American Bar no Hotel Stafford como local discreto para uma reunião. Por favor, informe-me se for aceitável.

Atenciosamente,

CB Oakden

Vinte minutos depois, quando saiu da estação Holborn do metrô e teve sinal novamente, Robin encaminhou essa mensagem a Strike. Tinha confortáveis 15 minutos de sobra antes do compromisso e havia muitos lugares para tomar um café na vizinhança, mas, antes que pudesse fazer isso, seu celular tocou: era Pat, do escritório.

— Robin? — disse a conhecida voz grasnada. — Sabe onde está Cormoran? Tentei o telefone dele, mas não está atendendo. O irmão dele, Al, está aqui no escritório, querendo vê-lo.

— É mesmo? — Robin ficou assustada. Ela conheceu Al dois anos antes, mas sabia que ele e Strike não eram próximos. — Não, não sei onde ele está, Pat. Deixou um recado? Ele deve estar em algum lugar sem sinal.

— Sim, deixei uma mensagem no correio de voz. Tudo bem, vou continuar tentando. Tchau.

Robin continuou andando, seu desejo por um café esquecido na curiosidade sobre Al aparecer no escritório. Tinha gostado bastante de Al quando o conheceu; ele parecia levemente surpreso com o meio-irmão mais velho, o que Robin achou encantador. Al não era muito parecido com Strike, era mais baixo, tinha cabelo liso, um maxilar estreito e um leve estrabismo que herdou do pai famoso.

Pensando na família de Strike, ela virou a esquina e viu, com um calafrio de pavor que a fez parar, Matthew saindo de um táxi, com um sobretudo desconhecido e escuro por cima do terno. Ele virou a cabeça e por um momento eles se olharam, a cinquenta metros de distância, como pistoleiros prontos para atirar. E então o celular de Robin tocou; ela o atendeu automaticamente e quando o levou à orelha e levantou a cabeça, Matthew tinha desaparecido no prédio.

— Alô?

— Oi — disse Strike —, recebi agora o e-mail de Oakden. "Fora do país" meu cu.

Robin olhou o relógio. Ainda tinha cinco minutos, e a advogada, Judith, não estava à vista. Ela se encostou em uma parede fria de pedra e disse:

— É, pensei nisso também. Retornou a ligação de Pat?

— Não, por quê?

— Al está no escritório.

— Que Al?

— Al, o seu irmão — disse Robin.

Houve uma breve pausa.

— Puta que pariu — disse Strike em voz baixa.

— Onde você está?

— Em uma B&Q em Chingford. Nossa amiga loura está fazendo compras em Stoke Newington.

— Comprando o quê?

— Espuma de borracha e chapa de MDF, para começar — disse Strike. — Aquele cara da academia do Manhoso a está ajudando. Onde você está?

— Esperando na calçada pelos advogados de Matthew. É a manhã da audiência de conciliação.

— Merda — disse Strike —, eu tinha me esquecido. Escute... tire o resto do dia de folga, se você...

— Não quero tirar folga — disse Robin. Tinha acabado de ver Judith de longe, andando animadamente na sua direção, com um casaco vermelho. — Pretendo ver Betty Fuller mais tarde. É melhor eu ir, Cormoran. A gente se fala depois.

Ela desligou e foi se encontrar com Judith, que tinha um sorriso largo.

— Tudo bem? — perguntou ela, segurando o braço de Robin com a mão que não estava com a pasta. — Deve ficar tudo bem. Deixe que só eu fale.

— Tudo bem — disse Robin, sorrindo com o máximo de calor humano que conseguiu invocar.

Elas subiram a escada juntas para o saguão pequeno, onde um homem atarracado, de terno e corte de cabelo César aproximou-se com um sorriso superficial, com a mão estendida para Judith.

— Srta. Cobbs? Andrew Shenstone. Srta. Ellacott, como vai?

A mão dele deixou a de Robin latejando. Ele e Judith foram à frente de Robin pelas portas duplas, conversando sobre o trânsito de Londres, e Robin os seguiu, com a boca seca e sentindo-se uma criança arrastada pelos pais. Depois de uma curta caminhada por um corredor escuro, eles entraram em uma pequena sala de reuniões à esquerda, com uma mesa oval e um carpete azul gasto. Matthew estava sentado ali sozinho, ainda de sobretudo. Ele se ajeitou na cadeira quando o grupo entrou. Robin olhou bem no rosto dele ao se sentar, diagonalmente oposta a ele. Para sua surpresa, Matthew virou a cara de imediato. Ela imaginara que ele a olharia feio, com aquela estranha marca branca em torno da boca que lhe aparecia durante discussões, mais para o fim do casamento.

— Muito bem — disse Andrew Shenstone, com outro sorriso, enquanto Judith Cobbs abria a pasta que trouxera. Ele tinha uma pasta de couro para documentos, fechada, diante dele. — A posição de sua cliente permanece como a declarada por carta no dia 14, Judith, isso é correto?

— Sim, correto — disse Judith, os óculos pretos e grossos empoleirados na ponta do nariz enquanto ela lia de relance a dita carta. — A srta. Ellacott fica perfeitamente satisfeita em renunciar a qualquer direito, exceto com relação aos ganhos da venda do apartamento na... hum...

Hastings Road, pensou Robin. Ela se lembrou de se mudar para o apartamento convertido e apertado com Matthew, carregando animadamente caixas de vasos de plantas e livros pelo curto corredor. Matthew ligando a tomada da cafeteira que foi uma das primeiras coisas que compraram juntos, o elefante de pelúcia que ele lhe dera tantos anos antes sentado na cama.

— ... Hastings Road, sim — disse Judith, passando os olhos pela carta —, dos quais ela gostaria das dez mil libras que foram contribuição dos pais dela ao depósito, no ato da compra.

— Dez mil — repetiu Andrew Shenstone. Ele e Matthew se olharam. — Nesse caso, concordamos.

— Vocês... concordam? — disse Judith Cobbs, tão surpresa quanto a própria Robin.

— As circunstâncias de meu cliente mudaram — disse Shenstone. — Sua prioridade agora é garantir o divórcio com a maior rapidez possível, o que creio que sua cliente tenha indicado ser preferível para ela, a não ser pelas dez mil libras? É claro — acrescentou Shenstone —, estamos quase no limite do que foi requerido há dois anos, então...

Judith olhou para Robin, que assentiu, com a boca ainda seca.

— Então, acho que podemos concluir as coisas hoje. Muito bom — disse Andrew Shenstone com complacência, e era impossível escapar da suspeita de que ele falava consigo mesmo. — Tomei a liberdade de esboçar...

Ele abriu a pasta de documentos, virou-a na mesa polida e a empurrou para Judith, que leu o documento atentamente.

— Sim — disse ela por fim, deslizando o documento de lado para Robin, que soube então que Matthew prometia transferir o dinheiro para a conta de Robin no prazo de sete dias depois da assinatura. — Satisfeita? — acrescentou Judith em voz baixa a Robin.

— Sim — disse Robin, meio aturdida.

Ela se perguntou qual tinha sido o sentido de arrastar o problema até ali. Teria sido uma última demonstração de poder, ou Matthew só decidiu desistir naquela manhã? Ela alcançou a bolsa, mas Judith já estendia sua caneta-tinteiro, então Robin a pegou e assinou. Judith passou o documento para Andrew Shenstone, que o deslizou a Matthew, que rabiscou uma assinatura apressada. Ele olhou Robin rapidamente ao fazer isso, depois virou a cara de novo e naquele momento Robin entendeu o que tinha acontecido e por que ele lhe dava o que ela queria.

— Muito bem — repetiu Andrew Shenstone, e deu um tapa na mesa e riu. — Bom, rápido e fácil, hein? Acho que estamos...?

— Sim — disse Judith, com uma risadinha —, acho que sim!

Matthew e Robin se levantaram e viram os advogados reunirem suas coisas e, no caso de Judith, vestir o casaco. Desorientada pelo que tinha acabado de acontecer, Robin de novo teve a sensação de ser uma criança com os pais, sem saber como sair da situação, esperando que os advogados a liberassem.

Andrew Shenstone segurou a porta para Robin, e ela voltou ao corredor, seguindo na direção do saguão. Atrás dela, os advogados de novo conversavam sobre o trânsito. Quando pararam no saguão para se despedirem, Matthew, depois de uma breve palavra de agradecimento a Shenstone, passou direto por Robin e foi para a rua.

Robin esperou que Andrew Shenstone desaparecesse dentro do prédio de novo para se dirigir a Judith.

— Muito obrigada — disse ela.

— Bom, não foi grande coisa, foi? — disse Judith, rindo. — Mas a conciliação costuma dar juízo às pessoas, já vi isso acontecer. É muito mais difícil se justificar em uma sala com observadores objetivos.

Elas trocaram um aperto de mãos, e Robin foi para uma brisa de primavera que soprou o cabelo para a sua boca. Sentia-se meio agitada. Dez mil libras. Ela se oferecera para devolver aos pais, sabendo que eles tinham lutado para conseguir igualar a contribuição dos pais de Matthew, mas eles lhe disseram que ficasse com o dinheiro. Naturalmente precisava acertar sua conta com Judith, mas o restante lhe daria uma reserva, talvez até a ajudasse a ter a própria casa.

Ela virou uma esquina e ali, bem na frente dela, parado junto ao meio-fio, com o braço erguido numa tentativa de parar um táxi, estava Matthew.

Ao vê-la, ele ficou petrificado por um momento, com a mão ainda erguida, e o táxi que ele tentava chamar parou a dez metros e pegou um casal em vez dele.

— Sarah está grávida, não está? — quis saber Robin.

Ele a olhou de cima, não tão alto quanto Strike, mas bonito como era aos 17 anos, no dia em que a convidou para sair.

— Está. — Ele hesitou. — Foi acidental.

Uma ova que foi, pensou Robin. Sarah sempre soube como conseguir o que queria. Robin percebeu, enfim, por quanto tempo Sarah fizera esse jogo. Sempre presente, rindo, sedutora, preparada para se contentar em ser a melhor amiga de Matthew só para tê-lo por perto. Depois, enquanto fechava as garras e Matthew ameaçava escapulir, teve o brinco de diamante que ela deixou na cama de Robin e, agora, ainda mais valiosa, uma gravidez para garantir Matthew antes que ele pudesse entrar em um perigoso estado de solteiro. Robin tinha a forte desconfiança de que era isso que estava por trás dos dois adiamentos da audiência. Será que uma Sarah insegura e agora cheia de hormônios fez cenas, com medo de Matthew ficar cara a cara com Robin enquanto ele ainda não tinha decidido se queria o filho ou a mãe?

— E ela quer se casar antes do parto?

— É — disse Matthew. — Bom, eu também quero.

Será que a imagem do próprio casamento passou pela cabeça dele, como faiscou pela mente de Robin? A igreja em Masham que os dois frequentavam desde a escola primária, a recepção naquele lindo hotel, com os cisnes no lago que se recusavam a nadar juntos, e a recepção desastrosa, durante a qual Robin soube, por alguns segundos apavorantes, que, se Strike lhe pedisse para ir embora com ele, ela teria ido.

— Como estão as coisas com você?

— Ótimas — disse Robin.

Ela sustentou uma boa fachada. É o que fazemos quando encontramos o ex, não é? Fingimos que agimos corretamente. Sem arrependimentos.

— Bom — disse ele, com o trânsito passando —, preciso...

Ele começou a se afastar.

— Matt.

Ele se virou.

— Que foi?

— Nunca vou me esquecer... que você estava lá quando realmente precisei de você. Não importa o resto... nunca vou me esquecer dessa parte.

Por uma fração de segundo, o rosto dele se mexeu um pouco, como o de um garotinho. Depois ele se aproximou dela, abaixou-se e, antes que ela entendesse o que acontecia, abraçou-a rapidamente, depois soltou como se ela estivesse em brasa.

— Boa sorte, Robs — disse ele com a voz embargada e se foi para sempre.

56

Ao passo que esta Dama, como uma ovelha desgarrada,
Agora se afogava nas profundezas do sonho sem nada temer.

Edmund Spenser
A Rainha das Fadas

No exato momento em que Matthew se afastava de Robin em Holborn, Strike, que estava sentado em seu carro estacionado a quase cinco quilômetros de distância, na frente da familiar casa geminada em Stoke Newington, decidiu telefonar ao irmão, ou Al esperaria por ele sentado no escritório o dia todo. A raiva do detetive foi atingida por outros sentimentos menos facilmente identificáveis, dos quais o menos doloroso era a admiração relutante da persistência de Al. Strike não duvidava de que Al tinha ido ao escritório para uma última tentativa de convencer Strike a alguma forma de reconciliação com o pai, de preferência antes ou durante a festa em comemoração ao novo álbum. Tendo sempre considerado Al um fraco e uma figura sibarítica, Strike teve de admitir que ele mostrava coragem ao se arriscar à fúria do irmão mais velho.

Strike esperou até que Elinor Dean tivesse tirado a espuma e a chapa de madeira do carro e levado tudo para dentro com a ajuda do amigo da academia do Manhoso, viu a porta se fechar, depois ligou para o número de Al.

— Oi — disse Al, atendendo depois do primeiro toque.

— Por que está em meu escritório? — perguntou Strike.

— Queria te ver, mano. Conversar cara a cara.

— Bom, não estarei de volta hoje. — Strike mentiu. — Então sugiro que você diga o que tem a dizer agora.

— Mano...

— Quem está aí com você?

— Erm... sua secretária... Pat, não é isso? — Strike ouviu Al se afastar do celular para verificar e ouviu o grasnado de concordância de Pat. — E um cara chamado...

— Barclay — disse o escocês em voz alta, ao fundo.

— Muito bem, entre em minha sala para ter privacidade — disse Strike. Ele escutou enquanto Al dizia a Pat o que Strike lhe pedira para fazer, ouviu o som familiar de sua própria porta se fechando, depois disse:

— Se isso é o que penso que seja...

— Cormoran, não queríamos te dizer isso, mas papai tem câncer.

Ah, puta merda.

Strike se inclinou para a frente por um momento, encostou a testa no volante e voltou a sentar reto.

— Na próstata — continuou Al. — Acham que foi diagnosticado cedo. Mas achamos que você devia saber, porque essa festa não é só para comemorar o aniversário da banda e o álbum novo. É para dar a ele algo que o faça olhar para a frente.

Fez-se silêncio.

— Achamos que você devia saber — repetiu Al.

Por que eu devia saber dessa merda?, pensou Strike, com os olhos na porta fechada da casa de Elinor Dean. Ele não tinha relacionamento com Rokeby. Será que Al esperava que ele chorasse, que corresse para ficar ao lado de Rokeby, que expressasse compaixão ou pena? Rokeby era multimilionário. Sem dúvida desfrutava do melhor tratamento. A lembrança da urna em lírio de Joan boiando no mar voltou enquanto Strike dizia:

— Tudo bem, eu sinceramente não sei o que responder a isso. Tenho certeza de que é uma desgraça para todo mundo que se importa com ele.

Seguiu-se outro silêncio.

— Achamos que isso podia fazer diferença — disse Al em voz baixa.

— No quê?

— Em sua atitude.

— Se diagnosticaram cedo, ele vai ficar bem — disse Strike vigorosamente. — Deve viver para ser pai de mais dois filhos que ele nunca vê.

— Meu Deus do céu! — disse Al, agora com raiva. — Você pode não dar a mínima, mas ele por acaso é meu pai...

— Eu dou a mínima para as pessoas que um dia deram a mínima para mim — retrucou Strike —, e baixe a merda da sua voz, é a meus funcionários que você está revelando minha vida particular.

— *Essa* é a sua prioridade?

Strike pensou em Charlotte que, segundo os jornais, continuava no hospital, e em Lucy, agitada para saber se Strike conseguiria tirar o fim de semana de folga, para se juntar a Ted na casa dela em Bromley. Ele pensou nos clientes do caso do Manhoso, que sugeriram que suspenderiam o pagamento em uma semana, se a agência não descobrisse que influência o Manhoso tinha sobre o chefe. Ele pensou em Margot Bamborough e no ano que eles tinham para descobrir o que aconteceu, um ano que sumia rapidamente. Sem entender por quê, pensou em Robin e no fato de ele ter se esquecido de que hoje era sua audiência de conciliação com Matthew.

— Tenho minha própria vida — disse Strike, refreando o mau gênio à custa do máximo autocontrole —, que é difícil e complicada, como a de todo mundo. Rokeby tem esposa e meia dúzia de filhos e estou em capacidade máxima para as pessoas que precisam de mim. Não vou à merda da festa, não me interessa saber dele, não quero ter nenhuma relação com ele. Não sei como posso ser mais claro do que isso, Al, mas estou...

A linha ficou muda. Sem se arrepender de nada que tinha dito, mas ainda assim com a respiração acelerada, Strike jogou o celular no banco do carona, acendeu um cigarro e observou a porta de Elinor Dean por mais 15 minutos até que, por um impulso repentino, pegou o celular de novo e ligou para Barclay.

— O que está fazendo agora?

— Apresentando minhas despesas — disse o escocês laconicamente. — Aquele cassino te custa uma fortuna.

— Meu irmão ainda está aí?

— Não, foi embora.

— Ótimo. Preciso que você venha me render em Stoke Newington.

— Não estou com meu carro.

— Ok, tudo bem, então foda-se — disse Strike com raiva.

— Desculpe, Strike — disse Barclay —, mas era para eu tirar essa tarde de folga...

— Não, *eu* é que peço desculpas — disse Strike, fechando os olhos. Tinha a mesma sensação que experimentara em St. Mawes, como se um fio se esticasse em volta de seu crânio. — Estou ficando frustrado. Aproveite sua tarde livre. É sério — acrescentou ele, caso Barclay pensasse ser sarcasmo dele.

Depois de encerrar a chamada a Barclay, Strike ligou para Robin.

— Como foi a conciliação?

— Ótima — disse Robin, embora parecesse estranhamente monótona. — Fizemos um acordo.

— Que bom!

— É. É um alívio.

— Você disse que ia ver Betty Fuller?

— Sim, estou prestes a entrar no metrô.

— Onde ela mora mesmo?

— No abrigo da Sans Walk, em Clerkenwell.

— Ok, eu te encontro lá — disse Strike.

— Sério? Por mim, tudo bem fazer isso...

— Eu sei, mas quero estar presente — Strike a interrompeu.

Ele arrancou da casa de Elinor Dean sabendo que tinha acabado de ser cáustico com os dois colegas preferidos. Se ia dar vazão ao nervosismo, pelo menos podia ter sido com Pat e Morris.

Vinte minutos depois, Strike entrou em Clerkenwell pela Percival Street. À sua direita ficava o prédio de tijolinhos vermelhos simples onde moraram Janice Beattie e Steve Douthwaite, e ele se perguntou de novo o que havia sido feito da paciente de uma só consulta de Margot, cujo paradeiro, apesar dos esforços dele e de Robin, continuava desconhecido.

A Sans Walk era uma rua estreita para pedestres, de mão única. Strike estacionou o BMW o mais perto possível. O dia estava surpreendentemente quente, apesar de ter uma boa quantidade de nuvens. Ao se aproximar da Sans Walk, ele viu Robin esperando por ele na entrada.

— Oi — disse ela. — Fica do outro lado, aquele prédio moderno de tijolinhos com a torre circular no alto.

— Ótimo — disse Strike enquanto eles partiam juntos. — Me desculpe por antes, eu...

— Não, está tudo bem — disse Robin. — Sei que precisamos muito de resultados em breve.

Porém, Strike pensou ter detectado certa frieza.

— Al me tirou do sério — explicou ele. — Então eu podia ter sido um pouco...

— Cormoran, está tudo bem — repetiu Robin, mas com um sorriso que tranquilizou Strike.

— Ótima notícia sobre a conciliação — disse ele.

— Sim — disse Robin, mas não parecia particularmente satisfeita. — E então, qual você acha que é a melhor abordagem a tomar com Betty Fuller?

— Ser sincero e franco sobre quem somos e o que estamos investigando, depois dançar conforme a música, acho. E torcer muito para que ela não esteja senil...

A Priory House era uma construção moderna de vários andares com um jardim compartilhado nos fundos. Enquanto eles se aproximavam das portas de entrada, um casal de meia-idade saía; tinham a expressão aliviada de quem acaba de cumprir seu dever e, sorrindo para Strike e Robin, abriram a porta para permitir sua entrada.

— Muito obrigada — disse Robin, sorrindo para eles e, enquanto o casal saía, ela ouviu a mulher dizer:

— Pelo menos dessa vez ela se lembrou de quem somos...

Se não fosse pelas cadeiras motorizadas, o lugar teria parecido um alojamento estudantil, com seu carpete cinza-escuro e grosso, o quadro de avisos eriçado de folhetos e um cheiro deprimente de cozinha comunitária pendendo no ar.

— Ela está no térreo — disse Robin, apontando para um corredor. — Verifiquei os nomes na campainha.

Eles passaram por várias portas de pinho idênticas até chegarem àquela com "Elizabeth Fuller" impresso em um cartão em suporte de metal. Através da madeira, vinham vozes abafadas. Como aconteceu quando Strike foi à casa de Janice Beattie, a TV estava ligada em um volume muito alto. Strike bateu com força na porta.

Depois de uma longa espera, a porta se abriu muito lentamente e revelou uma idosa ofegante com uma cânula nasal, que puxava seu tanque de oxigênio até a porta. Por cima do ombro, Strike viu um televisor berrar o reality show *The Only Way Is Essex*.

"*Estou bem. Você me incomoda, Arg*", dizia na tela uma garota muito maquiada e vestida em azul berrante.

Betty Fuller dava a impressão de ser sujeita a uma gravidade maior do que o resto da humanidade. Tudo nela tinha arriado e caído: os cantos da boca descarnada, as pálpebras sem cílios, a papada frouxa, a ponta do nariz fino. Parecia que a carne fora sugada da parte superior para a inferior do corpo: Betty quase não tinha busto, mas os quadris eram largos e as pobres pernas expostas imensamente inchadas, os tornozelos mais grossos que o pescoço. Ela calçava o que parecia um par de chinelos masculinos e estava com um vestido de malha verde-escuro em que havia várias manchas. Um couro cabeludo amarelado era claramente visível através do ralo cabelo cinza afastado do rosto e um aparelho auditivo se destacava na orelha esquerda.

— Quem são vocês? — perguntou ela ofegante, olhando de Robin para Strike.

— Boa tarde, sra. Fuller — disse Strike em voz alta e com clareza —, meu nome é Cormoran Strike e esta é Robin Ellacott.

Ele tirou a carteira de habilitação do bolso e mostrou a ela, com seu cartão. Ela fez um gesto de impaciência para mostrar que não podia ler; seus olhos eram leitosos de glaucoma.

— Somos detetives particulares — disse Strike, de voz ainda elevada para vencer a dupla que discutia na tela ("*No fim das contas, Lucy, ela dormiu, em uma noitada, com um cara...*" "*Arg... Arg... Arg... isso é irrelevante...*").

— Fomos contratados para descobrir o que aconteceu com Margot Bamborough. Ela era uma médica que...

— Quem?

— A dra. Margot Bamborough — repetiu Strike, mais alto ainda. — Ela desapareceu de Clerkenwell em 1974. Soubemos que a senhora...

— Ah, sim... — disse Betty Fuller, que parecia precisar puxar o ar a intervalos de poucas palavras. — A dra. Bamborough... sim.

— Bom, será que podemos conversar com a senhora sobre ela?

Betty Fuller ficou parada ali por uns bons vinte segundos, pensando nisso, enquanto na tela um jovem de terno marrom dizia à garota muito maquiada: "*Eu não queria falar nisso, mas você me procurou...*"

Betty Fuller fez um gesto de impaciência, virou-se e se arrastou para dentro. Strike e Robin se entreolharam.

— Podemos entrar, sra. Fuller? — perguntou Strike em voz alta.

Ela fez que sim. Depois de posicionar cuidadosamente o tanque de oxigênio, ela voltou para sua poltrona, em seguida puxou o vestido de malha numa tentativa de cobrir os joelhos. Strike e Robin entraram no quarto, e Strike fechou a porta. Vendo a idosa lutar para puxar o vestido para baixo, Robin teve o impulso de pegar um cobertor na cama desfeita e colocá-lo decorosamente em seu colo.

Durante a pesquisa, Robin descobrira que Betty tinha 84 anos. O estado físico da idosa a chocou. O quarto pequeno tinha cheiro de odor corporal e urina. Uma porta mostrava um banheiro pequeno anexo ao quarto simples. Pela porta aberta do guarda-roupa, Robin viu roupas amarfanhadas que foram jogadas ali e duas garrafas de vinho vazias, meio escondidas entre as roupas íntimas. Não havia nada nas paredes além de um calendário de gatos: o mês de maio mostrava dois filhotes ruivos espiando por entre os gerânios cor-de-rosa.

— Posso abaixar o som disso? — gritou Strike mais que a TV, em que o casal na tela ainda discutia, os cílios da mulher grossos como lagartas peludas.

— Pode... desligar — disse Betty Fuller. — É uma gravação.

As vozes de Essex de súbito se extinguiram. Os dois detetives olharam em volta. Só havia duas possibilidades de se sentarem: na cama desfeita e em uma cadeira dura de espaldar alto, então Robin assumiu a primeira, Strike a última. Pegando o bloco no bolso, Strike disse:

— Fomos contratados pela filha da dra. Bamborough, sra. Fuller, para tentar descobrir o que aconteceu com ela.

Betty Fuller fez um ruído parecido com "rurmm", que parecia depreciativo, embora Strike pensasse que talvez fosse uma tentativa de limpar o catarro da garganta. Ela se balançou ligeiramente para um lado da poltrona e puxou em vão as costas do vestido. As pernas inchadas eram raiadas de veias varicosas.

— Então, a senhora se lembra do desaparecimento da dra. Bamborough, sra. Fuller?

— Si... — ela grunhiu, ainda respirando mal. Apesar da incapacidade e das maneiras nada promissoras, Strike teve a impressão de alguém mais alerta do que parecia à primeira vista, também mais feliz por ter companhia e atenção do que poderia sugerir a aparência deplorável.

— A senhora morava na Skinner Street na época, não é?

Ela tossiu, o que parece ter limpado os pulmões e disse, em uma voz um pouco mais firme:

— Morei até... o ano passado. Na Michael Cliffe... House. Último andar. Não pude mais pagar.

Strike olhou para Robin; esperava que ela conduzisse a entrevista, supondo que Betty responderia melhor a uma mulher, mas Robin parecia estranhamente passiva, sentada na cama, o olhar vagando pelo quarto pequeno.

— A senhora era paciente da dra. Bamborough? — perguntou Strike a Betty.

— Sim. — Betty ofegou. — Eu era.

Robin pensava, era assim que as pessoas solteiras terminavam, pessoas sem filhos para cuidar delas, sem uma renda dupla? Em caixotes, vivendo por tabela por intermédio das estrelas de reality shows?

No Natal seguinte, sem dúvida, ela encontraria Matthew, Sarah e seu novo bebê em Masham. Ela só podia imaginar o andar altivo de Sarah pelas ruas, empurrando o carrinho de última geração, Matthew ao lado dela e um bebê com o cabelo louro muito claro de Sarah espiando por cima dos cobertores. Agora, quando Jenny e Stephen os encontrassem, haveria algo em comum, a linguagem compartilhada da parentalidade. Robin decidiu naquele momento, sentada na cama de Betty Fuller, cuidar para não ir à casa dos pais no Natal seguinte. Ia se oferecer para trabalhar, se fosse necessário.

— A senhora gostava da dra. Bamborough? — perguntava Strike a Betty.

— Ela era... boa — disse Betty.

— Alguma vez encontrou outro médico da clínica? — perguntou Strike.

O peito de Betty Fuller subia e descia a cada respiração laboriosa. Embora fosse difícil saber pela cânula nasal no caminho, Strike pensou ter visto um leve sorriso.

— Sim — disse ela.

— Qual deles?

— Brenner — disse ela com a voz rouca e tossiu de novo. — Precisei de uma visita... emergência... ela não estava disponível.

— Então o dr. Brenner foi vê-la?

Havia algumas fotos pequenas em porta-retratos baratos no peitoril da janela, notou Robin. Duas mostravam um gato malhado gordo, presumivelmente um animal de estimação saudoso, mas também havia duas que mostravam bebês em idade de engatinhar, e uma de duas adolescentes de cabelo comprido, usando vestidos de mangas bufantes dos anos 1980. Então você podia terminar sozinha, quase na miséria, mesmo que tivesse filhos? Era só o dinheiro, então, que fazia a diferença? Ela pensou nas dez mil libras que ia receber em sua conta bancária naquela semana, que seriam imediatamente reduzidas pelas contas com a advogada e o imposto. Robin precisava ter cuidado para não torrar o resto. Precisava realmente começar a economizar, começar a pagar um plano de previdência.

— A senhora devia estar gravemente doente, não? — perguntava Strike a Betty. — Para precisar de visita domiciliar?

Ele não tinha nenhum motivo em particular para perguntar, a não ser criar um clima amigável para conversar. Em sua experiência com idosas, havia pouco que elas gostassem mais de falar do que de sua saúde.

Betty Fuller de repente sorriu para ele, mostrando dentes amarelados e lascados.

— Algum dia você levou... pelo cu... um pau de 23 centímetros?

Só pelo exercício de máximo comedimento, Robin conseguiu conter uma gargalhada de choque. Tinha de tirar o chapéu para Strike: ele não fez mais do que sorrir ao dizer:

— Não posso dizer que sim.

— Bom — disse Betty Fuller, ofegante —, você pode... Acreditar em mim... A merda... da agonia... o sujeito veio pra cima de mim... como uma merda de furadeira elétrica... Abriu o meu rabo.

Ela ofegou, tomando ar e rindo um pouco.

— Minha Cindy me ouve gemendo... sangue... diz: "Mãe você tem que... precisa ver um..." chamei... médico.

— Cindy é sua...?

— Filha — disse Betty Fuller. — Sim... tive duas. Cindy e Cathy...

— E o dr. Brenner foi vê-la? — perguntou Strike, tentando não se prender à imagem mental conjurada por Betty.

— Sim... olhou... me mandou para... o pronto-socorro, sim... 19 pontos — disse Betty Fuller. — E fiquei sentada... num saco de gelo... por uma semana... e não entrou merda... de dinheiro nenhum... Depois disso — ela ofegou —, não fiz anal... só se me pagassem... dobrado e nem se... tivessem mais de... 15 centímetros.

Ela soltou um cacarejo de riso, que terminou em tosse. Strike e Robin tiveram o cuidado de não se olhar.

— Essa foi a única vez em que encontrou o dr. Brenner? — perguntou Strike quando a tosse tinha diminuído.

— Não — grasnou Betty Fuller, batendo no peito. — Eu o vi sempre... toda sexta à noite... por meses... depois disso.

Ela não parecia sentir qualquer escrúpulo em contar isso a Strike. Ao contrário, Strike achou que ela parecia estar se divertindo.

— Quando esse arranjo começou? — perguntou Strike.

— Duas semanas... depois de ele examinar... meu cu — disse Betty Fuller. — Bateu na minha porta... com a maleta de médico... fingindo que tinha... ido checar... depois disse... queria um horário constante. Sexta à noite... seis e meia... diga aos vizinhos... médico... se perguntarem...

Betty parou para tossir ruidosamente. Quando tinha reprimido o barulho no peito, continuou:

— ... e se eu contasse a alguém... ele procuraria a polícia... ia dizer que eu o estava... extorquindo...

— Ele a ameaçou?

— Sim — ofegou Betty Fuller, sem rancor —, mas ele não estava... querendo de graça... então continuei... de boca fechada.

— A senhora nunca contou à dra. Bamborough o que estava acontecendo? — perguntou Robin.

Betty olhou de lado para Robin que, na visão de Strike, raras vezes parecera tão deslocada como ali, sentada na cama de Betty: jovem, limpa e saudável, e talvez os olhos caídos e ocluídos de Betty tenham visto a sócia dele da mesma forma, porque ela pareceu se ressentir tanto da pergunta como de quem perguntava.

— Claro que... não, merda. Ela tentou me fazer... parar de trabalhar... Brenner... o trabalho mais fácil da semana.

— Por que isso? — perguntou Strike.

Betty riu ofegante de novo.

— Ele gostava de mim... deitada, como se eu... estivesse em coma... me fazendo de morta. Ele me comia... dizendo obscenidades... eu fingia... que não podia ouvir... menos uma vez — disse Betty, com algo entre o riso e a tosse —, a merda do alarme de incêndio... disparou... lá pelo meio... eu disse... no ouvido dele... "Não vou continuar morta... se estivermos num incêndio... tenho filhas... no quarto ao lado..." Ele ficou furioso... por acaso foi... Alarme falso.

Ela cacarejou, depois tossiu de novo.

— Acha que a dra. Bamborough suspeitava de que o dr. Brenner a visitava? — perguntou Robin.

— Não — disse Betty, impaciente, com outro olhar de banda. — Claro que não... qual de nós ia contar a ela?

— Brenner estava com a senhora — perguntou Strike — na noite em que ela desapareceu?

— Sim — disse Betty Fuller com indiferença.

— Ele chegou e saiu no horário de sempre?

— Sim — repetiu Betty.

— Ele continuou as visitas depois do desaparecimento da dra. Bamborough?

— Não — respondeu Betty. — A polícia... por toda a clínica... não, ele parou de vir... eu soube... que se aposentou, logo depois... Agora morreu, não é?

— Sim — disse Strike —, ele morreu.

O rosto arruinado era testemunha de violências no passado. Strike, cujo próprio nariz fora quebrado, tinha certeza de que o de Betty originalmente não tinha o formato atual, com a ponta torta.

— Brenner era violento com a senhora?

— Nunca.

— Enquanto seu... arranjo continuou — disse Strike — a senhora alguma vez contou a alguém?

— Não — disse Betty.

— E depois de Brenner se aposentar? — perguntou Strike. — Por acaso contou a um homem chamado Tudor Athorn?

— Esperto, hein? — disse Betty, com um cacarejo de leve surpresa. — É, contei a Tudor... ele era um bebum... eu costumava beber... com Tudor. O sobrinho dele... Ainda por aqui... Adulto... eu vi. Retardado — disse Betty Fuller.

— Em sua opinião — disse Strike —, em vista do que a senhora sabe a respeito de Brenner, acha que ele tiraria proveito de uma paciente?

Houve uma pausa. Os olhos leitosos de Betty avaliaram Strike.

— Só se... ela estivesse apagada.

— De outra forma, não? — disse Strike.

Respirando fundo o oxigênio pelo nariz torto, Betty disse:

— Um homem assim... quando tem uma tara... o que realmente... o excita... só o que ele quer...

— Ele alguma vez a drogou? — perguntou Strike.

— Não — disse Betty —, não precisava...

— A senhora se lembra — Strike virou uma página no bloco — de uma assistente social chamada Wilma Bayliss?

— Uma garota de cor? — disse Betty. — Sim... Você fuma, não fuma? — acrescentou ela. — Sinto o cheiro... me dá um — disse ela, e do corpo velho e arruinado saiu um sopro de sedução.

— Acho que não é uma boa ideia — disse Strike, sorrindo. — Vendo como está no oxigênio.

— Ah, então, foda-se — disse Betty.

— Gostava de Wilma?

— Quem?

— Wilma Bayliss, sua assistente social.

— Ela era... como todas elas são — disse Betty, dando de ombros.

— Recentemente, falamos com as filhas da sra. Bayliss — disse Strike. — Elas nos contaram sobre os bilhetes ameaçadores que foram mandados à dra. Bamborough antes de ela desaparecer.

Betty puxou o ar e o soltou, o peito caído fazendo valentemente o melhor por ela, e um pequeno guincho foi emitido dos pulmões deteriorados.

— Sabe alguma coisa sobre esses bilhetes?

— Não — disse Betty. — Soube que... foram mandados. Todo mundo soube... por aqui.

— De quem souberam isso?

— Provavelmente de Irene Bull...

— A senhora se lembra de Irene?

Com muitas pausas para recuperar o fôlego, Betty Fuller explicou que a sua irmã mais nova era do mesmo ano de Irene na escola. A família de Irene tinha morado a uma rua da Skinner Street: a Corporation Row.

— Mas a merda... dela... cheirava a rosa — disse Betty. Ela riu, mas depois rompeu de novo em outra saraivada de tosse rouca. Quando se recuperou, disse: — A polícia... pediu a todos eles... para não falar... mas a boca... daquela garota... todo mundo sabia... fizeram ameaças.

— Segundo as filhas de Wilma — disse Strike, observando a reação de Betty —, a senhora sabia quem mandou aqueles bilhetes.

— Não, nunca — disse Betty Fuller, agora sem sorrir.

— Mas tem certeza de que não foi Marcus Bayliss que mandou?

— Marcus nunca... ele era adorável... sabe, eu sempre gostei... de um neguinho — disse Betty Fuller, e Robin, torcendo para que Betty não a tenha visto estremecer, olhou as próprias mãos. — Muito bonito... eu dava pra ele... de graça... hahaha... homem alto, grande — disse Betty melancolicamente — ... gentil... não, *ele* nunca ameaçou nenhuma médica.

— Então quem acha que...?

— Minha segunda filha... A minha Cathy... — continuou Betty, decidida a se fazer de surda — o pai dela era neguinho... não sei *quem* ele era... camisinha arrebentou... tive Cathy porque... gosto de crianças, mas... ela não dá a mínima... para mim. Uma drogada! — disse Betty intensamente. — *Eu* nunca toquei naquilo... já vi muitas... indo por aí... roubou de mim... eu disse a ela... sai da porra... da minha casa.

"Cindy é boazinha", disse Betty, ofegante. Ela agora lutava com a falta de fôlego, mas ainda saboreava a atenção cativa de Strike. "Cindy... Visita. Ganha... um bom dinheiro..."

— É mesmo? — disse Strike, fazendo o jogo, esperando por sua oportunidade. — O que Cindy faz?

— Acompanhante — ofegou Betty. — Bonita... no West... ganha mais do que eu... já ganhei... árabes e sei lá o quê... mas ela diz... "Mãe, você não ia... gostar hoje em dia... eles só querem... anal." — Betty riu, tossiu e depois, de repente, virou a cabeça para ver Robin empoleirada na cama e disse com mordacidade: — *Ela* não acha... isso engraçado. Você acha? — Ela quis saber de Robin, que ficou perplexa. — Eu acho... que você dá... por jantares e joias... e acha que é... Acha que é de graça... olha a cara dela — ofegou Betty, olhando Robin com desprazer —, você é igual... à merda cheirosa... da assistente social... que tínhamos... quando eu... tomava conta... dos filhos de Cathy... Agora adultos — disse Betty, com raiva. — Cuidava deles...

"'*Ora*, sra. Fuller'", disse Betty, adotando um sotaque grotescamente fino, "'*ora*, uma ova... *ora*, é diferente de *mim*... *como* os jovens... pagam as contas... *trabalho sexual é trabalho*'... elas vão te dizer isso... condescendentes... A merda... mas elas iam... querer as filhas *delas*... fazendo isso? *O caralho*", disse Betty Fuller, e pagou pelo discurso mais longo até agora com a crise mais severa de tosse.

— Cindy usa... muito pó — ofegou Betty, os olhos lacrimejando, quando conseguiu voltar a falar. — ... Mantém magra... combate a tristeza... engravidou e perdeu...

— Lamento saber disso — disse Strike.

— São todas as crianças... na rua... hoje em dia — disse Betty, e uma centelha do que Strike pensou ser uma angústia verdadeira transpareceu no exterior determinadamente duro. — Catorze, quinze... com filhos... no meu tempo... A gente as mandava... para casa... tudo bem, mulheres adultas, mas crianças... tá olhando o quê? — ela gritou com Robin.

— Cormoran, eu podia... — disse Robin, levantando-se e gesticulando para a porta.

— É, dá o fora daqui — disse Betty Fuller, observando com satisfação enquanto Robin saía do quarto. — Você come ela, não come? — Ela ofegou para Strike depois que a porta se fechou.

— Não — disse ele.

— Mas então... pra quê?

— Ela é muito boa no trabalho — disse Strike. — Quando não tem a senhora pela frente, quero dizer. — E Betty Fuller sorriu, exibindo seus dentes amarelo-cheddar.

— Hahaha... eu conheço... o tipo dela... sabe de porra nenhuma... da vida real...

— Tinha um homem que morava na Leather Lane, nos tempos de Margot Bamborough — disse Strike. — O nome era Niccolo Ricci: "Mucky", como o chamavam.

Betty Fuller não disse nada, mas os olhos leitosos se estreitaram.

— O que a senhora sabe sobre Ricci? — perguntou Strike.

— O mesmo que... todo mundo — disse Betty.

Pelo canto do olho, Strike viu Robin ir para a luz do dia. Ela tirou brevemente o cabelo do pescoço, como se precisasse retirar um peso de si mesma, depois saiu de vista com as mãos nos bolsos da calça jeans.

— Não foi Mucky... que ameaçou ela — disse Betty. — Ele não... escreveria bilhetes... não é... desse estilo.

— Ricci apareceu na festa de Natal da Clínica St. John's — disse Strike. — O que me parece estranho.

— Não sei... nada disso...

— Algumas pessoas na festa acharam que ele era o pai de Gloria Conti.

— Nunca ouvi falar dela — ofegou Betty.

— Segundo as filhas de Wilma Bayliss — disse Strike —, a senhora disse à mãe delas que tinha medo da pessoa que escreveu os bilhetes. A senhora disse que o autor dos bilhetes tinha matado Margot Bamborough. Disse a Wilma que ele ia matá-la também, se a senhora dissesse quem ele era.

Os olhos leitosos de Betty ficaram inexpressivos. Seu peito fino esforçou-se para colocar oxigênio suficiente nos pulmões. Strike tinha acabado de concluir que ela sem dúvida não ia falar, quando ela abriu a boca.

— Uma garota do bairro que eu conhecia — disse ela —, amiga minha... *ela* conhecia Mucky... ele veio cruzando... nossa esquina... e disse a Jen... "Você é boa demais pra isso... trabalhar na rua... um corpo como o seu... eu podia te pagar cinco vezes o que... você ganha aqui....", e então lá foi Jen — disse Betty — para o West... Soho... fazer strip para os fregueses... sexo com os amigos dele...

"Eu a encontrei... uns dois anos depois... Visitando a mãe... e ela me contou uma história.

"Uma garota na boate dela... garota linda, Jen contou... foi estuprada... Ameaçada a faca. Cortada... — disse Betty Fuller, apontando o próprio tronco afundado — bem nas costelas... por um amigo... de Ricci...

"Algumas pessoas", disse a idosa, "acham que um cafetão... ser estuprada... simplesmente ela nunca... foi paga... espero que a dona metida a besta", disse Betty, olhando pela janela, "pense nisso... mas não é isso que...

"Essa garota... com raiva... quer vingança... Volta... A Ricci... então a piranha burra... Vira informante da polícia...

"E Mucky descobriu", ofegou Betty Fuller, "e ele filmou... enquanto a matavam. Minha amiga Jen ouviu... de alguém... quando tinha visto... o filme... Ricci guardava... no cofre... mostrar às pessoas... se precisassem... ser assustadas...

"Agora Jen está morta", disse Betty Fuller. "Overdose... quarenta anos atrás... ela era a melhor... no West... e aqui estou eu... que trabalhei nas ruas... Ainda viva.

"Não tenho nada... para contar... sobre bilhete nenhum... não foi Marcus... é só isso... Chegou minha comida sobre rodas", disse Betty, virando a cabeça, e Strike viu um homem indo para a porta externa, com uma pilha de quentinhas nos braços.

"Acabei", disse Betty, que de repente parecia cansada e irritada. "Você pode ligar... A TV de novo... e pegar... Aquela mesa ali... me passa a faca e o garfo... no banheiro..."

Ela havia lavado os talheres na pia do banheiro, mas ainda estavam sujos. Strike os lavou de novo antes de lhe entregar. Depois de arrumar a mesa na frente de sua poltrona e ligar de novo *The Only Way Is Essex*, ele abriu a porta para o homem da "comida sobre rodas", que tinha cabelos grisalhos e bom humor.

— Ah, olá — disse o recém-chegado em voz alta. — É seu filho, Betty?

— Merda nenhuma — ofegou Betty Fuller. — Trouxe o quê?

— Frango cozido, gelatina e pudim, querida...

— Muito obrigado por conversar comigo, sra. Fuller — disse Strike, mas o estoque de boa vontade de Betty claramente tinha se esgotado e ela agora estava mais interessada na comida.

Robin estava encostada em uma parede próxima, lendo algo no celular, quando Strike saiu do prédio.

— Achei melhor sair — disse ela em uma voz monótona. — Como foi?

— Ela não falou dos bilhetes — disse Strike enquanto os dois voltavam pela Sans Walk. — Se quer minha opinião sobre o motivo, eu diria que é porque ela pensa que foi Mucky Ricci que os escreveu. Descobri um pouco mais sobre aquela garota no filme snuff.

— Tá brincando? — Robin parecia preocupada.

— Pelo visto, ela era informante da polícia em uma das boates de Ricci...

Robin arquejou.

— Kara Wolfson!

— O quê?

— Kara Wolfson. Uma das mulheres que eles pensaram que Creed pode ter matado. Kara trabalhava em uma boate no Soho... depois que ela desapareceu, os donos espalharam que ela era informante da polícia!

— E como você sabe disso? — perguntou Strike, perplexo. Ele não conseguia se lembrar dessa informação em *O demônio de Paradise Park*.

Robin de súbito se lembrou de que tinha ouvido isso de Brian Tucker, no Star Café. Ela ainda não recebera notícias do Ministério da Justiça sobre a possibilidade de interrogar Creed e, como Strike ainda não tinha ideia do que ela fazia, Robin disse:

— Acho que li na internet...

No entanto, com um novo peso pressionando o coração, Robin se lembrou de que Kara tinha apenas um parente próximo, o irmão que ela criou, que morreu de tanto beber. Hutchins tinha dito que a polícia não podia fazer nada com relação àquele filme. O corpo de Kara Wolfson podia estar em qualquer lugar. Algumas histórias não têm finais bonitos: não existia um lugar onde colocar flores para Kara Wolfson, a não ser que fosse na esquina perto da boate de strip onde ela foi vista pela última vez.

Combatendo a depressão que agora ameaçava dominá-la, Robin levantou o celular para mostrar a Strike o que estivera olhando e disse em um tom decididamente objetivo:

— Estava lendo sobre sonofilia, também conhecida como síndrome da Bela Adormecida.

— E o que eu devo...?

— Era a tara de Brenner — disse Robin e, lendo do telefone, disse: — "A sonofilia é uma parafilia em que o indivíduo fica sexualmente excitado com alguém não responsivo... Alguns psicólogos relacionaram a sonofilia com a necrofilia." Cormoran... sabe que ele tinha um estoque de barbitúricos no consultório, não é?

— Sei — disse Strike lentamente enquanto eles voltavam ao carro dele. — Bom, isso vai nos dar algo para falar com o filho de Dorothy, não? Será que ela se fingia de morta? Ou ela se viu dormindo por muito tempo, depois de Brenner aparecer para almoçar?

Robin deu de ombros levemente.

— Eu sei — continuou Strike, acendendo um cigarro —, eu disse que ele era um último recurso, mas só nos restam três meses. Estou começando a pensar que terei de fazer uma visita a Mucky Ricci.

57

Porém toda a sua mente está fixa no ganho sujo,
Acumular montes de tesouros de obtenção vil,
Pelos quais a outros maltrata e a si mesmo desgraça.

Edmund Spenser
A Rainha das Fadas

Graças ao acréscimo da vigilância diurna da St. Peter's Roman Catholic Nursing Home ao rodízio, à medida que maio progredia, a agência novamente lutava para cobrir todos os casos abertos. Strike queria saber quantos visitantes entravam e saíam, e em que horário, para determinar quando teria a melhor possibilidade de entrar no prédio sem esbarrar em um dos parentes do gângster velho.

A casa de repouso ficava em uma tranquila rua georgiana bem no limite de Clerkenwell, em um enclave sossegado e bem-cuidado onde casas de tijolos aparentes de cor parda exibiam frontões neoclássicos e portas de entrada pretas e reluzentes. Uma placa de madeira escura na parede externa da casa de repouso era enfeitada com uma cruz e uma citação bíblica, em dourado:

Sabendo que não foi com coisas corruptíveis, como prata ou ouro, que fostes resgatados da vossa vã maneira de viver que por tradição recebestes de vossos pais, mas com o precioso sangue de Cristo, como de um cordeiro imaculado e incontaminado.

Pedro 1:18-19

— Belo sentimento — Strike comentou com Robin em uma das trocas de guarda —, mas ninguém entra aqui sem uma boa grana.

A casa de repouso particular era pequena e, evidentemente, cara. A equipe, que todos da agência rapidamente passaram a conhecer de vista, vestia jalecos azul-escuros e era principalmente de estrangeiros. Havia um enfermeiro negro que parecia ter vindo de Trinidad, e duas louras que conversavam em polonês toda manhã ao passarem pelo integrante da agência que por acaso estivesse vagando na área naquela hora, fingindo falar ao celular, lendo um jornal ou parecendo esperar, com leve impaciência, por um amigo que nunca aparecia.

Um podólogo e um cabeleireiro entravam e saíam regularmente da casa de repouso, mas depois de duas semanas de vigilância diurna, a agência concluiu, hesitante, que Ricci só recebia visita aos domingos, quando os dois filhos apareciam, com o jeito de pessoas para quem essa era uma tarefa indesejada. Foi fácil identificar que irmão era a partir de fotos que apareceram na imprensa. Luca, na opinião de Barclay, dava a impressão de que "um piano tinha caído em sua cabeça", tendo um crânio careca, achatado e com cicatrizes visíveis. Marco era mais baixo, mais magro e mais cabeludo, mas tinha um ar de violência mal contida, ele batia a mão repetidamente na campainha da casa de repouso, se a porta não fosse aberta prontamente, e dava um tapa na nuca de um neto por deixar cair uma barra de chocolate na calçada. As esposas dos dois irmãos tinham um jeito rude, e ninguém da família tinha a beleza que Robin associava aos italianos. O bisavô sentado e mudo por trás das portas da casa de repouso podia ser um verdadeiro latino, mas seus descendentes exibiam uma aparência pálida e saxônica decepcionante, até o garotinho ruivo que deixou cair o chocolate.

Foi Robin quem primeiro pôs os olhos no próprio Ricci, no terceiro sábado em que a agência vigiava a casa. Por baixo da capa de chuva, Robin usava um vestido, porque ia se encontrar com Strike depois no hotel Stafford em Mayfair, para entrevistar C. B. Oakden. Robin, que nunca tinha ido ao hotel, procurou por ele e soube que o estabelecimento cinco estrelas, com seus porteiros de chapéu-coco, era um dos mais antigos e mais elegantes hotéis de Londres, daí sua opção atípica pela vestimenta na vigilância. Como tinha se disfarçado anteriormente enquanto espreitava na frente da St. Peter (alternadamente de gorro, cabelo preso no alto, lentes de contato escuras e óculos escuros), ela se sentiu segura para ter a aparência real pela primeira vez ao andar pela rua de um lado a outro, fingindo falar ao telefone, embora tivesse colocado óculos de lentes claras que retiraria no Stafford.

Os moradores idosos da St. Peter de vez em quando eram acompanhados ou levados em cadeiras de rodas para a rua, à tarde, até uma praça próxima, que tinha um jardim central privativo cercado por grades, aberto apenas a quem tivesse a chave, para cochilar ou desfrutar de lilases e amores-perfeitos, bem agasalhados contra o frio. Até agora, a agência só tinha visto mulheres idosas nessas saídas, mas hoje, pela primeira vez, um velho estava no grupo que desceu a rampa na lateral do prédio.

Robin reconheceu imediatamente Ricci, não pelo anel de leão que, se ele estivesse usando, estaria bem escondido embaixo de uma manta xadrez, mas pelo perfil que o tempo pode ter endurecido, mas não conseguiu disfarçar. O cabelo preto e basto agora era cinza-escuro, e o nariz e os lóbulos das orelhas eram enormes. Os olhos grandes que lembravam a Strike um cão bassê agora eram mais acentuadamente caídos. A boca de Ricci pendia ligeiramente aberta enquanto uma das enfermeiras polonesas o levava em cadeira de rodas para a praça, falando animadamente com ele, mas sem receber nenhuma resposta.

— Está tudo bem com você, Enid, querida? — disse o enfermeiro negro à frente de uma idosa de aparência frágil que usava um gorro de pele de carneiro, e ela riu e assentiu.

Robin deu uma distância inicial ao grupo e depois os seguiu, observando uma das enfermeiras destrancar o portão do jardim e o grupo desaparecer ali dentro. Dando a volta pela praça com o celular grudado na orelha, fingindo ter uma conversa, Robin pensou como era típico que justo no dia de hoje ela estivesse de saltos, sem jamais imaginar que haveria uma possibilidade de se aproximar de Ricci e conversar com ele.

O grupo da casa de repouso parou junto a canteiros de flores roxas e amarelas, Ricci estacionado na cadeira de rodas ao lado de um banco vazio de parque. Os enfermeiros batiam papo entre eles e com as idosas que eram capazes de conversar enquanto o velho encarava com olhos vagos o gramado.

Se estivesse com os tênis que costumava usar, pensou Robin, talvez conseguisse pular a grade e entrar no jardim sem ser vista: havia um grupo de árvores que lhe daria cobertura dos enfermeiros, e ela poderia chegar sorrateiramente a Ricci e descobrir, pelo menos, se ele estava senil. Infelizmente, Robin não tinha chance alguma de realizar essa proeza de vestido e saltos altos.

Enquanto completava a volta pela praça, Robin localizou Saul Morris andando na sua direção. Morris chegou cedo, como tendia a fazer sempre que era Robin que ele tinha de render.

Primeiro ele vai falar ou dos óculos ou do salto, pensou Robin.

— Saltos altos — disse Morris assim que estava ao alcance dela, os olhos azuis brilhantes percorriam seu corpo. — Acho que nunca te vi de saltos. Engraçado, nunca pensei em você como uma mulher alta, mas você é, não é? Óculos sexy também.

Antes que Robin pudesse impedi-lo, ele parou e lhe deu um beijo no rosto.

— Sou o cara com quem você marcou um encontro às cegas — disse-lhe ele, endireitando o corpo e dando uma piscadela.

— E como vamos explicar o fato de que estou prestes a te deixar parado aqui? — perguntou Robin sem sorrir, e Morris riu alto demais, como fazia com as piadas mais fracas de Strike.

— Sei lá... o que faria você ir embora de um encontro às cegas? — perguntou Morris.

Você aparecer, pensou Robin, mas, ignorando a pergunta, ela olhou o relógio e disse:

— Se pode assumir agora, eu vou...

— Lá vêm eles — disse Morris em voz baixa. — Ah, o velho saiu dessa vez, foi? Eu me perguntava por que você tinha abandonado a porta de entrada.

O comentário irritou Robin quase tanto quanto as maneiras sedutoras dele. Por que ele achava que ela deixaria a porta de entrada, se o alvo não tivesse se deslocado? Entretanto, ela esperou ao lado dele enquanto o pequeno grupo de enfermeiros e moradores da St. Peter, tendo decidido que vinte minutos eram tempo suficiente de ar fresco, passou por eles do outro lado da rua, na direção da casa.

— Meus filhos foram tirados desse jeito do berçário — disse Morris em voz baixa, vendo o grupo passar. — Todos agasalhados em carrinhos, empurrados pelos ajudantes. Parte desse pessoal talvez use fraldas também — disse ele, os olhos azuis brilhantes seguindo o grupo da St. Peter. — Meu Deus, tomara que eu nunca termine desse jeito. Ricci é o único homem também, o coitado.

— Acho que eles são muito bem cuidados — disse Robin enquanto o enfermeiro de Trinidad gritava: "Lá vamos nós, Enid!"

— Mas é como ser criança de novo, não é? — Morris olhou as cadeiras rodando em procissão. — Só que sem nenhuma das vantagens.

— Acho que sim — disse Robin. — Vou andando, então, se estiver pronto para assumir.

— Tá, tudo bem — disse Morris, mas de imediato acrescentou: — Aonde você vai toda produzida desse jeito?

— Uma reunião com Strike.

— *Ah* — disse Morris de sobrancelhas erguidas —, entendi...

— Não — disse Robin —, você não entendeu. Vamos entrevistar alguém em um hotel muito elegante.

— Ah — disse Morris. — Desculpe-me.

No entanto, havia uma estranha complacência, beirando a cumplicidade, no modo com que Morris se despediu dela, e foi só quando chegou ao final da rua que ocorreu a Robin o pensamento indesejado de que Morris interpretara mal a aspereza com que ela negou estar de partida para um encontro com Strike; que ele, na verdade, pode ter interpretado isso como Robin querendo deixar bem claro que seus afetos não estavam envolvidos em outra parte.

Será que Morris — será *possível* que ele — seja tão iludido a ponto de pensar que Robin no fundo torcia para que a paquera nada sutil dele levasse a algo entre os dois? Mesmo depois do que aconteceu em 26 de dezembro, quando ela gritou com ele por ter lhe enviado a foto do pau? Por menos que quisesse acreditar nisso, Robin receava que a resposta fosse "sim". Morris estava extremamente bêbado quando ela gritou com ele, e talvez incapaz de julgar o quanto ela ficara furiosa e enojada. Logo depois disso, ele parecia sinceramente envergonhado de si mesmo e, assim, ela se obrigou a ser mais amistosa do que queria, puramente pelo desejo de promover a coesão da equipe. O resultado foi que Morris voltara a suas maneiras pré-foto do pau. Ela só respondia às mensagens dele tarde da noite, contendo principalmente piadas e tentativas de provocação, para impedi-lo de incomodá-la com sequências do tipo "eu te ofendi?". Agora lhe ocorria que o que ela considerava profissionalismo, Morris tomava por encorajamento. Tudo que ele lhe dizia sobre o trabalho sugeria que ele a via como menos capaz e menos experiente do que o restante da agência: talvez ele também a considerasse ingênua o suficiente para ficar lisonjeada com as atenções de um homem que ela, na verdade, achava condescendente e asqueroso.

Morris, pensou Robin enquanto ia para o metrô, na verdade não gostava de mulheres. Ele as desejava, mas isso, naturalmente, era outra questão: Robin, que estava marcada para sempre pela lembrança indelével do homem com a máscara de gorila, sabia muito bem que desejar e gostar eram coisas diferentes e às vezes mutuamente excludentes. Morris se entregava constantemente, não só no modo como falava com Robin, mas em seu desejo de chamar a sra. Smith de "Piranha Rica", sua atribuição de motivos venais ou provocadores a cada mulher sob vigilância, na repulsa mal disfarçada com que observou que Mucky Ricci agora era obrigado a viver em uma casa cheia de mulheres. *Meu Deus, tomara que eu nunca termine desse jeito.*

Robin deu mais alguns passos e de súbito parou, angariando um olhar curioso de um guarda de trânsito que passava. Teve uma ideia, estimulada pelo que Morris acabara de lhe dizer: ou melhor, a ideia entrou à força em sua mente e ela sabia que esteve no subconsciente o tempo todo, esperando que ela a admitisse.

Dando um passo de lado para não atrapalhar os pedestres, Robin pegou o celular e verificou a lista de parafilias que tinha consultado quando procurava pela síndrome da Bela Adormecida.

Autonepiofilia.

— Ah, meu Deus — disse Robin em voz baixa. — É isso. Deve ser isso.

Robin ligou para Strike, mas caiu na caixa postal; ele sem dúvida já estava no metrô a caminho do Stafford. Depois de pensar por alguns momentos, ela telefonou a Barclay.

— E aí — disse o escocês.

— Ainda está na frente da casa de Elinor Dean?

— Tô.

— Tem alguém aí com ela?

— Não.

— Sam, acho que sei o que ela está fazendo para aqueles homens.

— O que é?

Robin contou. A única resposta foi um longo silêncio. Por fim, Barclay disse:

— Você está pirando, Robin.

— Talvez — disse Robin —, mas o único jeito de ter certeza é bater na porta dela e perguntar se ela fará isso por você. Diga que ela foi recomendada pelo CM.

— O cacete que eu vou — disse Barclay. — Strike sabe que você está me pedindo isso?

— Sam, temos uma semana antes que o cliente puxe a tomada. O pior que pode acontecer é ela dizer não. Não teremos muitas outras oportunidades.

Ela ouviu Barclay soltar um suspiro alto.

— Tudo bem, mas você assume a responsabilidade se estiver errada.

Robin se apressou para a estação do metrô, questionando-se ao andar. Será que Strike pensaria que ela errou ao dizer a Barclay para agir com base em seu pressentimento? Mas eles só tinham uma semana antes de o cliente retirar o pagamento: o que havia a perder agora?

Era o início da noite de sábado, e Robin chegou à plataforma lotada do metrô e descobriu que tinha acabado de perder um trem. Quando saiu na estação Green Park, tinha perdido a chance de chegar ao American Bar cedo, o que esperava fazer, para que ela e Strike pudessem trocar algumas palavras antes da chegada de Oakden. Pior ainda, quando andou às pressas pela St. James's Street ela notou, com uma sensação de *déjà vu*, uma grande multidão bloqueando o final da rua, controlada pela polícia. Enquanto Robin reduzia o passo, imaginando se conseguiria passar pela densa massa de gente e entrar no Stafford, dois paparazzi em correria a ultrapassaram em busca de uma série de Mercedes pretas. Ao vê-los pressionar as lentes nas janelas, Robin se deu conta de que a multidão ao longe entoava "*Jonn-ny! Jonn-ny!*". Pelas janelas de um dos carros que iam para o evento, Robin teve o vislumbre de uma mulher de peruca de Maria Antonieta. Só quando quase foi derrubada de lado por dois caçadores de autógrafos, ambos segurando pôsteres dos Deadbeats, Robin percebeu, com um calafrio de choque, que o pai de Strike era o Jonny cujo nome era entoado.

— Merda — disse ela em voz alta, virando-se e voltando às pressas pela rua, pegando o celular. Ela sabia que havia outra entrada para o Stafford, pelo Green Park. Não só ela chegaria atrasada, mas uma suspeita terrível acabara de lhe ocorrer. Por que Oakden ficara tão decidido a se encontrar nesta noite específica? E por que tinha de ser nesse bar, tão perto do que ela temia ser um evento envolvendo o pai de Strike? Será que Strike sabia, será que tinha percebido o que acontecia bem perto dele?

Ela ligou para Strike, mas ele não atendeu. Ainda caminhando, Robin digitou uma mensagem de texto:

> **Cormoran, não sei se você sabe, mas Jonny Rokeby está promovendo um evento aqui perto. Acho possível que Oakden esteja armando para você.**

Partindo numa corrida, porque já estava cinco minutos atrasada, ela sabia que tinha acabado de dizer a Strike, pela primeiríssima vez, que sabia quem era o pai dele.

Ao chegar ao Green Park, Robin viu, de longe, um policial na entrada dos fundos que, com um dos funcionários de chapéu-coco, educada, mas firmemente, impedia o acesso de dois homens portando câmeras com teleobjetivas.

— Por aqui não, desculpem — disse o policial. — Só por esta noite. Se é o hotel que querem, terão de entrar pela frente.

— O que está havendo? — exigiu saber um homem de mãos dadas com uma linda asiática de cheongsam. — Temos reserva para o jantar! Por que não podemos passar?

— Lamento muito, senhor, mas há um evento na Spencer House — explicou o porteiro —, e a polícia quer impedir que as pessoas usem o hotel como atalho.

Os dois homens com câmeras xingaram e se viraram, correndo pelo caminho tomado por Robin. Ela baixou a cabeça quando eles passaram, feliz por ainda estar com os desnecessários óculos, porque sua foto tinha aparecido na imprensa durante um caso de tribunal dois anos antes. Talvez fosse paranoia dela, mas Robin teve medo de que os jornalistas estivessem tentando usar o Stafford não como atalho até Rokeby e seus convidados, mas como meio de chegar ao filho distanciado do pai.

Agora que os fotógrafos se foram, o funcionário de chapéu-coco permitiu que a mulher de cheongsam e seu companheiro entrassem e, depois de olhar Robin de cima a baixo com astúcia, evidentemente concluiu que ela não era fotógrafa e permitiu que passasse pelo portão e entrasse no pátio, onde clientes bem vestidos fumavam sob aquecedores externos. Depois de verificar o celular e ver que Strike não tinha respondido à sua mensagem, Robin subiu a escada às pressas até o American Bar.

Era um espaço confortável e elegante de madeira escura e couro, com flâmulas e bonés de beisebol dos muitos estados e universidades americanos pendurados no teto. Robin de imediato localizou Strike de pé, vestido num terno, ao balcão, sua expressão azeda iluminada pelas fileiras de garrafas na parede.

— Cormoran, acabo de...

— Se vai me dizer que meu pai está ali na esquina — disse Strike concisamente —, eu sei. Esse babaca ainda não percebeu que sei da armação que ele está tramando.

Robin olhou o canto distante. Carl Oakden estava sentado ali, de pernas abertas, um braço passado pelo encosto do banco de couro. Vestia terno, mas não gravata, e sua atitude claramente pretendia sugerir um homem à vontade nesses ambientes cosmopolitas. Com os olhos próximos demais e a testa estreita, ele ainda parecia o garoto que tinha quebrado a tigela de cristal da mãe de Roy todos aqueles anos atrás.

— Vá falar com ele. Ele quer comer, estou pegando cardápios — disse Strike em voz baixa. — Começamos por Steve Douthwaite. Ao que parece, Dorothy sempre achou o cara suspeito.

Seguindo na direção de Oakden, Robin rezou para que Strike conseguisse controlar o mau gênio. Só uma vez ela o vira perder a frieza com uma testemunha e não queria que isso se repetisse.

— Sr. Oakden? — disse ela sorrindo ao se aproximar dele e estender a mão. — Sou Robin Ellacott, trocamos e-mails...

— Eu sei. — Oakden virou a cabeça lentamente para olhá-la de cima a baixo com um sorriso malicioso. Ignorou a mão estendida, e Robin sabia que fazia isso de propósito. Recusando-se a mostrar que tinha percebido que ele tentava ser agressivo, ela tirou a capa de chuva.

— Bonito bar — disse ela num tom agradável, sentando-se de frente para ele. — Nunca estive aqui.

— Normalmente ele a leva a lugares mais baratos, não é? — perguntou Oakden.

— Cormoran estava me dizendo agora que você se lembra de sua mãe falando de Steve Douth...

— Querida — disse Oakden, as pernas ainda abertas, o braço pelo encosto do banco de couro —, eu te falei o tempo todo, não me interessa ser ludibriado com assistentes ou secretárias. Vou falar com ele ou com ninguém.

— Na verdade sou...

— Aposto que é — disse Oakden, com uma risadinha. — Não acha que ele pode se livrar de você agora, acha?

— Como disse?

— Não agora que você foi esfaqueada tentando fazer o trabalho de um homem — disse Oakden com um olhar para o braço de Robin enquanto levava o coquetel à boca. — Você podia meter um belo processo nele, se ele tentasse.

Oakden, que evidentemente tinha feito o dever de casa a respeito dos detetives, claramente se deliciava com a própria grosseria. Robin só podia supor que o vigarista achava que ela estava desesperada demais pelas informações dele para se ofender com suas maneiras. Ele parecia decidido a extrair o máximo prazer desse encontro: desfrutar de bebida e comida gratuitas, e atormentar uma mulher que era improvável que fosse embora. Robin se perguntou com que jornal ou agência de fotografias ele tinha entrado em contato, para propor seduzir Strike a cem metros da festa do pai, e quanto Oakden ganharia se conseguissem uma foto de Strike aparentemente esnobando o pai em público, ou se pegassem o detetive dizendo algo colérico e digno de ser mencionado.

— Aqui está — disse Strike, jogando dois cardápios com capa de couro na mesa e se sentando. Ele não pensou em trazer alguma bebida para Robin. Oakden pegou um cardápio e o examinou lentamente, e parecia desfrutar de deixá-los à espera.

— Vou querer o club sandwich — disse ele por fim, e Strike acenou para o garçom. Com o pedido feito, Strike voltou-se para Oakden e disse:

— Sim, então você estava dizendo, sua mãe achava Douthwaite...

— Ah, ela sem dúvida o achava um encanto — disse Oakden. Seus olhos, Robin notou, insistiam em passar à entrada do bar, e ela estava certa de que Oakden esperava que os fotógrafos entrassem de uma hora para outra. — Um picareta, conhece o tipo. Levava as vadias no papo na recepção. A velha disse que ele tentava isso com todo mundo. A enfermeira ficava toda risonha quando ele estava por perto.

Robin se lembrou do esqueleto preto e cabriolante do caderno de Talbot e das palavras escritas ao lado da figura da morte de Crowley: *A Fortuna diz que Palas Atena, Ceres, Vesta e Cetus são MULHERES ESCARLATE que CAVALGAM A BESTA...*

— E sua mãe achava que ele gostava da dra. Bamborough?

Oakden bebeu um gole do coquetel e estalou os lábios.

— Bom, quer dizer, Margot — disse ele com uma risada curta, bufando, e Robin se viu irracionalmente ressentida por Oakden usar o nome de batismo da médica desaparecida —, sabe como é, ela era a clássica atira-pra-todo-lado, não era?

— E que lado seria esse? — disse Strike.

— Coelhinha — disse Oakden, dando outro gole da bebida —, pernas de fora, peitos de fora. Depois, rápido, veste o jaleco branco...

— Não acho que médicas de clínica geral vistam jaleco — disse Strike.

— Estou falando metaforicamente — disse Oakden alegremente. — Uma filha de seu tempo, não era?

— Como assim?

— A ascensão da sociedade ginocêntrica — disse Oakden com uma leve inclinação para Robin, que de repente achou que a testa estreita dele parecia a de um furão. — Final da década de 1960, início dos anos 1970, foi quando tudo começou a mudar, não foi? Tinha a pílula: trepadas sem consequências. Parece que isso beneficia os homens, mas, quando permite que as mulheres evitem ou subvertam a função reprodutiva, você está reprimindo padrões naturais e saudáveis de comportamento sexual. Temos um sistema judiciário ginocêntrico, que favorece as mulheres, mesmo que elas não quisessem os filhos, antes de mais nada. Temos um autoritarismo misândrico mascarado de campanha por direitos iguais, policiando os pensamentos, o discurso e o comportamento natural dos homens. E temos a exploração sexual disseminada dos homens. Playboy Club, toda essa bobagem. Olhe, mas não toque. E a velha mentira do amor cortês. A mulher existe para ser venerada, o homem está ali para torrar dinheiro, mas nunca obter satisfação. Uns trouxas, os homens que andam por esses lugares.

"Bamborough não cuidava da própria filha", disse Oakden, os olhos de novo disparando para a entrada e voltando a Strike, "não trepava com o próprio marido, pelo que eu soube, ele quase sempre estava doente demais para isso. Mas ele tinha muito dinheiro, então ela arruma uma babá e banca a superior com os homens no trabalho."

— Com quem especificamente ela bancou a superior? — perguntou Strike.

— Bom, Douthwaite saiu de lá praticamente chorando da última vez que a viu, segundo disse minha velha, mas essa tem sido nossa cultura desde os anos 1960, não é? Sofrimento masculino, ninguém dá a mínima. As pessoas lamentam quando os homens quebram, quando eles não conseguem mais aguentar, quando eles descarregam. Se Douthwaite a levou para a cama... e *pessoalmente* acho que não levou — disse Oakden com um gesto expansivo, e Robin se lembrou de que Carl Oakden quase certamente nunca tinha posto os olhos em Steve Douthwaite e que ele tinha 14 anos quando Margot desapareceu —, mas *se* ele levou eu poderia apostar que foi porque ela desceu o malho nele. Só as mulheres sangram — disse Oakden com uma risadinha desdenhosa —, não é verdade? — Ele disparou para Robin. — Ah, chegou meu sanduíche.

O garçom o serviu, e Robin foi ao balcão, onde a linda mulher de cheongsam, cujo cabelo caía como seda preta na luz da fileira de garrafas de bebidas, estava de pé com o parceiro. Ambos pediam coquetéis e pareciam deliciados por estar na companhia um do outro. Por alguns segundos, Robin de repente se perguntou se voltaria a sentir o que eles sentiam. Seu trabalho a lembrava quase diariamente das muitas maneiras como os homens e as mulheres podiam se ferir.

Enquanto pedia uma água tônica, o telefone de Robin tocou. Na esperança de que fosse Barclay, ela viu em vez disso o nome da mãe. Talvez Linda tivesse tomado conhecimento da gravidez de Sarah. Matthew pode ter levado a futura esposa a Masham agora, para contar a boa notícia. Robin colocou o celular no mudo, pagou pela bebida, desejando que fosse alcoólica, e a levou à mesa a tempo de ouvir Oakden dizer a Strike:

— Não, isso não aconteceu.

— Você não colocou vodca no ponche no churrasco da dra. Bamborough?

Oakden deu uma boa dentada no sanduíche e mastigou com insolência. Apesar do cabelo fino e das muitas rugas em torno dos olhos, Robin via claramente o adolescente mimado no íntimo do homem de 54 anos.

— Roubei um pouco — disse Oakden —, depois bebi no galpão. Fico surpreso por terem dado falta, mas os ricos são muquiranas. É como eles enriquecem, hein?

— Soubemos que o ponche fez alguém passar mal.

— Não por minha culpa — disse Oakden.

— O dr. Phipps ficou muito irritado, pelo que eu soube.

— Ele — disse Oakden com um sorriso malicioso. — As coisas caminharam bem para o velho Phipps, hein?

— Em que sentido? — perguntou Strike.

— A esposa fora do caminho, casou-se com a babá. Tudo muito conveniente.

— Você não gosta do dr. Phipps? — perguntou Strike. — Isso aparece em seu livro.

— Você leu? — disse Oakden, sobressaltado por um momento. — Como?

— Consegui localizar um exemplar de divulgação — disse Strike. — Devia ter sido publicado em 1985, não é?

— É — disse Oakden.

— Você se lembra do gazebo que estava em construção no jardim quando o churrasco aconteceu?

Uma das pálpebras de Oakden estremeceu. Ele levou a mão rapidamente ao rosto e passou na testa, como se sentisse cócegas com um fio de cabelo.

— Não — disse ele.

— Aparece ao fundo de uma de suas fotos. Eles tinham começado a construir as colunas. Espero que já tenham colocado o chão.

— Não consigo me lembrar disso — disse Oakden.

— O galpão onde você tomou a vodca não ficava perto dali, então?

— Não podia ficar — disse Oakden.

— Já que estamos no assunto de roubar coisas — disse Strike —, você por acaso está com o obituário do dr. Brenner que tirou da casa de Janice Beattie?

— Nunca roubei obituário nenhum da casa dela — disse Oakden, com uma exibição de desdém. — Para que ia querer isso?

— Para obter informações que você pode tentar passar adiante como suas?

— Não preciso pesquisar sobre Joseph Brenner, sei muito a respeito dele. Ele ia à nossa casa para jantar todo domingo. Minha velha devia cozinhar melhor que a irmã dele, pelo visto.

— Então, pode falar — disse Strike, seu tom ficando combativo —, surpreenda-nos.

Oakden ergueu as sobrancelhas ralas. Mastigou outro pedaço do sanduíche e engoliu antes de falar.

— Ei, isso tudo foi ideia sua. Se não quer as informações, posso muito bem ir embora.

— A não ser que você tenha mais do que pôs no livro...

— Brenner queria que Margot Bamborough fosse cassada pelo conselho de medicina. Num domingo, foi à nossa casa de saco cheio dela. Duas semanas antes de ela desaparecer. O caso é que — disse Oakden, combativo — deixei isso de fora do livro porque minha mãe não queria lá.

— E por que isso?

— Ainda leal a ele. — Oakden soltou um bufo de riso. — E eu queria manter a velha feliz na época, porque ouvi um papo de me excluir do testamento. As velhas — disse o vigarista condenado — são um pouco influenciáveis demais se você não fica de olho nelas. Ela ficou íntima do vigário do bairro nos anos 1980. Tive receio de que fosse tudo para a construção da porcaria do pináculo da igreja se eu não ficasse atento a ela.

— Por que Brenner queria Bamborough cassada?

— Ela examinou uma criança sem a permissão dos pais.

— Seria o filho de Janice? — perguntou Robin.

— Eu estava falando com você? — Oakden disparou.

— Você — rosnou Strike — vai se comportar de forma civilizada. Foi o filho de Janice, sim ou não?

— Talvez — disse Oakden, e Robin concluiu que ele não conseguia se lembrar. — O caso é que isso é comportamento aético, examinar uma criança sem a presença do responsável, e o velho Joe ficou todo nervoso com isso. "Vou conseguir que ela seja cassada por isso", ele ficava dizendo. Pronto. Não tirei *isso* do obituário, tirei?

Oakden bebeu o resto do coquetel, depois disse:

— Quero mais um desses.

Strike o ignorou, dizendo:

— E isso aconteceu duas semanas antes de Bamborough desaparecer?

— Mais ou menos isso, sim. Nunca vi o velho filho da puta tão animado. Ele adorava disciplinar as pessoas, o velho Joe. Na verdade, um filho da puta mau.

— Em que sentido?

— Disse a minha velha, na minha frente, que ela não batia o suficiente em mim — disse Oakden. — E ela deu ouvidos. Tentou me bater com um chinelo dois dias depois, a vaca idiota. Ela aprendeu a não fazer isso de novo.

— Ah, é? Bateu nela pelas costas, foi?

Os olhos próximos demais de Oakden esquadrinharam Strike, como se tentasse determinar se valia ser educado com ele.

— Se meu pai estivesse vivo, ele teria o direito de me castigar, mas ela tentar me humilhar porque Brenner mandou? Eu não ia aceitar isso.

— Exatamente o quanto sua mãe e Brenner eram íntimos?

As sobrancelhas finas de Oakden se contraíram.

— Médico e secretária, só isso. Não havia mais nada entre eles, se é o que está sugerindo.

— Eles não se deitavam um pouquinho depois do almoço, então? — disse Strike. — Ela não ficava sonolenta depois de Brenner aparecer?

— Não pode julgar a mãe de todos com base na sua — disse Oakden.

Strike reconheceu o golpe com um sorriso sombrio e disse:

— Sua mãe pediu a Brenner para assinar o atestado de óbito de sua avó?

— Que diabos isso tem a ver com alguma coisa?

— Ela pediu?

— Sei lá — disse Oakden, os olhos disparando mais uma vez para a entrada do bar. — De onde tirou essa ideia? Para que está perguntando isso?

— A médica de sua avó era Margot Bamborough, não era?

— Não sei.

— Você consegue se lembrar de cada palavra que sua mãe te disse sobre Steve Douthwaite, até dele ficar paquerando as recepcionistas e choroso da última vez que saiu da clínica, mas não se lembra dos detalhes de sua avó caindo da escada e morrendo?

— Eu não estava lá — disse Oakden. — Estava na casa de um amigo quando aconteceu. Cheguei em casa e vi a ambulância.

— Só a sua mãe em casa, então?

— Mas que relevância isso tem...?

— Qual é o nome do amigo em cuja casa você estava? — perguntou Strike, pela primeira vez pegando o bloco.

— O que está fazendo? — Oakden tentou rir, deixando cair a última porção de sanduíche no prato. — Que merda você está sugerindo?

— Não quer nos dar o nome dele?

— Por que merda eu devia... ele era um colega de escola...

— Conveniente para você e sua mãe, a velha Maud cair da escada — disse Strike. — Minha informação é de que ela não devia andar na escada sozinha, nas condições dela. Herdaram a casa, não foi?

Oakden começou a negar com a cabeça bem lentamente, como se estivesse admirado da inesperada estupidez de Cormoran Strike.

— Sério? Está tentando... nossa. *Nossa.*

— Não vai me dizer o nome do colega de escola, então?

— *Nossa* — disse Oakden, tentando rir. — Você acha que pode...

— ... dar uma palavrinha ao pé do ouvido de um jornalista amistoso, contando que sua longa carreira de ferrar com idosas começou com um bom empurrão na base das costas de sua avó? Ah, sim, sem dúvida eu posso.

— Espera aí, merda...

— Sei que você pensa que armou para mim hoje — disse Strike, inclinando-se para a frente. Sua linguagem corporal era inconfundivelmente ameaçadora e, pelo canto do olho, Robin viu a mulher de cabelos pretos e cheongsam e o parceiro olharem com cautela, os dois com as bebidas nos lábios. — Mas a polícia ainda tem um bilhete escrito a eles em 1985, dizendo para eles cavarem embaixo da cruz de São João. As técnicas de DNA avançaram muito desde então. Espero que eles consigam uma boa combinação com a saliva na aba do envelope.

A pálpebra de Oakden se contorceu de novo.

— Você pensou que ia agitar algum interesse da imprensa no caso Bamborough, conseguir que as pessoas se interessassem por seu livro de merda, não foi?

— Eu nunca...

— Estou te avisando. Fale com os jornais sobre mim e meu pai, ou sobre meu trabalho no caso Bamborough, e vou cuidar para que você seja preso por aquele bilhete. E se por acaso isso não der certo, colocarei toda a minha agência revirando cada pedacinho de sua vida de merda até conseguirmos outra coisa sobre você para entregar à polícia. Entendeu?

Oakden, que por um momento parecia nervoso, recuperou-se rapidamente. Até conseguiu soltar uma risadinha.

— Não pode me impedir de escrever o que eu quiser. Isso é liberdade de...

— Estou te avisando — repetiu Strike, um pouco mais alto — o que vai acontecer se você se meter neste caso. E pode pagar pela porra do seu sanduíche.

Strike se levantou, e Robin, apanhada de surpresa, apressou-se a pegar o casaco e se levantou também.

— Cormoran, vamos sair pelos fundos — disse ela, pensando nos dois fotógrafos à espreita na frente do prédio, mas eles nem tinham dado dois passos quando ouviram Oakden gritando.

— Acha que tenho medo da merda da sua agência? Que merda de detetive você é! — disse ele, e agora a maioria das cabeças ao redor se viraram. Olhando para trás rapidamente, Robin viu que Oakden tinha se levantado também: saíra de trás da mesa e estava plantado no meio do bar, claramente armando uma cena.

— Strike, por favor, vamos sair — disse Robin, que agora pressentia problemas de verdade. Oakden claramente estava decidido a deixar o encontro com algo vendável, ou no mínimo uma narrativa em que ele saísse por cima. Mas Strike já se virava para seu entrevistado.

— Você não sabe sequer que a porra do seu pai está dando uma festa aqui perto — disse Oakden em voz alta, apontando para a Spencer House. — Não vai aparecer lá, agradecer a ele por comer a sua mãe em uma pilha de sacas de feijão enquanto cinquenta pessoas olhavam?

Robin viu o que ela temia se desenrolar no que parecia câmera lenta: Strike ia atacar Oakden. Ela tentou segurar o braço que Strike lançava para trás para dar um murro, mas tarde demais: o cotovelo dele bateu na testa de Robin, partindo os óculos em dois. Manchas escuras apareceram na frente dos olhos de Robin e, quando ela voltou a si, estava caída de costas no chão.

A tentativa de intervenção de Robin deu ao vigarista alguns segundos para se esquivar e, em vez de receber o que poderia ter sido um nocaute, ele não sofreu nada pior que um golpe de raspão na orelha. Enquanto isso o enfurecido Strike, que não tinha registrado o seu braço sendo impedido, só percebeu o que fez quando viu todos os clientes do bar se levantarem, com os olhos no chão atrás dele. Virando-se, ele viu Robin prostrada ali, com as mãos no rosto, um fio de sangue escorrendo do nariz.

— Merda! — berrou Strike.

O jovem barman correu de trás do balcão. Oakden gritava alguma coisa sobre ataque. Ainda meio tonta, com lágrimas de dor escorrendo dos olhos, a humilhada Robin foi ajudada a se levantar por dois americanos de aparência rica e cabelos grisalhos, agitados para conseguir um médico para ela.

— Eu estou completamente bem — ela se ouviu dizer. Ela levou toda a força do cotovelo de Strike entre as sobrancelhas e só percebeu que o nariz sangrava quando, por acaso, o sangue respingou na blusa branca da americana gentil.

— Robin, que merda... — dizia Strike.

— Senhor, terei de pedir...

— Sim, nós *certamente* vamos embora — disse Robin ao garçom, absurdamente educada, enquanto seus olhos lacrimejavam e ela tentava estancar o sangramento das narinas. — Só preciso... Ah, muito obrigada — disse ela à americana, que entregou a capa de chuva a Robin.

— Chamem a polícia! — gritava Oakden. — Alguém chame a merda da polícia!

— Não darei queixa — disse Robin a ninguém em particular.

— Robin... eu sinto...

Segurando a manga de Strike, com o sangue quente ainda escorrendo pelo queixo, Robin disse em voz baixa:

— Vamos embora.

Ela pisou nas lentes rachadas dos óculos quando eles saíram do bar silencioso sob os olhares dos clientes.

58

Suas amáveis palavras lhe pareceram a devida recompensa
De todos os seus males passados: uma hora querida
Por muitos anos de tristeza pode dispensar:
Um grão de doçura vale uma libra de tristeza:
Ela esquecera todas as horas de pesaroso pranto
Por ele suportado ultimamente; ela não fala mais
Do passado...
Diante dela está seu cavaleiro, por quem ela tanto sofrera.

Edmund Spenser
A Rainha das Fadas

— Robin...

— *Não* venha me dizer que eu não devia ter impedido você — disse ela entre os dentes enquanto eles atravessavam às pressas o pátio externo. A visão de Robin estava toldada pelas lágrimas de dor. Fumantes se viraram e ficaram boquiabertos quando ela passou, tentando estancar o sangramento no nariz. — Se aquele soco tivesse pegado, ainda estaríamos lá esperando pela polícia.

Para alívio de Robin, não havia paparazzi esperando por eles ao pegarem o Green Park, mas ela receava que não demorariam muito, depois da cena que Strike fez, para virem ao encalço de novo.

— Vamos pegar um táxi — disse Strike, que agora estava consumido por um misto de completa mortificação e fúria por Oakden, pelo pai, a imprensa e por si mesmo. — Olha, você tem razão...

— Eu sei que tenho razão, obrigada! — disse ela meio frenética.

Não só seu rosto latejava, como agora ela se perguntava por que Strike não a avisara da festa de Rokeby; por que, na verdade, ele se deixou ser enganado a ir ali por um oportunista de segunda classe como Oakden, sem se importar com as consequências para o caso e a agência.

— TÁXI! — berrou Strike tão alto que Robin se assustou. Em algum lugar por perto, ela ouviu passos em correria.

Um táxi preto parou, e Strike e Robin entraram.

— Denmark Street — gritou ele ao taxista, e Robin ouviu os gritos de fotógrafos enquanto o táxi acelerava.

— Está tudo bem — Strike se virou para olhar pelo vidro traseiro —, eles estão a pé. Robin... eu peço mil desculpas.

Ela pegou um espelho na bolsa para tentar limpar o rosto sujo, esfregando o sangue do lábio superior e do queixo. Parecia que ia ficar com os dois olhos roxos: ambos inchavam rapidamente.

— Quer que eu te leve para casa? — perguntou Strike.

Furiosa com ele, reprimindo o impulso de gritar de dor, Robin imaginou a surpresa de Max e a curiosidade por vê-la nesse estado; imaginou ter de fazer pouco caso, de novo, de ferimentos que ela sofria no trabalho para a agência. Também se lembrou de que não comprava comida havia dias.

— Não, quero que me dê algo para comer e uma bebida forte.

— Vai ter — disse Strike, feliz por ter a chance de fazer reparações. — Vamos pegar um delivery?

— Não — disse Robin com sarcasmo, apontando os olhos que escureciam rapidamente —, quero ir ao Ritz, por favor.

Strike começou a rir, mas se interrompeu, horrorizado com o estado do rosto de Robin.

— Talvez a gente deva ir a um pronto-socorro.

— Deixa de ser ridículo.

— Robin...

— Você pede desculpas. Eu sei. Já disse isso.

O telefone de Strike tocou. Ele deu uma olhada: Barclay podia esperar, decidiu ele, e colocou o aparelho no mudo.

Quarenta e cinco minutos depois, o táxi os deixou no final da Denmark Street, com um curry delivery e duas garrafas tilintando. No segundo andar, Robin foi ao toalete no patamar, onde lavou o sangue seco das narinas e do queixo com um chumaço de papel higiênico molhado. Dois montes vermelho-arroxeados que continham seus olhos inchavam cada vez mais e a olhavam do espelho rachado. Um hematoma azulado se espalhava pela testa.

Dentro do escritório, Strike, que normalmente comia o curry direto da embalagem em que vinha, tinha apanhado pratos desiguais, facas e garfos, e depois, como Robin queria uma bebida forte, subiu ao apartamento, onde tinha uma garrafa de seu uísque preferido. Havia um pequeno congelador na geladeira, onde ele mantinha bolsas de gelo para o coto, além de uma bandeja de gelo. Os cubos estavam ali havia mais de um ano, porque embora Strike gostasse de uma ou outra bebida destilada, em geral preferia cerveja. Prestes a sair do apartamento com a bandeja de gelo, ele pensou melhor e voltou para pegar também uma das bolsas de gelo.

— Obrigada — resmungou Robin quando Strike reapareceu, aceitando a bolsa de gelo que ele lhe estendia. Estava sentada na cadeira de Pat, atrás da mesa onde antigamente atendia ao telefone e onde Strike tinha colocado o curry e os pratos. — E é melhor você refazer o rodízio da semana que vem — acrescentou ela, apoiando a bolsa de gelo cuidadosamente primeiro no olho esquerdo — porque não existe maquiagem no mundo que vá cobrir essa bagunça. Não terei muita chance de passar despercebida na vigilância com os dois olhos roxos.

— Robin — disse Strike de novo —, eu peço mil desculpas. Eu fui um babaca, simplesmente... o que você quer, vodca, uísque...?

— Uísque — disse ela. — Com gelo.

Strike serviu dois copos com doses triplas.

— Me desculpe — disse ele mais uma vez enquanto Robin tomava um bem-vindo gole de scotch e depois se servia do curry. Strike se sentou no sofá de couro falso de frente para a mesa. — Machucar você é a última coisa... não tem desculpa para isso... fiquei cego de raiva, perdi a cabeça. Os outros filhos do meu pai estiveram me importunando por meses para ir àquela merda de festa — disse Strike, passando a mão no cabelo crespo e basto que nunca parecia desarrumado. Ele sentia que agora devia a Robin a história completa: o motivo, se não a desculpa, para ter ferrado tanto as coisas. — Eles queriam que tirássemos uma foto em grupo para dar de presente. Depois Al me diz que Rokeby está com câncer de próstata... o que não parece ter evitado que o velho tivesse quatrocentas parceiras na cama... rasguei o convite sem perceber onde a coisa aconteceria. Eu devia ter percebido que Oakden aprontava alguma. Me distraí por um minuto e...

Ele bebeu metade do uísque de um gole só.

— Não existe desculpa para tentar esmurrar o sujeito, mas tudo... esses últimos meses... Rokeby me telefonou em fevereiro. Pela primeira vez na vida. Tentou me subornar a me encontrar com ele.

— Ele tentou te *subornar*? — Robin pressionava a bolsa de gelo no outro olho, lembrando-se do grito de "vai se foder" que saiu da sala interna, no Valentine's Day.

— Ou coisa parecida — disse Strike. — Disse que estava aberto a sugestões para me ajudar... bom, chegou para essa merda com quarenta anos de atraso.

Strike tomou o resto do uísque, pegou a garrafa e se serviu de novo da mesma dose.

— Quando você o viu pela última vez? — perguntou Robin.

— Quando eu tinha 18 anos. Eu o encontrei duas vezes — disse Strike. — A primeira foi quando eu era criança. Minha mãe tentou encurralar o homem comigo, na frente de um estúdio de gravação.

Ele só tinha contado isso a Charlotte. A família dela era no mínimo tão disfuncional e peculiar como a dele, crivada de cenas que para outras pessoas podem ter definido uma época — "foi um mês antes de papai incendiar o retrato de mamãe na parede e o revestimento pegou fogo, e chegaram os bombeiros, e todos tivemos de sair pela janela do segundo andar" —, mas para os Campbell eram tão normalizadas que pareciam rotina.

— Achei que ele quisesse me ver — disse Strike. O choque do que ele fez com Robin e o uísque que queimava sua garganta liberaram lembranças que em geral ele mantinha trancadas em seu íntimo. — Eu tinha sete anos. Fiquei animado pra caralho. Queria parecer elegante, assim ele ficaria... Assim ele teria orgulho de mim. Disse a minha mãe para me vestir na melhor calça. Fomos para a frente do estúdio dele... minha mãe tinha contatos na indústria da música, alguém deu a dica de que ele estaria ali... e não nos deixaram entrar. Pensei que tinha havido algum erro. O cara da porta evidentemente não percebeu que meu pai queria me ver.

Strike bebeu de novo. O curry ficou esfriando entre eles.

— Minha mãe foi expulsa. Eles a ameaçavam quando o empresário da banda saiu de seu carro atrás de nós. Ele sabia quem era minha mãe e não queria uma cena em público. Ele nos levou para dentro, para uma sala longe do estúdio.

"O empresário tentou dizer a ela que era uma burrice ter aparecido. Se ela queria mais dinheiro, devia procurar advogados. Foi quando percebi que meu pai não tinha nos convidado. Ela só tentava forçar a entrada. Comecei a chorar", disse Strike asperamente. "Só queria ir...

"E depois, enquanto minha mãe e o empresário de Rokeby continuaram a trocar insultos, Rokeby entrou. Ele ouviu gritos no caminho de volta do banheiro. Provavelmente era teatro dele; percebi isso mais tarde. Ele já estava nervoso quando entrou na sala.

"E eu tentei sorrir", disse Strike. "Com a cara cheia de ranho. Não queria que ele pensasse que eu era um chorão. Fiquei imaginando um abraço. 'Até que enfim, aí está você.' Mas ele me olhou como se eu não fosse nada. Alguma criança que era fã, de calças curtas demais. Minha calça sempre era curta demais, porra... eu crescia muito rápido...

"Depois ele viu minha mãe e entendeu. Eles começaram a brigar. Não consigo me lembrar de tudo que disseram. Eu era uma criança. O principal era como minha mãe se atrevia a invadir, ela recebera as informações de contato do advogado dele, ele já pagava o bastante, era problema dela se ela gastava tudo, e depois ele disse: 'Isso foi a merda de um acidente.' Pensei que ele queria dizer que tinha ido ao estúdio por acidente ou coisa assim. Mas então ele me olhou e percebi, ele estava falando de mim. *Eu* era o acidente."

— Ah, meu Deus, Cormoran — disse Robin em voz baixa.

— Bom — disse Strike —, ele merece uns pontos pela sinceridade. Ele saiu. Nós fomos para casa.

"Por algum tempo depois disso, eu tinha alguma esperança de que ele se arrependesse do que disse. Era difícil largar mão da ideia de que ele, no fundo, queria me ver. Só que nada."

Embora o sol estivesse longe de se pôr, a sala ficava cada vez mais escura. As construções altas na Denmark Street lançavam a antessala na sombra a essa hora da tarde, e nenhum dos dois detetives acendeu a luz.

— Na segunda vez em que nos encontramos — disse Strike —, eu tinha marcado uma hora com o empresário dele. Tinha 18 anos.

Acabara de entrar para Oxford. Passamos anos sem tocar em nem um centavo do dinheiro de Rokeby. Eles voltaram ao tribunal para impor restrições ao que minha mãe podia fazer com a grana, porque ela era um pesadelo com dinheiro, simplesmente jogava fora. De todo modo, sem o meu conhecimento, meus tios tinham informado Rokeby de que eu entrara para Oxford. Minha mãe recebeu uma carta dizendo que ele não tinha obrigações para comigo, agora que eu completara 18 anos, mas lembrando a ela que eu podia usar o dinheiro que esteve se acumulando na conta bancária.

"Marquei de vê-lo no escritório do empresário dele. Ele estava lá com o advogado de longa data, Peter Gillespie. Dessa vez, recebi um sorriso de Rokeby. Bom, eu agora estava financeiramente fora de suas mãos, mas com idade suficiente para falar com a imprensa. Oxford claramente tinha sido certo choque para ele. Ele talvez esperasse que eu, com a criação que tive, saísse de vista de mansinho para sempre.

"Ele me deu os parabéns por entrar para Oxford e disse que agora eu tinha um belo pé de meia, porque minha mãe não havia gastado nada por seis, sete anos.

"Eu disse a ele", continuou Strike, "para enfiar a merda do dinheiro dele no cu e tacar fogo. Depois saí.

"Eu era um babaquinha moralista. Não me ocorreu que Ted e Joan iam ter de pagar se Rokeby não soltasse a grana, e foi o que eles fizeram... só percebi isso mais tarde. Mas não usei o dinheiro deles por muito tempo. Depois que minha mãe morreu, no meio de meu segundo ano, saí de Oxford e me alistei."

— Ele não fez contato com você depois da morte de sua mãe? — perguntou Robin em voz baixa.

— Não — disse Strike —, ou, se fez, eu nunca soube. Ele me mandou um bilhete quando minha perna foi estourada. Aposto que isso o matou de medo, saber que eu tinha sofrido uma explosão. Provavelmente ficou doente de preocupação com o que a imprensa podia fazer com isso.

"Depois que saí do hospital Selly Oak, ele tentou me dar o dinheiro de novo. Descobriu que eu tentava criar a agência. Uns amigos de Charlotte conheciam dois dos filhos dele, e foi como ele soube."

Robin sentiu algo revirar no estômago ao ouvir o nome de Charlotte. Strike muito raramente reconhecia a existência dela.

— De início, eu disse não. Não queria aceitar o dinheiro, mas nenhum outro escroto queria fazer um empréstimo a um ex-soldado de uma perna só sem uma casa ou economias para montar uma agência de detetive. Eu disse ao advogado babaca dele que aceitaria dinheiro suficiente para montar a agência e que pagaria em parcelas. E foi o que eu fiz.

— Esse dinheiro era seu o tempo todo? — disse Robin, que se lembrava de Gillespie pressionando Strike a pagar a intervalos de semanas, quando ela começou a trabalhar na agência.

— Era, mas eu não queria. Me ressentia até de pegar parte dele emprestada.

— Gillespie agiu como um...

— Gente como Gillespie fica rondando os ricos e famosos — disse Strike. — Todo o ego dele estava investido em ser o capanga do meu pai. O filho da puta era meio apaixonado pelo velho, ou pela fama dele, sei lá. Fui muito franco por telefone sobre o que pensava a respeito de Rokeby, e Gillespie não podia perdoar isso. Insisti em um acordo de empréstimo entre nós, e Gillespie ia me manter preso a ele, me punir por dizer exatamente o que eu pensava dos dois.

Strike se impeliu do sofá, que fez seus habituais ruídos de peido, e se serviu do curry. Quando ambos tinham os pratos cheios, ele foi pegar dois copos de água. Já havia terminado o terceiro uísque.

— Cormoran — disse Robin, depois que ele voltou a se sentar no sofá e começou a comer. — Você sabe que eu nunca vou fazer fofoca de seu pai com os outros, não sabe? Não vou falar com *você* sobre ele, se você não quiser, mas... somos sócios. Você podia ter me contado que ele o estava assediando e liberar a tensão assim em vez de esmurrar uma testemunha.

Strike mastigou parte do jalfrezi de frango, engoliu, depois falou em voz baixa:

— É, eu sei.

Robin comeu uma porção de naan. Seu rosto com hematomas agora doía menos: a bolsa de gelo e o uísque a deixaram entorpecida de formas diferentes. Ainda assim, ela precisou de um minuto para criar coragem para dizer:

— Vi que Charlotte foi internada.

Strike a olhou. Ele sabia, é claro, que Robin tinha plena consciência de quem era Charlotte. Quatro anos antes, ele se embriagou demais para andar e disse a ela muito mais do que já pretendera na vida, sobre a suposta gravidez que Charlotte insistira que era dele, o que os havia separado para sempre.

— Sei — disse Strike.

E ele contou a Robin a história das mensagens de texto de despedida e de sua corrida ao telefone público, e que ele ouviu até encontrarem Charlotte prostrada no mato, no terreno de sua clínica cara.

— Ah, meu Deus. — Robin baixou o garfo. — Quando você soube que ela estava viva?

— Tive certeza dois dias depois, quando saiu na imprensa — disse Strike. Ele saiu do sofá, completou o uísque de Robin, serviu-se de mais bebida e voltou a se sentar. — Mas concluí que ela devia estar viva antes disso. As más notícias viajam mais rápido do que as boas.

Houve um longo silêncio, em que Robin esperava ouvir mais sobre como ele se sentiu sendo atraído à tentativa de suicídio de Charlotte e, pelo som, salvando sua vida, mas Strike não disse nada, apenas comeu o curry.

— Bom — disse Robin por fim —, repito, no futuro, será que podemos experimentar uma conversa, antes de você morrer de ataque cardíaco induzido por estresse ou, sabe como é, acabar matando alguém que precisamos interrogar?

Strike sorriu com tristeza.

— Sim. Acho que podemos tentar...

O silêncio se fechou em volta deles de novo, um silêncio que parecia ao Strike ligeiramente embriagado engrossar como mel, reconfortante e doce, mas meio perigoso para quem se afunda demais nele. Cheio de uísque, arrependimento e uma sensação forte em que preferia não se deter, ele quis fazer alguma declaração sobre a gentileza e o tato de Robin, mas todas as palavras que lhe ocorriam pareciam desajeitadas e inadequadas: Strike queria expressar algo da verdade, mas a verdade era perigosa.

Como ele poderia dizer, olha, eu tentei não desejar você desde que você tirou o casaco pela primeira vez em meu escritório. Tento não dar nomes ao que sinto por você, porque já sei que é demais, e quero paz das merdas que traz o amor. Quero ficar sozinho, despreocupado e livre.

Mas não quero que você fique com mais ninguém. Não quero que outro cretino a convença a entrar em um segundo casamento. Gosto de saber que a possibilidade existe para nós, talvez...

Só que não vai dar certo, é claro que não, porque sempre dá errado, porque se eu fosse do tipo para a permanência, já estaria casado. E quando der errado, vou perder você para sempre, e o que construímos juntos, que é literalmente a única parte boa da minha vida, minha vocação, meu orgulho, minha maior realização, estará fodida para sempre, porque não vou achar ninguém com quem eu goste de fazer as coisas como gosto com você, e tudo depois disso estará maculado pela lembrança de sua existência.

Se ela pudesse entrar na cabeça dele e ver o que havia ali, pensou Strike, entenderia que ocupava um lugar singular em seus pensamentos e em seus afetos. Ele sentia que devia a ela essa informação, mas tinha medo de que sua declaração passasse essa conversa para um território do qual seria difícil se retirar.

Porém, de segundo a segundo, sentado ali, agora depois de beber mais de meia garrafa de uísque, um espírito diferente parecia se mover dentro dele, perguntando-se pela primeira vez se a solidão determinada era o que ele realmente queria, para sempre.

Joanie acha que você vai acabar com sua sócia. Aquela garota, a Robin.

Tudo ou nada, ver o que acontece. Só que as apostas envolvidas em fazer algum movimento seriam as mais altas de sua vida; mais altas até do que quando ele cambaleou por uma festa de estudantes para conversar com Charlotte Campbell, quando, por maior que fosse a agonia que suportou por ela depois, ele não se arriscou a nada mais que uma pequena humilhação e uma boa história para contar.

Robin, que tinha comido todo o curry que conseguiu engolir, agora se resignara a não ouvir o que Strike sentia por Charlotte. Ela supunha que tinha sido uma esperança infeliz, mas era algo que ela queria muito saber. O uísque bom que tinha bebido conferia à noite um caráter levemente vago, como uma névoa chuvosa, e ela se sentia meio triste. Sabia que se não fosse pelo álcool, ela simplesmente estaria infeliz.

— Eu acho — disse Strike, com o atrevimento fatalista de um trapezista que se balançava nos refletores, só o ar escuro a seu redor — que Ilsa esteve tentando bancar a casamenteira do seu lado, não é?

Do outro lado da sala, sentada na sombra, Robin experimentou algo como um choque elétrico pelo corpo. Não tinha precedentes que Strike sequer aludisse à ideia, aventada por terceiros, dos dois romanticamente envolvidos. Eles não agiam sempre como se nada desse tipo pudesse passar pela cabeça dos outros? Não é verdade que eles sempre fingiram que certos momentos perigosos nunca aconteceram, por exemplo, quando Robin foi modelo daquele vestido verde para ele, e o abraçou enquanto estava de vestido de noiva, e sentiu a ideia de fugir juntos passar pela cabeça dele, assim como pela dela?

— Sim — disse ela, por fim. — Estive preocupada... bom, constrangida com isso, porque eu não...

— Não — disse Strike rapidamente —, nunca pensei que *você* fosse...

Ela esperou que ele dissesse mais alguma coisa, de repente com uma consciência aguda, como nunca teve na vida, de que havia uma cama bem acima deles, a menos de dois minutos de onde estavam sentados. E, como Strike, ela pensou, tudo pelo que trabalhamos e tudo que sacrificamos fica em risco se eu levar essa conversa ao lugar errado. Nossa relação ficará para sempre marcada pelo desconforto e constrangimento.

Porém, muito pior do que isso: Robin tinha medo de se entregar. Os sentimentos que estivera negando a Matthew, à mãe, a Ilsa e a si mesma deviam continuar ocultos.

— Bom, me desculpe — disse Strike.

O que isso significava?, perguntou-se Robin, com o coração batendo muito acelerado: ela tomou outro gole grande do uísque antes de dizer:

— Por que está se desculpando? Você não...

— Ela é *minha* amiga.

— Agora é minha também — disse Robin. — Eu... Acho que ela não consegue evitar. Ela vê dois amigos do sexo oposto se entendendo bem...

— É — disse Strike, agora todo antenas: era só isso que eles eram? Amigos do sexo oposto? Sem querer sair do assunto de homens e mulheres, ele disse: — Você não me contou como foi a audiência de conciliação. Como ele se decidiu depois de arrastar o problema por tanto tempo?

— Sarah está grávida. Eles querem se casar antes que ela tenha o filho... ou antes que ela fique grande demais para caber no vestido de noiva, se conheço a Sarah.

— Que merda — disse Strike em voz baixa, perguntando-se o quanto ela estaria aborrecida. Ele não conseguiu interpretar seu tom de voz nem a enxergar com clareza: o escritório agora estava inteiramente na sombra, mas ele não queria acender a luz. — Ele... Você esperava por isso?

— Acho que devia ter esperado. — Robin falou com um sorriso que Strike não conseguia ver, mas que doeu em seu rosto ferido. — Ela devia estar irritada com o jeito como ele arrastava nosso divórcio. Quando ele estava prestes a terminar o caso dos dois, ela deixou um brinco em nossa cama para que eu encontrasse. Talvez tenha sentido medo de ele não propor casamento, assim ela se esqueceu de tomar a pílula. É o único jeito de as mulheres controlarem os homens, não é? — disse ela, por um momento esquecendo-se de Charlotte e do bebê que ela alegou ter perdido. — Tive a sensação de que ela só contou a ele que estava grávida quando ele cancelou a conciliação pela primeira vez. Matthew disse que foi acidental... talvez ele não quisesse o filho quando ela contou...

— Você quer ter filhos? — perguntou Strike a Robin.

— Antigamente eu pensava que sim — disse Robin devagar. — Quando achava que Matthew e eu éramos... sabe como. Para sempre.

Ao dizer isso, lembranças de antigas imagens lhe vieram: de um grupo familiar que nunca existiu, mas que antigamente parecia muito nítido para ela. Na noite em que Matthew lhe propôs casamento, Robin formou um claro quadro mental dos dois com três filhos (um meio-termo entre a família dele, que era de dois filhos, e a dela, que era de quatro). Ela vira tudo com muita clareza: Matthew torcendo por um filho que aprendia a jogar rúgbi, como ele próprio fazia; Matthew vendo sua garotinha no palco, fazendo o papel de Maria na peça de Natal da escola. Agora ocorria a Robin como sua imaginação fora convencional e o quanto as expectativas de Matthew passaram a ser as dela.

Sentada ali no escuro com Strike, Robin pensou que Matthew, na verdade, seria um bom pai para o tipo de filho que ele esperava ter: em outras palavras, um garotinho que quisesse jogar rúgbi, ou uma garotinha que quisesse dançar de tutu. Ele levaria suas fotos na carteira, ele se envolveria com suas escolas, ele os abraçaria quando eles precisassem e se importaria com seu dever de casa. Ele não era destituído de bondade: sentia-se culpado quando errava. Simplesmente o que Matthew considerava certo era fortemente tingido pelo que os outros faziam, o que os outros consideravam aceitável ou desejável.

— Mas não sei mais — disse Robin depois de uma curta pausa. — Não consigo me ver tendo filhos enquanto faço esse trabalho. Acho que eu ficaria dividida... e não quero ficar dividida de novo. Matthew sempre tentava me culpar por essa profissão: eu não ganhava o bastante, trabalhava demais, assumia muitos riscos... mas eu adoro esse trabalho — disse Robin, com certa intensidade — e não quero mais pedir desculpas por isso...

— E você? — perguntou ela a Strike. — *Você* quer ter filhos?

— Não — disse Strike.

Robin riu.

— Qual é a graça?

— Eu faço todo um discurso introspectivo sobre o assunto e você diz simplesmente *não*.

— Eu não deveria estar aqui, não é? — disse Strike do escuro. — Sou um acidente. Não estou inclinado a perpetuar o erro.

Houve uma pausa, depois Robin disse com aspereza:

— Strike, isso é uma merda de autocomplacência.

— Por quê? — disse Strike, rindo com o susto. Quando ele disse o mesmo a Charlotte, ela ao mesmo tempo entendeu e concordou com ele. No início da adolescência dela, a mãe bêbada tinha dito a Charlotte que havia pensado em abortá-la.

— Porque... pelo amor de Deus, não pode deixar que sua vida toda seja afetada pelas circunstâncias de sua concepção! Se todo mundo que foi concebido por acidente parasse de ter filhos...

— Estaríamos todos bem melhor, não é? — disse Strike enfaticamente. — Com o mundo superpovoado como está. De todo modo, nenhuma criança que eu conheça me faz particularmente propenso a ter meus próprios filhos.

— Você gosta de Jack.

— Gosto, mas essa é uma criança em Deus sabe quantas. As filhas de Dave Polworth... sabe quem é Polworth?

— Seu melhor amigo — disse Robin.

— Ele é meu amigo mais antigo — Strike a corrigiu. — Minha melhor amiga...

Por uma fração de segundo, ele se perguntou se ia dizer isso, mas o uísque tinha levantado a guarda que em geral ele usava: por que não dizer, por que não deixar correr?

— ... é você.

Robin ficou tão admirada que não conseguiu falar. Nunca, em quatro anos, Strike chegou perto de dizer o que ela era para ele. O carinho tinha de ser deduzido de comentários espontâneos, pequenas gentilezas, silêncios canhestros ou gestos forçados dele sob estresse. Só uma vez ela se sentiu como agora, e o presente inesperado que engendrara esse sentimento foi um anel de safira e diamante, que ela deixou para trás quando abandonou o homem que havia lhe dado a joia.

Ela queria retribuir de alguma forma, mas por alguns momentos sua garganta parecia apertada demais.

— Eu... bom, o sentimento é recíproco — disse ela, esforçando-se para não parecer feliz demais.

No sofá, Strike registrou vagamente que havia alguém na escada de metal abaixo daquele andar. Às vezes o designer gráfico do escritório de baixo trabalhava até tarde. Strike saboreava principalmente o prazer que lhe dera ouvir Robin corresponder a sua declaração de afeto.

E agora, cheio de uísque, ele se lembrou de tê-la abraçado na escada no casamento dela. Isso foi o mais próximo que eles chegaram deste momento em quase dois anos, e o ar parecia denso de coisas não ditas, e mais uma vez ele se sentiu de pé em uma plataforma, pronto para se jogar no desconhecido. *Deixe como está*, disse o eu ranzinza que cobiçava um espaço solitário no sótão, e liberdade, e paz. *Agora*, sussurrou o demônio tremulante que o uísque tinha soltado e, como Robin alguns minutos antes, Strike teve consciência de que eles estavam sentados a pouca distância de uma cama de casal.

Passos chegaram ao patamar na frente da porta de vidro. Antes que Strike ou Robin pudessem reagir, a porta se abriu.

— Desligaram a eletricidade? — Barclay acendeu a luz. Depois de um momento em que os três piscaram um para o outro, surpresos, Barclay disse:

— Você é um gênio do cacete, R... que merda aconteceu com o seu rosto?

59

A guerreira Britonesa...
... com boas-vindas tão rudes recebeu
Sua falsa Companheira, sua convidada forçada,
Que forçado a deixar de pronto sua montaria,
Ele mesmo de seu novo amor se enganou:
E fez dele mesmo exemplo de sua ignorância.
Feito isso, ela passou adiante sem se despedir,
E o deixou agora tão triste, como outrora alegre,
Bem avisado a ter cuidado com quem se atrevia a flertar.

Edmund Spenser
A Rainha das Fadas

Piscando na forte luz, Robin pegou novamente a bolsa de gelo.

— Strike bateu em mim. Por acidente.

— Meu Deus — disse Barclay. — Não quero nem ver o que ele pode fazer de propósito. Como isso aconteceu?

— Meu rosto ficou no caminho do cotovelo dele — disse Robin.

— Hum — disse Barclay, olhando com fome as embalagens quase vazias de curry —, e isso foi o quê? Compensação?

— Exatamente — disse Robin.

— Foi por isso que nenhum dos dois atendeu ao telefone nas últimas três horas?

— Merda, desculpe, Sam. — Robin pegou o celular e o olhou. Tinha 15 chamadas perdidas de Barclay desde que colocou o aparelho no mudo, quando da ligação da mãe no American Bar. Também ficou satisfeita ao ver que havia perdido algumas mensagens de texto de Morris, e uma delas parecia ter uma foto anexada.

— Vai além do chamado do dever aparecer pessoalmente — disse o ligeiramente embriagado Strike. Ele não sabia se ficava mais feliz ou irritado por Barclay ter interrompido, mas, no geral, achava que predominava a irritação.

— A patroa está passando a noite na casa da mãe com o moleque — disse Barclay. — Então pensei em dar a boa notícia pessoalmente.

Ele se serviu de poppadum e se sentou no braço do sofá, do lado oposto ao de Strike.

— Descobri o que o CM tanto faz em Stoke Newington. Tudo graças a Robin. Está preparado para isso?

— O quê? — disse Strike, olhando entre Barclay e Robin. — Quando...?

— Mais cedo — disse Robin —, antes de eu me encontrar com você.

— Toquei a campainha — disse Barclay —, disse que fui recomendado pelo CM, perguntei se ela podia me ajudar. Ela não acreditou em mim. Tive de meter o pé na porta para que ela não a batesse na minha cara. Depois ela disse que o CM contou a ela que um escocês tinha conversado com ele na Tower Bridge outro dia.

"Então decidi reduzir nosso tempo perdido", disse Barclay. "Eu falei, é, era eu. Sou amigo dele. Sabemos o que você faz aqui. Vai querer falar comigo, se gosta do seu cliente.

"E aí ela me deixou entrar."

Barclay comeu uma porção de poppadum.

— Desculpe, com fome. Mas, então, ela me leva para a sala dos fundos e está tudo ali.

— Está tudo ali o quê?

— O cercadinho gigante que ela montou, feito de um pouco de espuma e MDF — disse Barclay, sorrindo. — Um tapete grande de troca de fraldas. Uma pilha de fraldas para adultos. Talco Johnson para bebê.

Strike parecia ter ficado momentaneamente sem fala. Robin começou a rir, mas parou de repente porque seu rosto doía.

— O coitado do CM se excita sendo um bebê. Ela só tem outro cliente, aquele cara da academia. Não precisa de mais nenhum, porque o CM paga muito bem. Ela veste os caras. Troca as fraldas deles. Coloca talco na merda do rabo deles...

— É pra rir — disse Strike. — Isso não pode ser sério.

— É sério — disse Robin, com a bolsa de gelo pressionada no rosto. — Se chama... espere aí...

Ela levantou de novo a lista de parafilias no telefone.

— Autonepiofilia. "Ficar excitado com a ideia de si mesmo como um bebê."

— E como foi que você...?

— Eu estava vendo os velhos sendo levados em cadeiras de rodas na casa de repouso — disse Robin. — Morris disse que eles pareciam crianças, que alguns provavelmente usavam fraldas e simplesmente... *tive um estalo*. Vi que ela comprou uma tonelada de talco para bebê e chupetas no supermercado, mas nunca vi uma criança entrar ou sair daquela casa. Depois teve a história do carinho na cabeça, como se os homens fossem crianças...

Strike se lembrou de seguir o gerente da academia até em casa, a mão do homem cobrindo a parte inferior do rosto ao sair da casa de Elinor Dean, como se tivesse alguma coisa se projetando da boca que ele quisesse esconder.

— ... e a entrega de caixas grandes, de algo muito leve — dizia Robin.

— Deviam ser as fraldas para adultos — disse Barclay. — Mas então... ela não é uma mulher má. Fez uma xícara de chá para mim. Sabe da chantagem, mas o interessante é o seguinte: ela e o CM não acham que o Manhoso realmente saiba o que acontece naquela casa.

— Por que não?

— O gerente da academia deixou escapar para o Manhoso que conhecia um maioral na empresa do Manhoso. O CM e o cara da academia às vezes entram no cercadinho juntos, entendeu? Como se fosse uma cre... como uma crech...

De súbito Barclay estourou em gargalhadas, e Strike o acompanhou. Robin pressionou a bolsa de gelo no rosto e se juntou a eles. Por um minuto, os três urraram de rir da imagem mental dos dois homens de fraldas, sentados em seu cercadinho de MDF.

— ... como uma creche — disse Barclay em falsete, enxugando as lágrimas dos olhos. — Puta merda, tem de tudo na vida, né? Mas, então, o babaca da academia deixa isso escapar, e o Manhoso, sabendo que o velho CM nunca foi a uma academia na vida e que ele mora do outro lado de Londres, sonda um pouco mais e nota que o outro cara está ficando constrangido. Então o Manhoso segue o CM. Observa o cara entrar e sair da casa de Elinor. Chega à conclusão óbvia: ela é prostituta.

"Então o Manhoso entra na sala do CM, fecha a porta, dá a ele o endereço de Elinor e diz que sabe o que acontece ali dentro. O CM se cagou todo, mas não é bobo. Ele imagina que o Manhoso pensa que é só sexo careta, mas tem medo de que o Manhoso cave mais um pouco. Olha, o CM encontrou Elinor na internet, anunciando seus serviços em algum canto obscuro da rede. O CM tem medo de que o Manhoso vá procurar saber o que ela realmente faz, se ele negar que é sexo, e se alguém descobrir o que realmente acontece ali, o CM vai voltar direto para a Tower Bridge.

"Então, isso não é nem um pouco engraçado", disse Barclay, agora mais sério. "O cara da academia só confessou para o CM e a Elinor dois meses atrás, sobre falar com o Manhoso. Ele está a ponto de se matar pelo que fez. Elinor retirou o anúncio, mas a internet nunca esquece, então não adianta porcaria nenhuma...

"O pior, segundo Elinor, é que o próprio Manhoso cheira pó adoidado. O CM contou a ela. Ao que parece, o Manhoso leva o vício em coca para o trabalho e está sempre apalpando a secretária, mas o CM não pode fazer nada por medo de represálias. Então", disse Barclay, "o que vamos fazer? Contar ao conselho que a calça do terno do CM não cabe direito porque ele usa fralda por baixo?"

Strike não sorriu. A quantidade de uísque que tinha consumido não ajudava particularmente em seu raciocínio. Foi Robin quem falou primeiro.

— Bom, podemos contar tudo ao conselho e aceitar que vai arruinar algumas vidas... ou podemos deixar que eles encerrem nosso contrato sem contar a eles o que está havendo, e aceitar que o Manhoso vai continuar chantageando o CM... ou...

— Sim — disse Strike intensamente —, a questão é essa, não é? Onde está a terceira opção, em que o Manhoso tem o que merece e o CM não termina no Tâmisa?

— Parece — disse Robin a Barclay — que Elinor apoiaria o CM, se ele alegasse que era só um caso, não? É claro que a esposa do CM pode ficar insatisfeita com isso.

— Sim, Elinor o apoiaria — disse Barclay. — É do interesse dela.

— Gostaria de pegar o Manhoso — disse Strike. — Isso agradaria imensamente os clientes, se os ajudássemos a se livrar do Manhoso sem que o nome da empresa fosse jogado em todos os jornais... o que sem dúvida vai acontecer se for revelado que seu CEO paga para colocarem talco na bunda...

"Se a secretária sofre assédio sexual", disse Strike, "e vê que ele usa coca no trabalho, por que ela não apresenta uma queixa?"

— Medo de não acreditarem nela? — sugeriu Robin. — De perder o emprego?

— Você pode — disse Strike a Robin — ligar para Morris por mim? Ele ainda terá as informações de contato da garota. E Barclay — acrescentou Strike, levantando-se do sofá na terceira tentativa e indo para a sua sala —, entre aqui, vamos ter de mudar o rodízio da semana que vem. Robin não pode seguir ninguém com essa cara de quem aguentou três rounds com Tyson Fury.

Os dois foram para a sala de Strike. Robin ficou à mesa de Pat por um momento, pensando não no que Barclay tinha acabado de lhes contar, mas nos momentos antes de ele chegar, quando ela e Strike ficaram sentados na semiescuridão. A lembrança de Strike dizendo que ela era sua melhor amiga deixou seu coração imensuravelmente leve, como se um peso que ela nem sequer notasse estar carregando tivesse sido removido para sempre.

Depois de um momento saboreando o prazer dessa sensação, ela pegou o celular e abriu as mensagens que Morris lhe mandara mais cedo. A primeira, que tinha a foto anexada, dizia "**kkk**". A imagem era de uma placa: "Carga de Viagra Roubada. Polícia Procura Gangue de Criminosos Durões". A segunda mensagem dizia: "**Não é engraçado?**"

— Não — resmungou Robin. — Não é engraçado.

Levantando-se, ela entrou com o número de Morris e começou a tirar a comida da mesa com uma só mão, enquanto segurava o telefone na orelha.

— Boa noite — disse Morris depois de alguns toques. — Me ligando para contar que encontrou um criminoso durão?

— Está dirigindo? — perguntou Robin, ignorando o gracejo.

— A pé. Acabo de ver a casa dos velhos ser trancada, encerrando o dia. Na verdade, estou perto do escritório, a caminho de liberar Hutchins. Ele está na frente do Ivy, de olho no namorado da srta. Jones.

— Bom, precisamos dos contatos da secretária do Manhoso — disse Robin.

— O quê? Por quê?

— Descobrimos por que ele está chantageando o CM, mas — ela hesitou, imaginando as piadas que teria de ouvir à custa do CM, se contasse a Morris o que Elinor Dean fazia por ele — não é nada ilegal e ele não está prejudicando ninguém. Queremos falar de novo com a secretária do Manhoso, então precisamos dos contatos dela.

— Não, acho que não devemos voltar a ela — disse Morris. — Má ideia.

— E por quê? — perguntou Robin enquanto largava as embalagens na lixeira de pedal, reprimindo o franzido na testa porque doía em seu rosto machucado.

— Porque... puta merda — disse Morris, que em geral evitava palavrões com Robin. — Foi você que disse que não devíamos usá-la.

Atrás de Robin, na sala interna, Barclay riu de algo que Strike tinha dito. Pela terceira vez naquela noite, Robin teve a sensação de problemas iminentes.

— Saul — disse ela —, você não está vendo essa moça, está?

Ele não respondeu prontamente. Robin pegou os pratos na mesa e os levou para a pia, esperando pela resposta dele.

— Não, claro que não — disse ele, tentando rir. — Só acho que é uma má ideia. Foi você mesma quem disse, antes, que a garota tinha muito a perder...

— Mas dessa vez não vamos pedir a ela para criar uma armadilha, nem armar nada para ele...

— Vou precisar pensar nisso — disse Morris.

Robin pôs as facas e garfos na pia também.

— Saul, isso não está sujeito a debates. Precisamos dos contatos dela.

— Não sei se ainda tenho — disse Morris, e Robin viu que ele mentia. — Onde Strike está agora?

— Na Denmark Street — disse Robin. Sem querer outra ironia sobre ela e Strike juntos depois do anoitecer, ela propositalmente não disse que estava lá também.

— Tudo bem, vou ligar para ele — disse Morris e, antes que Robin pudesse dizer mais alguma coisa, ele desligou.

O uísque que ela havia bebido ainda tinha um leve efeito anestésico. Robin sabia que se estivesse inteiramente sóbria, estaria se sentindo ainda mais enfurecida por outro exemplo de Morris a tratar não como sócia da firma, mas como secretária de Strike.

Abrindo as torneiras na área apertada da cozinha, ela começou a lavar pratos e garfos, e enquanto o molho do curry escorria pelo ralo, seus pensamentos vagaram de novo para aqueles momentos antes de Barclay chegar, enquanto ela e Strike ainda estavam sentados na semiescuridão.

Na Charing Cross Road, um carro passou berrando "I Will Never Let You Down" de Rita Ora, e baixinho Robin cantou junto:

"Tell me baby what we gonna do
I'll make it easy, got a lot to lose..."

Tampando o ralo, ela passou a encher a pia, estreitando os olhos para o detergente líquido em cima dos talheres. Cantando, seus olhos caíram na garrafa de vodca fechada que Strike tinha trazido, mas que nenhum deles bebeu. Ela pensou em Oakden roubando vodca no churrasco de Margot...

"You've been tired of watching me
forgot to have a good time..."

... e alegando que não tinha batizado o ponche. Ainda assim, Gloria tinha vomitado... No exato momento em que Robin puxava o ar para os pulmões para chamar Strike e contar a nova ideia, duas mãos se fecharam em sua cintura.

Por duas vezes na vida, um homem a havia atacado por trás: sem pensamento consciente, ela ao mesmo tempo desceu o salto alto com força no pé do homem atrás dela, jogou a cabeça para trás, batendo em seu rosto, pegou uma faca na pia e se virou enquanto a mão na cintura desaparecia.

— PORRA! — gritou Morris.

Ela não o ouvira subindo a escada com o barulho da água caindo na pia e ela própria cantando. Morris agora estava curvado, as mãos cobriam o nariz.

— PORRA! — gritou ele de novo, tirando as mãos do rosto, revelando o nariz que sangrava. Ele deu um salto para trás, a marca do salto agulha de Robin em seu sapato, e desabou no sofá.

— O que está havendo? — Strike saiu a toda da sala e olhou de Morris no sofá para Robin, que ainda segurava a faca. Ela fechou a torneira com a respiração laboriosa.

— Ele me agarrou — disse ela enquanto Barclay saía da sala atrás de Strike. — Eu não o ouvi entrar.

— Era... uma... merda... de... *brincadeira* — disse Morris, examinando o sangue que sujava as mãos. — Eu só queria te dar um susto... *puta que pariu...*

Mas a adrenalina e o uísque de repente desencadearam uma raiva em Robin que ela não sentia desde a noite em que deixou Matthew. Tonta, ela avançou para Morris.

— Você entraria furtivamente por trás de Strike e o seguraria pela cintura? Você chegaria de mansinho em Barclay e o abraçaria? *Você mandaria a qualquer um dos dois uma foto do seu pau?*

Fez-se silêncio.

— Sua vaca — disse Morris, com as costas da mão pressionando as narinas. — Você disse que não ia...

— Ele fez o quê? — disse Strike.

— Me mandou uma foto do pau — vociferou a furiosa Robin e, virando-se para Morris, ela disse: — Não sou nenhuma garota de 16 anos sem experiência no trabalho que tem medo de dizer a você para parar. Não quero suas mãos em mim, entendeu? Não quero que me dê beijo nenhum...

— Ele mandou para você...? — começou Strike.

— Não te contei porque você estava estressado demais — disse Robin. — Joan estava morrendo, você ia e vinha da Cornualha, não precisava do problema, mas para mim chega. Não trabalho mais com ele. Quero que ele vá embora.

— Pelo amor de Deus — repetiu Morris, enxugando o nariz —, foi uma *brincadeira*...

— Você precisa aprender a saber com quem está falando, parceiro — disse Barclay, que estava encostado na parede, de braços cruzados, e parecia se divertir.

— Não pode me demitir, merda...

— Você é um terceirizado — disse Strike. — Não vamos renovar seu contrato. Seu acordo de confidencialidade continua de pé. Se disser uma palavra de qualquer coisa que descobriu trabalhando aqui, vou cuidar para que você nunca mais consiga um trabalho de detetive. Agora dá o fora desse escritório.

Com os olhos desvairados, Morris se levantou, ainda sangrando da narina esquerda.

— Tudo bem. Você quer ficar com ela porque fica de pau duro por ela, tudo bem.

Strike avançou um passo; Morris quase caiu no sofá, recuando.

— Tudo bem — repetiu ele.

Ele se virou e saiu do escritório, batendo a porta de vidro. Enquanto a porta vibrava e os passos de Morris soavam na escada de metal, Barclay se impeliu da parede, pegou a faca que Robin ainda segurava e a largou na pia com os talheres sujos.

— Nunca fui com a cara desse imbecil — disse ele.

Strike e Robin se olhavam, depois olharam o carpete gasto, onde algumas gotas de sangue de Morris anda brilhavam.

— Um a um, então — disse Strike, batendo palmas. — O que acha disso, o primeiro a quebrar o nariz de Barclay ganha a noite?

PARTE SEIS

Assim passaram os doze meses, e seus devidos lugares encontraram.

Edmund Spenser
A Rainha das Fadas

60

A Fortuna, a inimiga do famoso empreendimento
Quase nunca (disse Guyon) rende-se à ajuda da virtude
Mas em seu caminho lança males e desgraças,
Em que seu curso é parado, e o passo se detém.

Edmund Spenser
A Rainha das Fadas

O que teria acontecido se Sam Barclay não tivesse aberto a porta naquela noite e acendido a luz foi uma questão que ocupou a cabeça dos dois detetives no fim de semana, cada um deles repassando a conversa mentalmente, perguntando-se o que o outro estaria pensando, se falaram demais ou se entregaram.

Agora sóbrio, Strike teve de ficar feliz por não ter feito o que o uísque o impelia a fazer. Se tivesse agido por impulso alcoólico, talvez estivesse com um remorso amargo, sem ter como voltar à amizade que era única em sua vida. Entretanto, em seus momentos livres, ele se perguntava se Robin sabia o quanto ele chegou perigosamente perto de empurrar a conversa para um terreno que antes era cercado com arame farpado ou que, segundos antes de Barclay acender a luz, Strike tentava se lembrar da última vez que tinha trocado os lençóis.

Robin, enquanto isso, acordara na manhã de domingo com o rosto doendo como se tivesse sido pisoteada, uma leve ressaca e uma mistura volátil de prazer e ansiedade. Ela repassou tudo que dissera a Strike na esperança de não ter traído nenhum daqueles sentimentos que costumava negar, até para si mesma. A lembrança dele dizendo-lhe que ela era sua melhor amiga provocava um pequeno jorro de felicidade sempre que lhe voltava, mas, com o passar do dia e os hematomas piorando, ela queria ter tido coragem de perguntar diretamente o que ele sentia agora por Charlotte Campbell.

Uma imagem de Charlotte perdurava na cabeça de Robin ultimamente, como um retrato obscuro que ela jamais quis pendurar. A imagem tinha adquirido formato e forma nos quatro anos desde que elas se cruzaram na escada da Denmark Street devido aos muitos detalhes que Ilsa lhe fornecera e os fragmentos que ela lia na imprensa. Na noite passada, porém, essa imagem tornou-se forte e fixa: uma visão sombriamente romântica de um amor perdido e moribundo, sussurrando suas últimas palavras no ouvido de Strike enquanto jazia entre as árvores.

E era, não importava como se olhasse, uma imagem poderosa. Strike, quando extremamente bêbado, certa vez tinha dito a Robin que Charlotte era a mulher mais bonita que ele já vira, e, enquanto pairava entre a vida e a morte, essa mulher bonita tinha decidido entrar em contato com ele para dizer que ainda o amava. O que a prosaica Robin Ellacott tinha a oferecer que se equiparasse a um drama com tanto em jogo, a tais extremos de emoção? Uma atualização do rodízio de trabalho, contas recém-apresentadas e xícaras de chá forte? Sem dúvida devido à dor no rosto, o humor de Robin oscilava entre o ânimo minguante e uma tendência a devanear. Por fim, ela fez a si mesma um sermão severo: Strike lhe dera uma garantia sem precedentes de afeto e ela nunca teria de rever Saul Morris, e deveria ficar muito satisfeita com as duas coisas.

Previsivelmente, foi Pat quem mais sentiu a demissão repentina de Saul Morris. Strike deu a notícia na segunda de manhã, quando ele e a secretária quase se chocaram na portaria da Denmark Street, Strike de saída, Pat chegando. Os dois se preparavam para a ingestão de nicotina, Pat tendo acabado de pegar o cigarro eletrônico que usava no horário de trabalho, Strike já segurando o Benson & Hedges que raras vezes fumava no escritório.

— Bom dia — disse Strike. — Deixei um bilhete em sua mesa, duas coisas que gostaria que fizesse enquanto estou fora. Robin vai chegar às dez. Ah...

Ele deu dois passos antes de se virar.

— ... e pode calcular o pagamento de Morris até sexta-feira e transferir para a conta dele prontamente? Ele não vai voltar.

Strike não esperou por uma reação, então foi Robin que levou o grosso da decepção da secretária quando chegou às dez para as dez da manhã. Pat estava com o rádio ligado, mas desligou no momento que a maçaneta girou.

— Bom dia. Por que... o que houve com você? — disse Pat.

O rosto de Robin parecia pior, dois dias depois, do que no sábado. Embora o inchaço tivesse diminuído, os olhos estavam cercados de um cinza-escuro tingido de vermelho.

— Foi um acidente. Esbarrei em uma coisa — disse Robin, tirando o casaco e pendurando em um gancho. — Então, esta semana não vou sair para vigilância.

Ela pegou um livro na bolsa e foi à chaleira, segurando-o. Não gostara particularmente das encaradas disfarçadas que levara no metrô essa manhã, mas não ia falar no cotovelo de Strike com Pat, porque ela tentava, sempre que possível, não alimentar a antipatia de Pat pelo sócio.

— Por que Saul não vai voltar? — Pat quis saber.

— Ele não deu certo — disse Robin, de costas para Pat ao pegar duas canecas.

— Como assim? — disse Pat, indignada. — Ele apanhou aquele homem que estava de caso com a babá. Ele sempre mantém a papelada atualizada, e não se pode dizer o mesmo daquele escocês maluco.

— Eu sei — disse Robin. — Mas ele não trabalhava bem em equipe, Pat.

Pat tirou um trago fundo do vapor de nicotina, de cenho franzido.

— Ele — ela acenou para a cadeira vazia onde Strike costumava se sentar — podia aprender algumas lições com Morris!

Robin sabia muito bem que não cabia a Pat decidir quem os sócios contratavam ou demitiam, mas, ao contrário de Strike, também pensava que, em uma equipe pequena, Pat merecia a verdade.

— Não foi Cormoran que o mandou embora — disse ela, virando-se para a secretária —, fui eu.

— Você! — Pat ficou espantada. — Pensei que vocês dois se gostassem!

— Não. Eu não gostava dele. Além do mais, ele me mandou uma foto do pênis ereto dele no Natal.

O rosto de rugas fundas de Pat mostrou um desânimo quase cômico.

— Pelo... correio?

Robin riu.

— Como, metido dentro de um cartão de Natal? Não, por mensagem de texto.

— E você não...?

— Se eu pedi? Não — disse Robin, e agora não sorria mais. — Ele é um canalha, Pat.

Ela se virou para a chaleira. A garrafa de vodca intocada ainda estava ao lado da pia. Enquanto seus olhos caíam nela, Robin se lembrou da ideia que lhe ocorrera na noite de sábado, pouco antes de as mãos de Morris se fecharem em sua cintura. Depois de entregar o café da secretária, ela levou o dela para a sala interna, junto com o livro que retirara da bolsa. Pat disse às suas costas:

— Devo atualizar o rodízio, ou você fará isso?

— Eu farei — disse Robin, fechando a porta, mas, em vez disso, telefonou para Strike.

— Bom dia — disse ele, atendendo no segundo toque.

— Oi. Esqueci de te contar uma ideia que tive no sábado à noite.

— Pode falar.

— É sobre Gloria Conti. Por que ela vomitou no banheiro no churrasco de Margot se Oakden não batizou o ponche?

— Porque ele é um mentiroso e ele *batizou* o ponche? — sugeriu Strike. No momento estava na mesma praça em Islington que Robin tinha patrulhado na sexta-feira, mas parou e pegou os cigarros, de olho no jardim central, que hoje estava deserto. Canteiros densamente plantados com amores-perfeitos cor-de-rosa pareciam mantos de veludo abertos sobre a grama reluzente.

— Ou ela vomitou porque estava grávida? — disse Robin.

— Eu pensei — disse Strike, depois de uma pausa para acender o cigarro — que isso só acontecia de manhã. Não é por isso que se chama...

Quando ia dizer "enjoo matinal", Strike se lembrou da esposa grávida de um velho amigo do exército que foi hospitalizada por vômitos persistentes o dia todo.

— Minha prima vomitava a qualquer hora do dia quando engravidou — disse Robin. — Não suportava o cheiro de determinados alimentos. E Gloria estava em um churrasco.

— Certo. — De súbito, Strike se lembrava da ideia estranha que lhe ocorrera depois de conversar com as irmãs Bayliss. A teoria de Robin lhe parecia mais forte. Na verdade, a ideia dele era enfraquecida se Robin tivesse razão.

— Então — disse ele —, você está pensando que pode ter sido Gloria quem...

— ... fez o aborto na clínica da Bride Street? Sim — disse Robin. — E que Margot a ajudou a marcar tudo. Irene falou que Gloria ficou fechada no consultório de Margot, lembra? Enquanto Irene ficava na recepção?

O arbusto de lilases no jardim central emanava um forte aroma que Strike podia sentir mesmo com a fumaça do cigarro.

— Acho que talvez você tenha razão nisso — disse Strike lentamente.

— Também achei que isso podia explicar...

— Por que Gloria não quer falar conosco?

— Bom, sim. Além de ser uma lembrança traumática, o marido talvez não saiba do que aconteceu — disse Robin. — Onde você está agora?

— Em Islington — disse Strike. — Estou prestes a bater um papinho com Mucky Ricci.

— O quê? — Robin tomou um susto.

— Estive pensando nisso no fim de semana — disse Strike que, ao contrário de Robin, não teve folga, precisou fazer a vigilância do Manhoso e do namorado da srta. Jones. — Já usamos quase dez meses de nosso ano e não temos praticamente nada. Se ele está senil, evidentemente não servirá de nada, mas nunca se sabe, talvez eu consiga tirar alguma coisa dele. Ele pode até — disse Strike — gostar de reviver os velhos tempos...

— E se os filhos dele descobrirem?

— Ele não consegue falar, ou não fala direito. Estou apostando que ele é incapaz de contar aos filhos que estive aqui. Olha — disse Strike, sem nenhuma pressa para desligar, porque queria terminar o cigarro e preferia fazer isso falando com Robin —, Betty Fuller acha que Ricci a matou, eu sei disso. Assim como Tudor Athorn; ele disse isso ao sobrinho, e eles eram o tipo de gente que ficava ligada nas fofocas do bairro e sabia da ralé local.

"Sempre volto ao que Shanker disse, quando contei a ele sobre Margot ter desaparecido sem deixar rastros. 'Trabalho de profissional.' Quando damos um passo atrás e olhamos a questão", disse Strike, agora no último centímetro do cigarro, "parece quase impossível que qualquer rastro dela tenha desaparecido, a não ser que alguém com muita prática tivesse feito isso."

— Creed tinha prática — disse Robin em voz baixa.

— Sabe o que fiz ontem à noite? — disse Strike, ignorando essa interrupção. — Procurei na internet a certidão de nascimento de Kara Wolfson.

— Por quê? Ah — disse Robin, e Strike podia ouvi-la sorrir —, signo astrológico?

— É. Sei que quebra a regra dos meios antes do motivo — acrescentou ele, antes que Robin fizesse essa observação —, mas me ocorreu que alguém pode ter contado a Margot sobre o assassinato de Kara. Os médicos sabem de coisas, não é? Entram e saem da casa das pessoas, têm consultas confidenciais. São como padres. Eles ouvem segredos.

— Você estava verificando se Kara seria de Escorpião. — Era uma afirmação, não uma pergunta.

— Exatamente. E imaginando se Ricci apareceu naquela festa para mostrar a seus capangas que mulher eles iam escolher.

— E então?

— Então o quê?

— Kara *era* de Escorpião?

— Ah. Não. De Touro... dia 17 de maio.

Strike agora ouviu páginas virando do lado de Robin da linha.

— Isso quer dizer, segundo Schmidt... — disse Robin, e houve uma breve pausa — ... que ela era de Cetus.

— Hum. — Strike tinha terminado o cigarro. — Bom, deseje-me sorte. Vou entrar.

— Boa s...

— *Cormoran Strike!* — disse alguém animadamente atrás dele.

Enquanto Strike encerrava a ligação com Robin, uma mulher magra e negra de casaco creme se aproximou dele com um sorriso radiante.

— Não se lembra de mim, não é? — disse ela. — Selly Oak. Eu sou...

— Marjorie! — disse Strike, a lembrança lhe voltando. — Marjorie, a fisioterapeuta. Como você está? O que está...?

— Trabalho algumas horas no lar de idosos nesta rua! — disse Marjorie. — E veja só *você*, todo famoso...

Merda.

Strike levou 25 minutos para se desvencilhar dela.

— ... e então foi isso — ele contou a Robin mais tarde no escritório. — Fingi que estava na região para ver meu contador, mas se ela trabalha na St. Peter, não temos nenhuma chance de entrar para ver Ricci.

— Nenhuma chance de *você* entrar ali...

— Já te falei — disse Strike incisivamente. O estado do rosto de Robin era um alerta visível contra a imprudência, dos perigos de não pensar nas consequências. — Você não vai chegar perto dele.

— Estou com a srta. Jones na linha — disse Pat da antessala.

— Transfira para mim — disse Robin enquanto Strike murmurava um "obrigado".

Robin falou com a srta. Jones enquanto ainda reajustava o rodízio no computador, o que, em vista da indisponibilidade temporária da própria Robin e da ausência permanente de Morris, era como tentar equilibrar uma equação linear particularmente espinhosa. Ela passou os quarenta minutos seguintes soltando vagos sons de reconhecimento sempre que a srta. Jones parava para respirar. O objetivo da cliente, Robin percebera, era ficar na linha por tempo suficiente para Strike voltar ao escritório. Por fim, Robin se livrou dela fingindo receber uma mensagem de Pat dizendo que Strike ficaria fora o dia todo.

Foi sua única mentira do dia, pensou Robin, enquanto Strike e Pat discutiam as despesas de Barclay na antessala. Uma vez que Strike era especialista em evitar empenhar sua palavra quando não queria fazer algo, ele deve ter notado que Robin não fez absolutamente nenhuma promessa sobre ficar longe de Mucky Ricci.

61

Então, quando a segunda hora era quase passada,
Aquela porta de bronze se abriu, e ali entrou
A audaz Britomart...

Edmund Spenser
A Rainha das Fadas

Na primeira semana de junho, um boato apareceu no *Metro*, relacionado com a presença de Strike no American Bar na noite da festa do pai.

> Que filho famoso de um pai famoso preferiu passar a noite da comemoração de seu pai brigando em um bar a quinhentos metros da festa em vez de socializar com a família? Nossos espiões nos dizem que foi desferido um soco e que a fiel assistente dele foi incapaz de *Hold it Back*. Uma competição entre pai e filho por publicidade? Papai sem dúvida ganhou esse round.

Como *Hold it Back* era o título de um dos álbuns novos de Rokeby, ninguém podia ter muita dúvida de que pai e filho estavam em questão. Dois jornalistas telefonaram ao escritório de Strike, mas como nem ele nem Rokeby estavam disponíveis para comentar, a história acabou não dando em nada por falta de detalhes.

— Podia ser pior — foi o único comentário de Strike. — Sem fotos, sem menção a Bamborough. Parece que Oakden ficou com medo de vender histórias sobre nós.

Sentindo-se meio culpada, Robin já passara os olhos pelas fotos da festa de Jonny Rokeby em seu telefone enquanto fazia a vigilância na frente da casa do namorado da srta. Jones. Os convidados de Rokeby, que incluíam celebridades de Hollywood e do mundo do rock, compareceram em trajes do século XVIII. Enterrada no meio de todos os famosos estava uma única foto de Rokeby cercado por seis de seus sete filhos adultos. Robin reconheceu Al, sorrindo atrás de uma peruca empoada e torta. Ela não conseguia imaginar Strike ali, ataviado de brocado, com pintas no rosto, como não o imaginava praticando salto com vara.

Aliviada por Oakden aparentemente ter desistido da ideia de falar da agência com a imprensa, a ansiedade de Robin aumentava com o progresso do mês de junho. O caso Bamborough, que importava mais para ela do que para quase qualquer outra pessoa, tinha chegado a um impasse completo. Gloria Conti respondera ao pedido de cooperação feito por Anna com o silêncio, Steve Douthwaite continuava esquivo como sempre, Robin não tivera notícias sobre a possibilidade de entrevistar Dennis Creed, e Mucky Ricci continuava enclausurado em sua casa de repouso que, em vista do efetivo reduzido da agência, ninguém vigiava mais.

Era até impossível encontrar substitutos temporários para Morris. Strike tinha feito contato com todos que conhecia na Divisão de Investigação Especial, Hutchins perguntara a seus conhecidos na Metropolitana, e Robin sondara Vanessa, mas ninguém mostrava nenhum interesse em ingressar na agência.

— É o verão, né? — disse Barclay quando ele e Robin se cruzaram no escritório numa tarde de sábado. — As pessoas não querem começar em um novo emprego, elas querem férias. Sei como se sentem.

Barclay e Hutchins tinham reservado com antecedência as semanas de folga com as esposas e os filhos, e nenhum dos dois sócios podia negar uma folga aos terceirizados. O resultado foi que, em meados de junho, Strike e Robin eram os únicos que trabalhavam na agência.

Enquanto Strike se dedicou a seguir o namorado da srta. Jones, ainda tentando descobrir alguma coisa que pudesse provar que ele era uma pessoa inadequada para ter a guarda da filha, Robin tentava travar conhecimento com a secretária do Manhoso, o que não se mostrava fácil. Até agora, naquele mês, usando uma peruca diferente e lentes de contato coloridas a cada vez, Robin tinha tentado entabular conversa com ela em um bar, tropeçado de propósito nela em uma boate e a seguido até o banheiro feminino na Harvey Nichols. Embora a secretária não parecesse ter a mais leve ideia de que era a mesma mulher aproveitando oportunidades ou sendo inconveniente com ela, não mostrou inclinação a conversar, que dirá confessar que o chefe era um devasso ou usuário de cocaína.

Depois de tentar, sem sucesso, sentar-se ao lado da secretária em uma lanchonete em Holborn na hora do almoço, Robin, que hoje estava de cabelo preto e olhos castanho-escuros, cortesia de giz para cabelos e lentes de contato, decidiu que chegara a hora de tentar obter informações de um homem muito velho, em vez de uma linda jovem.

Ela não chegou a essa decisão levianamente nem a abordou com despreocupação. Embora gostasse vagamente do velho amigo de Strike, Shanker, Robin não tinha ilusões sobre quanto uma pessoa teria que ser má para assustar um homem mergulhado em violência criminal desde os nove anos. De acordo com isso, ela bolou um plano, do qual a primeira medida era ter um disfarce completo e eficaz. O de hoje por acaso era particularmente bom: ela aprendera muito sobre maquiagem desde que começara a trabalhar com Strike, e às vezes tinha a satisfação de ver o sócio olhar mais atentamente antes de perceber que era ela. Depois de ver seu reflexo no espelho de um banheiro do McDonald's e se tranquilizar porque ela não só estava completamente diferente de Robin Ellacott, como ninguém adivinharia que recentemente teve os olhos roxos, ela partiu para o metrô e, menos de vinte minutos depois, tinha chegado à estação Angel.

O jardim onde os velhos moradores da St. Peter às vezes ficavam estava vazio quando Robin passou, apesar do clima quente. Os canteiros de amor-perfeito tinham sumido, substituídos por áster cor-de-rosa, e a rua larga e ensolarada onde ficava a casa de repouso estava quase deserta.

A citação da St. Peter brilhava em dourado ao sol quando Robin se aproximou da entrada.

... não foi com coisas corruptíveis, como prata ou ouro, que fostes resgatados da vossa vã maneira de viver que por tradição recebestes de vossos pais... mas com o precioso sangue de Cristo...

Robin tocou a campainha. Depois de alguns momentos, uma mulher roliça de cabelos pretos, com o familiar uniforme azul, abriu a porta.

— Boa tarde — disse ela, parecendo espanhola.

— Oi — disse Robin, seu sotaque do norte de Londres copiado da amiga Vanessa. — Vim visitar Enid? Sou bisneta dela.

Ela guardara o único nome que ouviu de uma das idosas do lar. Seu maior medo era que Enid talvez tivesse morrido antes de ela poder usá-lo, ou que Enid não tivesse família.

— Ah, que gentileza a sua. — A enfermeira sorriu e gesticulou para o livro de visitas logo depois da porta. — Assine, por favor, e não se esqueça de assinar também quando sair. Ela está no quarto dela. Talvez esteja dormindo!

Robin entrou no saguão escuro e revestido de madeira. Propositalmente, não perguntou qual era o número do quarto de Enid, porque pretendia se perder ao procurá-lo.

Vários andadores e algumas cadeiras de rodas dobráveis estavam enfileirados junto da parede. O saguão era dominado por um enorme crucifixo de frente para a porta, em que um Jesus pálido de gesso estava pendurado, o abdome magro reproduzido com uma precisão impressionante, o sangue escarlate pingando das mãos, dos pés e de perfurações deixadas pela coroa de espinhos. A casa de repouso tinha um cheiro melhor do que o abrigo de Betty Fuller: embora houvesse um indício inegável de cheiro de comida velha, misturado com o da cera dos móveis.

O sol entrava pela janela atrás de Robin enquanto ela se curvava sobre o livro de visitas e escrevia a data, a hora em que entrou no prédio e o nome falso que decidira usar: *Vanessa Jones*. Acima da mesa do livro de visitas, havia um quadro que mostrava o nome de cada residente. Ao lado de cada um havia uma pequena porta deslizante, que podia ser ajustada, indicando se o ocupante estava "dentro" ou "fora". Niccolo Ricci no momento — e, Robin suspeitava, quase permanentemente — estava "dentro".

Havia um elevador, mas ela escolheu a escada de carpete vermelho e corrimão de madeira, passando pelo enfermeiro de Trinidad que vira com frequência durante a vigilância, que descia. Ele sorriu e lhe desejou uma boa tarde, os braços carregados de pacotes de absorventes para incontinência.

Uma porta dava no primeiro patamar, com uma pequena placa ao lado anunciando que por ali chegava-se aos quartos 1 a 10. Robin partiu pelo corredor, lendo os nomes nas portas. Infelizmente, a "Sra. Enid Billings" morava atrás da porta de número 2 e, como Robin rapidamente descobriu, Ricci não ficava no mesmo andar. Ciente de que isso tornaria extremamente implausível qualquer alegação de ter se perdido ao procurar o quarto de Enid, Robin virou-se e subiu ao segundo andar.

Alguns passos por um corredor idêntico ao de baixo, ela ouviu uma mulher com um forte sotaque polonês de longe, e voltou às pressas para um nicho onde foram colocados uma pia e um armário.

— Precisa do banheiro? *Precisa... do... banheiro, senhor... Ricci?*

A resposta foi um gemido baixo.

— *Sim?* — disse a voz. — *Ou não?*

Houve um segundo gemido como resposta.

— *Não?* Então, tudo bem...

Os passos ficaram mais altos: a enfermeira estava prestes a passar pelo nicho, então Robin saiu ousadamente dele, sorrindo.

— Só lavando as mãos — disse ela à enfermeira que se aproximava, que era loura, tinha pés chatos e apenas assentiu ao passar, aparentemente preocupada com outras questões.

Depois que a enfermeira desapareceu, Robin andou pelo corredor até chegar à porta de número 15, que tinha o nome "Sr. Nico Ricci".

Prendendo a respiração sem perceber, Robin bateu delicadamente e empurrou a porta. Não havia tranca do lado de dentro; a porta se abriu prontamente.

O quarto, embora pequeno, dava para o sul e recebia muito sol. Fizeram um grande esforço para que o cômodo ficasse acolhedor: aquarelas penduradas nas paredes, inclusive uma da baía de Nápoles. O consolo da lareira era coberto de fotos de familiares e várias pinturas de crianças tinham sido presas à porta do armário com fita adesiva, inclusive uma com a legenda "Vovô e Eu e uma Pipa".

O ocupante idoso estava quase inteiramente recurvado em uma poltrona ao lado da janela. No minuto em que se passou desde a enfermeira deixá-lo, ele adormecera. Robin deixou a porta se fechar em silêncio, aproximou-se furtivamente de Ricci e se sentou na ponta da cama de solteiro, de frente para o antigo cafetão, pornógrafo e orquestrador de curras e assassinatos.

Não havia dúvida de que os funcionários tratavam bem os moradores. O cabelo cinza-escuro de Ricci e suas unhas estavam limpos como a gola da camisa branca. Apesar do calor no quarto, vestiram nele um suéter azul-claro. Em uma das mãos venosas, flácidas na poltrona, cintilava o anel de ouro com a cabeça de leão. Os dedos estavam dobrados de um jeito que fez Robin se perguntar se ele ainda conseguia usá-los. Talvez ele tivesse sofrido um derrame, o que responderia pela incapacidade de falar.

— Sr. Ricci? — chamou Robin em voz baixa.

Ele soltou um pequeno bufo e lentamente levantou a cabeça, de boca aberta. Os olhos enormes e caídos, embora não fossem enevoados como os de Betty Fuller, ainda assim pareciam opacos e, como as orelhas e o nariz, pareciam ter crescido enquanto o resto dele encolhia, deixando dobras frouxas de pele morena.

— Vim lhe fazer algumas perguntas — disse Robin em voz baixa. — Sobre uma mulher chamada Margot Bamborough.

Ele a olhou boquiaberto. Será que a ouvira? Poderia ele entender? Não havia aparelho auditivo em nenhuma das orelhas grandes demais. O ruído mais alto no quarto era do coração aos saltos de Robin.

— Lembra-se de Margot Bamborough? — perguntou ela.

Para surpresa de Robin, Ricci soltou um gemido baixo. Isso significava sim ou não?

— O senhor se lembra? — disse Robin.

Ele gemeu de novo.

— Ela desapareceu. O senhor sabe...?

Passos vinham pelo corredor. Robin se levantou apressadamente e alisou a marca que deixara na colcha.

Por favor, meu Deus, que eles não entrem aqui.

Porém, Deus, ao que parecia, não dava ouvidos a Robin Ellacott. Os passos ficaram mais altos, depois a porta se abriu e revelou um homem muito alto, cujo rosto era marcado de cicatrizes de acne e cuja careca dava a impressão, como Barclay havia dito, de que algo pesado caíra ali: Luca Ricci.

— Quem é você? — disse ele. Sua voz, que era muito mais suave e mais aguda do que ela imaginara, provocou arrepios em sua nuca. Por um ou dois segundos, o terror de Robin ameaçou descarrilar seu plano de contingência cuidadosamente elaborado. O pior que ela esperava ter de lidar era com uma enfermeira. Nenhum dos Ricci deveria estar aqui; não era domingo. E de todos os Ricci que ela poderia querer conhecer, Luca era o último.

— Ele é parente seu? — perguntou Robin com seu sotaque de North London. — Ah, "grafas" a Deus! Ele estava soltando um gemido estranho. Vim visitar minha vó, achei que ele estava doente ou coisa assim.

Ainda parado na soleira, Luca olhou Robin de cima a baixo.

— Ele não quer dizer nada com isso — disse Luca, que ceceava. — Ele geme um pouco, mas não quer dizer nada, não é, papai? — disse ele em voz alta ao idoso, que apenas piscou para o filho mais velho.

Luca riu.

— Qual é o seu nome? — perguntou ele a Robin.

— Vanessa — disse ela prontamente. — Vanessa Jones.

Ela avançou meio passo, na esperança de que ele chegasse para o lado, mas ele continuou plantado exatamente onde estava, só que com um sorriso um pouco mais largo. Ela sabia que ele tinha entendido que ela queria sair, mas não sabia se a determinação evidente de mantê-la ali dentro era pelo simples prazer de deixá-la presa por um momento, ou se ele não acreditara no motivo que ela dera para estar no quarto do seu pai. Robin podia sentir o suor nas axilas e no couro cabeludo, e rezou para que o giz não saísse do cabelo.

— Nunca te vi por aqui — disse Luca.

— Não, é minha primeira vez. — Robin se obrigou a sorrir. — O pessoal cuida bem deles, não é verdade?

— É — disse Luca —, não é ruim. Eu costumo vir no domingo, mas vamos à Flórida amanhã. É o aniversário dele. Mas ele nem sabe que é o aniversário dele... né? — disse ele, dirigindo-se ao pai, cuja boca continuava aberta, os olhos vazios fixos no filho.

Luca pegou um pequeno pacote embrulhado embaixo do casaco, inclinou-se sobre a cômoda e o colocou ali em cima sem deslocar um centímetro dos pés grandes.

— Ah, que amor — disse Robin.

Ela agora sentia o suor no esterno, onde ficaria visível para Luca. O quarto estava quente como uma estufa. Mesmo que ela não soubesse quem era Luca, teria sabido *o que* ele era. Sentia o potencial para a violência emanar dele como uma radiação. Estava no sorriso voraz que ele lhe abria, no jeito como agora se encostava no batente da porta, saboreando o exercício silencioso de poder.

— É só chocolate — disse Luca. — Quem é a sua avó?

— Na verdade é bisavó, mas eu a chamo de "vó" — disse Robin, ganhando tempo, tentando se lembrar de algum dos nomes por que passou a caminho do quarto de Ricci. — Sadie.

— Onde ela está?

— A dois quartos por ali. — Robin apontou para a esquerda. Torcia para que ele não pudesse ouvir o quanto sua boca estava seca. — Prometi a minha mãe que passaria para visitar enquanto ela está de férias.

— Ah, é? — disse Luca. — E para onde sua mãe foi?

— Florença — Robin inventou de chofre. — Galerias de arte.

— Ah, é? — repetiu Luca. — Nossa família é de Nápoles, originalmente. Né, pai? — Ele falou por cima da cabeça de Robin para o velho boquiaberto, antes de olhar Robin de cima a baixo de novo. — Sabe o que meu velho era antigamente?

— Não — disse Robin, tentando sustentar o sorriso.

— Era dono de boates de strip — disse Luca Ricci. — Nos velhos tempos, ele teria tirado a sua calcinha.

Ela tentou rir, mas não conseguiu, e viu que Luca ficou contente ao ver seu desconforto.

— Ah, sim. Uma garota como você? Ele ia te oferecer um emprego de hostess. Dava muito dinheiro também, mesmo que você tivesse de pagar um boquete no papai, hahaha.

O riso dele era agudo como de uma mulher. Robin não conseguiu rir também. Ela se lembrou de Kara Wolfson.

— Bom — disse ela, sentindo que o suor escorria pelo pescoço —, eu preciso ir mesmo...

— Não se preocupe — disse Luca, sorrindo e ainda parado firmemente entre Robin e a porta —, *eu* não estou nessa jogada.

— O que você faz? — perguntou Robin, que estava prestes a pedir a ele para sair da frente, mas perdeu a coragem.

— Sou do ramo de seguros — disse Luca, com um sorriso largo. — E você?

— Cuidadora de creche. — Robin tirou a ideia dos desenhos de criança na porta do guarda-roupa.

— Ah, é? Gosta de crianças, é?

— Eu as adoro — disse Robin.

— É — disse Luca. — Eu também. Tenho seis.

— Nossa. Seis!

— É. E não sou como ele — disse Luca, olhando por cima da cabeça de Robin de novo para o pai boquiaberto. — Ele só se interessou pela gente quando ficamos adultos. Eu gosto dos pequenos.

— Ah, eu também — disse Robin com fervor.

— A gente precisava ser atropelado por um carro para ter a atenção *dele* quando éramos crianças — disse Luca. — Aconteceu com meu irmão Marco, quando tinha 12 anos.

— Ah, não — disse Robin educadamente.

Ele jogava, exigindo que ela lhe desse respostas apropriadas, enquanto os dois estavam igualmente conscientes de que Robin tinha medo demais para lhe pedir licença, medo do que ele podia fazer. Agora ele sorriu para sua preocupação fingida pelo acidente de carro do irmão Marco muito tempo atrás.

— É, o pai ficou no hospital com Marco por três semanas direto, até Marco ficar fora de perigo — disse Luca. — Pelo menos, acho que ele ficou por Marco. Pode ter sido pela enfermeira. Nos velhos tempos — disse Luca, olhando Robin de cima a baixo de novo —, elas usavam meias pretas.

Robin ouvia passos de novo e dessa vez rezou, *por favor, que venham para cá*, e sua oração foi atendida. A porta atrás de Luca se abriu, batendo nas costas dele. A enfermeira loura de pés chatos estava de volta.

— Ah, me desculpe, sr. Ricci — disse ela enquanto Luca dava um passo de lado. Oh — ela repetiu, agora consciente da presença de Robin.

— Ele tava gemendo — repetiu Robin, apontando para Mucky em sua poltrona. — Desculpe, eu não devia... Achei que ele estava com dor ou coisa assim.

E bem na deixa, Mucky Ricci gemeu, quase certamente para contradizê-la.

— É, ele faz um pouco disso quando quer alguma coisa — disse a enfermeira. — Quem sabe está pronto para o banheiro agora, hein, sr. Ricci?

— Não vou ficar para ver a merda dele — disse Luca Ricci com uma risadinha. Só vim deixar o presente dele de aniversário.

Robin já passava pela porta, mas, para seu horror, mal tinha dado três passos quando Luca apareceu atrás dela, dando um passo para cada dois de Robin.

— Não vai se despedir de Sadie? — perguntou ele, ao passarem pela porta da sra. Sadie O'Keefe.

— Ah, ela dormiu enquanto eu estava aí dentro, Deus a abençoe — disse Robin. — Apagou.

Eles desceram a escada, Luca um pouco atrás dela o tempo todo. Ela sentia os olhos dele, como laser, em sua nuca, nas pernas e no traseiro.

Depois do que pareceram dez minutos, embora nem chegassem a três, eles alcançaram o térreo. O Jesus de gesso quase em tamanho natural olhava tristemente o assassino e a impostora que seguiam para a porta. Robin tinha acabado de segurar a maçaneta quando Luca disse:

— Espere um momento, Vanessa.

Robin se virou com a pulsação batendo no pescoço.

— Tem de assinar a saída — disse Luca, estendendo uma caneta a ela.

— Ah, eu me esqueci — disse Robin, com uma risadinha esbaforida. — Eu te falei... é a primeira vez que venho aqui.

Ela se curvou sobre o livro de visitas. Bem abaixo da assinatura que ela escrevera ao entrar no prédio, estava a de Luca.

LUCA RICCI

No espaço reservado aos comentários, ele tinha escrito:

TROUXE UNS CHOCOLATES PARA O ANIVERSÁRIO DELE NA QUINTA-FEIRA. POR FAVOR, ENTREGUEM A ELE NA MANHÃ DO DIA 25 DE JULHO.

Robin escreveu a hora ao lado da assinatura, depois voltou-se para a porta. Ele a mantinha aberta para ela.

— Muito obrigada — disse ela sem fôlego, passando por ele e chegando ao ar fresco.

— Quer uma carona para algum lugar? — Luca perguntou a ela, parando no alto da escada da rua. — Meu carro está aqui perto. Um Aston Martin.

— Ah, não, mas muito obrigada. Vou encontrar meu namorado.

— Fique bem, então — disse Luca Ricci. — Se não puder ficar bem, fique segura, hahaha.

— Sim — disse Robin, meio frenética. — Ah, e aproveite a Flórida!

Ele levantou a mão para ela e começou a andar, assoviando "Begin the Beguine". Tonta de alívio, Robin foi na direção contrária. Precisou do máximo controle para não desatar a correr.

Após chegar à praça, Robin deslizou atrás do arbusto de lilases e observou a frente da casa de repouso por meia hora inteira. Depois de ter certeza de que Luca Ricci verdadeiramente fora embora, ela deu meia-volta.

62

Com frequência ocorre que as tristezas da mente
Encontram remédio sem o procurar, e quando o procuram não
conseguem encontrar.

Edmund Spenser
A Rainha das Fadas

A briga, para a qual Robin estava preparada, foi uma das piores que ela e Strike já tiveram. A fúria dele por ela ter se aproximado de Mucky Ricci, depois dos claros alertas e instruções em contrário, continuou inabalável mesmo depois de uma hora inteira de discussão no escritório naquela noite, que culminou com Robin pegando a bolsa e saindo enquanto Strike estava no meio de uma frase, deixando-o de cara para a porta de vidro vibrando, desejando que ela se espatifasse para ele poder cobrar dela.

Uma noite de sono apenas mitigou a raiva de Strike. Sim, havia grandes diferenças entre os atos de Robin dessa vez e aqueles que o fizeram demiti-la três anos antes: por exemplo, ela não tinha surpreendido um suspeito em seu esconderijo. Nem havia nenhum sinal, pelo menos nas primeiras 24 horas de sua visita, de que a família de Ricci ou a casa de repouso tivessem suspeitado que "Vanessa Jones" fosse outra pessoa além de quem alegava ser. Sobretudo (mas esse fato irritava, e não tranquilizava), Robin agora era uma sócia na agência, não uma terceirizada subalterna. Pela primeira vez, Strike enfrentava o fato de que se eles tomassem rumos diferentes, uma confusão jurídica e financeira o engolfaria. Seria, na verdade, semelhante a um divórcio.

Ele não queria se separar de Robin, mas a consciência recém-desperta de que ele dificultara muito tudo isso só aumentou sua ira.

O clima entre eles continuou tenso por uma quinzena depois de ela ter ido à St. Peter até que, na primeira manhã de agosto, Robin recebeu uma mensagem de texto ríspida de Strike, pedindo-lhe para abandonar a nova tentativa de fazer amizade com a secretária do Manhoso e voltar ao escritório.

Quando ela entrou na sala interna, encontrou Strike sentado à mesa dos sócios, com partes do arquivo policial do caso Bamborough dispostos à frente dele. Ele a olhou, notou que a cor dos olhos e do cabelo eram dela, depois disse bruscamente:

— Os clientes do caso Manhoso telefonaram há pouco. Eles encerraram o trabalho por falta de resultados.

— Ah, não. — Robin afundou na cadeira de frente para ele. — Sinto muito, eu tentei de verdade com a secretária...

— E Anna e Kim querem conversar conosco. Marquei uma teleconferência às quatro horas.

— Elas não estão...?

— Terminando as coisas? — disse Strike sem emoção alguma. — Talvez. Ao que parece, elas receberam um convite repentino de uma amiga para passar as férias na Toscana. Elas querem conversar conosco antes da partida, porque ainda estarão fora no dia 15.

Houve um longo silêncio. Strike não parecia ter mais nada a dizer, mas retomou a sua análise dos vários fragmentos do arquivo do caso.

— Cormoran — disse Robin.

— O que é?

— Podemos, por favor, conversar sobre a St. Peter?

— Eu disse tudo que tinha a dizer. — Strike pegou o depoimento de Ruby Elliot sobre as duas mulheres que brigavam na chuva e fingiu ler de novo.

— Não era minha intenção que eu *fosse* lá. Como eu já disse...

— Você disse que não ia chegar perto de Ricci...

— Eu "concordei" em não chegar perto de Ricci — disse Robin, fazendo aspas no ar —, como você "concordou" com Gregory Talbot que não ia contar à polícia onde conseguiu o rolo do filme. — Muito consciente de que Pat estava digitando na antessala, Robin falava em voz baixa. — Eu não fiz para *desafiar* você; deixei Ricci para você, lembra?

Mas precisava ser feito e você não pôde. Caso não tenha notado, eu sou muito melhor do que você para disfarçar a aparência.

— A questão não é essa. — Strike jogou de lado o depoimento de Ruby Elliot e pegou a descrição que Gloria fez de Theo. — O que me aborrece, como *você deveria saber, porra*, é que você não me disse aonde ia...

— Você telefona *para mim* de três em três segundos para me dizer aonde vai? Você fica bem feliz por eu agir por iniciativa própria quando convém...

— Luca Ricci cumpriu pena por colocar eletrodos nos genitais das pessoas, Robin! — disse Strike, deixando de lado a farsa de que a descrição de Theo tinha a atenção dele.

— Quantas vezes vamos repetir isso? Acha que eu fiquei *satisfeita* quando ele entrou no quarto? Eu *nunca* teria ido lá se soubesse que ele ia aparecer de surpresa! Ainda permanece o fato...

— ... não é um fato...

— ... de que se eu não tivesse...

— ... essa teoria...

— *Não é uma merda de teoria, Strike, é a realidade, e você só está sendo teimoso a respeito disso.* — Robin pegou o celular no bolso traseiro e levantou a foto que tirara em sua segunda visita à casa de repouso, que mal durou dois minutos e consistiu em Robin tirar uma foto rápida e sem testemunhas da letra de Luca Ricci no caderno de visitas.

— Me dê o bilhete anônimo — ela ordenou a Strike, estendendo a mão para a folha de papel azul e amassada que fora obtida na reunião com as irmãs Bayliss. — *Olhe.*

Ela os colocou lado a lado, de frente para Strike. Para Robin, as semelhanças eram inegáveis: a mesma mistura estranha de maiúsculas e minúsculas, todas distintas e separadas, mas com pequenos floreios ocasionais e desnecessários, semelhantes ao ceceio incongruente em um homem alto e de aparência perigosa cuja pele era esburacada como uma laranja parcialmente descascada.

— Você não pode provar que é a mesma letra da foto — disse Strike. Ele sabia que estava sendo desagradável, mas sua raiva ainda não tinha passado inteiramente. — A análise de um especialista depende da pressão da caneta, além de outras coisas.

— Tá legal, tudo bem — disse Robin, que agora tinha um bolo duro de raiva na garganta. Ela se levantou e saiu, deixando a porta entreaberta. Pela fresta, Strike a ouviu falando com Pat, em seguida um tilintar de canecas. Embora estivesse irritado, ainda torcia para que ela preparasse uma xícara de chá para ele também.

Com a testa ligeiramente franzida, ele puxou para si o celular de Robin e o bilhete anônimo e olhou novamente de um para outro. Robin tinha razão e ele sabia, mas não reconheceu, desde o momento em que ela lhe mostrou a foto em seu telefone, na volta da St. Peter. Embora não tenha dito isso a Robin, Strike tinha encaminhado a foto do bilhete anônimo e do recado no livro de visitas de Luca Ricci a uma analista em grafoscopia que encontrou por intermédio de seus contatos na polícia. A mulher expressara certa cautela e não queria chegar a conclusões firmes e rápidas sem ter as amostras originais à sua frente, mas disse que, com base nas evidências, tinha "de 70% a 80% de certeza" de que ambos tinham sido escritos pela mesma pessoa.

— A letra permanece assim consistente, quarenta anos depois? — perguntou Strike.

— Nem sempre — respondeu a especialista. — Em geral, esperamos mudanças. A letra da maioria das pessoas se deteriora com a idade devido a fatores físicos. O estado de espírito também pode influenciar. Minha pesquisa tende a mostrar que a letra se altera menos nas pessoas que escrevem com menos frequência, se comparadas com aquelas que escrevem muito. Quem escreve ocasionalmente parece se ater ao estilo adotado cedo, possivelmente na escola. No caso dessas duas amostras, certamente existem características específicas que parecem ter se fixado na juventude.

— Acho que é justo dizer que esse sujeito não escreve muito na linha de trabalho dele — disse Strike.

O último período de Luca na prisão, como Shanker havia lhe contado, foi por ordenar e supervisionar um esfaqueamento. A vítima foi apunhalada no saco. Por milagre, sobreviveu, "mas ele não vai ter mais filhos, o coitado do babaca", Shanker informou a Strike, duas noites antes. "Não pode nem ficar de pau duro sem agonia. Não é jeito de viver, é, depois disso? A faca cortou direto pela bola direita, pelo que eu soube... é claro que eles o seguraram..."

— Não preciso saber dos detalhes — dissera Strike. Ele acabara de experimentar uma sensação desagradável se irradiar do próprio saco para o peito.

Strike tinha telefonado a Shanker com algum pretexto, simplesmente para ver se tinha chegado ao velho amigo algum boato sobre Luca Ricci estar preocupado que uma detetive tivesse aparecido na casa de repouso do pai. Como Shanker não falara nada, Strike teve de concluir que ninguém comentava nada por aí.

Embora isso tenha sido um alívio, não foi uma surpresa. Depois de se acalmar, Strike foi obrigado a admitir para si mesmo que tinha certeza de que Robin se safara. Tudo que Strike sabia sobre Luca Ricci sugeria que ele nunca a teria deixado sair incólume se acreditasse que ela estava ali para investigar algum familiar dele. As pessoas cujos impulsos mais sombrios eram controlados pela própria consciência, pelos ditames da lei, por normas sociais e bom senso podem ter dificuldade para acreditar que alguém seria tão tolo ou imprudente para ferir Robin dentro do quarto de uma casa de repouso, ou fazê-la sair do prédio com uma faca em suas costas. *Ele não faria isso à luz do dia*, diriam as pessoas. *Ele não se atreveria, com testemunhas para todo lado!* Mas a reputação temerária de Luca estava em sua propensão à violência descarada, não importava onde ele estivesse ou quem estivesse olhando. Ele operava com base no pressuposto da impunidade, e para isso tinha muitas justificativas. Para cada sentença de prisão que cumpriu, aconteceram muitos incidentes que deveriam vê-lo condenado, mas dos quais ele conseguira escapar intimidando testemunhas ou conseguindo que outros assumissem a culpa por medo.

Robin voltou à sala interna, de cara amarrada, mas levando duas canecas de chá. Fechou a porta com o pé, depois baixou a caneca mais escura na frente de Strike.

— Obrigado — resmungou Strike.

— De nada — respondeu ela rigidamente, olhando o relógio quando voltava a se sentar. Eles tinham vinte minutos antes da teleconferência com Anna e Kim.

— Não podemos — disse Strike — contar a Anna que Luca Ricci escreveu os bilhetes anônimos.

Robin se limitou a olhá-lo.

— Não podemos ter duas mulheres legais de classe média andando por aí e dizendo às pessoas que Ricci ameaçou Margot e talvez a tenha matado — disse Strike. — Estaríamos colocando as duas em perigo, além de nós mesmos.

— Não podemos pelo menos mostrar as amostras a algum especialista?

— Já fiz isso — disse Strike, e explicou o que a mulher dissera.

— Por que você não contou...?

— Porque eu ainda estava furioso — disse Strike, bebendo o chá. Estava exatamente como ele gostava, forte, doce e da cor de creosoto. — Robin, a realidade é que se levarmos a foto e o bilhete à polícia, quer isso dê em alguma coisa ou não, você terá pintado um alvo gigante nas suas costas. Ricci vai começar a cavar por aí para saber quem pode ter fotografado a letra dele naquele livro de visitas. Não vai demorar muito para nos descobrir.

— Ele tinha 22 anos quando Margot desapareceu — disse Robin em voz baixa. — Com idade e tamanho suficientes para raptar uma mulher. Tinha contatos para ajudar na desova do corpo. Betty Fuller achava que a pessoa que escreveu os bilhetes era o assassino, e ela ainda tem medo de nos dizer quem foi. Isso pode implicar o filho, assim como o pai.

— Concordo com você em tudo isso — disse Strike —, mas está na hora de cair na real. Não temos os recursos para nos colocar contra o crime organizado. Já foi muito imprudente você ter ido à St. Peter...

— Pode me explicar por que foi imprudência minha ter ido, mas não quando você pretendia ir? — questionou Robin.

Strike ficou travado por um momento.

— Porque sou menos experiente? — disse Robin. — Porque você acha que vou me atrapalhar toda ou entrar em pânico? Ou que não consigo raciocinar sozinha?

— Nada disso — disse Strike, embora lhe custasse certa dor admitir isso.

— Bom, então...

— Porque minhas chances de sobreviver se Luca Ricci viesse para cima de mim com um taco de beisebol seriam maiores que as suas, está bem?

— Mas Luca não parte pra cima das pessoas com um taco de beisebol — disse Robin com sensatez. — Ele as ataca com facas, eletrodos e ácido, e não vejo como você suportaria melhor do que eu alguma coisa dessas. A verdade é que você tem prazer em assumir riscos que não quer que eu assuma. Não sei se é falta de confiança em mim, ou cavalheirismo, ou uma coisa travestida da outra...

— Escute...

— Não, escute *você* — disse Robin. — Se você fosse reconhecido lá, toda a agência ia pagar por isso. Li sobre Ricci, não sou burra. Ele ataca os familiares e associados das pessoas, até os *bichinhos de estimação* com a mesma frequência com que as ataca pessoalmente. Goste disso ou não, existem lugares em que posso entrar com mais facilidade do que você. Tenho uma aparência menos notável, me disfarço com mais facilidade, e as pessoas confiam mais nas mulheres do que nos homens, em particular perto de crianças e velhos. Não saberíamos de *nada* disso se eu não tivesse ido à St. Peter...

— Seria melhor não sabermos disso — rebateu Strike. — Shanker me disse meses atrás: "Se a resposta é Mucky, você precisa parar de fazer a pergunta." O mesmo para Luca, em dobro.

— Você não está sendo sincero — disse Robin. — Sabe que não está. Você nunca preferiu não saber.

Robin tinha razão, mas Strike não queria admitir. Na verdade, uma das coisas que manteve sua raiva fervendo nas últimas duas semanas foi que ele sabia que havia uma falta fundamental de lógica em sua própria posição. Se tentar obter informações da família Ricci valesse fazer tudo isso, deveria ser feito e, como Robin provara, ela era a melhor pessoa para o trabalho. Embora se ressentisse de ela não ter avisado do que estava prestes a fazer, Strike sabia muito bem que, se ela avisasse, ele teria vetado, por um desejo fundamentalmente indefensável de mantê-la longe do perigo, quando a conclusão lógica dessa linha de raciocínio era a de que Robin não deveria fazer esse trabalho de forma alguma. Ele queria que ela fosse aberta e franca com ele, mas sabia que sua própria posição incoerente com relação a Robin assumir riscos físicos era o motivo para ela não ter sido sincera sobre suas intenções. A longa cicatriz no braço de Robin o censurava sempre que ele a via, embora o erro que levara ao ataque tenha sido inteiramente dela. Ele sabia demais do passado de Robin; o relacionamento tornara-se pessoal demais: ele não queria visitá-la em um hospital de novo. Tinha exatamente aquele senso de responsabilidade irritante que o mantinha determinadamente solteiro, mas sem nenhum dos prazeres compensatórios. Nada disso era culpa de Robin, mas ele precisou de 15 dias para encarar esses fatos com clareza.

— Tudo bem — ele resmungou por fim —, eu não teria preferido não saber. — Ele fez um esforço supremo. — Você trabalhou bem pra caramba.

— Obrigada — disse Robin, ao mesmo tempo sobressaltada e satisfeita.

— Mas podemos combinar... por favor? Que no futuro, conversaremos sobre essas coisas?

— Se eu te perguntasse...

— É, talvez eu dissesse não e estaria errado, e levarei isso em consideração da próxima vez, está bem? Mas como você insiste em me lembrar, somos sócios, então eu agradeceria se...

— Tudo bem — disse Robin. — Sim. Vamos conversar sobre a questão. Peço desculpas por não ter falado.

Nesse momento, Pat bateu na porta e a abriu alguns centímetros.

— Tenho uma srta. Phipps e uma srta. Sullivan na linha para vocês.

— Transfira, por favor — disse Strike.

Com a sensação de estar sentada para o anúncio de uma má notícia médica, Robin deixou que Strike falasse com Anna e Kim. Ele conduziu o casal sistematicamente através de cada entrevista que a agência concluíra nos últimos 11 meses e meio, contando-lhes os segredos que ele e Robin tinham desenterrado e as conclusões preliminares a que chegaram.

Strike revelou que Irene Hickson tinha se envolvido brevemente com o ex-namorado de Margot e que ambos mentiram sobre isso, e explicou que Satchwell talvez tivesse medo de que Margot contasse às autoridades sobre como a irmã dele morreu; que Wilma, a faxineira, nunca pôs os pés na Broom House e que a história de Roy caminhando quase certamente era falsa; que os bilhetes ameaçadores foram reais, mas (com um olhar a Robin) que eles não conseguiram identificar quem escreveu; que Joseph Brenner foi um personagem mais repugnante do que qualquer um tenha notado, mas que não havia nada que o ligasse ao desaparecimento de Margot; que Gloria Conti, a última pessoa a ver Margot viva, estava morando na França e não queria falar com eles; e que Steve Douthwaite, o paciente suspeito de Margot, desaparecera sem deixar rastros. Por fim, Strike lhes disse que eles acreditavam ter identificado o furgão visto acelerando para longe da Clerkenwell Green na noite em que Margot desapareceu e tinham certeza de que não era de Dennis Creed.

O único som a interromper o silêncio quando Strike parou de falar foi o suave zumbido emitido pelo alto-falante em sua mesa, que provava que a linha ainda estava aberta. Enquanto esperava que Anna falasse, Robin de repente percebeu que tinha os olhos cheios de lágrimas. Ela queria demais descobrir o que tinha acontecido com Margot Bamborough.

— Bom... sabíamos que seria difícil — disse Anna por fim. — Se não impossível.

Robin sabia que Anna também chorava. Ela se sentia arrasada.

— Eu sinto muito — disse Strike formalmente. — Sinto muitíssimo por não ter notícias melhores para vocês. Porém, Douthwaite ainda é de interesse real e...

— Não.

Robin reconheceu a firme negativa de Kim.

— Não, me desculpe — disse a psicóloga. — Combinamos um ano.

— Na verdade ainda faltam duas semanas — disse Strike — e se...

— Tem algum motivo para acreditar que pode localizar Steve Douthwaite nas próximas duas semanas?

Os olhos levemente vermelhos de Strike encontraram os marejados de Robin.

— Não — admitiu ele.

— Como eu disse em meu e-mail, estamos prestes a sair de férias — disse Kim. — Na ausência da descoberta do corpo de Margot, sempre haverá outro ângulo que vocês podem tentar, mais uma pessoa que pode saber de alguma coisa, e como eu disse no início disso tudo, não temos o dinheiro nem, falando com franqueza, a energia emocional para seguir com isso para sempre. Acho que é melhor... mais honesto... Aceitarmos que vocês fizeram o máximo possível e agradecer a vocês pelo trabalho que claramente tiveram. Esse foi um exercício válido, mesmo que... quer dizer, a relação de Anna e Roy está melhor do que em anos, graças à sua visita. Ele ficará feliz em saber que a faxineira confessou que ele não era capaz de andar naquele dia.

— Bem, isso é bom — disse Strike. — Eu sinceramente sinto muito...

— Eu sabia — disse Anna, com a voz oscilando — que seria assim... quase impossível. Pelo menos sei que tentei.

Depois que Anna desligou, houve um silêncio na sala. Por fim, Strike disse:

— Preciso ir ao banheiro — levantou-se e saiu.

Robin também se levantou e passou a juntar as páginas fotocopiadas do arquivo policial. Ela não conseguia acreditar que tudo tinha acabado. Depois de colocar os registros em uma pilha arrumada, ela se sentou e passou a folheá-los mais uma vez, sabendo que tinha esperanças de ver alguma coisa — qualquer coisa — que eles tivessem deixado passar.

Do depoimento de Gloria Conti a Lawson:

> Ela era uma mulher baixa, morena, atarracada, que parecia uma cigana. Julguei que estivesse na adolescência. Ela entrou sozinha e disse que sentia muita dor. Disse que seu nome era Theo. Não entendi o sobrenome e não pedi a ela para repetir porque pensei que precisava de atenção urgente. Ela estava com a mão no abdome. Eu disse a ela para esperar e fui perguntar ao dr. Brenner se ele a atenderia, porque a dra. Bamborough ainda estava com pacientes.

Do depoimento de Ruby Elliot a Talbot:

> Eu as vi ao lado de uma cabine telefônica, duas mulheres que pareciam brigar. A alta, de sobretudo, estava curvada sobre a baixa, que vestia uma capa de plástico com capuz. Elas me pareceram mulheres, mas não vi os rostos. Pareceu-me que uma delas tentava fazer a outra andar mais rápido.

Do depoimento de Janice Beattie a Lawson:

Tenho falado com o sr. Douthwaite desde que ele foi atacado no prédio, mas eu não o chamaria de amigo. Ele me contou o quanto estava perturbado com a amiga que tinha se matado. Achei que era tensão. Sei que ele foi criado em um lar adotivo, mas ele nunca me disse os nomes de nenhuma de suas mães adotivas. Ele nunca falou comigo sobre a dra. Bamborough, a não ser para dizer que a havia procurado devido a suas dores de cabeça. Ele não me contou que ia sair da Percival House. Não sei para onde ele foi.

Do segundo depoimento de Irene Hickson a Lawson:

O recibo em anexo prova que eu estava na Oxford Street na tarde em questão. Arrependo-me profundamente de não ter sido sincera sobre meu paradeiro, mas me envergonho de ter mentido para tirar a tarde de folga.

E abaixo do depoimento estava a fotocópia do recibo de Irene: Marks & Spencer, três itens, somando 4,73 libras.

Do depoimento de Joseph Brenner a Talbot:

Saí da clínica em meu horário de costume, tendo prometido a minha irmã que chegaria em casa a tempo para o jantar. A dra. Bamborough concordou gentilmente em atender a paciente de emergência, porque depois tinha um compromisso marcado com uma amiga no bairro. Não sei se a dra. Bamborough tinha problemas pessoais. Nossa relação era inteiramente profissional. Não tenho conhecimento de ninguém que quisesse fazer mal a ela. Lembro-me de um dos pacientes dela lhe mandando uma pequena caixa de chocolates, embora não saiba dizer se partiu de Steve Douthwaite. Não conheço o sr. Douthwaite. Lembro-me de que a dra. Bamborough parecia insatisfeita quando Dorothy lhe entregou os chocolates e pediu a Gloria, a recepcionista, para jogar direto na lixeira, embora ela mais tarde tenha retirado dali. Ela adorava doces.

Strike entrou novamente na sala e largou uma nota de cinco libras na mesa na frente de Robin.

— Para que isso?

— Fizemos uma aposta — disse ele — se elas iam prorrogar o ano se tivéssemos alguma pista notável. Eu disse que elas prorrogariam. Você disse que não.

— Não vou aceitar isso. — Robin deixou a nota de cinco onde estava. — Ainda temos duas semanas.

— Elas acabaram de...

— Elas pagaram até o fim do mês. Não vou parar.

— Eu não me fiz entender agora mesmo? — disse Strike, franzindo o rosto para ela. — Vamos deixar Ricci.

— Eu sei — disse Robin.

Ela olhou o relógio de novo.

— Acho que tenho de render Andy em uma hora. É melhor eu ir.

Depois que Robin saiu, Strike devolveu as fotocópias às caixas dos antigos registros policiais que ainda ficavam embaixo da mesa, depois foi à antessala onde estava Pat, com o cigarro eletrônico entre os dentes, como sempre.

— Perdemos dois clientes — ele lhe disse. — Quem é o próximo na lista de espera?

— Aquele jogador de futebol — disse Pat, abrindo o arquivo criptografado no monitor para mostrar a Strike um nome famoso. — E se quiser substituir os dois, tem aquela mulher chique que tem o chihuahua.

Strike hesitou.

— Vamos ficar com o jogador de futebol por enquanto. Pode telefonar à secretária dele e dizer que estou disponível para pegar informações em qualquer horário de amanhã?

— É sábado — disse Pat.

— Eu sei — disse Strike. — Trabalho nos fins de semana e duvido que ele vá querer que alguém o veja entrando aqui. Diga que terei o prazer de ir à casa dele.

Ele voltou à sua sala e abriu a janela, deixando que o ar da tarde, pesado de fumaça de escapamento e do cheiro peculiar de Londres, de tijolos quentes, fuligem e, hoje, um leve traço de folhas, árvores e grama penetrasse na sala interna. Tentado a acender um cigarro, ele se conteve em deferência a Pat, porque ele pedira que ela não fumasse no escritório. Quase todos os clientes hoje em dia eram não fumantes, e ele sentia que causava má impressão ter o lugar fedendo a cinzeiro. Ele se apoiou no peitoril e olhou os bebedores e consumidores da noite de sexta-feira que andavam pela Denmark Street, ouvindo mais ou menos a conversa de Pat com a secretária do jogador da Premier League, mas pensando principalmente em Margot Bamborough.

Ele sabia o tempo todo que havia apenas uma chance remota de descobrir o que acontecera com ela, mas para onde foram as cinquenta semanas? Ele se lembrou de todo o tempo passado com Joan na Cornualha, e de outros clientes que chegavam e partiam, e se perguntou se eles teriam descoberto o que houve com Margot Bamborough se nada disso tivesse atrapalhado. Embora fosse tentador culpar as distrações, Strike acreditava que o resultado seria o mesmo. Talvez Luca Ricci fosse a resposta que eles ainda não eram capazes de admitir. Uma resposta plausível, de muitas maneiras: um ataque profissional, feito por algum motivo inescrutável do submundo, porque Margot chegou perto demais de um segredo, ou interferiu nos negócios dos gângsteres. *Deixe minha garota em paz...* Ela era do tipo de aconselhar uma stripper, ou uma prostituta, ou uma atriz pornô, ou uma viciada, a escolher uma vida diferente, a dar provas contra homens que as maltrataram...

— Amanhã, às 11 horas — murmurou Pat, de trás de Strike. — Na casa dele. Deixei o endereço na mesa para você.

— Muito obrigado — disse ele, virando-se e vendo que ela já estava de casaco. Eram cinco horas. Ela parecia vagamente surpresa de ouvir o agradecimento dele, mas desde que Robin tinha gritado com ele por ser grosseiro com Pat, Strike tentava conscientemente ser mais educado com a secretária. Por um momento ela hesitou, com o cigarro eletrônico entre os dentes amarelados, depois o retirou para dizer:

— Robin me contou o que Morris fez. O que ele mandou a ela.

— É — disse Strike. — Filho da puta nojento.

— É — disse Pat. Ela o examinava atentamente, como se visse coisas que não esperava encontrar. — Horrível. E ele sempre me lembrou — disse ela, surpreendentemente — um Mel Gibson novo.

— É mesmo?

— É estranho — disse ela. — A gente faz suposições.

— Acho que sim.

— Você é muito parecido com meu primeiro marido — disse-lhe Pat.

— Sério? — disse Strike num sobressalto.

— Sim. Bom... Vou andando. Tenha um bom fim de semana.

— Você também — disse Strike.

Ele esperou até que os passos esmorecessem na escada de metal para pegar os cigarros, acender um e voltar à sala interna, onde a janela ainda estava aberta. Ali, ele pegou um velho cinzeiro na gaveta da mesa e o caderno de couro de Talbot na primeira gaveta do arquivo, e se acomodou em sua cadeira de sempre para o folhear mais uma vez, parando na última página.

Strike nunca dera aos garranchos finais de Talbot mais do que uma atenção superficial, em parte porque sua paciência tinha se esgotado quando ele chegou lá, em parte porque estavam entre as seções mais caóticas e incoerentes das anotações. Mas esta noite ele tinha um motivo melancólico para examinar a última página do caderno de Talbot, porque Strike também chegara ao final do caso. Então ele examinou o desenho que Talbot fez do demônio que acreditava ter conjurado antes de a ambulância o levar: o espírito de Margot Bamborough, que voltou de algum plano astral para assombrá-lo na forma de Babalon, a Mãe das Abominações.

Não havia mais pressão para entender. Strike desfocou a mente enquanto relaxava os olhos, para ver melhor uma daquelas imagens aparentemente tridimensionais escondidas no que parecia ser um desenho plano. Seus olhos deslizaram pelas frases e fragmentos que Talbot recordara vagamente dos escritos de Crowley e das consultas ao tarô de Thoth. Enquanto examinava a imagem do demônio de seios fartos, em cujo ventre o penitente Talbot tinha depois inscrito uma cruz cristã, ele se lembrou das palavras de Robin todos aqueles meses antes no Hampton Court Palace, sobre a sedução dos mitos e dos símbolos e a ideia do inconsciente coletivo, em que os arquétipos ficavam à espreita. Esse demônio e as frases desconexas que pareceram pertinentes a Talbot em seu estado psicótico brotaram do subconsciente do próprio policial: era fácil demais, simplista demais culpar Crowley e

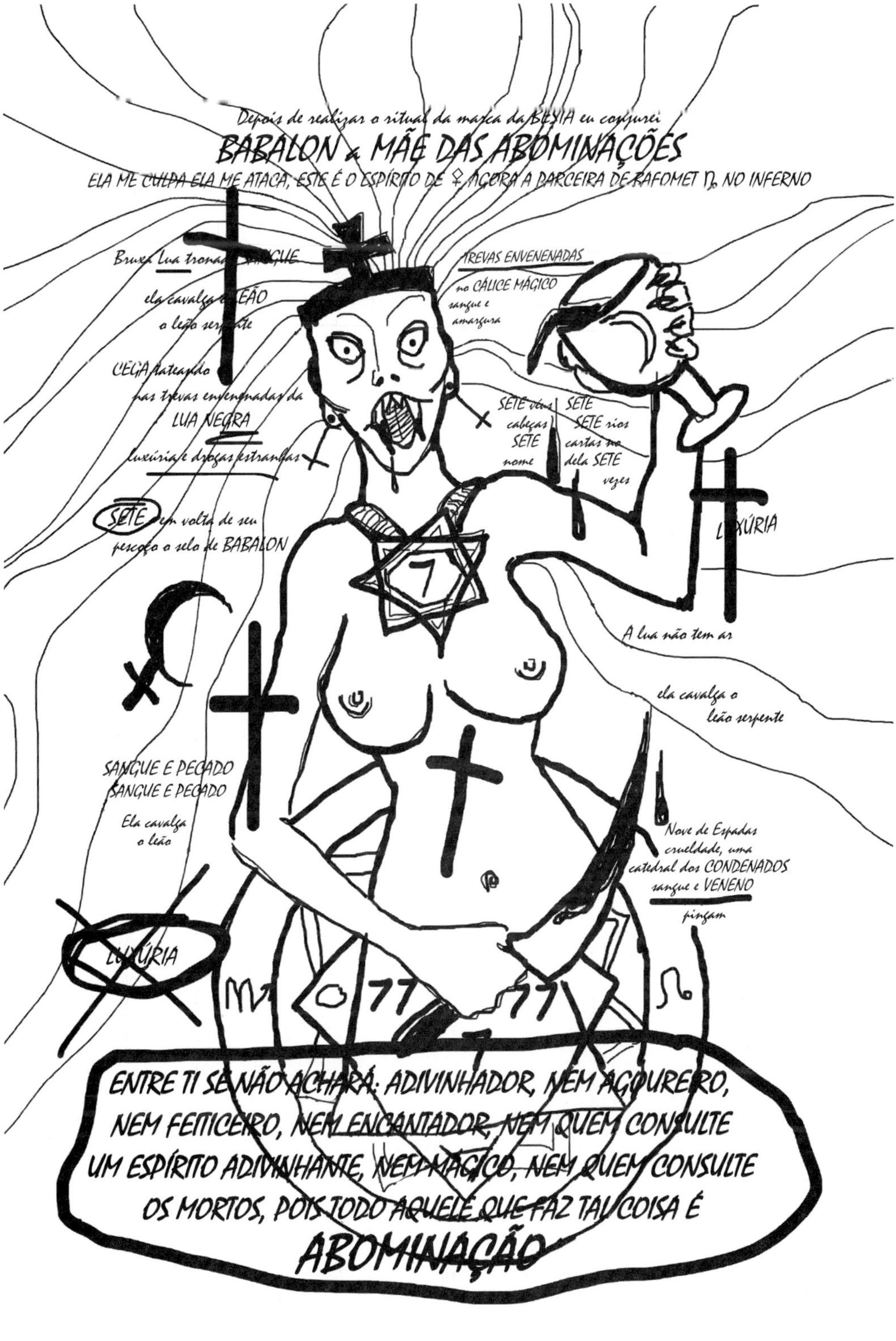

Depois de realizar o ritual da marca da BESTA eu conjurei
BABALON a MÃE DAS ABOMINAÇÕES
ELA ME CULPA ELA ME ATACA, ESTE É O ESPÍRITO DE ♀ AGORA A PARCEIRA DE BAFOMET NO INFERNO
TREVAS ENVENENADAS
no CÁLICE MÁGICO
sangue e amargura
ela cavalga o LEÃO
o leão serpente
CEGA tateando
nas trevas envenenadas da
LUA NEGRA
luxúria e drogas estranhas
SETE véus cabeças SETE nome
SETE SETE rios cartas no dela SETE vezes
SETE em volta de seu pescoço o selo de BABALON
LUXÚRIA
A lua não tem ar
ela cavalga o leão serpente
SANGUE E PECADO
SANGUE E PECADO
Ela cavalga o leão
Nove de Espadas crueldade, uma catedral dos CONDENADOS sangue e VENENO pingam
LUXÚRIA
77
77
ENTRE TI SE NÃO ACHARÁ: ADIVINHADOR, NEM AGOUREIRO, NEM FEITICEIRO, NEM ENCANTADOR, NEM QUEM CONSULTE UM ESPÍRITO ADIVINHANTE, NEM MÁGICO, NEM QUEM CONSULTE OS MORTOS, POIS TODO AQUELE QUE FAZ TAL COISA É
ABOMINAÇÃO

Lévi pelo que a mente de Talbot escolhera reter. Isso é o que foi gerado, no último espasmo de loucura, em uma última tentativa de resolução. *Sete véus, sete cabeças, sete rios. Luxúria e drogas estranhas. Sete em volta de seu pescoço. As trevas envenenadas da LUA NEGRA. Sangue e pecado. Ela cavalga o leão serpente.*

Strike puxou a luminária para mais perto da página, para examinar o desenho em maiores detalhes. Será que estava se iludindo, ou parte daqueles rabiscos loucos indicavam que Talbot tinha notado as estranhas coincidências que Strike percebeu, depois de conversar com as irmãs Bayliss? Enquanto seu olhar passava de um fragmento de escrita mística a outro, Strike pensou ter visto não só um devoto penitente tentando se corrigir de sua descida à bruxaria, mas o último esforço desesperado de um bom detetive que tentava resgatar do caos as pistas; e da loucura, a razão.

63

Enfim se decidiram não obstante seguir,
Até que algum fim encontrassem dentro ou fora,
Esse caminho que tomaram, que batido parecia o mais simples,
E parecia levar aos arredores do labirinto...

Edmund Spenser
A Rainha das Fadas

Nas duas semanas seguintes, Robin notou que *Astrology 14*, de Steven Schmidt, o livro de segunda mão que ela deixara no escritório, mudava constantemente de posição. Em uma manhã estava em cima do arquivo, onde o havia deixado, alguns dias depois na metade da mesa usada por Strike e no fim de tarde seguinte estava ao lado da chaleira. Da mesma forma, várias partes dos registros policiais de Bamborough apareciam para depois desaparecer, enquanto o caderno de couro de Bill Talbot tinha sumido do arquivo e, ela suspeitava, seguira para o apartamento de sótão de Strike.

A agência estava mais uma vez muito atarefada. O novo cliente, o jogador de futebol da Premier League, tinha investido 2 milhões de libras em uma boate que fora proposta, mas não se materializou. Seu sócio no empreendimento agora estava desaparecido, junto com todo o dinheiro. O jogador, apelidado de Palerma por um Barclay nada solidário, temia a exposição na imprensa quase tanto quanto não conseguir recuperar o dinheiro.

Enquanto isso, o namorado da srta. Jones continuava com uma vida frustrantemente dentro da lei, mas ela parecia feliz em continuar pagando as contas da agência desde que Strike suportasse dois telefonemas semanais com ela. Durante essas supostas atualizações, ela contou a Strike todos os seus problemas e praticamente sugeriu que um convite para jantar seria aceito com prazer.

Além desses clientes, e daqueles ultrapassados na lista de espera, tinha o chefe do Manhoso, que foi forçado a uma aposentadoria precoce pelo conselho. O CM entrou certa manhã na Denmark Street procurando por Barclay, que deixara suas informações de contato com Elinor Dean. Para surpresa de Strike, a aposentadoria precoce não parece ter levado o CM ao desespero, mas o libertado.

— Se dá para acreditar nisso, eu verdadeiramente pensava em me matar, só alguns meses atrás — disse ele a Strike. — Mas agora estou livre do jugo daquele filho da puta. Agora contei a minha mulher sobre Elinor...

— Contou a ela? — disse Strike, surpreso.

— E ela foi muito compreensiva — disse o CM. — Em meu casamento anterior, minha... bom, minhas necessidades... eram atendidas por minha ex-mulher, mas desde que nos separamos... então, Portia e eu conversamos sobre tudo isso, e por ela está tudo bem que meu arranjo com Elinor continue desde que não haja infidelidade.

Strike escondeu a expressão atrás da caneca. Ele podia muito bem imaginar que Portia, com as unhas compridas e o cabelo feito por profissionais, as férias três vezes por ano, o cartão American Express black e a casa de seis quartos com piscina em West Brompton, preferia que outra pessoa trocasse as fraldas do CM.

— Não, só o que quero *agora* — disse o CM, o sorriso satisfeito substituído por um olhar duro — é garantir que aquele filho da puta desonesto receba o que merece. E estou disposto a pagar por isso.

Então a agência voltou à vigilância do Manhoso e de sua secretária.

Os três casos exigentes significavam que a maior parte da comunicação entre os dois sócios fosse feita por telefone pelo resto do mês. Seus caminhos enfim se cruzaram em uma tarde de quinta-feira no final de agosto, quando Strike entrou no escritório enquanto Robin estava prestes a sair.

Pat, que estivera ouvindo rádio enquanto pagava uma série de contas, ofereceu-se para desligar quando viu Strike, cuja atenção tinha sido atraída ao vestido azul justo que Robin vestia.

— Não, está tudo bem — disse ele. — É bom ouvir alguma música.

— Cormoran, posso dar uma palavrinha com você antes de sair? — perguntou Robin, chamando-o com um gesto à sala interna.

"... A seguir, em nossa parada de cem sucessos dos anos 1970, uma antiga, mas das boas, da banda de um sucesso só, a Middle of the Road: 'Chirpy Chirpy Cheep Cheep'..."

— Aonde você vai? — perguntou Strike, fechando a porta para Pat. Ele passara a maior parte da noite anterior de pé, vendo o Manhoso se encher de bebida e cocaína em uma boate, e hoje dirigindo entre os vários endereços que o sócio do Palerma tinha usado nos dois anos anteriores. Com a barba por fazer e todo dolorido, Strike grunhiu de alívio ao afundar na cadeira de costume.

— No Vintry. O wine bar na City — disse Robin. — Gemma estará lá depois, Andy a ouviu marcando. Estou torcendo para que ela esteja com amigos. Vou tentar me infiltrar de algum jeito no grupo.

Gemma era a secretária do Manhoso. Pela porta fechada, eles agora ouviam os acordes de uma música alegre que tocava no rádio, com sua letra incongruente:

"*Where's your mamma gone?*"

— Ainda está trabalhando no caso Bamborough, não está? — perguntou Robin.

— Só repassando algumas coisas.

— E?

— E nada. Parece um labirinto. Quando começo a pensar que estou chegando a algum lugar, viro uma esquina e dou em outro beco sem saída. Ou me vejo de volta onde comecei. Por que você parece tão satisfeita?

— Só estou feliz por você não ter desistido — disse Robin.

— Não vai dizer isso quando empurrar minha cadeira de rodas no mesmo sanatório de Bill Talbot. Se eu voltar a ver uma merda de signo astrológico, não vai demorar muito... Onde *diabos* está Douthwaite? O que aconteceu com ele?

— Você acha...?

— Acho que ele é suspeito, sempre achei. O álibi dele é uma boa de uma merda. Depois ele muda de nome. Depois, como você descobriu, outra jovem morre perto dele... Aquela Redcoat que se afogou. E depois ele some de novo.

"Se eu conseguisse falar com Douthwaite", disse Strike, tamborilando os dedos na mesa, "eu desistiria."

— Sério? — disse Robin.

Ele a olhou, então, de cenho franzido, virou a cara. Ela estava particularmente sensual naquele vestido azul, que ele nunca tinha visto.

— É, se eu pudesse falar com Douthwaite, bastaria para mim.

"Last night I heard my mamma singing a song..."

— E talvez Gloria Conti — disse Strike.

"Woke up this morning, and my mamma was gone..."

— E Creed — continuou Strike. — Gostaria de falar com Dennis Creed.

Robin sentiu um leve surto de empolgação. Recebera um e-mail mais cedo, dizendo-lhe para esperar uma decisão no final do dia sobre se Creed podia ou não voltar a ser interrogado.

— É melhor eu ir andando — disse ela. — Gemma deve chegar às seis. Foi gentileza sua — acrescentou Robin enquanto estendia a mão para a maçaneta — deixar Pat ouvir o rádio.

— É, bom — disse Strike, dando de ombros. — Tentando ser simpático.

Enquanto Robin vestia o casaco na antessala, Pat disse:

— Essa cor cai muito bem em você.

— Obrigada. É bem antigo. Um milagre que ainda caiba, com todo o chocolate que andei comendo ultimamente.

— Acha que ele quer uma xícara?

— Tenho certeza de que quer — disse Robin, surpresa. Pelo visto, Strike não era o único a tentar ser simpático.

— Aaah, eu adorava essa — disse Pat enquanto os acordes de abertura de "Play That Funky Music" enchiam o escritório e Robin descia a escada ouvindo Pat cantando junto em seu barítono rouco:

Once I was a funky singer,
Playin' in a rock and roll band...

O Vintry, onde Robin chegou vinte minutos depois, ficava perto da estação do metrô da Cannon Street, no centro do distrito financeiro, e era exatamente o tipo de lugar que seu ex-marido teria adorado.

Complacentemente moderno de um jeito convencional muito específico, com sua mistura elegante de vigas de aço, janelas grandes e piso de madeira, tinha um ar de espaço aberto, apesar do longo balcão com as banquetas acolchoadas. Havia um toque estranho e peculiar, como os dois coelhos empalhados em um peitoril, que portavam armas em miniatura e usavam chapéu de caça, mas no geral a clientela, que consistia predominantemente em homens de terno, ficava encasulada em uma atmosfera de suavidade bege de bom gosto. Eles estavam de pé em grupos, recém-saídos do dia de trabalho, bebendo, rindo juntos, lendo jornais ou seus telefones, ou olhando as poucas mulheres — para Robin pareciam exsudar não apenas confiança, mas presunção. A caminho do balcão, ela recebeu vários olhares de apreciação ao deslizar entre os corretores de ações, banqueiros e traders.

Olhando atentamente a área aberta e grande, Robin deduziu que Gemma ainda não tinha chegado, então pegou uma banqueta livre ao balcão, pediu uma água tônica e fingiu ler as notícias do dia no celular, puramente para evitar a encarada franca dos dois jovens à sua direita, um dos quais parecia decidido a fazer Robin olhar, ao menos para verificar de onde vinha o riso irritante e alto. À sua esquerda, dois homens mais velhos discutiam o iminente plebiscito pela independência da Escócia.

— As pesquisas parecem instáveis — disse o primeiro homem. — Espero que Cameron saiba o que está fazendo.

— Eles seriam loucos se fizessem isso. Loucos.

— Existe oportunidade na loucura... para alguns, de todo modo — disse o primeiro homem. — Lembro que quando estive em Hong Kong... Ah, acho que nossa mesa está livre...

Os dois partiram para seu jantar. Robin olhou em volta de novo, com o cuidado de evitar os olhos do jovem do riso alto, e uma mancha escarlate do outro lado do bar chamou sua atenção. Gemma tinha chegado e estava de pé ali sozinha, tentando atrair o olhar do barman. Robin saiu de sua banqueta e levou a bebida até Gemma, cujo cabelo comprido caía em cachos de cigana até o meio das costas.

— Oi... Linda?

— O quê? — disse Gemma, assustada. — Não, lamento.

— Oh — disse Robin, parecendo decepcionada. — Talvez eu tenha entrado no bar errado. Esse lugar tem filiais?

— Não sei, lamento — disse Gemma, ainda com a mão erguida, tentando chamar a atenção do barman.

— Ela disse que estaria de vermelho — disse Robin, olhando o mar de ternos.

Gemma olhou para Robin, levemente interessada.

— Encontro às cegas?

— Quem me dera — disse Robin, revirando os olhos. — Não, é uma amiga de uma amiga que acha que pode haver uma vaga na Winfrey and Hughes. A mulher disse para me encontrar com ela para um drinque rápido.

— Winfrey and Hughes? É lá que eu trabalho.

— Você está brincando! — Robin riu. — Ei... Você não é Linda mesmo? Fingindo ser outra pessoa, porque não foi com a minha cara ou algo assim?

— Não — disse a mulher, sorrindo. — Meu nome é Gemma.

— Ah. Vai encontrar alguém, ou...?

— Acho que sim — disse Gemma —, sim.

— Posso ficar sentada aqui com você? Só até eles chegarem? Eu estava recebendo uns olhares bem obscenos lá do outro lado.

— Nem me fale — disse Gemma enquanto Robin subia na banqueta ao lado dela. O barman agora aproximou-se de um homem grisalho de risca de giz que tinha acabado de chegar.

— Ei — Robin chamou e meia dúzia de cabeças de executivos se viraram, assim como a do barman. — Ela chegou aqui primeiro. — Robin apontou de lado para Gemma, que riu de novo.

— Nossa. *Você* não perde tempo, não é?

— Tem algum sentido? — disse Robin, tomando um gole da água. Ela sutilmente tinha intensificado o sotaque de Yorkshire, como fazia frequentemente quando fingia ser uma figura mais atrevida e ousada do que de fato sentia ser. — Ou você ataca, ou eles te atropelam direto.

— Nisso você não está errada. — Gemma suspirou.

— A Winfrey and Hughes não é assim, é? — disse Robin. — Cheia de babacas?

— Bom...

O barman chegou nesse momento para pegar o pedido de Gemma. Depois que a secretária recebeu a taça grande de vinho tinto, ela tomou um gole e disse:

— Na verdade, é legal. Depende da seção em que você trabalha. Sou secretária de um dos figurões. O trabalho é interessante.

— É um cara bacana? — perguntou Robin despreocupadamente.

Gemma bebeu vários goles do vinho antes de responder.

— Ele é... legal. Melhor o diabo que você conhece, sabe? Gosto do trabalho e da empresa. Tenho um ótimo salário e uma tonelada de amigos lá... Ah, droga...

Sua bolsa tinha escorregado da banqueta. Enquanto Gemma se abaixava para pegar, Robin, cujos olhos percorreram o lugar creme, cinza e bege à sua frente, de súbito localizou Saul Morris.

Ele tinha acabado de chegar ao balcão, de terno, a camisa aberta no pescoço e um sorriso extraordinariamente presunçoso. Olhou em volta, reconheceu Gemma e Robin pelas cores vivas dos vestidos e ficou petrificado. Por um ou dois segundos, ele e Robin simplesmente se encararam; depois Morris virou-se abruptamente e saiu às pressas do bar.

Gemma voltou a se acomodar na banqueta, a bolsa em segurança no colo. O celular que ela deixou no balcão agora se iluminou.

— Andy? — disse Gemma, atendendo rapidamente. — É... não, já estou aqui...

Houve um longo silêncio. Robin podia ouvir a voz de Morris. Ele usava o mesmo tom bajulador com que tentou levá-la para a cama, com todas aquelas piadas pueris e o "eu te ofendi".

— Tudo bem — disse Gemma, endurecendo a expressão. — Tudo bem. Eu só... Vou apagar seu número de meu celular agora e gostaria que você... não, na verdade eu... Ah, vá *à merda*!

Ela desligou, ruborizada e com os lábios tremendo.

— Por que — disse ela — eles sempre querem ouvir que ainda são uns caras legais depois de se mostrarem uns bostas?

— Eu costumo me perguntar a mesma coisa — disse a Robin de Yorkshire. — Namorado?

— É — disse a trêmula Gemma. — Por seis meses. Depois ele simplesmente me deu bolo uma noite sem dar explicações. E *depois* ele volta algumas vezes... para uma rapidinha, basicamente — disse ela, tomando outro gole grande de vinho. — E finalmente ele some. Mandei uma mensagem a ele ontem, eu disse, olha, só quero me encontrar, só quero uma explicação...

— Parece um tremendo imbecil — disse Robin, cujo coração disparava de empolgação com essa oportunidade perfeita para um desabafo. — Ei — ela chamou o barman —, pode nos trazer mais dois vinhos e o cardápio, por favor?

E depois disso, Robin achou que extrair confidências de Gemma era fácil como debulhar ervilhas. Com três grandes taças de vinho no corpo e a nova amiga de Yorkshire sendo tão divertida e compreensiva, um prato de frango com polenta para comer e uma garrafa de vinho ("Tá, por que não?"), ela passou tranquilamente dos delitos de "Andy" para as apalpadelas inadequadas e não solicitadas de seu chefe, que tinham aumentado até ela ficar à beira da demissão.

— Não pode procurar o RH? — perguntou Robin.

— Ele diz que ninguém vai acreditar em mim depois do que aconteceu quando estávamos em um curso no ano passado... mas... Para te falar a verdade, sinceramente eu não sei *o que* aconteceu — disse Gemma, e virou a cara enquanto murmurava: — Quer dizer... nós fomos para a cama... mas eu estava tão desligada... muito bêbada... quer dizer, não foi, sabe como é... não foi *estupro*... não estou dizendo *isso*...

— Você estava em condições de dar consentimento? — Robin agora não ria mais. Só havia bebido meia taça de vinho.

— Bom, não... mas... não, eu não vou passar por *isso* — disse Gemma, vermelha e lacrimosa. — Não a polícia e tudo, meu Deus, não... ele é um figurão, pode pagar bons advogados... e se eu não vencer, como vou conseguir outro emprego na City?... O tribunal, e os jornais... então, agora é tarde demais... teve gente que me viu... saindo do quarto dele. Eu fingi que estava tudo bem. Tive de fingir, fiquei tão constrangida... desde então, a central de boatos entrou em marcha acelerada. Nós dois negamos que aconteceu alguma coisa, então como ficaria se eu...

"Andy me disse que eu não devia dar queixa", disse Gemma, servindo o resto da garrafa de vinho na taça.

— Ele disse isso?

— Disse... eu contei a ele, na primeira vez que transamos... olha, era a primeira vez que eu dormia com alguém desde que... e ele falou, "é, é melhor deixar isso quieto... Vai ser muito aborrecimento para você, e ele deve sair ileso"... Ele é ex-policial, o Andy, sabia tudo sobre esse tipo de coisa.

Morris, você é um merda completo.

— Não, se eu contasse *alguma coisa* — disse Gemma, vagamente —, seria pela merda de informações privilegiadas... Ah, sim... ninguém sabe, só eu...

Uma hora depois, Robin e Gemma foram para a rua que escurecia, Robin quase amparando Gemma, porque ela mostrava uma tendência a arriar se não fosse escorada. Depois de uma espera de dez minutos, ela conseguiu parar um táxi e colocou uma Gemma muito embriagada dentro dele.

— Vamos sair no sábado! — disse Gemma a Robin, tentando impedir que ela fechasse a porta.

— Demais! — disse Robin, que dera um número falso à secretária. — Me liga!

— Vou ligar... muito obrigada pelo jantar!

— Não tem de quê! — disse Robin, e conseguiu enfim bater a porta de Gemma, que acenou para ela até o táxi virar a esquina.

Robin se virou e andou rapidamente, passando pelo Vintry. Um jovem de terno assobiou quando ela passou.

— Ah, vai te catar — resmungou Robin, pegando o telefone para ligar para Strike.

Surpresa, ela viu que tinha perdido sete chamadas dele. Também recebera um e-mail cujo assunto dizia: Creed.

— Ah, meu Deus — falou Robin em voz alta.

Ela apertou o passo, querendo se afastar da horda de homens de terno que ainda andava pela rua, para ficar sozinha e capaz de se concentrar. Retirando-se, enfim, a uma porta escura de um prédio comercial de pedra cinza, ela abriu o e-mail. Depois de ler três vezes, para ter absoluta certeza de que seus olhos não a estavam enganando, ela ligou para Strike.

— Até que enfim! — disse ele, atendendo no primeiro toque. — Adivinha só?

— O quê?

— Encontrei Douthwaite!

— Você *o quê*? — Robin arquejou, atraindo a atenção assustada de um senhor da City de aparência sóbria que passou no escuro, segurando um guarda-chuva fechado. — Como?

— Nomes — disse Strike, que parecia em êxtase. — E Pat ouvindo sucessos dos anos 1970.

— Eu não...

— Ele se chamou Jacks da primeira vez, não foi? Bom, Terry Jacks teve um sucesso enorme com uma música chamada "Seasons in the Sun" em 1974. Tocaram esta tarde. Sabemos que Douthwaite se considerava cantor, então eu pensei, aposto que foi daí que ele tirou a ideia do "Jacks"...

Robin ouvia Strike andando de um lado a outro. Evidentemente ele estava tão animado quanto ela.

— Então voltei ao livro de Oakden. Ele disse que a "Longfellow Serenade", de Douthwaite, fazia sucesso particularmente com as mulheres. Procurei. Essa era de Neil Diamond. Então — disse Strike — passei a procurar Steve Diamond no Google...

"Vou te mandar uma foto", disse Strike. "Não saia daí."

Robin afastou o telefone da orelha e esperou. Segundos depois, chegou uma mensagem e ela abriu a foto anexada.

Um careca, suado, de cara vermelha, em seus sessenta anos, cantava em um microfone. Usava uma camiseta turquesa esticada sobre a barriga considerável. Ainda tinha uma corrente pendurada ao pescoço, mas a única outra semelhança com a foto do sujeito de cabelo espigado e atrevido de gravata larga e espalhafatosa eram os olhos, escuros e brilhantes como sempre.

— É ele — disse Robin.

— Essa foto veio do site de um pub em Skegness — disse Strike. — Ele ainda é o rei do karaokê e é sócio de uma pousada ali, com a esposa, Donna. Será — disse Strike — que ela sabe que o nome dele nem sempre foi Diamond?

— Isso é *incrível*! — disse Robin, tão exultante que voltou a andar pela rua, simplesmente para usar a energia que agora a tomava. — Você é genial!

— Eu sei — disse Strike, com certa presunção. — E então, vamos a Skegness. Amanhã.

— Eu devia ir...

— Mudei o rodízio — disse Strike. — Pode me buscar cedo? Digamos, às oito horas? Vou até Earl's Court.

— Claro que sim — disse Robin.

— Então a gente se vê...

— Espere — disse Robin.

— Ah, merda, sim — disse Strike educadamente. — Eu devia ter perguntado. Como foi com Gemma?

— Ótimo — disse Robin. — Informações privilegiadas do Manhoso, mas por enquanto deixa isso pra lá.

— Ele...?

— Strike, não quero superar você nem nada — disse ela, sem conseguir reprimir o tom de triunfo na voz —, porque descobrir Douthwaite foi incrível, mas acho que você precisa saber... Você terá permissão para interrogar Dennis Creed em Broadmoor, em 19 de setembro.

64

... e tremeu sua mão,
Tremeu qual folha de salsa verde,
E sangue revolto por seu rosto se viu
Chegar e sair com as marés do coração,
Como se um mensageiro apressado fosse.

Edmund Spenser
A Rainha das Fadas

— *Bom* — disse Strike, entrando no Land Rover na manhã seguinte.

Eles sorriram um para o outro: por um momento, Robin pensou ter visto a ideia de um abraço passar pela cabeça de Strike, mas em vez disso ele estendeu a mão e apertou a dela.

— Meu Deus, a gente espera um ano por uma descoberta...

Robin riu, engrenou o Land Rover e arrancou para a rua. O dia estava de um calor fora do comum: ela dirigia de óculos escuros, entretanto Strike notou um cachecol aparecendo na bolsa, atrás do banco de Robin.

— Acho que não vai precisar disso. Clima de verão normal — disse ele, olhando o céu claro.

— Veremos — disse Robin com ceticismo. — Costumávamos ir a Skegness quando éramos crianças. A irmã de minha mãe morava em Boston, mais adiante na estrada. Sempre tinha uma brisa revigorante do mar do Norte.

— Então, li o e-mail — disse Strike, referindo-se à mensagem que Robin encaminhara a ele, que estabelecia os termos e as condições para ele interrogar Dennis Creed e as razões que levaram as autoridades a dar essa permissão a Strike.

— O que você achou? — perguntou Robin.

— Além de ter sido impressionante pra cacete você ter conseguido isso...

— Demorou séculos.

— Não me surpreende. Tirando isso, não vou mentir... estou sentindo a pressão.

— Quer dizer, por causa dos Tucker?

— É. — Strike abriu a janela para acender um cigarro. — Anna não sabe que vou tentar essa, assim não criará expectativas, mas o coitado do Tucker...

O sigilo absoluto sobre o interrogatório, inclusive assinando um acordo de confidencialidade que garantia que Strike jamais falaria com a imprensa sobre isso, foi a primeira precondição determinada pelas autoridades.

— Ele quer mesmo que seja você — disse Robin. — Tucker. Ele disse que Creed tem um ego grande e vai querer se encontrar com você. E os psiquiatras devem concordar, não é, ou não teriam permitido? Brian Tucker disse que Creed sempre se considerou de status elevado, merecedor da associação com gente famosa e bem-sucedida.

— Não é trabalho de um psiquiatra decidir se conseguirei tirar alguma coisa dele — disse Strike. — Imagino que só o que vai importar a todos é que eu o irrite. Ninguém é colocado em Broadmoor por ser um tanto excêntrico.

Strike ficou em silêncio por um bom tempo, olhando pela janela, e Robin também continuou calada, sem querer interromper o raciocínio dele. Quando enfim voltou a falar, Strike parecia pragmático e concentrado no plano para Skegness.

— Procurei a pousada no TripAdvisor. Chama-se Allardice, o nome de solteira da proprietária. Não vamos entrar lá direto, porque se ele não estiver lá e a esposa sentir cheiro de armadilha, pode avisar a ele para não voltar, então estacionamos, colocamo-nos em uma posição em que possamos ver o prédio e telefonamos a ele. Se estiver lá, entramos logo, antes que ele tenha a oportunidade de fugir... ou o pegamos enquanto sai, como pode acontecer. E se ele não estiver, esperamos.

— Por quanto tempo? — disse Robin.

— Gostaria de dizer "o tempo que for necessário" — disse Strike —, mas na verdade não estamos sendo pagos por isso, então terei de voltar à cidade na segunda-feira.

— Eu podia ficar lá.

— Acho que não.

— Desculpe-me — disse Robin, arrependendo-se imediatamente da sugestão, com medo de que Strike pensasse que ela estava simplesmente atrás de um fim de semana em um hotel. — Sei que estamos sem efetivo...

— Não é por isso. Foi você que observou que as mulheres têm o hábito de morrer ou desaparecer perto de Steve Douthwaite. Pode ter sido azar, mas por outro lado... três sobrenomes diferentes são muito para um homem sem nada a esconder. Dessa vez, eu assumo a linha de frente.

Eles chegaram à pequena cidade litorânea às 11 horas, deixando o Land Rover em um estacionamento ao lado da Skegness Bowl, uma pista de boliche imensa, de paredes vermelhas, de frente para o mar. Strike sentiu o cheiro e o gosto do mar ao sair do carro e se virou instintivamente para ele, mas o mar estava invisível. Em vez disso, ele se viu olhando um canal artificial de um verde turvo, pelo qual passeavam de pedalinho uma jovem com o namorado. A porta do motorista bateu, e Strike se virou para Robin, ainda de óculos escuros, enrolando o cachecol no pescoço.

— Eu avisei — disse ela para o perplexo Strike, para quem o dia parecia inequivocamente quente. Não era a primeira vez que ele se perguntava como as mulheres tinham a estranha capacidade de sentir frios que não existiam. Então, Strike acendeu um cigarro, esperou ao lado do Land Rover enquanto Robin pagava pelo estacionamento, depois a acompanhou até a Grand Parade, uma rua larga que ficava na orla.

— "The Savoy" — disse Strike, sorrindo ao ler os nomes dos hotéis maiores, cujas janelas superiores certamente podiam dar vista para o mar distante. — "The Quorn". "The Chatsworth".

— Não sacaneia — disse Robin. — Eu adorava vir a Skegness quando era criança.

— A Allardice deve ficar bem ali — disse Strike, enquanto eles atravessavam a rua, apontando a ampla Scarbrough Avenue. — É, é isso mesmo, aquela com o toldo azul.

Eles pararam na esquina, ao lado de um imenso hotel falsamente Tudor que alardeava o Jubilee Carvery and Café. Clientes matinais de cerveja e café estavam sentados nas mesas externas, desfrutando do sol.

— Um lugar perfeito para ficar de olho. — Strike apontou uma daquelas mesas na calçada. — Uma xícara de chá ia cair bem.

— Tudo bem, vou pedir — disse Robin. — Preciso ir ao banheiro, de todo modo. Vai ligar para ele ou quer que eu faça isso?

— Eu ligo — disse Strike, já afundando em uma das cadeiras e pegando o celular.

Enquanto Robin desaparecia no bar, Strike acendeu um cigarro, depois digitou o número da Allardice, de olho na frente da pousada. Destacava-se em uma fileira de oito construções altas e vermelhas, várias das quais tinham sido convertidas em pequenas pensões com toldos de PVC recortados semelhantes na entrada. Todas as janelas tinham cortinas de renda branca e imaculada.

— Bom dia, Allardice — disse uma mulher escocesa, que parecia do lado irritadiço do ânimo.

— O Steve está? — perguntou Strike, fingindo despreocupação e confiança.

— É você, Barry, querido?

— Eu mesmo — disse Strike.

— Ele foi te encontrar agora — disse ela. — Só temos um pequeno, sinto muito. Mas me faça um favor, Barry, não o segure aí, porque tem quatro camas para trocar aqui, e ele precisa me trazer mais leite.

— Tá — disse Strike, sem querer falar outra sílaba que pudesse revelar que ele não era Barry, e desligou.

— Ele está lá? — perguntou Robin, ansiosa, sentando-se de frente para Strike. Ela havia lavado as mãos no banheiro, mas ainda estavam úmidas, porque teve pressa de voltar a Strike.

— Não. — Strike bateu a cinza do cigarro no baldinho de metal rosa colocado para esse fim na mesa. — Está entregando alguma coisa a um cara na rua e vai voltar logo, trazendo leite.

— Ah — disse Robin em voz baixa, virando-se para olhar por cima do ombro o toldo azul-royal do Allardice, em que o nome estava escrito em caracteres brancos, com volteios.

O barman trouxe dois bules de metal e xícaras de porcelana, e os detetives beberam seu chá em silêncio, Strike sem tirar os olhos da Allardice, Robin olhando a Grand Parade. A vista para o mar estava bloqueada pela fachada multicolorida e larga da entrada do Píer Skegness que anunciava, entre outras atrações, o otimistamente batizado Hollywood Bar and Diner. Idosos rodavam em cadeiras motorizadas de um lado a outro da Grande Parade. Famílias passavam tomando sorvete. Um maltês com o rabo emplumado, pugs gordos e chihuahuas ofegantes trotavam nas calçadas quentes ao lado de seus donos.

— Cormoran — disse Robin repentinamente, em voz baixa.

Um homem tinha acabado de virar a esquina para a Scarbrough Avenue, com uma sacola de compras pesada na mão. O cabelo grisalho era quase raspado em volta das orelhas, mas alguns fios tinham sido penteados sobre a testa larga e suada. Os ombros redondos e o olhar de derrotado conferiam a ele o ar de um homem cuja vida havia sido reduzida a uma obediência amuada. A mesma camiseta turquesa que ele usava na foto de karaokê estava muito esticada por cima da barriga de cerveja. Douthwaite atravessou a rua, subiu os três degraus que levavam à porta da Allardice e, com um clarão de sol no vidro, sumiu ali dentro.

— Você pagou por isso? — Strike bebeu o restante do chá e colocou a xícara vazia no pires.

— Sim.

— Então, vamos — Strike largou o cigarro no balde de metal e se levantou —, antes que ele possa desaparecer no segundo andar e começar a trocar roupas de cama.

Eles atravessaram a rua o mais rápido que Strike podia andar e subiram a escada da frente, que tinha sido pintada de azul-claro. Havia cestos de petúnias roxas pendurados embaixo das janelas do térreo, e um sortimento de cartazes enfeitava a parte de vidro da porta de entrada, um dos quais anunciava que essa era uma pousada três estrelas, outro pedia que os hóspedes limpassem os pés.

Um sininho anunciou a chegada deles. O saguão deserto era estreito, sua escada acarpetada de xadrez azul-escuro e verde. Eles esperaram ao lado de uma mesa tomada de folhetos sobre atrações locais, respirando uma combinação de fritura e um desodorizador de ambiente forte, com cheiro de rosas.

— ... e Paula colocou lâmpadas novas no solário dela — disse uma voz escocesa, e uma mulher de cabelo curto tingido de amarelo-canário surgiu por uma porta à direita. Uma linha vertical funda estava gravada no meio de sua testa. De pernas expostas, ela usava um avental decorado com uma vaca Highland por cima da camiseta e da saia de brim, e sandálias Dr. Scholl.

— Não temos vagas, lamento — disse ela.

— Você é Donna? — perguntou Strike. — Tínhamos esperança de dar uma palavrinha com Steve.

— Sobre o quê?

— Somos detetives particulares — disse Strike, pegando a carteira para lhe dar um cartão — e estamos investigando...

Uma senhora imensamente obesa apareceu no patamar acima deles. Vestia legging rosa-choque e uma camiseta que trazia o slogan "Quanto Mais Conheço as Pessoas, Mais Gosto de Meu Cachorro". Ofegando audivelmente, ela passou a descer de lado, usando as duas mãos para segurar o corrimão.

— ... o caso de uma pessoa desaparecida — completou Strike em voz baixa enquanto entregava o cartão a Donna.

Nesse momento, Steve Douthwaite saiu de trás da esposa com uma pilha de toalhas nos braços. De perto, seus olhos escuros eram injetados e inchados. Cada traço das feições tinha se embrutecido com a idade e, possivelmente, a bebida. O comportamento da esposa, com o cartão na mão, e a presença de dois estranhos que agora o olhavam o fizeram parar, os olhos escuros assustados acima da pilha de toalhas.

— Cormoran Strike? — disse Donna, lendo o cartão. — Não foi você que...

A velha, que nem tinha chegado na metade da escada, agora arquejava audivelmente.

— Entrem aqui — disse Donna, apontando para Strike e Robin a sala da qual tinha acabado de sair. — E você também — gritou ela com o marido.

Eles entraram em uma pequena sala de estar pública, com uma TV embutida na parede, uma estante mal abastecida e um clorófito de aparência infeliz em um vaso com pedestal. Além de uma arcada, ficava o salão de café da manhã, onde cinco mesas muito próximas eram arrumadas por uma jovem de jeito insatisfeito e óculos, que acelerou consideravelmente quando percebeu que Donna tinha voltado. Robin imaginou que elas fossem mãe e filha. Embora a mulher mais nova fosse morena, e não loura, a vida tinha entalhado um sulco idêntico de insatisfação em sua testa.

— Deixe isso, Kirsty — disse Donna abruptamente. — Leve essas toalhas para cima, sim? E feche a porta.

Em silêncio, Kirsty aliviou Douthwaite da pilha de toalhas e saiu da sala, os chinelos batendo na sola dos pés sem meias. A porta estalou ao ser fechada.

— Sentem-se — Donna instruiu Strike e Robin, que assim fizeram, em um sofá pequeno.

Douthwaite ficou em pé, de braços cruzados e de costas para a TV. Com o cenho ligeiramente franzido, seus olhos voavam entre Strike e Robin e voltavam à esposa. O sol se infiltrava pelas cortinas de renda e lançava uma luz implacável em seu cabelo, que parecia ter fios finos de palha de aço.

— Foi ele que apanhou o Estripador de Shacklewell — disse Donna ao marido, apontando Strike com a cabeça. — Por que ele está atrás de você? — Sua voz se elevou em tom e volume. — Esteve de sacanagem com a mulher errada de novo, foi? *Foi?*

— O quê? — disse Douthwaite, mas era evidente que essa era uma tática de embromação: ele tinha entendido muito bem. Seu braço direito era tatuado com uma ampulheta e em volta dela passava uma tira com as palavras "Nunca Basta".

— Sr. Douthwaite — Strike começou, mas Douthwaite disse rapidamente:

— Diamond! É Diamond!

— Por que o está chamando de Douthwaite? — perguntou Donna.

— Desculpe-me — disse Strike, sem nenhuma sinceridade. — Engano meu. Seu marido nasceu Steven Douthwaite e tenho certeza de que a senhora...

No entanto, Donna claramente não sabia disso. Aturdida, ela se virou de Strike para Douthwaite, que estava petrificado, de boca entreaberta.

— *Douthwaite?* — repetiu Donna. Ela se virou para o marido. — Você me disse que seu nome antes era Jacks!

— Eu...

— Quando você foi *Douthwaite*?

— ... há séculos...

— Por que não me contou?

— Eu... que importância isso tem?

A sineta tocou de novo e se ouviu um grupo de pessoas entrando no saguão. Ainda chocada e zangada, Donna saiu para ver o que era necessário, batendo as sandálias de solado de madeira no piso frio. No momento em que ela desapareceu, Douthwaite se dirigiu a Strike.

— O que você quer?

— Fomos contratados pela filha da dra. Margot Bamborough para investigar seu desaparecimento — disse Strike.

As partes do rosto de Douthwaite que não estavam vermelhas de veias rompidas empalideceram.

A senhora enorme que estivera descendo a escada agora entrava na sala, o rosto largo e inocente demonstrando completa imunidade ao clima dentro dela.

— Para que lado fica o santuário das focas?

— No final da rua — disse Douthwaite com a voz rouca. —Vire à esquerda.

Ela saiu da sala. A sineta tilintou.

— Escute — disse Douthwaite rapidamente, enquanto os passos da esposa voltavam a ficar mais altos. — Está perdendo seu tempo. Não sei nada sobre Margot Bamborough.

—Talvez você possa dar uma olhada em seu antigo depoimento à polícia, pelo menos. — Strike pegou uma cópia no bolso interno do paletó.

— O quê? — disse Donna, agora de volta à sala. — Que depoimento à polícia? Ah, pelo amor de *Deus*! — disse ela quando a sineta voltou a tocar e ela saiu ruidosamente da sala e berrou escada acima: — Kirsty! *KIRSTY!*

—Aquela médica — Douthwaite olhou para Strike com os olhos injetados, a testa suada —, tudo aquilo aconteceu quarenta anos atrás, não sei de nada sobre o que aconteceu, eu nunca soube.

A atormentada Donna reapareceu.

— Kirsty vai cuidar da entrada — disse ela, fuzilando o marido com os olhos. —Vamos subir. O Lochnagar está vazio. Não podemos ir ao nosso — acrescentou ela a Strike e Robin, apontando para o porão —, meus netos estão lá embaixo jogando no computador.

Douthwaite puxou o cós da calça para cima e lançou um olhar desvairado pelas cortinas de renda, como se pensasse em fugir.

— Vamos — disse Donna intensamente e, com uma volta de seu olhar derrotado, ele acompanhou a esposa porta afora.

Kirsty passou por eles a caminho do térreo enquanto eles subiam a escada íngreme xadrez, com Strike fazendo muito uso do corrimão para se impelir para cima. Ele torcia para que o Lochnagar ficasse no segundo andar, mas ficou decepcionado. Ficava, como o nome talvez sugerisse, bem no alto da pousada, dando para os fundos do prédio.

A mobília ali dentro era de pinho barato. Kirsty tinha arrumado as toalhas no formato de cisnes se beijando na colcha marrom, que combinava com a padronagem marrom e roxo-escura do papel de parede. Fios pendiam detrás da TV instalada na parede. Havia uma chaleira de plástico no canto em uma mesa baixa, ao lado de uma passadeira Corby. Pela janela, Strike enfim teve um vislumbre do mar: uma barra dourada e reluzente, baixa entre os prédios, na bruma criada pelas cortinas de renda.

Donna atravessou o quarto e pegou a única cadeira. Suas mãos seguravam os antebraços com tanta força que eles ficaram brancos.

— Podem se sentar — disse ela a Strike e Robin.

Sem ter mais para onde ir, eles se sentaram na beira da cama de casal, com sua colcha marrom escorregadia. Douthwaite continuou à porta, de costas para ela, os braços cruzados, exibindo a tatuagem de ampulheta.

— Diamond, Jacks, Douthwaite — recitou Donna. — Quantos outros nomes você tem?

— Nenhum — disse Douthwaite, tentando rir, mas sem conseguir.

— Por que mudou seu nome de Douthwaite para Jacks? — Ela exigiu saber. — Por que a polícia estava atrás de você?

— Eles não estavam atrás de mim — resmungou Douthwaite. — Isso faz anos. Eu queria um recomeço, é só isso.

— De quantos recomeços um só homem precisa? — disse Donna. — O que você fez? Por que deu um depoimento à polícia?

— Uma médica estava desaparecida — disse Douthwaite, com um olhar a Strike.

Que médica? Quando?

— O nome dela era Margot Bamborough.

— Bamborough? — repetiu Donna, com a testa bifurcada pela ruga funda. — Mas isso... isso saiu em todos os jornais...

— Eles interrogaram todos os pacientes que ela vira antes de desaparecer — disse Douthwaite rapidamente. — Foi rotina! Não tinham nada contra mim.

— Você deve pensar que nasci ontem, ora essa — disse Donna. — *Eles* — ela apontou para Strike e Robin — não localizaram você porque foi um *inquérito de rotina*, não é? Você não muda a merda do seu nome por causa de um *inquérito de rotina*! Você trepou com ela?

— Não, eu não estava trepando com ela, merda! — disse Douthwaite, com seu primeiro sinal de luta.

— Sr. Douthwaite — começou Strike.

— Diamond! — disse Douthwaite, mais por desespero do que por raiva.

— Eu agradeceria se lesse seu depoimento à polícia e visse se tem algo a acrescentar.

Douthwaite deu a impressão de que queria recusar, mas depois de uma leve hesitação, pegou as folhas de papel e leu. O depoimento era longo, cobria o suicídio de Joanna Hammond, a ex-amante casada, o espancamento que ele sofrera nas mãos do marido dela, a ansiedade e a depressão que o levaram a tantas visitas à clínica St. John's, sua afirmação de que ele não sentia por Margot Bamborough nada além de uma leve gratidão por sua perícia clínica, sua negação de que ele nunca comprou nem mandou presentes a ela e o álibi fraco para a hora do desaparecimento.

— É, não tenho nada a acrescentar — disse Douthwaite por fim, devolvendo os papéis a Strike.

— Quero ler — disse Donna prontamente.

— Não tem nada a ver com... é de quarenta anos atrás, não é nada — disse Douthwaite.

— Seu nome verdadeiro é Douthwaite e eu nunca soube, só cinco minutos atrás! Tenho o direito de saber quem você é — disse ela duramente —, tenho o direito de saber, assim posso decidir se fui uma idiota por ficar com você, depois do último...

— Tudo bem, leia, pode ler — disse Douthwaite com uma bravata que não convencia ninguém, e Strike entregou o depoimento a Donna.

Donna tinha lido por quase um minuto quando estourou:

— Você ia para a cama com uma mulher casada... e ela *se matou*?

— Não foi... nós não éramos... Aconteceu uma vez, só uma vez! Ninguém se mata depois disso!

— Então, por que ela fez isso? Por quê?

— O marido dela era um filho da puta.

— *Meu* marido é um filho da puta. Eu não me matei!

— Pelo amor de Deus, Donna...

— *O que aconteceu?*

— Não foi nada! — disse Douthwaite. — A gente costumava sair, eu com uns caras do trabalho e as esposas e tal, e uma noite eu estava com outros amigos e conheci Joanna, que estava com umas amigas e... Algum babaca dedurou ao marido dela que saímos do pub juntos e...

— E então essa médica desapareceu e tudo, e a polícia apareceu?

Donna se levantou, com o depoimento amassado de Douthwaite tremendo na mão. Ainda sentada na colcha marrom escorregadia, Robin se lembrou do dia em que encontrou o brinco de diamante de Sarah Shadlock em sua cama e pensou saber um pouco, muito pouco, do que Donna vivia agora.

— Eu sabia que você era um maldito traidor e um mentiroso, mas *três namoradas mortas*? Uma é uma tragédia — disse Donna, furiosa, e Strike se perguntou se estavam prestes a ouvir um epigrama de Oscar Wilde —, mas *três*? Quanto azar um só homem consegue ter?

— Eu nunca tive nada com aquela médica!

— Vai tentar essa com outra! — gritou Donna e, voltando-se para Robin, disse: — No ano retrasado, eu o peguei em um quarto da pousada com uma de minhas melhores amigas...

— Pelo amor de Deus, Donna! — Douthwaite gemeu.

— ... e seis meses atrás...

— *Donna...*

— ... descobri que ele esteve escapulindo com uma de nossas hóspedes frequentes... e agora... — disse Donna, avançando para Douthwaite, com o depoimento dele firme na mão. — Seu filho da puta nojento, *o que aconteceu com todas essas mulheres?*

— Não tive nada a ver com a *morte* de nenhuma delas, caralho! disse Douthwaite, tentando uma risada incrédula e apenas parecendo apavorado. — Donna, o que é isso... Acha que sou algum *assassino*?

— Você espera que eu acredite...

Para surpresa de Strike, Robin de repente se levantou. Segurando Donna pelos ombros, ela a guiou de volta à cadeira.

— Baixe a cabeça — dizia Robin —, fique de cabeça baixa.

Quando Robin passou a desamarrar o avental de Donna, que estava apertado na cintura, Strike viu que a testa de Donna, só o que ele conseguia enxergar agora que ela baixara a cabeça entre as mãos, estava branca como as cortinas de renda atrás dela.

— Donna? — disse Douthwaite debilmente, mas a esposa sussurrou:

— Fique longe de mim, seu canalha.

— Respire — dizia Robin, agachada ao lado da cadeira de Donna. — Pegue uma água para ela — disse ela a Strike, que se levantou e foi ao pequeno banheiro, onde um copo de plástico estava em um suporte acima da pia.

Quase tão pálido quanto a esposa, Douthwaite ficou olhando enquanto Robin convencia Donna a beber.

— Agora fique aqui — disse ela à proprietária, com a mão em seu ombro. — Não se levante.

— Ele teve alguma coisa a ver com a morte delas? — sussurrou Donna, olhando de lado para Robin, as pupilas enormes de choque.

— É o que viemos descobrir aqui — respondeu Robin em voz baixa.

Ela se virou e olhou sugestivamente para Strike, que concordou em silêncio que o melhor que podia fazer pela abalada Donna era obter informações de Douthwaite.

— Temos várias perguntas que gostaríamos de fazer a você — disse Strike a ele. — Evidentemente você não é obrigado a responder, mas posso afirmar que seria do interesse de todos, inclusive seu, cooperar.

— Que perguntas? — disse Douthwaite, ainda imprensado contra a porta. Depois, em uma torrente de palavras, disse: — Eu nunca machuquei ninguém, nunca, não sou um homem violento. Donna pode dizer a vocês, nunca encostei um dedo nela com raiva, não é assim que eu sou.

Mas como Strike apenas continuou a olhá-lo, Douthwaite disse, suplicante:

— Olha, eu te falei... com Joanna... foi uma noitada. Eu era só um garoto — disse ele, e em um eco de Irene Hickson, disse: — Todo mundo faz esse tipo de coisa quando é jovem, não é?

— E quando você é velho — sussurrou Donna. — E em todos os malditos anos entre...

— Onde você estava — perguntou Strike a Douthwaite — quando Joanna se matou?

— Em Brent — disse Douthwaite. — A quilômetros de distância! E tive uma testemunha para provar isso. A gente trabalhava em duplas, vendendo, cada um fazia um lado da rua, eu tinha ido com um cara chamado Tadger — e ele tentou rir de novo. Ninguém sorriu. — "Pênis", pode imaginar o sofrimento que ele... bom, ele ficou comigo o dia todo...

"Voltei ao escritório no final da tarde e tinha um grupo de caras lá, e eles nos contaram que Hammond tinha acabado de receber o recado de que a mulher dele tinha se matado...

"Horrível", disse o pálido e suarento Douthwaite, "mas a não ser por aquela única noite juntos, eu não tive nada com ela. Mas o cara dela... bom, era mais fácil me culpar", disse Douthwaite, "não era, do que pensar na merda do próprio comportamento?

"Cheguei em casa duas horas depois e ele estava lá, esperando. Uma tocaia. Ele me deu uma surra feia."

— Ótimo! — disse Donna em um meio soluço.

— E sua vizinha, Janice, a enfermeira, cuidou...

— Nem hesitou com a vizinha, não é, Steve? — disse Donna com uma risada oca. — Fez a enfermeira limpar você?

— Não foi nada disso! — disse Douthwaite com uma veemência surpreendente.

— É o truquezinho dele — disse Donna, pálida, a Robin, que ainda estava ajoelhada ao lado de sua cadeira. — Sempre tem uma história triste na manga. Eu mesma caí nessa. De coração partido depois que o amor da vida dele se afogou... Ah, meu Deus — sussurrou Donna, meneando lentamente a cabeça. — E ela foi a terceira. — Com uma risadinha histérica, ela disse: — Até onde sabemos. Talvez existam outras. Quem sabe?

— Pelo amor de Deus, Donna! — repetiu Douthwaite. Manchas de suor nas axilas eram visíveis através da camiseta turquesa e fina: Strike literalmente sentia o cheiro do medo dele. — Sem essa, você me conhece, sabe que eu nunca faria mal a ninguém!

— Janice disse que aconselhou você a procurar ajuda médica para seus sintom...

— *Ela* nunca me disse para procurar um médico! — vociferou Douthwaite, de olho na esposa. — Eu não precisava que me dissessem, fui por minha própria conta porque só estava preocupado com as... dores de cabeça e... principalmente dores de cabeça. Eu me sentia muito mal.

— Você foi ao consultório de Margot seis vezes em um período de duas semanas — disse Strike.

— Eu me sentia mal, tinha dores no estômago e sei lá mais o quê... quer dizer, evidentemente me afetou Joanna ter morrido, depois as pessoas falando de mim...

— Ah, coitadinho, coitadinho — resmungou Donna. — Pelo amor de Deus. Você odeia ir a médicos. Seis vezes em duas semanas?

— Donna, sem essa — disse Douthwaite, implorando. — Eu estava péssimo! E depois a merda da polícia apareceu e fez parecer que eu a estava assediando ou coisa assim. Era um problema de saúde meu!

— Você comprou para ela...? — começou Strike.

— ... chocolates? Não! — Douthwaite de repente ficou muito agitado. — Se alguém mandou chocolates a ela, talvez vocês devam descobrir *quem foi*. Mas não fui eu! Eu disse à polícia que nunca comprei nada para ela, até parece que era...

— Testemunhas disseram que você parecia aflito e possivelmente furioso da última vez que saiu do consultório da dra. Bamborough — disse Strike. — O que aconteceu durante a última consulta?

A respiração de Douthwaite agora estava acelerada. De repente, quase agressivamente, ele olhou bem nos olhos de Strike.

Experiente na linguagem corporal de suspeitos que anseiam pela libertação e pelo alívio de se livrarem de um fardo, quaisquer que fossem as consequências, Strike de repente entendeu que Douthwaite vacilava à beira de uma revelação. Agora ele teria dado quase tudo para encorajar o homem, em uma sala de interrogatório silenciosa, mas, exatamente como ele temia, o momento precioso foi arrancado dele por Donna.

— Ela te rejeitou, foi? O que você pensava, Steve... que um reles vendedor miserável e fracassado tinha alguma chance com uma médica?

— *Eu não queria ter nenhuma chance!* — disse Douthwaite, reagindo à esposa —, fui lá por causa de minha saúde, eu estava doente!

— Ele parece um maldito gato — disse Donna a Robin —, agindo furtivamente pelas costas de todos. Ele vai usar qualquer coisa para chegar a seu objetivo, qualquer coisa. A amante dele se matou, e ele usa isso para levar no papo enfermeiras e médicas...

— Não, eu estava doente!

— Aquela última consulta... — Strike recomeçou.

— Não sei do que está falando, não foi nada — disse Douthwaite, agora evitando olhar no rosto de Strike. — A médica só me disse para pegar mais leve.

— Como se algum dia você precisasse ouvir isso, desgraçado preguiçoso — cuspiu Donna.

— Talvez — disse Strike —, como não está se sentindo bem, sra. Diamond, eu possa falar com Steve em algum lugar sep...

— Ah, não, não vai, não! — disse Donna. — De jeito nenhum! Eu quero...

Ela caiu aos prantos, os ombros arriando, o rosto nas mãos.

— Vou ouvir tudo agora... última chance...

— Donna... — O tom de Douthwaite era de súplica.

— Não. — Ela chorava nos dedos. — Não se atreva.

— Quem sabe — disse Strike, na esperança de voltar à última consulta com Margot no devido tempo — podemos repassar seu álibi para a hora do desaparecimento da dra. Bamborough?

Donna soluçava, as lágrimas e o muco agora escorriam livremente. Robin pegou um guardanapo de papel na bandeja ao lado da chaleira e entregou a ela.

Intimidado com a angústia da esposa, Douthwaite permitiu que Strike o levasse de volta a seu álibi fraco para a noite em questão, atendo-se à história de que ele esteve sentado, sem que ninguém visse, em uma cafeteria, procurando apartamentos para alugar em um jornal.

— Eu queria sair dali, ficar longe de toda a fofoca sobre Joanna. Só queria ir embora.

— Então o desejo de se mudar não foi estimulado por nada que aconteceu entre você e a dra. Bamborough em sua última consulta? — perguntou Strike.

— Não — disse Douthwaite, ainda sem olhar para Strike. — Como poderia ser?

— Desistiu dela? — perguntou Donna por trás do guardanapo molhado com que enxugava os olhos. — Entendeu que fez papel de bobo. O mesmo com aquela garota de Leeds, hein, Steve?

— Donna, *puta que pariu...*

— Ele esquece — disse Donna a Robin — que não está mais nos seus vinte anos, o idiotinha metido. Um iludido, c-careca filho da puta. — Ela soluçou.

— *Donna...*

— Então você se mudou para Waltham Forest... — incitou Strike.

— Sim. Polícia. Imprensa. Foi um pesadelo — disse Douthwaite. — Pensei em acabar com tudo, pra te falar a...

— Que pena que não fez — disse Donna com selvageria. — Nos pouparia muito tempo e aborrecimento.

Como se não tivesse ouvido isso e ignorando o olhar de indignação de Douthwaite, Strike perguntou:

— O que o fez ir para Clacton-on-Sea? Tinha família ali?

— Eu não tinha família, fui criado em lares...

— Ai, alguém dê um violino a ele — disse Donna.

— Bom, é a verdade, não é? — Pela primeira vez Douthwaite exibia uma raiva sem nenhum verniz. — E posso dizer a verdade sobre minha própria vida, não posso? Eu só queria ser um Redcoat, porque eu cantava um pouco e procurava um jeito divertido de ganhar a vida...

— Divertido — resmungou Donna —, ah, é, desde que *você* se divertisse, Steve...

— ... me afastar de pessoas que me tratavam como se eu tivesse matado alguém...

— E *epa*! — disse Donna. – Lá vai outra, na piscina...

— Você *sabe muito bem* que eu não tive nada a ver com o afogamento de Julie!

— E como posso saber? — disse Donna. — Eu não estava lá! Foi antes de nos conhecermos!

— Eu te mostrei a matéria do jornal! — disse Douthwaite. — Eu *te mostrei*, Donna, qual é! — Ele se virou para Strike. — Alguns de nós estávamos bebendo em nosso chalé. Eu e uns colegas jogávamos pôquer. Julie estava cansada. Ela saiu antes de terminarmos o jogo, voltou para o chalé dela. Ela contornou a piscina, escorregou no escuro, desmaiou e...

Pela primeira vez, Douthwaite mostrava uma aflição verdadeira.

— ... ela se afogou. Nunca vou me esquecer disso. Nunca. Saí correndo de cueca na manhã seguinte, quando ouvi a gritaria. Vi o corpo dela quando a estavam tirando da piscina. Não dá para esquecer uma coisa dessas. Ela era uma criança. Vinte e dois, por aí. Os pais dela chegaram e... foi uma coisa horrível. Eu nunca... que alguém pudesse morrer desse jeito. Um escorregão e um tropeção...

"Sim, então... foi quando me candidatei a um emprego no Ingoldmells Butlin's na mesma rua daqui. E foi ali que conheci Donna", disse ele, com um olhar apreensivo para a esposa.

— Então você saiu de Clacton-on-Sea e mudou de nome de novo, e isso não tem nada a ver com um homem chamado Oakden aparecer perguntando a você sobre Margot Bamborough? — perguntou Strike.

A cabeça de Donna se levantou de repente.

— Ah, meu Deus — disse ela —, então até a parte da *Julie* é mentira?

— Não é mentira! — disse Douthwaite em voz alta. — Eu *disse* a você que Julie e eu tivemos uma discussão dois dias antes de ela morrer, eu te *contei* isso, porque eu me senti muito culpado depois! Aquele homem, esse... como é mesmo o nome dele? Oakden?... Sim, ele apareceu, dizendo que estava escrevendo um livro sobre o desaparecimento da dra. Bamborough. Rondou todos os outros Redcoats para falar com eles a meu respeito, dizendo a todos que eu tinha sido um suspeito e que mudei de nome depois do que aconteceu, me fazendo parecer desonesto pra cacete. E Julie ficou muito irritada comigo porque eu não tinha contado a ela...

— Bom, *essa* lição você aprendeu de verdade, não é, Steve? — disse Donna. — Fugir e se esconder, é só o que você sabe fazer, e quando você é descoberto, sai de fininho e encontra outra mulher com quem choramingar, até que ela descobre, e depois...

— Sr. Douthwaite — disse Strike, interrompendo Donna —, quero agradecer por seu tempo. Sei que foi um choque ter tudo isso levantado de novo.

Robin olhou para Strike, aturdida. Ele não podia deixar a entrevista por isso mesmo, podia? Os Douthwaite (ou Diamond, como se consideravam) pareciam igualmente perplexos. Strike pegou um segundo cartão no bolso e o entregou a Douthwaite.

— Se você se lembrar de alguma coisa — disse o detetive —, sabe onde me encontrar. Nunca é tarde demais.

A tatuagem de ampulheta no braço de Douthwaite ondulou quando ele estendeu a mão para o cartão.

— Com quem mais você falou? — perguntou Douthwaite a Strike.

Agora que sua provação tinha acabado, ele parecia curiosamente avesso a que terminasse. Talvez, pensou Robin, temesse ficar sozinho com a esposa.

— O marido de Margot e a família dela — disse Strike, observando as reações de Douthwaite. — Os colegas de trabalho que ainda estão vivos... o dr. Gupta. Uma das recepcionistas, Irene Hickson. Janice Beattie, a enf...

— Que ótimo — intrometeu-se Donna —, a enfermeira ainda está disponível, Steve...

— ... um ex-namorado de Margot, a melhor amiga dela e algumas outras pessoas.

Douthwaite, que tinha ruborizado com a interpelação da esposa, disse:

— Mas não Dennis Creed?

— Ainda não — disse Strike. — Bom — ele olhou de marido para esposa —, obrigado por seu tempo. Nós agradecemos muito.

Robin se levantou.

— Sinto muito — disse Robin em voz baixa a Donna. — Espero que esteja se sentindo melhor.

— Obrigada — murmurou Donna.

Enquanto Strike e Robin chegavam ao alto da escada, ouviram gritaria de novo por trás da porta do Lochnagar.

— Donna, amor...

— *Não se atreva a me chamar de amor, seu canalha escroto!*

— Não tem sentido continuar — disse Strike em voz baixa, descendo a escada xadrez com a lentidão exibida pela senhora obesa. — Ele não vai falar com ela ali.

— Falar o quê?

— Bom, essa — disse Strike enquanto os gritos dos Douthwaite faziam eco na escada — é a questão, não é?

65

Como um barco, que pelo vasto Oceano
Dirige seu curso a determinada costa,
Encontra muitos ventos e marés contrários,
Que impedem e obstaculizam sua alada velocidade,
E é sacudido em ondas de tormenta;
Todavia fazendo muitas manobras e virando-se,
Ainda caça o vento, e nem a bússola perde:
Justo o que me ocorre neste longo caminho,
Cujo curso é sempre parado, mas nunca se extravia.

Edmund Spenser
A Rainha das Fadas

— Estou com fome — anunciou Strike, depois que eles chegaram à calçada ensolarada da Allardice.

— Vamos comer peixe com fritas — sugeriu Robin.

— Assim é que se fala — disse Strike com entusiasmo quando eles seguiram para o final da Scarbrough Avenue.

— Cormoran, o que o faz pensar que Douthwaite sabe de alguma coisa?

— Não viu como ele me olhou quando perguntei sobre a última consulta com Margot?

— Eu devia estar olhando para Donna. Fiquei seriamente com medo de ela desmaiar.

— Bem que eu queria isso — disse Strike.

— Strike!

— Ele sem dúvida pensava em me contar alguma coisa, depois ela estragou tudo. — Quando chegaram ao final da rua, ele disse: — Esse era um homem assustado e não acho que ele tenha medo só da esposa... entramos à direita ou à esquerda?

— À direita — disse Robin, e assim eles foram pela Grand Parade, passando pelo prédio comprido e aberto chamado Funland, cheio de videogames que bipavam e faiscavam, máquinas de garra e cavalos mecânicos operados a moedas para as crianças. — Está dizendo que Douthwaite é culpado?

— Acho que se sente culpado — disse Strike enquanto eles passavam por casais e famílias animados de camiseta. — Ele me olhou como se estivesse explodindo de vontade de me contar algo que pesava nele.

— Se ele tem provas de verdade, por que não contou à polícia? Teria tirado os homens do pé dele.

— Posso pensar em um motivo.

— Ele tinha medo da pessoa que achou que matou Margot?

— Exatamente.

— Então... Luca Ricci? — disse Robin.

Nesse momento, uma voz de homem das profundezas da Funland disse: "Branco sete e quatro, *setenta e quatro*."

— É possível — disse Strike, mas não parecia inteiramente convencido. — Douthwaite e Ricci moravam no mesmo bairro na época. Talvez frequentassem os mesmos pubs. Suponho que ele tenha ouvido um boato de que Ricci estaria atrás dela. Mas isso não bate com o que disseram as testemunhas oculares, não é? Se Douthwaite estava dando o aviso, não acha que seria Margot que ficaria aflita depois, enquanto nós sabemos que foi *ele* que saiu às pressas de lá e parecia assustado e preocupado... mas minha intuição me diz que Douthwaite pensa que o que aconteceu entre eles naquela última consulta é relevante para o desaparecimento dela.

A entrada de um parque bem conservado à direita deles brilhava de petúnias. À frente, em uma ilha no meio de um canteiro central na rua, havia uma torre de relógio de 18 metros feita de tijolinhos e pedra, com uma aparência levemente gótica e os mostradores como uma miniatura do Big Ben.

— Exatamente quantas lanchonetes Skegness tem? — perguntou Strike quando eles pararam no cruzamento movimentado ao lado da torre do relógio. Estavam bem ao lado de dois estabelecimentos que tinham mesas que se espalhavam pela calçada, e ele via mais duas lanchonetes de peixe com fritas do outro lado do cruzamento.

— Nunca contei — disse Robin. — Sempre ficava mais interessada nos burros. Vamos experimentar aqui? — perguntou ela, apontando a mesa vaga mais próxima, que era verde pistache e pertencia à Tony's Chippy ("Vendemos Qualidade, Não Preço").

— Burros? — repetiu Strike, sorrindo, ao se sentar no banco.

— É isso mesmo. Bacalhau ou hadoque?

— Hadoque, por favor — disse Strike, e Robin foi fazer o pedido dentro da loja.

Depois de mais ou menos um minuto, ansioso por suas batatas fritas e desfrutando da sensação do sol nas costas, Strike notou que continuava olhando Robin e fixou os olhos, em vez disso, em uma massa que tremulava pouco acima dele. Embora o alto da grade amarela que separava a Tony's da Harry Ramsbottom's tenha recebido espigões finos para impedir o pouso das aves, alguns estorninhos malhados faziam justo isso, equilibrados delicadamente entre as agulhas, nos círculos de ferro pouco abaixo delas, esperando pela chance de voar em uma batata abandonada.

Olhando as aves, Strike se perguntou quais eram as chances de Douthwaite telefonar para o número em seu cartão. Ele era um homem com um longo histórico de se esconder do passado, mas Strike sem dúvida interpretara em seu rosto um desespero que só vira na cara de homens que não suportavam mais a pressão de um segredo terrível. Coçando indolentemente o queixo, Strike decidiu dar ao homem um curto período de tolerância, depois, ou ligaria de novo, ou voltaria, sem se fazer anunciar, a Skegness, para emboscar Douthwaite na rua ou em um pub, onde Donna não pudesse interferir.

Strike ainda olhava os estorninhos quando Robin baixou duas bandejas de isopor, dois garfos pequenos de madeira e duas latas de Coca-Cola na mesa.

— Purê de ervilhas — disse Strike, olhando a bandeja de Robin, onde uma porção grande do que parecia um mingau verde estava ao lado de seu peixe com fritas.

— Caviar de Yorkshire — disse Robin, sentando-se. — Acho que você não vai querer.

— E tem razão — disse Strike, pegando um sachê de molho de tomate enquanto via com algo parecido com repulsa Robin mergulhar uma batata frita na papa verde e comer.

— Você é um sulista frouxo — disse ela, e Strike riu.

— Não deixe Polworth te ouvir dizendo isso. — Ele partiu um pedaço de peixe com os dedos, mergulhou em ketchup e comeu. Então, de repente, começou a cantar:

A good sword and a trusty hand!
A merry heart and true!
King James's men shall understand,
What Cornish lads can do.

— Que diabos é isso? — perguntou Robin, rindo.

— A primeira estrofe de "The Song of the Western Men" — disse Strike. — Basicamente, diz que os cornualheses são a antítese de cretinos frouxos. Caramba, isso está bom.

— Eu sei. Não se come peixe com fritas assim em Londres — disse Robin.

Por alguns minutos, eles comeram em silêncio. O papel impermeável em que as bandejas de fritas eram embrulhadas tinha impressas antigas páginas do jornal *Mirror*. *Paul Deixa os Beatles*. Também havia charges, do tipo postal obsceno: uma loura peituda na cama com seu chefe mais velho dizia: "Os negócios devem estar bombando. Você nunca me deu tanta hora extra." Isso fez Robin lembrar de Gemma, a secretária, que talvez já tivesse ligado para o número falso que Robin lhe dera e percebera que não era só o ex, Andy, que não era quem aparentava ser. Mas Robin tinha uma gravação no telefone de tudo que Gemma sabia sobre a venda de informação privilegiada do Manhoso, e Pat, neste momento, transcrevia para um documento, eliminando qualquer coisa que pudesse identificar a informante. O Manhoso, Robin torcia, logo estaria desempregado e, com alguma sorte, nos tribunais.

Um longo parque de diversões do outro lado da rua escondia o mar de vista. Os assentos da roda-gigante distante eram fechados em cápsulas com o formato de balões de ar quente em cores pastel. Perto dali ficava uma parede gigante de escalada para adultos, com cordas e balanços de pneus, subindo trinta metros. Vendo as pessoas de arnês navegando pelos obstáculos, Robin sentiu uma estranha mistura de contentamento com melancolia: a possibilidade de uma evolução desconhecida no caso Bamborough, as fritas deliciosas com ervilha, a companhia de Strike e o sol, tudo era animador, mas ela também se lembrava de correr pela praia quando criança, tentando ultrapassar o irmão Stephen para chegar aos burros e dar o primeiro passeio. Por que a lembrança da inocência doía tanto quando ficamos mais velhos? Por que a lembrança da criança que pensava ser invulnerável, que nunca conheceu a crueldade, dava-lhe mais dor que prazer?

Sua infância tinha sido feliz, ao contrário da de Strike; não devia magoar. No período dos fins de semana de verão, com anos de diferença, Robin e os irmãos competiam para montar o burro chamado Noddy, que sem dúvida há muito tempo morrera. Então era a mortalidade que transformava as lembranças alegres em agridoces? Talvez, pensou Robin, ela trouxesse Annabel aqui quando ela tivesse idade para isso e a levasse a seu primeiro passeio de burro. Era uma boa ideia, mas ela duvidava de que Stephen e Jenny vissem Skegness como um destino desejável para o fim de semana. A tia-avó de Annabel tinha se mudado de Boston: não havia mais nenhuma ligação familiar na região. Os tempos mudam, assim como as infâncias.

— Está tudo bem com você? — disse Strike, vendo a cara de Robin.

— Tudo ótimo — disse ela. — Só pensando... Vou fazer trinta anos daqui a algumas semanas.

Strike bufou.

— Bom, não terá minha solidariedade — disse ele. — Terei quarenta no mês que vem.

Ele abriu a lata de Coca-Cola e bebeu. Robin viu passar uma família, os quatro tomando sorvete, acompanhados por um dachshund bamboleante que farejava a sacola de compras da Union Jack que se balançava na mão do pai.

— Acha que a Escócia vai se libertar?

— Ficar independente? Talvez — disse Strike. — O plebiscito está próximo. Barclay pensa que pode acontecer. Ele esteve me contando sobre uns amigos do país dele. Eles parecem o Polworth. O mesmo ódio, as mesmas promessas de que tudo será arco-íris e unicórnios se eles se libertarem de Londres. Qualquer um que aponte armadilhas ou dificuldades é alarmista. Os especialistas não sabem de nada. Os dados mentem. "As coisas não podem ficar piores do que já estão."

Strike colocou várias batatas na boca, mastigou, engoliu, depois disse:

— Mas a vida me ensinou que as coisas sempre podem piorar. Achei que eu tinha levado a pior, depois vi levarem numa cadeira de rodas um cara que teve as duas pernas e os genitais estourados.

Ele nunca havia falado com Robin sobre as consequências da lesão que mudou sua vida. Em vez disso, raras vezes mencionava a perna ausente. Sem dúvida uma barreira tinha caído, pensou Robin, desde a conversa abastecida a uísque no escritório escuro.

— Todo mundo quer uma solução simples e única — disse ele, agora pescando as últimas fritas. — *Truque estranho para emagrecer*. Nunca cliquei nisso, mas entendo o apelo.

— Bom, a reinvenção é uma ideia convidativa, não acha? — disse Robin, com os olhos nos balões de ar quente falsos, dando a volta no circuito prescrito. — Veja só Douthwaite, mudando de nome e encontrando uma nova mulher a intervalos de poucos anos. Reinventar todo um país seria incrível. Fazer parte disso.

— É — disse Strike. — É claro que as pessoas acham que, se elas se incluem em algo maior e esse algo muda, elas vão mudar também.

— Bom, não há nada de errado em querer melhorar, ou ser diferente, há? — perguntou Robin. — Algo errado em querer melhorar as coisas?

— Não mesmo — disse Strike. — Mas as *pessoas* que mudam fundamentalmente são raras, segundo minha experiência, porque é um trabalho muito pesado se comparado a ir a uma passeata ou agitar uma bandeira. Já conhecemos uma única pessoa neste caso que seja radicalmente diferente de quem era quarenta anos atrás?

— Não sei... Acho que *eu* mudei — disse Robin, depois ficou constrangida por dizer isso em voz alta.

Strike a olhou sem sorrir pelo tempo que levou para mastigar e engolir uma batata frita, depois disse:

— É. Mas você é excepcional, não é?

E antes que Robin tivesse tempo para outra coisa além de um leve rubor, Strike disse:

— Não vai terminar sua batata frita?

— Pode se servir. — Robin empurrou a bandeja para ele. Ela pegou o telefone no bolso. — Vou procurar aquela dica estranha para perder a gordura da barriga.

Strike sorriu com malícia. Depois de limpar as mãos no guardanapo de papel, Robin verificou os e-mails.

— Viu esse de Vanessa Ekwensi? Ela mandou com cópia a você.

— O que é?

— Ela talvez conheça alguém que pode substituir Morris... uma mulher chamada Michelle Greenstreet... ela quer sair da polícia. Está lá há oito anos — disse Robin, correndo lentamente o e-mail —, não gosta de fazer policiamento... está em Manchester... quer se mudar para Londres, muito interessada no trabalho de detetive...

— Parece promissor — disse Strike. — Vamos marcar uma entrevista. Ela já passou pela primeira barreira com louvor.

— Que barreira? — disse Robin, levantando a cabeça.

— Duvido que ela vá mandar uma foto de pau.

Ele deu um tapinha nos bolsos, pegou o maço de Benson & Hedges, mas o encontrou vazio.

— Preciso de mais cigarros, vamos...

— Espere — disse Robin, que ainda tinha os olhos fixos no celular. — Ah, meu Deus. Cormoran... Gloria Conti me mandou um e-mail.

— Você está brincando — disse Strike. Tendo se levantado parcialmente, ele agora se deixou cair de volta no banco.

— "Prezada srta. Ellacott" — Robin leu em voz alta —, "peço desculpas por não ter respondido a seus e-mails. Eu não sabia que você tentava contato comigo e só descobri recentemente. Se for conveniente, estarei disponível para conversar com você amanhã às sete da noite. Atenciosamente..." e ela dá o número do telefone — disse Robin, olhando para Strike, aturdida. — Como é possível que ela só tenha descoberto agora? Tem *meses* de e-mails meus a ela sem nenhuma resposta... será que Anna a motivou?

— Pode ser — disse Strike. – O que não sugere alguém que queira a investigação encerrada.

— *É claro* que ela não quer — disse Robin. — Mas, pela sanidade mental, é preciso traçar um limite em algum lugar.

— E isso faz de nós o quê?

Robin sorriu e meneou a cabeça.

— Dedicados?

Strike precisava acender outro cigarro.

— Conti: a última pessoa a ver Margot viva. A pessoa mais próxima de Margot na clínica...

— Estou agradecendo a ela — disse Robin, que tentava digitar rapidamente no celular — e concordando com um telefonema amanhã.

— Podemos fazer isso do escritório, juntos — disse Strike. — Talvez uma videoconferência se ela concordar?

— Vou perguntar — disse Robin, ainda digitando.

Eles partiram alguns minutos depois em busca de cigarros, e Robin refletiu sobre a naturalidade com que concordou em trabalhar em uma noite de sábado para conduzir a entrevista de Gloria com Strike. Não havia mais um Matthew colérico em casa, furioso com ela por se comprometer com um longo horário de trabalho, desconfiado do que ela e Strike faziam, sozinhos no escritório à noite. E ela pensou na recusa de Matthew de olhá-la nos olhos à mesa da conciliação. Ele tinha trocado de parceira e de emprego; logo seria pai. A vida dele mudou, mas e ele?

Eles viraram uma esquina e se viram de frente para o que Strike classificou mentalmente como "hectares de quinquilharias". Até onde a vista alcançava, havia bancas de mercadorias dispostas na calçada: bolas de praia, chaveiros, bijuteria barata, óculos escuros, baldes de algodão-doce, caramelos e bichos de pelúcia.

— Olha só isso — disse Robin de repente, apontando à sua direita. Uma placa em amarelo vivo dizia: *Sua Vida em Suas Mãos*. No vidro escuro da porta abaixo, estava escrito: *Leitura de Mão. Clarividência*, junto com um mapa circular, os 12 signos do zodíaco representados pelos símbolos em torno de um sol central.

— O quê? — disse Strike.

— Bom, você fez seu mapa astral. Talvez eu queira o meu.

— Puta merda — resmungou Strike, e eles continuaram, Robin sorrindo consigo mesma.

Robin esperou do lado de fora, examinando postais, enquanto Strike entrava na banca de jornais para comprar cigarros.

Esperando ser atendido, Strike foi tomado por um impulso súbito e quixotesco (sem dúvida estimulado pelas cores berrantes à sua volta, pelo sol e os pirulitos, o barulho e o tinir de fliperamas e um estômago cheio do melhor peixe com fritas que ele comera na vida) a comprar um burro de brinquedo para Robin. Recuperou o juízo pouco antes de a ideia se formar: o que ele era, um garoto em um encontro diurno com a primeira namorada? Saindo ao sol de novo ao deixar a banca, ele notou que não podia ter comprado o burro, mesmo que quisesse. Não havia um só deles à vista: os latões cheios de bichos de pelúcia só tinham unicórnios.

— De volta ao carro, então? — disse Robin.

— Sim — concordou Strike, abrindo o celofane dos cigarros, mas depois disse: — Vamos ver o mar antes de ir embora?

— Tudo bem — disse Robin, surpresa. — Erm... por quê?

— Só estou com vontade. É um erro estar perto do mar sem realmente pôr os olhos nele.

— Isso é coisa da Cornualha? — perguntou Robin enquanto eles voltavam à Grand Parade.

— Talvez seja. — Strike acendeu o cigarro entre os dentes. Tirou um trago, soltou a fumaça e cantou:

And when we come to London Wall,
A pleasant sight to view,
Come forth! Come forth! Ye cowards all:
Here's men as good as you.

— "The Song of the Western Men"?

— Essa mesma.

— Por que acha que eles sentem a necessidade de dizer aos londrinos que eles são igualmente bons? Isso não é evidente?

— É só Londres, né? — disse Strike ao atravessarem a rua. — Irrita todo mundo.

— Eu adoro Londres.

— Eu também. Mas entendo por que irrita todo mundo.

Eles passaram por uma fonte em que no meio havia uma estátua do Alegre Pescador, aquele marinheiro rotundo e barbudo que salta no vento forte, usado em cartazes que anunciavam Skegness por quase um século, e avançaram por uma área pavimentada e lisa para a praia.

Enfim eles viram o que Strike sentia a necessidade de ver: um largo oceano plano, da cor de calcedônia, abaixo de um céu de pervinca. Longe, no mar, estragando o horizonte, havia um exército de turbinas de vento, altas e brancas, e Strike, desfrutando pessoalmente da brisa fresca que vinha do mar, entendeu enfim por que Robin tinha trazido um cachecol.

Strike fumou em silêncio, o vento frio sem fazer diferença alguma em seu cabelo crespo. Pensava em Joan. Só naquele momento lhe ocorria que o plano dela para o lugar de seu descanso final lhes dera um túmulo para visitar sempre que estivessem no litoral da Grã-Bretanha. Nascida e criada na Cornualha, Joan sabia que essa necessidade de se reconectar ao mar vivia em todos eles. Agora, sempre que fossem ao litoral, eles prestariam um tributo a ela, junto com a reverência às ondas.

— Eram as preferidas de Joan, as rosas cor-de-rosa — disse ele depois de um tempo. — As que você enviou ao funeral.

— Ah, é mesmo? — disse Robin. — Eu... bom, eu tinha uma imagem mental de Joan, pelas coisas que você me contou e... As rosas cor-de-rosa me pareceram adequadas para ela.

— Se a agência um dia falir — disse Strike enquanto os dois se afastavam do mar —, você pode voltar a Skegness e se estabelecer como clarividente.

— É um nicho — disse Robin enquanto eles voltavam para o estacionamento. — Adivinhar as flores preferidas dos mortos.

— Não tem burros. — Strike olhou para a praia por cima do ombro.

— Deixa pra lá — disse Robin gentilmente. — Acho que você seria meio pesado para eles.

66

Fala, frágil mulher, fala tu com confiança.

Edmund Spenser
A Rainha das Fadas

Na noite seguinte, Strike e Robin estavam sentados do mesmo lado da mesa dos sócios. Estavam sozinhos no escritório pela primeira vez desde a noite em que Strike a deixou com os olhos roxos. A luz dessa vez estava acesa, não havia copos de uísque nas mãos, mas cada um deles tinha plena consciência do que acontecera na ocasião anterior e ambos se sentiam meio constrangidos, o que se manifestava, do lado de Strike, por um tom um pouco mais vigoroso quando eles ajustaram o monitor do computador para que ambos o pudessem ver bem e, do lado de Robin, em se concentrar em todas as perguntas que queria fazer a Gloria.

Às seis da tarde — sete da noite, no fuso horário de Gloria — Strike discou o número de Gloria. Depois de um momento de suspense, eles ouviram o telefone tocar, e uma mulher apareceu na tela, meio nervosa, no que parecia um escritório forrado de livros. Emoldurada na parede atrás dela estava uma fotografia grande de uma família: a própria Gloria, o marido de aparência distinta e três filhos adultos, todos usando camisetas brancas, todos notadamente atraentes.

De todas as pessoas que eles conheceram e entrevistaram em relação a Margot Bamborough, Gloria Conti, pensou Robin, era a que mais se parecia com sua juventude, embora ela não tivesse feito esforços evidentes para disfarçar o processo de envelhecimento. O cabelo, que era de um branco puro, era curto e bonito. Embora tivesse rugas finas na testa e em volta dos olhos, a tez clara parecia nunca ter sido exposta a muito sol. Ela era magra, de maçãs do rosto pronunciadas, de forma que a estrutura de seu rosto não diferia muito de quando ela era mais nova, e a blusa azul-marinho de gola alta, os brincos de ouro pequenos e os óculos de armação quadrada eram estilosos e simples. Robin pensou que Gloria correspondia muito mais a sua ideia de uma professora universitária do que a descendente de uma família de criminosos, mas talvez ela estivesse sob a influência das fileiras de livros nas prateleiras atrás dela.

— Boa noite — disse Gloria, nervosa.

— Boa noite — disseram Strike e Robin juntos.

— É muita bondade sua conversar conosco, sra. Jaubert — disse Strike. — Nós agradecemos muito.

— Ah, não tem por quê — disse ela educadamente.

Robin tinha imaginado uma pronúncia, a partir das descrições de Irene Hickson, de uma garota de criação rude, mas é claro que, como Paul Satchwell, Gloria agora tinha passado muito mais tempo fora de seu país natal do que nele.

— Torcemos para conversar com a senhora por muito tempo — disse Robin.

— Sim, lamento muito por isso — disse Gloria. — Meu marido, Hugo, não me contou de nenhuma de suas mensagens, sabe? Descobri seu último e-mail na pasta de lixo eletrônico, por acaso. Foi como soube que você tentava entrar em contato comigo. Hugo... bom, ele pensou estar agindo corretamente.

Robin se lembrou de uma ocasião em que Matthew deletara uma mensagem de voz de Strike no celular de Robin para impedir que ela voltasse a trabalhar na agência. Ficou surpresa ao ver que Gloria não parecia levar a mal a intervenção do marido. Talvez Gloria tenha lido seus pensamentos, porque disse:

— Hugo supôs que eu não fosse querer falar com estranhos sobre o que houve. Ele não percebeu que, na verdade, vocês são as únicas pessoas com quem eu ia querer falar, porque estão tentando descobrir o que realmente aconteceu e se conseguirem, será... bom, tirará um peso imenso de cima de mim.

— Importa-se se eu tomar notas? — perguntou-lhe Strike.

— Não, de modo algum — disse Gloria educadamente.

Enquanto Strike liberava a ponta da caneta, Gloria pegou uma taça de vinho tinto fora do quadro, bebeu um gole, pareceu se preparar e falou rapidamente:

— Por favor... se não se importam... posso explicar algumas coisas primeiro? Desde ontem, estive com isso girando na cabeça e acho que, se eu contar a minha história, poupará muito tempo de vocês. É fundamental para entender minha relação com Margot e por que me comportei... como me comportei.

— Será muito útil — disse Strike, com a caneta posicionada. — Por favor, continue.

Gloria bebeu outro gole do vinho, baixou a taça onde eles não podiam ver, respirou fundo e disse:

— Meus pais morreram em um incêndio em casa quando eu tinha cinco anos.

— Que horror — disse Robin, sobressaltada. O censo de 1961 mostrava uma família completa de quatro pessoas. — Eu lamento muito.

Strike soltou um murmúrio de comiseração.

— Obrigada — disse Gloria. — Só estou contando isso para explicar... Vejam bem, eu sobrevivi porque meu pai me jogou pela janela em um cobertor que os vizinhos seguraram. Minha mãe e meu pai não pularam, porque tentavam alcançar meu irmão mais velho, que ficou preso. Os três morreram, então fui criada pelos pais de minha mãe. Eles eram pessoas adoráveis. Teriam vendido a própria alma por mim, o que tornará ainda pior o que estou prestes a dizer...

"Eu era uma menina muito tímida. Na verdade, invejava as meninas da escola que tinham pais que eram... sabe como... *por dentro*. Minha pobre avó não entendia os anos 1960 e 1970", disse Gloria, com um sorriso triste. "Minhas roupas eram sempre meio antiquadas. Nada de minissaias ou maquiagem nos olhos, sabe...

"Reagi desenvolvendo uma vida de fantasia bem complexa. Sei que a maioria das adolescentes tem fantasias, mas eu era... radical. Tudo saiu de controle quando eu tinha 16 anos e fui ver o filme *O Poderoso Chefão*...

"É ridículo", disse Gloria com seriedade, "mas é a verdade. Eu... *me agarrei* àquele filme. Fiquei *obcecada* por ele. Não sei quantas vezes vi; pelo menos vinte, calculo. Eu era uma estudante inglesa de Islington dos anos 1970, mas o que eu *realmente* queria era ser Apollonia da Sicília dos anos 1940 e conhecer um mafioso americano bonito e *não* explodir em uma bomba no carro, mas viver com Michael Corleone em Nova York, e ser linda e glamorosa enquanto meu marido fazia coisas glamorosamente criminosas e violentas, tudo fundamentado, sabe, em um código moral rigoroso."

Strike e Robin riram, mas Gloria não sorriu. Ao contrário, parecia triste e envergonhada.

— De algum jeito eu achava que tudo isso podia ser realizado — continuou ela —, porque eu tinha sobrenome italiano. Nunca me importei realmente com isso, antes de *O Poderoso Chefão*. Assim, do nada, pedi a meus avós que me levassem à missa na igreja italiana na Clerkenwell Road, em vez de na igreja deles... e, abençoados, eles me levaram. Quisera eu que não o tivessem feito. Quisera eu que eles me dissessem para não ser tão egoísta, porque a igreja deles lhes dava muito apoio e era o centro da vida social deles.

"Sempre me senti inteiramente inglesa, e eu *era*, por parte de mãe, mas agora tentava descobrir o máximo que podia a respeito da família de meu pai. Era minha esperança descobrir que eu descendia de mafiosos. Depois podia pedir a meus avós que me dessem dinheiro para conhecer todos eles na Sicília e talvez me casar com um primo distante. Mas só o que descobri foi que meu avô italiano tinha migrado para Londres para trabalhar em uma cafeteria. Eu já sabia que meu pai tinha trabalhado na London Transport. Todos que descobri, por mais que eu procurasse no passado, eram completamente respeitáveis e cumpridores da lei. Foi uma tremenda decepção", disse Gloria, com um suspiro.

"E então em um domingo, na St. Peter, alguém apontou um homem chamado Niccolo Ricci, sentado no fundo da igreja italiana. Disseram que ele era um dos últimos gângsteres de Little Italy."

Gloria fez uma pausa para tomar outro gole do vinho, recolocou a taça de novo fora do quadro e voltou a falar.

— Mas então... Ricci tinha filhos.

Strike agora posicionou a caneta sobre o papel pela primeira vez.

— Na verdade não havia muita semelhança entre Luca Ricci e Al Pacino — disse Gloria com secura —, mas eu tinha conseguido encontrar uma; ele era quatro anos mais velho que eu, e todos a quem eu perguntava sobre ele diziam que ele era problema, e era exatamente o que eu queria ouvir. Comecei com alguns sorrisos ao passar por ele...

"Saímos em nosso primeiro encontro uns dois meses antes de eu ter de fazer minhas provas. Contei a meus avós que estava estudando na casa de uma colega da escola. Sempre fui uma boa menina; eles nem sonharam que eu estava mentindo.

"Eu queria *desesperadamente* gostar de Luca, porque era assim em minhas fantasias. Ele tinha um carro e sem dúvida era criminoso. Não me disse nada sobre reuniões de cúpula entre chefes de famílias criminosas, mas... falava principalmente de seu Fiat, de drogas e de espancar as pessoas.

"Depois de alguns encontros, ficou evidente que Luca estava muito interessado em mim, ou... não", disse Gloria sem sorrir, "não interessado, porque isso implica um afeto autêntico. Na verdade, ele só queria me prender, me manter dele. Eu era idiota demais e perdida em minhas fantasias, achei que isso era muito excitante, porque parecia... sabe... A atitude correta de um mafioso. Mas eu gostava mais de Luca quando não estava com ele, quando o misturava com Michael Corleone em minha cabeça, na cama, à noite.

"Parei de estudar. Minha vida de fantasia me dominou completamente. Amantes de gângsteres não precisavam de notas máximas. Luca também achava que eu não precisava de notas máximas. Eu falhei com todos eles.

"Meus avós ficaram muito decepcionados, embora fossem muito gentis com isso", disse Gloria. Pela primeira vez, sua voz tremeu um pouco. "Depois... Acho que foi na semana seguinte... eles descobriram que eu estava saindo com Luca. Ficaram desesperadamente preocupados e aborrecidos, mas a essa altura eu não me importava. Disse a eles que tinha desistido da ideia da faculdade. Eu queria trabalhar fora.

"Só me candidatei ao emprego na clínica St. John's porque ficava no centro de Little Italy, embora Little Italy não existisse mais. O pai de Luca era uma das últimas relíquias. Mas tudo isso fazia parte de minhas fantasias: eu era uma Conti, devia estar lá, onde estiveram meus antepassados. Ficava mais fácil ver Luca também, porque ele morava ali.

"Eu nunca deveria ter aceitado o emprego de recepcionista. Era nova demais e não tinha experiência. Foi Margot que quis que eu aceitasse."

Gloria se interrompeu, e Robin teve certeza de que se devia ao fato de ela ter dito o nome de Margot pela primeira vez. Respirando fundo de novo, ela continuou:

— E então, lá estava eu, na recepção com Irene o dia todo. Meus avós não eram cadastrados na St. John's porque moravam em Islington, assim pude contar a Irene um monte de mentiras sobre minha criação.

"A essa altura, eu tinha inventado toda uma nova personagem. Contei a ela que os Conti eram uma antiga família siciliana, que meu avô e meu pai fizeram parte de uma família de criminosos e não sei mais o quê. Às vezes eu usava algumas coisas que Luca me contava sobre os Ricci. Parte tinha saído direto de *O Poderoso Chefão*. Por ironia", disse Gloria, revirando levemente os olhos, "a única coisa verdadeiramente criminosa que eu podia ter contado a ela não contei. Ficava de boca fechada a respeito de meu namorado. Luca tinha me dito para nunca falar com ninguém sobre ele e a família dele, então não falei. Eu o levava a sério.

"Eu me lembro, alguns meses depois de pegar o emprego, que correu um boato no bairro de que tinham encontrado um corpo sepultado em concreto em uma obra da rua. Fingi saber de tudo por intermédio de meus contatos no submundo. Disse a Irene que eu tinha certeza de que o cadáver era membro da gangue Sabini. Eu era mesmo uma tola", disse Gloria em voz baixa. "Uma idiotinha...

"Mas sempre tive a sensação de que Margot podia ver a verdade em mim. Ela me disse pouco depois de eu começar ali que 'vira algo' em mim, na entrevista. Não gostei daquilo, senti que ela estava me tratando com condescendência. Ela nunca me tratava como eu queria ser tratada, como uma malandra da Máfia com segredos obscuros, mas sempre como se eu fosse só uma jovem meiga. Irene também não gostava de Margot e costumávamos reclamar dela o tempo todo na recepção. Margot valorizava muito a educação formal e ter uma profissão, e costumávamos falar do quanto ela era hipócrita, porque tinha se casado com um médico rico. Quando você está vivendo uma mentira, nada é mais ameaçador do que as pessoas que dizem a verdade...

"Desculpem-me", disse Gloria, com um menear impaciente da cabeça, "isso não deve ser nada relevante, mas é, se vocês me suportarem..."

— Fique à vontade para falar — disse Strike.

— Bom... no dia seguinte a meu aniversário de 18 anos, Luca e eu brigamos. Não consigo me lembrar do motivo, mas ele pôs a mão em meu pescoço e me empurrou numa parede até eu não conseguir respirar. Fiquei apavorada.

"Ele me soltou, mas tinha uma expressão terrível nos olhos. Ele disse: 'A única culpada por isso é você.' E disse: 'Você está começando a parecer aquela médica.'

"Veja bem, eu conversava muito com ele sobre Margot. Contei que ela era uma completa estraga-prazeres, muito mandona e opiniosa. Ficava repetindo coisas que ela dizia para depreciá-las, para dizer a mim mesma que não havia nada naquelas palavras.

"Ela uma vez citou Simone de Beauvoir durante uma reunião da equipe. Ela praguejou quando deixou a caneta cair, e o dr. Brenner disse: 'As pessoas sempre me perguntam como é trabalhar com uma médica mulher e, se um dia eu conhecer uma, poderei responder.' Dorothy riu... ela quase nunca ria... e Margot rebateu prontamente a ele... Agora sei a citação de cor, também em francês... 'O homem é definido como um ser humano e uma mulher como uma mulher... sempre que ela se comporta como um ser humano, dizem que imita os homens.'

"Irene e eu conversamos sobre isso depois. Nós a chamamos de exibida por citar uma francesa, mas essas coisas entraram na minha cabeça, e eu não consegui mais me livrar delas. Pensei que eu quisesse ser uma esposa da Máfia dos anos 1950, mas às vezes Margot era muito engraçada, e eu nunca a havia visto responder a Brenner, e não se pode deixar de admirá-la por isso..."

Gloria bebeu outro gole do vinho.

— Mas, então, na noite em que Luca quase me estrangulou, fui para casa e fiquei deitada, chorando por metade da noite. Na manhã seguinte, vesti uma blusa de gola alta para esconder os hematomas no trabalho e às cinco horas daquela tarde, quando saí da clínica, fui direto a uma cabine telefônica ali perto, liguei para Luca e terminei com ele. Disse que ele me dava medo e que eu não queria mais vê-lo.

"Ele aceitou isso em silêncio. Fiquei surpresa, mas muito aliviada... por três ou quatro dias, pensei que estava tudo encerrado e me senti ótima. Parecia um despertar, ou sair para tomar ar depois de ficar submersa. Eu ainda queria ser a namorada de um chefão, mas a versão da fantasia me servia bem. Eu teria muito pouco contato com a realidade.

"E então, no final da festa de Natal de nossa clínica, entrou Luca, com o pai e um dos primos dele.

"Fiquei *morta de medo* quando os vi ali. Luca me disse: 'Papai só queria conhecer minha namorada.' E... não sei por que, a não ser por eu ficar petrificada de haver uma cena... eu disse simplesmente: 'Ah, tudo bem.' E peguei o casaco e saí com os três, antes que alguém pudesse falar com eles.

"Eles me acompanharam até o ponto de ônibus. No caminho, Nico disse: 'Você é uma boa garota. Luca ficou muito perturbado com o que você disse a ele por telefone. Ele gosta muito de você, entendeu? Você não quer deixar Luca infeliz, quer?' E então ele e o primo de Luca se afastaram. Luca disse: 'Você não falou sério, falou?' E eu... estava com muito medo. Ele levou o pai e o primo... eu disse a mim mesma que conseguiria sair daquela depois. Era só fazer a vontade dele por enquanto. Então eu disse: 'Não, não falei sério. Mas você não vai fazer nada parecido com aquilo de novo, vai?' E ele disse: 'Aquilo o quê?' Como se ele nunca tivesse apertado minha traqueia até eu não conseguir respirar. Como se eu tivesse imaginado tudo.

"E então, continuamos nos vendo", disse Gloria. "Luca começou a falar em se casar. Eu ficava dizendo que era nova demais. Sempre que eu chegava perto de terminar, ele me acusava de o estar traindo, que era o pior crime de todos, e não havia jeito de provar que não estava, a não ser continuar saindo com ele."

Agora Gloria virou o rosto, os olhos em alguma coisa fora da tela.

— Na época, estávamos dormindo juntos. Eu não queria. Não estou dizendo que ele me forçou... não foi isso — disse Gloria, e Robin pensou na secretária do Manhoso, Gemma —, mas mantê-lo feliz era o único jeito de continuar. Caso contrário, haveria um tabefe ou coisa pior. Uma vez, ele fez um comentário sobre machucar meu avô se eu não me comportasse. Fiquei louca com ele, e Luca riu, e disse que evidentemente era uma brincadeira, mas ele queria plantar a ideia em minha cabeça e conseguiu.

"E ele não acreditava na contracepção. Devíamos estar usando o... sabe o que, o método da tabela", disse Gloria, pegando o vinho de novo. "Mas ele era... digamos que era descuidado, e eu tinha certeza de que ele me queria grávida, porque assim me teria encurralada e eu me casaria com ele. Meus avós provavelmente o apoiariam. Eram pessoas devotas.

"Então, sem contar a Luca, procurei Margot para pedir a pílula. Ela disse que tinha prazer em me dar, mas não sabia que eu tinha namorado, nunca contei...

"E embora eu não gostasse dela", disse Gloria, "contei-lhe alguma coisa sobre isso. Era o único lugar em que eu podia deixar a farsa de lado, acho. Eu sabia que ela não podia contar a ninguém fora do consultório. Ela tentou me chamar à razão. Tentou me mostrar que havia meios de sair da situação, além de simplesmente ceder a Luca o tempo todo. Pensei que por ela estava tudo bem, com todo o dinheiro e a casa grande e segura que tinha...

"Mas ela me deu alguma esperança, suponho. Uma vez, depois de ele bater em mim e me dizer que eu tinha pedido por aquilo, e me dizer que eu devia ficar agradecida por ter alguém que me oferecesse um meio de vida em casa com dois velhos, eu disse: 'Existem outros lugares aonde posso ir', e acho que ele ficou preocupado que outra pessoa tivesse se oferecido para me ajudar a me safar. Nessa época, eu tinha parado de fazer troça de Margot, e Luca não era um sujeito burro...

"Foi quando ele escreveu os bilhetes ameaçadores. Anonimamente, sabe... mas eu sabia que eram dele", disse Gloria. "Conhecia a letra dele. Dorothy tinha tirado o dia de folga porque o filho estava com a garganta inflamada, então foi Irene que abriu a correspondência e viu um dos bilhetes, bem a meu lado na mesa. Ela ficou exultante com isso, e tive de fingir que achava engraçado e que não reconhecia a letra.

"Confrontei Luca. Ele me disse para não ser idiota, é claro que ele não tinha escrito os bilhetes, mas eu sabia que tinha ...

"Então... Acho que foi logo depois do segundo bilhete... descobri que o que eu morria de medo que acontecesse tinha acontecido. Eu estava grávida. Não sabia que a pílula não funcionava se você tivesse alguma perturbação gástrica, e tive uma infecção no mês anterior. Sabia que estava encurralada e era tarde demais, eu teria de me casar com Luca. Os Ricci queriam isso, e meus avós não iam querer que eu fosse uma mãe solteira.

"Foi quando admiti para mim mesma pela primeira vez", disse Gloria, olhando diretamente para Strike e Robin. "Eu odiava totalmente Luca Ricci."

— Gloria — disse Robin em voz baixa —, desculpe-me pela interrupção, mas posso perguntar: quando você ficou enjoada no churrasco de Margot...?

— Vocês souberam disso, é? Sim, foi quando tive a infecção gástrica. As pessoas disseram que uma das crianças tinha batizado o ponche, mas eu não creio que tenha sido por isso. Ninguém mais passou mal, só eu.

Robin, pelo canto do olho, viu que Strike anotava alguma coisa no bloco.

— Voltei a Margot para ter certeza de que estava grávida — disse Gloria. — Eu sabia que podia confiar nela. Entrei de novo em seu consultório e caí aos prantos quando ela confirmou. E depois... bom, ela simplesmente era maravilhosa. Segurou minha mão e passou séculos conversando comigo.

"Eu achava que o aborto era pecado", disse Gloria. "Fui criada assim. Ela não considerava um pecado, não a Margot. Ela me falou da vida que eu provavelmente teria com Luca, se tivesse o filho. Conversamos sobre eu ter a criança sozinha, mas nós duas sabíamos que Luca não ia querer isso, que ele estaria na minha vida para sempre se eu tivesse o filho dele. Na época, era complicado ter um filho sozinha. Eu via Janice, a enfermeira, nessa vida. Sempre fazendo malabarismos entre o filho e o emprego.

"É claro que não contei a Luca", disse Gloria. "Eu sabia que se fosse fazer... *fazer alguma coisa*... tinha de ser rápido, antes que ele notasse a mudança no meu corpo, mas principalmente antes que o bebê pudesse sentir ou..."

De súbito, Gloria baixou a cabeça e cobriu o rosto com as mãos.

— Eu sinto muito — disse Robin. — Deve ter sido horrível para a senhora...

— Não... bom... — disse Gloria, endireitando o corpo e de novo empurrando o cabelo branco para trás, com os olhos marejados. — Deixe isso pra lá. Só estou lhes contando para que vocês entendam...

"Margot marcou a hora para mim. Ela deu o nome e as informações de contato dela à clínica, e comprou perucas para nós porque, se ela fosse reconhecida, alguém poderia me reconhecer, por associação. E ela foi comigo... era um sábado... àquele lugar na Bride Street. Nunca me esqueci do nome da rua, porque uma noiva era exatamente o que eu *não queria* ser, e era por isso que eu estava ali.

"A clínica estava usando o nome de Margot como referência médica, e acho que em algum lugar por ali houve alguma linha cruzada, porque eles pensaram que 'Margot Bamborough' é que ia fazer o procedimento. Margot disse: 'Não importa, ninguém jamais vai saber, todos esses registros são confidenciais.' E ela disse que de certo modo era conveniente porque, se fosse necessário algum acompanhamento, eles podiam entrar em contato com ela e marcar tudo.

"Ela segurava minha mão quando entramos e estava lá quando despertei", disse Gloria, e agora as lágrimas escorriam dos olhos escuros, e ela as enxugou rapidamente. "Quando eu estava pronta para ir para casa, ela me levou ao final da rua de meus avós, de táxi. Me disse o que fazer depois, como me cuidar..."

"Eu não era como Margot", disse Gloria, a voz falhando. "Não acreditava que o que fiz fosse certo. Dia 14 de setembro: não acho que, desde então, essa data passe sem que eu me lembre e pense naquele bebê.

"Quando voltei a trabalhar depois de dois dias de folga, ela me levou para seu consultório e perguntou como eu me sentia, depois disse: 'Agora, Gloria, você precisa ser corajosa. Se ficar com Luca, vai acontecer de novo.' Ela disse: 'Precisamos encontrar um emprego para você fora de Londres e cuidar para que ele não saiba para onde você foi.' E disse uma coisa que ficou em minha cabeça para sempre: 'Não somos os nossos erros. É o que fazemos *a respeito* dos erros que mostra quem somos.'

"Mas eu não era como Margot", repetiu Gloria. "Não era corajosa, não conseguia imaginar deixar meus avós. Fingi concordar, mas dez dias depois do aborto estava dormindo com Luca de novo, não porque eu quisesse, mas porque parecia não existir alternativa.

"E então", disse Gloria, "cerca de um mês depois de termos ido à clínica, aconteceu. Margot desapareceu."

Uma voz abafada de homem agora era ouvida do lado de Gloria. Ela se virou para a porta atrás dela e disse:

— *Non, c'est toujours en cours!*

Virando-se para o computador, ela disse:

— *Pardon*. Quer dizer, desculpem-me.

— Sra. Jaubert... Gloria — disse Strike —, por favor, podemos repassar o dia em que Margot desapareceu?

— O dia inteiro?

Strike assentiu. Gloria respirou fundo, como alguém prestes a mergulhar em águas profundas, depois disse:

— Bom, de manhã estava tudo normal. Todos estavam lá, menos Wilma, a faxineira. Ela não ia às sextas-feiras.

"Lembro-me de duas coisas sobre a parte da manhã: encontrar Janice perto da chaleira nos fundos e ela falando da sequência de *O Poderoso Chefão* que seria lançada em breve, e eu fingindo ficar animada com isso, na verdade sentindo que preferia correr um quilômetro, em vez de ver o filme... e Irene presunçosa e satisfeita porque Janice tinha acabado de sair com um homem que ela passou séculos tentando juntar com Janice.

"Irene era engraçada sobre Janice", disse Gloria. "Elas deviam ser grandes amigas, mas ela estava sempre falando que Janice era meio devoradora de homens, o que era engraçado para quem conhecia Irene. Ela costumava dizer que Janice precisava aprender suas limitações, que ela era iludida, esperava por alguém como James Caan aparecer e levá-la às alturas, porque ela era mãe solteira e não segurava ninguém. Irene pensava que o melhor que ela podia esperar era esse homem do trabalho de Eddie, que parecia meio simplório. Irene sempre ria porque ele entendia mal as coisas...

"Estávamos muito ocupadas, pelo que me lembro, os três médicos entravam e saíam da sala de espera para chamar os pacientes. Não consigo me lembrar de nada incomum sobre a parte da tarde, a não ser por Irene, que tinha saído cedo. Alegou estar com dor de dente, mas na época achei que era mentira. Ela não me parecia sentir dor quando falou da vida amorosa de Janice.

"Eu sabia que Margot ia se encontrar com a amiga mais tarde no pub. Ela me contou, porque tinha um donut em filme plástico na geladeira, e Margot me pediu para levar a ela, pouco antes de ver a última paciente, para dar energia. Ela adorava açúcar. Sempre ia à lata de biscoitos às cinco da tarde. Tinha um daqueles metabolismos, nunca engordava, cheia de energia nervosa.

"Lembro-me do donut porque, quando peguei para ela, eu disse: 'Por que você não come aqueles chocolates?' Margot tinha uma caixa que retirara da lixeira, acho que no dia anterior. Quer dizer, eles ainda estavam no celofane quando ela os tirou da lixeira, não era pouco higiênico. Alguém mandara a ela..."

— Alguém? — repetiu Strike.

— Bom, todos nós pensamos que tinha sido aquele paciente em que a polícia ficou muito interessada, Steve Douthwaite — disse Gloria. — Quer dizer, Dorothy achava que era ele.

— Tinha algum bilhete acompanhando a caixa?

— Tinha um cartão dizendo "obrigado" — disse Gloria —, e Dorothy pode ter pressuposto que tinha sido Steve Douthwaite, porque todos nós achávamos que ele ia muito lá. Mas creio que o cartão não estava assinado.

— Então Margot jogou a caixa na lixeira, depois a retirou?

— Sim, porque eu ri dela por isso — disse Gloria. — Comentei: "Eu sabia que você não ia resistir", e ela riu também. E no dia seguinte, quando perguntei: "Por que não os come?", ela disse: "Eu comi, já acabei com eles."

— Mas ela ainda tinha a caixa lá?

— Sim, na estante com os livros. Voltei à recepção. O paciente do dr. Brenner tinha saído, mas Brenner não, porque estava fazendo anotações.

— Posso lhe perguntar se sabia sobre o vício em barbitúricos do dr. Brenner? — perguntou Strike.

— O que dele? — disse Gloria.

— Ninguém nunca lhe contou sobre isso?

— Não — disse ela, mostrando surpresa. — Eu não sabia.

— Nunca ouviu falar que Janice tinha encontrado uma cápsula de amobarbital no fundo de uma xícara de chá?

— Não... Ah. Era por isso que Margot preparava o próprio chá? Ela me disse que Irene o fazia com muito leite.

— Vamos voltar à ordem em que todos foram embora.

— Tudo bem, então, o paciente do dr. Gupta foi o seguinte, e o dr. Gupta saiu logo depois disso. Tinha um jantar familiar a comparecer, então foi embora.

"Depois, justo quando eu pensava que o dia estava encerrado, entra aquela garota. Theo."

— Nos fale sobre Theo — disse Strike.

— Cabelo preto e comprido... pele morena. Ela parecia romena ou turca. Os brincos, sabe, de cigana. Na verdade, achei que ela parecia uma cigana. Nunca a havia visto, então eu sabia que ela não era cadastrada conosco. Parecia sentir muita dor na barriga. Aproximou-se da recepção e pediu para ver um médico com urgência. Pedi o nome dela e ela disse Theo... qualquer coisa. Não pedi para repetir porque ela evidentemente estava sofrendo, então disse a ela para esperar e fui ver se tinha um médico livre. A porta de Margot ainda estava fechada, então perguntei ao dr. Brenner. Ele não quis recebê-la. Ele era sempre assim, sempre complicado. Jamais gostei dele.

"E então a porta de Margot se abriu e a mãe com o filho que estavam em consulta saíram, e ela disse que atenderia a garota que esperava ali."

— E Theo era sem dúvida mulher? — perguntou Strike.

— Sem dúvida nenhuma — disse Gloria com firmeza. — Tinha ombros largos, notei isso quando ela foi à recepção, mas era sem dúvida uma mulher. Talvez tenham sido os ombros que fizeram o dr. Brenner dizer, depois, que ela parecia um homem, mas sinceramente...

"Eu pensei nele ontem à noite, sabendo que estaria conversando com vocês. Brenner devia ser o maior misógino que já conheci. Ele depreciava as mulheres por não parecerem femininas nem falarem 'como uma dama', mas também desprezava Irene, que era risonha, loura e muito feminina, sabe. Acho que ele queria que todas nós fôssemos como Dorothy, subordinada e respeitosa, gola alta, bainha da saia baixa. Dorothy parecia uma freira rabugenta."

Robin pensou em Betty Fuller, deitada em uma cama, fingindo-se de comatosa, enquanto Brenner despejava obscenidades em seu ouvido.

— As pacientes mulheres não gostavam de Brenner. Sempre pediam para trocar por Margot, mas tínhamos de dizer não, porque a lista dela era muito cheia. Mas Brenner estava perto de se aposentar, e torcíamos para conseguir alguém melhor quando ele fosse embora.

"Então, sim, ele saiu e Theo foi ver Margot. Fiquei olhando a hora, porque eu devia me encontrar com Luca e sempre havia problemas quando eu o deixava esperando. Mas a consulta de Theo demorou. Às seis e quinze, Theo finalmente saiu do consultório e foi embora.

"Margot saiu alguns minutos depois. Parecia completamente exausta. Tinha sido um longo dia. Ela disse: 'Vou fazer as anotações amanhã, preciso ir, Oonagh está me esperando. Tranque tudo com a chave extra.' Não respondi realmente", disse Gloria, "porque estava preocupada demais com Luca furioso comigo. Então, nunca me despedi, nem dei boa-noite àquela mulher que salvou minha vida...

"Porque ela salvou, sabe. Eu nunca disse isso a ela, mas ela salvou..."

Uma lágrima escorreu por seu rosto. Gloria parou para a enxugar, depois disse:

— Eu me lembro que enquanto abria o guarda-chuva, ela escorregou. Torceu o calcanhar com o salto. Chovia, a calçada estava molhada. Depois ela se endireitou e saiu de vista.

"Fiz tudo às pressas, apaguei as luzes, tranquei os registros no arquivo. Depois vi se a porta dos fundos estava trancada, e estava... A polícia me perguntou sobre isso. Fechei e tranquei a porta da frente e corri pela Passing Alley, que ficava bem ao lado da clínica, para me encontrar com Luca na St. John Street.

"E aquela foi a última vez que vi Margot."

Gloria pegou novamente a taça de vinho quase vazia e deu cabo dela.

— Tem alguma ideia do que pode ter acontecido com ela? — perguntou Strike.

— Claro que sim — disse Gloria em voz baixa. — Fiquei morta de medo de Luca ter feito algo para machucá-la, ou que a tivesse raptado. Ela passou a ser um bicho-papão para ele. Toda vez que eu me impunha, ele dizia coisas horríveis sobre a influência de Margot sobre mim. Ele estava convencido de que ela tentava me persuadir a deixá-lo, o que, naturalmente, ela tentava. Meu maior medo era que ele, de algum jeito, descobrisse o que ela me ajudou a fazer... sabe o quê. Na Bride Street.

"Eu sabia que ele não podia tê-la raptado pessoalmente, porque o encontrei na St. John Street, menos de cinco minutos depois de ela sair da clínica, e sei que não pode ter sido o pai dele, porque o irmão Marco estava no hospital nessa época e os pais ficaram lá com ele o tempo todo. Mas Luca tinha amigos e primos.

"Eu não podia contar à polícia. Luca tinha parado de fingir que era brincadeira quando ameaçava meus avós. Mas perguntei se ele estava por trás daquilo. A ansiedade era demais: tive de perguntar. Ele ficou furioso, me xingou... de vagabunda burra, coisas assim. Disse que era claro que não tinha sido ele. Mas me contou histórias sobre o pai dele 'fazendo gente desaparecer', então eu simplesmente não sei..."

— Alguma vez teve motivos para supor que ele sabia... — Robin hesitou — ... do que aconteceu na Bride Street?

— Tenho certeza absoluta de que ele nunca soube — disse Gloria. — Margot era boa demais para ele. As perucas, usar o nome dela e me dar uma história plausível como motivo para eu não fazer sexo com ele por algum tempo... Ela é o motivo para eu ter saído daquilo. Não, não acredito que ele algum dia tenha sabido. Então, em meus melhores momentos, pensei, ele não tinha motivos fortes o bastante para...

A porta atrás de Gloria se abriu, e entrou um homem bonito de nariz aquilino e cabelo grisalho, de camisa listrada e jeans, trazendo uma garrafa de vinho. Um pastor alemão grande o seguiu sala adentro, abanando o rabo.

— *Je m'excuse* — disse ele, sorrindo para Strike e Robin na tela. — Peço desculpas por... *Comment dit-on "interrompre"?* — perguntou ele à esposa.

— Interromper — disse ela.

— *Oui*. Peço desculpas por interromper.

Ele completou a taça de Gloria, entregou a ela, fez-lhe um carinho no ombro e saiu, chamando o cachorro.

— *Viens, Obélix.*

Quando homem e cão desapareceram, Gloria disse, com uma risadinha:

— Esse era Hugo.

— Quanto tempo a senhora ficou na clínica St. John depois do desaparecimento de Margot? — perguntou Strike, embora soubesse a resposta.

— Seis, sete meses, acho — disse Gloria. — Tempo suficiente para ver o novo policial assumir o caso. Todos ficamos satisfeitos, porque o primeiro... Talbot, não é isso?... era muito estranho. Ele atormentou a vida de Wilma e Janice. Acho que isso deixou Wilma doente, na verdade. Wilma já tinha problemas demais sem a perseguição da polícia.

— Não acha que ela bebia, então? — perguntou Robin.

— Se bebia? Isso tudo era maldade de Dorothy. — Gloria fez que não com a cabeça. — Dorothy tentava imputar os roubos a Wilma. Souberam disso?

Strike e Robin fizeram que sim.

— Como não conseguiu provar que Wilma tirava dinheiro da bolsa das pessoas, inventou que ela estava bebendo, e a pobre mulher pediu demissão. Deve ter ficado feliz em partir, mas ainda perdia um salário, não é mesmo?

"Eu mesma queria ir embora", disse Gloria, "mas fiquei paralisada. Tinha a estranha sensação de que, se eu ficasse lá, o mundo se ajeitaria. Margot voltaria. Foi só depois de ela desaparecer que percebi... o que ela foi para mim...

"De todo modo", Gloria suspirou, "em uma noite, meses depois de ela ter desaparecido, Luca foi *realmente* violento comigo. Eu tinha sorrido para um homem que abriu a porta para mim quando eu saía do pub com Luca, foi esse o motivo. Ele bateu em mim como nunca tinha feito, na casa dele... ele tinha um apartamentinho.

"Lembro-me de dizer: 'Me desculpe, me desculpe, eu não devia ter sorrido para ele.' E o tempo todo em que eu dizia isso, eu via... Aqui", Gloria indicou a cabeça, "Margot me olhando, e mesmo enquanto eu implorava a Luca para parar, e concordava que tinha me comportado como uma putinha, e que nunca mais ia sorrir para estranhos, eu pensava: *Eu vou, Margot. Vou para onde ele nunca possa me encontrar.*

"Porque enfim tive o estalo. Ela me dissera que eu precisava ser corajosa. De nada adiantava esperar que outra pessoa me salvasse. *Eu* precisava me salvar.

"Depois de se acalmar, ele me deixou ir para a casa de meus avós, mas quis me ver mais tarde naquele dia. Era sempre assim depois que ele ficava realmente violento. Ele queria um contato a mais.

"Ele não bateu no meu rosto. Nunca fez isso, nunca perdeu o controle desse jeito, então voltei para a casa de meus avós e agi como se estivesse tudo bem. Saí para encontrar Luca naquela noite, e ele me levou para jantar, e foi nessa noite que ele me propôs casamento, com aliança e tudo.

"E eu disse sim", disse Gloria, com um estranho sorriso e um dar de ombros. "Coloquei a aliança, olhei para ela e nem mesmo precisei fingir que estava feliz, porque eu genuinamente estava. Pensei: *Isto vai me pagar uma passagem de avião.* Veja bem, eu nunca tinha viajado de avião na vida. A ideia me assustava. Mas, o tempo todo, eu podia ver Margot em minha mente. *Você precisa ser corajosa, Gloria.*

"Tive de contar a meus avós que ficara noiva. Não podia contar a eles o que planejava, porque tinha medo de que eles não fossem capazes de agir, ou que tentassem confrontar Luca, ou, pior ainda, que procurassem a polícia. De todo modo, Luca foi a minha casa para conhecê-los direito, fingindo ser um cara legal, e foi medonho, e tive de agir como se estivesse emocionada com tudo aquilo.

"Todo dia depois disso, eu comprava todos os jornais e circulava todos os empregos no exterior que tivesse alguma chance de conseguir. Tive de fazer tudo isso escondida. Datilografei um currículo no trabalho e peguei um ônibus para West End para colocar todas as solicitações no correio, porque tive medo de que alguém que conhecesse Luca me visse postando muitos envelopes.

"Depois de algumas semanas, fiz uma entrevista com uma francesa que procurava uma ajudante doméstica inglesa, para ensinar inglês aos filhos. O que realmente me colocou no emprego foi saber datilografia. A mulher tinha uma empresa em casa, então eu podia fazer algum trabalho de secretariado para ela enquanto as crianças estivessem na creche. O emprego me garantia um quarto e refeições, e minha empregadora compraria minha passagem aérea, assim não tive de vender a aliança de Luca e fingir que tinha perdido...

"Sabe, no dia em que entrei na St. John's e disse a eles que ia me demitir, aconteceu uma coisa estranha. Ninguém falava em Margot havia semanas. Logo depois de ela desaparecer, era só nisso que todos nós conseguíamos falar, mas depois virou tabu, de algum modo. Tínhamos um médico substituto em seu consultório. Não me lembro do nome dele. Uma faxineira nova também. Mas nesse dia Dorothy chegou muito agitada e ela nunca mostrava nenhuma emoção, normalmente...

"Um morador... como se diz mesmo?", disse Gloria, estalando os dedos, pela primeira vez perdida na língua natal. "Nós chamaríamos de *un dingue*... Ah, sabe, um louco, um maluco... inofensivo, mas estranho. Barba muito comprida, sujo, a gente o via sempre vagando de um lado a outro da Clerkenwell Road com o filho. Mas, então, ele abordou Dorothy no meio da rua e disse a ela que tinha matado Margot Bamborough.

"Isso abalou Dorothy, mas de um jeito estranho... por favor, não pensem mal disso... eu torcia para ser verdade. Porque embora eu tivesse dado *qualquer coisa* para saber que Margot estava viva, tinha certeza de que estava morta. Ela não era do tipo de fugir. E meu pior pesadelo era que Luca fosse o responsável, porque isso significaria que a culpa era toda minha."

Robin meneou a cabeça, mas Gloria a ignorou.

— Só contei a verdade a meus avós na noite antes de partir para a França. Não deixei que eles gastassem um centavo que fosse no casamento que não ia acontecer, mas, mesmo assim, foi um choque imenso para eles. Eu os fiz se sentar e contei tudo a eles, menos o término.

"É claro que eles ficaram horrorizados. No início, não queriam que eu fosse embora, queriam que eu procurasse a polícia. Tive de explicar por que essa era uma péssima ideia, contei das ameaças que Luca fizera, tudo isso. Mas eles ficaram tão felizes por eu não me casar com ele que no fim aceitaram tudo. Eu disse que tudo aquilo ia esfriar e eu voltaria em breve...

"Meu avô me levou ao aeroporto, no dia seguinte, de manhã cedo. Inventamos uma história para quando Luca aparecesse perguntando onde eu estava. Eles iam dizer que eu estava com dúvidas, porque ele fora violento, e que tinha ido à Itália ficar com uns parentes de meu pai, para pensar melhor. Até inventamos um endereço falso para dar a ele. Não sei se ele chegou a escrever para lá.

"E é isso", disse Gloria, recostando-se na cadeira. "Fiquei sete anos com minha primeira empregadora e acabei com um cargo menor na empresa dela. Só voltei a Londres quando soube que Luca estava casado." Ela bebeu outro gole de vinho da taça que o marido completara. "A primeira mulher dele se matou de tanto beber aos 39 anos. Ele a espancava muito. Descobri tudo isso depois.

"E nunca contei mais nenhuma mentira a meu respeito", disse Gloria, empinando o queixo. "Nunca exagerei, nunca fingi, só disse a absoluta verdade, a não ser em uma questão. Até esta noite, a única pessoa que sabia do aborto era Hugo, mas agora vocês dois também sabem.

"Mesmo que vocês descubram que Luca estava por trás do que aconteceu com Margot e eu ficar com isso na consciência para sempre, devo a ela a verdade. Aquela mulher me salvou, e eu nunca, jamais vou esquecê-la. Ela foi uma das pessoas mais corajosas e gentis que conheci na vida."

67

Pelos incertos vislumbres da noite estrelada,
E pelo resplendor de seu fogo sagrado,
Ele pôde perceber uma visão pequena e nascente...

Edmund Spenser
A Rainha das Fadas

Eles agradeceram a Gloria pelo tempo e a sinceridade. Depois de se despedirem, Strike e Robin ficaram sentados à mesa dos sócios, cada um deles imerso em pensamentos, até que Strike ofereceu a Robin um dos potes de macarrão desidratado que guardava para lanches no escritório. Ela declinou, em vez disso, pegou, sem nenhum entusiasmo, um saco de frutas secas na bolsa e o abriu. Depois de colocar água fervendo no pote de plástico, Strike voltou à mesa, mexendo o macarrão com um garfo.

— É a eficiência — disse ele, voltando a se sentar. — É isso que me incomoda. Literalmente, nenhum vestígio dela em lugar nenhum. Alguém ou é extraordinariamente inteligente ou tem uma sorte sem precedentes. E Creed ainda combina melhor com esse quadro, com Luca Ricci em segundo lugar.

— Só que não pode ter sido Luca. Ele tem um álibi: Gloria.

— Mas, como Gloria disse, ele conhecia pessoas que podiam cuidar do desaparecimento de alguém... porque quais são as chances, se Margot foi raptada na rua, de que esse fosse um trabalho *verdadeiramente* de uma pessoa só? Até Creed teve seus cúmplices involuntários. A senhoria sonolenta, que deu a ele aquele porão seguro, e a lavanderia que deixava que ele ficasse com o furgão e n...

— Não — disse Robin incisivamente.

— Não o quê?

— Não culpe as mulheres.

— Não as estou culpando, estou...

— Max e eu estivemos conversando sobre isso — disse Robin. — De como as pessoas... em geral as mulheres... levam a culpa por não saberem, ou não enxergarem... mas a culpa é de todo mundo com esse tipo de preconceito. Todo mundo faz isso.

— Você acha? — disse Strike com a voz grossa, com a primeira garfada de macarrão.

— Acho — disse Robin. — Todos temos uma tendência a generalizar a partir de nossas experiências do passado. Veja Violet Cooper. Ela pensava saber quem Creed realmente era, porque conheceu alguns homens que se comportavam como ele em seus tempos de teatro.

— Homens que não deixavam ninguém entrar em seu porão porque estavam fervendo crânios?

— Você entendeu o que eu quis dizer, Strike — disse Robin, recusando-se a se deixar distrair. — De fala mansa, aparentemente gentis, um tanto femininos. Creed gostava de vestir o boá de plumas de Violet e fingia gostar de canções de musicais, então ela pensou que ele fosse gay. Mas se o único gay que ela conhecesse fosse Max, meu colega de apartamento...

— Ele é gay, é? — disse Strike, cujas lembranças de Max eram vagas.

— Sim, e ele não é nem remotamente afetado, e detesta musicais. Por falar nisso, se ela conhecesse alguns colegas héteros de Matt do clube de rúgbi, que ficavam loucos para vestir as camisas laranja e se pavonear, talvez ela chegasse a uma conclusão diferente, não é?

— Acho que sim — disse Strike, mastigando seu macarrão e pensando nesse argumento. — E, para ser justo, a maioria das pessoas não conhece nenhum assassino serial.

— Exatamente. Então, mesmo que alguém tenha alguns hábitos incomuns, nossa experiência direta tende a sugerir que são só excêntricos. Vi nunca conheceu um homem que tivesse fetiche em roupas de mulher, ou... desculpe, estou entediando você — acrescentou Robin, porque os olhos de Strike estavam meio vidrados.

— Não, não está — disse ele em voz baixa. — Na verdade, você está me fazendo pensar... tive uma ideia, sabe? Pensei ter localizado umas coincidências, e isso me fez imaginar...

Ele baixou o pote de macarrão, estendeu a mão por baixo da mesa e puxou uma das caixas de provas, em cima da qual estavam as páginas que tinha estado reexaminando recentemente. Agora ele pegou essas folhas de papel, abriu-as diante de si e voltou a comer o macarrão.

— Vai me falar das coincidências? — perguntou Robin com certa impaciência.

— Espere um minuto — disse Strike, olhando para ela. — Por que Theo estava parada *do lado de fora* da cabine telefônica?

— O quê? — Robin ficou confusa.

— Acho que agora não podemos duvidar, não é, que Ruby Elliot viu Theo ao lado daquela cabine telefônica perto da Albemarle Way? A descrição dela e de Gloria batem perfeitamente... então por que Theo estava *do lado de fora* da cabine telefônica?

— Ela esperava que o furgão a apanhasse.

— Isso. Mas, sem querer declarar o que é gritantemente óbvio, as laterais das antigas cabines telefônicas vermelhas têm janelas. Caía um aguaceiro. Theo não tinha guarda-chuva, e Ruby disse que o cabelo de Theo estava colado na cabeça... então por que ela não se abrigou na cabine e ficou vigiando sua carona? A Clerkenwell Road é longa e reta. Ela teria uma visão perfeita da cabine e muito tempo para sair e se mostrar ao motorista do furgão. Por que — disse Strike pela terceira vez — ela ficou *do lado de fora* da cabine?

— Porque... tinha alguém dentro dela?

— Essa parece ser a explicação lógica. E aquela cabine no final da Albemarle Way lhe daria uma visão do início da St. John's Lane.

— Acha que alguém estava ali, esperando por Margot? Vigiando de dentro da cabine?

Strike hesitou.

— Me faz um favor e procura síndrome do X frágil?

— Tudo bem... por quê? — disse Robin, baixando as amêndoas e começando a digitar.

— Aquela cabine telefônica fica no final da rua dos Athorn.

Enquanto Robin levantava os resultados de busca, Strike puxou para si a cópia do recibo de Irene Hickson. Marcava a hora 15h10. Comendo macarrão, Strike ainda olhava a tira de papel quando Robin disse, lendo da tela:

— "Primeiramente chamada de síndrome de Martin-Bell... o gene FMR1 do cromossomo X foi sequenciado em 1991"... Desculpe, do que exatamente você precisa?

— Que incapacidades específicas ela causa?

— "Ansiedade social" — disse Robin, voltando a ler —, "falta de contato olho no olho... desafios na formação de relacionamentos... Ansiedade com situações e pessoas desconhecidas... fraca capacidade de reconhecer rostos que já viu", mas "boa memória de longo prazo, boas habilidades de imitação e bom aprendizado visual". Os homens são mais gravemente afetados dos que as mulheres... bom senso de humor, em geral... "pode ser criativo, em particular visualmente"...

Ela desviou os olhos do monitor.

— Por que quer saber de tudo isso?

— Só estou pensando.

— Em Gwilherm?

— É — disse Strike. — Bom, na família toda.

— Mas *ele* não tinha X frágil, tinha?

— Não, não sei qual era o problema de Gwilherm. Talvez só os Bennies.

Dessa vez, ele não sorriu ao dizer o nome.

— Cormoran, que coincidências você notou?

Em vez de responder, Strike pegou algumas páginas de anotações policiais e leu novamente. Por força do hábito, Robin pegou o caderno de Talbot e o abriu na primeira página. Por alguns minutos, fez-se silêncio no escritório e nenhum dos dois sócios notou qualquer ruído tão familiar a eles quanto a própria respiração: o trânsito rolando na Charing Cross Road, os gritos e trechos de música ocasionais da Denmark Street.

A primeira página do caderno de Bill Talbot começava com anotações desorganizadas do que Robin sabia serem evidências genuínas e observações. Era a parte mais coerente das anotações, mas os primeiros pentagramas apareceram ao pé da página, assim como a primeira observação astrológica.

(Theo? HOMEM?) furgão branco acelerando da Aylesbury Street saindo da Clerkenwell Green
Duas mulheres brigando perto de cabines telefônicas, a menor de capuz de chuva,
a mais alta de sobretudo, parece instável nos pés, depois FURGÃO acelerando
da Clerkenwell Green ♃ atualmente é retrógrado em ♓ significando
planeta de VERDADE OBJETIVA Indica ILUSÃO e FANTASIA

Robin releu esse último parágrafo duas vezes, com a testa meio franzida. Depois colocou de lado o saco de amêndoas para vasculhar a caixa de evidências policiais mais próxima. Precisou de cinco minutos para encontrar o registro policial original do depoimento de Ruby Elliot e, enquanto Robin procurava, Strike continuou profundamente imerso em sua própria porção de anotações.

> Eu as vi ao lado de uma cabine telefônica, duas mulheres que pareciam brigar. A alta, de sobretudo, estava curvada sobre a baixa, que vestia uma capa de plástico com capuz. Elas me pareceram mulheres, mas não vi os rostos. Pareceu-me que uma delas tentava fazer a outra andar mais rápido.

Com a pulsação agora acelerada, Robin colocou de lado essa folha de papel, ajoelhou-se de novo e procurou pelo registro do depoimento de Ruby a Lawson, o que consumiu mais cinco minutos.

> Eu as vi ao lado de duas cabines telefônicas na Clerkenwell Green, duas mulheres brigando. A alta de sobretudo tentava fazer a baixa, de capuz de chuva, andar mais rápido.

— Cormoran — disse Robin com urgência.

Strike levantou a cabeça.

— É o contrário.

— O quê?

— No primeiro depoimento de Ruby a Talbot — disse Robin —, ela disse, "vi duas pessoas ao lado de uma cabine telefônica, duas mulheres que pareciam brigar. A alta de sobretudo estava inclinada para a baixa, que tinha um capuz de chuva. As duas me pareceram mulheres, mas não vi os rostos. Pareceu-me que uma tentava fazer a outra andar mais rápido."

— Certo — disse Strike, com o cenho meio franzido.

— E foi isso que Talbot escreveu em suas anotações astrológicas também — disse Robin. — Mas não é como deve ter sido, se essas duas mulheres eram as Fleury. Onde está aquela foto?

— Na caixa um — disse Strike, empurrando-a para Robin com o pé verdadeiro.

Ela se agachou embaixo da mesa e procurou os documentos fotocopiados até encontrar o maço de recortes de jornal que Strike tinha lhe mostrado, meses antes, no Three Kings.

— Aqui — disse Robin. — Veja só. *Aqui.*

E lá estava a antiga foto das duas mulheres que se apresentaram para dizer que eram as mulheres que brigavam segundo Ruby: a alta, larga e mais nova com o rosto alegre, e sua mãe envelhecida, que era mínima e recurvada.

— É o contrário — repetiu Robin. — Se Fiona Fleury estava inclinada sobre a outra mulher, ela a teria encoberto... — Robin leu rapidamente as poucas linhas abaixo da foto. — Cormoran... *Isso não bate.* Fiona diz que *ela* usava o capuz de chuva, mas Ruby disse que era a baixa que estava de capuz.

— Ruby foi vaga — disse Strike, mas Robin via o interesse dele se aguçar enquanto ele estendia a mão para as folhas de papel. — Ela pode ter ficado confusa...

— Talbot nunca pensou que as Fleury fossem as pessoas vistas por Ruby, e é por isso! — disse Robin. — As alturas estão invertidas. Foi a mulher mais alta que Ruby viu que estava desequilibrada, e não a baixa...

— Então por que ela não disse a Lawson que as Fleury não podiam ser as pessoas que ela viu?

— Pelo mesmo motivo para ela nunca ter contado a ninguém que viu Theo? Porque ela ficou confusa com Talbot tentando obrigá-la a distorcer a sua história para se encaixar com as teorias dele? Porque ela perdeu a confiança em si e não sabia o que realmente tinha visto? Estava chovendo, ela estava perdida, ela estava em pânico... quando isso chegou a Lawson, talvez ela só quisesse concordar em ter visto as Fleury para ficar em paz.

— É plausível — admitiu Strike.

— Que altura tinha Margot?

— Um e setenta e quatro — disse Strike.

— E Creed? — disse Robin.

— Um e sessenta e nove.

— Ah, meu Deus — disse Robin em voz baixa.

Houve outro minuto de silêncio enquanto Strike ficava perdido em pensamentos e Robin relia os depoimentos que estavam à sua frente.

— As cabines telefônicas — disse Strike por fim. — Aquelas malditas cabines telefônicas...

— O que têm elas?

— Talbot queria que Ruby tivesse visto as duas mulheres brigando ao lado das duas cabines da Clerkenwell Green, não é? Assim ele podia ligá-las ao furgão que acelerou na Aylesbury Street, que devia conter Creed.

— Certo — disse Robin.

— Mas depois que as Fleury apareceram, Talbot tentou conseguir que Ruby concordasse em ter visto as duas mulheres brigando ao lado da primeira cabine telefônica, aquela no final da Albemarle Way.

— Mas ela não mudou a história — disse Robin — porque viu Theo ali.

— Exatamente — disse Strike —, mas isso não faz sentido.

— Eu não...

— Ela está dirigindo em um círculo enorme na chuva, procurando por uma casa que não consegue encontrar, não é?

— É...

— Bom, só porque Ruby viu Theo entrar em um furgão perto da cabine telefônica em uma de suas voltas, não quer dizer que ela não possa ter visto duas mulheres brigando na segunda ou terceira volta. Sabemos que ela se confundia com pontos de referência, não conhecia o bairro e não tinha senso de orientação, a filha foi muito clara a respeito disso. Mas Ruby tinha uma ótima memória visual, ela é alguém que nota roupas e cabelos...

Strike baixou os olhos para a mesa de novo e, pela segunda vez, pegou o recibo de Irene Hickson e o examinou. Depois, tão repentinamente que Robin tomou um susto, Strike largou o recibo e se levantou, com as mãos entrelaçadas na nuca.

— Merda — disse ele. — *Merda! Nunca* confie em um telefonema de proveniência não verificada!

— Que telefonema? — disse Robin, nervosa, voltando mentalmente a quaisquer telefonemas que recebera durante o caso.

— Puta que pariu! — Strike foi à antessala e voltou, ainda com as mãos na nuca, aparentemente precisando andar, como Robin precisou quando descobriu que Strike podia interrogar Creed. — *Como foi que não vi isso, porra?*

— Cormoran, o quê...

— Por que Margot guardou uma caixa de chocolate vazia? — disse Strike.

— Não sei — respondeu Robin, confusa.

— Sabe de uma coisa? — disse Strike lentamente. — Acho que eu sei.

68

... uma Hiena era,
Que se alimenta da carne de mulheres como outros
se alimentam de pasto.

Edmund Spenser
A Rainha das Fadas

O manicômio judiciário de segurança máxima que é Broadmoor fica a pouco mais de uma hora nos arredores de Londres, no condado de Berkshire. A palavra "Broadmoor" há muito perdera todas as associações bucólicas na mente coletiva do povo britânico, e Strike não era exceção a essa regra. Longe de significar um trecho largo de relva ou urze, o nome lembra a Strike apenas violência, crimes hediondos e duzentos dos homens mais perigosos da Grã-Bretanha, que os tabloides chamavam de monstros. De acordo com isso, e apesar do fato de Strike saber que estava visitando um hospital e não uma prisão, ele tomou todas as medidas de bom senso que tomava para um presídio de segurança máxima: não colocou gravata, garantiu que nem ele nem seu carro levassem nada que pudesse despertar uma revista morosa, levou dois documentos de identidade com fotografia e uma cópia de sua carta do Ministério da Justiça, saiu cedo, certo de que, embora nunca tivesse estado lá, consumiria tempo conseguir entrar nas instalações.

Era uma manhã dourada de setembro. O sol se derramava na estrada à frente entre nuvens brancas e fofas, e Strike, dirigindo o BMW por Berkshire, ouviu o noticiário no rádio, cuja principal notícia era que a Escócia tinha votado, por 55% contra 45%, para permanecer no Reino

Unido. Ele se perguntava como Dave Polworth e Sam Barclay estavam recebendo essa notícia quando seu celular tocou.

— É Brian, Brian Tucker — disse a voz rouca. — Não estou interrompendo algo, estou? Queria lhe desejar boa sorte.

— Obrigado, Brian — disse Strike.

Eles enfim se conheceram três dias antes, no escritório de Strike. Tucker mostrara a Strike a carta antiga de Creed, descrevera o pingente de borboleta retirado do porão do assassino, que ele acreditava ser de sua filha, contara suas teorias e tremera de emoção e nervosismo à ideia de Strike ficar cara a cara com o homem que ele acreditava ter assassinado a filha mais velha.

— Vou te liberar, não vou te prender — disse Tucker. – Mas vai me ligar quando acabar tudo, não?

— Ligarei, é claro — disse Strike.

Ficou difícil se concentrar no noticiário, agora que ele ouvira a ansiedade e a empolgação de Tucker. Strike desligou o rádio e voltou os pensamentos para o que tinha pela frente.

Embora fosse recompensador acreditarem que ele, Cormoran Strike, podia levar Creed a confessar, ou convencê-lo disso, enquanto todos os outros tinham fracassado, Strike não era tão egoísta. Entrevistara muitos suspeitos em sua carreira; a habilidade estava em facilitar para um suspeito revelar a verdade, em vez de continuar mentindo. Alguns se cansavam do interrogatório paciente, outros eram resistentes a tudo que não fosse a pressão intensa, outros ainda queriam se aliviar do peso, e o método do interrogador precisava variar de acordo com isso.

Porém, ao falar com Creed, metade do arsenal de interrogatório de Strike ficaria fora de combate. Primeiro, ele estava lá para o prazer de Creed, porque o paciente dera seu consentimento para a entrevista. Em segundo lugar, era difícil ver como Strike podia pintar um quadro assustador das consequências do silêncio, quando seu entrevistado já cumpria prisão perpétua em Broadmoor. Os segredos de Creed eram o único poder que lhe restava, e Strike tinha plena consciência de que convencê-lo a entregar qualquer um deles se mostraria uma tarefa além de qualquer investigador humano. Os apelos padrão à consciência, ou ao desejo de se mostrar uma pessoa melhor a si mesmo ou aos outros, também eram inúteis. Como demonstrou a vida toda de Creed, suas principais fontes de prazer eram infligir dor e estabelecer a dominação, e era duvidoso que qualquer outra coisa o convencesse a fazer revelações.

O primeiro vislumbre que Strike teve do famigerado hospital foi de uma fortaleza em terreno elevado. Foi construído pelos vitorianos no meio da mata e de campinas, um edifício de tijolinhos vermelhos com uma torre de relógio no ponto mais alto do complexo. Os muros que o cercavam tinham seis metros de altura, e, enquanto Strike subia aos portões frontais, via as cabeças de centenas de câmeras de segurança como ciclopes em postes. Quando os portões se abriram, Strike experimentou uma explosão de adrenalina e, por um momento, as imagens espectrais em preto e branco de sete mulheres mortas, e o rosto ansioso de Brian Tucker, pareceram flutuar diante dele.

Ele havia mandado antecipadamente o número da placa do carro. Depois de passar pelo primeiro conjunto de portões duplos, encontrou uma cerca interna de tela, com a altura do muro pelo qual acabara de passar. Um homem de camisa branca, calça preta e postura militar destrancou o segundo jogo de portões depois que o primeiro se fechou após a passagem do BMW e orientou Strike a uma vaga de estacionamento. Antes de sair do carro, e querendo poupar tempo passando pela segurança que estava prestes a enfrentar, o detetive colocou o celular, as chaves, o cinto, os cigarros, isqueiro e moedas no porta-luvas e o trancou.

— Sr. Strike, não é isso? — disse o homem sorridente de camisa branca, cujo sotaque era galês e o perfil sugeria um pugilista. — Tem sua identidade aí?

Strike mostrou a carteira de habilitação e teve permissão de entrar, onde encontrou um scanner do tipo segurança de aeroporto. Seguiu-se a diversão inevitável e bem-humorada quando o scanner anunciou sua reprovação estridente da perna de metal de Strike e suas calças tiveram de ser arregaçadas para provar que ele não portava uma arma. Depois de ser apalpado, ele ficou livre para se juntar ao dr. Ranbir Bijral, que esperava do outro lado dos scanners, um psiquiatra magro e barbudo cuja camisa amarela aberta no pescoço conferia um tom animado ao piso frio cinza-esverdeado e opaco, as paredes brancas e o ar viciado de todas as instituições médicas, em parte desinfetante, em parte fritura, com vestígios de gente encarcerada.

— Temos vinte minutos até Dennis estar preparado para você — disse o dr. Bijral, levando Strike por um corredor sinistramente vazio, passando por muitas portas turquesa de vaivém. — Coordenamos atentamente os movimentos do paciente, e é sempre uma certa proeza deslocá-lo por aqui. Temos de garantir que ele jamais entre em contato com pacientes que tenham uma antipatia por ele, entenda. Ele não é popular. Vamos esperar em minha sala.

Strike estava familiarizado com hospitais, mas nunca tinha estado em algum com tão pouco movimento ou andar de pacientes nos corredores. O vazio era um tanto enervante. Eles passaram por muitas portas trancadas. Uma enfermeira baixinha de jaleco azul-marinho passou com um andar firme. Ela sorriu para Strike, que retribuiu o cumprimento.

— Vocês têm mulheres trabalhando aqui — disse ele, meio surpreso.

— Naturalmente — disse o dr. Bijral.

De algum modo, Strike imaginara uma equipe inteiramente masculina, embora soubesse que as prisões para homens tivessem carcereiras. O dr. Bijral abriu uma porta a um pequeno escritório que tinha o ar de uma sala de tratamento convertida, com a pintura lascada nas paredes e as grades nas janelas.

— Sente-se. — O dr. Bijral gesticulou para a cadeira de frente para sua mesa e perguntou, com uma educação um tanto forçada: — Fez uma boa viagem? Veio de Londres?

— Sim, foi uma ótima viagem — disse Strike.

Ao se sentar atrás de sua mesa, o dr. Bijral assumiu um comportamento profissional.

— Muito bem: daremos a você 45 minutos com Creed.

— Quarenta e cinco minutos — repetiu Strike.

— Se Dennis quiser confessar outro assassinato, isso deve ser muito tempo — disse o dr. Bijral —, mas... posso ser franco, sr. Strike?

— Claro que sim.

— Se dependesse da equipe de tratamento de Dennis, provavelmente não teríamos permitido essa visita. Sei que o Ministério da Justiça reconhece que os Bamborough e os Tucker devem ter uma última chance de perguntar a Dennis sobre seus parentes, mas...

O dr. Bijral se recostou na cadeira e suspirou.

— ... ele é um sociopata clássico, entenda, um exemplo puro da espécie. Tem pontuação muito alta na tríade das trevas: narcisismo, maquiavelismo e psicopatia. Ardiloso, sádico, sem remorsos e extremamente egoísta.

— Então não é um fã? — disse Strike, e o médico se permitiu um sorriso superficial.

— O problema, veja bem, é que se ele confessasse outro assassinato durante seu interrogatório, você levaria o crédito. E Dennis não suportaria isso, ele não permitiria que outra pessoa saísse por cima. Ele teve de dar consentimento para se encontrar com você, é claro, e creio que concordou porque ser interrogado alimenta o ego dele, em particular ser interrogado por um homem que apareceu nos jornais, e creio que ele gostaria de manipular você a defendê-lo de alguma forma. Já tem tempo que ele pressiona para sair de Broadmoor e voltar a uma penitenciária.

— Pensei que ele estivesse desesperado para ficar aqui.

— Antigamente estava — disse Bijral. — Os criminosos sexuais muito conhecidos costumam correr riscos de ataque no sistema carcerário, como deve saber. Você pode ter visto nos jornais, um homem quase arrancou o olho dele com o cabo afiado de uma colher. Dennis queria vir para Broadmoor quando foi condenado na primeira vez, mas na época não havia fundamento para interná-lo em um hospital. A psicopatia, em si, não é tratável.

— O que mudou?

— Era excepcionalmente difícil administrá-lo no sistema carcerário. Ele conseguiu convencer um jovem criminoso com síndrome de Asperger a se matar. Por isso, foi colocado em solitária. Acabaram por deixá-lo lá por quase um ano. À noite, ele reencenava o que tinha acontecido no porão na Liverpool Road, gritando a noite toda, fazendo a voz dele e das mulheres. Os carcereiros não suportavam ouvir, imagine os prisioneiros.

"Depois de 11 meses na solitária, ele ficou suicida. Primeiro fez greve de fome. Depois passou a tentar abrir os próprios pulsos a dentadas e esmagar o crânio na parede. Ele foi avaliado, julgado psicótico e transferido para cá.

"Quando estávamos com ele já havia dois meses, ele alegou ter fingido doença mental, o que é Dennis puro. Ninguém pode ser mais inteligente do que ele. Mas, na verdade, sua saúde mental estava bem ruim quando ele chegou a nós, e exigiu muitos meses de medicação e terapia para impedi-lo de fazer mal a si mesmo e tentar se matar."

— E agora ele quer sair?

— Quando ficou bem o bastante para enxergar a diferença entre a penitenciária e o hospital, acho justo dizer que ele ficou decepcionado. Ele tinha mais liberdade em Belmarsh. Escrevia e desenhava muito antes de adoecer. Li a autobiografia em que ele esteve trabalhando quando foi internado aqui. Foi útil em sua avaliação. Ele escreve muito bem para um homem que quase não teve instrução formal, mas... — O dr. Bijral entrelaçou os dedos, e Strike lembrou de outro médico, que falou de trabalho em equipe enquanto comia biscoitos. —Veja bem, convencer pacientes a discutir seus crimes, em geral, é uma parte importante do processo terapêutico. Tentamos encontrar uma via para a responsabilização e o arrependimento, mas Dennis não sente remorso. Ele ainda fica excitado com a ideia do que fez com aquelas mulheres, e gosta de falar e escrever sobre isso. Ele também costumava desenhar episódios do porão; basicamente, produzia sua própria pornografia pesada. Assim, quando veio para cá, confiscamos todo o material de escrita e desenho.

"Dennis nos culpa pela deterioração de suas faculdades mentais, embora, na verdade, para um homem de 77 anos, ele seja extraordinariamente afiado. Cada paciente é diferente, e lidamos com Dennis em um sistema rigoroso de recompensas e punições. As recompensas que ele escolhe são incomuns. Ele gosta de xadrez; aprendeu sozinho em Belmarsh, então às vezes lhe damos um tabuleiro. Ele gosta de palavras cruzadas e jogos de lógica também. Permitimos que ele tenha acesso a isso quando se comporta bem.

"Mas você não deve pensar que ele é típico de nossos pacientes", acrescentou o dr. Bijral intensamente. "A grande maioria dos doentes mentais não representa nenhum risco de violência, como estou certo de que você sabe. E as pessoas saem de Broadmoor, elas melhoram. O comportamento pode mudar se a pessoa estiver motivada, se receber a ajuda certa. Nosso objetivo sempre é a recuperação. Pode-se odiar o crime, mas sentir compaixão pelo perpetrador. Muitos dos homens daqui tiveram uma infância pavorosamente abusiva. A infância de

Dennis foi o puro inferno... mas é claro que outras pessoas tiveram uma criação igualmente ruim e não fizeram o que Dennis fez. Na verdade, um de nossos ex-pacientes..."

Houve uma batida na porta, e uma loura animada colocou a cabeça para dentro.

— Dennis está pronto na sala, Ranbir — disse ela, e se retirou.

— Vamos? — O dr. Bijral levantou-se. — Ficarei sentado lá durante a entrevista, assim como o principal enfermeiro de Dennis.

A mulher que tinha anunciado a chegada de Dennis à sala de reuniões acompanhou Strike e o psiquiatra por outros dois corredores. Agora havia portas que tinham de ser destrancadas e retrancadas a cada passagem. No terceiro jogo de portas trancadas, Strike viu um homem obeso arrastando-se de calça de moletom Nike, flanqueado por dois enfermeiros, cada um deles segurando um braço rígido do paciente às costas dele. O paciente lançou um olhar vidrado a Strike quando o trio passou em silêncio.

Por fim, o grupo de Strike chegou a uma área ampla e deserta, com poltronas e um televisor desligado. Strike tinha suposto que a loura fosse enfermeira de Creed, mas estava enganado: um homem corpulento com tatuagens nos braços e um queixo quadrado e saliente foi apresentado como "Marvin, o principal enfermeiro de Dennis", e a loura sorriu para Strike, desejou-lhe sorte e foi embora.

— Vamos, então? — disse o dr. Bijral, e Marvin abriu a porta de uma sala de reuniões espartana, com uma única janela e um quadro branco na parede.

O único ocupante, um homem baixo, obeso e de óculos, vestia jeans e um moletom preto. Tinha papada tripla e sua barriga o mantinha a 45 centímetros da mesa de tampo de fórmica branca a que ele estava sentado. Transplantado a um ponto de ônibus, Dennis Creed teria sido apenas outro velho, meio desgrenhado, o cabelo cinza-claro precisando de um corte.

(Ele pressionou ferro quente nos seios expostos da secretária Jackie Aylett. Ele arrancou os dedos e as unhas dos pés da cabeleireira Susan Meyer. Ele escavou os globos oculares da corretora de imóveis Noreen Sturrock enquanto ela ainda estava viva e algemada a um radiador.)

— Dennis, este é Cormoran Strike — disse o dr. Bijral ao se sentar em uma cadeira encostada na parede. Marvin ficou de pé, os braços tatuados cruzados, ao lado dele.

— Olá, Dennis — disse Strike, sentando-se de frente para ele.

— Olá, Cormoran. — Creed falou em uma voz monótona que retinha o sotaque de classe trabalhadora do East London.

O sol caía como uma chapa reluzente na mesa entre eles, destacando as manchas nas lentes dos óculos de aro de metal de Creed e as partículas de poeira no ar. Atrás da sujeira, Strike viu íris de um cinza tão claro que desbotavam na esclerótica, de forma que as pupilas enormes pareciam cercadas de branco. De perto, Strike podia ver a cicatriz irregular que corria da têmpora ao nariz, arrastando a pálpebra inferior esquerda, uma relíquia do ataque que quase arrancou o olho de Creed. As mãos brancas e roliças na mesa tremiam um pouco, assim como a boca frouxa: efeitos colaterais, imaginou Strike, dos remédios de Creed.

— Para quem está trabalhando? — perguntou Creed.

— Acho que poderá deduzir isso sozinho, a partir de minhas perguntas — disse Strike.

— Por que não dizer, então? — perguntou Creed e, como Strike não respondeu, ele disse: — Sinal de narcisismo, reter informações para se sentir poderoso, sabe?

Strike sorriu.

— Não é uma questão de tentar se sentir poderoso. Simplesmente estou familiarizado com o gambito do rei.

Creed empurrou os óculos pela ponte do nariz.

— Eles te disseram que jogo xadrez?

— Sim.

— Você joga?

— Mal.

— Então, como o gambito do rei se aplica a esta situação?

— Seu movimento de abertura parece abrir um caminho fácil para seu rei. Você se propõe a saltar direto para a discussão da mulher desaparecida que estou investigando.

— Mas você acha que isso é um ardil?

— Talvez.

Houve uma curta pausa. Depois Creed disse:

— Então, posso lhe dizer quem acho que o mandou?

— Pode falar.

— A filha de Margot Bamborough — disse Dennis Creed, observando atentamente a reação de Strike. — O marido desistiu dela há muito tempo, mas a filha terá quarenta anos e será endinheirada. Quem te contratou tem dinheiro. Você não sairia barato. Li tudo sobre você nos jornais.

"A segunda possibilidade", disse Creed, porque Strike não respondeu, "é o velho Brian Tucker. Ele aparece a intervalos de alguns anos, fazendo um espetáculo. Mas Brian é um duro... ou ele correu o chapéu na internet? Entrou no computador e choramingou alguma história de má sorte, e os idiotas mandaram dinheiro? Mas acho que, se ele tivesse feito isso, teria saído na imprensa."

— Você entra muito na internet? — perguntou Strike.

— Aqui não temos permissão — disse Creed. — Por que está desperdiçando seu tempo? Só temos 45 minutos. Faça uma pergunta.

— Essa foi uma pergunta, a que acabei de fazer.

— Por que não me conta em que suposta vítima está interessado?

— "Suposta" vítima?

— Rótulos arbitrários — disse Creed. — "Vítima." "Paciente." *Esta* merece piedade... *este* tem de ser enjaulado. Quem sabe aquelas mulheres que matei foram as verdadeiras pacientes e eu sou a verdadeira vítima?

— Um ponto de vista novo — disse Strike.

— É, bom, faz bem às pessoas ouvir novos pontos de vista — disse Creed, voltando a empurrar os óculos pelo nariz. — Desperte-as, se elas forem capazes disso.

— Você diria que estava curando aquelas mulheres do quê?

— Da infecção da vida? Diagnóstico: vida. Terminal. "Não tenha pena dos caídos! Eu não os conhecia. Não existo para eles. Não consolo: abomino o consolado e o consolador..."

(Ele abriu os cantos da boca da estudante Geraldine Christie e a fotografou chorando e gritando antes de, como disse aos pais dela no banco dos réus, cortar sua garganta porque ela fazia barulho demais.)

— "... Sou único e conquistador. Não sou dos escravos que perecem." Sabe quem disse isso?

— Aleister Crowley — disse Strike.

— Material de leitura incomum — disse Creed — para um soldado condecorado do exército britânico.

— Ah, todos somos satanistas em segredo — disse Strike.

— Você acha que está brincando — disse Creed, cuja expressão ficara intensa —, mas você mata, recebe uma medalha e é chamado de herói. Eu mato e sou chamado de cruel e trancafiado para sempre. Categorias arbitrárias. Sabe o que fica nesta mesma rua daqui?

— A Academia Militar de Sandhurst — disse Strike.

— A Academia Militar de Sandhurst — repetiu Creed, como se Strike não tivesse falado. — Instituições para assassinos, lado a lado, uma para fazê-los, outra para quebrá-los. Explique-me por que é mais moral assassinar crianças pardas e pequenas a mando de Tony Blair do que fazer o que eu fiz? Sou feito do jeito que sou. Os exames do cérebro lhe mostrarão, eles estudaram pessoas como eu. É assim que somos equipados. Por que é mais cruel matar porque precisa, porque é de sua natureza, do que explodir pessoas pobres e pardas porque queremos petróleo? Se visto da forma correta, sou inocente, mas *eu* fui engordado e drogado como um porco em cativeiro e você tem uma pensão do Estado.

— Argumento interessante — disse Strike. — Então você não tinha controle sobre o que fazia?

— Controle. — Creed escarneceu, meneando a cabeça. — Isso mostra o quão distante... não posso explicar isso em termos que alguém como você entenderia. "Você tem o seu caminho. Eu tenho o meu. Quanto ao caminho direito, ao caminho correto, e o único caminho, isso não existe." Sabe quem disse isso?

— Parece Nietzsche — disse Strike.

— Nietzsche — disse Creed, atropelando a fala dele. — Sim, obviamente. Li muito em Belmarsh, antes de ficar entupido de tantas drogas que não consigo me concentrar do final de uma frase à outra.

"Agora tenho diabetes, sabia disso?", continuou Creed. "Sim. Diabetes adquirida em hospital. Eles pegaram um homem magro e em boa forma, e me encheram de peso, com aquelas drogas de que não preciso e a lavagem que somos obrigados a comer. Oitocentos dos supostos curandeiros que vivem como sanguessugas de nós. Eles precisam de nós doentes, porque somos o ganha-pão deles. Morlocks. Compreende essa palavra?"

— Subseres fictícios — disse Strike —, de *A Máquina*...

— Obviamente, sim — disse Creed de novo, que parecia irritado por Strike entender as referências dele. — H. G. Wells. Seres primitivos predando as espécies altamente evoluídas, que não percebem que estão sendo criadas como comida. Só que *eu* percebo, *eu* sei o que está acontecendo.

— Você se vê como um dos Eloi? — perguntou Strike.

— Uma coisa interessante nos Eloi — disse Creed — é sua completa falta de consciência. A raça superior é intelectual, refinada, tem o chamado remorso... estive explorando tudo isso em meu livro, o livro que estava escrevendo antes de tirarem de mim. A história de Wells era só uma alegoria superficial, mas ele tateava para a verdade... O que eu escrevia, em parte autobiografia, em parte tratado científico... mas foi tirado de mim, eles confiscaram meus manuscritos. Podia ser um material inestimável, mas, não, como é meu, tem de ser destruído. Tenho um QI de 140, mas eles querem meu cérebro flácido como meu corpo."

— Você me parece bem alerta. Que drogas estão te dando?

— Eu não devia tomar nenhuma droga. Devia estar em reabilitação assertiva, mas eles não me deixam sair da alta dependência. Eles deixam os pequenos esquizofrênicos soltos nas oficinas com lâminas para todo lado, e eu não posso ter um lápis. Quando vim para cá, pensei que encontraria gente inteligente... qualquer criança que consegue memorizar a tabuada do sete pode ser médica, é tudo aprendizagem mecânica e dogma. O paciente deve ser um parceiro nesse processo terapêutico, e digo que estou bem o bastante para voltar à penitenciária.

— Você sem dúvida me parece mentalmente são — comentou Strike.

— Obrigado — disse Creed, que ficou vermelho. — Obrigado. Pelo visto, *você* é um homem inteligente. Achei que seria. Por isso concordei com isto.

— Mas ainda está medicado...

— Sei tudo sobre as drogas deles, e eles me dão demais delas. Eu podia receitar melhor para mim mesmo do que eles sabem por aqui.

— Como sabe dessas coisas? — perguntou Strike.

— É óbvio, fácil. — Creed fez um gesto grandiloquente. — Eu me fiz de cobaia, desenvolvi minha própria série de testes padronizados.

Como posso caminhar e falar com vinte miligramas, trinta miligramas... tomei nota de desorientação, sonolência, diferenças em efeitos colaterais...

— Que drogas foram essas? — perguntou Strike.

— Amobarbital, pentobarbital, fenobarbital — matraqueou Creed: os nomes dos barbitúricos do início dos anos 1970, a maioria substituída atualmente por outras drogas.

— Era fácil comprar nas ruas?

— Só comprava nas ruas de vez em quando, tinha outros canais, que nunca foram amplamente conhecidos...

E Creed se atirou em um discurso tortuoso que não podia ser chamado de uma história, porque a narrativa era desconexa e cheia de sugestões misteriosas e alusões indiretas, mas o essencial parecia ser que Creed teve associação com muitas pessoas sem nome, mas poderosas, nos anos 1960 e 1970, e que um suprimento constante de drogas de receita retida foi uma vantagem acessória, ou por trabalho para gângsteres, ou espionando-os para as autoridades. Ele sugeriu ter sido recrutado pelos serviços de segurança, falou em viagens à América que não há provas de que tenha feito, de políticos e celebridades viciados em barbitúricos e do desejo perigoso da espécie humana de todas as esferas da vida de se dopar para lidar com a realidade cruel do mundo, uma tendência e uma tentação que Dennis Creed deplorava e a que sempre resistiu.

Strike supôs que essas reminiscências falsas pretendiam alimentar o desejo de status presunçoso de Creed. Sem dúvida, suas décadas em presídios e manicômios de segurança máxima lhe ensinaram que o estupro e a tortura eram considerados quase tão desprezíveis ali como fora daqueles muros. Ele podia continuar a ter prazer sexual revivendo seus crimes, mas, nos outros, despertava apenas desdém. Sem uma carreira de fantasia em que ele era parte espião, parte gângster, o homem com o QI de 140 não passou de um entregador de lavanderia, um pervertido sexual que comprava um monte de calmantes de traficantes da rua que o exploraram, depois o traíam.

— ... Viu toda aquela segurança à minha volta, no julgamento? Havia outras forças em jogo, é só o que direi...

Houve um sólido cordão de policiais em volta de Creed ao entrar e sair do tribunal porque a multidão queria fazê-lo em pedaços. Os detalhes de sua câmara de tortura tinham vazado: a polícia descobriu os ferros quentes e alicates, as mordaças de bolas e os chicotes, as fotografias que Creed tirara das vítimas, vivas e mortas, e a cabeça e as mãos em decomposição de Andrea Hooton, na pia do banheiro dele. Mas a imagem do próprio Creed apresentada agora a Strike transformava o assassinato em algo secundário a uma vida criminosa de prestígio muito maior, um passatempo que por algum motivo o público continuava a repisar, quando havia muito mais a dizer e a admirar.

— ... porque eles gostam de salivar em coisinhas sujas que os excitam, como uma válvula de escape para os próprios impulsos inaceitáveis — disse Creed. — Eu podia ser médico, na verdade provavelmente deveria ter sido...

(Ele despejou óleo de cozinha na cabeça da garçonete Vera Kenny, depois ateou fogo a seu cabelo e a fotografou enquanto ele queimava, com uma mordaça de bola na boca. Ele decepou a língua da desempregada Gail Wrightman. Ele assassinou a cabeleireira Susan Meyer pisando repetidamente em sua cabeça.)

— Nunca matou ninguém por overdose? — perguntou Strike.

— É preciso muito mais habilidade para desorientar, mas manter as pessoas de pé. Qualquer tolo pode meter uma overdose pela goela de alguém. O outro adquire conhecimento e experiência. É assim que sei que eles estão usando demais em mim aqui, porque entendo os efeitos colaterais.

— O que você dava às mulheres no porão?

— Nunca droguei uma mulher depois que a tinha em casa. Depois que ela entrava, eu tinha outros meios de mantê-la quieta.

A boca de Andrea Hutton foi costurada por Creed enquanto ela ainda estava viva: os traços da linha ainda estavam presentes na cabeça apodrecida.

O psiquiatra olhou o relógio.

— E se uma mulher já estivesse embriagada? — perguntou Strike. — Gail Wrightman: você a apanhou em um bar, não foi? Não havia o perigo de overdose se você a drogasse junto com a bebida?

— Pergunta inteligente — disse Creed, absorvendo Strike com as pupilas imensas. — Em geral sei dizer a dose exata para uma mulher. Gail estava sozinha, aborrecida. Algum homem a deixara esperando...

Creed não entregava nada: não havia segredos. Ele já havia confessado tudo isso, quando desfrutou de contar os fatos, vendo a reação dos parentes das vítimas. As fotografias escondidas embaixo do assoalho, de Gail e Andrea, Susan e Vera, Noreen, Jackie e Geraldine, amarradas, queimadas e apunhaladas, vivas e mutiladas, seus corpos desfigurados e às vezes decapitados em poses pornográficas, condenaram-no antes que ele abrisse a boca, mas ele insistira em um julgamento completo, alegando-se culpado por insanidade mental.

— ... de peruca, um pouco de batom... elas pensam que você é inofensivo, estranho... talvez bicha. Falei com ela por um ou dois minutos, num cantinho escuro. A gente se mostra preocupado...

"Um pouco de Nembutal na bebida... uma quantidade pequena, mínima", disse Creed, com os dedos trêmulos separados em milímetros. "Nembutal e álcool, potencialmente perigosos, se você não sabe o que está fazendo, mas eu sabia, evidentemente...

"Então eu disse: 'Bom, agora preciso ir, querida, cuide-se.' 'Cuidado!' Sempre dava certo." Creed fingiu um tom estridente para imitar Gail. "'Ai, não vá, tome uma bebida!' 'Não, querida, preciso de meu sono de beleza.' É quando provamos que não somos uma ameaça. Damos a impressão de que queremos ir embora, ou realmente nos afastamos. E então, quando elas nos chamam de volta, ou nos encontram dez minutos depois, quando começam a se sentir uma merda, elas ficam aliviadas, porque somos o cara legal que é seguro...

"Tudo isso está em meu livro, as diferentes formas com que as peguei. Instrutivo para mulheres que querem ficar longe de problemas, é de se pensar, ler como age um assassino altamente eficiente, mas as autoridades não permitem que seja publicado, o que nos faz perguntar, eles estão felizes com as vadias sendo apanhadas nas ruas? Talvez estejam.

"Por que existem pessoas como eu, Cormoran? Por que a evolução deixa isso acontecer? Porque a espécie humana é tão altamente desenvolvida que só podemos ceder a predadores intraespécie. Escolha os fracos, os moralmente depravados. É bom que mulheres degeneradas e bêbadas não procriem. Isso é apenas um fato, é um fato", disse Dennis Creed.

— Abro a janela do carro. "Quer uma carona, meu bem?" Toda vacilante. Feliz em me ver. Entra no furgão, sem problemas, agradecida por se sentar...

"Eu costumava dizer a Gail, depois que a tive no porão: 'Deveria ter ido ao banheiro, sua piranhazinha suja, não é? Aposto que você é do tipo que mija na rua. Suja, é o que você é, suja'... Por que você está tão interessado em administração de drogas?"

O fluxo da conversa de repente tinha cessado. Os vagos olhos cinza e pretos de Creed dispararam entre os olhos de Strike.

— Acha que a dra. Bamborough seria inteligente demais para se deixar drogar por alguém como eu?

— Os médicos podem cometer erros, como todos os outros — disse Strike. — Você conheceu Noreen Sturrock em um ônibus, não foi?

Creed passou vários segundos olhando Strike como se tentasse entender alguma coisa.

— Agora são ônibus, é? Com que frequência Margot Bamborough pegava ônibus?

— Imagino que frequentemente — disse Strike.

— Ela aceitaria uma lata de Coca-Cola de um estranho?

— Foi o que você ofereceu a Noreen, não foi? E a Coca estava cheia de fenobarbital?

— Sim. Ela estava quase dormindo quando chegamos a meu ponto. Eu disse: "Perdeu sua parada, querida. Vamos, vou levar você a um ponto de táxi." Tirei-a do ônibus, com o braço passado por ela. Ela não era uma garota grande, a Noreen. Essa foi uma das mais fáceis.

— Você ajustava a dose de acordo com o peso?

Houve outra pausa curta.

— Ônibus e latas de refrigerante, e ajustar doses de acordo com o peso?... Sabe de uma coisa, Cormoran? Acho que minha segunda aposta estava certa. Você está aqui pela pequena Louise Tucker.

— Não — disse Strike com um suspiro, recostando-se na cadeira. — Por acaso, você acertou de primeira. Fui contratado pela filha de Margot Bamborough.

Agora houve um longo silêncio, e o psiquiatra de novo olhou o relógio. Strike sabia que seu tempo se esgotava e pensou que Creed também sabia disso.

— Quero voltar para Belmarsh, Cormoran — disse Creed, inclinando-se para a frente, agora que Strike se recostara. — Quero terminar meu livro. Estou mentalmente são, você sabe disso também, disse agora há pouco. Não sou doente. Está custando aos contribuintes cinco vezes mais me manter aqui do que na penitenciária. Onde o povo britânico diria que devo estar, hein?

— Ah, eles querem você na penitenciária — disse Strike.

— Bom, eu concordo com eles — disse Creed. — Concordo.

Ele olhou de lado o dr. Bijral, que tinha o jeito de um homem prestes a encerrar a conversa.

— Sou mentalmente são e, se for tratado como tal, agirei de acordo — disse Creed.

Ele se inclinou ainda mais para a frente.

— Eu matei Louise Tucker — disse Creed em voz baixa, e, na visão periférica de Strike, o psiquiatra e o enfermeiro ficaram petrificados, aturdidos. — Apanhei-a em uma esquina com meu furgão, em novembro de 1972. Fazia um frio de congelar naquela noite. Ela queria ir para casa e não tinha dinheiro. Não consegui resistir, Cormoran — disse Creed, aquelas grandes pupilas pretas cravadas nos olhos de Strike. — Uma garotinha de uniforme escolar. Nenhum homem consegue resistir. Agi por impulso... sem planejamento... sem peruca, sem refrigerante com drogas, nada...

— Por que não havia nenhum vestígio dela no porão? — disse Strike.

— Havia, sim. Fiquei com o colar dela. Mas nunca a *tive* no porão, entendeu? Você quer provas, eu lhe darei: ela chamava a madrasta de "Garras". Diga a Tucker que ela me contou isso, está bem? Sim, tivemos uma conversa de cinco minutos sobre como a menina ficava irritada em casa, antes de ela perceber que íamos para o lado errado. Depois ela começou a gritar e bater nas janelas.

"Entrei em um estacionamento escuro", disse Creed em voz baixa, "cobri sua boca com a mão, arrastei-a para a traseira do furgão, trepei com ela e a estrangulei. Gostaria de ficar mais tempo com ela, mas ela fazia barulho, muito barulho.

"Uma burrice de se fazer, mas não consegui resistir, Cormoran. Sem planejamento... uniforme escolar! Mas eu tinha trabalho no dia seguinte, precisava do furgão vazio. Queria levar o corpo ao porão, mas a velha Vi Cooper estava bem acordada quando voltei à Liverpool Road. Ela me viu da janela do último andar quando passei de carro, então não parei. Mais tarde disse que ela imaginou que era eu. A piranha velha costumava ficar sentada para ver a que horas eu ia chegar. Em geral eu a drogava se estivesse caçando, mas esse era um deleite impulsivo..."

— O que você fez com o corpo? — quis saber Strike.

— Ah — disse Creed, recostando-se na cadeira. Os lábios úmidos deslizaram um contra o outro e as pupilas grandes se abriram. – Acho que vou precisar ser transferido de volta a Belmarsh antes de contar isso a alguém. Vá e diga aos jornais que decidi confessar ter matado Louise, e que sou mentalmente são, e que devo ficar em Belmarsh e, se eu for transferido, direi ao velho Brian Tucker onde coloquei a garotinha dele. Vá dizer às autoridades, é essa a minha oferta...

"Nunca se sabe, talvez eu tenha até vontade de falar sobre Margot Bamborough quando estiver fora daqui. Vamos deixar essas drogas saírem de meu corpo e talvez eu me recorde melhor."

— Você só fala merda — disse Strike, levantando-se com um jeito furioso. — Não vou passar isso adiante.

— Não fique assim, porque não é aquela que você veio procurar — disse Creed com um sorriso lento. — Você está me saindo um verdadeiro narcisista, Cormoran.

— Estou pronto para sair — disse Strike ao dr. Bijral.

— Não fique assim — disse Creed. — Ei!

Strike se virou.

— Tudo bem... Vou te dar uma pequena pista sobre onde coloquei o corpo de Louise e veremos se você é inteligente como pensa ser, está bem? Veremos quem descobrirá primeiro, você ou a polícia. Se eles encontrarem o corpo, saberão que estou mentalmente são e estou disposto a falar sobre Margot Bamborough, desde que eu seja transferido para onde quero ir. E se ninguém conseguir entender a pista, alguém terá de voltar e falar comigo, não é? Talvez até você. Podemos jogar xadrez para ter mais pistas, Cormoran.

Strike sabia que Creed imaginava semanas na primeira página dos jornais, enquanto traçava uma trilha a ser seguida por investigadores. Tortura psicológica para os Tucker, manipulação da opinião pública, Strike, talvez, à disposição dele: era o sonho erótico do sádico.

— Fale, então — disse Strike, olhando-o de cima. — Qual é a pista?

— Vai encontrar o corpo de Louise Tucker onde encontra M54 — disse Creed, e Strike entendeu que Creed tinha pensado na pista muito antes e estava certo de que haveria uma pista sobre Margot se Strike dissesse ter sido contratado pelos Tucker. Creed precisava acreditar que não dera a Strike o que ele realmente queria. Ele precisava sair por cima.

— Muito bem — disse Strike. Ele se virou para o dr. Bijral. — Vamos?

— M54, certo, Cormoran? — chamou Creed.

— Eu te ouvi bem — disse Strike.

— Desculpe-me por não poder ajudar com a dra. Bamborough! — exclamou Creed, e Strike pôde ouvir o prazer dele na ideia de ter frustrado o detetive.

Strike se voltou uma última vez e agora parou de fingir ter raiva, e sorriu também.

— Vim aqui por causa de Louise, seu escroto imbecil. Sei que você nunca encontrou Margot Bamborough. Ela foi morta por um assassino muito mais habilidoso do que você jamais foi. E só para sua informação — acrescentou Strike, enquanto as chaves do enfermeiro tilintavam e a cara gorda e flácida de Creed mostrava consternação —, acho que você é um merda de louco, e se alguém me perguntar, direi que você deve ficar em Broadmoor até apodrecer.

69

Levas tu o retrato da cabeça desta Dama?
Plenamente vívida é a imagem, conquanto a substância morta.

Edmund Spenser
A Rainha das Fadas

Depois de uma reunião de quase uma hora com o dr. Bijral, durante a qual o psiquiatra abalado telefonou à Scotland Yard, o detetive saiu do hospital sentindo ter estado ali pelo dobro do tempo real. O vilarejo de Crowthorne não ficava no caminho de volta a Londres, mas Strike estava com fome, queria telefonar a Robin e sentia uma forte necessidade de se colocar em meio a pessoas comuns que cuidavam da própria vida, para se livrar da lembrança daqueles corredores vazios e com eco, o tilintar de chaves e as pupilas muito dilatadas de Dennis Creed.

Ele estacionou na frente de um pub, acendeu o cigarro que desejava fumar nas últimas duas horas, depois ligou o celular. Já havia perdido duas chamadas de Brian Tucker, mas, em vez de telefonar ao velho, entrou com o número de Robin. Ela atendeu no segundo toque.

— O que houve?

Strike contou a ela. Quando terminou, houve um curto silêncio.

— Repita a pista — disse Robin, que parecia tensa.

— "Vai encontrá-la onde encontra M54."

— Não *a* M54? A rodovia?

— Talvez ele não quisesse dizer isso, mas deixou de fora o artigo definido.

— A M54 tem mais de 30 quilômetros.

— Eu sei.

A reação só lhe vinha agora: Strike devia se sentir triunfante, mas na verdade estava cansado e tenso. Seu telefone bipou e ele olhou a tela.

— É Brian Tucker de novo tentando falar comigo — disse ele a Robin.

— O que vai dizer a ele?

— A verdade — disse Strike pesadamente, soltando fumaça da janela aberta. — O dr. Bijral já ligou para a Scotland Yard. O problema é que, se essa pista for inútil, ou insolúvel, Tucker fica sabendo que Creed matou a filha, mas nunca recuperará o corpo. Isso pode muito bem ser a ideia de Creed da tortura definitiva.

— Mas já é alguma coisa ter uma confissão, não é? — disse Robin.

— Há décadas Tucker está convencido de que Creed matou a filha dele. A confissão sem um corpo só mantém a ferida aberta. Ainda será Creed que vai rir por último, sabendo onde ela está, sem revelar... Como foi na British Library?

— Ah. Tudo bem — disse Robin. — Encontrei Joanna Hammond duas horas atrás.

— E? — disse Strike, agora alerta.

— Joanna tinha um sinal grande no rosto. Na bochecha esquerda, dá para ver na foto do casamento dela no jornal local. Vou mandar a você agora.

— E o lugar sagrado...?

— Estava no final do obituário dela. O mesmo jornal local.

— Meu Deus — disse Strike.

Houve um silêncio maior. O telefone de Strike bipou de novo, e ele viu que Robin tinha lhe mandado uma foto.

Abrindo-a, ele viu um casal no dia de seu casamento, em 1969: uma foto em preto e branco borrada de uma noiva morena, dentuça e radiante, o cabelo anelado, com um vestido de renda de gola alta, um chapéu pillbox por cima do véu, um grande sinal na bochecha esquerda. O marido louro pairava sobre o ombro dela, sem sorrir. Mesmo com minutos da vida de casado, ele tinha o ar de um homem pronto a brandir um taco de beisebol.

— Ela não era de Sagitário, segundo Schmidt — disse Robin, e Strike devolveu o telefone à orelha —, era de Escorpião...

— ... que Talbot achou que combinava melhor com ela, por causa do sinal — disse Strike com um suspiro. — Eu devia ter repassado todas as identificações depois que você descobriu Schmidt. Talvez tivéssemos chegado aí antes.

— O que vamos fazer a respeito de Douthwaite?

— Vou ligar para ele — disse Strike, depois de uma pausa momentânea. — Agora. Depois volto a falar com você.

Seu estômago roncou enquanto ele ligava para a pousada Allardice em Skegness e ouvia o familiar sotaque misturado com escocês de Donna, a esposa de Douthwaite.

— Ah, meu Deus — disse ela quando Strike se identificou. — O que é agora?

— Nada com que se preocupar — Strike mentiu, ouvindo o rádio tocando ao fundo. — Só queria verificar alguns pontos.

— Steve! — Ele a ouviu gritar longe do fone. — É *ele*! Como assim: "Quem?", quem você acha que é?

Strike ouviu passos e depois Douthwaite, que parecia meio zangado, meio assustado.

— O que você quer?

— Quero lhe dizer o que penso que aconteceu durante sua última consulta com Margot Bamborough — disse Strike.

Ele falou por dois minutos e Douthwaite não interrompeu, mas Strike sabia que ele ainda estava ali, por causa dos sons distantes da pousada que ainda lhe chegavam pela linha. Quando Strike tinha terminado a reconstituição da última consulta de Douthwaite, houve um silêncio, a não ser pelo rádio distante, que tocava "Blame" de Calvin Harris.

So blame it on the night... don't blame it on me...

— E então? — disse Strike.

Ele sabia que Douthwaite não ia querer confirmar. Douthwaite era um covarde, um homem fraco que fugia dos problemas. Podia ter evitado outras mortes se tivesse a coragem de dizer o que sabia, mas teve medo pela própria pele, medo de ser visto como cúmplice, burro e miserável, aos olhos dos leitores dos jornais. E assim ele fugiu, mas isso só piorou as coisas, e seguiram-se consequências de pesadelo e ele fugiu delas também, sem admitir a si mesmo o que temia, distraindo-se com a bebida, com o karaokê, com as mulheres. E agora Strike lhe apresentava uma escolha pavorosa que, na verdade, não era nenhuma escolha. Como Violet Cooper, Steve Douthwaite enfrentava uma vida inteira de opróbrio do público reprovador e teria sido muito melhor se tivesse se esclarecido com Talbot quarenta anos antes, quando o corpo de Margot Bamborough podia ter sido encontrado rapidamente e um assassino ficar diante da justiça antes que outras pessoas morressem.

— Não tenho razão? — disse Strike.

— Tem — disse enfim Douthwaite.

— Tudo bem, então, se quiser meu conselho, vá direto a sua esposa e conte a ela, antes que a imprensa o faça. Não há como se esconder dessa.

— Merda — falou Douthwaite em voz baixa.

— Vejo você no tribunal, então — falou Strike animadamente e desligou, voltando a telefonar a Robin.

— Ele confirmou.

— Cormoran — disse Robin.

— Aconselhei que ele contasse a Donna...

— Cormoran — repetiu Robin.

— Que foi?

— Acho que sei o que é M54.

— Não...

— ... A rodovia? Não. M54 é um aglomerado globular...

— Um o quê?

— Um grupo esférico de estrelas.

— Estrelas? — disse Strike, deprimindo-se. — Espere aí...

— Escute — disse Robin. — Creed pensava que estava sendo mais inteligente, mas basta uma busca no Google...

— Eles não têm internet lá — disse Strike. — Ele ficou reclamando disso...

— Bom, M54 é um aglomerado de estrelas da constelação de Sagitário — disse Robin.

— Astrologia de novo, não — disse Strike, fechando os olhos. — Robin...

— *Preste atenção*. Ele disse: "Vai encontrá-la onde encontra M54", não foi?

— Foi...

— A constelação de Sagitário também é conhecida como o Arqueiro.

— E daí?

— Brian nos mostrou o mapa, Strike! Dennis Creed era visitante frequente do Archer Hotel em Islington no início dos anos 1970, quando entregava a roupa lavada lá. Archer, "arqueiro". Tinha um poço na propriedade, no jardim dos fundos. Tapado e agora coberto por uma estufa.

Dois homens alegres com barrigas de cerveja idênticas entraram no pub do outro lado da rua. Strike mal os registrou. Tinha até se esquecido de dar tragos no cigarro que queimava entre os dedos.

— Pense bem — disse Robin em seu ouvido. — Creed tem um corpo que não esperava ter no furgão, mas não pode levá-lo a Epping Forest, porque ainda tem uma cena de crime ativa lá. Tinham encontrado havia pouco os restos de Vera Keeny. Não sei por que ele não levou o corpo para o porão...

— Eu sei — disse Strike. — Ele me disse. Ele passou de carro pela casa, e Vi Cooper estava acordada, na janela.

— Tudo bem... então ele precisa esvaziar o furgão antes do trabalho. Ele conhece os jardins do Archer e sabe que existe um portão nos fundos. Ele tem ferramentas na traseira do furgão, pode soltar as tábuas facilmente. Cormoran, tenho *certeza* de que ela está no antigo poço do Archer.

Houve uma breve pausa, depois a cinza quente caiu no colo de Strike, do cigarro esquecido.

— Droga...

Ele jogou a guimba pela janela, angariando um olhar de reprovação de uma senhora que passava empurrando um carrinho xadrez de compras.

— Tudo bem, vou te dizer o que vamos fazer — disse ele a Robin. — Vou ligar para Tucker e contar o que acaba de acontecer, inclusive sua dedução. Você liga para George Layborn e conta a ele sobre o poço no Archer. Quanto mais rápido a polícia der uma busca, melhor para os Tucker, em particular se vazar a notícia de que Creed confessou.

— Tudo bem, vou fazer isso agora mesmo...

— Espere, ainda não terminei — disse Strike. Agora ele fechou os olhos e esfregava as têmporas ao pensar em tudo que a agência precisava fazer, e rapidamente. — Depois de falar com Layborn, quero que telefone a Barclay e diga a ele que tem um trabalho a fazer com você, amanhã de manhã. Ele pode esquecer o namorado da srta. Jones por algumas horas. Ou, mais provavelmente, o dia todo, se o que acho que vai acontecer realmente acontecer.

— Que trabalho que eu e Barclay vamos fazer? — perguntou Robin.

— Não é lógico? — Strike abriu os olhos. — Vamos correr contra o relógio se Douthwaite falar com alguém.

— Então Barclay e eu vamos...?

— Encontrar o corpo de Margot — disse Strike. — Sim.

Houve um longo silêncio. O estômago de Strike roncou de novo. Agora duas jovens entraram no pub, rindo de algo que uma delas mostrara à outra no telefone.

— Acha mesmo que ela está lá? — disse Robin, meio abalada.

— Tenho certeza disso — disse Strike.

— E você vai...?

— Vou ligar para Brian Tucker, comer umas batatas fritas, dar aquele telefonema internacional... Acho que lá estão três horas à nossa frente, então deve ficar tudo bem... depois voltar ao escritório. Chegarei no final da tarde e podemos conversar sobre tudo isso direito.

— Tudo bem — disse Robin —, boa sorte.

Ela desligou. Strike hesitou por um momento antes de ligar para Brian Tucker: teria gostado de uma cerveja na mão, mas ainda precisava dirigir de volta a Londres e, ser preso por embriaguez ao volante na véspera de pegar o assassino de Margot Bamborough era uma complicação que ele não queria se arriscar a ter. Em vez disso, acendeu um segundo cigarro e se preparou para dizer a um pai de luto que, depois de 42 anos de espera, talvez em breve ele tivesse condições de sepultar a filha.

70

... e finalmente a Morte;
A Morte com o mais sinistro e espantoso semblante já visto...

Edmund Spenser
A Rainha das Fadas

A manhã estava tão amena que podia ser verão, mas as folhas dos plátanos ao lado da cabine telefônica na entrada da Albemarle Way começavam a amarelar. Um céu de colcha de retalhos azuis e brancos fornecia e retirava calor com o sol a deslizar para trás das nuvens e sair delas, e Robin sentiu-se tremer apesar do suéter que usava por baixo da capa de chuva, como se um vento frio soprasse na Albemarle Way, a rua curta e transversal em que prédios altos e ininterruptos a mantinham permanentemente na sombra.

Ela estava ao lado da cabine onde uma vez, aproximadamente quarenta anos antes, o assassino de Margot Bamborough tinha esperado e observado, sentindo, Robin imaginava, o que ela sentia agora. Deve ter havido medo, e nervosismo, e dúvida de que o plano pudesse dar certo, e temor pelas consequências do fracasso. Mas essa afinidade não deixou Robin mais amável com o assassino. Olhando do outro lado da rua a antiga arcada de St. John's Gate, ela imaginava Margot Bamborough caminhando por ela em um fim de tarde chuvoso quarenta anos atrás, ou talvez vacilando, sentindo-se estranhamente grogue, sem saber por quê... ou será que ela percebeu? É possível. Margot era uma mulher inteligente e por isso teve de morrer...

A Clerkenwell Road estava movimentada de trânsito e pedestres. Robin sentia-se inteiramente isolada de todos eles. Ninguém que passava por Robin podia ter a mais leve ideia do que ela estava prestes a tentar. Como eles achariam seus planos dessa manhã bizarros, macabros... um fio de pânico correu pela coluna de Robin...

Pense em outra coisa.

Naquela manhã, havia no *Metro* uma fotografia de Charlotte Ross de óculos escuros e um casaco longo e preto, andando por uma rua de Mayfair com a irmã, Amelia. Não havia sinal do marido de Charlotte ou dos gêmeos, e a curta nota abaixo da foto não disse a Robin o que ela queria saber.

> Charlotte Campbell foi vista desfrutando de uma caminhada matinal em Londres com a irmã, Amelia Crichton, ontem. Charlotte, que é casada com Jago, herdeiro do viscondado de Croy, recentemente teve alta hospitalar, depois de uma prolongada estada na Symonds House, uma instalação para viciados e doentes mentais de predileção dos ricos e famosos.
>
> Charlotte, que já esteve no topo da lista das 100 Londrinas Mais Bonitas da *Tatler*, tem sido uma favorita das colunas de fofocas desde que fugiu da escola, aos 14 anos. Filha de...

Pense em outra coisa, Robin disse a si mesma, e conscientemente procurou por outro assunto.

Era o dia 20 de setembro. Uma pessoa nascida hoje seria do signo de Virgem. Robin se perguntou quanto tempo ia levar para se livrar do tique mental de ligar datas a signos astrológicos. Ela pensou em Matthew, que era o virginiano que conhecia melhor. O signo devia ser inteligente, organizado e nervoso. Ele certamente era organizado, e brilhante de um jeito bem acadêmico... ela se lembrou de Oonagh Kennedy dizendo: "Às vezes acho que quanto mais inteligentes eles são com os livros, mais burros são com o sexo", e perguntou-se se ele agora estava feliz com a gravidez que disse ter sido acidental...

Pense em outra coisa.

Ela olhou o relógio. Onde estava Barclay? É verdade que Robin tinha chegado muito cedo e tecnicamente Barclay não estava atrasado, mas ela não gostava de ficar de pé ali sozinha, tentando se distrair dos pensamentos do que eles estavam prestes a fazer.

Theo certa vez ficou parada quase exatamente onde Robin estava, olhando o trânsito rolar pela Clerkenwell Road, a Theo de cabelos escuros, brincos Kuchi e o abdome dolorido, esperando pelo furgão prata que a levaria embora. Ainda era um mistério menor saber por que Theo nunca se apresentou depois disso, por que nunca sentiu gratidão pela mulher que a atendera em caráter de urgência, pelo menos para se excluir como suspeita e impedir Talbot de perseguir uma ilusão. Mas naturalmente isso pressupunha que Theo sentia gratidão. Ninguém realmente sabe o que acontecia entre médicos e pacientes: era o equivalente secular do confessionário. Os pensamentos de Robin passavam a Douthwaite quando, enfim, ela viu Barclay, que se aproximava, trazendo uma bolsa de viagem. Quando ele chegou mais perto, Robin ouviu as ferramentas dentro dela tilintando.

— Estou com certo *déjà vu* aqui — disse ele, parando ao lado dela. — Já não cavamos atrás de um corpo?

— Acho que isso não se qualifica como cavar — disse Robin.

— Quais são as últimas?

— Ele saiu — disse Robin. — Strike disse que temos de esperar até que ele volte.

— O que tem aí? — Barclay apontou com a cabeça a sacola na mão de Robin.

— Biscoitos de chocolate — respondeu Robin.

— Suborno?

— Basicamente.

— E Strike...?

— Ainda não. Ele está em posição. Quer que a gente...

Robin esperou que saísse de alcance um grupo do que pareciam estudantes.

— ... faça nossa parte primeiro. Você ficou satisfeito — continuou Robin, ainda tentando não pensar no que eles iam fazer antes que fosse absolutamente necessário — com o resultado do plebiscito?

— Fiquei, mas não se engane — disse Barclay com seriedade —, isso não acabou. Aquele escroto idiota do Cameron é um joguete nas mãos dos nacionalistas. "Ingleses votam por leis inglesas", um dia depois de os escoceses decidirem ficar? Não se combate a merda do nacionalismo com mais merda de nacionalismo. Ele quer tirar a cabeça do rabo de Farage... Aquele não é nosso amigo agora?

Robin olhou. Em silhueta contra o final da Albemarle Way, havia um homem com um andar estranho e oscilante, que carregava duas sacolas de compras cheias. Ele parou a uma porta, baixou as compras, pôs a chave na fechadura, pegou as sacolas de compras, passou pela soleira e sumiu de vista.

— É ele — disse Robin enquanto suas entranhas pareciam se agitar. — Vamos.

Eles andaram lado a lado pela rua até a porta azul-escura.

— Ele deixou a chave na fechadura — disse Barclay, apontando.

Robin estava prestes a tocar a campainha quando a porta se abriu e Samhain Athorn reapareceu. Pálido, de orelhas grandes e cabelo de rato, estava meio boquiaberto. Usava um moletom do Batman. Desconcertado ao encontrar duas pessoas em sua soleira, ele piscou, depois se dirigiu ao ombro esquerdo de Robin.

— Eu deixei a chave.

Ele estendeu a mão para retirá-la da fechadura. Quando ele fez menção de fechar a porta, Barclay habilmente meteu o pé.

— Você é Samhain, não é? — disse Robin, sorrindo para ele, enquanto Samhain continuava boquiaberto. — Somos amigos de Cormoran Strike. Você foi de muita ajuda para ele, alguns meses atrás.

— Preciso levar as compras — disse Samhain. Ele tentou fechar a porta, mas o pé de Barclay atrapalhava.

— Podemos entrar? — perguntou Robin. — Só um pouquinho? Queremos conversar com você e com sua mãe. Vocês foram de muita ajuda antes, contando a Cormoran sobre o tio Tudor...

— Meu tio Tudor morreu — disse Samhain.

— Eu sei. Sinto muito por isso.

— Ele morreu no hospital — disse Samhain.

— É mesmo? — disse Robin.

— Meu-pai-Gwilherm morreu embaixo da ponte — disse Samhain.

— Isso é muito triste — disse Robin. — Podemos entrar, por favor, só por um momento? Cormoran queria que eu trouxesse isso para vocês — acrescentou ela, pegando a lata de biscoitos de chocolate na sacola. — Como agradecimento.

— O que é isso? — perguntou Samhain, olhando a lata pelo canto do olho.

— Biscoito de chocolate.

Ele tirou a lata da mão dela.

— Tá. Vocês podem entrar — disse ele e, dando as costas, subiu a escada escura no interior do prédio.

Com um olhar a Barclay, Robin foi primeiro. Ouviu seu companheiro fechar a porta depois de entrar e o tilintar das ferramentas na bolsa de viagem. A escada era íngreme, estreita e escura depois da luz do dia, a lâmpada do teto estava apagada. Quando chegou ao patamar, Robin viu, pela porta aberta, uma mulher de cabelos brancos com orelhas grandes como as de Samhain limpando a superfície de uma cozinha de ladrilhos marrons enquanto Samhain, que estava de costas para ela, abria avidamente a embalagem plástica da lata de biscoitos de chocolate.

Deborah se virou, a trança arrumada e branca deslizando por seu ombro, para fixar os olhos escuros nos dois desconhecidos.

— Olá, sra. Athorn — disse Robin, parando no hall.

— Vocês são do serviço social? — perguntou Deborah lentamente. — Liguei para Clare...

— Podemos ajudar com qualquer coisa que Clare pode fazer — disse Barclay, antes que Robin pudesse responder. — Qual é o problema?

— O sujeito do térreo é um filho da puta — disse Samhain, que agora escavava a lata de biscoitos de chocolate e escolhia um embalado em dourado. — Esses são os melhores, do papel brilhante, é assim que a gente sabe.

— O homem do térreo está reclamando de novo? — perguntou Robin, com um súbito aumento de empolgação que beirava o pânico.

— Podemos dar uma olhada no problema? — perguntou Barclay. — Onde ele acha que o teto está rachando?

Deborah apontou a sala de estar.

— Terei de dar uma olhadinha — disse Barclay com confiança e partiu para a sala.

— Não coma tudo, Samhain — disse Deborah, que voltara à limpeza metódica das laterais da cozinha.

— Eles deram pra mim, sua boba. — Samhain falou com a boca cheia de chocolate.

Robin seguiu Barclay com uma sensação de completa irrealidade. Será que a suspeita de Strike era verdadeira?

Dois periquitos trinavam em uma gaiola no canto da pequena sala de estar que, como o hall, era acarpetada em espirais de marrom e laranja. Uma colcha de crochê tinha sido aberta no encosto do sofá. Barclay olhava o quebra-cabeça quase completo de unicórnios saltando um arco-íris. Robin olhou em volta. O lugar era pouco mobiliado. Além do sofá e da gaiola dos periquitos, só havia uma pequena poltrona, um televisor em cima do qual havia uma urna e uma pequena estante em que estavam alguns jornais velhos e uns enfeites baratos. Seus olhos se demoraram no símbolo egípcio da vida eterna pintado em um trecho da parede verde e suja.

Ela está em um lugar sagrado.

— As tábuas do piso? — disse ela em voz baixa a Barclay.

Ele fez que não, olhou sugestivamente o quebra-cabeça de unicórnios, depois apontou com o pé o pufe grande demais em que estava o jogo.

— Ah, meu Deus, não — sussurrou Robin antes que conseguisse se conter. — Você acha?

— Caso contrário, o carpete teria de sair — disse Barclay em voz baixa. — Mover a mobília, tirar as tábuas do piso... e isso provocaria uma rachadura no teto do andar de baixo? E o cheiro?

Agora Samhain tinha entrado na sala, comendo o segundo biscoito embrulhado em papel-alumínio.

— Quer um chocolate quente ou não? — perguntou ele, olhando os joelhos de Robin.

— Hum... não, obrigada — disse Robin, sorrindo para ele.

— Ele quer um chocolate quente ou não?

— Não, obrigado, amigo — disse Barclay. — Podemos passar esse quebra-cabeça para lá? Preciso dar uma olhada embaixo disso aqui.

— Deborah não gosta que toquem no quebra-cabeça dela — disse Samhain com severidade.

— Mas precisamos provar que o homem do térreo está mentindo — disse Robin. — Sobre o teto dele estar rachando.

— Deborah — chamou Samhain. — Eles querem tirar seu quebra--cabeça do lugar.

Ele saiu da sala com o andar oscilante, e a mãe assumiu seu lugar à porta e falou, olhando os pés de Robin:

— Não pode mexer nos meus unicórnios.

— Precisamos dar uma olhadinha embaixo dele — disse Robin. — Prometo que vamos tomar muito cuidado com ele, não vamos separar. Podemos passar para...

Ela olhou em volta, mas não havia chão livre suficiente para acomodá-lo.

— No meu quarto, pode colocar lá — disse Samhain, entrando em vista de novo. — Na minha cama, eles podem colocar lá, Deborah.

— Excelente ideia — disse Barclay calorosamente, curvando-se para pegá-lo.

— Primeiro feche — disse Robin às pressas, e dobrou as abas da esteira do quebra-cabeça sobre o jogo, contendo todas as peças.

— Bom trabalho — disse Barclay, e carregou a esteira com cuidado pela porta da sala de estar, seguido por Deborah, que parecia ao mesmo tempo ansiosa e alarmada, e pelo presunçoso Samhain, que parecia orgulhoso de ter seu plano adotado por esse homem desconhecido no apartamento.

Por alguns segundos, Robin ficou sozinha na sala de estar, olhando o pufe que era grande demais para a sala pequena. Estava coberto por um tecido que Robin suspeitava datar dos anos 1960, de algodão roxo desbotado e fino, com o desenho de uma mandala. Se uma mulher alta se enroscasse, podia caber dentro daquele pufe, desde que fosse magra, é claro.

Não quero olhar, pensou Robin de repente, com o pânico voltando a aumentar. *Não quero ver...*

Mas ela precisava olhar. Precisava ver. Era o que fora fazer ali.

Barclay voltou, seguido por um Samhain de aparência interessada e de uma Deborah perturbada.

— Isso não abre — disse Deborah, apontando o pufe exposto. — Não pode abrir isso. Deixe como está.

— Eu botava meus brinquedos aí — disse Samhain. — Não botava, Deborah? Antigamente. Antes de Meu-pai-Gwilherm não querer que eu guardasse mais aí.

— Não pode abrir isso — repetiu Deborah, agora aflita. — Deixe, não toque nisso.

— Deborah — disse Robin em voz baixa, aproximando-se da mulher mais velha —, precisamos descobrir por que o teto do térreo está rachando. Você sabe que o homem do térreo está sempre reclamando e dizendo que quer que você e Samhain se mudem daqui, não é?

— Eu não quero sair — disse Deborah prontamente, e por uma fração de segundo seus olhos escuros quase encontraram os de Robin, antes de dispararem de volta ao carpete de espirais. — Não quero me mudar. Vou ligar para a Clare.

— Não — disse Robin, contornando rapidamente Deborah e bloqueando sua volta à cozinha, com o antigo telefone instalado na parede ao lado da geladeira. Ela torcia para que Deborah não tivesse percebido seu pânico. — Estamos aqui no lugar de Clare, entendeu? Para ajudar vocês com o homem do térreo. Mas achamos... Sam e eu...

— Meu-pai-Gwilherm me chamava de Sam — disse Samhain. — Não chamava, Deborah?

— Que legal — disse Robin, e apontou para Barclay. — Esse homem também se chama Sam.

— O nome dele é Sam, é? — disse Samhain alegremente, e com atrevimento ergueu os olhos ao rosto de Barclay antes de virar a cara, sorrindo. — Dois Sams. Deborah! Dois Sams!

Robin se dirigiu à perplexa Deborah, que agora mudava o peso do corpo de um pé para outro de um jeito que lembrava o andar oscilante do filho.

— Sam e eu queremos resolver isso, Deborah, assim você não terá mais nenhum problema com o homem do térreo.

— Gwilherm não queria isso aberto — disse Deborah, estendendo a mão, nervosa, para a ponta da trança branca. — Ele não queria isso aberto, ele queria que ficasse fechado.

— Mas Gwilherm queria que você e Samhain pudessem continuar aqui, não é?

Deborah pôs a ponta da trança na boca e chupou, como se fosse um picolé. Seus olhos escuros vagavam como se procurassem ajuda.

— Eu acho — disse Robin com gentileza — que seria bom se você e Samhain esperassem no quarto dele enquanto damos uma olhada no pufe.

— Homem cabeludo — disse Samhain, e riu de novo. — Sam! Ei... Sam! Homem cabeludo!

— Essa é boa — disse Barclay, sorrindo.

— Vamos — disse Robin, passando o braço por Deborah. —Você vai esperar no quarto com Samhain. Você não fez nada de errado, sabemos disso. Vai ficar tudo bem.

Enquanto ela levava Deborah lentamente pelo patamar, ouviu Samhain dizer, animado:

— Mas eu vou ficar aqui.

— Não, amigo — respondeu Barclay enquanto Robin e Deborah entravam no quarto minúsculo de Samhain. Cada centímetro da parede estava coberto de imagens de super-heróis e personagens de games. O quebra-cabeça gigantesco de Deborah ocupava a maior parte da cama. O chão em volta do PlayStation estava tomado de embalagens de chocolate.

— Vá cuidar de sua mãe e, depois, vou te ensinar um truque de mágica — dizia Barclay.

— Meu-pai-Gwilherm sabia fazer mágica!

— Sim, eu sei, eu soube. Assim fica fácil para você fazer mágica, se seu pai sabia fazer, né?

— Não vamos demorar muito — disse Robin à mãe assustada de Samhain. — Só fique aqui por enquanto, está bem? Por favor, Deborah?

Deborah simplesmente piscou para ela. Robin tinha medo particularmente de a mulher tentar alcançar o telefone na parede da cozinha, porque não queria ter de contê-la fisicamente. Voltando à sala, encontrou Barclay ainda barganhando com Samhain.

— Faz agora — dizia Samhain, sorrindo e olhando das mãos para o queixo e a orelha de Barclay. — Anda, me mostra agora.

— Sam só pode fazer mágica depois que terminarmos nosso trabalho — disse Robin. — Samhain, pode esperar no quarto com a sua mãe, por favor?

— Vai, amigo — disse Barclay. — Só um pouquinho. Depois vou te ensinar o truque.

O sorriso sumiu da cara de Samhain.

— Sua boba — disse ele amuado para Robin. — Sua burra.

Ele saiu da sala, mas em vez de ir para o quarto foi para a cozinha.

— Merda — resmungou Robin —, não faça nada ainda, Sam...

Samhain reapareceu com a lata de biscoitos de chocolate, entrou em seu quarto e bateu a porta.

— Agora — disse Robin.

— Fique perto da porta — disse Sam —, fique de olho neles.

Robin fechou a porta da sala, deixando uma fresta mínima por onde podia espiar o quarto de Samhain, e fez o sinal de positivo a Barclay.

Ele retirou a coberta de mandala do pufe, curvou-se, segurou a beira da tampa e levantou. A tampa não cedeu. Ele pôs toda a sua força nisso, mas ela ainda não se mexia. Do quarto de Samhain veio o barulho de vozes elevadas. Deborah dizia a Samhain para não comer mais biscoitos de chocolate.

— Parece... que está trancada... por dentro — disse Barclay, ofegante e interrompendo o trabalho.

Ele abriu o zíper da bolsa e, depois de procurar um pouco, pegou um pé de cabra, cuja ponta meteu na fresta que separava a tampa do corpo do pufe.

— *Vamos... lá... seu... escroto* — disse ele ofegante, quando a ponta do pé de cabra perdeu a pegada e quase bateu na cara de Barclay. — Tem alguma coisa prendendo por dentro.

Robin voltou a espiar a porta do quarto de Samhain. Continuava fechada. Mãe e filho ainda discutiam sobre os biscoitos de chocolate. Os periquitos cantaram. Pela janela, Robin viu o rastro de um avião, um limpador de chaminés branco e difuso estendido pelo céu. As coisas cotidianas ficavam muito estranhas quando esperávamos que algo medonho acontecesse. Seu coração estava acelerado.

— Me ajude — disse Barclay entre os dentes. Ele conseguira colocar a ponta do pé de cabra mais funda na fresta do pufe. — Tem de ser duas pessoas.

Depois de outra olhada na porta do quarto de Samhain, Robin foi às pressas até Barclay e segurou o pé de cabra junto com ele. Usando toda a força e o peso conjunto, ambos empurraram o pé de cabra para o chão.

— Meu Deus — Robin ofegou. — O que está prendendo isso?

— Onde está... Strike... quando se precisa...

Houve um estalo alto, de trituração. O pé de cabra de repente cedeu enquanto a tampa do pufe se abria. Robin se virou e viu uma nuvem de poeira se levantar no ar. Barclay abriu a tampa.

O pufe tinha sido recheado de concreto, que prendera a tampa nele. O material cinza era calombento e dava a impressão de ter sido mal misturado. Em dois lugares, algo liso rompeu a superfície cinza e irregular: em um, parecia alguns centímetros do bigode de uma morsa, no outro, uma superfície curva que sugeria um globo de marfim escuro. Depois Robin viu, metido em um pedaço de concreto que tinha aderido à tampa do pufe, alguns fios de cabelo claro.

Eles ouviram passos no patamar. Barclay fechou a tampa do pufe enquanto Samhain abria a porta. Foi seguido por Deborah.

— Agora vou te ensinar aquele truque de mágica — disse Barclay, andando na direção de Samhain. — Vamos à cozinha, vou fazer lá.

Os dois saíram. Deborah se arrastou para dentro da sala e pegou a manta roxa que Robin tinha jogado de lado.

— Vocês abriram? — murmurou ela, com os olhos no carpete velho.

— Sim — disse Robin, com uma calma muito maior do que sentia. Ela se sentou no pufe, embora se sentisse sacrílega ao fazer isso. *Desculpe-me, Margot. Mil desculpas.*

— Agora preciso dar um telefonema, Deborah. Depois acho que todos devemos tomar um chocolate quente.

71

Tal é a face da falsidade, tal é o aspecto
Da asquerosa Duessa, quando sua luz emprestada
É retirada e o engano, descoberto.

Edmund Spenser
A Rainha das Fadas

Um trem vinha roncando e chocalhando pela ferrovia Southeastern. Strike, que estava de pé do outro lado da rua, sentiu o celular vibrar no bolso e o pegou, mas por alguns segundos o barulho era tanto que ele não conseguiu ouvir imediatamente Robin.

— ... encontramos.

— Pode repetir? — gritou ele enquanto o trem se afastava, barulhento.

— Nós... A... encontramos. Dentro do pufe na sala de estar. Despejaram concreto em volta dela, mas vimos um pedaço do crânio e talvez um fêmur.

— Merda.

Strike esperava a presença do corpo no apartamento dos Athorn, mas não havia nada de rotineiro na descoberta de uma pessoa morta.

— Concreto? — repetiu ele.

— Sim. Parece que não foi bem misturado. Amadorístico. Mas cumpriu seu papel. Deve ter eliminado a maior parte do cheiro.

— É um peso danado para uma viga de sustentação.

— Bom, exatamente. Onde você está?

— Na calçada, prestes a entrar. Tudo bem: ligue para a emergência, depois para Layborn e diga a ele onde estou e por quê. Isso deve acelerar as coisas.

— Tudo bem. Boa sorte.

Strike desligou. A rua desinteressante de casas geminadas agora estava tranquila, depois da passagem do trem, os passarinhos cantando e substituindo seu clamor estrondoso. Strike, que estivera esperando onde não pudesse ser visto, agora caminhava pela rua, passando por três casas pequenas e, na quarta, entrou à esquerda em um curto passadiço de jardim, depois bateu na porta de entrada vermelho-escura.

As cortinas de renda se mexeram e apareceu o rosto irritado de Janice Beattie. Strike levantou a mão numa saudação. A cortina caiu.

Depois de uma espera um pouco mais longa do que teria suposto, em vista da curta distância da sala ao hall, Janice abriu a porta. Hoje estava toda vestida de preto, com chinelos de pele de ovelha. Os olhos azul-claros, cercados em aço, estavam gentis e inocentes como sempre. De cabelos prateados e faces rosadas, ela franziu o cenho para o detetive, mas não falou nada.

— Posso entrar? — perguntou Strike.

Houve uma longa pausa. As aves silvestres cantaram, e Strike, por um instante, pensou nos periquitos no apartamento dos Athorn, onde parte de sua mente se demorava na imagem de um crânio e um fêmur aparecendo pelo concreto.

— Se precisa — disse Janice lentamente.

Ele acompanhou Janice para a sala de estar vermelha, com seu tapete persa barato, as imagens de flores secas e as fotografias desbotadas. O sol fazia cintilarem a carruagem de Cinderela de vidro e seus seis cavalos acima da lareira, que Janice tinha acendido, apesar do dia ameno de setembro.

— Quer uma xícara de chá? — perguntou Janice.

— Seria ótimo — respondeu Strike, plenamente consciente da irrealidade da situação.

Ele ouviu seus passos abafados pela pele de ovelha se afastarem e o som da porta da cozinha se abrindo. Strike pegou o celular, ligou o gravador e o colocou no braço da poltrona em que se sentou da última vez. Depois pegou um par de luvas de látex e seguiu Janice em silêncio para fora da sala, o carpete surrado abafando os passos.

Na porta, ele parou e ouviu o borbulhar suave da água fervendo na tampa da chaleira, o tilintar de talheres e a abertura de um armário. Com a ponta do dedo, ele empurrou a porta da cozinha.

Janice se virou de olhos arregalados. Ao vê-lo, pegou uma das xícaras de porcelana na bandeja e a levou apressadamente à boca, mas Strike já dera um passo na direção dela. Segurando o pulso fino com a mão enluvada, forçando a xícara a se afastar da boca, ele sentiu o osso por baixo da carne mole e a pele fina da idosa. Com a mão livre, retirou a xícara e a examinou. Uns 3 centímetros de um líquido branco e viscoso nadavam no fundo. Ainda segurando o pulso de Janice, ele olhou o bule, que continha mais desse líquido, depois abriu o armário acima da chaleira.

Estava atulhado de frascos de comprimidos, herbicida, alvejante e vidros cheios do que pareciam plantas desidratadas em casa, folhas e fungos: o depósito de uma envenenadora, um testemunho de uma vida inteira de estudos cuidadosos dos meios pelos quais a morte pode ser provocada, disfarçada de cura.

— Acho que vou dispensar o chá — disse Strike. — Vamos bater um papinho?

Ela não impôs resistência quando ele a levou pelo pulso de volta à sala de estar e a empurrou para o sofá.

— Um assassinato com suicídio seria uma saída excelente — disse Strike, de pé acima dela —, mas não gosto muito do papel de vítima... quantas são?

Janice não disse nada. Seus olhos azuis e redondos só demonstravam o choque.

Strike olhou a parede de antigas fotografias. Uma mostrava uma noiva morena, dentuça e radiante, o cabelo anelado, com um vestido de renda de gola alta, um chapéu pillbox por cima do véu, um grande sinal na bochecha esquerda. Pouco acima dela havia uma foto de uma jovem loura com o cabelo em uma permanente dos anos 1980. Vestia um casaco vermelho. Ele não tinha notado, não tinha visto, porque entrara na sala com determinadas expectativas, com pressupostos não menos abrangentes que os de Talbot, com sua convicção de que os cancerianos eram intuitivos, gentis e perceptivos. As enfermeiras eram anjos, cuidavam dos vulneráveis: ele fora tão culpado de tendenciosidade quanto Vi Cooper, vendo Janice pelo prisma de suas memórias agradecidas das enfermeiras no Selly Oak que o ajudaram a administrar a dor e a depressão, e de Kerenza na Cornualha, que levara conforto e gentileza todo santo dia. Sobretudo, ele fora enganado por um verdadeiro gênio para as mentiras e a distração.

— Eu pensei — disse Strike — que devia contar pessoalmente à assistente social dos Athorn que um corpo foi encontrado no apartamento deles. Você faz um sotaque de classe média muito bom, Janice. Acho que o telefone que Clare usa está em algum lugar por aqui?

Ele olhou em volta. Possivelmente ela o escondera quando vira quem estava à porta. De súbito ele viu o secador de cabelo, metido atrás do sofá, mas com o cabo aparecendo. Ele passou pela mesa de centro, abaixou-se e o pegou, junto com um rolo de celofane, um pequeno frasco sem rótulo, uma seringa e alguns chocolates.

— Deixe isso — disse Janice de súbito e com raiva, mas ele colocou os objetos na mesa de centro.

— O quanto eu ficaria doente se tivesse comido uma daquelas tâmaras que você estava batizando quando vim na primeira vez? — perguntou ele. — Você usa o secador de cabelo para fixar o celofane nelas de novo, não é? — Como Janice não respondeu, ele disse: — Não agradeci a você por aqueles chocolates que você mandou a Robin e a mim no Natal. Tive gripe. Só consegui comer dois antes de botar as tripas para fora. Joguei o resto fora, porque me traziam associações ruins. Que sorte a minha, hein?

Strike agora se sentou na poltrona, ao lado do celular, que ainda gravava.

— Você matou *todas* aquelas pessoas? — perguntou Strike, gesticulando para a parede de fotografias. — Ou algumas só tiveram problemas digestivos recorrentes perto de você? Não — disse ele, examinando a parede —, Irene não está aqui, está?

Ela piscou para ele pelas lentes dos óculos prateados e redondos, que eram muito mais limpos que os de Creed.

Um carro veio pela rua atrás das cortinas de renda. Janice o viu passar e Strike pensou que, de certo modo, ela esperava ver uma viatura policial. Talvez ela não fosse falar nada. Às vezes, as pessoas não falam. Preferem deixar tudo a cargo dos advogados.

— Falei com seu filho por telefone ontem à noite — disse Strike.

— Não fez isso!

As palavras explodiram dela, em choque.

— Fiz — disse Strike. — Kevin ficou muito surpreso ao saber que você o esteve visitando em Dubai, porque ele não a vê há quase sete anos. Por que fingiu que foi visitá-lo? Para ter uma folga de Irene?

Ela apertou os lábios. Uma das mãos brincava com a aliança de casada gasta na outra mão.

— Kevin me disse que mal tem contato com você desde que saiu de casa. Vocês nem mesmo eram próximos, segundo ele. Mas ele pagou para você pegar um avião sete anos atrás, porque pensou que lhe devia "outra chance", como ele colocou... e sua filha nova conseguiu ingerir uma boa quantidade de alvejante enquanto você cuidava dela. Ela sobreviveu... por pouco... e desde então ele cortou relações completamente com você.

"Acabamos por conversar por quase duas horas", disse Strike, vendo a cor de Janice flutuar. "Foi difícil para Kevin dizer em voz alta o que suspeitou por todos esses anos. Quem quer acreditar que a própria mãe estava envenenando as pessoas? Ele preferia pensar que era paranoico com todas aquelas 'bebidas especiais' que você dava a ele. E pelo visto seu primeiro marido..."

— Ele não era meu marido — disse Janice em voz baixa. — Nunca nos casamos.

— ... foi embora porque pensou que você fazia coisas com as refeições dele também. Antes Kevin pensava que o pai estava inventando tudo. Mas depois de nossa conversa ontem à noite, acho que ele está vendo as coisas de um jeito diferente. Ele está disposto a vir testemunhar contra você.

Janice teve um pequeno solavanco convulsivo. Por quase um minuto, houve silêncio.

— Você está gravando isso — sussurrou ela por fim, olhando o celular no braço da poltrona de Strike.

— Sim, estou — disse Strike.

— Se desligar, eu falo com você.

— Ainda poderei testemunhar sobre qualquer coisa que me disser.

— Mas estou certa de que um advogado me diria para não permitir ser gravada.

— Sim — reconheceu Strike —, você deve ter razão.

Ele pegou o celular, virou para que ela pudesse ver, desligou o gravador, depois o colocou na pequena mesa de centro ao lado dos chocolates, do frasco vazio, da seringa, do celofane e do secador de cabelo.

— Por que você faz isso, Janice?

Ela ainda acariciava a face interna da aliança.

— Não sei por quê. Eu simplesmente... gosto.

Seus olhos vagaram pela parede de fotografias.

— Gosto de ver o que acontece com elas, se elas tomam veneno ou drogas demais. Às vezes gosto de ajudar e ter sua gratidão, às vezes gosto de vê-las sofrer e às vezes gosto de vê-las morrer... — Um calafrio correu pela nuca de Strike. — Não sei por quê — repetiu ela. — Às vezes acho que é porque levei uma pancada na cabeça quando tinha dez anos. Meu pai me derrubou da escada. Fiquei 15 minutos inconsciente. Desde então tenho dores de cabeça... o trauma encefálico pode fazer coisas com a gente, sabe? Então, talvez não seja culpa minha, mas... não sei...

"Com minha neta", disse Janice, o cenho meio franzido, "eu simplesmente a queria morta, sinceramente... mimada e choramingas... não gosto de crianças", disse ela, voltando a olhar diretamente para Strike. "Jamais gostei de crianças. Nunca as quis, nunca quis Kev, mas pensei que, se o tivesse, o pai dele podia se casar comigo... mas não casou, ele não casaria...

"Foi ter um bebê que matou minha mãe", disse Janice. "Eu tinha oito anos. Ela teve o parto em casa. Placenta prévia, foi isso. Sangue para todo lado, eu tentando ajudar, sem médico, meu pai bêbado, gritando com todo mundo...

"Peguei isso", disse Janice em voz baixa, mostrando a aliança no dedo a Strike, "da mão de minha mãe morta. Eu sabia que meu pai venderia para comprar bebida. Peguei e foi para ele não pegar. É só o que tenho dela. Eu amava minha mãe", disse Janice Beattie, acariciando a aliança, e Strike se perguntou se seria verdade, se o trauma na cabeça e os maus-tratos na infância fizeram de Janice o que ela era, e se Janice tinha alguma capacidade para o amor.

— Essa é mesmo sua irmã mais nova, Clare? — perguntou Strike, apontando o porta-retratos duplo ao lado de Janice, em que o homem gordo e de olhos sonolentos com dentes de fumante estava de frente para a loura roliça, mas bonita.

— Não — disse Janice, olhando a foto. Depois de uma curta pausa, ela disse: — Ela era amante de Larry. Matei os dois. Não me arrependo. Eles mereceram. Ele estava comigo, ele não era um bom partido, mas estava comigo, os dois tiveram um caso pelas minhas costas. Vaca — disse Janice em voz baixa, olhando a foto da loura roliça.

— Imagino que tenha guardado os obituários.

Ela se levantou lentamente do sofá, e Strike ouviu os joelhos estalarem enquanto ela ia à cristaleira no canto, que guardava a maior parte de seus enfeites baratos de vidro, e se ajoelhava, mais uma vez apoiando a mão no consolo da lareira. Mas agora, em vez de uma pasta, ela tirou duas da última gaveta do móvel, e Strike se lembrou de que ela mudou as coisas de lugar na gaveta da última vez, sem dúvida retirando o que não queria que ele visse.

— Esta aqui — disse ela, mostrando a ele a mais grossa das duas pastas — contém todas as coisas sobre Margot. Recortei tudo que consegui encontrar. Precisei de uma segunda pasta para todos os recortes dela...

Ela abriu a pasta mais fina, aquela que Strike tinha visto antes, e retirou um antigo boletim empresarial intitulado *Hickson & Co.* A fotografia em cores da loura tinha destaque por cima.

— Clare Martin — disse Janice. — Bebia muito, essa daqui. "Overdose acidental"... falência hepática. Eu sabia que ela tomava paracetamol demais para a endometriose, eu a vi fazendo isso. Eu e Larry recebíamos muita gente em casa. Eles acham que eu era idiota. Eles se olhavam a noite toda. Os dois eram muito burros. Eu preparava as bebidas. Cada coquetel que dei a ela tinha metade de paracetamol líquido. Ela morreu oito dias depois.

"E esse é de Larry", disse ela com indiferença, mostrando um segundo boletim da Hickson & Co.

"Esperei seis, sete meses. Essa foi fácil. Ele era uma bomba-relógio ambulante, o Larry, os médicos tinham avisado que seu coração estava arruinado. Pseudoefedrina, foi isso. Nunca procuraram drogas no corpo dele. Sabiam o que era: tabagismo e comer feito um porco. Ninguém foi além de seu coração estragado..."

Strike não detectou o mais leve sinal de remorso enquanto ela folheava os obituários de suas vítimas como se fossem planos de tapeçaria. Os dedos dela tremiam, mas Strike pensou que se devia ao choque, e não à vergonha. Apenas minutos antes ela pensara em suicídio. Talvez aquele cérebro frio e inteligente estivesse trabalhando muito por baixo da superfície aparentemente franca, e Strike de repente estendeu a mão e retirou os chocolates drogados da mesa ao lado de Janice, e os colocou no chão perto da poltrona. Os olhos dela os acompanharam e ele teve certeza de que tinha razão em suspeitar de que ela pensava em comê-los. Agora ele se inclinou para a frente de novo e pegou o recorte antigo e amarelado que tinha examinado da última vez, mostrando o pequeno Johnny Marks, de Bethnal Green.

— Ele foi o seu primeiro, não foi?

Janice respirou fundo e soltou o ar. Dois dos recortes esvoaçaram.

— Foi — disse ela pesadamente. — Pesticida. Podia-se conseguir todo tipo de coisas naquela época, comprados em balcão. Organofosforados. Eu tinha uma queda por ele, o Johnny Marks, mas ele fazia troça de mim. Sim, então eles pensaram que tinha sido peritonite, e ele morreu. É verdade que o médico não apareceu, veja bem. As pessoas não ligavam, quando eram crianças de um bairro pobre... essa foi uma morte ruim, a que ele teve. Me deixaram entrar e ver, depois que ele morreu. Dei um beijinho no rosto dele — disse Janice. —Ele agora não podia me impedir, podia? Não devia ter feito troça de mim.

— Marks — disse Strike, examinando o recorte — te deu a ideia para Spencer, não é? Foi o nome que a relacionou primeiro com você, mas eu devia ter percebido quando Clare retornou minha ligação tão prontamente. As assistentes sociais nunca fazem isso. São ocupadas demais com o trabalho.

— Hum — disse Janice, e quase sorriu. — Sim. Foi de onde tirei o nome: Clare Martin e Johnny Marks.

— Você não guardou o obituário de Brenner, não é?

— Não — disse Janice.

— Porque não o matou?

— Não. Ele morreu velho em algum lugar de Devon. Nunca nem mesmo li o obituário dele, mas precisei inventar alguma coisa, não é, quando você perguntou por ele? Então eu disse que Oakden o levou.

Ela devia ser a mentirosa mais talentosa que Strike já conhecera na vida. Sua capacidade de inventar falsidades de última hora, e o jeito como entrelaçava mentiras plausíveis com a verdade, sem jamais se esforçar demais, e falar tudo com um ar de autenticidade e sinceridade, colocava Janice em uma classe à parte.

— Brenner era mesmo viciado em barbitúricos?

— Não — disse Janice.

Ela agora devolvia os obituários à pasta, e Strike viu o recorte sobre manjericão-sagrado, em cujo verso estava a notícia da morte de Joanna Hammond.

— Não — repetiu ela, enquanto colocava os obituários na última gaveta e a fechava, como se importasse muito que ela arrumasse essas coisas, como se logo não fossem usadas como provas contra ela. Com os joelhos estalando, ela se levantou lentamente e voltou ao sofá.

— Eu conseguia que Brenner prescrevesse drogas para mim — disse ela. — Ele achava que eu as vendia nas ruas, o velho estúpido.

— Como o convenceu a receitar tantas drogas? Chantagem?

— Acho que pode ser chamado assim, é — disse ela. — Descobri que ele ia ver uma prostituta do bairro. Um dos filhos dela me contou que Brenner a visitava uma vez por semana. Pensei, muito bem, vou te pegar, seu velho cretino e sujo. Ele ia se aposentar. Eu sabia que ele não queria terminar a carreira em desgraça. Ele quase teve um ataque cardíaco — disse Janice, com um sorriso malicioso. — Eu disse que sabia ficar de boca fechada, depois pedi que me receitasse algumas drogas. Ele receitou como um cordeirinho. Depois disso, usei as coisas que Brenner me receitava durante anos.

— A prostituta era Betty Fuller?

— Era — disse Janice. — Acho que você descobriu isso.

— Brenner realmente atacou Deborah Athorn?

— Não. Ele examinou os pontos dela depois de ela ter Samhain, foi só isso.

— Por que Clare Spencer me contou essa história? Só soprando um pouco mais de fumaça na cortina?

Janice deu de ombros.

— Não sei. Acho que talvez você pensasse que Brenner era um pervertido e que Margot descobriu que ele mexia com as pacientes.

— Alguma vez teve realmente uma cápsula de amobarbital na caneca de Brenner?

— Não — disse Janice — Foi na caneca de Irene... isso foi idiotice — disse ela, a testa rosa e branca franzida. Os olhos azuis arregalados vagaram para a parede de fotografias das vítimas, para a janela e de volta a Strike. — Eu não devia ter feito isso. Às vezes eu viajava um pouco ao sabor do vento. Assumia riscos bobos. Irene estava me irritando um dia na recepção, flertando com... só flertando — disse Janice —, então levei a ela uma caneca com duas cápsulas. Ela fala até você ter vontade de estrangular, eu só queria que ela calasse a boca um pouco. Mas ela deixou o chá esfriar...

"Fiquei meio feliz, depois que me acalmei. Peguei a caneca e levei de volta para lavar, mas Margot chegou de mansinho atrás de mim com seus calçados sem salto. Tentei esconder, mas ela viu.

"Achei que ela ia contar histórias, então eu precisava chegar primeiro. Fui direto ao dr. Gupta e disse que tinha encontrado uma cápsula no chá do dr. Brenner, e disse a ele que eu achava que ele receitava drogas demais e era viciado. O que mais eu podia fazer? Gupta era um bom homem, mas era um covarde. Tinha certo medo de Brenner. Pensei que ele não fosse confrontá-lo e ele não o fez, mas, sinceramente, eu sabia que mesmo que tivesse confrontado, Brenner preferia fingir ser viciado a correr o risco de eu contar sobre seu casinho sujo com Betty Fuller."

— E Margot ficou realmente preocupada com a morte da mãe de Dorothy Oakden?

— Não — repetiu Janice. — Mas eu tinha que lhe contar alguma coisa, não tinha?

— Você é um gênio da distração — disse Strike, e Janice ficou meio rosada.

— Sempre fui inteligente — murmurou ela —, mas isso não adianta para uma mulher. É melhor ser bonita. Temos uma vida melhor se somos bonitas. Os homens sempre caíam por Irene, não por mim. Ela falava merda a noite toda, mas eles gostavam mais dela. Eu não era feia... só não tinha o que os homens gostavam.

— Quando me reuni com vocês duas — disse Strike, ignorando isso —, pensei que Irene talvez quisesse você na entrevista para ter certeza de que você não contaria os segredos dela, mas era o contrário, não? Você quis estar lá para controlar o que *ela* dissesse.

— É, bom — disse Janice com outro suspiro —, não fiz isso muito bem, fiz? Ela tagarela feito uma matraca.

— Me diga uma coisa, Charlie Ramage realmente viu uma mulher desaparecida em Leamington Spa?

— Não. Eu só precisava te dar algo em que pensar, em vez de Margot sondando a barriga de Kev. Charlie Ramage me disse que viu Mary Flanagan em um cemitério rural em... Algum lugar de Worcestershire, acho que foi isso. Eu sabia que ninguém podia dizer o contrário, sabia que ele tinha morrido e sabia que ele falava essas bobagens, ninguém perto dele se lembraria de mais uma história inverossímil.

— A menção de Leamington Spa foi para me empurrar a Irene e Satchwell?

— Sim — disse Janice.

— Você colocou drogas na garrafa térmica de Wilma Bayliss? Por isso ela parecia bêbada para as pessoas da clínica?

— Coloquei, sim.

— Por quê?

— Já te falei — disse Janice, inquieta. — Não sei por que faço isso, simplesmente faço... queria ver o que ia acontecer com ela. Gosto de saber por que as coisas estão acontecendo, quando ninguém mais sabe...

"Como você deduziu tudo isso?", ela exigiu saber. "Talbot e Lawson nunca suspeitaram."

— Lawson pode não ter suspeitado — disse Strike —, mas acho que Talbot, sim.

— Ele nunca suspeitou — disse Janice prontamente. — Ele comia na minha mão.

— Não tenho tanta certeza disso — disse Strike. — Ele deixou anotações estranhas e por todo o caderno insistia em circular a morte de Escorpião, ou Juno, os nomes que ele deu a Joanna Hammond. Sete interrogatórios, Janice. Acho que subconscientemente ele sabia que havia alguma coisa em você. Ele fala muito em veneno, o que penso ter se fixado na cabeça dele devido a como Joanna morreu. A certa altura... eu estava relendo as anotações ontem à noite... ele copia uma longa descrição da carta do tarô chamada a Rainha de Copas. Reproduz que ela reflete o observador para si mesmo. "É quase impossível ver a verdade dela." E na noite em que o levaram para o hospital, ele alucinou um demônio mulher com um cálice na mão e um sete pendurado ao pescoço. Ele estava doente demais para costurar essas suspeitas, mas o subconsciente dele tentava dizer que você não era o que parecia. A certa altura, ele escreveu: "Cetus está certa?"... ele chamava Irene de Cetus... e por fim me perguntei no que ela poderia estar certa. Depois me lembrei de que quando me reuni com vocês duas, ela nos contou que pensava que você estava "apaixonada por" Douthwaite.

Ao ouvir o nome de Douthwaite, Janice estremeceu um pouco.

— Oakden também disse que você ficava toda risonha com Douthwaite — continuou Strike, olhando-a atentamente. — E Dorothy falou de você com Irene e Gloria como uma espécie de mulher escarlate, o que implica que você paquerou na frente dela.

— Foi só isso que você conseguiu? Eu paquerando uma vez e sendo a Rainha de Copas? — disse Janice, conseguindo imprimir certo escárnio na voz, embora ele a achasse abalada.

— Não — disse Strike —, foram muitas outras coisas. Anomalias e coincidências estranhas. As pessoas insistindo em me dizer que Margot não gostava "da enfermeira", mas elas confundiam muito você com Irene, então demorei um pouco a entender que na verdade queriam dizer você.

"E teve o X frágil. Quando te vi na primeira vez, com Irene, você alegou que só havia ido à casa dos Athorn uma vez, mas na segunda vez em que a vi você parecia saber muito sobre eles. O X frágil era chamado de síndrome de Martin-Bell no início dos anos 1970. Se você só os viu uma vez, parecia estranho que soubesse exatamente o que havia de errado com eles e usado a expressão atual...

"Depois comecei a notar quantas pessoas tinham perturbações gástricas ou pareciam drogadas. Você colocou alguma coisa no ponche no churrasco de Margot e Roy?"

— Coloquei, sim — disse ela. — Xarope de ipeca, foi isso. Achei que seria engraçado se todos pensassem que tiveram intoxicação alimentar do churrasco, mas então Carl quebrou a tigela e na verdade eu fiquei feliz... só queria ver todos doentes, e talvez cuidar deles todos, e estragar a festa deles, mas foi idiotice, não foi?... é o que quero dizer, às vezes eu sou imprudente, eles eram médicos, e se soubessem?... Foi só Gloria que tomou um copo grande e passou mal. O marido de Margot não gostou daquilo... estragou a casa elegante dele...

E Strike viu o desejo quase indiscriminado de criar distúrbios, escondido sob uma fachada dócil.

— Gloria vomitou no churrasco — disse Strike. — Irene e sua síndrome do cólon irritável... Kevin e as dores de barriga constantes... Wilma vacilante e vomitando enquanto trabalhava na St. John's... eu, vomitando meus chocolates no Natal... e, é claro, Steve Douthwaite e seus problemas de visão, as dores de cabeça e as entranhas reviradas... estou supondo que foi Douthwaite que Irene paquerava, no dia em que você colocou as cápsulas de amobarbital em seu chá?

Janice pressionou os lábios e estreitou os olhos.

— Acho que você disse a ela que ele era gay para que ela saísse da cola dele, não é?

— Irene já tinha agarrado Eddie para se casar com ela — estourou Janice. — Tinha todos aqueles caras no pub dando em cima dela. Se eu dissesse a ela o quanto gostava de Steve, ela o teria pegado só para se divertir, era assim que ela era. Então sim, eu disse a ela que ele era gay.

— Com o que você a está drogando atualmente?

— Varia — disse Janice em voz baixa. — Depende do quanto ela está me irritando.

— Então, me fale de Steve Douthwaite.

De súbito, Janice respirou fundo. Seu rosto voltou a ruborizar: ela parecia emocionada.

— Ele era... um homem muito bonito.

A palpitação apaixonada em sua voz surpreendeu Strike, quase mais do que todo o estoque de venenos que ela guardava na cozinha. Ele pensava no sujeito insolente de gravata larga, que se transformara no dono gorducho de olhos injetados da Allardice, em Skegness, com seus fios de cabelo grisalho colados na testa suada, e não foi a primeira vez que Strike teve motivos para refletir sobre a natureza extraordinariamente imprevisível do amor humano.

— Eu sempre fui de me apaixonar — disse Janice, e Strike pensou em Johnny Marks morrendo em agonia, e Janice lhe dando um beijo de despedida no rosto morto e frio. — Ah, Steve sabia fazer a gente rir. Eu *adoro* um homem que me faz rir. *Muito* bonito. Eu costumava passar pelo apartamento dele umas dez vezes por dia só para dar um alô... fizemos amizade...

"Ele começou a aparecer em casa, contando-me todos os seus problemas... e ele me conta que está louco por aquela mulher casada. Apaixonado pela mulher do amigo. Não para de falar de como a vida dela é difícil, e eu sentada ali com um filho para criar sozinha. E a *minha* vida difícil? A mulher tinha um marido, não tinha? Mas, não, eu sabia que não ia chegar a lugar nenhum com ele, a não ser que ela saísse do caminho, então pensei, tudo bem, ela terá de ir...

"Ela não era mais bonita do que eu", disse Janice em voz baixa, apontando a foto de Joanna Hammond na parede. "O estado daquela coisa na cara dela...

"Então procurei por ela no catálogo telefônico e fiquei rondando a casa dela quando sabia que o marido estava no trabalho. Eu tinha uma peruca que usava nas festas. Coloquei a peruca, e o uniforme, e óculos que eu tinha, mas não precisava. Toquei a campainha, disse a ela que tinha recebido uma denúncia sobre um problema doméstico dela.

"As pessoas sempre deixam uma enfermeira entrar", disse Janice. "Ela estava desesperada para falar com alguém. Consegui que ela ficasse emotiva, chorando e tudo. Ela me contou que dormiu com Steve e que pensava estar apaixonada por ele...

"Eu a fiz beber com luvas de látex. Metade era herbicida. Ela entendeu, no momento que sentiu o gosto, mas eu agarrei seu cabelo por trás", Janice imitou o movimento no ar, "puxei sua cabeça e forcei a coisa pela merda da sua goela. Ah, sim. Depois que ela estava no chão, asfixiando, despejei mais um pouco, puro.

"Tive de ficar um tempo lá, para garantir que ela não tentasse telefonar a ninguém. Depois que vi que ela estava muito longe da recuperação, tirei o uniforme e saí.

"É preciso coragem", disse Janice Beattie, ruborizada e com os olhos brilhando, "mas aja normalmente e as pessoas não veem nada de estranho... Você só precisa controlar seus nervos. E talvez eu não fosse de me exibir quando era jovem, mas isso ajudou. Eu não era do tipo que as pessoas se lembravam...

"No dia seguinte, bingo, eu tinha Steve aos prantos na minha casa. Tudo estava indo muito bem", disse a mulher que despejara herbicida puro na garganta da rival, "eu o vi muito depois disso, ele ficava na minha casa o tempo todo. Tinha algo ali entre nós, eu podia sentir.

"Eu nunca o droguei muito", disse Janice, como se essa fosse uma verdadeira demonstração de afeto. "Só o suficiente para ele parar de sair, fazer com que precisasse de mim. Eu cuidava muito bem dele. Uma vez ele dormiu em meu sofá e limpei seu rosto, enquanto ele dormia", disse ela, e de novo Strike pensou no beijo que ela dera no Johnny Marks morto.

"Mas às vezes", disse Janice com amargura, "os homens pensavam que eu era do tipo mamãe e não me enxergavam de outra forma. Eu sabia que Steve gostava de mim, mas achei que ele não me via do jeito certo, sabe, sendo eu uma enfermeira e Kev sempre se arrastando em volta de mim. Uma noite, Steve apareceu, Kev estava dando um ataque de birra, e Steve disse que devia ir embora, para me deixar cuidar de Kev... e eu sabia, pensei, você não vai me querer com um filho. Então pensei, Kev precisa ir."

Ela disse isso como se falasse de lixeiras.

— Mas é preciso ter cuidado quando se trata de seu próprio filho — disse Janice. — Eu precisava de uma boa história. Ele não podia simplesmente morrer, não depois de estar perfeitamente saudável. Comecei a experimentar com umas coisas, eu pensava, talvez uma overdose de sal, alego que ele fez isso numa aposta ou coisa assim. Comecei a colocar coisas na comida dele aqui e ali. Ele reclamava com os professores de dores de barriga e tal, e depois eu disse: "Ah, imagino que isso seja uma armação para não ir pra escola..."

— Mas aí Margot o examinou — disse Strike.

— Mas aí — repetiu Janice lentamente, assentindo — aquela vaca metida a besta o leva a seu consultório e o examina. E eu sabia que ela estava desconfiada. Ela me perguntou depois que bebidas eu dava a ele, porque o cretininho tinha dito a ela que a mamãe lhe dava bebidas especiais...

"Menos de uma semana depois", disse Janice, rodando a aliança no dedo, "percebi que Steve ia vê-la por causa da cabeça, em vez de me procurar. De uma hora para outra, Margot estava me perguntando sobre a morte de Joanna, nos fundos, perto da chaleira, e Dorothy e Gloria ouviram. Eu disse: 'Como é que vou saber o que aconteceu?', mas fiquei preocupada. Pensei, o que Steve andou dizendo a ela? Será que ele disse que achava que tinha alguma coisa errada naquilo? Será que alguém disse que viu uma enfermeira saindo da casa?

"Fiquei preocupada. Mandei a ela chocolates cheios de fenobarbital. Irene tinha me contado que Margot recebera bilhetes ameaçadores e não fiquei surpresa, a vaca metida, ela era... pensei, eles vão achar que quem mandou os bilhetes mandou os chocolates...

"Mas ela não os comeu. Jogou na lixeira na minha frente, mas depois soube que ela tirou da lixeira e ficou com eles. E foi quando eu entendi, entendi de verdade. Pensei, ela vai mandar examinar..."

— E foi quando você finalmente concordou em sair em um encontro com um velho e simplório Larry — disse Strike.

— Quem disse que ele era simplório? — disse Janice, inflamando-se.

— Irene — disse Strike. — Você precisava de acesso a concreto, não é? Não queria ser vista entrando, imaginei. O que você fez, disse a Larry para pegar algum e não contar a ninguém?

Ela simplesmente o olhou com aqueles olhos azuis e redondos que ninguém que não tivesse ouvido essa conversa podia desconfiar.

— O que deu a você a ideia do concreto? — perguntou Strike. — Aquele boato do corpo nas fundações?

— Foi — disse Janice por fim. — Parecia um jeito de impedir que o corpo fedesse. Eu precisava que ela desaparecesse. Estava chegando muito perto, ela examinou Kev, me perguntou sobre Joanna e guardou aqueles chocolates. Eu queria que as pessoas pensassem que talvez o Açougueiro de Essex a havia apanhado, ou o cara que mandou os bilhetes ameaçadores.

— Quantas vezes você visitou os Athorn antes de matar Margot?

— Algumas.

— Porque eles precisavam de uma enfermeira? Ou por outro motivo?

Seguiu-se a pausa mais longa até agora, longa o suficiente para o sol sair detrás de uma nuvem e a carruagem de vidro de Cinderela arder brevemente como que com um fogo branco, depois voltar a ser a quinquilharia vulgar que realmente era.

— Acho que pensei em matá-los — disse Janice lentamente. — Não sei por quê, sinceramente. Pelo tempo que os encontrava... eles eram estranhos e ninguém nunca ia lá. Aqueles primos deles iam uma vez de dez em dez anos. Eu os encontrei em janeiro, os primos, quando o apartamento precisava de limpeza, para impedir que o homem do térreo entrasse com um processo... eles ficaram uma hora e deixaram "Clare" fazer o resto...

"Sim, eu simplesmente pensava que um dia podia matar os Athorn", disse ela com um dar de ombros. "Por isso continuava as visitas. Gostava da ideia de ver toda uma família morrer junta, esperar para ver quando as pessoas perceberiam, e depois sairia nos jornais, provavelmente, e eu sabia o que tinha acontecido quando todo mundo fofocava, no bairro...

"Fiz umas experimentações com eles. Injeções de vitaminas, eu dizia a eles que era isso. Tratamentos especiais. E eu tapava o nariz deles quando eles estavam dormindo. Costumava puxar as pálpebras e olhar em seus olhos, enquanto estavam inconscientes. As enfermeiras nunca dão anestésicos, sabe, mas o dr. Brenner me deixava ter todo tipo deles, e os Athorn me deixavam fazer coisas com eles, até Gwilherm. Ele adorava quando eu aparecia. Passava dias com benzedrina e depois recebia sedativos de mim. Um tremendo viciado.

"Eu dizia a ele, olha, não vá contar a alguém o que estamos fazendo. Esses são tratamentos caros. É só porque gosto de sua família.

"Em alguns dias, eu pensava, vou matar a criança e depois dar provas contra Gwilherm. Essa foi uma ideia que tive. Pensei, vou aparecer nos jornais, toda produzida, dar provas contra ele, sabe? Minha foto na primeira página... e pensei que seria interessante contar a Steve sobre isso, quando ele visse minha foto no jornal. Os homens adoram enfermeiras. Essa era a única coisa que eu tinha a meu favor quando saía com Irene, depois a piranha começa a fingir que é enfermeira e tudo...

"Mas graças a Deus nunca fiz nada disso, graças a Deus eu poupei os Athorn, porque o que eu teria feito com Margot se não os tivesse na mesma rua? Na época, roubei sua chave sobressalente. Eles nunca perceberam.

"Nunca achei que fosse dar certo", disse Janice, "porque tive de bolar o plano todo em uns cinco minutos. Eu sabia que ela estava de olho em mim quando guardou os chocolates e fiquei acordada a noite toda, pensando, preocupada... e foi no dia seguinte, ou talvez dois dias depois, Steve saiu intempestivamente do consultório dela naquela última vez. Tive medo de ela ter avisado a ele sobre mim, porque quando apareci de noite, ele deu alguma desculpa para não me deixar entrar... quer dizer, ele nunca procurou a polícia, então agora sei que era paranoia minha, mas na época..."

— Não era paranoia sua — disse Strike. — Falei com ele ontem. Margot disse que ele devia parar de comer qualquer coisa que você preparasse para ele. Só isso. Mas ele entendeu o que ela quis dizer.

A cara de Janice ficou mais vermelha.

— Aquela vaca — disse ela, venenosa. — Para que ela fez isso? Tinha um marido rico e um amante que a queria de volta, por que teve que tirar Steve de mim?

— Continue — disse Strike — sobre o que você fez.

Agora uma mudança sutil tinha tomado Janice. Antes, ela parecia modesta, objetiva, ou até envergonhada de seu caráter impetuoso, mas agora, pela primeira vez, parecia desfrutar do que dizia, como se matasse Margot Bamborough de novo ao contar.

— Saí com Larry. Disse a ele alguma bobagem sobre a pobre família que precisava concretar alguma coisa no telhado da casa geminada. Disse que eram pobres. Ele queria tanto me impressionar, o tolo, que quis fazer a obra para eles.

Ela revirou os olhos.

— Tive de dizer a ele a besteira de que isso faria o pai se sentir inadequado... falei, bastava roubar alguns sacos de mistura de concreto da obra.

"Larry foi de carro até a Albemarle Way para mim e carregou tudo até o patamar. Não deixei que ele fosse adiante, disse que seria aético ele ver pacientes. Ele era um tolo, o Larry, a gente podia dizer qualquer coisa... mas ele não se casaria comigo", disse Janice de repente. "Por que isso? Por que ninguém queria se casar comigo? O que eu não tinha que as outras mulheres têm?", perguntou a enfermeira que tinha aberto as pálpebras de suas vítimas drogadas para ver seus olhos que nada enxergavam. "Ninguém nunca quis se casar comigo... nunca... eu queria aparecer de vestido branco no jornal. Queria meu pai na igreja e nunca consegui. Nunca..."

— Você precisava de um álibi assim como do concreto, eu presumo? — disse Strike, ignorando a pergunta dela. — Suponho que tenha escolhido a senhora senil na Gopsall Street porque ela não poderia dizer de um jeito ou de outro se você estava com ela quando Margot desapareceu?

— Sim — disse Janice, voltando à sua história —, fui vê-la no final da manhã e deixei remédios e um bilhete, para provar que estive ali. Eu sabia que ela ia concordar que estive lá no início da noite. Ela não tinha família, concordava com tudo que a gente dizia...

"Da casa dela, fui comprar um ingresso para o cinema para uma sessão à noite, liguei para minha babá e disse a ela que chegaria mais tarde do que eu pensava porque íamos pegar a última sessão. Eu sabia que Irene não iria comigo. Ela havia reclamado que não se sentia bem a manhã toda. Eu sabia que ela não tinha problema nos dentes, mas fingi concordar. Irene nunca queria ir a lugar nenhum onde não encontrássemos homens."

— Então, você voltou à clínica naquela tarde... pela porta dos fundos, suponho?

— Sim — disse Janice, com os olhos agora meio desfocados. — Ninguém me viu. Eu sabia que Margot tinha um donut na geladeira, porque estive ali de manhã e o vi, mas tinha gente por perto o tempo todo, então não pude fazer nada. Injetei Nembutal sódico, pelo celofane.

— A essa altura você devia ter muita prática, não? Sabia quanto dar a ela, para ela ainda poder andar pela rua?

— Não existe nada certo — disse a enfermeira. Ao contrário de Creed, ela não fingia onipotência, mas também tinha estado, embora com relutância, no negócio de curar, como de matar. — Eu tinha uma boa sensibilidade para a dosagem, mas nunca se pode ter completa certeza. Soube que ela ia se encontrar com uma amiga no pub daquela rua, e em geral ela comia alguma coisa antes de sair. Mas eu não podia saber se de fato ela ia comer, ou se ainda seria capaz de andar na rua depois disso, ou quando realmente faria efeito nela...

"O tempo todo em que fiz isso, pegar o concreto e drogar o donut, eu pensava, isso não vai dar certo, não pode dar certo. Você vai para a prisão, Janice.... e sabe de uma coisa?", disse a enfermeira, agora de rosto rosado e intenso, "na época, eu não me importava. Não, se ela falou a Steve a meu respeito. Eu pensei, vou a julgamento e vou dizer a eles como ele me tratava como mãe e enfermeira e se aproveitou disso, aparecendo em minha casa o tempo todo. Ele terá de me notar e me ouvir então, não é? Eu não me importava. Simplesmente pensei, quero você morta, moça. Quero você morta, você com seu marido e seu namorado de regra três, e meu homem indo te ver três vezes por semana...

"Ou ela morre, pensei, e eu me safo dessa, ou ficarei famosa, vou sair nos jornais... e eu gostei da ideia na época."

Ela olhou a sala de estar pequena, e Strike teve certeza de que se perguntava como seria sua cela.

— Saí da clínica e fui à casa dos Athorn, mas, quando entrei, Gwilherm não estava lá. Pensei, tudo bem, isso é um problema. Onde ele está?

"E então Deborah e Samhain começam a reclamar. Eles não querem as injeções de vitaminas, tive de ser rigorosa com eles. Disse a Deborah, são essas injeções que mantêm você bem. Se você não tomar, terei de chamar uma ambulância e dizer a eles para te levarem a um hospital para exames... dá para assustá-la com qualquer coisa se disser que ela precisará sair. Dei as 'injeções de vitamina' a Deborah e Samhain, deitei os dois juntos na cama de casal. Rolei os dois de lado. Eles estavam fora de combate.

"Então eu saio e espero na cabine telefônica, fingindo estar ao telefone, mas vigiando.

"Nada disso parecia real. Não achei que daria certo. Provavelmente eu iria para o trabalho no dia seguinte e ouviria que Margot desmaiou na rua, e depois ela começaria a gritar por todo o lugar dizendo que tinha sido drogada, e eu sabia que ela ia apontar o dedo para mim...

"Ela demorou séculos para aparecer. Pensei, acabou-se. Ela comeu o donut e passou mal na clínica. Ela chamou uma ambulância. Ela adivinhou, está doente. Tinha uma menina parada na frente da cabine telefônica e estou tentando enxergar em volta dela, tentando ver...

"E então vi Margot vindo pela rua. Pensei, bom, é agora. Estava chovendo muito. As pessoas não estavam olhando. Era um monte de guarda-chuvas e carros espirrando água. Ela atravessou a rua e pude ver que ela não estava bem. Cambaleava o tempo todo. Ela chegou do meu lado da rua e se encostou numa parede. As pernas dela estavam a ponto de ceder. Saí da cabine e disse: 'Vem, querida, você precisa se sentar.' Fiquei de cabeça baixa. Ela veio comigo, alguns passos depois percebeu que era eu. Lutamos um pouco. Consegui que ela andasse um pouco mais, entrando na Albemarle Way, mas ela era alta... e pensei, é assim que termina...

"E então vejo Gwilherm aparecendo do outro lado. Era minha única chance. Chamei e pedi a ajuda dele. Ele pensou que eu a estava ajudando. E a arrastou junto comigo escada acima. A essa altura, não havia muita luta por parte dela. Eu disse a Gwilherm alguma besteira para ele não chamar uma ambulância. Disse que podia tratar dela eu mesma... disse que ele não ia querer a polícia aparecendo, olhando o apartamento... ele era um homem muito paranoico com as autoridades, então deu certo...

"Eu disse, vá ver se Deborah e Samhain ainda estão dormindo. Os dois ficaram muito preocupados com seu paradeiro e tive de dar um pouco de sedativo a eles.

"Eu a asfixiei enquanto ele estava fora da sala. Não demorou muito. Tapei seu nariz, mantive a boca fechada. Fiz a Margot o que tinha planejado para os Athorn.

"Quando vi que ela estava morta", disse Janice, "deixei-a sentada no sofá e fui ao banheiro. Sentei-me na privada, olhando os flamingos no papel de parede e pensei, e agora? Gwilherm está aqui. Ele a viu... e a única coisa em que pude pensar foi, ele que pense ter feito isso. Ele é bem louco. Pensei, provavelmente terei de matá-lo também, no fim, mas vou me preocupar com isso depois...

"Então, esperei no banheiro e deixei que ele entrasse na sala e a encontrasse.

"Dei a ele cinco minutos sozinho com o corpo, depois voltei, falando com Margot, como se eu a tivesse deixado viva. 'Está se sentindo melhor agora, Margot, querida?' Depois eu disse: 'O que você fez, Gwilherm? O que você fez?'

"E ele disse: 'Nada, nada, eu não fiz nada', e estou dizendo: 'Você me disse que podia matar as pessoas com seus poderes. Talvez seja melhor chamar a polícia', e ele está me implorando para não fazer isso, ele não pretendia fazer, foi tudo um erro. Então no fim eu digo, tudo bem, não vou te entregar, vou fazer isso desaparecer. Vou cuidar disso.

"Ele chorava como um bebê e me pediu um de meus sedativos. Ele *me pediu* para apagá-lo, dá para acreditar nisso? Dei a ele um pouco dos barbitúricos. Deixei-o enroscado e dormindo na cama de Samhain.

"Foi bem difícil colocá-la sozinha naquela coisa grande que parecia um caixote. Tive de tirar todas as porcarias que eles guardavam ali. Dobrei o corpo dela. Depois que a coloquei ali, verifiquei todos os Athorn. Cuidei para que as vias aéreas não estivessem obstruídas. Depois corri até a cabine telefônica. Disse a Irene, ainda vamos ao cinema? E ela disse que não, como pensei que faria, graças a Deus.

"Então voltei para dentro. Fiquei ali até a meia-noite, perto disso. Tive de misturar o concreto pouco a pouco, à mão, em um balde. Levou séculos. Margot preencheu a maior parte daquele caixote, mas demorou muito para colocar todo o concreto em volta dela. Depois fechei a tampa. Ela ficou presa no concreto. Eu não consegui levantar, então estava bom.

"Quando todos eles acordaram, eu disse a Gwilherm que tinha cuidado de tudo. Disse a ele em voz baixa, a tampa do caixote está emperrada. Melhor encontrar outro lugar para botar os brinquedos de Samhain.

"Ele entendeu, é claro. Acho que ele fingiu não ter entendido, mas ele entendeu. Ia até lá três vezes por semana, depois disso. Tive de ir. Para mantê-lo feliz. Uma vez apareci e ele tinha pintado todos aqueles símbolos nas paredes, como se fosse algum templo pagão ou coisa assim.

"Semanas depois, meses depois, fiquei doente de preocupação. Eu sabia que ele estava dizendo às pessoas que a havia matado. Por sorte, todo mundo no bairro pensava que ele era biruta. Mas ficou ruim, mais para o final. Ele precisava ir. Eu ainda nem acreditava que tinha esperado um ano para me livrar dele..."

— E na época em que você o matou, telefonou a Cynthia Phipps e fingiu ser Margot, não foi? Para dar à polícia outra pista a seguir e distrair de Gwilherm, caso alguém o tivesse levado a sério?

— Sim. É isso mesmo — murmurou Janice, girando a aliança.

— E continuou visitando Deborah e Samhain como Clare Spencer?

— Bom, sim — disse Janice. — Precisava. Eles precisavam ser vigiados. A última coisa que eu queria eram assistentes sociais de verdade mexendo ali dentro.

— E Deborah e Samhain nunca perceberam que Clare era a mesma Janice, a enfermeira?

— As pessoas com X frágil não reconhecem rostos com facilidade — disse Janice. — Eu mudava a cor do cabelo e colocava óculos. Fiz muito para mantê-los saudáveis, sabe? Vitamina D para Deborah, porque ela nunca sai. Ela é mais nova do que eu... pensei, eu posso estar morta antes que alguém encontre o corpo. Quanto mais o tempo passava, menos provável era que alguém um dia soubesse que eu tinha alguma coisa a ver com aquilo...

— E Douthwaite?

— Ele fugiu — disse Janice, o sorriso desaparecendo. — Isso quase partiu meu coração. Lá estava eu tendo de sair em quatro com Irene e Eddie, agir como se estivesse feliz com Larry, e o amor de minha vida tinha sumido. Perguntei a todos aonde Steve tinha ido e ninguém sabia.

— Então, por que Julie Wilkes na sua parede? — perguntou Strike.

— Quem? — disse Janice, perdida em seus devaneios de autopiedade.

— A Redcoat que trabalhava em Clacton-on-Sea. — Strike apontou a jovem loura com o cabelo frisado, emoldurada na parede de Janice.

— Ah... ela — disse Janice, com um suspiro. — Sim... encontrei alguém que conhecia alguém que tinha encontrado Steve no Butlin's, alguns anos depois... Ah, fiquei animada. Meu Deus, eu estava morta de tédio com Larry na época. Queria muito ver Steve de novo. Eu *amo* um homem que sabe me fazer rir — repetiu a mulher que tinha planejado o assassinato de uma família, pelo prazer de vê-los morrer. — Eu *sabia* que havia alguma coisa entre nós, *sabia* que podíamos ser um casal. Então reservei um quarto para mim e Larry no Butlin's. Kev não iria... o que era bom para mim. Fiz uma permanente e entrei em dieta. Mal podia esperar. A gente constrói coisas na cabeça, não é verdade?

"E fomos à boate e ele estava lá", disse Janice em voz baixa. "Ah, ele estava lindo. 'Longfellow Serenade'. Todas as mulheres estavam loucas por ele quando terminou de cantar. Larry tinha bebido... depois que Larry foi dormir no chalé, voltei lá. Não consegui encontrá-lo.

"Levei dias para conseguir falar com ele. Eu disse: 'Steve, sou eu. Janice. Sua vizinha. A enfermeira!'"

Lentamente, ela ficou mais vermelha do que em toda a entrevista. Seus olhos lacrimejaram com a intensidade do rubor.

— Ele diz: "Ah, sim. Tudo bem, Janice?", e vai embora. E eu o vi — disse Janice, com o maxilar tremendo — beijar uma garota, aquela Julie, e olhar para mim, como se quisesse que eu visse...

"E pensei, *não*. Depois de tudo que fiz por você, Steve? *Não*.

"Fiz isso na última noite de nossas férias. Larry roncava, como sempre. Ele nunca percebeu que eu não estava na cama.

"Todos eles costumavam ir ao chalé de Steve depois do trabalho, eu descobri, seguindo-os. Ela saiu de lá sozinha. Irritada. Duas da manhã.

"Não foi difícil. Não tinha ninguém por perto. Eles não tinham câmeras por todo o lugar, como têm hoje em dia. Eu a empurrei e pulei depois dela, e a segurei embaixo da água. Foi a surpresa que a matou. Ela engoliu muita água ao descer. Essa foi a única que fiz sem drogas, mas eu estava com raiva, sabe...

"Saí, me enxuguei. Enxuguei todas as pegadas, mas era uma noite quente, não se poderia ver nada de manhã.

"No dia seguinte, eu o vejo. E digo: 'Que coisa horrível, aquela menina, Steve. Você me parece péssimo. Quer uma bebida?'

"Ele ficou branco feito um lençol, mas pensei, bom, você me usou, Steve, e depois me deixou na mão, não foi?"

Uma sirene da polícia soou em algum lugar ao longe, e Strike, olhando o relógio, pensou que era provável que fosse para lá, para a Nightingale Grove.

— Você usou minha solidariedade e minha gentileza e me deixou cozinhar para você — disse Janice, ainda se dirigindo a um Steve Douthwaite imaginário. — Eu estava até disposta a matar meu filho por você! E então você some com outras mulheres? *Não*. Os atos têm consequências — disse Janice, as faces ainda ardendo. — Os homens precisam aprender isso e assumir alguma responsabilidade. As mulheres precisam — disse ela enquanto a sirene da polícia ficava cada vez mais alta. — Bom, nos veremos novamente no tribunal, não? Sabe, estou ansiando por isso, agora que penso no assunto — disse Janice. — Não é divertido morar aqui completamente sozinha. Será engraçado ver a cara de Irene. Vou aparecer em todos os jornais, não vou? E talvez alguns homens leiam sobre por que fiz isso, e percebam que eles devem ser cuidadosos com seus descasos. Uma lição útil para os homens de toda parte, se quer minha opinião. Os atos — repetiu Janice Beattie, enquanto a viatura policial parava na frente de sua porta e ela endireitava os ombros, pronta para aceitar o seu destino — têm consequências.

PARTE SETE

E veio outubro, repleto de alegria...

Edmund Spenser
A Rainha das Fadas

72

... eles por nada se refreavam de seu trabalho...

Edmund Spenser
A Rainha das Fadas

O sucesso, como Cormoran Strike há muito aprendera, é um assunto muito mais complexo do que supõe a maioria das pessoas.

Não era a primeira vez que a imprensa tinha voltado os olhos para a agência do detetive e, embora a aclamação sem dúvida fosse lisonjeira e uma boa propaganda, era, como sempre, gravemente prejudicial para a capacidade dos sócios de continuar trabalhando. Robin, cujo endereço residencial tinha sido rapidamente descoberto pela imprensa, refugiara-se na casa de Vanessa Ekwensi e, com a ajuda de várias perucas e alguma maquiagem habilidosa, conseguiu continuar a cobrir certa quantidade de trabalho, para que Barclay e Hutchins não tivessem de fazer tudo sozinhos. Strike, por outro lado, foi obrigado a voltar ao quarto de hóspedes de Nick e Ilsa, onde deixou a barba crescer e se escondeu, dirigindo os terceirizados da agência por telefone. Só Pat Chauncey continuou trabalhando no escritório na Denmark Street, cuidando de questões administrativas, impassivelmente abrindo e fechando toda manhã e à noite.

— Sem comentários. É melhor vocês todos darem o fora daqui — ela grasnava duas vezes por dia ao grupo de jornalistas que zanzavam pela Denmark Street.

A explosão de publicidade que se seguiu às duas descobertas de um corpo de mulher envolto em concreto em um tranquilo apartamento em Clerkenwell e o esqueleto de uma adolescente escondido embaixo de entulho nas profundezas de um poço subterrâneo em Islington não mostrava sinais de diminuir rapidamente. Os ângulos empolgantes da história eram muitos: as escavações separadas e identificações positivas das ossadas de Margot Bamborough e Louise Tucker, os comentários das duas famílias enlutadas, que mal sabiam se sentiam alívio ou tristeza, os perfis dos dois assassinos muito diferentes e, é claro, os detetives particulares agora amplamente aclamados como os mais talentosos da capital.

Embora isso fosse recompensador, Strike não tinha satisfação no modo com que a imprensa perseguia Gregory Talbot ("O que você diria às pessoas que dizem que seu pai teve sangue nas mãos?") ou Dinesh Gupta ("O senhor se arrepende de dar aquela ótima referência a Janice Beattie, doutor?"), nem em ver os Athorn, assustados, deslocados e incompreendidos, retirados do apartamento por assistentes sociais autênticos. Carl Oakden fez um breve aparecimento no *Daily Mail*, tentando se vender como especialista tanto em Strike como em Margot Bamborough, mas como o artigo começava com as palavras "Estelionatário condenado Carl Brice, filho da antiga secretária da clínica, Dorothy...", talvez não fosse surpreendente que Oakden logo voltasse a afundar nas sombras. O pai de Strike, por outro lado, ficou feliz em continuar associando seu nome ao de Strike, dando uma declaração completa do orgulho de seu filho mais velho por intermédio da assessoria de imprensa. Enfurecido em silêncio, Strike ignorou todos os pedidos para comentar.

Dennis Creed, que por tanto tempo recebeu o papel principal em qualquer matéria de jornal que o incluísse, agora era relegado quase a uma nota de rodapé. Janice Beattie o superara, não só no número de possíveis vítimas, mas por continuar sem ser detectada por mais décadas. Fotografias de sua sala de estar em Nightingale Grove foram vazadas à imprensa, que destacou as fotos emolduradas dos mortos nas paredes, a pasta de obituários guardada na cristaleira e a seringa, o celofane e o secador de cabelo que Strike encontrara atrás do sofá. O estoque de drogas e venenos retirado da cozinha foi levado da casa por peritos criminais, e a enfermeira de faces rosadas e cabelos prateados apelidada de "a Vovó Veneno" piscou, impassível, para as câmeras dos noticiários quando foi levada a julgamento e presa.

Enquanto isso, Strike mal conseguia abrir um jornal ou ligar a televisão sem ver Brian Tucker, que dava entrevistas a qualquer um que falasse com ele. Em uma voz falha, ele chorou, exultou, elogiou Strike e Robin, disse ao mundo que eles mereciam a ordem de cavaleiro ("Ou a outra coisa, o que dão às mulheres?" "O título de *dame*", disse em voz baixa a apresentadora loura e solidária, que segurava a mão do emocionado Tucker), chorou ao se lembrar da filha, descreveu os preparativos para seu funeral, criticou a polícia e informou ao mundo que ele tinha suspeitado o tempo todo de que Louise estava escondida no poço. Strike, que ficou feliz pelo velho, ainda assim desejou, para o bem dele e de Tucker, que ele entrasse em luto serenamente em algum lugar, em vez de tomar espaço em uma sucessão interminável de sofás de programas televisivos diurnos.

Um gota a gota de familiares desconfiados de como seus entes queridos tinham morrido sob os cuidados de Janice logo se transformou em uma maré. Pedidos de exumação foram feitos, e Irene Hickson, cujo conteúdo dos armários de comida foram retirados e analisados pela polícia, teve seu perfil descrito no *Daily Mail*, sentada em sua sala de estar espalhafatosa e cheia de babados, flanqueada por duas voluptuosas filhas que eram muito parecidas com ela.

"Quer dizer, Jan sempre foi uma devoradora de homens, mas nunca suspeitei de nada parecido com isso, nunca. Eu a chamava de minha melhor amiga. Não sei como pude ser tão tola! Ela costumava se oferecer para comprar comida para mim, antes de eu voltar para ficar na casa de minha filha. Depois eu comia as coisas que ela colocava na geladeira, adoecia, ligava para ela e pedia que viesse me ver. Acho que esta é uma casa mais confortável do que a dela, e Jan gostava de ficar aqui, e às vezes eu lhe dava dinheiro, então foi por isso que não morri. Não sei se um dia vou superar o choque, sinceramente. Não consigo dormir, me sinto mal o tempo todo, não consigo parar de pensar nisso. Agora olho o passado e me pergunto, *como foi que eu nunca vi?* E por acaso ela matou Larry, o pobre Larry que Eddie e eu apresentamos a ela, não sei como vou conviver comigo mesma, sinceramente, é tudo um pesadelo. Não se espera isso de uma enfermeira, não é?"

E nesse aspecto, se não em outro, Strike foi obrigado a concordar com Irene Hickson. Ele se perguntou por que tinha demorado tanto para examinar melhor um álibi que ele sabia desde o começo que não batia e por que aceitou a palavra de Janice, quando questionava a de quase todos os outros. Strike foi obrigado a concluir que, como as mulheres que entravam de boa vontade no furgão de Dennis Creed, ele tinha sido ludibriado por uma performance cuidadosa de feminilidade. Assim como Creed se camuflava em uma fachada aparentemente desafortunada e gentil, Janice se escondera atrás da personagem da provedora, a doadora altruísta, a mãe compassiva. Strike preferira sua aparente modéstia à tagarelice de Irene e sua doçura ao desdém da amiga, mas sabia que ficaria muito menos disposto a aceitar essas características sem questionar se as tivesse visto em um homem. *Ceres é provedora e protetora. Câncer é gentil, o instinto é de proteger.* Uma boa dose de autorrecriminação tingiu as comemorações de Strike, o que confundiu Nick e Ilsa, que estavam inclinados a se vangloriar das matérias de jornal do mais recente e mais celebrado triunfo detetivesco do amigo.

Enquanto isso, Anna Phipps desejava agradecer pessoalmente a Strike e Robin, mas os detetives adiaram um encontro até que esmorecesse a primeira efusão de atenção da imprensa. O hipercauteloso Strike, cuja barba agora lhe caía muito bem, enfim concordou com uma reunião mais de duas semanas depois de o corpo de Margot ter sido encontrado. Embora ele e Robin mantivessem contato diário por telefone, essa também seria a primeira vez que os dois se veriam depois de resolverem o caso.

A chuva batia na janela do quarto de hóspedes de Nick e Ilsa enquanto Strike se vestia naquela manhã. Ele calçava uma meia por cima do pé postiço quando o celular bipou na mesa de cabeceira. Esperando ver uma mensagem de Robin, possivelmente alertando-o de que a imprensa estava à espreita na frente da casa de Anna e Kim, ele viu, em vez disso, o nome de Charlotte.

Oi Bluey. Pensei que Jago tinha jogado este telefone fora, mas acabo de encontrá-lo escondido atrás de um armário. Então, você fez outra coisa incrível. Estive lendo sobre você na imprensa. Queria que eles tivessem alguma foto decente sua, mas suponho que esteja feliz por não terem, não? Meus

parabéns, aliás. Deve ser bom provar o erro de todos que não acreditam na agência. O que inclui a mim, suponho. Queria ter dado a você mais apoio, mas agora é tarde demais. Não sei se ficará feliz ou não por ter notícias minhas. Provavelmente não. Você nunca ligou para o hospital ou, se ligou, ninguém me contou. Quem sabe, no fundo, você ficaria feliz se eu morresse? Um problema resolvido e você gosta de resolver coisas... não pense que não sou agradecida. Acho que sou, ou serei, um dia. Mas sei que você fez o que faria por qualquer pessoa. É esse seu código, não é? E eu sempre quis algo em particular de você, algo que você não daria a mais ninguém. Estranho, comecei a valorizar as pessoas que são decentes com todos, mas é tarde demais para isso, não é? Jago e eu estamos nos separando, só que ele ainda não quer chamar assim, porque deixar a esposa suicida não causa boa impressão e ninguém acreditaria que sou eu que o estou deixando. Ainda sustento o que disse a você no fim. Sempre sustentarei.

Strike sentou-se na cama de hóspedes, com o celular nas mãos, um pé com meia, outro sem. A luz do dia chuvoso iluminava a tela do telefone, refletindo seu rosto barbudo para ele, enquanto lia o texto tão charlottiano que ele mesmo poderia ter escrito: a aparente resignação a seu destino, as tentativas de provocá-lo a uma tranquilização, a vulnerabilidade brandida como uma arma. Será que ela realmente deixou Jago? Onde estavam agora os gêmeos de dois anos? Ele pensou em todas as coisas que podia ter dito a ela, que teriam lhe dado esperança: que ele quis ligar para o hospital, que ele sonhava com ela desde a tentativa de suicídio, que ela retinha uma influência poderosa sobre sua imaginação que ele tentava exorcizar, mas não conseguia. Ele pensou em ignorar a mensagem, mas então, quando estava a ponto de baixar o celular, mudou de ideia e, letra por letra, digitou sua breve resposta.

Você tem razão, fiz o que faria por qualquer pessoa. Isso não quer dizer que eu não esteja feliz por você estar viva, porque estou. Mas você precisa ficar viva por você mesma e seus filhos. Estou prestes a mudar de número. Cuide-se.

Ele releu suas palavras antes de enviar. Ela sem dúvida experimentaria as palavras como um golpe, mas ele esteve pensando muito desde a tentativa de suicídio. Depois de sempre dizer a si mesmo que nunca trocaria de número porque este tinha contatos demais, ultimamente Strike admitia que queria manter um canal de comunicação aberto entre ele e Charlotte, porque queria saber se ela não conseguia esquecê-lo, mais do que ele não conseguia esquecê-la. Era hora de cortar esse último e tênue fio. Ele pressionou "enviar", depois terminou de se vestir.

Depois de ter certeza de que os gatos de Nick e Ilsa estavam presos na cozinha, ele saiu da casa. Outra mensagem de Charlotte chegou enquanto ele andava na chuva pela rua.

Acho que nunca tive tanta inveja na minha vida como tenho daquela garota, a Robin.

E essa, Strike decidiu ignorar.

Ele partiu cedo para a estação Clapham South porque queria tempo para um cigarro antes de Robin pegá-lo e levar os dois pela curta distância até o apartamento de Anna e Kim. De pé embaixo da marquise na frente da estação, ele acendeu um cigarro, olhou uma fila de bicicletas em um canto enlameado de Clapham Common, onde árvores com folhas ocre tremiam no aguaceiro. Tinha dado apenas dois tragos quando o celular tocou no bolso. Resolvendo não atender se fosse Charlotte, ele o pegou e viu o nome de Polworth.

— Tudo bem, Chum?

— Ainda tem tempo para as pessoas insignificantes, então, Sherlock?

— Posso reservar um ou dois minutos para você — disse Strike, vendo a chuva. — Não quero que as pessoas pensem que perdi meu lado popular. Como vão as coisas?

— Vamos passar o fim de semana em Londres.

Polworth parecia animado como um homem diante de um colonoscópio.

— Pensei que Londres fosse o coração de todo o mal.

— Não é opção minha. É aniversário de Roz. Ela quer ver a merda do *Rei Leão* e a Trafalgar Square e essas porras.

— Se procura algum lugar para ficar, eu só tenho um quarto.

— Fizemos uma reserva pela Airbnb. No segundo fim de semana a partir de hoje. Só imaginei se você ia querer uma cerveja. Podia levar sua Robin, assim Penny teria com quem conversar. A não ser, sei lá, que a porra da rainha tenha um trabalho para você.

— Bom, ela tem, mas eu disse a ela que a lista de espera está cheia. Seria ótimo — disse Strike. — Mais alguma novidade?

— Nada — disse Polworth. —Viu os escoceses danando tudo?

O velho Land Rover tinha aparecido em uma fila do trânsito. Sem desejar entrar no assunto do nacionalismo celta, Strike disse:

— Se prefere chamar de "danar", então, sim. Escute, preciso ir, amigo, Robin vai me pegar de carro. Ligo para você mais tarde.

Jogando a guimba do cigarro em um bueiro próximo, ele se preparou para entrar no Land Rover assim que Robin encostasse.

— Bom dia — disse ela enquanto Strike se impelia para o banco do carona. — Estou atrasada?

— Não, eu cheguei cedo.

— Bonita barba — disse Robin, arrancando do meio-fio na chuva. —Você parece um líder guerrilheiro que acaba de dar um golpe bem-sucedido.

— Me sinto assim — disse Strike e, na verdade, naquele momento, reencontrando Robin, ele tinha a sensação de triunfo que lhe escapara durante dias.

— Era com Pat que você estava falando? — perguntou Robin. — Por telefone?

— Não, Polworth. Ele vem a Londres daqui a dois fins de semana.

— Pensei que ele detestasse Londres.

— E detesta. Uma das filhas quer vir. Ele quer conhecer você, mas eu não aconselharia.

— E por que não? — perguntou Robin, que ficou um tanto lisonjeada.

— Em geral as mulheres não gostam de Polworth.

— Pensei que ele fosse casado.

— E é. A mulher dele não gosta dele.

Robin riu.

— Por que pensou que Pat estaria ligando para mim? — perguntou Strike.

— Porque falei com ela ao telefone há pouco. A srta. Jones está aborrecida por não ter atualizações suas pessoalmente.

— Vou fazer uma videoconferência com ela mais tarde — disse Strike, enquanto eles atravessavam o parque, os limpadores de para-brisa trabalhando. — Tomara que a barba a desanime.

— Algumas mulheres gostam — disse Robin, e Strike não pôde deixar de se perguntar se Robin seria uma delas.

— Parece que Hutchins e Barclay estão fechando o cerco no sócio do Palerma — disse ele.

— Sim. Barclay se ofereceu para ir a Maiorca dar uma olhada.

— Aposto que ele quer ir mesmo. A entrevista da nova terceirizada ainda está de pé para você na segunda-feira?

— Michelle? Sim, claro que sim — disse Robin.

— Espero que a essa altura já estejamos de volta ao escritório.

Robin entrou na Kyrle Road. Não havia sinal da imprensa, então ela estacionou na frente de uma casa geminada vitoriana dividida em dois apartamentos.

Quando Strike tocou a campainha com a placa "Phipps/Sullivan", eles ouviram passos na escada através da porta, que se abriu e revelou Anna Phipps, com o mesmo macacão largo de algodão azul e sapatos de lona branca da primeira vez em que se encontraram, em Falmouth.

— Entrem — disse ela, sorrindo ao se retirar para que os dois pudessem entrar em um espaço pequeno e quadrado ao pé da escada. As paredes eram pintadas de branco: uma série de gravuras abstratas e monocromáticas as cobriam, e a janela em leque acima da porta lançava poças de luz na escada sem carpete, lembrando Robin da casa de repouso St. Peter e do Jesus em tamanho natural que vigiava a entrada.

— Tentarei não chorar — disse Anna em voz baixa, como se tivesse medo de ser entreouvida, mas, apesar de sua determinação, os olhos já estavam cheios de lágrimas. — Me desculpem, mas eu... queria muito abraçar vocês — disse ela e prontamente fez isso, abraçando primeiro Robin, depois Strike. Afastando-se, ela meneou a cabeça, meio rindo, e enxugou os olhos.

— Não tenho como expressar o quanto estou grata... o quanto estou grata a vocês. O que vocês me deram... — Ela fez um gesto inefável e meneou a cabeça. — É tudo tão... estranho. Estou incrivelmente feliz e aliviada, mas ao mesmo tempo triste... isso faz sentido?

— Inteiramente — disse Robin. Strike grunhiu.

— Está todo mundo aqui — disse Anna, gesticulando para o segundo andar. — Kim, papai, Cyn e Oonagh também. Eu a convidei para passar alguns dias conosco. Estamos planejando o funeral, sabe... papai e Cyn deixaram tudo por minha conta... de todo modo... subam, todos querem agradecer a vocês...

Enquanto eles seguiam Anna pela escada íngreme, Strike usando o corrimão para se impelir, ele se lembrou da mistura de emoções que teve quando recebeu o telefonema contando da morte da própria mãe. Em meio à onda envolvente de tristeza, houve uma leve pontada de alívio, o que o chocou e envergonhou, e que ele demorou muito para processar. Com o tempo, ele passou a entender que em algum canto sombrio de sua mente esteve com medo e de certo modo esperava a notícia. O machado enfim tinha descido, o suspense tinha acabado: o gosto terrível de Leda para os homens culminara em uma morte sórdida em um colchão sujo, e Strike, embora sentisse a falta dela desde então, seria um mentiroso se alegasse sentir falta da mistura tóxica de ansiedade, culpa e medo que suportou nos dois últimos anos de vida da mãe.

Ele só podia imaginar o misto de emoções que agora possuía o marido de Margot, ou a babá que tinha assumido o lugar de Margot na família. Ao chegar ao patamar, Strike teve um vislumbre de Roy Phipps sentado em uma poltrona na sala de estar. Os olhos deles se encontraram brevemente, antes de Kim sair da sala, bloqueando a visão que Strike tinha do hematologista. A psicóloga loura tinha um largo sorriso: ela, pelo menos, parecia sentir puro prazer.

— Bom — disse ela, apertando primeiro a mão de Strike, depois a de Robin —, o que podemos dizer? Entrem...

Strike e Robin acompanharam Anna e Kim para a sala de estar, que era grande e arejada como a casa de veraneio em Falmouth, com cortinas longas de tecido leve nas janelas, piso de tábua corrida, um grande tapete branco e paredes cinza-claro. Os livros tinham sido organizados por cores. Tudo era simples e bem projetado; muito diferente da casa em que Anna foi criada, com seus bronzes vitorianos e cadeiras cobertas de chintz. A única arte nas paredes estava acima da lareira: uma foto em preto e branco do mar e do céu.

A chuva batia na grande janela saliente atrás de Roy, que já estava de pé. Ele passou a mão na calça, nervoso, antes de estendê-la a Strike.

— Como vai? — disse ele aos espasmos.

— Muito bem, obrigado — disse Strike.

— Srta. Ellacott — disse Roy, estendendo a mão para Robin. — Pelo que soube, foi *você* que realmente...?

As palavras não ditas "a encontrou" pareceram soar pela sala.

— Sim — disse Robin, e Roy assentiu e franziu os lábios, os olhos grandes deixando-a para focalizar em uma das gatas ragdoll que tinha acabado de entrar na sala, com olhos azul-claros astutos.

— Sente-se, pai — disse Anna gentilmente, e Roy obedeceu.

— Vou ver se Oonagh encontrou alguma coisa; ela está fazendo o chá — disse Kim alegremente, e saiu.

— Sentem-se, por favor — disse Anna a Strike e Robin, que se sentaram lado a lado no sofá. No momento em que Strike se acomodou, a gata ragdoll saltou levemente ao lado dele e subiu em seu colo. Robin, enquanto isso, notara o pufe que fazia as vezes de mesa de centro. Era estofado em listrado de cinza e branco, e muito menor que aquele do apartamento dos Athorn, pequeno demais para uma mulher se enroscar ali, mas mesmo assim era um móvel que Robin duvidava que um dia teria, por mais útil que fosse. Ela nunca se esqueceria da massa empoeirada de concreto endurecido e do crânio de Margot Bamborough curvando-o e saindo dele.

— Onde está Cyn? — perguntou Anna ao pai.

— No banheiro — disse Roy, com a voz meio rouca. Ele lançou um olhar nervoso ao patamar vazio depois da porta, antes de se dirigir ao detetive.

— Eu... preciso lhe dizer o quanto me envergonho de nunca ter contratado ninguém eu mesmo. Acredite, a ideia de que poderíamos saber de tudo isso dez, vinte anos atrás...

— Bom, isso não faz muito bem para nosso ego, Roy — disse Strike, acariciando a gata que ronronava. — Significa que alguém podia ter feito o que fizemos.

Roy e Anna riram mais do que merecia o comentário, mas Strike entendia a necessidade do alívio proporcionado por piadas, depois de um choque tão profundo. Apenas dias depois de ele ter sido resgatado pelo ar da maldita cratera onde ficou depois de sua perna ser estourada, entrando e saindo da inconsciência com o tronco de Gary Topley ao seu lado, ele parecia se lembrar de Richard Anstis, o outro sobrevivente, cujo rosto tinha sido desfigurado na explosão, fazer uma piada idiota sobre as economias que Gary podia fazer com calças, se sobrevivesse. Strike ainda se lembrava de rir como um idiota da piada de mau gosto e de desfrutar de alguns segundos de alívio do choque, da dor e da agonia.

Agora vozes femininas vinham pelo patamar: Kim voltava com uma bandeja de chá, seguida por Oonagh Kennedy, que trazia um grande bolo de chocolate. Ela estava radiante abaixo de sua franja raiada de roxo, o crucifixo de ametista batendo no peito como antes e disse, quando baixou o bolo:

— Aí estão vocês, os heróis do momento! Vou abraçar os dois!

Robin levantou-se para receber o tributo, mas Strike, sem querer deslocar a gata, recebeu seu abraço sentado e desajeitado.

— E lá vamos nós de novo! — disse Oonagh, rindo enquanto endireitava o corpo e enxugava os olhos. — Juro por Deus, parece uma montanha-russa. Um minuto no alto, no outro embaixo...

— Eu fiz o mesmo quando os vi — disse Anna, rindo para Oonagh.

O sorriso de Roy, Robin percebeu, era nervoso e meio fixo. Como era, pensou ela, ficar cara a cara com a melhor amiga da esposa morta, depois de todos esses anos? Será que as mudanças físicas em Oonagh o faziam imaginar como Margot estaria agora, se vivesse até os setenta anos? Ou ele se perguntava de novo, como deve ter feito em todos esses anos que passaram, se seu casamento teria sobrevivido ao longo silêncio gélido que se seguiu à saída dela para beber com Paul Satchwell, se as tensões na relação podiam ser superadas, ou se Margot teria aceitado a oferta de Oonagh de se refugiar na casa dela?

Eles teriam se divorciado, pensou Robin, com absoluta certeza, mas depois ela se perguntou se não estaria confundindo Margot com ela própria, como esteve propensa a fazer durante todo esse caso.

— Ah, olá — disse uma voz esbaforida, da porta, e todos se viraram e viram Cynthia, em cujo rosto fino e encovado havia um sorriso que não chegava aos olhos ansiosos e mosqueados. Ela estava com um vestido preto, e Robin se perguntou se o colocara propositalmente para sugerir luto. — Desculpem-me, eu estava... como vão vocês?

— Bem — disse Robin.

— Ótimo — disse Strike.

Cynthia soltou um de seus risos nervosos e sem fôlego e disse:

— Sim, não... tão maravilhoso...

Era maravilhoso para Cynthia, imaginou Robin, enquanto a madrasta de Anna puxava uma cadeira e declinava uma fatia de bolo que, pelo que se disse, Oonagh tinha saído na chuva para comprar. Como seria ter Margot Bamborough de volta, mesmo na forma de um esqueleto em uma caixa? Será que magoava ver o marido tão abalado e emotivo, e ter de receber Oonagh, a melhor amiga de Margot, no seio da família, como uma tia recém-descoberta? Robin, que parecia estar em uma espécie de onda clarividente, tinha certeza de que se Margot não tivesse sido morta, mas simplesmente se divorciado de Roy, Cynthia nunca teria sido a segunda opção do hematologista como esposa. Margot talvez tivesse pedido à jovem Cynthia que a acompanhasse na nova vida e continuasse a cuidar de Anna. Será que Cynthia teria concordado, ou suas lealdades ficariam com Roy? Para onde ela teria ido e com quem se casaria, quando não houvesse mais lugar para ela na Broom House?

A segunda gata agora entrava na sala, encarando o grupo anormalmente grande que encontrou ali. Traçou seu caminho entre as poltronas, o pufe e o sofá, pulou no peitoril e se sentou de costas para eles, vendo as gotas de chuva escorrerem na janela.

— Agora, escutem — disse Kim, da cadeira de espaldar alto que tinha trazido do canto da sala —, realmente queremos pagar a vocês o mês a mais que dedicaram à investigação. Sei que vocês disseram que não...

— A decisão de continuar no caso foi nossa — disse Strike. — Ficamos felizes por termos ajudado e definitivamente não queremos mais dinheiro.

Ele e Robin tinham concordado com isso, porque o caso Margot Bamborough parece ter se pagado três vezes em termos de publicidade e trabalho a mais e, como Strike sentia que realmente devia ter resolvido tudo antes, tirar mais dinheiro de Anna e Kim parecia uma ganância desnecessária.

— Então gostaríamos de fazer uma doação para a caridade — disse Kim. — Existe alguma instituição que vocês gostariam que nós ajudássemos?

— Bom — disse Strike, dando um pigarro —, se está falando sério, as enfermeiras do Macmillan...

Ele viu uma leve expressão de surpresa nos rostos da família.

— Minha tia morreu este ano — explicou ele. — A enfermeira do Macmillan lhe deu muito apoio.

— Ah, entendo — disse Kim, com um leve sorriso, e houve uma pequena pausa, em que o espectro de Janice Beattie pareceu surgir no meio deles, como o filete de vapor que sai do bico do bule de chá.

— Uma enfermeira — disse Anna em voz baixa. — Quem suspeitaria de uma enfermeira?

— Margot — disseram Roy e Oonagh juntos.

Eles se olharam nos olhos e sorriram: um sorriso triste, sem dúvida surpreso ao se verem concordando depois de tanto tempo, e Robin viu Cynthia virar a cara.

— Ela não gostava dessa enfermeira. Ela me disse isso — afirmou Oonagh —, mas eu confundi a mulher com aquela loura que fez uma cena na festa de Natal.

— Não, ela nunca aceitou a enfermeira — disse Roy. — Ela me contou também, quando entrou para a clínica. Eu não dei muita atenção...

Agora ele parecia decidido a ser sincero, embora fosse muito doloroso.

— ... pensei que era o caso de duas mulheres sendo parecidas demais: as duas da classe trabalhadora, as duas de personalidade forte. Quando conheci a mulher no churrasco, na verdade, achei que ela parecia bem... ora... decente. É claro que Margot nunca me falou das suspeitas dela...

Houve outro silêncio, e todos na sala, Strike teve certeza, lembravam-se de que Roy não falou com a esposa em todas aquelas semanas antes de seu assassinato, precisamente o período de tempo durante o qual as suspeitas de Margot com Janice devem ter se cristalizado.

— Janice Beattie deve ser a maior mentirosa que já conheci — disse Strike na atmosfera tensa — e uma tremenda atriz.

— Recebi uma carta extraordinária — disse Anna — do filho dela, Kevin. Sabem que ele vem de Dubai para testemunhar contra ela?

— Sabemos — disse Strike, a quem George Layborn informava regularmente do progresso da investigação policial.

— Ele escreveu que acha que mamãe tê-lo examinado salvou sua vida — disse Anna.

Robin notou que Anna agora chamava Margot de "mamãe", quando antes só dizia "minha mãe".

— É uma carta excepcional — disse Kim, concordando com a cabeça. — Cheia de pedidos de desculpas, como se de algum modo fosse culpa dele.

— Pobre homem — disse Oonagh em voz baixa.

— Ele disse que se culpa por não procurar a polícia a respeito dela, mas que filho teria acreditado que a mãe era uma assassina serial? Eu sinceramente *não conseguiria* — disse Anna, acima do ronronar de Cagney no colo de Strike — explicar direito a vocês dois o que fizeram por mim... por todos nós. Não saber foi terrível, e agora eu tenho certeza de que mamãe não iria embora por vontade própria e que ela foi... bom, pacificamente...

— Com relação à morte — disse Strike —, foi praticamente indolor.

— E tenho certeza de que ela me amava — disse Anna.

— Nós sempre... — começou Cynthia, mas a enteada falou rapidamente:

— Sei que você sempre afirmou isso, Cyn, mas sem saber o que de fato tinha acontecido, sempre houve uma dúvida, não é? Mas quando comparo minha situação com a de Kevin Beattie, na verdade, sinto que tenho sorte... Vocês sabem — perguntou Anna a Strike e Robin — o que encontraram quando eles... sabe o que... tiraram mamãe do concreto?

— Não — disse Strike.

As mãos finas de Cynthia brincavam com sua aliança, rodando-a no dedo.

— O medalhão que papai deu a ela — disse Anna. — Está escurecido, mas quando o abriram tinha uma foto minha dentro dele, como nova — disse Anna, e seus olhos de repente brilharam de lágrimas de novo. Oonagh fez um carinho no joelho de Anna. — Disseram que poderei ter de volta, depois de concluírem a perícia.

— Isso é maravilhoso — disse Robin em voz baixa.

— E souberam o que estava na bolsa dela? — perguntou Kim.

— Não — disse Strike.

— Anotações da consulta de Theo — disse Kim. — Estavam completamente legíveis... protegidas pelo couro, sabe. Seu nome completo era Theodosia Loveridge e ela era de uma família de viajantes. Margot suspeitou de gravidez ectópica e quis chamar uma ambulância, mas Theo disse que o namorado a buscaria. As anotações de Margot sugeriam que Theo tinha medo de a família saber que ela estava grávida. Parece que não aprovava o namorado.

— Então, foi por isso que ela nunca se apresentou depois? — disse Robin.

— Acho que sim — disse Kim. — Pobre garota. Espero que esteja bem.

— Posso perguntar — disse Roy, olhando para Strike — que força você acha que o caso tem contra Janice Beattie? Porque... não sei se seus contatos na polícia lhe disseram... mas a última notícia que tivemos é de que a perícia não conseguiu provar que Margot foi drogada.

— Até agora, não — disse Strike, que tinha conversado com George Layborn na noite anterior —, mas soube que vão experimentar um jeito novo de obter vestígios de drogas e substâncias químicas do concreto que cercava o corpo. Não tem garantias, mas foi usado com sucesso em um caso recente nos Estados Unidos.

— Mas se eles não conseguirem provar que ela foi drogada — disse Roy, com uma expressão intensa —, o caso contra Janice fica inteiramente circunstancial, não é?

— O advogado dela certamente está tentando livrá-la, a julgar pelos comentários que fez à imprensa — disse Kim.

— Ele terá muito trabalho pela frente — disse Strike. — A defesa terá de inventar motivos para a polícia ter encontrado um telefone pertencente a uma assistente social inexistente na casa dela, e por que os Athorn tinham o número. Os primos dos Athorn, de Leeds, podem identificá-la como a mulher que os ajudou a limpar o apartamento. Gloria Conti está disposta a vir testemunhar sobre o donut na geladeira e as crises de vômito que ela e Wilma sofreram, e Douthwaite vai testemunhar...

— Ele vai? — disse Oonagh, sua expressão se iluminando. — Ah, isso é bom, estivemos preocupados com ele...

— Acho que ele enfim entende que o único jeito de sair dessa é passar por isso — disse Strike. — Está disposto a testemunhar que, desde o momento em que começou a consumir a comida preparada por Janice, teve sintomas de envenenamento e, mais importante, que durante a última consulta Margot o aconselhou a não comer mais nada preparado por Janice.

"E temos Kevin Beattie testemunhando que a filha bebeu alvejante quando Janice deveria estar cuidando dela, e que a mãe costumava dar a ele 'bebidas especiais' que o faziam se sentir mal... o que mais?", disse Strike, convidando Robin a continuar, principalmente para ele poder comer o bolo.

— Bom, tem todas as substâncias letais que retiraram da cozinha de Janice — disse Robin —, para não falar no fato de que ela tentou envenenar o chá de Cormoran quando ele esteve lá para confrontá-la. Tem também a comida drogada que a polícia encontrou na casa de Irene e as fotos emolduradas na parede, inclusive de Joanna Hammond, que ela alegou nunca ter conhecido, e de Julie Wilkes, que se afogou no Butlin's em Clacton-on-Sea. E a polícia está confiante de que conseguirá provas materiais de outras vítimas sepultadas, mesmo que os resultados de Margot sejam inconclusivos. Janice mandou cremar o ex-parceiro, Larry, mas a amante dele, Clare, foi enterrada e está sendo exumada.

— Pessoalmente — disse Strike, que tinha conseguido comer metade da fatia de bolo de chocolate enquanto Robin falava —, acho que ela vai morrer na prisão.

— É bom saber disso — disse Roy, parecendo aliviado, e Cynthia falou, esbaforida:

— Sim, não, sem dúvida.

A gata na janela olhou em volta e depois, lentamente, virou de novo a cara para a chuva, enquanto sua gêmea afofava indolente o suéter de Strike.

— Vocês dois irão ao funeral, não é? — perguntou Anna.

— Seria uma honra — disse Robin, porque Strike tinha dado outra garfada no bolo.

— Estamos, ah, deixando a organização a cargo de Anna — disse Roy. — Ela assumiu a liderança.

— Quero que mamãe tenha um túmulo decente — disse Anna. Um lugar para visitar, sabe... todos esses anos, sem saber onde ela estava. Eu a quero onde possa encontrá-la.

— Posso entender isso — disse Strike.

— Vocês realmente *não* sabem o que me deram — disse Anna pela terceira vez. Ela estendeu a mão a Oonagh, mas olhava para Cynthia. — Tive Oonagh, assim como Cyn, que foi a mãe mais maravilhosa... mamãe certamente escolheu a pessoa certa para me criar...

Enquanto o rosto de Cynthia se contraía, Strike e Robin viraram educadamente a cara, Robin para a gata na janela, e Strike para a paisagem marinha acima da lareira. A chuva batia na janela, a gata em seu colo ronronava, e ele se lembrou da urna de lírio boiando para longe. Com um aperto no peito e apesar de sua satisfação por ter feito o que se decidira fazer, ele queria poder ter ligado para Joan e contado a ela o final da história do caso Margot Bamborough, e ouvido Joan dizer que tinha orgulho dele, pela última vez.

73

Pois o afeto natural logo cessa,
E apagado é com a maior chama de Cupido:
Mas a fiel amizade a ambos suprime,
E os amansa com disciplina mestra,
Com pensamentos que aspiram à eterna fama.
Pois como a alma governa a massa terrena,
E todo o serviço da forma corporal,
Assim o amor da alma o amor do corpo ultrapassa,
Não menos que o ouro perfeito supera o mais simples bronze.

Edmund Spenser
A Rainha das Fadas

Robin acordou alguns dias depois para o sol de outono que entrava pelo espaço entre as cortinas. Olhando o celular, ela viu, para seu espanto, que eram dez da manhã, o que significava que tinha desfrutado do sono mais longo em todo o ano. Depois ela lembrou por que ainda estava deitada: hoje era dia 9 de outubro e era seu aniversário.

Ilsa tinha organizado um jantar em sua homenagem na noite seguinte, que era sexta-feira. Ilsa escolhera e reservara o restaurante elegante a que foram convidados ela e Nick, Vanessa e seu noivo Oliver, Barclay, Hutchins e suas esposas, Max, seu novo namorado (o diretor de iluminação do programa de TV) e Strike. Robin não tinha planos para o dia de hoje, seu verdadeiro aniversário, que Strike insistira que ela tirasse de folga. Ela agora estava sentada na cama, bocejando, e olhou os pacotes na cômoda à sua frente, todos da família. O menor pacote da mãe tinha a aparência de alguma joia, sem dúvida em tributo a esse aniversário marcante. Quando Robin estava prestes a se levantar da cama, o telefone bipou e ela viu uma mensagem de Strike.

> **Sei que você devia tirar o dia de folga, mas apareceu uma coisa. Por favor, encontre-se comigo no Shakespeare's Head, na Marlborough Street, às 17 horas. Vista-se bem, pode precisar ir a um lugar chique.**

Robin leu duas vezes, como se ela pudesse ter deixado passar o "feliz aniversário". Certamente — *certamente* — ele não se esqueceu de novo. Ou ele pensava que, ao planejar aparecer no jantar marcado por Ilsa, cumpria tudo que era necessário e o verdadeiro dia de seu aniversário não exigia reconhecimento? É verdade que ela se sentia uma ponta meio solta sem trabalho e nenhum dos amigos disponíveis, mas Strike não devia saber disso, então foi com sentimentos muito confusos que ela respondeu: **OK**.

Porém, quando chegou ao andar de cima de roupão para pegar uma xícara de chá, Robin encontrou uma caixa grande na mesa da cozinha, com um cartão por cima, seu nome no envelope na letra inconfundível e espremida de Strike, de difícil leitura. Max, ela sabia, tinha saído do apartamento cedo para filmar externas em Kent, levando Wolfgang, que ia dormir no carro e curtir um passeio na hora do almoço. Como não tinha ouvido a campainha, Robin teve de concluir que Strike de algum modo entregou com antecedência a caixa e o cartão a Max para surpreendê-la esta manhã. Isso demonstrava graus de planejamento e esforço muito pouco característicos dele. Além disso, ela nunca recebera um cartão de Strike, nem mesmo quando ele lhe comprou o vestido verde depois de resolverem seu primeiro caso.

A frente do cartão de aniversário era genérica e trazia um grande número trinta em pink com glitter. Dentro dele, Strike escrevera:

> Feliz aniversário. Este não é seu presente de verdade,
> vai recebê-lo depois. (Não são flores)
> Com amor, Strike bjs

Robin olhou a mensagem por muito mais tempo do que exigia. Muitas coisas nela a agradaram, inclusive o beijo e o fato de ele ter assinado "Strike". Ela colocou o cartão na mesa e pegou a caixa grande que, para sua surpresa, era tão leve que parecia vazia. Depois ela viu o nome do produto na lateral: Balloon in a Box.

Abrindo a tampa, ela tirou um balão no formato da cabeça de um burro, amarrado por uma fita grossa a uma base com peso. Sorrindo, Robin o colocou na mesa, preparou o chá e seu café da manhã, depois enviou uma mensagem a Strike.

Obrigada pelo balão de burro. Timing perfeito. O meu antigo está quase murcho.

Ela recebeu uma resposta sessenta segundos depois.

Ótimo. Tive medo de que fosse óbvio demais, todo mundo te daria um. Te vejo às 5.

Agora com o espírito leve, Robin tomou o chá, comeu a torrada e voltou para baixo, para abrir os presentes da família. Todo mundo tinha comprado versões um pouco mais caras dos presentes do ano anterior, a não ser pelos pais, que mandaram um lindo colar com pingente: uma opala redonda, que era sua pedra de nascimento, brilhando verde e azul, cercada por diamantes pequeninos. O cartão que a acompanhava dizia: "Feliz aniversário de 30 anos, Robin. Nós te amamos. Mamãe e papai bjs."

Ultimamente, Robin se sentia com sorte por ter pais amorosos. Seu trabalho lhe ensinara quantas pessoas não eram tão afortunadas, quantas pessoas tinham famílias que eram irrecuperáveis, quantos adultos andavam por aí levando cicatrizes invisíveis da primeira infância, suas percepções e associações alteradas para sempre pela falta de amor, pela violência, pela crueldade. Então ela telefonou a Linda para agradecer e acabou conversando com a mãe por mais de uma hora: uma conversa sem importância, a maior parte dela, mas ainda assim animada. Agora que seu divórcio tinha terminado, era mais fácil ligar para casa. Robin não contou à mãe que Matthew e Sarah esperavam um filho: que Linda descobrisse em seu próprio tempo e desabafasse o ultraje inicial longe dos ouvidos de Robin.

Mais para o fim do telefonema, Linda, que reprovava a drástica mudança de carreira de Robin desde a sua primeira lesão ocorrida no trabalho, falou na contínua cobertura da imprensa relacionada com Margot Bamborough.

— Você fez mesmo uma coisa incrível nisso — comentou Linda. —Você e, erm... Cormoran.

— Obrigada, mãe — disse Robin, ao mesmo tempo surpresa e comovida.

— Como está Morris? — perguntou a mãe num tom que se pretendia despreocupado.

— Ah, nós o demitimos — disse Robin animada, esquecendo-se de que não tinha contado isso à mãe também. — A substituta dele começa na semana que vem. Uma mulher chamada Michelle Greenstreet. Ela é ótima.

Depois do banho, Robin voltou ao quarto para secar direito o cabelo, almoçou vendo TV, depois desceu para colocar o vestido azul justo que tinha usado quando convenceu a secretária do Manhoso a contar seus segredos. Acrescentou o colar de opala que, desde que deixara a aliança para trás ao abandonar Matthew, agora era sua joia mais valiosa. A pedra bonita, com as manchas iridescentes, melhorou o visual do vestido antigo e, pela primeira vez satisfeita com sua aparência, Robin pegou a segunda bolsa, um pouco mais elegante do que aquela que costumava levar ao escritório, e foi pegar o celular na mesa de cabeceira.

A gaveta da mesa estava entreaberta e, olhando, Robin teve um vislumbre do baralho de tarô de Thoth ali dentro. Por um momento, ela hesitou; depois, sob os olhos sorridentes do balão de burro que instalara no canto do quarto, ela viu a hora no telefone. Ainda era cedo para sair de casa se quisesse se encontrar com Strike na Marlborough Street às cinco. Baixando a bolsa, ela pegou o tarô, sentou-se na cama e começou a embaralhar as cartas antes de virar a primeira e a colocar à sua frente.

Duas espadas cruzavam uma rosa azul contra um pano de fundo verde. Ela consultou *O livro de Thoth*:

> Paz... O dois de Espadas. Representa uma chacoalhada geral, resultante do conflito entre Fogo e Água em seu casamento... Essa calma comparativa é enfatizada pela atribuição celeste: a Lua em Libra...

Robin agora se lembrava de que a primeira carta devia representar "a natureza do problema".

— A paz não é um problema — resmungou ela para o quarto vazio. — A paz é boa.

Porém, naturalmente, ela não tinha feito uma pergunta às cartas; simplesmente queria que elas lhe dissessem alguma coisa hoje, no dia de seu nascimento. Ela virou a segunda carta, a suposta causa do problema. Uma figura feminina, verde, mascarada e estranha estava abaixo de duas balanças, segurando uma espada verde.

> Ajustes... Esta carta representa o signo de Libra... representa A Mulher Satisfeita. O equilíbrio se distingue de quaisquer preconceitos individuais... Ela deve, portanto, ser compreendida como alguém que avalia a virtude de cada ato e exige satisfação exata e precisa...

Robin ergueu as sobrancelhas e virou a terceira e última carta: a solução. Mais uma vez havia dois peixes entrelaçados, que despejavam água em dois cálices dourados flutuando em um lago verde: a mesma carta que ela tirou em Leamington Spa, quando ainda não sabia quem tinha matado Margot Bamborough.

> Amor... A carta também se refere a Vênus em Câncer. Mostra a harmonia do masculino com o feminino: interpretada no sentido maior. É a harmonia perfeita e plácida...

Robin respirou fundo, devolveu as cartas à sua embalagem e colocou o baralho na gaveta da mesa de cabeceira. Enquanto se levantava e pegava o sobretudo, o balão de burro balançou-se ligeiramente na fita.

Robin sentia a opala nova na cavidade da base do pescoço enquanto ia para a estação do metrô e, depois de ter dormido bem pela primeira vez, com o cabelo lavado e uma sensação de leveza que persistia desde que ela tirou o balão de burro da caixa, ela atraiu muitos pares de olhos masculinos na rua e no trem. Mas Robin ignorou todos eles, subindo a escada a Oxford Circus, depois andando pela Regent Street e, por fim, ao Shakespeare's Head, onde viu Strike de pé na calçada, vestido de terno.

— Feliz aniversário — disse ele e, depois de uma breve hesitação, ele se curvou para lhe dar um beijo no rosto. Ele tinha cheiro, notou Robin, não só de cigarros, mas de uma sutil loção pós-barba, o que era incomum.

— Obrigada... não vamos entrar no pub?

— Erm... não — disse Strike. — Quero comprar um perfume novo para você. — Ele apontou a entrada dos fundos da Liberty, que ficava apenas a dez metros. — É seu verdadeiro presente de aniversário... A não ser que já tenha comprado algum — acrescentou ele. Ele torcia pela negativa. Não conseguia pensar em mais nada para oferecer a ela que não os devolvesse ao reino do constrangimento e da possível incompreensão.

— Eu... não — disse Robin. — Como sabia que eu...?

— Porque telefonei a Ilsa, no Natal passado...

Enquanto abria para ela a porta de vidro que levava a um departamento de chocolates agora cheio de guloseimas do Halloween, Strike explicou sobre sua tentativa fracassada de comprar um perfume para Robin naquela época.

— ... então eu perguntei ao vendedor, mas ele insistia em me mostrar coisas com nomes como... sei lá... "Agarrável"...

O riso que Robin não conseguiu conter foi tão alto que as pessoas se viraram para ela. Eles passaram por mesas com pilhas de trufas caras.

— ... e entrei em pânico — confessou Strike —, foi por isso que você acabou ganhando chocolates. De todo modo — disse ele enquanto eles chegavam à porta da seção de perfumes, com sua cúpula pintada com a lua e as estrelas —, você escolhe o que quiser e eu pago.

— Strike — disse Robin —, isso é... isso é *atencioso*.

— É, bom — disse o sócio com um dar de ombros. — As pessoas podem mudar. Ou assim me disse um psiquiatra de Broadmoor. Vou ficar aqui — disse ele, apontando um canto onde esperava que seu tamanho não atrapalhasse ninguém. — Não tenha pressa.

Então Robin passou 15 minutos de prazer navegando entre frascos, borrifando fitas de prova, desfrutando de uma breve consulta com o vendedor prestativo e por fim estreitando a decisão a dois perfumes. Agora hesitou, imaginando se ela se atreveria a fazer o que queria... mas certamente, se eles eram grandes amigos, não estaria tudo bem?

— Tudo bem, tem dois de que realmente gosto — disse Robin, reaparecendo ao lado de Strike. — Me dê sua opinião. Você terá de conviver com isso, no Land Rover.

— Se forem fortes o bastante para cobrir o cheiro daquele carro, não servem para inalação humana — disse ele, mas, ainda assim, pegou as duas tiras de prova.

A primeira tinha cheiro de baunilha, que o fazia lembrar um bolo, e ele gostou. A segunda o fez lembrar uma pele quente e almiscarada, com uma sugestão de flores amassadas.

— Este aqui. O segundo.

— Hum. Pensei que fosse preferir o primeiro.

— Porque tem cheiro de comida?

Ela sorriu enquanto cheirava as duas tiras.

— Sim... Acho que prefiro o segundo também, não é barato.

— Eu aguento.

Então ele levou ao caixa um cubo pesado de vidro branco que trazia o nome nada excepcional de "Narciso".

— Sim, é um presente — disse Strike quando indagado, e ele esperou pacientemente enquanto a etiqueta de preço era retirada e acrescentavam uma fita e o papel de presente. Pessoalmente, ele não via o sentido daquilo, mas sentia que Robin merecia uma pequena cerimônia, e o sorriso dela quando recebeu a sacola da mão dele lhe deu a resposta correta. Agora eles voltaram juntos pela loja e saíram pela entrada principal, onde baldes de flores os cercavam.

— Então, onde...? — perguntou Robin.

— Vou te levar para tomar champanhe no Ritz — disse Strike.

— Está falando sério?

— Estou. Por isso estou de terno.

Por um momento, Robin simplesmente olhou para ele, depois o abraçou com força. Cercados pelas flores, os dois se lembraram do abraço que partilharam no alto da escada no dia do casamento de Robin, mas dessa vez Robin virou o rosto e deu um beijo decidido no rosto de Strike, com seus lábios roçando a barba por fazer.

— Obrigada, Strike. Isso significa muito.

E isso, pensou o sócio, enquanto os dois iam para o Ritz no brilho dourado do início da noite, valera muito as sessenta libras e algum esforço...

Do subconsciente de Strike surgiram os nomes Mazankov e Krupov, e por um ou dois segundos ele se lembrou de onde os ouvira, por que pareciam cornualheses e por que pensava neles agora. Os cantos de sua boca se torceram, mas como Robin não o viu sorrir, ele não se sentiu compelido a explicar.

AGRADECIMENTOS

Meus agradecimentos, como sempre, a meu soberbo editor David Shelley, que sempre faz do trabalho um prazer; a meu maravilhoso agente Neil Blair; à equipe gerencial que me mantém mentalmente sã, Mark Hutchinson, Rebecca Salt e Nicky Stonehill; a minha equipe em casa e no escritório, sem a qual este livro nunca teria sido concluído: Di Brooks, Simon Brown, Danny Cameron, Angela Milne, Ross Milne, Fi Shapcott e Kaisa Tiensuu; a Neil Murray, o melhor leitor do mundo de obras em progresso; a Kenzie, por localizar a cruz dos Cavaleiros de São João onde eu não esperava encontrar uma; a William Leone e Lynne Corbett, pela inspiração e por checarem meus cálculos; a Russell Townsend, por me ajudar a verificar todos aqueles locais e salvar meu laptop morto; e a Tom Burke, pela fascinante livraria crowleiana Atlantis.

CRÉDITOS

"Come On-A My House" (p. 102) Letra e Música de Ross Bagdasarian e William Saroyan. © 1957 Songs Of Universal, Inc. Protegido por Copyright Internacional. Todos os Direitos Reservados. Impresso com Permissão de Hal Leonard Europe Ltd & Bagdasarian Productions.

"Same Situation" (p. 290) Letra e Música de Joni Mitchell. © 1973 (Renovado) Crazy Crow Music. Todos os Direitos Administrados por Sony/ATV Tunes LLC, 424 Church St., Suite 1200, Nashville, TN 37219. Direitos de Impressão Exclusivos Administrados por Alfred Music. Todos os Direitos Reservados. Usado com Permissão de Alfred Music.

"Court and Spark" (p. 290, p. 330 & p. 346) Letra e Música de Joni Mitchell. © 1973 (Renovado) Crazy Crow Music. Todos os Direitos Administrados por Sony/ATV Tunes LLC, 424 Church St., Suite 1200, Nashville, TN 37219. Direitos de Impressão Exclusivos Administrados por Alfred Music. Todos os Direitos Reservados. Usado com Permissão de Alfred Music.

"Just Like This Train" (p. 346) Letra e Música de Joni Mitchell. © 1973 (Renovado) Crazy Crow Music. Todos os Direitos Administrados por Sony/ATV Tunes LLC, 424 Church St., Suite 1200, Nashville, TN 37219. Direitos de Impressão Exclusivos Administrados por Alfred Music. Todos os Direitos Reservados. Usado com Permissão de Alfred Music.

"Last Chance Lost" (p. 398, p. 399) Letra e Música de Joni Mitchell. © 1994 Crazy Crow Music. Todos os Direitos Administrados por Sony/ATV Tunes LLC, 424 Church St., Suite 1200, Nashville, TN 37219. Direitos de Impressão Exclusivos Administrados por Alfred Music. Todos os Direitos Reservados. Usado com Permissão de Alfred Music.

"The Gallery" (p. 561) Letra e Música de Joni Mitchell. © 1969 (Renovado) Crazy Crow Music. Todos os Direitos Administrados por Sony/ATV TUNES LLC, 424 Church St., Suite 1200, Nashville, TN 37219. Direitos de Impressão Exclusivos Administrados por Alfred Music. Todos os Direitos Reservados. Usado com Permissão de Alfred Music.

"I Will Never Let You Down" (p. 757) Letra e Música de Calvin Harris. © 2014 TSJ Merlyn Licensing B.V. Todos os Direitos em Nome de TSJ Merlyn Licensing B.V. Administrados por EMI Music Publishing Ltd. Protegido por Copyright Internacional. Todos os Direitos Reservados. Impresso com Permissão de EMI Music Publishing Ltd.

"Chirpy Chirpy Cheep Cheep" (p. 799, p. 800) Letra de G. Cassia — Música de H. Stott. © 1971 de Warner Chappell Music Italiana Srl.

"Play That Funky Music" (p. 800) Letra e Música de Robert W. Parissi. © BEMA Music Co. Div. Todos os Direitos Administrados por Universal/MCA Music Ltd. Protegido por Copyright Internacional. Todos os Direitos Reservados. Impresso com Permissão de Hal Leonard Europe Ltd.